지역문학총서 45

북한 지역문학의 근대

－ 신의주·평양·개성

북한 지역문학의 근대

－ 신의주·평양·개성

지은이

박태일 朴泰一, Park Tae Il

1954년 경남 합천군 율곡면 문림리 태생. 부산대학교 국어국문학과에서 학사, 석사, 박사 과정을 마쳤다. 1980년 중앙일보 신춘문예 시부문에 「미성년의 강」이 당선하여 문학사회에 나섰고, 『열린시』 동인. 시집으로 『그리운 주막』·『가을 악견산』·『약쑥 개쑥』·『풀나라』·『달래는 몽골 말로 바다』·『옥비의 달』·『연변 나그네 연길 안까이』와 시선집 『용을 낚는 사람들』을 냈다. 연구·비평서로 『한국 근대시의 공간과 장소』·『한국 근대문학의 실증과 방법』·『한국 지역문학의 논리』·『경남·부산 지역문학 연구』 1·『마산 근대문학의 탄생』·『유치환과 이원수의 부왜문학』·『시의 조건, 시인의 조건』·『지역문학 비평의 이상과 현실』·『경남·부산 지역문학 연구』 4·『한국 지역문학 연구』, 산문집으로 『몽골에서 보낸 네 철』·『시는 달린다』·『새벽빛에 서다』·『지역 인문학―경남·부산 따져 읽기』를 폈다. 그밖에 『두류산에서 낙동강에서―가려뽑은 경남·부산의 시』 1·『정진업 전집―시』·『크리스마스 시집』·『김상훈 시 전집』·『허민 전집』·『동화시집』·『소년소설육인집』·『무궁화―조순규 시조 전집』들을 엮었으며, 김달진문학상·부산시인협회상·이주홍문학상·최계락문학상·편운문학상·시와시학상을 받았다. 현재 경남대학교 명예교수. parkil@kyungnam.ac.kr

지역문학총서 45
북한 지역문학의 근대 ― 신의주·평양·개성

초판발행 2025년 12월 25일

지은이 박태일

펴낸이 박성모
펴낸곳 소명출판
출판등록 제1998-000017호
　　주소 서울시 서초구 사임당로14길 15 서광빌딩 2층
　　전화 02-585-7840
　　팩스 02-585-7848
　이메일 somyungbooks@daum.net
홈페이지 www.somyong.co.kr

　ISBN 979-11-7549-024-6 93810
　정가 85,000원

지역문학총서 45

신의주
·
평양
·
개성

A Regional Study on the North Korea Literature
Sinuiju·Pyongyang·Gaeseong

북한 지역문학의 근대

박태일
지음

일러두기

- 이 책에서는 오늘날 표준어 규정과 달리 '안팎'을 '안밖'으로 적는다. '안 + ㅎ + 밖 = 안팎'을 버리고, '안 + 밖 = 안밖'을 따른 일이다. 바르고 고운말로 표준어를 삼지 않고 '현대 서울말'로 정한 잘못에 대한 바로잡기 본보기다.
- 이 책에는 통념과 달리 쓴 역사 용어가 여럿 있다. 보기를 들어, '친일(親日)'을 버리고 '부왜(附倭)', '일제시대'·'일제강점기'를 버리고 '나라잃은시대' 또는 '실국시대', 을유광복을 경계로 '왜국(倭國)'·'왜로(倭虜)'와 '일본(日本)', '일본인(日本人)'으로 나누어 쓴 경우다.

북한의 지역문학, 드넓은 지평을 향해

북한 문학, 그것도 지역문학을 향한 공부를 비로소 한 매듭짓는다. 글쓴이가 처음 북한 문학 관련 논의를 내놓은 때는 2012년이다. 「근대 개성 지역문학의 전개」가 그 것이다. 그 뒤로 틈틈이 북한 문학에 관한 글을 이었다. 거의 남녘 지역에서 월북한 작가의 재북 시기 활동을 겨냥한 관심이었다. 그 성과물 가운데 일부는 2019년 『한국 지역문학 연구』의 해당 중지역 안쪽에 담았다. 충청도 리기영·오장환, 강원도의 리태준, 전라도 조운과 같은 이의 재북 시기 활동에 관한 보고물이 그것이다. 이 책은 그러한 지역 월북 작가에 대한 관심과는 다른 수준에서 이루어진 본격 북한 문학 연구서다. 온전히 북한의 소지역 문학을 범위로 삼았다.

글쓴이는 2016년 연구년을 재중겨레 사회 연길에서 머물며 보냈다. 북한 지역문학연구를 위한 기초 문헌 확보와 연변 장소시에 마음을 둔 한 해였다. 2023년에 낸 시집 『연변 나그네 연길 안까이』가 결실 가운데 하나다. 재중겨레 사회 문헌과 북한 출판물의 번인본 출판까지 챙기고 더듬으며 북한 지역문학을 향한 바탕을 폭넓게 다졌다. 그리하여 본격적으로 이 책의 논고들을 발표하기 시작한 때는 2020년 봄, 정년한 뒤부터다. 따라서 이 저서는 정년을 앞두고 2019년 해 끝에 내놓은 『한국 지역문학 연구』의 뒤를 이어 일군 정년 뒤 첫 연구서다.

북한 지역문학연구를 내딛으며

19세기 후반에서 20세기를 거치며 북한 안쪽에서 드넓게 이루어져 온 근대문학 은 꾸준했다. 그것을 보다 낮은 자리에서 들여다보노라면 뜻밖에 빛나는 실천의 역장과 무거운 고투의 자장을 만날 수 있다. 북한 안쪽 지역을 범위로 삼은 문학의 올과 날에 관한 한결같은 구명이 필수적인 과제로 올라서는 까닭이다.

지역문학 쪽에서 볼 때 북한 문학 연구는 세 가지 문제를 안고 있다. 첫째, 서울 중앙을 중심으로 이루어진 근대 일국주의 문학사의 타자로 존재해 온 현실이다. 우리 근대문학사의 정통에서 배제되거나, 선택적으로 수렴 당하는 운명을 지닌 가장자리 문학 가운데 하나가 북한 문학이었다. 따라서 북한 지역을 연고로 갖거나 그들 문화자본을 중심으로 이루고 누렸던 다채로운 근대문학은 모습을 드러낼 기회를 얻지 못했다. 게다가 그럴 자격조차 갖추지 못한 양 묻히고 잊힐 수밖에 없었다.

둘째, 북한의 지역문학은 을유광복을 맞고 북한 체제가 수립된 뒤부터 평양 중앙을 중심으로 이루어진 북한 문학지에서도 타자였다. 북한 문학의 유일하고도 강고한 전통은 1960년대부터 평양을 중심으로 교조화한 혁명적 수령관과 주체적 인간학이다. 일성의 혁명 전통과 수령의 영도라는 잣대가 모든 문학 현상을 일방적으로 삼켜버렸다. 그러한 전체주의 체제에서 지역 작가의 개인 성취나 활동이 뜻을 지닐리 없었다. 오로지 당과 수령을 위한 불쏘시개 몫이었을 따름이다.

셋째, 북한 문학에 대한 1차 문헌 부족과 미독해 현실이다. 무엇보다 우리의 북한 문학 연구는 북한 체제 성립 뒤, 북한 안쪽에서 단계적으로 이루어져 온 2차, 3차 담론을 참조틀로 재구성해 왔다. 1차 원전부터 제대로 확보하고 확인하는 실증적 이해가 턱없이 모자랐다. 그것은 근대 시기 모두에 걸친 문제다. 북한 체제 성립에 앞서 북한 지역 곳곳에서 드넓게 이루어진 문학 전통이나 그 뒤의 동향이 제대로 드러날 기회는 처음부터 가로막혔다. 1차 원전부터 들추고 매만지며 살펴 기존 담론의 허실, 정부당성뿐 아니라 그 아래 곳곳에 묻혀 있는 문학 현실과 참을 구성하고자 나서는 방식과는 길이 달랐다.

따라서 우리의 북한 문학 연구는 오랜 세월, 서울 중심주의와 평양 중심주의, 거기다 비실증적 담론 재구성이라는 삼중의 결여 상태가 빚어놓은 결과물이라 할 수 있다. 이러한 문제를 성찰하고 넘어서기 위한 노력이야말로 근대문학의 마땅한 전통 확인과 겨레문학사 기술에 필수적인 과업이다. 그리하여 이 책은 지역문학이라는 미시적 접근 방법을 빌려 기존 북한 문학 연구가 지닌 세 가지 문제를 글쓴이 나름으로 넘어서고자 애쓴 결과다. 북한 문학을 마땅히 겨레문학사로 통합, 전승하기 위해 건너뛸 수 없는 바닥 다지기 작업이다.

다만 대상 범위를 북한 지역 모든 곳으로 넓힐 수는 없었다. 근대 초기부터 북한 안쪽 여러 지역문학의 동향 가운데서 그 전개와 성취에서 푯대 지역이라 여겨지는 세 소지역으로 묶었다. 곧 신의주·평양·개성이다. 북한의 여느 소지역에 견주어 무거운 지역문학 전통과 고유한 지역성을 가꾸어 나온 대표적인 곳이다. 이들 세 곳을 다룬 17개 논고가 이 책의 속살을 이룬다. 대상 소지역이 지닌 지역 개별성과 일반성이야말로 나아가 북한의 중지역과 대지역으로 눈길을 넓힐 수 있는 이음매가 될 것이다.

신의주 문학

평안북도 신의주는 만주로 드나드는 관문이자 대륙 교류의 중심 장소다. 이곳의 대표적인 문학 전통은 나라잃은시대 1930년대 초기부터 이루어진 지역시 세 사람, 곧 안룡만·리원우·김우철이 대표하는 현실주의 문학 전통이다. 그것은 자연스럽게 광복 뒤 북한의 사회주의 현실주의 문학으로 상승, 통합했다. 신의주 문학에서는 이들 셋을 대상으로 실증적 이해부터 두텁게 다졌다. 세 사람의 같고 다름을 따질 뿐 아니라, 앞으로 북한 시문학의 중요 줄거리를 확인하는 첫 걸음일 수 있는 까닭이다. 그 곁에 신의주 지역에 뿌리 내린 천도교 어린이문학의 실재를 알리는 글을 놓았다.

가장 먼저 올린 글이 「천도교 동화집 『새 선물』과 황승봉」이다. 신의주에서 그것도 무명의 젊은 밤배움 교사 황승봉에 의해 본격적인 천도교 동화집 『새 선물』1936이 나왔다. 천도교 교계뿐 아니라 우리나라 어린이청소년문학사 가운데서도 귀한 본보기다. 오롯이 천도교 동화만을 써서 낱책으로 묶어 낸 경우는 없었던 까닭이다. 나라 안에서 어린이를 위한 교육동화의 창작과 유통이 가장 활발했던 곳은 기독교 교계다. 그런 가운데 황승봉은 신의주의 간단치 않은 출판 환경을 딛고 천도교의 역사와 교리를 일깨우는 동화집을 폈다. 신의주 천도교계의 유별난 역량뿐 아니라 신의주 문학의 사상적 다양성을 보여 주는 한 본보기다.

신의주 현실주의 시인 셋 가운데서 안룡만1916~1995은 한누리 거의 모든 문학 활동 지역이 신의주였다. 북한 체제 성립 뒤에도 그 점은 한결같았다. 그러다 보니 지역의 변모 과정과 지역성을 꾸준하게 시의 글감, 중심 주제로 다룰 수 있었다. 북한 시문학에서 신의주와 평안북도 지역성을 가장 많이 담아냈을 뿐 아니라, 흥미롭게도 남한을 향한 작품을 가장 많이 남긴 시인으로 살았다. 그 이음매가 1948년 제주도 무자제주참변을 다룬 초기 대표작 「동백꽃 우표」다. 이 책에서는 안룡만의 1차 문헌지뿐 아니라 18년에 걸쳐 11차례 개작 과정을 거친 「동백꽃 우표」 각편의 변이 양상을 따졌다. 그를 빌려 북한 시에서 지역과 개인이 어떻게 북한 중앙의 전체주의에 수렴되어 가는가를 가늠하고자 했다.

신의주 세 시인 가운데서 가장 먼저 평양으로 건너가 자리 잡은 이가 리원우1914~1985다. 경인년전쟁 뒤부터 조선작가동맹 아동문학분과 위원장을 오래 맡으며 창작과 비평에 두루 걸쳐 활발했다. 리원우에 관해서 두 편의 글을 실었다. 리원우의 행적과 작품에 관한 밑그림을 그린 「리원우 연구를 위한 실증적 이해」가 먼저다. 필명을 비롯해 거의 알려지지 않았던 삶의 행적과 작품의 전개를 실증했다. 거기다 개인 동시집 두 권, 곧 『우리 나라 고운 새들』1958과 『웃음의 나라』1962를 따져 사회주의 현실주의 문학인으로서 한결같은 리원우의 당성과 체제 복무의 열정을 확인한 「리원우 동시의 두 모습」을 이었다. 겨레문학으로 읽히기에 한계가 뚜렷한 리원우 동시였다. 그 점이 북한에서 남긴 백석의 어린이시와 나뉘는 맵시다.

김우철1915~1959은 벗 안룡만이나 리원우와는 다른 삶을 살았다. 둘과 함께 1934년 신건설사박해폭거를 겪기도 했던 그이다. 나라잃은시대 말기에는 안룡만·리원우와 달리 만주 땅에서 평필을 휘두르기도 했다. 김우철은 을유광복 뒤 활발한 지역 활동으로 북한 초기 문학에 이바지했다. 그를 바탕으로 리원우에 뒤이어 평양으로 나아갔다. 그러다 고향 신의주로 되돌아와 현지 파견 생활을 겪었다. 40대 한창 나이인

1959년에 스스로 이승을 떴다. 나라잃은시대 누구보다 신의주 지역성을 담은 수필을 많이 남긴 작가가 김우철이다. 그이가 1931년부터 1959년까지 발표한, 모두 303편에 이르는 낱글의 실재를 「김우철 문학의 실증적 접근」에서 갈무리했다. 거기에 시집 3권과 유고 동시집 1권이 더한다. 길지 않은 29년에 걸친 문학 활동임에도 김우철의 열정적인 집중과 창작 역량을 확인한 셈이다.

신의주 지역문학에서는 황승봉의 천도교 동화보다 이른 시기에 이루어진 기독교 동화의 전통이 뚜렷하다. 처음 기획에서는 그것까지 다룰 참이었으나 자꾸 밀렸다. 신의주 문학의 결 다른 전통을 확인할 수 있을 기회는 다음으로 남았다. 안룡만과 김우철 문학에서 두드러진 신의주 지역성 구명도 앞으로 흥미로운 공부 방향이 될 것이다.

평양 문학

평양 문학을 다룬 논고는 여섯이다. 서울 다음으로 큰 대도 평양 지역문학에서는 눈길을 두어야 할 근대 잡지만 30개를 훌쩍 넘어선다. 평양에 지연을 둔 많은 문학인이 근대문학의 중심인물로 들어섰다. 을유광복 뒤에는 북한 문학을 떠받치는 중심 골간을 이루었다. 이 책에서는 평양 지역문학의 1930년대부터 거슬러 나왔다. 그리하여 1930년대 평양 매체 가운데서 알려지지 않았던 『농민생활』의 문예면을 처음으로 1940년대 초반 부왜附倭 문학 활동을 짚었다. 거기다 전쟁기 어린이문학을 거쳐, 1950년대 평양 장소시 따지기로 나아갔다. 대표적인 두 평양 작가 최명익과 황순원으로 이어진 관심을 그 위에 앉혔다.

1929년에 창간해 1945년까지 평양에서 나온 『농민생활』은 '조선예수교장로회' 총회 농촌부에서 낸 기관지다. 우리 농민층에 근대 농업 지식 보급·계몽과 아울러 기독교 신앙을 지도하자는 취지 아래 펴낸, 나라잃은시대 가장 오래 이어진 농촌 전문지다. 장로회 교육기관 평양 숭실전문학교가 그 일을 뒷받침했다. 기독교계 매체임에도『농민생활』의 문예란은 1930년대 평양 지역문학의 자장을 가늠하게 해 주는 다채로운 모습을 잘 갈무리했다. 그들 가운데 을유광복 뒤 북한 문학의 중요 시인으로 자란 김조규·민병균·양운한의 시와 평양 기독교계가 지녔던 개량주의 농민관을 담은 비평이 무겁다. 앞으로 1930년대 평양 지역문학의 다른 국면과 상호 연관성을 따지기 위한 중심이 잡힌 셈이다.

이어서 1940년대 전기, 서울 지역 바깥에서 이루어진, 유일한 지역 부왜 문학 단체인 평양시화회의 부왜시를 짚었다. 평양시화회는『탐구』·『단층』이 대표하는, 활달했던 1930년대 후기 평양 문학에 이은 활동이다. 지역의 전쟁 수행 기구에 연고를 둔 청장년 시인 모임이었다. 왜인과 섞인 회원 가운데서 겨레로는 덕산문백德山文伯·김성문흥金城文興·유인성柳寅成·주영섭朱永涉과 같은 이가 나섰다. 이른바 조선문인보국회의 평양 지부와 같은 역할을 맡았던 곳이 평양시화회다. 1944년 평양육군병원 '위문'을 빌미로 낸 회원 작품집이 시집『적심부赤心賦』다.『적심부』의 속살을 따져 1940년대 전기 평양 지역시의 정신실조를 모자람 없이 엿볼 수 있었다.

동요동시집『영웅 나라 아이들』은 경인년전쟁기 평양 중앙에서 내놓은 '전선문고' 가운데 한 권이다. 전쟁기 조선작가동맹 어린이문학분과의 성과를 갈무리한 작품집이다. 그를 두고 사회주의 애국주의의 주체 구성 양상과 표현 특성을 밝히고자 한 글이「동요동시집『영웅 나라 아이들』의 애국주의」다. 논의를 빌려 수령주의·영웅주의·집체주의·국제주의에 걸친 네 하위 주체에 대한 동일 담론의 되풀이와 그들의 실천을 향한 언어 유도 현상을 짚었다. 전쟁기 북한의 어린이시는 왕성한 애국주의 주체 구성과 실천을 위해 자기 중심적이고도 자기 억압적인 담론으로 한결같았다. 이 논고로 경인년전쟁기 남북한 어린이문학의 비교, 대조를 겨냥한 첫 걸음을 뗐다.

1950년대 전후 북한은 일성 우상화에 앞서 평양 찬양부터 시작했다. 평양시 창건 1530주년을 기념해 낸 32인 공동시집『평양』1957이 그 터무니다.『평양』의 속살을 따져 평양 중심화, 평양 일방주의가 북한 문학에서 실천되는 한 과정을 짚어보고자 한 글이「전후 북한의 평양 건설과 장소시」다. 북한 중앙은 전후 이른바 '민주 수도' 평양의 복구를 결정한 뒤 1957년에 그 일을 한 매듭지었다. 그리하여 오랜 세월 잦은 대외 침략을 물리친 '역사 도시' 평양의 옛 전통과 그를 이어 받아 경인년전쟁을 '승리'하고 전후 복구 건설에 성공한 '영웅 도시' 평양, 그 일을 이끈 일성의 '현명한' 영도를 줄거리로 삼은 갖가지 행사를 마련했다. 그런 가운데서 빚어진 작품집『평양』은 뒷날 온전한 수령 송가, 수령형상문학으로 나아가기 위한 초기 단계를 이룬다. 공동시집『평양』은 북한 시문학이 장소 평양을 집단적으로 상상했던 처음이자 마지막 성과물이었던 셈이다.

「사회주의 북한과 최명익 문학의 실증」에서는 북한 체제 아래서 알려지지 않았던 최명익의 삶과 작품을 밝히고 줄거리를 잡았다. 최명익에 관한 한누리 정보를 발굴, 더욱 두텁고 꼼꼼하게 기운 것이다. 그리하여 이제까지 알려져온 작품집 6권에서 나아가 최명익이 살았을 적 낸 개인 작품집 13권과 공저 11권의 실재를 공개했다. 거기다 78편에 이르는 개별 낱글을 갈무리해 죽보기로 보였다. 장편·단편·콩소설·벽소설을 거친 소설에서부터 사화·실화·수필·펠레톤·평론·정론에다 소년소설·이야기까지 더한 다갈래 창작 성과다. 그들 가운데 핵심은 무엇보다 역사물과 어린이 청소년문학이었다. 이 논고로 말미암아 최명익 문학의 외연을 크게 넓힐 수 있었다.

평양 문학의 마지막 자리에는 「평양에서 양평까지─황순원 「소나기」의 변개 과정」을 얹었다.『한국 지역문학 연구』에 올린 「황순원 소설 「소나기」의 원본 시비와 결정본」에 뒤이은 소론이다. 평양 지역 소설을 대표하는 이는 최명익과 황순원이다. 서로 앞뒤 세대를 이루면서 한 사람은 평양에서, 한 사람은 월남해 서울에서, 남북한의 두드러지고도 대표적인 업적을 낳았다. 세상이 눈길을 잘 두지 않지만 황순원 소설은 평양 지역문학의 중요 줄기를 이룬다. 최명익과 황순원 둘레나 뒤로『삼사문학』·『단층』 동인이 둥두렷했다. 황순원 문학의 뿌리는 평양과 평안도 지역성을 제외하고는 밝힐 수 없다. 그런 점에서 널리 알려진 단편 「소나기」의 원본 정착, 변이 과정을 도표로 짚었다. 평북 지역어가 우리 남한의 표준 언어로 수렴당하고 길항하는 과정을 짐작할 수 있게 만드는 일이다. 앞으로 평양 지역문학, 월남 문학이라는 관점에서 황순원 문학에 다가서는 눈길이 깊어지기를 바란다.

평양 문학 자리에서 1920년대부터 나온 몇몇 중요 잡지 매체를 다루지 못한 점이 아쉽다. 1920년대 부왜 잡지 『공영』과 1930년대 『대평양』·『백광』과 같은 것들이다. 거기다 개별론으로 평양 노동항쟁을 다룬 홍구의 소년소설과 박고경론을 남겨 두었다. 뒷날 기울 수 있기를 바란다. 그리하여 북한 사회주의 현실주의 문학 아래서 드넓게 억눌려 있는 평양의 근대문학 전통을 밝히고, 그것이 어떠한 걸음길을 밟았던가를 더 깊이 짚어볼 수 있을 것이다.

개성 문학

개성은 옛 왕도일 뿐 아니라 서울 근기 지역이라는 전통 위에다 19세기 후반부터 들어온 기독교 선교 활동으로 근대 문학예술인 배출에서 핵심 장소였던 곳이다. 오늘날 개성특별시로 자리 잡은 개성 지역문학에서는 5개 논고를 올렸다. 20세기 초반부터 을유광복 앞까지 개성 지역문학의 전개를 따라 나선 「근대 개성 지역문학의 전개」와 광복기 지역문학 판도를 그려 담은 「광복기 개성 지역문학의 좌표」가 통시적인 줄거리를 마련한다. 그들 위에 역내 대표 매체 『고려시보』를 대상으로 이루어진 김광균과 림학수의 작품 활동을 놓았다. 그리고 끝자리에 개성이 낳은 대표 예능인 신불출의 재북 시기 행적을 담았다.

나라잃은시대 개성 문학에서는 계몽 소설가 이상춘의 근대 가치와 개성 지역성을 담은 신소설에서부터 시작해 우리 근대 문학사에서 '문예잡지'라는 일컬음을 처음으로 붙여 낸 1920년의 『여광』에다 『샛별』이 대표하는 어린이청소년 문학이 빛난다. 거기다 1930년대 『고려시보』를 거치며 매체 전통이 두터웠다. 을유광복과 함께 그어진 3·8도선은 개성을 남북한에서 가장 먼저, 좌우 대립과 군사 분쟁을 겪는 지역으로 내몰았다. 그런 가운데서 구세대인 마해송·이영철부터 시작하여 고한승·현동렴·김광균을 거쳐 청년 시인 고영진·박승훈·김병호의 활동이 솟구쳐 올랐다. 그 곁에 김소엽의 소설이 더하고 1949년 송악산 전투를 바탕으로 삼은 『십용사전』1949이 나와 대한민국의 첫 정훈문학을 이룬다. 「광복기 개성 지역문학의 좌표」에서는 그렇듯, 광복기 개성 문학이 지닌 격정적인 변모를 싸안았다.

나라잃은시대 개성 지역문학의 핵심 매체는 『고려시보』^{1933~1941}다. 그곳 문예면을 채운 김광균과 림학수의 작품 소개를 빌려 『고려시보』의 무게를 드러내고자 한 글 둘을 각론으로 올렸다. 개성 시인 김광균^{1914~1993}의 이름은 『고려시보』에서 시·수필·설문에다 관련 보도문까지 10차례나 보인다. 그 가운데는 시집 『와사등』에 실은 「신촌에서—스케치」의 이본 「여정」과 미발굴 산문시 「추첩」이 들었다. 거기다 20대 청년 시인 김광균은 개성과 관서 지역 장소 경험을 담은 두 수필 「풍물일기」와 「서선산보」에다 뒷날 자신의 시에 녹일 표현을 미리 담았다. 소론 「『고려시보』와 김광균」을 빌려 김광균 시의 근대주의를 개성 풍물 또는 개성 지역문학과 묶어서 살펴야 한다는 사실을 밝혔다.

김광균에 뒤이어 다룬 이가 순천 시인 림학수^{1911~1982}다. 그이는 호수돈고등녀학교 교사로 부임한 1937년 4월부터 떠난 1939년 3월까지 개성에 머물렀다. 그뿐 아니라 그 뒤로도 개성 지역사회와 얽혀 들었다. 림학수는 『고려시보』에 실었던 7편의 수필을 거의 그대로 따서 옮기며 산문시라는 갈래로 발표하기도 했다. 스무 살 후반에 벌써 개성에서 중견 시인이라는 이름을 달고 살았던 림학수다. 그이 시 창작과 시집 출판의 산실이었을 뿐 아니라 나아갈 길을 넓게 열어 준 곳이 개성이며 개성 지역사회였다.

개성 문학의 마지막은 서울에서 나서 개성에서 자란 만담가 신불출^{1907~1969}로 맺었다. 그이의 월북 앞뒤 사정과 북한 정주 나날살이를 처음으로 실증한 글을 올렸다. 1946년 10월 어름에 월북한 뒤 11월부터 평양에서 만담 활동을 개시했던 신불출이다. 조선작가동맹 시문학분과 위원으로서 북한 전쟁기와 전후 전성기를 보내면서 1960년대 초반까지 만담·재담 갈래의 오내림과 함께했던 모습을 갈무리했다. 그것이 굳건한 토대로 떠오른 곳이 1955년 하반기 '만담연구소'에서 출범하여 1957년 '국립'으로 올라선 국립신불출만담연구소다. 작품으로는 1946년부터 1962년에 걸쳐 낸 낱책 3권과 평론 5편을 비롯해 23편을 갈무리했다. 북한 대중예능 갈래에서 만담·재담이 오늘날 '화술소품'으로 나아온 긴 걸음길에 신불출이 끼친 웃음 미학의 영향을 살피기 위한 바닥 다지기는 이루어진 셈이다.

개성 지역문학은 근대문학의 한 보석상자와 같다. 개별론으로 다룰 작가만도 수두룩하다. 본디 뜻했던 의제 가운데서 뒷날로 밀려난 몇몇이 아쉽다. 남북 분단 뒤 서울로 내려와 살았던 아들 이영철과 달리 휴전선 북쪽 고향 개성에 남아 드물게 글을 발표하다 묻힌 이상춘, 카프 개성지부 기관지 『군기』 3호에 관한 개별 논고, 진주 작가 엄흥섭의 개성 문학 활동, 수원 문학인으로서 월북 뒤 개성에서 활동했던 박승극에 관한 논의가 그들이다. 뒷날에라도 다룰 기회가 있을 것이다.

북한 지역문학연구의 앞날

본 저술은 한 가지 잣대로 통사적 기술에 이른 논의는 아니다. 세 대상 소지역을 두고 무엇보다 먼저 다루어야할 필요성이 두드러진다고 본 의제를 중심으로 펼친 논고로 엮었다. 통론과 사론이 섞였다. 뜻했던 자리를 들여다 보지 못한 곳이 있는가 하면, 애초 기획에서 빠졌던 것이 새로 들어서기도 했다. 그럼에도 결과적으로 본 저술은 두 가지 특장을 지닌다.

첫째, 대상 지역 작가나 작품에 관한 실증적 점검과 이해의 확대다. 적어도 1차 원전 확인이라는 쪽에서는 제한적이었던 이제까지 성과나 범위를 훌쩍 뛰어넘는다. 북한 문학 연구의 해묵은 인습을 벗어난 자리에 놓이는 셈이다. 글쓴이가 발굴하고 갈무리한 대상 작가의 작품 죽보기는 해당 논고 끝에 모두 붙여 두었다. 오늘날 북한의 문학사회는 1차 문헌 총람이나 자체 연구사 검토를 꾀할 역량을 갖추기 어려운 상황에 내몰려 있다. 우리 쪽 사정 또한 거기서 크게 벗어나지 않는다. 이 책에서 다루어진 작가와 작품에 관한 실증적 성과는 거듭 더하고 기워질 것이다. 뒤선 연구자들이 알차게 활용해 주리라 믿는다.

둘째, 책에 실린 17개 논고가 지닌 새로움이다. 이 글에서 다루어진 의제는 이제껏 남북한 학문공동체나 우리 쪽 일반 사회에서 다루지 못했던 것이 다수다. 알려졌더라도 풍문 수준으로 소략했던 자리다. 처음부터 기존 연구 성과의 도움이 제한적이었다. 오롯이 혼자 헤쳐 나와야 했다. 잘못 들어선 곳이나 실수를 벗기 힘든 걸음길이다. 그럼에도 앞으로 대상 지역 신의주·평양·개성 지역문학의 심화와 확대는 물론, 다른 군 단위의 북한 소지역이나 도 단위의 중지역으로 눈길을 넓힐 수 있는 출발 장소는 나름대로 다졌다.

본 저술로 말미암아 20세기 초반부터 1960년대에 이르는 근대 시기, 북한의 지역문학과 북한 문학에 다가서는 새로운 담론 지평과 바탕이 열렸다고 글쓴이는 감히 믿는다. 이 책의 성과와 한계를 딛고 선 창의적인 논의들이 풍요롭게 이어지기를 바란다.

개인적으로 이 책은 2019년에 낸 『한국 지역문학 연구』에 싣지 않고 남겨 두었던 두 과제 가운데 하나를 매듭짓는다는 뜻을 지닌다. 북한 지역문학과 경북·대구 지역문학이 그 둘이었다. 본디 글쓴이의 우리 지역문학연구 출발지는 자지역인 경남·부산이다. 경남·부산을 중심으로 다른 지역으로 넓혀 나가고 되돌아오는 눈길을 꾸준히 지켜 왔다. 이제 멀리 북한 지역 가운데서도 근대열이 뜨거웠던 세 푯대 지역에 대한 밑그림 그리기를 마무리한다. 경상도 대지역 가운데서 남겨 두었던, 경북·대구 지역문학으로 향하는 걸음 또한 보다 날렵해질 것이다.

고마움

이 책이 나올 수 있었던 실질 동력은 2020년 정년 뒤 시작한 한국연구재단의 「북한 지역문학 연구」3년 지원이다. 그에 앞서 2012년 「북한 지역문학사 연구」3년를 거쳤다. 2012년 기획에서 신의주·평양·개성 세 소지역 틀거리를 마련하고 4편의 논고를 마무리했다. 나머지 13편 가운데서 11편의 논고가 2020년부터 이루어진 결과다. 여러 해 멀리 떨어졌지만 두 차례 지원이 없었더라면 본 저술 출판은 시일이 한참 더 걸렸을 것이다. 연구 전제에서부터 낯설었을 과제임에도 꾸준히 북한 지역문학을 지고 걸을 수 있도록 뒷받침해 준 한국연구재단에 대한 고마움을 적는다.

근대서지학회회장 오영식와 한국지역문학회전임 회장 최명표·현임 회장 한정호를 향한 각별한 고마움을 밝히지 않을 수 없다. 지난 13년에 걸쳐 이루어진 이 책의 17개 논고 가운데서 11개가 두 학회지『근대서지』와『한국지역문학연구』를 빌려 발표되었다. 길이에 관계없이 게재를 허락해 준 두 학회의 배려 덕분이다. 가장 이즈음 것인 신불출 논의는 200자 원고지 740장에 이른다. 여느 학회지라면 단일 논고로서 투고 자체가 가로막힌 분량이다. 앞으로 꾸준히 우리 인문학 진흥에 이바지 뚜렷한 학회지로 더욱 벋어나가길 빌어드린다.

올해로 정년한 지 다섯 해, 일흔 나이로 올라선 첫해다. 글쓴이가 처음 낸 연구서는 박사학위 논문을 기운 1991년『한국 근대시의 공간과 장소』였다. 박성모 사장이 소명출판을 출범시킨 초창기 때 일이다. 정년 기념 연구서인 2019년의『한국 지역문학 연구』에 이어 이제 정년 뒤 첫 연구서도 소명출판의 도움에 힘입어 낸다. 까다로운 작업을 맡아준 박성모 사장과 조주연 편집자를 비롯한 편집실 여러분에게 새삼스러운 고마움을 전한다.

2025년 가을

박 태 일

차례

머리글_ 북한의 지역문학, 드넓은 지평을 향해 　　　　　3

제1부
신의주문학

천도교 동화집 『새 선물』과 황승봉 　　　21
1. 신의주 천도교 　　　21
2. 황승봉과 천도교 동화의 비롯 　　　22
3. 『새 선물』과 수운 일대기 　　　35
4. 천도교 어린이문학의 가능성 　　　59

안룡만 시 이해를 위한 바탕 　　　62
1. 안룡만을 좇아 　　　62
2. 문학의 출발과 전개 　　　64
3. 작품 발표의 밑그림 　　　76
4. 안룡만 따라잡기 　　　86
〈안룡만 작품 죽보기〉 　　　88

안룡만 시 「동백꽃 우표」의 변이와 무자제주참변 　　　98
1. 「동백꽃 우표」가 거친 곳 　　　98
2. 광복기의 상상적 정형 　　　103
3. 증산 투쟁과 당대적 분화 　　　145
4. 세대 전승과 이념적 회귀 　　　181
5. 북한 시에서 개인과 전체 　　　216

리원우 연구를 위한 실증적 이해 　　　222
1. 리동준·리동우·리원우 　　　222
2. 개별 작품집의 전개 　　　229
3. 낱글의 다채 　　　237
4. 리원우론의 향방 　　　257
〈리원우 작품 해적이〉 　　　259

리원우 동시의 두 모습   270

1. 북한의 1차 문헌   270
2. 우화시의 가능성과 『우리 나라 고운 새들』   272
3. 웃음소리 들리지 않는 『웃음의 나라』   293
4. 리원우의 높낮이   315

김우철 문학의 실증적 접근   318

1. 신의주와 김우철   318
2. 김우철의 삶자리   319
3. 작품의 전개와 실증   336
4. 열정의 끝자리   358
〈김우철 작품 해적이〉   361

제2부 평양 문학

1930년대 평양 지역문학과 『농민생활』   373

1. 『농민생활』을 불러내며   373
2. 『농민생활』의 됨됨이   375
3. 기독교계 농민문학론의 수준   382
4. 평양 지역시의 세 경향   390
5. 『농민생활』의 뜻   403

1940년대 전기 평양 지역문학   405

1. 평양 문학의 저층   405
2. 1940년대 전기 평양 문학과 평양시화회   408
3. 시집 『적심부赤心賦』의 '결전 문화'   415
4. 지역의 집단 부왜   443

동요동시집 『영웅 나라 아이들』의 애국주의   446

1. 전쟁기 시의 주체   446
2. 수령의 덕성과 절대성   449
3. 전투 영웅의 두 모습   461
4. 집체적 노력 투쟁과 후방 보위   477
5. 국제주의 우의와 지원군   496
6. 애국주의 주체의 한계   509

사회주의 북한과 최명익 문학의 실증　512

1. 최명익론의 향방　512
2. 문학사회 활동의 곡절　514
3. 새로 더하는 작품집과 낱글　537
4. 최명익의 앞길　564
〈재북 시기 최명익 작품 죽보기〉　567

전후 북한의 평양 건설과 장소시　571

1. 평양과 평양 일방주의　571
2. 시집 『평양』 출판의 앞뒤　573
3. 송시에 담긴 '영웅 도시' 평양　589
4. 복구 건설된 평양 찬시와 노력 투쟁　607
5. 중심 표적과 밤낮 경관의 다채　627
6. '주체 평양'을 향하여　647

평양에서 양평까지 – 황순원 「소나기」의 변개 과정　651

1. 황순원의 언어 귀속　651
2. 「소나기」의 변개 과정, 1953~1981　653
3. 「소나기」 결정본　673

제3부
개성문학

근대 개성 지역문학의 전개　677

1. 개성의 근대 매체　677
2. 1910년대 근대열과 이상춘의 계몽소설　681
3. 기미만세의거 뒤 어린이청소년문학의 성장　685
4. 1930년대 개성 문학의 역동　694
5. 개성 문학의 기틀　707

『고려시보』와 김광균　709

1. 김광균과 개성 고향　709
2. 『고려시보』 속의 김광균　711
3. 개성 지역성과 김광균　738

림학수의 개성 시절과 『고려시보』   742

1. 림학수의 망향   742
2. 『고려시보』 보도문 속의 림학수   748
3. '풍물시'와 재수록의 앞뒤 사정   760
4. 산문과 '산문시'의 거리   770
5. 림학수 시의 높낮이   797

광복기 개성 지역문학의 좌표   802

1. 분단 이행 공간으로서 개성   802
2. 광복기 지역 환경과 문학사회   803
3. 어린이문학의 심화   807
4. 시문학의 회고와 혁신   817
5. 지역 서사의 정치화   826
6. 개성 문학의 분단   834

재북 시기 신불출 행적 간동거리기   837

1. 불출의 출세   837
2. 월북과 초기 활동   841
3. 전쟁기 정훈 활동과 가락글   869
4. 전후 1950년대와 명성의 안밖   886
5. 1960년대의 격하와 죽음   946
6. 출세의 뒷그림자   970
〈재북 시기 신불출 작품 죽보기〉   973

참고문헌   974
실린 글 출전   997
찾아보기   998

제1부

신의 주 문학

천도교 동화집 『새 선물』과 황승봉

1. 신의주 천도교

근대 문화와 지식 사회에서 동학, 또는 그 뒤 천도교와 관련한 동향은 힘차고도 절대적이다. 그 점은 무엇보다 근대 제도의 핵심 가운데 하나인 인쇄출판 영역에서 보여 준, 여느 종단과 다른 천도교의 지속적인 투자와 한결같은 의지에서 말미암는다. 1919년 기미만세의거의 승리를 바탕으로 출범한 천도교청년교리강연부는 이듬해 천도교청년회로 개편했다. 거기서 가장 먼저 공을 들인 일이 개벽사를 중심으로 펼친 잡지 출판이었다. 『개벽』을 비롯하여 『별건곤』·『혜성』·『부인』·『신여성』·『어린이』·『학생』에다 조선농민사의 『조선농민』과 『농민』, 거기에 교단 기관지 일간 『만세보』와 월간 『천도교회월보』·『신인간』으로 이어진 매체 투쟁은 우리 근대 문화장의 중심 줄거리를 이룬다.[1] 그런데 이러한 천도교의 선도 역할과 활발한 활동을 지역 차원에서 살피면 어떠한 모습일까.

평안북도 행정 소재지 신의주의주는 일찍부터 압록강을 건너 들어왔던 천주교나 남녘에서 올라온 기독교의 영향이 컸던 곳이다. 그런 까닭에 서북 지역 특유의 근대 지향적이고 개량적인 풍토가 터를 잡았다. 을유광복 뒤 북한 체제에 맞서 싸웠던 신의주학생의거나 전후 1950년대 중반 일성 체제가 꾀했던 문학예술사회의 종파주의 숙정에 빌미를 주고 휘발유를 뿌린 곳이 신의주였다. 천도교계로 볼 때 기미만세의거 뒤 온 나라로 넓혀나갔던 근대 계몽, 신문화 활동을 받친 중요 배후지가 평안도다. 여느 곳과 달리 천도교동학 어린이문학이라는 특이 문학이 나올 수 있었던 역량은

---

1 천도교중앙총부교서편찬위원회, 『천도교약사』, 천도교중앙총부출판부, 2006, 265~278쪽.

그러한 분위기와 나란한 결과였다. 역내 신의주 천도교의 청년 지도자 황승봉이 낸 동화집 『새 선물』1936이 그것이다.

이 글은 신의주 근대의 새로운 지역 가치로서 천도교 동화집 『새 선물』을 소개하기 위해 마련한다. 다만 한 가지 짚고 나아갈 일이 있다. 황승봉은 자신의 동화집에 『새 션물』이라 이름을 붙였다. 그런데 표지의 '션물'과 달리 그 다음 속지는 '선물'이라 썼다. 이어진 속표지에는 '션물', 목차에는 다시 '선물'로 바꾸었다. 「머릿말」은 '션물'로 적었다. '선물'과 '션물'을 일정한 원칙 없이 뒤섞었다. 게다가 본문 안쪽에서도 '선물'과 '션물' 뒤섞기를 되풀이했다. 어느 한 쪽을 따르기 어려운 표기 처리다. 뒤에서 그렇게 적히게 된 까닭을 더듬을 터이지만, 이 글에서는 천도교 동화 전통의 확장성을 위하여 『새 션물』이 아니라 이즈음 표기에 따라 『새 선물』로 굳혀 적는다.

2. 황승봉과 천도교 동화의 비롯

황승봉 동화집 『새 선물』은 오늘날까지 학문공동체에 이름을 올린 적이 없다. 그러하니 지은이 황승봉 또한 묻힌 사람이다. 어떤 이였을까. 그이가 처음 언론에 이름을 올린 때는 1927년이다. 조선농민사에서 모집한 '현상 「도척」 비평'에 황승봉의 글이 3등 '당선론문'으로 뽑혔다. 거기서 황승봉은 자신이 지닌 마음자리를 뚜렷하게 밝혔다.

뎨국주의와 자본주의를 옹호하고 일반 민중을 무시하는 자를 극히 미워하는 나로서 공구를 배척지 안을 수 업는 것이며 뎨국주의와 자본주의를 배척하고 일반 민중을 옹호하는 자를 극히 찬성하는 나로서 또한 도척을 환영치 안을 수 업다고 하는 바이다. 아! 나는 다시금 말한다 오늘날 공구를 높이 밋는 자 — 그 뎨국주의와 자본주의가 안이고 무엇이며[2]

---

2 황승봉, 「도척(盜跖) 일편(一篇)을 읽고」, 『조선농민』 제3권 제6호, 조선농민사, 1927, 26쪽.

제국주의와 자본주의를 옹호하고 "일반 민중을 무시하는 자"와 제국주의와 자본주를 배척하고 "일반 민중을 옹호하는 자"로 뚜렷하게 계층을 맞세웠다. 그리고 자신은 민중을 옹호하고 "극히 찬성하는" 쪽에 놓았다. 거기다 제국주의와 자본주의를 따르는 쪽과 공구를 높이 믿는 쪽을 하나로 보았다. 그러니 "공구를 배척"하지 않을 수 없다. 속내를 더 알 수 없는 글이긴 하지만, 공자로 대표되는 유교를 향한 반감과 거리감이 뚜렷하다. 지난 시기 전통 유교 사회와 제국주의 / 자본주의로 표현된 오늘날 세태를 황승봉은 아울러 부정한다. 그렇다면 자신이 따르고자 한 새 세계상은 어떤 것일까.

그것이 천도교 세계상임을 드러낸 때는 두 해 뒤인 1929년 2월이다. 천도교 의주 소년연합회는 의주 천도교당에서 정기대회를 열었다. 여러 토의 사항이 오갔다. 천도교 교세 확장이나 소년회 발전, 어린이날 진행을 위한 일에다, 아이들 교양과 체육에 관한 속살, 단체 가입 수속에 관한 것들이다. 이어 임원 개선이 따랐는데 황승봉은 '개선위원' 15명 가운데 한 사람이었다.[3] 이로 미루어 두 가지를 알 수 있다. 첫째, 황승봉은 의주를 중심으로 활동했던 천도교계 젊은이다. 둘째, 거기다 '소년회'를 지도하는 청년당 인물 가운데 한 사람이다.[4] 1922년 현재만도 '상당'한 '활동'을 하고

---

[3] 「천도교 의주소년연합 정기대회」, 『조선일보』, 조선일보사, 1929.2.27.
[4] 근대 우리 어린이 조직 활동의 남상은 천도교다. 어린이날 또한 천도교소년회에서 비롯했다. 천도교청년교리강연부는 1920년 4월 천도교청년회로 바꾸면서 그 안에 포덕부·편집부·지육부·음악부, 네 곳을 두었다. 첫 사업으로 개벽사의 출판문화 활동을 벌였다. 두 번째 사업이 어린이 계몽 활동이었다. 1921년 4월 천도교청년회는 포덕부 안에 소년부를 새로 마련해 어린이를 모이게 했다. 그 일을 계기로 소년부를 '천도교소년회'로 고쳐 5월 1일 창립했다. 6월에 지도위원 16명을 뽑았다. 소년회는 규약에 따라 만 7살부터 16살까지 소년으로 조직했다. 회원 서로는 물론, 지도위원과 회원 사이에 삼가말을 쓰고 예의를 중시했다. 천도교소년회는 천도교 종지를 지도이념으로 삼아 온 나라로 확대, 발전하면서 초기 어린이 조직 활동을 이끌었다. 김기전·방정환은 초기 선각자며 지도자였다. 처음 60명 남짓으로 출발한 천도교소년회는 한 달만에 330명으로 불었다. 그 뒤 여러 행사를 거치면서 활기를 더해, 온나라 청년회 지부에 소년회 조직이 크게 넓혀졌다. 1922년 5월 천도교소년회는 어린이날을 선포하고 여러 행사를 거교 단위로 열었다. 천도교소년회 창립 뒤 나라 곳곳에서 소년 단체가 빠르게 생겨났다. 사회적으로 어린이 활동을 통합 추진할 기구의 필요성이 떠올랐다. 1923년 4월 천도교소년회가 주축이 되어 불교소년회, 조선소년군 관계자가 모여 조선소년운동협회를 만들고 협회 사무실을 천도교당 안에 두었다. 1923년 천도교청년회가 청년당으로 재출범하면서 천도교소년회는 청년당 유소년부의 지도를 받게 되었

있는 천도교청년회 지부와 천도교소년회는 온 나라에 107개, 국경 밖에 4개소였다. 회원수는 7,600인.[5] 그런 곳의 활동가였던 이가 황승봉이다.

이듬해 1930년 천도교 교계 잡지 『신인간』에 황승봉은 2편의 글을 실었다.[6] 거기다 2월에는 황승봉의 직능을 일러 주는 기록이 보인다. 황승봉은 의주군 고성면古城面 연하동煙下洞 '농민사'에서 '무산 아동'들을 가르치는 밤배움 교사였다. "작동昨冬 이래 금일까지" '간단없이' 밤배움을 열심히 계속해 온 결과, 어린이들이 지금은 한글은 물론 쉬운 한자어까지 잘 읽고 잘 쓰게 되었다는 보도다. 산술·국어·배달말·상식을 가르친 교원에는 장대길·차균황과 함께 황승봉이 들었다.[7] 그이가 맡은 과목이 드러나지는 않는다. 다만 1929년 겨울부터 1930년 2월까지 한 해 동안 황승봉은 연하동 '농민사' 구성원으로서 어린이를 가르치며 농민 계몽 활동을 벌인 사람임에 틀림없다. 이어 두 달 뒤 4월에는 천도교 행사 자리에서 황승봉이 보인다. 8일, 천도교 제1세 교주 최수운 '득도' 날을 기리는 '천일天日'을 맞아 천도교 의주종리원에서 교도 400명 남짓이 모여 김자일의 개식사를 시작으로 식을 올렸다. 거기서 황승봉은 '취지사'를 맡았다. 그이 뒤를 백문선이라는 이가 설교를 했다. 의주 역내 교도와 소년회의 유, 소년부 회원들 앞에서 천도교계를 대표하여 '취지사'를 말할 정도의 자리를 지켰던 황승봉이다. 역내 천도교계에서도 지도급 인사임을 짐작하기 어렵지 않다.[8]

이어서 5월 어린이날을 맞아 다시 황승봉이 보인다. 천도교 의주종리원에서 어린이날을 앞두고 "5,000여 소년 총출동 준비"를 했다. 그를 위해 의주종리원 소년연합

다. 그 뒤 1927년 청년당 당헌을 만들면서 소년회 규약을 고쳤다. 회원 자격은 11세 이상 18세까지로 잡고 조직은 총본부·군연합회·동(리)소년회·반의 4계단으로 짰다. 본부에는 교양부·서무부·조직부·체육부를 두었다. 그 뒤 천도교소년회는 천도교소년연합회로 고쳐 1928년 4월 서울 중앙대교당에서 제1회 연합회를 열어 방정환을 대표로 뽑았다. 천도교소년연합회는 1930년 4년 제2회 대표대회를 열고 일컬음을 다시 천도교소년연합회 총본부로 고쳤다. 천도교중앙총부교서편찬위원회, 앞의 책, 278~285쪽.

5   『조선제종교(朝鮮諸宗教)』, 조선흥문회, 1922, 351쪽.
6   황승봉, 「해월신사(海月神師)의 법설(法說)로써」, 『신인간』, 신인간사, 1930.1.1; 「대신사(大神師)의 자유론」, 『신인간』, 신인간사, 1930.12.1.
7   「연하(煙下) 농민야학」, 『중외일보』, 중외일보사, 1930.2.7.
8   「의주 천일(天日) 기념」, 『중외일보』, 중외일보사, 1930.4.8.

회에서는 4월 27일 집행위원회를 열었다. 진행 방침을 토의하고 준비위원을 뽑았다. 결의안에 따르면 삐라 2만 장과 포스터 500장을 면면 동동에 뿌린다. 관련 회원과 단원은 5,000명 남짓으로 내다봤다. 읍내 중요 지점에는 표어탑을 세우고, 소년 동화대회를 열기로 했다. 의주군 범위에서 매우 큰 행사 준비임을 알 수 있다. 준비위원은 22명이었다. 황승봉은 그 가운데서 설비부에 들었다.[9] 이어 8월, 2세 교주 해월의 승통일承統日인 '지일地日' 행사에서도 황승봉이 앞자리에 섰다. 1930년 한 해만 보더라도 황승봉은 의주군 천도교계의 지도급 인사로 활발했음을 알 수 있다.

그 뒤 1931년에는 황승봉이 들나지 않는다. 그러다 1932년 '의주군농민사' 정기대회 행사에서 이름을 볼 수 있다. 1930년 2월 의주 고성면 연하 '농민사'에서 밤배움 이끄는 모습을 이미 드러낸 황승봉이다. 그 두 해 뒤인 1932년에도 농민사 활동이 확인된 것이다. 따라서 1930년부터 1932년까지 세 해 동안 황승봉은 천도교계 산하 조선농민사 활동을 꾸준히 이었음을 알 수 있다. 다만 1932년의 농민사 활동 장소가 1930년과 같이 고성면 연하동이었던가 다른 곳이었던가는 알 수 없다. 농민계몽 활동의 하나로 이루어진 농촌 야학은 조선농민사에서 중점 사업 가운데 하나로 이루어졌다. 1920년부터 널리 확산된 일이다. 황승봉은 바로 그러한 밤배움 활동을 빌려 시골 어린이들에게 문자 보급, 정서 함양과 회원들의 계급의식 드높이는 일과 같은, 겨레 항쟁의 바탕을 넓히는 일에 힘을 보탠 젊은이였다.

1933년에 황승봉은 세 차례 이름을 언론에 올렸다. 먼저 8월 14일, 천도교 '지일'을 맞아 천도교 의주군종리원에서 100명 남짓 모여 기념 예식을 가졌다. 거기서 김지일 사회로 황승봉은 한정호와 함께 설교를 맡았다.[10] 두 번째, 의주군 주내면 홍남동의 사장농민사 활동이다. 사장농민사에서는 9월 4일 한낮 정기총회를 열었다. 회장 홍종린 사회로 80명 남짓 자리해 임원 선거를 치렀다. 황승봉은 '이사'로 뽑혔다.[11] 셋째, 사장소년회 활동이다. 홍남동 사장소년회에서는 10월부터 보신의숙 교

---

9   「어린이날 기념 준비」, 『중외일보』, 중외일보사, 1930.5.1.
10   「의주 천도교 지일(地日) 기념식」, 『조선일보』, 조선일보사, 1933.8.19.
11   「각지방집회」, 『조선중앙일보』, 조선중앙일보사, 1933.9.19.

원 황승봉과 황승철, 두 사람의 지도 아래 조기회를 만들었다. 매일 아침 6시부터 나팔을 불고 북을 치며 온 동리를 돌아 다녔다. 공동 청결과 도로 고치기에 나서고, 늦잠 자는 집에 가서는 소동을 일으켰다. 게으른 농군이라도 일찍 일어나지 않으면 안 되게 이끈 셈이다.[12] 이로 미루어 황승봉은 천도교 소년회를 바탕으로 조직적인 농민 계몽 활동에 나섰음을 알 수 있다. 아울러 그이가 교사로 일한 '보신의숙'이 주내면 홍남동 사장에 있었던 사설강습소임을 알게 한다. 고성면 연하동에서 주내면 홍남동 사장으로 활동 장소가 옮겨졌다. 거기다 연하의 농촌 야학에서 사장의 '보신의숙'으로 일터도 달라졌다. 1933년 언론 보도로 볼 때, 한결같은 사실은 황승봉의 꾸준한 의주군 천도교 농민사 활동과 교사 역할이다.

1934년에 황승봉은 두 차례 언론에 얼굴을 내비쳤다. 중앙보육동창회 주최로 조선일보사 학예부와 게일회가 뒤를 미는 '전조선현상동화대회' 참가가 처음이다. 서울에서 3월 2일과 3일 저녁 이틀 동안 열린 이 행사[13] 연사 가운데 한 사람으로 황승봉이 뽑혔다. 그이는 첫날 온 나라에서 온 7명 가운데 한 사람으로 '재미있는' 동화를 구연했다. 이틀 행사를 마치고 심사위원의 심사를 거쳐 시상까지 이루어지는 행사였다. 주최 쪽에서도 자부심이 컸다. "이런 모임은 조선에서는 드문이 만큼 귀여운 어린이를 가진 사람은" 기회를 놓치지 말고 참석하기를 각별하게 권했다.[14] 황승봉은 드문 그런 행사에서 평안도 쪽에서 온 유일한 '연사'였다. 동화 구연에 남다른 역량을 지녔던 사람임을 알 수 있다.

이어 황승봉은 일터였던 보신의숙普新義塾의 휴학 사태와 관련해 원인 제공자로서 다시 언론에 이름을 올렸다. 의주군 주내면州內面, 1943년 의주읍에 든 곳 홍남동에 있는 보신의숙이 1월 25일 무렵 군 당국으로부터 "불온한 교원을 사임시키라는 명령을" 받았

---

12 「사장소년조기회(射場少年早起會)」,『조선중앙일보』, 조선중앙일보사, 1933.11.19.

13 결정된 연사는 다음과 같다. 이대규(마산)·김상덕(고양)·후순애(서울)·정규완(서울)·김수명(서울)·임상순(서울)·최인화(서울)·최순남(사리원)·이석만(서울)·최경복(고양)·김용향(고양)·황승봉(의주)·백락영(서울)·김형준(서울).「현상동화대회 각도 연사 15명 결정」,『조선일보』, 조선일보사, 1934.3.2.

14 「진담이화(珍談異話) 만장이 도연」,『조선일보』, 조선일보사, 1934.3.4.

다. 그로 말미암아 한 달이 지나도록 개학을 하지 못했다. 학부모들은 여러 차례 학부형회를 조직하여 면, 군, 도 단위에 진정하고 대책을 마련하고자 애썼다. 보신의숙은 1907년 무렵에 섰다. 의주읍의 홍남, 홍북, 청전과 같은 세 마을 가운데에 터 잡은 곳이다. 100명에 이르는 농촌 무산 아동을 받아 가르쳐 오는 중이었다. 1927년에는 학부형들의 열성으로 교실을 증축하고 모든 설비를 충실히 한 뒤 문제 없이 교수해 오고 있었다.

그러다 1933년 8월 새로 교원 황승봉을 맞아 들인 뒤다. 그를 기회로 삼아 주내면 면장이 자기 친척을 교원으로 취직시키고자 했다. 그리하여 보신의숙 책임자에게 현재 교원 황승봉을 물러나게 하고 자기가 소개하는 교원을 채용하라고 여러 차례 이력서를 보이며 강권했다. 그에 대한 불응이 동기가 되어 '당국'과 말썽이 빚어졌다. 그리하여 황승봉의 교원 인가를 속히 얻고자 인가원을 냈다. 그런데 그 이력서에 보통학교 4년 수업한 것을 졸업이라 거짓으로 썼다는 사실이 꼬투리가 되어 인가원이 되돌아왔다. 그 뒤 면에서 지시하는 대로 이력서를 다시 써서 군 당국에 냈다. 그러자 이번에는 황승봉의 사상이 불온하다는 까닭으로 인가할 수 없다며 인가원을 다시 되돌렸다. 거기다 빨리 휴학치 않으면 폐쇄 명령을 내린다는 공문이 와 부득이 보신의숙은 휴학을 하지 않을 수 없었다. 학부형들은 부형회를 열어 관계 당국에 연서로 진정을 했다. 그럼에도 면장은 받아들이지 않고 퇴짜를 놓았다. 하는 수없이 학부모 대표가 다시 도로 건너가 진정하였다. 보신의숙에서 배우고 있던 100명 남짓한 아이들은 갈 곳 없이 방황하는 처지로 떨어지고 말았다.

학부모의 말을 빌면 도지사 면회까지 염두에 둔 일이다. 이미 황승봉에 대한 봉급을 연봉으로 다 지불한 상태라 새 교사에게 다시 연봉을 주는 이중 부담을 할 수 없다는 명분이었다. 게다가 "현재 황 선생"은 "아모 부족함"이 없다. 굳이 "다른 교원을 채용할 필요"를 느끼지 않는 터다.[15] 식민자의 제도 교육장인 보통학교 진학이 어려운 현실 속에서 지역 농촌 야학은 1920년대 후반부터 역내 초등 학습을 사실상 이

---

15 「특별한 이유업시 휴학당한 보신의숙(普新義塾)」, 『조선일보』, 조선일보사, 1934.3.6.

끌고 있었다. 그리고 그것을 천도교 소년연합회에서 인수, 운영함으로써 식민자 체제는 물론 지역 유지들과 갈등이 잦을 수밖에 없었다. 유지들의 밤배움이나 사설강습소 운영권 장악은 식민교육 체제 안으로 그것을 끌어들이려는 술책이었다. 그들이 탄압, 폐쇄된 근본 원인은 교육 내용의 불온보다는 설립, 운영 주체의 성격이나 사회활동에 있었던 까닭이다.[16] 황승봉 또한 의주 지역에서 천도교 소년연합회의 지원을 받으며 농촌 어린이 교육을 맡았던 이다. 그러다 점차 직업적인 교사 신분으로 자리를 잡았다.

이러한 보신의숙 휴학 사태로 미루어 알 수 있는 사실은 세 가지다. 황승봉이 보신의숙에 오게 된 때가 1933년 8월 무렵이라는 점이 처음이다. 그곳에서 황승봉은 벌써 한 해 남짓 일하고 있었다. 보신의숙 교원으로 와서 홍남동 사장소년회를 지도했다. 다른 한 가지는 황승봉의 학력 사항이다. 보통학교를 졸업한 것이 아니라 4년 수학에 그쳤다. 황승봉은 나라잃은시대 식민자들에 의해 이루어졌던 학력 사다리 가운데서 보통학교 중퇴의 학력을 가지고 밤배움 교사를 맡고 있었던 지역 청년 지도자다. 이는 여느 농촌 어린이 지도자의 학력까지 가늠해 볼 수 있는 참조점이 된다. 셋째는 황승봉이 사상적으로 체제 내적 인사에 들지 않고, 저들로부터 요주의 인물로 여겨지는 '불온'한 사람이었다는 사실이다.

이런 불상사 속에서 황승봉은 1934년 4월 서울 경운동 천도교총본부에서 다시 얼굴을 내밀었다. 천도교소년회 제6차 전체대회 자리가 거기다. 천도교소년회 연합회 총본부는 4월 6일 한낮 2시부터 전체대회를 열었다. 예산안, 교세 확장, 교양 훈련, 기관지 발행, 재정책, 어린이날 기념 준비, 신임간부 임명에 걸친 여러 의결 과정을 거쳤다. 거기서 황승봉은 중앙집행위원 11명 가운데 한 사람으로 임명[17]되었다. 그러한 사실은 적어도 의주와 신의주를 텃밭으로 삼은 평안북도 지역의 대표성을 황승봉이 지녔음을 짐작하게 만든다. 그런 데다 8월에는 황승봉이 범위를 넓혀 압록강 건너 중국 땅 안동현^{오늘날 단동}에서 활동하는 모습을 보여 준다. '대회합조만응변대

---

16   김형목, 『교육운동』, 독립기념관 한국독립운동사연구소, 2009, 31쪽.
17   「천도교소년회 제6차전체대회」, 『동아일보』, 동아일보사, 1934. 4. 9.

회大會合朝滿雄辯大會’ 자리다. 안동현 조선인청년회가 마련하고 안동현 기자단에, 조선·조선중앙·만몽의 세 신문 지국이 거들어 3일에 걸쳐 이루어진 큰 행사였다. 등단 연사만 42명에 이르렀다. 주로 북녘 인사가 중심이나 경상북도 인사에다 이화여전 학생까지 끼었다. 황승봉은 「살기 위하여」라는 제목으로[18] 웅변을 했다. 그들 연사의 웅변을 심사하는 5명 심사관 가운데는 서울서 온 시인 황석우도 끼었다. 기사에 따르면 대회 당일에는 1,000명 남짓한 사람이 자리를 메웠고, 연사 가운데서는 속살에 꼬투리가 잡혀 안동경찰서의 취조를 받는 이까지 생겼다.[19] 지역사회로 볼 때 크고도 요란한 행사였던 셈이다.

그 뒤 1935년도에는 황승봉이 언론에 드러나지 않는다. 그러다 1936년에 다시 이름을 선뵀다. 동화집 『새 선물』을 신의주에서 낸 것이다. ‘발행소’는 신의주부 미륵동 147번지 ‘의신학원義新學院’이다. “저작 겸 발행자” 황승봉의 주소지는 의신학원과 같은 미륵동 147번지다. 자신의 주소지를 의주에서 신의주 일터 의신학원으로 옮긴 셈이다. 찍은곳은 평양부 서성로 31, 창복인쇄소다. 낸 때는 1936년 3월 8일. 1936년 4월 새 학기를 앞두고 신의주 의신학원에서 일하고 있었던 황승봉이 평양에서 찍어낸 동화집이 『새 선물』이다. 말하자면 황승봉은 1929년과 1930년 의주 고성면 연하동 ‘농민사’에서 ‘무산 아동’들을 가르치는 밤배움 교사로 일했고 1933년부터 주내면 홍남동 사장의 사설강습소 보신의숙 교원으로 옮겼다. 그러다 1936년 현재 신의주 ‘의신학원’ 교사 몸이다. 천도교 소년연합회 구성원들을 이끌면서 의주군 농민사 활동을 하던 황승봉이 시간이 지나면서 의주군에서 더 큰 신의주시로 나섰다. 게다가 소박한 농촌 야학에서 체제와 규모를 더 잘 갖춘 신의주 학원으로 진출했다. 흥미로운 점은 『새 선물』의 「머릿말」을 쓴 때가 1935년 4월 23일이라는 사실이다. 「새 선물」 끝 작품인 21 「왕자의 살ㅅ대는?」의 맨 끝에 『새 선물』 동화집 제1집이라 적고, 1934년 7월 24일이라 썼다. 『새 선물』의 동화 작품을 거듭 이어 쓸 계획이었다는 사실과 1집인 『새 선물』이 마무리된 시점은 1934년임을 알 수 있다. 그러

---

18 「공전의 대회합조만웅변대회(大會合朝滿雄辯大會)」,『조선일보』, 조선일보사, 1934.8.1.
19 「안동현 유사 초유의 조만남녀웅변대회」,『조선일보』, 조선일보사, 1934.8.12.

하니 홍남동 사장의 보신의숙 교원으로 일하다 역내 면장을 중심으로 한 토착 세력과 갈등에서 이기지 못하고 황승봉은 그곳을 나왔다. 그 뒤로 신의주 의신학원으로 일터를 옮긴 것이라는 짐작이 가능하다. 따라서 『새 선물』 탈고 시점과 출판 의지를 뚜렷이 하여 「머릿말」을 쓴 시점, 그리고 출판일이 다 다르게 적혔다. 햇수로 세 해에 걸쳤다. 그렇듯 세 해는 왜로 체제 검열과 출판비 마련이라는 바깥쪽 요인뿐 아니라, 글쓴이 황승봉의 사회 활동장의 변화와도 맞물려 있는 셈이다. 그리고 그 가장 큰 요인은 아마도 의주군에서 신의주로 일터를 옮긴 일로 여겨진다.

신의주 의신학원 교사로 냈던 『새 선물』 뒤로 황승봉은 언론에 드러나지 않았다. 그러다 세 해 뒤 1939년 뜻밖의 저술로 다시 얼굴을 내밀었다. 곧 신의주 지역지 『약지신의주躍之新義州』가 그것이다. 낸곳은 의주 '삼성상회三盛商會'다. 낸 날짜는 1939년에서도 끝머리인 11월 25일이다. "저작 겸 발행인" 황승봉의 주소는 "의주군 광성면光城面 풍서동豊西洞 101번지"다. 낸곳은 "의주군 광성면 마전동麻田洞 253번지 삼성상회"다. 그리고 찍은 곳은 "신의주부 영정榮町 조선활판소", 주인은 김리즙金履楫이다. 1939년 현재 황승봉은 신의주 의신학원에서 다시 의주군으로 되돌아 왔음을 알게 한다. 그러니 이 무렵 황승봉의 주소지 의주군 광성면 풍서동豊西洞 101번지는 그이 정주지였으리라. 그리고 삼성상회는 황승봉의 일터였을 가능성이 높다. 왜냐하면 『약지신의주躍之新義州』를 내게 된 까닭을 말하는 자리에서 실업가, 곧 상인된 이는 새로이 도약하는 신의주를 알아야 한다고 말하고 있기 때문이다.[20] 1920년대 후반부터 1930년대 초반까지 의주와 신의주의 천도교 중요 청년 지도자로서 활동하고, 그 결과 중앙위원에 이름을 올릴 정도로 남달랐던 황승봉은 1930년대 후반에 들어서서 이제 완연히 고향 의주군의 한 상인으로 자리를 뚜렷이 했다. 그리고 그 시기 그

---

20 1937년 중국대륙침략전쟁 뒤부터 국경도시 신의주의 전쟁 후방 기지로서 몫이 더욱 커지고 있으며, "신의주의 실업가어든 반듯이 신의주를 알라고" 다시금 부르짖는다는 말에서 암시받을 수 있다. 황승봉, 「서」, 『약지신의주』, 삼성상회, 1939, 2쪽. 다만 『약지신의주』가 오롯이 황승봉의 개인 저작물인가를 두고서는 생각이 엇갈린다. 일찌감치 왜로 식민자들에 의해 마련된 지역지가 꾸준히 이루어져 온 까닭이다. 각별히 부산, 군산, 신의주와 같이 새롭게 떠오른 근대 도시의 경우는 그런 움직임이 더했다. 『약지신의주』에 앞서 우리 손으로 이루어진 신의주지에는 이미 장성식의 것이 있었다. 장성식, 『신의주대관』, 문화당, 1931.

이가 놓인 마음자리를 속속들이 드러내는 터무니는 바로『약지신의주』의 속살이다.

『약지신의주』를 살필 때에는 두 가지에 초점을 둘 필요가 있다. 황승봉 스스로 천도교도로서 어떤 자리에서 있었던가를 알아보는 일이다. 이를 위해 신의주 천도교를 풀이하고 있는 모습이 한 터무니다. 그것은 제9장 '신사 급 종교'에서 드러난다. 그 장은 왜로 신사부터 먼저 들먹였는데, '부민의 신사참배'에서 황승봉은 다음과 같이 썼다.

『약지신의주』(1939)의 속표지

> 본래 이我 일본제국은 신국神國이다. 신국임으로 국가평상시나 비상시가 하시든지? 신의 감화가 항상 국가에 강림하여 계시다 — (줄임) — 황국皇國의 신을 존경하는 동시에 항상 신사神社 참배에 게을지 안으야 할 것이다 하고이냐? 하면 황국의 신을 존경하고 신사 참배를 하는 자야 황국 신민의 정신을 가지게 되며 황국 신민다운 품위가 향상되는 까닭이다[21]

이른바 "일본제국"을 '아'라 썼고 '신국'이라 했다. 거기다 "황국 신민"으로서 자기 정체성을 비록 문필로나마 뚜렷이 했다. 이른바 "황국 신민"이 갖출 기본 의무가 "신사 참배"라 쓴 것이다. "신사 참배"야 말로 '신민'의 정신을 키워주며 품위를 지키게 해 주는 버릇이다. 왜로 식민 체제 안쪽의 피식민자로서 자기 정체성을 확연하게 밝힌 셈이다. 그런 위에서 '천도교'를 아래와 같이 적었다.

> 천도교는 조선 경주에서 발상된 종교로서 — (줄임) — 그간에 당국에서는 종교로 인정하지 안코 유사단체로 인정하여 오다가 — (줄임) — 대동방주의大東方主義를 선언하고

---

21 황승봉, 위의 책, 44쪽.

종래 일체 단체적 행동에서 방향을 전환하고 내선일체를 고창하며 동양평화를 축원하야 황군의 지나사변 출정을 성심으로 환송하엿다 이후로 당국에셔 해교를 유사종교로 인정하게 되엿다

지금 신의주에는 포교소^{종리원}가 매지정梅枝町 4번지에 재在한대 대정 13년 9월에 개교되고 현재 포교자^{원장}는 1인이고 신도수는 약 3백여 인이다[22]

자신이 젊은 시기를 바쳤던 천도교를 타자화하여 세상에 드러내는 자리다. 동학으로 시작하여 오랜 세월 "종교로 인정"받지 못하고 '유사단체'로 불리다가 이른바 조선총독부에서 '유사종교'로, 차별적인 탄압 대상으로 한결같았던 천도교다. 그럼에도 그 일을 기꺼워하는 말씨다. "일체 단체적 행동에셔 방향을 전환하고 내선일체를 고창하며 동양평화를 축원"하며 "황군의 지나사변 출정을 성심으로 환송"하는 부왜 종교로 천도교가 전락한 부분에 대한 자부심 가득한 자기 평가다. 이른바 조선총독부의 제국주의 왜로 체제 안쪽에서 '당당하게' 종교연한 대접을 받고 있음을 영광스럽게 여기는 논조를 뚜렷이 했다. 천도교가 왜로 체제 안쪽으로 떨어져 '유사종교'가 되었다는, 자랑스러운 말발에 글쓴이 황승봉의 선 자리가 확연하다. 거기다 신의주 천도교의 짧은 내력도 담았다. 1924년에 세워진 천도교 포교소^{종리원} 1곳에 신도수가 300명에 이른다고 썼다. 같은 곳에서 신의주 기독교^{천주교 포함} 교회가 모두 9곳임을 볼 때, 천도교 교세를 짐작할 수 있다.[23] 기미만세의거 뒤로 신의주 종교계는 기독교^{천주교 포함}가 최대 세력을 누렸다. 곧 숫자로는 6,329명인데, 다른 종교나 신도 기타는 모두 4,476명에 그쳤다. 신의주 기독교계의 압도적인 숫자는 고스란히 신의주에 불어 닥친 거센 '구미풍'을 암시한다.[24] 1934년 이후 공개적으로 부왜를 표명한 천도교다. 그리고 효율적인 부왜 활동을 부추기기 위해 1937년 중국대륙침략전쟁 뒤부터 최린이 대표하는 천도교 신파에서는 이른바 '조선신궁'을 '참배'하고, '국기

---

22 위의 책, 46~47쪽.
23 위의 책, 47쪽.
24 위의 책, 47~48쪽.

선양식'에 참가하면서 전시 협력 활동에 적극적이었다.[25] 황승봉 또한 그러한 교계 입장에 길을 같이했다. 그러한 모습은『약지신의주』여러 곳에서 드러나지만, 무엇보다 책 맨 뒤 제4편으로 따로 붙인「시국재인식론時局再認識論」에서 더 뚜렷하다.

① 현하의 시국을 정당하계 재인식하야 본다면 오인은 현하에 잇셔셔 일본 제국의 책임괴 과거에 잇셔셔 또한 아 일본 제국의 최상위 권위를 생각하게 된다. 즉 현하의 제국의 책임은 동양평화를 건설함에 잇다고 단언하는 바이며 과거에 잇셔는 서양대 동양의 권위를 최상으로 가지고 잇셧다 생각컨낸 과거에 잇셔서 동양 평화를 갯친 자는 중국이라 하겟다[26]

② 지금 이 중대 시국에 임한 총후의 오인은 적을 대면한 출정군인과 갓치 총후 임무에로 오직 돌진할 것 뿐이다 ― (줄임) ― 총후 오인의 임무에는 두 가지가 잇게 된다. 즉 1은 총후의 준비 2는 총후의 응원이다 이제 이를 쏘한 구체적으로 설명하야 현하 시국 재인식상 철저를 요하려 하는 바이다[27]

『약지신의주』를 펴낸 1939년은 중국대륙침략전쟁 뒤 피식민지인 우리를 전시 수탈 체제로 옥죄기 위해 만든, 왜로의 이른바 '국민정신총동원' 체제 시기다. 천도교도 그에 발맞추어 나섰다. 위에 옮긴 황승봉의 글은 그런 교계의 입장을 정확하게 되비추어 준다. ①에서는 이른바 '대동아공영권'의 필연성과 정당성을 밝혔다 오늘날 "제국의 책임은 동양평화를 건설함에" 있다는 단언이 확신에 찼다. ②에서는 '대동아공영' 건설을 위한 '총후보국'의 두 임무, 곧 "총후의 준비"와 "총후의 응원"을 위해 '돌진'해야 하리라 뜻을 다졌다. 전형적인 부왜배 인식이 고스란하다. 전쟁 후방 기지 '황국 신민'으로서 지닌 '신앙 보국주의'에 적극적이다. 왜로 식민 체제를 향한 철

---

25   김정인,『천도교 근대 민족운동 연구』, 한울, 2009, 315쪽.
26   황승봉, 앞의 책, 176쪽.
27   황승봉, 위의 책, 178쪽.

저한 충성과 전폭적인 지지를 숨기지 않았다. 이미 교인으로서 지켜야 할 천도교 의례에 부왜 색체를 받아들인 시기다. 나날살이 가운데서도 식민자가 요구하는 이른바 '궁성요배'나 '황국신민서사' 낭송 버릇을 매일 다하고자 했다. 이렇듯 종교 의례에 부왜 요소가 더하면서 천도교는 이른바 신앙보국 실천의 첨병 가운데 한 곳으로 면모가 뚜렷해졌다.[28]

왜로의 우리 겨레 종교에 대한 탄압 책략은 흔들리지 않을 뜻과 뚜렷한 잣대를 지녔다. 이른바 '대일본제국'이 이끄는 '대동아공영권' 수립 명분이 그것이다. 그에 거치적거리는 요소는 어떠한 대가를 치르고라도 없애고자 했다.[29] 겨레와 자주를 내세우는 민족종교는 왜로가 우리를 완전히 정복하려는 야망에 저해 요인일 수밖에 없었다. 그들을 죽이거나 기능을 마비시켜야 했다. 그를 위한 조치가 이른바 유사종교, 사이비종교, 또는 사교라는 굴레 씌우기였다. 겨레 종교가 사회적으로 지닌 기능을 부정하는 일이다. 특히 사교라는 누명은 종교가 지닌 사회적, 도덕적 권위를 오롯이 빼앗는 일이다. 왜로가 겨레 종교를 유사종교 또는 사교라는 굴레를 씌우는 책략은 바탕에서부터 개별 겨레 종교 교단을 포승줄로 묶는 일이었다.[30] 천도교 또한 종교라는 겉껍질을 두른 채 이른바 총후보국에 앞장섰음에도 나라잃은시대 끝까지 온전한 종교가 아니라 유사종교에 머물렀다. 황승봉은 그러한 왜로 책략에 고스란히 사로잡힌 채 어떠한 머뭇거림도 없는 상태를 보여 준 셈이다.

살핀 바와 같이 황승봉은 의주 사람으로 어린 나이부터 천도교에 입교하여 1920년대, 1930년대 지역 천도교 청년 지도자로 자란 사람이다. 정확한 출생 연도와 보통학교 중퇴 시기는 알 수 없다. 그럼에도 기미만세의거 뒤 평북 지역에 불었던 천도교 교세 확장 분위기 속에서 천도교에 몸을 담근 젊은이일 것은 분명하다. 1927년부터 천도교 청년 활동가로서 조선농민사와 농촌 야학 교사로 이름을 올린 사실로 짐작한 일이다. 거기다 웅변과 동화 구연에도 남다른 재능을 떨쳤다. 그러한 활발한 활

---

28 김정인이 「천도교의 통합과 친일협력활동」에서 잘 간추렸다. 김정인, 앞의 책, 312~347쪽.
29 황승봉, 앞의 책, 112쪽.
30 윤이흠, 『일제의 한국 민족종교 말살책』, 도서출판 모시는사람들, 2007, 112~113쪽.

동으로 천도교소년연합회 중앙위원 자리까지 맡았다. 그러면서 각별히 1930년부터 1936년까지 의주와 신의주의 사설강습소 교사로 오가며 천도교 역내 지도자로서 위상을 뚜렷이 했다. 사상 불온 교사라는 일컬음까지 받았다. 그러한 과정에 1936년 신의주에서 동화집 『새 선물』을 내고, 1939년에는 의주에서 『약지신의주』를 폈다. 그런데 『약지신의주』 기술로 볼 때 이미 이 무렵에는 왜로의 이른바 정신총동원 책략과 식민 체제 안쪽에 완전히 사로잡힌 부왜인으로서 상업에 몸담고 있었다. 그 뒤로 홍승봉의 흔적은 찾을 수 없다. 천도교계 인사로서보다는 생활인으로서 모습이 더 앞서면서 자연스럽게 나타난 변화라 여겨진다. 그이가 『약지신의주』를 냈던 의주 '삼성상회'야말로 황승봉의 일터와 삶자리를 짐작하게 이끄는 마지막 지표다.[31] 따라서 한때 천도교계 청년 지도자로서 중앙위원에 이름을 올리기까지 했으나 황승봉은 의주신의주 역내에 머무는 제한적인 인물이었다. 그리고 천도교 교단 활동 출발부터 타협적인 민족 노선에 섰던, 1920년대 최린계의 천도교 신파에 뿌리를 둔, 서북계 천도교 활동가로서 황승봉은 천도교 교단의 시대적 처신과 마찬가지로 부왜의 길로 걸어들었다.

3. 『새 선물』과 수운 일대기

살핀 바와 같이 황승봉은 현상동화대회나 웅변대회와 같은 구술, 구연 행사에서 재능을 인정받은 사람이다. 게다가 그이는 의주의 농촌 야학을 거쳐 신의주의 어린이 사설강습소 교사로 일했다. 아울러 천도교소년회 지도자였다. 교과목이나 학습 효과를 드높이기 위해 동화 구연과 같은 문학 실천 활동이 낯설지 않았을 이다. 천도교 창작 동화의 필요성을 느꼈을 때마다 물러서기보다는 손수 마련하고자 하는 의

---

31 그러한 평안북도 천도교 청년 지도자 황승봉의 자리는 전대와 당대 천도교계 인사들의 인명록 격인 이돈화 엮음, 『천도교창건록』(제1집, 천도교중앙종리원, 1934)에서 짐작할 수 있다. 평안북도 다른 지역에 견주어 월등하게 많은 의주(신의주) 지역 천도교계 인명에 황승봉을 찾을 수 없는 사실과 나란히 놓고 짐작할 일이다.

『새 선물』표지

욕이 컸겠다. 그런 까닭에 황승봉이 신의주 의
신학원 교사 몸으로 동화집『새 선물』을 펴낸
일은 자연스러우면서 뜻 깊은 진전이라 할 수
있다.

황승봉은 자기 동화집에 『새 선물』이라 표제
를 붙였다. 그런데 표제의 '션물'과 달리 안쪽으
로 들어서면 '선물'을 '션물'과 뒤섞어 써서 혼
란을 가져왔다. 앞에서 짚었던 사실이다. 나아
가 글쓴이는 작품집의 뒷날 확장성을 위해 '선
물'로 굳혀 적겠다는 뜻을 밝힌 상태다. 황승
봉은 『새 선물』의 속표지에 "일명 월강月江 동화집"이라 덧붙였다. 필명이 월강임을
밝혔다. 그리고 책을 펴내는 까닭을「머릿말」로 담았다.

해는 서산에 임우 기우럿슴니다 어둠의 신이 사람들을 롱낙하고 잇슴니다 그러나 그
잇튼날 동방으로부터 아름다운 햇님은 새 아츰의 새 히망의 선물을 담북 안고 히물히물
올나온담니다

예수님은 이 세상에 선물을 만히 끼치고 가신 지 오래엿슴니다 석가님도, 공자님도,
또한 만흔 선물을 세상에 만히 끼치시고 가신 지? 넘우나 오래엿슴니다 그리하야 중간
에 미신들이 세상을 롱낙할 때 그때 동방의 새 신인神人이신 최수운崔水雲 선생님이 새 인
간의 새 생활의 새 선물을 담북 안으시고 조선 경주 구미산을 밟아 오시엿슴니다

이제 이 책은 이 뜻을 상징하여 꾸민 글이엇는대 오늘날 새 세상의 새 일군이 될 어린
동무 여러분께 이 글을 드리나이다 그리고 또 이 세상의 일꾼을 낳으시고 기르시는 어
머님 누님과 또 형님에게 드리나이다

—「머릿말」가운데서[32]

---

32   황승봉, 「머릿말」, 『새 선물』, 의신학원, 1936, 1쪽.

황승봉은 현세를 두고 해질녘에 비겼다. 해는 이미 서산에 기울어 "사람들을 농락"하는 "어둠의 신"이 기세를 떨친다. 이제 '동방으로부터' "새 아츰의 새 희망의 선물을 담북 안고" 올라온 "아름다운 햇님"이 누리를 밝히고 있다. 어둠의 신과 햇님을 맞세웠다. 지난날 예수나 석가, 공자와 같은 성인들은 어둠의 신에 든다. 그들은 세상에 "많은 선물을" 끼쳤으나 이제 시효를 다했다. "동방의 새 신인神人" 수운은 새 햇님이다. 그이는 "새 인간" "새 생활의 새 선물을 담뿍" 안고 조선 경주에서 났다. 자신의 동화는 그 "뜻을 상징하여" 꾸몄다. 『새 선물』을 읽고 "새 세상의 새 일군이 될 어린 동무"뿐 아니라, 그들을 낳고 기르는 "어머님 누님과 또 형님"에게도 『새 선물』이 읽을거리가 되기 바랐다. 황승봉은 「머릿말」에서부터 『새 선물』이 천도교동학 동화임을 뚜렷이 밝힌 셈이다.

동화집 『새 선물』 안에는 모두 21편[33]이 실렸다. 낱낱 작품 앞에 숫자를 붙여 21까지 이었다. 그런데 이들 작품의 본문을 두고 꼼꼼히 따져 읽고자 할라치면 당장 어려움에 부딪힌다. 왜냐하면 텍스트의 원본성을 확정하기 어려운 때문이다. 이 점은 두 가지에서 비롯한 것으로 보인다, 첫째, 황승봉이 만든 원고가 그 무렵 주류 맞춤법을 따르고자 하는 조심성이 모자란 상태로 마무리되었을 가능성이다. 지역어가 곳곳에 쓰이고 있고, 낱말 선택이나 구문에서도 적확한 용례나 뜻을 확정하기 어려운 개인어가 널렸다. 따져 읽기를 어렵게 만드는 요인들이다. 출판에 앞서 원고 교정에서부터 글쓴이 안쪽 논리가 한결같고도 엄밀하게 이루어지지 않은 결과라 할 수 있다. 듣는 문학이 아니라 읽는 문학으로서 문자 문학의 텍스트 원본성에 대한 이해가 느슨한 됨됨이다. 황승봉이 전문 문학 학습 회로로 공부를 하고 습작을 거듭해 문필가로 살고자 했던 이라면 드러나지 않았을 문제다. 교계 어린이 잡지였던 『어린이』에 글을 싣지 않은 일로도 짐작할 수 있는 일이다. 그런데 이 점은 거꾸로 웅변가, 동화 구

---

33 「열쇄」·「수리」(본문에서는「북수리」)·「무궁의 소원」·「살(矢) 한 대—일명 물의(勿疑)」·「낙동강의 명예」·「붉은 흙—일명 새 선물」·「머리 돋는 사람—일명 괘이한 사람」·「이상한 봇다리」·「호랑이의 의(義)」·「청의동자(靑衣童子)」·「밀감씨를 구하려」·「수박 곡간」·「궁을(弓乙) 소년군—일명 동생의 사랑」·「네 동무의 장내」·「이상한 쳐네」·「수천년 동안 수수걱기로 잇든 물건」·「님금님의 에누리는?」·「다섯 왕자의 거울 속」·「삼두장군」·「심판 날—일명 한울밤」·「왕자의 살(矢)대는?」

연가로서 황승봉의 특장을 드러내는 일이기도 하다.

둘째, 출판 교정에서 비롯한 것으로 보이는 일관성 결여다. 활판 인쇄의 특성상 식자, 조판을 하는 과정은 필수적이다. 그때에 한결같은 맞춤법 원칙이 적용되지 않았을 경우 한가지 낱말임에도 들쭉날쭉한 표기가 이루어질 수 있다. 앞에서 말한 바와 같이 동화집 제목 '새 선물'만 하더라도 '새 선물'과 '새 선물'이 뒤섞였다. 그런 본보기를 찾자면 곳곳에서 흔하다. 이 점은 그 무렵 신의주나 평양의 배달말 출판이 지녔을 영세성이나 비전문성과 맞물린 결과라 할 수 있다. 충분한 글자체를 마련했거나 마련할 수 있을 상태에서 인쇄 작업을 하지 않았을 경우, 느슨한 식자 조판 방식으로 넘어갈 가능성은 크다.

근본 원인을 정확히 짚을 수 없으나 글쓴이의 원고 교정이든, 인쇄소의 출판 교정이든 『새 선물』은 인쇄, 출판 과정에서 매우 거친 텍스트 확정 방식을 거쳤음을 알게 한다. 그런 까닭에 어느 낱말이나 말마디, 월을 원전으로 확정해야 할지, 어떤 뜻으로 읽어야 할지, 해석의 자장이 넓거나 독해가 가로막히는 곳이 적지 않다. 『새 선물』에 관한 본격 연구 자리에서 적지 않은 제약 요인으로 앞을 가로막는 일이 바로 이러한 텍스트 유동성이다. 그런 속에서도 『새 선물』 작품 21편은 중심 줄거리와 속살로 볼 때 크게 세 유형으로 나눌 수 있다. 수운 최제우[1824~1864]의 일대기 이야기를 중심으로 짜인 작품, 천도교 교리의 특성이나 우월성을 담아내고자 한 작품, 그리고 그 둘을 뒤섞은 작품이 그것이다. 그럼에도 이 세 유형은 넘나든다. 그들 사이 경계를 뚜렷하게 짓기가 쉽지 않은 까닭이다. 어느 됨됨이가 두드러지는가 하는 비중의 문제일 따름이다. 그런 가운데 「열쇄」·「무궁의 소원」·「낙동강의 명예」·「수천 년 동안 수수걱기로 잇든 물건」·「다섯 왕자의 거울 속」·「심판 날―일명 한울밤」과 같은 작품은 수운의 일대기나 행적, 또는 해월과 잇는 승통 이야기가 중심 줄거리를 이루는 작품이다. 거기에 천도교의 특성이나 교리의 우월성까지 녹아들도록 했다. 이제 이들 가운데서 수운의 일대기를 대표하는 세 편을 본보기로 『새 선물』 안쪽으로 들어설 참이다.

먼저 「열쇄」는 『새 선물』 맨 앞자리에 실린 작품이다. 수운의 탄생과 성장, 득도 과정, 죽음의 뜻과 뒷날 영향까지 두루 줄거리로 싸 담았다. 그 과정에서 천도교 교리의 우월성까지 함께 녹였다. 그런 까닭에 동화집 『새 선물』의 총론과 같은 됨됨이로 놓인 작품이 「열쇠」다. 줄거리를 사건 별로 나누면 아래와 같이 모두 7개로 묶인다.

① 백 년 남짓 옛날 경상도 구미산 밑 용담정 초당에 사는 유명 학자는 상처한 뒤 사십이 넘도록 홀몸으로 살다. 어느 날 지붕 위에서 해 같고 달 같은 것이 떨어져 돌다 사라지는 바람에 집안에 뛰어 가보니 낯모를 여자가 자신을 맞아들이니 그날부터 둘은 내외가 되다.

② 한 해 뒤 아들 수운공을 보다. 집 뒤 구미산이 사흘을 울고 오색 구름이 집을 둘러싸다. 수운공 여섯 살 때 어머니가 돌아가고, 자라면서 샛별 같은 눈에, 달과 같이 해와 같이 광채가 나서 한번 떴다 감으면 번개 치는 듯싶어 사람들이 수운공과 마주 보지 못하다. 열여섯 살에는 아버지마저 돌아가서 쓸쓸히 세상을 겪다.

③ 수운공의 눈과 행동이 이상해 큰 일이 일어나다. 높은 데 있는 집 툇마루에서 눈을 껌벅거리면 번갯불 같은 것이 번쩍거리고 밖에 나온 사람이 그 광채에 넘어지기도 하다. 날마다 구미산에 뛰어 올랐다 내려오는데 그때마다 산이 더렁더렁 소리하여 동네집이 흔들리다. 동네 사람들이 장래 역적이 될 사람이라 여기고, 그 화가 미칠까 달려들어 수운공을 죽이려 하나 어떤 노인의 도움으로 풀려나다.

④ 노인 말에 따라 천성산 통도사에 이르다. 오만 근 철퇴와 오만 근 농천검이라는, 만고 보검을 얻어 노인이 시키는 대로 밤마다 들기를 연습하며 공부하다. 이십 년 만에 드디어 재주를 부릴 만큼 능숙해지다.

⑤ 철퇴와 농천검을 들고 산에서 내려온 수운공은 큰길 돌비석에 쓰인 글을 읽다. 비석 아래 궤짝에는 세상 사람들이 이만오천 년 동안 먹고 입을 물건과 오만 년 동안 영예스러운 일이 차 있으나 쇠가 잠겨 있다. 그 열쇠는 황하수 물속에 잠겨 있어 공자나 석가 예수 같은 이도 건지려다 못 건지다. 그런데 오는 경신 초 오일 아침에 그 물이 맑아진다는 속살이었다. 비석 아래 큰 궤짝을 열 열쇠를 얻으러 수운공은 농천검과 철퇴를 둘러매고 마라톤으로 떠나다.

⑥ 한 산고개에서 오가는 사람을 막는 나무를 끊어 죽이다. 한 산비탈에서 아이들 골을 꺼내 먹는 잔나비를 철퇴와 농천검으로 가루로 만들다. 이튿날 광막한 벌판에서 사람들을 기도케 한 뒤 잡아먹는 늙은 여우를 물리치다. 황하수에 이르러 수운공은 궁을 같은 형상을 지닌 열쇠를 건져내다.

⑦ 수운공이 길 옆 비석 있는 곳으로 되돌아오다. 비석을 뽑고 그 밑에 들어 있는 오만 년 동안 먹을 양식을 얻다. 그것은 오만 년 장생하는 불사약인데 수운공이 간수해서 뒤에 오는 창생에게 전하라 하늘에서 말하다. 오늘날 수운공의 양식을 얻어먹고 사는 사람이 몇 억 만인지 모를 정도에 이르다,

「열쇠」가 수운의 일대기를 뼈대로 삼고 있음을 한눈에 알 수 있는 줄거리다. 그러면서 문학적 상상과 비약을 거쳐 수운과 동학 사상의 우월함까지 담았다. 그런 까닭에 어디까지가 정사 차원의 기술이고 어디부터가 상상적 윤색의 결과인지 따져보는 일이 흥미롭다. 무엇보다 수운이 득도에 이르는 과정을 황하수에 빠져 있는 열쇠를 구해서 비밀스럽게 묻힌 궤짝 문을 여는 이야기로 빚은 부분이 새롭다. 거기다 수운 사상의 우월성은 오가는 사람을 괴롭히는 갖가지 장애 요소나 괴물의 퇴치로 표현했다. 그들을 없애는 데 쓴 무기로 '농천검' 곧 '용천검'과 오만 근 철퇴를 마련한 점 또한 눈길을 끈다. 거기다 동학 사상의 우월성은 "오만 년 장생하는 불사약"이라

는 표현에 담았다. 느슨하나마 민중 영웅의 일대기에서 흔히 볼 수 있는 고난과 극복, 그리고 행복한 마무리에 이르는 이야기 짜임새를 갖춘 셈이다. 그런 가운데 수운의 일대기에 관한 문헌 전승과 다른 설정이 동화로서 재미를 더한다.

첫째, 수운의 출생과 관련한 이야기다. 수운 최제우의 삶과 관련한 이야기를 일찌감치 문헌 전승과 구비 전승 둘 모두를 살펴 그 상관성을 따져보고자 한 사람은 조동일이다.

수운 최제우 대신사[34]

---

34 천도교중앙총부 교사편찬위원회, 『천도교백년략사』(상권), 미래문화사, 1981, 화보.

그이에 따르면 수운의 적지 않은 문헌 전승은 일어난 순서에 따라 모두 21개의 이야기 토막으로 나뉜다.[35] 그들 가운데 두 번째는 아버지 최옥과 어머니 한씨 부인이 만나게 된 사연이 예사롭지 않다는 이야기다.

조선 경상도 어느 시골에 구미산이라 하는 유명한 산이 있는대 그 산 밑에 또한 유명한 룡담이라 하는 못이 있고 그 못 가 언덕 우에 유명한 룡담정이라 하는 초당이 지여 있었슴니다 이 초당의 주인은 경상도에 유명한 학자 님이엇는대 이 학자 님은 일즉 상처를 한 번한 이후 나이 사십이 되도록 장가를 들지 못하여 아들 딸도 하나 없이 홀로 쓸쓸히 세월을 보내엿슴니다 그런데 어느 날 학자님이 이웃마을에 갓다 오는대 아! 이상한 일을 다 보앗지요? 바로 초당 지붕 우에로 공둥에서 달고 같고 해도 같은 것이 뚤룽 떠러져서 한참 빙빙 돌더니 깜박 없어짐니다 그래서 빨니 뛰여 드러가보니 아! 놀나지 마십시오 집안에 이상한 보-이한 안개 속에 엇든 낮모를 녀자가 나이 한 삼십 되엿슴즉한대 히죽히 웃고 있지를 안슴니까? 학자님은 이상한 일이라고 생각하면서 한참 문을 열어 잡고 셔서 바라보고 있노단즉 보-이한 안개는 점점 사라져 없어지드니 그 녀

---

35 그들을 다 들면 아래와 같다. (1) 최제우 같은 사람이 나타나리라는 예언이 신라 시대에 이미 있었다. (2) 아버지 최옥과 어머니 한씨 부인이 만나게 된 사연이 예사롭지 않다. (3) 잉태되거나 태어날 때 이상한 일이 있어서 비범한 인물이 될 조짐을 보였다. (4) 어려서, 눈이 역적의 눈이라는 말을 들었으나 변명하지 않았다. (5) 울산에 갔을 때 어떤 여자가 동침을 하자고 했으나 응낙하지 않았다. (6) 금강산에서 왔다는 중이 천서를 전해 주고는 자취를 감추었다. (7) 천성산에서 기도를 하다, 신통력으로 숙부의 죽음을 알고 급히 되돌아왔다. (8) 시비 끝에 어떤 노파를 죽였으나 소생시키는 능력을 발휘했다. (9) 아버지 무덤에 성묘를 가는데, 우중이었으나 머리 위에서 태양이 빛났다. (10) 말을 타고 가다가 말이 멈추자 앞에 있던 제방이 무너졌다. (11) 말을 타고 물이 불어난 강을 건넜는데, 물에 빠지지 않았다. (12)경주 영문에 잡혀가는데, 빨래하는 여자들이 보니 머리 위에 서기가 빛났다. (13)잡혀갔으나 무사하게 되고, 경주 부윤 부인의 병을 고쳐 주었다. (14)하늘에서 내려온 선녀가 나무 위에 앉아 마을을 환하게 했다. (15) 꿈에 나타난 징조로 화가 닥쳐올 것을 미리 알았으나 피하려 하지 않았다. (16) 잡혀가는데, 포졸들이 무례하게 구니까 타고 가던 말이 움직이지 않았다. (17) 잡혀가는 도중에 철종이 죽어 국상이 난 것을 미리 알았다. (18) 대구 감영에서 취조를 받을 때, 곤장으로 다리를 치니 우뢰 같은 소리가 났다. (19) 곤장을 맞아서 생긴 상처가 즉시 아물고 아무 일도 없었던 것처럼 되었다. (20) 칼이 목에 들어가지 않았으나, 청수를 놓고 묵념을 한 다음 스스로 죽음을 택했다. (21) 시체에는 칼 흔적이 없고 관에는 무지개가 뻗혀 서기가 도는 이적이 일어났다. 조동일, 『동학 성립과 이야기』, 홍성사, 1981, 132~133쪽.

자만이 말없이 가만히 나와 학자님의 손목을 잡아 이끄러 마자 드립니다 학자님은 꿈같
은 속에서 그 엡뿐 녀자의 보드라운 손목에 이끄름을 받어 그날부터 그 녀자와 부부가
되엿습니다

이런지? 벌서 일 년이 지내여 그 학자님과 부부가 된 녀자는 꽃도 같고 옥도 같은 아
들을 하나 나엇습니다 우렁찬 애기의 우름소래가 날 적마다 집 뒤 구미산이 으항-하고
삼일을 울고 이상한 오색 구룸이 집을 둘녀쌓엇습니다 학자님은 넘우 깃부어서 그 애기
의 일음을 수운공이라고 하엿습니다

―「열쇄」 가운데서[36]

보는 바와 같이 수운의 아버지 최옥은 나이 마흔에 자식이 없이 홀로 살다 어머니
한씨를 만난 것으로 「열쇄」는 썼다. 이 점은 정사인 이돈화의 『천도교창건사』[1933] 기
술과 다르지 않다. 그런데 실제 최옥은 세 부인을 보았다. 17살에 정씨 부인을 맞았
으나, 37살까지 무후한 채 사별하였다. 이듬해 서씨 부인을 재취했다. 그미 또한 51
살에 먼저 보냈다. 최옥은 65살 되던 해 용담 가까운 금척리에서 20살부터 홀로 살
고 있었던 한씨를 만나 내외의 인연을 맺었다. 그달부터 태기가 있어 이듬해 아들을
낳았다. 그이가 뒷날 수운이다. 수운은 1924년 10월 28일 경북 경주시월성군 현곡면
가정리 선비 가문 아버지 최옥의 세 번째 부인 아래서 태어난 늦둥이다. 어머니 한씨
는 정실이 아니었으므로 수운은 서자였다. 수운의 처음 관명은 제선濟宣이었다. 뒷날
도를 깨치고자 하는 과정에서 스스로 제우濟愚로 바꾸었다. 「열쇄」에서는 수운의 아
버지가 마흔에 두 번째로 어머니 한씨를 맞았다고 썼다. 황승봉은 이돈화의 『천도교
창건사』[1933] 기록을 그대로 따른 셈이다. 위에 따 올린 부분은 수운의 탄생 때 나타난
이적을 그린 자리다.

수운에 관한 동학의 문헌 전승에서는 수운과 같은 큰 인물이 태어날 예언이 신라
시대부터 이미 있었다고 전한다. 그러나 「열쇄」에는 그러한 징후가 담기지 않았다.

36　황승봉, 앞의 책, 1~2쪽.
37　이돈화 엮음, 『천도교창건록』(제1집), 천도교중앙종리원, 1934, 화보 1쪽.

그와 달리 잉태나 태어날 때 이상한 일이 잇따라 일어나 비범한 인물의 조짐을 보였다는 이야기는 그대로 이어받았다. 천도교 정사에서는 수운이 탄생하던 날 하늘은 씻은 듯이 맑게 개어 있었고 바람은 가볍게 불어 왔다고 한다. 그런 가운데서 오색 구름이 집을 두르고 이상한 향기가 산실에 가득할 뿐 아니라 집 앞 구미산이 사흘을 크게 울었다.[38] 구미산은 경주에서 서쪽으로 10킬로미터 남짓 떨어져 있다. 경주 가까이에서 가장 높은 산이다. 수운의 탄생

구미산 삼일 대명(大鳴)[37]

때 보인, 구미산의 사흘 울음이라는 이적은 일찍이 이돈화의 『수운심법강의水雲心法講義』1926에서 '구미산龜尾山의 삼일명三日鳴'이라는 이름으로 중요하게 다루어졌다. 거기다 이돈화는 그 뜻까지 따로 더했다. 곧 "대신사 탄생하실 째에 산이 삼일을 울었다고 경전에 씌워 잇스나" 그러한 '이적'은 "상징적 교리"를 뜻한다. '구미산 삼일명'은 "천지인 삼재의 후천개벽을 상징적으로 표명한 것"이다. "구미산 삼일명의 1쌍 시"로써 "위대한 인물의 출세를 찬미"했다.[39] 삼일 울음과 삼재의 후천개벽을 한가지로 묶은 이돈화의 생각이 각별하다. 이런 생각을 이돈화는 자신의 『천도교창건사』1933에도 그대로 이었다.

태어날 때의 '구미산 삼일명'에 이어, 수운은 자라면서 눈빛과 행동이 '이상'해 여러 가지 사건을 일으켰다. 「열쇄」에서 보이는 그 자리를 올리면 아래와 같다.

① 불행한 일이엿슴니다 수운공이 여섯 살 난 때에 어머님이 그만 못 된 병이 나서 도라가시고 학자님 혼자 눈물로서 수운공을 기르고 잇엇는데 수운공은 점점 커갈스록 이

---

38 천도교중앙총부교사편찬위원회, 앞의 책, 65~66쪽.
39 이돈화, 『수운심법강의』, 천도교중앙종리원표교과편집실, 1926, 3~4쪽.

상하엿습니다 안이 수운공의 눈이 이상했습니다 처음 샛별 같은 눈이 찬 달과 같이 광채가 나고 그 다음 해와 같이 광채가 나서 눈을 한번 떳다 감엇다 하면 번개가 번적번적하는 것 같아서 세상 사람들이 이 수운공과 맞우 보지를 못하군햇습니다

—「열쇄」 가운데서[40]

② 세월은 빨나서 수운공의 나이 열여섯 살 난 해에 불행이 또 아부지가 도라가시엇습니다 아부지가 도라가시니 수운공은 혼자 외로히 쓸쓸한 세상을 보내는 중 그리자 큰일이 또 낫습니다 수운공의 눈이 넘우 이상하고 수운공의 하는 행동도 넘우 이상햇습니다 수운공의 집 룡담뎡은 가장 높은 곤에 있습니다 그럼으로 수운공의 집 퇴마루에 안저서 한번 삷혀 보면 온-동니 집이 다 보임니다 그래서 혹 수운공이 퇴마루에 안저서 눈을 껌벅껌벅 하게 되면 번개불 같은 것이 온-동내에 찰난하게 번끗거리여서 집안에서 밖에 나오는 사람들은 잠간 동안은 그 광채에 찔니워 넘어지군 하게 되여 크게 고통이 되군햇습니다 그리고 수운공은 날마다 일즉 니러나서 그 집 뒤 구미산상에 한번식 뛰여올나갓다가 오군하는대 그럴 때마다 산이 더렁더렁 소래를 하는 바람에 동네 집들이 흔들니우군 하엿습니다 이러함으로 그 동내 사람들은 모다 그 수운공을 미워하게 되엿습니다 그 동내 사람들은 모다 수운공의 한 친척들이엿지만 — 수운공은 장내에 역적이 될 사람이라고 인뎡하게 되어 그 친척들일지라도 혹 장내에 그 역적의 화단이 밎일가 봐서 자연히 수운공을 미워하게 되여 나종에는 수운공을 죽이기를 결뎡하고 — 하로는 가만히 수운공을 홀녀다가 구미산 깊은 곤으로 끌고 가서 갑작이 여러 사람들이 달녀드러 수운공을 나무에 꽁꽁 얽어매여 놓고 큰 칼로 여럿이 머리를 버히려고 잔뜩잔뜩 칼을 둘너메엿습니다

—「열쇄」 가운데서[41]

태어날 때부터 구미산 이적을 보인 수운은 어릴 적부터 여느 아이와 달랐다. 수운

---

40 황승봉, 앞의 책, 1~2쪽.

41 위의 책, 3~4쪽.

의 눈은 "처음 샛별 같은 눈이 찬 달과 같이 광채가 나고 그 다음 해와 같이 광채가" 났다. 그래서 "눈을 한번 떴다 감었다 하면 번개가 번적번적 하는 것" 같았다. 세상 사람들은 수운과 눈을 마주 보지 못할 형편이었다. 그런 괴이한 일은 자라면서 강도를 더했다. ②에서는 그 점을 다루었다. 높은 집 툇마루에 앉아서 수운이 눈을 껌벅거리면 번갯불 같은 것이 온 동리에 찬란하게 번쩍거렸다. 그러면 집 바깥에 나와 있던 사람들은 잠깐 동안 그 광채에 찔려 넘어지곤 하는 고통을 겪었다. 게다가 날마다 일찍 일어나서 집 뒤 구미산 꼭대기로 뛰어 올랐다 내려오곤 했다. 그럴 때마다 산이 더렁더렁 소리를 내는 바람에 동네 집들이 흔들렸다. 이적을 본 사람들은 수운을 꺼리게 되었다. "장내에 역적이 될 사람"이라 걱정을 늘어놓았다. 마을 사람들은 마침내 그 화가 자신들에게 미칠 것을 걱정하여 "수운공을 죽이기"로 결정했다. 수운을 꾀어 구미산 깊은 곳으로 끌고 가서 여러 사람이 달려들어 수운을 나무에 묶어 놓고 큰 칼로 머리를 베려 했다. 그런 속에서 수운은 한 노인의 도움으로 곤경을 벗어날 수 있었다.

수운의 문헌 전승 가운데서 눈의 이상과 관련한 이야기는 거듭해 온 것이다. 어려서부터 눈이 역적의 것이라는 말을 들었으나 수운은 변명하지 않았다. 그런데 「열쇠」에서는 그 점을 더욱 속속들이 강조하고자 했다. 눈이 너무 빛나 어릴 적부터 다른 사람들이 수운과 눈을 마주보지 못했다. 자라면서 그 눈빛은 더 이상스럽고 큰일을 벌였다. 사람들은 그 눈빛에 쓰러지고 넘어져 다치기까지 했다. 눈의 신묘한 힘이란 어릴 적부터 수운이 여느 사람과 달리 뛰어난 통찰력과 지혜를 지녔다는 뜻을 담은 비유적 표현이라 할 수 있다. 거기다 수운은 자라면서 이상한 행동까지 더했다. 날마다 산으로 뛰어 올라갔다 내려왔다. 그때마다 동리 집들이 흔들렸다. 수운의 발구름이 지닌 신통한 힘이다. 이 점은 정신뿐 아니라 몸으로서도 수운이 여느 사람과 다른 힘을 지닌 이였음을 암시한다. 이렇듯 정신적, 육체적으로 특별했던 수운은 마을 사람들로부터 '역적'의 싹을 지닌 젊은이로 여겨졌다. 수운이 거리낌을 받은 일은 자연스러운 순서였을 것이다. 재능이 받아들여지지 못한 민중 영웅 이야기 속의 비극적인 영웅처럼 유별난 삶이 수운에게도 되풀이한 셈이다. 죽음에 이를 처지에 놓

주유천하(周遊天下)[42]

인 수운은 어느 노인의 도움으로 벗어날 수 있었다. 그리고 그 노인의 말에 따라 수운은 집을 떠나 구도의 길로 나섰다.

앞에서 본 바와 같이 「열쇄」에서는 수운의 문헌 전승에서 나타나지 않는 세 가지가 더했다. 거세고 밝은 눈빛 탓에 마을 사람들이 쓰러지곤 했다는 이야기, 날마다 구미산에 뛰어올라갔다 내려왔다는 이야기, 마을 사람들이 수운을 죽이려고 구미산으로 끌고 갔다가 노인의 도움으로 빠져나왔다는 이야기가 그것이다. 자라면서 수운이 지녔던 특출하고도 신통한 능력을 강조하기 위한 장치가 「열쇄」에서는 더한 셈이다. 이렇듯 어린 시절 이적을 강조하고 강화함으로써 높아지는 것은 수운의 위대성이다. 그리고 그 점은 일찌감치 살던 터를 버리고 세상을 배우고 도를 얻기 위해 겪은 '주유천하'의 원인과 설득력을 더하는 장치로 작용한다.

여섯 살에 어머니를 여의고, 열일곱 살에 아버지마저 잃은 수운이다. 어릴 적부터 삶의 무상을 느꼈을 뿐 아니라 세상 인심과 풍속을 겪으면서 어떻게 하면 참된 도리를 얻어 세상을 건질 수 있을까 고심했다. 진리를 찾기 위한 구도에 힘쓰게 된 것이다. 그리하여 유, 불, 선 교리를 두루 배우는 한편 음양, 복술과 같은 민간신앙까지 파들었다. 거기다 활쏘기와 말타기, 장사 생활 들을 겪으면서 세상 인심을 두루 배웠다.[43] 득도에 앞서 주유천하를 거친 것이다. 그 과정에서 수운은 살기가 어려워 처가 곳인 울산으로 삶터를 옮겼다. 그곳에서 어떤 노기가 동침을 하자고 했으나 응낙하지 않았다. 그런 부분이 「열쇄」에서는 나타나지 않는다. 어른들 이야기에서는 수운의 곧은 인품을 알려 주는 지표가 될 토막이다. 하지만 아이들 동화에서는 그런 일을

---

42 이돈화 엮음, 『천도교창건록』(제1집), 앞의 책, 화보 2쪽.
43 노길명, 「한국 근·현대사와 민중종교운동」, 『한국민족종교운동사』, 사단법인 한국민족종교협의회, 2003, 42쪽.

윤색하기란 쉽지 않았을 터다.

「열쇄」에서는 수운이 마을 사람들에게 풀려나서 노인이 시키는 대로 천성산으로 득도를 위해 들어갔다고 썼다. 그 일을 두고 수운의 문헌 전승에서는 49일 동안 기도를 하기 위해 들어간 것으로 전해진다. 을묘년인 1855년 어느 날 수운은 금강산 유점사에서 온 스님으로부터 천서天書를 받고 그 책 속살에 따라 천성산 내원암에서 49일 기도를 하기 시작했다. 그러다 47일 되던 날 숙부의 죽음을 미리 알고 기도를 급히 끝낸 뒤 고향으로 돌아왔다. 「열쇄」에서는 천성산에서 수운이 용천검과 철퇴 쓰는 법을 20년 동안이나 닦은 것으로 그렸다. 그리고 득도한 뒤 천성산을 내려왔다는 줄거리를 마련했다.

수운공은 다시 천천히 거러 그 절간에 드러가보니 중과 사람들은 없고 다만 그 노인이 말한 대로 이상한 보검과 털퇴가 마루 우에 뇌여 있을 뿐인데 보기엔 비록 적어 뵈는 것 같은대 무겁기 한량없엇습니다 수운공은 그날부터 노인이 식힌 대로 날마다 밤마다 늘 쉬지 안코 들기를 년습햇습니다 그러나 처음은 도려히 땅에 뇌인 채로 흔들니워지도 안엇습니다 그러나 수운공은 늘 쉬지 안코 한 이십 년 동안 공부하니까 맨 나중엔 능히 들고 별별 재조도 다 부리게 되여 수운공은 기뻣습니다 깃뿐 김에 뒷산 꼭댁이에 올나가 룡천검 날낸 칼을 아니 쓰고 무엇하리 — 무수 장삼 떨쳐입고 이 칼 저 칼 넌즛들어 이와 같은 검가를 지여 부르며 춤을 덩실덩실 추엇습니다

이십 년 후에야 비로소 수운공은 그 농천검과 털퇴를 들고 그 산에서 나려왓습니다.

—「열쇄」 가운데서 [44]

수운이 공부를 위해 들어간 곳을 「열쇄」에서는 천성산 통도사라 썼다. 문헌 기록으로 수운은 천성산 내원암에서 공부를 했다. 천성산 내원암은 영취산 아래 놓인 통도사의 말사다. 그러므로 천성산 통도사로 수운이 공부하러 들어갔다 해서 문제가

---

[44] 황승봉, 앞의 책, 5쪽.

을묘천서(乙卯天書)[45]

될 것은 아니다. 「열쇄」가 내원암 구도를 20년 동안이라 쓴 것은 주유천하와 천성산 내원암의 공부를 합친 기간 모두를 뜻한다 할 수 있다. 그 기간을 두고 「열쇄」에서는 "이상한 보검과 철퇴", 곧 용천검과 철퇴를 마음대로 움직이고 쓸 수 있는 능력을 갖추는 과정으로 표현했다. 동학가사 「검결」을 부르며 용천검과 철퇴를 휘두르는 형세를 담은 셈이다. 그리고 그 가운데서 「검결」의 노랫말을 인용하기도 했다. 용천검과 철퇴란 수운이 세상 사람을 제도할 수 있을 진리, 지혜와 다르지 않다. 그리하여 20년 동안 도를 닦은 뒤 수운은 신통력을 얻었다. 여기서 눈여겨 볼 점은 「열쇄」 속에서 수운이 용천검과 철퇴를 들고 춤을 추었다는 부분이다. 무장하여 싸운다는 뜻이 아니라, 세상을 구할 신통력과 종교적 지혜로 그것을 굳혀 본 셈이다.

수운은 1860년 경신년 4월 5일 득도하였다. 그 뒤로 신통력을 보여 주는 이야기는 문헌 전승에서 여러 가지로 이어진다. 이미 득도에 앞서 천성산에서 49일 기도를 하다 숙부의 죽음을 미리 알고 돌아왔다든가, 시비 끝에 노파를 죽였으나 소생시키는 신통력과 같은 것을 보인 수운이다. 득도 뒤 보여 준 신통력 가운데서 가장 먼저 나타나는 일은 아버지 무덤에 성묘를 가는 날의 것이다. 우중이었으나 수운의 머리 위에서는 해가 빛났다. 또 수운이 말을 타고 가다가 말을 멈추자 앞에 있던 제방이 무너지기도 했다. 말을 타고 물이 불어난 강을 건널 때였다. 수운과 말은 물에 빠지지 않고 물을 건넜다. 이러한 이야기 토막은 수운의 문헌 전승에서 한결같이 되풀이한다. 그들 가운데서 말을 타고 물이 불어난 강을 건넜으나 물에 빠지지 않았다는 이야기는 상징적인 뜻이 강하다. 그에 견주어 아버지 무덤에 성묘를 가는데 우중에도

---

45   이돈화 엮음, 앞의 책, 화보 3쪽.

해가 머리 위에서 빛났다거나, 말을 타고 가다 말이 멈추자 앞에 있던 제방이 무너져 화를 면했다는 이야기는 그에 견주면 강도가 약한 이적이라 할 수 있다.

동화집 『새 선물』 가운데서 「낙동강의 명예」는 득도 뒤 수운이 보여 준 그런 이적 가운데서 말을 타고 물이 불어난 강을 건넜는데, 물에 빠지지 않았다는 신통한 이적에 바탕을 두고 황승봉이 동화로 재구성한 작품이다. 이야기 줄거리를 묶으면 아래와 같다.

① 칠십 년 남짓 앞선 옛날, 장마 뒤 맑고 고요한 날 경상도 낙동강에서 출속물, 철네 철네물, 철삭물 들이 모여 이 세상에서 누가 제일 높고 귀한가를 이야기하다. 사람이 제일 높고 귀하나 사람들은 세상 만물을 귀하게 여기지 않는다고 입을 모으다. 그러나 오로지 대신사라는 분이 새로 나시어 세상 만물을 똑같이 대접하고 똑같이 귀히 여겨야 한다고 사람들을 가르친다는 정보를 나누다. 그래서 물들은 훌륭한 대신사가 지나가면 잘 보호하고 모시기로 약속을 하다. 대신사를 알아보는 징표는 다른 사람과 달리 머리 우에 늘 비치는 서기다.

② 얼마 뒤 동쪽 하늘에 서기가 뻗치고 대신사가 말을 타고 낙동강으로 오다. 낙동강 물들이 서로 땅땅하게 뭉치다. 대신사가 말을 탄 채로 말발굽도 젖지 않고 낙동강물을 뚜벅뚜벅 건너가도록 모시다.

③ 물들에게 전쟁동원령 호출장이 상부에서 들이닥치다. 지난 장마통 싸움에서 쫓겨 달아났던 열기군이 공중에서 진을 치고 나라를 엄습하려 하니 재차 공동 출병하라는 기별이었다. 물들은 뭉게뭉게 사단을 지어서 줄줄 올라가 열기와 싸우다. 처음에는 열기군이 이겼으나 이튿날에는 낙동강 증기군이 하늘을 까맣게 덮어 열기군을 물리치다. 땅으로 달아나는 열기군을 쫓아 빗줄을 타고 총알같이 내려온 증기군 앞에 열기군은 혼비백산하다. 다섯 사단의 증기군이 대신사가 지나고 있는 모습을 보다. 아무리 군인 행렬이라도 감히 대신사의 몸을 범할 수 없다는 낙동강 증기군이 존경심에서 비를 멈추다. 대신사는 옷이 조금도 젖지 않고 지나가다.

④ 의식이 미미한 낙동강 물이지만 대선사를 거룩히 생각하고 존경하는 마음은 대신사의 역사에 실리게 되다.

이적(異蹟) 기이(其二)[46]

동화의 바탕이 된 자리는 낙동강이다. 세상을 제도하기 위해 옮겨 다니다 수운이 건너게 된 곳이다. 낙동강의 낱낱 물들은 모여 이야기를 나눈다. '촐속물', '철네철네물', '철삭물'이 그들이다. 물의 맵시에 따라 이름을 붙인 일이 동화다운 재미를 더한다. 낙동강 물들은 세상 만물 가운데서 사람이 가장 귀한 점은 인정하나, 정작 사람들은 세상 만물을 귀하게 여기지 않는다고 비판했다. 그런 속에서 오직, 수운 곧 대신사가 나서 세상 만물을 똑같이 귀히 여겨야 한다고 가르친다. 그러한 분이라면 잘 모셔야 할 일이라고 물들은 생각을 모았다. 그리고 그런 분을 어떻게 알아볼 수 있을까라는 물음에 대한 답이 다른 사람과 달리 수운의 머리 우에 늘 비치는 '서기[瑞氣]'였다.

촐속물이 비평 비슷이 말하기를 "물론 사람이 뎰 높고 귀합니다 그러나 사람들은 넘우 미련하고 몰정합듸다 자기들만 자긔라고 넘우 자만을 피이여 남은 조곰도 돌볼 줄을 모릅듸다 난 그것이 데일 얄미워요? 여보 우리가 만일 이 세상에 업서 보시오 이 세상에 데일 높고 귀하다는 그 사람들이 꽤 행세하고 살 수 잇을가요? 우리가 안이면 자긔네들이 행세도 못하고 살지도 못할 줄을 뻔이 알면서도 우리 같은 물은 아조 천대하고 보호할 줄 모릅니다 말하자면 그들이 우리들을 넘우 남용 남비해서 혹 우리들로 하여금 곤난케 하는 때가 적지 안습니다"

"그건 그래요? 그러나 이즘 사람 가운대는 참 훌늉한 어른이 한 분 새로히 나셧습듸다 바루 우리들이 잇는 이 근처에 대신사라 하는 어른이야요? 그 어른은 이 세상 만물을 다 똑같이 대접하고 똑같이 귀히 역인다고 합듸다

---

46   이돈화 엮음, 위의 책, 화보 8쪽.

이제 그 어른의 말슴을 자세히 드르면 세상 만물은 다 한울이다 다같이 한울인 동시에 세상 만물을 한결같이 사랑하고 공경해야 한다고 날마다 사람들을 모와 놓고 이러케 가르치고 게시다 합니다 아 그 얼마나 고마운 말슴임니까? 그 어른의 말슴에 의해서 우리도 다 한울이 뒤엿네 말이야요 그런데 여보 우리 이제 그 어른이 만일 혹 우리들 잇는 대로 지나가시거든 잘 보호해 드립시다 그런 어른이야……" 출속물의 말 다음에 절네절네물이 이러케 말하니까? 사방에서 또 "그리합시다 그리합시다"고 합니다

—「낙동강의 명예」 가운데서[47]

머리 위 서기는 수운의 일대기 문헌 전승에서 삶의 후반에 나타나는 이적이다. 곧 수운이 경주 영문으로 잡혀가는데, 빨래하는 여자들이 보니 머리 위에 서기가 빛났다.「낙동강의 명예」에서 보이는 수운의 표징으로서 머리 위 서기란 바로 빨래터 여자들이 보았다는 서기와 그대로 맞물린 것이라 할 수 있다. 수운을 잘 모시기로 작정한 낙동강 물들은 얼마 뒤 머리에 서기를 띤 수운이 오는 모습을 발견한다. 그리하여 물들은 단단하게 얼어붙어 대신사가 말을 탄 채로 낙동강을 건널 수 있도록 했다. 강물이 얼어붙었다는 사건 또한 수운의 문헌 전승에서 말을 타고 물이 불어난 강을 건넜는데, 물에 빠지지 않았다는 이야기를 아이들이 쉽게 받아들일 만한 이야기로 황승봉이 다듬은 결과다.

수운을 안전하게 건네준 낙동강 물의 '명예'로운 행위는 그 뒤로도 이어진다. 낙동강 물들로 이루어진 '증기군'이 '열기군'과 맞서 싸운 것이다. 세상을 덮는 열기군을 물리치기 위해 증기군은 하늘로 올라가 총알 같은 빗발로 내려 떨어지면서 열기군을 물리쳤다. 그 과정에서 증기군은 수운이 지나가는 모습을 보게 되었다. 수운의 몸을 범할 수 없다고 생각한 낙동강 증기군은 열기군을 향한 공격을 멈추었다. 수운의 옷이 조금도 젖지 않고 지나갈 수 있도록 배려한 일이다. 이 사건은 문헌 전승에서 수운이 아버지 무덤에 성묘를 가는데, 우중이었으나 머리 위에서 해가 빛났다는 줄

47　황승봉, 앞의 책, 46~47쪽.

(좌) 이적(異蹟) 기사(其四)[48] / (우) 이적(異蹟) 기일(其一)[49]

거리가 「낙동강물의 명예」에 녹아든 결과라 할 수 있다. 비록 미미한 낙동강 물이지만 수운을 거룩히 존경하는 마음을 거듭 다한 셈이다. 그리하여 낙동강 물은 수운의 사적에 명예롭게 오르게 되었다고 「낙동강의 명예」는 맺었다.

황승봉은 「낙동강의 명예」에서 문헌 전승으로 내려오던 이적뿐 아니라 낙동강물로 된, 시원한 증기군과 더운 열기군 사이 싸움이라는 재미있는 우화적 상상을 즐겼다. 그를 빌려 수운의 문헌 전승에서 일러 오던 세 가지, 곧 머리 위 서기와 말을 탄 채로 강물 건너기, 그리고 우중에도 수운에게만 해가 비치기라는 이적들을 녹였다. 작품 한 편 속에 수운의 위대함을 돋보이게 만들기 위한 장치들을 한껏 끌어들인 셈이다.

수운의 일대기 문헌 전승 가운데서 득도한 뒤에 이적을 보여 준 곳은 여럿이다. 나라에서 경주 영문으로 수운을 잡아가는데, 빨래하는 여자들이 보니 머리 위에 서기가 빛났다는 사건은 앞서 「낙동강의 명예」에서 끌어다 댄 일이다. 그밖에 경주 영문

48　이돈화 엮음, 앞의 책, 화보 10쪽.
49　위의 책, 화보 7쪽.

에 잡혀갔으나 무사하게 되고, 수운은 오히려 경주 부윤 부인의 병을 고쳐 주었다. 또한 하늘에서 내려온 선녀가 나무 위에 앉아 마을을 환하게 만들었다. 거기다 꿈에 나타난 징조로 자신에게 화가 닥쳐올 것을 미리 알았으나 수운은 피하려 들지 않았다. 수운이 잡혀갈 때 포졸들이 무례하게 굴자 타고 가던 말이 움직이지 않았다. 서울로 잡혀가는 도중에 철종이 죽어 국상이 날 것을 수운은 미리 알았다. 그리고 대구 감영에서 취조를 받을 때, 곤장으로 수운의 다리를 치니 우뢰 같은 소리가 났다고 한다. 곤장을 맞아서 생긴 상처가 즉시 아물고 아무 일도 없었던 것처럼 보였다. 마침내 수운은 효수를 당하였다. 그런데 칼이 목에 들어가지를 않았다. 수운은 청수를 놓고 묵념을 한 다음 스스로 죽음을 택했다. 수운이 죽은 뒤 주검에는 칼 흔적도 없고 관에는 무지개가 벋어 서기가 도는 이적이 일어났다.[50] 수운은 순도를 결심한 뒤, 같은 경주 출신 최시형에게 도를 승통하는 일은 이미 마쳤다. 그리고 기꺼이 죽음을 맞았다.

「다섯 왕자의 거울 속」은 수운 일대기의 마지막 순도를 담은 작품이다. 그러면서 거기에 이르기 앞서 동학 교리의 뜻과 우월성을 드러내고자 했다. 「열쇄」에서는 그 일을 위해 마음대로 움직일 수 있는 용천검과 철퇴라는 상징적 도구를 끌어다 썼다. 그런데 「다섯 왕자의 거울 속」에서는 다른 종교와 견주어서 동학의 우월성을 드러내고자 해 차이를 보인다. 「다섯 왕자의 거울 속」의 이야기 토막을 보이면 아래와 같다.

① 오만 년 앞에 거울나라가 생기다. 그 나라 시자왕은 아들 다섯을 보다. 왕 내외가 달구경을 하고 돌아오니 어린 왕자들이 사라지다. 이웃 산촌에 사는 도적 다섯이 잡아가다.

② 다음 날 노자를 산촌에 보내 왕자를 찾아오라 명령하다. 산촌 산 밑에는 권력관이라는 강포무도한 도적의 큰 집, 돈 행세라는 건방진 도적의 조금 작은 집, 그보다 작은 글재세라는 도적의 집, 가난이라는 도적의 집, 마지막 다섯째 몰라라는 미련하고 몰인정한 도적의 집이 있었다. 노자는 자연을 사랑하는 사람으로 그 뒷산으로 올라가 집 한

---

50 조동일, 앞의 책, 132~133쪽.

채를 지어 날마다 글을 읽다. 다섯 왕자는 이미 도적들이 자기 아버지들인 줄 알고 노자의 꾀에 넘어가지 않다. 노자는 왕자들에게 책장사라 속이고 책을 주다. 그 책에 도적을 배반하고 거울나라로 돌아오라 써놓다. 그 글을 읽은 도적과 왕자들이 잡으러 오자 노자와 여러 제자들은 달아나버리다.

③ 임금은 석가와 공자를 보내다. 석가는 설산에 가서 어떻게 하면 다섯 왕자를 데리고 올 것인가를 6년 동안 연구하다. 공자는 석가보다 뒤에 서서 도적들을 예도로서 속이고 왕자들을 구하려 하다. 석가는 연구하다 배가 고파 도적 집에 내려와 쌀과 밥을 빌어다 먹고 임금을 배반하다. 공자도 뜻대로 되지 않아 도리어 도적을 돕고 다섯 왕자를 예도 줄로 묶어 두다. 이 소식을 듣고 왕이 매우 노하다.

④ 임금은 예수와 십자군을 보내 도적들과 싸우기로 결정하다. 먼저 예수를 보내다. 예수는 열두 제자를 데리고 도적들에게 자신을 구주라 말하면서 더 좋은 천당으로 데려다 즐겁게 해 줄 것이라 속이려 들다. 그러다 도리어 잡혀 십자가에 못 박혀 죽다. 임금은 십자군을 이어 보냈다. 그들도 도적들에게 속아 도적 군대가 되어버리다.

⑤ 임금은 마지막으로 가장 젊은 제선공을 보내다. 제선공은 천성산에 들어가 인내천이라는 오억 만 킬로미터나 되는 긴 검을 하나 만들다. 거기다 거울나라 임금이 준 참회경이라는 거울까지 간직하고 도적의 집 앞에서 주문을 외우며 쳐들어가다. 도적들은 인내천 검을 보고 거짓 항복하여 다섯 왕자를 내어 주고 자기들도 제선공의 부하가 되기를 청하다. 다섯 왕자는 참회경 덕분에 자신들의 아버지가 도적이 아니라 거울나라 왕인 것을 깨닫다.

⑥ 도적들이 임금을 불러 들여 잡으려는 꾀를 내다. 제선공의 만류에도 임금은 꾐에 빠져 도적 나라로 가서 도적들에게 잡히다.

⑦ 제선공이 다섯 왕자와 함께 인내천 검을 들고 도적을 다시 잡으러 가다. 도적들은 죽기를 각오하고 맞서다. 제선공이 대신 목을 바치면 임금을 내어 주겠다는 요구를 하다. 그 요구를 제선공이 들어 주다. 그리하여 대구 장대로 가서 죽다. 풀려난 임금과 왕자들은 통곡을 하고 참회경을 보며 제선공을 그리워하다.

'거울나라'라는 새 나라를 동화 속에 마련한 것은 그 나라 시자왕이 준 '참회경'이라는 거울 탓이다. 시자왕은 왕자 다섯을 낳았다. 그런데 그 다섯 왕자를 이웃 산촌의 다섯 도적이 잡아가 모두 자기네 아들로 삼았다. 산촌에 산다는 그 다섯 도적은 사람 세상에서 참회하면서 살아야 할 다섯 가지 미망을 뜻한다. 가장 큰 집에는 '권력관' 도적, 다음은 '돈 행세' 도적, '글재세'라는 도적, '가난'이라는 도적, '몰라라'는 도적이 그들이다. 이들 도적과 그 도적의 집 가운데서 앞의 권력과 돈, 그리고 글은 세상을 어지럽히는 세 가지 바깥 요인이다. 거기다 가난과 몰라라는 내부 요인이 더한다. 이들이 세상을 무너뜨리고, 개인을 좀먹는다. 그러한 다섯 도적을 잡아야만 세상이 화평하고 온전히 내 자식 내 집을 건사할 수 있다. 「다섯 왕자의 거울 속」은 그러한 이야기를 다섯 도적과 그 도적에게 잡혀간 다섯 왕자 구하기라는 우화로 엮은 셈이다.

다섯 왕자를 구하기 위해 왕은 네 사람을 차례차례 보낸다. 노자, 석가, 공자에다 예수와 그에 딸린 십자군이다. 먼저 간 노자는 글을 지어 다섯 왕자를 꾀어내려 했으나 실패한다. 석가와 공자를 이어 보냈다. 그런데 석가는 설산에 가서 어떻게 하면 다섯 왕자를 데리고 올 것인가를 6년 동안 연구만 했다. 그러다 배가 고파 도적 집에 내려와 쌀과 밥을 빌어다 먹고 석가는 임금을 배반했다. 공자는 석가 다음에 도적들을 예도禮道로서 속이고 왕자들을 구하려 했다. 그러나 뜻대로 되지 않자 도리어 도적을 돕고 다섯 왕자를 예도 줄로 묶어 두었다. 노자에다 석가와 공자까지 보냈으나 다 실패를 본 왕은 예수와 십자군을 보내 도적들과 싸우게 했다. 그러나 열두 제자를 데리고 도적들에게 간 예수도 십자가에 못 박혀 죽고, 십자군 또한 도적들에게 속아 오히려 도적 군대가 되어 버렸다. 다섯 도적에게 빼앗긴 다섯 왕자 구하기가 실패한 일은 이제까지 세상의 대표 종교들이 다섯 도적인, 권력과 돈, 글재주와 같은 폭력과 미망으로부터 벗어나도록 이끌지 못했다는 사실을 뜻한다. 거기다 가난에 빠져 내 몰라라며 무지몽매한 채로 살아갈 따름이다.

이에 마지막으로 왕이 보낸 사람이 '제선공'이었다. 제선은 수운의 관명이다. 제선공, 곧 수운은 천성산에 들어가 인내천이라는 오억 만 킬로미터나 되는 긴 검을 하나 만들었다. 거기다 거울나라 임금이 준 참회경이라는 거울까지 간직하고 도적의 집

앞에서 주문을 외우며 쳐들어갔다. 도적들은 인내천 검을 보고 거짓 항복하여 다섯 왕자를 내어 주고 자기들도 수운의 부하가 되기를 청했다. 다섯 왕자는 참회경 덕분에 자기들 아버지가 도적이 아니라 거울나라 왕인 것을 깨닫게 된다.

도적들이 다 나와서 대항하려다가 인내턴 검을 보고 곳 항복하고 다섯 왕자를 내여 주며 "거울나라 님금님이 이곳에 한번 행차를 하시면 저의도 곳 부하가 되여 영세불망 하겟습니다" 함니다 제선공은 이에 다섯 왕자를 보고 곳 그 참회경을 내여 빛이여 뵈이니 다섯 왕자를 문득 그 참회경을 보고야 그 다섯 도적이 자기들의 아부지가 안임을 깨닯은 동시에 자긔네들의 아부지는 거울나라 님금님인 것을 확실해 깨닯엇습니다 다섯 왕자는 거긔서 처음으로 제선공을 보고 절을 하며

"아! 선생님 이제야 깨닯엇습니다 선생님의 뎐하신 그 우리 아부지가 보내신 참회경을 보니 과거에 노자 석가 공자 예수란 사람들은 우리들에게 정당히 가르쳐 주지 안코 자긔네들의 음흉한 수단으로 우리들을 농낙하려 함으로 우리들은 거긔에 반대하엿든 것을 지금 새삼스럽게 늦겨짐니다" 하엿습니다

제선공은 이에 다섯 왕자를 다리고 거울나라로 도라가니까? 거울나라 님금님은 무한 깃뿌엇습니다

—「다섯 왕자의 거울 속」 가운데서[51]

도적들의 항복을 받아내는 자리를 옮겼다. 도적들은 인내천 검 앞에 항복하고, 왕자들은 임금이 준 참회경으로 자신의 본디 면목을 알게 되었다. 그리하여 왕자와 함께 돌아온 수운을 보고 왕은 크게 기뻐한다. 앞서 노자의 도교나 석가의 불교, 공자의 유교, 그리고 예수의 기독교는 모두 세상을 구원하지 못하고 도적들에게 지고 말았다. 그러나 그들보다 뒤에 태어나 가장 젊은 수운이 참회경과 인내천이라는 보검을 들고 가 도적들의 항복을 받아 냈다. 다른 종교에 견주어 천도교가 지닌 우월성과

---

51 황승봉, 앞의 책, 108~109쪽.

특성을 현실 독자들에게 손쉽게 일깨워주기 위한 장치로 다섯 도적과 수운의 싸움이라는 줄거리를 마련한 것이다.

그런데 도적들은 사실 거짓 항복을 했다. 오히려 왕을 잡기 위하여 자신들이 항복하였으므로 손수 도적 나라로 왕이 와서 항복을 받아 줄 것을 청하는 꾀를 냈다. 임금을 자기 나라로 불러 들여 잡으려 한 것이다. 수운이 도적의 꾐이라 말렸음에도 그 말을 듣지 않고 임금은 도적 굴로 떠났다. 그리고 잡힌 몸이 되었다. 수운은 다섯 왕자와 함께 인내천 검을 들고 다시 도적을 잡고 왕을 되찾기 위해 간다. 그런데 이번에는 도적들이 죽기를 각오하고 수운과 맞섰다. 마침내 도적들은 수운이 대신 목을 바치면 임금을 내어 주겠다는 요구를 했다.

“제선군 그대의 목을 우리들에게 받치면 곳 너의 님금님을 노와 보낼 터이다” 하고 웨침니다 제선공이 가만히 생각한즉 져놈들이 이러케 싸우다가 나한태 못 견대서 비록 다라난다 하더라도 다라날 때에 님금님을 해하고 다라나면 큰 야단이다 만일 그러케 된다면 내가 암만 져놈과 싸워 이기더라도 소용 업게 될 것이니 차라리 내 목을 버혀 주고 님금님만 구해스면 그만이다 하시고 이에 도적에게 향해서 말하되

“그러면 너의들은 님금님을 속히 노아 보내라 내 목을 너의게 사양할 테니” 하엿습니다 도적들은 생각하되 져놈만 죽이면 문데업다 하고 이에 곳 님금님을 노화 보냇습니다 그 대신 제선공은 도적에게 잡히여 대구 장대로 나아가서 목이 버혀졋담니다 이 참혹한 제선공이 죽엄을 보고 님금님과 다섯 왕자는 통곡을 하시며 도라가셧담니다 그리하야 다섯 왕자는 밤낫 제선공을 생각하고 제선공이 던하신 참회경을 보고 울군하엿습니다 그럴 때마다 제선공의 얼굴이 그 거울 속에 나타나군하엿담니다

―「다섯 왕자의 거울 속」 가운데서[52]

도적들의 요구에 수운은 스스로 도적들에게 걸어 들어가서 죽기를 결심하였다.

---

52 위의 책, 170~171쪽.

대구 장대(將臺)[53]

도적들 요구를 들어 주기로 한 것이다. 그리하여 수운은 대구 장대로 가서 효수를 당했다. 풀려난 임금과 왕자들은 통곡을 하고 참회경을 보며 제선공을 그리워했다.

이렇듯 「다섯 왕자의 거울 속」은 다른 종교와 다른 천도교 사상의 우월성과 함께 수운 일대기 전승의 마지막 순도를 우화적으로 담았다. 수운이 죽음에 이르는 과정에서 스스로 잡혀 죽을 것이라는 꿈의 징조를 알고도 피하지 않았다는 사실과 대구 감영에서 목 잘려 죽게 된 사실을 「다섯 왕자의 거울 속」은 되살렸다. 수운이 죽은 다음, 다시 본디 모습으로 돌아온 다섯 왕자와 왕은 수운이 남겨 둔 참회경을 보고 울면서 수운을 그리워했다. 그럴 때마다 거울 속에는 수운의 얼굴이 나타나곤 했다.

「다섯 왕자의 거울 속」에서 마련한 다섯 도적이란 사람들이 참회경으로 비춰봐야 할 세상의 미망, 곧 권력과 돈, 글재주, 가난과 무지다. 그러한 질곡을 벗어나기 위해 수운이 쥐어 준 '인내천'이라는 무기는 여느 종교의 연장보다 강력하다. 사람들은 세상의 미망과 질곡을 벗기 위해 끝없이 수운의 가르침이 배여 있는 참회의 거울을 들여다보면서 마음을 닦고 삶을 가꾸어야 한다. 수운의 모습이 비치는 참회경은 천도교 교도로서 닦아야 할 반성과 구도의 이음매인 셈이다. 여기서 눈여겨 볼 점은 거울 나라의 마련과 왕자 구하기라는 틀이다. 황승봉은 『새 선물』의 현실 독자들을 깨우치고자 전통 왕권 체제 안쪽에서 줄거리를 짠 셈이다.

앞에서 살핀 바와 같이 천도교 동화집 『새 선물』은 원전 확정과 독해의 어려움을 감추고 있음에도 나라잃은시대 천도교 교계가 내놓은 희귀 동화집이다. 천도교 자장 아래서 동화를 창작한 작가는 적지 않다. 그러나 오롯이 천도교 동화만을 써서 낱

---

53 이돈화 엮음, 앞의 책, 화보 14쪽.

책으로 묶어 낸 경우는 없었다. 어린이를 위한 교육동화의 경우, 가장 활발하게 내놓은 곳은 기독교 교계다. 그런 가운데서 황승봉은 평안북도 신의주의주의 간단치 않을 출판 환경을 딛고 천도교의 역사와 교리를 일깨우기 위한 뜻으로 『새 선물』을 펴냈다. 신의주 지역문학의 사상적 다양성뿐 아니라 역내 천도교계의 유별난 역량을 증명하는 한 본보기라 할 수 있다. 모두 21편을 싣고 있는 『새 선물』 가운데서 「열쇄」, 「낙동강물의 명예」, 「다섯 왕자의 거울 속」은 낱낱으로 수운의 탄생과 죽음에 이르는 일대기, 득도 뒤 수운의 이적, 그리고 수운의 순도와 천도교 사상의 우월성까지 담아낸 대표 작품이다. 황승봉은 그들을 마련하면서 이미 알려진 동학 문헌의 수운 일대기 전승뿐 아니라, 자신의 문학적 상상과 우화적 비약을 더하면서 현실 독자들에게 재미있고 유익한 동화가 될 수 있도록 애썼다. 천도교소년회 청년 지도자로서나 교사로서나 자기 몫에 충실하고자 했던 결과다.

4. 천도교 어린이문학의 가능성

잡지 『어린이』를 앞 세운 천도교동학 어린이문학은 굳이 종교적인 바탕을 강조하거나 특화하지 않았다. 그들은 일반 어린이 매체로 유통, 소비되었다. 그 점은 편집에 핵심 역할을 맡았던 이정호나 방정환의 작품 안쪽을 들여다보아도 알 수 있는 일이다. 직접적으로 천도교의 역사나 교리를 담아내고자 한 천도교 어린이문학은 뜻밖에 드물다. 그런 가운데서 평안북도 신의주에서 그것도 무명인 젊은 작가 황승봉에 의해 본격 천도교 동화집 『새 선물』1936이 나왔다. 천도교 교계 안쪽뿐 아니라 우리나라 어린이문학의 흐름 가운데서도 귀한 본보기라 할 수 있다. 이 글은 그 『새 선물』을 알리기 위해 마련했다. 논의를 맺으면서 생각을 더한다.

첫째, 『새 선물』은 신의주의주 천도교 소년회의 청년 지도자며 농촌 야학과 사설강습소 교원, 황승봉이 낸 동화집이다. 황승봉은 보통학교 중퇴 학력으로 의주와 신의주를 오가며 1927년부터 천도교 조선농민사의 청년 지도자며 농촌 야학 교사로 활동했다. 동화 구연과 웅변에도 남다른 재능을 보였다. 그러한 활동으로 천도교소년 연합회 중앙위원 자리까지 맡았다. 1930년부터 1936년까지는 의주와 신의주로 자리를 옮기며 역내 천도교 지도자로, 사상 불온 교사로 역량을 키웠다. 그런 과정에 신의주 의신학원 교사 몸으로 동화집『새 선물』을 내고, 세 해 뒤에는 신의주 지역지『약지신의주』1939까지 폈다. 그런데『약지신의주』를 낼 무렵에 황승봉은 이미 왜로의 식민 체제, 이른바 정신총동원 책략에 완전히 포섭된 부왜인으로서 상업에 몸 담은 상태였다. 타협적인 민족 노선에 섰던 서북계 천도교의 시대적 처신과 나란한 걸음 길을 황승봉 또한 밟았음을 알게 한다.

둘째,『새 선물』에 실린 21편의 천도교 동화는 원고 교정이나 출판 교정, 두 자리 모두에서 전문적이고도 한결같은 원칙이 적용되지 않아 텍스트 확정에 어려움을 지녔다. 꾸준히 역량을 닦아 문학 전문인으로 나아가고자 하는 뜻과는 거리를 둔 황승봉의 작가 의식이나, 영세하고도 비효율적인 지역 인쇄·출판 자본의 일처리가 서로 맞물려 일어난 텍스트 유동성이다. 꼼꼼하고 엄밀한 본문 접근에 한계를 지닌 셈이다. 실린 동화 21편은 수운 최제우의 일대기, 천도교 교리의 특성이나 우월성 전달, 그 둘을 뒤섞은 이야기와 같은 세 유형의 작품으로 나뉜다. 그 가운데서「열쇄」,「낙동강의 명예」,「다섯 왕자의 거울 속」은 수운의 일대기를 중심으로 삼은 대표 작품이다. 이들은 1890년 무렵부터『새 선물』이 나온 1930년대까지 드문드문 쓰인 수운의 일대기 문헌 전승의 중심 이야기를 선택적으로 받아들이면서 비유나 우화적 윤색을 빌려 재미있게 꾸민 결과를 보여 준다. 그를 빌려 황승봉은 문헌 전승과는 또 달리 수운의 위대함과 천도교 교리의 우월성을 흥미롭게 빚을 수 있었다.

셋째,『새 선물』은 나라잃은시대 천도교 어린이문학의 드넓은 지형을 일깨워 주는 새로운 본보기다. 그런 점에서 천도교 교계 매체『어린이』나『학생』을 향한 꼼꼼한 눈길뿐 아니라, 지역 단위 천도교 소년회의 매체 활동과 문학의 실재까지 무겁게 살펴야 할 책무를 다시금 일깨워 준다. 근대의 격랑 속에서 동학은 기세가 누그러지고 천도교를 중심으로 한 여러 하위 종파로 분화, 쇠퇴했다. 온전한 천도교 어린이문학이 자리 잡히고 벋어나갈 밑바탕이 굳지 못했던 셈이다. 거기다 을유광복 뒤 북한에 남았던 천도교를 향한 일성 체제의 우대와 거꾸로 남한 교계의 소극적인 활동 속에서 천도교의 어린이문학 자리는 더욱 좁았다.[54] 『새 선물』은 그러한 가운데서 찾을 수 있었던 귀한 전통이다. 거기다 『새 선물』은 천도교를 넘어서서 오늘날 우리 어린이에게 알리고 뒷날의 자양으로 이어주기에 모자람 없을 동화집이다. 실린 작품에 대한 정전화 작업은 물론, 낱낱 작품을 제대로 따져서 어린이문학의 새 전통으로 전승시키기 위한 노력을 아끼지 말 일이다.

이 글을 빌려 신의주 청년 작가 황승봉과 천도교東學 동화가 새로 논의 자리로 나선다. 근대 신의주義州 지역의 지식, 문화 사회로 볼 때 가장 크고도 거센 흐름을 이루는 이념은 사회주의 현실주의다. 그것도 문학, 그 가운데 시 갈래에서 특별한 자장과 역동을 뽐낸다. 그런 속에서 드물게 천도교 문학의 전통을 볼 수 있었다. 신의주를 품은 평안북도 천도교의 영향권 안에서 다루어야 할 문학인 앞자리에는 의주 출신 백철이 놓인다. 그이 형인 문필가 백세명이나 김득황이 그 두리다. 백세명은 1917년 의주에서 천도교 교단에 입도했다.[55] 『새 선물』의 작가 황승봉은 백세명과 같은 이의 뒤를 따른 사람일 것이다. 이들 네 사람의 관계와 삶자리, 편차는 어떠어떠할까? 어느새 그런 궁금증이 저 아래에서 머리를 두드린다.

---

54 천도교 어린이문학의 줄거리를 조감하고자 한 2016년, 이즈음의 글에서조차 그 필요성과 당위성에 초점을 둘 수밖에 없는 현실이 창작 전통의 미미함을 잘 반증한다. 박 일, 「천도교와 아동문학」, 『아동문학평론』 41권 4호, 아동문학평론사, 2016, 35~46쪽.

55 이돈화 엮음, 앞의 책, 1쪽.

안룡만 시 이해를 위한 바탕

1. 안룡만을 좇아

북한 근대문학에 관한 기술을 따라나서다 보면 적지 않은 중요 작가가 이름을 감추고 있음을 알 수 있다. 얼핏 드러난다 하더라도 마땅한 접근이나 평가를 바라보기란 못내 어렵다. 무엇보다 북한 문학을 바라보는 눈길이 을유광복 뒤 북한 체제 성립 다음에 이루어진 2차 기술에 기댈 뿐 아니라 그 틀을 벗어날 생각이 없는 까닭이다. 북한 체제 성립에 앞서 북한 지역 곳곳에서 드넓게 이루어진 문학 전통이나 동향이 논의에 들 기회는 처음부터 가로막힌 꼴이다. 게다가 북한 체제 성립 뒤에는 이른바 일성의 혁명 전통과 수령의 영도라는 잣대가 모든 문학 현상을 일방적으로 삼켜 버렸다. 그러한 사회주의, 집단주의 체제 아래서 작가 개인의 성취나 활동이 뜻을 지닐 리 없다. 오로지 당과 수령을 위한 불쏘시개로서 활용될 따름이다. 1970년대 이후 북한에서 이루어진 거의 모든 근대문학 관련 기술에서 창작자 개인명이 거의 사라진 모습이 그 점을 잘 말해 준다.

그러나 19세기 후반에서 20세기를 거치며 북한 지역 안쪽에서 이루어져 온 문학을 보다 낮은 자리에서 들여다보노라면 뜻밖에 드넓은 실천의 역장과 뜻 있는 고투의 자장을 만날 수 있다. 북한 안쪽 지역을 범위로 삼은 근대문학의 올날에 관한 구명이 필수적인 까닭이다. 그런 눈길에서 글쓴이는 북한 지역문학 가운데서도 신의주 문학을 한 문고리로 삼고 있다. 초기 근대 관문이면서 북한 중국 교류와 길항의 중심 경관, 그리고 북한 사회주의 변천의 푯대 지역 가운데 하나. 이 경우 금방 떠오르는 문학인이 신의주 지역시 삼인방 곧 안룡만·리원우·김우철이다. 셋 모두 1930년대 초반 카프계 어린이문학으로 활동을 시작해서 을유광복 뒤 북한 초기 사회주의 현실주의 문학 전개에 이바지가 남달랐다. 그런 가운데 김우철은 그 과정에서 스스로 목숨을 끊었고, 리원우는 평양으로 올라가 북한 대표 어린이문학인으로 자리 잡았다.

　이들 둘에 견주어 안룡만은 종군의 험로를 거치기는 했으나 거의 모든 문학 한누리를 향리 신의주와 압록강을 떠나지 않은 지역 시인으로 살다 갔다. 그런 까닭에 다른 둘이 지니지 못한 특성을 보인다. 그 점은 무엇보다 을유광복 뒤 북한 체제 성립, 이행 과정에서 신의주 지역과 국경, 압록강, 그리고 평안북도 역내 사회주의 실천과 변화 국면을 담은 시를 많이 선뵀다는 데 있을 것이다. 신의주와 평안북도 지역성을 가장 짙고도 오래도록 담아낸 시인이 안룡만인 셈이다. 그런 점은 문필가로서 자신의 이름을 용만, 곧 압록강이 신의주를 거쳐 서해로 벋어나가는 첫 바다 이름으로 삼았을 때부터 예정되었던 일인지 모른다. 거기다 다른 특성이 거든다. 북녘을 고향으로 둔 시인임에도 제주도와 남해를 비롯해, 남녘 지역을 바탕으로 삼은 시를 오래도록 가장 많이 발표한 북한 시인이라는 특이점이다.

　안룡만이야말로 신의주 대표 시인 셋 가운데 신의주와 평북 지역문학을 명실에서 온전하게 살다 간 이라 말할 수 있다. 따라서 그이에 대한 관심은 당중앙과 수령의 영도로 우뚝한 평양 문학사회 위세 중앙에서 떨어진 곳에서 지역시가 어떠한 양상으로 실천, 전개해 나갔는가 일깨움을 얻는 좋은 기회라는 뜻을 지닌다. 다행스러운 점은 우리쪽에서도 『안룡만 시 선집』^{현대문학, 2013}과 같은 성과가 나와 문지방은 이미 넘어선 상태라는 사실이다. 게다가 북한 시인 가운데서 상대적으로 논의가 적지 않게 이어진 이가 안룡만이다.[1] 그럼에도 아직 그이에 관한 실증적 바탕조차 충분하

1　송희복이 안룡만론의 첫 걸음을 내디딘 뒤 윤영천, 이인영을 거쳐 이경수가 안룡만 시를 꿰뚫는 연속적 특성으로서 '노동시'라는 틀을 마련해 됨됨이를 밝혔다. 이상숙은 이인영이 마련했던 안룡만 작품 죽보기를 깁고, 안룡만 시문학의 전개와 뜻에 관한 개괄에 이르렀다. 송희복, 「안용만론」, 『외국문학』 겨울호, 열음사, 1990; 윤여탁, 「1930년대 후반의 서술시 연구―백석과 안용만을 중심으로」, 『선청어문』 19, 서울대 국어교육과, 1991, 137~161쪽; 이인영, 「서정과 이념의 간극―해방 후 안용만 시 연구」, 『현대문학의 연구』 7, 한국문학연구학회, 1996, 333~367쪽; 윤영천, 「안용만 소론―'생애, 일제강점기 시의 개작'에 대한 예비적 검토」, 『서정적 진실과 시의 힘』, 창작과비평사, 2002, 360~368쪽; 박호균, 『안룡만 시 연구』, 인하대 석사논문, 2000; 서민정, 「안용만 시에 나타난 노동자 형상화 연구」, 『어디서나 보이는 집』, 도서출판 선, 2005; 김재홍, 「안용만, 노동자의 삶과 살림의 서정」, 『한국 현대 시인 연구』 2, 일지사, 2007; 이인영, 「1950년대 북한 전쟁시의 개작 양상

게 마련하지 못했다. 이 자리에서 글쓴이는 앞으로 이루어질 본격 안룡만론을 겨냥하며 그 바탕 다지는 일을 맡고자 한다. 그 과정에서 『안룡만 시 선집』에서 이인영이 마련했던 안룡만 「작가 연보」와 「작품 목록」을 크게 기울 수 있을 것이다.

2. 문학의 출발과 전개

북한 문학지에서 안룡만의 삶을 두고 이루어진 기술은 세 곳에서 볼 수 있다. 『안룡만 시 선집』[1956]에 실린 벗 김우철의 「발문」에다 『현대조선문학선집』 '아동문학집(10)'과 '시집(11)'에 실린 「략력」이 그것이다. 「발문」과 '시집(11)'의 「략력」은 기존 안룡만 연구자들이 참조 자료로 꾸준히 활용해 온 것이다. 글이 길어지겠으나 셋 모두 그대로 보인다.

　① 시인 안룡만은 1916년 1월 18일 신의주에서 구한국 시대 변호사의 가정에 태여났다. 혁명가인 그의 아버지 안병찬 선생은 3·1운동 이후 해외에 망명하여 투쟁 하다가 그가 일곱 살 나던 해, 쏘중 국경 도시인 만주리에서 왜경에게 피살되였다. 이러한 가정 환경과 국경 도시의 특이한 자연 정서는 그로 하여금 다감하고 열정적인 소년으로 자라게 하였다.

　신의주에서 보통학교를 졸업한 그는 삼무중학교에 입학하였으나 그 이듬해 광주학생사건의 여파로 동맹 휴학을 일으켜 출학 당하였다.

　내가 그를 처음 만나게 된 것은 1931년 봄이였다. 일본에 건너가서 중학을 다니다가 신병을 얻어 일시 고향인 신의주에 돌아와 있던 나는 문학을 지향하는 몇몇 동무들과 함께

연구 - 안룡만의 전쟁시 개작 과정을 중심으로」, 『한국학연구』 31호, 인하대 한국학연구소, 2013, 331~363쪽; 이인영, 「북의 시인 안룡만」, 『안룡만 시 선집』, 현대문학, 2013, 497~522쪽; 오창은, 「한국전쟁의 현장 형상화한 북한 전선문학의 대표작 - 안룡만의 『나의 따발총』」, 『근대서지』 제7호, 근대서지학회, 2013, 524~535쪽; 이상숙, 「안룡만 연구 시론 - 서사성과 낭만성을 중심으로」, 『한국시학연구』 제47집, 한국시학회, 2016, 115~149쪽; 이경수, 「해방 전후 안룡만 시의 노동시로서의 가능성과 특징적 표현 기법」, 『한국시학연구』 제47집, 한국시학회, 2016, 79~114쪽.

국경 프로레타리아아동문학연구회를 비밀리에 조직하고 적색 로동조합과도 련계를 갖고 있었는바, 그 모임들에서 안룡만과 리원우를 알게 되였다. 아동 문학 작품을 쓰고 있던 우리들은 손을 잡고 동인 잡지 『별탑』을 발간하였는바, 동인들의 합평을 거친 작품들을 『별나라』·『신소년』 등 지상에 발표하였다. 그 후 『별탑』은 4집까지 내여놓고 일제에 의하여 발행 금지를 당하고 동시에 비밀 조직은 발각되여 많은 동무들이 검속을 당하였다.

32년 봄 그는 일본 동경으로 건너가 '적색구원회', '일본전국산별로조협의회' 등 조직에 참가하여 일하면서 계속 문학을 공부하였다.

34년 2월경 신병 치료차로 고향에 돌아온 그는 리원우와 나와 다시 손을 잡고 창작 활동을 하다가 그 해 5월 우리 세 사람은 함께 '카프' 사건에 관련되여 전라북도 경찰부에 피검되여 전주에 압송되였다.

이 해 가을에 출감한 그는 병상에서 지난날의 체험에서 취재한 몇 편의 시를 창작하였는바, 그 중 「강동의 품」이 『조선중앙일보』에, 「저녁의 지구」가 『조선일보』에 각각 당선 발표되여 신진 시인으로서 두각을 나타내였다.

그 뒤 38년까지 그는 수편의 서정시와 「장미와 축제」, 「국경 단상」 등 수필을 발표하였다.

38년 1월 『만선일보』에 시 「꽃수 놓던 요람」을 발표하고 더욱 더 흑심해가는 일제 탄압으로 자유로운 창작의 길이 막히자 그는 다시 일본에 건너가 일본대학 예술과와 한때는 명치대학 신문과에 적을 둔 일도 있었다.

1945년 해방의 날을 맞이한 그는 신의주에서 나와 함께 『서북민보』 창간에 힘썼으며 46년 2월부터는 조선공산당 평안북도 위원회 기관지 『바른말』을 편집하였다.

46년에 그는 해방 전후의 시편들을 모아 시집 『동지에의 헌사』를 내여놓았다. 조국해방전쟁 기간에 그는 문예총 평안북도위원회 위원장으로 사업하면서 두 번째 시집 『나의 따발총』을 내여놓았다.

혁명적 로만찌까로 충만된 그의 수많은 서정시편들은 독자들의 사랑을 받고 있는바, 현재 그는 사랑하는 압록강반의 생활과 력사에서 취재한 장편 서사시를 쓰고 있다.

「강동의 품」을 비롯하여 여기에 수록된 44편의 서정시들은 그의 25년간에 걸친 창작 생활을 총화한 것으로서 이 시 선집을 통하여 우리는 그의 공민적 빠포쓰와 당과 조국과 인민에 대한 끓어 넘치는 사랑을 다시금 느끼게 된다.

1956.11

—「발문」[2]

② 1916년 1월 18일 평안북도 신의주시 진사리에서 출생.

1931년 향리 중학교를 동맹휴학 사건으로 중단. 그해 동경에 건너가 일본 전국 로동조합 협의회 등에서 사업.

1930년부터 『별나라』 『신소년』에 아동문학을 창작 발표하며 국경 푸로레타리아아동문학연구회에 참가.

1934년 2월 귀국. 카프 사건으로 피검된 후부터 시 창작.

1937년부터 1944년까지 서울, 동경 등지를 방랑 생활.

8·15 해방 후부터 북조선 문예총 평안북도 위원회 위원장을 력임. 전쟁 기간 평양에서 현역 작가로 있은 외에는 압록강반에서 창작 생활.

—「락력」[3]

③ 1916년 1월 평안북도 신의주시 진사리에서 출생.

1931년 향리 중학교를 동맹휴학 사건으로 중단. 그해 동경에 건너가 일본 전국 로동조합 협의회 등에서 사업.

1934년 2월 귀국. 카프 사건으로 피검된 후부터 시 창작.

1937년부터 1944년까지 서울, 동경 등지를 방랑 생활.

8·15 해방 후부터 북조선 문예총 평안북도 위원회 위원장을 력임. 전쟁 기간 평양에서 현역 작가로 있은 외에는 압록강반에서 창작 생활.

—「락력」[4]

---

2 「발문」, 『안룡만 시선집』, 조선작가동맹출판사, 1956, 237~239쪽.
3 「락력」, 『현대조선문학선집(10)—아동문학집』, 조선작가동맹출판사, 1960.3.15, 248쪽.
4 「락력」, 『현대조선문학선집(11)—시집』, 조선작가동맹출판사, 1960, 226쪽.

①은 이제까지 확인된 안룡만에 관련해 가장 먼저 이루어진 꼼꼼한 기술이다. 이 인영이『안룡만 시선집』을 엮으면서 작가 기술에서 전적으로 기댈 수밖에 없었던 터무니다. 안룡만의 삶과 관련해 주요 사실들을 잘 드러냈다. 그를 빌려 글낯에 보이지 않는 적지 않은 삶의 부름켜를 암시받을 수 있다. 안룡만의 아버지 안병찬은 안중근 의사를 변호했던 변호사다. 그런 아버지를 안룡만은 일곱 살에 여의었다. 두 차례에 걸쳐 왜국 동경으로 노동 이민과 학업을 위해 건너갔다 왔다. 두 번째 동경에 갔을 때는 일본대학 예술과와 명치대학 신문과에 적을 둔 일이 있다고 썼다. 각별히 일본 대학 예술과는 우리 문학 청년들이 많이 드나들었던 곳이다.

리원우, 김우철과 같은 지역 청년 문사들과는 1931년 무렵 만나 평생을 같이 했다. 국경 너머 안동安東과 신의주를 오가면서 '프로레타리아아동문학연구회'라는 이름을 내걸고 동인지『별탑』을 4집까지 내며 문재를 가꾸었다. 이를 두고『해방 전의 조선 아동문학』[1956]에서는 이름을 '조선프로레타리아아동문학연구회'라 썼다. "1933년 1월 달에 조직되였는데 1934년과 12월 달에 일제 경찰에게 강제 해산"을 당하였다. 그리고 "사무실은 압록강 건너 중국 땅 안동현 시내 어떤 방직공장 안에 두었다"고 덧붙였다. "이 크루쇼크는 카프 아동문학부의 지도를 받으면서 작품 합평회, 문학 리론 연구회, 프로레타리아 작품 독서회"들을 진행했다.[5] 1934년 왜경의 카프해체폭거로 안룡만은 붙잡혀 전주로 끌려갔다. 그런 사정은 그 무렵 언론 보도로 알려진 일이다. 1935년에는『조선중앙일보』와『조선일보』신춘 문예응모에 당선하였다.

김우철의 글에서 흥미로운 자리는 1938년『만선일보』에 안룡만이 작품을 실었다는 지적이다. 김우철은 만주국 부왜 배달말 기관지『만선일보』를 빌려 적지 않은 활동을 했다. 그런데 그런 김우철에 의해 안룡만 또한『만선일보』지면 활용 사실이 적혔다. 눈여겨 볼 만한 사실이다. 오늘날 영인 보급된『만선일보』는 소수에 그친다. 각별히 1942년 10월 이후 간행본을 볼 수 없다. 1945년까지 네 해에 걸친다. 따라서 류치환을 비롯해 적지 않은 이들의 부왜 문학 행각이 숨겨진 상태로 놓여 있다. 나라잃

---

5   『해방 전의 조선 아동문학』, 교육도서출판사, 1956, 76~77쪽.

은시대 북녘 지역 작가들의『만선일보』활동 사실에 안룡만도 끼어들게 된 셈이다.

을유광복 뒤 북한 지역문학에서 가장 먼저 활발한 활동을 벌인 곳이 다름 아닌 신의주를 중심으로 한 평북 지역이었다. 평양과는 또 다른 뜻에서 북한 초기 문학 활동의 기세를 잘 보여 준다. 안룡만이 신의주에서 김우철과 함께 "『서북민보』창간에 힘썼으며 1946년 2월부터는 조선공산당 평안북도 위원회 기관지『바른말』을 편집"했다는 기록이 그래서 중요하다. 지역 활동에 열성을 다한 모습을 짐작할 수 있는 까닭이다. 그것이 첫 시집『동지에의 헌사』라는 결실로 드러났다. 이른바 조국해방전쟁 기간에 "문예총 평안북도위원회 위원장으로 사업"했다는 기록은 전쟁기 안룡만의 동향을 향한 한 실마리가 된다. 만주 땅에 누구보다 낯익었을 안룡만이다. 전쟁기 상당 기간 심양에서 머물렀을 수 있는 일이다.

②는 ①을 축약한 듯한 기술이다. 다만 처음 왜국 동경으로 노동이민을 떠난 때가 1932년에서 1931년으로 바뀌었다. ①의 잘못이 바로 잡힌 것이다. 1933년 1월「신의주고등계「별탑」동인 검거」라는『조선일보』기록에 따르면 "신의주삼무학교에서 적색분자"로 "퇴교 처분을 당하고", "동경 등지에 가 있다가" 1932년 "녀름 귀향한 안보웅[18]"과『별탑』동인이 붙잡혔다. 그리고 3월에 놓여났다.[6] 신의주 귀향 시기가 1932년 여름임을 알 수 있다. "귀국하면서 동경의 동지들과 모종 서신 교환"[7]을 한 혐의였다. 그리고 ②에서는 안룡만이 동경에서 머물며 겪었던 노동조합 활동을 "'적색구원회', '일본전국산별로조협의회' 등 조직" 참가에서 "일본 전국 로동조합 협의회 등에서 사업"한 것으로 보다 간추렸다.

나아가 ②에서는 두 번째 동경 체류의 뜻을 학업을 닦는 일이 아니라, "방랑 생활"이라 누그러뜨렸다. 이른바 지식분자로서 지녔을 됨됨이를 죽이는 기술로 바뀐 셈이다. 그리고 경인년전쟁기 문예총 평북 위원장으로 활동했다는 사실을 더 밝혔다. ①에 이어 네 해 뒤에 나온 ②다. 보다 바르고 세련된 축약이 이루어진 셈이다. 둘 모두에서 마지막 자리는 '압록강반', 곧 신의주 향리에서 활동하고 있다는 사실을 특기한 점이 인

---

6 「적색비사 사건 5명을 석방」,『동아일보』, 동아일보사, 1933.3.6.
7 「신의주고등계『별탑』동인 검거」,『조선일보』, 조선일보사, 1933.1.29.

상적이다. 신의주 지역의 대표성을 어느 정도 인정받고 있었다는 뜻일 것이다.

덧붙일 일은 이 무렵 안룡만의 동향을 드러내고 있는 언론 기사 첫 머리에서는 안룡만을 '안보응安普應'으로 적었다는 사실이다. 안보응이 안룡만의 본명임을 알 수 있다. "안중근 변호 사건으로 물론 이름이" 높았던 "안병찬의 유자"라는 풀이까지 그 터무니를 더한다.[8] 거기다 '안룡민'도 나타난다. 1934년 6월에 신건설사박해폭거로 안룡만이 다시 검거되었을 때다. "27일 아침에 전북 경찰 부원이 신의주에 도착하야 평북경찰부의 응원을 얻어 가지고 신의주 부내 초음정에서 안룡민과 비현에서 또 한 명과 의주군 고진면에서 1명 등 삼 명의 문학청년을 검거하야 일단 취조한 후 27일 남행렬차로 전북경찰부로 호송하리라" 썼다[9]. 안룡민이 안룡만임을 알 수 있다. 이어 7월 『조선중앙일보』 「안룡민 삼 명 전북 호송」이라는 기사에서도 김우철, 리원우와 함께 안룡민이 전북으로 끌려갔다는 사실을 밝혔다.[10] 이 두 기록을 빌려 안룡만의 필명 안룡민이 드러난 셈이다.

그리고 1935년 1월 『조선일보』 신춘작품모집 당선시 「저녁의 지구」를 '안룡만'으로 발표하면서 올린 약력에서는 그이에 관한 몇 가지 사실을 더할 수 있다. 1916년생으로 초등학교를 '신의주공립보통학교'를 졸업했다는 사실과 서울의 "양화연구소 1년 반, 동경유학생 1년 반"을 거쳤다는 기록이 그것이다. 그리고 "현재 문예연구"를 하는데 주소는 신의주 "약중정 6"[11]으로 적었다. '양화연구소'에서 1년 반 동안 배웠다는 사실이 흥미를 끈다. 안룡만의 문학 재능이 그림에 관한 관심이나 능력과 맞물려 있다는 터무니다. 북한 시인 가운데서도 시각적인 묘사력이나 머그림 형성력에서 유다른 안룡만이 지닌 특장의 뿌리를 짐작하게 한다.

그 무렵 언론 기사로 볼 때 안룡만은 본명 안보응에서 안룡민과 안룡만으로 나아갔다. 문학 재능을 가꾸면서 어렵사리 젊음의 열기를 태우고 있었을 1930년대 앞뒤

8   「국경을 긍한 적색비사 탄로」, 『조선일보』, 조선일보사, 1933.2.12.
9   「신의주에서도 3명을 체포」, 『동아일보』, 동아일보사, 1934.6.28.
10 「안룡민 등 3명 전북으로 호송」, 『조선중앙일보』, 조선중앙일보사, 1934.7.2.
11 『조선일보』, 조선일보사, 1935.1.3.

시기 10대 말기와 20대 초기의 격동, 고투의 나날을 그런 이름으로 거쳐 온 셈이다. 거기다 뒤쪽 발표 작품을 따지는 자리에서 밝히겠지만 '리용민'이라는 필명까지 더한다. 그런 이름 끝에 안룡만은 1935년 현상 문예 당선 때부터 한누리 자신의 이름을 '룡만'으로 굳혔다. 고향 신의주 앞바다를 타고 내린 압록강이 처음 만나는, 굴곡진 서해 바다 이름이다. 이런 점은 글벗 리원우가 본명 리동준과 리동우를 거쳐 리원우로 자리 잡았던 모습과도 다르지 않다.[12]

③은 ②와 마찬가지로『현대조선문학전집』의「략력」으로 내놓은 것이다. 다만 ②가 '아동문학집'에 올린 것인데 견주어 ③은 '시집'에 올렸다. 둘 사이 찍은 날짜는 ②가 3월 15일, ③이 3월 20일이다. 같은 무렵에 함께 만들어 올린 것이라 볼 수 있다. 따라서 큰 차이가 없다. ②에 쓰였던 생일과『별나라』·『신소년』을 바탕으로 이었던 어린이문학 작품 발표 사실을 줄이는 쪽으로 손질을 했다. 시인으로서 뭇 중심으로 더욱 간추려진 셈이다.

을유광복 뒤부터 안룡만이 신의주에서『서북민보』창간에 관여하고, 조선공산당 평북위원회 기관지『바른말』펴는 활동을 했다는 사실은 ①에서만 드러난다. 광복기 북한 매체에서 안룡만의 기록을 찾기는 쉽지 않다. 그런 속에서 "현지 파견"을 빌려 사상 훈련을 받은 기록이 한 곳 보인다. "북조선 문학예술총련맹의 제3차 중앙대회의 결정에" 따라 안룡만은 제1차 파견 문인으로서 '현지'로 나갔다. 1949년 3월 5일부터 신의주제지공장에 머물게 되었다. 일찍이 월북한 경남 밀양 박석정이 사동탄광으로, 뒷날 월남을 택했던 양명문은 '황해도제철소'로 갔던 시기다.[13] 안룡만은 그 성과물로서 신의주제지공장에서 만났던, '북조선인민위원회 표창'에 빛나는 황봉렴의 "생애와 투쟁 과정"을 담은 현지 보도,「창의성과 생산경쟁운동 전개로 생산 책임량을 초과 완수한 황봉령 씨의 공헌」을 내놓았다.[14]

전후 안룡만의 활동을 짐작할 수 있게 이끄는 곳은『문학신문』,『조선문학』과 같

---

12   박태일,「리원우 연구를 위한 실증적 바탕」,『근대서지』제22호, 근대서지학회, 2020, 635~677쪽.
13   『새조선』4·5합본호, 국립인민출판사, 1949, 71쪽.
14   『부강한 조국 건설을 위한 애국적 로동자 농민들』, 북조선인민위원회 선전국, 1948, 162~181쪽.

은 정기간행물의 기사나 소식란이다. 이 자리
에서는『문학신문』의 '문예 왕래'와 같은 자리
에 담긴 모습을 순차적으로 살펴 전후 안룡만
의 동정을 짚어 둔다. 그를 빌려 그이 작품이 놓
인 외적 맥락을 어느 정도 이해할 수 있을 것이
다. 다만『문학신문』이 1956년 12월에 창간되
었으니, 그에 앞선 전쟁기와 전후기 기록은 엿
볼 수 없다.

   1957년도에 확인한 안룡만 관련 기록은 모
두 네 곳이다. 먼저 4월 18일에 실린, 신의주

『부강한 조국건설을 위한 애국적
로동자농민들』표지

에서 이루어진 평북도 작가회의 소식이다. 평양의 동맹 중앙 "제5차 상무위원회 결
정 실천을 위해" 작가회의가 열렸다. 거기에 자리한 이는 시인 김우철·민병균과 작
가 천청송이었다. 게다가 평북도 지부장 정서촌과 안회남·지봉문의 작품이 소개되
었고 안룡만·윤동향·김화견·리복화 들이 토론에 나섰다.[15] 북한 문학사회에 종파
주의자 제거 바람이 불고 있었을 무렵 그 빌미를 준 곳이 바로 만주와 닿은 국경도
시 신의주였다. 그 구체적인 혐의처가 신의주사범대학의 문학 교과 과정이다. 그런
소용돌이 속에서 신의주 지역을 중심으로 활동하고 있었던 평북 지역 주요 문학인
의 면면이 드러난 셈이다. 안룡만의 신의주 정주 사실뿐 아니라 지봉문의 현존과 안
회남의 평북 지역 하방, 그리고 정서촌과 윤동향의 신의주 지역 연고를 엿볼 수 있는
기록이다.

   이어 8월에는 북한 여러 곳에서 "최고인민회의 선거를 경축하여" '시인의 밤'이 이
루어졌다. 신의주에서도 시의 중앙광장에서 행사가 이루어졌다. 그때 자리한 문인은
조벽암을 비롯해 리맥·김귀련·전동우·리신복·윤동향·원진관, 그리고 안룡만이
었다.[16] 조벽암·리맥·김귀련·전동우 들은 평양 중앙에서 파견한 경우로 보인다. 이

---

15   『문학신문』, 문학신문사, 1957.4.18.
16   『문학신문』, 문학신문사, 1957.8.8.

어 10월 3일에는 작가동맹 신인지도부에서 평북도 신인들을 위한 세미나를 9월 21, 22일 두 날 열었다. 거기서 천천송·안룡만·김우철, 극작가 김광현, 아동문학가 김신복 들이 참가했다.[17] 11월 14일 『문학신문』에서는 다시 한 번 안룡만이 보인다. 신의주에서 이루어진 '아동문예의 밤' 자리였다. 10월 31일 행사다. 그 행사가 좋은 성과를 내고 마무리하였는데, 거기 자리한 이들은 김우철·안룡만·리순영·천천송·김신복·윤동향·백인준이었다. 이 행사에 기악 연주는 월북 음악가 리건우를 비롯한 이들이 맡았다.[18]

이러한 동정 기사를 빌려 안룡만이 4월부터 11월까지 신의주에서 활발하게 활동하고 있음을 확인할 수 있다. 그 흐름은 1958년에도 고스란히 이어진다. 1958년도 『문학신문』에서 볼 수 있는 안룡만의 동정은 모두 다섯 곳이다. 가장 먼저 4월에 이른바 '중국인민지원군'의 철수에 맞춰 평북도 안쪽의 안룡만·천청송·윤동향이 작품 창작을 했다는 「문예 왕래」 기사다.[19] 국경 도시 신의주의 지역성이 반영된 활동이었다. 이어 5월에는 의주에서 이루어진 '고 윤기정 묘비 제막식'에 안룡만이 김우철·백인준·조중곤과 함께 자리했다.[20] 윤기정1903~1953.3.1은 서울 출신으로 1946년 월북[21]한 작가다. 그이 묘비 제막식에 신의주 작가들이 자리를 같이 한 것이다. 안룡만 곁에는 김우철이 있었다. 8월에 안룡만은 '전쟁의 불씨를 *끄자!*—전세계 작가들에게 보낸 쏘련 작가들의 호소에 답하여'라는 선언문에 한 자리 이름을 올린다. 그 무렵 북한의 중요 작가들이 거의 동원된 자리였다. 리기영에서 임순득을 거쳐 신동철에 이르는 모두 65명의 이름 가운데 안룡만은 벗 리원우, 김우철과 함께했다.[22]

이어 9월에는 '천리마와 작가'라는 란에서 김북원이 지역에서 열심히 쓰는 동지 안룡만에게 존경을 보낸다는 편지글이 실렸다.[23] 그리고 10월에는 북한 곳곳에서

---

17 『문학신문』, 문학신문사, 1957.10.3.
18 『문학신문』, 문학신문사, 1957.11.14.
19 『문학신문』, 문학신문사, 1958.4.17.
20 『문학신문』, 문학신문사, 1958.5.22.
21 『문학예술』 3월호, 문예총출판사, 1953, 199쪽.
22 『문학신문』, 문학신문사, 1958.8.14.
23 『문학신문』, 문학신문사, 1958.9.28.

'시인의 밤'을 열었다. 신의주에서는 안룡만·김우철·백인준[24]이 참석했다는 소식을 『문학신문』은 전하고 있다. 아울러 "공화국 창건 10주년을 맞아" 작가, 예술인에게 훈장을 주었다. 거기서 '국기훈장' 제1급을 리기영·한설야가, 제2급을 박팔양과 음악가 김옥성, 미술가 정관철이 받았다. 그리고 안룡만은 제3급을 받았다. 천리마 시기의 성과를 보여 줄 수 있는 중심 산업도시 가운데 한 곳인 신의주와 거기서 열심히 활동하고 있었던 안룡만에 대한 기쁜 보상이었을 일이다. 그리고 훈장 수여와 함께 먼저 보냈던 김북원의 편지글에 대한 답신 꼴로 안룡만이 김북원에 주는 편지글까지 실렸다.[25] 안룡만은 1957년에 이어 1958년도에도 힘껏 활동을 하였고, 그와 관련한 보상을 받는 영광까지 누린 셈이다.

1959년에 들어서 안룡만은 『문학신문』에 두 차례 이름을 올린다. 그리고 그에 앞서 『조선문학』 1월호에 리맥이 쓴 독후문, 「투쟁과 랑만의 노래—안룡만 시선집을 읽고」가 실렸다. 국기훈장 제3급 수여와 맞물리는 문학사회의 맞바람이었다. 6월 들어 신의주시 낱낱의 공장에서는 '문학의 밤'이 진행되었다. 안룡만·천천송을 비롯한 평북도 안쪽 작가들이 신의주모방직공장, 신의주펄프공장, 신의주방직종합공장에서 연 것이다. 거기에 안룡만은 빠지지 않고 함께했다.[26] 이어서 7월 북중 락원기계공장에서 작가동맹 평북도지부 맹원들이 자리해 '문학의 밤'을 열었다. 안룡만을 비롯한 4명이 나섰다.[27] 평북도지부 중심 인물 가운데 한 사람으로 그이 자리가 그대로 드러난 행사였다.

1960년도 『문학신문』 기사에서는 안룡만을 찾을 수 없다. 그런 사정은 1964년 전반기까지 이어진다. 1961년 4월 문예총 평안북도위원회를 만들었는데 부위원장 백인준이 이름을 올렸다.[28] 그리고 『로동신문』 1961년 5월 23일자에 신의주화학공장에 관한 축시를 백인준이 썼다. 일성이 천리마 과업으로 제시한 이른바 6개 고지 점

---

24 『문학신문』, 문학신문사, 1958.9.18.

25 『문학신문』, 문학신문사, 1958.10.2

26 『문학신문』, 문학신문사, 1959.6.18.

27 『문학신문』, 문학신문사, 1959.7.28.

28 『문학신문』, 문학신문사, 1961.4.28.

령의 핵심 고지는 알곡 500만 톤, 수산물 80만 톤, 주택건설 20만 세대, 강철 120만 톤, 석탄 1천 500만 톤과 함께 직물 2천 5백만 메터였다. 그 가운데 직물 과업을 책임진 중심도시 신의주의 영광과 노력을 찬양하는 시에 안룡만이 빠진 것이다.[29] 거기다 1963년에 나온 『1962년 문학 작품 년감』조선문학예술총동맹출판사에도 안룡만의 작품은 한 편도 실리지 않았다. 이상 기류를 엿볼 수 있다. 그럼에도 안룡만의 작품 발표는 『문학신문』, 『조선문학』, 『청년문학』과 『아동문학』에 빠지지 않았다. 문학사회 동향에 휘말려 각별히 곤욕을 오래 겪거나 하는 일은 없었던 것으로 보인다.

그러다 『문학신문』의 소식란에서 안룡만의 동정이 실린 때는 1964년 5월 22일이다. '문예일지'에 조선문학예술총동맹출판사에서 인쇄에 넘긴 책 이름들을 들었다. 거기서 리기영의 『두만강』 4부와 최명익 수필집 『글에 대한 생각』에다 안룡만 시집 『압록강 기슭에서』[30]가 올랐다. 이것은 뒤에서도 거듭하겠지만 안룡만의 네 번째 시집으로 알려진 『새날의 찬가』1964[31]를 뜻한다. 압록강 기슭에서 살아왔던 안룡만으로서는 지역성이 사라진 아쉬운 일일 수 있다. 그럼에도 '새날의 찬가'를 대표하는 작품으로 자신의 시집이 올라서게 된 셈이다. 북한 문학 중앙에서 볼 때는 안룡만 문학의 뜻이 더욱 살아난 시집 개명이었다 할 수 있다.

그 뒤로 안룡만 관련 기사는 『문학신문』에서 볼 수 없다. 그러나 작품 발표는 꾸준하게 이루어졌다. 현재까지 확인한 안룡만의 가장 뒤늦은 신작은 1969년 『조선문학』 10월에 실었던 시 「한 공민의 말」과 「전쟁광 닉슨 놈에게」다. 『안룡만 시 선집』을 낸 이인영은 그 뒤로 "추측컨대 사망한 것으로 보인다"고 썼다.[32] 그런데 꼭 그렇게만 볼 수 없는 나머지도 보인다. 1967년에 시작해 1969년을 앞뒤로 한 시기는 북한 사회주의 체제로 볼 때 일종의 문화혁명기와 같은 분위기였다. 적지 않은 문학 잡지나 교양지가 폐간, 통합 되거나 더 이름을 잇지 못하는 격변을 거친 시기다. 신의

---

29 『문학신문』, 문학신문사, 1962.1.1.
30 『문학신문』, 문학신문사, 1964.5.22.
31 『문학신문』, 문학신문사, 1964.5.22.
32 이인영, 「작가 연보」, 앞의 책, 524쪽.

주 지역사회에서 오랫동안 출판에서부터 작가동맹 중심 작가로 활동했던 안룡만이다. 그런 시대 외압에서 자유롭지 못했을 경우도 생각할 수 있다. 안룡만이 죽은 때는 1975년 12월 29일이다. 이경수가 『조선향토대백과』2006에 기대 이미 밝힌 바다.[33] 1916년 태생이니 1969년은 안룡만 나이 쉰네 살. 아직 한창 때다. 사람 나이 예순을 채 넘기지 못한 나이의 죽음이다.

그러니 1969년부터 1975년까지 여섯 해 동안 활동 사실이 확인되지 않는 점을 두고 자연적인 사망과 다른 가능성을 남겨두지 않을 수 없는 까닭이다. 이상숙은 안룡만이 어떠한 종파투쟁에도 휘말리지 않았고, 북한문단에 안착하는 것을 넘어 대표적 작가로 활동하다 삶을 마감했다고 썼다. 많은 작가들이 1950~1960년 초에 정치적·문학적 제거를 당한 것과는 대조적인 안정적인 삶이었다.[34] 큰 틀에서 틀리지 않는 말이다. 그럼에도 미심쩍은 데가 없지 않은 셈이다. 그 점은 묵직한 『문학예술사전』1993이나 『문예상식』1994에서 엿볼 수 있다. 적지 않은 현역, 원로 작가들을 항목으로 내세우면서 안룡만은 빠졌다. 앞에는 벗 리원우가, 뒤에는 리원우와 김우철이 모두 한 자리씩 차지해 꼼꼼한 풀이가 붙은 경우다. 비록 국기훈장 제3급을 받았다고는 하나, 안룡만의 만년은 순조롭지 않았음을 일깨워 주는 일일 수 있다. 물론 악화된 건강으로 말미암은 경우라면 다행스러운 일이겠지만.

앞에서 안룡만의 삶과 문학을 두고 이루어진 주요 기록을 살펴 그이의 걸음걸이를 짚어 왔다. 소수 알려져 왔던 사실에 더하여 을유광복에 앞서 나라잃는시대 안룡만의 삶을 더 깁고, 북한 체제 성립 뒤부터 이루어진 활동은 주로 『문학신문』 문학소식 기사란을 중심으로 새로 더했다. 뚜렷한 사실은 카프 어린이문학에 뿌리를 두었던 몇 되지 않는 북한 지역문학인 가운데서 안룡만은 1960년대 후반까지 신의주를 텃밭으로 삼아 활발할 활동을 펼쳤다는 사실이다. 그이는 1956년도 종파주의 논란과 1962년도부터 이루어진 카프계 문학인 제거에서도 살아남는 모습을 보여 주었다. 그럼에도 그 뒤로 1967년 이후 순조롭지 않은 징후가 보인다. 이제 장을 달리

33　『조선향토대백과』, 북한과학백과사전종합출판사, 2006, 65쪽.
34　이상숙, 앞의 글, 120~121쪽.

해 작품 발표를 중심으로 안룡만의 자취를 살펴보기로 한다. 삶의 궤적과 발표 작품의 속살을 함께 묶어 안룡만 문학의 줄거리를 단단하게 잡아 나가기 앞서 무엇보다 닦아야 할 필수적인 일이다.

3. 작품 발표의 밑그림

1) 낱책

안룡만이 낸 낱책은 모두 4권이 알려져 온다. 『동지에의 헌사』[1946]와 『나의 따발총』[1951], 『안룡만 시 선집』[1956], 그리고 『새날의 찬가』[1964]다. 이 가운데 첫 시집 『동지에의 헌사』는 앞선 안룡만 연구자들이 다 얻지 못한 채 이름만 알려진 것이다. 글쓴이 또한 『동지에의 헌사』 실물을 볼 수 없었다. 다만 이 시집이 평양에서 나온 게 아니라 '신의주'에서 '평북예술련맹'을 발행 주체로 내세워 3,000부를 찍었음을 확인했다. 92쪽에 걸치는 얇은 시집이다. 김우철은 이 시집을 두고 "해방 전후의 시편들을 모아"[35] 낸 것이라 했다. 광복에 앞선 시기 '방랑'과 같은 어려움을 겪은 시인의 심사에다 광복을 맞은 기쁜 감회와 새롭게 자리 잡아 가는 북한 사회에 관련한 여러 반응을 보여 주는 작품집이라 짐작된다. 속살을 펼치지 못해 아쉽다.

다만 이 시집은 북한 초기 문학사회에서 신의주 지역문학의 중요성을 돋보이게 만드는 주요 업적 가운데 앞자리에 놓이는 것임을 짚어 둔다. 광복 초기 북한에서 가장 활발한 문학 출판이 이루어진 곳이 신의주다. 이어서 함경도 원산 쪽이 그 열기를 이어 받았다. 그것은 평양 중앙의 문학사회 움직임과 나뉜 채 특이하고도 인상적이다. 그리고 그러한 모습은 무엇보다 안룡만·리원우·김우철과 같은 이들이 이미 을유광복에 앞서부터 사회주의 집단 문예 훈련을 거치면서 문학 출판 활동 전통을 이었던 신의주 지역이었기에 가능한 움직임이라 볼 수 있다. 그 점은 그이들이 어울려

---

35   김우철, 앞의 글, 239쪽.

관여한 『서북신문』이나 『바른말』과 같은 매체에만 그치지 않는다. 다른 여러 출판 활동에서도 그들 세 사람이 활발했음을 짐작하기란 어렵지 않다.

을유광복 뒤 북한 문학사회에서 가장 먼저 나온 시집으로 짐작되는 것이 『인민의 합창』1945이다. 신의주에 터를 둔 평안북도 문예총에서 낸 것이다. 이어 평북 조선문화협회에서 『학생 작품집』1945 (1)과 (2)를 냈다. 1946년에 들어서는, 동요와 민요 그리고 시까지 함께 엮은 『농민가요집』1946을 의주건설사가 폈다. 리원우 첫 시집 『격류』1946가 신의주 평북예술련맹 발행으로 뒤를 따랐다. 그리고 평북도 서북문학동맹에서 종합시집 『민족의 축전』1946을 냈다. 신의주 서북문학동맹 문화부에서도 시집 『새날』1946을 펴서 활발한 열기를 거들었다. 해를 바꾸어 1947년에는 신의주 시인 셋 가운데서 김우철이 첫 시집 『나의 조국』1947을, 리원우가 두 번째 시집 『무성하는 노래』1947를 평양의 문화전선사에서 냈다. 광복기 초기 짧은 세 해 동안에 신의주에서 안룡만·리원우·김우철이 모두 첫 시집 또는 두 번째 시집까지 냈다. 거기다 그 둘레로 종합시집과 어린이문학, 학생시집까지 넘치게 이어졌다. 안룡만의 『동지에의 헌사』는 이들 세 사람 시집 가운데서 같은 해 리원우의 『격류』에 이어 나왔다. 하루 바삐 실물을 볼 수 있기 바란다.

안룡만 두 번째 시집으로 알려진 것이 『나의 따발총』문화전선사, 1951이다. 우리쪽에서는 2013년 『근대서지』 제7호을 빌려 영인되어 쉽게 볼 수 있다.[36] 『나의 따발총』은 북한 전쟁기시 논의에서 우수한 시집으로 되풀이 다루어진다. 문화전선사에서 낸 '전선문고' 가운데 하나였다. '전선문고'는 경인년전쟁기 남북한 모두에서 이루어진 정훈문학 가운데 하나다. 주로 손쉽게 들고 볼 수 있을 크기 문고본이나 46판형 보급판으로 쪽수가 많지 않는 특성을 지닌다. 다만 우리쪽에서는 육해공해군 낱낱 군 조직에서 낸 '사병문고' 뿐 아니라 '전우위문문집', '일선군경위안'과 같은 이름을 붙여 민간 애국 조직에서도 냈다. 그에 견주어 북한에서는 문화전선사나 국립출판사가 앞서서 '전선문고'로 이름을 하나로 묶어 꾸준히 냈다. 시, 소설, 희곡, 어린이문학

---

36 『근대서지』 제7호, 2013, 255~312쪽.

창작집에서부터 번역물에 이르기까지 다양하게 이루어진 '전선문고' 버릇에 걸맞게
『나의 따발총』 경우도 전형적인 맵시를 지녔다.

『안룡만 시선집』

세 번째 안룡만 시집으로 알려진 것이 『안룡만 시 선집』[1956]이다. 시집 「서문」에서 안룡만은 "내가 시창작에 들어선 1934년부터 오늘까지의 시편 중에서 44편을 골랐다"[37]고 썼다. 그들을 발표순에 따라 실으면서 모두 4부로 나누었다. "해방 전, 평화적 건설 시기, 전쟁 기간, 전후 복구 건설"기가 그것이다. 그리고 시집을 내는 감회를 두고 "하나의 리정표"가 될 것이라 말했다. 그만큼 의욕적인 창작 욕구를 담아낸 셈이다. 그런 마음가짐에 걸맞게 본문 239쪽에 걸친 시집은 부피로서도 여느 것을 웃돈다. 편집은 김희종이 맡고, 표지그림은 엄도만이 올렸다. 푸른빛 바탕에 흰 구름을 크게 파내고 같은 바탕에다 압록강의 신의주 쪽 포구 풍경을 그림 아래쪽에 낮게 채워 하늘 무게를 돋보이게 키워낸 엄도만의 표지 그림은 그것만으로도 뛰어난 신의주 풍물지를 이룬다. 거기다 시인 안룡만이 앞으로 펼쳐나갈 꿈과 포부를 상징적으로 담아낸 듯 빼어나다.

네 번째 시집은 『새날의 찬가』[조선문학예술총동맹출판사, 1964][38]다. 앞애서도 잠시 말했지만 『문학신문』 1964년 5월 22일 「문예일지」에서는 "인쇄에 회부"한 것 가운데 하나로 안룡만 시집 『압록강 기슭에서』를 소개했다. 그것이 출판 과정에서 이름을 손질해 『새날의 찬가』로 달라진 셈이다. 시집 출판 마지막 교정 과정에서 출판사와 작가동맹의 심사, 윤독 과정을 거치면서 지역 특성이 드러나는 '압록강'을 평양 중앙당의 지시로 바뀌는 일이 벌어진 셈이다. 안룡만으로서는 지역성을 앗겨버려 한 쪽으로는 섭섭한 일이었을 터다. 그렇지만 다른 한 쪽으로는 천리마 시대, 북한의 '새날'을

---

37   안룡만, 『안룡만 시 선집』, 조선작가동맹출판사, 1956, 7쪽.
38   「문예일지」, 『문학신문』, 문학신문사, 1964. 5. 22.

향한 찬가를 대표하는 시집으로서 신의주 지역 시인인 자신의 것이 올라섰으니 손해 본 손질이라 하기는 어려웠겠다. 『새날의 찬가』는 『안룡만 시 선집』에 실었던 사진보다 더 나이 든 안룡만의 얼굴에다 자필 사진까지 붙이고 딱딱한 표지에 작품을 얹었다. 1960년대 초기 북한 시집 출판 체제를 잘 따른 시집이다. 편집은 젊은 월북 시인 오영재가 맡았다. 본문 133쪽에 5,500부를 찍었다. 채색 '조선화'로 화려하고 풍요로운 꽃 마을 풍경으로 채운 표지그림은 최병철이 올렸다. 그 무렵 『조선미술』에서 이름을 볼 수 없는

『새날의 찬가』

미술가다. 출판미술 전문의 젊은 미술가로 여겨진다.

그런데 이미 알려진 이러한 시집 4권 말고도 안룡만은 합창시집 『승리의 15억』문화선전성, 1950을 더 냈다. 실물을 손수 보지는 못한 것이다. 북한시에서 자리를 꾸준히 지켜온 갈래가 합창시다. 문화선전성은 북한 안쪽의 군중 대상 사상 개조와 선전에 앞장섰던 곳이었던 만큼 적지 않은 선전물이나 학습용 소책자를 전쟁 앞부터 전쟁기까지 꾸준히 냈다. 게다가 전쟁기 동안에도 군중 집체 문예 활동을 위한 자료집에서는 합창시가 드물지 않다. 『승리의 15억』은 북한 안쪽 군중의 연희 공연이나 문학의 밤과 같은 동원 행사에서 누릴 대본집으로 마련한 것으로 보인다. 제목으로 보아 전쟁 발발 뒤의 것일 터다. 안룡만은 뒤쪽 죽보기에서 보이겠지만 전쟁기에 합창시 「청춘의 합창」1953을 발표했다. 그에 앞서 작은 합창시집을 선뵌 셈이다.

따라서 이제까지 확인되는 안룡만의 낱책은 모두 5권에 걸친 시집이다. 안룡만은 어린이문학으로 창작 출발을 했고 북한 체제 아래서도 꾸준히 어린이시를 발표했다. 그런 점에서 어린이시집 한 권 정도는 볼 수 있음 직하다. 그럼에도 안룡만은 시인으로서 시집 간행에만 한결같은 성과를 선보였다. 시집으로서는 여느 시인에 견주어 상대적으로 활발한 출판이었다 할 수 있다. 그 점은 안룡만 개인의 역량과 노력

에 따른 결과겠다. 그런데 눈길을 달리 보면 신의주 지역문학에서 차지하는 대표성을 안룡만이 꾸준히 가꾼 덕분이 아니라 말하기 어렵다.

2) 낱글

안룡만의 낱글 발표에 관한 죽보기는 이인영이 처음 마련했다.[39] 윤영천이 「서정과 이념의 간극—해방 후 안용만 시 연구」에서 짧게 붙인 「작품 연보」[1996]에 이어 『안룡만 시 선집』의 「작품 목록」이 그것이다. 거기에서 이인영은 이름만 확인되는 것까지 아울러 시 77편, 줄글 3편, 모두 80편에 걸친 작품 죽보기를 만들었다. 가장 앞선 『신소년』의 동시 「제비를 보고」[1933]에서부터 『조선문학』[1969]에 실었던 「한 공민의 말」과 「전쟁광 닉슨 놈에게」까지다. 시 가운데서는 실재를 확보하지 못했지만 작품 이름이 확인된 10편까지 들었다. 그 뒤 이상숙이 안룡만 시론을 펼치면서 새로 줄글 1편과 시 7편을 찾아냈다. 그리고 이인영에서 제목만 올린 미확인 작품 10편 가운데서 5편에 관한 원문 확인까지 거쳤다. 두 사람에 의해서 안룡만 작품은 모두 시 87편과 줄글 4편, 묶어 모두 91편이 확인된 셈이다. 이제 거기에 글쓴이가 새로 찾고 확인한 작품까지 다 넣은 안룡만 작품 일람표를 아래에 마련한다.

해	갈래					편수(재수록)	새로 더한 작품수와 참조
	시	동시(요)	노랫말	줄글	비평		
1933		2		1		3	1. 줄글은 '동화'
1934	1	3				4	1
1935	4					4(2)	
1936	1					1	
1937	1			3		4	1
1938	1					1	
1939	2					2(2)	1(1편 재수록)
1946	7					7	1
1947	12					12	2
1948	6			1		7	2. 줄글은 '현지 보도'
1949	5			1		6	1. 줄글은 '수필'. 장시 1편
1950	16					16(2)	7(2편 재수록)
1951	5					5(1)	2. (1편 재수록) 『나의 따발총』 3편 포함

---

39 윤영천이 만든 적이 있으나 이인영을 벗어나지 않고 소략하다. 윤영천, 앞의 글, 367~368쪽.

해	갈래					편수(재수록)	새로 더한 작품수와 참조
	시	동시(요)	노랫말	줄글	비평		
1952	7					7(2)	3(2편 재수록)
1953	6					6(2)	5(2편 재수록). 합창시 1편
1954	9					9(1)	6(1편 재수록)
1955	20					20(11)	14(11편 재수록)
1956	6	1		1		8	6
1957	1					1	1
1958	14			2		16(1)	14
1959	24	2	3	2		31(2)	26(2편 재수록)
1960	23	5				28(9)	21(7편 재수록)
1961	11	4				15	10
1963	9	1				10(1)	8
1964	40	3	1			44(1)	17.『새날의 찬가』18편 포함
1965	7	1	1		1	10	7
1966	3		1		2	6(1)	4(1편 재수록)
1968	7					7	1
1969	2					2	
1976	1					1(1)	
1979	3					3(3)	3(3편 재수록)
1982	9	2				11(11)	11(11편 재수록)
2004	7					7(7)	7(7편 재수록)
2005		3				3(3)	3(3편 재수록)
2011	2					2(2)	2(2편 재수록)
2014	3					3(3)	3(3편 재수록)
2017	2					2(2)	2(2편 재수록)
소계	277	27	5	12	3	324(73)	193(61편 재수록)
합계	324					324(73)	신작 132편 더함

글쓴이가 확인한 안룡만 작품은 시에서 277편, 동시동요에서 27편, 노랫말 5편, 줄글 12편, 비평글 3편. 모두 324편이다. 그 안에는 73편에 이르는 재수록 작품까지 들었다. 재수록을 빼면 251편을 발표한 셈이다. 한 시인이 한누리 발표한 것으로는 양에서 많지 않다. 아마 찾기에 따라서 앞으로 그 숫자는 많이 늘어날 것이다. 324편 가운데는 시집『나의 따발총』1951과『새날의 찬가』1964에 실렸던 작품 속에서 첫 발표 지면이 확인되지 않는 것도 모두 넣었다.『나의 따발총』에서 3편,『새날의 찬가』에서 18편이다. 그들은 두 시집이 나왔던 1951년과 1964년에 앞서 어느 시기에 첫 발표했던 작품일 것이다. 따라서 해를 따라 발표한 숫자는 엄밀한 것은 아닌 셈이다. 다

만 해를 잣대로 삼아 대강의 발표 흐름을 헤아리는 데는 도움을 준다. 『안룡만 시 선집』1956 경우에는 실린 작품마다 끝자리에 발표 해달을 적어 두고 있다. 그런데 그 또한 안룡만 스스로 잘못 적은 것도 보인다. 그런 경우에는 글쓴이가 손수 확인한 해달에 해당 작품을 끼어 넣었다. 확인한 안룡만의 낱글 발표 324편 가운데 73편에 이르는 재발표 작품에는 1975년 안룡만 사후 재수록된 32편까지 든 수치다.

324편 가운데서 『나의 따발총』과 『새날의 찬가』에 실렸던 작품 21편을 빼고 나서, 글쓴이가 이 글에서 새로 발굴, 확인한 작품은 193편이다. 거기에서 재수록된 작품 61편을 빼고 보면, 글쓴이가 찾아 올린 순수 새 낱글은 모두 132편에 이른다. 이제껏 죽보기에 오른 안룡만 작품이 91편 정도『시집』 게재분 제외였으니 상당 양을 더한 셈이다. 이렇듯 많은 작품을 새로 더할 수 있었던 것은 기존 연구자들이 1차 문헌으로 삼았던 매체가 소극적이었던 데 있다. 『문학예술』과 그를 이어 받은 『조선문학』을 큰 얼개로 삼고 거기에 몇몇 낱책이나 일부 『로동신문』을 더하는 눈길에서 그쳤다. 가장 주요하게 다루어야 할 『문학신문』조차 확인하지 않았다. 글쓴이는 『문학신문』은 물론 안룡만 생전의 『로동신문』이나 『민주조선』, 『조국통일』과 같은 전문지뿐 아니라 적지 않은 낱책들로 눈길을 넓혀 보다 넓은 범위 매체를 확인했다.

안룡만이 나라잃은시대에 내놓은 작품은 모두 19회다. 그들 가운데 『조선중앙일보』와 『조선일보』 문예작품현상에 당선한 2편은 『시원』 창간호에 되실렸다. 그리고 김우철이 「발문」에서 당선시 뒤부터 1938년 1월 앞까지 발표했다고 적은 수필 「장미와 축제」, 「국경 단상」이 든다. 『시건설』에 실었던 시 「꽃수 놓던 요람」은 김우철에 따르면 한 해 앞서 1838년 『만선일보』에 발표했다. 『시건설』에 실린 것은 재수록인 셈이다. 이들 19회 작품 발표 가운데서 가장 앞선 것은 알려진 대로 동시 「제비를 보고」다. 1933년 5월 1일에 나온 『신소년』 5월호에 실렸다. 그 뒤를 1933년 5월 5일에 나온 『별나라』 4·5합호의 동요 「회관시게」와 동화 「목장의 소」가 따른다.

이들 19편 가운데 글쓴이가 새로 밝힌 3편이 들었다. 동요 「회관시게」1933와 시 「새벽 눈길을 차고」1934, 수필 「밀감빛 향수」1937가 그것이다. 이들 작품을 안룡만은 리용만·안룡민·안룡만에 걸친 세 이름으로 내놓았다. 창작 초기인 1933년 어름에는 리용만을, 1934년 여름에는 안룡민을, 그리고 1934년 현상작품 제출과 1935년 『조선일보』와 『조선중앙일보』 신춘 작품모집에 당선할 때부터 안룡만으로 굳혀 썼다. 그리고 1940년부터 1945년 을유광복 사이에는 안룡만의 작품이 보이지 않는다. 김우철에 말에 기대자면 『만선일보』에 여러 작품을 실었을 가능성이 있다. 그러나 현재까지 확보된 『만선일보』의 영인, 보급판 죽보기에서는 안룡만 작품을 찾을 수 없다. 안룡만의 활동 지역으로 보아 『만선일보』 발표가 자연스럽고도 가능한 일이나 그 일은 미발굴 『만선일보』의 확인, 보급과 함께 확인할 문제다.

안룡만이 맨 뒤에 발표한 작품은 알려진 대로 1969년 『조선문학』에 실린 2편이다. 그 뒤로는 훌쩍 건너 뛰어 1976과 1979년에 4편이 보인다. 그리고 띄엄띄엄 이즈음인 2017년까지 2편으로 이어진다. 1976년부터는 이미 안룡만이 세상을 뜬 뒤다. 그 뒤로 발표된 32편은 모두 재발표인 셈이다. 따라서 이들을 빼놓고 보면 안룡만은 해방 뒤 1933년부터 1969년까지 36년에 걸쳐 작품 활동을 한 셈이다. 안룡만 나이 18살부터 54살까지다.

표에서 보는 바와 같이 을유광복 직후인 1945년에는 안룡만의 작품을 볼 수 없다. 짧은 다섯 달 동안 이저런 격동에 휩싸여 창작 활동을 했을 것이다. 그리하여 1946년 벽두부터 작품을 발표하기 시작했다. 북한 초기 사회가 안정되어 가면서 탄력을 받아 1947년에 들어서는 작품 수가 12편으로 크게 는다. 그 뒤로 임종할 때까지 작품을 볼 수 없었던 해는 1962년, 1967년, 그리고 1970년부터 임종 시라 알려진 1975년까지다. 1970년대에 작품 발표가 보이지 않는 것은 사망에 이르기 앞서 바깥 정세에 떠밀려 하방했거나, 큰 병고를 겪은 일일 수 있다. 앞에서도 잠시 말한 바다. 그런데 1962년, 1967년 세 해에 걸쳐 작품 발표가 보이지 않는 점은 흥미롭다. 거기다 1957년도에는 1편을 발표했다. 세 자리 모두 북한 문학예술 사회에서 격변이 이루어졌던 무렵인 까닭이다. 북한 문학사회에서 볼 때 1960년대에 들어서면서부터는 카프계 구시대 문학인으로 내몰릴 수 있을 위험을 떠안고 살았을 안룡만이다. 안룡만이 이른 나이에 작품 발표를 그친 정황을 두고 앞으로 더 깊숙한 실증이 따라야 할 일이다.

시집 게재분을 빼고 살피면 안룡만이 가장 많은 작품 발표를 한 때는 1959년의 31편2편 재수록이다. 뒤를 1960년의 28편9편 재수록 포함과 1964년의 26편1편 재수록이 이어받는다. 그런 다음 1955년의 20편이 따른다. 안룡만은 나이로 보아 40대에 가장 활발한 활동을 한 셈이다. 그리고 1970년대 이후 오늘날까지 굵직굵직한 북한 문학지의 선택과 선집 발간 과정에서 안룡만 작품은 빠지지 않았다. 1930년대부터 전쟁기를 거쳐 1960년대까지 창작 생활 모든 과정에 걸쳐 뜻 있는 작품을 남긴 작가로 일정하게 다루어진 셈이다.

갈래 선택에서 안룡만은 폭이 넓지 않다. 문학 초창기에 어린이문학으로 시작하여 시 갈래로 올라서는 모습은 여느 작가의 성장 과정과 다르지 않다. 그러면서 수필로 범위를 넓혔다. 확인한 발표작 324회재발표작 포함 가운데서 277회가 시다. 전체 85.5%에 이른다. 시에 치우쳤다. 어린이문학이 그 뒤를 이어 30회, 10.8%를 차지한다. 동화 1편에 동시동요 27회, 어린이 노랫말이 2편이다. 동시동요는 초기에 매달렸던 갈래다. 그러면서 온전히 버리지는 않았다. 북한 체제 성립 뒤에도 안룡만은 동시동요 짓기를 멈추지 않았으며, 그것은 자연스레 어린이 노랫말 창작으로 이어진 셈이다.

줄글은 모두 15편이다. 그들은 이른 시기 습작기에 내놓았던 동화 「목장의 소」1933에서부터 수필과 같은 단순 줄글 12편을 거쳐 비평적 안목을 담고 있는 글 3편에 이른다. 이들 가운데서 순수 수필 갈래에 넣을 만한 것은 초기의 「밀감빛 향수」에다 「추억의 단상」1949, 「재생의 8·15」1958 정도에 그친다. 김우철이 발표 사실을 알려준 이른 시기 작품 「장미와 축제」, 「국경 단상」도 순수 수필로 보인다. '이야기'라는 이름을 붙여 내놓은 「박팔양 선생의 모습」1959도 있다. 이야기로서 뼈대를 갖춘 것은 아니다. 북한에서 '이야기'는 줄거리를 가진 가벼운 설화나 토막 일화와 같은 것을 들려주는, 허용 범위가 너른 어린이문학 갈래다. 안룡만 경우는 가벼운 회고기에 '이야기'라는 갈래 이름을 붙인 셈이다.

비평적인 글이라 할 수 있는 글은 3편에 그쳤다. '작품 지도'와 '창작 경험'인 「보다 개성적 세계의 탐구에로」1966와 「시의 주제를 탐구하는 길에서」1966에다 「시 형식의 다양성을 위하여」1965이다. 이들 가운데는 벗 리원우나 김우철이 즐겨 내놓았던,

무거운 비평글은 없다. 「시 형식의 다양성을 위하여」가 안룡만의 비평적 안목을 그나마 보여 줄 따름이다. 게다가 모두 안룡만 문학 후기에 놓이는 특징이 보인다. 그런 가운데 '현지 보도'가 2편 거든다. 「창의성과 생산경쟁운동 전개로 생산 책임량을 초과 완수한 황봉령 씨의 공헌」1948과 「신의주 방직종합공장을 찾아서」1959다. 둘 모두 북한의 여느 작가들이 공을 들였던 본격 오체르크실화문학에는 모자람이 있다. 이름 그대로 짧은 '현지 보도'에 머물렀다. 북한 사회주의 변화 과정에서 요구했던 당대적 현안을 두고 안룡만은 보다 소극적인 발언에 그쳤던 셈이다.

갈래 선택으로 볼 때 안룡만은 문학 한누리 내내 가락글, 그것도 시에 치우친 작품 활동을 보여 주었다. 서정적 세계상이나 창작 방법이 안룡만 문학의 핵심 뿌리라는 사실을 확신하게 만드는 맵시다. 다갈래 창작이 흔한 북한 사회주의 체제 작가로서는 창작 갈래 선택이 아주 좁았던 셈이다. 거기다 비평 활동의 비중이 뚜렷하게 낮다. 열정적인 논조의 비평 활동을 벌였던 벗 리원우나 김우철과 다른 안룡만의 특징이라 할 수 있다. 아울러 안룡만 시에서는 다른 시인들보다 상대적으로 더 잦고 너비가 큰 개작 과정을 보여 준다. 한 작품을 제목을 바꾸어가며 몇 차례 내놓기도 했다. 이러한 가락글 중심의 협소한 갈래 선택과 중심 갈래인 시에서 보이는 잦은 개작 성향은 비평 담론의 소극적인 맵시와 맞물리면서 안룡만의 서정적 세계상에 관해 더 깊은 눈길을 주게 이끈다. 주장하거나 시시비기를 가리기보다 느끼고 표출하는 데 공을 들인 셈이다. 이러한 갈래 선택의 특성이야말로 카프계 구시대 시인이면서도 북한 사회주의 문학사회의 격랑을 보다 순조롭게 건너갈 수 있게 한 요인이었는지도 모른다.

이제 이 글 끝에 글쓴이가 발굴, 확인한 작품까지 모두 녹여 「안룡만 작품 죽보기」를 새로 마련해 붙인다. 만들면서 기존 연구에서 놓쳤던 몇 가지 사항을 다 반영했다. 첫째, 작품 이름이 잘못 적힌 것을 바루었다. 보기를 들어 「사랑하는 안해에게—인민 경제 계획에 바치는 노래」1947는 이인영에서는 '아내'로 적혔다. 그 무렵 표기로 되돌렸다. 그리고 「그리운 레닌의 초상」1947도 「그리운 레닌 초상」으로 된 것을 바로 잡았다. 아울러 이인영에서 「감나무 밑의 전호 속」1950으로 올려진 것도 「감나무 밑 전호 속」으로 고쳤다. 「나는 당의 품에 자랐다」1961는 이인영에서 '품에서'로 적은 것이다. 거기다 이미 제목이 알려졌지만 그것의 첫 발표지와 제목을 다 밝힌 경우도 있다. 이인영에서는 「김일성 장군님께 바치는 송가」라는 제목의 시를 확인하지 못한 작품으로 적었다. 그것은 「김일성 송가」로서 『로동신문』에 실렸다.

새로 찾아 올린 작품 가운데서 눈길을 끄는 것은 『우리들』에 안룡민이라는 이름으로 실은 시 「새벽 눈길을 차고」[1934]다. 『조선일보』와 『조선중앙일보』의 문예 현상에 시가 당선되기 앞서 이미 시 창작을 했다는 사실을 알려 준다. 그리고 「회관시계」[1933]는 『별나라』 5월 호에 안룡만의 유일 동화 「목장의 소」와 함께 실렸으나 이인영에서는 놓쳤던 작품이다. 비슷한 경우는 다른 낱책에서도 볼 수 있다. 『현대조선문학선집(11)―시집』[1960]에 실린 「강동의 품」을 비롯한 6편 가운데서 이인영은 「옥의 능금볼」 한 편만 올렸다. 새로 죽보기를 마련하면서 그들을 다 기웠다. 이상숙 또한 「마산포 제사공 누이에게」[1964]를 다루면서 『조선문학』 3월호에 함께 실린 시 「무궁화 삼천리1」을 빼 놓았다. 그도 새로 더했다. 작가 해적이나 작품 죽보기는 하루아침에 마무리될 일은 아니다. 앞으로 찾기에 따라 안룡만 관련 기술은 곳곳에서 더 얻을 수 있을 것이다. 그들을 내다보면서 눈을 멀리 열어두어야 하리라.

4. 안룡만 따라잡기

안룡만[1916~1995]은 근대 신의주 지역시를 대표하는 셋 가운데 한 사람이다. 그러면서 중심 활동지가 신의주, 평북이었을 뿐 아니라 북한 사회주의 체제 성립과 전개 과정에서 향리의 지역성과 변모 과정을 꾸준하게 시의 글감, 중심 주제로 삼아 작품 활동을 했다. 안룡만은 개인이 이룩한 문학 성과의 높낮이뿐 아니라 북한 문학의 전개, 변화 과정에서 평양 문학사회 위세 중앙과 지역 문학사회 사이 관련상을 가늠하게 해 주는 좋은 본보기 시인인 셈이다. 이 글에서 글쓴이는 안룡만에 관한 본격 접근을 위해 먼저 바탕을 넓히고 다지고자 했다.

안룡만은 본명이 안보응이다. 문학 습작기부터 리용민·안룡민·안룡만을 쓰다

1935년『조선일보』,『조선중앙일보』 신춘 작품 모집과 당선을 앞뒤로 안룡만 한 이름으로 굳혔다. 경인년전쟁기 종군 시기를 젖혀 두고 신의주와 그 바깥 평북 지역을 중심으로 활동하면서 안룡만은 1933년부터 사망한 1975년을 거쳐 2017년까지 시집 5권과 재수록 포함 낱글 324편을 선뵀다. 그런 가운데 한창 40대였던 1960년을 앞뒤로 한 시기에 가장 활발한 창작 활동을 했다. 1957년의 1편에 이어 1962년, 그리고 만년인 50대 초반 1969년부터 1975년 사망 때까지 발표 작품이 보이지 않는 점은 눈여겨 볼 일이다. 알려지지 않은 신상 변고와 같은 문제에 맞닥뜨렸을 가능성을 무시할 수 없는 까닭이다. 그럼에도 국기훈장 3급 서훈을 받은 작가답게 재북 시기 안룡만의 문학사회 활동은 꾸준하면서도 활발했다.

안룡만은 습작기인 10대 후반 어린이문학으로 창작을 시작했다. 그 뒤 한누리 소수 줄글 갈래에 눈길을 두었을 뿐, 한결같이 시와 노랫말 그리고 동요와 같은 가락글을 자신의 중핵 갈래로 삼아 한결같았다. 그런 가운데 시가 전체 작품 발표 324편 가운데서 85.5%나 차지해 시인으로서 몫이 가장 컸음을 알 수 있다. 시시비비나 평가 잣대가 드러나는 비평적 글쓰기에서는 발표가 미미한 점이 한 특성이다. 거기다 안룡만은 북한 여느 작가에서나 드러나는 모습, 작품 수정 개작의 정도가 다른 이에 견주어 더욱 심하고, 잦다는 특성을 지녔다. 따라서 겉으로 작품 제목만 보고서 신작 발표나 재발표 사실을 확정하기 어렵다. 그런 점을 꼼꼼하게 밝혀 나가면서 온전한 안룡만 작품론으로 들어서는 널찍한 길이 글쓴이에게 열려 있는 셈이다.

글 끝에「안룡만 작품 죽보기」를 붙인다. 모두 193편에 이르는 작품을 새로 찾아 더하고, 시집 게재 작품을 해당 해달에다 끼어 넣은 것이다. 비록 충분하지 않다 하더라도 이제부터 안룡만 문학을 대상으로 삼은 통공시적 접근을 향해 치폭치폭 달릴 일이다. 그런 과정에서 1930년대 신의주 갯가에서 단동을 향해 음울하게 서 있는 안룡만의 청년기를 만날 수 있을 것이다. 북한 사회주의 발전의 표상 장소 가운데 한 곳인 1960년대 황금평 갈대밭, 창성의 다락밭까지 한달음에 닿을 수 있으리라. 신의주제지공장과 너머 더 크고 우람하게 서 있는 신의주비날론공장, 그들 굴뚝이 내뿜는 매캐한 연기 냄새를 가까이서 맡는 저물녘까지.

〈안룡만 작품 죽보기〉

1. 낱책

『동지에의 헌사』, 평북예술련맹, 1946.

『승리의 15억』(합창시집), 문화선전성, 1950.

『나의 따발총』(전선문고), 문화전선사, 1951.

『안룡만 시 선집』, 조선작가동맹출판사, 1956.

『새날의 찬가』, 조선문학예술총동맹출판사, 1964.

2. 낱글

「제비를 보고」(동시),『신소년』5월호, 신소년사, 1933.

「회관시게」(동요)·「목장의 소」(동화),[40] 『별나라』4·5합호(통권 67호), 1933.

「가버린 동무야」(동시),[41] 『별나라』제9권 제1호, 별나라사, 1934.

「새벽 눈길을 차고」(시),[42] 『우리들』2월호, 우리들사, 1934.

「저녁노을」(동시),[43] 『신소년』2월호, 신소년사, 1934.

「휘파람」(동요),[44] 『신소년』4·5월합호, 신소년사, 1934.

「강동의 품 – 생활의 강 아라가와여」(시),[45] 『조선중앙일보』, 조선중앙일보사, 1935.1.1.

「저녁의 지구」(시),『조선일보』, 조선일보사, 1935.1.3.

「저녁의 지구」·「강동의 품」(삼대신문 신춘현상 당선시가초, 시),『시원』창간호, 시원사, 1935(재수록).

「봄의 커터부」,『조선중앙일보』, 조선중앙일보사, 1936.1.4.[46]

「생활의 꽃포기」(시),『조광』10월, 조광사, 1937.

「밀감빗 향수①~⑤」(수필),『매일신보』, 매일신보사, 1937.5.15~30.

「장미와 축제」(수필), 1937.[47]

「국경 단상」(수필), 1937.[48]

---

40   리용민으로 발표.

41   리용민으로 발표.

42   안룡민으로 발표.

43   안룡민으로 발표.

44   안룡민으로 발표.

45   안룡만으로 발표.

46   '신춘원고현상모집' 당선작.

47   김우철,「발문」(『안룡만 시 선집』)에 따름.

48   김우철,「발문」(『안룡만 시 선집』)에 따름.

「꽃수 놓던 요람」(시), 『만선일보』, 만선일보사, 1938.[49]

「강동의 품-생활의 강 아라가와여」(시), 임화 엮음, 『현대조선시인선집』, 학예사, 1939(재수록).

「꽃수 놓던 요람」(시), 『시건설』 제7집, 시건설사, 1939.10(재수록).

「살구 딸 6월」(시), 『문화전선』 창간호, 북조선예술총련맹, 1946.

「5·1절」(시), 『거류(巨流)』(8·15해방 1주년 기념시집), 8·15해방일주년기념중앙준비위원회, 1946.

「찬가」(시), 『영원한 악수』(8·15해방 기념 시집), 조쏘문화협회, 1946.

「헌사」·「역사의 날」(시), 『영원한 악수』(8·15해방 기념 시집), 조쏘문화협회, 1946.

「대지」(시), 『안룡만 시 선집』에서 '1946.5.'로 실림.

「동지에의 헌사」(시), 『관서시인집』, 인민문화사, 1946.

「강반에서」(시), 『안룡만 시 선집』에서 '1947. 봄'으로 실림.

「파리 꿈무나 영웅들」(시), 『안룡만 시 선집』에서 '1947.3.'로 실림.

「환송의 새벽」(시), 『평북로동신문』, 평북로동신문사, 1947.5.4.

「사랑하는 안해에게-인민 경제 계획에 바치는 노래」(시), 『문화전선』 제5집, 북조선예술총련맹, 1947.

「북방으로-제대 귀국하는 쏘련 장병들에게」(시), 『조선신문』, 조선신문사, 1947.3.14.

「그리운 레닌의 초상」(시), 『조쏘문화』 8집, 조쏘문화협회, 1947.

「크낙한 혼에게」(시), 『안룡만 시 선집』에서 '1947.6.'로 실림.

「축제의 날도 가까워」(시), 『안룡만 시 선집』에서 '1947.7.'로 실림.

「김일성 송가」(시), 『로동신문』, 로동신문사, 1947.8.8.

「첩첩준령을 넘어서」(시), 『조선문학』 창간호, 북조선문학동맹, 1947.9.

「세포회의의 밤 (1·2)」(시), 『로동신문』, 로동신문사, 1947.10.18~19.

「당의 깃발 밑에」(시), 『조국의 깃발』, 북조선문학동맹 시분과전문위원회, 1948.

「동백꽃 우표」(시), 『창작집』, 국립인민출판사, 1948.

「파종의 노래」(시), 『안룡만 시 선집』에서 '1948.4.'로 실림.

「향기 높은 새 생활」(시), 『안룡만 시 선집』에서 '1948.5.'로 적음.

「쓰딸린 대원수」(시), 『영광을 쓰딸린에게』, 북조선문학예술총동맹, 1948.

「창의성과 생산경쟁운동 전개로 생산 책임량을 초과 완수한 황봉령 씨의 공헌」(현지 보도), 『부강한 조국 건설을 위한 애국적 로동자 농민들』, 북조선인민위원회 선전국, 1948.

「고국으로」(시), 『영원한 친선』(쏘련군 환송 기념 시집), 북조선문학예술총동맹 문화전선사, 1949.

「추억의 단상」(수필), 『조쏘친선』 3월호, 조쏘문화협회, 1949.[50]

「8월의 선물」(시), 『농민』 8호, 농민신문사, 1949.

---

49 김우철, 「발문」(『안룡만 시 선집』)에 따름.

50 「1949년 본지 목차 총란」, 『조쏘친선』 12월호, 조쏘출판사, 1949.

「압록강」(장시)[51]

「승리의 찬가」(시),『8·15 4주년 기념시집』, 1949.

「류성」(시),『안룡만 시 선집』에 '1949.'로 적음.

「행복의 약속」(시),『안룡만 시 선집』에서 '1950.'으로 적음.

「동백꽃」(시),『한 깃발 아래에서』(종합 시집), 문화전선사, 1950.[52] (재수록)

「강반음(江畔吟)」(시),『문학예술』 제3권 제4호, 문예총출판사, 1950.

「청년의 5월」(시),『청년생활』 5월 호, 청년생활사, 1950.

「새 나라 공채를 나는 노래한다」(시),『로동신문』, 로동신문사, 1950.5.16.

「영웅들이여」(시),『로동신문』, 로동신문사, 1950.7.20.

「나의 따바리총」(시),『로동신문』, 로동신문사, 1950.7.24.

「나의 따바리총」(시),『영광을 조선인민군에게』, 조선인민군 전선문화훈련국, 1950(재수록).

「청춘의 대오여!」(시),『청년생활』 8월 호, 청년생활사, 1950.

「승리의 깃발 높이 - 오! 공화국의 수도여!」(시),『민주조선』, 민주조선사, 1950.6.29.

「남방 전선 감나무 밑」,『안룡만 시 선집』에서 '1950. 8.'로 적음.

「감나무 밑 전호 속」(전선에서 - 용사의 레포 1, 시),『로동신문』, 로동신문사, 1950.9.30.

「조국과 당을 불러」(전선에서 - 용사의 레포 2, 시),『로동신문』, 로동신문사, 1950.10.2.[53]

「포화 소리 드높은 7백리 락동강에」(전선에서 - 용사의 레포 3, 시),『로동신문』, 로동신문사, 1950.10.4.[54]

「수령의 이름과 함께」(시),『로동신문』, 로동신문사, 1950.10.17.

「남쪽 전구에도 봄은 오리라」(시),『조선녀성』 7월호, 조선녀성사, 1950.

「전호 속의 5월」(시),『로동신문』, 로동신문사, 1951.5.2.

「전호 속의 5월」(시),『전투원에게 주는 시집』(2), 조선인민군총정치국, 1951. 7(재수록).

「분노의 불길」·「한 장의 지원서」·「고향길」(시),『나의 따발총』에 실림.

「전호 속의 5월」(시),『평화의 노래』, 문화전선사, 1952(재수록).

『자작나무」(시),『평화의 초소에서』, 문화전선사, 1952(재수록).[55]

「진달래」(시),『안룡만 시 선집』에서 '1952.4.로 적음.

「싸우는 평양」(시),『안룡만 시 선집』에서 '1952.10.'로 적음.

「불길 더운 화선에서」(시),『문학예술』 12월호(제5권 제12호), 문예총출판사, 1952.

「의용군의 안해」(시),『녀성들에게』(녀성문고 제1집), 조선녀성사, 1952.

---

51   이인영에서 기록을 확인했으나, 이상숙이 1949년 작품으로 짐작해 자리를 옮겼다.

52   「동백꽃 우표」의 개작 재수록.

53   『나의 따발총』에서는 「당과 조국을 불러」로 바뀜.

54   『안룡만 시 선집』에서는 '1950.9.'로 적음.

55   『안룡만 시 선집』에서는 '1951.6.'로 적음.

「어디에나 싸우는 형제들과 함께」(시), 『문학예술』 1월호, 문예총출판사, 1952.

「수령의 이름과 함께」(시), 『수령은 부른다』, 문예총출판사, 1953(재수록).

「전사들은 노래한다」(시), 『쓰딸린의 깃발』, 조선작가동맹출판사, 1953.

「청춘과 희망의 이름」(시), 『우리조국』 5호, 민주청년사, 1953.

「북방에 띄우는 노래」(시), 『문학예술』 8월호, 문예총출판사, 1953.[56]

「북방에 띄우는 노래」(시), 『위대한 승리』(8 · 15해방 8주년 기념), 문예총출판사, 1953(재수록).

「청춘의 합창」(합창시), 『청년문예써클자료』(5), 민주청년사, 1953.

「전사들은 노래한다」(시), 『쓰딸린의 깃발』(번인본), 연변교육출판사, 1954(재수록).

「단풍잎」, 『영광의 날』(시집), 조선작가동맹출판사, 1954.

「새 선반기 앞에서」(시), 『안룡만 시 선집』에서 ‘1954.5.’로 적음.

「녀맹반장 인순이」(시), 『조선문학』 6월, 조선작가동맹출판사, 1954.[57]

「어머니 – 당의 노래」(시), 『당의 기치 높이』, 조선작가동맹출판사, 1954.

「친선의 깃발 아래」·「마을의 보잡이」·「저격의 길에서」(시), 『승리자들』, 조선작가동맹출판사, 1954.

「고향의 가을」(시), 『안룡만 시 선집』에서 ‘1954.10.’로 적음.

「단풍잎」(재수록)·「압록강반에서」(시), 『영광의 한 길』(종합시집), 조선작가동맹출판사, 1955

「씨비리 네 고향 땅에」(시), 『전하라 우리의 노래』(종합시집), 조선작가동맹출판사, 1955.

「나의 따발총」·「자작나무」·「남방 전선 감나무 밑」·「포화 소리 드높은 7백리 락동강에」(시), 『서정
　　　시 선집』, 조선작가동맹출판사, 1955(재수록).

「봄이 오는 방선에서」(시), 『로동신문』, 로동신문사, 1955.2.7.

「철탑 우의 비둘기」(시), 『안룡만 시 선집』에서 ‘1955.2.’로 적음.

「방선에 선 초병의 노래」(시), 『안룡만 시 선집』에서 ‘1955.3.’로 적음.

「손길」(시), 『안룡만 시 선집』에서 ‘1955.4.’로 적음.

「전기로 불길 앞에서」(시), 『로동신문』, 로동신문사, 1955.4.27.[58]

「붉은 별의 이야기」(시), 『조선문학』 11월호, 조선작가동맹출판사, 1955.[59]

「강동의 품」·「저녁의 지구」·「봄의 캇따부」·「꽃수 놓던 요람」·「살구 딸 6월」·「옥의 능금볼」·「생
　　　활의 꽃포기」(시), 『1920~1930 시인 선집』, 조선작가동맹출판사, 1955(재수록).

「친선의 기’발 밑에서」(시), 리정구 엮음, 『문학독본』(초급중학교 제2학년용), 교육도서출판사, 1955.

「1956년도를 맞이하는 작가들의 창작 계획에서」(줄글), 「조선문학」 1월호, 조선작가동맹출판사,
　　　1956.

「우리는 용광로의 주인」(시), 『로동자』 제3호, 로동자신문사, 1956.

56　『안룡만 시 선집』에서는 ‘1952.5.’로 적음.
57　『안룡만 시 선집』에서는 ‘1954.4.’로 적고, 제목도 「마을의 인순이」로 바뀜.
58　『안룡만 시 선집』에서는 「전기로 불길 넘어」로 바뀜.
59　『안룡만 시 선집』에서는 ‘1955.10.’로 적음.

「평화에 대한 이야기」(시),『조선녀성』2월호, 조선녀성사, 1956.[60]

「이른 봄에」(시),『조선문학』3월호, 조선작가동맹출판사, 1956.

「공장 지구의 봄밤」(시),『안룡만 시 선집』에서 '1956.3.'로 적음.

「평화에 대하여」(시),『안룡만 시 선집』에서 '1956.4.'로 적음.

「당의 부름을 들으며」(시),『안룡만 시 선집』에서 '1956.4.'로 적음.

「우리 마을 봄 이야기」(동시),『아동문학』3월호, 조선작가동맹출판사, 1956.

「북방에 띄우는 시」(시),『써클원문예』9호, 군중문화사, 1957.

「평화의 수자리에서」(시),『민주조선』, 민주조선사, 1958.2.1.

「친선의 강을 건너」(시),『로동신문』, 로동신문사, 1958.3.21.

「해토머리 사람들」·「처녀들의 이야기」(마을의 봄 풍경, 시),『문학신문』, 문학신문사, 1958.4.3.

「진달래」·「생명의 씨앗」(친선의 수첩에서, 시),『민주조선』, 민주조선사, 1958.4.23.

「오월 아침의 첫 소식」(시),『조쏘문화』5월 호, 조쏘문화협회, 1958.

「조국의 전류는 흘러」(시),『로동신문』, 로동신문사, 1958.6.27.

「나의 조국」(시),『조선문학』7월호, 조선작가동맹출판사, 1958.

「동백꽃」(시),『조선문학』7월호, 조선작가동맹출판사, 1958(재수록).

「재생의 8·15」(수필),『문학신문』, 문학신문사, 1958.8.14.

「해바라기의 노래」(시),『문학신문』, 문학신문사, 1958.8.14.

「격려와 방조 속에서」(줄글),『문학신문』, 문학신문사, 1958.10.2.

「평양—북경 기차」(시),『문학신문』, 문학신문사, 1958.11.27.

「붉은 별의 이야기」(시),『아침은 빛나라』(조선민주주의인민공화국창건10주년기념), 조선작가동맹출
    판사, 1958(재수록).

「고향의 창가에」(시),『전우에게 영광을』(종합시집), 조선작가동맹출판사, 1958.

「쏘베트 땅에 드림」(시),『문학신문』, 문학신문사, 1959.1.29.

「씨비리 처녀지에도」(시)『문학신문』, 문학신문사, 1959.1.29.

「평화의 별」(시),『조선문학』3월호, 조선작가동맹출판사, 1959.

「영변 아가씨 마음」(시),『조선문학』3월호, 조선작가동맹출판사, 1959.

「조국의 강을 두고」·「용해공의 붉은 마음도」(시),『붉은 기'발 휘날린다』, 조선작가동맹출판사, 1959.

「용해공의 붉은 마음도」(시집『붉은 기'발 휘날린다』에서, 시),『문학신문』, 문학신문사, 1959.4.12(재
    수록).

「붉은 기'발을 두고」(시),『문학신문』, 문학신문사, 1959.4.30.

「평화의 꽃」(시),『문학신문』, 문학신문사, 1959.4.30.

「박팔양 선생의 모습」(이야기),『아동문학』8월 호, 조선작가동맹출판사, 1959.

「친선의 한 길에서」(시),『로동신문』, 로동신문사, 1959.8.14.

---

60   『안룡만 시 선집』에서는 '1956.4.'로 적고, 제목도「평화에 대하여」로 고침.

「평화의 이름으로」(시), 『문학신문』, 문학신문사, 1959.6.25.

「당의 불'빛」(시), 『문학신문』, 문학신문사, 1959.7.14.

「배전공 처녀의 꿈」(시), 『문학신문』, 문학신문사, 1959.7.14.

「당의 부름을 받으며」(『안룡만 시선집』에서, 시), 『민주조선』, 민주조선사, 1959.7.5(재수록).

「꽃편지」(노랫말), 『아동문학』 7월호, 조선작가동맹출판사, 1959.

「과수원의 노래」(시), 『문학신문』, 문학신문사, 1959.8.18.

「쓰빠씨보」(시), 『문학신문』, 문학신문사, 1959.8.18.

「수령은 언제나 우리 곁에」(시), 『문학신문』, 문학신문사, 1959.9.15.

「조국의 노래」(노랫말), 『문학신문』, 문학신문사, 1959.9.22.

「신의주 방직종합공장을 찾아서」(현지 보도), 『민주청년』, 민주청년사, 1959.10.22.

「그대들에게 드리는 노래」(시), 『로동자신문』, 조선직업총동맹중앙위원회, 1959.10.30.

「좋은 시절에 귀한 손님 오시네」(시), 『민주조선』, 민주조선사, 1959.10.15.

「10월의 찬가」(시), 『민주조선』, 민주조선사, 1959.11.6.

「남해바다」(시), 『민주청년』, 민주청년사, 1959.11.12.

「혁신의 불꽃 날리며」(시), 『민주조선』, 민주조선사, 1959.12.31.

「조선은 하나다!」(합창시), 『써클원문예』 12호, 군중문화사, 1959.

「당증을 두고」(시), 『조선문학』 12월호, 조선작가동맹출판사, 1959.

「수령님의 초상화」·「황금평 아이들」(동시), 『당의 기'발 따라』, 아동도서출판사 1959.

「약산동대 진달래」(노랫말), 『김원균작곡집』, 조선음악출판사, 1959.

「평화의 이름으로」·「제주도 섬 처녀」(시), 『그날을 위하여』, 조선작가동맹출판사, 1960(재수록).

「크낙한 그 이름을 동지라고 부름은」(시), 『시문학』 창간호, 조선작가동맹 시문학분과위원회, 1960.6.

「쏘련 군대 아저씨」(동시), 『빛나는 아침』(동요동시집), 아동도서출판사, 1960.

「수령의 미소」(시), 『8월의 태양』, 조선작가동맹출판사, 1960.

「우둥'불」(동시), 『당에 드리는 노래』(당 창건 15주년 기념 동시집), 아동도서출판사, 1960.

「평화의 신호를 들으며」(시), 『문학신문』, 문학신문사, 1960.5.17.

「정방기 조립의 날」·「로농 동맹 집안일세」·「양태머리 쩨빠공」(압록강반 시초, 시) 『조선문학』 5월호,
　　　　조선작가동맹출판사, 1960.

「서해의 갈밭」·「자랑찬 마음」(시), 『청년문학』 5호, 조선작가동맹출판사, 1960.

「갈밭이여, 무성하라! ─ 신의주종합방적공장 건설장에서」(시), 『문학신문』, 문학신문사, 1960.6.14.

「두메에 항금철이 왔소」(시), 『문학신문』, 문학신문사, 1960.9.23.

「어머니 당에 드리는 노래」(시), 『민주조선』, 민주조선사, 1960.10.9.

「당의 심장으로」(시), 『조선문학』 10월호, 조선작가동맹출판사, 1960.

「비래봉 기슭에서」(오늘의 창성, 시), 『조선문학』 11월호, 조선작가동맹출판사, 1960.

「강동의 품」·「저녁의 지구」·「봄의 캇따부」·「꽃수 놓던 요람」·「옥의 능금볼」·「생활의 꽃포기」
　　　　(시), 『현대조선문학선집(11)―시집』, 조선작가동맹출판사, 1960(재수록).

「가버린 동무야!」(동시)·「휘파람」(동요), 『현대조선문학선집(10)―아동문학집』, 조선작가동맹출판
　　　　사, 1960(재수록).

「섬처녀 마음」(시), 『천리마』 3월 상반기호, 천리마사, 1960.

「달나라 능금나무」(동시), 『아동문학』 10월호, 조선작가동맹출판사, 1960.

「새 고지를 향하여」(시), 『당이 부르는 길로』(조선로동당 창건 15주년 기념 시집), 조선작가동맹출판
　　　　사, 1960.

「첫 고지 우에서―수령 앞에 드리는 건설자의 노래」(시), 『당에 영광을』(종합시집), 조선작가동맹출판
　　　　사, 1961.

「비날론 무지개」(동시), 『소년신문』, 소년신문사, 1961.5.10.

「비날론 폭포수로 삼천리를!」(시), 『문학신문』, 문학신문사, 1961.5.5.

「비날론 할아버지」(동시), 『아동문학』 6월호, 조선작가동맹출판사, 1961.

「하수는 원수님 품에 안겼네」(동시), 『아동문학』 6월호, 조선작가동맹출판사, 1961.

「행복의 선물」(동시), 『아동문학』 8월호, 조선작가동맹출판사, 1961.

「대동강반의 아침에」(시), 『시문학』 제5집, 조선작가동맹 시문학분과위원회, 1961.[61]

「'동백단' 이야기」(시), 『천리마』 2호, 천리마사, 1961.

「영광의 길 북방 만 리」(시), 『문학신문』, 문학신문사, 1961.7.14.

「그분은 언제나 우리 곁에」·「수령의 영상」(제4차 당대회에 드리는 붉은 시인들의 노래)(시), 『문학신
　　　　문』, 문학신문사 1961.8.18.

「나는 당의 품에 자랐다」(시), 『조선문학』 9월호, 조선작가동맹출판사, 1961.

「우리 시대의 청춘 만세」(시), 『청년문학』 9월호, 조선작가동맹출판사, 1961.

「젊은 화학 기사의 꿈」(시), 『청년문학』 9월호, 조선작가동맹출판사, 1961.

「횃불은 꺼지지 않는다」(시), 『청년문학』 9월호, 조선작가동맹출판사, 1961.

「나는 그 총을 메고 있어」(시), 『조국통일』, 조국통일사, 1963.2.9.

「마음의 등」(시), 『문학신문』, 문학신문사, 1963.7.2.[62]

「필승의 기치 휘날리며」(시), 『조국통일』, 조국통일사, 1963.7.23

「조국 땅 어데를 가나」(시), 『천리마』, 군중문화출판사, 1963.

「혁명의 기치 높이 들고」(시), 『문학신문』, 문학신문사, 1963.11.12

「비겁한 자야 갈려면 가라!」(시), 『문학신문』, 문학신문사, 1963.11.12.

「당의 기'발」(동시), 『아동문학』 11월호, 조선문학예술총동맹출판사, 1963.

「한 송이 해바라기처럼」·「자주 통일의 길을 열자」(시), 『문학신문』, 문학신문사, 1963.12.3.

61　『새날의 찬가』에서는 「대동강반의 아침」으로 실림.

62　『새날의 찬가』에서는 「마음의 등불」로 실림.

「낙원산수도」, 『해방 후 서정시선집』, 조선문학예술총동맹출판사, 1963(재수록).

「력사의 추'물」(시), 『문학신문』, 문학신문사, 1964.1.1.

「일어서는 싸움의 전구여」(시), 『문학신문』, 문학신문사, 1964.1.31.

「마산포 제사공 누이에게」·「무궁화 삼천리1」(시), 『조선문학』 3월호, 조선문학예술총동맹출판사, 1964.

「조국통일」(시), 『조국통일』, 조국통일사, 1964.4.18.

「첫 유격대가 부른 노래」(시), 『문학신문』, 문학신문사, 1964.5.22.

「첫 유격대가 부른 노래」(시), 『청춘송가』, 조선문학예술총동맹출판사 1964(재수록).

「오월의 노래여 울려 가라」(시), 『문학신문』, 문학신문사, 1964.5.2.

「하나의 하늘 아래에서」(시), 『조국통일』, 조국통일사, 1964.8.15.

「비단평에서 온 처녀」·「인형에 깃든 마음」·「직물설계도」(로동시초, 시), 『조선문학』 9월호, 조선문학예술총동맹출판사, 1964.

「압록강반의 노래」(시), 『로동신문』, 로동신문사, 1964.9.8.

「북두칠성 빛나는 곳」·「남해'가의 자그만 무덤에도」(동시), 『아동문학』 10월호, 조선문학예술총동맹출판사, 1964.

「남해가 보인다!」·「갈 풍년, 비단 풍년」·「행복의 실토리」·「동백꽃에 맺은 사연」(비단 궁전 시초, 시), 『문학신문』, 문학신문사, 1964.10.20.

「희샤즈거우의 등'불」(노랫말), 『문학신문』, 문학신문사, 1964.11.6.

「비단 짜는 갈매기」(시), 『조국통일』, 조국통일사, 1964.12.16.

「락동강반의 고향집」(시), 『천리마』 5월호, 천리마사, 1964.

「붉은 당증」(시), 『새날의 찬가』에 실림.

「한 자루의 총을 두고」(시), 『새날의 찬가』에 실림.

「안도 마을의 자그만 집」(시), 『새날의 찬가』에 실림.

「빨찌산의 봄」(시), 『새날의 찬가』에 실림.

「행복의 뿌리」(시), 『새날의 찬가』에 실림.

「노래의 주인공」(시), 『새날의 찬가』에 실림.

「귀국선 첫 배가 닿으면」(시), 『새날의 찬가』에 실림.

「'평양―북경' 열차」(시), 『새날의 찬가』에 실림.

「조국 땅 삼천 리를 비날론으로」(시), 『새날의 찬가』에 실림.

「수풍의 밤에」(시), 『새날의 찬가』에 실림.

「남해에 부치다」(시), 『새날의 찬가』에 실림.

「단죄하노라, 아메리카를!」(시), 『새날의 찬가』에 실림.

「조국 땅 어데를 가나」(시), 『새날의 찬가』에 실림.

「창성 향토지」(시), 『새날의 찬가』에 실림.

「문지령 고갯길」(시),『새날의 찬가』에 실림.

「황금평에 부치는 편지」(시),『새날의 찬가』에 실림.

「고추 풍년」(시),『새날의 찬가』에 실림.

「산촌의 노동 일가」(시),『새날의 찬가』에 실림.

「젊은 투사의 초상」(시),『문학신문』, 문학신문사, 1965.7.2.

「시 형식의 다양성을 위하여」(평론),『조선문학』6월호, 조선문학예술총동맹출판사, 1965.

「직포공 처녀의 마음」(노랫말),『조선문학』9월호, 조선문학예술총동맹출판사, 1965.

「인경 소리여 울리라」(시),『조국통일』, 조국통일사, 1965.8.28

「공장 당의 창문」,『영광의 길 우에』(종합시집), 조선문학예술총동맹출판사, 1965.

「당의 은혜에 보답하겠습니다」(시),『청년문학』9월호, 조선문학예술총동맹출판사, 1965.

「희사즈거우 밀영의 밤」(노랫말, 구승해 곡),『조선음악』8월호, 조선문학예술총동맹출판사, 1965.

「그대들의 기'발, 그 자유는…」·「인도네시아 섬 처녀」·「콩고―루뭄바의 나라에」(시),『시문학』4집,
　　　조선작가동맹 시문학분과위원회, 1965.

「고향'집 감나무」(시),『조선문학』1월호, 조선문학예술총동맹출판사, 1966.

「친선의 다리에서」(시),『청년문학』1월호, 조선문학예술총동맹출판사, 1966.

「다양하게 쓰자」(단상),『문학신문』, 문학신문사, 1966.7.26

「비단 짜는 갈매기」(시),『조국통일』, 조국통일사, 1966.10.19(재수록).

「보다 개성적 세계의 탐구에로」(작품 지도),『청년문학』1월호, 조선문학예술총동맹출판사, 1966.

「시의 주제를 탐구하는 길에서」(창작 경험),『청년문학』2월호, 조선문학예술총동맹출판사, 1966.

「세계의 싸우는 전우들에게」(시),『조선문학』5월호, 문예출판사, 1968.

「이 밤도 출진의 길을 떠난다」(시),『조선문학』12월호, 문예출판사, 1968.

「수령님의 이름과 함께」(시),『수령님께 드리는 충성의 노래』(종합시집), 문예출판사, 1968.

「'백두산 장수별' 이야기」(시),『수령님께 드리는 충성의 노래』(종합시집), 문예출판사, 1968.

「싸우는 세계의 인민들은 노래 부르네」(시),『판가리 싸움에』(종합시집), 문예출판사, 1968.

「조선의 고지는 말한다」(시),『철벽의 요새』(종합시집), 문예출판사, 1968.

「무장 유격대의 총소리 남녘땅에 울린다」(시),『조국이여 번영하라』(종합시집), 문예출판사, 1968.

「한 공민의 말」·「전쟁광 닉슨 놈에게」(시),『조선문학』10월호, 문예출판사, 1969.

「마산포 제사공 누나들」,『잊지 말자 행복할 수록』, 문예출판사, 1976.[63]

「락원산수도」·「나의 따발총」·「포화소리 드높은 7백리 락동강에」(시),『해방후서정시선집』, 문예출
　　　판사, 1979.

「수령님의 이름과 함께」·「포화소리 드높은 7백리 락동강에」(시),『조선문학사 작품선집(2)―
　　　1950~1953』, 학우서방, 1982.

63　여기서부터 아래 모두 재수록 작품.

「강동의 품」·「저녁의 지구」·「봄의 갓따부」·「꽃수 놓던 요람」·「살구 딸 6월」·「옥의 능금볼」·「생
    활의 꽃포기」(시)·「가버린 동무야!」·「휘파람」(동시),『조선문학작품선집』(16 사범대학용),
    교육도서출판사, 1982.
「강동의 품」·「저녁의 지구」·「봄의 캇따부」·「꽃수 놓던 요람」·「살구 딸 6월」·「옥의 능금볼」·「생
    활의 꽃포기」(시),『1930년대 시선』(3), 문학예술출판사, 2004.
「나의 따발총」(시),『조선문학』6월호, 문학예술출판사, 2005.
「가버린 동무야!」·「휘파람」·「동무들아!」(동시),『1930년대아동문학작품집』(2), 문학예술출판사,
    2005.
「파종의 노래」·「동백꽃」(시),『1940년대시선』(해방후편), 문학예술출판사, 2011.
「당과 조국을 불러」(시),『1950년대시선』(1), 문학예술출판사, 2014.
「나의 따발총」·「포화소리 드높은 7백리 락동강에」(시),『1950년대시선』(1), 문학예술출판사, 2014.
「어머니−당의 노래」·「이른봄에」(시),『1950년대시선』(2), 문학예술출판사, 2017.

안룡만 시 「동백꽃 우표」의 변이와 무자제주참변

1. 「동백꽃 우표」가 거친 곳

신의주 시인 안룡만[1916~1975]은 안중근 의사를 맡았던 변호사 안병찬의 유자녀다. 신의주 근대문학을 대표하는 시인 가운데 한 사람인 그이는 어릴 적부터 남다른 기개를 지녔을 것이다. 벗 김우철·리원우와 함께 1930년대 초반부터 서로 넘나들며 활발한 문필 활동을 펼쳤다. 그이가 지닌 두드러진 특성은 무엇보다 신의주와 그 바깥 평안북도 지역성을 다룬 시를 가장 많이 남겼다는 사실이다. 이 점은 이른 시기 수필에서 신의주 지역성을 담아내는 데 남달랐던 김우철과도 갈라서는 됨됨이다. 안룡만 시에 드러나는 다른 특성은 북한 시인 가운데서 이른바 '남반부', 그것도 제주섬과 남해, 낙동강 유역을 아우르는 남녘 땅을 누구보다 많이, 오래도록 작품에서 다룬 점이다. 고향을 남녘에 둔 월북 시인이 아님에도 그러했다. 안룡만의 평안북도 지역성과 남녘 지향성은 광복기부터 시작하여 문학 활동을 접은 1960년대 후반까지 꾸준했다.

그 출발은 1948년 제주섬에서 벌어진 이른바 4·3사태, 곧 '무자제주참변[戊子濟州慘變]'[1]을 다룬 작품에서 비롯한다. 1948년 9월에 내놓은 시 「동백꽃 우표」다. 무자제

---

1 '무자제주참변'을 일컫는 역사용어는 바라보는 입장에 따라 편차가 크다. 우리 쪽에서는 '제주 4·3사건', '4·3사건'으로 굳혔다. 글쓴이는 그와 달리 1948년 무자년, 제주도에서 일어났던 참혹한 변고라는 뜻으로 '무자제주참변'이라 일컫는다. 2016년에 이 일컬음을 처음 썼다. 오늘날 무자제주참변을 다룬 문학에 대한 구명을 목표로 삼은 글에서 가장 어두운 곳이 북한 쪽이다. 글쓴이는 무자제주참변 무렵에 나왔던 관련 시를 찾아 첫 논의를 폈다. 대상은 박세영, 「제주도」(1948)·안룡만, 「동백꽃 우표」(1948)·박산운, 「노래─항쟁 제주도 형제에게 드림」(1949)·김동익, 「제주도」(1949)·조벽암, 「싸우는 제주도」(1950)·백태산, 「항쟁의 섬」(1950)이었다. 이들을 빌려 북한 초기 시에서 무자제주참변이 멀리는 (김)일성의 항일 유격 투쟁을, 가까이는 을유광복

주참변이 벌어진 지 다섯 달 뒤, 제주섬을 비롯한 '남반부' 여러 곳의 유격대 '항쟁'
이 거듭 『로동신문』과 『민주조선』의 지면을 뜨겁게 메우곤 하던 때다. 박세영과 함
께 무자제주참변을 담은 시를 내놓은 것이다. 그런데 흥미롭게도 이 작품은 그 뒤 시
기를 달리하면서 모두 11차례 수정과 개고, 변이를 거치며 발표되었다. 뒤에서 밝히
겠지만 경인년전쟁 앞인 1950년에 1차례, 1956년과 1958년에 2차례, 1960년부터
1966년까지 8차례 발표가 그것이다. 이러한 11차례의 변이 과정을 거치며 「동백꽃
우표」는 첫 발표작, 초간본을 비롯해 12편이라는 파생 각편으로 남았다. 특정한 창
작 동기와 글감, 주제를 향한 집요한 집중이 이루어진 셈이다.

　한 시인이 창작 생애에서 오래도록 특정 작품을 두고, 수정과 개고를 거듭해 발표
한, 이러한 특이 현상은 어떻게 받아들여야 할까? 북한 문학사회에서도 우리와 마
찬가지로 초간본 작품과 그 뒤 재수록 작품 사이 손질이 더하는 일은 자연스럽고도
흔하다. 집단 검열과 관리가 제도로 굳은 사회주의 북한의 집체주의 문학 향유 환경
에서는 낯설지 않다. 우리 쪽과 견주기 힘들 정도로 두드러진 일이다. 그럼에도 다
른 경우는 재수록이나 부분 수정이라 할 수준에 그친다. 곧 초간본과 재수록 매체 사
이 이동에 따라 나타나는 단순 변화가 좋은 본보기다. 잡지에 발표한 작품을 본인 시
집 간행 때 싣거나, 잡지 매체 발표 작품을 뒷날 다른 잡지나 낱책에 다시 올리는 경
우다. 안룡만은 그와 달리 손수 손질을 거친 작품을 신작처럼 새 매체에 재발표했다.
그 사이 각편마다 제목이 달라지거나 본문 안쪽의 변이 진폭이 크다. 자유주의, 자본
주의 문학이라는 껍질을 지닌 우리 방식으로 말하자면 개작 수준에서 더 나아가 이
미 내놓은 작품을 버젓이 새 작품인 양 내놓아 자기 표절을 하는 경우에 가깝다. 그
것도 일회적인 일로 그친 일이 아니다. 오랜 세월 11차례나 거듭했다. 그런 현상이
각별히 안룡만 시에서, 그것도 이른바 '남반부'의 남도 제주섬 무자제주참변을 다룬

뒤 이른바 '10월항쟁'과 '2·7구국투쟁'을 이어 받은 '인민'들의 '반미구국투쟁'으로서, 남한 '무장
유격 투쟁'의 기폭제라는 정론적 인식을 눈으로 지녔음을 밝혔다. 표현에서는 구체 사건에서 추
상 담론으로, 사실화에서 이념화로 나아가는 변화를 볼 수 있었다. 그리고 그 길은 무자제주참변
의 진실 구명이나 실체적 기억과는 더욱 멀어지면서 정치 선동을 되풀이하는 쪽이라는 사실을 알
았다. 박태일, 「북한 당대시로 본 '무자제주참변'」, 『한국언어문학』 96집, 2016, 179~216쪽.

특정 「동백꽃 우표」계 작품에서 되풀이했다.

어떤 요인이 그렇듯 오랜 세월 개작, 재발표 현상을 거듭 이끈 것일까? 그를 두고 두 가지를 생각할 수 있다. 첫째, 시인 안쪽에서 볼 때 한 차례의 성공적이면서도 특별한 무게나 뜻을 지닌 작품에 대한 자발적인 재창작과 지속 의욕이다. 이럴 경우, 무엇보다 그 작품이나 창작 동기에 대한 시인의 강한 자부심과 높은 성공의 추억이 그 일을 뒷받침한다. 둘째, 작품이 지닌 의의나 필요성이 당대에도 거듭 이어지고 있다는 판단에 따른 재생산, 재구성 의욕이다. 이 경우는 작가 바깥쪽에서 그러한 작품을 요구하는 데 따른 피동적인 상응 창작에 가깝다. 작가 안쪽으로나 바깥쪽으로 그 작품에 대한 정당성과 정합성이 받아들여지고 있거나 강화할 필요가 있다는 믿음에서 그러한 자기 표절에 가까운 개작과 재발표가 이루어질 수 있다. 그런데 북한 문학은 이러한 소박한 생각에서 멈출 자리가 아니다. 각편의 변이 과정을 두고 쓴 시인의 자술 기록이나 관련 정보조차 얻을 수 없다. 따라서 그러한 재발표, 재생산 현상을 제대로 풀기 위해서는 해당 파생 각편들을 처음부터 서로 꼼꼼히 비교, 대조해 나가면서 귀납하는 길을 따르지 않을 수 없다.

사정이 그렇다 하더라도 먼저 짚어 두어야 할 문제가 남는다. 크게 둘이다. 첫째, 1948년에서 시작하여 1966년까지, 18년에 걸쳐 오랫동안 만들어진 각편 12편 사이에서 나타나는 변이다. 어느 특정 잣대 한둘을 들이대 작품 모두를 꿰뚫어 따지기는 어렵다. 겉으로 개작하거나 개고한 각편 낱낱은 앞뒤로 시간적 계기 관계는 뚜렷하다. 그렇건만 그것이 작품 변이의 앞뒤 관계로 고스란히 맞물린다고 볼 수 없다. 12편을 한 줄로 세워 놓고 순차적으로 따져 들기 어렵다는 뜻이다. 둘째, 12편에 이르는 각편 하나하나 변이 과정과 세부 모두를 짧은 한 편 논의로 죄 다루기가 쉽지 않다. 따라서 가장 합리적이고도 잘못이 덜할 길을 찾아 들어설 수밖에 없다. 흔하고도 쉬운 방식은 10년 단위로 변이 작품들을 갈라놓고 따져 읽는 길이다. 곧 경인년전쟁 이전에 썼던 광복기 2편, 1950년대 작품 2편, 그리고 1960년대 작품 8편, 이렇듯 크게 셋으로 묶는 방식이다. 그러나 각편 안쪽으로 들어서면 이런 나눔도 따르기 어렵다는 사실을 금방 알 수 있다. 왜냐하면 1958년 『조선문학』에 올린 「동백꽃」은 각편

셋을 건너뛴 다음 1964년에 펴낸 시집『새날의 찬가』에 거의 그대로 실렸기 때문이다. 10년 단위 연대별 나눔도 뜻이 없다. 다른 나눔이 필요하다. 그 일을 위해 먼저 0「동백꽃 우표」계 작품의 파생 각편들을 보인다.

①「동백冬柏꽃 우표郵票」,『창작집』, 국립인민출판사, 1948.9.25, 83~88쪽.

②「동백冬柏꽃－항쟁抗爭의 제주도濟州道여」,『한 깃발 아래서』, 문화전선사, 1950.3.15, 122~129쪽.

③「동백꽃」,『안룡만 시선집』, 조선작가동맹출판사, 1956, 83~89쪽.

④「동백꽃」,『조선문학』7월호, 조선작가동맹출판사, 1958, 4~5쪽.

⑤「섬처녀 마음」,『천리마』3월 상반기호, 국립미술출판사, 1960.3, 14쪽.

⑥「'동백단' 이야기」,『천리마』2호, 천리마사, 1961.2, 32쪽.

⑦「락동강반의 고향집」,『천리마』5월호, 천리마사, 1964.5, 57쪽.

⑧「동백꽃」,『새 날의 찬가』, 조선문학예술총동맹출판사, 1964.7, 79~81쪽.

⑨「'동백단' 이야기」,『새날의 찬가』, 조선문학예술총동맹출판사, 1964.7, 92~94쪽.

⑩「동백꽃에 맺은 사연」,『문학신문』, 문학신문사, 1964.10.20.

⑪「비단 짜는 갈매기」,『조국통일』조국통일사, 1964.12.16.

⑫「비단 짜는 갈매기」,『조국통일』, 조국통일사, 1966.10.19.

말한 바와 같이 무자제주참변 발발 다섯 달 뒤에 나온 뒤「동백꽃 우표」①[2]은 1966년 10월까지 제목을 달리 오르내리며 파생 각편, 곧 이본을 11편 내놓았다. 이들「동백꽃 우표」계 12편 가운데서 개인 시집에 실린 작품은 3편이다.『안룡만 시선집』[1956]의「동백꽃」③과『새날의 찬가』[1964]의「동백꽃」⑧,「'동백단' 이야기」⑨다. 거

2　앞으로 파생 각편들을 낱낱으로 적을 때는 제목 끝에다 원문자 번호를 붙여 적는다. 보기를 들어 1948년 작품「동백꽃 우표」는「동백꽃 우표」①로 1950년의「동백꽃」은「동백꽃－항쟁의 섬 제주도여」②로, 1956년의「동백꽃」은「동백꽃」③으로 적는 방식이다. 각편의 앞뒤 관계를 뚜렷하게 가늠할 수 있도록 돕는 방식이다.

기다 1958년 「동백꽃」④는 이른바 '공화국 수립 기념'으로 이루어진 『조선문학』특
집에 재수록 형식으로 실렸다. 발표 매체나 환경으로 볼 때 ③, ④, ⑧, ⑨ 넷은 「동백
꽃 우표」계 각편 12편 가운데서도 공동 작품집이나 잡지에 발표했던 앞선 것을 집약
하는 대표성을 갖는다. 시인 안쪽으로나 독자사회를 향해 징검돌과 같은 몫을 맡은
셈이다. 게다가 제목도 「동백꽃」으로 초기에 굳은 뒤, 그것이 거듭 이어진 경우다.

이렇듯 실린 매체 환경이나 무게에 따라 나누면 이들 12편[3]은 아래와 같이 크게
셋으로 다시 묶을 수 있다. 「동백꽃 우표」①, 「동백꽃—항쟁의 제주도여」②, 「동백
꽃」③이 처음 한 묶음을 이룬다. 두 번째는 「동백꽃」④를 기점으로 「섬처녀 마음」⑤,
「'동백단' 이야기」⑥, 「락동강반의 고향집」⑦에 이르는 한 묶음이다. 세 번째는 「동백
꽃」⑧을 기점으로[4] 「'동백단' 이야기」⑨, 「동백꽃에 맺은 사연」⑩을 거쳐 「비단 짜는
갈매기」⑪과 「비단 짜는 갈매기」⑫에 이르는 한 묶음이다. 「동백꽃 우표」계 각편 12
편은 이러한 세 묶음이 제1차, 제2차, 제3차로 세 단계 변이를 이루면서 발표되었다.
그들 셋 사이 흐름뿐 아니라, 묶음 안쪽 작품 사이에서 드러나는 변화 과정이나 양상
까지 따져야만 「동백꽃 우표」계의 변이에 관한 마땅하고도 바른 이해에 이를 수 있
을 것이다.

이 글은 이러한 세 단계 묶음을 두고 해당 작품에서 가장 두드러지고 무거운 변개
양상을 중심으로 따져 들고자 한다. 그를 위해 빠뜨리지 않고 살필 중심 요소는 넷이
다. 첫째 발표 매체 환경, 둘째 작품의 의사소통 방식, 셋째 작품의 맥락, 넷째 주도
동기로서 동백꽃 머그림image이다. 이들 네 요소를 중심으로 그들에서 나타나는 변이
양상과 과정을 살필 것이다. 각별히 작품 맥락에서는 다시 두 수준으로 나뉜다. 작가

---

3   안룡만이 이승을 뜬 뒤 되실린 「동백꽃」계 작품도 있다. 시인이 손수 손질을 하지 않은 그들은 이
     글에서 뺐다. 가장 이즈음 것으로는 류희정이 골라낸 「동백꽃」이 보인다. 그미는 『안룡만 시선
     집』(1956)의 「동백꽃」③을 올렸다. 이 작품을 「동백꽃」계 각편의 원전으로 잡은 셈이다. 류희정
     엮음, 『1940년대시선』(해방후편), 문학예술출판사, 2011, 360~364쪽.
4   「동백꽃」⑧과 「'동백단' 이야기」⑨는 『새날의 찬가』에 함께 실렸다. 둘 모두 앞 단계에서 같은 제
     목으로 한 차례 발표된 것이다. 그런데 안룡만은 「동백꽃」⑧을 「'동백단' 이야기」보다 시집 앞자
     리에 놓았다. 게다가 「동백꽃」⑧은 작품 변이에서도 그 뒤의 작품에 한결같은 영향을 줄 큰 변화
     를 품고 있다. 그런 까닭에 제3단계 기점으로 본다.

와 작품이 놓인 바깥 환경, 곧 북한의 사회 역사적 변화와 같은 외적 맥락이 먼저다. 작품 안쪽의 줄거리나 표현 가치와 같은 내적 맥락의 변화가 다음이다. 그런 뒤 「동백꽃 우표」계 각편의 핵심 머그림 '동백꽃'의 변이도 눈길을 줄 것이다.

2. 광복기의 상상적 정형

초간본 「동백冬柏꽃 우표郵票」①이 실린 『창작집』국립인민출판사, 1948.9.25은 시편과 소설편으로 나누어 작품을 실었다. 시편에서는 강승한 「여사旅舍에서」부터 시작하여 양명문·오장환·김귀련을 거쳐 19편을, 소설편에서는 김사량의 「남에서 온 편지」에서부터 리기영 「화병」, 최명익 「남향집」을 거치며 12편을 실었다. 안룡만의 「동백꽃 우표」①은 박세영의 「제주도」와 함께 무자제주참변을 다룬 시로서 한 자리를 지켰다. 『창작집』은 5,000부를 찍었으니, 많은 쪽은 아니다. 따로 머리글을 붙이거나 뒷말을 더하지도 않았다. 엮은 뚜렷한 뜻을 알기 힘들다. 그러나 낸 시기로나, 글쓴이 됨됨이로 보아 이른바 '조선민주주의인민공화국' 수립을 맞아 경축의 뜻을 담은 공동 작품집임을 알 수 있다.

이어진 「동백冬柏꽃―항쟁抗爭의 제주도濟州道여」②는 『한 깃발 아래서』문화전선사, 1950.3.15라는 '종합시집', 곧 공동 시집에 실렸다. 경인년전쟁이 일어나기 석 달 앞선 때다. 5,000부를 찍었다. 시집은 제1부, 제2부로 나누어 제1부에 11명의 11편을 올렸다. 제2부에는 27명의 34편을 선뵀다. 림화가 3편, 박산운이 3편, 최종국이 2편, 백인준이 2편을 싣고 나머지는 모두 1편씩 올렸다. 이 시집 또한 따로 머리글이나 뒷말이 없다. 엮은 뜻은 짐작해야 할 일이다. 실린 이들은 얼굴이 낯익은 전문 시인들뿐 아니라 현역 장병들이다. 게다가 거의 모든 작품은 육해공을 비롯해 북한 '인민군' 각급 부대원을 글감으로 삼았다. 이로 미루어 2월의 이른바 '조선인민군 창건' 두 돌을 기념하면서 앞으로 벌어질 경인년전쟁 동원 장병들을 격려하고, 전쟁 승리의 결의를 다지기 위한 시집이라 할 수 있다. 거기에 안룡만은 '남반부' '항쟁'을 대표하는 제주도 유격대 활약상을 다룬 「동백꽃 우표」①을 「동백꽃—항쟁의 제주도여」②
라 제목을 바꾸어 실었다. 그리고 안쪽에서는 제목 변경과 마찬가지로 적지 않은 곳
에 손질을 더했다.

　「동백꽃」③은 「동백꽃—항쟁의 제주도여」②가 나온 6년 뒤, 초간본 「동백꽃 우
표」①보다 8년 지나 『안룡만 시선집』^{조선작가동맹출판사, 1956.12.20}에 올렸다. 8,500부를 찍
은 이 시집은 광복기 안룡만의 첫 시집 『동지에의 헌사』^{평북예술련맹, 1946}와 합창시집
『승리의 15억』^{문화선전성, 1950}, 그리고 전쟁기 전선문고 『나의 따발총』^{문화전선사, 1951.7.20}에
이어 네 번째로 낸 개인 시집이다. 시선집은 모두 4부로 나누어 짰다. 「동백꽃」③은
나라잃은시대 작품 제1부와 전쟁기 작품 제3부 사이, 곧 제2부 광복기 작품 안에 올
렸다. 시선집에 실린 만큼 「동백꽃」③은 무자제주참변 시의 초간본 「동백꽃 우표」①
과 그 뒤 「동백꽃—항쟁의 제주도여」②를 이은 초기, 곧 제1단계 변이의 완성형이라
할 수 있다. 먼저 초간본 「동백꽃 우표」①을 보인 뒤, 「동백꽃—항쟁의 제주도여」②
를 거쳐 어떻게 「동백꽃」③으로 나아갔는가를 살펴보자.

　　① 내 고향^{故鄉}은 남^南쪽[5]

　　푸르른 하늘이 아득하고

　　쪽빛 바다 물결

　　끝없이 출렁이며 스치는

　　거기 남^南쪽도 외따른 섬

　　그 이름만 불러 그리운 제주도^{濟州島}

　　구정월^{舊正月} 이른 봄

　　동백꽃 몽오리 열고

5　본문에 시를 옮길 때는 원전에 따르되, 띄어쓰기만 우리 쪽 것으로 손질했다. 한문어 쓰임의 경우,
　한글로 고치고 뒤에 그것을 넣어 밝혔다. 본문에서 「동백꽃 우표」계 각편을 따올 때는 따로 출전
　을 밝히지 않고, 1장에 모아놓은 각편 문헌 사항에 미룬다.

싱그러운 바다 바람에 슴이여

미역 내음새며 해조 내음새 풍계 오는

자그만 해변海邊 마을 초가草家집

오늘도 어린 적 요람의 노래 잠자는

그곳에 내 어버이들은 있다오

② 섬색씨의 마음처럼 붉게 붉게

동백꽃 피어나는 이월二月 달

태평양太平洋 구비치는 수평水平을 넘어온 날도적의 떼

그 앞잡이 이리들이 나라를 팔 제

내 고향 제주도 온 섬이 이러났다오

한라산 골짜기 골짜기마다에 횃불이 타올라

피로서 싸우는 항쟁抗爭의 불꽃 불꽃……

그때는 북국北國 압록강반鴨綠江畔에

힌 눈송이 함박으로 펄펄 날리는데

싸움의 소식 방직紡織의 도복회 때 들었오

사나이보다두 씩씩하고 가슴 넓직한

섬색씨 해녀海女들이 수심水深 깊이 첨벙 바구니 끼고 들어가듯

날센 암사슴 모양 원쑤들 향해

미역 따던 칼끝을 겨눠 조국을 지끼려 이러났거니

파-란 남南쪽 하늘가 멀리

그 이름만 불러 그리운

제주도 제주도 나의 정情드른 땅아

어리던 날 츠렁츠렁 흔들리는 머리채에

그 머리채 자주빛 댕기에 꽂고 놓던 동백꽃

붉은 정열 타는 꽃송이로 우표 찍어

끝 모를 감격과 격려의 편지便紙를 띠우느니

마을의 옥분玉粉이며 여러 동무야

니들은 계절季節 옮기는 항쟁抗爭의 피에 젖은 몇 달

땅굴을 파고 산山허리 옮아가며 싸우고 있으리라

③ 딸끄락 딱딱 딸끄락 딱……

직포기가 쉬임없이 돌아갈

유리 천정天井 푸른빛을 받아

더욱 윤나는 사四릉직 무명천이 짜아지는데

내 시방 맡은 직포기 네 대臺의 핸들을 눌러

책임량 오십오五十五 메-터-넘기 칠십七十 퍼-센트

이 달의 기록을 내려 기대에 정성을 고인다

모-타-의 울리는 소리

샷또루의 바침 소리

한창 버러진 노력努力의 불길에

삼백三百의 직기를 돌리는 벨트 줄이 흘러 흘러……

아 조국에 바치는 생산生産의 자랑에

한끗 복숭아처럼 달아오른 뺨과 뺨들

여기 나도 모범 로동자의 한 사람이라오

④ 새로운 생활이 열리어

빛나 오르는 그날마다의 기쁨이 꽃피는 속

내 오늘도 멀리 남南쪽 하늘을 바라노니

고향을 쫓겨 왜놈 때 징용에 끌려 이곳 온 지 다섯 해

어버이여 오라비와 동생 하며 소꿉동무야

정든 고향의 땅을 쫓아내던 그 손 대신

오늘은 또 어떤 흉측스런 침략의 떼무리가

총銃과 칼로 찌르고 마을에 불을 부처

구국救國의 싸움에 이러선 동포들을 섬사람을 몰아

깊은 산山골짜기로 피에 젖어 쫓기우게 하나뇨

미움과 분노에 불붙는 날카로운 눈초리

원쑤를 피하며 원쑤를 노려 빛나는 눈초리

멀리 남南과 북北 삼천리三千里를 떠러저

가슴 아프게 늬들이[6] 원통과 고난을 느낄 때

더욱 북바처 오르는 조국에의 사랑 —

그것은 생산生産의 지선指線을 높이는 정열로 번지노니

내 사랑하는 제주도濟州島 섬사람들이어

미움에 타는 눈초리와

사랑에 고이는 눈동자와

이것은 모-두 조국의 영광榮光을 갖어오려는 싸움의 자랑이외다

⑤ 쪽빛 맑은 물살 다도해多島海 감돌아

한라산山 하늘을 받들고 솟은 곳

내 고향의 땅 제주도 —

오늘은 빛나는 기록으로 이 땅의 건설과 투쟁을

우리의 입김 우리의 사랑을 담아

---

6 원문에는 '늬들어'로 썼으나, 토씨 '이'의 식자 잘못으로 보아 글쓴이가 '늬들이'로 바로 잡았다.

붉고 붉은 동백꽃 우표를 부처

남南쪽 하늘가에 실려 보내리니

아 꺼질 줄 몰으고 타오르는 항쟁抗爭의 거세인 봉화烽火여

영원永遠히 죽지 않는 이 땅 조국의 아들과 딸들이여

—「동백冬柏꽃 우표郵票」

「동백꽃 우표」 초간본이 실린 1948년 「창작집」

「동백꽃 우표」①전문이다, 말할이는 '드러난 말할이'현상적 화자로 1인칭 '나'다. "여기 나도 모범 로동자의 한 사람"이라 말하는 이다. '여기'로 표현한 곳은 말할이가 머물고 있는 위치 장소를 뜻한다. 곧 나라잃은시대부터 방직공업이 발달했던 신의주의 '방직공장'이다. 시인 안룡만은 북한의 '압록강반', 신의주방직공장에서 일하고 있는 제주섬 출향민 "직포공 처녀"의 탈mask을 썼다. 고향 제주섬에서 "왜놈 때 징용에 끌려" "온 지 다섯 해"다. 그미는 방직공장에서 증산 과업에 힘을 쏟으며 산다. 그런 가운데 고향 제주섬에서 일어난 "인민 항쟁" 소식을 들었다. "조국의 영광을 갖어오려는" 큰 싸움이다. 승리를 위해 싸우고 있을 고향 사람들 위로 북녘 방직공장에서 주어진 "생산의 지표"를 올리기 위해 증산 과업에 몸 바치고 있는 자신의 모습이 겹친다. 신의주에서 열심히 노력 투쟁하고 있는 자신을 닮아 제주도 '항쟁'에서도 고향 사람들이 승리하기를 바라는 바람을 한껏 담았다.

따라서 「동백꽃 우표」①은 말할이가 무자제주참변 소식에 감격하여 "항쟁의 거세인 봉화"를 태우고 있을 "조국의 아들과 딸들", 고향 동무들에게 "붉고 붉은 동백꽃

우표를" 붙여 보내 칭송과 격려를 아끼지 않은 '항쟁' 송시며 격시 꼴을 지녔다. 안룡
만은 신의주 출신이다. 직접적인 제주도 장소 경험은 없을 것이다. 그 점을 넘어서기
위해 고향이 제주도지만 지금은 북쪽 신의주방직공장에서 일하고 있는 직포공 처녀
말할이를 경험 주체로 내세웠다. 시의 사실성을 드높이고자 꾀를 낸 셈이다.

  안룡만이 고향 신의주 가운데서도 방직공장 구역을 위치 장소로 삼은 데에는 두
가지 요인을 생각할 수 있다. 첫째, 어릴 적부터 시인에게 각인되었을 신의주 근대
방직산업에 대한 이해다. 을유광복 이전 나라잃은시대 북녘에서는 신의주와 사리원
에 방직공장이 있었다. 1949년부터 평양방직공장을 건설, 가동하기[7] 앞까지 북한 방
직산업의 대표 장소가 그 두 곳이었다. 신의주에서 자란 안룡만은 누구보다 역내 방
직산업에 대한 경험적 이해가 깊을 수밖에 없다. 둘째, 광복기 언론문학인으로 겪었
을 신의주 역내 현지 파견 활동이다. 을유광복 뒤부터 안룡만은 신의주에서『서북민
보』창간에 몸을 담고, 조선로동당 평북위원회 기관지『바른말』펴는 일을 맡았다.
언론인으로나 작가로서나 활발했던 안룡만이다. 그런 과정에 성과물로서 신의주제
지공장을 다룬 '현지 보도[8]를 내놓기도 했다. 거기다 1949년 3월 5일부터 안룡만은
신의주제지공장으로 현지 파견을 나갔다. "근로인민들과 더부러 생활하며 그 속에
서 실제 체험을 획득하여 작품을 창작"[9]하기 위한 일이었다. 신의주제지공장과 맞물
린 취재와 파견이라는 이 두 체험은 제지공장과 마찬가지로 신의주 산업을 대표하
는 다른 한 곳인 신의주방직공장에 대해서도 예외가 아니었을 것이다. 직간접으로

7　평양방직공장은 신의주와 사리원 두 공장을 묶은 것보다 6배 큰 방식 설비와 3배 큰 직포 설비
　　를 갖추고 가동했다. 그러다 경인년전쟁기 완전히 무너졌다. 그런 공장을 정전 뒤 소련의 원조
　　로 1954년부터 방적공장이, 1955년부터 직포공장이 생산을 다시 시작했다. 1954년부터 1956까
　　지 3개년 인민 경제계획 기간에는 '증산 투쟁'을 벌였다. 이어 5개년 인민 경제계획 시행 첫 해인
　　1957년부터 증산 투쟁을 계속 벌였다. 1956년부터는 이웃에 평양견방직공장을 세워 생산을 시
　　작했다. 정욱,「우리나라 방직공업의 기지」,『조선일보』제7호, 조선화보사, 1958, 10쪽.
8　「창의성과 생산경쟁운동 전개로 생산 책임량을 초과 완수한 황봉령 씨의 공헌」(현지 보도),『부강
　　한 조국 건설을 위한 애국적 로동자 농민들』, 북조선인민위원회 선전국, 1948, 162~181쪽.
9　"북조선 문학예술총련맹의 제3차 중앙대회의 결정에" 따라 안룡만은 제1차 파견 문인으로서 '현
　　지'로 나갔다. 일찍이 월북한 경남 밀양 박석정은 사동탄광으로, 뒷날 월남을 택했던 양명문은 '황
　　해도제철소'로 함께 떠났다.『새조선』4·5합본호, 국립인민출판사, 1949, 71쪽.

겪을 기회는 신의주제지공장 못지 않았을 터다. 바탕에서부터 「동백꽃 우표」①은 신의주의 방직공장과 방직산업이라는 외적 맥락을 녹이고 있는 셈이다.

압록강변 신의주방직공장을 위치 장소로 갖춘 「동백꽃 우표」의 지향 장소는 말할이인 직포공 처녀의 고향 제주섬이다. 섬처녀인 그미가 말을 건네는 드러난 들을이^{현상적 청자}는 "사랑하는 제주도 섬사람"이다. 그런데 제주도의 특정 장소로 굳히지는 않았다. 두루뭉술 제주도로 두었다. 말할이는 고향 '섬사람'을 향해 "조국의 영광을 갖어오려는 싸움"에 '항쟁'의 불길을 더욱 태우라고 부추긴다. 흥미로운 점은 제주 '항쟁'을 기리는 그미가 여자라는 사실이다. 아울러 고향 '항쟁'에 나선 이들 또한 그미와 같은 여자, 잠녀^{해녀}로 먼저 내세웠다. "태평양 구비치는 수평을 넘어온 날도적의 떼"와 "그 앞잡이 이리들이 나라를 팔 제" "사나이보다두 씩씩하고 가슴 넓직한 / 섬색씨 해녀들이" "날센 암사슴 모양 원쑤들 향해" "조국을 지끼려 이러"난 것이다. 거기다 시의 뒤쪽에서 "동백꽃 우표"를 붙여 자신이 신의주에서 보내는 격려를 받을 이들의 바탕 또한 여자다. "마을의 옥분"을 비롯한 "여러 동무"다. 말할이를 여자로 삼다 보니, 그와 나란히 제주도 항쟁에서도 여자에 먼저 초점을 두는 공명 현상을 일으킨 셈이다.

새로운 생활이 열리어

빛나 오르는 그날마다의 기쁨이 꽃피는 속

내 오늘도 멀리 남^南쪽 하늘을 바라노니

어버이여 오라비와 동생 하며 소꿉동무야

— (줄임) —

더욱 북바처 오르는 조국에의 사랑 —

그것은 생산^{生産}의 지선^{指線}을 높이는 정열로 번지노니

내 사랑하는 제주도^{濟州島} 섬사람들이어

　　미움에 타는 눈초리와

　　사랑에 고이는 눈동자와

　시의 뒤쪽으로 옮겨 가면서 말할이 '내'가 말을 건네는 들을이는 가족인 '어버이'에 '오라비', '동생' 그리고 '소꿉동무'에서 한 걸음 더 나아갔다. '옥분'이와 여러 여자 '동무'에 머물지 않고 보다 넓게, "내 사랑하는 제주섬 섬사람들"로 넓혔다. 개별 경험 객체에서 다중 객체로 바뀌었다.[10] 따라서 「동백꽃 우표」①은 시인 안룡만이 나라잃은시대 왜로에 의해 '징용'으로 끌려왔다 신의주방직공장에서 일하고 있는 제주도 섬처녀인 말할이가 무자제주참변 '항쟁'에 나서 싸우고 있을 고향 사람들을 들을이로 삼아, 그들의 '항쟁'이 승리하기를 바라는 송시, 격시의 소통 방식을 갖추었다. 읽는이는 그미가 신의주방직공장에서 일하며 '항쟁'하는 제주섬 '사람들'에게 보내는 "감격과 격려"의 말을 곁에서 엿듣는다.

　이러한 소통 방식에 담긴 시의 두드러진 외적 맥락은 넷이다. 첫째, 무자제주참변의 원인이다. 그 점은 "태평양 구비치는 수평을 넘어온 날도적의 떼 / 그 앞잡이 이리들이 나라를 팔 제"라는 시줄이 암시한다. 1948년 무렵 제주섬을 미군이 직할 섬으로 빼앗아 충승沖縄, 오키나와처럼 직할 섬으로 만들려 한다는 보도를 그대로 품고 있다. 북한 안에서 잘 알려진 일이다.[11] "제주도를 미제에 바치고 그 대가로 얻은 무기로써 잔명을 유지하려는 리승만 매국도당이 조선 인민의 이 거센 구국투쟁" 곧 무자제주참변의 "불길 속에서 완전히 타도 소탕될 날은 멀지 않았다"[12]라는 언명에 그런 뜻이 잘 담겼다.

　둘째, 북한 초기 사회에서 신의주 섬유산업이 지닌 높은 자리와 그것을 바람직한 데까지 끌어올리기 위한 증산 활동이 이어졌던 환경이다. "더욱 북바처 오르는 조국

10　그 점은 둘째 토막에서 "오늘도 어린 적 요람의 노래 잠자는 / 그곳에 내 어버이들은 있다오"와 같은 시줄에서도 엿볼 수 있다. '나'와 '어버이'가 아니라 '어버이들'이라 복수로 씀으로써 제주도 섬 사람과 자신 사이 높은 연대감을 담았다.

11　이종일, 「제주도인민항쟁기」, 『새조선』 2권 1호, 국립인민출판사, 1949, 86~87쪽.

12　경 아, 「리승만은 제주도를 왜 팔아먹었는가」, 『태풍』 제2권 제4호, 태풍사, 1950, 16쪽.

에의 사랑 —/ 그것은 생산의 지선을 높이는 정열로 번지노니”라 쓴 데서 그 점이 뚜렷하다. 제주섬의 ‘항쟁’과 마찬가지로 북한 섬유산업에서도 초과 생산을 위한 노력 ‘투쟁’이 뜨거웠다. 그러한 신의주 지역 동향을 알리고 부추기는 글들이 나오곤 했다. 안룡만과 함께 광복기 신의주 언론출판 활동에 힘껏 나섰던 벗 김우철의 것이 한 본보기다.[13] “조국의 영광을 갖어오려는” 신의주 방직산업의 “건설과 투쟁” 모습을 “빛나는 기록으로” 남긴 셈이다.

셋째, 나라잃은시대 왜로에 의해 ‘징용’으로 끌려온 여자들이 신의주방직공장에는 적지 않았다는 사실 확인이다. “징용에 끌려 온 지 다섯 해”라 했으니 1943년 무렵이다. 징용, 징병이 크게 늘었던 시기적 환경으로 보아 자연스러운 마련이다. 구체적인 통계로 밝혀지지는 않았지만, ‘징용’ 꼴을 띤 것이 아니었다 하더라도 제주섬 여자의 신의주 지역 진출과 정주는 드물지 않았을 것이다. 그와 맞물려 여자의 손길이 더 필요로 했을 방직산업에 제주도 출신 일꾼의 배출은 자연스럽다.

넷째, 「동백꽃 우표」①이 지닌 외적 맥락 가운데 마지막은 1932년 ‘임신제주잠녀항쟁’[14]이다. 임신제주잠녀항쟁은 잠녀 문화가 발달한 제주도 지역의 나라잃은시대

---

13 김우철, 「신의주방직여공 동무들 현지 보고」, 『새조선』 8·15기념호, 조선인민출판사, 1948, 82~88쪽.

14 흔히 ‘제주해녀항일운동’이라 일컫기도 하는 ‘임신제주잠녀항쟁’은 1932년 생존권을 빼앗겼던 제주 잠녀(왜풍으로 ‘해녀’라 일컫기도 한다)들이 중심이 되어 벌인 집단 여자 항쟁이다. 근대 초기 제주 잠녀의 권익 보호와 생계 보전을 위해 만들었던 제주의 겨레 잠녀 조합이 왜인 제주도사가 조합장을 겸하면서 이른바 식민자 조선총독부의 이해관계를 대신하는 기구로 바뀌었다. 해산물에 대한 지정 가격과 선구 판매, 늦은 대금 지불과 부당한 수수료 납부와 같은 일들이 저질러졌다. 1930년에 들어 ‘해녀조합’의 횡포는 더했는데, 그런 가운데서 잠녀 사회도 관제 ‘해녀조합’에 대한 저항의식을 키우기 시작했다. 여러 차례 개선을 요구했으나, 달라지지 않자 잠녀들은 투쟁 단계로 나아갔다. 역내 밤배움에서 근대 교육을 받은 졸업생들을 중심으로 체계적인 시위 방법과 진정서, 요구 조건을 내걸고 항왜 활동으로 나섰다, 그 일에 지역 청년 조직과 항왜 세력이 뒷받침했다. 그리하여 1932년 임신년 1월 12일 세화리 장날을 맞아 새로 직을 맡은 왜인 제주도사가 온다는 사실을 알고, 1,000명을 넘는 잠녀들이 호미와 비창을 들고 도사의 차를 가로막고 잠녀의 주권 회복과 진정 내용을 외치며 시위를 벌였다. 요구 조건을 받아들이겠다고 약속하고 시위를 가라앉힌 도사는 다음날 배후를 잡아들이라 명령해, 지역 밤배움과 사학 강습소 교사들을 붙잡았다. 그에 분격한 잠녀들이 다시 그들을 구출하고, 옥에 갇히기를 거듭했다. 3월이 되어서야 붙잡힌 이들이 풀려났으나, 책임자 격인 사람들은 그 뒤로 다시 석 달을 더 갇혀 갖은 고문을 겪었다. 갇힌 제주 사람 가운데서 ‘민중협회’ 사람 40명 가운데서 27명은 조선공산당 재건운동 조직

배외, 반왜 항쟁에서 중핵을 이루는 사건이다. 안룡만은 광복기 무자제주참변을 담아내고자 하면서 그에 앞섰던 지역 항쟁으로서 임신제주잠녀항쟁을 떠올린 셈이다. 「동백꽃 우표」①이 제주도 잠녀 출신을 드러난 말할이로 내세운 데는 그것이 한 바탕이었음을 알 수 있다. 말하자면 나라잃은시대 임신제주잠녀항쟁에 무자제주참변이 올라탄 격이다. 이 점은 작품 안쪽에서 명시 표지로 드러내지는 않지만 잠녀 말할이와 여자 들을이 마련에다 맥락으로 짐작 가능하다. 북한 초기 언론에서 남한을 타자화해서 다룰 때, 나라잃은시대 제주섬 지역의 핵심 반왜 항쟁으로 꾸준히 각인시켜 온 사건이 임신제주잠녀항쟁이었던 까닭이다.

외적 맥락으로 볼 때 「동백꽃 우표」①은 나라잃은시대 제주섬 여자들이 겪었던 고통과 잠녀 항쟁, 징용과 같은 피수탈상, 그들에 이어 광복기 미군이 직할섬으로 만들기 위해 저질렀다는 제주도 수탈 야욕과 그에 맞서 일어선 첫 무장 항거[15], 북한에서 사회주의 건설을 위해 생산 투쟁을 벌이고 있는 신의주방직공장 직포공 섬처녀의 노력 투쟁과 같은 네 가지 줄거리를 속살로 녹이고 있다. 무게나 비중에서는 넷 사이 서로 차이가 나지만 그들을 빌려 「동백꽃 우표」①은 북한 초기 사회주의 현실주의 시로서 모자람 없을 자격과 무게를 얻은 셈이다.

혐의로 목포 형무소로 옮겨졌다. 최종 판결을 받은 이들은 5년 미만의 옥살이를 당했다. 왜로는 잠녀 항쟁을 빌미로 공산당 재건 활동 혐의자 타도라는 명분을 세워 제주도 항왜 세력의 싹을 자르고자 했다. 희생은 컸으나 그 결과 잠녀들이 요구했던 시위 내용은 거의 받아들여졌다. '해녀조합'이 폐지되고 횡포가 줄었다. 제주도의 '임신제주잠녀항쟁'은 잠녀의 생존권 투쟁을 넘어 피식민자 우리 겨레의 식민자 왜로에 대한 집단 항왜 투쟁이었다. 그 일에는 잠녀뿐 아니라 지역 청년 지도자, 일반 농민층이 거들어 초계층 활동을 벌였다. 거기다 제주잠녀항쟁은 처음으로 조직적이고 체계적으로 이루어진 대규모 근대 여자 항쟁이며 어민 항쟁이었다. 임신제주잠녀항쟁은 조직과 투쟁의 결속력, 규모나 기간으로 볼 때 나라잃은시대 여느 노동 항쟁에 못지않은 주체적이고 집단적인 항쟁이었던 셈이다. 문효진, 「제주해녀항일운동에 나타난 '해녀항쟁가' 배경 연구」, 『한국콘텐츠학회논문집』 22권 4호, 한국콘텐츠학회, 2022, 755~756쪽; 김태완·라미경, 「보훈정책의 시각에서 본 제주 해녀 항일운동의 과제」, 『한국보훈논총』 제18권 제4호, 한국보훈학회, 2019, 98쪽.

15 "10월 항쟁이 조국 구호에 대한 전 민족의 결의를 보여 준 첫 봉화이었다면 제주도 4·3투쟁은 우리 강토에 대한 미제의 침략적 시도를 거부하는 무장 투쟁의 단초가 되었던 것이다." 이형직, 「유자 익은 제주도─한라산에 오르는 봉화」, 『투사신문』, 투사신문사, 1948.12.4; 「무장항쟁의 첫 봉화 제주도에 4·3사건 발발」, 『태풍』 1호, 태풍출판사, 1949, 54쪽.

그런데 모두 11토막으로 짜인 긴 작품 「동백꽃 우표」①은 내적 맥락으로 볼 때 다섯 묶음으로 준다. 묶음①은 앞쪽 1과 2번째, 두 토막이다. 시의 바탕 제주도에 관한 장소 소개가 중심이다. "어릴 적 요람의 노래" 잠든 고향, "구정월 이른 봄 / 동백꽃" 피는 아름다운 곳이 제주섬이다. 누구라 없이 모두 그리운, 내 어버이 같은 이들이 산다. 소박한 장소 인식이다. 묶음②는 3, 4, 5번째 세 토막이다. 고향의 "싸움 소식", 곧 "항쟁의 불꽃"이 타고 있다는 소식을 말할이는 듣는다. "땅굴을 파고 산허리 옮아가며 싸우고" 있을 고향의 "여러 동무"를 떠올린다. '츠렁츠렁' 흔들리던 그들의 머리채에 "정열 타는" 동백 "꽃송이로 우표 찍어" "감격과 격려의 편지를" 띄운다. 고향 동무에게 동백꽃을 우표처럼 붙여 보낸다는 비유다. 동백꽃을 이음매로 칭송과 격려의 진정성을 살리고자 했다. 묶음③은 6, 7번째 토막이다. 신의주방직공장에서 일하고 있는 말할이의 오늘날 모습을 담았다. 책임량을 넘기며 "조국에 바치는 생산"에 온힘을 다하는 "모범 로동자"가 그미다. 묶음④는 8, 9번째 토막이다. 다시 한 번 제주섬을 떠나 사는 말할이 자신과 항쟁 과정에 있는 고향 가족, 동무들이 운명 공동체임을 짚는다. 자신은 압록강반까지 징용으로 끌려와 다섯 해 동안이나 살고 있다. 고향 제주섬 "어버이, 오라버니 동생 소꿉동무들은" "침략의 떼무리"에 쫓겨 다닌다. 그들의 고통과 고난을 생각하며 "생산의 지선"을 드높이 "조국의 영광"을 위해 싸우리라 다짐한다. 묶음⑤는 마무리다. 10, 11번째 토막이다. 말할이는 "항쟁의 거세인 봉화"로 타올라 "영원히 죽지" 않을 "조국의 아들과 딸들", 제주도 고향 사람들에게 '북조선'의 "빛나는 건설과 투쟁"의 힘과 열정을 "붉고 붉은 동백꽃 우표"로 부쳐 보낸다. 북녘 땅에서 "생산의 자랑" 가득한 자신과 마찬가지로 제주섬의 '항쟁'하는 동무들도 승리하기를 바라는 뜻이 오롯하다.

첫 묶음에서 제주섬에 대한 가벼운 장소 인식을 내보인 다음, 둘째 묶음에서 '항쟁'이 일어나기 앞서 지난 시절 제주섬 사람들이 겪었던 왜로제국주의의 침탈과 피해, 셋째 묶음에서 '항쟁'이 이루어지는 제주섬의 오늘날 현황, 넷째 묶음은 신의주 방직공장에서 일하면서 북한 "땅의 건설"을 위해 '투쟁'하고 있는 직포공의 증산 노력 모습, 다섯째 묶음에서는 "싸움의 앞날"을 제시했다. "조국의 영광"이라는 표현으로 드러난 북한의 전쟁 승리 현실이다,「동백꽃 우표」①은 이 다섯 가운데서 셋째와 넷째 묶음이 중심 줄거리를 차지한다. 곧 제주섬에서 벌어지고 있는 오늘날 무자제주참변의 '항쟁' 현장과 북한 방직공장에서 이루어지고 있는 자신의 노력 투쟁을 전경화하는 2원 구조가 그것이다. 그런 뒤에서 지나간 왜로의 침탈을 물리친 것처럼 '항쟁'의 봉화를 더욱 피워 올려 승리하라는 격려를 아끼지 않았다. 그러한 항쟁의 끝에 이를 '승리'가 뜻하는 앞날 목표는 "조국의 영광"이다. 무자제주참변의 성격이나 구체적인 진행, 거기다 그로 말미암아 얻을 항쟁 승리 뒤의 결과에 대해서는 두루뭉술한 맵시를 갖춘 셈이다. 이런 가운에서 가장 빛나는 표현 자리는 제목으로 내세운 머그림 '동백꽃 우표'라 할 만하다.

① 구정월舊正月 이른 봄
동백꽃 몽오리 열고
싱그러운 바다 바람에 슴이여

② 섬색씨의 마음처럼 붉게 붉게
동백꽃 피어나는 이월二月 달

③ 어리던 날 츠렁츠렁 흔들리는 머리채에
그 머리채 자주빛 댕기에 꽂고 놓던 동백꽃
붉은 정열 타는 꽃송이로 우표 찍어
끝 모를 감격과 격려의 편지便紙를 띠우느니

④ 오늘은 빛나는 기록으로 이 땅의 건설과 투쟁을
우리의 입김 우리의 사랑을 담아
붉고 붉은 동백꽃 우표를 부처
남南쪽 하늘가에 실려 보내리니

「동백꽃 우표」①에서 '동백꽃'이 보이는 자리는 모두 네 곳이다. 앞쪽 ①에서 '동백꽃'은 단순히 "이른 봄" 철따라 달라지는, 곧 시간 경과를 드러내는 경관 요소다. ②로 나아가면서 붉은 동백꽃 빛은 "섬색씨의 마음"과 엮인다. 범상하지만 비유적 동일성을 마련했다. 그런 다음 ③에서는 동백꽃 꽃송이가 '우표'로 바뀌는 상상적 결합을 이루었다. 동백꽃을 우표처럼 찍어 "끝 모를 감격과 격려의 편지를" 제주섬으로 띄운다. 마지막 ④에서는 ③을 이었다. 북한에서 이루어지고 있는 "건설과 투쟁을" 알리며, "항쟁의 거세인 봉화"가 활활 타오를 수 있도록 말할이의 '입김'과 '사랑'을 동백꽃 우표로 부쳐 보냈다. ③과 ④는 한 줄기다. 동백꽃과 그 빛깔이 시 모두에 걸쳐 단순한 고향 회고의 자연물에서부터 처녀 마음으로, 다시 제주도 항쟁 현장으로 보내는 격려와 사랑의 뜻을 전달해 주는 이음매로 기능한다. 「동백꽃 우표」①이 지닌 표현 가치에서 가장 뛰어난 자리가 동백꽃과 우표의 이러한 은유 결합이라 할 수 있다. 북한 초기시에서 보기 힘든 참신함을 갖추었다. 위치 장소 신의주방직공장에서 말할이의 마음을 지향 장소 제주섬으로 옮겨주는 동백꽃의 비유적 확장이야말로 「동백꽃 우표」①이 지닌 아름다움을 보증하는 눈이라 할 수 있을 정도다.

　무자제주참변의 잠녀 '항쟁'과 말할이의 신의주방직공장 노력 투쟁을 겹쳐 '항쟁' 승리를 외치는 송시이자 격시이기도 한 「동백꽃 우표」①은 두 해 뒤 「동백꽃―항쟁의 제주도여」②로 나아갔다.

　　멀리 남南과 북北

　　삼천리三千里를 떨어져

　　그리움에 사무치는 곳

　　내 고향의 마을에

　　용맹스리 총창銃槍을 손에 쥔 섬사람들이여

　　싸움의 봉화烽火를 올려

　　벌써 이루 두 해

한라산 골짜기 골짜기에

횃불 횃불이 타올라

피로 싸우는 항쟁抗爭의 날과 달

오늘도 높은 봉오리

저녁 안개 감도는

산발에는 빨찌산들이 일어서리라

섬색씨의 마음은 동백꽃인가

붉게 붉게 피여 올라라

어머니의 나라를 지키려

생명生命을 바처 싸우는

빨찌산 용사들 ―

영웅英雄의 대오隊伍에 섞이어 나아갈

어린 날의 소꿉동무야

츠렁츠렁 새까맣게

윤나는 머리채

그 머리채 댕기 끝에

송이송이 꽃잎파리 꽂고

바닷가 저녁노을

조개 줍던 그날의 동백冬柏꽃

― (줄임) ―

내 오늘 북北쪽에도 오리강반江畔

흰 눈송이 함박으로 날리는 겨울

방직공장紡織工場 샷또루의 바침 소래

딸그락 딱 딱

딸그락 딱……

사릉직絲綾織 무명천을 짜내며

사랑하는 그대들을 생각한다

생산生産과 건설의 자랑에 꽃피는 속

섬사람들 싸움을 생각한다

— (줄임) —

징용에 끌려 이곳 온 지 몇몇 해

해방과 더부러 생산生産의 전사戰士

그러나 고향 땅 저 쪽……

마을을 쫓아내던 왜놈들의 악착한 손톱 대신

오늘은 또 어떤 흉측스런 침략의 떼무리

어버이며 오라비와 동무들을

총銃과 칼로 무찌르고 마을에 불을 부칠 때

그대들은

구국救國의 불길 올려

깊은 산골자기로 옮아갔고

령嶺마루 숲속에 싸워왔노니

아 꺼질 줄 모르고 타오르는 항쟁抗爭의 거세인 봉화烽火여

영원히 죽지 않는 이 땅 조국의 아들과 딸들이여

파아란 남쪽 하늘 가

저어 멀리

그 이름만 불러 그리운

제주도—

정드른 요람의 땅

서귀포西歸浦에 노을 비끼고

붉고 붉은 동백꽃

진달래와 함께 피는 마을에

조국통일의 찬란한 그날

다시 기쁨과 평화와 건설

즐거운 입김에 서리우는 날은 오리

구름에 가려 첩첩

안개 나리는 한漢라산山 봉오리도

멀리 바라보는 어머니의 땅

기름진 전남全南의 평야와

젖줄기 낙동강洛東江이며

높이 뻗은 태백산太白山 지리산智異山에

승리의 깃발 앞세워 싸우는

빨찌산들이 진격하는 발구름 소리

남南쪽 전구戰區 뒤흔드는 고함 소리

물결로 구비 돌아 오백五百 리里

너 제주도까지 산울림하리라

자랑 높은 섬이여

조국을 지키는 섬이여

새로운 생활이 활짝 열리고

빛나오르는 북北쪽 산하山河

여기 샷또루의 바침 소리와

모-타-벨트의 돌아가는 직장에서

생산의 자랑에 두 뺨은 복숭아처럼 붉어

하로의 책임량도 넘쳐낸 때

멀리 바라보는 눈동자에 비쳐드는 것이여!

그곳 깊은 아지트 숲속

가랑잎 치위에 떠어는

겨울 한밤내

굶주림에 이를 갈면서두

희망을 가슴에 안고

북쪽의 건설과

민족의 태양太陽을 우러러

샛별 지새여 밝아오는 새벽이면

원쑤를 노려 빛나는 빨찌산들의 눈초리

내 눈동자에 별처럼 등불처럼 켜지는구나

오 공화국共和國 깃발 앞세워 생명生命에 피 한 방울까지 싸우며

우리의 영웅들이 찾는 조국의 영광스런 새날이여

그날이 오면 —

구름 타고 삼천三千 리里

물결 타고 삼천三千 리里

그리운 것들의 품을 찾아

동백꽃 한아름 따리라

붉은 꽃송이 따리라

— 1950년^年 초춘^{初春} 개고^{改稿} —

주^註 — 이 노래는 제주도^{濟州道}에서 왜정^{倭政} 때 징용^{徵用}으로 끌려 국경지대^{國境地帶} 방직공장^{紡織工場}에 왔다가 해방^{解放} 후^後에는 자각적^{自覺的}으로 생산 부흥에 싸우며 오늘 고향^{故鄕}의 항쟁^{抗爭}을 노래 부르는 것인 바 아직도 이런 여자^{女子} 동무들이 십여^{十餘} 명^名이나 모범적^{模範的}으로 싸우고 있다

— 안룡만, 「동백^{冬柏}꽃 — 항쟁^{抗爭}의 제주도^{濟州道}여」 가운데서

「동백꽃 — 항쟁의 제주도여」② 가운데서 주요 부분을 땄다. 겉으로 드러나는 가장 큰 변화는 제목과 작품 끝의 덧말 '주'다. 제목에서 '우표'가 사라지고, "항쟁의 제주도여"가 더 했다. 동백꽃을 우표로 삼아 마음을 실어 보낸다는 은유 표현이 죽고 '항쟁의 제주도'가 더 돋보이도록 나아갔다. 사실적인 쪽을 더하겠다는 뜻이 제목 변경에서 드러난 셈이다. 게다가 덧말 '주'는 작품의 외적 맥락 가운데 하나인 신의주 징용 처녀의 실상을 더 속속들이 밝혀 준다. 왜로에 의한 '징

『한 깃발 아래서』

용'으로 고향 제주섬에서 신의주로 끌려와, 광복 뒤에도 돌아가지 않고 북한의 "생산 부흥"에 힘쓰고 있는 몸이 그것이다. 너끈히 유추가 가능하도록 작품 안쪽에 "징용에 끌려 이곳 온 지 몇몇 해 / 해방과 더부러 생산의 전사"라 적었음에도 풀이를 더한 셈이다. '징용'으로 끌려왔다 신의주방직공장에 남은, 같은 처지 여자들이 "십여 명"이

안룡만 시 「동백꽃 우표」의 변이와 무자제주참변　　121

나 된다는 표현은 그러한 외적 맥락을 더욱 사실적으로 만들어 주는 장치다. 덧말을 붙인 우점을 살렸다.

그러한 사실화 전략은 본문에서도 그대로 나타난다. 겉으로 보이는 큰 변화는 작품 길이가 길어졌다는 점이다. 작품에 품은 이야기와 속살이 더 늘어날 수밖에 없다. 드러난 말할이는 한결같이 고향 제주도에서 '징용'으로 끌려 왔다 신의주방직공장에서 일하고 있는 직포공 처녀다. 들을이는 제주도 사람들이다. 그미가 제주섬에서 싸우고 있을 고향 사람들을 그리워하고, 그들의 싸움이 승리하기를 바라는 곡진한 마음을 담았다. 앞선 「동백꽃 우표」①과 다를 바 없다. 그런데 제주섬에서 벌어지고 있는 무자제주참변 '항쟁'은 본문에서 썼듯이 이미 "두 해"째다. 두 해나 나아간 시간 경과를 바탕에 깔고 작품 확대가 이루어졌다. 말할이의 고향이자 앞으로 돌아가고야 말 지향 장소에서도 작은 변화가 일어났다. 제주섬 가운데서 "해 뜨고 달 지는 서귀포"라는 더 적확한 땅이름으로 좁혀졌다. 그에 따라 말할이의 지난 날 회고에서도 더 구체적인 상황 전개가 이루어질 수 있게 된 셈이다. 그리고 제주섬에서 '항쟁'하고 있는 주체들, 곧 들을이는 여자나 말할이의 동무들이 중심은 아니다. 「동백꽃 우표」①과 달리 처음부터 그들을 아우른 제주도 섬사람 모두로 넓혀진 모습이다. 여자 항쟁 자리가 아니라 남자 투사까지 아울러 제주도 섬사람 모두의 '항쟁'으로 넓혔다. 이렇듯 여자 항쟁 부분이 처음부터 누그러짐으로써 싸움 양상을 보다 넓고도 다양하게 기술할 수 있는 터가 만들어졌다. 시인 안룡만은 「동백꽃 우표」①과 마찬가지로 징용되어 신의주방직공장에 머물게 된 제주섬 서귀포 출신 직포공 처녀의 탈을 쓰고 그미 입으로 말한다. 들을이는 제주섬에서 싸우고 있는 고향 사람들 모두다. 그들이 무자제주참변 '항쟁'에서 승리하기를 기원하며 격려하는 말씨다. 「동백꽃—항쟁의 제주도어」②는 「동백꽃 우표」①에 견주어 소통 방식에서부터 작은 차이가 벌어진 셈이다.

외적 맥락에서는 두 가지 변화가 뚜렷하다. 첫째, 이른바 '항쟁' 지역이 넓혀졌다. 제주도 섬 안에 머물렀던 유격대 항쟁의 범위가 바다를 건너 온나라에 걸쳤다.

구름에 가려 첩첩

안개 나리는 한漢라산山 봉오리도

멀리 바라보는 어머니의 땅

기름진 전남全南의 평야와

젖줄기 낙동강洛東江이며

높이 뻗은 태백산太白山 지리산智異山에

승리의 깃발 앞세워 싸우는

빨찌산들이 진격하는 발구룸 소리

남南쪽 전구戰區 뒤흔드는 고함 소리

물결로 구비 돌아 오백五百 리里

너 제주도까지 산울림하리라

— 「동백꽃 — 항쟁의 제주도여」 가운데서

위에서 보듯이 말할이는 한라산에서 멀리 보이는 "어머니의 땅"으로 항쟁의 눈길을 넘겼다. "전남의 평야"와 '낙동강'이며 "태백산 지리산" 없이 "승리의 깃발 앞세워" '빨찌산들'이 싸우는 "남쪽 전구"에 걸쳤다. 제주도 항쟁에서 비롯하여 "남쪽 전구" 모두에서 유격대의 항거가 이어진다. 무자제주참변 무렵 나라 곳곳에서 이루어졌던 남로당 유격대 활동이 자연스럽게 안룡만 시 속에 담긴 셈이다. 이러한 바깥쪽 맥락 확대는 무자제주참변이 남한에서 이루어진 첫 무장 인민 봉기라는 북한 쪽 이해의 줄거리를 한결같이 녹인 결과라 할 수 있다.

둘째, (김)일성이 지녔다는 뛰어난 영도력과 북한 사회주의 발전에 대한 칭송이다.

서귀포西歸浦에 노을 비끼고

붉고 붉은 동백꽃

진달래와 함께 피는 마을에

조국통일의 찬란한 그날

다시 기쁨과 평화와 건설

즐거운 입김에 서리우는 날은 오리

— (줄임) —

그곳 깊은 아지트 숲속

가랑잎 치위에 떠어는

겨울 한밤내

굶주림에 이를 갈면서두

희망을 가슴에 안고

북쪽의 건설과

민족의 태양太陽을 우러러

샛별 지새여 밝아오는 새벽이면

원쑤를 노려 빛나는 빨찌산들의 눈초리

내 눈동자에 별처럼 등불처럼 켜지는구나

오 공화국共和國 깃발 앞세워 생명生命에 피 한 방울까지 싸우며

우리의 영웅들이 찾는 조국의 영광스런 새날이여

—「동백꽃 – 항쟁의 제주도여」② 가운데서

제주도에서 항쟁하는 동안에도 제주섬 '영웅'들은 "희망을 가슴에 안고 / 북쪽의 건설과 민족의 태양을 우러러"렀다는 시줄이 눈길을 잡는다. 「동백꽃 우표」①에서는 낌새조차 없었던 표현이다. 그러한 속살은 미래에 가져올 항쟁의 승리 결과를 "조국의 영광스런 새날"로, "조국통일의 찬란한 그날"과 "기쁨과 평화와 건설"이 이루어진 날로 맺었다. 「동백꽃 우표」①에서는 "조국의 영광을 갖어오려는 싸움"이라 막연하게 쓴 곳이다. 그와 달리 "조국의 영광스런" '새날', 다시 말해 '조국통일'로 뚜렷하

고 명시적인 지평을 드러냈다. 무자제주참변 항쟁은 일성이 이끄는 북한 체제의 발
전과 그 결과 이를 '조국통일'이라는 미래 선취에 맞물려 있음을 밝혔다. "민족의 태
양을 우러러"의 '태양'이란 다름 아니라 일성이다. 일성을 향한 숭앙에 겨운 몸과 마
음으로 "원쑤를 노려" "빨찌산들의 눈초리"는 빛난다. 이러한 구도는 무자제주참변의
'항쟁'이 북한 로동당의 체계적인 개입에 의해 이루어진 남한 체제 전복 계획이라는
줄거리를 안룡만이 자랑스럽게 담은 결과라 할 수 있다.

　바깥쪽 맥락 확대와 더불어 안쪽 맥락에서도 더해진 자리가 보인다. 방직공장에
서 일하고 있는 말할이의 생산 환경과 그 뜻이다.

① 딸끄락 딱딱 딸끄락 딱……
직포기가 쉬임없이 돌아갈 때
유리 천정天井 푸른빛을 받아
더욱 윤나는 사릉직絲綾織 무명천이 짜아지는데
내 시방 맡은 직포기 네 대臺의 핸들을 눌러
책임량 오십오五十五 메-터-넘기 칠십七十 퍼-센트
이 달의 기록을 내려 기대에 정성을 고인다

모-타-의 울리는 소리
샷또루의 바침 소리
한창 버러진 노력努力의 불길에
삼백三百의 직기를 돌리는 벨트 줄이 흘러 흘러……
아 조국에 바치는 생산生産의 자랑에
한끗 복숭아처럼 달아오른 뺨과 뺨들
여기 나도 모범 로동자의 한 사람이라오

―「동백꽃」① 가운데서

②내 오늘 북北쪽에도 오리강반江畔

흰 눈송이 함박으로 날리는 겨울

방직공장紡織工場 샷또루의 바침 소래

딸그락 딱 딱

딸그락 딱……

사릉직絲綾織 무명천을 짜내며

사랑하는 그대들을 생각한다

생산生産과 건설의 자랑에 꽃피는 속

섬사람들 싸움을 생각한다

— (줄임) —

자랑 높은 섬이여

조국을 지키는 섬이여

새로운 생활이 활짝 열리고

빛나오르는 북北쪽 산하山河

여기 샷또루의 바침 소리와

모-타-벨트의 돌아가는 직장에서

생산의 자랑에 두 뺨은 복숭아처럼 붉어

하로의 책임량도 넘쳐낸 때

멀리 바라보는 눈동자에 비쳐드는 것이여!

— 「동백꽃 — 항쟁의 제주도여」② 가운데서

①은 「동백꽃 우표」①에서 말할이 직포공의 생산 노동 현장을 담은 자리다. 직포기에 붙어 서서 주어진 '책임량'을 다하고 "달의 기록을" 내기 위해 '정성을' 쏟는다. 그러한 "노력의 불길"은 "조국에 바치는" '자랑'이다. 자신을 거듭 "모범 로동자"의 한

사람으로 자랑차게 이끄는 힘이 그것이다. 그런데 「동백꽃―항쟁의 제주도여」②에서는 그러한 직포기와 벌이는 생산 활동이 훨씬 부름켜를 키웠다. 곧 "생산과 건설의 자랑에 꽃피는 속"에서 제주도 "섬사람들 싸움"으로 말미암아 제주도는 "자랑 높은 섬"이자 "조국을 지키는 섬"으로 올라선 것이다. 제주섬과 "새로운 생활이 활짝 열리고", "빛나 오르는" 북녘 땅이 나란히 겹쳤다. "생산의 자랑"인 "하로의 책임량"을 넘어서면서 애쓰는 자신의 노력 투쟁이 지닌 뜻 또한 함께 드높아졌다. 그러한 맥락 확대는 앞으로 다가올 '승리'의 날에 대한 뚜렷한 전망과도 맞물렸다. "공화국 깃발 앞세워 생명에 피 한 방울까지" 싸워 얻을 "조국의 영광스런 새날", 곧 '조국통일'이 그것이다.

그렇다면 앞날을 향하는 걸음길에서 '동백꽃' 머그림은 어떠한 변이를 보여 주고 있는가.

　①구정월舊正月 이른 봄
　동백冬柏꽃 몽오리 열고

　②섬색씨의 마음은 동백꽃인가
　붉게 붉게 피여 올라라

　③츠렁츠렁 새까맣게
　윤나는 머리채
　그 머리채 댕기 끝에
　송이송이 꽃잎파리 꽂고
　바닷가 저녁노을
　조개 줍던 그날의 동백冬柏꽃

　④서귀포西歸浦에 노을 비끼고

붉고 붉은 동백꽃

진달래와 함께 피는 마을에

조국통일의 찬란한 그날

다시 기쁨과 평화와 건설

즐거운 입김에 서리우는 날은 오리

⑤ 오 공화국共和國 깃발 앞세워 생명生命에 피 한 방울까지 싸우며

우리의 영웅들이 찾는 조국의 영광스런 새날이여

그날이 오면 —

구름 타고 삼천三千 리里

물결 타고 삼천三千 리里

그리운 것들의 품을 찾아

동백꽃 한아름 따리라

붉은 꽃송이 따리라

「동백꽃─항쟁의 제주도여」②에서 '동백꽃'이 나타나는 다섯 곳을 죄 옮겼다. ①
은 철 따른 변화를 알려 주는 자연물에 머물렀다. ②는 "섬색씨의 마음"을 뜻하는 열
정의 꽃이다. 소박한 비유다. ③은 어릴 적 고향을 되새기게 이끄는 이음매다. ④에
서 동백꽃은 앞선 「동백꽃 우표」①과 다른 맵시를 보인다. 동백꽃과 그 꽃핌은 남쪽
'항쟁'이 승리로 다가올 앞날의 결정체를 뜻한다. 북한의 '진달래'와 함께 필 꽃이 '동
백꽃'이다. 이른바 "조국통일의 찬란한 그날"에 필 표상이 진달래와 동백꽃, 그리고
그 둘이 한꺼번에 활짝 핀 모습으로 마련되었다. 일성의 영도와 이른바 '조국통일'이
라는 외적 맥락이 더함으로써 나타난 변화 못지않게 내적 맥락에서도 변화가 일어
났다. 동백꽃과 진달래, 남과 북, 거기다 그 둘이 함께 핀 머그림은 작품의 초점이 어
디에 있는가를 잘 일깨워준다. ⑤에서는 동백꽃을 다시 자연물로 되돌려 놓았다. 어
릴 적 꽃따기 노리개가 동백꽃이다. 이 경우 동백꽃은 이미 이념화한 ④를 거친 뒤

다. 앞에서 드러난 동백꽃의 내포를 모두 품어 안은 것이니 뜻이 무거워졌다. 그러나
이러니저러니 해도 뚜렷한 점은 「동백꽃 우표」①에서 본, 동백꽃과 우표의 동일화로
빚은 은유적 즐거움과 참신함이 「동백꽃 — 항쟁의 제주도여」②에서는 깨끗이 사라
졌다는 사실이다.

　이러한 동백꽃 머그림의 퇴조와 거꾸로 「동백꽃 — 항쟁의 제주도여」②에서는 「동
백꽃 우표」①에 견주어 더 세련된 표현으로 가다듬은 곳이 몇 보인다.

　① 내 고향故鄕은 남南쪽

　푸르른 하늘이 아득하고

　쪽빛 바다 물결

　끝없이 출렁이며 스치는

　거기 남南쪽도 외따른 섬

　그 이름만 불러 그리운 제주도濟州島

　구정월舊正月 이른 봄

　동백꽃 몽오리 열고

　싱그러운 바다 바람에 슴이여

　미역 내음새며 해조 내음새 풍계 오는

　자그만 해변海邊 마을 초가草家집

　오늘도 어린 적 요람의 노래 잠자는

　그곳에 내 어버이들은 있다오

— 「동백꽃 우표」① 가운데서

　② 내 고향은 남南쪽

　푸르른 하늘이 아득하고

　쪽빛 바다 물결

출렁이며 기슭을 스치는

외따른 섬 제주도濟州道라오

구정월舊正月 이른 봄

동백冬柏꽃 몽오리 열고

싱그러운 바다 바람에 슴이여

미역 내음새며 해조海藻 내음새 풍겨오는

해변海邊 마을 초가집

해 뜨고 달 지는 서귀포西歸浦 나루

―「동백꽃―항쟁의 제주도여」② 가운데서

시의 첫머리 두 토막이다. 「동백꽃―항쟁의 제주도여」②가 「동백꽃 우표」①에 견주어 본문이 늘고 더한 점과 달리 이 자리에서는 오히려 보다 간추려졌다. 첫 토막에서 ①의 "거기 남쪽도 외따른 섬 / 그 이름만 불러 그리운 제주도"가 ②에서는 "출렁이며 기슭을 스치는 / 외따른 섬"으로 바뀌었다. 훨씬 단단한 시줄을 이루었다. 둘째 토막 ①의 "자그만 해변 마을"은 ②에서 '자그만'이 빠지는 변화를 보였다. 첫 토막의 간결한 흐름을 이은 셈이다.

이제까지 짚어온 바와 같이, 「동백꽃 우표」①에서 「동백꽃―항쟁의 제주도여」②로 나아간 변이는 시인 스스로 썼듯이 '개고' 수준이다. 그것은 "동백꽃 우표"라는 미적 표현성을 죽이고, 그 대신 남북한의 당대 현실에 걸맞은 외적 맥락을 더함으로써 길어진 형태 변화에서 비롯했다. 제주섬의 '항쟁' 소식이 온나라 유격 투쟁으로 넓혀지고, 그 경과는 일성의 이른바 뛰어난 영도력과 북한 사회주의의 성공이 한 맥락을 이루었다. 앞으로 "조국의 영광"을 가져온 새날, 이른바 '조국통일'이라는 지평을 향한 투쟁이라는 또렷한 줄거리가 마련된 셈이다. 그러한 지평 확대와 나란히 제주섬 '항쟁' 주체도 처음부터 제주 여자가 아니라 그미들을 아우른 제주섬 남녀들로 두루 뭉술 넓혔다. 「동백꽃 우표」①은 제주섬 '항쟁' 현장과 신의주방직공장이라는 두 장소가 시를 끌어가는 두 중심 바탕이었다. 그런데 「동백꽃—항쟁의 제주도여」②는 제주섬 항쟁뿐 아니라 그와 맞물린 온나라 유격대 투쟁 현장과 신의주방직공장, 거기다 '항쟁'의 결과 이루어질 '조국통일'의 그날이라는 세 줄거리가 중심을 이루었다. 「동백꽃 우표」①은 2원 구조, 「동백꽃—항쟁의 제주도여」②는 3원 구조 중심이라 말할 수 있다. 그러면서 이념적으로 훨씬 간추려지고 뚜렷해진 모습을 보여 준다. 대신 지향 장소 제주섬으로 향하는 말할이의 공감과 격려의 뜻을 담은 수단으로서 동백꽃 우표가 지닌 비유는 죽여 버렸다. 남한 '항쟁'의 승리를 표상하는 꽃으로서, '동백꽃'을 북한을 대표하는 '진달래'와 나란히 묶었다. 무자제주참변에 대한 사실적이고 구체적인 맥락은 더했으나 시로서 지닐 바 상상적 표현 가치는 뒤로 물러선 셈이다. 그러면서 「동백꽃—항쟁의 제주도여」②는 「동백꽃 우표」①과 마찬가지로 경인년전쟁에 앞선 광복기 북한의 어문 현실, 곧 한글한자섞어쓰기를 따른 과도 양상을 보여 준다. 필요하다고 여겨지는 자리에 한문어를 힘껏 쓰고자 한 점이 그것이다.

1950년 경인년전쟁을 맞자 신의주 시인 안룡만은 중군 활동에 나섰다. 나라 곳곳 산에 숨어 활동했던 유격대도 더욱 날뛰기 시작했다. 많은 문학인이 종군 작가로 또는 의용군으로 일선으로 나섰다. 북한의 신문 지면은 하루같이 이른바 '남반부 인민 유격대' 활동 보도를 비롯해 종군시, 전투 수기와 실기, 영웅기를 쏟아내기 시작했다. 7월 고경흠의 전투 실기를 처음으로 남궁만·리호남·한봉식·홍순철·김사량·림화·김북원·김조규·김북원·민병균·김상오와 같은 시인, 작가들이 뒤를 따랐다. 9월 30일, 안룡만 또한 『로동신문』을 빌려 「전선에서」라는 종군 연작시를 내놓기 시작했다. 김사량의 「지리산 유격구를 지나며」와 함께한 일이다.[16] 이어서 시집 『나의 따발총』[1951]을 폈다. 북한 전쟁기 시문학에서 우수한 시집으로 거듭 다루어지는 작품집이다. 문화전선사에서 낸 '전선문고' 가운데 하나였다. 얇지만 종군을 겪고 낸 전

16 　안룡만은 누구보다 활발한 전쟁기 정훈문학 활동을 벌였다. 그 결과는 시집 『나의 따발총』(1951)을 비롯해 적지 않은 작품으로 확인할 수 있다. 1950년 7월부터 1953년 사이에 이루어진 안룡만의 작품 발표는 아래 글을 참조 바란다. 박태일, 「안룡만 시 이해를 위한 바탕」, 『근대서지』 제24호, 근대서지학회, 2021, 338~348쪽.

형적인 정훈 시집이다. 그 속살에 '락동강' 전선이 말할이의 중요 위치 장소가 된 일은 남녘 땅 제주섬을 이미 다룬 바 있는 시인으로서 자연스러운 순서였다.

전쟁기에 앞서 「동백꽃―항쟁의 제주도여」②로 '개고'를 거쳐 한 차례 발표된「동백꽃 우표」①은 전후 1956년 『안룡만 시선집』에 「동백꽃」③으로 다시 실렸다. 시집에 작품을 모아 엮는 뜻은 단순한 재발표와 다르다. 시인의 자의식이 무겁게 담긴 일이다. 겉으로 볼 때 「동백꽃」③에서 보이는 가장 큰 변이는 한글로만적기로 나아갔다는 사실이다. 북한 어문 행정이 제자리를 잡았던 그 무렵 분위기를 잘 따른 맵시다. 거기다 겉으로는 「동백꽃―항쟁의 제주도여」②에 견주어 길이가 짧아졌다. 「동백꽃―항쟁의 제주도여」②에서 늘어났다 다시 간추려진 맵시다. 거기다 제목에서 '항쟁의 제주도여'라는 부제를 뗐다. 그렇다고 「동백꽃 우표」로 돌아가지는 않았다. 그냥 「동백꽃」으로 굳혔다. 이러한 꼴과 제목 변이는 고스란히 「동백꽃」③의 속살 변화를 되비춘 결과라 할 수 있다.

　　내 고향은 남쪽

　　푸른 하늘 아득하니

　　쪽빛 바다 물결

　　가슴을 치는 제주도라오.

　　구정월 이른봄,

　　동백꽃 봉우리 열고

　　싱그러운 바다바람에 스며

　　미역 내음새 실려 오는

　　바닷가의 초가집,

　　해 뜨고 달 지는 서귀포 나루.

　　멀리 남과 북으로

삼천리를 떨어져
그리움에 사무치는 곳
고향에 총창을 비껴들고 일어선
섬사람들이여

한나산 꼴짜기마다 횃불로 타올라
피로 싸우는 항쟁의 나날,
시방도 높은 봉우리 저녁안개 감도는
산밭에는 빨찌산들 일어서리라.

내 오늘 북쪽에도 오리강반
샷또루의 바침 소리 즐거이
사릉직 무명천을 짜내며
섬사람들 생각할 때
떠오르는 모습들이여

섬처녀의 마음은 동백꽃인가
붉게 붉게 피여나고
츠렁츠렁 새까만 머리채
그 머리채 댕기 끝에 꽃이파리 꽂고
조개 줏던 동백꽃……

생각하면 그리워라.
마을의 옥분이며 보패야
늬들은 계절이 옮겨
아지트 앞 보초의 어깨 우에도

남국의 봄눈이 내리며 녹는데

땅굴을 파고 산허리 옮아가며

원쑤를 족쳐 싸우리라.

새파란 남쪽 하늘가 멀리

그 이름만 불러 그리운

제주도—

정들은 땅아!

징용에 끌려 이곳 오리강반

조국의 북쪽 끝까지 쫓겨 온 우리,

그 전날 악착한 왜놈들의 발톱 대신에

오늘은 어떠한 흉악한 침략의 떼무리

고향 마을 불사르고 총칼로 누르나뇨.

해방과 더불어 북쪽 산하엔

자유의 햇살이 비쳐

우리도 새 나라 생산의 전사다.

여기 샷또루의 바침 소리 울리며

무명천을 줄줄이 짜는 방직 공장—

하루의 책임량 넘친 저녁이면

멀리 남쪽 하늘 바라볼 때

별 떼처럼 비쳐드는

내 고향 제주도여.

구름에 가려 첩첩

안개 내리는 봉우리

멀리 바라보는 전남의 평야와

높이 뻗은 태백산 지리산 산발에

승리의 깃발 앞세운 빨찌산들 발굴음 소리

너 한나산봉에 울려 가리니

영원히 꺼질 줄 모르는

항쟁의 불ㅅ길이여

영웅의 횃불이여

서귀포에 노을 비끼고

붉고 붉은 동백꽃

피고 지는 고향 마을에도

조국 통일의 새날이 와서

기쁨과 평화로 밝은 아침이 찾아오리라.

그날이 오면 ─

구름 따라 삼천리

물결 타고 천리 길,

그리운 것들의 품을 찾아

동백꽃 한 아름 따리라.

1948.2

─「동백꽃」③

『안룡만 시 선집』에 실으면서 「동백꽃」③ 끝에 '1948.2.'이라 붙인 덧말이 먼저 눈에 든다. 「동백꽃 우표」①과 「동백꽃─항쟁의 제주도여」②에서는 보이지 않던 것이다. 「동백꽃」③이 쓴 때를 밝힌 시기 표지다. 아울러 「동백꽃」③이 「동백꽃 우표」①에 뿌리를 둔 작품임을 일깨우도록 만들었다. 그런데 「동백꽃 우표」①이 실렸던 1948년 9월에 가까운 시기가 아니다. 1948년 2월은 무자제주참변이 일어나기 앞선 때다. 참변 경과로 볼 때, 이른바 '2·7구국투쟁' 무렵이다. 왜 이런 날짜를 붙였을까? 창작 시기를 착각한 것일까? 그렇다면 문제다. 무자제주참변의 실상에 관한 시인의 이해가 매우 박약했다는 터무니인 까닭이다. 그러나 사정은 그렇지 않다.

이른바 "미제의 남조선단독선거를 저지 파탄시키기 위한 남조선 인민들의 투쟁에서 맨 선참으로 폭발한 적극적인 투쟁"이 북한의 이른바 '제주4·3인민봉기', 곧 무자제주참변이다. 이러한 무자제주참변은 "2·7구국투쟁을 계기로" 이루어진 '반미구국투쟁'이라고 보는 게 북한의 정론이다. "적들은 인민들을 반대하는 발광적인 폭압공세"를 벌였다. 그에 따라 "제주도에서는 1948년 2월부터 적의 반혁명적 폭력에 자위적 폭력으로 맞서 투쟁하는 새로운 국면이 조성"[17] 되었다. 이른바 '2·7구국투쟁'은 무자제주참변 전야라 일컬을 수 있다. 하지만 「동백꽃 우표」①이나 「동백꽃─항쟁의 제주도여」②와 같은 시기에 나온 다른 시인의 무자제주참변 시에서는 무자제

---

17 『주체의 기치 따라 나아가는 남조선인민들의 투쟁』, 조국통일사, 1982, 117~118쪽. 이른바 '2·7사건'과 제주도의 관계에 관해서는 아래와 같은 우리 쪽 기술을 참조할 수 있다. "유엔 총회는 1947년 11월 유엔한국임시위원단의 감시 아래, 1948년 3월 31일 이전에 남·북한 동시 '인구비례에 의한 총선거'를 결의했다. 그러나 위원단이 소련의 거부로 북한을 방문할 수 없게 되자 '가능한 지역에서의 총선거 안', 곧 남한만의 단독선거를 의결했다. 이에 남한의 많은 정당과 단체가 반대성명을 발표하면서 격렬하게 반발했다. 남과 북 분단이 불 보듯 뻔했던 까닭이다. 이 대열에는 좌파 진영만이 아니라 우파 일부와 중도파까지도 가세하고 있었다. 이런 속에서 남로당은 단독선거를 저지하기 위한 강력한 투쟁 계획을 세웠다. 이것이 1948년 2월 7일을 기해 전국을 총파업으로 몰고 간 이른바 '2·7구국투쟁'이었다. 남로당의 지령으로 이날 새벽부터 전평 산하의 각 단위노조를 시발로 전국에서 철도·전신·전화·체신·공장·광산 들에 걸친 총파업이 이루어졌다. 이 '2·7사건'으로 2월 20일까지 전국적으로 검거 8,479명, 경무부 발표 인명 피해는 사망 39명, 부상 133명이었다. 제주도는 경찰의 비상경계 속에 2월 8일부터 여러 지역에서 시위가 벌어졌다. 미군정 쪽 보고로는 2월 9, 10, 11일 밤, 제주 지역에는 공산주의자들이 주동한 17건의 폭동과 시위가 발생하였다. 주목할 점은 많은 폭도들이 소련국가를 불렀다는 사실이다. 이 일 뒤 다시 전도적으로 검거선풍이 불었다." 「제주 4·3사건 진상조사보고서」, 제주 4·3사건 진상규명및 희생자명예회복위원회, 2003, 146~149쪽.

주참변과 이른바 '2·7구국투쟁'을 묶거나 겹쳐 보기도 했다.[18] 안룡만이 굳이 '1948. 2'이라 덧말을 붙인 까닭도 그와 한 흐름일 것이다.

작품 말할이는 「동백꽃 우표」①, 「동백꽃─항쟁의 제주도여」②와 마찬가지로 압록강변 신의주방직공직에서 일하는 제주섬 출신 '직포공' 처녀다. 그미가 고향 벗 "옥분이며 보패"를 비롯해 '항쟁'에 나선 고향 제주섬 사람들에게 승리의 격려를 보내는 소통 방식을 그대로 따랐다. 발화 시점은 '오늘'이다. "내 오늘 북쪽에도 오리강반 / 샷또루의 바침 소리 즐거이 / 사릉직 무명천을 짜내며 / 섬사람들 생각할 때"라 썼다. 그리고 제주도 서귀포 고향에서는 아직 "아

1956년의 안룡만

지트 앞 보초의 어깨 우에도 / 남국의 봄눈이 내리며 녹는데 / 땅굴을 파고 산허리 옮아 가며 / 원쑤를 족처 싸우리라"라는 현재 짐작을 말할 수 있었다. 따라서 이 작품에서 끝에 붙인 '1948.2'는 시가 지닌 외적 맥락을 읽는이들에게 뚜렷하게 드러내기 위한 배려임을 알 수 있다. 무자제주참변이 본격 발발한 1948년 4월보다 시기적으로 앞서지만, 다시 말해 '1948.2'라는 표지는 무자제주참변 발발 무렵이라는 느슨한 뜻으로 썼음이 분명한 셈이다.

작품 변이로 보자면 1948년 「동백꽃 우표」①을 1950년 「동백꽃─항쟁의 제주도여」②로 '개고'하면서 '항쟁'이 나아간 지 두 해 뒤라는 시점을 작품 안에 녹였다가 1956년 「동백꽃」③에서는 다시 시점을 1948년 당대로 되돌려 놓은 격이다. 그렇다 보니 바깥쪽 맥락에서 「동백꽃─항쟁의 제주도여」②가 더했던 '남반부' 모두로 나아간 유격대 항쟁지 확대와 일성에 의한 북한 사회주의의 빛나는 영도라는 두 속살 가

---

18 북한 당대시에서 무자제주참변은 발발 초기부터 북한의 이른바 조국 자주 통일 전선 책략에 뿌리를 둔 '남조선' '인민 항쟁'의 영광스런 승리의 계기로 칭송과 격려, 그리고 선동의 중심에 놓여 있었다. 이른바 '미 제국주의' '원쑤'와 그 '주구' '반동 역도'에 맞서 '망국 단선 단정'을 저지하기 위해 일어난 '구국'의 거사다. 발발일에는 '2·7'과 '4·3'이 교차하고, 정보 부풀림도 보인다. 박태일, 「북한 당대시로 본 무자제주참변」, 『한국 지역문학 연구』, 소명출판, 2019, 468쪽.

운데서 앞의 것은 그대로 두고, 뒤의 것은 빼버렸다. 그 자리를 앞으로 다가올 "조국 통일의 새날"과 같은 표현으로 누그러뜨렸다. 「동백꽃」③은 『안룡만 시선집』이 나왔 던 1956년 무렵 시기의 북한 상황이라는, 외적 맥락이 새로 들어설 자리를 남기지 않은 셈이다. 지난 광복기에 일어났던 무자제주참변과 그것을 담은 작품이라는 틀 이 「동백꽃」③에서는 굳게 자리 잡혔다.

그렇듯 초간본 「동백꽃 우표」① 발표 무렵으로 시점이 되돌아감으로 「동백꽃」③ 은 안쪽 맥락에서도 다시 손질을 하지 않을 수 없었다. 크게 세 가지에서 그렇다.

① 사릉직絲綾織 무명천을 짜내며

사랑하는 그대들을 생각한다

생산生産과 건설의 자랑에 꽃피는 속

섬사람들 싸움을 생각한다

— (줄임) —

조국을 지키는 섬이여

새로운 생활이 활짝 열리고

빛나 오르는 북北쪽 산하山河

여기 샷또루의 바침 소리와

모-타-벨트의 돌아가는 직장에서

생산의 자랑에 두 뺨은 복숭아처럼 붉어

하로의 책임량도 넘쳐낸 때

멀리 바라보는 눈동자에 비쳐드는 것이여!

—「동백꽃―항쟁의 제주도여」② 가운데서

② 해방과 더불어 북쪽 산하엔

자유의 햇살이 비쳐

우리도 새 나라 생산의 전사다.

여기 샷또루의 바침 소리 울리며

무명천을 줄줄이 짜는 방직 공장—

하루의 책임량 넘친 저녁이면

멀리 남쪽 하늘 바라볼 때

별 떼처럼 비쳐드는

내 고향 제주도여.

—「동백꽃」③가운데서

　①은 「동백꽃—항쟁의 제주도여」②에서, ②는 『안룡만 시선집』의 「동백꽃」③에서 땄다. ①에서는 말할이 직포공 섬처녀의 생산 노동과, 자랑찬 북한 현실에 서서 '싸우는' 제주섬 고향 사람들을 향한 공감을 담은 자리가 위아래 두 토막으로 나뉘어 앉았다. 북한 현장에서 생산 노동을 하면서 제주섬 고향 사람들을 향한 생각을 나누어 담은 꼴이다. 그러한 맵시를 시선집의 ②에서는 한 토막으로 간추렸다. 자연스럽게 북한 현장에서 이루어졌던 "생산과 건설의 자랑"스런 방직 노동이 약화한 모습이다. 이러한 축약 변이는 「동백꽃 우표」①이 「동백꽃—항쟁의 제주도여」②로 옮겨가면서, 제주섬에서 남녘 여러 유격전 지역으로 넓혔던 '전구'를 다시 간추린 모습에서 비슷하게 되풀이한다.

　① 구름에 가려 첩첩

안개 나리는 한漢라산山 봉오리도

멀리 바라보는 어머니의 땅

기름진 전남全南의 평야와

젖줄기 낙동강洛東江이며

높이 뻗은 태백산太白山 지리산智異山에

승리의 깃발 앞세워 싸우는

빨찌산들이 진격하는 발구룸 소리

남南쪽 전구戰區 뒤흔드는 고함 소리

물결로 구비 돌아 오백五百 리里

너 제주도까지 산울림하리라

—「동백꽃─항쟁의 제주도여」② 가운데서

② 구름에 가려 첩첩

안개 내리는 봉우리

멀리 바라보는 전남의 평야와

높이 뻗은 태백산 지리산 산발에

승리의 깃발 앞세운 빨찌산들 발굴음 소리

너 한나산봉에 울려 가리니

—「동백꽃」③ 가운데서

①은 「동백꽃─항쟁의 제주도여」②에서 골랐다. ②는 「동백꽃」③에서 땄다. 이른바 "꺼질 줄 모르는 / 항쟁의 불ㅅ길"과 "영웅의 횃불"이 탈 "남쪽 전구"를 보여 주는 자리다. 그런데 「동백꽃」②에서 보이는 "멀리 바라보는 어머니의 땅"을 「동백꽃」③에서는 뺐다. "전남의 평야"와 "젖줄기 낙동강" "태백산 지리산"을 아우른 "남쪽 전구"를 꾸미는 표현이다. 그것이 빠짐으로써 훨씬 줄었다. "전남의 평야"를 낀 '기름진'이나 '낙동강'을 낀 '젖줄기'도 지웠다. "남쪽 전구 뒤흔드는 고함 소리 / 물결로 구비 돌아 오백 리"까지도 마찬가지다. 말하자면 불필요한 꾸밈씨와 장식적인 풀이말을 덜어냈다. 그만큼 「동백꽃」③의 표현은 세련된 쪽으로 나아갔다.

이러한 압축 변이는 「동백꽃─항쟁의 제주도여」②에서 새로 나타났던, 일성의 영도와 북한 사회주의 건설의 성공, 거기다 '조국통일'이라는 미래 전망까지 더한 뒤쪽에서도 나타난다.

① 서귀포^{西歸浦}에 노을 비끼고

붉고 붉은 동백꽃

진달래와 함께 피는 마을에

조국통일의 찬란한 그날

다시 기쁨과 평화와 건설

즐거운 입김에 서리우는 날은 오리

― (줄임) ―

굶주림에 이를 갈면서두

희망을 가슴에 안고

북쪽의 건설과

민족의 태양^{太陽}을 우러러

샛별 지새여 밝아오는 새벽이면

원쑤를 노려 빛나는 빨찌산들의 눈초리

내 눈동자에 별처럼 등불처럼 켜지는구나

오 공화국^{共和國} 깃발 앞세워 생명^{生命}에 피 한 방울까지 싸우며

우리의 영웅들이 찾는 조국의 영광스런 새날이여

―「동백꽃―항쟁의 제주도여」② 가운데서

② 영원히 꺼질 줄 모르는

항쟁의 불ㅅ길이여

영웅의 횃불이여

서귀포에 노을 비끼고

붉고 붉은 동백꽃

피고 지는 고향 마을에도

조국 통일의 새날이 와서

기쁨과 평화로 밝은 아침이 찾아오리라.

―「동백꽃」③ 가운데서

①은 「동백꽃―항쟁의 제주도여」②에서 따온 시줄이다. '항쟁' 끝에 다가올 앞날을 두고 "조국 통일의 찬란한" 날, "다시 기쁨과 평화의 건설 / 즐거운 입김에 서리우는 날"이라 썼다. 그러한 앞날을 이끌어낼 힘은 "북쪽의 건설과 / 민족의 태양을" 우러러 보고 나아온 '희망' 탓이다. 일성의 영도를 우르러며 따른 결과다. "공화국 깃발 앞세워" "영웅들이 찾는 조국의 영광스런 새날"은 끝내 오고야 말리라는 목청 높은 기대가 기대로 머물지 않고 필연적일 것이라는 믿음이 그로부터 비롯한다. 거듭하거니와 이제껏 우리 쪽의 무자제주참변 이해에서 중요 논란거리로 남은 하나가 남로당과 '북조선로동당' 사이 직접적인 연관성 시비였다. 북한과 남로당이 조직적으로 남한 단독 정부 구성을 향해 꾀했던 반국가적 무장 '폭동'이었던가, 그렇지 않으면 제주 도민을 향해 저질러진 폭압적인 우리 공권력과 반공 우익 세력의 횡포에 맞서 일어선 제주도 '인민'의 봉기였던가라는 됨됨이 구명이다. 「동백꽃」③에서는 「동백꽃―항쟁의 제주도여」②와 달리 일성과 북로당의 직접 개입의 빌미를 아예 없애는 쪽으로 손질이 이루어졌다. 대신 다가올 미래 승리의 앞날은 남북이 하나 된 '조국통일'에다 일성이 이끄는 북한 '공화국'으로 지평을 넓혔다.

그렇다 보니 드높은 목소리와 일성의 영도에 의한 '공화국'의 앞날 표현은 「동백꽃」③에서 크게 줄었다. "항쟁의 불ㅅ길"과 "영웅의 횃불"은 「동백꽃」③에서는 "기쁨과 평화로" 맞는 "밝은 아침"으로 잦아든 것이다. 영역도 남북 '조국' 모두에서 제주섬 고향 중심으로 좁혀 들었다. 그 길 또한 영웅의 타오르는 '항쟁'으로 간추렸다. 「동백꽃―항쟁의 제주도여」②에 견주어 훨씬 가라앉은 맵시다. 이러한 변화는 「동백꽃」③이 무자제주참변 당대로 중심 시간대를 끌어내린 까닭에 피하기 힘들었을 일이다. 그런 까닭에 「동백꽃」③에서는 북한의 조선로동당 체제 중앙과 무자제주참변 사이의 관련성이라는 외적 맥락이 사라지는 결과를 제대로 빚을 수 있었다.

안쪽 맥락에서도 「동백꽃—항쟁의 제주도여」②와 「동백꽃」③사이 변이는 크다. 「동백꽃 우표」①에서 「동백꽃—항쟁의 제주도여」②로 나아가면서 더해진 외적 맥락이 거의 압축, 내적 맥락으로 녹아든 모습이 그것이다. 그만큼 본문 길이가 줄었다. 게다가 압축, 제거되는 과정에서 표현 가치에서도 더 매끄러운 손질을 엿볼 수 있다. 그럼에도 '동백꽃' 머그림 경우에는 「동백꽃 우표」①이 지녔던 애초 표현성으로 돌아가지는 않았다.

　① 구정월 이른 봄,

　동백꽃 봉우리 열고

　싱그러운 바다바람에 스며

　② 섬처녀의 마음은 동백꽃인가

　붉게 붉게 피여나고

　츠렁츠렁 새까만 머리채

　그 머리채 댕기 끝에 꽃이파리 꽂고

　조개 줏던 동백꽃……

　③ 서귀포에 노을 비끼고

　붉고 붉은 동백꽃

　피고 지는 고향 마을에도

　조국 통일의 새날이 와서

　기쁨과 평화로 밝은 아침이 찾아오리라.

　④ 그날이 오면—

　구름 따라 삼천리

물결 타고 천리 길,

그리운 것들의 품을 찾아

동백꽃 한 아름 따리라.

「동백꽃」③에 네 차례나 담긴 '동백꽃'을 죄 보였다. 「동백꽃―항쟁의 제주도여」②에서 나타났던, "섬처녀의 마음"을 '동백꽃'으로 은유화한 범상한 표현 언저리에 그쳤다. 나머지 세 곳은 모두 철 따라 피는 꽃이라는 단순한 사실 차원에 놓인 감각적 자연물이다. 그러다 보니 앞으로 다가올 "조국 통일의 새날" 고향 제주섬, 그 지향 장소로 돌아갈 수 있도록 이끄는 이음매로서 동백꽃의 자리는 사라졌다. 그 일은 "구름 따라 삼천리 / 물결 타고 천리 길"에서 보듯이 '구름'과 바다 '물결'이 대신 떠맡았다. 동백꽃 '우표'의 상상적 즐거움을 「동백꽃」에서는 죄 죽인 셈이다.

결과를 놓고 볼 때 「동백꽃」③은 「동백꽃 우표」①이 보다 구체화한 무자제주참변을 담고자 했던 작품인 「동백꽃―항쟁의 제주도여」②에서 다시 「동백꽃 우표」①로 되돌아가는 모습을 보였다. 시가 담고 있는 줄거리는 무겁고 가벼움에 차이는 있으나 지나간 나라잃은시대 왜로에 의한 징용 사실, 오늘날 제주도 항쟁, 신의주 지역 방직 생산 노동 현장, 앞으로 선취할 "조국 통일"의 새날로 묶인 네 줄거리를 켜켜로 갖추었다. 그들 가운데서 지나간 징용 사실과 제주도 항쟁의 무게가 줄고, 현재 신의주 방직공장의 노력 '투쟁'이 더 앞자리에 도드라진다. 그러므로 「동백꽃 우표」①이 지녔던 당대성이 많이 누그러지고 중성적인 모습으로 나아갔다고 볼 수 있다. 말하자면 「동백꽃」③은 작품을 실은 『안룡만 시선집』 당대에 서서 「동백꽃 우표」①을 재기억하고 재구성해 내 빚은 새 모습이다. 따라서 「동백꽃」③은 「동백꽃 우표」①의 초기 정형이면서 그 뒤쪽 제2단계 변이로 나아가는 디딤돌이 된 작품이라 할 수 있다.

3. 증산 투쟁과 당대적 분화

「동백꽃 우표」계 각편이 다시 선뵌 때는 1958년이다. 작가동맹 기관지 『조선문학』 7월호가 마련한 '공화국 창건 10주년을 맞으며'라는 특집 자리다. 말하자면 1948년 8월 이른바 '조민주주의인민공화국' 수립 10주년을 맞는 기획이었다. 시에는 안룡만과 김우철이, 수필에서는 월북 작가 박승극이, 정론에서는 박웅걸이, 그리고 오체르크^{현장문학}에서는 리직이 작품을 올렸다. 그 자리에 안룡만은 광복기 시 「나의 조국」과 함께 「동백꽃」④를 내놓았다. 따라서 「동백꽃」④는 북한 체재 '수립' 시기, 곧 광복기 작품이라는 전제가 마련된다. 그러면서 「동백꽃 우표」①이나 「동백꽃－항쟁의 제주도여」②에 뿌리를 둔 텍스트라는 점은 이미 앞에서 말한바 있다. 거기다 「동백꽃」③이 「동백꽃 우표」①에서 「동백꽃－항쟁의 제주도여」②를 거쳐 굳어진 꼴인 까닭에 그것과도 맞물렸다. 그럼에도 「동백꽃」③이 나온 두 해 뒤 다시 보이는 「동백꽃」④는 앞선 작품들과 다른 큰 변화를 지녀 이채롭다.

　　① 내 고향은 남쪽

　　푸른 하늘 아득하니

　　쪽빛 바다 물결

　　기슭을 치는 제주도라오.

　　구정월 이른 봄,

　　동백꽃 봉우리 열고

　　싱그러운 바다바람에 스며

　　미역 내음새 실려 오는

　　바닷가의 초가집,

　　해 뜨고 달 지는 서귀포 나루.

—「**동백꽃**」③가운데서

②사시절 한바다 출렁이는 물'결

조선 해협 거칠은 파도 소리

자장 노래로 귀담아 들으며 자란

제주도 태생의 섬 처녀.

네 고향은 서귀포라

뭍에서 배로 하루'길

수평선에 해 뜨고 달 지는

자그만 마을 나루터렸지.

—「동백꽃」④ 가운데서

①은 1956년 「동백꽃」③의 맨 앞머리다. ②는 1958년 「동백꽃」④의 첫머리다. 둘 사이 차이는 이 자리부터 드러난다. 첫째, 「동백꽃 우표」①은 「동백꽃―항쟁의 제주도여」②, 「동백꽃」③과 마찬가지로 말할이를 드러난 1인창 '나'로 삼았다. 곧 제주섬 출신으로 왜로에 의해 징용을 겪어 신의주방직공장 직포공으로 살고 있는 '섬처녀'다. 시인 안룡만이 그미 탈을 쓰고 그미 입으로 말하는 꼴이다. 드러난 들을이는 제주섬 고향에 있는 벗이나 고향 사람들이다. 그리하여 읽는이, 곧 북한 현실 독자들은 제주섬 출신 그미가 고향 사람을 향해 건네는 말을 엿듣는 소통 방식을 지녔다. 그런데 「동백꽃」④에서는 그미를 '너'로 일컫으면서, 내포 시인 안룡만이 손수 그미에게 말하는 1인칭 시 꼴로 달라졌다. 직포공 섬처녀는 오히려 드러난 들을이가 된 맵시다. 현실 독자들은 시인이 주인공 직포공 처녀에게 건네는 말을 간접적으로 듣는 맵시다. 앞선 제1단계 「동백꽃 우표」계 각편이 갖춘, 섬처녀가 손수 말하는 단일 발화에서 틀거리가 바뀌었다. 이러한 말할이와 들을이 사이 소통 방식 변화는 자연스레 시가 담은 맥락을 바꾸게 만들었다. 그 변화를 좇아가는 일이 각편 사이 공통점과 차이를 엿보게 이끌 것이다.

제주섬 출신 직포공 처녀가 아니라 안룡만이 손수 말할이로 나선 이러한 소통 방식의 변화는 그 뒤 1964년 「락동강반의 고향집」⑦에 이르는 데까지, 3차례에 걸쳐 한결같다. 곧 1960년 「섬처녀 마음」⑤와 1961년 「'동백단' 이야기」⑥을 거쳐, 1964년 「락동강반의 고향집」⑦에 이르는 줄기가 그것이다.

① 제주 한라산 기슭에
자리 잡은 서귀포 마을
바다'가에 자란 섬처녀
한 처녀를 나는 아노라.

정방기에서 실을 뽑으며
언제나 즐거운 그 처녀
실오리마다 고향 하늘 그리는
마음을 뽑아내는 처녀를……

—「섬처녀 마음」⑤ 가운데서

② 직포기 돌리며 제비처럼 날랜
처녀들 마음에도 봄이 찾아와
새 무늬 짤 때마다 꽃피는 살림
인민의 행복한 웃음 그려보네

—「'동백단' 이야기」⑥ 가운데서

③ 하루 일을 끝마친 직포공 처녀
황혼 깃드는 대동강반으로 나왔네
신록이 물들어 늘어진 수양버들
새파란 물'살에 비친 오월의 강'기슭에

—「락동강반의 고향집」⑦ 가운데서

①은「동백섬」④에 뒤 이은「섬처녀 마음」⑤의 앞머리 두 토막이다. 말할이는「동백섬」④와 다를 바 없다. 드러난 말할이인 '나', 곧 시인이 말한다. 그럼에도 들을이에는 변화가 일어났다.「동백섬」④에서 시인이 '너' 2인칭으로 부르며 대화 상대처럼 불러 앉히듯 말을 건넨 그 '섬처녀'가 3인칭 "그 처녀"로 바뀌며 떨어져 앉았다. 게다가 그 "처녀를 나는 아노라"라고 말한다. '아노라'라는 말할이의 말을 들을이는「동백섬」④와 같은 '섬처녀'가 아니다. 문면에 드러나 있지 않은 숨겨진 들을이^{내포 청자}다. 곧 그러한 섬처녀 이야기를 듣기 좋아할 만한 이라고 말할이가 생각하는 계층이다. 다시 말해 북한의 현실 독자층이 그들이다. 말하자면「섬처녀 마음」⑤는「동백섬」④와 달리 말할이가 특정 주인공이나 사건을 읽는이에게 들려 주는 이야기시 방식을 갖추었다.

②의「'동백단' 이야기」⑥에서도 그와 같다. 다만 말할이는 드러나지 않는 숨겨진 '나'다. 그 '나', 곧 시인은「동백섬」④와 달리 직포공 처녀를 3인칭 '처녀들'로 불렀다. 특정 직포공이 아니라 방직공장에서 일하고 있는 처녀 직포공을 싸잡아 일컬었다. 그 "처녀들 마음" 속까지 말할이, 곧 시인은 다 아는 처지다. 전지 시점으로 '처녀들' 이야기를 읽을이에게 들려 주고 있는 셈이다. 전형적인 이야기 방식을 갖추었다. ③의「락동강반의 고향집」⑦도 비슷하다. 말할이는 드러나지 않는 숨겨진 '나', 곧 시인이다. 그이는 홀로 "하루 일을" 마치고 '대동강반으로' 나와 거니는 한 "직포공 처녀" 이야기를 읽는이에게 들려 준다.「섬처녀 마음」⑤,「'동백단' 이야기」⑥,「락동강반의 고향집」⑦은 전형적인 매개 발화 형식을 갖춘 이야기시다. 들을이인 '섬처녀'를 시인이 자신 앞으로 불러 앉힌 채 말을 손수 건넸던「동백꽃」④에서 한 발자국 떨어져 앉은 맵시다. 극적이지도 않고 이야기 방식도 아닌 어중간한 모습이었다. 그런데 제2단계 뒤를 이은 세 편,「섬처녀 마음」⑤,「'동백단' 이야기」⑥,「락동강반의 고향집」⑦의 소통 방식으로 볼 때,「동백꽃」④는 온전한 이야기로 가기 앞서 보인 유사 이야기라는 사실을 알 수 있다. 넓게 보아 제2단계 각편 4편은 모두 이야기시 방식을 갖춘 셈이다. 제1단계, 곧「동백꽃 우표」①에서「동백꽃－항쟁의 제주도여」②와「동백꽃」③의 세 편과는 소통 방식에서부터 뚜렷하게 달라졌다.

거기다 흥미로운 점은 1958년부터 시작해 1964년까지 6년에 걸친 시기 동안, 처음『조선문학』에「동백꽃」④가 실린 뒤, 이어진 나머지 3차례 각편은 모두『천리마』라는 북한의 대중 교양 잡지에 실렸다는 공통점을 지닌다.「동백꽃」④ 뒤를 나머지 3편이 온전한 이야기시 형식을 갖추게 된 데는『천리마』라는 대중 매체가 한 요인으로 작용했을 수도 있다는 짐작을 갖게 한다. 더 많은 대중에게 들려 주어야 한다는 뜻이 이야기라는 제시방식을 굳히게 만들었을 것이다.

그렇다면 제2단계 각편 안쪽에서 보이는 변이 양상을 살펴 보아야 할 터다. 다만 그 일을 위해서는 먼저 제1단계 마지막 작품「동백꽃」③에서 제2단계 첫 작품인「동백꽃」④로 올라서면서 일어난 변화부터 따져야 한다. 첫째, 작품의 말할이가 내포 시인인 1인칭 '나'로 바뀜으로서 시의 중심 시점까지 바뀌었다. 시의 주인공 직포공 섬처녀와 '내'가 만나는 오늘의 위치 장소가 그것이다. 바야흐로 그에 걸맞게「동백꽃」④는「동백꽃」③에서 굳이 붙였던 '1948.2'부터 빼버렸다. 작품 외적 맥락을 1948년 광복기로 읽지 말라는 뜻이 담긴 손질이다.「동백꽃 우표」계 각편의 한결같은 주요 맥락, 곧 섬처녀가 거쳐 온 나라잃은시대 징용 이야기나 광복기 고향 제주섬 '항쟁'의 경과와 속살 같은 것은 줄어들고 무게 또한 가벼워질 마련이다.

① 고향에 총창을 비껴들고 일어선
섬사람들이여

한나산 꼴짜기마다 횃불로 타올라
피로 싸우는 항쟁의 나날,
시방도 높은 봉우리 저녁안개 감도는
산밭에는 빨찌산들 일어서리라.

— (줄임) —

생각하면 그리워라.

마을의 옥분이며 보패야

늬들은 계절이 옮겨

아지트 앞 보초의 어깨 우에도

남국의 봄눈이 내리며 녹는데

땅굴을 파고 산허리 옮아가며

원쑤를 족쳐 싸우리라.

—「동백꽃」③에서

② 원쑤를 몰아 싸우는

항쟁의 홰'불을 들고

마을 사람들 뒤따라

산'발을 오르내렸더란다.

그 뒤의 사연을랑 부디

물어 무엇 하리 …… 나는 아노니

—「동백꽃」④에서

①은 「동백꽃」③에서, ②는 「동백꽃」④에서 가져왔다. 제주섬 '항쟁'의 경과를 드러내는 시줄이다. ①에 견주어 ②가 크게 줄어든 점을 알 수 있다. 말씨 또한 "산'발을 오르내렸더란다"라고 썼다. '항쟁'의 속살을 간접적으로 들어서 알고 옮겨 주는 이의 말씨다. "산허리 옮아가며 / 원쑤를 족쳐 싸우리라"라는, 제주섬 현장을 향해 믿음에 차 뻗던 「동백꽃」③의 말씨와는 마냥 달라졌다. 그러다 보니, "그 뒤의 사연"을 두고서도 "물어 무엇 하리" "나는 아노니"라는 말로 얼버무릴 수밖에 없었다. 말할이인 내가 손수 겪었던 일이 아니라 주인공인 그미로부터 들어 알고 있는 이야기였던 까닭이다. 일반으로 알려진 것과 다를 바 없는 앎을 지녔다는 뜻까지 에둘러 드러낸

셈이다. 그러한 얼버무림은 결과적으로 시의 초점이 드러난 말할이인 내포 시인 안
룡만과 들을이 직포공 처녀 사이, 현재 발화에 있다는 사실을 다시 한 번 일깨워준
다. 읽는이에게도 작품의 외적 맥락이 북한의 현재상이리라는 공감으로 자연스레
이끈다. 주인공 처녀의 자리는 1950년대 후반, 북한 사회주의 경제 발전의 기세 드
높았던 이른바 '천리마 시대'와 맞닥뜨린 노력 투쟁의 요구 현실에 맞장구친 '생산'
의 '전사' 됨됨이로 쉽게 울림을 얻는다. 이러한 직포공 처녀의 위상 부각과는 거꾸
로, 「동백꽃」③에서 보이던 나라잃은시대 징용의 지난날과 같은 줄거리는 자연스럽
게 약화하는 길을 거쳤다.

  ① 징용에 끌려 이곳 오리강반

  조국의 북쪽 끝까지 쫓겨 온 우리,

  그 전날 악착한 왜놈들의 발톱 대신에

  오늘은 어떠한 흉악한 침략의 떼무리

  고향 마을 불사르고 총칼로 누르나뇨.

  해방과 더불어 북쪽 산하엔

  자유의 햇살이 비쳐

  우리도 새 나라 생산의 전사다.

  여기 샷또루의 바침 소리 울리며

  무명천을 줄줄이 짜는 방직 공장 —

— 「동백꽃」③에서

  ② 조국의 품을 그려

  섬 처녀야, 너는 오늘 북쪽에 있구나.

  고향 하늘 그리운 마음

나라에 바치는 충성을 고여

기대 사이를 제비처럼 달리며

천을 짜는 방직공 처녀,

—「동백꽃」④에서

①과 ② 모두 나라잃은시대를 거쳐 광복기에 이른 고향 제주섬의 정황을 담은 자리다. '왜적'의 징용에 따른 제주도 고향의 핍박과 북한으로 오게 된 과정에 대한 줄거리다. 그럼에도 「동백꽃」③에서 보이는, 나라잃은시대와 광복기에 겪었던 고초라는 외적 맥락은 「동백꽃」④에서는 사라지는 손질이 이루어졌다. 게다가 제주섬 유격대 '항쟁'이 놓인 자리는 단순히 섬처녀가 "조국의 품을 그려" 북쪽에 있다는 표현으로 줄며 가벼워졌다. 대신 "나라에 바치는 충성을 고여 / 기대 사이를 제비처럼 달리"는 모습을 강조했다. 작품의 중심 맥락이 방직공장의 '오늘' 증산 투쟁에 있음을 다시 한 번 일깨워 주는 셈이다. 그러한 자리에서 일하고 있는 직포공 처녀 주인공의 움직임은 '제비처럼'이라는 직유를 써서 더욱 감각적으로 현재화하도록 이끌었다.

「동백꽃」③에서 「동백꽃」④로 옮겨 가면서 외적 맥락에서 보이는 이러한 변화는 전후 북한 일반 사회에서 얼핏 보이는, 무자제주참변을 다루는 비중과 사회적 각인 활동이 잦아들었던 환경과도 맞물린 일로 여겨진다. 거칠게 북한 대표 일간지 『로동신문』만 살피더라도, 전후 남한 비판이나 타자화 담론은 이른바 '리승만 악질 도당'을 향한 비난과 같은, "남조선 정세 개관"이 중심이다. 해마다 되돌아오는 4월 무자제주참변을 맞아서도 1954년과 1965년에는 아예 『로동신문』에서 기사로 다루지 않았다. 그러다 1956년에 이르러서야 한 차례[19] 내놓았다. 1957년, 1958년에는 다시 기사를 볼 수 없다. 한결같이 '미제' '철거'와 "조선의 평화 통일"을 소리 높이는 비판, 도발 기사나 폭넓은 '남조선 정세 개관'이 대종이다. 그러다 1959년에 한 차례 보인 뒤,[20] 1960에는 항왜 유격대 참가자의 투쟁기 가운데서 제주섬의 무자제주참변

19　김병선, 「제주도 인민들의 4월 3일 폭동」, 『로동신문』, 로동신문사, 1956. 4. 2.

20　「황폐화되어 가는 제주도」, 『로동신문, 로동신문사, 1959. 4. 18.

이 가볍게 다루어질 따름이었다. 제주섬에서 "약 7만 명"에 이르는 "무고한 주민들 학살 만행"이 탄로 났다고 짚는 정도다.[21] 이른바 '조국통일'을 향한 걸음에 뚜렷한 역사 단계로 다루어왔던 무자제주참변을 사회 공론장에서 무겁게 다루지 않은 흐름은 「동백꽃」④가 보여 주는, 항쟁의 경과나 속살의 퇴조 현상과 무관하지 않으리라는 짐작을 키워준다.

그런데 『로동신문』에서 보이는, 무자 제주참변 기사의 약화 현상과 거꾸로 이른바 천리마 정신을 앞세웠던 그 무렵 북한 사회주의 집체 산업, 계획 경제의 승리를 향한 노력과 빛나는 전망을 쏟아 내는 기사는 끊이지 않았다. 그런 흐름

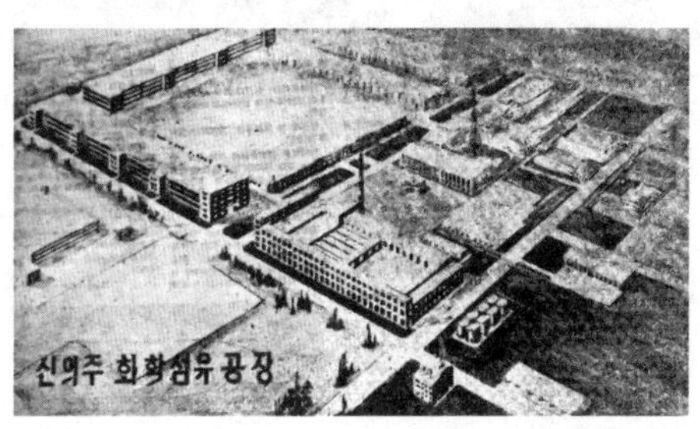

신의주화학섬유공장의 구상도[22]

가운데서 신의주 지역이 갖고 있는 높은 비중에 따라 신의주화학섬유공장을 비롯한 산업 시설에 대한 보도나 문학적 관심까지 심심찮게 『로동신문』의 지면을 메웠다.[23] 각별히 1962년, 일성이 '신년사'를 빌려 주창한 이른바 "여섯 개 고지 점령"[24]을 위한 복무가 모든 북한 문학인의 과업으로 올라섰던 때다. "알곡 500만 톤, 직물 2천 5백만 메터, 수산물 80만 톤, 주택건설 20만 세대, 강철 120만 톤, 석탄 1천 500만 톤" 달성으로 대표되는 여섯 고지 가운데 '직물 고지' 또한 중요 위치를 차지했다. 그 과업 완수의 핵심 장소 가운데 하나가 신의주였다. 그런 까닭에 신의주 대표 시인으로서 안룡만의 역내 섬유 산업에 관한 문학적 재구성 의욕은 남달랐을 터다.

이러한 작가 바깥 사회 환경뿐 아니라, 안룡만의 개인 환경에서도 「동백꽃」④가 보여 주는 항쟁의 경과나 속살의 퇴조 현상을 가늠해 볼 수 있다. 안룡만으로서는

21　「제주도에서 약 7만 명의 무고한 주민들을 대량 학살한 만행 탄로」, 『로동신문』, 로동신문사, 1960.5.31.

22　『로동신문』, 로동신문사, 1960.5.10.

23　「압록강반에 일떠서는 신의주 화학섬유공장」(청진 및 신의주 화학섬유공장 건설을 전 인민적 운동으로!), 『로동신문』, 로동신문사, 1961.5.10; 「신의주 화학섬유공장 건설자들에게 사회주의 경쟁을 호소」·「압록강반에 울려 퍼지는 건설의 교향곡」, 『로동신문』, 로동신문사, 1961.5.23.

24　「여섯 개 고지 점령과 문학의 과업」, 『문학신문』, 문학신문사, 1962.1.1.

신의주 화학섬유공장 건설 현장 모습[25]

「동백꽃」④를 내놓을 무렵인 1958년, 시인으로서 한 단계 더 높은 성공을 거두었다. "공화국 창건 10주년을 맞아" 문학인을 대표하여 리기영과 한설야가 국기훈장 제1급을 조선로동당 중앙으로부터 받았다. 그이들과 함께 안룡만은 제3급 '수훈'을 얻었다. 제2급에서는 박팔양이 받았던 것이다.[26] 안룡만은 신의주를 중심으로 한 평북 작가동맹의 핵심 자원으로서 명성이 꾸준했다. 신의주에서 이루어진 문학 행사에도 빠지지 않았다. 신의주시 여러 공장에서 문학의 밤을 열었을 때 안룡만의 참여는 적극적이었다. 안룡만을 비롯해 함북도 안쪽 작가들이 벌였던 신의주 모방직공장, 신의주 팔프공장, 그리고 신의주 방직종합공장에서 연 '문학의 밤'이 대표 본보기다.[27] 안룡만이 자리한 그러한 행사는 이듬해 1959년도에도 작가동맹 평북도지부 주최로 거듭 이어졌다.[28] 안룡만은 손수 신의주 방직종합공장을 다룬 '현장 보도'를 내놓기도 했다.[29] 이렇듯 신의주방직공장이나 산업 현장 답사, 관련 행사 경험이 1958년 「동백꽃」④부터 비롯한 제2단계 「동백꽃 우표」계 각편의 손질에 알게 모르게 영향을 주었을 것은 틀림없다.

　읽는이들이 알거나 모르거나, 시인 안룡만으로서는 자신에게 주어진 과업으로서

25　『로동신문』, 로동신문사, 19615.2.3.

26　「영예의 수훈자들」, 『문학신문』, 문학신문사, 1958.10.2.

27　「신의주에서 시인의 밤」, 『문학신문』, 문학신문사, 1958.10.16; 「신의주 시인 각 공장들에서 문학의 밤 진행」, 『문학신문』, 문학신문사, 1959.6.18.

28　「문학의 밤 진행」, 『문학신문』, 문학신문사, 1959.7.28.

29　「신의주 방직종합공장을 찾아서」, 『민주청년』, 민주청년사, 1959.10.22.

북한 당대와 신의주 지역 산업 현장의 시적 구성 의욕 가운데서 「동백꽃 우표」계를 재구성, 발표할 수 있을 창작 환경과 꾸준히 맞닥뜨리고 있었다. 그러한 바탕은 「동백꽃 우표」계 작품에서 「동백꽃」④를 처음으로 삼은 제2단계 변이, 곧 1960년대로 올라가면서 각편의 변이 과정을 활발하게 이끌어준 큰 힘으로 작용했을 것이다. 「동백꽃」④에서 보이는, 북한 당대 현실의 전경화라는 외적 맥락 변화가 그 점을 잘 일깨워준다. 그리고 그것은 고스란히 내적 맥락에도 영향을 미쳤다. 대표되는 보기가 말씨에서 드러나는 직접 인용이다. 말할이 나와 "제주도 태생의 섬 처녀" 사이에 극적 대화체를 넣음으로써 더욱 현실감을 더하는 손질에 이르렀다.

　　―고향에 가고 싶지요?
　　이렇게 물어 볼라치면
　　―바로 고향 가는 길을 위해
　　이렇게 천을 짜고 있다오 ―

　　작업량 넘친 저녁마다
　　노을에 비쳐 생각는 것,
　　…… 내사 하루하루 짜내는 천이
　　한 달 두 달 해를 바뀌면 얼마나 될가?

― 「동백꽃」④ 가운데서

"고향에 가고 싶지요"라 묻고, 그에 대해 "고향 가는 길을 위해 / 이렇게 천을 짜고 있다오"라 대답한다. 말할이와 주인공 처녀 사이 대화의 직접 인용은 작품의 현재적 현실감을 한껏 더해 준다. 거기다 대화 다음에 이어진 "작업량 넘친 저녁마다 / 노을에 비쳐 생각는 것"이라는 시줄에 보이는 '저녁마다'는 나날이 계기적 연속을 담은 표현이다. 시의 내적 맥락이 현재 방직공장 '생산의 전사'로서 거듭하는 활동에 초점을 두고 있다는 사실을 더 각인시켜 주는 일이다. 그런 효과는 「동백꽃」④의 마무리에서도 볼 수 있다.

① 그날이 오면 ―

구름 따라 삼천리

물결 타고 천리 길,

그리운 것들의 품을 찾아

동백꽃 한 아름 따리라.

―「동백꽃」③에서

② 저 남쪽 끝 제주까지는

륙로 삼천 리, 다시 배'길 몇 백 리

네가 날마다 짜는 천을 재여 보면

고향'길 몇 번을 오고 갔으리.

견우직녀 만나던 오작교마냥

통일의 한길을 뻗은 다리 ―

조국에 드리는 사랑으로

무지개'빛 다리를 놓고 있으라.

―「동백꽃」④에서

①은 「동백꽃」③, ②는 「동백꽃」④의 끝자리다. ①에서는 '구름' 따라 '삼천리'를 간 다음 다시 바다 '물결'을 타고 "천리 길" 고향 제주섬에 이르러 "동백꽃 한 아름 따리라"고 말했다. 그에 견주어 ②에서는 제주섬까지 이르는 교통편을 구체적으로 드러냈다. "륙로 삼천 리, 다시 배'길 몇 백 리"다. ①의 "구름 따라 삼천리 / 물결 타고 천리 길"보다 훨씬 또렷하다. 그런 다음 그러한 먼 거리도 섬처녀가 짠 천의 길이로 감당할 수 있으리라 적었다. 나아가 천의 상상은 견우와 직녀의 옛이야기로 올라섰

다. 천을 짠다는 직녀와 방직공장 처녀를 동일시했다. 그미의 천짜기는 앞으로 맞이할 '조국통일', 곧 견우와 직녀가 만날 오작교 건설, "무지개'빛 다리"를 놓는 일과 같다는 일깨움을 담아 마무리했다. 그렇다 보니 동백꽃 머그림에서조차 비슷한 변화가 일어났다

① 구정월 이른 봄,
동백꽃 봉우리 열고

― (줄임) ―

섬처녀의 마음은 동백꽃인가
붉게 붉게 피여나고
츠렁츠렁 새까만 머리채
그 머리채 댕기 끝에 꽃이파리 꽂고
조개 줏던 동백꽃……

― (줄임) ―

서귀포에 노을 비끼고
붉고 붉은 동백꽃
피고 지는 고향 마을에도

― (줄임) ―

그날이 오면 ―
구름 따라 삼천리

물결 타고 천리 길,

그리운 것들의 품을 찾아

동백꽃 한 아름 따리라.

—「동백꽃」③ 가운데서

②쪽빛 짙은 바다를 넘어

남풍이 불어오는 봄

이른 봄 몽오리 여는 동백에

사랑을 피우기도 전,

—「동백꽃」④ 가운데서

「동백꽃」③에 보이는 모든 '동백꽃'을 다 올린 시줄이 ①이다. 자연 경관물에서부터 처녀의 마음으로 엮인 소박한 비유, 거기다 마침내 고향에 돌아갔을 때 "한 아름" 따고 싶은 대상으로서 '동백꽃', 곧 처녀의 간절한 염원을 뜻하는 표상과 같은 여러 너비로 열려 있음을 볼 수 있다. 그러나 ②에서는 단순히 자연 경관물로, 그것도 한 차례에 그쳤다. "사랑을 피우"게 하는 동기로서 작용할 따름이다. 그렇다 보니 「동백꽃」④에서는 시 제목을 굳이 「동백꽃」이라 할 까닭이 없다. 이렇듯 동백 머그림의 무게가 뚜렷하게 가벼워지고, 베짜는 처녀의 방직공장 노동 현실에 초점이 놓였음에도 시의 제목은 그대로 「동백꽃」으로 두었다. 「동백꽃」④가 「동백꽃」③에서 비롯한 변이형이라는 사실을 시인 스스로 작품으로 말해 주고 있는 셈이다.

이제까지 「동백꽃 우표」①이 변이를 거듭해 광복기 정형에 이른 작품이라 할 수 있는 제1단계 변이의 마지막 작품 「동백꽃」③과 그 두 해 뒤 광복기를 되새기면서 손질을 더한 「동백꽃」④, 곧 제2단계 첫 작품 사이 에 드러나는 수정, 변이의 속살을 짚었다. 가장 큰 변화는 앞선 시들과 달리 「동백꽃」④에서부터 말할이와 들을이의 소통 방식에서 틀거리가 바뀐 점이다. 앞선 작품들에서는 시인 안룡만이 제주섬에서 징용으로 끌려왔던 직포공 처녀의 입을 빌려 말하는 오롯한 탈시^{mask lyric} 방식이었다. 그미가 고향 제주섬에서 일어난 '항쟁'의 현장을 떠올리며 신의주방직공장에서 증산에 노력하는 자신과 엮으면서 생산 투사로서 자신의 염원을 '항쟁'하는 고향 사람들에게 보내는 찬송과 격려, 기원의 마음을 담았다. 그러다 보니 드러난 들을이는 고향 벗을 중심으로 한 제주섬 '인민'들이었다.

그런데 「동백꽃」④에서는 시인이 손수 드러난 말할이로 나서서 방직공장 섬 처녀를 드러난 들을이로 삼아 말을 건네고 읽는이들은 그 둘의 이야기를 곁에서 듣는 꼴로 바뀌었다. 이렇듯 소통 방식이 바뀜으로서 작품 맥락의 중심은 시인과 섬처녀의 현재 이야기, 곧 방직공장에서 이루어지고 있는 노력 투쟁의 현장에 놓이게 된 것이다. 따라서 앞선 시에서 무겁거나 가볍거나 빠지지 않았던 나라잃은시대 제주섬 징용 현실이나, 광복기 무자제주참변 '항쟁'의 구체적인 상황과 같은 줄기는 뚜렷하게 뒤로 물러났다. 외적 맥락으로서 「동백꽃 우표」계 각편의 뿌리였던 무자제주참변 현실은 졸아들고, 1950년대 후반 북한 사회주의 당대 천리마 방직산업의 성공이라는 다른 이념이 전면에 나서게 된 것이다. 천 짜는 처녀 직녀와 견우의 옛이야기는 그러한 변화를 받쳐 주는 내적 맥락으로서 새롭게 들앉은 대표 요소였다.

한 마디로 「동백꽃」④는 북한 당대 방직공업의 성공이라는 조선로동당의 정강에 발맞춘 시인의 개작 의식이 작용해 마련된 파생본이라 할 수 있다. 변이 과정으로 보자면 광복기 무자제주참변 시기 「동백꽃 우표」①과 「동백꽃-항쟁의 제주도여」②의 '개고', 그리고 정형에 이른 「동백꽃」③까지 제1단계, 그 다음에 놓이는 제2단계 변이의 첫 작품이다. 뒤를 이어 1960년의 「섬처녀 마음」⑤와 1961년의 「'동백단' 이야기」⑥, 1964년의 「락동강반의 고향집」⑦이 따랐다. 이들 ⑤, ⑥, ⑦ 세 각편은 모두 1958년의 「동백꽃」④에서부터 다시 출발하는 듯한 변이 과정을 밟기 시작했다. 그렇다면 제2단계는 그 안쪽에 어떠한 변이 양상을 보여 주고 있는가.

① 고향 하늘 그리운 마음

나라에 바치는 충성을 고여

기대 사이를 제비처럼 달리며

천을 짜는 방직공 처녀,

저 남쪽 끝 제주까지는

륙로 삼천 리, 배'길 몇 백 리

네가 날마다 짜는 천을 재여 보면

고향'길 몇 번을 오고 갔으리.

—「동백꽃」④ 가운데서

② 정방기에서 실을 뽑으며

언제나 즐거운 그 처녀

실오리마다 고향 하늘 그리는

마음을 뽑아내는 처녀를……

— (줄임) —

—어서 바삐 내 뽑는 실로

고향 사람들 옷감도 짜야죠.

제주도 섬처녀 마음

이는 삼천만 겨레의 념원

원쑤들이 태평양 건너 쫓겨 간 때

처녀야, 찾아가자. 네 고향 마을로,

아, 이 땅 남쪽 끝

섬기슭까지 찾아 찾아서.

—「섬처녀 마음」⑤ 가운데서

③ 새 무늬 무지개 아롱아롱

새기며 짜지는 비단천 우에

7개년 계획 첫 해의 봄이

먼저 찾아와 웃는 방직 공장 ―

직포기 돌리며 제비처럼 날랜

처녀들 마음에도 봄이 찾아와

새 무늬 짤 때마다 꽃피는 살림

인민의 행복한 웃음 그려보네

― (줄임) ―

나서 자란 고향이 남해 바다'가

이른 봄 춘삼월에 동백꽃 피는

자그만 마을이라던 직포공 처녀

봄과 함께 가슴에 그려 보네.

― 「'동백단' 이야기」⑥ 가운데서

④ 하루 일을 끝마친 직포공 처녀

황혼 깃드는 대동강반으로 나왔네

신록이 물들어 늘어진 수양버들

새파란 물'살에 비친 오월의 강'기슭에

― (줄임) ―

그래서 대동강반에 꽃'잎이 흩날릴 때면

행복에 설레이는 마음에도 때마다

잊지 못해라 저 남녘 땅

령남 평야를 적시는 고향의 강을,

— (줄임) —

생각하면 그리움에 사무치는 곳

나서 자란 강반의 자그마한 초가집에서도

사랑하는 어머니 계시거니

올해 보리'고개를 어떻게 넘을는지?

어서 가자, 고향'집으로!

오리오리 통일의 념원을 담아 짜노라면

들려온다오, 비단 필 싣고 남으로 달리는

락동강반에 울리는 기적 소리.

—「락동강반의 고향집」⑦ 가운데서

옮겨 놓은 시줄은 제2단계 변이의 각편, 곧 1958년「동백꽃」④에서부터 1960년「섬처녀 마음」⑤, 1961년「'동백단' 이야기」⑥을 거쳐 1964년「락동강반의 고향집」⑦에 다 걸친다. 그 가운데서 말할이인 시인 자신이 타자화하여 시 속에 담은 주인공인 방직공장 직포공 처녀가 놓인 위치 장소와 앞으로 그미의 꿈이 이루어져야 할 곳으로 마련된 지향 장소를 담은 곳을 따 옮겼다.「동백꽃」④에서는 "천을 짜는 방직공 처녀"의 위치 장소가 드러나지 않는다. 앞선 각편들에서 본 바와 같이 '신의주'나 '압록강반'과 같은 명시 표지가 없다. 다만 '북쪽'으로 적었다. 그미가 '조국통일'을 맞아 앞으로 가야 할 지향 장소는 "남쪽 끝" 고향, '제주'다. 배를 타고 가야 하는 곳이다. 그런 점에서 서해 출항지로서 신의주 쪽 바다를 떠올릴 수 있다. 하지만 이 자리에서는 남녘 땅 가운데서도 "남쪽 끝"에 가기 위해 건너야 할 바다라는 뜻이 더 뚜렷하다. 따라서 「동백꽃」④에서 주인공 처녀의 위치 장소는 북녘 땅 모두로 중성화했다고 할 수 있다.

그 점은 「섬처녀 마음」⑤에서도 비슷하게 이어진다. 주인공 "그 처녀"가 "정방기에서 실을" 뽑는 곳이 어디인지 작품 안에서 밝히지 않았다. 두루뭉술 북녘 어느 곳의 '방직공장' 안이다. 그럼에도 그미가 태어났고 돌아가야 할 곳은 '제주도'로 한결같다. 비록 제주섬 가운데서도 서귀포라는 장소를 특정하지는 않았지만 그미의 지향 장소는 제주섬임에 틀림없다. 「'동백단' 이야기」⑥에서 직포공 처녀의 위치 장소 또한 막연히 '방직공장'으로 드러날 따름이다. 거기다 나서 자란 고향이자 앞으로 가야 할 지향 장소는 "남해 바다'가"로 달라졌다. 제주섬에서부터 제주섬을 아울러 남해의 "자그만 마을"로 바뀐 것이다. 이러한 변화는 제주도 무자제주참변 초기, 「동백꽃 우표」①을 쓰게 했던 시대 상황과 많이 떨어져 있는 발표 무렵 바깥 현실이 되비춘 일일 수 있다. 「락동강반의 고향집」⑦에서도 한 차례 큰 변화가 이루어졌다. 무엇보다 "직포공 처녀"가 "하루 일을" 마치고 나서는 곳이 '대동강반'이다. 직포공 처녀의 위치 장소가 평양으로 바뀌었다. 그미가 나아갈 지향 장소 또한 "남녘 땅 / 령남 평야를 적시는 고향의 강", 곧 '락동강반'의 자그마한 '초가집'으로 적시했다. 「'동백단' 이야기」⑥에서 나타난 "남해 바다'가"에서 더 뭍으로 올라선 '락동강반'으로 바뀐 것이다. 이러한 변화는 「락동강반의 고향집」⑦이 나온 무렵 '락동강' 두리를 다룬 작품을 안룡만이 남긴 흐름과도 무관하지 않은 변화다. 「락동강에 띄우는 노래」나 「마산포 제사공 누이에게」[30]와 같은 작품이 그들이다.

「동백꽃」④에서 「락동강반의 고향집」⑦에 이르는 제2단계 변이 과정의 각편에서는 위치 장소와 지향 장소에서 뚜렷한 변화가 드러남을 알았다. 서정적 주인공의 위치 장소는 두루뭉술 북녘 지역 방직공장에서 평양의 방직공장으로 옮겨갔고, 지향 장소는 제주섬 서귀포에서, 제주섬과 남해 바닷가를 거쳐, 낙동강반으로 달라졌

---

[30]　「락동강에 띄우는 노래」, 『문학신문』, 문학신문사, 1963.7.2; 「마산포 제사공 누이에게」, 『조선문학』 4월 호, 1964.

다. 이러한 변화에서 뚜렷하게 드러나는 점은 이들 각편 창작의 뿌리가 된 무자제주 참변 '항쟁'과 그 바탕 장소인 제주도 지역이 갖는 무게의 한결같은 퇴조다. 그 뒷자리는 「락동강변의 고향집」⑦에서 보듯이 위치 장소가 평양으로 들어선 모습이다. 말하자면 위치 장소와 지향 장소의 구도가 '신의주 / 제주서귀포'에서 '북녘평양 / 남녘 남해와 락동강변'으로 달라진 셈이다. 이러한 변이에서 보이는 효과는 신의주와 제주섬의 지역적 구체성이 사라진 일이다. 거기다 제2단계 변이 각편들에 더 뚜렷하게 담긴 남 / 북 대립 구도다. 그러한 변화를 이끌 수 있도록 만드는 힘은 말할이인 시인의 직접적인 목소리다. 말할이가 방직공장 직포공 처녀가 아니라 시인이 손수 말하는 1인칭 소통 방식인 까닭에 손쉬웠던 속살 변화다. 방직공장 처녀를 시인이 들려주는 이야기의 주인공, 곧 드러난 들을이로 삼음으로써 가능했던 일이다.

게다가 이러한 위치 장소와 지향 장소의 변화에 따라 직포공 처녀의 미래 지향 장소 고향에 닿게 할 운송 수단에서부터 큰 변화를 이루었다. 첫 단계에서는 신의주에서 제주섬으로 가는 교통수단으로서 동백꽃 '우표'라는 비유적 상상을 끌어들였다. 두 번째 단계에서는 조금씩 변화가 생겼다. 아직까지 지향 장소가 제주섬인 「동백꽃」④에서는 "류로 삼천 리, 배'길 몇 백 리"로 수단이 구체화하였다. 배가 그것이다. 그러다 「섬처녀 마음」⑤에서는 고향으로 가자는 선언적 발언 수준에서 지향 장소로 향한 행위를 맺었다. 제주로 가는 뱃길과 같은 수단이 드러나지 않는다. 「'동백단' 이야기」⑥에서도 "나서 자란" 고향 "남해 바다'가"를 "동백꽃 피는" 봄날 "가슴에 그려" 보는 행위로 그쳤다. 둘 모두 따로 고향에 이를 수송 수단까지 드러내면서 강한 귀향 의지를 구체화하지 않았다. 거기에 견주어 ⑤의 「락동강반의 고향집」⑦에서는 지향 장소가 낙동강반의 어느 한 곳이다. 육로로 이동이 가능하다. 그런 까닭에 시인은 '기차'를 수송 수단으로 떠올려 줄거리를 짰다. 경험적 사실로는 걸맞을지 모르나 표현 가치 쪽에서는 맛이 죽어버린 셈이다.

앞에서 「동백꽃」④에서 「락동강반의 고향집」⑦에 이르는, 제2단계에서 보이는 소통 방식 변화와 그 효과를 살폈다. 다음으로 네 각편 사이에서 드러나는 맥락 변화를 살펴야 할 일이다.

① 조국의 품을 그려

섬 처녀야, 너는 오늘 북쪽에 있구나.

고향 하늘 그리운 마음

나라에 바치는 충성을 고여

기대 사이를 제비처럼 달리며

천을 짜는 방직공 처녀,

— 「동백꽃」④ 가운데서

「동백꽃」④에서는 외적 맥락 변화를 찾을 만한 것이 보이지 않는다. 위에 옮긴 시줄에서 말하고 있듯, 처녀는 "오늘 북쪽에"서 "고향 하늘 그리운 마음"을 가졌음에도, "조국의 품"에 안겨 "나라에 바치는 충성을" 다하려 '제비처럼" 직조기 사이를 달린다. "천을 짜는 방직공 처녀"의 자리는 앞 시대 각편과 다를 바 없다. 다만 앞에서 말했듯이 「동백꽃」③에서 「동백꽃」④로 나아오면서 「동백꽃」③ 끝에 붙였던 덧말 '1948.2'가 「동백꽃」④에서는 빠졌다. 따라서 「동백꽃」④를 처음 읽는 이들은 이 작품을 발표된 1958년 무렵, '오늘'의 상황으로 읽을 것이다.

「섬쳐녀 마음」이 실린 『천리마』 3월호 표지

거기다 드러난 말할이 시인 '내'가 현재형 발언을 하고 있으니 그런 읽기를 더욱 돕는다. "나라에 바치는 충성을 고여 / 기대 사이를 제비처럼 달리며 / 천을 짜는 방직공 처녀" 모습이 중심이다. 생산 기수로서 온힘을 다하는, 노력 투쟁이라는 시대 과제의 뜻만 돋보이게 되는 셈이다. 이렇듯 암시 표지가 사라진 것 말고 「동백꽃」④에서 작품 외적 맥락을 따로 살필 터무니는 더하지 않았다.

그런데 이어진 「섬처녀 마음」⑤에서는 새로운 외적 맥락이 더한다.

정방기에서 실을 뽑으며
언제나 즐거운 그 처녀
실오리마다 고향 하늘 그리는
마음을 뽑아내는 처녀를……

북쪽 산하 자유의 하늘 밑
마음은 마냥 즐거웁건만
때로 고향 이야기 나올 때면
눈'동자 흐려지던 처녀……

— (줄임) —

…… 하나 뿐인 오빠가
빨찌산 대오에 섞겨
산'사람들과 함께 싸우다
원쑤의 총탄에 쓰려졌고

아버지도 잡힌 몸 되여
—아들이 간 곳을 대라,
놈들의 고문과 채찍에
땅을 안고 쓰려진 곳

— (줄임) —

　　제주섬 섬처녀 마음

　　이는 삼천만 겨레의 념원

　　원쑤들이 태평양 건너 쫓겨간 때

　　처녀야, 찾아가자. 네 고향 마을로,

　　아, 이 땅 남쪽 끝

　　섬기슭까지 찾아 찾아서.

—「섬처녀 마음」⑤ 가운데서

　「섬처녀 마음」⑤는 제목부터 '동백꽃' 두리를 벗어났다. '동백꽃'은 어릴 적 "댕기 끝에" "꽂고 놀던" 노리개에 지나지 않는다. 제목에서 '섬처녀'의 '마음'이 어떤 것일까 궁금하게 만들었다. 그것을 짐작하게 만들 만한 시줄로 "북쪽 산하 자유의 하늘 밑"에서 "마냥 즐거"운 '마음'을 내놓았다. 그 무렵 북한 사회를 자의식하는 말로서 '자유'라는 일컬음이 쓰인 사실이 이채롭다. 그리고 그에 맞서는 곳, 고향 제주섬에서 겪었던 '항쟁'을 이었다. "하나 뿐인 오빠가 / 빨찌산 대오에 섞겨 / 산'사람들과 함께 싸우다 / 원쑤의 총탄에" 쓰러진 자리다. 다음 토막에서는 "아버지도 잡힌 몸 되어 / — 아들이 간 곳을 대라, / 놈들의 고문과 채찍에 / 땅을 안고 쓰러진 곳"이라 더했다. 오라버니와 아버지가 전투와 고문으로 죽었다는 마련은 앞선 각편들에서 보이지 않던 속살이다. 구체적으로 가족의 피해를 드러냄으로써 그이들을 죽게 만든 '원쑤'와 그들을 따르는 이른바 '남조선' '주구'들에 대한 증오심을 한껏 끌어올리고자 했다. 그 무렵 남북 분단과 대립의 각본을 뚜렷하게 작품 속에 되비춘 셈이다. 그러한 대립 다음에 이어질 세상은 "원쑤들이 태평양 건너 쫓겨 간 때"다. "섬처녀 마음"은 "삼천만 겨레의 념원"과 한가지로 그때가 빨리 오기를 꿈꾼다. 이른바 '미제 타도'와 '조국통일'이라는 북한 사회주의 구호가 '섬처녀' '마음'이라는 암시적인 표현을 빌려 안룡만에 의해 고스란히 작품 속에 녹아들었다. 이어진 「'동백단' 이야기」⑥에서는 그러한 외적 맥락의 개입이 보다 구체적이다.

새 무늬 무지개 아롱아롱

새기며 짜지는 비단천 우에

7개년 계획 첫 해의 봄이

먼저 찾아와 웃는 방직 공장 ―

― (줄임) ―

그 이름도 아름다운 동백단을

한 아름 안고 처녀가 달려갈

이 땅에 찾아오는 통일의 새 봄

그 날은 멀지 않았거니

처녀는 가슴에 다짐하네.

― 헐벗은 동생들께 동백단 옷감

입히고 즐길 그날을 위해

오늘도 책임량을 넘쳐 내야지 ……

―「'동백단' 이야기」⑥ 가운데서

「'동백단' 이야기」⑥에서 따온 시줄이다. 「동백꽃 우표」계 각편들은 일찍이 그 처음부터 고향 떠나 북녘 방직공장에서 일하고 있는 처녀의 생산 투쟁이 현재 맥락 가운데 하나로 마련되어 왔다. 그것이 고향 제주섬 '항쟁'과 맞물리는 짜임새가 바탕 뼈대였다. 그런데 이 자리에 와서는 "7개년 계획 첫 해의 봄이 / 먼저 찾아와 웃는 방직 공장"이라 썼다. 북한의 제1차 경제개발 7개년 계획은 1961년부터 1967년까지 이어졌다. 그 첫 해는 이 시가 발표된 1961년이다. 「'동백단' 이야기」⑥은 1961년 2월호 『천리마』에 실렸다. 그러하니 이 작품은 오롯이 1961년 당대라는 시기적 배경이 뚜렷하다. 그와 아울러 방직공장 처녀의 생산 투쟁이 어떠한 외적 맥락을 갖는가도 알려준다. 「'동백단' 이야기」는 당대적 맥락 위에서 이루어진 작품인 셈이다. 그리고 그러한 생산 투쟁의 결과는 "통일의 새 봄"이다. 그 날 '처녀'는 자신이 짠 '동백단' 한아름을 남녘의 "헐벗은 동생들에게" 안겨 줄 것이다. 오늘날의 생산 투쟁과 앞날의 통일이라는 지평이 단단하게 줄거리를 맺었다. 그 점은 이어진 「락동강반의 고향집」 ⑦에서도 그대로 되풀이한다.

> 어서 가자, 고향'집으로!
> 오리오리 통일의 념원을 담아 짜노라면
> 돌려 온다오, 비단 필 싣고 남으로 달리는
> 락동강반에 울리는 기적 소리.
>
>
> — (줄임) —
>
>
> 처녀의 간절한 념원 애타는 마음
> 이는 삼천만 겨레의 뜨거운 마음이니
> 멀지 않아 오리라 남과 북 삼천리를
> 기차가 고동'소리 울리며 달릴 그날은
>
> —「락동강반의 고향집」⑦ 가운데서

「락동강반의 고향집」⑦에서도 "처녀의 간절한 념원 애타는 마음"은 "멀지 않아" 올 것이라 믿는 '통일'의 그날을 향했다. 그날 자신이 짠 "비단 필 싣고" 통일의 '기차'는 '락동강반' '고향'집'으로 달려갈 일이다. 외적 맥락으로 볼 때, 두 번째 단계 「동백꽃 우표」계 각편의 변이에서 두드러진 점은 "7개년 계획"으로 표현된 1960년대 초반 북한 경제개발이라는 사회 환경의 전경화와 그에 맞물린 미래 '통일' 전망에 대한 낙관이라 할 수 있다. 그에 따라 작품 안쪽 맥락에서도 변화가 나타난다.

먼저, 「동백꽃」④에서 무자제주참변과 맞물린 '항쟁' 상황이 작품 안쪽에서 크게 줄었다는 점은 이미 앞에서 말했다. "원쑤를 몰아 싸우는 / 항쟁의 홰'불을 들고 / 마을 사람들 뒤따라 / 산'발을 오르내렸더란다"라 말한 다음, "그 뒤의 사연을랑 부디 / 물어 무엇 하리"라 말해 다 알고 있으리라는 짐작에 방점을 찍었다. 대신 상대적으로 "제주섬 태생의 섬 처녀"의 고향 시절 정황 풀이가 시의 앞머리 네 토막에 걸쳐 길어졌다. "수평선에 해 뜨고 달 지는 / 자그만 마을 나루터"에서 "미역 따고 꽃조개 줏고 / 산으로 오르면 말을 먹이며" 뛰놀았던 이야기다. 거기다 고향에 가고 싶다는 처녀와 말할이인 내포 시인이 주받는 대화, 그미의 마음을 대신한 시인의 생각이 고향 시절 그미의 정황 풀이와 짝을 이룰 정도로 마찬가지 길어졌다. 그런 가운데서 방직공장에서 일하게 된 내력이라든가 노동 현장 묘사와 같은 점은 고향 제주섬의 '항쟁' 양상과 마찬가지로 암시적으로 바뀌었다. 징용 사실은 "조국의 품을 그려" 북녘에 있다는 쪽으로 두루뭉술해졌다. 방직 노동 또한 "나라에 바치는 충성"으로서, '날마다' '작업량' 넘치게 "천을 짜는 방직공 처녀"와 같은 시줄에서 묘사가 그쳤다. 따라서 「동백꽃」④는 고향 제주로 돌아갈 "통일의 한길로" 이르기 위해 오늘날 생산 노동에 온힘을 쏟는, "조국에 드리는 사랑"에 초점이 놓인다. 앞머리에서 고향 제주섬의 회고 자리 확대는 마무리에서 고향 그리는 마음의 절실함을 뒷받침하는 터무니로 작용하는 셈이다. 귀향의 욕구가 크면 클수록 통일을 앞당길 수 있도록 조국을 위한 노력 투쟁에 더 진력하리라는 뜻을 담았다. 모두 11토막 가운데서 제주도 '항쟁' 양상을 담은 5째 토막을 경계로 삼아 제주 고향 회고 자리 앞쪽 4토막과 방직공장 노력 투쟁 현장에 귀향의 앞날을 그려 담은 뒤쪽 6토막이 서로 대칭을 이루는 듯한 시꼴이 그러한 내적 맥락의 흐름을 암시한다. 그런데 ⑤에 이르러서는 두 가지에서 맥락 변화가 이루어진다.

① 원쑤를 몰아 싸우는

항쟁의 홰'불을 들고

마을 사람들 뒤따라

산'발을 오르내렸더란다.

— 「동백꽃」④ 가운데서

②…… 하나 뿐인 오빠가

빨찌산 대오에 섞겨

산'사람들과 함께 싸우다

원쑤의 총탄에 쓰려졌고

아버지도 잡힌 몸 되여

―아들이 간 곳을 대라,

놈들의 고문과 채찍에

땅을 안고 쓰려진 곳

―「섬처녀 마음」⑤에서

「동백꽃」④에서는 제주도 고향의 '항쟁' 상황을 다룬 5째 토막을 경계로 삼아 지나간 고향 제주섬의 삶과 북녘에서 진력하고 있는 생산 투쟁이 서로 대칭을 이루고 있음을 보았다. 그런데 「섬처녀 마음」⑤에 이르러서는 그 경계인 '항쟁' 상황이 부름켜를 더 늘렸다. 그것이 ②다. "항쟁의 홰'불을 들고" "산'발을 오르내"렸다는 전언이 '원쑤'에 의한 오라버니와 아버지의 죽음으로 구체화했다. 이러한 전언을 빌려 달라지는 점은 고향 제주도와 '남반부'를 차지하고 있다는 '미제' '원쑤'를 향한 증오심, 적대감의 증폭임은 앞에서 말한 바다. 그러하니 자연스럽게 앞으로 다가올 '조국통일'의 "그 날"을 향한 염원을 더 강조하는 길로 맥락을 이끌었다

① 저 남쪽 끝 제주까지는

륙로 삼천 리, 배'길 몇 백 리

네가 날마다 짜는 천을 재여 보면

고향'길 몇 번을 오고 갔으리.

견우직녀 만나던 오작교마냥

통일의 한길을 뻗은 다리 ―

조국에 드리는 사랑으로

무지개'빛 다리를 놓고 있으라.

―「동백꽃」④ 가운데서[31]

② 처녀는 그날을 생각하며

오리오리 실을 뽑으며 말했네

― 어서 바삐 내 뽑는 실로

고향 사람들 옷감도 짜야죠.

제주도 섬처녀 마음

이는 삼천만 겨레의 념원

원쑤들이 태평양 건너 쫓겨 간 때

처녀야, 찾아가자. 네 고향 마을로,

아, 이 땅 남쪽 끝

섬기슭까지 찾아 찾아서.

―「섬처녀 마음」⑤ 가운데서

「동백꽃」④에서는 '고향'길' 오가는 마음을 견우직녀 옛말로 맺었다. 말하자면 옛 설화 공간에서 "무지개'빛 다리"를 놓자는, "통일의 한길"을 염원한 셈이다. 그런 만큼 추상적이고 간접적이다. 그러나 「섬처녀 마음」⑤에서는 "태평양 건너" 쫓아낼 '원쑤'를 속속들이 적시했다. 이른바 미제 타도와 '조국통일'이라는 "겨레의 념원"을 직접 진술한 것이다. "무지개'빛 다리"를 놓자는 청유형과 '원쑤'를 쫓아내고 "남쪽 끝" "고향 마을로" "찾아 찾아서" 가자는 청유형은 무게나 설득력에서 견줄 수 없을 차이

---

31 『조선문학』 7월호, 조선작가동맹출판사, 1958, 4~5쪽.

가 난다. 「섬처녀 마음」⑤는 그만큼 당대 요구에 더 충실한 맵시를 갖추었다. 「동백꽃」④에 견주어 선동, 선전하는 이념 정치에서 직접적이고도 강한 힘을 녹인 셈이다.

그 이름도 아름다운 동백단을

한 아름 안고 처녀가 달려갈

이 땅에 찾아오는 통일의 새 봄

그 날은 멀지 않았거니

처녀는 가슴에 다짐하네.

— 헐벗은 동생들께 동백단 옷감

입히고 즐길 그날을 위해

오늘도 책임량을 넘쳐 내야지……

—「'동백단' 이야기」⑥ 가운데서

　「'동백단' 이야기」⑥에서 달라진 변화는 앞에서 말한 바와 같이 무엇보다 1961년 북한의 경제개발 7개년 계획 원년이라는 외연이다. 방직산업의 발전과 책임 과업 달성이라는 조선로동당의 목표가 뚜렷하게 담겼다. 그에 맞물린 내적 맥락의 변화도 이어졌다. 가장 두드러진 점이 제목에서 드러난 바와 같이 주인공인 직포공 처녀가 짜는 천에 이름을 붙인 변화다. 곧 '동백단'이 그것이다. 앞선 각편들에서는 제주 고향집으로 되돌아가는 통일의 그날을 앞당기기 위한 노력 투쟁에 초점이 놓였다. 그런데 「'동백단' 이야기」⑥에서는 고향에 있을 "헐벗은 동생들에게" 가져가 입힐 천으로서 '동백단'이라는 대상이 구체적으로 마련된 것이다. 거기다 고향 마을 또한 땅을 거치고 바다를 넘어 가 닿을 제주섬이 아니다. 그냥 "남해 바다'가"로 두루뭉술 넓어졌다. 자연스레 본문 안쪽에서는 앞선 각편들에서 보이던 무자제주참변 '항쟁' 과정의 고난스런 투쟁상이 담기지 않았다. "인민의 행복한 웃음" 만개할 앞날을 위해 어떻게 하면 더 고운 옷감을 더 많은 사람들에게 보낼 수 있을까라는 점에 목표를 두게 된 셈이다.

　그러한 옷감 나누기는 북한 인민뿐 아니라 '헐벗은' 남한 인민, 곧 남해 바닷가 고향 사람들도 마찬가지다. 그들까지 고운 옷감으로 입힐 수 있을 세상, 곧 다가올 "통일의 새봄"을 앞당기기 위해 직포공 처녀는 하루하루 "책임량을 넘쳐 내"는 노력 투쟁을 거듭할 것이라 마음을 다진다고 시인은 들려준다. 오늘 이 자리 일이 중심이다. 그러다 보니 지나간 나라잃은시대 제주섬 사람들이 겪었을 고난이나 광복기 무자제주참변 항쟁과 같은 줄거리는 남겨둘 필요가 없었다. 직포공 처녀의 위치 장소 또한 굳이 압록강변의 신의주방직공장일 필요가 없다. 무루뭉술 지역을 특정하지 않은 북한의 방직공장이라는 중성화를 이루었다. 그리하여 작품 안쪽 맥락에서는 시인인 '내'가 들려주는 직포공 처녀의 다짐과 각오만 전경화한다. 이러한 「'동백단' 이야기」⑥의 줄거리는 이어진 「락동강변의 고향집」⑦에서 다시 적지 않은 변화를 거친다.

　　하루 일을 끝마친 직포공 처녀
　　황혼 깃드는 대동강반으로 나왔네
　　신록이 물들어 늘어진 수양버들
　　새파란 물'살에 비친 오월의 강'기슭에

　　쉬임없이 울리는 바디소리는
　　그대로 교향악인 듯
　　손끝에 불이 나게 짜고도
　　성차지 않다누나
　　하루 하루 짜내는 모든 천이 일등품이라네
　　남보다 갑절 꽃무늬로 아롱아롱……

　　이렇게 책임량 넘쳐 낸 자랑이
　　날에 날마다 즐거울 때면

강'기슭에 나와 거니는 처녀
처녀의 고향은 락동강반이라오.

그래서 대동강반에 꽃'잎이 흩날릴 때면
행복에 설레이는 마음에도 때마다
잊지 못해라 저 남녘 땅
령남 평야를 적시는 고향의 강을,

가난하나 순박한 마을 사람들
지난날엔 오월이라 좋은 시절
단오날엔 처녀들 삼'단 같은 머리채
창포물에 감고 그네 뛰며 놀던 곳

생각하면 그리움에 사무치는 곳
나서 자란 강반의 자그마한 초가집에서도
사랑하는 어머니 계시거니

어서 가자, 고향'집으로!
오리오리 통일의 념원을 담아 짜노라면
들려온다오, 비단 필 싣고 남으로 달리는
락동강반에 울리는 기적 소리.

한평생 헐벗고 늙으신 어머니에게
철 따라 좋은 옷 지어 드리면
고난에 시달린 주름 깊은 얼굴에
통일의 기쁨이 꽃 피리니.

　　처녀의 간절한 념원 애타는 마음

　　이는 삼천만 겨레의 뜨거운 마음이니

　　멀지 않아 오리라 남과 북 삼천리를

　　기차가 고동'소리 울리며 달릴 그날은!

─「락동강반의 고향집」⑦

「락동강반의 고향집」⑦ 전문이다. 첫머리부터 적지 않은 변화가 보인다. "직포공 처녀"가 놓인 위치 장소는 '대동강반'인 평양으로 바뀌었다. 큰 변화다. 게다가 철도 봄 오월이다. 그미는 "손끝에 불이" 나도록 '일등품' 천을 짠다. 늘 "책임량 넘쳐 낸 자랑"에 흐뭇한 주인공이다. "날에 날마다 즐거울 때면" 그미는 "강'기슭에 나와" 거닌다. 그렇듯 "대동강반에 꽃'잎" 흩날리고, "행복에 설레이는 마음에도 때마다" "저 남녘 땅 / 령남 평야를 적시는 고향의 강을" 떠올린다. 처녀가 "나고 자란 강반" 그 마을에서는 "가난하나 순박한 마을 사람들"과 내 "사랑하는 어머니"가 계신다. "통일의 념원을 담아" 짠 "비단 필 신고" '락동강반에' "기적 소리" 울리며 어서 '고향'집'으로 가고 싶다. "한평생 헐벗고 늙으신 어머니에게 / 철 따라 좋은 옷 지어 드리면 / 고난에 시달린 주름 깊은 얼굴에 / 통일의 기쁨이 꽃" 피리라고 시인은 처녀의 마음을 대신해서 일러 준다. 마무리는 "삼천만 겨레의 뜨거운 마음"인 '조국통일'의 그날에는 처녀가 짠 비단 필 신고 "남과 북 삼천리를" 장애 없이 "기차가 고동'소리 울리며" 달리는 일이다. 「'동백단' 이야기」⑥에서 그냥 북녘의 방직공장이라고 중성화한 주인공 처녀의 위치 장소는 평양으로 바뀌었다. 지향 장소 또한 낙동강 가의 고향 마을로 달라졌다. 그런데 그에 이어 고향에 '헐벗은' 채 남은 가족 또한 '동생'에서 '어머니'로 옮겨갔다. 그런 변화 탓에 제주도와 관련한 '항쟁'상이 사라졌다. 대신 낙동강 가에서 겪었을 어릴 적 기억이 담겼다. "지난날엔 오월이라 좋은 시절 / 단오날엔 처녀들 삼'단 같은 머리채 / 창포물에 감고 그네 뛰며 놀던" 일이 그것이다. 그러면서도 오늘날 방직공장에서 다하고 있는 노력 투쟁과 그 결과 이루어내야 할 '조국통일'의 목

표는 어김없이 되풀이했다. 그런 가운데서 안룡만의 고향이자, 「동백꽃 우표」계 시
편의 창작 동기를 마련해 주었던 압록강변 신의주와 그곳의 방직산업이라는 경험은
깨끗이 사라지고 말았다.

　이렇듯 제2단계 「동백꽃 우표』계 각편의 변이 과정은 보다 넓혀서 생각하자면 두
가지다. 무자제주참변의 완전한 퇴조가 하나다. 신의주의 개별성이 사라지고, 평양
중심화 논리에 오롯이 녹아드는 안룡만의 고형화한 상상 작용이 둘이다. 그 과정에서
「동백꽃 우표」계 각편들의 핵심 머그림인 '동백꽃' 또한 적지 않은 변이 위에 놓였다.

　①남풍이 불어오는 봄

　이른 봄 몽오리 여는 동백에

　사랑을 피우기도 전,

—「동백꽃」④ 가운데서

　②제주도 정든 하늘

　언제나 가고 지고……

　댕기 끝에 동백꽃 꽂고 놀던

　소꿉동무 그리운 마음아

—「섬처녀 마음」⑤ 가운데서

　③나서 자란 고향이 남해 바다'가

　이른 봄 춘삼월에 동백꽃 피는

　자그만 마을이라던 직포공 처녀

　봄과 함께 가슴에 그려 보네.

　—(줄임)—

"남해 푸른 수평선

잔잔한 물'결처럼 파란 바탕에

동백꽃 붉고 붉은 꽃송이

송송이 무늬 돋군다면,

새 무늬 고운 비단천

그 이름을 무어라 부를가?

약산 동대 진달래 새겨 약산단이니

동백단이라 불렀으면 ……."

아, 직포공 처녀의

고향 하늘 그리운 마음

그 마음을 담아 생각을 짜서

오리마다 빨가케 피는 동백꽃 ―

그 이름도 아름다운 동백단을

한 아름 안고 처녀가 달려갈

이 땅에 찾아오는 통일의 새 봄

그 날은 멀지 않았거니

― 「'동백단' 이야기」⑥ 가운데서

④ 손끝에 불이 나게 짜고도

성차지 않다누나

하루 하루 짜내는 모든 천이 일등품이라네

남보다 갑절 꽃무늬로 아롱아롱 ……

― (줄임) ―

그래서 대동강반에 꽃'잎이 흩날릴 때면

행복에 설레이는 마음에도 때마다

잊지 못해라 저 남녘 땅

령남 평야를 적시는 고향의 강을,

가난하나 순박한 마을 사람들

지난날엔 오월이라 좋은 시절

단오날엔 처녀들 삼'단 같은 머리채

창포물에 감고 그네 뛰며 놀던 곳

― (줄임) ―

한평생 헐벗고 늙으신 어머니에게

철 따라 좋은 옷 지어 드리면

고난에 시달린 주름 깊은 얼굴에

통일의 기쁨이 꽃 피리니.

―「락동강반의 고향집」⑦ 가운데서

「동백꽃 우표」계 각편 이행의 중핵 머그림은 '동백꽃'이다. 겨울임에도 일찌감치 붉게 피어오르는 동백꽃은 무자제주참변의 발발 시기와 맞물리면서 말할이이거나 주인공인 제주 직포공 처녀의 고향 그리움과 '항쟁' 현장으로 보내는 '단심'을 표상했다. 제2단계 변이에서도 그 점은 기점이 되는 작품 「동백꽃」④에서부터 한결같다. 다만 앞선 시에서 보였던 '구정월'과 달리 꽃피는 시기가 늦추어졌다. "남풍이 불어오는 봄 / 이른 봄 몽오리 여는 동백에 / 사랑을 피우기도 전"이라 쓴 것이다. "이른 봄"에서 "남풍이 불어" 오고 "사랑을 피우"는 시기까지 시간 지속이 줄어든 표현이다. 그럼에도 감각적 자연물로서 '동백꽃'은 한결같다.

그 점은 ②의 「섬처녀 마음」⑤에서도 되풀이한다. '동백꽃'은 어릴 적 "꽃고 놀던" 자연물이다. 그런데 ③의 「'동백단' 이야기」⑥에서는 동백꽃이 "이른 봄 춘삼월에" 피는 자연물임과 아울러 "직포공 처녀"가 짜는 옷감 이름으로 비약했다. "새 무늬 고운 비단천"으로서 '동백단'이 그것이다. "약산 동대 진달래 새겨 약산단"이라 하는데, 그런 흐름에 걸맞은 이름 붙이기다. 그리하여 그미가 "고향 하늘 그리운 마음"을 담아 짜면 동백단 비단 "오리마다 빨가케" '동백꽃'이 피리라 상상한다. 동백꽃 머그림이 감각적인 데서 나아가 비유적 울림을 얻었다.

그런데 두 번째 단계 마지막 각편 「락동강변의 고향'집」⑦에 이르러서는 아예 동백꽃이나 동백꽃 머그림이 사라졌다. 시의 중심 시간과 위치 장소를 '오월'의 '대동강반' '기슭'으로 삼으면서부터 어쩔 수 없는 손질이었을 것이다. 5월에 피는 동백꽃은 떠올리기 어려운 까닭이다. 따라서 어릴 적 놀이감으로서 들앉던 동백꽃은 "단오날엔 처녀들 삼'단 같은 머리채 / 창포물에 감고 그네 뛰며 놀던" 추억에 그 자리를 넘겨줄 수밖에 없었다. 거기다 '동백단'이라는 상상적 명명까지 나아갔던, 직포공 처녀가 "하루 하루" 짜는 '일등품' '비단필'은 그와 비슷하게 '아롱아롱'거리는 감각적인 '꽃무늬' 비단으로 흐릿하게 물러섰다. 말하자면 「동백꽃 우표」계의 변이 두 번째 단계에서 동백꽃 머그림은 '동백단' 명명을 젖혀 두고는 모두 감각적 자연물로 그쳤다. 더는 무게 있는 머그림으로서 몫을 지니지 못한 셈이다.

앞에서 제2단계 변이 단계를 이루는, 「동백꽃 우표」계 각편 4편이 보여 준 변이 양상을 짚어 나왔다. 「동백꽃」④에서 「락동강반의 고향'집」⑦까지다. 이들은 소통 방식에서부터 그 앞 시기에 견주어 큰 변화가 이루어졌다. 시에서 드러난 말할이가 직포공 처녀가 아니라 시인 안룡만이 손수 직포공 처녀의 정황을 읽는이에게 들려주는 이야기시 방식을 갖추었다. 그런데 이들 4편 가운데서 그 뒤 자신이 냈던 마지막 시집 『새날의 찬가』에 실은 작품은 흥미롭게도 「동백꽃」④와 「'동백단' 이야기」⑥, 둘이다. 「동백꽃」④는 지나간 광복기 자신의 성공작 「동백꽃 우표」계를 대표하는 각

편이라는 점에서 실은 뜻은 쉽게 수긍된다. 그런데 그에 이어 내놓았던 3편 가운데서 「섬처녀 마음」⑤와 「락동강반의 고향'집」⑦은 빼고 「'동백단' 이야기」⑥만 남겼다, 이들 3편은 모두 교양지 『천리마』에 실었던 것이다. 셋 가운데서 「'동백단' 이야기」⑥만 『새날의 찬가』에 다시 「'동백단' 이야기」⑨로 올린 일은 그것이 「동백꽃」④와 다른 개별성이 가장 크다는 믿음에서 이루어진 일일 성싶다. 그러한 믿음은 '동백꽃'을 '동백단'으로 옮겨 놓은 상상적 비약에 대한 자신감 탓일 수 있다. 안룡만으로서는 제1단계 변이 각편에서 '동백꽃'이 '우표'로 나아간 비유적 표현성과 비슷한 뜻을 거기서 찾았는지 모른다. 북한 진달래꽃과 남한 동백꽃의 대조, 그리고 그 동백꽃을 표상하는 '동백단' 옷감 옷을 입은 남녀 사람들이라는 행복한 상상적 마무리는 오랜만에 시인이 얻었던 '시다운' 새로움일 수 있었던 셈이다. 긴 각편 이행 과정에서 끝까지 "직포공 처녀"를 떨쳐낼 수 없었던 시인으로서 오랜만에 얻은 즐거움이 알게 모르게 내비친 경우라 할 수 있다.

4. 세대 전승과 이념적 회귀

앞 장에서 「동백꽃 우표」계 각편의 제2단계 변이를 살폈다. 그를 빌려 「동백꽃」④에서 「섬처녀 마음」⑤를 거쳐, 「'동백단' 이야기」⑥과 「락동강변의 고향"집」⑦에 이르는 4편은 앞뒤 계기적인 이행을 했다기보다 「동백꽃」④를 기점으로 삼아 세 가지

---

32 「오늘의 신의주」, 『조국통일』, 조국통일사, 1963.7.6.

로 갈라지는 꼴을 보인다는 사실을 알았다. 작품이 놓인 1950년대 후반과 1960년대 초반, 북한 사회주의의 이른바 천리마 시대, 증산 투쟁을 향한 선전·선동의 맥락 안에서 남녘 출신 직포공 처녀의 보람된 노동을 강조하고 '조국통일'이라는 줄기찬 목표를 부추기는 분화였다. 그런데 제2단계 4편 가운데서 안룡만은 자신의 5번째이자 마지막 개인 시집 『새날의 찬가』1964에 2편만 실었다. 「동백꽃」④1958를 손질한 「동백꽃」⑧과 「'동백단' 이야기」⑥1961을 이은 「'동백단' 이야기」⑨ 둘이 그것이다. 「동백꽃」④는 「동백꽃 우표」계 각편의 초기 정형을 이루었던 『안룡만 시선집』의 「동백꽃」③에서 부분 손질을 거쳐 광복기 대표 작품으로 『조선문학』 특집에 올렸던 작품이다. 그 「동백꽃」④를 「동백꽃」⑧로 다듬어 시집에 다시 실었다. 그런데 「동벽꽃」③에서 「동백꽃」④로 옮길 때와 견주면 손질 자리가 뚜렷하게 줄었다. 모두 네 군데에 그친다.

① 사시철 한바다 출렁이는 물'결 → 사시절 한 바다 출렁이는 물'결

② 귀밑머리 땋늘인 어린 철 → 귀밑머리 땋아 늘인 어린 철

③ …하루하루 짜내는 천이 / 한 달 두 달 해를 바뀌면 얼마나 될가?… → …하루하루 짜내는 천이 / 한 달 두 달 해를 바뀌면 얼마나 될가?

④ 무지개'빛 다리를 놓고 있으라. → 무지개 다리를 놓고 있으라

앞에 보인 시줄이 「동백꽃」④, 뒤가 「동백꽃」⑧의 것이다. ①은 작품 맨 앞머리 시줄이다 '사시철'로 썼던 것을 '사시절'로 바꾸었다. 마땅한 손질이다. ②는 '땋늘인'이라는 준말을 다시 푼 꼴이다. ③은 직포공 처녀가 했음 직하다고 쓴 내면 독백을 들려주는 자리다. 「동백꽃」④에서는 시줄 앞뒤에다 모두 부호 '…'를 붙였다. 그러나 「동백꽃」⑧에서는 앞에만 더했다. 차이가 없는 손질이다. ④는 작품 맨 마지막 토막에서 땄다. 「동백꽃」④에서는 "견우직녀 만나던 오작교마냥 / 통일의 한길"로 "무지개'빛 다리를 놓"으라고 썼다. 「동백꽃」⑧에서는 그 가운데 '무지개'빛 다리'를 "무지개 다리"로 바꾸었다. 훨씬 울림 큰 손질이다. 이 시줄을 젖혀두고 나면 나머지 앞쪽

세 곳 손질은 작품 흐름에 미미한 변화에 그쳤다. 거의 손질을 하지 않았다고 보아야 할 정도다.

제2단계 작품으로 제3단계의 시집 『새날의 찬가』에 실은 다른 각편은 「'동백단' 이야기」⑨다. 두 번째 단계 「동백꽃 우표」계 각편 가운데서 「동백꽃」④와 「'동백단' 이야기」⑥는 같은 뿌리를 지닌 작품이다. 그럼에도 개별 작품으로 시집에 올린 사실은 시인 스스로 그 둘을 다른 작품으로 다루었다는 뜻이다. 「동백꽃 우표」계 각편 가운데서 「'동백단' 이야기」⑥이 지닌 개별성은 컸던 셈이다. 그래서 그러한지 『새날의 찬가』에 새로 「'동백단' 이야기」⑨는 제목은 그대로 두었으나 작품 안쪽에서 손질이 크게 이루어졌다.

① 새 무늬 무지개 아롱아롱
새기며 짜지는 비단천 우에
7개년 계획 첫 해의 봄이
먼저 찾아와 웃는 방직 공장—

직포기 돌리며 제비처럼 날랜
처녀들 마음에도 봄이 찾아와
새 무늬 짤 때마다 꽃피는 살림
인민의 행복한 웃음 그려보네.

직포공 처녀야 기술자는 아니건만
저마다 기대를 돌리며 생각는 것,
어떡하면 더 고운 옷감을 짜서
사람들께 더 많이 보낼 수 있을가?

—(줄임)—

"······ 남해 푸른 수평선

 잔잔한 물'결처럼 파란 바탕에

 동백꽃 붉고 붉은 꽃송이

 송송이 무늬 둔군다면,

 새 무늬 고운 비단천

 그 이름을 무어라 부를가?

 약산 동대 진달래 새겨 약산단이니

 동백단이라 불렀으면 ······."

— 「'동백단' 이야기」⑥ 가운데서

② 직포공 처녀들이야 기술자는 아니건만

기대를 돌리며 저마다 생각한다오.

질 좋은 새 품종 만들란 당의 가리킴

마음에 새겨 새 무늬도 그려 본다오.

비둘기 모양을 짜면 '평화단'이요

무궁화 새겨서 '통일단'이라,

더 좋고 더 좋은 옷감을

사람들께 입히고 싶어 애타는 마음 —

나서 자란 고향이 남해 바다'가

이른 봄 춘 삼월 동백꽃 피는

어느 자그만 마을이라던 직포공 처녀도

가슴에 새겨 보네. 새 무늬, 새 옷감 ······

　　(내 고향 남해 바다 푸른 수평선

　　잔잔한 물'결처럼 새파란 바탕에

　　동백꽃 붉고 붉은 꽃송이

　　송이송이 무늬 돋구면 어떨가?)

　　처녀는 생각하네. 짜내는 오래마다

　　고향 하늘 그리운 마음을 담아

　　새 무늬 아롱아롱 고운 비단천

　　천 이름은 또한 '동백단'이라 불렀으면 ……

—「'동백단' 이야기」⑨ 가운데서

　「'동백단' 이야기」⑥을 「'동백단' 이야기」⑨로 실으면서 소통 방식에서는 달라짐이 없다. 말할이는 '숨겨진 말할이'로서 '나', 곧 시인 안룡만이다. 그이가 "직포공 처녀"의 삶과 나날살이를 내포 청자인 북한 '인민'에게 들려 주는 이야기시 짜임이다. 다만 주인공을 「'동백단' 이야기」⑥에서는 "직포공 처녀"라는 단수로 불렀으나 「'동백단' 이야기」⑨에서는 복수 "직포공 처녀들"로 바뀌었다. 복수 주체가 됨으로써 그미들에게 "질 좋은 새 품종"을 어떻게 만들 것인가라는 과업을 내려 '가리킴'을 준 '당'의 권위와 위엄을 더 받들어 올리는 효과가 빚어진다. 주인공의 위치 장소는 두루뭉술 북녘의 어느 방직공장 그대로다. 주인공의 지향 장소 또한 남녘 땅 남해 바닷가다. 「'동백단' 이야기」⑥을 그대로 따랐다.

　그런데 맥락에서는 큰 변화가 일어났다. 두 유형이다. 줄이는 쪽으로 다듬은 것과 늘이는 쪽으로 다듬은 것이다. 첫째, 먼저 줄이는 쪽으로 나아간 변화는 작품 첫머리부터 이루어졌다. 「'동백단' 이야기」⑥의 맨 앞 두 토막을 「'동백단' 이야기」⑨에서는 아예 지우고 시작했다. 그러다 보니 「'동백단' 이야기」⑥에서 가장 중요하다 할 수 있을 외적 맥락으로 놓여 있었던 시줄, "7개년 계획 첫 해의 봄", 1961년이라는 시대

1964년의 안룡만

적 바탕이 사라졌다. 그 결과 특정 시기로 묶인 읽기에서 독자사회가 벗어날 수 있게 되었다. 대신 '당'의 '가리킴'이 강조되는 쪽으로 달라졌다. 독자사회에서 보다 넓게 작품 속살을 맛볼 수 있는 가능성을 열어 둔 손질이었다. 둘째 토막을 모두 지워버린 변화도 눈여겨 볼 일이다. 말할이인 시인이 전지 시점으로 풀이를 더한 토막이다. "처녀들 마음에도 봄이 찾아와" "새 무늬 짤 때마다" "인민의 행복한 웃음 그려"본다는 느슨한 진술이 그것이다. 그것을 지움으로써 작품 안쪽 문맥이 더 압축되는 쪽으로 나아갔다. 바람직한 다듬기다.

둘째, 늘이는 쪽으로 손질한 본보기다. 먼저 「'동백단' 이야기」⑨에서는 「'동백단' 이야기」⑥과 달리 "질 좋은 새 품종 만들란 당의 가리킴"이라는 시줄이 더했다. 조선로동당의 이른바 '현명한' 지도를 뜻하는 외적 맥락이다. 여기에다 "질 좋은 새 품종" '비단천'에 이름 붙이는 일을 다룬 곳에서 분량이 늘고 속살이 더했다. 「'동백단' 이야기」⑥에서는 새 '비단천'에 마땅한 이름으로 "약산 동대 진달래 새겨 약산단"이라 부르니, "동백꽃을 새기"는 새 옷감은 '동백단'이라 일컬으면 좋으리라는 생각을 담았다. 진달래와 동백꽃을 1대 1, 단선적으로 맞세웠다. 그런데 「'동백단' 이야기」⑨에서는 "비둘기 모양을 짜면 '평화단'이요 / 무궁화 새겨서 '통일단'이라"라는 풀이를 더했다. '비둘기'와 '평화', '무궁화'와 '통일'을 맞물리게 이었다. 소박하지만 읽는 이에게 외적 맥락을 더해 주는 알레고리다. 「'동백단' 이야기」⑥에서는 북녘 꽃 '진달래'와 남녘 꽃 '동백꽃'이 함께 꽃피는 일로 '조국통일'을 표상하고자 했다. 그런데 「'동백단' 이야기」⑨에서는 '진달래'를 버리고 '무궁화'를 새로 더했다. '통일'의 꽃을 남한에서 나라꽃으로 받드는 무궁화로 올린 사실이 이채롭다. 어쨌든 '평화단', '통일단'과 같은 옷감 이름은 겉으로 '평화로운' '조국통일'을 앞세우는 북한의 당대 이념을 녹인 결과임에 분명하다.

이러한 외적 맥락 더하기와 함께 내적 맥락에서도 비슷한 일이 이루어졌다. 새 무늬 비단천에 마땅한 이름을 붙이기 위해 주인공이 지녔을 '생각'을 담아낸 자리가 「'동백단' 이야기」⑥에 견주어 크게 길어졌다. 시의 처음부터 끝까지 「'동백단' 이야기」⑨는 "질 좋은 새" 비단천 만들라는 "당의 가리킴"을 마음에 새겨, 그러한 "새 무늬 새 옷감"에 마땅한 이름을 붙이기 위해 직포공 '처녀들'이 가졌음 직한 생각을 이어 붙였다. 그렇듯 "더 좋고 더 좋은 옷감"을 입히고 싶은 바람은 주인공이 "나서 자란 고향" "남해 바다'가" 이른 봄에 늘 보던 '동백꽃'을 떠올렸다. 그것은 '새파란' "남해 바다"를 바탕으로 붉게 떠 오른 동백꽃처럼 "송이송이 무늬"져 "고운 비단천", 동백단 으로 옮아간다. 새 비단천에 붙일 이름을 '동백단'으로 삼으면 마땅하리라는 고심과 생각의 지속이 고스란히 한 편 시를 엮게 만든 셈이다. 「'동백단' 이야기」⑨를 이끄 는 내적 맥락이 그것이다.

　　① 그 이름도 아름다운 동백단을

　　한 아름 안고 처녀가 달려갈

　　이 땅에 찾아오는 통일의 새 봄

　　그 날은 멀지 않았거니

　　처녀는 가슴에 다짐하네.

　　— 헐벗은 동생들에게 동백단 옷감

　　입히고 즐길 그날을 위해

　　오늘도 책임량을 넘쳐 내야지……

— 「'동백단' 이야기」⑥ 가운데서

　　② 이 땅에 찾아올 통일의 새 봄,

　　어린 적 소꿉동무 찾아가 입혀 주리…

— 「'동백단' 이야기」⑨ 가운데서

「'동백단' 이야기」⑥과 「'동백단' 이야기」⑨의 마무리를 따놓았다. 「'동백단' 이야기」⑥에서는 하루바삐 "통일의 새 봄"을 맞아 "이름도 아름다운 동백단을" "헐벗은 동생들"에게 입히고 싶다. 그런 앞날을 위해 "오늘도 책임량을 넘쳐" 내리라는 각오로 맺었다. 직포공 처녀들의 증산 투쟁이라는, 되풀이해 왔던 외적 맥락이 뚜렷하다. 「'동백단' 이야기」⑨에서는 "고운 비단천" '동백단'을 "이 땅에 찾아올 통일의 새 봄"에 "어린 적 소꿉동무"에게 입혀 주리라는 다짐으로 맺었다. 증산 투쟁은 지워지고 '조국통일'의 염원으로 초점을 맞추면서 내적 맥락이 삭제, 축약되었다. 거기다 동백단을 입히고 싶은 대상까지 달라졌다. 「'동백단' 이야기」⑥의 "헐벗은 동생들"에서 "어린 적 소꿉동무"로 바뀐 것이다. 이러한 차이는 「'동백단' 이야기」⑥에 주인공을 단수인 "직포공 처녀"로 삼았다가 「'동백단' 이야기」⑨에서 복수 "직포공 처녀들"로 바꾸었던 소통 방식의 변화와 맞물린 일이다. '동생'과 달리 '소꿉동무' 또한 복수인 까닭이다.

동백꽃 머그림에서는 「'동백단' 이야기」⑥과 「'동백단' 이야기」⑨ 사이에 변이가 일어나지 않았다. 깊이 "가슴에 새겨"진 어릴 적 고향의 환기물이며 '조국통일'의 날 남한에 가서 동생이나 소꿉동무에게 입혀 주고픈 "고운 비단천"의 이름으로 올라선 점에서 같다. 이밖에 눈길을 끄는 몇몇 작은 손질 자리가 보인다. 「'동백단' 이야기」⑥에서 「'동백단' 이야기」⑨로 옮기면서 부분적으로 다듬은 것이다. 다 살피지 않고 한 토막만 아래에 보인다.

① 나서 자란 고향이 남해 바다'가
이른 봄 춘삼월에 동백꽃 피는
자그만 마을이라던 직포공 처녀
봄과 함께 가슴에 그려 보네.

— 「'동백단' 이야기」⑥ 가운데서

② 나서 자란 고향이 남해 바다'가

이른 봄 춘삼월 동백꽃 피는

어느 자그만 마을이라던 직포공 처녀도

가슴에 새겨 보네. 새 무늬, 새 옷감⋯⋯

— 「'동백단' 이야기」⑨ 가운데서

「'동백단' 이야기」⑥에서는 넷째 토막, 「'동백단' 이야기」⑨에서는 셋째 토막으로 놓인 것이다. 「'동백단' 이야기」⑨로 가면서 더한 곳은 두 자리다. 셋째 줄에서 낱말이나 소리 수준에서 보인다. '어느'와 "직포공 처녀" 끝에 토씨 '도'가 그것이다. 월 수준에서는 「'동백단' 이야기」⑥의 넷째 줄 "봄과 함께 가슴에 그려 보네"가 "가슴에 새겨 보네. 새 무늬, 새 옷감⋯⋯"으로 달라졌다. '어느'나 '도'가 더한 손질은 나아지는 쪽이라 하기 어렵다. 그만큼 느슨해졌다. 월 수준에서 '가슴에 그려 보다'가 '가슴에 새겨 보다'로 바뀌고 "새 무늬, 새 옷감"을 도치해서 이어 덧붙였다. '새겨 보다'는 '그려 보다'보다 뜻이 크다. 거기다 "새 무늬, 새 옷감"에도 더 알맞은 낱말 선택이다. 거꾸로 줄어든 자리는 계절 표지 낱말 '봄'이다. 「'동백단' 이야기」⑥에서는 '봄', '춘'삼월, '봄' 이렇게 셋이 보인다. 「'동백단' 이야기」⑨에서는 '봄'과 '춘'삼월 두 곳만 남겼다. 군더더기를 걷어낸 쪽이다. '삼월'이 봄인 까닭에 '춘삼월'의 '춘'까지 빼버리는 길이 있지만 그런 단계까지는 나아가지 않았다. 그럼에도 ①에서 ②로 옮겨 가면서 더 나은 쪽으로 손질이 이루어진 셈이다.

앞에서 제2단계 각편 가운데서 제3단계 시집 『새날의 찬가』에 되실었던 두 편, 「동백꽃」⑧과 「'동백단' 이야기」⑨의 변이 사항을 살폈다. 소통 방식에서는 「동백꽃」⑥과 마찬가지로 시인 안룡만이 1인칭 숨겨진 말할이로서 시의 주인공 "직포공 처녀"의 생각을 읽는이들에게 들려 주는 이야기시 방식이다. 맥락으로 볼 때 「'동백단' 이야기」⑨는 「'동백단' 이야기」⑥에서 크게 손질을 했다. 외적 맥락의 경우에는 더하거나 줄이는 쪽 두 경우가 있었다. 내적 맥락에서는 직포공 처녀가 마련할 새롭고 좋은 품질의 비단천에 붙일 이름은 어떤 것이 좋을 것인가라는, 이름 붙이기 쪽 줄거리를 늘이는 방향으로 달라졌다. 「'동백단' 이야기」⑨는 「'동백단' 이야기」⑥에서 폭이 넓고 큰 손질이 이루어진 셈이다. 그러한 변이를 일으키게 만든 동력은 계기 관계에 있는 두 작품 사이에서 뒤에 내놓을 작품에 대한 수정 의욕이었을 것이다. 그런데 거기에 더 중요할 수 있을 한 가지가 더한다. 시집 『새날의 찬가』에 함께 실릴 「동백꽃」⑧과 「'동백단' 이야기」⑨는 「동백꽃 우표」계라는 한 뿌리에서 나온 각편이다. 그런 까닭에 시집 간행을 앞두고 「동백꽃」⑧과 「'동백단' 이야기」⑨ 사이, 두 작품 낱낱의 개별성을 더하기 위한 손질은 필수적이었을 것이다. 이미 앞에서 본 바와 같이 시집에 올리기 위해 다듬어면서 안룡만은 「'동백단' 이야기」⑥의 첫 두 토막부터 지워버리고 「'동백단' 이야기」⑨를 시작했다. 과격해 보이는 그러한 손질의 동인은 작품의 개별성 확보라는 의도를 빼고서는 알기 어렵다.

『새날의 찬가』에 실은 「동백꽃」⑧과 「'동백단' 이야기」⑨에 뒤이어 보이는 「동백꽃 우표」계 작품은 3편이 더 있다. 「동백꽃에 맺은 사연」⑩[1964], 「비단 짜는 갈매기」⑪[1964], 「비단 짜는 갈매기」⑫[1966]다. 시기적으로 이들은 1964년 7월에 나온 「동백꽃」⑧에서부터 1966년 10월 「비단 짜는 갈매기」⑫에까지 세 해에 걸쳤다. 1975년에 임종한 것으로 알려진 안룡만의 한누리 마지막 작품 활동은 1969년 『조선문학』 10월호에 실은 시 「한 공민의 말」과 「전쟁광 닉슨 놈에게」다. 그러하니 「동백꽃 우표」계 각편은 그이 창작 활동 마지막까지 이어졌던 셈이다.

『천리마』에 발표했던 작품을 다시 손질해 시집에 올린 「'동백단' 이야기」⑨를 빼고서 나머지 3편의 실린 곳을 보면 모두 전문 매체다. 「동백꽃에 맺은 사연」⑩이 『문학신문』, 「비단 짜는 갈매기」⑪과 「비단 짜는 갈매기」⑫가 『조국통일』 지면이다. 『문학신문』은 작가동맹 기관 신문이다. 그러면서 문학 갈래에서 북한 중앙이 요구하는 당성을 그때그때 잘 살려낸 담론 생산지다. 『조국통일』은 북한의 조국평화통일위원회[조평통]에서 낸 기관지다. 이른바 남반부 '해방'과 '조국통일'이라는 강령을 위해 월북 지식인, 예술인을 앞쪽에 내세워 펴낸 특수 신문이다. 그곳에 실린 작품은 '조국통일'을 기치로 특화할 가능성이 높다. 이러한 매체의 됨됨이가 「동백꽃 우표」계 각편의 제3단계 변이 과정에 알게 모르게 영향을 미쳤으리라 여겨진다. 그러한 짐작에 걸맞게 「동백꽃에 맺은 사연」⑩[1964]과 「비단 짜는 갈매기」⑪[1964], 「비단 짜는 갈매기」

⑫1966에서는 앞선 변이 과정에서 볼 수 없었던 흥미로운 양상이 나타난다.

먼저, 「동백꽃에 맺은 사연」⑩은 4편을 한 묶음으로 발표한 '비단 궁전 시초' 가운데 한 1편이다. 나머지 3편은 「남해가 보인다」·「갈 풍년, 비단 풍년」·「행복의 실토리」다. 「동백꽃에 맺은 사연」⑩의 전문을 보인다.

갈'대에서 뽑은 하얀 스프 솜으로
비단을 짜며 옥이는 생각한다오.

…… 어릴 적 떠나온 락동강 기슭에
자라는 참대로는 천을 짤 수 없을가?

옥이 어머니도 이름났던 직포공
입버릇처럼 들려주던 고향 이야기,

그 곳은 락동강 물'줄기 적시며 흐르는
언덕에 봄이면 동백꽃 피는 마을이라오.

손수 짠 비단을 아름아름 한 아름
가슴에 안고 고향 가고 싶다는 어머니 —

상기도 풀지 못한 어머니 소원을 이어
붉고 붉은 동백이 하마 보고 싶어라.

하기에 마음 속 그리워 그려 보는
꽃송이를 비단천 무늬로 수놓았으면……

푸르른 대숲, 우거진 참대로 뽑아낸
천에다 동백꽃 새기고 싶어 애타는 마음아.

통일의 아침, 저 락동강반에도 세워질
공장에서 천을 짤 새 날을 그리며

직포공 옥이는 언제나 생각한다오,
어머니 모시고 고향 마을 찾아 갈 날을!

그 날, 자유로운 하늘 아래 피여 날 동백꽃
송이마다 기쁨을 비쳐 웃을 꽃망울을!

—「동백꽃에 맺은 사연」⑩

표제에 '동백꽃'이 다시 나타난 것 말고도 겉꼴에서부터 정형을 갖추었다. 두 시줄을 한 토막으로 삼아 늘어 놓았다. 앞선 각편에서는 볼 수 없었던 새 변화다. 그리고 이 작품을 '비단 궁전 시초'라는 이름으로 내놓았다는 점에 눈길을 줄 필요가 있다. 왜냐하면 '비단 궁전'이라는 말은 고스란히 이 작품이 놓인 외적 맥락을 알려 주기 때문이다.

지난날 신의주에는 낡은 기대로 설치된 팔프 공장과 방직 공장이 있었을 뿐 이렇다 할 공장이라곤 별로 없었다. 그러나 오늘날 신의주시 주변에는 대 화학섬유 기지인 신의주화학섬유공장을 비롯하여 방직 공장, 모방직 공장, 팔프 공장, 법랑 칠기 공장, 고무 공장 등 대규모의 중앙공업기업소 들과 함께 200여 개의 각종 지방 공업기업소 들이 수풀처럼 일떠서고 있다.

오늘의 신의주에서는 매년 500만 메터 이상의 각종 옷감과 16,000만 켤레의 신발, 800만 개 이상의 법랑 칠기를 비롯하여 3,000톤 이상의 맛 좋은 된장, 4,000여 킬로리

터의 간장, 2,500여 톤의 기름을 생산하고 있다.

신의주를 말할 때 신의주화학섬유공장을 들지 않을 수 없다.

총부지 58만 평방 메터에 연건평 21만 3,000평방 메터의 방대한 규모를 가진 이 공장은 압록강을 옆에 끼고 신의주 시의 교외에 자리 잡고 있다.

이 공장에는 2만여 평방 메터의 팔프 공장과 3만여 평방 메터의 스프 공장을 비롯하여 회수 공장, 이류화탄소 공장, 판지 공장, 염색 공장, 공작 공장 등 30여 개의 대소 공장들이 들어앉는다.

1단계 공사를 마친 이 공장에서는 지금 팔프와 종이가 대량적으로 생산되고 있다. 건설이 완공되면 이 공장은 매년 각각 수만 톤의 류산염 팔프와 쇄파 팔프를 생산하게 된다.

이것이 스프로, 종이로 되어 나오는데 2만 톤의 스프면 1억 1천만 메터의 고급 옷감을 짤 수 있다. 목화를 심어서 이만한 천을 얻자면 10만 정보의 옥토와 20만 공수의 로력을 필요로 한다. 그런데 우리는 이 방대한 량의 스프를 압록강 하류 류역에서 풍부하게 생산되는 갈대와 옥수수 짚에서 얻어낸다.

8,500여 대의 최신형 기대들을 갖추고 우리의 기술, 우리의 기계 설비로 건설되는 이 대 화학섬유 기지는 삼천만의 온 겨레가 길이 행복을 누려 갈 또 하나의 민족적 재부財富로 된다.[33]

전후 신의주 지역을 알려 주는 역사지리지 가운데 한 곳이다. 신의주를 아우른 평안북도 역내 천리마 산업 핵심 성과 가운데 하나가 신의주화학섬유공장 건설이다. 이 글은 그곳을 신의주 지역 핵심 산업으로 맨 앞에 소개했다. 그리고 그를 비롯해 "방직 공장, 모방직 공장, 팔프 공장"을 들었다. "대 화학섬유 기지"를 이루는 두리 공장들이다. 일찍이 발달했던 역내 섬유산업의 새로운 도약은 이들과 함께한 것이다. 신의주 교외에 "방대한 규모"로 마련된 신의주화학섬유공장은 1964년 4월에 기본 계획 공사를 마쳤다. 여기에서는 팔프 공장과 스프 공장을 비롯해 염색 공장들이 들

---

33 「오늘의 신의주」, 『조국통일』, 조국통일사, 1963. 7. 6.

신의주화학섬유공장 건설과 비단섬 제방공사 현장을 담은 끼그림[34]

어섰다. 그리하여 현재 이 공장에서 "펄프와 종이"를 "대량적으로 생산"하고 있다. 이들이 스프, 곧 솜으로 나오면 그것으로 옷감을 짤 수 있다. 그리고 그 스프 솜을 만들기 위해 "압록강 하류 류역에서 풍부하게 생산되는 갈대와 옥수수 짚"을 감으로 쓴다. 따라서 압록강 날머리의 섬들, 곧 황금평과 비단섬 그리고 신도를 개발하고 둑을 쌓는 간척사업을 같이했다.

이른바 "천리마 시대의 또 하나" "기적적인 건설"이 신의주화학섬유공장이다. 이곳은 바로 압록강 비단섬에서 얻은 갈대와 옥수수로 솜을 만들어 '비단필'을 짜내는 '비단 궁전'이다. 이러한 비유적 일컬음은 이미 북한 당대 사회에 널리 알려져 왔다. 1964년 4월에 드디어 한 "계렬 공사"가 완료되어 가동을 시작한 신의주화학섬유공장이다.[35] 이른바 민주 수도 평양 단장과 함께 평북 지역 압록강변 국경도시 신의주의 발전상은 이곳을 중심으로 한 두리 섬유산업 공장들이 대표한다. 1964년 8월 27일에는 평양 신의주 사이 전기철도까지 열렸다. 아울러 화학섬유의 1차 원료인 갈대와 옥수수를 생산하는 황금평, 비단섬, 신도의 개간 못지 않게 창성 땅의 발전도 함께했다. 임산 자원을 활용한 통조림과 같은 경공업이나 식료품 산업 발달로 이름 드높아 '황금산'이라 불렀던 곳이다. 그렇듯 평안북도 역내와 행정중심지 신의주 지역 건설의 큰 매듭은 1964년 9월 10일, 이른바 조선인민민주주의공화국 창건 16주년을 기리는 신의주군중대회가 맺었다. 일성을 비롯한 당과 행정부 중앙이 자리했던

---

34 「달리는 천리마에 박차를 가하여 창조와 건설로 들끓는 평북도」, 『민주조선』, 민주조선사, 1963.11.9.

35 「압록강 기슭에 거연히 솟은 '비단 궁전'」, 『로동신문』, 로동신문사, 1964.4.29.

큰 행사다. 그 일을 경축하기 위해 신의주화학섬유공장 건설자들이 놀았던 '음악무용 서사극' 이름이 「비단 나라」[36]였다. '비단 궁전'을 지닌 장소로서 신의주와 북한 섬유산업의 명성을 잘 담아낸 셈이다.

천리마 시대 발전을 대표하는 한 곳으로서 신의주와 그 둘레 평안북도 지역에 관한 노력 투쟁의 열기는 신의주화학섬유공장 건설장을 다룬 현장문학이나, 건설장 근로자를 다룬 기사, 그리고 압록강 지구 관개건설장의 현지 보도와 같은 글에 꾸준히 담겼다. 「동백꽃에 맺

1964년 평안북도 개발도, 별 표기가 있는 곳이 압록강 날머리 비단섬이다[37]

은 사연」⑩이 발표된 1964년 한 해 동안 『로동신문』에만도 여러 차례 지면을 채웠다. 거기다 활발했던 신의주 방적기계공장이나 화학섬유공장 위원회 활동도 다루었다. 그만큼 중요 관심거리였던 곳이다. 안룡만은 그러한 지역 동향에 발맞추어 일성의 령도를 찬양하는 시 「압록강반의 노래」를 『로동신문』 9월 8일자에 올렸다. 평북 지역을 대표하는 시인으로서 맡은 자연스런 몫이었다.

갈'대에서 뽑은 하얀 스프 솜으로

비단을 짜며 옥이는 생각한다오.

…… 어릴 적 떠나온 락동강 기슭에

자라는 참대로는 천을 짤 수 없을가?

― (줄임) ―

---

36 리허림, 「시대의 거울―인민적 서사시의 모범」, 『로동신문』, 로동신문사, 1964.9.26.
37 「달리는 천리마에 박차를 가하여 창조와 건설로 들끓는 평북도」, 『민주조선』, 민주조선사, 1963.11.9.

푸르른 대숲, 우거진 참대로 뽑아낸

천에다 동백꽃 새기고 싶어 애타는 마음아.

통일의 아침, 저 락동강반에도 세워질

공장에서 천을 짤 새 날을 그리며

— 「동백꽃에 맺은 사연」⑩ 가운데서.

신의주화학섬유공장에서 압축기 시운전을 하는 모습[38]

 "갈'대에서 뽑은 하얀 스프 솜으로 / 비단을" 짠다는 시줄은 그 뒤로 "락동강 기슭에 / 자라는 참대로" 천을 짜는 일로 나아갔다. 이어서 "푸르른 대숲, 우거진 참대로 뽑아낸 천"으로 옮겨갔다. 갈대로 옷감을 짠다는 뜻이다. "통일의 아침"이 오면 그런 옷감 '공장'을 "락동강변에도 세워" 헐벗은 남녀 '인민'을 입힐 것이다. 거듭하거니와 이러한 북한 화학섬유의 개발과 향유를 대표하는 1960년대 초반의 성과가 신의주 화학섬유공장 건설이다. 「동백꽃 우표」계 각편의 제3차 단계 변이 가운데서 「동백

---

38 「압록강 기슭에 거연히 솟은 '비단 궁전'」, 『로동신문』, 로동신문사, 1964. 4. 29.

꽃에 맺은 사연」⑩부터는 이러한 북한 섬유산업의 질적, 구조적 변화가 바깥쪽 맥락으로 담겼다. 안룡만이 북한 당대 사회 동향과 변화를 자기 작품 안에 힘껏 끌어안은 결과다.

　제3단계 각편 5편 가운데서 「동백꽃」⑧을 기점으로 두 번째 작품이 「'동백단' 이야기」⑨다. 이어진 세 번째는 「동백꽃에 맺은 사연」⑩이다. 적지 않은 곳에서 「동백꽃」⑧이나 「'동백단' 이야기」⑨와 다른 변이가 보인다. 「동백꽃에 맺은 사연」⑩에서 말할이는 숨겨진 말할이로서 시인 자신이다. 주인공은 "직포공 옥이"다. 직포공 처녀라는 점에서는 앞선 시들과 달라지지 않았다. '옥이'라는 고유이름씨를 처음으로 얻었다. 그러한 '옥이' 마음을 말할이인 시인이 생각하고 상상하는 얼개를 갖추었다. 읽은이들은 시인이 들려주는 옥이의 상황과 '생각'을 곁에서 함께 듣는 소통 방식이다. 앞선 제2단계 각편들과 달라짐이 없어 보인다. 그런데 시의 주인공 정체에서 큰 변화가 일어났다. '옥이'는 앞선 각편에서 줄기차게 되풀이했던 제주섬 출신 1세대 직포공 처녀가 아니다. 나라잃은시대 왜로에 의한 '징용'으로 신의주로 끌려왔다 머물며 직포공으로 일했던 1세대 직포공 처녀의 딸이다. 직포공 2세대인 옥이는 '버릇처럼' 어릴 적부터 어머니의 "고향 이야기"를 들어 알고 있다. "손수 짠 비단을 아름아름 한 아름 / 가슴에 안고 고향 가고 싶다"는 뜻을 누구보다 잘 새긴 '옥이'다. 그래서 어머니와 마찬가지로 직포공이 된 딸 '옥이'는 생각한다.

　비단을 짜며 옥이는 생각한다오.

　…… 어릴 적 떠나온 락동강 기슭에
　자라는 참대로는 천을 짤 수 없을가?

　옥이 어머니도 이름났던 직포공

—「동백꽃에 맺은 사연」⑩ 가운데서

"어릴 적 떠나온 락동강 기슭에 / 자라는 참대로는 천을 짤 수 없을가?"라는 시줄은 앞에 놓인 "옥이는 생각한다오"에 걸린다. 직포공 처녀의 지향 장소인 고향이 '락동강변'이라는 마련은 이미 「락동강변의 고향'집」⑦에서 한 차례 나타난 바다. 옥이가 머리에 떠올린 생각이 "어릴 적 떠나온 락동강 기슭"에서 자란 '참대'로 '천을 짤 수" 있을까라는 물음이다. 떠나온 주체는 옥이다. 그렇게 읽으면 "옥이 어머니"와 '옥이'에게는 큰 신분 변화가 나타난다. 곧 옥이 어머니는 일찌감치 "락동강 기슭" 고향에서 떠나올 때 옥이를 데리고 북으로 넘어 왔다는 뜻인 까닭이다. 이 경우에는 앞선 각편들에서 갖추었던 직포공 '처녀'라는 도식이 한꺼번에 무너진다. 다른 읽기는 "어릴 적 떠나온 락동강 기슭에 / 자라는 참대로는 천을 짤 수 없을가?"라는 시줄이 그 다음 토막의 "옥이 어머니"에 걸린다고 보는 길이다. 그렇게 읽으면 "옥이는 생각한다오" '어머니가' "어릴 적 떠나온 락동강 기슭"으로 읽힌다. 말마디 순서로 보아 자연스럽지 않지만 그렇게 읽어야 시인의 뜻을 살린 줄거리에 걸맞다. 그러한 껄끄러움을 일으킨 것은 안룡만이 새로운 각편을 만드는 과정에서 충분한 표현의 조리를 녹이지 못한 까닭이라 보면 될 일이다.

이쯤에서 「동백꽃에 맺은 사연」⑩에 나타난 변이 양상을 확인할 수 있다. 곧 소통 방식에서도 큰 변화가 생긴 셈이다. 「동백꽃에 맺은 사연」⑩에서 드러난 말할이는 시인 안룡만이다. 그런데 시의 주인공은 제2단계 변이 각편에서 본 바와 같은 1세대 직포공 섬처녀가 아니다. 어느 세월에 그미는 북녘에서 혼인을 하고 아이를 길러 자신을 이은 '방직공 처녀' '옥이'를 키운 어머니 몸으로 올라섰다. 주인공 옥이는 세대를 물려받아 어머니처럼 직포공으로 일하는 처녀다. 「동백꽃 우표」계 각편에서 오랫동안 되풀이했던 남녘 출신 직포공 처녀의 을유광복 뒤 북녘 체류 공식이 무너졌다. 앞선 각편에서는 볼 수 없었던 큰 변화다. 직포공 옥이는 어머니 세대와 달리 새로 세워진 신의주화학섬유공장에서 만들어진 화학 "스프 솜으로 / 비단을" 짠다. 남녘 땅 출신 1세대 직포공 엄마를 둔 '옥이'는 '조국통일'이 하루바삐 이루어져 그러한 화학섬유공장을 어머니 고향, '남반부' '락동강반'에 세우는 '기쁨'을 누릴 수 있기를 염원한다.

「동백꽃에 맺은 사연」⑩에 나타나는 다른 변이는 말할이와 주인공의 위치 장소에서 보인다. 앞선 각편들에서 압록강변 신의주를 처음으로 중성적인 북녘 지역으로 두루뭉술 넓혀졌다 다시 평양으로 들어섰던 위치 장소다. 그것이 제1단계에서 마련되었던 대로 압록강변 신의주로 되돌려졌다. '비단 궁전'을 가능하게 만든 신의주화학섬유공장이 터 잡은 곳이다. 새 세대 옥이와 새로운 화학섬유 생산지 신의주가 함께 맞물려 든 결과다. 지향 장소는 옥이 어머니 고향 '락동강반'이다. 제주섬에서 남해 갯가를 거쳐 평양으로까지 나아갔던 곳이다. 그것이 낙동강 기슭 고향 마을로 달라졌다. 앞서 제2단계 각편 「락동강변의 고향'집」⑦에서 이미 한 차례 마련했던 것이다.

그런데 「동백꽃에 맺은 사연」⑩에서 마련한 "락동강 기슭"이라는 지향 장소는 앞선 「락동강변의 고향'집」⑦과는 다른 외적 맥락을 갖는다. 곧 「락동강변의 고향'집」⑦에서 '락동강변'은 제주도^{서귀포}에서 남해 갯가를 거쳐 남녘 땅을 대표하는 곳으로 옮겨진 지리적 위치를 뜻한다. 그러나 「동백꽃에 맺은 사연」⑩에서 "낙동강 기슭", 또는 '락동강반'은 신의주 압록강 날머리와 같이 화학솜 생산의 재료가 되는 갈대와 옥수수를 생산할 수 있는 곳이라는 뜻을 더한다. 거기다 「동백꽃이 맺는 사연」⑩ 발표 해인 1964년 초반 무렵은 북한 사회의 남한 타자화 담론 가운데서도 '락동강' 유역을 향한 관심이 도드라졌던 때라는 점에 눈길을 둘 필요가 있다. 남한 출판물 『시대』 12월호에서 따왔다고 밝히고 『로동신문』이 1월 8일과 9일 두 차례에 걸쳐 길게 실었던 기행문 「락동강 천 리」가 좋은 본보기다. 북한 식으로 되쳐서 어디까지나 원문이고 어디까지가 북한 검열에 따른 손질인지 알 수 없는 상태의 글이다. 그럼에도 경인년전쟁기의 '락동강' 전투 실기와 무관한 속살로 새삼스럽게 낙동강 유역이 겪는 피폐상을 북한 사회 공론장에서 다룬 경우다. 거기다 '락동강' 전선에서 싸운 전투기 발굴 기사까지 더한다.[39] 이러한 1964년 초반의 '락동강' 관련 기사는 한 해 동안 한 차례도 '락동강'을 오롯이 다루지 않았던 1963년에 견주면 이채롭다. 따라서

---

39 「13년 만에 발견된 한 중기 사수의 전투 일지—포항, 락동강, 린제, 원통 계선에서 용감히 싸운 한 중기 사수의 일기가 13년 만에 운수창 천장에서 나졌다」, 『로동신문』, 로동신문사, 1964.5.4.

낙동강 두리에 사는 이들이 겪었음 직한 험난과 고통을 다룬 이러한 당대 북한 언론의 사회적 집단 상상이 안룡만 시에서 '락동강'을 지향 장소로 마련하게 이끈 한 계기가 되었을 수 있다.

「락동강 천 리」에 실린 리동춘의 낀그림, 헐벗어 집을 떠나는 유이민의 모습을 담았다[40]

소통 방식에서부터 주인공의 세대를 물린 큰 변화를 겪었던 「동백꽃에 맺은 사연」⑩은 새로운 화학섬유로 천짜기라는 외적 맥락을 더했을 뿐 아니라, 그것을 빌미로 '조국통일'된 '락동강반'에 세운 섬유공장에서 천을 짜는 바람까지 나아가도록 이끌었음을 살폈다. 따라서 「동백꽃에 맺은 사연」⑩은 지나간 시기 소박한 신의주 방직산업이라는 얼개에서 벗어나 새로운 경험적 비약을 이룬 셈이다. 자연스럽게 앞선 각편들이 보인바, 내가 짠 비단 옷감으로 헐벗은 남녘 땅 인민을 입히기라는 줄거리도 달라졌다. 거기서 한 단계 더 올라서 화학섬유공장의 남녘 땅 세우기와 옷감 향유라는 새로운 속살로 나아갔다.

그리고 그러한 줄거리를 가능하게 만들기 위한 내적 문맥으로 "푸르른 대숲, 우거진 참대로" 천을 뽑아낸다는 사실을 시의 처음부터 끝까지 거듭 되풀이했다. 이러한 외적, 내적 문맥의 변이는 이 작품의 중심을 크게 바꾸었다. 앞선 「동백꽃 우표」계 각편이 지녔던 무자제주참변의 항쟁상이나 제주 고향의 기억과 같은 이야기는 모두 빠졌다. 거기다 당대 북한 섬유산업 노동자의 노력 투쟁이라는 구도 또한 사라졌다. 중요한 문맥으로 전경화하고 있는 것은 새로운 화학 섬유의 개발과 그것을 이음매로 삼은 '조국통일'의 염원이라는 2원 구도다. 그러한 변이 과정에서 '동백꽃' 머그림 또한 그에 걸맞게 맵시를 바꾸었다

---

40 「락동강 천 리(1·2)」, 『로동신문』, 로동신문사, 1964.1.8·9.

그 곳은 락동강 물'줄기 적시며 흐르는
언덕에 봄이면 동백꽃 피는 마을이라오.

손수 짠 비단을 아름아름 한 아름
가슴에 안고 고향 가고 싶다는 어머니 ―

상기도 풀지 못한 어머니 소원을 이어
붉고 붉은 동백이 하마 보고 싶어라.

하기에 마음 속 그리워 그려 보는
꽃송이를 비단천 무늬로 수놓았으면 ……

푸르른 대숲, 우거진 참대로 뽑아낸
천에다 동백꽃 새기고 싶어 애타는 마음아.

통일의 아침, 저 락동강반에도 세워질
공장에서 천을 짤 새 날을 그리며

― (줄임) ―

그 날, 자유로운 하늘 아래 피여 날 동백꽃
송이마다 기쁨을 비쳐 웃을 꽃망울을!

―「동백꽃에 맺은 사연」⑩ 가운데서

「동백꽃에 맺은 사연」⑩에 담긴 동백꽃은 '동백꽃'과 '동백단' 무늬, '꽃송이', '꽃망울'과 같은 여러 말그늘을 깔면서 시 모두에 두루 걸쳤다. 그럼에도 그들을 묶으

안룡만 시 「동백꽃 우표」의 변이와 무자제주참변　201

면 크게 두 머그림으로 모인다. 어머니가 어릴 적 자랐던 고향 마을을 더욱 아름답게 가꾸어 주던 자연 상관물로서 '동백꽃'이 처음이다. 먼저 감각적 머그림으로 담긴 셈이다. 그러한 어머니는 고향 그리움을 대신하는 대상으로서 자신이 짠 비단 옷감에다 '동백단'이라는 이름을 붙이도록 했다. 그것을 남녘 땅 '인민'에게도 입히고 싶었다. 「'동백단' 이야기」⑥과 「'동백단' 이야기」⑨에서 이미 보았던 비유적 진화가 두 번째다. 이렇듯 자연물로서 동백꽃과 옷감으로서 동백단은 고스란히 어머니의 바람을 이어 받은 딸 '옥이'에게로 옮아갔다. 다만 옥이는 어머니의 '동백단'을 북녘 땅이 아니라 어머니 고향 남녘 '락동강반'에 세워질 새 공장에서 빚고자 하는 쪽으로 한 발 더 올라섰다. 그리하여 이른바 미제 타도와 '조국해방'이라는 지상과제는 화학섬유 '동백단' 짜는 공장 건립에다 거기서 나온 동백단으로 입성을 차린 남녘 사람들의 '기쁨'에 찬 웃음이 만개하는 날로 바뀌었다.

「동백꽃 우표」계 각편 가운데서 「동백꽃에 맺은 사연」⑩은 제목에서부터 '사연'이라는 말을 올렸다. 이제까지 거쳐 왔던 '사연'을 다 밝힌다는 듯한 폭이 큰 변화다. 가장 큰 변이는 앞에서 되풀이 짚은 바와 같이 이야기 주인공의 세대 전승이다. 남녘 연고의 직포공 처녀에서 그 딸이 어머니와 같은 직포공이 되어 어머니의 귀향 의지에 뜻을 같이한다는 안쪽 맥락으로 나아갔다. 거기다 북한 사회주의 섬유산업의 성공을 표상하는 신의주의 화학섬유 생산이라는 외적 맥락이 거들었다. 그런 까닭에 「동백꽃이 맺은 사연」⑩은 북한 당대 사회 변화에 힘껏 맞물리고자 했던 안룡만이 기존 작품의 이야기 줄거리를 크게 개작한 수준으로 바꾼 본보기다. 그러한 개작 의욕은 여느 「동백꽃 우표」계 각편과 달리 시꼴에서 2줄 1토막으로 정형화하는 파격을 끌어들인 데서부터 이미 녹아 있었다.

따라서 「동백꽃에 맺은 사연」⑩이 '비단 궁전 시초'라는 기획으로 1963년 10월 20일 『문학신문』에 실린 네 편 가운데 한 편이었다는 사실을 다시 한 번 떠올릴 필요가 있다. 같이 올렸던 「남해가 보인다!」·「갈 풍년, 비단 풍년」·「행복의 실토리」 또한 「동백꽃에 맺은 사연」⑩과 떨어지지 않은 자장, 곧 놀라운 화학섬유 생산에 터 잡은 '비단 궁전'과 남녘 땅 '해방'이라는 줄거리 안에 놓인다. 게다가 '비단 궁전 시초'

발표 한 달 앞에는 「비단평에서 온 처녀」·「인형에 깃든 마음」·「직물설계도」에 걸친
세 편을 『조선문학』 9월호에, 「압록강반의 노래」를 『로동신문』 9월 8일자에 내놓았
다. 이러한 작품들을 끌어안고 있는 창작 동기는 「동백꽃에 맺은 사연」⑩과 다르지 않
다. 직포공과 신의주화학섬유공장의 발달된 섬유 산업, 그리고 비단평을 중심으로
한 압록강 날머리 개간사업이라는 외연이다. 「동백꽃에 맺은 사연」⑩의 변이를 따질
일에서 「동백꽃 우표」계 각편뿐 아니라, 비슷한 시기의 다른 발표 작품까지 한 울타
리 안에서 살피는 새 논의 자리가 열리게 되는 셈이다.[41]

> ① 이 땅의 북변北邊 압록강 기슭
> 언덕에 솟아 오른 비단 궁전宮殿
> 덩그라니 넓은 직포 직장에 늘어선
> 초록빛 기대機臺에서 비단필 비단필이
> 파도치듯 펄럭이며 흘러 나와라.
>
> 바라보면 그대로 푸르른 한바다,
> 여기 달그락 딱딱 북소리 가볍게
> 기대 사이를 오가며 천을 짜는
> 붉은 머리 수건手巾 처녀들은
> 수령首領 님께서 불러 주신 붉은 갈매기 —
>
> ― (줄임) ―

---

41   따라서 안룡만의 『동백꽃 우표』계 각편의 변이 양상 구명에는 이 글이 따른바, 앞뒤 시간적 계기
    관계에 초점을 둔 따져 읽기와 달리, 수평적 인접 관계에 나타나는 텍스트 상호성이라는 문제까
    지 다루어야 함을 일깨워 준다. 각별히 제2단계와 제3단계 각편이 대상이 될 전망이다. 그러나
    그 일은 긴 토구를 새로 필요로 한다. 이 글에서는 문제를 제기하는 수준에서 멈춘다.

꽃무늬 아롱아롱 짜내는 직포공織布工 처녀들

비단 물결 우를 나려 치는 갈매기야

— 「비단 짜는 갈매기」⑪ 가운데서

② 압록강 기슭에 갈매기 난다.

비단의 바다 창파 우를 날아돌며

비단 짜는 갈매기 ―

꽃무늬 돋힌 천에 처녀의 마음

수놓으며 너 무얼 생각느냐?

고향이 제주도 섬마을

섬에서도 이 나라 남쪽 끝

그 이름 아름다운 서귀포라지.

— 「비단 짜는 갈매기」⑫ 가운데서

『조국통일』에 실린 「비단 짜는 갈매기」 가운데서 ①은 「비단 짜는 갈매기」⑪, ②는 「비단 짜는 갈매기」⑫의 첫머리다. 둘 사이 발표 시기 터울은 22개월이다. 거의 두 해를 두고 두 작품이 같은 제목으로 한 매체 『조국통일』에 실렸다. 소통 방식으로 볼 때 둘은 같다. 말할이는 숨겨진 1인칭 '나'로서, 시인 자신이다. 그이가 남녘에서 북녘으로 올라와 직포공으로 일하고 있는 처녀의 삶과 생각을 읽는이들에게 들려주는 얼개를 갖추었다. 이러한 맵시는 바로 앞선 작품 「동백꽃에 맺은 사연」⑩과 맞세우면 다른 점이 뚜렷하다. 「동백꽃에 맺은 사연」⑩에서 주인공은 남녘에 고향을 둔 섬처녀의 딸이다. 모녀 관계를 마련하고 주인공은 직포공 2세대인 그 딸로 삼았다. 그런데 「비단 짜는 갈매기」⑪, 「비단 짜는 갈매기」⑫에서는 다시 되돌렸다. 말할이가 내세운 주인공은 남녘 출신 1세대 섬처녀다. 게다가 그미 위치 장소 또한 "압록강 기슭"으로 한결같다. 『동백꽃 우표』계 각편의 초기, 제1단계에서 본 얼개로 돌아갔다. 다만 지향 장소는 「비단 짜는 갈매기」⑪이 "남해 바닷가"로, 「비단 짜는 갈매기」
⑫는 제주섬 서귀포 갯가로 낱낱 서로 나뉜다. 공교롭게도 「동백꽃 우표」계 각편의
맨 마지막 작품 「비단 짜는 갈매기」⑫는 변이 첫 단계 작품들에서 이미 굳었던, 압록
강 가 신의주라는 위치 장소에다 제주섬 갯가라는 지향 장소로 돌아갔다. 소통 방식
에서 볼 때 맨 마지막 각편이 맨 처음 정형화한 꼴로 되돌려진 셈이다.

    ① 이 땅의 북변北邊 압록강 기슭

    언덕에 솟아 오른 비단 궁전宮殿

    덩그라니 넓은 직포 직장에 늘어선

    초록빛 기대機臺에서 비단필 비단필이

    파도치듯 펄럭이며 흘러 나와라.

    — (줄임) —

    사람들 행복한 살림을

    더욱 즐겁고 윤潤나게 돋구어 주려

    그 날마다 눈부신 눈부신 비단천

    꽃무늬 아롱아롱 짜내는 직포공織布工 처녀들

    비단 물결 우를 나려 치는 갈매기야

    — (줄임) —

    그대들의 마음 자랑이 클수록

    애타게 그려 보는 조국祖國의 남南녘 땅,

    더 좋고 더 많은 천을 짜라는

당黨의 호소呼訴를 높이 받들고
그 날마다 짜내는 이 천을
굶주리고 헐벗어 거리에 헤매는
사랑하는 형제兄弟들께도 입히고 싶어 ……

한시도 남녘 땅을 못 잊는
직포공들 속엔 고향인 남해南海 바닷가
어느 마을에 계시는 어머니
어머니 품에 비단필 안고 찾아 갈 날을
마음에 그리는 처녀도 있구나.

아-갈매기, 비단 짜는 갈매기
늬들은 우리 시대時代에 태여난
슬기로운 행복의 새,
행복이 크면 클수록 더더욱
남녘 땅을 생각하는 뜨거운 마음이여

저 동해와 서해 갈매기는
푸르른 바다 수평선水平線을 넘어
남南과 북北으로 자유로이 날아가니
어찌 분계선分界線 녹쓸은 철조망鐵條網이
그대들의 절절한 념원念願을 막으랴.

─ 「비단 짜는 갈매기」⑪ 가운데서

② 서귀포 앞바다는 해녀들
서름 많고 쓰라린 눈물이 뿌려진 바다,

가시내 꽃다운 시절에도

풍랑과 싸워야 하루 끼니를 이으던

늬 어머니 뭍에 오르며

내쉬는 긴 한숨소리 바람에 실려 갔더라.

네사 지난날의 이야기 못 잊어

정녕 마음에 못 잊어

오늘의 행복한 웃음을 짜는

비단을 안고 찾아가고 싶어

남해 건너 제주 그리는 갈매기

압록 강반에서 제주까지는

구름 타고 산 넘어 먼 삼천 리

— 「비단 짜는 갈매기」⑫ 가운데서

외적 맥락에서 볼 때 「비단 짜는 갈매기」⑪과 「비단 짜는 갈매기」⑫, 두 작품은 앞선 각편들에 견주어 새 줄거리를 더하지는 않았다. 다만 「비단 짜는 갈매기」⑪은 「비단 짜는 갈매기」⑫와 달리 당대성을 느낄 수 있을 속살을 곳곳에 두어 둘 사이 차이를 엿볼 수 있다. 옮긴 ①의 "이 땅의 북변 압록강 기슭 / 언덕에 솟아 오른 비단 궁전 / 덩그라니 넓은 직포 직장"은 오롯이 압록강 기슭 신의주에 새로 세워진 신의주 화학섬유공장 덕분에 가능한 새로운 방직공장을 뜻한다. 그리고 그 곳에서 "더 좋고 더 많은 천을 짜라는 / 당의 호소"라든가, "굶주리고 헐벗어 거리에 헤매는" 남녘 '형제들'이라는 시줄, 거기다 '직포공' 처녀들을 두고 "늬들은 우리 시대에 태여난 / 슬기로운 행복의 새", 나아가 "분계선 녹쓸은 철조망"과 같은 시줄에서 남과 북 사이 분단 현실을 쉽게 떠올리게 이끌었다. 그럼에도 강도는 그리 크지 않다. 그런데 「비단 짜는 갈매기」⑫에 이르면 그러한 맥락조차 매끄럽게 깎은 모습이다.

②는 「비단 짜는 갈매기」⑫에서 딴 시줄이다. 제주섬에서 겪었던 '섬처녀'의 지난 날을 두고 "서름 많고 쓰라린 눈물"을 뿌렸다고 썼다. 두루뭉술한 "지난날의 이야기"다. 거기다 오늘날 현실도 "행복한 웃음을" 짠다는 범상한 표현 속에 녹였다. 고향 "제주 사람들"까지 "억세고 슬기로운" 이들로, "항쟁의 불길 이는" 남녘을 살고 있다고 썼다. 특별한 외적 맥락을 불러일으키는 시줄이 아닌, 한결같이 일반화한 표현이다. 「비단 짜는 갈매기」⑫는 「비단 짜는 갈매기」⑪에 견주어 외적 맥락에서 더욱 떨어져 나앉는 길을 탄 셈이다.

내적 맥락에서 볼 때 「비단 짜는 갈매기」⑪과 「비단 짜는 갈매기」⑫는 제목에서 이미 어느 정도 줄거리가 드러나 있다. '비단 짜다'와 '갈매기'의 결합이 그것이다. 앞선 각편들에서 본 바와 같이, '갈매기'가 "비단 짜는" 직포공 처녀를 뜻하리라는 기대는 자연스럽다. 직포공 처녀와 갈매기의 은유적 결합이 작품의 중심 맥락을 이룰 것이라는 사실을 읽는이들은 제목에서 암시받는다. 그러한 기대에 걸맞게 「비단 짜는 갈매기」⑪에서는 처녀들이 일하는 "넓은 직포 직장"을 두고 아예 "바라보면 그대로 푸르른 한바다"라 일컬었다. "초록빛 기대에서 비단필"은 "파도치듯 펄럭이며 흘러나"온다. 그러한 방직공장의 증산 투쟁에서 얻은 "마음 자랑이 클수록" 남녘 땅을 향한 염원은 강도를 더한다. "애타게 그려보는 조국의 남녘 땅"이라는 표현이 그 점을 뜻한다.

"우리 시대에 태여난 / 슬기로운 행복의 새"인 "비단 짜는 갈매기", 곧 직포공들 가운데는 남녘 땅을 고향으로 둔 탓에 "한시도 남녘 땅을 못 잊는" '처녀'가 있을 것이다. 그리고 "남해 바닷가 / 어느 마을에 계시는" 어머니를 "그리는 처녀도" 있으리라. 그미를 비롯한 방직공장 '갈매기'들은 시인의 표현대로 일성의 "시대에 태여난 / 슬기로운 행복의 새"다. 그미들이 "푸르른 바다 수평선을 넘어 / 남과 북으로" "분계선 녹쓴 철조망"을 넘어 자유로이 오가며 날고 싶은 "절절한 념원"은 누구도 막을 수 없을 일이다. 북한 사회주의 섬유산업의 거세찬 성공과 그를 밑받침 삼은 '조국통일'의 '념원'이 중핵적인 줄거리로 도도하다. 이러한 줄거리 속에 나라잃은시대나 광복기 직포공 처녀들이 남녘 땅에서 겪었을 고난상 같은 속살이 끼일 자리가 있을 리

없다. 오로지 '파도' 천을 짜는 '갈매기', 직포공 처녀의 노력 투쟁을 부추기고 그로
말미암아 다가올 통일의 나날을 전경화하는 데 바쳐진 한 길을 볼 따름이다.
　이에 견주어 「비단 짜는 갈매기」⑫는 「비단 짜는 갈매기」⑪보다 내적 맥락이 훨씬
단출해졌다. 이저런 군더더기를 빼고 깔끔하게 갈매기의 고향 그리움과 남녘 땅 제
주섬 회귀라는 뼈대만 강조했다.

　　압록강 기슭에 갈매기 난다.
　　비단의 바다 창파 우를 날아돌며
　　비단 짜는 갈매기 —

　　꽃무늬 돋힌 천에 처녀의 마음
　　수놓으며 너 무얼 생각느냐?
　　고향이 제주섬 섬마을
　　섬에서도 이 나라 남쪽 끝
　　그 이름 아름다운 서귀포라지.

　　갈매기야 네사
　　한바다 거치른 물속에 잠겨
　　해삼 캐고 미역 따던
　　제주 해녀 어머니 닮아
　　볕에 탄 얼굴에 까만 눈동자……

　　네 고향 바다가
　　포구로 날아들어 울어 예던
　　갈매기 네 아니냐?

서귀포 앞바다는 해녀들

서름 많고 쓰라린 눈물이 뿌려진 바다,

가시내 꽃다운 시절에도

풍랑과 싸워야 하루 끼니를 이으던

늬 어머니 뭍에 오르며

내쉬는 긴 한숨소리 바람에 실려 갔더라.

네사 지난날의 이야기 못 잊어

정녕 마음에 못 잊어

오늘의 행복한 웃음을 짜는

비단을 안고 찾아가고 싶어

남해 건너 제주 그리는 갈매기

압록 강반에서 제주까지는

구름 타고 산 넘어 먼 삼천 리

하늘가에 날개 펼치면

마음에 가까운 그 곳

억세고 슬기로운 제주 사람들

싸우는 곳에 네 마음 있다.

갈매기야 날아라.

창공을 훨훨 날아 날아

항쟁의 불길 이는 남녘 하늘……

네사 그리운 사람들

고향 하늘 찾아 너는 가고 있구나.

무지개 아롱아롱 짜는 비단천

고향 가는 그 길에 깔아 놓으며

—「비단 짜는 갈매기」⑫

「동백꽃 우표」계 각편들이 묶음을 이루며 이은 변이의 제3단계, 그것도 마지막을 차지하는 각편이 「비단 짜는 갈매기」⑫다. 앞쪽에서 짚을 부분만을 떼서 보았으니 위에서는 작품을 한눈에 맛볼 수 있도록 전문을 올렸다. 「비단 짜는 갈매기」⑪과 달리 첫머리부터 직포공 '갈매기'가 노력 투쟁을 하는 방직공장 모습을 담은 자리를 줄인 점이 바로 드러난다. "압록강 기슭에 갈매기 난다. / 비단의 바다 창파 우를 날아돌며 / 비단 짜는 갈매기"라는 시줄이 그것이다. 앞선 「비단 짜는 갈매기」⑪과 묶어 생각하면 서해 바다 모두를 갈매기가 비단 짜는 곳으로 보았다. 애초 "비단 궁전"이라 일컬었던 신의주화학섬유공장이라는 위치 장소가 사라지면서, 더 넓은 곳으로 상상력을 크게 키웠다. 갈매기와 직포공 처녀의 은유적 동일성이 서해 바다로 옮겨진 맵시다. 그러다 보니 '갈매기'의 고향 제주섬 바다로 건너기는 자연스러운 일이다. 그 갈매기의 비상은 바다 '비단' 천에 자신의 마음, 곧 '꽃무늬'를 '수' 놓는 일이다. 이어진 맨 마지막 두 토막은 거의 그 '갈매기' 직포공 처녀가 날아갈 제주섬의 지난 삶에다 그곳으로 날아가고자 하는 처녀 마음에 초점을 두었다.

이러한 흐름 가운데서 방직공장에서 겪는 노력 투쟁 정황이 뚜렷하게 줄었다. 그리고 거기에 더해 전경화하고 있는 중심 줄거리는 무엇보다 방직공장에서 "꽃무늬 돋힌 천에 / 처녀의 마음 / 수놓으며" 그 처녀가 지녔을 법한 생각에 있다. 거기다 지난 제주섬의 삶 또한 무자제주참변 '항쟁'과 관련없이 통상적인 어려움과 고통으로 누그러졌다. "서름 많고 쓰라린 눈물이 뿌려진 바다," 또는 "풍랑과 싸워야 하루 끼니를" 잇는 정도로 일반화했다. 제주섬과 제주 사람들을 두고서도 "억세고 슬기로운" '사람들'이 "싸우는 곳"의 사람 수준에 그쳤다. 그러다 보니 "갈매기야 날아라. / 창공을 훨훨 날아 날아 / 항쟁의 불길 이는 남녘 하늘"이라 쓴 곳에서 "항쟁의 불길"이라는 표현이 지닌 뜻은 막연할 수밖에 없다. 「비단 짜는 갈매기」⑪에 견주어 「비단 짜

안룡만 시 「동백꽃 우표」의 변이와 무자제주참변   211

는 갈매기」⑫는 사실적인 쪽에서는 구체성이 줄고 상상적 맥락이라는 쪽에서는 보다 가지런한 손질이 이루어진 셈이다. 작품 맨 마지막 토막에서도 그런 맵시가 고스란히 드러난다.

① 날아라, 우리의 갈매기야

훨훨 마음의 날개를 펼쳐

이 땅의 남해南海 바다 끝까지 ―

거기 오늘도 싸움에 일어서는 남녘 땅

통일統―의 새 아침이 밝아 오리라.

―「비단 짜는 갈매기」⑪ 가운데서

② 갈매기야 날아라.

창공을 훨훨 날아 날아

항쟁의 불길 이는 남녘 하늘……

네사 그리운 사람들

고향 하늘 찾아 너는 가고 있구나.

무지개 아롱아롱 짜는 비단천

고향 가는 그 길에 깔아 놓으며.

―「비단 짜는 갈매기」⑫ 가운데서

「비단 짜는 갈매기」⑪에서 마무리 자리는 느낌이 한껏 드높은 상태다. "날아라, 우리의 갈매기야" 날아라, "마음의 날개를 펼쳐" "오늘도 싸움에 일어서는" "남녘 땅" "남해 바다 끝까지" "통일의 새 아침"을 향해라는 영탄형이 그 점을 받쳤다. 그와 달리 「비단 짜는 갈매기」⑫에서는 갈매기가 먼 "고향 하늘 찾아" 바닷길에 "무지개 아롱아롱 짜는 비단천을" 깔아 놓으며 난다는 표현에 멈추었다. 서해 바다 모두를 갈매기가 비단 짜는 공장으로 상상적 확대에 이른 결과가 빚어낸, 가라앉은 모습이다.

　그러한 변이 가운데서 앞선 작품 「동백꽃에 맺은 사연」⑩에서는 중요한 머그림이 었던 '동백꽃'과 '동백단'은 모두 사라져 버렸다. 비슷한 유추가 가능한 곳은 바다에 까는 '비단천' 정도겠으나, 그것도 '동백꽃'과는 묶지 않았다. 「동백꽃 우표」계 마지막 제3단계 변이 마지막 두 작품, 「비단 짜는 갈매기」⑪과 「비단 짜는 갈매기」⑫에 이르러서는 마침내 '동백꽃 우표'는커녕 '동백꽃' 그림자조차 사라지는 손길을 탔다. 그리고 그 자리에 남은 것은 "비단의 바다"에서 갈매기의 비단 짜기라는 새로운 비유적 상상이다. 그러나 그 새로움은 이미 앞서 「비단 짜는 갈매기」⑪에서 "넓은 직포 직장에 늘어선 / 초록빛 기대에서 비단필 비단필이 / 파도치듯 펄럭이며 흘러 나와라", "꽃무늬 아롱아롱 짜내는 직포공 처녀들 / 비단 물결 우를 나려 치는 갈매기야" 라는 상상적 전개를 맛본 이들에게나 공감을 불러일으킬 수준의 것이다. 직포공장과 바다, 직포공 처녀와 갈매기, 베짜기와 파도치기라는 현실적 연상을 바탕에 두었을 때나 와닿을 표현이다.

　따라서 「비단 짜는 갈매기」⑫를 「비단 짜는 갈매기」⑪과 연결시키지 않고 개별 작품으로 홀로 다루거나 맛본다면 모름지기 바다와 갈매기의 비유가 충분히 살지는 모를 일이다. 개별 단독 작품으로서 「비단 짜는 갈매기」⑫를 읽는다면 너른 바다 갈매기의 베짜기라는 다소 허황한 비유로 읽힐 가능성이 적지 않은 까닭이다. 말하자면 「비단 짜는 갈매기」⑪의 맥락과 표현은 현실적, 경험적 맥락 위에서는 비유적 구체성이 살아나는 맵시를 갖추었으나, 「비단 짜는 갈매기」⑫는 달라졌다. 「비단 짜는 갈매기」⑪의 구체 감각을 죽여 버리는 길로 나아간 격이다. 따라서 「비단 짜는 갈매기」 ⑫는 개별 작품으로는 매끄러우나 북한 현실주의시로서는 추상적이라는 평가를 벗기 어려울 수준에 머물렀다. 그런 모습은 일찌감치 제1단계 변이 안에서 「동백꽃 우표」①이 지녔던 '동백꽃'과 '우표'의 은유적 결합, 상상적 즐거움을 '우표'를 버림으로서 얻게 된 현실주의 지향과는 또 다른 방향이다. 부풀려 말하자면 「비단 짜는 갈매기」⑫의 속살과 표현은 그나마 현실에 뿌리가 든든한 신의주화학섬유공장과 '비단 궁전', 직포공 처녀의 베짜기와 갈매기 입질이라는 비유적 즐거움을 송두리째 지워버리는 쪽으로 개악한 일일 수 있다.

이쯤에서 짚어둘 자리가 하나 더 보인다. 표기 방식이다. 「비단 짜는 갈매기」⑪이 한글한자섞어쓰기, 「비단 짜는 갈매기」⑫는 한글로만쓰기로 서로 다르다. 같은 매체인 『조국통일』에 두 해를 띄워 실린 작품 둘이지만 매체의 됨됨이가 시인에게 준 압력이나 긴장을 느낄 수 있는 변화다. 뜬금없이 1960년대 작품 「비단 짜는 갈매기」⑪이 광복기 때 말고는 쓰지 않았던 한글한자섞어쓰기 표기를 갖춘 점은 조국평화통일위원회 기관지 『조국통일』의 표기 방식과 같다. 북한 바깥 독자사회, 곧 일본 조총련계나 한글한자섞어쓰기가 쓰였던 남한 쪽 독자사회의 소비를 겨냥했던 까닭에 『조국통일』은 북한이 내놓은 연속 매체 가운데서도 각별하게 한글한자쓰기를 따랐다. 안룡만이 처음 『조국통일』에 「비단 짜는 갈매기」⑪을 내놓았을 때는 그 점을 뚜렷하게 의식했음을 알 수 있다. 그에 맞추어 한글한자섞어쓰기 시꼴로 내놓았다. 그런데 두 해 뒤 다시 「비단 짜는 갈매기」⑫를 『조국통일』에 넘길 때는 한글로만쓰기로 보냈다. 실릴 매체에 대한 고려가 불필요하다고 여긴 까닭이겠다. 그리고 그 점은 앞에서 보았던바 「비단 짜는 갈매기」⑪과 「비단 짜는 갈매기」⑫의 변이 양상과도 무관하지 않은 영향을 끼쳤으리라 여겨진다. 상대적으로 「비단 짜는 갈매기」⑩의 경험적 구체성이나 말씨의 격렬함과 「비단 짜는 갈매기」⑫의 상상적 확대, 매끈한 말씨는 시인 안룡만이 지녔던 조국평화통일위원회의 궁극 목표, 이른바 미제 타도와 '조국해방'에 대한 자의식의 강도를 에둘러 보여 주는 일이리라는 짐작을 불러일으킨다. 표기 방식뿐 아니라 표현에서도 「비단 짜는 갈매기」⑫는 긴장이 덜한 됨됨이인 까닭이다.

앞에서 살핀 바와 같이 「동백꽃 우표」계 각편의 제3단계 변이는 「동백꽃」⑧을 기점으로 4편이 보인다. 앞자리에 놓인 「동백꽃」⑧과 「'동백단' 이야기」⑨는 같은 시집에 나머지는 개별로 이어졌다. 「동백꽃」⑧과 달리 「'동백단' 이야기」⑨는 크게 다듬었다. 같은 매체에 실리는 두 편 사이 개별성을 더하기 위한 손질이었다. 「동백꽃에 맺은 사연」⑩에서 일어난 큰 변화는 시의 주인공이 남녘 출신 제1세대 직포공 처녀에서 그 딸인 제2세대 직포공 처녀로 세대 전승이 이루어진 점이다. 거기다 신의주화학섬유공장이 대표하는, 북한 섬유산업의 질적, 구조적 변화가 새로운 외적 맥락으로 들어 앉았다. 앞날의 바람 또한 낙동강변에 새 화학섬유공장을 이음매로 삼은 '조국통일' 로 나아갔다. 「비단 짜는 갈매기」⑪, ⑫에서는 주인공이 남녘 출신 1세대 직포공 섬처 녀로 되돌아갔다. 위치 장소는 신의주로 같으나, 지향 장소는 남해 바닷가와 제주섬 으로 갈라 선다. 어느 정도 주인공의 지난 날 고난상이나 오늘날 노력 투쟁 현실을 보 여 주면서 통일의 앞날을 전경화한 「비단 짜는 갈매기」⑪에 견주어 「비단 짜는 갈매 기」⑫는 그러한 외적 맥락을 일반화한 표현으로 녹였다. 경험적, 현실적인 쪽에서는 구체성이 줄고 상상적 맥락이라는 쪽에서는 보다 매끄러워진 셈이다.

따라서 세 번째 단계에서 5편 각편은 계기적인 변이를 밟지 않고, 「동백꽃」④와 「'동백단' 이야기」⑨, 그리고 「동백꽃에 맺은 사연」⑩, 거기다 다시 「비단 짜는 갈매 기」⑪과 「비단 짜는 갈매기」⑫라는, 세 갈래로 분화해 갔음을 알 수 있다. 그런 과정 에서 「동백꽃 우표」계 각편 맨 마지막 작품인 「비단 짜는 갈매기」⑫가 거꾸로 광복 기 초기 정형인 제1단계 「동백꽃 우표」③, 곧 출범한 자리로 되돌아간 듯한 맵시를 보인 일은 뜻밖이다. 그럼에도 1948년 초간본 「동백꽃 우표」①이 지녔던 '동백꽃 우 표'의 참신한 비유적 표현 가치로는 돌아가지 않았다. 「동백꽃에 맺은 사연」⑩에서 는 '동백꽃'과 비단천 '동백단' 머그림은 그림자만 보이는 수준이었다. 「비단 짜는 갈 매기」⑪과 「비단 짜는 갈매기」⑫에 이르러서는 그마저도 사라졌다. 그 자리에 남은 것은 '비단 바다' 서해에서 갈매기 직포공의 비단 짜기라는 규모를 더 크게 키운 비 유적 상상이었다. 「비단 짜는 갈매기」⑪과 같은 앞선 작품에 대한 이해를 지닌 이들 에게나 공감을 얻을 수준의 것이다. 처음으로 읽는 독자사회라면 「비단 짜는 갈매 기」⑫는 북한 현실주의 시로서 모자람이 뚜렷한 추상적인 시로 여겨질 따름일 터다.

5. 북한 시에서 개인과 전체

안룡만1916~1975은 오롯한 신의주 시인이자 평안북도 시인이라 일컬을 수 있다. 그 점은 동향 벗 리원우·김우철과도 나뉘는 사실이다. 리원우와 김우철은 광복기에 앞서고 뒤서며 평양 문학사회로 떠났다. 리원우는 1950년대 이후 북한 어린이문학을 대표하는 시인이자 비평가로서 평양의 문학 중앙을 누렸다. 김우철은 낙향하여 현지 파견 생활을 겪다 1950년대를 넘기지 못한 채 1959년에 목숨을 끊었다. 그 둘에 견주어 안룡만은 경인년전쟁기 낙동강 종군을 한 적은 있으나 한누리 문학 활동을 향리에서 마쳤다. 그런 까닭에 신의주와 평북 지역성을 담은 작품을 오래, 가장 많이 남겼다. 게다가 이른바 '남반부'를 다룬 시를 누구보다 꾸준히 남겼다. 처음은 제주 섬에서 벌어진 1948년 무자제주참변제주4·3사건을 다룬 「동백꽃 우표」①이다. 이 초간본은 1966년까지 18년 동안 11차례나 수정, 개고를 거쳐 거듭 발표되었다. 특정 창작 동기와 글감을 향한 한 시인의 집요한 집중이다. 이러한 특이 현상을 어떻게 받아들이고 이해해야 할 것인가. 이 글에서 글쓴이는 그러한 물음에 대한 답을 얻기 위해 「동백꽃 우표」계 각편 12편을 두고 변이 양상을 따졌다.

논의에 들어서기 위해 각편 12편을 발표 순서에 따라 세 묶음으로 갈랐다. 초간본 「동백꽃 우표」①1948에서 개인 시집에 실은 작품 「동백꽃」③1956과 「동백꽃」⑧1964, 거기다 '공화국 수립 기념' 특집에서 재수록한 「동백꽃」④1958, 이 셋은 「동백꽃 우표」계 각편 가운데서도 특별한 무게를 지닌다. 공동 작품집이나 잡지에 발표했던 앞선 작품을 집약하는 대표성이 무거운 까닭이다. 제목도 「동백꽃」으로 한결같다. 이들을 매듭으로 살피면 초간본 「동백꽃 우표」①, 「동백꽃―항쟁의 제주도여」②, 「동백꽃」③이 제1단계 변이를 이룬다. 「동백꽃」④를 기점으로 「섬처녀 마음」⑤1960, '동백단' 이야기」⑥1961, 「락동강반의 고향집」⑦1964이 제2단계 변이를 이룬다. 제3단계는 「동백꽃」⑧1964을 기점으로 「'동백단' 이야기」⑨1964, 「동백꽃에 맺은 사연」⑩1964, 「비단 짜는 갈매기」⑪1964, 「비단 짜는 갈매기」⑫1966에 이른다. 이 글은 이들 세 단계와 그 안쪽 각편의 변이 흐름에 네 가지 잣대를 중심으로 들어섰다. 첫째 발표 매체 환경,

둘째 의사소통 방식, 셋째 외적/내적 맥락, 넷째 주도 동기로서 동백꽃 머그림이 그것이다. 각편끼리 앞뒤 시간적 계기 관계는 뚜렷하지만, 그것이 변화의 앞뒤 관계로 맞물리지 않아 순차적으로 따지기 어렵다. 게다가 한 편 논의에서 변이 양상 모두를 꼼꼼하게 다루기 어렵다. 그런 점을 고려한 방법이다. 논의를 줄인다.

첫째, 초간본 「동백꽃 우표」①은 12편 각편의 원형이다. 북한 정권 수립을 기리는 『작품집』에 실었다. 말할이는 제주섬 출신 직포공 처녀다. 시인 안룡만이 그미 탈을 썼다. 처녀는 나라잃은시대 압록강변 신의주방직공장에 '징용'으로 끌려와 을유광복 뒤에도 남아 일하고 있다. 들을이는 '항쟁'하는 그미 벗과 제주 사람들이다. 무자제주참변 소식을 신의주에서 듣고 말할이가 '항쟁'하는 제주 사람들에게 칭송과 격려의 마음을 동백꽃 우표에 붙여 보내는 소통 방식을 갖추었다. 말할이와 들을이 모두 여자로 삼아 무자제주참변의 얼개를 여자 항쟁으로 짰다. 1932년에 일어났던 '임신제주잠녀항쟁'을 이어받는 까닭이다. 거기다 '징용' 사실로 드러나는 제국주의 왜로의 수탈, 제주를 직할섬으로 빼앗으려 했다는 광복기 미군의 이른바 침탈 야욕과 그에 맞서 일어선 무자제주참변 항쟁, 나아가 방직공장에서 증산 과업에 나선 직포공의 노력 투쟁과 같은, 그 무렵 현실을 녹이고 있었다. 북한 사회주의 현실주의 시로서 모자람 없을 외적 맥락을 갖춘 셈이다. 항쟁 승리의 앞날은 영광스러운 조국이라는 두루뭉술한 지평이었다. 그런 가운데 동백꽃은 말할이의 뜻을 위치 장소 신의주에서 지향 장소 제주섬으로 옮겨 주는 우표 몫을 맡았다. '동백꽃 우표'라는 은유적 표현 가치야말로 「동백꽃 우표」①이 지닌 개별성과 독자성을 보증하는 눈이다.

둘째, 제1단계 변이 3편은 낱책에 실린 특성을 지닌다. 「동백꽃 우표」①은 「동백꽃—항쟁의 제주도여」②로 '개고'를 거치며 늘어났다. 당대 현실에 걸맞은 외적 맥락을 더하면서 나타난 변화다. 무자제주참변에 관한 구체적인 속살을 더했을 뿐 아니라 제주 '항쟁'을 온나라 유격 투쟁으로 넓혔다. 신의주 방직산업의 노력 투쟁, 일성의 이른바 뛰어난 영도와 '조국통일'이라는 뚜렷한 전망도 속살로 더했다. 동백꽃은 북한 진달래와 나란히 '항쟁'의 승리를 표상하는 머그림으로 달라졌다. 남북 대립 이념을 뚜렷이 내세우고 표현 가치는 뒤로 물린 격이다. 전쟁기를 거친 뒤 발표한

「동백꽃」③은 무자제주참변 무렵으로 다시 되돌아간 듯한 길을 따르며 간추려졌다. 북한 조선로동당 체제와 무자제주참변 사이 직접 관련성이라는 외적 맥락은 지웠다. 아울러 제주섬 항쟁의 무게가 줄고 당대 섬유산업 분야의 노력 투쟁도 내적 맥락으로 녹아들면서 두루뭉술 중성화했다. 동백꽃은 '우표'의 상상적 즐거움에서 섬처녀의 마음을 뜻하는 범상한 비유의 보조관념 수준에서 그쳤다. 「동백꽃」③은 「동백꽃 우표」계 제1단계 변이를 맺는 정형 텍스트이면서 다음 제2단계 변이로 나아가는 첫 모형이다.

셋째, 제2단계 변이의 기점은 『조선문학』에 실은 「동백꽃」④다. 그 뒤로 대중지 『천리마』에 올린 「섬처녀 마음」⑤, 「'동백단' 이야기」⑥, 「락동강반의 고향집」⑦이 이어진다. 이들 4편은 소통 방식에서부터 크게 달라졌다. 말할이가 내포 시인 안룡만으로 바뀌고, 그이가 1인칭 '나'로서 주인공 직포공 섬처녀의 삶과 생각을 손수 들려주는 이야기시 방식이다. 「동백꽃」④에서 주인공의 위치 장소는 신의주에서 벗어나 북녘 방직공장으로 중성화했다. 지향 장소는 한결같이 제주섬이다. 「섬처녀 마음」⑤와 「'동백단' 이야기」⑥에서 주인공의 위치 장소 또한 막연히 북녘 방직공장이다. 지향 장소는 제주섬과 남해 마을로 갈라졌다. 「락동강반의 고향집」⑦에서는 아예 위치 장소가 평양 대동강반으로, 지향 장소는 남녘 낙동강반으로 바뀌었다. 이러한 소통 방식의 변화를 이끈 것은 「동백꽃」④에서부터 보이는, 1950년대 후반 북한 천리마 현실과 방직산업의 증산 투쟁과 같은 외적 맥락이다. 그들이 전경화하면서 나라잃은시대와 광복기 제주 '항쟁' 현실은 뒤로 물러섰다. 그럼에도 「락동강반의 고향집」⑦로 나아가면서 직포공 주인공의 증산 투쟁과 그 결과 이룰 '조국통일'의 목표는 한결같았다. 그런 과정에서 동백꽃은 북한 진달래와 대응한 이념적 자장을 더하거나 주인공이 짜는 비단천 이름 '동백단'으로 올라섰다. 따라서 제2단계 변이는 「동백꽃」④를 기점으로 각편 3편이 순차적으로 달라졌다기보다 부챗살처럼 세 가지로 갈라지는 맵시를 보여 준다.

넷째, 「동백꽃 우표」계 제3단계는 제2단계 기점 작품 「동백꽃」④에서 다듬어 시집에 올린 「동백꽃」⑧과 「'동백단' 이야기」⑨에서 비롯한다. 거기서 3편이 이어져 각편은 모두 5편이다. 「동백꽃에 맺은 사연」⑩에서는 주인공이 남녘 출신 1세대 직포공 처녀에서 그 딸인 2세대 직포공 처녀로 달라졌다. 세대 이동이라는 큰 변화다. 거기다 화학섬유로 대표되는 북한 섬유산업의 질적 변화가 새 외적 맥락으로 들앉았다. 앞날 목표 또한 낙동강변에 세울 화학섬유공장을 이음매로 삼은 '조국통일'로 달라졌다. 「비단 짜는 갈매기」⑪, 「비단 짜는 갈매기」⑫에 이르러서는 남녘 출신 1세대 직포공 섬처녀로 주인공이 되돌아갔다. 위치 장소는 신의주로 같으나, 지향 장소는 남해 바닷가와 제주섬으로 갈라섰다. 주인공이 겪은 지난 날 고난상이나 오늘날 노력 투쟁 현실을 담아내면서 통일의 앞날을 전경화한 「비단 짜는 갈매기」⑪에 견주어 「비단 짜는 갈매기」⑫는 그러한 외적 맥락을 일반화한 표현 속으로 녹였다. 현실성이 줄고 흐름이 매끄러워졌다. 따라서 제3단계는 「동백꽃」④와 「'동백단' 이야기」⑨, 그리고 「동백꽃에 맺은 사연」⑩, 다시 「비단 짜는 갈매기」⑪과 「비단 짜는 갈매기」⑫라는, 세 묶음으로 각편이 갈라져 변화했음을 알 수 있다. 그 과정에 맨 뒤 작품 「비단 짜는 갈매기」⑫가 초기 정형인 제1단계 「동백꽃 우표」③ 자리로 되돌아가는 듯한 맵시를 보인 일이 뜻밖이다. 그럼에도 표현 가치는 초간본 '동백꽃 우표'의 참신함으로 돌아가지 않았다. 옷감 이름 '동백단'으로 올라서기도 했던 동백꽃은 「비단 짜는 갈매기」⑪과 ⑫에 이르러서는 아예 그림자마저 사라졌다. 그 자리를 대신한 표현은 '비단 궁전' 신의주방직공장에서 벗어나 '비단 바다' 서해로 날아간 직포공 갈매기가 파도 비단을 짜는, 규모 큰 비유였다. 북한 현실주의 시로서는 모자람이 적지 않을 변화였다.

따라서 「동백꽃 우표」계 각편 12편은 소통 방식에서 제1단계 단독 발화하는 서정 양식에서 시작하여 제2단계부터 이야기 양식으로 달라졌다. 그러한 변화는 무자제 주참변 현실과 시기적으로 멀어지면서 그것을 지난 사건으로 담아내기 위한 방법이었다. 주인공의 세대 계승이 이루어지기도 했다. 주인공의 위치 장소와 지향 장소에도 이동이 잦았다. 제주 / 신의주가 남녘 땅 / 북녘 땅이라는 분단 구조로 맞서기도 했다. 그런 틀 안에서 각편들은 맞닥뜨리는 당대 새 외적 맥락을 담고 내적 맥락을 가다듬는 변화를 거듭했다. 작품의 독자성이나 개별성보다는 현실 정합성이 변이를 끄는 핵심 동력으로 작용한 결과다. 머그림 동백꽃은 비유적 구체성에서 경험적 기억으로, 다시 상상적 도식을 뜻하는 머그림으로 옮겨 갔다. 긴 세월 「동백꽃 우표」계 12편은 형식, 내용 모두에 걸쳐 변화한 셈이다. 게다가 연속된 순차적 변이가 아니라 단계별로 다시 분화하는 특성을 지녔다. 각편들은 따로 떨어진 개별 작품이라는 차이보다는 동일성과 유사성이 두드러진 변이 수준과 강도를 지녔다. 복합적인 텍스트 상호성에 바탕을 둔 개작이 아니라 단순 변형에 가까운 파생 상황을 되풀이했다. 모방이라 할 수도 없고, 전환이라 보기도 어려운 변이 양상이다.

안룡만은 1933년 소년 문사 무렵부터 1969년까지 낱글 248편을 발표했다. 그들 가운데서 「동백꽃 우표」계 시가 12편이다. 수필은 11편을 넘지 않았다.[42] 초간본 「동백꽃 우표」 파생 각편 수와 수필 갈래 수가 비슷하다. 이렇듯 집요한 창작적 되새김질은 유래가 드물다. 자본주의 문학사회라면 당장 자기 표절 정도가 아니라 비윤리적인 작품 뺑튀기라는 날선 비난 아래 문학 활동을 접어야 할 중대 범죄에 가깝다. 그럼에도 안룡만 경우는 전체주의 북한 문학이 지닌 자연스런 됨됨이인 양 그 일을 지속했다. 1948년 초간본 「동백꽃 우표」①의 초기 성공에 대한 자부심이 너무 강렬했던 탓에 이루어진 결과라 말하더라도 받아들이기 어렵다. 왜냐하면 제2단계부터 초간본의 바탕인 무자제주참변의 기억은 흐릿해졌기 때문이다. 아니면 「동백꽃 우표」계 시가 북한 사회주의 문학 전개에서 거듭 필요한 유별난 정당성을 지녔던 것일까. 그런 짐작도 북한 시문학사에서 「동백꽃」을 대표 작품으로 내세운 기술을 찾을 수 없다는 점에서 틀렸다. 그렇다면 북한 사회주의 현실주의 시의 교조적 실천에 따르는 도식적인 일반 양상 가운데 하나라고 보아 넘기면 될 일인가. 어느 경우라 할 것 없이 하필 「동백꽃 우표」계 각편에서만 나타난 한결같은 재발표 현상을 풀이하기 어렵다. 확실한 점은 그러한 파생 변이 양상이 안룡만 시에서만 나타난 특이 현상이라는 사실이다. 신의주 동향 벗 리원우나 김우철과 견주어 보더라도 이 점은 뚜렷하다.[43]

42　박태일, 「안룡만 시 이해를 위한 바탕」, 앞의 책, 332쪽.

43　김우철은 1931년부터 1959년까지 작품 303편을 내놓았다. 그럼에도 안룡만과 같은 재발표 현상은 1편도 볼 수 없다. 리원우 또한 1931년부터 1978년 사이에 150편을 넘는 작품을 발표했

안룡만의 「동백꽃 우표」계 파생 각편들은 낱낱으로 개별화하려는 노력보다 유사성이 더해, 자기 복제에 가까운 맵시를 되풀이했다고 말할 수 있다. 북한 시문학의 사회주의 현실주의 창작 원칙 아래서도 자기 개별성을 얻기 위해 고투한 시인에, 작품이 없는 것은 아니다. 글쓴이가 따져본 바로는 백석의 시가 대표적인 경우다. 북한 근대시에서 개인과 전체의 거리를 메우면서 개성적인 현실 체험과 창조적 표현 가치를 끝까지 가꾸려 한 시인이 백석이다. 좋은 시인의 자리는 사회주의 북한에서나 자유주의 대한민국에서나 다를 바 없다. 상상력은 자본에 갇히고, 자유는 대중을 명분으로 삼은 거대언론의 대언어 권력에 갇힌 우리 쪽 시문학이다. 겉으로는 다른 것처럼 보이지만 속은 어슷비슷할 따름이다. 끊임없이 개별화하려는 창조적 자의식과 차이를 마련하려는 자기 갱신의 노력은 사회주의 문학이건 자유주의 문학이건 달라짐 없을 시인의 근본 조건이다. 그런 점에서 안룡만의 「동백꽃 우표」계의 변이 궤적은 안룡만의 특성과 한계로 봄이 옳다. 북한 시문학 가운데서도 부정적인 경우를 보여 주는 한 본보기인 셈이다. 어떻든 이 글을 빌려 북한 시 텍스트의 세부를 더 꼼꼼하게 들여다 볼 수 있었다. 논의가 한참 길어졌지만 글쓴이로서는 좋은 기회였다. 앞으로 북한 시를 더 속속들이 따져 읽고자 하는 이들에게 이번 논의가 한 지남반이 되기 바란다.

지만, 마찬가지다. 박태일, 「리원우 이해를 위한 실증적 바탕」, 『근대서지』 제22호, 근대서지학회, 2020, 635~677쪽; 「김우철 문학의 실증적 접근」, 『근대서지』 제26호, 근대서지학회, 2023, 223~282쪽.

리원우 연구를 위한 실증적 이해

1. 리동준·리동우·리원우

북한의 신의주 근대문학을 대표하는 이는 리원우와 안룡만 그리고 김우철이라 할 수 있다. 이들 셋은 거의 비슷한 시기인 1930년대 초반 활동을 시작해 시와 어린이 문학, 그리고 비평에서 활발했다. 세 사람이 지닌 지역 대표성은 사상 탄압과 카프 해체의 빌미로 삼기 위해 1934년 왜로가 저지른 신건설사박해폭거 과정에서 잘 드러난다. 온나라 곳곳에서 계급주의 문학예술인을 대상으로 삼은 검거에 이들도 먹잇감이 된 것이다. 그런 과정에서 「국경 일대를 긍한 적색비사 사건 탄로?」[1]라는 기사에 이어 나온 아래 보도문이 세 사람의 자리를 잘 일깨워 준다.

27일 아침에 전북경찰부원이 신의주에 도착하야 평북경찰부의 응원을 얻어 가지고 신의주 부내 초음정에서 안룡민과 비현에서 또 한 명과 의주군 고진면에서 1명 등 삼 명의 문학청년을 검거하야 일단 취조한 후 27일 남행렬차로 전북경찰부로 호송하리라 한다.

—「신의주에서도 삼 명을 체포」[2]

이 기사에 이름을 올린 '문학청년' 가운데 안룡민은 시인 안룡만의 필명이다. "고진면의 1명"은 다름 아닌 시인 김우철이다. 그리고 "또 한 명"이 바로 리동준, 곧 리원우다. 이어 『조선중앙일보』[1934.7.2]에서는 「안용민 등 3명 전북으로 호송」이라는 기사

---

1   『조선일보』, 1934. 2. 12.
2   『동아일보』, 1934. 6. 28.

를 올려 세 사람이 전북경찰서로 끌려 갈 것임을 알렸다.[3] 이들 셋은 신의주를 중심으로 이른바 신흥문학, 곧 계급주의 문학 활동을 하다 왜로의 올가미에 걸려 든 것이다.[4] 이들은 긴 잠행의 시기를 거친 뒤 을유광복을 맞자 신의주에서 시작하여 평양으로 나아가면서 활발한 문학 활동을 이었다. 북한 초기 문학 형성에 나름의 중요한 몫을 다한 셈이다.

따라서 이 세 사람의 성장과 변모 과정을 좇는 일은 신의주 지역문학이 북한 근현대문학 속에서 지니는 지역 개별성과 일반성을 조감할 수 있게 이끄는 으뜸 가늠자를 쥐는 격이다. 그럼에도 재북 시기 활동까지 아우르고자 한 선집[5]이 한 차례 나온 안룡만만 예외일 뿐, 김우철과 리원우에 대한 관심은 엷다. 1959년 스스로 목숨을 끊음으로써 활동이 멈춘 김우철은 그렇다 하더라도, 리원우[1914.2.28~1985.1.15]는 셋 가운데서 가장 다채로운 활동을 한 문학인이다. 그이에 관련한 관심이 엷은 점은 뜻밖이다.

일반인이 쉽게 다가갈 수 있는 누리집 '다음백과'에서는 리원우를 두고 "북한의 대표적인 아동문학가"[6]라 썼다. "북한의 대표"라는 일컬음은 어떤 터무니에서 나온 것일까. 그이를 두고 짧게라도 이루어진 개별 논고가 한 편도 없는 우리 학계 실정이다. 인명이나 작품 제목 나열 수준의 글조차 몇 보이지 않는다.[7] 그러한 학문적 몰관심과 "북한의 대표"라는 일컬음은 사뭇 앞뒤가 맞지 않다. 이제부터라도 본격 연구로 눈길을 돌려야 할 일이다.

리원우의 삶과 문학에 관련한 북한 초기 기록 가운데서 가장 꼼꼼한 것은 '현대조

3　「안용민 등 3명 전북으로 호송」, 『조선중앙일보』, 1934.7.2.

4　북한에서 나온 문학지에서도 신의주 '프로아동문학연구회' 회원 리원우·김우철·안룡만을 그 무렵 지역 대표 활동가로 특기했다. 「해방 전의 조선 아동 문학」, 교육도서출판사, 1956, 19쪽.

5　이인영 엮음, 『안룡만 시 선집』, ㈜현대문학, 2013.

6　「이원우」, https://100.daum.net/encyclopedia/view/b18a0154n0.

7　원종찬이 '북한 아동문학 성립기의 아동문화사 사건'을 다루면서 그의 이름을 올린 것이나, 『문화전선』에 실린 작품을 갈무리하고 있는 이상숙에서 그의 이름을 엿볼 수 있을 정도다. 원종찬, 「북한 아동문단 성립기의 "아동문화사 사건"」, 『동화와번역』 20집, 건국대 동화와번역연구소, 2010, 229~248쪽; 이상숙, 「『문화전선』을 통해 본 북한시학 형성기 연구」, 『한국근대문학연구』 23집, 한국근대문학회, 2011, 253~283쪽.

선문학선집’ 가운데 하나인 『시집』[1960]의 「략력」[8]이다. 본인이 쓴 것이 분명한 기록이다. 이 자리에서는 1914년 “평안북도 의주군 의주면 동부동 사무원 가정에서 출생”해서 1930년 의주보통학교를 나와 농업학교, 곧 신의주농업학교에 다니다 그만둔 학력을 밝혔다. 신의주제지공장에서 소년 일꾼으로 일하면서 1931년부터 ‘프로레타리아 아동문학연구회’ 회원으로 문학 활동을 시작한 사실도 담겼다. 이어 1934년 왜로의 신건설사폭거, 곧 “카프 사건으로 검거”된 일과 석방 뒤부터 을유광복까지 중국 “동북지방과 국내를 방랑하면서 건설공사장 광산 등에서 로동”자로 산 행적도 적었다.

을유광복을 맞자 리원우는 “평북예술련맹 및 신의주시 예술련맹 위원장 겸 평북 공산당 기관지 『바른말』 문예부장”을 거쳤다. 을유광복 뒤부터 한동안 북한 지역문학에서는 신의주에 터를 둔 평북예술련맹의 활동이 매우 활발했다. 그런 점을 마음에 둔다면 위원장을 맡기도 했던 리원우의 열기에 찬 활동상을 짐작하기란 어렵지 않다. 1947년 리원우는 신의주에서 평양으로 터를 옮겨 “평양 중앙방송국 부국장”을 맡았다. 이어 “북조선인민위원회 선전부 검열과 지도원” “문화선전성 문학예술부 지도원”을 거쳤다. 전쟁기 리원우는 “종군 작가로 전선에 출동”했다. 1960년 현재, 조선작가동맹 중앙위원회 위원이며 아동문학 분과위원회 위원장이 그이가 맡은 자리다.

오늘날 우리에게 알려진 리원우 관련한 지식의 본이 되었음 직한 이 초기 기록은 그이가 죽은 뒤 이루어진 북한의 『문학예술사전』[1988]이나 『문예상식』[1994]의 올림말 ‘리원우’ 기술에서도 그대로 되풀이한다. 다만 『시집』의 「략력」에 더하여 뒤로 나아가면서 대표 작품에 관련한 기술을 크게 기웠다. 아울러 신건설사폭거로 검거되어 감옥살이를 겪고 나온 뒤부터 작품 활동이 뜸했던 까닭을 『문학예술사전』에서는 “아동문학 작품 창작을 위해 노력하였으나 왜로에 의해 뜻을” 이룰 수 없었다고 썼다. 1930년대 후반부터 을유광복까지 작품 활동이 어려웠던 사실과 그 까닭을 밝혀 놓고 있는 셈이다. 리원우의 작품을 두고서 『문학예술사전』에서는 동화 작품 창작이 두드러진다는 사실과 대표 작품 소개를 더했다. 아울러 그이 창작에서 특히 동시가

---

8   『현대조선문학선집(11)―시집』, 조선작가동맹출판사, 1960, 320쪽.

많은 자리를 차지하는데 "주제가 다양할 뿐 아니라 형식도 유희 동요, 동화시, 수수께끼동요 등 다양"하다고 짚었다.[9] 『문예상식』에서는 리원우가 신의주를 떠나 평양 문학사회로 자리를 옮긴 시기를 1947년 3월이라 못 박았다.

그런데 리원우에 관한 접근을 앞두고 아직 완전히 풀지 못한 자리가 있다. 그이 본명 문제다. 리원우는 리동우를 필명으로 썼다. 그 사실은 그이 작품 발표와 나란히 살피면 금방 드러난다. '리동우'라는 이름으로 내놓은 시 「세 발 달닌 황소」[10]나 동화 「가난한 집의 얼룩이(상)·(하)」동화가[11] 리원우 것임을 그이 생전에 냈던 『시집』1960의 「략력」에서 밝혔다. 그 뒤 작품선집 『보물고간』1986에는 그들을 실었다. 『문학예술사전』이나 『문예상식』의 기술에서 그 사실을 되풀이했다. 의심할 나머지가 없다. 리원우는 문학 발표 초기에 리동우를 쓰다 1935년을 앞뒤로 한 시기부터 리원우와 섞어 썼다. 그러다 1937년을 넘기면서부터 리원우 하나로 통일해 쓰는 쪽으로 이름 관리를 했다. 을유광복부터는 한결같이 리원우로 오로지했다. 필명 리원우가 본명처럼 자리를 잡은 셈이다.

그런데 리동우, 리원우와 함께 놓고 보아야 할 이름이 리동준李東俊이다. 이 이름은 리원우가 1930년대 초반 왜경에 검거되거나 구속되었을 때의 언론 기사 속에 나타난다. 그들을 들어 보이면 아래와 같다

①「신의주동화회」, 『조선일보』, 1930.2.19.

②「의청소년위원회義靑少年委員會」, 『조선일보』, 1930.6.20.

③「어린이날 포스터로 의주소년 우 검거」, 『조선일보』, 1931.5.22.

④「의주서 활동 양명 우 검거」, 『동아일보』, 1931.5.28.

⑤「신의주고등계 「별탑」 동인 검거」, 『조선일보』, 1933.1.29.

⑥「적색비사赤色秘社 사건 5명을 석방」, 『동아일보』, 1933.3.6.

9　『문학예술사전』(상), 과학백과사전종합출판사, 1988, 639~640쪽.
10　『별나라』 제10권 제2호, 1934.12.
11　『조선중앙일보』, 1935.5.18·21.

⑦「국경 일대를 긍한 적색비사 사건 탄로?」, 『조선일보』, 1934.2.12.

⑧「안용민 등 3명 전북으로 호송」, 『조선중앙일보』, 1934.7.2.

⑨「캅푸 중심의 사건 15일에 수송국逡送局」, 『조선중앙일보』, 1935.1.16.

⑩「푸로 문사등 30여 명 신건설사 사건 송국, 『조선일보』, 1935.1.15.

①은 '리동준'이라는 이름이 처음 언론에 드러난 경우다. 근우회 의주지회에서 마련한 '신춘현상 소년소녀 동화대회'에서 리동준이 2등상을 받았다는 사실이 실렸다. ②는 의주청년동맹 의주면지부 집행위원회를 열어 리동준을 집행위원장으로 뽑았다는 기사다. 어린이날을 맞아 포스터를 붙이다 붙잡혔던 의주청년동맹 간부 가운데 한 사람으로 리동준이 들었음을 알려주는 기사가 ③이다. ④ 또한 같은 사건을 『동아일보』에 이어 『조선일보』에서 다룬 경우다. ⑤는 신의주의 안보웅安龍滿과 함께 압록강 건너 안동에 있었던 리동준을 검거, 취조한 기사다. 그때 리동준의 나이는 22세로 적었다. ⑥은 이른바 신의주경찰서 고등계에서 신의주와 안동을 중심으로 활동하던 '문학청년' 가운데서 1933년 2월부터 '적색비사' 활동으로 검거한 3명은 서울로 보내고, 안룡만과 리동준은 석방했다는 기사다. ⑦ 또한 "국경 일대"에서 활동하고 있었던 '적색비사' 구성원 가운데 신건설사박해폭거에 얽혔다는 혐의로 전북의 왜경이 신의주까지 와서 초음정의 안룡민安龍滿과 의주군 고진면 유동에 살고 있었던 김우철, 그리고 "비현에서 또 한 명"을 검거했다. 취조 뒤 신건설사폭거 수사본부가 있는 전주 "전북경찰부로 호송"할 계획이라는 사실을 밝힌 기사다. ⑧에서는 그들 셋이 전북으로 호송되었음을 알려 준다. 이때 호송된 세 사람은 안룡만과 김우철 그리고 리동준이다. ⑩의 「캅푸 중심의 사건 15일에 수송국逡送局」은 다음 해인 1935년 1월 리동준 이름이 다시 한 번 떠오른 보기다. 『조선중앙일보』 지상이다. "프로문화운동을, 비합법으로 취급", "『신건설』 관계자 등 위시하여, 좌익문사 다수"에 대한 검거를 "시작한 지 칠팔 개월이나, 유치 취조타"가 "약간이 석방"되었다. 그들 '다수' 가운데 리동준이 보인다. 그때 "푸로문사 30여 명 신건설사 사건 송국" 명단에 오른 리동준의 나이는 23세로 적혔다.

신문 기사로 살피면 리동준은 1930년부터 1935년까지 압록강 건너 만주 안동 지역까지 오가면서 꾸준히 신의주 지역 소년회, 청년동맹 활동을 벌인 중심 인물 가운데 한 사람이다. 그런 까닭에 왜경에 몇 차례 검거, 취조 대상으로 올랐다. 신건설사 폭거, 곧 '카프 사건' 때는 안룡만, 김우철과 함께 전주로까지 붙잡혀갔다가 고초를 겪은 다음 풀려났다. 리동준이 겪은 그러한 동향으로 보아 그 이름은 리원우의 본명일 것으로 보인다. 기사 속의 리동준은 리원우가 신의주농업학교를 그만두고 신의주제지공장에서 일꾼 생활을 하면서 고향에서 벌였던 사회주의 문예의 조직 전개와 활동상에 고스란히 맞물리는 까닭이다. 무엇보다 신의주 지역 역내 문학청년으로 신건설사폭거에 걸려들어 검거, 전주로 압송되어 고초를 겪은 이는 안룡만, 김우철, 리원우 밖에 없다.[12] 그러한 사실은 그들 셋 모두 「략력」에서 강조한 바다.[13] 리원우가 문학 작품을 발표할 때는 필명 리동우나 리원우를 섞어 쓸 수 있었다. 그러나 왜로에 검거를 당하거나 공공 관리 대상이 된 경우에는 본명 리동준을 밝히게 않을 수 없었던 셈이다. 리원우의 벗인 안룡만이 필명으로 안룡민이나 리용만을 쓰다 마침내 룡만으로 이름을 굳혔지만, 본명은 안보응이라는 사실과도 나란한 일이다. 거주 지역을 내세우거나 필명을 즐겨 썼던 1920년대, 1930년대 적지 않은 투고문단의 문학 소년 / 청년 문사에게서 볼 수 있는 드물지 않은 현상이다.

문제는 리동준이 리원우의 본명이라는 사실을 확정하는 똑 떨어지는 터무니가 현재로서 없다는 점이다. 거기다 언론 기록으로만 보면 리동준은 1934년에 22세(⑤)로, 1935년에는 23세(⑩)로 적혔다. 리원우의 경우 1914년 2월 28일 출생이라 한 『시집』의 「략력」에 따른다면, 기사 시점인 1934년 1월 29일에는 만 나이로 18살, 우리식 나이로 19살이다. 1935년 1월 15일에는 만 나이로 20살, 우리식 나이로 21살

---

12 신의주 출신으로 리원우보다 한 연배 위인 백철과 박완식도 신건설사폭거로 검거, 투옥되었다. 그러나 그 무렵 그 둘은 이미 서울에 터를 두고 있었고 서울에서 검거되었다. 김영민, 『한국 계급문학 운동사』, 문예출판사, 1998, 300쪽.

13 안룡만은 "1934년 2월 귀국. 카프 사건으로 피검된 후부터 시 창작"이라 썼다. 「략력」, 『현대조선문학선집(11)—시집』, 조선작가동맹출판사, 1960, 226쪽. 김우철 경우는 "1934년 카프 사건(『신건설』 사건)에 관계되여 1년 간 령어 생활."이라 적혔다. 「략력」, 위의 책, 250쪽.

이다. 따라서 언론 기사의 리동준 나이와 리원우 사이에는 1살도 아니고 3살이나 2살 차이가 진다. 리동준은 리원우보다 3살이나 2살이 많은 이로 기사에 이름을 올렸다. 리동준이 리원우의 본명이라면 이러한 차이가 왜 나타나는가를 풀어야 한다. 그래야만 리동준과 리원우가 같은 사람임을 증명할 수 있다. 그런데 현재로서는 다른 마땅한 터무니를 댈 수 없다. 느슨하게 나이를 잘못 적은 해당 신문 신의주지국 담당 기자에게 탓을 돌리는 것도 한 길이다. 아니면 실제 태어난 해와 탄생 신고 때 호적에 올린 해 사이에 차이가 지는, 가끔 보이는 경우를 생각할 수 있다. 리원우도 태어난 해를 밝혀야 했을 때, 실제 태어난 해와 호적에 올린 해 그 둘을 뒤섞어 쓰다 뒷날에 가서 1914년 탄생 하나로 해를 굳혔을 수 있다. 그런 까닭에 그러한 다소 큰 차이가 나타났다고 보는 길이다. 이 두 경우라면 2, 3살 나이 차이는 받아들일 수 있는 범위 안에 든다.

어쨌든 리동준이 1934년 신의주에서 전주로 잡혀갔다 풀려날 때 이루어진, 이른바 전북경찰부의 취조 기록을 들여다 볼 수 없는 오늘날 현실이다. 따라서 논란이 있음에도 현재로서는 리동준의 활동이 이미 알려진 리동우나 리원우의 활동과 고스란히 겹친다는 사실에 무게를 두고 동일인임을 믿을 수밖에 없다. 동'우'와 동'준', 한 자밖에 차이가 없는 이름 구성도 그 일을 거든다. 리동우나 리동준이 같은 사람이라 보는 데 어려움은 없다. 게다가 다행인지 불행인지 리동준이라는 본명으로 작품을 발표한 경우는 1편도 볼 수 없다. 작품 됨됨이 구명에서는 리동준이나 작가 리원우의 본명 문제는 밀쳐놓아도 되는 셈이다.

리원우는 초기 왜로의 법적, 행정적 공론 속에서는 본명 리동준을 쓸 수 밖에 없었다. 문학사회 필명으로는 '리동우'와 '리원우'를 번갈아 썼다. 그러다 1938년 무렵부터는 리원우로 통일해 죽을 때까지 그 이름을 작가적 정체성으로 삼고 살았다고 보는 게 합리적이다. 그것은 백석이 본명 백기행을 버리고 몇 개의 가명을 지녔으나 한 누리 필명 백석을 오히려 본명처럼 삼아 살아간 일[14]과도 비슷하다. 다만 필명가명이

---

14   박태일, 「재북 시기 백석의 번역 문학 연구」, 『한국문학논총』 84집, 한국문학회, 2020, 397~448
      쪽; 박태일, 「리식이 백석이다」, 『근대서지』 제21호, 근대서지학회, 2020, 94~126쪽.

재북 시기인 작품 활동 중기, 후기에 주로 쓰였던 백석 경우와 달리 리원우는 필명 혼용이 자신의 문학 활동 초기에 그쳤다는 점이 다를 따름이다.

이제 아래에서는 본격적인 리원우 연구의 실증적 바탕을 마련하기 위해 그이 작품을 갈무리하고자 한다. 북한 문학 공부에서 1차 문헌의 불비는 어느 작가 어느 시대라 할 것 없이 늘 겪는 난제다. 그러다 보니 우리의 북한 문학 연구는 오랜 세월 북한의 평양중심주의와 (김)일성주의에 따라 획일적이고도 일방향적으로 구성, 재구성한 2차, 3차 담론에 갇혀 있을 수밖에 없었다. 완벽한 1차 문헌 확보는 불가능할지 모른다. 그럼에도 찾을 수 있는 데까지 매체를 얻고 기록을 들추면서 한 발 한 발 다가갈 일이다. 그런 과정에서 북한 문학을 향한 이해도 실질을 더할 것이다. 우리쪽에서 우리 방식으로 담론 주도권을 쥐고 북한 지역 근현대문학을 재구성할 수 있는 가능성은 그만큼 커지는 셈이다.

2. 개별 작품집의 전개

리원우는 활발했던 문학 생애를 거친 문학인답게 개별 작품집을 적지 않게 냈다. 다만 을유광복 앞 시기에는 그것이 보이지 않는다. 그 점은 첫 작품집을 낼 만한 청년기인 1930년대 후반에 작품 활동이 억눌렸던 탓도 있을 것이다. 작품이 낱책으로 묶을 만큼 쌓이지 않았을 뿐 아니라, 작품이 마련되었다 하더라도 그것을 펴낼 환경이 아니었던 때다. 그러다 보니 을유광복을 맞자 리원우는 누구보다 먼저 작품집을 내는 열정을 선뵐 수 있었다. 현재까지 글쓴이가 확인할 수 있었던 리원우의 개별 작품집은 15권이다. 그들을 들면 아래와 같다.

①『격류』시집, 신의주 평북예술련맹, 1946.

②『무성하는 노래』시집, 문화전선사, 1947.

③『물방아』'소설과 기타 산문 작품'집, 미상, 1948.

④『푸른 샘물』동화집, 국립인민출판사, 1949.

⑤『국어』인민학교 제5학년, 리원우·김우철 엮음, 평양 : 교육성, 1949.

⑥『기다리던 날―신천애육원 소년단원들의 투쟁기』전투기, 민주청년사, 1952.

⑦『도끼 장군』동화집, 민주청년사, 1955.

⑧『도끼 장군』번인본, 연변교육출판사, 1956.

⑨『기다리던 날』리원우 아동문학 작품집, 민주청년사, 1956.

⑩『아동문학 창작의 길』문학예술총서, 평론집, 국립출판사, 1956.

⑪『우리 나라 고운 새들』동시집, 아동도서출판사, 1958.

⑫『웃음의 나라』동시집, 아동도서출판사, 1962.

⑬『행복의 집』중편동화집, 금성청년출판사, 1985.

⑭『청동 항아리』그림 동화집, 최경수 그림, 조선미술출판사, 1985.

⑮『보물 고간』리원우 작품집, 금성청년출판사, 1986.

리원우가 을유광복 뒤 가장 먼저 낸 책은 시집『격류』다. 표지에 '해방일주년기념
출판'이라 써서 출판 의도와 낸 때를 짐작하게 한다. 한상언 간수본[15]에서는 저작권
지가 찢겨 바른 출판일을 알 수 없다. 다만 광복 한 돌 기념 출판물임을 마음에 둘 때
1946년 8월 말이나 9월 초순에 나온 것으로 짐작된다. 펴낸데는 신의주 평북예술련
맹이다. 시집은 모두 2장으로 나뉘었다. 1장에는 '8·15 전' 작품을, 2장에는 '8·15
후' 작품을 실었다. 광복 이전 작품은「망아지의 노래」·「향수」·「광성光城ㅅ벌 8월」·
「이사」·「태모胎母」·「포스트의 봄ㅅ노래」·「포푸라나무」에 걸친 7편이다. 2장에는
「헌사」·「밤 다음에 오는 이」·「조선말」을 비롯한 25편을 실었다. 모두 32편을 올린
맨 끝에는 글쓴이의 '서'「격류를 보내면서」를 붙였다. 작품 가운데서 2부의「산골 길
산골 물」은 동시라 이채를 띤다.

---

15 이 글을 준비하는 과정에 한상언(한상언영화연구소) 대표의 도움을 받았다. 이 자리를 빌려 간수
   본『격류』와『기다리던 날―신천애육원 소년단원들의 투쟁기』그리고『웃음의 나라』를 제공해 준
   한상언 대표에게 각별한 고마움을 적는다.

리원우는『격류』에 작품을 실으면서 작품마다 끝에 창작 시기를 적었다. 작품 앞뒤 맥락을 파악하는 데 도움을 준다. 나라잃은시대 시 가운데서 가장 이른 것은 1931년 9월 25일로 적힌「이사」다. 시기적으로 가장 늦은 작품은 '1939년 태원太原'이라 적은「향수」다. 시인이 '양자강' 유역 '태원'의 강 언덕에서 바라보는 풍경을 빌려 향수에 젖는 작품이다. 그 무렵 시인의 중국 표랑을 짐작하게 한다. 제2부에 실린「석양」과「움집 모인 동리 풍경」둘에는 "8·15 전 작품", "발표는 8·15 후"라 적어 창작 시기가 을유광복 앞인 사실을 밝혔다. 따라서 창작 시기로만 보자면『격류』의 시는 광복 앞 작품 9편과 광복 뒤 작품 23편이다. 제2부에서 가장 앞에 실린 작품은 1946년 '해방 1주년 기념시'로 '김일성 장군에게 드리다'라는 헌사가 붙은「헌시」다. (김)일성을 앞세운 이른바 평양의 '북조선' 체제를 향한 충성에 리원우는 일찌감치 앞서 나갔던 셈이다.

그런데 시집『격류』는 오늘날 확인된 바로 광복기 북한에서 가장 먼저 나온 개인 시집이다. 1945년 8월 을유광복을 맞아 북한에서 나온 첫 시집은『인민의 합창』신의주 평북문예총과『학생 작품집』신의주 평북 조쏘문화협회 (1)·(2)다. 이어 해가 바뀌어 1946년이 되자 가장 먼저 종합시집『거류』문화전선사가 평양에서 나오고 여러 종합시집이 뒤를 따랐다. 거기다 개인 시집으로 가장 앞선 리원우의『격류』가 나왔다. 그 뒤는 동향의 벗 안룡만의 첫 시집『동지에의 헌사』신의주 평북예술련맹, 1946, 김우철의 첫 시집『나의 조국』신의주 평북도 로동신문사, 1947이 따랐다. 그들 뒤로 김조규의『동방』조선신문사, 1947, 리정구의『새 계절』문화전선사, 1947이 이어진다. 거기다 다시 리원우가 두 번째 시집『무성하는 노래』문화전선사, 1947를 보탰다. 그 뒤로 개인 시집은 1950년 경인년전쟁 앞까지 봇물 터지듯 나왔다. 그런 흐름 가운데서 누구보다도, 어느 지역보다도 먼저 리원우를 중심으로 한 신의주 안룡만과 김우철의 활동이 돋보인다. 그들 셋이 모두 광복 뒤 평북문예총 위원장 자리를 돌려 가며 맡았던 사실과 묶어서 보자면 세 사람의 두드러진 활동상은 특기할 만하다. 리원우 시집『격류』는 광복기 신의주 지역문학의 열기뿐 아니라 광복기 북한시의 동향을 일깨우는 데 중요한 나침판이 되는 셈이다. 그 속살에 대한 소개는 따로 깊이 있게 다루어져야 할 일거리다.

리원우가『격류』에 이어 한 해 뒤 1947년에 낸 개인 시집이『무성하는 노래』다. 이 무렵은 리원우가 신의주 생활을 접고 3월에 평양으로 올라가[16] "중앙방송국 부국장"에 이어 "북조선인민위원회 선전부 검열과 지도원" "문화선전성 문학예술부 지도원 등을" 거칠 때다.『무성하는 노래』는 리원우로 하여금 평양 중심 문학사회에 확실히 터를 내리게 만든 시집이라 한 만하다. 아쉽게도 글쓴이는 실재는 확인했으나 확보하지 못했다. 이러한 두 권의 시집을 앞세워 평양 문학사회에 자리 잡은 리원우는 지역 파견 작가로 활동[17]하기도 하면서 자기 특장인 어린이문학 쪽에서 재능을 뚜렷이 했다.

1948년에도 리원우가 작품 선집을 낸 기록이 보인다. "소설과 기타 산문 작품들을 묶은『물방아』1948"[18]가 그것이다. 작가가 죽은 뒤 10년 뒤 기록이며, 앞선 기록에서 한 차례도 다루어지지 않았던 광복기 평양 간행 낱책이다. 확실하게 실재를 확정하기 어렵다. 다만 이어 1949년에 동화집『푸른 샘물』을 낸 것으로 보아 '소년소설집' 출판 가능성이 없는 것은 아니다.『문예상식』의 기술 말고 다른 터무니를 더할 수 없어 다소 뜬금없지만, 이 글 죽보기에는 넣었다.

1949년 11월에 낸 동화집『푸른 샘물』은 리원우가 어린이문학가로서 평양 문학 사회에 뚜렷하게 터를 잡은 증표로 삼을 만한 작품집이다. 두 차례 개인 시집 간행에 이어 어린이문학에서도 위상을 분명히 한 것이다. 10,000부를 냈던 이 책은 번역자로서도 활동이 적지 않았던 방희영이 책임을 맡은 국립인민출판사에서 냈다. 그 안에는 「동무가 사는 마을」과 「조야」 두 편을 실었다.

김우철과 함께 엮은 교과서『국어』인민학교 제5학년는 1949년 12월에 나왔다. 김동철이라는 이가 '편집 지도'를 했다고 적었다. 어떤 됨됨이의 사람인지는 알기 어려우나 정치지도원이었을 듯하다. 아래 학년 것인『국어』인민학교 제4학년는 송창일이 맡았다. 북한 수립 초기 인민학교 국어 교과용 도서 편찬에 나라잃은시대 어린이문학인으로서

16   『문예상식』, 문학예술종합출판사, 1994, 240쪽.
17   황해도 곡산 화학 량공장 연합 문학서클 좌담회 개최, 평양에서 리원우, 김우철이 파견되어 지도함.『로동신문』, 노동신문사, 1949.6.29.
18   『문예상식』, 앞의 책, 241쪽.

세 사람이 나선 셈이다. 본문 441쪽에 85장에 걸친 속살로 짠 책이다. 그 가운데 이름을 올린 북한 사람은 모두 14명이다. 박세영은 맨 앞자리에 「애국가」로 이름을 올렸다. 작품을 가장 많이 실은 이는 조기천과 엮은이인 리원우다. 3편씩 실렸다. 그 뒤로 같은 엮은이인 김우철과 민병균·김조규가 2편씩을 올렸다. 거기다 1편을 올린 신동철·마우룡·백인준·신영길·홍순철·임순득·원상준·조정철이 뒤를 따랐다.

이들 가운데서 원상준·조정철은 작가동맹 맹원 작가가 아닌 사람이다. 여자 작가로서 월북한 임순득이 눈에 뜨이고 신진 세대인 신동철의 것도 올렸다. 작가 선택에서 고루 눈길을 두고자 했던 뜻을 엿볼 수 있다. 이미 죽은 조기천을 젖혀 두면 생존 작가로서는 엮은이 리원우가 3편으로 가장 많은 작품을 실었다. 엮는 주체로서 적극성과 욕심을 내보인 셈이다. 올린 작품은 「우리와 함께 계신 레닌」·「어느 날의 김 장군」·「모내기 하는 날」이다. 모두 시다. 첫 발표 지면을 알 수 없다. 거기다 작품 전문을 올린 것인지 부분을 뽑아낸 작품인지도 확인하기 어렵다. 그럼에도 1949년 현재 리원우 발표로 확인해 두어야 할 작품이다. 무엇보다『국어』인민학교 제5학년를 엮은 일로 알 수 있는 사실은 북한 수립 초기, 어린이문학 중앙으로 올라선 신의주 어린이문학인의 위세다. 그리고 그 앞자리에 먼저 평양에 올라와 활동하고 있었던 리원우가 놓이고 뒤를 김우철이 받치는 꼴이다.

전쟁기 동안 리원우는 종군작가로 윤세중과 함께 "인민군대와 함께 락동강을 건너갔다가 돌아왔"[19]다. 선전과장 직책이었다. 그러나 리원우는 그러한 종군 경험을 김사량이나 리태준과 같이『로동신문』이나『민주조선』과 같은 일간지 '종군기'로 녹이지는 않았다. 대신 전투기『기다리던 날―신천애육원 소년단원들의 투쟁기』1952를 내놓았다. 전쟁기 동안 일반 장사병뿐 아니라 후방 소년 / 청년을 내포 독자로 삼은 적지 않은 투쟁기, 전투기가 나왔는데, 그이는 어린이 독자를 대상으로 삼은 전투기로 거든 셈이다. 박응호가 쓴 '안주탄광 소년근위대 투쟁기'『소년근위대』민주청년사, 1952와 함께 전쟁기 대표적인 어린이청소년 투쟁기 가운데 하나로 꼽을 만한 작품이다.

---

19 『문예상식』, 위의 책, 241쪽.

하나 더 기억할 일은 전쟁기에 나온 '쏘련동시집'『수정꽃병』의 교열을 리원우가 봤다는 사실이다. 1953년 6월 문예총출판사에서 낸 이 역시집에는 박재성이 옮긴 문고판형 시집이다. 25편을 실은 역시집 교열을 그이가 보았다는 사실은 전쟁기 그의 소속이 어디였던가를 짐작하게 만드는 한 지표가 됨 직하다.

1955년에 낸 전작 동화집『도끼 장군』은 리원우의 위치를 굳건히 다져준 창작물이다. 림영환의 끼그림을 넣어 30,000부를 찍었다. 작품을 향한 기대가 컸던 셈이다. 그런 기대에 걸맞게 발표 뒤『도끼 장군』은 당대 북한 동화의 새로운 국면을 개척한 작품으로 고평을 받았다.[20] 다음 해 1956년에는 중국 연길에서 번인본을 찍어 중국 겨레사회 어린이에게도 읽혔다.

1956년에는 '리원우 아동문학 작품집'이라는 부제를 붙인『기다리던 날』이 나왔다. 1952년에 냈던 전투기『기다리던 날』과는 다른 책이다. 다만 그 전투기를 중편소설로 새로 윤색한「기다리던 날」이 실렸다. 그리고 책 앞머리에 '인민학교 고학년 및 초급중학교 학생용'이라 적어 내포 독자나 현실 독자의 범위를 정확하게 알리고자 했다. 작품집 안에는「물방아'간 이야기」소설·「큰 고'간 속에 생긴 일」동화·「붉은 배 개구리와 현미경」소설·「작아지지 않는 연필」동화·「열두 가지 과일이 열리는 나무」동화·「큰 주머니와 작은 주머니」우화·「이름난 소가 무슨 소냐?」동요 수수께끼·「죄」소설·「기다리던 날」중편소설에 걸쳐 9편을 실었다. 흥미로운 사실은「기다리던 날」경우 작품 끝에 "1951년 10월 지음, 1952년 5월 31일 발표, 1956년 2월 16일 개작"이라 덧붙인 점이다. 따라서 1952년의『기다리던 날』은 연속간행물 발표와 같은 형식을 거치지 않고 낱책으로 바로 낸 것임을 알 수 있다.

1956년에 리원우는 자신의 유일 평론집『아동문학 창작의 길』을 국립출판사에서 냈다. '문학예술총서'라는 연속간행물 가운데 한 권이다. '문학예술총서'는 김하명·김삼불의『우리나라의 고전문학』국립출판사, 1957, 신고송의『연극이란 무엇인가』국립출판사, 1958, 김명수의『문학 리론의 기초』1956, 박웅걸의『소설을 어떻게 쓸 것인가』1957, 박태

---

20 위의 책, 241~242쪽.

영의 『희곡 창작을 위하여』[1956], 김하명의 『우리나라 고전문학』[1959] 들로 이어지며 나온, 북한 초기 대표적인 문학예술 이론 기획물이다. 『아동문학 창작의 길』은 모두 4장으로 나뉜다. 1장에 어린이문학의 일반 개념, 2장에 어린이문학의 내용과 형식, 3장에 어린이문학 '쟌르', 4장에 창작 경험을 담았다. 번역서가 아닌 개별 어린이문학이론 / 비평서가 드문 1950년대, 1960년대 북한 당대 현실에서 볼 때 매우 의욕적인 출판이었던 셈이다.

1958년도 11월에 나온 『우리 나라 고운 새들』은 박성길이 표지와 낀그림을 그린 동시집이다. 1부, 2부로 나누어 1부에는 '우리 나라 고운 새들', 2부에는 '사람을 도와주는 새'로 나누어 33편의 동시를 실었다. 이어 리원우는 네 해 뒤 1962년 동시집 『웃음의 나라』를 냈다. 개인 동시집으로서는 두 번째다. 시집이 나오기 앞서 『문학신문』에서 출판 예고 기사를 올렸다. 시집은 "어린이들의 생활을 다양한 측면에서 노래한 40여 편의 동시, 동화시들로" 묶일 것이라 썼다.[21] 그리고 나온 뒤에도 "새로 나온 책"으로 다루었다.[22]

중편동화집 『행복의 집』은 리원우가 죽기 앞까지 쓰고 있었던 작품이다. 작가가 죽은 뒤, 김정일의 지시에 따라 뒤선 작가들이 마무리 손질을 해서 냈다. "조선문학창작사에서 일꾼들이 책임지고 완성하여 리원우의 이름으로 출판하도록"[23] 한 지시의 결과다. 그런 점에서 리원우의 순정한 작품과는 일정한 한계를 지닌다. 리원우는 비교적 빠른 시기에 현역 작가 생활에서 물러나 작품 창작을 이어나갔던 것으로 보인다. 그 결실이 유고 상태로 남아 있다 일흔 살로 이승을 뜬 뒤 출판된 것이다.

그는 중편동화 『행복의 집』을 유고로 남기고 세상을 떠났다. 친애하는 지도자 김정일 동지께서는 우리 나라 어린이들에 교양과 아동문학 발전에 기여한 그의 창작 사업을 높이 평가하시여 크나큰 온정을 베풀어 주시였으며 중편동화 『행복의 집』과 그가 창작한

---

21   「근간 안내」, 『문학신문』, 1962.6.12.
22   「새로 나온 책」, 『문학신문』, 1962.9.18.
23   「유고 작품들에 깃든 은정」(령도자와 작가), 『문학신문』, 1992.6.19.

우수한 작품들을 묶은 작품집을 내도록 배려해 주시었다.[24]

『문학예술사전』의 기록 가운데 한 자리다.『행복의 집』과 함께 "그가 창작한 우수한 작품들을 묶은 작품집"이라 한 책은 다름 아니라 1986년 '리원우 작품집'이라는 부제를 단『보물 고간』이다. 그이가 죽은 한 해 뒤에 나온 이 작품 선집은 1991년에 편 리북명·윤세중의 유고 작품집보다 앞서 김정일의 '은정'으로 나왔다. 리원우가 죽은 뒤 그이의『행복의 집』에 이어 천세봉의『조선의 봄』을 비롯해 리북명·윤세중의 유고 작품집이 이어졌다. 작가 리원우가 세상을 뜬 뒤『민주조선』,『평양신문』과 중앙방송을 빌려 널리 알리고 장례는 기관장으로 치렀다. 거기다 1주기에 맞춰 리원우가 썼다는 500여 편의 작품 가운데서 골라 낸 작품 선집『보물 고간』이 나온 것이다. 모두 '친애하는' 김정일의 '뜨거운' '은정'에서 비롯한 바다.[25] 『보물 고간』은 광복 전의 동시「세 발 달린 황소」를 비롯해 서정시, 아동소설「간난철의 어느 날」과「가난한 집 얼룩이」에 걸친 7편을 실었다. 광복 뒤 편에서는 '헌시, 서정시, 동시, 동요, 유희 동요, 서사시, 우화, 동화'를 갈라 38편을 실었다. 따라서 모두 45편을 묶은 셈이다. 다만 그이 작품 가운데서 소년소설은 빠뜨렸다. 그리고『보물 곳간』이 나오기 앞서, '그림 동화집'『청동 항아리』가 나왔다. 최경수가 그림을 그린 이 책은 조선미술출판사에서 냈다. 금성청년출판사나 예술교육출판사와 같은 곳에서 냈던 여느 어린이청소년용 그림 동화책, 그림 이야기책에 견주어 무거운 출판사에서 공을 들여 낸 것임을 알 수 있다.[26]

앞에서 본 바와 같이 리원우의 작품집은 1946년부터 1986년에 걸쳐 15권공동 엮음 1권 포함이 나왔다. 그들은 시집 2권, 동화집 4권, 동시집 2권, 어린이문학평론집 1권, 전투기 1권, 작품 선집 3권, 교과용 도서 1권, 중국 번인본 1권이다. 그들 가운데서 중편 동화집『행복의 집』1985과 그림 동화집『청동 항아리』1985, 작품 선집『보물 고간』1986은

24　『문학예술사전』(상), 과학백과사전종합출판사, 1988, 639~640쪽.
25　「유고 작품들에 깃든 은정」, 앞의 글. 1992.6.19.
26　『러시아 국립도서관 북한 자료 종합 목록』, 주러시아 대한민국대사관, 2024, 288쪽.

유고집으로 나왔다. 동화집『도끼 장군』[1955]은 중국 겨레사회에서 번인본으로 읽혔다.

리원우의 낱책 발간은 문학 습작기 시와 수필로 시작하여 어린이문학과 평론으로까지 넓혔던 창작 활동의 변모 과정에 걸맞게 영역이 넓고 꾸준했다. 각별히 그의 동시집『우리 나라 고운 새들』[1958]은 백석이 옮겨 낸 위딸리 비안끼의 동물 동화집『동물 이야기』[1955],『동화와 이야기』[1957]를 본보기로 삼아 이루어진 창작이라 할 수 있다. 그런 점에서 북한 어린이문학의 전개와 변모에 있어 나타나는 백석과 리원우 사이의 길항 관계와 다층적 얽힘을 더 꼼꼼하게 들여다보아야 하리라는 과제를 안겨 준다.

3. 낱글의 다채

이 자리에서는 낱책 작품집이나 연속간행물에 낱글로 내놓은 작품을 갈무리하고자 한다. 다만 다른 사람의 작품과 함께 엮은 공동 작품집 경우, 재수록이 적지 않은 까닭에 발표 해를 단위로 흐름을 실증하고자 하는 글의 의도에서는 부분적인 활용도만 지닌다. 따라서 연속간행 신문·잡지 매체에 실린 낱글이 중점 대상이 되는 셈이다. 물론 글 뒤에 붙인「리원우 작품 해적이」에서는 공동 작품집이나 선집 재수록 작품 경우도 눈에 뜨이는 대로 다 올렸다. 작품의 전개는 을유광복을 경계로 앞 시대와 뒤 시대로 나누어 살필 것이다. 그리고 을유광복 뒤 시대는 다시 광복기와 전쟁기, 전후 1950년대, 1960년대와 그 뒤 시기로 크게 묶을 수 있을 것이다.

나라잃은시대, 곧 을유광복 앞 시대에 리원우가 가장 먼저 작품을 내놓은 때는 1931년, 그이 나이 18살 무렵이다. '소년수필'「아우의 일기를 읽고」와 이어진 '소년소설'「섯달」이 그것이다. 이들 2편[27]에 이어 1932년에도 6편[28]을 발표했다. 모두 필

---

27 「아우의 일기를 읽고」(소년수필),『어린이』제9권 제9호, 1931;「섯달」(소년소설),『어린이』제9권 제11호, 1931.

28 「용천의 들에서」(레포 공장에서 농촌에서)(줄글),『별나라』신년호, 1932;「동무들아!」(동요),『어린이』제10권 제4호, 1932;「갱생」(소년소설),『어린이』제10권 제4호, 1932;「가물」(소년소설),『어린이』제10권 제6호, 1932;「보리이삭 줍는 소녀」(소설),『어린이』제10권 제7호, 1932;「이 빠

명 리동우로 내놓은 것이다. 1933년에는 발표된 낱글을 볼 수 없다. 1934년에 4편[29]을 찾았다. 리원우가 즐겨 발표 매체로 삼았던 『신소년』이나 『별나라』의 미발굴본이나 미간행 압수본 안에 그이 작품이 들었을 가능성은 충분하다. 1935년에는 발표 회수가 늘어 11회 발표에 12편[30]을 확인할 수 있다. 『별나라』에 실린 1편을 젖혀 두고 나머지 3편은 노자영이 냈던 『신인문학』에, 8편은 모두 『조선중앙일보』에 실렸다. 그러면서 창작 갈래도 시, 어린이문학에서 수필^{수상}로 범위가 넓혀졌다. 그만큼 열정적인 문학 청년 시절을 보냈다는 뜻이다. 그 힘을 몰아 1936년에는 14편[31]을 내놓았다. 그리고 처음 중요 발표 매체였던 잡지 『어린이』나 『신소년』, 『별나라』에서 일간지 『조선중앙일보』로 발표 매체 이동이 두드러진다. 이 일은 그들 잡지의 폐간에 따른 어쩔 수 없는 일이기도 하지만, 동시대 개량적인 기독교 소년잡지 『아희생활』에 리원우가 투고, 발표를 하지 않았다는 사실과 묶어서 볼 필요가 있다. 『조선일보』나 『동아일보』보다 『조선중앙일보』에 치우친 일은 단순한 발표 매체 이동이라기보다

진 낫」(소설), 『어린이』 제10권 제8호, 개벽사, 1932.

29 「우리 마을에 왔든 극단들은 이런 것이다」(평론), 『신소년』 2월호, 1934; 「신소년 신년호의 독후」(평론), 『신소년』 3월호, 1934; 「무쪽싸움」(동화시), 『신소년』 4·5월합호, 1934; 「세발 달닌 황소」(시), 『별나라』 제10권 제2호, 1934.

30 「광성(光城) 벌 8월 달」(시), 『조선중앙일보』, 1935.1.19; 「죄」(동화), 『별나라』 1·2월합호(통권 80호), 1935.2; 「가난한 집의 얼룩이(상·하)」(동화), 『조선중앙일보』, 1935.5.18·21; 「애상의 열매여」(시), 『신인문학』 10월호, 1935; 「오월의 해안선(1·2)」(서정서사시), 『조선중앙일보』, 1935.10.25~26; 「진정한 소년문학의 재기를 통절이 바람(1·2)」(수감수상(隨感隨想)), 『조선중앙일보』, 1935.11.3~5; 「강까의 하로(상·하)」(수필), 『조선중앙일보』, 1935.11.6~7; 「기러기」(동요), 『조선중앙일보』, 1935.11.7; 「북국(北國)·마슬의 정경」(수필), 『조선중앙일보』, 1935.11.18; 「버레 한 마리」·「깨여진 시」(시), 『신인문학』 송년호, 1935; 「우울의 1년-새날의 보표를 가슴에 아로삭이며」(수필), 『조선중앙일보』, 1935.12.31.

31 「촌락의 겨울(상·하)」(수필), 『조선중앙일보』, 1936.2.3~4; 「야담박사(野談博士)」(일평(日評), 산문), 『조선중앙일보』, 1936.2.13; 「일평」(산문), 『조선중앙일보』, 1936.2.20; 「교외의 미소(상·중·하)」, 『동아일보』, 1936.2.27·29; 「포도의 산문시」(수필), 『신인문학』 신년호, 1936; 「포스트의 봄노래(상·하)」(시), 『조선중앙일보』, 1936.3.18; 「극작계의 천재들이여!」(수필), 『조선중앙일보』, 1936.3.24; 「고요한 정오(상·중·하)」(수상), 『조선중앙일보』, 1936.3.29·4.4·4.5; 「5월의 정경(하)」(수필), 『조선중앙일보』, 1936.5.16; 「유월의 한제(閑題)(1·2)」(수필), 『조선중앙일보』, 1936.6.10~11; 「태양의 노래(1·2·3)」(수필), 『조선중앙일보』, 1936.7.4·8.9·8.11; 「남국의 해파람」(시), 『신인문학』 8월호, 1936; 「포도(舖道)」(시), 『조선중앙일보』, 1936.8.30; 「망아지의 노래」(시), 『신건설』 제2집, 시건설사, 1936.

리원우 개인의 의도된 선택 행위였을 뿐 아니라, 특정 연결고리로 말미암은 결과일 가능성이 높다. 어느 경우든 리원우 개인의 삶이나 초기 문학의 성장에 나타나는 심리적 / 사회적 경향성을 암시 받을 수 있다. 거기다 중강진에서 나온 『신건설』 동인으로 참여함으로써 신예 시인으로서 의욕적인 활동을 짐작할 수 있다.

1937년부터 을유광복까지 리원우의 발표 횟수는 크게 준다. 1937년에 2편[32], 1938년에 4편[33], 1939년에 2편[34], 그리고 1940년 2편[35]이 보인다. 1937년에서 1940년을 넘어서는 무렵은 개인적으로 피식민지에 저지른 식민자 왜로의 폭압 책략이 극으로 치달았던 시기다. 생업이 리원우의 발목을 붙잡았을 것이라는 점 말고도 작품 발표에 의기소침할 수밖에 없었을 때다. 신의주와 압록강 건너 중국 단동^{안동}을 텃밭으로 삼아 문학 활동을 하면서 서울 중심 문학사회의 매체와 연결고리가 엷었던 지역의 자생적 사회주의 문학 청년이 리원우다. 그이로서는 발표 자체에 대한 기대를 접었을 수도 있다. 중강진에서 나온 연속 시잡지 『시건설』[36]에 1936년부터 1938년까지 작품을 발표할 수 있었던 일은 그런 가운데서 얻은 귀한 기회였던 셈이다. 1940년 8월 4일 『동아일보』에 시 「호반」을 발표한 뒤부터 1945년 을유광복까지 리원우의 발표 작품은 볼 수 없다. 나라 안의 배달말 일간지 폐간과 맞물린 일이었겠다. 마음만 먹는다면 두만강 압록강 아래뿐 아니라 만주 지역 매체에도 작품을 던질 수 있었다. 그럼에도 벗인 김우철이 왜로 관동군 기관지 『만선일보』를 빌려 활발한 비평 활동을 한 것에 견주면 뜻밖이다. 그렇지 않다면 수원의 박승극과 같이 왜어로 된 시문을 나라안 이저런 매체를 골라 내놓을 수도 있었다. 이른바 조선총독부에서 낸 기관지 『매일신보』가 꾸준했던 마당이다. 그러나 리원우는 어떤 훼절의 흔적이

---

32 「청춘의 고민」(시), 『조선일보』, 1937.11.27; 「추억의 자손」(시), 『시건설』 제3집, 1937.

33 「이국어」(시), 『시건설』 제4집, 1938; 「바람」(시), 『시건설』 제5집, 1938; 「향수」·「아세아의 엇던 풍경—처음엔 소처럼 산보하다가 차츰 기관차가 되는 노래」(시), 『시건설』 제6집, 1938.

34 「낯선 밤」(시), 『동아일보』, 1939.8.24; 「어느 조개—바다가의 노래」(시), 『시건설』 제7집, 1939.

35 「꿈·추억」(시), 『동아일보』, 1940.7.9; 「호반」(시), 『동아일보』, 1940.8.4.

36 『시건설』은 한 차례 영인과 풀이가 이루어졌다. 「『시건설』 1~8(5결)」, 『근대서지』 제25호, 근대서지학회, 831~1037쪽; 김진희, 「1930년대 후반 조선시단의 부흥과 『시건설』의 문학사적 의미」, 같은 책, 근대서지학회, 523~583쪽,

나 왜문의 자취를 남기지 않았다. 그러한 리원우의 침묵이 갖는, 드러나지 않는 문학적 / 사회적 정황을 재구성하는 일이 한 일거리로 떠오른 셈이다.

이렇게 보면 현재까지 확인된 나라잃은시대 리원우의 작품은 모두 60회에 걸쳐 내놓은 48편이다. 그들은 어린이문학 갈래—동요 / 동시동화시, 어린이평론에서 수필 줄글, 시에 걸친다. 어린이문학에서 어른문학인 수필과 시 갈래로 옮겨가고 있다. 청소년기에서 청년기로 나아갔던 작가의 성장과 문학 갈래 이동이 자연스럽게 맞물려 있는 셈이다. 앞으로 찾기에 따라 나라잃은시대 리원우의 초기 작품은 더 기울 수 있을 것이다. 그 가운데서 을유광복을 앞둔 1941년부터 1945년까지 작품을 찾을 수 있다면 리원우의 청년기 문학을 더욱 무겁게 다룰 수 있으리라 믿는다.

을유광복을 맞아 리원우는 고향 신의주에서 사회 현실에 맞물려 도는 지역의 중심 문학인으로 거듭났다. 평북예술련맹과 신의주시 예술련맹 위원장, 거기다 평북 공산당 기관지 『바른말』 문예부장을 지낸 이력이 그 점을 암시한다. 그리고 그런 성과를 인정받아 1947년 3월 리원우는 평양으로 올라갈 수 있었다. 벗 안룡만이나 김우철과 달리 일찍 신의주를 떠난 셈이다. 1947년 평양 중앙방송국 부국장 직함은 평양 문학사회에서 그의 자리가 안정적이었음을 일깨워 준다. 광복기에 리원우가 처음 작품을 선뵌 곳은 1946년 1월 평양에서 나온 『관서시인집』이다. 그것은 11월에 나온 『문화전선』 제2집으로 이어진다. 시 「불ㅅ길」이 그것이다. 12월에는 『조쏘문화』에 시 「당원증—10월은 모든 잎사귀도 붉게 타는 때」를 실었다. 아직 3편 확인에 그쳤으나, 1946년 한 해 리원우는 적지 않은 작품을 내놓았을 것임을 짐작하기란 어렵지 않다.

리원우는 1947년 시 5편 발표[37]에 이어 1948년도에는 시 8편[38]을 내놓았다. 그 가

---

37 「빛나는 그 이름 김일성 장군!」(시), 『로동신문』, 1947.7.12; 「황하수(黃河水)」(시), 『문화전선』 제5집, 1947; 「우리는 나서자 영예로운 길로」(시), 『조선문학』 창간호, 1947; 「술렛길」(시), 『농민신문』, 1947.7.29; 「건설로선」(시), 『대중과학』 2집, 1947.

38 「한글의 밤」(시), 『청년생활』 제1권 제1호, 1948; 「빛나는 부녀절 아침」(시), 『조선녀성』 2·3월호, 1948; 「송풍(松風) 료양(療養)」(시), 『새조선』 2호, 1948; 「백운대로 올라간다」(시), 『문학예술』 제4호, 1948; 「모두가 웨친다」(시), 『새조선』 3호, 1948; 「낙랑리(樂浪里)」(시), 『새조선』 8호, 1948; 「모내기 하는 날」(시), 『조국의 깃발』(종합시집), 1948; 「송풍(松風) 료양(療養)」(시), 『창작집』,

운데서 「송풍 요양」은 재수록한 것이어서 신작 발표는 7편으로 준다. 발표 매체도 문학전문지 『문학예술』에 머물지 않고 『조선녀성』·『새조선』과 같은 바깥 전문잡지로 넓어진다. 그런 흐름은 1949년도와 전쟁 이전 1950년까지 20회에 29편[39]을 발표하면서 더욱 빨라졌다. 이들 가운데는 동요집 『꽃마을』에 실은 신작시 4편과 『조쏘가곡100곡집』에 실린 3편이 든다. 연속간행물에 실은 낱글은 16편이다. 이들을 리원우는 『문학예술』뿐 아니라 『청년생활』·『아동문학』·『소년단』, 그리고 『국가보위를 위하여』 들에 실었다. 1949년 이전에는 주로 시가 중심이었으나 어린이문학 창작으로 갈래 선택이 더욱 넓어지는 모습을 살필 수 있다. 그 너비도 동시동요에서 동화, 어린이문학비평에까지 걸쳤다. 급변하는 북한 문학사회 안쪽에서 밀고 나갈 작가적 정체성을 리원우는 어른문학에서 어린이청소년문학 쪽으로 확대, 심화시키려는 뜻을 뚜렷이 한 셈이다.

거기다 『조쏘가곡100곡집』에 「녀성의 노래」김옥성 곡와 「영원한 악수」리면상 곡·「구국투쟁가」박한규 곡에 걸치는 3편을 실었다. 동요 「강가로 가자」를 비롯 4편을 실은 『꽃마을』은 박세영을 앞세우고 리원우와 김우철에다 리성홍·리호남·김련호에 걸친 6명이 작품을 올린 동요집이다. 나라잃은시대 『별나라』, 『신소년』 들을 비롯해 현실주의

1948.

39 「모자마다 빛나는 별」(시), 『조선녀성』 2월호, 1949; 「인민공화국 깃발 아래서」(시), 『영원한 친선』(쏘련군 환송 기념 시집), 1949; 「모두가 웨친다─3월 선거를 위하여」(시), 『새조선』 제2권 3호, 1949; 「영원한 악수」(리면상 곡)·「구국투쟁가」(박한규 곡)·「녀성의 노래」(김옥성 곡), 『조쏘가곡100곡집』, 1949; 「됴양원」(시), 『청년생활』 2권 7호, 1949; 「승리의 깃발」(동시), 『소년단』 제1권 제1호, 1949; 「동화는 어떻게 읽을까」(평론), 『소년단』 제1권 제5호, 1949; 「준비한 것을 가지고」(소년시), 『소년단』 제3호, 1949; 「청동 항아리」(동화), 『소년단』 제1권 제6호, 1949; 「열두 가지 과일이 열리는 나무」(동화), 『아동문학』 제6집, 1949; 「강가로 가자」·「기왓장 노래」·「수수깡 안경」·「동무가 사는 마을」, 『꽃마을』(동요집, 소년문고 5), 1949; 「나는 우리들의 총을 메었다」(시), 『문학예술』 제12호, 1949; 「고향의 청년들」(수필), 『청년생활』 10호, 1949; 「우리도 부르는 10월의 노래」·「쓰딸린 거리」(시), 『영광을 쓰딸린에게』, 1949; 「우리와 함께 계신 레닌」·「어느 날의 김 장군」·「모내기 하는 날」(시), 『국어』(인민학교 제5학년), 교육성, 1949; 「물방아간 이야기」(동화), 미상, 1949년 하반기~1950년 상반기; 「나는 우리들의 총을 메었다」(시), 『한 깃발 아래서』, 1950; 「손들어 맹세한 일」, 『청년생활』 제3권 제3호, 1950; 「교대 시간」(시), 『문학예술』 제3권 제5호, 1950; 「5·1절의 노래」(황학근 곡), 『국가보위를 위하여』 5월호, 1950.

어린이문학에 나섰던 이답게 북한 어린이문학사회에서 리원우가 김우철과 함께 대표성을 인정받고 있는 맵시다. 앞의 낱책에서 본 바, '인민학교' 교과용 도서 『국어』 편찬은 "문화선전성 문학예술부 지도원"을 거쳐 북한 어린이청소년문학 중심부에서 리원우가 자신의 특장과 개성화를 확연하게 굳히는 모습으로 읽어야 할 일이다.

연속간행물 낱글 16편 가운데서 「교대시간」은 『문학예술』 목차에는 「교체시간」으로 올려져 있다. 「물방아간 이야기」는 "1949년 하반기부터 1950년 상반기까지" "각 부분별 개항"을 다룬 『조선중앙년감』 기록에 따른다. 어린이문학 성과 205편 가운데서 2편을 올렸는데, 남궁만의 소년소설 「원명의 편지」와 함께 리원우의 동화 「물방아간 이야기」를 들어 그 실재를 확인할 수 있는 작품이다.[40] 따라서 광복기 다섯 해 동안 36회 43편을 내놓았는데 그 가운데서 연속간행물에 실었던 신작 발표는 26편이었다.

1950년 6월 경인년전쟁으로 말미암아 리원우는 다른 여느 작가와 마찬가지로 종군 활동에 나섰다. 전쟁기 세 해 동안 10회에 13편[41]을 발표했다. 그 가운데서 4편, 곧 「내가 만난 쓸딸린 할아버지」·「영웅 누나 날아가는 밤」·「빨찌산 아저씨」·「해와 함께 살 꽃」은 전시문고로 나온 동요·동시집 『영웅 나라 아이들』에 실렸다.[42] 정서촌이 아동문학분과 위원장을 맡고 있을 때다. 리원우는 전쟁 발발 뒤 낙동강 전선까지 종군했다. 어느 사단의 '선전과장' 직책이었다. 1952년 전선에서 돌아온 리원우는 창작 활동의 중심을 어린이문학 쪽으로 더욱 넓혀 나갔다. 『영웅 나라 아이들』에 실

---

40 『조선중앙년감(1951~1952)』, 조선중앙통신사, 1952, 388쪽.

41 「우리 소대장」(시), 『평화의 초소에서』, 1952; 「우리도 전사다」(시)(리면상 곡), 『문학예술』 3월호, 1952; 「평화의 날은 오고 있다」(시), 『문학예술』 11월호, 1952; 「내가 만난 쓸딸린 할아버지」·「영웅 누나 날아가는 밤」·「빨찌산 아저씨」·「해와 함께 살 꽃」, 『영웅 나라 아이들』(동요·동시집), 1952; 「평화의 날은 오고 있다」, 『평화의 노래』, 1952; 「싸워 이긴 아이들」(소년소설), 『아동문학』 제9집, 1952; 「아이구 총」(동요), 『아동문학』 제10집, 1952; 「싸우는 조선의 아동문학」(평론), 『아동문학』 제11집, 1953; 「학교 놀이」(동시), 『아동문학』 제11집, 1953; 「영웅에게 드리는 노래」(시), 『영광의 노래』, 1953.

42 『영웅 나라 아이들』에 관해서는 '애국주의'를 중심으로 한 차례 다루었다. 동요동시집 『영웅 나라 아이들』의 애국주의—전쟁기 북한 어린이문학 연구」, 『동화와 번역』 31집, 건국대 동화와번역연구소, 2016, 131~173쪽.

린 4편은 그런 점을 암시한다. 거기다 전쟁에 앞서 내놓았던 노랫말 「녀성의 노래」
는 전쟁기에도 거듭 불렸다.[43] 그 뒤를 「우리도 전사다」[리면상 곡][44]가 이었다.

그런데 정전 뒤 1954년에 나온 『전시가요곡 200곡집』에 리원우의 작품 6편[45]이
실렸다. 이들 '전시가요'들은 마땅히 전쟁기 작품으로 다룰 일이다. 여기에 시 「지금
은 총 잘 쏘는 사격수」가 더한다. 전쟁기인 1951년 성과작으로 1952년 북한 중앙으
로부터 평가[46]된 것이다. 다만 연속간행물 게재 낱글인지는 확인할 수 없다. 따라서
발표 작품으로만 보자면 전쟁기 리원우의 작품은 모두 20편으로 는다. 그 가운데서
「녀성의 노래」와 「우리 소대장」은 재발표다. 이들을 빼면 전쟁기 발표 작품은 11회
18편으로 준다. 그 가운데서 연속간행물 발표는 7편에 그친다. 전전기에 견주어 발
표 숫자가 크게 줄었다. 전쟁기의 급박했을 출판 안밖의 문제들이 개인 발표에도 영
향을 준 것이겠다.

전후기인 1953년 7월부터 1959년까지 1950년대는 리원우가 가장 활발하게 자신
의 창작과 문학사회 역량을 보여 준 시기다. 1956년 제2차 작가대회를 거쳐 새로 임
명된 조선작가동맹 중앙위원회에 리원우는 중앙위원이자, 아동문학분과위원회 위
원장으로 뽑혔다. 자신의 문학 생애나 북한 문학의 전개로 볼 때 중요한 몫을 떠맡은
셈이다. 아울러 『아동문학』의 편집위원 활동도 시작했다. 작품 발표도 활발해졌다.

먼저 정전 뒤부터 1954년까지 볼 수 있는 작품은 11회에 17편을 확인할 수 있었
다. 그 가운데서 『전시가요곡 200곡집』에 실린 6편은 앞에서 말한 바와 같이 전쟁기
것이다. 거기다 전전기 작품 「녀성의 노래」는 『조선인민가요곡집선집』 되실려 거듭
사랑을 받고 있음을 볼 수 있다. 전후에도 동시[동요]와 시[소년시], 소년소설 중심의 창작은
달라짐이 없다. 그런 가운데서 우화 「큰 주머니와 작은 주머니」를 내놓아 새로운 자

---

43 『인민가요』, 1950.7.

44 『문학예술』 3월호(제5권 제3호), 1952.

45 「안주탄광 소년근위대」(김칠성 곡)·「영웅 누나 날아가는 밤」(김혁 곡)·「학교 놀이」(리정언 곡)·
    「사랑하자 지키자」(김혁 곡)·「해와 함께 이고 살 꽃」(김혁 곡)·「줄타기 노래」(리철백 곡), 『전시
    가요곡 200곡집』, 1954.

46 「1951년도의 문학 작품들」, 『로동신문』, 로동신문사, 1952.2.13.

리로 눈길을 돌린 격이다. 동요 가운데 '유희 동요'라 이름이 붙은 「수박 따기 놀음」은 전후 1년 동안, 곧 "1953년 3·4분기부터 1954년 2·4분기까지의 기간"에 어린이문학 부문에서 성과작으로 오르기도 했다.[47] 이들 17편 가운데서 연속간행물에 올린 작품은 2편에 지나지 않는다. 수필 「승리를 자랑하자」『문학예술』와 시 「쓰탈린은 살아 있다」『조선문학』가 그것이다. 연속간행물 낱글에서 활발한 활동을 보여 주지 않았다.

1955년에 실린 작품은 6회에 걸쳐 10편을 확인할 수 있다. 그 가운데는 『서정시 선집』에 2편, 『동요 100곡집』에 4편, 모두 6편은 재수록이다. 그러니 신작 발표는 연속간행물에 모두 4회에 걸쳐 실린 4편에 머문다. 전후 1954년과 비슷하게 연속간행물 발표가 매우 소극적이다. 거기다 발표 전체수에서도 활발한 활동을 볼 수 없다.

1956년에 이르러 리원우의 작품 발표 회수는 크게 는다. 17회에 23편을 볼 수 있다.[48] 1955년에 견주어 거의 두 배에 가깝다. 그 가운데는 멀리 나라잃은시대 작품을 재수록한 경우도 있다. '해방 전 아동문학 작품 선집'이라는 부제가 붙은 『별나라』에 실린 5편이 그것이다. 그리고 1956년도 어린이문학에서 성과작으로 『조선중앙년감』에서 다루어진 동시 「버들 노래」, 동요 「강강 수월래」도 들어 있다. 실린 곳을 알 수 없이 이름이 올랐으나 발표 사실은 확실한 작품이다. 『조선중앙년감』에서는 1956년도 성과작으로 리원우의 「버들 노래」 말고도 『아동문학』에 발표한 동화시 「뛰여나온 흙소」와 「떠도는 귀'속 노래」, 거기다 소년소설 「새들이 버들골에 깃들다」

---

47 「문학 예술」, 『조선중앙년감(1954~1955)』, 조선중앙통신사, 1956, 460쪽.

48 「형님들의 뒤를 따르는 동생들」(시), 『아동문학』 1월호, 1956; 「글을 쓰는 일」(작가연단), 『조선문학』 2월호, 1956; 「토끼 오 형제」(동화시), 『아동문학』 2월호, 1956; 「뛰여 나온 흙소」(동화시), 『아동문학』 3월호, 1956; 「자유를 찾는 노래」(소설), 『아동문학』 4월호, 1956; 「영원히 번영하리라!」(수필), 『민주조선』, 1956.5.1; 「버들 노래」(동시), 『아동문학』 7월호, 1956; 「떠돌던 귀'속 노래」(동시), 『아동문학』 9월호, 1956; 「아버지의 당은 나도 알아요」(시), 『당의 기치 높이』, 1956; 「일 잘하는 황소야」·「이름난 소가 무슨 소냐」(동시), 『시내'물』, 1956; 「고향 마을 앞벌에서」·「방선에 돌아가거든」(시), 『해 솟는 벌』(문고 조선문학 9), 조선작가동맹출판사, 1956; 「아동문학의 금후 발전을 위하여」(평론), 『제2차 조선작가대회 문헌집』, 1956; 「아동문학의 예술성 제고를 위하여」(제2차 작가대회를 앞두고)(평론), 『조선문학』 9월호, 1956; 「애 보는 법」·「세 발 달린 황소」·「엄마 기다리는 밤」(동시)·「간난철의 어느 날」·「얼룩이」(소설), 『별나라』, 민주청년사, 1956; 「강강 수월래」(동요), 미상, 1956; 「새들이 버들골에 깃들다」(소년소설), 미상, 1956.

를 다루었다. 백석의 동시 「우레기」·「굴」·「나는 고기」와 동화시 「집게네 네 형제」, 「산까치, 물까치」를 함께 든 자리다. 1956년 성과작으로 두 사람의 이름과 작품만 드러냈을 따름이다.[49] 따라서 1956년 발표작 가운데서 연속간행물에 실은 리원우의 낱글은 모두 8회에 그친다. 갈래 선택에서는 1956년에 들어서 리원우 또한 백석과 마찬가지로 동화시 창작이 늘었다. 1955년의 우화 발표와 함께 리원우의 어린이문학이 넓혀져 나가는 됨됨이를 짐작할 수 있다. 거기다 아동문학분과 위원장 자격으로 제2차 작가대회을 위해 내놓은 평론 「아동문학의 예술성 제고를 위하여」와 「아동문학의 금후 발전을 위하여」[50]와 같은 두 평론이 당대 리원우의 무거웠을 위상을 짐작하게 만든다.

이어서 1957년도에는 1956년의 힘을 받아 모두 20회에 24편[51]을 확인할 수 있다. 그 가운데는 1956년 북한에서 냈던 『별나라』의 연변 재중겨레 번인본에 든 5편도 들었다. 그들을 빼고 나면 19편이 남는다. 재미 있는 사실은 이들 가운데서 동요동시집 『능수버들』에 실린 「밤나무에 앉은 솔개」를 젖혀 두고 나면 18편이 모두 연속간행물에 발표된 낱글이라는 점이다. 연속간행물 낱글로만 보자면 1956년에 견주어 월등하게 많아졌다. 연속간행물 발표 작품이 많아졌다는 사실은 그만큼 더욱 활발한 활동을 벌였다는 뜻이다.

---

49 「문학 예술」, 『조선중앙년감』(1957년판), 조선중앙통신사, 1957, 112쪽.

50 「제2차 작가대회를 앞두고」, 『조선문학』 9월호, 1956; 『제2차 조선작가대회 문헌집』, 1956.

51 「형님들의 뒤를 따르는 동생들」(시), 『아동문학』 1월호, 1956; 「글을 쓰는 일」(작가연단), 『조선문학』 2월호, 956; 「토끼 오 형제」(동화시), 『아동문학』 2월호, 1956; 「뛰여 나온 흙소」(동화시), 『아동문학』 3월호, 1956; 「자유를 찾는 노래」(소설), 『아동문학』 4월호, 1956; 「영원히 번영하리라!」(수필), 『민주조선』, 1956.5.1; 「버들 노래」(동시), 『아동문학』 7월호, 1956; 「떠돌던 귀'속 노래」(동시), 『아동문학』 9월호, 1956; 「아버지의 당은 나도 알아요」(시), 『당의 기치 높이』, 1956; 「일 잘하는 황소야」·「이름난 소가 무슨 소냐」(동시), 『시내'물』, 1956; 「고향 마을 앞벌에서」·「방선에 돌아가거든」(시), 『해 솟는 벌』(문고 조선문학 9), 1956; 「아동문학의 금후 발전을 위하여」(평론), 『제2차 조선작가대회 문헌집』, 1956; 「아동문학의 예술성 제고를 위하여」(제2차 작가대회를 앞두고)(평론), 『조선문학』 9월호, 1956; 「애 보는 법」·「세 발 달린 황소」·「엄마 기다리는 밤」(동시)·「간난철의 어느 날」·「얼룩이」(소설), 『별나라』(해방 전 아동문학 작품 선집), 1956; 「이름난 소가 무슨 소냐」, 『새마을』, 1956; 「떠도는 귀'속 노래」(동시), 미상, 1956; 「강강 수월래」(동요), 미상, 1956; 「새들이 버들골에 깃들다」(소년소설), 미상, 1956; 「뛰여나는 흙소」(동화시), 미상, 1956.

　　1957년 리원우는 2월에 있었던 '아동문학분과 확대위원회'에서 백석, 리순영과 함께 '보고를' 이끌었다.[52] 이어 5월에는 리용악, 신고송과 이른바 조선인민군 창설 5주년 기념문학상을 받았다.[53] 7월에는 모쓰크바에서 15일 동안 열릴 제6차 세계청년학생축전^{단장 조령출} 참관단 가운데 한 사람으로서 박세영과 함께 모스크바를 다녀왔다.[54] 소련 방문이라는 특혜를 얻은 것이다. 그 여행에서 돌아와 리원우는 여행 후기 형식의 기행문과 실화문학^{오체르크}을 4편[55]이나 내놓았다. 리원우 어린이문학 창작 영역이 더욱 다양해 질 수 있는 계기를 소련 기행이 마련해 준 셈이다. 작품 활동이나 바깥 문학사회 활동이나 1957년은 리원우에게 사회적, 문학적 위상을 한껏 드높일 수 있었던 시기였다.

　　그러한 1957년도 기세는 1958년도로 이어진다. 12회 발표에 17편[56]을 볼 수 있다. 그들 가운데는 『영광스러운 우리 조국』과 같은 선집에 재수록된 작품도 들었다. 거기다 실린 곳을 알 수 없지만 『조선중앙년감』으로 실재를 드러낸 시초 「밭에서 물소리 나면」[57]도 보인다. 연작시 꼴이겠는데 전모를 볼 수 없다. 벗 김우철의 「기계의 합창」, 「기계공장 자랑」과 함께한 자리다. 연속간행물 발표 낱글만 보자면 11편이다.

52　　백석이 「아동시에서 몇 가지 문제」라는 제목으로 보충 보고를 한 자리였다. 류도희(기자), 「작품에 시대정신을 반영하자―아동문학분과 확대회의에서」, 『문학신문』, 1957.2.28.

53　　『문학신문』, 1957.5.16.

54　　『문학신문』, 1957.7.25.

55　　「평화와 친선의 노래」(기행문), 『문학신문』, 1957.8.29; 「레닌 선생의 집」(기행문), 『소년신문』, 1957.10.5; 「아름다운 모쓰크바」(오체르크), 『아동문학』 10월호, 1957; 「행복의 나라 이야기」(기행문), 『조쏘문화』 11월호, 1957.

56　　「우리 시대의 아동들과 그들이 읽고 있는 아동문학」(평론), 『조선문학』 1월호, 1958; 「하늘로 떠오른 여우 서방」(동화), 『아동문학』 3월호, 1958; 「조국의 번영을 위하여」(산문), 『아동문학』 9월호, 1958; 「홍길동 장군」(동화), 『아동문학』 10월호, 1958; 「자기네 한 일 땅에 적어 놨네」·「밭에 물소리 나면」(시), 『아동문학』 11월호, 1958; 「녀성의 노래」(김옥성 곡), 『김옥성 작곡집』, 1958; 「뛰여 나온 흙소」(동화시)·「큰 고'간 속에 생긴 일」(동화)·「싸워 이긴 아이들」(소설)·「이름난 소가 무슨 소냐?」(동요), 『영광스러운 우리 조국』, 1958; 「동화의 특성과 로동의 쩨마」(평론), 『문학신문』, 1958.11.27; 「평화의 궁전」(기행문), 『평화와 친선』, 1958; 「못 다 본 씨비리」·「울란우데에 두고 온 소녀」, 『조선문학』 11월호, 1958; 「아동문학의 새싹들―공화국 창건 15주년 현상 작품 심사 총화」(평론), 『청년문학』 12월호, 1958; 시초, 「밭에서 물소리 나면」, 미상, 1958.

57　　「문학예술」, 『조선중앙년감』(국내편), 조선중앙통신사, 1959, 221쪽.

1957년에 견주어 발표 편수가 적어지고, 실린 매체도 줄었다. 다수 위축된 흐름이다.

1959년에 리원우는 18회 발표에 모두 21편[58]을 내놓았다. 그들 가운데는 「만경대의 노래」·「그이 품에서 자라는 아이들」·「자기네 한 일 땅에 적어 놨네」와 같이 지난 시기 작품을 재수록한 『당의 기'발따라』와 같은 낱책도 끼었다. 거기다 창작 체험론을 엮은 『작가수업』과 같은 곳에서 「글 쓰는 일」로 한 자리를 차지했다. 21편 가운데서 연속간행물 게재 작품은 14회에 걸쳤다. 1958년과 비슷한 수준이다. 흥미롭게도 이들 연속간행물 낱글 가운데서 순수 창작 작품은 3편, 곧 유희 동요 「화살 통보」와 시 「나도 달나라에 날아 왔다」, 「미처 이름도 못 물어본 용사들」에 지나지 않는다. 나머지 11편은 모두 본격 평론이거나 연간평, 어린이문학을 향한 단상과 같은 짧은 논평적 줄글이다. 「아동 시문학에 나타난 부르조아 사상 잔재를 청산하기 위하여」와 같은 제목에서 알 수 있듯이 북한 어린이문학의 현실과 앞날을 향해 당면한 당위론이나 논쟁적 의제에 앞장서서 말을 아끼지 않은 이론가 / 비평가로서 몫이 훨씬 두드러졌던 해였다 할 수 있다. 거기다 1959년도에는 동화집 『도끼 장군』이 강효순, 류연옥의 작품과 함께 소련어로 번역 출판할 계획이 이루어졌다,[59] 11월에는 평남 지역 교

---

58 「아동문학에서의 현실적 주제」(평론), 『문학신문』, 1959.1.11; 「동시 「공장 지구 아이들」과 동화 「결합」을!」(평론), 『조선문학』 1월호, 1959; 「우리 아동들에 대한 공산주의 교양을 위하여」(평론), 『문학신문』, 1959.1.22; 「생활과 시-문학을 공부하는 동무들에게」(1회·2회·3회, 평론), 『아동문학』 1월호·2월호·3월호, 1959; 「간상봉」(시)·「바로 김 장군님이더라고」, 『붉은 기'발 휘날린다』, 1959; 「창작에서 주인다운 태도」(설문 : 질 제고를 위해 무엇이 필요하다고 생각하십니까), 『문학신문』, 1959.3.12; 「아동문학의 계속 앙양을 위하여」(작가연단), 『문학신문』, 1959.3.19; 「아동문학 분야에 나타난 부르죠아 사상 여독을 청산하자」(조선작가동맹 제4차전원 회의 토론), 『문학신문』, 1959.4.26; 「화살 통보」(유희 동요), 『아동문학』 4월호, 1959; 「아동 시문학에 나타난 부르죠야 사상 잔재를 청산하기 위하여」(평론), 『조선문학』 8월호, 1959; 「아름다운 모스크바」(기행문), 『형제나라 동무들』, 1959; 「만경대의 노래」·「그이 품에서 자라는 아이들」·「자기네 한 일 땅에 적어 놨네」(동시), 『당의 기'발따라』, 1959; 「글 쓰는 일」(산문), 『작가수업』, 1959; 「아동 시문학에 나타난 부르조아 사상 잔재를 청산하기 위하여」(평론), 『조선문학』 8월호, 1959; 「아동문학의 사상 예술적 질을 높이기 위하여-1959년 상반년도 아동문학분과 총화회의에서 보고」(평론), 『문학신문』, 1959.8.25; 「나도 달나라에 날아 왔다」(시), 『문학신문』, 1959.9.15; 「미처 이름도 못 물어본 용사들」(시), 『청년문학』 10호, 1959; 「학생들을 위한 공산주의 교양에서 출판물을 옳게 리용하자」(평론), 『인민교육』 11월호, 1959.
59 「문예왕래」, 『문학신문』, 1959.4.23.

사들과 만남의 자리를 갖고 거기서 지부장 엄홍섭과 함께 '좌담회'에 참석했다. 평양 중앙의 중심 어린이 문학인으로서 자리를 한결같이 지켰던 1959년이었던 셈이다.[60]

1960년대에 들어서 리원우의 작품 발표는 다소 느슨해졌다. 그럼에도 기본 줄거리는 1950년대의 활발한 기세를 이어 받았다. 그의 나이 40대 중반에서 50대 초반 무렵이다. 자연인으로서나 사회인으로서나 책무를 든든하게 맡을 수 있는 시기였다. 5월에는 리갑기·상민·김학연 들과 함께 리원우가 창작 열기를 더하는 작가로 이름을 올리기도 했다.[61] 거기다 뒤늦은 '현지 파견'을 다녀왔다. 리원우는 1958년부터 이루어졌던, 이른바 '현지 파견'의 봇물 속에서도 평양 자리를 지킨 것으로 보인다. 그러다 뒤늦게 1960년 10월에 고향 신의주가 있는 평안북도의 창성군으로 '현지 파견'을 떠났다. 같은 어린이문학인 리진화·원도홍·류연옥과 함께한 걸음이다. 그것도 1년 이상 현지에서 머물며 마땅한 성과를 내놓아야 할 '장기 파견'이 아니었다. 석 달 정도에 걸친 짧은 '단기 파견' 인원 가운데 한 사람이었다.[62]

리원우가 1960년에 내놓은 작품은 22회 발표에 모두 35편에 이른다. '현대조선문학선집'의 '아동문학집', '수필집', '시집'에 실린 14편을 아우른 수치다. 나라잃은 시대 북한 작가들의 작품을 골라 엮은 북한 첫 선집 간행에서 리원우는 다른 이와 달리 세 곳에서 작품을 다 올렸다. 창작 활동 이력이 그만큼 다양했다는 뜻도 있지만, 나아가 리원우 문학의 위상이 높았다는 사실을 암시하는 일이기도 하다. 연속간행물 게재 작품은 모두 15편이다. 앞선 해와 비슷하다. 그들은 작가동맹 시문학분과위원회의 기관지 『시문학』에 실린 평론 1편을 포함한다. 아동문학분과와 시문학분과에 겹으로 이름을 올렸음을 알게 하는 일이다.

1961년에 리원우는 4회 발표에 5편[63]을 선뵀다. 게다가 이들은 모두 연속간행물

---

60 「문예왕래」, 『문학신문』, 1959.11.13.

61 「작가들의 창작 열의 계속 앙양」, 『문학신문』, 1960.5.24.

62 이때 어린이문학가 윤복진, 정청산은 평남 청산리로 출발했다. 『문학신문』, 1960.10.14.

63 「한권의 시집을」(당대표회의를 맞는 작가들의 결의), 『문학신문』, 1961.4.4; 「사람 모자 쓴 승냥이들 벌벌 떤다」(시), 『아동문학』 8월호, 1961; 「빨찌산인 줄 알아 다우」·「말하는 나무」(시), 『아동문학』 9월호, 1961; 「아동 문학 작품 선후감」(평론), 『청년문학』 11호, 1961.

에 실렸다. 작품 활동이 크게 줄었다. 평시와 다른 변화를 짐작할 수 있는 일이다. 북한 사회 안쪽에서는 조선로동당 제4차당대회를 앞두고 다양한 행사와 준비가 이루어지고 있었다. 그에 맞추어 작가동맹에서도 그에 걸맞은 "창작 열의 고조"를 보고하였다. 어린이문학 작가들도 높은 창작 열의를 보이고 있는바 리원우·황민·원도홍·남응손·리진화·우봉준 들은 "아동소설과 동화"에서, 그리고 송봉렬·윤동향·류연옥·윤복진·배풍 들은 "서사시와 서정시 창작"에 열중하고 있었다. 이로 볼 때 1961년의 발표 빈도 약세 현상은 리원우의 위상에 문제가 생긴 결과는 아니라는 사실을 알 수 있다.[64]

그런데 6월에는 흥미로운 일을 볼 수 있다. 리원우가 량강도에서 모습을 드러낸 것이다. 이른바 보천보전투 '승리' 24주년을 기념하는 행사 가운데 하나로 '시인의 밤'이 이루어졌다. 그 자리에 리원우가 김조규·김귀련·김희종·백하 들과 함께 참가하여 자작시를 낭송했다.[65] 거기다 같은 지면에 리원우가 이미 '4~5월'에 평양을 떠나 보천보로 "취재 려정"에 올랐음을 알려 주는 기사가 더했다. 기사는 "지난 4~5월에 아동문학작가 부대"가 "취재 려정에 올랐다. 학교로, 공장과 농촌으로, 바다로 분계선 마을로 들어간 그들"은 "놀라운 성과"를 보였다고 추겼다. 리원우는 "보천보와 공장 지구에서 동시집 『웃음의 나라』를 엮고" 있다고 가장 앞자리에서 알렸다. 그 뒤로 함남도로 떠났던 강효순은 여러 해 앞부터 구상해 오던 『분단위원장』의 구상을 완료, 집필에 들어갔고, 윤동향과 배풍이 분계선휴전선 마을로 떠났다는 사실이 이었다. 말하자면 리원우의 량강도 등장은 이미 어린이문학사회에서 집단으로 이루어졌던 현지 파견의 과정에서 이루어진 일이었다.[66] 이러한 동향이 1961년에 리원우의 작품 발표에 영향을 끼쳤을 것이다.

---

64 소설에서 최명익이 "임오군란을 주제로 한 력사 소설"을, 리근영은 "장편 청산리 사람들을, 리갑기는 "조국 통일 주제의 장편"을 준비하고 있다. 시에서 리병철은 "천리마 기수들을 주제"로 열의를 다하고 있다. 「당대회를 맞는 작가들의 창작 열의 고조」, 『문학신문』, 1961.4.7.

65 「량강도에서 보천보전투 승리 24주년을 기념하는 다채로운 기념 행사들 진행」, 『문학신문』, 문학신문사, 1961.6.6.

66 「아이들에게 더 많은 작품을!」, 위의 책.

1962년에 들어서 리원우의 작품 발표는 다시 10회 10편[67]으로 는다. 이들 또한 모두 연속간행물 게재 작품이다. 그 뒤로 1963년에 8회 8편[68]으로 그런 흐름을 이었다. 1963년에 특기할 사실은 리원우가 1962년에 마무리된 이른바 종파주의자 제거 사태 뒤, 그 결과를 반영하여 1963년 12월에 이루어진 『1962 문학 작품 년감』[69]의 어린이문학 영역 심사자 몫을 맡았다는 점이다. 시에 정서촌, 소설에 황건, 평론에 방연승, 번역에 최일룡이 책임을 졌던 일이다. 종파주의 사태를 리원우는 슬기롭게 넘어섰고, 그 뒤로도 본인의 입지에는 큰 문제가 없었음을 일깨워 준다. 작가동맹 아동문학분과 위원장 자리도 1964년까지 이어 맡았다. 그 사이 1963년 11월에 리원우는 평양시 작가들의 문학강연회에 연사로 참가했다.[70] 평양 거주를 확실히 했을 뿐 아니라 높은 위상까지 보여 주고 있는 셈이다.

이어 1964년도에는 10회 10편[71]을 모두 연속간행물 낱글로 선뵀던 리원우다. 그

---

67 「동시집 『기쁨이 생기는 집』은 아이들에게 무슨 기쁨을 주고 있는가?」(평론), 『문학신문』, 1962.2.16; 「붉은 누나」(시), 『아동문학』 5호, 1962; 「그 얼굴 눈물에 젖어 있었다」(시), 『문학신문』, 1962.5.8; 「흥미와 진실과 계급적 관점」(평론), 『문학신문』, 1962.5.22; 「붉은 누나」(시), 『아동문학』 5월호, 1962; 「행복의 나라로 찾아 왔다」(창작 일기), 『조선문학』 6월호, 1962; 「옛'말과 어린이」(부모에게 하고 싶은 말), 『천리마』 6월호, 1962; 「설문」(엽서문답), 『문학신문』, 문학신문사, 1962.7.6; 「동요와 동시-『아동문학 창작의 길』에서」(문학 지식), 『아동문학』 9월호, 1962; 「행복의 꽃」(김혁 곡), 『아동문학』 10월호, 1962.

68 「올라 갔다가 내려 와야 한다」(아동문학 단상), 『문학신문』, 1963.2.26; 「동화문학의 형상성 문제」(평론), 『문학신문』, 1963.4.26; 「주제 포착과 형상화-아동문학 1963년 1호~4호의 동화와 소설들을 읽고」(평론), 『문학신문』, 1963.5.31; 「행복의 나라로 찾아 왔다」(창작 일기), 『조선문학』 6월호, 1962; 「땅과 물과 태양의 관리자들과 함께」(시), 『문학신문』, 1963.6.11; 「마술 주머니에서 뛰여나온 사람들」(제1회·제2회), 『아동문학』 8월호·9월호, 1963; 「동요, 동시는 작고도 큰 시」(평론), 『문학신문』, 1963.8.13; 「작품 평」(줄글), 『아동문학』 5월호, 1963.

69 조선문학예술총동맹출판사, 1963.12.

70 「문학강연회 진행-평양 시 작가들」, 『문학신문』, 1963.11.15.

71 「올해는 어떤 선물을 받게 될가요?」(새해를 축하합니다), 『아동문학』 1월호, 1964; 「설맞이 노래」(노랫말), 『아동문학』 1월호, 1964; 「동요와 동시를 어떻게 감상할 것인가?」(문학 지식), 『아동문학』 2월호, 1964; 「무릎을 맞대고 하고 싶은 말」(수필), 『문학신문』, 1964.3.13; 「만경대의 노래」(노랫말), 『아동문학』 4월호, 1964; 「문학적 기교」(단상), 『문학신문』, 1964.5.2; 「꼬꼬댁 암탉과 여우」(유희 동요), 『아동문학』 5월호, 1964; 「야영지로 달리자」(노랫말), 『아동문학』 8월호, 1964; 「래일로 가지고 갈 것」, 『아동문학』 12월호, 1964; 「아동들에 대한 계급 교양과 아동문학에서의 긍정적 주인공의 창조 문제」(평론), 『문학신문』, 1964.12.29.

러면서 몇 차례『문학신문』지상에 활동상이 소개되었다. 4월에는 작가동맹 아동문학분과에서 벌인 작품 토론회 '주토론'자로 일을 이끌었다. 강효순·리진화·배풍·박응호 들이 자리한 행사였다.[72] 5월의 연구 토론회에서도 리원우가 행사를 진행했다.[73] 7월에는 리원우가 만화영화 씨나리오 창작에까지 손길을 돌렸음을 알 수 있는 기사가 보인다.[74] 비슷한 세대인 배풍·남응손을 비롯해 최석숭·최복선·강효순·원도홍·김도빈·문희준과 같은 뒤 세대 어린이문학가들과 같이 한 일이다. 이어 1964년도 상반기 총화회의를 위원장 리원우가 맡았다. 강효순·윤복진·정청산과 같은 문학인이 자리한 행사였다.[75] 10월에 리원우는 동시「안주 소년 빨찌산」을 '탈고'했다.[76]

1965년에 리원우는 10회 15편[77]의 연속간행물 낱글을 내놓았다. 1966년에는 7회 15편[78]을 보여 주었다. 두 해가 어슷비슷했던 셈이다. 그런데 1966년에는 그 안쪽

---

72 「아동문학의 질을 더욱 높이자－아동문학분과에서 1, 4분기 작품 토론회 진행」, 『문학신문』, 1964.4.21.

73 「묘사의 질을 더욱 높이자－아동문학 분과에서 연구 토론회 진행」, 『문학신문』, 1964.5.29.

74 「만화영화 씨나리오 창작 활발」, 『문학신문』, 문학신문사, 1964.7.3.

75 「진실하고 재미있게 형상하자!－1964년 상반년도 아동문학분과 총화회의 진행」, 『문학신문』, 1964.7.10.

76 윤복진 동요「조옥희 소년 자위대」와 함께 리원우의「안주 소년 빨찌산」'탈고'를 알렸다. 「아동문학 작가들의 창작 소식」, 『문학신문』, 문학신문사, 1964.10.27.

77 모두 10회이나「만경대의 노래」2편이 모두 1964년『아동문학』4월호 발표작의 중복 발표라서 빠진다. 「조국통일을 바라는 마음을 소설에 담아」(줄글), 『소년신문』, 1965.1.1;「누구의 자녀들을 위해 글을 쓰는가?」(수필), 『문학신문』, 19651.8;「불을 지른 자는 그 불에 타 죽을 것이다」(줄글), 『문학신문』, 문학신문사, 1965.3.23;「만경대의 노래」(노랫말), 『아동문학』4월호, 1965;「만경대의 노래」(노랫말), 『소년신문』, 1965.4.14;「아동문학의 예술적 특성」(평론), 『청년문학』6월호, 1965;「내 가슴에 사무친 고개」(시), 『조선문학』제7호, 1965;「동화의 묘사 방법에 대하여」(평론), 『청년문학』7월호, 1965;「수박 따기 놀이」를 쓰고」(창작 경험), 『청년문학』9월호, 1965;「환상이 요구된다」(평론), 『문학신문』, 1965.10.1.

78 「작고도 큰 것」(문학교실), 『아동문학』2월호, 1966;「아동들과 소년들의 미감에 맞게－'아동문학 설문'에 대한 총화」, 『문학신문』, 1966.4.1;「어린이들의 심정에 맞는 작품을」(수필), 『로동신문』, 1966.6.4;「어떻게 지은 작문이 잘 지은 작문인가?」(작문 지상 경연), 『아동문학』6월호, 1966;「구국 투쟁가」·「녀성의 노래」, 『현대조선음악선집』(성악편 1－군중가요곡 1), 1966;「아이쿠 총」·「우리를 반겨 주는 삼지연 물'결 소리」·「나도 두드려 본다, 너 이깔나무야」·「말하는 나무」·「버들 노래」·「고운 새 노래」(동시)·「이름 난 소가 무슨 소냐?」·「줄타기 노래」(동요) 『해방 후 동요동시편』(조선아동문학문고 15), 1966;「나래 쳐라 조국의 미래로」(노랫말), 『아동문학』10월호, 1966.

에 『현대조선음악선집』성악편 1-군중가요곡 1에 실린 광복기 노래 「구국 투쟁가」·「녀성의 노래」 2편과 '조선아동문학문고' 15번으로 나온 『해방 후 동요동시편』에 실린 7편을 아울렀다. 따라서 연속간행물에 실은 그 무렵 창작 낱글은 5회 6편으로 준다. 각별히 『현대조선음악선집』1966에 실린 노랫말 「구국 투쟁가」·「녀성의 노래」는 최석두·최로사·김춘희·박세영·리호남·정서촌·조령출·한명천의 작품과 함께 이른바 조국해방전쟁시기 음악을 대표하는 것으로 올랐다. 그런 점은 『해방 후 동요동시편』에서 북한 초기 어린이문학에서 대표 작가 가운데 한 사람으로 대접 받고 있는 정황과 맞물린다. 리원우는 어느덧 북한 문학사회에서 회고와 정리 세대에 들어섰다는 사실이다. 게다가 1966년에는 노랫말 「나래 쳐라 조국의 미래로」를 젖혀 두고 나면 5편이 모두 줄글이다. 순연한 동요동시나 소년소설 창작 쪽에서는 성과를 내보이지 못한 셈이다. 이미 만화영화 시나리오까지 영역을 넓혔던 리원우로서는 다양한 활동 영역과 부산했을 움직임을 눈에 띄게 줄어든 순연한 어린이문학 작품의 수로 증명하고 있는 셈이다. 그러나 그 뒤부터 새로운 상황이 벌어진다.

1967년부터 1968편, 해수로 세 해 동안 연속간행물 작품 발표를 볼 수 없다. 1966년 『아동문학』 10월호의 「나래 쳐라 조국의 미래로」 발표 뒤부터다. 그 점은 재수록 쪽에서도 마찬가지다. 갑자기 1967년부터 리원우가 아예 실종된 듯한 맵시다. 그런 뒤 1969년에 평론 1편[79]으로 다시 문학사회에 얼굴을 내밀었다. 그 뒤로 발표된 작품은 모두 지난 시기 작품 가운데서 재수록한 경우다.[80] 그러다 1978년도에 『조선문학』에 실었던 「장편서사시 『백두산』이 창작되던 때의 몇 가지 이야기」 1편으로 다시 신작으로 이름을 올렸다. 다시 말해 리원우의 실제적인 문학사회 활동은 1966년으로 마감했다. 1967년에 불어닥쳤던 북한판의 이른바 문화격변 소용돌이 속에서 리원우 또한 벗어나지 못하고 휩쓸려 든 셈이다. 다만 한 차례이긴 하나

---

79   「몇 편의 아동문학 작품에 대하여」(평론), 『조선문학』 3월호, 문예출판사, 1969.
80   「큰 고간 속에 생긴 일」(동화), 『열두 번 뜨는 해』(동화집), 1974; 「귀틀집 앞을 지나시며」(동시), 『온 세상이 걷는 길』, 1975; 「나도 두드려본다 너 이깔나무야」·「수삼나무 설레이는 새 언덕」(동시), 『사랑의 해빛』, 1975; 「녀성의 노래」(김옥성 작곡)·「구국투쟁가」(박한규 작곡), 『조선명곡집』(1), 1975.

1969년 작품 발표를 빌려 알 수 있는 일은 리원우의 실종은 숙정이나 제거와 같은 체제 이반인에 대한 처리 과정에서 일어난 일은 아니었을 것이라는 사실이다. 평양이 아닌 다른 먼 지역의 공장이나 농촌 직능사회로 옮겨가 일을 이어나가는, 이른바 하방 방식이었을 것이다. 그리고 뜬금없이 1978년 「장편서사시『백두산』이 창작되던 때의 몇 가지 이야기」를 다시 내놓았다. 이름을 묻은 지 9년 만에 이루어진 연속간행물 낱글 발표였다. 따라서 1966년부터 보자면 거의 13년 동안 두 차례, 곧 1969년과 1978년에 보여 주었던 신작 평론은 그런 하방의 나날 가운데서도 평양 중앙 문학사회에 복귀하기 위해 벌였던 리원우의 눈에 보이지 않는 고투의 시간을 짐작하게 하는 낱글이라 할 만하다. 그리고 1978년부터 다시 이승을 뜰 1985년까지 작품 발표는 볼 수 없다.

일찍이 1956년에 불어닥친 문학예술계의 격랑 속에서는 지난 시기 카프 어린이문학 투쟁 경력에 빛나는 작가로서 리원우는 맑스레닌주의 미학의 원칙을 내세우며 분과 위원회 위원장으로 위세를 지켰다. 1962년의 이른바 종파주의 '투쟁'의 격랑 속에서도 카프계 여느 작가들이 제거된 경우와 달리 리원우는 오히려 주도권을 쥔 모습이었다. 그런데 일성 유일체제를 완성하기 이해 이루어졌던 1967년의 문화대격변은 벗기 힘들었던 셈이다. 그리고 그 일에 핵심 원인은 리원우가 어느덧 세대교체의 대상이었을 것이라는 사실에서부터 비롯한다. 리원우 나이 50대 중반으로 올라서는 시기였다. 이른 듯 싶으나 그가 오래도록 누렸던 어린이청소년 문학사회의 위세에 견준다면 오히려 요행이 오래 이어진 경우라고도 할 수 있다. 그리고 그 일은 1960년대 초반 종파주의 '투쟁'에서 요행히 살아남았던 여느 카프계 문학인들의 궤적과도 크게 다르지 않다. 실제에 있어서 1967년부터 문학적 만년으로 접어든 리원우였다. 그리고 1985년 그의 죽음 뒤 부고가『민주조선』의 한 자리를 채웠다. 리원우는 비교적 빠른 시기인 50대 중후반에 현역 작가 생활에서 물러났다. 다만 그러한 결실이 유고 상태로 남아 있다 뒷사람들의 손질로 마무리되어 나온 복귀의 기쁨도 누렸다. 낱책, 중편동화집『행복의 집』1985과 김정일의 이른바 '은정'으로 받은 작품 선집『보물 고간』1986이 그것이다.

아동문학가 리원우 동지는 1985년 1월 14일 오전 병환 끝에 69살을 일기로 애석하게도 서거하였다.

리원우 동지는 해방 전 일제의 폭압에도 굴하지 않고 진보적인 창작 활동을 하다가 조국의 해방을 맞은 후 오늘에 이르기까지 우리 당의 문예사상과 문예정책을 높이 받들고 아동문학을 발전시키는 데 한생을 바치였다.

동지는 중편동화 『도끼장군』과 중편소설 『기다리던 날』을 비롯한 수백 편의 우수한 아동문학 작품들을 창작 발표하여 청소년 학생들을 주체 위업의 계승자로 튼튼히 준비시키고 아동문학을 발전시키는 데 적극 기여하였으며 생명의 마지막 순간까지 당과 혁명에 끝없이 충실하였다.

우리 인민과 청소년 학생들의 사랑을 받던 재능있는 아동문학가 리원우 동지가 서거한 데 대하여 심심한 애도의 뜻을 표시한다.

1985년 1월 14일

— 조선작가동맹 중앙위원회 [81]

리원우가 죽은 지 이틀 뒤 조선작가동맹 중앙 이름으로 내놓은 부고다. "병환 끝에"라는 말이 무게를 갖는다. 짧지 않은 기간 아팠으리라는 점을 알려 준다. 대표 작품으로 『도끼장군』을 든 일은 마땅해 보인다. 거기다 중편소설 『기다리던 날』을 들었다. 남긴 작품이 "수백 편"이라 했다. 500편 남짓이라 썼던 1994년의 표현[82]보다는 느슨하게 올렸다. "우수한 아동문학 작품들"을 빌려 북한 "청소년 학생들을 주체 위업의 계승자로 튼튼히 준비"시켰다는 평가는 광복 초기부터 이었던 활동에는 무게를 두지 않은 표현이다. 흥미로운 점은 그이 부고 형식임에도 태어난 곳과 태어난 날들을 밝히지 않았다. 거기다 부고를 『로동신문』이 아니라 당기관지인 『민주조선』에 올렸다. 리원우의 자리는 이른바 '주체' '조선'이라는 큰 물결에 이바지한 이로 자리매김했다. 여느 작가와 달리 부고 형식을 빌려서 죽음을 알린 점만으로도 리원우

---

81 「리원우 동지의 서거에 대한 부고」, 『민주조선』, 민주조선사, 1985.1.16.
82 『문예상식』, 앞의 책, 240쪽.

에 대한 북한의 대접이 마지막에는 소홀하지 않았던 셈이다.

이제껏 연속간행 신문·잡지를 중심으로 북한 매체에 드러나는 리원우의 낱글을 한 자리에 불러 앉혔다. 나라잃은시대 1931년부터 문학사회에 첫 작품을 내놓은 리원우는 1935년과 1936년에 이르러 발표가 잦아졌다. 1934년의 신건설사검거폭거로 고초를 겪었음에도 거꾸로 바깥 활동은 더해진 셈이다. 더불어 매체 확대에다 창작 갈래도 시, 어린이문학에서 수필로 범위를 넓혔다. 그만큼 열정적인 문학 청년 시절을 보냈다는 뜻이다. 그러다 1940년을 끝으로 1945년 을유광복까지 작품을 볼 수 없다. 어떤 훼절의 흔적이나 왜문 자취를 남기지 않은 점으로 긴 잠행의 나날을 짐작할 수 있다. 현재까지 나라잃은시대 리원우의 작품은 모두 60회에 48편을 확인할 수 있었다. 이들은 어린이문학인 동요·동시동화시·어린이평론에서부터 수필줄글과 시 갈래로 옮겨가는 흐름을 보여 준다. 청소년기에서 청년기로 나아갔던 작가의 성장이 문학 갈래 이동과 자연스럽게 맞물려 있는 셈이다.

을유광복을 맞아 리원우는 고향 신의주와 평북에서 지역의 중심 문학인으로 거듭났다. 그러한 활동을 인정 받아 1947년 리원우는 평양으로 올라가 중앙방송국 부국장 직함으로 문학사회 생활을 새로 펼쳤다. 1946년 1월 평양『관서시인집』에서부터 작품 발표를 시작한 뒤,『문학예술』이나『아동문학』과 같은 문학 전문지와『조선녀성』과 같은 바깥 전문지로 넓히며 작품을 꾸준히 선보였다. 그러면서 시에서 어린이문학으로 창작 중심을 옮기고 범위도 순연한 창작에서 비평으로까지 넓혔다. 급변하는 북한 문학사회 안쪽에서 자신의 특장과 작가적 정체성을 어린이문학 쪽으로 굳힌 셈이다. 인민학교 교과서『국어』제5학년을 신의주 벗 김우철과 함께 엮은 일이 그 점을 확연하게 보여 준다.

1950년 경인년전쟁을 맞아 리원우는 사단 선전과장 몸으로 낙동강 전선까지 내려가는 종군 활동을 펼쳤다. 그러면서 18편을 내놓았는데, 그 가운데 연속간행물 발표는 7편에 그쳤다. 전전기에 견주어 낱글 발표가 줄었다. 급박했을 전쟁기 출판 안밖의 문제가 개인에게 영향을 준 경우겠다.

전후기인 1953년 7월부터 1959년까지 1950년대는 리원우가 가장 활발하게 자신의 창작 역량과 문학사회 위상을 드러낸 시기다. 1956년 제2차 작가대회를 거치며 조선작가동맹 중앙위원이자 아동문학분과위원회 위원장으로서 리원우는 조선인민군 창설 5주년 기념문학상을 받거나, 모쓰크바에서 열린 제6차 세계청년학생축전 참관단으로 다녀오는 일과 같은 혜택을 받았다. 전후 1950년대 리원우는 모두 92회 발표에 112편을 내놓았다. 그 가운데 연속간행물의 낱글은 57편이었다. 나머지는 작품집에 내놓은 신작이거나 선집에 실린 재수록 작품이다. 그 과정에서 1955년 우화와 1956년 동화시를 내놓아 어린이문학 창작의 영역을 더욱 넓혀 나가는 모습을 보여 준다. 거기다 기행문과 실화문학까지 더했다. 정점은 1957년이었다. 그 뒤로 1959년까지 편수가 줄어들고 순연한 창작 작품보다 어린이문학의 이론가, 비평가로서 몫이 훨씬 두드러진 흐름을 이어 나갔다.

1960년대에 들어 리원우의 작품 발표는 다소 줄어들었다. 1966년까지 71회 98편을 볼 수 있다. 그 가운데 연속간행물 낱글은 69편이다. 1960년에는 '현대조선문학선집'에 '아동문학집', '수필집', '시집' 세 곳에 작품을 올리며 위상을 알렸던 리원우다. 거기다 1964년 현재 아동문학분과 위원장으로서 건재를 보여 주고, 1966년에는 만화영화 각본까지 창작 영역을 넓혔다. 그러나 1967년부터 1968년 두해 동안 아예 작품 발표가 사라졌다. 그 뒤 1985년 임종까지 지난 시기 작품의 재수록만 드물게 이루어졌다. 리원우의 문학사회 활동은 실제적으로 1966년에 마감된 셈이다. 일성의 유일체제를 완성하기 위해 1967년에 이루어진 북한판의 문화대격변 속에서 리원우 또한 세대 교체 대상으로 내몰린 결과겠다. 다만 그 뒤 1969년과 1978년에 한 차례씩 보여 준 신작 평론은 그런 하방과 배제의 나날 가운데서도 평양 문학사회 복귀를 꿈꾸었을 리원우의 고투를 짐작하게 만든다.

비교적 빠른 시기인 50대 중후반에 현역 작가 생활에서 물러난 리원우다. 그이는 1985년 일흔한 살로 이승을 떴다.[83] 그리고 뒤이어 그의 죽음이 공론으로 알려지고 북한 중앙으로부터 복권의 결실로 유고집 출판을 허락 받는 기쁨을 누리기도 했다.

---

83 『민주조선』의 부고에서는 69세로 적었다. 태어난 해를 1916년으로 본 셈이다.

나라잃은시대 신의주 현실주의 문학을 대표하는 한누리 벗 가운데 안룡만·김우철에 견주어 높은 평가를 누리는 모습이다. 광복기 리원우에 뒤이어 평양 문학사회로 올라갔던 김우철은 다시 고향에 현지 파견으로 내려온 뒤 1959년 자살로 삶을 마감할 수 밖에 없었다. 안룡만 또한 전쟁기를 거쳐 북한 문학사회에 진출해서 꾸준히 활동했으나 리원우와 같은 대접을 받지는 못했다. 리원우는 1950년대를 넘어서면서 북한 어린이문학을 대표하는 인물처럼 창작과 비평에서 앞자리 활동을 벌였다. 나라잃은시대 카프계 어린이문학인으로서 활동 기간의 길이나 창작 영역에서 누구보다 길고 많은 작품을 선뵌 이가 리원우였던 셈이다.

4. 리원우론의 향방

이제껏 신의주 근대문학을 대표하는 작가 가운데 한 사람인 리원우[1914~1985]에 관한 실증적 바탕을 마련했다. 알려지지 않았던 그이의 본명필명 문제와 글쓴이가 찾을 수 있었던 개별 작품집, 공저와 연속간행물 낱글을 한 자리에 갈무리했다. 부풀림이 있겠으나 리원우는 한누리 500편에 이르는 작품을 내놓았다고 북한은 기록했다. 그들 모두에 걸친 문헌지 마련은 가능하지 않다. 그럼에도 빈 자리를 한 곳 한 곳 메우면서 본격적인 리원우 연구에 속도를 붙일 수 있을 것이다.

리원우는 1931년부터 문학사회 활동과 작품 발표를 시작했다. 연속간행물 낱글로 보면 1978년까지 이어졌다. 47년에 걸쳤다. 본명은 리동준이다. 활동 초기부터 필명 리동우와 리원우를 번갈아 썼다. 1934년 왜로의 신건설사검거폭거로 투옥을 겪고 나온 뒤 1937년 무렵부터 리원우 하나로 통일했다. 리원우의 개인 작품집은 1946년부터 1986년에 걸쳐 15권공동 엮음 1권 포함이 나왔다. 시집 2권, 동화집 4권, 동시집 2권, 어린이문학평론집 1권, 전투기 1권, 작품 선집 3권, 교과용 도서 1권, 중국 번인본 1권이다. 그들 가운데서 중편동화집 『행복의 집』, 그림 동화집 『청동 항아리』, 작품 선집 『보물 고간』은 유고집으로 선뵀다. 리원우의 낱책은 습작기 시와 수필로 시작하여 어린이문학과 평론으로까지 넓혔던, 창작 활동의 변모 과정에 걸맞게 영역이 넓고 꾸준했다. 그들 가운데 첫 시집 『격류』는 을유광복 뒤 북한에서 나온 첫 개인 시집이기도 하다.

나라잃은시대 1931년부터 열정적인 문학 청년 시절을 보낸 리원우다. 그러다 1940년을 끝으로 1945년 을유광복까지 어떤 훼절 흔적도 남기지 않은 채 나라잃은시대를 건넜다. 을유광복을 맞아 신의주 중심 문학인으로 시작한 리원우는 1947년부터 평양 문학사회로 들어섰다. 그러면서 시 중심에서 어린이문학 쪽으로 작가적 정체성을 굳혀 나갔다. 전쟁기 종군을 거치고 1952년부터 작가동맹 아동문학분과 위원장으로 자리잡은 리원우는 전후 1959년까지 자신의 창작 역량과 문학사회 위상을 한껏 드러냈다. 그 과정에서 우화·동화시·실화문학을 비롯한 다양한 어린이문학 갈래는 물론 만화영화 대본으로까지 창작 범위를 넓혔다. 그럼에도 리원우의 실제적인 문학사회 활동은 1966년에 막을 내렸다. 1967년부터 1985년 죽음까지 18년 동안 1969년과 1978년, 예외적인 2회의 신작 발표만 이루어졌다. 나머지는 드문드문 지나간 시기 작품의 재수록일 따름이다. 1967년부터 몰아쳤던 북한판 문화대격변 속에서 리원우 또한 세대 교체 요구를 빗겨가지 못한 결과였다.

글 끝에 붙인 「리원우 작품 해적이」에는 15권에 걸친 낱책뿐 아니라 눈에 뜨이는 대로 갈무리한 리원우 발표 낱글 모두를 올렸다. 나라잃은시대 60회 48편, 광복기 36회 43편, 전쟁기 11회 18편, 1950년대 92회 112편, 1966년까지 1960년대 71회 98편, 모두 270회 319편에 걸친 죽보기다. 그들 가운데 신작 꼴로 연속간행물에 올린 작품은 207편 어름에 그쳤다. 리원우가 한누리 발표했다는 작품 가운데 거의 가웃에 이르는 작품의 실재를 이 글로 확인한 셈이다. 본격적인 리원우 연구를 위한 밑자리는 마련했다. 이를 바탕으로 리원우 작품의 개작 과정, 동요동시의 다양한 유형 분류와 상관성, 신의주 지역성을 담은 초기 수필 구명과 같은, 길 바쁜 과제부터 풀 일이다. 그 과정에 신의주의 글벗 안룡만·김우철과 같고 다른 점뿐 아니라, 리원우와 맞은 쪽을 지켰던 백석의 어린이 문학과 맞물린 길항 관계까지 가늠할 수 있을 것이다.

<리원우 작품 해적이>

1) 낱책

『격류』(시집), 신의주 평북예술련맹, 1946.

『무성하는 노래』(시집), 문화전선사, 1947.

『물방아』('소설과 기타 산문 작품'), 미상, 1948.

김우철·리원우 엮음, 『국어』(인민학교 제5학년), 교육성, 1949.

『푸른 샘물』(동화집), 국립인민출판사, 1949. 11.

『기다리던 날─신천애육원 소년단원들의 투쟁기』(투쟁기), 민주청년사, 1952.

『도끼 장군』(동화집), 민주청년사, 1955.

『도끼 장군』(번인본), 연변교육출판사, 1956.

『기다리던 날』(리원우 아동문학 작품집), 민주청년사, 1956.

『아동문학 창작의 길』(평론집), 국립출판사, 1956.

『우리 나라 고운 새들』(동시집), 아동도서출판사, 1958.

『웃음의 나라』(동시집), 아동도서출판사, 1962.

『행복의 집』(중편동화집), 금성청년출판사, 1985.

『보물 고간』(리원우 작품집), 금성청년출판사, 1986.

『청동 항아리』(그림 동화집, 최경수 그림), 조선미술출판사, 1985.

2) 낱글

「아우의 일기를 읽고」(소년수필), 『어린이』 제9권 제9호, 개벽사, 1931.

「섯달」(소년소설), 『어린이』 제9권 제11호, 개벽사, 1931.

「용천의 들에서」(레포 공장에서 농촌에서, 줄글), 『별나라』 신년호, 별나라사, 1932.

「동무들아!」(동요), 『어린이』 제10권 제4호, 개벽사, 1932.

「갱생」(소년소설), 『어린이』 제10권 제4호, 개벽사, 1932.

「가물」(농촌소년소설), 『어린이』 제10권 제6호, 개벽사, 1932.

「보리이삭 줍는 소녀」(소설), 『어린이』 제10권 제7호, 개벽사, 1932.

「이빠진 낫」(소설), 『어린이』 제10권 제8호, 개벽사, 1932.

「우리 마을에 왔든 극단들은 이런 것이다」(평론), 『신소년』 2월호, 신소년사, 1934.

「『신소년』 신년호의 독후」(평론), 『신소년』 3월호, 신소년사, 1934.

「무쪽싸움」(동화시), 『신소년』 4·5월합호, 신소년사, 1934.

「세발 달닌 황소」(시), 『별나라』 제10권 제2호, 별나라사, 1934.

「광성(光城) 별 8월 달」(시), 『조선중앙일보』, 조선중앙일보사, 1935.1.19.

「죄」(동화), 『별나라』 1·2월합호(통권 80호), 별나라사, 1935.

「가난한 집의 얼룩이(상·하)」(동화), 『조선중앙일보』, 조선중앙일보사, 1935.5.18·21.

「애상의 열매여」(시), 『신인문학』 10월호, 청조사, 1935.

「오월의 해안선(1·2)」(서정서사시), 『조선중앙일보』, 조선중앙일보사, 1935.10.25~26.

「진정한 소년문학의 재기를 통절이 바람(1·2)」(수필), 『조선중앙일보』, 조선중앙일보사, 1935. 11.3~5.

「강까의 하로(상·하)」(수필), 『조선중앙일보』, 조선중앙일보사, 1935.11.6~7.

「기러기」(동요), 『조선중앙일보』, 조선중앙일보사, 1935.11.7.

「북국(北國)·마슬의 정경」(수필), 『조선중앙일보』, 조선중앙일보사, 1935.11.18.

「버레 한 마리」·「깨여진 시」(시), 『신인문학』 송년호, 청조사, 1935.

「우울의 1년 ― 새날의 보표를 가슴에 아로 삭이며」(수필), 『조선중앙일보』, 조선중앙일보사, 1935. 12.31.

「촌락의 겨울(상·하)」(수필), 『조선중앙일보』, 조선중앙일보사, 1936.2.3~4.

「야담박사」(일평, 줄글), 『조선중앙일보』, 조선중앙일보사, 1936.2.13.

「일평(日評)」(줄글), 『조선중앙일보』, 조선중앙일보사, 1936.2.20.

「교외의 미소(상·중·하)」, 『동아일보』, 동아일보사, 1936.2.27·29.

「포도의 산문시」(수필), 『신인문학』 신년호, 청조사, 1936.

「포스트의 봄노래(상·하)」(시), 『조선중앙일보』, 조선중앙일보사, 1936.3.18.

「극작계의 천재들이여!」(수필), 『조선중앙일보』, 조선중앙일보사, 1936.3.24.

「고요한 정오(상·중·하)」(수상), 『조선중앙일보』, 조선중앙일보사, 1936.3.29·4.4·4.5.

「5월의 정경(하)」(수필), 『조선중앙일보』, 조선중앙일보사, 1936.5.16.

「유월의 한제(閑題)(1·2)」(수필), 『조선중앙일보』, 조선중앙일보사, 1936.6.10~11.

「태양의 노래(1·2·3)」(수필), 『조선중앙일보』, 조선중앙일보사, 1936.7.4·8.9·11.

「남국의 홰파람」(시), 『신인문학』 8월호, 청조사, 1936.8.

「포도(舖道)」(시), 『조선중앙일보』, 조선중앙일보사, 1936.8.30.

「망아지의 노래」(시), 『신건설』 제2집, 시건설사, 1936.9.

「청춘의 고민」(시), 『조선일보』, 조선일보사, 1937.11.27.

「추억의 자손」(시), 『시건설』 제3집, 시건설사, 1937.12.

「이국어」(시), 『시건설』 제4집, 시건설사, 1938.6.

「바람」(시), 『시건설』 제5집, 시건설사, 1938.8.

「향수」(시), 「아세아의 엇던 풍경 ― 처음엔 소처럼 산보하다가 차츰 기관차가 되는 노래」(시), 『시건설』 제6집, 시건설사, 1938. 12.

「어느 조개 ― 바다가의 노래」(시), 『시건설』 제7집, 시건설사, 1939. 10.

「낯선 밤」(시), 『동아일보』, 동아일보사, 1939.8.24.

「어느 조개」(시), 『시건설』 제7집, 시건설사, 1939.

「꿈·추억」(시),『동아일보』, 동아일보사, 1940.7.9.

「호반」(시),『동아일보』, 동아일보사, 1940.8.4.

「석양」(시),『관서시인집』, 인민문화사, 1946.

「불ㅅ길」(시),『문화전선』 제2집, 북조선문학예술총동맹, 1946.

「당원증－10월은 모든 잎사귀도 붉게 타는 때」(시),『조쏘문화』 제3집, 1946.

「빛나는 그 이름 김일성 장군!」(시),『로동신문』, 로동신문사, 1947.7.12.

「황하수(黃河水)」(시),『문화전선』 제5집, 북조선예술총연맹, 1947.

「우리는 나서자 영예로운 길로」(시),『조선문학』 창간호, 북조선문학동맹, 1947.

「술렛길」(시),『농민신문』, 농민신문사, 1947.7.29.

「건설로선」(시),『대중과학』 2집, 북조선공업기술총련맹, 1947.

「한글의 밤」(시),『청년생활』 제1권 제1호, 청년생활사, 1948.

「송풍(松風) 료양(療養)」(시),『새조선』 2호, 조선인민출판사, 1948.

「빛나는 부녀절 아침」(시),『조선녀성』 2·3월호, 조선녀성사, 1948.

「백운대로 올라간다」(시),『문학예술』 제4호, 문화전선사, 1948.

「모두가 웨친다」(시),『새조선』 3호, 조선인민출판사, 1948.

「모내기 하는 날」(시),『조국의 깃발』(종합시집), 문화전선사, 1948.

「낙랑리(樂浪里)」(시),『새조선』 8호, 조선인민출판사, 1948.

「송풍(松風) 료양(療養)」(시),『창작집』, 국립인민출판사 1948.

「모자마다 빛나는 별」(시),『조선녀성』 2월호, 조선녀성사, 1949.

「인민공화국 깃발 아래서」(시),『영원한 친선』(쏘련군 환송 기념 시집), 북조선문학예술총동맹 문화전
　　　선사 간행, 1949.

「모두가 웨친다－3월 선거를 위하여」(시),『새조선』 제2권 3호, 국립인민출판사, 1949.

「영원한 악수」(리면상 곡)·「구국투쟁가」(박한규 곡)·「녀성의 노래」(김옥성 곡),『조쏘가곡100곡집』,
　　　북조선음악동맹 엮음, 1949.

「료양원」(시),『청년생활』 2권 7호, 청년생활사, 1949.

「승리의 깃발」(동시),『소년단』 제1권 제1호, 청년생활사, 1949.

「동화는 어떻게 읽을까」,『소년단』 제1권 제5호, 청년생활사, 1949.

「준비한 것을 가지고」(소년시),『소년단』 제3호, 청년생활사, 1949.

「청동 항아리」(동화),『소년단』 제1권 제6호, 청년생활사, 1949.

「열두 가지 과일이 열리는 나무」(동화),『아동문학』 제6집, 문화전선사, 1949.

「강가로 가자」·「기왓장 노래」·「수수깡 안경」·「동무가 사는 마을」,『꽃마을』(동요집, 소년문고 5), 청
　　　년생활사, 1949.

「나는 우리들의 총을 메었다」(시),『문학예술』 제12호, 문화전선사, 1949.

「우리도 부르는 10월의 노래」·「쓰딸린 거리」(시),『영광을 쓰딸린에게』, 북조선문학예술총동맹, 1949.

「고향의 청년들」(수필), 『청년생활』 10호, 청년생활사, 1949.

「우리와 함께 계신 레닌」·「어느 날의 김 장군」·「모내기 하는 날」(시), 『국어』(인민학교 제5학년), 교육
　　　성, 1949.

「물방아간 이야기」(동화), 미상, 1949년 하반기~1950년 상반기.

「나는 우리들의 총을 메었다」(시), 『한 깃발 아래서』, 문화전선사, 1950.

「손들어 맹세한 일」, 『청년생활』 제3권 제3호, 민주청년사, 1950.

「교대 시간」(시), 『문학예술』 제3권 제5호, 문화전선사, 1950.

「5·1절의 노래」(황학근 곡), 『국가보위를 위하여』 5월호, 조국보위후원회 중앙본부, 1950.

「녀성의 노래」(김옥성 곡), 『인민가요』, 국립출판사, 1950.

「영웅에게 드리는 노래」(시), 『승리는 우리에게』(전선문고), 문화전선사, 1951.

「우리 소대장」(시), 『문학예술』 제4권 제2호, 문화전선사, 1951.

「지금은 총 잘 쏘는 사격수」(시), 미상, 1951.

「우리 소대장」(시), 『평화의 초소에서』, 문화전선사, 1952.

「우리도 전사다」(시, 리면상 곡), 『문학예술』 3월호(제5권 제3호), 문화전선사, 1952.

「평화의 날은 오고 있다」(시), 『문학예술』 11월호, 문화전선사, 1952.

「내가 만난 쓰딸린 할아버지」·「영웅 누나 날아가는 밤」·「빨찌산 아저씨」·「해와 함께 살 꽃」, 『영웅
　　　나라 아이들』(동요·동시집), 문예총출판사, 1952.

「평화의 날은 오고 있다」, 『평화의 노래』, 문화전선사, 1952.

「싸워 이긴 아이들」(소년소설), 『아동문학』 제9집, 문예총출판사, 1952.

「아이구 총」(동요), 『아동문학』 제10집, 문화전선사, 1952.

「싸우는 조선의 아동문학」(평론), 『아동문학』 제11집, 문예총출판사, 1953.

「학교 놀이」(동시), 『아동문학』 제11집, 문예총출판사, 1953.

「영웅에게 드리는 노래」(시), 『영광의 노래』(조선인민군 창건 5주년 기념), 문예총출판사, 1953.

「중국 아저씨」(동시), 『우리의 날』(동요동시집), 연변교육출판사, 1953.

「승리를 자랑하자」(수필), 『문학예술』 제6권 제8호, 문예총출판사, 1953.

「싸워 이긴 아이들」(소년소설), 『우리나라 꽃봉오리』(8·15해방 8주년 기념 동화), 문예총출판사, 1953.

「쓰딸린은 살아 있다」(시), 『조선문학』 11월호(제1권 제2호), 문예총출판사, 1953.

「소년호 땅크」·「나와 형님」(동시), 『항상 배우며 준비하자』, 민주청년사, 1953.

「그의 품에서 자라는 아이들」(시), 『수령은 부른다』, 문예총출판사, 1953.

「수박 따기 놀음」(유희 동요), 『승리의 꽃다발』, 조선작가동맹출판사, 1953.

「풀고 짓고 하는 순이」(동시), 『꽃수레』, 민주청년사, 1954.

「녀성의 노래」(김옥성 곡), 『조선인민가요곡선집』, 조선작곡가동맹중앙위원회, 1954.

「안주탄광 소년근위대」(김칠성 곡)·「영웅 누나 날아가는 밤」(김혁 곡)·「학교 놀이」(리정언 곡)·「사랑하자 지키자」(김혁 곡)·「해와 함께 이고 살 꽃」(김혁 곡)·「줄타기 노래」(리철백 곡),『전시 가요곡 200곡집』, 조선작곡가동맹중앙위원회, 1954.

「큰 주머니와 작은 주머니」,『꿀벌과 여우』(우화), 민주청년사, 1954.

「그의 품에서 자라는 아이들」(시),『조선녀성』 4월호, 조선녀성사, 1955.

「황하수」·「지금은 총 잘 쏘는 사격수」(시),『서정시 선집』, 조선작가동맹출판사, 1955.

「굳은 악수」·「구국 투쟁가」·「영웅 누나 날아가는 밤」·「영웅 총」(노랫말),『동요 100곡집』(8·15해방 100주년 기념), 조선작곡가동맹중앙위원회, 1955.

「아동들의 교양과 문학」(평론),『조선문학』 9월호, 조선작가동맹출판사, 1955.

「이름난 소가 무슨 소냐」(동요),『아동문학』 9월호, 조선작가동맹출판사, 1955.

「1955년도 써클 작품에 대하여」(평론),『아동문학』 12월호, 조선작가동맹출판사, 1955.

「형님들의 뒤를 따르는 동생들」(시),『아동문학』 1월호, 조선작가동맹중앙위원회, 1956.

「글을 쓰는 일」(작가연단),『조선문학』 2월호, 조선작가동맹출판사, 1956.

「토끼 오 형제」(동화시),『아동문학』 2월호, 조선작가동맹출판사, 1956.

「뛰여 나온 흙소」(동화시),『아동문학』 3월호, 조선작가동맹출판사, 1956.

「자유를 찾는 노래」(소설),『아동문학』 4월호, 조선작가동맹출판사, 1956.

「영원히 번영하리라!」(수필),『민주조선』, 민주조선사, 1956.5.1.

「버들 노래」(동시),『아동문학』 7월호, 조선작가동맹출판사, 1956.

「떠돌던 귀'속 노래」(동시),『아동문학』 9월호, 조선작가동맹출판사, 1956.

「아버지의 당은 나도 알아요」(시),『당의 기치 높이』, 조선작가동맹출판사, 1956.

「일 잘하는 황소야」·「이름난 소가 무슨 소냐」(동시),『시내'물』, 조선작가동맹출판사, 1956.

「고향 마을 앞벌에서」·「방선에 돌아가거든」(시),『해 솟는 벌』(문고 조선문학 9), 조선작가동맹출판사, 1956.

「아동문학의 금후 발전을 위하여」(평론),『제2차 조선작가대회 문헌집』, 조선작가동맹출판사, 1956.

「아동문학의 예술성 제고를 위하여」(제2차 작가대회를 앞두고, 평론),『조선문학』 9월호, 조선작가동맹출판사, 1956.

「애 보는 법」·「세 발 달린 황소」·「엄마 기다리는 밤」(동시)·「간난철의 어느 날」·「얼룩이」(소설),『별나라』,(해방 전 아동문학 작품 선집), 민주청년사, 1956.

「이름난 소가 무슨 소냐」,『새마을』, 교육도서출판사, 1956.

「떠도는 귀'속 노래」(동시), 미상, 1956.

「강강 수월래」(동요), 미상, 1956.

「새들이 버들골에 깃들다」(소년소설), 미상, 1956.

「뛰여나는 흙소」(동화시), 미상, 1956.

「아동문학의 새해 전망」,『문학신문』, 문학신문사, 1957.1.10.

나딸리야 멘젤쏜, 리원우 옮김,「소금 저린 오이」(번역 소설),『소년단』1월호, 민주청년사, 1957.

「고운 새 노래」(동시),『아동문학』5월호, 조선작가동맹출판사, 1957.

「유년층 아동들을 위한 시문학에서의 빠뽀스 문제와 기타 문제」,『문학신문』, 문학신문사, 1957.5.23.

「열'쇠 서방과 자물'쇠 서방」(동화시),『조선문학』6월호, 조선작가동맹출판사, 1957.

「열 살 난『아동문학』-『아동문학』창간 열 돐을 맞으며」,『아동문학』7월호, 조선작가동맹출판사, 1957.

「줄타기 노래」(리조영 곡),『소년신문』, 민청출판사, 1957.7.27.

「평화와 친선의 노래」(기행문),『문학신문』, 문학신문사, 1957.8.29.

「미제는 조선에서 물러가라」(정론),『아동문학』8월호, 조선작가동맹출판사, 1957.

「10월 혁명의 노래」(시),『문학신문』, 문학신문사, 1957.9.12,

「레닌 선생의 집」(기행문),『소년신문』, 민청출판사, 1957.10.5.

「아동극의 주인공과 생활」(평론),『문학신문』, 문학신문사, 1957.10.24.

「아름다운 모쓰크바」(오체르크),『아동문학』10월호, 조선작가동맹출판사, 1957.

「우리 기쁨을 노래하세」(동요),『아동문학』11월호, 조선작가동맹출판사, 1957.

「행복의 나라 이야기」(기행문),『조쏘문화』11월호, 조쏘출판사, 1957.

「아빠트 공원에 서 계신 레닌」(시),『조선문학』11월호, 조선작가동맹출판사, 1957.

「밤나무에 앉은 솔개」(동요),『능수버들』(동요동시집), 조선작가동맹출판사, 1957.

「애 보는 법」·「세 발 달린 황소」·「엄마 기다리는 밤」(동시)·「간난철의 어느 날」·「얼룩이」(소설),『별나라』(번인본), 연변교육출판사, 1957.

「행복의 나라 이야기」(기행문),『조쏘문화』11월호, 조쏘출판사, 1957.

「1957년도『아동문학』에 발표된 써클 작품에 대하여」(평론),『아동문학』12뤌호, 조선작가동맹출판사, 1957.

「우리 시대의 아동들과 그들이 읽고 있는 아동문학」(평론),『조선문학』1월호, 1958.

「하늘로 떠오른 여우 서방」(동화),『아동문학』3월호, 조선작가동맹출판사, 1958.

「조국의 번영을 위하여」(산문),『아동문학』9월호, 조선작가동맹출판사, 1958.

「홍길동 장군」(동화),『아동문학』10월호, 조선작가동맹출판사, 1958.

「자기네 한 일 땅에 적어 놨네」·「밭에 물소리 나면」(시),『아동문학』11월호, 조선작가동맹출판사, 1958.

「녀성의 노래」(김옥성 곡),『김옥성 작곡집』, 조선음악출판사, 1958.

「뛰여 나온 흙소」(동화시)·「큰 고'간 속에 생긴 일」(동화)·「싸워 이긴 아이들」(소설)·「이름난 소가 무슨 소냐?」(동요),『영광스러운 우리 조국』, 아동도서출판사, 1958.

「동화의 특성과 로동의 쩨마」(평론),『문학신문』, 문학신문사, 1958.11.27.

「평화의 궁전」(기행문),『평화와 친선』, 민주청년사, 1958.

「못 다 본 씨비리」·「울란우데에 두고 온 소녀」,『조선문학』11월호, 조선작가동맹출판사, 1958.

「아동문학의 새싹들-공화국 창건 15주년 현상 작품 심사 총화」(평론),『청년문학』12월호, 1958.

「밭에서 물소리 나면」(시초), 미상, 1958.

「아동문학에서의 현실적 주제」(평론),『문학신문』, 문학신문사, 1959.1.11.

「동시「공장 지구 아이들」과 동화「결합」을!」(평론),『조선문학』1월호, 조선작가동맹출판사 , 1959.

「우리 아동들에 대한 공산주의 교양을 위하여」(평론),『문학신문』, 문학신문사, 1959.1.22.

「생활과 시-문학을 공부하는 동무들에게(1~3회)」(평론),『아동문학』1월호·2월호·3월호, 조선작가
동맹출판사, 1959.

「간상봉」(시),『붉은 기'발 휘날린다』, 조선작가동맹출판사, 1959.

「바로 김 장군님이더라고」,『붉은 기'발 휘날린다』, 조선작가동맹출판사, 1959.

「창작에서 주인다운 태도」(설문 : 질 제고를 위해 무엇이 필요하다고 생각하십니까),『문학신문』, 문학
신문사, 1959.3.12.

「아동문학의 계속 앙양을 위하여」(작가연단),『문학신문』, 문학신문사, 1959.3.19.

「아동문학 분야에 나타난 부르죠아 사상 여독을 청산하자」(조선작가동맹 제4차전원 회의 토론),『문
학신문』, 문학신문사, 1959.4.26.

「화살 통보」(유희 동요),『아동문학』4월호, 조선작가동맹출판사, 1959.

「아동 시문학에 나타난 부르죠야 사상 잔재를 청산하기 위하여」(평론),『조선문학』8월호, 1959.

「아름다운 모스크바」(기행문),『형제나라 동무들』, 아동도서출판사, 1959.

「만경대의 노래」·「그이 품에서 자라는 아이들」·「자기네 한 일 땅에 적어 놨네」(동시),『당의 기'발따
라』, 아동도서출판사, 1959.

「글 쓰는 일」(산문),『작가수업』, 조선작가동맹출판사, 1959.

「아동 시문학에 나타난 부르조아 사상 잔재를 청산하기 위하여」(평론),『조선문학』8월호, 1959.

「아동문학의 사상 예술적 질을 높이기 위하여-1959년 상반년도 아동문학분과 총화회의에서 보고」
(평론),『문학신문』, 문학신문사, 1959.8.25.

「나도 달나라에 날아 왔다」(시),『문학신문』, 문학신문사, 1959.9.15.

「미처 이름도 못 물어본 용사들」(시),『청년문학』10호, 조선작가동맹출판사, 1959.

「학생들을 위한 공산주의 교양에서 출판물을 옳게 리용하자」(평론),『인민교육』11월호, 인민교육사,
1959.

「동시「공장 지구 아이들」과 동화「결합」을!」(작가들의 새해 결의),『조선문학』1월호, 조선작가동맹
출판사, 1959.

「영광을 평양에」(시초)[84],『아동문학』1월호, 조선작가동맹출판사, 1960.

「공산주의 아동문학 건설을 위하여-1950년 아동문학분과 총화회의 연설」(평론),『문학신문』, 문학신
문사, 1960.1.15.

「깊은 데서 퍼낸 글」(하고 싶은 말),『문학신문』, 문학신문사, 1960.3.11.

「내가 만나 뵌 레닌」(수필),『문학신문』, 문학신문사, 1960.4.22.

---

84   7편 연작시

「심장에 떨어진 밀알」(서사시),『아동문학』5월호, 조선작가동맹중앙위원회, 1960.

「들자, 투쟁의 홰불을! 들자, 진리의 홰불을」(명절을 맞는 어린이들에게)(수필),『아동문학』6월호, 조선작가동맹중앙위원회, 1960.

「잊을 수 없는 그 고개」(수필),『문학신문』, 문학신문사, 1960.6.28.

「당의 품에서 자란 아동문학」(현실 탐구와 나),『문학신문』, 1960.7.19.

「애 보는 법」·「세 발 달린 황소」·「엄마 기다리는 밤」(동시)·「가난한 집 얼룩이」(소설),『현대조선문학선집(10)−아동문학집』, 조선작가동맹출판사, 1960.

「북쪽 마을의 가을 정경」·「우울을 체히며 온 일 년」·「강가의 하루」(수필),『현대조선문학선집』(수필집)(9), 조선작가동맹출판사, 1960.

「큰 고'간 속에 생긴 일」(동화),『행복의 동산』(8·15해방 15주년 기념). 아동도서출판사, 1960.

「아버지의 당을 나도 알아요」(동시),『당에 드리는 노래』(당창건 15주년 기념동시집), 아동도서출판사, 1960.

「북녘 새들」·「남녘 새들」·「이름난 소가 무슨 소냐」(동시),『빛나는 아침』(동요동시집), 아동도서출판사, 1960.

「포스트의 봄노래」·「광성벌 8월달」·「5월의 해안선」·「남국의 휘파람」·「망아지의 노래」·「태모(胎母)」·「창문」(시),『현대조선문학선집(11)−시집』, 조선작가동맹출판사, 1960.

「심장에 떨어진 밀알」(서사시),『아동문학』5월호, 조선작가동맹출판사, 1960.

「어디서나 보이는 우리들의 키」(수필),『조선문학』8월호, 조선작가동맹출판사, 1960.

「행복의 동산」(동시초),『아동문학』10월호, 조선작가동맹출판사, 1960.

「공산주의 교양과 아동문학에서 제기되는 몇 가지 문제」(지상토론),『문학신문』, 1960.10.4.

「겨울에 핀 진달래」(실화),『아동문학』11월호, 조선작가동맹출판사, 1960.

「새 생활 정서의 발견과 새 음률의 발생」(평론),『시문학』제3집, 조선작가동맹 시문학분과위원회, 1960.

「붉은 배 개구리와 현미경」(소년소설),『들국화』, 아동도서출판사, 1960.

「동화는 환상의 날개를 현실에서 찾아야 한다−환상에 대한 토론 들에서 얻은 것」(지상토론),『문학신문』, 문학신문사, 1960.12.6.

「한권의 시집을」(당대표회의를 맞는 작가들의 결의),『문학신문』, 문학신문사, 1961.4.4.

「사람 모자 쓴 승냥이들 벌벌 떤다」(시),『아동문학』8월호, 조선문학예술총동맹출판사, 1961.

「빨찌산인 줄 알아 다우」·「말하는 나무」(시),『아동문학』9월호, 조선문학예술총동맹출판사, 1961.

「아동 문학 작품 선후감」(평론),『청년문학』11호, 조선작가동맹출판사, 1961.

「동시집『기쁨이 생기는 집』은 아이들에게 무슨 기쁨을 주고 있는가?」(평론),『문학신문』, 문학신문사, 1962.2.16.

「붉은 누나」(시),『아동문학』5호, 조선문학예술총동맹출판사, 1962.

「그 얼굴 눈물에 젖어 있었다」(시),『문학신문』, 문학신문사, 1962.5.8.

「흥미와 진실과 계급적 관점 -『아동문학』3월호를 중심으로」(평론),『문학신문』, 문학신문사,
　　　1962.5.22.

「붉은 누나」(시),『아동문학』5월호, 조선작가동맹출판사, 1962.

「행복의 나라로 찾아 왔다」(창작 일기),『조선문학』6월호, 조선작가동맹출판사, 1962.

「옛'말과 어린이」(부모에게 하고 싶은 말),『천리마』6월호, 군중문화출판사, 1962.

「설문」(엽서문답),『문학신문』, 문학신문사, 1962.7.6.

「동요와 동시 -『아동문학 창작의 길』에서」(문학 지식),『아동문학』9월호, 조선문학예술총동맹출판
　　　사, 1962.

「행복의 꽃」(김혁 곡),『아동문학』10월호, 조선문학예술총동맹출판사, 1962.

「올라 갔다가 내려 와야 한다」(단상),『문학신문』, 문학신문사, 1963.2.26.

「동화문학의 형상성 문제」(평론),『문학신문』, 문학신문사, 1963.4.26.

「주제 포착과 형상화 -아동문학 1963년 1호~4호의 동화와 소설들을 읽고」(평론),『문학신문』, 문학
　　　신문사, 1963.5.31.

「행복의 나라로 찾아 왔다」(창작 일기),『조선문학』6월호, 조선문학예술총동맹출판사, 1962.

「땅과 물과 태양의 관리자들과 함께」(시),『문학신문』, 문학신문사, 1963.6.11.

「마술 주머니에서 뛰여 나온 사람들(제1회 · 제2회)」,『아동문학』8월호 · 9월호, 조선문학예술총동맹
　　　출판사, 1963.

「동요, 동시는 작고도 큰 시」(평론),『문학신문』, 문학신문사, 1963.8.13.

「작품 평」(줄글),『아동문학』5월호, 조선문학예술총동맹출판사, 1963.

「올해는 어떤 선물을 받게 될가요?」(새해를 축하합니다),『아동문학』1월호, 조선작가동맹중앙위원회,
　　　1964.

「설맞이 노래」(노랫말),『아동문학』1월호, 조선문학예술총동맹출판사, 1964.

「동요와 동시를 어떻게 감상할 것인가?」(문학 지식),『아동문학』2월호, 조선문학예술총동맹출판사,
　　　1964.

「무릎을 맞대고 하고 싶은 말」(수필),『문학신문』, 문학신문사, 1964.3.13.

「만경대의 노래」(노랫말),『아동문학』4월호, 조선문학예술총동맹출판사, 1964.

「문학적 기교」(단상),『문학신문』, 문학신문사, 1964.5.2.

「꼬꼬댁 암탉과 여우」(유희 동요),『아동문학』5월호, 조선문학예술총동맹출판사, 1964.

「야영지로 달리자」(노랫말),『아동문학』8월호, 조선문학예술총동맹출판사, 1964.

「래일로 가지고 갈 것」,『아동문학』12월호, 조선문학예술총동맹출판사, 1964.

「아동들에 대한 계급 교양과 아동문학에서의 긍정적 주인공의 창조 문제」(평론),『문학신문』, 문학신
　　　문사, 1964.12.29.

「조국통일을 바라는 마음을 소설에 담아」(단상),『소년신문』, 소년신문사, 1965.1.1.

「누구의 자녀들을 위해 글을 쓰는가?」(수필),『문학신문』, 문학신문사, 19651.8.

「불을 지른 자는 그 불에 타 죽을 것이다」(단상),『문학신문』, 문학신문사, 1965.3.23.

「만경대의 노래」(노랫말),『소년신문』, 소년신문사, 1965.4.14.

「만경대의 노래」(노랫말),『아동문학』4월호, 조선문학예술총동맹출판사, 1965.

「아동문학의 예술적 특성」(평론),『청년문학』6월호, 조선작가동맹출판사, 1965.

「내 가슴에 사무친 고개」(시),『조선문학』제7호, 조선문학예술총동맹출판사, 1965.

「동화의 묘사 방법에 대하여」(평론),『청년문학』7월호, 조선작가동맹출판사, 1965.

「「수박 따기 놀이」를 쓰고」(창작 경험),『청년문학』9월호, 조선작가동맹출판사, 1965.

「환상이 요구된다」(평론),『문학신문』, 문학신문사, 1965.10.1.

「작고도 큰 것」(문학교실),『아동문학』2월호, 조선문학예술총동맹출판사, 1966.

「아동들과 소년들의 미감에 맞게―'아동문학 설문'에 대한 총화」,『문학신문』, 문학신문사, 1966.4.1.

「어린이들의 심정에 맞는 작품을」(단상),『로동신문』, 로동신문사, 1966.6.4.

「어떻게 지은 작문이 잘 지은 작문인가?」(작문 지상 경연),『아동문학』6월호, 조선문학예술총동맹출
　　　판사, 1966.

「구국 투쟁가」·「녀성의 노래」,『현대조선음악선집』(성악편 1―군중가요곡 1), 조선문학예술총동맹출
　　　판사, 1966.

「아이쿠 총」·「우리를 반겨 주는 삼지연 물'결 소리」·「나도 두드려 본다, 너 이깔나무야」·「말하는 나
　　　무」·「버들 노래」·「고운 새 노래」(동시)·「이름 난 소가 무슨 소냐?」·「줄타기 노래」(동요)
　　　『해방 후 동요동시편』(조선아동문학문고 15), 학생소년출판사, 1966.

「나래 쳐라 조국의 미래로」(노랫말),『아동문학』10월호, 조선문학예술총동맹출판사, 1966.

「몇 편의 아동문학 작품에 대하여」(평론),『조선문학』3월호, 문예출판사, 1969.

「큰 고간 속에 생긴 일」(동화),『열두 번 뜨는 해』(동화집), 사로청출판사, 1974.

「귀틀집 앞을 지나시며」(동시),『온 세상이 걷는 길』, 금성청년출판사, 1975.

「나도 두드려본다 너 이깔나무야」·「수삼나무 설레이는 새 언덕」(동시),『사랑의 해빛』, 금성청년출판
　　　사, 1975.

「녀성의 노래」(김옥성 작곡)·「구국투쟁가」(박한규 작곡),『조선명곡집』(1), 문예출판사, 1975.

「장편서사시『백두산』이 창작되던 때의 몇 가지 이야기」,『조선문학』9월호, 문예출판사, 1978.

「친아버지의 사랑」(김혁 작곡)·「조국에 드리는 꽃」(김혁 작곡)·「노래 불러라 춤을 추어라」(김혁 작
　　　곡),『학생소년노래집』(1), 문예출판사, 1980.

「싸워 이긴 아이들」(소설),『어린 불새들』(조선아동문학문고 2), 금성청년출판사, 1980.

「나도 두드려본다 너 이깔나무야」(동시)·「떠돌던 귀속노래」·「아이쿠 총」·「풍년벌의 잠자리」(동
　　　요),『해바라기』, 금성청년출판사, 1981.

「작아지지 않는 연필」·「큰 고간 속에 생긴 일」(동화),『행복의 동산』, 금성청년출판사, 1981.

「애 보는 법」·「세발 달린 황소」·「엄마 기다리는 밤」(동시)·「포스트의 봄노래」·「광성벌 8월달」·「5
　　월의 해안선」·「남국의 휘파람」·「망아지의 노래」·「태모」·「창문」(시)·「가난한 집 얼룩이」
　　(소설),『조선문학작품선집』(16, 사범대학용), 교육도서출판사, 1982.
「아이쿠 총」(동요),『사랑하는 우리 조국』(작품집), 금성청년출판사, 1985.
「안주탄광소년근위대」·「줄타기 노래」·「영웅 누나 날아가는 날」·「학교놀이」(노랫말),『결전의 길
　　로』(전시가요집), 문학예술종합출판사, 1998.
「우리 소대장·「하늘」·「포스트의 봄노래」·「광성벌 8월달」·「5월의 해안선」·「남국의 휘파람」·「망아
　　지의 노래」·「태모」·「창문」,(시), 류희정 엮음,『1930년대 시선』(3), 문학예술출판사, 2004.
「가난한 집 얼룩이」(소설), 류희정 엮음,『1930년대 아동문학작품집』(1), 문학예술출판사, 2005.
「세발 달린 황소」·「엄마 기다리는 밤」(동시),『1930년대아동문학작품집』(2), 문학예술출판사, 2005.
「싸워 이긴 아이들(1·2)」(소설),『아동문학』제7호·8호, 조선작가동맹중앙위원회, 2008.
「녀성의 노래」(김옥성 곡),『조선예술』제3호, 문학예술출판사, 2008.
「녀성의 노래」(김옥성 곡),『조선녀성』제11호, 근로단체출판사, 2009.
「세 발 달린 황소」(동시),『아동문학』1호, 문학예술출판사, 2010.
「도끼장군(1~6)」,『아동문학』제8호~제12호, 제1호, 문학예술출판사, 2012~2013.
「구렁우물 있는 내 고향」(시),『1940년대시선』(해방후편), 문학예술출판사, 2011.
「아이쿠 총」(동요),『아동문학』제7호, 문학예술출판사, 2013.
「평화의 날은 오고 있다」,『1950년대시선』(1), 문학예술출판사, 2014.
「큰 고간 속에 생긴 일」(동화),『아동문학』제8호, 문학예술출판사, 2015.
「녀성의 노래」(김옥성 곡),『조선녀성』제3호, 근로단체출판사, 2019.

리원우 동시의 두 모습

1. 북한의 1차 문헌

북한 문학을 향한 공부에서 으뜸으로 어려운 점은 1차 문헌을 손에 넣는 일이다. 1980년대 후반 북한 문학 연구가 본격 이루어지기 시작한 가운데서도 글쓴이가 눈길을 주지 못했던 까닭은 공부 순위에서 밀린 점도 있지만, 무엇보다 북한 문학을 대상으로 삼은 1차 문헌 간수와 독해 과정을 갖지 못했던 터다. 그럼에도 북한을 글 제목으로 올리며 내놓는 다른 이들의 글을 지켜보며 참 용타 여겼다. 그러한 시기를 거쳐 글쓴이가 본격 북한 관련 문헌 갈무리를 시작한 때는 2000년도로 올라선 뒤였다. 지역 월북 작가의 재북 시기 활동을 겨냥하면서 자연스레 다가선 걸음이다. 그 결과를 글로 내놓은 처음은 다시 한참이 더 흐른 2012년이었다. '북한 지역문학사 연구'라는 이름으로 첫 성과를 내놓은 것이다. 개성과 평양 지역문학에 다가선 글부터[1] 시작했다. 그 뒤로 오늘날까지 모두 49편에 이르는 북한 관련 논고를 선뵀으니 꾸준했다. 지금은 『북한 지역문학 연구』를 준비하고 있다. 앞선 '북한 지역문학사 연구' 성과를 바탕으로 단일 낱책으로 키우고 넓히는 기획 과제다.

지나간 시기 북한 문학 공부를 이어나오면서 지녔던 1차 문헌 갈무리와 독해의 어려움은 한결같이 만족스럽게 풀리지 않았다. 그런 가운데서도 다른 연구자나 기관의 도움을 받을 일은 될 수 있는 대로 만들지 않고, 글쓴이 간수 자료로 공부가 가능

---

1 「근대 개성 지역문학의 전개 ─ 북한 지역문학사 연구1」, 『국제언어문학』 제25집, 국제언어문학회, 2012, 81~120쪽; 「광복기 개성 지역문학의 좌표 ─ 북한 지역문학사 연구2」, 『현대문학이론연구』 제51집, 현대문학이론학회, 2012, 203~240쪽; 「1940년대 전기 평양 지역문학 ─ 북한 지역문학사 연구3」, 『비평문학』 50, 한국비평문학회, 2013, 103~143쪽; 「1930년대 평양 지역문학과 『농민생활』 ─ 북한 지역문학사 연구4」, 『영주어문』 제29집, 영주어문학회, 2015, 271~307쪽.

하도록 애썼다. 모자라면 모자라는 대로, 넘치면 넘치는 대로 선 자리에서 최선을 다한다는 자세가 달라질 까닭은 없었다. 그럼에도 지나간 세월, 북한 문학 공부를 하면서 1차 문헌을 얻기 위해 다른 곳의 도움을 피할 수 없었던 경우는 여러 차례 이어졌다. 나라 안에 갈무리된 기관 자료의 도움을 청할라치면 접근 불가라는 대답이 거의 모두였다. 개인 연구자에게도 자료 제공을 부탁했다가 거절당했다. 이럴 경우, 뜻대로 흘러가지 않는다고 난처해 할 필요는 없었다. 글쓴이 또한 자료 제공을 원하는 개인이 연락을 주면 그 심정을 아는 터라 응하고자 애를 쓴다. 다만 그이가 공부를 제대로 하는 이인가, 아닌가를 따지는 버릇은 한결같다.

젊었을 때에는 얻고 싶은 자료를 손에 넣지 못하면 꿈으로 올라가서 찾아 다녔다. 잠자리에 누우면 천정에서 그것이 빙등빙등 돌곤 했다. 그러다 어느 때부터 그런 경지는 넘어설 수 있었다. 없거나 못 보면 그런 채로 자기 공부의 한계와 모자란 점, 더 나아간 자리를 뚜렷이 밝히는 게 중요한 까닭이었다. 글쓴이 말고도 뒷날과 뒷사람이 있다. 개인이 다 할 수 있으리라 믿는다면 착각이면서도 어처구니없는 망상이다. 실증적인 자리에서는 더 그렇다. 다 얻고 죄 볼 수 있는 것이 아니어서 할 수 있을 최선을 다하는 태도가 무엇보다 중요하다. 그런 속에서 '북한 지역문학 연구'의 첫 걸음은 신의주 지역문학을 따지는 쪽으로 내디뎠다. 그 결과가 『근대서지』를 빌려 내보인 리원우·안룡만·김우철 문학의 실증적 문헌지다. 거기다 평양 최명익론이 더한다.[2] 리원우론을 준비하면서 글쓴이는 다행스럽게 북한 연구가 한상언^{한상언영화연구소} 대표의 큰 도움을 받았다. 리원우가 냈던 15권 낱책 가운데서 2권이나 그이 도움으로 기울 수 있었다. 시집 『격류』¹⁹⁴⁶와 보고문학 『기다리던 날―신천애육원 소년단원들의 투쟁기』¹⁹⁵²가 그것이다.

이제 이 글에서 다시 한 번 한상언 대표의 도움에 힘입어 글쓴이는 리원우^{1914~1985}

---

2 박태일, 「리원우 연구를 위한 실증적 바탕」, 『근대서지』 제22호, 근대서지학회, 2020, 635~677쪽;「안룡만 시 이해를 위한 바탕」, 『근대서지』 제24호, 근대서지학회, 2021, 319~359쪽;「사회주의 북한과 최명익 문학의 실증」 『근대서지』 제25호, 근대서지학회, 2022, 671~744쪽;「김우철 문학의 실증적 접근」, 『근대서지』 제26호, 근대서지학회, 2022, 223~282쪽.

의 동시 작품 안쪽을 따져 읽고자 한다. 글쓴이가 리원우 논의에서 다음 공부거리로 마음에 두었던 일은 본디 대표작 『도끼장군』1955의 개작 과정이다. 그런데 손에 넣지 못하고 있었던 리원우 동시집 『웃음의 나라』1962를 한상언 대표가 간수하고 있다는 사실을 알게 되었다. 글쓴이는 리원우의 개별 동시집 2권 가운데 『우리 나라 고운 새들』1958은 지니고 있었으나, 『웃음의 나라』는 얻을 수 없었다.

2권 가운데서 1권을 못 보고서야 리원우 동시를 따지는 일이 지닌 모자람이 뚜렷했다. 그래서 공부 순서에서 뒤로 밀쳐 둘 수밖에 없었다. 이제 한상언 대표가 건네 준 『웃음의 나라』로 리원우 동시에 다가설 수 바탕을 확실하게 다졌다. 즐겁게 리원우 동시론을 누릴 수 있게 된 셈이다. 이 일을 위해 글쓴이는 두 쪽으로 눈길을 둘 것이다. 먼저 첫 동시집 『우리 나라 고운 새들』을 따지고, 이어 『웃음의 나라』로 넘어가는 걸음이다. 이 둘을 빌려 북한 초기, 대표 어린이문학인으로 알려진 리원우 동시의 특성과 수준을 한눈에 가늠할 수 있으면 좋겠다.

2. 우화시의 가능성과 『우리 나라 고운 새들』

북한 어린이문학, 그 가운데서도 북한 전후기 곧 1950년대와 1960년대 초반까지 동시는 기세가 드높았다. 작품 형식 변화를 꾀하거나 독자적인 시세계를 펼쳐 나가고자 하는 노력을 여러 곳에서 엿볼 수 있다. 형식 선택이 세계상 선택에 상동한다고 보는 형식과 내용 일원론 쪽 입장에 선다면, 그러한 기세는 사회주의 북한 사회를 향한 낙관적 전망을 전제로 한 결과일 것이다. 사회주의 현실주의가 걸어온 앞선 세대 문학의 전통에 대한 믿음과 당대가 요구하는 정합성을 향한 성찰적 자의식이 개인으로나 집단으로나 드높았던 셈이다. 거기다 새로운 시도를 뒷받침해 줄 모방원으로서 소비에트 연합의 어린이문학 전통이나 정전이 발빠르게 북한 문학사회로 흘러들었다. 사회주의 모국에서 이미 성공했던 문학의 국제주의적 명성 소비와 그 영향은 북한 문학사회에 자연스러웠다.

동화시나 우화시와 같은 하위 갈래 창작은 그런 속에서 이루어진, 눈길을 끄는 시도 가운데 하나였다. 거기다 서정서사시나 서사시와 같은 장형 갈래 창작도 힘을 더했다. 그림 동시집, 그림 동화집과 같은 출판 형태의 확대까지 눈길을 끈다. 적극적인 변화 욕구와 고심이 이끌어낸 결과였던 셈이다. 그리고 그들의 창작적 성장과 발전에는 각별히 끄릴로브의 우화와 뿌시낀의 동화시에서부터 마르샤크의 동화시, 또는 비얀끼의 동물 동화와 같은 소비에트 문학 전통의 번역, 수용이 큰 몫을 했다. 북한 초기 대표 외국문학 번역가로서, 동화시나 우화시 번역 또는 그 창작에서 누구보다 적극적인 활동을 보여 준 백석의 이바지가 새삼스러운 자리다.[3]

리원우가 내놓은 동시집『우리 나라 고운 새들』^{아동도서출판사, 1958}도 그런 가운데서 이루어진 시도적인 노력 가운데 하나다. 새를 앞세워 집중적으로 다룬[4] 동물 시집이라는 특성이 뚜렷한 성과물이다. 시집은 모두 2부로 나누었다. 제1부는 '우리 나라 고운 새들'로 6편을 올렸고, 제2부는 '사람을 도와주는 새'로 28편을 올렸다. 모두 34편이다. 새를 가르는 잣대는 눈길에 따라 달라질 수 있다. 리원우 경우는 처음부터 '고움 / 곱지 않음'이라는 잣대로 바라본 셈이다. 그것이 제1부를 이루었다. 그리고 사람에게 '도움 됨' / 도움 되지 않음'이라는 잣대로 제2부를 나누었다. 그런데 '고움 / 곱지 않음'과 '도움 됨' / 도움 되지 않음'이라는 나눔은 서로 넘나든다. 왜냐하면 사람에게 도움이 되는 까닭에 모습이나 소리가 곱게 들리는 것인 때문이다. 도움이 되지 않는다고 여긴다면 곱지 않게 보일 마련이다. 따라서 겉으로 볼 때, 리원우가 시집 안쪽 작품 배열을 제1부, 제2부로 나눈 뜻은 충분히 살아난다고 하기 어렵다. 시집 표지와 속그림은 박성길이라는 이가 그렸다.

『우리 나라 고운 새들』은 새를 글감으로 내놓은 특이 시집이다. 그럼에도 새를 다

3　이에 관해서는 아래 글 참조 바란다. 박태일,「재북 시기 백석의 번역 문학 연구」,『한국문학논총』 84집, 한국문학회, 2020, 397~448쪽;「리식이 백석이다」,『근대서지』21호, 근대서지학회, 2020, 94~126쪽.

4　북한에서 새에 관한 조사, 갈무리는 1960년대 초반 월북 학자 원홍구에 의해 큰 매듭을 지었다. 원홍구,『조선 조류 검색표』, 과학원출판사, 1961;『조선 조류지』(1), 과학원출판사, 1963;『조선 조류지』(2), 과학원출판사, 1964.

『우리 나라 고운 새들』

루거나 담아내는 방식에서 볼 때, 새를 온전한 주체나 말할이로 내세워 동화시의 면모를 갖춘 작품들로 엮지는 않았다. 그렇다고 새의 생태에 관한 생생한 이해나 발견, 보고나 학습을 겨냥한 날짐승 생태 시집 또한 아니다. 무엇보다 실린 34편 모두, 말할이나 주체는 사람이다. 그리고 그이는 시인 리원우와 같은 어른이거나 어린이청소년 말할이다. 그들이 새와 대위를 이루어 마련하는 짜임이다. 그 과정에서 새의 의인화가 자연스럽게 뒤를 따랐다. 말하자면 자리는 다르나 시의 주체는 인격을 지닌 말할이며 그들 발언이 중심이다.

그런 까닭에 전체적으로 새에 대한 이해 방향이나 인식 범위가 이미 알려진 해당 새에 관한 것과 어떤 친소, 근원 관계를 이루고 있는가가 궁금하지 않을 수 없다.

　① 수풀에 사는 저 새들마저
　우리 강산을 노래하는 것은
　철 따라 오가는 철새들마저
　한번 살아 본 공화국 강산을
　해마다 못 잊고 찾아오는 것은.

　산 좋고 물 좋은 우리 나라에
　둥지 틀고
　새끼 칠 곳 많아서만도
　벌레만 부지런히 잡더라도
　먹고 살 걱정이 없어만도 아니라네.

우리 공화국 북녘 땅의 아이들은
벌레 잘 잡고
소리 잘하는 새들을
너무도 몹시들 사랑하여
새들에게도 명절을 차려 주기 때문이라네.

땅 속 벌레 잡아 던져도 주고
풀씨 훑어 뿌려도 주고
노래 부를 나무도 심어 주고
춤출 나무도 심어 준다네,
그 나무들마다 새들이 잘 집을
알뜰히 지어 걸어 준다네.

— (줄임) —

어진 그 마음들은
평화를 사랑하는 마음!
새들도 사랑하라, 알뜰히 가르칠
우리 부모님들이
총 대포 아니 쏘는 마음!
어찌 새들인들
마음 놓고 아니 살랴!

장난'군 아이들이 팔을 휘둘러
돌 던지는 시늉만 해도

깜짝 놀라 달아나는 새들이

총 소리 없는 우리 세상이

살기 좋은 줄 왜 모르랴!

살기 좋은 우리 강산

새들인들 어찌 노래하지 않으랴

철새라고 어찌 갔다가 아니 오랴!

—「북녘 새들」 가운데서[5]

② 남녘 새들이 날아들어요

북녘 하늘로 날아들어요

저희 살던 수풀을 잃었대요

저 살던 집들이 불에 탔대요.

한낮에도 미국 강도들이

함부로 탕탕 총을 놓아

우리 부모님들이 쓰러지는 남녘 땅에서

새들인들 어떻게 마음 놓고 살겠어요.

수풀이 깊으면 빨찌산이 난다고

산마다 불 지르는 남녘 땅에서

새들이라고 어떻게 노래하며 살겠어요.

사람을 죽이는 연습을 하노라고

---

5   『우리 나라 고운 새들』, 3~5쪽.

이 대포 저 대포

마구 쏴 보는 남녘 땅에서

새들인들 어떻게 마음 놓고 살겠어요.

오대산 꾀꼴새들

수풀 잃고 헤매다가

지리산 뻐꾸기들

집 잃고 떠돌다가

파주 제비들

가족 잃고 울다가

푸드득 날개 치며 날아들어요

수풀 찾아 살 곳 찾아 날아들어요.

아 그만 날개가 없어

우리 부모 형제들만 못 날아와요

우리 아이들만 못 날아와요

그러나 그들은 일어나 싸운대요

새들도 날아드는 인민 공화국이 그리워

미국놈 나가라고 웨치며 싸운대요

우리랑 함께 살 그날을 위하여

총 소리 없을 꽃 세상을 위하여……

—「남녘 새들」[6]

북한은 해마다 4월 첫 주를 '새보호주간'으로 마련해 관련 활동을 벌였다. 학생들

---

6   『우리 나라 고운 새들』, 6~7쪽.

이 중심이 되어 이로운 새를 보호하고, 살 수 있을 환경을 마련하기 위해 여러 사업을 펼쳤다. 북한에 어떤 새들이 살며, 그들이 사람살이에 미치는 영향과 이로운 새를 보호하고 기르기 위한 길을 일깨우고, 그것을 사회주의 애국주의 교양과 묶어서 가르친다. 또한 '생물소조원'이 공부한 속살을 가지고 새에 관한 노래를 나누고 벽신문 특간호를 낸다. 새둥지를 만들어 나무에 걸어주는 일도 했다. 평양에서는 학생소년궁전 '새연구소조원'들과 중학교 이상 각급 학교 학생들이 생물학 전공 과학자로부터 새를 비롯한 이로운 생물과 그들을 아끼고 보호해야 할 일에 대한 조선로동당과 행정부의 조치, 그를 실천하는 데 필요한 이야기를 듣는 모임을 가졌다. 또 이로운 새들이 떼를 지어 날아와 살도록 산과 들에 나무를 심는 일과 같이, 유익한 사회 활동에도 참가한다. 학생들이 모란봉에 올라가 정성들여 만든 새둥지를 나무에 걸어 놓는 일도 그 가운데 하나였다. 1967년 모란봉 여자중학교 경우, 200개를 넘은 둥지를 모란봉 나무에 마련했다.[7]

옮겨 놓은 「북녘 새들」은 그러한 '새보호주간' 행사와 맞물린 작품이다. "산 좋고 물 좋은" 북한 "공화국 강산"에 해마다 찾아오는 철새들에게 북녘은 "둥지 틀고 / 새끼 칠 곳 많"은 땅이다. "벌레만 부지런히 잡더라도 / 먹고 살 걱정이" 없다. 왜냐하면 "공화국 북녘" 아이들이 "새들에게도 명절을 차려 주기 때문"이다. "벌레 잡아 던져도 주고 / 풀씨 훑어" 뿌리고, "나무도 심어 주고" "새들이 잘 집을 / 알뜰히 지어 걸어 준다". 게다가 새를 향해 돌 하나 던지지 않는다. "총 소리 없는" 이 '세상'이 살기 좋은 곳인 줄 새들인들 잘 알 수밖에. 그러니 "살기 좋은" 북한에 "철새라고 어찌 갔다가 아니" 올 것이냐고 되묻는다. 새를 사랑하고 보호하려는 뜻과 경과 내용을 한눈에 알 수 있도록 진술하고 있다. 그러면서 이 작품 「북녘 새들」을 시집 맨 앞에 놓았다. 말하자면 『우리 나라 고운 새들』의 집필 동기를 직접적으로 알려 주고 있는 셈이다.

이어진 ②는 북녘 새에 맞세워 남녘 새가 겪고 있는 환경과 상태를 알려 준다. 첫 토막에서는 남녘 철새가 북녘으로 날아드는 까닭을 밝혔다. 남녘 땅 수풀과 둥지가

---

7   「새보호주간이 시작되였다」, 『로동신문』, 로동신문사, 1967.4.5.

불에 타 사라진 탓이다. 둘째 토막에서는 그 속살을 밝혔다. "한낮에도 미국 강도들이 / 함부로 탕탕 총을 놓아" '부모님들'을 쓰러뜨리는 곳이 남녘이다. 북한에서 한결같이 되풀이하고 있는, 이른바 '남반부 미제 강점' 상황이다. 셋째 토막에서는 거기다 '빨찌산'을 막기 위해 '산마다' 불을 지른다 했다. 넷째 토막에서는 "사람을 죽이는 연습을 하노라" "이 대포 저 대포 / 마구 쏴 보는" 곳이 "남녘 땅"이라 목소리를 높였다. 이러저러하니 '새들인들' 어디 마음 놓고 살 수 있겠는가. 다섯째 토막에서는 그렇듯 새들이 살 수 없을 대표 지역으로 세 곳을 들었다. 파주와 오대산 그리고 지리산, 곧 두류산이다. 파주는 미군 주둔지. 오대산과 두류산은 빨찌산 대표 근거지였다. 그곳에 사는 꾀꼴새, 제비며 뻐꾸기들은 집도 잃고 가족도 잃고 울다 살 곳 찾아 북녘 땅으로 날아온 것이다. 그러나 남한의 "부모 형제들"과 '아이들'은 새와 달리 날개가 없어 북녘으로 넘어올 수 없다. 일어나 싸우는 길뿐이다. "새들도 날아드는 인민공화국이 그리워 / 미국놈 나가라고 웨치며" 남북이 "함께 살 그날을 위하여" 남녘 사람들은 싸운다는 말을 맨 마지막에 붙였다. 북한이 오랫동안 한결같이 멈추지 않고 되풀이하는, '미제 타도'를 향한 정론을 '새'라는 글감에 얹어 되풀이했다.

①과 ②에서 리원우는 살기 좋은 공화국 북한과 못 살 땅인 이른바 미제 강점 아래 남한이라는 대조적 경계를 뚜렷이 세웠다. 그리하여 남한 체제에 견주어 북녘 체제가 지닌 월등한 우월성을 가르치고자 했다. 이 경우 철새든 텃새든 '새'를 빌려다 놓은 까닭은 하나다. 곧 정치적 소도구 역할. 앞자리에 내세운 것은 새지만, 그들이 뜻하는 속뜻은 한결같다. 그런 점에서 『우리 나라 고운 새들』은 북한 현실을 일깨우거나 어린이청소년을 가르치기 위한 정략적 도구로 새를 빌려 쓰고 있는 셈이다. 말하자면 『우리 나라 고운 새들』의 동시는 우화시의 됨됨이, 곧 풍유적 짜임새를 바탕에서부터 지닌다. 새라는 보조관념이 그 밑에 도사린 정치적 전언이나 강령을 불러내기 위한 몫을 맡았다.

풍유알레고리는 건축 모델로 볼 때 위아래 동일성 구조로 짜인 인식 틀이다. 반어아이러니 구조는 그와 달리 위아래 비동일성 구조로 짜인다. 그런 까닭에 풍유는 드러난 기표인 보조관념이 그 아래 묻힌 기의인 원관념을 의미화한다. 그것은 원관념을 글낯에 드러내건, 드러내지 않건 한결같은 틀이다. 따라서 이러한 풍유적 틀을 완성도라는 잣대로 볼 때, 『우리 나라 고운 새들』 작품들은 크게 세 유형으로 나눌 수 있다. 첫째, 형식만 풍유일 뿐 풍유의 기능을 갖지 못한 것이다. 둘째, 느슨한 풍유 구조를 지닌 작품이다. 셋째, 형식과 기능 모두에서 풍유적 짜임새를 갖춘 것이다.

 ① 앵무새야 노래 하나 불러 주렴
 그럼 들어 보렴, 꾀꼴 꾀꼴
 꾀꼴이가 왔다간 울고 가겠다.

 또 그럼 들어 보렴, 뜸북 뜸북
 뜸부기도 너만큼 못 부르겠다.

 — (줄임) —

 또 그럼 들어 보렴, 꼬끼요 —
 그리 말고 인제 네 노래 하나 불어 주렴.

 인제 부른 게 모두 모두 내 노래지
 그건 모두 모두 다른 새들의 노래지.

 아니야 그것들이 내 노래지
 그렇다면 알겠다 앵무새야
 네겐 본시 네 노래가 없구나.

 그런 소릴랑 하지두 말어라
 온 세상의 노래를 다 아는 나더러…….

그렇다면 한 마디 더하겠다

자네는 항상 남의 것만 아는 새

자네는 소중한 제 것은 모르는 새.

* *

아이들아 우리 나라엔

이런 앵무새가 없어 좋구나

그러나 가끔 살펴봐라

너희들 속에 혹시나

이런 앵무새가 생겨나지야 않았는지!

—「앵무새」 가운데서[8]

 열 토막으로 이루어진 작품이다. 말할이는 사람과 앵무새다. 그 둘이 서로 대화를 주받는 극적 짜임새를 지녔다. 그리고 그 안쪽은 다시 대화 과정에 따라 세 매듭이 진다. 처음은 앵무새에게 다른 새들 노래 소리를 흉내 내 보라고 말하고 그 답으로 앵무새가 멋들어지게 그들을 따라하는 자리다. 꾀꼴새·뜸부기·부엉이·까마귀·닭을 거기에 불러다 놓았다. 다른 새 소리 흉내를 잘 내는 앵무새의 재주에 대한 놀라움을 담은 자리다. 다음은 다섯째 토막에서부터 아홉째 토막에 이르는 자리다. 앵무새에게 먼저 되풀이한 소리는 다른 새들 것이니 "네 노래"를 불러 달라고 말했음에도 거듭 "다른 새들의 노래" 흉내를 내며 자기 노래로 착각하고 있는 앵무새를 사람이 비웃는다. 다른 새 노래를 흉내 내니 정작 "네 노래가 없"다고 말하는 말에 오히려 앵무새는 대든다. 자신은 "온 세상의 노래를 다" 안다고 흔들림이 없다. 그러자 사람이 "한 마디"

---

8 『우리 나라 고운 새들』, 55~56쪽.

더한다. "자네는 항상 남의 것만 아는 새 / 자네는 소중한 제 것은 모르는 새"라고.

말하자면 다른 새 소리 흉내나 내며 그것을 자기 것이라 착각하고 사는 앵무새에 대한 비웃음이 드러나는 자리가 세 번째 매듭이다. 그리고 이곳은 이미 꼴에서부터 나누었듯이 맨 마지막 열째 토막으로 다시 한 자리를 더 마련했다. 앵무새와 대화를 끝낸 말할이가 이제는 아이들을 들을이로 삼아 권계하는 속살이다. 곧 "우리 나라엔 / 이런 앵무새가 없어" 좋긴 하지만, 혹시나 "너희들 속에" 앵무새와 같은 아이가 없는지 '살펴봐라'는 말이다. 이 세 번째 매듭에서 앵무새는 다름 아니라 앵무새처럼 살아가는 삶의 방식을 뜻한다는 사실이 비로소 밝혀진다.

따라서 이 작품의 맥락 전개는 우화, 곧 풍유 구조를 지녔음을 알 수 있다. 그러면서 이어진 세 매듭은 세 겹의 의미층을 뜻한다. 그럼에도 이 작품은 그들을 수평적으로 늘어놓았다. 다시 말해 풍유적 의미의 원관념을 읽는이들이 쉽게 알 수 있도록 글낯에 제시했다. 풍유가 지닌 해석의 가능성을 해치는 맵시다. 따라서 이 작품의 둘째와 셋째 의미층 진술을 차례대로 지우고 첫째 단락만 남기는 쪽으로 마련했더라면 어떠했을까? 곧 원관념을 맥락 밑으로 숨기는 방식이다. 풍유적 의미를 찾고 읽어내는 과정은 오롯이 읽는이의 독서 과정에 맡겨질 일이다. 그럼에도 그런 방식을 취하지 않고, "한 마디" 더해 풍유의 이점을 죽이면서 원관념을 노출시키는 방식을 따르고 말았다. 겉모습만 풍유인 셈이다.

　　잘 생긴 학아
　　우리나라 학아
　　네가 바로 우리 조상님들이
　　오래 사는 천 년 새라고
　　병풍에 그리던 그 새 아니냐

　　　억만 년 빛날 해'님 그리고
　　　천 년 푸를 청솔 그리고

청솔 그늘에 너를 그렸지.

너는 정말 천 년 새이냐

아니면 적어도 삼백 년 새냐

만약 그것이 정말이라면

늙어 허리 굽은 우리 부모님께

오래 사는 그 법 가르쳐 드리자.

꽃세상을 만난 우리 부모님들

인제 한바탕 길이 사셔야지

우리 나라가 평화 통일 되는 날

두 분이 같이 서울 구경도 가셔야지

그리고 공산주의 세상에서

나랑 같이 춤도 추셔야지.

—「학」[9]

「학」 또한 앞선 「앵무새」와 비슷하다. 모두 네 토막에 '학'이 지닌 뜻, "오래 사는" 새라는 의미층을 전제로 삼고 있다. 나아가 마지막 넷째 토막에서 보여 주는 바와 같이 '꽃세상을' 만나 "우리 부모님들 / 인제 한바탕 길이 사셔"서 "평화 통일"이 되고 다가올 "공산주의 세상에서" 행복하게 살 것이다. 말하자면 맨 뒤 넷째 토막을 빌려, 「학」을 끌어온 뜻이 무엇인가를 드러냈다. 그런 탓에 읽는이들이 풍유를 읽어내는 즐거움을 빼앗아버렸다. 이렇듯 수직 풍유 구조가 노골적으로 수평 나열을 빌려 원관념을 드러내 버린 결과, 리원우의 새 작품은 그것이 지닌 개별적 특성이나 특장보다는 그런 새를 빌려 드러내고자 하는 당대적, 사회적 의미 제시와 그를 향한 훈육

---

9   『우리 나라 고운 새들』, 47~48쪽.

의도만 두드러진다. 따라서 풍유가 가져다 줄 즐거움은커녕 빤하고 뻔한 도식 표현으로 떨어지고 말았다.

앞의 두 작품에서 볼 수 있는 바는 작품 앞쪽에 보조관념인 새의 특성을 제시한 다음, 작품 뒤쪽에서 작품 주제인 원관념을 직접 드러내 놓는 짜임새다. 모습은 풍유를 보여 주지만, 보조관념 아래 묻혀 있어야 할 원관념을 글낯에 밝히는 방식이다. 곧 형식만 풍유를 흉내 냈을 뿐, 풍유의 기능과 관계없는 맵시다. 『우리 나라 고운 새들』에서 가장 흔한 모습이다. 이런 특성은 단순히 시인 리원우가 지닌 역량의 문제에서 말미암은 일일까? 그것이 아니라면 풍유조차 허용하기 어려운 북한 문학사회 일반이 지닌 집체주의와 사회주의 현실주의 방법론의 한계로 말미암은 것일까? 뚜렷한 사실은 그 둘이 함께 맞물려 있으리라는 짐작이다. 그 점은 의미층이 불명확한 상징의 세계를 작품에 끌어들이지 못할 뿐더러, 그러한 표현을 개인주의의 반동 경향으로 타매하는 일과 나란할 것이다.

둘째, 느슨한 풍유 구조를 지닌 작품이다.

① 아래'마을 참새야

웃마을 참새야

나무리 벌판 벌참새야

함부로 놀면 벌 받는다

함부로 건드렸단 벌 받는다.

아래 웃마을 벌참새야

함부로 쌀밥논에 앉지 마라

함부로 금쌀밭에 들지 말아

우리 조합 아빠 엄마들

너 주자고 심지 않았다

후여-후여 너 앉을 땅 없다

후여-후여 너 줄 쌀 없다

뚜루박 딱딱 후여 ―

―「참새 쫓는 노래」[10]

② 부엉이 둘이 마주 앉자

부엉부엉 하는 말이

우리들도 부-엉

벌구 말구 부-엉

감자 석 섬 부-엉

벌구 말구 부-엉

쌀도 닷 섬 부-엉

벌구 말구 부-엉

그 말이 하두 수상쩍어

슬금 살짝 들어 보니

부엉이 말이 옳더구나

캄캄한 야밤중에

정말 그리 벌었더구나

감자 석 섬 쌀 닷 섬

여덟 섬이나 먹을 쥐를

몽땅 덮쳐 잡았더구나.

―「부엉이」 가운데서[11]

---

10 『우리 나라 고운 새들』, 55쪽.
11 『우리 나라 고운 새들』, 28쪽.

①은 제목 그대로 참새 쫓는 아이 노래 형식을 빌렸다. 전통 동요를 고스란히 짜 깁기했다 해도 될 만큼 익은 버릇을 살려 썼다. 아랫마을 / 웃마을의 대위라든가, '앉지 마라' / '들지 마라'에서 보이는 되풀이, 또는 '뚜루박 딱딱 후여-'와 같은 후렴귀와 같은 것들이다. 이 작품에서 현실적 요소는 '나무리벌'이라는 장소 제시에서 보인다. '나무리벌'은 특정 노래의 단순한 초점 장소로 볼 수 있다. 하지만 그것은 황해남도 재령평야의 '나무리벌'을 뜻한다.

나무리벌 농민 조합원들에게 모내기를 가르치고 있는 판문군 농업협동조합 경영위원회 일꾼, 1962[12]

나무리벌은 북한 초기 사회주의 개간 사업에서 성공적인 대표 장소로 오르내리는 곳이다. 이러한 사실에 눈길을 준다면 이 작품은 당대적, 사회적 문맥을 지닌다. 거기다 "우리 조합 아빠 엄마들"을 제시했다. 너른 나무리벌을 잘 갈아 볍씨를 뿌리고 벼를 가꾼 조합원 가족을 제시하여 현실 문맥을 강화했다. 그럼에도 이 작품은 첫째 유형의 시에서 보는 바와 같이 작품 안쪽에 원관념을 노골적으로 드러내지는 않았다. 나무리벌 개간 사업의 성공과 거기서 일하는 농민들의 '영웅적인' 경작을 담아내는 일과 같은 수평적 노출로는 나아가지 않은 셈이다. 그런 뜻은 읽은 어린이청소년들이 헤아려 느끼도록 남겨 두었을 따름이다. 따라서 보조관념으로써 원관념을 성공적으로 불러내고자 하는 풍유적 짜임새에 보다 걸맞은 표현성을 갖추었다.

이 점은 밤에 주로 활동하는 '부엉이'를 다룬 동시 「부엉이」에서도 드러난다. 부엉이 둘이 "마주 앉아" 서로 주받는 말을 엿듣는 말할이의 진술로 짜인 작품이다. 부엉이들은 서로 자신들도 "감자 석 섬", "쌀 닷 섬"과 같은 많은 곡식을 벌었노라고 말한다. 수상쩍은 말이다. 그래서 말할이가 잘 엿들어 보니 '야밤중에' 부엉이가 "감자 석 섬 쌀 닷 섬 / 여덟 섬이나 먹을 쥐를 / 몽땅 덮쳐 잡았"다는 사실을 알게 된다. 그런

12　「나무리'벌에서 랭상모내기 한창」, 『로동신문』, 로동신문사, 1962. 5. 10.

엄청난 먹성을 지닌 쥐를 부엉이가 잡았으니, 그만한 감자와 쌀을 '번' 것과 같은 기특한 일을 이룬 격이다. 그런데 이러한 부엉이의 역할과 뜻을 특정한 당대적 현실과 묶어서 볼 필요는 없다. 부엉이가 어떤 이로운 점을 지닌 새인가라는 물음에 대한 답으로 마련한, 수수께끼 짜임새를 지닌 보다 일반적인 동시로 읽을 수 있다.

살펴본 바와 같이 「참새 쫓는 노래」와 「부엉이」는 풍유 구조로 볼 때 작품 글낯에 원관념을 직접 드러내지는 않았다. 「참새 쫓는 노래」 경우, 맨 아래 의미층을 이룰, 나무리벌 개간 사업의 성공과 북한 농업의 발전이라는 시대적 정론 단계의 의미층이 그것이다. 「부엉이」 경우 또한 북한 농업 협동화의 성공과 발전에 해악을 끼치는 쥐잡기 노력이라는 당대적 원관념을 굳이 솟구쳐 올리지 않았다. 그 결과 두 작품은 사람에게 해로운 참새 쫓기나 이로운 새로 알려진 부엉이의 생태 이해라는 보다 일반적인 의미층을 떠올리는 즐거움을 어린이청소년 독자들에게 가져다 줄 수 있게 된 셈이다. 다만 어느 정도 글낯에 원관념이 암시되고 있다는 점에서 읽는이들에게 원관념의 폭과 뜻을 한정시킬 수 있는 요인은 남아 있다. 따라서 이러한 유형에다 느슨한 풍유 구조라 이름 붙일 수 있겠다.

---

13   「황해남북도 넓은 벌에 풍년의 노래 드높다」, 『로동신문』, 로동신문사, 1954.11.3.

셋째, 풍유 구조를 잘 갖춘 작품이다,

① 다리 긴 황새야
목도 한 발이 넘는구나
그런 소릴랑 하지도 말아
긴 덕에 내가 산다.

그렇지만 너무 길구나야
둘 중에 하나쯤 짧으면 어떠냐
모르는 소릴랑 다시 말고
내 사는 이야기랑 들어 보라

긴 다리 우에 긴 목
긴 목 우에 먹는 입
먹는 입 우에 숨쉬는 코
숨쉬는 코 우에 보는 눈

높은 데 달린 두 눈으로
먼 곳으로 살피면서
긴 다리로 걸어가다가
툭 쫘 먹으며 내가 살지

다리만 길고 목이 짧아 봐
입이 땅에 다야 먹지
목만 길고 다리가 짧아 봐
그 긴 목을 누가 메고 다닐 테냐

길고 짧은 것은

사는 동안 마련된 것

제가 짧다고 긴 숭보지 말아

제가 길다고 짧은 숭보지 말아

―「황새」 가운데서[14]

② 깍깍 짖는 산까치

저 살 집을 깍깍 짓네

우물 둔덕 백양 낡에

깍깍 잘두 짓네.

손도 없는 산까치

둥글 성글 잘두 짓네

대패 톱도 없으면서

깍깍 잘두 짓네.

물어 나른 막대 가지

부리로 툭툭 다듬어서

발로 꽁꽁 다지면서

깍깍 잘두 짓네.

바람이 불어도 날지 않게

발로 꽁꽁 벽 붙이고

____

14 『우리 나라 고운 새들』, 49쪽.

비가 와도 새지 않게

부리로 깍깍 지붕 덮네.

—「산까치」[15]

황새[16]

①「황새」는 겉으로 황새의 생태적 특성만 드러내고 있다. 목도 길고 다리도 긴 황새를 두고 황새에게 묻고 거기에 황새가 답하는 문답시 꼴이다. 모두 여섯 토막으로 이루어진 가운데서 앞쪽 두 토막에서는 황새에게 묻는 말이 중심이다. 말할이는 다른 새거나 사람일 터인데, 그런 점은 글낯에 드러나지 않는다. 특정할 수 없는 인격화한 주체가 인격화한 황새에게 묻는 셈이다. 그리고 뒤 네 토막은 황새가 자신의 생태 특성으로서 목 길고 다리 긴 '덕'을 본다고 대꾸하는 자리다. "긴 다리 우에 긴 목 / 긴 목 우에 먹는 입"으로 "높은 데 달린 두 눈으로 / 먼 곳으로 살피면서 / 긴 다리로 걸어가다가 / 툭 좌 먹으며" 산다는 말이다. "다리만 길고 목이 짧아"도 먹기 어렵고, "목만 길고 다리가 짧아"도 "긴 목을" 매고 다닐 수 없는 노릇 아닌가. 그리하여 "길고 짧은 것은 / 사는 동안 마련된 것 / 제가 짧다고 긴 숭보지 말아 / 제가 길다고 짧은 숭보지 말아"라는 대답으로 맺었다. 곧 작품「황새」에서 말하고자 한 바는 "짧다고 긴 숭"보거나, "길다고 짧은 숭보지" 말라는 마지막 시줄이 드러낸다. 낱낱의 새들이나 목숨이 지닌 특성은 "사는 동안에 마련"된 차이일 뿐이다. 그것을 두고 차별적으로 흉을 보거나 비난할 일이 아니라는 뜻이다.

이렇듯「황새」는 황새의 긴 목, 긴 다리라는 생태적 특성을 빌려 차별적으로 생명

---

15 『우리 나라 고운 새들』, 39쪽.
16 원홍구, 『조선 조류지』(1), 과학원출판사, 1963, 49쪽.

이나 사람을 보지 말라는 교훈을 담은 시다. 풍유 구조로 볼 때 드러내고자 하는 뜻은 맨 마지막 시줄, 황새가 뱉는 대꾸로 간접화하였다. 말할이의 직접 진술로 드러내거나 풀이하지 않고 글낯 아래 숨기는 기교를 보인 셈이다. 시를 읽는 어린이청소년들이 겉꼴을 보고 차별적 인식을 갖지 말도록 권계하는 원관념을 불러내고 있다. 풍유 구조 채용의 이유와 효과를 잘 보여 주는 동물 우화시로 올라선 작품이라 할 만하다.

②「산까치」 또한 완성도라는 쪽에서 보면 풍유를 살린 작품이라 할 수 있다. '손도' 없고 "대패 톱도 없으면서" 부리와 발을 활용해 제 살집을 잘도 짓는 까치를 향한 어린이다운 찬탄이 잘 녹아들었다. 산까치를 빌려 다른 사회적, 정치적 전언을 선전하거니 권계하기 위한 자세가 드러나지 않는다. 산까치의 집 짓는 모습이라는 보조 관념을 빌려, 산까치에 대한 사랑과 관심을 녹이는 수준에서 멈추었다. 숨겨진 원관념을 보조관념이 일깨우면서 서로 위아래로 잘 맞물렸다. 섣불리 제한적인 교훈이나 훈육 의도를 드러내지 않고 성공적인 풍유 구조를 갖추었다는 점에서 「황새」와 비슷한 수준에 놓이는 작품이다.

이제까지 리원우의 동물 시집 『우리 나라 고운 새들』을 유형화하여 살폈다. 이 시집은 새를 의인화하여, 살아가는 모습을 그려 담았다. 바탕부터 풍유 구조를 지닌 작품으로 채운 셈이다. 그런 점에서 북한 어린이청소년 문학에서 우화시의 성과를 보여 주는 특이 시집이라 할 수 있다. 풍유는 끌어다 댄 보조관념과 숨겨진 원관념이 위아래 수평 구조를 지니면서도 읽는이의 기대와 그 기대에 걸맞은 원관념 사이의 동일성을 한 틀로 지닌 표현 방식이다. 리원우의 『우리 나라 고운 새들』은 이러한 풍유 구조로 볼 때 원관념을 작품 뒤쪽에 강박적으로 보일 정도로 연속적으로 드러내 놓는 작품들, 곧 첫째 유형이 대중을 이룬다. 따라서 위아래 수직 구조로 짜인 풍유의 효과나 즐거움으로 볼 때 읽는이의 환기력이 약하게 작용한다. 거기다 드러내고 있는 원관념은 그렇고 그런 뻔한 정치적 강령이나 사회적 기대 지평에 걸맞은 것들로 한결같다. 그렇듯 단선적이고 노출된 비유 구조는 읽는이의 해석 지평을 뚜렷하게 제한하고 강제함으로써 능동적인 읽기를 가로막는 결점을 벗기 힘들다. 리원우 스스로 시로 표현되든 줄글로 표현되든 우화는 풍자와 유모어가 없이는 이루어지지 않는다고 말한 바 있다. 풍자적 폭로가 날카롭고 웃음이 강할수록 우화의 성격은 강해지고 그 뜻은 깊어진다고 뚜렷하게 밝힌 터다.[17] 그럼에도 정작 자기 시집에서는 기대지평의 주체로서 북한 체제의 당성과 강령을 주입하기 위한 표현성에 갇혔다. 풍자든 우화든 그 뜻이 깊어지는 경지를 이루지 못한 셈이다.

그런 까닭에 글쓴이의 눈길이 무겁게 가는 쪽은 세 가지 유형 가운데서 풍유 구조가 잘 살아 있는 세 번째다. 동물 우화 시집으로서 새의 생태를 드러내면서도 그것이 지닌 특장에 가장 직핍하여 원관념을 해석 지평에 내맡기는 자세가 살아 있는 작품들이다. 문제는 세 번째 유형의 작품이 리원우『우리 나라 고운 새들』에서는 몇 편 보이지 않는다는 사실이다. 곧 시대적, 당대적 정치성을 굳이 드러냄으로써 리원우의 새 시집은 사회주의 북한 문학사회 안쪽에서 리원우 자신이 놓인 체제 정향성과 전폭적인 동조라는 자기 정치색만을 두드러지게 전경화하고 있는 셈이다. 그런 까닭에 리원우의 작품은 풍유 구조를 선택했으면서도 그것을 재미있는 환상 동화시의 수준으로 끌어 올리거나 날카롭고도 참신한 폭로나 웃음을 불러 오는 성공적인 우화시 경지로 나아가지 못했다. 리원우의 목표는 문학이 아니라 정치였던 셈이다.

거듭하거니와 리원우의『우리 나라 고운 새들』은 새를 의인화한 동물 우화 시집이라는 특이한 자리를 지닌다. 그럼에도 성공적인 우화 시집에는 이르지 못했다. 시에 담겨 있는 새_{사람}들은 사람이 지닌 여러 됨됨이나 추상 윤리를 의인화한 것이거나, 북한 사회주의 발전 도상의 역사적 사건, 그것의 환기에 필요한 여러 자질, 속성들이다. 거기다 시의 글낯에 그러한 추상 주제와 당대적 현실을 밝혔다. 따라서 읽는 이 쪽에서 보자면 새를 빌린 구체적인 보조관념의 의미층에서부터 추상적인 원관념의 의미층으로 이동이 너무나 손쉽다. 그만큼 비유 채택이 단순하고 단선적일 뿐 아니라 읽는이의 해석 지평을 기계적으로 제한한다. 이미 마련된 주체의 의미층과 새의 의인화를 빈 비유의 의미층 사이 거리가 너무 가깝다. 따라서 리원우의『우리 나라 고운 새들』은 북한 동시에서 새를 특화한 특별한 시집임에도 널리 오래 읽힐 만

17　리원우,「우화」,『아동 문학 창작의 길』, 국립출판사, 1956, 118쪽.

한 시집으로는 한계가 뚜렷하다. 『우리 나라 아름다운 새들』은 리원우 개인의 당대적 성공을 보증해 주었을지는 모르나, 두고두고 폭넓은 계층의 공감을 얻으며 읽힐 우화시로서 가능성은 놓칠 수밖에 없었다.

3. 웃음소리 들리지 않는 『웃음의 나라』

리원우의 두 번째 '동시집' 『웃음의 나라』1962는 어린이청소년 도서를 도맡았던 아동도서출판사에서 냈다. 저작권지에 따르면 편집은 조병온이 맡았다. 각별히 어린이 매체에서 눈에 띄는 창작 작품을 선보인 사람은 아니다. 전문 교정 직원이었던 셈이다. 표지그림은 채용찬이 맡았다, 저작권지에 '인민, 중학교 학생용'이라 썼다. 내포 독자를 밝혀 출판 의도를 뚜렷이 했다. 초등학교에서 중학교 과정까지 어린이청소년을 겨냥한 시집. 부수는 30,000부를 냈다. 15,000부를 내는 경우도 드물지 않은 어린이청소년 문학물 쪽이다. 북한을 대표하는 '조선문학선집' 10권 『아동문학집』1960이 15,000부를 냈다. 개인 동시집으로는 출판량이 많은 쪽이다. 낸 날은 1962년 5월 4일이다. 북한 문학사회에서 1960년대 초반, 구세대 작가의 개인 작품집이나 선집 간행이 활발했다. 그런 동향 속에서 리원우도 한 자리를 누렸다. 백석이 동시집 『우리 목장』1962을 냈던 무렵과도 같다.

『웃음의 나라』는 모두 세 매듭으로 나뉘었다. 제1부 격인 '행복의 뿌리'에 8편, 제2부 격인 '웃음의 나라'에 22편, 그리고 제3부 격인 '이야기 동산'에 2편이 그것이다. 모두 32편이다. 그런데 제2부 '웃음의 나라' 22편 가운데서 「웃음의 나라」와 「행복의 여섯 고지들」, 그리고 「평양의 노래」는 연작시다. 「웃음의 나라」가 소제목을 갖춘 7편, 「행복의 여섯 고지들」이 7편 「평양의 노래」가 7편으로 짜였다. 그들을 제2부 앞쪽에 놓았다. 중심 작품으로서 무게를 준 맵시다. 이들 연작시 안쪽의 소제목 작품 하나하나를 개별 작품으로 떼어서 보자면 제2부 '웃음의 나라'에는 40편을 실은 격이다. 따라서 동시집 『웃음의 나라』는 모두 50편으로 엮은 동시집이라고도 말할 수 있다.

세 매듭으로 나눈 시집의 작품 배치는 제목에서 엿볼 수 있는 것과 같이 제2부 격인 '웃음의 나라'라는, 오늘날 북한 사회주의 현실에 서서 그것을 이룬 '뿌리'로서 이른바 일성의 혁명 전통과 위대한 영도를 일깨우는 작품을 맨 먼저 놓았다. 그리고 제3부 격인 세 번째 매듭에는 오늘날 '웃음의 나라'를 마련해 준 뿌리 가운데서 각별히 긴 '이야기' 형식의 작품을 얹었다. 제1부 격인 첫 매듭을 기워주는 모습이다. 따라서 시집의 매듭 제목이나 배치로 볼 때, 동시집 『웃음의 나라』는 일성에 의해 주도되었다는 북한 사회주의 발전의 역사적 뿌리와 당대 성취를 널리 자랑하고자 하는 뜻을 담은 작품집이라 할 수 있다. 말하자면 을유광복 이전부터 이루어진 리원우 자신의 대표 동시들을 가려 뽑아 그들을 시대별로 담는 흔한 선시집 꼴이 아니다. 자신이 놓인 1960년대 초반 북한 사회주의의 성공과 그 내용을 거듭 일깨우고자 하는, 역사적 재구성을 꾀한 시집이다. 그런 점에서 먼저 냈던 1950년대 시집 『우리 나라의 고운 새들』과 비슷하게, 1960년대 당대의 요구에 따른 시대적 기획물이라는 특성을 갖추었다.[18]

먼저 올린 제1부 '행복의 뿌리'는 소제목 그대로 '행복'한 북한 사회주의 건설의 뿌리를 이루는 일성의 유격대 '혁명' 전통을 다룬 시로 엮었다. 오늘날 북한의 전사前史인 셈이다. 리원우는 어린이시답게 그것을 일성의 유격대 투쟁이 이루어졌다고 일컫는 이른바 '혁명 전적지'를 찾아가 '숙영'을 하는 어린이청소년의 눈길과 목소리로 되살리고자 했다.

① 백두산 숲 속에
붉은 기'발 펄펄 난다.
김 장군의 용사들이
방아쇠 당기며 돌격한다.

한 알 먹은 왜놈 대장

---

18 리원우는 『웃음의 나라』를 1961년 '4~5월' 평양을 떠나 량강도 보천보로 취재를 떠났던, 현지 파견 기간에 다듬고 엮었다. 「아이들에게 더 많은 작품을!」, 『문학신문』, 문학신문사, 1961.6.6.

달리는 말에서 툴룽,

달려들던 졸병놈들

여기저기서 털썩털썩.

—「백두산」 가운데서[19]

② 청봉 숙영지엔

말하는 나무들이

하늘을 찌를 듯이

영웅들처럼 벌려 서서

찾아온 우리들에게

불 같은 말 들려주네.

— (줄임) —

머나먼 행군에 하루'밤 숙영

장군님 모신 조국 땅의 첫 숙영

가슴 끓는 빨찌산들

이깔, 분비 얼싸안고 써놓은 마음이라네.

—「말하는 나무」 가운데서[20]

③ 우리 나라 아이들 어디 사나

꼭 한번 오고 싶다는 백두 고원

너 혁명 전적지 삼지연 물아!

오늘은 우리들이 왔다

---

19 『웃음의 나라』, 7쪽.
20 『웃음의 나라』, 13쪽.

너를 보러 찾아 왔다.

항일 빨찌산 용사들이

왜놈들 치려 가던 길은 어느 길이냐?

우리도 걸어 보려 찾아 왔다.

총은 아직 못 멜 나이들이지만

싸우는 마음으로 걸어 보려 왔다.

꿈에도 듣던 물'결 소리로

우리를 반겨 주는 밀림 속 삼지연아!

원수님이 전사들과 다리쉼 하며

오늘을 바라보던 곳은 어디쯤이냐.

—「오고 싶던 삼지연」 가운데서[21]

'행복의 뿌리' 가운데서 3편을 골랐다. ①은 백두산에서 싸웠다는 일성, 곧 "김 장군의 용사들"이 용감하게 '돌격'하여 "왜놈 대장"과 '졸병놈들'을 쳐부수는 무용담이다. 여저기서 '털썩털썩' 주저앉고 쓰러지는 왜놈 병정들을 향한 백두산 유격대의 자랑스런 용맹이 두걸음가락에 즐겁게 얹혔다. ②는 백두산 가운데서도 "청봉 숙영지"로 눈길을 좁힌 작품이다. 청봉 숙영지는 1937년 5월 18일 압록강을 건너 "국내에 진출한 조선인민혁명군의 첫 숙영지"였던 곳. 이른바 "조선인민혁명을 령도하는 정치적 참모부"였던 일성의 "조선인민혁명군 사령부가 하룻밤을 보내면서 무산 지구 전투를 더욱 구체적으로 계획한 곳"이다.[22] 거기서 보았다는 "말하는 나무들"이란 일성 무리가 머물며 아름드리 "이깔, 분비" 나무의 껍질을 벗겨 써놓았다는 격문들을 뜻한다. "불 같은 말"이 그것이다. "조선 민족의 자유와 독립, 해방을 위하여 끝까지 싸우

---

21   『웃음의 나라』, 18쪽,

22   류계숙 엮음, 『항일 무장 투쟁 사적지를 찾아서』, 조선로동당출판사, 1963, 52쪽.

자!", "조선 청년들이여! 속히 달려 나와 일제를 반대하는 전쟁에 참가하자!", "일제 파쑈 군벌을 타도하자!", "궐기하라! 단결하라! 전체 로력 대중들아, 자유와 해방을 위하여 싸우자!", "항일 대전 승리 만세!"와 같은 것이다.[23] 이어진 ③은 "혁명 전적지 삼지연"을 다룬 작품이다. 청봉을 거쳐 "항일 빨찌산 용사들이 / 왜놈들 치려 가던 길"에 일성과 부대원들이 '다리쉼'을 했던 곳이다. 뒷날 1958년 5월, 일성이 량강도 '현지지도'를 나섰을 때, 일성은 삼지연에 들러 그곳에 근로자의 휴식터를 지을 것을 지시했다. 그 뒤로 휴게소가 마련되어 해마다 근로자들이 쉬고 즐기는 곳으로 달라졌다.[24]

둘째, 제2부 '웃음의 나라'다. 일성과 그이를 따랐다는 유격대 활동이 중심이 된, 이른바 '혁명' 전통과 일성의 '령도'에 힘입어 이룩한, 오늘날 사회주의 북한의 현실을 불러내는 시들로 채운 자리다. 연작시 「웃음의 노래」 가운데서 다섯 번째 시인 「당의 품에 안긴 아이들」을 먼저 보인다.

①바로 여기다
수천 년을 찾던 아이들의 동산이
신라 쩍 아이들도 고려 쩍 아이들도
여기를 찾다 못 찾아 왔다.
리조 시절 수많은 아이들도
여기로 오다 그만 못 왔다.

여기서는 당이
아이들을 광명에로 부른다.
여기서는 당이
아이들을 꽃동산으로 부른다.

---

23 위의 책, 52쪽.
24 위의 책, 58쪽.

바로 여기다
사슬에 매인 우리 부모님들이
감방에 갇혀서도 바라보던
껌벅이던 새'별이, 행복의 동산이

들어봐요 새들마저
기쁜 날을 노래하는 것을
들어봐요 저 노래를
새들도 부르는 기쁜 노래를

—여기서는 사람마다
  자기 일터가 있어요
  어딜 가나 여기서는
  노래하며 로동해요
  여기서는 로동이 으뜸이에요

  —여기서는 모든 사람이 기뻐해요
  어른들에게는 로동의 기쁨
  꼬마들에게는 유치원 기쁨
  형님 누나들에게는 대학생 웃음

바로 이런 나라로 웃음 동산으로
일제 시대 아이들이 살려 왔다.
혁명 투사들이 싸울 땐 말을 배우던 아이들
오늘은 수염 달고 살려 왔다.

공산주의자들은 원쑤와 싸우면서도

자기들의 래일인 아이들을

품에 품고 불 속을 날아 왔다

그분들이 오늘도 우리 아이들을 품고 있다.

―「당의 품에 안긴 아이들」 가운데서[25]

조선로동당과 그 영수 일성이 이끄는 북한이야말로 "수천 년 찾던 아이들의 동산"이라 자랑하는 작품이 「당의 품에 안긴 아이들」이다. 지난 세월 '부모들'이 사슬에 묶이고 감방에 갇혀서도 멀리 꿈으로만 남아 있었던 '새'별 같은 그 "행복의 동산"에서 오늘날 아이들은 산다. 그곳에서 북한의 아이들은 '광명'이며 '꽃동산'이다. 거기서는 새들도 "기쁜 날", "기쁜 노래"를 부른다. "사람마다 / 자기 일터"가 있고 "노래하며 로동"한다. 어른들이고 아이들이고 형님 누나들에게도 모두 '기쁨'을 주는 곳이다. 그래서 북한은 바야흐로 "웃음 동산"이다. 그런 "웃음 동산"에는 옛날 "일제 시대 아이들"이 어느새 어른이 되어 산다. "혁명 투사들이" '원쑤'와 "싸울 땐 말을 배우던 아이들"이다. 그들이 자라 "자기들의 래일"인 새 '아이들을' 돌본다. 사회주의 북한의 오늘을 "웃음 동산"이라 일컬으며, 그곳에서 어른도 아이도 모두 기쁜 웃음을 꽃피우면서 행복하게 살고 있다고 목소리를 드높였다. 어른들은 그러한 "웃음 동산"이 더욱 행복해지기 위해 오늘도 힘껏 애쓴다. 그 방법을 뚜렷이 밝힌 것이 연작시 「행복의 여섯 고지」 가운데서 가장 앞에 올린 「돌격령은 떨어졌다」다.

행복의 여섯 고지에

올라만 서면야

더 잘 입고 더 잘 먹는

꽃동산에서 살게 된다.

25 　『웃음의 나라』, 34~35쪽.

가파르고 드높아서

오르기는 힘들지만

우리의 기'발 어서 꽂자는

돌격 구령은 떨어졌다.

아버지 어머니들 일어나

천리마 타고 돌격한다.

아이들에게 안겨 줄

큰 행복을 위하여

여섯 패로 나뉘여

여섯 길로 공격한다.

한 패는 잘 먹는 길로

알곡 고지 향해 진격한다.

둘째 패는 잘 입는 길로

옷'감 고지로 달려가고

세째 패는 잘 사는 길로

주택 고지로 돌격한다.

네째 다섯째 패들은

물'고기 고지, 강철 고지로 쳐 나가고

여섯째 패는 석탄 고지로

용진 용진 돌격한다.

　　돌격령 받은 부모님들

　　용감하게 쳐 나간다.

　　추운 날도 더운 날도

　　행복의 여섯 고지로 돌격해 나간다.

—「돌격령은 떨어졌다」 가운데서[26]

　　북한은 전쟁의 파괴와 상실에서 일어서기 위해 전후 복구와 새로운 사회주의 건설을 위해 인민경제 개발 계획을 거듭했다. 1961년부터는 새로 '인민경제 개발 7개년 계획'[1961~1967]을 꾀했다. '자립적 민족 경제의 토대'를 마련하기 위한 먼 계획이었다. 그것이 이룰 목표를 비유적으로 밝힌 것이 이른바 '6개 고지'와 그 '점령'이다. 알곡 500만 톤 고지, 직물 2억 5천만 메타 고지, 수산물 80만 톤 고지, 주택 20만 세대 고지, 강철 120만 톤 고지, 석탄 1천 5백만 톤 고지 전투가 그것이다. 시에서는 "'알곡 고지'[농업], '옷'감 고지'[비단], '물'고기 고지'[어족], '주택 고지', '강철 고지', '석탄 고지'"로 적은 것. 그에 이르기 위해 "여섯 패로 나뉘여 / 여섯 길로 공격"하는 방법을 갖춘 것이다. 이러한 7개년 인민경제 계획의 큰 목표를 위하여 바치는 '영웅적 투쟁'의 정신이 바로 '천리마 정신'이다.[27] 그리하여 북한에서는 목표 달성을 위해 해마다 해당 목표를 재조정하고 그를 위한 중간보고와 점검을 거듭하였다. "청산리 방법을 틀어쥐고 명년도 6개 고지를 점령하자"거나 "천리마의 기세로 전진, 계속 혁신하자!─6개 고지 전투에 이룩된 2월 증산 성과"와 같은 표제어가 『로동신문』과 『민주조선』의 앞머리를 채우곤 했던 무렵이다.

　　거기에 발 맞춰 문학사회 또한 "여섯 개 고지 점령을 위한 근로자의 투쟁을 고무하며 그 전형적 형상으로써 그들의 공산주의적 성격 형성을 촉진할 영예로운 사명을" 다하기 위해 '천리마' '전투'에 나섰다. "여섯 개 고지 점령에 궐기한 근로자들에

26　『웃음의 나라』, 39~40쪽.

27　「청산리 방법을 틀어쥐고 명년도 6개 고지를 점령하자」, 『로동신문』, 로동신문사, 1961.11.1; 「천리마의 기세로 전진, 계속 혁신하자!─6개 고지 전투에 이룩된 2월 증 증산 성과」, 『로동신문』, 로동신문사, 1962.3.7.

게 힘과 용기를 북돋아 줄" "영웅적이고도 전투적인 작품을 창작해야 한다"[28]는 과업에 충실하고자 한 것이다. 연작시 「행복의 여섯 고지」는 이른바 "천리마적 현실" 속으로 들어서 '인민'들과 함께 투쟁하고 있는 리원우 자신의 모습을 잘 반영하고 있는 작품인 셈이다. 그리하여 머리시 「돌격령은 떨어졌다」를 앞세우고, 그 뒤로 이른바 '행복의 여섯 고지' 하나 하나를 따로 떼어 내 시로 다듬었다.

　　머리시 「돌격령은 떨어졌다」에서 리원우는 "행복의 여섯 고지"에 올라서면 "더 잘 입고 더 잘 먹는 / 꽃동산에서 살게 된다"고 말한다. 그리하여 "오르기는 힘들지만" 당과 수령의 "돌격 명령"에 따라서 아버지 어머니들은 "천리마 타고 돌격"하였다. "행복의 여섯" 개 고지 낱낱을 '점령'하기 위해 "여섯 패로" 나누어 "추운 날도 더운 날도" 없이, '돌격해' 나간다. 그리고 그러한 "행복의 여섯 고지"에 이른 모습을 핵심적으로 표상하는 장소가 바로 평양이다. 리원우 『웃음의 나라』에서 평양 장소시가 한 자리를 무겁게 차지하게 된 것은 마땅하고도 예정된 순서였다.

이 나라 아이들이
꽃다발을 드린다.
그대 평양에게
이 나라 아이들이
영광을 드린다.
그대 평양에게

아이들은 본 대로 말한다.
평양은 우리를 위해 솟아오른다고
김일성 원수님은
학교와 책과 모든 행복을

28　　박산운, 「여섯 개 고지 점령과 문학의 과업」, 『문학신문』, 문학신문사, 1962.1.1.

우리들에게 주셨다고

아이들은 본 대로 말한다.

남조선 서울은 거지의 거리

미제 승냥이와 개대통령 때문에

우리 동무들이 깡통 차고 떠돈다고

아이들은 제 소원을 말한다.

어서 빨리 평화 통일 되였으면

불쌍한 남조선 아이들도

우리가 받는 행복을 몽땅 받게.

그날은 오리라.

우리 조선 로동당이 있기에

그날은 오리라

김일성 원수님이 계시기에

평양이여,

영웅 도시 우리 민주 수도여

그대를 믿는 이 나라 아이들이

그대에게 꽃다발을 드린다.

그대를 믿는 아이들이

그대에게 영광을 드린다.

—「그대 평양에게」[29]

29　『웃음의 나라』, 58~59쪽.

경인년전쟁 이전부터 북한에서 평양은 이른바 '민주 수도'였다. 전쟁을 거치면서 파괴된 평양 재건이 전후 복구와 북한 사회주의 건설의 핵심 장소가 된 것은 자연스럽다. 북한 사회에서 평양의 대표성, 평양 중심주의의 확고하고도 지속적인 강화와 확장을 예고하는 일이었다. 그 과정에서 다른 북한 지역들은 진공 상태처럼 평양 중앙으로 빨려 들었다. 그것을 바탕으로 바야흐로 전후 북한에서 평양은 '일어서는 도시'[30]로 탈바꿈할 수 있었다. 그러면서 일성의 '령도'로 이루었다는 전쟁 승리를 표상하는 '영웅의 도시'[31]였다. 리원우 동시집 『웃음의 나라』의 바탕이 된 1950년대와 1960년대 초반 사이 꾸준하고도 한결같이 북한 언론에서 되풀이해 온, 장소 "평양 복구 건설의 과업"[32]에서 빚어진 다양한 관심과 행사, 관련 담론 발표는 그 점을 보증한다.

「평양시 복구 총계획도」[33]

각별히 담론 쪽에서는 평양의 역사 탐구, 과거 역사 장소 재구성과 사적 소개, 『평양지』 발간, 건설하고 있는 경관 찬양, 그에 발맞추어 되풀이한 여러 평양 찬양 문학이나 송가가 속살로 이어졌다. 아예 그들을 평양 담론이라는 틀로 따로 묶어서 살펴야 할 정도다. 1958년 한 해 『로동신문』에 실린 평양 담론만을 훑어보더라도 쉽게 13편[34]을 찾을 수 있다. 이른바 '평양시 꾸미기'나 가꾸기 사업이 그

---

30   추민, 「일어서는 도시 평양」, 『문학예술』 9월호, 문예총출판사, 1953, 98쪽.

31   박시형, 「영웅 도시 평양」, 『로동신문』, 로동신문사, 1957.9.24.

32   「평양시 복구 건설의 과업」(오체르크), 『로동신문』, 1955.3.15; 「평양 복구 건설」, 『민주조선』, 민주조선사, 1955.4.28.

33   『건축과 건설』(1), 조선건축가동맹, 1955, 16쪽.

34   「민주 수도 건설에 력량 바치자」, 『로동신문』, 로동신문사, 1958.3.20; 「평양은 웅장하다」, 『로동신문』, 1958.3.22; 「평양 건설 모습」, 『로동신문』, 1958.6.5; 「평양 건설」(사설), 『로동신문』, 1958.6.6; 「평양 모습」, 『로동신문』, 1958.6.7; 「평양 건설 궐기대회」, 『로동신문』, 1958.6.10; 「평양 재건을 위한 내각 결정」, 『로동신문』, 1958.7.12; 「평양 발전 전망」, 『로동신문』, 1958.7.13; 「평양 건설」(평남 특집), 『로동신문』, 1958.8.10; 서만일, 「대동강」(시), 『로동신문』, 1958.9.4; 양재춘, 「평양 8경」(수필), 『로동신문』, 1958.9.4; 「민주 수도 평양 건설」, 『로동신문』, 1958.12.19; 「평양 꾸미기 사업」, 『로동신문』, 1958.12.30.

들 앞에 놓여 있었다. '민주 수도' 평양의 재건과 건설은 고스란히 북한 사회의 건설과 영광을 확신시키는 증거였다. 평양 건설의 속도야말로[35] 천리마의 속도이기도 했다. 평양을 중심으로 한 관심과 건설 성과에 대한 찬양, 건설자들을 향한 격려는 해를 더하면서 거듭했다. 1960년에 들어 『로동신문』의 「민주 수도 평양」 소개[36]나 「5개 큰 건물 준공식 — 모란봉경기장, 옥류관, 평양대극장, 조선혁명박물관, 옥류교」,[37] 「작가들과 예술인들이여 평양 건설자들의 영웅적 투쟁을 형상화하라!」[38]와 같은 『로동신문』의 사설이 그러한 동향을 잘 보여 준다.

위에 옮긴 「평양의 노래」 머리시 「그대 평양에게」는 바로 그러한 평양이 지닌 위대함을 남한의 서울과 맞세워 일깨우고자 한 작품이다. 그리고 그러한 위대함과 영광을 아이들이 "본 대로" 온몸으로 느끼고 깨달아 노래하고 '소원'을 말하고, 영광의 꽃다발을 바친다는 형식을 갖추었다. 북한의 평양은 첫째, 아이들과 그 미래를 위해 '솟아' 오르는 도시다. 일성이 "학교와 책과 모든 행복을" 주었다. 거기에 견주어 남한의 서울은 "거지의 거리 / 미제 승냥이와 개대통령 때문에" 어린 아이들이 '깡통

'상하수도 부설 공사'를 하고 있는 평양 시민들[39]

차고' 떠돈다. 따라서 둘째, 아이들의 소원은 하나다. "어서 빨리 평화 통일"이 되어, "불쌍한 남조선 아이들도" 자신들이 "받는 행복을 몽땅" 받게 되는 날을 맞는 것이다. 그리고 셋째, 그런 '그날이' 올 것을 확신한다. '조선로동당'과 일성의 '영도가 있

---

35 「평양 속도 천리마 속도」, 『로동신문』, 로동신문사, 1960.3.4.

36 「민주수도 평양」, 『로동신문』, 로동신문사, 1960.7.23; 「평양을 더 아름답게」, 『로동신문』, 1960.7.28; 「민주수도 평양2 — 만경대」, 『로동신문』, 1960.8.4; 「민주수도 평양3 — 대동강」, 『로동신문』, 1960.8.6; 「민주수도 평양4 — 모란봉」, 『로동신문』, 1960.8.9; 「민주수도 평양5 — 보통벌」, 『로동신문』, 1960.8.12.

37 『로동신문』, 로동신문사, 1960.8.14.

38 『문학신문』, 문학신문사, 1960.3.22.

39 『건축과 건설』(1), 앞의 책, 23쪽.

기에. 마지막으로 넷째, 다시 한 번 "영웅 도시" "민주 수도"인 평양에게 영광의 '꽃다발'을 드린다고 노래하며 맺었다.

이렇듯 네 토막으로 짜인 머리시 「평양에게」를 처음으로 삼아, 「평양의 노래」는 모란봉, 보통벌, 김일성광장, 대동강으로 나아가면서 평양 건설 현장과 위용을 찬양하는 낱낱의 작품으로 이었다. 「행복의 여섯 고지」와 같은 얼개다. 그리고 평양의 특정 장소를 시의 중심으로 끌어들이는 방식에서 새롭거나, 작가의 개별적이고도 날카로운 재구성력을 볼 수는 없다. 평양의 아름다움과 발전상을 표상하는 장소들로 알려진 곳과 내용을 고스란히 따랐다. 그리고 행복한 사회주의 북한과 영광스런 평양을 더욱 돋보이게 하는 것은 그들에 맞서 있는 남한과 서울이다. 그 모습을 한마디로 온축하여 담아내고 있는 작품이 경자마산의거 때 죽은 '김주렬'을 끌어다 댄 시 「나예요 동무들! 내 목소리예요」다.

나예요 동무들
내 목소리예요
억울하게 죽은 소년
김주렬의 목소리예요.

리승만 놈 물러가라고
웨치면서 달려 나갈 때
미국 강도 놈들이 나를 쏘아 죽인 다음
마산 앞 바다에 던졌어요
자기네 죄악을 감추노라고……

그러나 동무들이
나를 다시 살려 주었어요
끓는 목청 모아 내 이름 불러 줄 때

다시 살아 난 나는
동무들과 함께 싸웠어요.

마산 서울이 일어나서
내 이름 부르며 원쑤와 싸울 때
온 조선이 일어나서
나 죽인 원쑤들과 싸우고 있을 때
다시 살아난 나는
투쟁 대렬에 들어서서 용감히 싸웠지요.

그런데 웬 일이세요
남녘 땅 동무들
아직도 나 죽인 원쑤놈들이
활개 치며 걸어 다니니 웬 일이예요.

골목에 숨어 보니
군복 입은 깡패 놈들이구만요
그놈들은 그때 나를 죽인 것처럼
지금도 사람들을 마구 죽이고 있구만요.

다른 성을 바꿔 달고 계속 살아서
어제도 오늘도 수많은 학생들이
나를 죽인 것처럼 마구 쏘고 있구만요.

나는 절대로 죽을 수 없어요
그때는 그만 나이 어려서

리승만의 목만 뎅강 잘라도

새 세상 문이 열리는 줄 알았어요

동무들 동무들 일어나 싸우세요

—「나예요 동무들! 내 목소리예요」 가운데서[40]

1960년 3월 경자마산의거 때 죽은 '김주렬'이 남한 '동무들'에게 말하는 방식을 지닌 시다. 드러난 말할이 김주렬과 드러난 들을이 남한의 '동무'에게 자신의 죽음이 헛되지 않도록 거듭 일어나 싸워 달라는 전언이 뚜렷하다. 남한은 자신의 죽은 뒤로, 아직도 자신을 죽인 "원쑤놈들이 / 활개 치며 걸어" 다닌다. "군복 입은 깡패 놈들"이 아직도 자신을 죽인 것처럼 "지금도 사람들을 마구 죽이고" 있다. "다른 성을 바꿔 달고 계속 살아서 / 어제도 오늘도 수많은 학생들"을 쏘아 죽인다. "리승만의 목만 뎅강 잘라도 / 새 세상"이 올 줄 알았으나 그렇지 않다. 그러니 남한의 '동무'들은 다시 '일어나' 싸워야 할 일이다. 경자마산의거와 경자시민의거가 이루어진 1960년 당대, 북한 언론이 모두 나서서 남한 청년들의 궐기와 투쟁을 부추겼고, 혼란스러운 남한 정세를 앞 다투어 보도하며 격문과 정론, 관련 사진과 작품을 거듭 내놓았다. 이 작품은 그러한 의거 당대의 선동시 가운데 하나다. 아울러 이른바 영광의 도시 평양과 달리 죽음과 피폐만 가득하다고 본 서울과 마산 거리를 맞세워, 남한 어린이청소년들의 격동을 불러일으키고자 한 뜻이 뚜렷하다. 행복한 '웃음의 나라' 북한 사회를 선전하고 선동하고자 하는 정치색이 두드러진 작품이다.

쫑긋쫑긋 하얀 토끼야

고운 귀는 누가 주던?

빨간 눈은 누가 주던?

---

40 『웃음의 나라』, 83~84쪽.

『로동신문』에 실린 경자시민의거 보도 사진[41]

너 준 풀을 오물오물

꼭꼭 씹어 먹었더니

두 귀는 쫑긋쫑긋

빨간 눈은 도리도리

앞'발은 짤막

뒤'발은 깡충

옛다 그럼 깡충아

귀 되는 풀 또 주마

눈 되는 풀 또 주마

---

41 『로동신문』, 로동신문사, 1960.3.31.

보들보들 토끼야

외투 털은 누가 주던?

모자 털은 누가 주던?

　　너 준 풀을 오물오물

　　꼭꼭 씹어 먹었더니

　　외투 털은 푹신푹신

　　모자 털은 포근포근

　　꼬리는 몽툭

　　허리는 늘씬

옛다 그럼 늘씬아

외투 될 풀 또 주마

모자 될 풀 더 주마

—「하얀 토끼야」[42]

「하얀 토끼야」는 '유희 동요'라는 작은갈래kind 이름을 붙인 시다. 동요나 동시를 노래 부르거나 읽는 데서 멈추지 않고 줄거리를 가진 짓놀이로서 활용하도록 쓴 동요가 유희 동요다. 리원우는 "인민학교 아동들을 위하여서는 집단적 성격을 띤 노래와 춤과 극적 줄거리가 배합된 흥미 있는 유희 동요를 써야할 것"[43]이라 힘주어 말했던 시인이다. 스스로 여러 편의 유희 동요를 썼다. 이 작품은 문답 형식의 집단 유희 동요다. 드러난 말할이는 토끼에게 말을 건네는 사람이다. 그리고 드러난 들을이는 토끼다. 말할이는 흰 토끼에게 먼저 "고운 귀" "빨간 눈"을 누가 준 것이냐 묻는다. 그

42　『웃음의 나라』, 113~114쪽.
43　리원우,『아동 문학 창작의 길』, 국립출판사, 1956, 142쪽.

에 대해 말할이가 준 '풀'을 잘 먹은 덕분이라 대답한다. 그러자 말할이는 말을 잇는다. 그렇다면 귀 만들고 눈 만드는 풀을 또 주마. 그런 다음 다시 토끼에게 "외투 털", "모자 털"을 누가 준 것이냐고 묻는다. 그러자 "너 준 풀을" 잘 먹었더니 잘 자랐다고 토끼가 대답한다. 이내 말할이는 "외투 될 풀"과 "모자 될 풀"을 주마고 말한다.

겉으로 보면 이 시는 토끼의 겉모습과 그렇듯 건강하게 자랄 수 있게 만든 까닭이 토끼에게 좋은 풀 먹이를 잘 준 말할이에게 있다는 사실을 강조하는 작품으로 여겨진다. 따라서 당대적 정치성이나 사회성으로부터 많이 물러나, 토끼와 그것을 키우기 위해 먹이를 주는 아이들 사이에서 이루어지는 '유희'를 위한 단순한 '유희 동요'로 보인다. 그런데 이 작품이 일성의 영도와 북한의 '행복'한 오늘을 표상하는 자리인 제2부 '웃음의 나라'에 실린 점에 눈길을 둘 필요가 있다. 곧 행복의 나라를 만들고 발전시키기 위해 아이들이 해야 할 책무를 일깨우는 의도가 담긴 까닭이다. 곧 잘 키운 토끼로 얻을 털외투, 털모자와 같은 축산 노동의 결과물에 초점이 놓인 작품이 「하얀 토끼야」다. 그런 점에서 이 작품 또한 북한의 당대 정치 영역 안쪽으로 해석 지평이 닫혀 있는 셈이다.

3부 격인 '이야기 동산'에는 2편을 실었다. '동화시' 「부자의 지혜」와 '서사시' 「심장에 떨어진 밀알」이 그것이다. 이야기가 중심 줄기가 된 작품 2편을 올리면서 '이야기' 동산이라 이름 붙인 셈이다. 리원우는 동화시에서는 백석이나 박세영과도 달리 관심이 적었고, 서사시보다도 동화 쪽에 더 힘을 쏟은 쪽이다. 그런 가운데 드문 시 갈래 작품을 『웃음의 나라』에 선뵌 셈이다.

① 금고 속 돈은 좀 먹기 시작
창고 속 쌀은 썩기 시작

여기서 와와
저기서 와와
몽둥이 든 인민들 일어나더니

지끈지끈 부시기 시작했네.

기가 막힌 그 부자
겁도 나지만 화도 나서
자기 재산인 지혜 보고
성을 내며 하는 말

—아니 이 사람 나의 지혜야
밝던 총명 누굴 주었나
그러지 말고 날 좀 살려 주게

돈에 매인 부자의 지혜
긴 한숨 짚으며 하는 말
—주인님 주인님
인제는 다 틀렸수
지혜도 머리도 주인님의 것
주인님이 썩어 가니
나도 인제 썩어 가우.

—「부자의 지혜」 가운데서[44]

② 바로 여기구나 붉은 근거지
굴치 않고 원쑤와 싸워 조선 인민이 승리한 곳
우리가 늘 마음에 품고 사는
혁명 근거지 처창즈 처창즈!

---

44 『웃음의 나라』, 118~119쪽.

성큼 들어서니

보이누나 모두모두

인민들이 살고 있는 귀틀집이

혁명 정부 붉은 기'발이

보이누나 모두모두

고통과 가시덤불의 나날에

아이들이 일어나 싸우는 모습들이

투쟁의 눈 떠가는 아이들이

근거지 겹겹이 둘러싼 왜놈들

빨찌산 용사들도 혁명 군중들도

모두모두 굶겨 죽인다고

길목마다 막고 호통 치는 꼴이

새도 낟알 물고는

날아들지 못한다고

물도 처창즈 위해서는

흘러들지 못한다고

—「심장에 떨어진 밀알」 가운데서[45]

　①은 나라잃은시대 왜적을 물리치기 위해 일어섰던 '인민'의 투쟁 이야기를 다루
었다. 그것을 부자 지주와 '인민'의 대립으로 품었다. 그리고 부자 지주의 인민을 향

45　『웃음의 나라』, 120~121쪽.

한 수탈을 '지혜'라는 가치를 의인화하여 그로부터 일깨움을 얻어 인민을 억압하는 것으로 줄거리를 끌어 나갔다. 그런데 부자의 욕심이 지나쳐 마침내는 "돈에 매인 부자의 지혜"는 아무 쓸모없이 되어 버렸다. 그런 사실은 "주인님 주인님 / 인제는 다 틀렸수 / 지혜도 머리도 주인님의 것 / 주인님이 썩어 가니 / 나도 인제 썩어 가우"라며 한숨 쉬는 모습으로 그렸다. 인민을 대상으로 한 부자 지주의 수탈은 더 잇기 힘들어진 셈이다. 부자의 끊임없는 탐욕과 그에 맞서 싸우는 '인민'의 궁극 승리를 전망하는 동화시다.

②「심장에 떨어진 밀알」은 일성의 혁명 전통에서 중요하게 다루어지는 '처창즈' 유격 근거지에서 이루어졌던 일들을 다룬 이야기시다. '처창즈'는 관동군과 만주 군경의 이른바 '토벌'을 피해 1934~1935년 고난의 행군을 하는 과정에 만들었던 유격대 근거지다. 연변자치주 화룡과 안도가 만나는 곳에 있는, 오늘날 화룡현 함안촌이다. 1934년에 이르러 왜로의 이른바 '토벌'은 날이 갈수록 심해졌다. 반만항왜 군과 우리 이주 농민들 사이 연결을 끊고 전쟁 수탈의 효율을 드높이기 위해 꾀한 이른바 '집단부락'이 늘어남에 따라 항왜 투쟁의 바탕이 뚜렷하게 무너져 가고 있을 무렵이다. 그런 가운데 새로 마련한 "붉은 근거지"가 처창즈 유격 근거지다. 일성과 그 부대원들이 "굴치 않고 원쑤와 싸워 조선 인민이 승리한 곳"으로 기억하는 곳이다. 어른 아이할 것 없이 어려운 가운데서도 서로 협동하여 근거지를 유지하여 자랑찬 승리를 이룬 것이다. "인민들이 살고 있는 귀틀집"을 짓고, "혁명 정부 붉은 기'발"을 펄럭이면서 "고통과 가시덤불의 나날에" 아이들도 싸우며 "투쟁의 눈"을 부릅떴다. 낟알도 아끼고 나누면서 농사를 짓고 항왜 유격대는 싸움을 거듭했다. 그러한 투쟁과 승리 과정을 어린이의 눈길로 재구성하고자 한 이야기시가 「심장에 떨어진 밀알」이다. 그렇게 보자면 제3부 격인 '이야기 동산'은 제1부 격인 첫 매듭에서 다루었던 오늘날 '웃음의 나라'의 전사인, 지난날 혁명 전통을 보다 길고 환상적인 이야기 꼴로 담아보고자 한 시도가 낳은 작품으로 채운 셈이다.

리원우가 남긴 두 권의 개인 동시집 가운데서 『웃음의 나라』는 처음부터 끝까지 1960년대 초기, 북한 천리마 시대의 성취와 영광을 향한 찬양과 외경을 어린이청소년 읽는이에게 일깨우기 위한 뜻을 실천한 작품들로 이룬 시집이라 할 만하다. 그를 빌려 현실 독자였을 북한의 어린이청소년들의 자긍심과 우월감을 키우는 데 크게 이바지했음이 틀림없다. 일성의 이른바 '위대한' 혁명 전통과 전쟁 승리를 이끈 '영웅적' 영도가 드디어 만들어낸 북한 당대의 성공과 발전은 오롯이 어린이청소년들에게 "웃음의 나라", 행복한 동산을 선물한 것이다. 시집은 그러한 '나라'가 만들어진 내력과 '영광'스런 현실을 찬양, 선전하는 내용들로 채웠다. 읽는이들에게 "웃음의 나라"로 올라선 당대의 성공과 발전을 강박하는 것들이다. 그러다 보니 정작 읽는 어린이청소년들이 스스로 독서 과정에서 얻을 수 있을 웃음은 끼어들 자리가 보이지 않는다. 구체적인 표현 방식을 빌려 읽는이에게 웃음을 불러일으키며 행복한 현실을 그 과정에서 깨닫게 만들어 주는, 역동적인 독서 과정이 끼어들 자리가 엷다. 그렇듯 굳어진 성공과 찬양의 회로 속에서 뚜렷하게 드러나는 것은 작가 리원우의 의심 없는 당성과 체제 복무의 열성일 따름이다. 어린이청소년 독자를 향한 작품이 오히려 리원우의 작가적 삶의 정당성을 보증하는 핵심 지표로 쓰이고 있는 셈이다. 모름지기 그렇듯 강조했던 행복한 '웃음의 나라' 북한에서 정작 리원우 자신은 행복했을까. 궁금하지 않을 수 없는 물음이 뒤이어 머리를 스친다.

4. 리원우의 높낮이

북한 초기 대표 어린이문학가로 알려진 리원우1914~1985는 개인 동시집 두 권을 냈다.『우리 나라 고운 새들』1958과 『웃음의 나라』1962다. 앞선 것은 의인화한 새를 중심 제재로 삼아 쓴 동물 시집이다. 따라서 실린 작품 34편은 모두 끌어온 보조관념과 숨겨진 원관념이 마련하는 위아래 동일성 구조에 바탕을 둔 풍유를 표현 방법으로 갖추었다. 그럼에도 글낯에 원관념까지 드러내 형식만 풍유거나, 느슨한 풍유 구조를 보이는 작품이 대종이다. 거기다 원관념이래야 당대 북한 체제의 틀에 박힌 시대적, 사회적 강령에 머물렀다. 그렇듯 단선적이고 드러난 풍유 구조는 읽는이의 해석 지평을 제한한다. 능동적인 읽기를 막는 결점을 벗기 힘들다. 리원우는 풍유 구조를 빌렸음에도 그것을 재미있는 환상 동화시나 날카롭고도 참신한 우화시로 나아갈 수 있는 쪽과는 거꾸로 섰다. 새를 글감 차원에서만 끌어들이고 그것을 문지방으로 삼아 노골적인 정치색과 훈육적 발언을 아끼지 않았다. 따라서 리원우의『우리 나라 고운 새들』은 새를 특화한 특별한 동물 시집임에도 두고두고 읽힐 우화 시집으로서 올라설 가능성은 놓치고 말았다.

두 번째 동시집『웃음의 나라』는 세 매듭으로 나누어 32편을 실었다. 시집은 제2부 격인 '웃음의 나라', 곧 오늘날 북한 사회주의의 승리 현실을 중심에 두고 그 뿌리가 된 '웃음의 뿌리'라는 일성의 이른바 혁명 전통과 위대한 영도를 일깨우는 작품들을 첫머리에 놓았다. 그리고 세 번째에는 '웃음의 뿌리'를 기워주는 '이야기' 형식의 긴 작품 둘을 얹었다. 작품 배치로 볼 때, 북한 사회주의 발전의 뿌리와 자신이 놓인 1960년대 초반 북한 사회주의의 성공, 성취를 널리 일깨우려는 뜻을 담아낸 시집인 셈이다. 그런 점에서『우리 나라 고운 새들』과 비슷하게, 당대 요구에 따른 시대적 기획물이라는 특성을 지녔다. 그리고 그 안쪽은 1960년대 초기, '웃음의 나라'로 올라선 북한 천리마 시대의 성공과 발전을 어린이청소년에게 강박하는 속살과 전언으로 채웠다. 그러다 보니 정작 읽는 과정에서 웃음을 불러일으키며 행복한 현실을 깨닫게 이끌어 주는, 역동적인 독서 과정이 끼어들 자리가 없다. 굳어진 성공과 찬양의 강박 회로 속에서는 작가 리원우의 의심할 수 없을 당성과 체제 복무의 열정만 두드러질 따름이다.

두 동시집으로 확인할 수 있는 사실은 사회주의 현실주의 문학인으로서 한결같은 리원우의 모습이다. 그 점은『우리 나라 고운 새들』이 지녔던, 좋은 우화시로서 나아갈 기회를 버린 창작 방법론이나, 모처럼 주어진 동시집 간행 기회를 연대기적 선집이 아니라, 일성의 영도와 북한 사회주의 건설, 발전을 전파하는 찬송시로 메워버린 모습에서 엿볼 수 있다. 1930년대 초반 계급주의 어린이문학인으로 첫 발을 내디딘 뒤 신의주의 두 벗 안룡만·김우철과 달리 을유광복 뒤 일찌감치 1947년에 평양으로 올라가 자리를 잡았던 리원우다. 경인년전쟁기부터 작가동맹 아동문학분과 위원장으로 오래 문학 중앙의 일도 맡았다. 문학사회 활동이나 창작과 비평, 모두에서 여느 어린이문학인보다 활발하고도 우월한 문학 권력을 누렸던 이가 리원우다. 그 럼에도 북한 식의 문화대격변이 이루어진 1967년부터 구세대 문학인 리원우는 활동이 닫혔다. 사람 나이 50대 후반 무렵이다. 그리고 71살로 임종할 때까지 이름을 묻고 살았다. 1985년 그이가 죽은 한 해 뒤 '리원우 작품집'이라는 부제를 단 유고집 『보물 고간』이 김정일의 '은정'으로 나오기 앞까지다. 체제 복무에 누구보다 앞장섰던 작가에 대한 뒤늦은 보상이었던 셈이다.

앞으로 북한 문학은 당대나 시대의 반영물로서보다는 겨레문학으로 읽힐 가능성에서 그 높낮이 판단이 이루어질 것이다. 리원우의 문학 또한 예외가 아니다. 1950년대와 1960년대 두 권으로 확인한 리원우 동시의 당대성, 체제 복무의 열성은 아직까지 북한 문학에서 유효할지 모른다. 그러나 겨레문학으로서 사랑 받을 만한 것인가? 두 동시집을 따져 읽는 과정을 거치며 이런 물음에 대해 글쓴이가 내린 결론은 회의적이다. 보다 보편적인 지평에서 창의적인 문학으로 거듭 읽힐 만한 자리가 너무 엷다. 사회주의 현실주의가 지남반의 하나로 삼은 역사적 전형성은 얻었을지 모르나 삶의 깊이까지 멀리 건드리는 보편적 표현성을 얻는 데에서는 한참 모자란 됨됨이 탓이다. 기회가 닿으면 두 동시집과 다른 쪽에 놓인 대표 동화『도끼 장군』까지 따져볼 수 있기 바란다. 그런 과정을 거치며, 겨레문학으로서 리원우 문학에 관한 더 뚜렷한 판단에 이를 수 있을 것이다.

김우철 문학의 실증적 접근

1. 신의주와 김우철

나라잃은시대 신의주 지역문학을 대표하는 작가 가운데 한 사람이 김우철이다. 그 곁에 안룡만과 리원우가 놓인다. 그런데 리원우나 안룡만에 견주어 김우철에 대한 우리 쪽 이해는 뜻밖에 엷다. 동화집이나 작품 선집이 나오고 작가론까지 눈에 뜨이는 둘에 견주어 김우철 경우는 개별 논고 1편에다 걸린 글 또한 1편에 지나지 않는다.[1] 이러한 사정은 김우철이 다른 두 사람과 달리 일찌감치 이승을 떠남으로써 문학 활동이 1950년대에 그친 까닭도 있을 것이다. 거기다 북한 문학사회에서 크게 내세울 만한 자리를 맡은 일도 없다. 안룡만은 안중근을 변호했던 구국지사 안병찬을 아버지로 둔 몸이다. 리원우는 작가동맹 어린이문학분과 위원장을 오래 거치며 북한 대표 어린이문학인이라는 이름을 얻기에 이른 사람이다.

그런데 신의주 지역문학에서 볼 때 김우철은 다른 두 사람에 못지 않다. 활동 시기는 둘에 견주어 짧으나, 무엇보다 나라잃은시대 신의주의 지역성을 담은 작품을 가장 많이 남겼다. 게다가 그들이 지닌 비중이 무겁다. 살았을 시기 단순 작품 발표 회수로만 보아도 리원우나 안룡만을 오히려 웃돈다. 김우철 문학에 관련한 각론의 필요성이 더하다고 할 수 있다. 글쓴이는 이 글에서 김우철의 문학 활동에 관한 실증적 바탕을 마련하고자 한다. 안룡만·리원우에 이어 세 번째로 다가서는, 근대 신의주

---

1 이승이, 「김우철 시 평가 양상을 통해 본 북한 문학사 서술 변화—'평화적 민주건설 시기' '전후복구 건설 및 사회주의 기초건설 시기'를 중심으로」, 『어문연구』 76집, 어문연구학회, 2013, 205~233쪽; 원종찬, 「북한 아동문단 성립기의 '아동문화사 사건'」, 『동화와번역』 20집, 건국대 동화와번역 연구소, 2010, 229~248쪽.

지역문학을 향한 바탕 작업이다. 이를 빌려 본격 김우철론으로 들어설 수 있을 밑자리를 닦는 한쪽으로, 신의주 지역문학의 외연을 널찌기 다듬을 수 있을 것이다.

목표에 다가서기 위해 글쓴이는 먼저 김우철의 문학사회 기록을 찾아 그이의 문학사회 활동상을 간추리고자 한다. 그런 위에서 작품 발표 사항을 해를 따라 순차적으로 실증한다. 그리고 그들은 글 끝에서 「김우철 작품 해적이」로 갈무리할 것이다.

2. 김우철의 삶자리

북한 문학에서 작가 김우철의 삶을 보여 주는 기록은 드물다. 먼저 보이는 것은 1957년 시선집 『김우철 시선집』에 실은 벗 리원우의 「저자 략력」이다. 쉽게 얻을 수 있는 자료가 아니어서 모두를 아래에 옮긴다.

김우철은 1915년 9월 20일 신의주시에 린접한 의주군 고진면 류동의 한 농가에서 태여났다. 신의주보통학교 재학 당시부터 그는 문학에 뜻을 두고 백은성이라는 필명으로 가끔 동요를 습작하여 발표하군 하였다.

신의주고등보통학교 재학 당시 그는 선진 학생들 간에 비밀히 조직되었던 맑스주의 독서회에 참가하였으며 또한 두 차례에 걸친 동맹휴학 사건에 가담하였는바 그것은 처음에 막연히 문학을 지향했던 그로 하여금 반일 사상과 프로레타리아 문학 운동에 공명할 수 있는 계기를 지어 주었다.

독서회 및 동맹휴학 사건 등으로 하여 당시 학교에서 출학을 당한 그는 일제 경찰의 수색을 피하여 1929년 봄에 일본으로 건너가 구레시 고붕중학교에 다니는 한편 프로레타리아 문학 작품을 써서 당시 '카프'의 영향 밑에 있던 무산 아동 계몽 잡지 『별나라』와 『신소년』 등에 발표하였다.

그후 1931년 경에 조선에 돌아온 그는 신의주에서 안룡만과 나와 더불어 '프로레타리아아동문학연구회'의 일원으로서 창작 활동을 계속하였다.

일제 때 그가 창작 발표한 작품들로서는 동요 「화차」 「깍깍 숨어라」 「당달구야」, 동시 「진달래꽃」, 동화 「닭똥 장사」, 소년소설 「아편쟁이」 「방학날」 「섣달 그믐날」 등 아동문학 작품들 외에 「창공」 「산길」 등 수십 편의 시와 소설 수필 평론들이 있다. 또한 리동규 등과 함께 편집 출판한 『프로레타리아 소년소설집』이 있다.

1934년에는 카프 사건'신건설' 사건에 관련되어 일제 경찰에 피검되었으며 카프가 일제의 폭압에 의하여 해산 당한 1935년 이후에는 주로 시와 평론을 『신건설』, 『맥』, 『초원』, 『백파』 등 동인 잡지와 『조선문학』 『만선일보』 지상에 발표하였다.

8·15 해방을 맞이하여 그는 「농촌위원회의 밤」 「찬우물 고개」 「나의 조국」 등을 비롯한 많은 시편과 가요들을 창작 발표하는 한편 아동들을 위해서는 동요 「벼난가리」 「잘 가거라 쏘련 나라 동무야」, 동시 「선수」 등을 창작 발표하였다. 특히 가요 「인민공화국 선포의 노래」와 「정의의 웨침」은 8·15 예술축전에 각각 입선되어 표창을 받았다.

조국해방전쟁 시기에는 「어머니의 부탁」 등 시를 발표하였고 정전 직후에는 장막 희곡 「기다리던 사람들」을 창작 상연하였다.

1953년부터 1956년 봄까지 그는 잡지 『인민조선』에서 공작하다가 현재는 현지 생활을 하면서 창작에 전념하고 있다.

1947년에 그의 첫 시집 『나의 조국』이 나온 후 두 번째로 되는 이 시선집에는 그의 해방 전 시 작품을 찾을 길 없어 7편 밖에 수록하지 못하였다. 반면에 미발표 작품 10여 편이 이채를 띠고 있어 아쉬운 느낌을 덜어 준다.

우리는 이 선집을 통하여 1930년경부터 오늘에 이르기까지의 그의 창작 생활을 더듬어 보면서 그와 더불어 심장의 고동을 같이하게 된 것을 기쁘게 생각한다.

1957. 4
― 리원우, 「저자 략력」[2]

리원우의 「저자 략력」은 문학 활동을 오래 함께한 벗답게 김우철에 관련한 중요 사실들을 빠뜨리지 않았다. 첫째, 김우철이 소년 시절 '백은성'이라는 필명으로 발표

---

2   김우철, 『김우철 시선집』, 조선작가동맹출판사, 1957, 135~137쪽.

를 했다는 기록이다. 이것은 그 뒤『문예상식』의「리원우」항목에서 그대로 이어진다. "신의주보통학교 시절부터 백은성이라는 이름으로 동요"를 발표했다고 썼다.[3] 동향의 리원우와 안룡만 또한 초기 문학 활동에서 필명을 즐겨 활용했던 터다.[4] 김우철도 가명을 썼다는 사실과 함께 백은성이라는 이름을 밝힌 것이다. 앞으로 김우철 초기 문학 작품을 들여다 볼 때 주의를 기울일 사실이다.

둘째, 김우철의 학력에 관한 자리다. 신의주보통학교를 졸업하고 신의주고등보통학교에 진학했다 중퇴당한 사실을 올렸다. 그리고 1929년 왜로 섬나라로 건너가 구레시 고붕중학교에 입학했다. 구레시는 히로시마, 곧 광도에 있다. 어떤 까닭으로 그곳 학교로 떠났던가는 알 수 없다. 먼저 가 있었던 지역민의 정주 연고가 작용했을 수 있다. 그런데 그곳에서도 더 학업을 잊지 못했다. 1931년 무렵에 고향 신의주로 돌아온 것이다. 이때부터 김우철은 본격적으로 작품 활동을 벌였다.

셋째, 김우철이 나라잃은시대 작품 발표를 했던 매체에 관한 기록이다.『신건설』·『맥』·『초원』·『백파』들과 같은 동인지에다『조선문학』·『만선일보』을 활용했다는 기록은 소중하다.『맥』이나『신건설』은 나라잃은시대 지역에서 나온 중요 시전문지다. 그럼에도 두 매체의 지역 연고는 뚜렷하다. 1938년에 창간한『맥』은 함북 청진시에 주소를 두었다.『신건설』은 평북 자성 출신으로 중강진에서 인쇄업을 하고 있었던 김람인이 1936년부터 냈던 것이다. 광복 뒤 김람인이 신의주에서 북조선로동당 평북 당위원회 기관지『바른말』책임 주필으로 일할 때, 문예부장을 리원우가 맡았다. 김우철·안룡만과 함께 김람인이 광복기 신의주에서 평북 지역문학 매체 발간에 이바지가 컸던 셈인데, 그들 연고는 이미 이 무렵 만들어졌다. 그런데『초원』·『백파』와 같은 동인지는 현재 실물을 얻을 수 없다. 다만『백파』는 1938년『이茅』제2집에 7집 간행 예고 광고를 내고 있어 실재를 확인할 수 있다. 펴는 곳을 함흥 '백파사'

3　『문예상식』, 문학예술총동맹출판사, 1994, 251쪽.

4　리원우는 본명 리동준과 리동우·리원우를 쓰다 리원우로 굳혔다. 안룡만은 본명 안보응과 안룡민·안룡만을 쓰다 안룡만으로 굳혔다. 박태일, 「리원우 연구를 위한 실증적 바탕」, 『근대서지』제22집, 근대서지학회, 2020, 639~643쪽; 「안룡만 시 이해를 위한 바탕」, 『근대서지』제21집, 근대서지학회, 2021, 315쪽.

라 적었다.[5] 『맥』이나 『시건설』과 비슷하게 북녘 특정 지역에 터를 둔 시지였음을 알 수 있다. 이러한 시전문지 활동은 드러난 거의 유일한 기록이어서 값지다. 앞으로 김우철 문학에 관련한 이해를 더하는 자리에서 짚어 두어야 할 매체들이다.

넷째, "리동규 등과 함께 편집 출판한 『프로레타리아 소년소설집』이 있다"는 기록이 눈길을 끈다. 나라잃은시대 '프로레타리아 소년소설집'이라는 이름에 걸맞은 작품집은 1932년에 나온 계급주의 소년소설집 『소년소설육인집』이 유일하다. 이 선집은 1930년 1월부터 1932년 3월까지 『별나라』·『신소년』에 실린 작품 가운데서 6명, 구직회·리동규·승응순·안평원·오경호·홍구가 쓴 20편을 다시 가려 뽑아 엮은 작품집이다. 따라서 『소년소설육인집』은 한국 계급주의 어린이문학 활성기의 으뜸 성과를 갈무리해 보여 준다. 아울러 이 선집은 당시 22살에서 24살에 걸치는 젊은 작가들, 곧 1930년을 앞뒤로 한 시기 기성 문인으로 자랐던 자생적 계급주의 문학인들의 것이다.[6] 그 무렵 『별나라』 편집실 둘레에 있었던 리동규와 홍구가 앞장서서 편집을 맡았다. 그런데 이 책 출판을 두고 리원우는 김우철이 "편집 출판한" 것이라 적었다. 이는 잘못 말한 것으로 여겨진다. 김우철이 1930년대 초반 프로레타리아 어린이소설 마당에서 활동한 것은 사실이나 관련 책을 편집, 출판할 자리에 있지는 않았다. 당장 해당 소설집에 김우철의 작품이 한 편도 없다. 거기다 신의주를 떠나 서울에서 뿌리를 내리고 있었던 『별나라』나 『신소년』과 같은 그 무렵 계급주의 어린이문학 매체의 편집진과 직접 연고망을 그이는 갖고 있지 않았던 까닭이다.

다섯째, 전후기에 "장막 희곡 「기다리던 사람들」을 창작 상연하였다"는 기록이 갖는 의외성이다. 리원우의 기록으로 김우철이 한때 희곡 창작뿐 아니라 공연에까지 얽혔던 연극 활동이 알려진 셈이다. 북한 사회주의 집체 문학에서는 다갈래 창작이 자연스러운

5 　『아』 제2집, 아사, 1938, 6쪽.

6 　『소년소설육인집』은 1930년대 계급주의 소년·청년 조직의 투쟁 활동과 성과를 간접적으로 보여 줄 뿐 아니라, 한국 무산소년이 겪고 있었던 민족·계급 모순 그에 대한 저항심 강화, 무산소년의 단결을 드높인 적극적인 뜻이 무겁다. 그에 관해서는 아래 글을 참조 바란다. 박태일, 「1930년대 한국 계급주의 소년소설과 『소년소설 육인집』」, 『현대문학이론연구』 제49집, 현대문학이론학회, 2012, 183~220쪽; 박태일 엮음, 『소년소설육인집』, 도서출판 경진, 2013.

데,[7] 김우철도 거기에 예외가 아니었다. 김우철 문학의 너비를 재볼 수 있는 기록이다.

본 바와 같이 리원우가 쓴 「저자 략력」은 짧은 가운데서도 벗 김우철에 대한 주요 기록을 빠뜨리지 않으려는 듯이 꼼꼼하다. 그리고 이 글은 그 뒤 모든 김우철 관련 기록의 본보기가 되었을 것이다. 이 기록에 이어 알려진 김우철의 문학 행적은 다섯 곳에서 더 볼 수 있다. 먼저 김우철의 죽음을 알린 『문학신문』의 부고다. 김우철의 사진과 약력을 적었다. 1915년 9월 20일 의주에서 났고, 1959년 6월 17일에 죽었다고 밝혔다.[8] 사망 사유는 적지 않았다. 김우철에 관련한 북한 쪽 기록 가운데 그보다 더 두터워진 기록은 그이 죽음 바로 뒤에 나온 『현대조선문학선집(11)-시집』의 「략력」 이다. 그것을 죄 옮기면 아래와 같다. 이 기록은 『현대조선문학선집(11)-수필집』[1960] 의 「략력」에서도 되풀이한다.

1915년 9월 20일 평안북도 의주군 고진면 류동 농가에서 출생.

1929년 신의주고등보통학교 2학년 시절 학생 사건으로 출학 후 일본으로 건너가 중학 졸업.

1930년부터 『별나라』 『신소년』지에 작품 발표.

1934년 카프 사건'신건설' 사건에 관계되어 1년 간 령어 생활.

8·15 해방 후 북조선문학예술총동맹 평안북도 위원회 위원장. 『문학신문』 편집부장 등 공작을 하면서 창작 생활.

1953년부터 3년 반 동안 『인민조선』 부주필 공작.

1957년부터 락원기계공장에서 일하면서 창작 생활.

1959년 6월 17일 별세.[9]

7　이 점은 재북 시기 시와 어린이문학 그리고 번역 활동으로만 알려졌던 백석이 사실은 가극 대본 창작을 하거나, 경희극 작품평을 써내는 일과 같이 활동 몫이 컸다는 예외적 사실과도 맞물린다. 박태일, 「리식이 백석이다」, 『근대서지』 제21집, 근대서지학회, 2020, 94~126쪽.

8　「고 김우철 동지」(사진과 약력), 『문학신문』, 문학신문사, 1959.6.21.

9　「략력」, 『현대조선문학선집(11)-시집』, 조선작가동맹출판사, 1960, 250쪽.

김우철의 출생지가 의주군 고진의 류동임은 이미 알려진 것이다. 이 사실은 리원 우의 「저자 략력」뿐 아니라 1933년 『별나라』의 한 기록에서도 확인된다. 다만 거기 서는 "김우철 씨는 21, 2세라 되엿습니다. 의주군 고진면 유동 152번지임니다"[10]라 적었다. 1933년 것인데 그 무렵 김우철이 나이 21살이나 22살이라 했다. 「략력」과 차이가 크다. 그대로 따른다면 김우철의 생년은 1911년이나 1912년이 되는 셈이다. 그런데 이 생년은 리원우의 「저자 략력」이나 『시집』의 「략력」에 따르는 것이 옳을 것 으로 보인다. 『별나라』 기록은 『별나라』 편집실에서 올린 간접 기억인 까닭이다. 김 우철의 장년기, 자신이 활동하고 있었던 작가동맹 안쪽 기록물 「저자 략력」이나 『문 학신문』 부고 기록이 더 옳다고 보아야 한다.

그런데 「략력」에서 눈여겨 볼 데는 "1957년부터 락원기계공장에서 일하면서 창 작 생활"에 이어 "1959년 6월 17일 별세"라고 적은 대목이다. 김우철은 스스로 목숨 을 끊은 것으로 알려진다. 그 점이 동향의 벗 리원우나 안룡만과 다른 김우철의 특 징이다. 그런데 죽기 두 해 앞에 락원기계공장으로 자리를 옮겼고, 이어서 죽음을 맞 은 것이다. 현지 파견과 같은 꼴로 고향의 락원기계공장로 일터를 옮긴 것이겠다. 거 기서 군중문예를 지도한다든가 하는 현지 창작 활동을 벌였다. 다시 평양으로 복귀 한 기록은 없다. 바로 죽음으로 이어진다. 락원기계공장은 평안북도 신의주시 락원 동에 있는, 북한 기계공업성에서 관리하는 대표 종합 기계공장 가운데 하나다. 굴착 기를 비롯 기중기와 중장비, 대형 공작기계를 만드는 곳이다. 예사 장기 파견일 경우 는 1년마다 성과 보고를 검토하고 복귀를 결정한다. 김우철에게는 그런 기회가 주어 지지 않았다. 평양에서 『인민조선』 부주필이라는 가볍지 않은 자리에서 일하다 귀향 아닌 낙향을 거쳤다. 뜻같지 않은 낙담 상황을 겪었음 직하다. 그 시기도 1956년의 종파주의 비판 시기와 겹친다. 그런데 뒤에서 살피겠지만 작품 발표로 보아 그런 쪽 곤경과는 거리가 있다. 어쨌든 고향 신의주로 파견을 내려와 '현지 창작 생활'[11]을 하 다 목숨을 끊었다. 숨겨진 까닭이 있었을 것이라는 데 눈길이 가지 않을 수 없다. 열

---

10 「별님의 모임」,『별나라』 2월호(통권 65호), 별나라사, 1933, 35쪽.
11 「김우철」,『문예상식』, 앞의 책, 251쪽.

럴했던 작가가 사람 나이 마흔다섯 살에 맞은 흉사다. 아쉬운 일이다.

그리고 앞에서 보았던 이러한 기록은 『문예상식』1994의 「김우철」 항목에 이르러 몸집을 불려 실렸다. 이어서 동요 동시 유고집 『사랑하는 조국에』 끝에 리원우가 붙인 「저자에 대하여」로 다시 이어진다. 리원우는 김우철의 문학 사회 첫 약력 「저자략력」과 마지막 헌사를 책임졌던 셈이다. 그리고 그 둘 사이 차이는 크게 없다. 앞선 것을 그대로 따르되 조금씩 손질을 더했다. 가장 달라진 자리는 나라잃은시대 김우철의 발표 매체에 대한 자리와 마무리 자리, 유고집의 배열과 김우철의 죽음에 대한 아쉬움을 담은 곳이다. "1935년 이후에는 주로 시와 평론을 『신건설』·『맥』·『초원』·『백파』 등 동인 잡지와 『조선문학』·『만선일보』 지상에 발표"했다는 자리를 빼버리고, "신의주에서 무산 소년 계몽 잡지 『별탑』"[12]을 냈다고만 썼다. 『별탑』을 냈던 신의주 별탑사[13]에서 김우철이 활동했음을 밝힌 셈이다.

신의주 별탑사는 1930년 9월 압록강 건너 만주 안동에서 창립을 기념하기 위해 첫 음악회를 여는 일과 같은 "어린이 지도 활동"을 하고자 했던 모임이다.[14] 10월에는 『별탑』 창간호를 내기 위해 강영환을 책임자로 검열을 위한 납본을 하였고,[15] 이어서 창간호를 냈다.[16] 주소는 신의주 '매지정梅枝町 5번지 별탑사'였다. 신의주 '소년 문학가'들의 활동을 대표하는 자리였던 셈이다. 이어 12월에 12월호를 냈다.[17] 1931년 2월에도 한결같이 강영환을 대표로 『별탑』 출판을 위한 납본 기사가 보인다.[18] 거기다 5월에는 5월호 출판 준비를 하다 압수되어 내지 못하고 6월호를 내고자 했

---

12   리원우, 「저자에 대하여」, 『사랑하는 조국에』, 아동도서출판사, 1960, 108쪽.

13   이에 앞서 비슷한 이름의 '별탑회'가 '소년문제연구 단체'로서 서울 연건동에 사무실을 두고 활동했다. 연성흠이 중심이 되어 1927년부터 정기동화대회를 열곤 했던 곳이다. 주로 배영학교에서 행사를 벌였는데, 1930년까지 활동이 보인다. 그러한 서울의 별탑회 활동과 신의주 별탑사는 맞물린 자리가 없는 것으로 보인다. 「별탑회 주최 동화대회 개최」, 『조선일보』, 조선일보사, 1927.5.15.

14   「안동현 음영회(音榮會)」, 『조선일보』, 조선일보사, 1930.9.1.

15   「출판일보」, 『동아일보』, 동아일보사, 1930.10.16.

16   「신간소개」, 『동아일보』, 동아일보사, 1930.10.26; 「지방쇄신」, 『조선일보』, 조선일보사, 1930.11.11.

17   「신간소개」, 『동아일보』, 동아일보사, 1930.12.20.

18   「출판소식」, 『조선일보』, 조선일보사, 1931.2.22.

다.[19] 따라서 『별탑』은 월간을 계획하고 냈던 소년 문예지였던 셈이다. 그러다 1933년 1월 18일 『별탑』 동인 3사람이 검거[20]되었다. 이른바 '적색결사'나 '독서회' 결성을 의심한 조치였다. 이때 검거된 세 사람은 "모 신문사 지국 총무"와 안룡만, 그리고 정주 출신으로 신의주 상업학교에서 쫓겨난 윤상현이었다. 따라서 신의주 별탑사 활동이나 『별탑』 출판에서 김우철의 이름이 적시된 바는 없다.

그런데 이 시기 김우철은 왜국에서 돌아와 신의주와 만주 안동을 오가며 조선일보사 지국 활동을 하는 한쪽으로 활발한 문예 활동을 펼치고 있었다.[21] 검거된 세 사람 가운데서 "모 신문사 지국 총무"가 김우철일 가능성은 높다. 현재로서 월간을 내다보며 압수와 출판을 몇 차례 거듭했을 『별탑』을 실물로 확인할 수 없다. 하지만 그를 빌려 이루어졌을 1930년대 초반 김우철·리원우·안룡만을 비롯한 '신의주 프로레타리아 아동연구회' 어린이청소년문학인의 활발했던 속살을 짐작하기란 어렵지 않다. 그런 활동상은 이듬해 1934년에는 이들 세 사람이 '카프 사건'신건설' 사건', 곧 신건설사박해폭거로 말미암아 나란히 왜로 경찰에 피검되는 고초로 이어지게 만들었다. 따라서 김우철의 신의주 『별탑』사 동인 활동은 확실하다고 보는 게 합리적이다.

김우철은 그 짧은 삶에도 일찍부터 신의주 지역문학을 대표하는 작가 가운데 한 사람으로 활발하게 창작 활동을 이었던 사람이다. 그이가 처음으로 언론에 이름을 올린 때는 1932년 2월이다. 『조선일보』 기사에서 문예지 『우리들』 제2호 「문예시평」을 김우철이 썼다는 '신간 소개'가 보인다.[22] 왜국에서 돌아온 뒤 본격적으로 작

---

19   「소년지 『별탑』 압수」, 『조선일보』, 조선일보사, 1931.5.31.

20   「신의주 고등계 『별탑』 동인 검거」, 『조선일보』, 조선일보사, 1933.1.29.

21   김우철은 의붓어머니 밑에서 고초를 많이 겪으며 자랐다. 그러다 1932년 6월 무렵 만주 '개원(開原)'에 들어가 있다가 가을부터 형이 꾸리는 조선일보 개원지국 일을 함께 본 것으로 썼다. 그 뒤로 몇 군데 품을 파는 '자유로동자'로 일하다 1933년 12월 요행 '만철조선인 채용 시험'이 있어 준비, 일자리를 얻었다. 그런데 역무원으로 일하다 사고를 당하여 오른발을 다쳐 잘라야 하는 지경에 이르렀다. 1935년 1월에 대석교병원에서 그 치료를 받으며 썼던 수필 속에 드러난 바다. 그 뒤로 김우철은 자기 표현대로 '불구자'로 살았다. 이러한 수필의 기술을 그대로 믿는다면 1932년부터 이루어졌던 김우철의 활동과 문필 작업은 어려운 만주 생활과 신의주 고향을 오가며 불안정한 가운데 이루어졌으리라는 사실을 짐작할 수 있다. 김우철, 「대륙의 생활고!」(동경의 만주란 이런 곳), 『신인문학』 3월호, 청조사, 1935, 105~110쪽.

품 활동을 시작한 셈이다. 9월 「동아일보」 기사에서도 김우철이 나타난다. "건전 프로아동문학의 건설 보급과 근로소년 작가의 지도 양성을 임무로 월간 잡지『소년문학』을 발행한다는데 중요 집필할 제씨와 주소는 아래와 갓다고 한다"고 썼다. 그에 이름을 올린 이는 "송영, 신고송, 박세영, 이주홍, 이동규, 태영선, 홍구, 성경린, 송완순, 한철염, 김우철, 박고경, 구직회, 승응순, 정청산, 홍북원, 박일, 안평원, 현동렴, 기타"였다, 그리고 사무실은 서울의 "누하동 106호 소년문학사"[23]에 두었다. 이 무렵은 카프 어린이문학이 활발했던 때다. 거기다 탄압을 꾀하는 왜로의 눈길이 곳곳에서 번떡였다. 이름을 올린 이들은 바로『별나라』와『신소년』을 중심으로 그 무렵 계급주의 어린이문학 앞자리 나섰던 사람이다. 지역 분포도 온나라에 걸쳤다. 실제 이『소년문학』은 나오지 못한 것으로 보인다. 그럼에도 계급주의 어린이 문학의 중요 집결지에 김우철이 한 자리를 차지했음을 알 수 있다.

1933년에는 「조선문 신문 차압 기사 요지」에서 김우철이 보인다.『조선중앙일보』에 "지주를 옹호하는 잡지『농민』파의 개량주의적 농민 문제 인식을 비판"하는 글을 올리려다 압수당한 것이다. 그 무렵 농민 문제와 농민문학을 바라보는 자리가 '개량주의'와 맞서 있었던, 적극적인 사회주의자 김우철의 입장이 잘 담겨 있는 셈이다.[24] 거기다『조선일보』에 동화「길동이와 간식」, 소설「땅 주인의 아들」과 같은 작품을 내놓기도 했다.

1934년에 김우철은 두 차례 언론 지면에서 보인다.『조선중앙일보』에 실린「전북의 검거사건, 국경지방에도 비화, 평북경찰의 응원 얻어서 활동, 청년 3명을 검거」와「안룡민 3명 전북 호송」이 그것이다. 신건설사박해폭거로 시작한 카프 해체 책략 가운데 놓여 있었던 온 나라 청년 문학인의 검거와 박해 소용돌이 속에서 신의주 지역에서는 안룡만·리원우, 그리고 김우철 세 사람이 붙잡혔다. 그런 사실은 그 무렵 신문에 잘 알려졌던 일이다. 안룡민은 바로 안룡만의 가명이다. 이른바 신흥문학이라 일컬었던 사회주의 문학을 대표하는 인물로서 김우철의 위상을 알 수 있다.

22　「『우리들』제2호」(신간 소개),『조선일보』, 조선일보사, 1932.2.22.

23　「『소년문학』발간」,『동아일보』, 동아일보사, 1932.9.23.

24　「조선문 신문 차압 기사요지 -『조선중앙일보』」,『조선출판계일월보』제62호, 1933.10.10.

그 뒤 해를 건너 뛰어 1936년, 김우철은 다시 고향에서 왜경에 검거되었다. 6월 상반기에 있었던, 신의주 왜경과 서울 종로서 왜경이 신의주 고진면 김우철 집에서 압송한 사건이다. 그 속살은 알려져 있지 않았지만, 신문 보도로 볼 때 '적색결사' 계급주의 조직과 관련한 혐의였음을 알 수 있다.[25] 신건설사박해폭거 때 함께 고초를 겪었던 리원우나 안룡만과 달리 김우철은 카프 해체 뒤에도 거듭 '결사' 혐의로 곤경을 당한 것이다. 김우철이 지녔던, 적극적인 걸음걸이가 얼핏 드러난다.

이어 1937년에는 신의주 맞은쪽 압록강 건너 '안동현'에서 김우철의 모습이 보인다. 7월 29일 만철공회당에서 열린 '안동현조선인분회'가 마련한 '시국 강연회' 연사 자격이었다.[26] 한때 '만철'의 '조선인' 역무원으로 일했던 김우철이다. 1937년이면 발을 다쳐 자른 채 장애를 갖게 된 1935년에서 두 해가 더 흐른 뒤다. 치료를 마치고 다시 만철에서 역무 일을 이었던 것인지 다른 일자리를 얻었던 것인지는 알기 힘들다. 다만 1936년 왜경에 의한 검거로 말미암아 고초를 겪은 뒤다. 게다가 '시국 강연' 자리다. 이른바 조선총독부나 만주국의 '시책'을 홍보하거나 권장하는 전형적인 자리가 '시국'에 관한 '강연'이었다. 그런 점에서 1936년 뒤부터 김우철이 체제 내화하는 길로 더욱 들어섰을 수 있으리라는 짐작을 갖게 한다. 그 점은 그 뒤 1940년을 앞뒤로 한 시기, 만주국 부왜 기관지『만선일보』에 몇 사람 되지 않는 문학 평론가로서 이름을 올리며, 무거운 글을 거듭 싣고 있는 점과 맞물려 드는 흐름이라 할 수 있다.

작품 발표를 젖혀 두고 보면 1937년 8월 뒤로 을유광복까지 김우철의 활동상은 언론에서 볼 수 없다. 그러다 을유광복 뒤 가장 먼저 김우철의 이름이 나타나는 곳은 서울『중앙신문』1945년 11월 8일자「문화왕래」가운데다. 신문사를 이른바 '내방' 한 사실을 알려주는 기사다.[27] 광복 뒤 김우철은 고향에서 안룡만, 리원우와 함께 북

---

25 「문인 등 다수 신의주서에서 검거」,『조선일보』, 조선일보사, 1936.6.6;「김우철 피검」,『조선중앙일보』, 조선중앙일보사, 1936.6.6;「문인 김우철 등 다수 신의주서에서 검거」,『동아일보』, 동아일보사, 1936.6.6;「적색결사 회책」,『매일신보』, 매일신보사, 1936.6.6;「종로서 고등계 사건 김우철도 압래」,『매일신보』, 매일신보사, 1936.6.11.

26 「안동현 시국 강연회」,『동아일보』, 동아일보사, 1936.8.1.

27 「문화왕래」,『중앙신문』제8호, 중앙신문사, 1945.11.8.

조선로동당 신의주위원회의 기관지 발행에 관여하면서 지역에서 활동한 것으로 알려진다. 그 과정에서 서울 나들이가 있었음을 알 수 있다. 그리고 김우철은 1946년 4월 7일 '북조선 예술가총연맹 결성'에 한 자리를 차지한다.[28] 평안북도위원회 위원장을 맡은 것이다.[29] 그러면서 '북조선문학동맹 전문분과'에서는 벗 안룡만, 리원우와 함께 시 부문 위원 15사람 가운데 한 사람으로 이름을 올렸다.[30]

1946년 무렵 리원우는 평양으로 올라가 활동하고 있었다. 안룡만은 고향 신의주에 머물렀고, 김우철 또한 같았다. 그러면서 북한 어린이 문학사회의 사회주의 현실주의 노선 투쟁 과정을 보여 주는 이른바 '아동문학사사건'과 깊이 맞물렸을 것으로 보인다. 이 일은 1946년 원산에서 있었던『응향』사태에 뒤 이어 이루어졌던, 어린이문학 안쪽의 노선 다툼과 정향 과정이었다. 그런 속에서 나라잃은시대 계급주의 문예 노선에서 정통성을 지녔던 김우철을 비롯한 지역 문학인이 앞설 수 있었다. 다만 이 다툼 과정을 '아동문화사사건'이라 일컫고 처음으로 논의를 끌어낸 연구자도 그 무렵 1차 문헌에 기대서 생각을 펴지는 못했다. 1960년대 초반에 이루어졌던 2차 담론에 기댄 논의여서 김우철의 구체적인 역할과 활동상을 엿볼 수 없다는 아쉬움이 있다.[31]

1948년에 들어 김우철은 광복 세 돌맞이 '8·15예술축전'에 자신의 성공작,「농촌위원회의 밤」을 내놓아 입선하였다.[32] 이어 1949년 6월, 김우철의 평양 거주를 확인할 수 있다. 6월 19일 평양 곡산화학공장에서 이루어진 '문학써클 좌담회'에 리원우와 김우철이 파견되어 '지도' 활동을 한 것이다. 70명 남짓한 써클원이 모여 이루어진 이 좌담회에는 문예총 기관지『문화전선』제52호 발표작 김북원의 시「용광로 앞에서」와 53호 발표작 한고갑의 단편「녀공 영순의 길」두 편에 대한 합평이 중심이

28 「북조선, 예술가총련맹 결성」,『중앙신문』제155호, 중앙신문사, 1946.4.7.

29 『문예상식』, 앞의 책, 251쪽.

30 리찬·리정구·박세영·박팔양·김조규·민병균·박석정·최인준·김상오·한명천·김귀련·김북원·리원우·안룡만이다.「북조선문학동맹 전문분과 위원 명단」,『조선문학』제2집, 문화전선사, 1947, 속표지.

31 원종찬, 앞의 글, 238~241쪽.

32 『문예상식』, 앞의 책, 251쪽.

었다. 이 자리에서 김우철은 보고자 몫을 맡았다. 두 작품에 관련한 앞자리 발표다. 이 행사는 "문예총 제3차대회 결정을 구체화하는 방법의 하나로 문예총 산하 각 동맹원들이 다수 현지에 파견되어" 자신의 "창작 사업과 함께 생산 직장과 농촌에서의 군중 문학써클을 지도 육성하는 데 적극적인 협조"를 하는 본보기로 다루어진 일이다. 『로동신문』으로서는 드물게 꼼꼼한 1면 기사로 올린 문학 기사다. 쓴 사람이 기자로 일하고 있었던 여자 시인 김춘희였다는 점도 이채로운 이 기사를 빌려 신의주 시인 김우철이 벗 리원우에 이어 평양 문학사회에 성공적으로 편입했음을 알리고 있는 셈이다.

그 확실한 증거는 해 끝인 12월 2일 인민학교용 교과서를 리원우와 함께 엮은 데서 알 수 있다. 북한 교육성에서 낸 『국어』인민학교 제5학년가 그것이다. 모두 6학년까지 나온 것 가운데서 두 사람은 김동철이라는 이의 '편집 지도'를 받아 441쪽에 이르는 5학년용을 맡았다. 찍은곳은 흥미롭게도 평양 쪽이 아니라 '강원도 원산시'에 있는 강원인민보사다. 모두 25,000부를 찍었다. 『국어』는 '조국', '여름의 회상」, '8·15 해방', '가을', '가정, 학교, 어린이 생활', '겨울', '전설, 옛말, 우화', '조쏘친선', '봄', '레닌과 쓰딸린', '우리나라의 과거와 현재', '쏘련트 인민의 조국애', '여름'으로 나누어 모두 85장의 속살을 담았다. 맨 앞자리 '조국'에서는 박세영의 「애국가」와 조기천의 장시 「우리의 길」 제5장으로 시작했다. 북한 작가와 글쓴이와 쏘베트 작가들의 번역 작품을 올린 가운데서 북한 작가로는 앞의 박세영과 조기천을 비롯하여 김조규·신동철·민병균·마우룡·백인준·신영길·홍순철·임순득·원상준·조정철에다 '편자'인 리원우와 김우철의 작품이 실렸다.

이들 가운데서 가장 많은 작품을 실은 이는 조기천이다. 이어 리원우가 3편, 민병균과 김조규 그리고 김우철이 2편을 실었다. 김우철과 리원우는 엮은이로서 이점을 살린 모습을 보여 준 셈이다. 거기에 민병균과 김조규 작품이 같은 무게로 실린 점을 눈여겨 볼 필요가 있다. 나라잃은시대 문학 흐름으로 볼 때 카프 전통으로부터 거리가 있었던 둘이다. 그럼에도 신의주에서 올라온 프롤레타리아문학회 학습 세대인 김우철과 리원우가 평양 문학사회를 중심으로 활동했던 김조규나 민병균에 대한 선택과 배려를 아끼지 않았다. 두 사람이 지녔을 무게를 엿볼 수 있는 맵시다. 책에 실은 김우철 자신의 작품은 시 「새해의 맹세」와 「조국의 아들―인민군 창건을 노래함」이다. 실린 곳을 알 수 없고, 전문인지 발췌본인지 알 수 없으나 광복기 김우철 작품 수를 더하게 만드는 둘이다.

전쟁기 김우철의 활동상을 알 수 있는 기록은 한 곳이 보인다. "종군 기자로 활동하면서 인민군 용사들의 영웅성을 노래한 많은 작품을 창작"하였다. "「경애하는 수령」은 이 시기 대표적인 성과작"[33]이라 한 곳이다. 벗 리원우나 안룡만과 달리 모습을 드물게 보인 셈이다. 이때 김우철의 '종군 기자' 활동은 여느 종군 작가의 것과 비슷한 활동이 아니었을 것이라 짐작된다. 1935년 역무 사고로 발을 잃는 장애를 지닌 김우철인 까닭이다. 앞으로 조사에 따라 전쟁기 활동에 관한 기록을 더 얻을 수 있으리라. 「략력」에 적었던, 1953년부터 맡았다는 『인민조선』 부주필 자리는 7월 정전에 앞선 전중기에 이루어진 일인지, 정전 뒤의 것인지 현재로서 알 수 없다. 다만 1953년 시기 김우철의 평양 정주는 한결같다.

전후기 김우철의 삶자리를 알 수 있는 문학사회 정보 또한 찾기 쉽지 않다. 먼저 눈에 띄는 일은 1956년 봄날, 향리 평북에서 이루어진 시인 김소월 묘비 제막식 참석 사실이다. 북한 초기 문학지에서 가장 사랑 받았던 시인은 김소월과 리상화다. 그런 줄거리 속에서 보기 드물게 문학 조직 차원에서 김소월 개인 묘비를 세우고 제막식을 마련했다. 행사는 4월 5일, 소월의 고향 곽산군 남산리에서 이루어졌다. "사랑하는 애국 시인 소월 김정식의 묘비" 건립과 아울러 이루어진 시인 추모 모임이었다. 무덤은 생가를 발밑에 굽어보는 "남쪽 양지바른 언덕"에 자리 잡았다. 모임에는 "조선작가동맹 중앙위원회를 대표하여 시인 박세영·김북원·김우철과 기타 여러 명의 기자들도 참석"했다. "곽산 군당 및 군 인민위원회 대표와 각급 학교 문학 써클원들, 그리고 소월의 친척들과 마을 사람 등 약 200여 명이 모였다." '애국 시인 소월 김정식 여기에 잠들다'라고 새겨진 묘비 제막 행사에서 김우철이 "김소월의 략력을 소

33　『문예상식』, 앞의 책, 251쪽.

개"하는 몫을 맡았다.[34] 김우철이 지닌 신의주뿐 아니라 평북 지역 시인으로서 대표성이 드러난 바다.

이어서 1956년 10년 17일제 2차 조선작가대회에서 김우철이 토론하였다는 기사가 한 차례 보인다. "창작과 편집 사업에서 도식적 틀을 깨뜨릴 것"을 강조한 자리다."[35] 다음날 10월 18일에 작가대회 보고문 요약본 「창작과 편집 사업에서 도식적 틀을 깨트리자」[36]를 실었다. 이틀에 걸쳐 제2차 작가대회 보고자 모두의 발제문 요약이 『로동신문』을 채운 것이다. 그러다 각별히 『문학신문』이 창간된 1956년 12월 이후부터는 사정이 달라진다. 북한 안쪽 문학사회 동향이 보다 상세하고도 즉각적으로 알려질 수 있는 바탕이 튼튼해진 뒤다. 그를 빌려 임종 때까지 김우철의 걸음걸이를 알 수 있는 기회가 그만큼 늘었다.

1957년에는 두 차례 김우철의 활동상을 볼 수 있다. 가장 먼저 「신인들 창작 세미나」 개최 자리다. 거기서 김우철이 '지도'를 했다. 이 무렵 김우철이 평양에서 살고 있음을 재확인할 수 있는 기사다.[37] 이어서 「로동의 주제와 서정시─시분과 연구회에서」에 김우철이 리병철·박산운과 자리를 같이했다.[38] 이 일은 그 자신 한 달 뒤『문학신문』에 「문예전선에서 부르죠아 이데올로기와의 투쟁을 계속 강화하자」를 실었던 사실과 묶어서 생각해 봄 직하다. 그 무렵 '문예전선에서 반동 이념과 투쟁'은 중요 의제였다. 그리고 그 성과를 윤세평은 네 권의 낱책[39]으로 묶어내기도 했다. 그러한 의제 전개 가운데서 김우철은 시 쪽에서 적극적으로 논객 활동을 잇고 있었던 셈이다.

---

34 행사에 마을 사람은 물론, "조선로동당 지방 당 단체, 정권 기관 및 사회단체들의 따뜻한 후원"이
    이어졌다. 그리고 마을 "민청원들은 묘비의 주변에다 커다란 돌을 쌓아 올려 번뜻한 터전을 닦
    아 놓았다." 그곳을 "자기들의 공원으로 가꾸겠다"는 뜻이었다. 그리고 둘레에 "탐스런 진달래 떨
    기들"을 파 옮겼다. 「김소월의 묘비」(문예단신), 『청년문학』 5월호, 조선작가동맹출판사, 1956,
    46~47쪽.
35 「제2차 조선작가 대회 폐막」, 『문학신문사』, 문학신문사, 1956.10.17.
36 「도식적 틀을 깨트리자」, 『로동신문』, 로동신문사, 1956.10.18.
37 「신인들 창작 세미나」, 『문학신문』, 문학신문사, 1957.2.28.
38 「로동의 주제와 서정시─시분과 연구회에서」, 『문학신문』, 문학신문사, 1957.3.28.
39 『문예전선에 있어서의 반동적 부르죠아 사상에 반대하여』(자료집1~4), 조선작가동맹출판사,
    1956·1956·1958·1960.

그리고 3월 23일 작가동맹 시분과위원회에서는 시집 『영광의 한길』에 실린 작품 가운데서 로동을 주제로 한 작품에 대한 연구회를 마련하였다. 거기서 김우철이 요지 보고를 했다. 박팔양·박세영·리효운·박근이 토론에 나섰다.[40] 이 시기 김우철이 평양에 있었음을 재확인할 수 있다. 그런데 한 달 뒤 4월 무렵 김우철은 평북도 작가회의 맹원으로서 신의주에 머물고 있다. 「동맹 제5차 상무위원회 결정 실천을 위하여—평북도 작가회의」가 그것이다. 거기에 참석한 이들은 김우철을 비롯하여 지부장 정서촌과 시인 민병균, 작가 천천송·안회남·지봉문이었다. 그들은 작품을 선뵀고 안룡만·윤동향·김화견·리복화 들이 토론에 참가했다. 이 자리 첫 토론에서 김우철은 2차 작가대회 이후 "집체적 론쟁에 의하여 독단주의, 도식주의, 교조주의가 머리를 숙이기 시작했다고 지적"하는 한쪽으로 아직 "시정신이 부족하고 특히 중견 시인들이 패기가 부족한 대로부터 독자들에게 사랑을 받는 시를 적게 창작하고 있다"[41]고 목소리를 높였다. 평북 지역에 머물면서 시 영역에서 지도적 자리에 있었음을 암시하는 발언이다. 이로 볼 때 김우철의 신의주 귀향은 1957년 3~4월 무렵이었음을 알 수 있다. 그리고 그런 이동은 신분 각하나 징벌적 뜻보다는 자연스러운 현지 파견과 같은 꼴이었을 것으로 보인다. 『략력』이나 『문예상식』에서 "1957년에 락원기계공장으로" 내려가 현지 "창작생활을 계속"했다고 쓴 자리다."[42] 게다가 이 기사로 말미암아 1957년 4월 무렵 신의주에 본부를 둔 평북도 작가회의 주요 맹원들 이름이 다 드러난 셈이다. 그 무렵 김우철과 가까운 친교를 가졌을 것이 확실해 보이는 이들 이름이다. 그들은 그 뒤로도 신의주 지역문학, 평북도 지역문학을 책임졌다.

1958년은 김우철이 죽기 한 해 앞선 시기다. 이 무렵 그이에 대한 기사는 다섯 차례 보인다. 먼저 허진계가 쓴 『김우철 시선집』 서평이다. 이 자리에서 허진계는 "해방 전후를 통하여" "끓는 정열과 비약의 정신으로 생활을 긍정해 왔으며, 풍부한 서정과

40　『문학신문』, 문학신문사, 1957.3.28~29.

41　「동맹 제5차 상무위원회 결정 실천을 위하여—평북도 작가회의」, 『문학신문』, 문학신문사, 1957.4.18.

42　『문예상식』, 앞의 책, 251쪽.

예리한 정론성, 그리고 신랄한 풍자로써 현실을 노래해 온" 시인이 김우철이라 썼다. 그리고 그이 시집이 "독자들을 흥분시키며 아름다운 서정을 안겨 준다"고 말했다. 그러면서도 "명절이나 기타 행사들에 바쳐진 시편"들과 선집의 몇 편은 "도식을 범하고 있거나, 생활을 안이하게 설명했거나, 그렇지 않으면 현실을 외곡하고 있다"[43]는 비판을 얹었다. 일방적 상찬으로 가지 않는 균형을 더한 셈이다.

그에 이어진 것이 「신의주에서 시인의 밤」이 열렸다는 기사다. 함께 자리했던 사람은 안룡만과 백인준이다.[44] 둘은 그 무렵 신의주에 정주하고 있었는데, 김우철 또한 그들과 함께한 것이다. 그리고 「작가들의 창작 계속 왕성」에서도 보인다. 거기서는 '녀성작가' 리정숙과 남궁만·김우철을 소개했다. 리정숙은 평양에 머물고 있었고, 남궁만은 자강도에서 활동하고 있었다. 신의주 김우철도 왕성한 활동을 하는 작가로서 한 자리 차지한 것이다.[45] 나머지 두 차례 김우철의 동정을 밝혀주는 기사는 의주에서 살았던 월북작가 윤기정의 묘비 제막식과 관련 글이다. 「고 윤기정 묘비 제막식—의주에서」에서는 조중곤·김우철·안룡만·백인준이 자리를 했다고 알려 준다. 같은 날 함께 실린 조중곤의 수필, 「옛 벗의 묘비 앞에서」에 곁들인 제막식 장면 사진 속에서 김우철이 보인다.[46]

1958년에는 김우철이 확연히 고향 신의주로 내려가 있었고, 신의주를 중심으로 한 평북 지역 문학 행사에 즐겨 참가하고 있음을 알 수 있다. 그이의 신의주 귀향은 문학적 하방이나 제거의 칼날을 맞은 불행한 경과와는 거리가 있다. 게다가 『조선중앙년감 1959』의 '아동문학' 자리에서는 김우철의 작품을 고평했다. 1958년에 창작된 주요 작품으로 강효순의 중편 소설 「쌍무지개」와 동화 「뿔난 너구리」, 박응호의 중편 「어린 갈매기」, 류연옥의 서정서사시 「락원의 이야기」, 민병균의 서사시 「불'길

---

43   허진계, 「생활 긍정의 토로—김우철 시선집을 펼치고」, 『조선문학』 2월호, 조선작가동맹출판사, 1958. 144쪽.

44   「신의주에서 시인의 밤」, 『문학신문』, 문학신문사, 1958.10.16.

45   「작가들의 창작 계속 왕성」, 『문학신문』, 문학신문사, 1958.5.22.

46   「고 윤기정 묘비 제막식—의주에서」, 『문학신문』, 문학신문사, 1958.5.22; 조중곤, 「옛 벗의 묘비 앞에서」, 『문학신문』, 문학신문사, 1958.5.22.

휘장과 운전사 아저씨」, 리원우의 시초 「밭에서 물소리 나면」, 리맥의 시 「첫 쇠'물이」와 나란히 김우철의 시 「기계의 합창」을 들었다.[47] 락원의 '기계' 공장에서 성공적으로 일하고 있었음을 알 수 있다. 그러다 느닷없이 1959년 6월 21일 『문학신문』에 김우철의 부고 기사가 올랐다.

앞에서 본 바와 같이 김우철은 1932년 언론에 이름을 올린 뒤부터 1959년 부고를 알릴 때까지, 우리 근대문학과 북한 신의주 지역문학 안쪽에서 활동하였다. 활동 초기 계급주의 문학인으로서 왜경의 검거 선풍을 두 차례나 겪으면서 을유광복까지 문학 활동을 그치지 않았다. 을유광복 뒤에는 활발했던 작품 발표와는 다르게 언론 기사로서 김우철 모습은 눈에 자주 뜨이지 않았다. 그럼에도 작품 활동과 묶어서 살피면 김우철의 열정적인 모습을 짐작하기란 어렵지 않다. 그 점은 1949년 신의주에서 평양 문학사회로 올라선 뒤에도 거듭하였다. 다행스럽게 1956년 12월 『문학신문』 창간 뒤부터 작가 동향을 알 수 있는 기사 노출이 잦아졌다. 그 덕을 김우철도 보았다. 1959년 사망 부고에 이르기까지 김우철의 적극적인 활동을 짐작하게 하는 기록을 여럿 얻을 수 있었다. 1957년 봄 김우철은 고향 신의주 락원기계공장으로 현지 파견을 떠났다 거기서 자진하였다. 그 일이 뜻하는 바가 무엇인가를 언론 기사로는 알 수 없다. 다만 그이 죽음과 함께 바로 『문학신문』에 부고 기사로 다루어 공론장으로 널리 알렸다. 자살이라는, 북한 사회에서 볼 때 매우 이례적이면서도 심한 '반동' 행위를 저지른 김우철이다. 그럼에도 용인된 셈이다. 따라서 그이 죽음은 가정적인, 개인적인 까닭일 가능성이 크다. 김우철의 열렬했던 문학 생애와 불행한 결말이라는 줄거리에 담긴 속살은 뒷날에라도 밝혀지기를 바란다.

북한 문학사회에서 김우철을 향한 관심은 꾸준하게 이어졌다. 1994년 『문예상식』의 「김우철」 항은 그 징검다리 몫을 보여 준다. 그 뒤로도 그이 대표작은 작품 선집에서 빠지지 않았다. 시 「농촌위원회의 밤」, 동시 「벼'낟가리」와 같은 작품이 대표적이다. 거기다 각별히 김우철의 성공작 가운데 하나인 「인민공화국 선포의 노래」

---

47 『조선중앙년감 1959』, 조선중앙통신사, 1959, 221쪽.

는 박한규 작곡으로 잊히지 않고 중요 노랫말로서 오래도록 사랑을 받고 있다. 그러한 문학 추억, 노래의 추억이 2018년에는 리룡민이 쓴 「시인 김우철과 「인민공화국 선포의 노래」『문학신문』, 2018.9.9와 같은 글을 낳게 하는 밑그림인 셈이다. 많은 북한 지역 작가들이 역사 저 아래로 잊히고 밀려났지만 김우철은 드문드문 떠오르는 추억의 등불처럼 북한 시문학사를 지키는 몇 되지 않은 구세대 작가다. 스스로 목숨을 끊은 불행을 딛고 선 셈이다. 그리고 그러한 일을 가능하게 해 준 뒷심은 일찌감치 청소년 기부터 지녔던, 문학 창작을 향한 멈출 수 없는 열정이었을 것이다.

3. 작품의 전개와 실증

이 자리에서는 김우철이 발표했던 작품을 실증한다. 이를 위해 나라잃은시대, 광복기, 전쟁기, 전후기 모두 네 시기로 나누어 다룬다. 다만 때곳을 확정할 수 없는 작품은 논의에서 뺐다. 뒷날 자신의 시집이나 선집에 실려 이름을 올리고 있으나, 그에 앞서 첫 발표지나 발표 시기를 특정할 수 없는 작품들 경우가 그것이다.

1) 나라잃은시대의 성장

김우철에 관련한 언론 기사가 맨 처음 나온 때는 앞에서 말한 바와 같이 1932년이다. 그런데 작품이 가장 먼저 오른 때는 그에 앞서 1931년이다. 1931년에 김우철은 2편[48]을 내놓았다. 그런데 먼저 냈던 작품이 동요 「은반지」라는 점은 두 가지 사실을 담고 있다. 먼저 김우철의 초기 창작 활동은 어린이청소년문학에 초점을 두었다는 것이다. 나라잃은시대 많은 문학인의 작가적 성장이 자신의 생리적 세대와 나란한 흐름과 맞물리는 일이다. 다른 하나는 이 첫 작품은 '못 실니게 된 것'으로 다루어졌다는 사실이다. 목차에는 올려져 있으나, 본문에서는 빠졌다. 왜로 검열로 말미

---

48 「은반지」(동요), 『별나라』 10·11월합호, 1931; 「아동문학에 관하야—이헌구 씨의 소론(所論)을 읽고(1~3)」, 『조선중앙일보』, 1931.12.20~23.

암은 일이다. 이런 사실은 김우철의 문학 출발은 그 무렵 개량주의적인 앞 세대 어린 이 문학사회와는 비판적 거리를 둔 자리에서 시작했다는 점을 일깨워 준다. 그리고 그러한 모습은 『조선중앙일보』에 3회에 걸쳐 실었던 「아동문학에 관하야―이헌구 씨의 소론所論을 읽고」에서 드러난다.

그런 열기를 바탕으로 1932년에는 작품 활동이 크게 늘어나 19편[49]을 내놓았다. 김우철은 그들을 동요 / 동시에서부터 소년시, 소년소설, 동화, 벽소설, 수필, 평론, 과학 지식에 두루 걸쳐 담았다. 어린이청소년문학과 어른문학까지 넘나들면서 다갈 래 창작을 보여 준다. 어린이 벽소설 또한 그 무렵 '신흥' 어린이문학에서는 드물지 않은 갈래다. 발표 매체는 1회 『조선일보』를 젖혀 두고는 모두 계급주의 걸음길에 선 것이다. 『신소년』과 『별나라』, 그리고 『우리들』. 그 무렵 여느 어린이문학인에 견주 어 활발하고도 폭넓은 창작 열기를, 그것도 계급주의를 내세운 어린이 매체와 어른 매체를 빌려 작품 활동을 하고 있다. 초기 김우철 문학의 계급주의 성향과 계몽성, 거기다 창작 열정을 엿보는 데는 모자람 없을 맵시다. 그러한 모습은 1933년에서도 거듭한다.

1933년에 김우철은 모두 26편[50]을 내놓았다. 1932년보다 늘었다. 발표 매체도 더

---

49 「11월 소년소설평」(평론), 『신소년』 신년 임시호, 1932; 「눈 오시는 날」(소년소설), 『별나라』 신년 호, 1932; 「문예시평」(단평), 「『우리들』 제2호」(신간 소개), 『조선일보』, 1932.2.22; 「우리들은 소 리친다」(동요), 『신소년』 2호, 1932; 「상호의 꿈」(소설), 『신소년』 2호, 1932; 「원편」(동요), 『조선 중앙일보』, 1932.2.7; 「청와사 이야기」(과학), 『별나라』 2·3월합호(통권 57호), 1932; 「진달내 꽃」(동시), 『별나라』 제7권 제3호, 1932; 「꿈 깨인 사람들」(동요), 『신소년』 10권 4호, 1932; 「등피 알사건」(동화), 『신소년』 10권 4호, 1932; 「밤고동」(동요), 『신소년』 10권 5호, 1932; 「엿먹는 날」 (동요), 『신소년』 10권 7호, 1932; 「솔갈미 썻다」(동요), 『별나라』 별나라학회예회 특집호(통권 60호), 1932; 「방학날(1·2)」(소년소설), 『신소년』 10권 5호~6호, 1932; 「동정메달」(소설), 『신소 년』 10권 8호, 1932; 「북국에 보내는 편지―고향 동무들에게」(소년시), 『신소년』 10권 9호, 1932; 「소년부호」(소설), 『신소년』 10권 10호, 1932, 「아동 스포츠」(벽소설), 『신소년』 10권 11호, 1932; 「연」(시), 『신소년』 10권 10호, 1932.

50 「북국 점경」(소품), 『신소년』 11권 2호, 1933; 「고아원의 아이들」(보고문학), 『신계단』 2월호, 1933; 「공장이 파한 뒤」(소년소설), 『신소년』 11권 3호, 1933; 「긔폭처럼」(동요), 『별나라』 2월호 (통권 65호), 1933; 「문필가협회와 캅프의 태도―그의 정당한 이해를 위하야」(평론), 『신계단』 제5호, 1933; 「의마복권(義馬福券)」(벽소설), 『전선』 3월호, 1933; 「추전우작(秋田雨雀) 씨와 문 단생활 25년 그의 50탄생 축하보(祝賀報)를 듯고」, 『조선중앙일보』, 1933.4.23; 「농민문학의 문

다양해진다. 1932년 신문 매체는 『조선일보』에 그쳤으나, 1933년 『조선중앙일보』
에도 발표를 시작하였다. 거기다 어른 매체로서 1932년에 보였던 『우리들』에 한 차
례 작품 발표를 볼 수 있다. 『신계단』에 5회 발표도 이어졌다. 보다 민족적인 신문이
나 계급주의 노선이 뚜렷한 매체로 집중도가 높아지고 있는 셈이다. 갈래 비중에서
는 비평 영역 활동이 더 잦아지고, 보고문학 무게가 더한다. 나머지는 어린이청소년
문학과 어른문학을 아울렀던 갈래 선택을 거듭하였다.

　1934년에 이르러 김우철은 12차례[51] 작품 발표를 보여 준다. 한 해 앞에 견주어
발표가 줄었다. 발표 회수가 줄어든 점은 왜로의 신건설사검거폭거로 말미암아 겪
은, 옥고라는 문학 바깥쪽 사정과 무관하지 않은 일일 것이다. 갈래 선택에서는 동
시／동요와 평론, 소년소설과 소설을 선뵀다. 발표 수가 크게 준 일은 갈래 선택의
축소와 나란할 수밖에 없다. 발표 매체에서는 한결같이 계급주의 매체에 기울었다.
『별나라』와 『신소년』에다 『우리들』이 그들이다. 청년 계급주의 문학인으로서 김우

제」(평론), 『신계단』 5월호, 1933; 「별·반달·긔」(동요), 『신소년』 11권 5호, 1933; 「봄이 왔다―
농촌에서」(졸업기념수필 소품), 『별나라』 4·5합호, 1933; 「오월의 태양(1·2)」(소년소설), 『신소
년』 11권 5호·7호, 1933; 「예술적 유산의 계승 문제」(평론), 『신계단』 6월호, 1933; 「동반자 작
가의 인도(引導) 문제(1~6)」(평론), 『조선중앙일보』, 1933.6.3~8; 「독수리」(동시), 『조선중앙일
보』, 1933.6.29; 「산촌의 나무꾼 동무여!」(시), 『신계단』 제10호, 1933; 「멕감기 노래」(동시), 『신
소년』 11권 7호, 1933; 「오월의 태양」(동시), 『신소년』 11권 7호, 1933; 「동화와 아동문학(상·
하)」(평론), 『조선중앙일보』, 1933.7.6~7; 「8·15일(1)」(소년소설), 『별나라』 8월호(통권 70호),
1933; 「맑쓰주의자 비평가의 임무―불미(不美)한 문구, 욕설을 경계하자(1~5)」(평론), 『조선중앙
일보』, 1933.9.12~16; 「잡지 『농민』 일파의 농민문학론 비판―천도교를 배경으로 한(1~3)」(평
론), 『조선중앙일보』, 1933.10.5~8; 「길동이와 간식(1)」(동화), 『조선일보』, 1933.11.30; 「섯달금
음」(소년소설), 『별나라』 송년호(통권 73호), 1933; 「화차」(동요), 『별나라』 송년호(통권 73호),
1933; 「땅 주인의 아들(1·2)」(소설), 『조선일보』, 1933.12.13~14; 「재토의에 올은 창작방법 문제
(1·2)」(평론), 『조선일보』, 1933.12.15~16.

51　「문필가협회와 캅프의 태도」(평론), 『조선일보』, 1934.1.3; 「욕심쟁이(1~4)」(동화), 『조선일
보』, 1934.1.16~19; 「닭장에서」(동요), 『신소년』 12권 2호, 1934; 「새로운 생활(연재 1·2)」(장
편소년소설), 『우리들』 1월호·2월호, 1934; 「이상적인 시간표는?」(줄글, 작가의 시간표), 『우
리들』 3월호, 1934; 「비평의 권위」(비평), 『우리들』 4·5합호, 1934; 「당·달·구야」(동요), 『신
소년』 12권 4·5합호, 1934; 「야학의 연필 사건」(소년소설), 『신소년』 12권 4·5합호, 1934; 「아
동문학의 문제(1~4)」(평론), 『조선중앙일보』, 1934.5.15~18; 「문예시평(1~7)」, 『조선일보』,
1934.6.1~3·9·10·12·13; 「아동문학 운동의 신방향」(평론), 『여성조선』 11월호, 1934; 「깍깍
숨어라」(동시), 『별나라』 제10권 제2호, 1934.

철의 위상이 뚜렷하다.

1935년에 김우철의 작품 발표 회수는 1934년에 견주어 세 차례나 더해, 15편[52]으로 는다. 이런 모습은 그 무렵 신흥문학인 계급주의 문학을 향한 왜로의 탄압과 억압, 거기다 발표 매체의 위축 속에서도 김우철의 창작 열기는 사그러들 줄 몰랐음을 일깨워 준다. 거기다 이들 15편을 매체로 볼 때 신문 언론 비중이 높다. 앞선 시기에는 발표를 볼 수 없었던 이른바 조선총독부 기관지 『매일신보』에도 작품을 실었다. 눈길을 끄는 변화다. 이미 사상적으로 '요주의' 인물이었을 김우철이 보여 준 전략인지, 발표 욕구를 위한 자연스러운 매체 확대인지는 쉬 말하기 어렵다. 다만 더 줄어들고 어려워진 출판 환경, 작품 발표 사정 아래서 김우철과 같은 열성적인 작가로서는 발표를 향한 남다른 허기를 지녔을 것이라는 점을 짐작할 수 있다. 따라서 갈래 선택에서 어린이문학이나 비평보다 시와 수필로 좁혀 든 조짐을 보이는 사실이 눈길을 끈다. 둘 모두 주체의 개별 발화에 초점이 주어지는 갈래다. 어린이청소년문학 매체의 억압, 퇴조와 함께 청년 문학인 김우철의 자기 모색이 시와 수필 갈래 확대 현상과 맞물렸을 수 있다.

1936년에도 김우철의 작품 발표 위축은 한결같다. 모두 11편[53] 발표를 볼 수 있다.

52　「금강사 기행」(기행), 『신인문학』 송년호, 1935;「담배 예찬」(시), 『조선문단』 5월호, 23호, 1935; 「대륙의 생활고」(수필), 『신인문학』 3월호, 1935;「땜쟁이」(시), 『예술』 2호, 1935;「봄·북국·농촌(1~3)」(수필), 『조선중앙일보』, 1935.4.27~5.3;「봄물결을 타고」(수필시), 『신인문학』 6월호, 1935;「북국의 봄」(시), 『신인문학』 6월호, 1935;「사막과 녹림(綠林)과(상·하)」(수필), 『조선중앙일보』, 1935.7.5~6;「새해와 우리들」(수필), 『별나라』 1·2월합호(통권 80호), 1935;「서울의 그리운 성북동」(시), 『신인문학』 4월호, 1935;「신춘문단에 대한 잡감」, 『예술』 2호, 1935;「예술가와 자존심―최형에게 드림(상·하)」, 『조선중앙일보』, 1935.9.7~8;「위대한 현실」(시), 『신인문학』 송년호, 1935;「진리의 봄」(시), 『예술』 3호, 1935;「황금섬·유초도·점경―얄룩강에 나앉은 섬 속에서」(기행), 『신인문학』 4월호, 1935.

53　「귀향(3)」(수필), 『매일신보』, 1936.10.9;「꿈에 본 남국의 수향(水鄕)」(수필), 『신인문학』 8월호, 1936;「랑만적 인간 탐구의 빈곤과 작가 개성 등(1~11)」(평론), 『조선중앙일보』, 1936.4.15~28; 「삼도랑두(三道浪頭) 탐방기(상·하)」(수필), 『조선중앙일보』, 1936.5.16~17;「압록강 기행」(기행), 『신인문학』 3월호, 1936.2;「양류촌(楊柳村)」(소설), 『조선문학』 11월호, 1936;「작가와 기술 문제 작품 이전의 고민상(1~4)」(평론), 『조선중앙일보』, 1936.3.3~6;「전원의 밤」(기행), 『신인문학』 신년호, 1936;「포도원의 진리 벗이여 후원으로 오시라(상·하)」(수필), 『조선중앙일보』, 1936.2.26~27;「현상 당선소설을 읽고(1~5)」(단평), 『동아일보』, 1936.2.21~2.27;「황혼과 묘

매체 또한 계급주의 잡지의 폐간과 창간이 어려웠던 그 무렵 영향에다 왜로 경찰에 검거를 겪었던 고초 현실의 영향을 고스란히 받고 있음을 알게 한다. 『동아일보』와 『조선중앙일보』, 『매일신보』와 같은 일간지에 치우친 발표 동향이 그것이다. 갈래 선택에서는 수필의 비중이 높은 한쪽으로 비평 비중 또한 상대적으로 높아진다. 작가로서 자기 표출이나 문학사회 속에서 타자와 거리 두기, 경계 짓기가 자연스러울 정도로 작가적 자의식이 자랐음을 일깨워 주는 지표일 수 있는 일이다.

1937년에 이르러 김우철의 작품 발표는 1편[54]을 확인하는 데 그쳤다. 그것도 카프 어린이문학분과에서 같이 활동했던 이주홍이 편집 책임을 진 『풍림』한 곳이다. 이러한 축소, 위축 현상은 1936년에 겪었던 피검거의 고초가 영향을 미치지 않았다 하기 어렵다. 신의주 지역 대표 청년 문학인 김우철을 향한 왜로의 감시와 검거, 다시 석방 과정에서 김우철이 겪었을 어려움은 컸을 것이다.

그러한 모습은 이듬해 1938년에 작품 발표가 줄어드는 흐름과도 맞물린다. 모두 6편[55]의 시를 볼 수 있을 따름이다. 그런데 이들 6편은 『맥』 3편과 『시건설』의 3편이다. 앞에서 잠시 말했듯이 『맥』은 함북 청진시에, 『시건설』은 평북 중강진에 터를 두고 나온 시전문지다. 북한 지역과 만주 지역을 아우르면서 나라잃은시대 나라 안 젊은 시인들이 어울려 작품을 내놓은, 동인지 성격의 매체였다. 김우철은 점점 어려워진 발표 환경과, 작품에 대한 검열이 작가 안밖으로 더욱 높아졌던 문학사회 현실 속에서도 발표 기회를 놓치지 않으려 열성을 다한 셈이다.

이어 1939년에 김우철의 작품 발표를 2편[56] 볼 수 있다. 시 「허한 푸넘」 1편과 짧은 줄글이다. 발표가 크게 줄었다. 그 속내는 매호 작품을 빠뜨리지 않았던 『시건설』에서마저 작품이 빠진 일로 짐작할 수 있다. 이 무렵부터 신상 변화가 있었을 것이라는 암

비(상·중·하)」(수필), 『동아일보』, 1936.2.5~2.8.

54 「최재서론」(평론가특집), 『풍림』, 6호, 1937.

55 「사의 흑단(黑檀) 앞에 서서 — 삶의 철리를 탐구할 때」(시), 『맥』 창간호, 1938; 「창공」(시), 『맥』 제2집, 1938; 「토끼의 향수」(시), 『맥』 제3집, 1938; 「라·파로마'의 환상 — 어엽븐 비닭이 네 품에 안기거든」(시), 『시건설』 4집, 1938; 「뜬 구름」(시), 『시건설』 5집, 1938.8; 「백야」(시), 『시건설』 제6집, 1938.

56 「허한 푸넘」(시), 『웅계(雄鷄)』 1호, 웅계사, 1939; 「작품과 향기」(엽서평론), 『신세기』 10월호, 1939.

시다. 만주를 오가는 정주 상황에서도 예사롭지 않은 변이가 있었을 가능성을 점치게 한다. 따라서 1940년에 이르러 장춘에서 나왔던 이른바 만주국 부왜 배달말 신문『만선일보』에 작품 발표가 활발하게 이루어진 사실에 새삼 눈길을 주게 이끈다.

1940년에 김우철은『만선일보』에 모두 8편[57]을 발표했다. 다행스러운 점은 만주 지역 부왜 매체『만선일보』말고, 나라 안에서 기세등등 나돌았던 여러 노골적인 부왜 잡지나 부왜 문예지에는 김우철이 작품을 올리지 않았다는 사실이다. 왜어 발표 작품도 없다. 거기다 나라 안이나 나라 바깥 만주 지역에서도 부왜, 반민 단체에 이름을 올린 사실을 현재로서는 찾을 수 없다. 그런 점에서 김우철은 적어도 부왜 문학 작품 발표와 같은 조건에 묶여 있지는 않다. 다만 만주국 부왜 배달말 기관지『만선일보』작품 발표가 갖는 무게가 문제가 될 수 있다. 흥미로운 사실은『만선일보』게재 작품 8편은 갈래 선택에서 수필 1편 말고는 7편 모두 비평적 안목을 담은 글이라는 점이다. 현재까지 영인본 꼴로 부분적으로 볼 수밖에 없는『만선일보』임에도 김우철의 본격적인 비평가적 정위가 뚜렷하게 확인된다. 따라서 시기를 두고 두 작품으로 나누어 실었던「만주 조선어 시단과 시인」이나「금년도 시단의 회고와 전망」과 같은 평론은 꼼꼼한 따져 읽기가 따라야 할 일이다. 김우철이 이 시기 만주 지역에 깊숙이 머물고 있었다는 사실에 관한 확실한 보증뿐 아니라 그 무렵 지식 청년으로서 지녔을 정신 지리 안쪽을 보여 주는 중요 터무니로 여겨지는 까닭이다.

1940년 뒤부터 을유광복까지 김우철의 글은 볼 수 없다. 앞으로『만선일보』의 미간행본이 알려지면 더 나올 가능성이 크다. 발표 매체 집중도로 볼 때 자연스런 짐작이다. 그럼에도 광복까지 김우철의 작품을 현재 볼 수 없다는 사실이 갖는 선명성은 뚜렷하다. 김우철이 을유광복을 맞자 마자 고향 신의주에서 북조선공산당 기구 문

57　「문학 전통의 계승과 새로운 원정(園丁)의 임무」(평론),『만선일보』, 1940.2.20;「만주 조선어 시단과 시인(1~4)」(평론),『만선일보』, 1940.3.27·28·4.5;「만주 조선어 시단과 시인(속)(1~8)」(평론),『만선일보』, 1940.4.26·27·29·5.13·14·15·16;「단편과 장편(掌篇)의 차이」(평론),『만선일보』, 1940.8.30;「제1회 연재단편평」(단평),『만선일보』, 1940.9.23~10.5;「나릭(상·중·하)」(수필),『만선일보』, 1940.10.9~13;「역설과 진리(1~6)」(평론),『만선일보』, 1940.10.28~11.2;「금년도 시단의 회고와 전망(1~5)」(평론),『만선일보』, 1940.12.14~12.19.

예 조직 앞자리에서 활발하게 나설 수 있었던 터무니와 동력은 이미 이 시기를 건너 면서 몸과 마음에 새겨졌을 고통과 신산으로 짐작되는 바다.

앞에서 살편 바와 같이 나라잃은시대 김우철의 작품 발표는 1931년 그이 나이 17 살 때부터 시작하여 1940년 26살에 걸친다. 청소년기와 청년기를 아우른 열정적인 시기다. 작가로서는 습작기와 성장기를 한꺼번에 거친 셈이다. 이 무렵 김우철은 신 의주의 다른 두 글벗 리원우나 안룡만과는 견줄 수 없을 정도로 많은 작품 발표 회수 나 다갈래 선택을 보여 준다. 문학 창작을 향한 열정뿐 아니라 작가 김우철의 남다른 재능까지 아울러 짐작하게 하는 일이다. 1931년『별나라』10·11월합호에 제목만 올 라선 동요「은반지」뒤부터 1945년 을유광복까지 14년 동안 김우철은 모두 101편 을 발표했다. 그런 가운데서 1932년과 1933년의 폭발적인 초기 발표는 1934년 이 후 급격히 퇴조하다 1937년과 1939년에는 발표 빈도가 더 떨어졌다. 김우철이 왜로 에 의한 겪었던 두 차례의 피검, 옥고 현실과 맞물려 있음을 짐작하게 한다. 거기다 만주와 신의주를 오가며 안정되지 않았을 나날살이와 계급주의 매체 퇴조의 영향이 김우철 개인 문학에 압도적으로 영향을 끼친 결과일 것이다. 그럼에도 나라잃은시 대 김우철은 안룡만이 18편[58], 리원우가 38편[59] 정도 발표에 머문데 견주어 그 둘을 훌쩍 뛰어 넘는 열정적인 모습을 보였다. 비슷한 시기인 1930년 초기 10대 후반 나 이로 문학사회에 뛰어들었던 세 사람 가운데서도 김우철이 지닌 특별한 열정을 짐 작해 볼 수 있다. 갈래 선택에서 보이는 흥미로운 변화는 어린이청소년문학과 어른 문학을 아울렀던 초기 활동상이 1935년을 기점으로 청년문학, 성인문학으로 좁혀 드는 모습이다. 이런 흐름도 사회 맥락의 악화와 함께 작가적 정체성 변화와 묶어서 볼 만한 모습이다. 결과적으로 1935년부터는 어른문학인 평론·시·수필 쪽으로 갈 래 성장이 두드러진다. 청소년에서 청년으로 자랐던 김우철의 생리적 성장과 문학 적 역량이 한 줄기로 엮여 있음을 일깨워 주는 흐름이다.

---

58 박태일,「안룡만 시 이해를 위한 바탕」, 앞의 책, 307~348쪽.
59 박태일,「리원우 연구를 위한 실증적 바탕」, 앞의 책, 635~677쪽.

2) 광복기의 열성

을유광복 뒤부터 김우철은 고향 신의주에서 달라진 북한 사회주의 건설의 새 격
랑 속에서 활동 역량을 한껏 높였다. 그 점은 벗 리원우·안룡만도 마찬가지. 그런 활
동을 「략력」에서는 "8·15 해방 후 북조선문학예술총동맹 평안북도위원회 위원장.
『문학신문』 편집부장 등 공작을 하면서 창작 생활"이라 짧게 적었다. 리원우는 광
복기 신의주뿐 아니라 북한에서 가장 먼저 낸 첫 개인 시집 『격류』[1946]를 마련했다.
1947년 3월 무렵에는 이미 신의주를 떠나 평양에서[60] "중앙방송국 부국장"에 이어
"북조선인민위원회 선전부 검열과 지도원", "문화선전성 문학예술부 지도원"을 맡았
다.[61] 아울러 두 번째 시집 『무성하는 노래』[1947]를 평양에서 냈다. 거기에 견주어 안룡
만은 광복 뒤 신의주에서 김우철과 함께 『서북민보』 창간에 힘썼으며 1946년 2월부
터 『바른말』을 엮으면서 첫 시집 『동지에의 헌사』[1946]를 냈다. 그런 가운데서 김우철
은 "8·15 해방 후 북조선문학예술총동맹 평안북위원회 위원장"과 "『문학신문』 편집
부장"을 거치며 창작 활동을 했다. 『서북민보』나 『바른말』은 조선공산당 평안북도위
원회 기관지다. 김우철은 그 아래 기구 북조선문학예술총동맹 평안북도위원회 위원
장을 맡았다. 이 자리는 뒷날 전쟁기 안룡만이 맡은 자리다. 리원우와 달리 안룡만과
김우철은 신의주에 남아 신의주와 평안북도 조선공산당의 정치, 문학예술 활동의 주
요 매체 편집 활동에 몸을 담고 있었다. 김우철은 그러한 광복기, 1950년 6월 전쟁
발발 앞까지 시기에 시집 1권에다 연속간행물과 공저에 개별 낱글 29편을 실었다.
1946년에 2편, 1947년에 2편, 1948년에 8편, 1949년과 1950년 6월까지 27편이다.

시집 『나의 조국』은 김우철의 첫 시집이자, 초기 신의주 지역시의 활발한 활동을
알려 준다. 리원우의 『격류』[1946]나 안룡만의 『동지에의 헌사』[1946]와 나란히 놓이는 작
품집이다. 다만 그들 둘 보다 한 해 늦은 1947년 8월에 나왔다. 그리고 리원우와 안
룡만이 첫 시집의 일부 작품을 을유광복 앞 시기 작품으로 채운 데 견주어 김우철
은 오로지 광복기 작품만으로 선뷘 차이가 있다. '서시' 「나의 조국」을 처음으로 '마

60　『문예상식』, 앞의 책, 240쪽.
61　박태일, 「리원우 연구를 위한 실증적 바탕」, 앞의 책, 638쪽.

감시'를 합해서 모두 17편[62]을 실었다. 흥미로운 점은 시집 끝 속표지에 문화전선사에서 다음에 낼 시집으로 "김우철 개인 시집"『창공』의 발간 예고를 올린 사실이다. 그것을 "전집·끝냄"이라 적었다. 발간을 위한 모든 과정을 거쳤다는 뜻이다. 시 「창공」은 1938년『맥』제2집에 실었던 작품이다. 따라서 시집『창공』은 아마 나라 잃은시대 작품을 중심으로 엮은 시집이었을 것이다. 이 시집이 순조롭게 나왔다면 1947년 해밑이나 1948년에 볼 수 있었을 터다. 그러나 발간 사실을 현재로서 실증할 수 없다.

1946년에 내놓은 낱글은 2편[63]이다. 러시아 시월혁명을 기리는 뜻을 을유광복과 묶어서 노래한 작품이 시 「승리의 날」이다. 거기에『관서시인집』에 실은 「축제」가 더한다. 『관서시인집』은 뒷날 월남한 양명문·박남수의 작품까지 아우른 시집이다. 그러면서 광복 초기 평안도 지역을 중심으로 한 시문학사회의 여러 자장을 일깨워 주는 작품집이다. 김우철이 쓴 1946년 작품은 활발했을 그이의 됨됨이로 보아 더 있을 것이다. 글쓴이가 확인하지 못했을 따름이다.

이어서 1947년 발표 작품 2편[64]을 찾았다. 시 「인민의 개가」와 평론 「아동문학의 신방향」이다. 평북에서 나온 다른 매체까지 확인한다면 부쩍 불어날 수 있을 시기다.

---

62 '서시' 「나의 조국」이 가장 앞에 실렸다. 본문은 3부로 나누었다. '제1부 민족의 축제', '제2부 인민의 꽃다발', '제3부 조국의 창공'이 그것이다. 제1부에 「축제」·「찬우물고개」·「한글」·「농촌위원회의 밤」·「크낙한 사랑을 안고」, 제2부에 「꽃다발」·「승리의 날」·「인민의 개가」·「조국에 바친 쌀」·「인쇄공의 노래」, 제3부에 「조국의 푸른 하늘」·「문화의 첨탑」·「력사도 의로워, 해방 조국」·「승리의 회상」·「노예의 슬픔, 원치 않고」가 실렸다. 맨 뒤에 '마감시'로 「연원한 조국」을 올렸다. 작품 배치를 이야기 줄거리 짜듯 마련한 셈이다.

63 「축제」(시),『관서시인집』, 1946.1;「승리의 날」(시),『조쏘문화』제3호, 1946.

64 「인민의 개가」(시),『조선녀성』3월호, 1947;「아동문학의 신방향」(평론),『아동문학』7월호, 1947.

그 점은 1948년에 이르러 회수가 8회[65]로 늘어나는 데서 엿볼 수 있다. 1948년 발표된 이들 낱글 8편 가운데 '현지보고'와 '답사기'가 3편이나 있다. 눈길을 둘 필요가 있다. 앞선 「신의주방직 여공 동무들」은 고향 신의주의 현지 보고이나 뒤의 것은 강원도 지역 '정휴양소' 방문 기록이다. 「기술 전습으로……」는 변화하는 농민 사회의 현장을 널리 일깨우고자 하는 기획 가운데 1편이다. 3편 모두 모두 새롭게 자리잡아 가고 있었던 북한 사회주의 변화상과 그를 향한 감동적인 감회를 담았다. 이들 3편에 시 5편이 거들고 있다.

1949년과 경인년전쟁 발발 앞인 1950년 3월까지 김우철의 발표 빈도는 크게 늘었다. 그리고 이들 낱글 29편[66] 가운데서 「고향으로 가는 길」은 『문학예술』 제2권 9호에 실었다가 다시 종합시집 『한 깃발 아래에서』에 올렸다. 따라서 신작 발표는 28편이다.

이 시기 김우철은 평론과 시, 동요 / 동시뿐 아니라 노랫말과 기행문을 더했다. 시에서는 그 무렵 종합시집으로 나왔던 『영원한 친선』, 『영광을 쓰탈린에게』, 그리고

---

65 「동지들의 애정 속에」(시), 『조국의 깃발』(종합시집), 1948; 「신의주방직 여공 동무들」(현지보고), 『새조선』 8·15기념호, 1948; 「기술 전습으로 생산능률을 4배까지 제고시킨 리화자 우옥경 양의 노력」, 『부강한 조국 건설을 위한 애국적 로동자 농민들』, 1948; 「잔디밭 이야기」(시), 『문학예술』 창간호, 1948; 「레-닌의 기치 드높이」(시), 『창작집』, 1948; 「그대들의 전렬에」(시), 『새조선』 7호, 1948; 「정휴양소에서 일하는 문화보건 일꾼들에게」(답사기), 『로동자』 8호, 1948; 「승리의 깃발」(시), 『청년생활』 12월호, 1948.

66 「영명한 수령 앞에 가거던」(시), 『영원한 친선』(쏘련군 환송 기념 시집), 1949; 「전사처럼 내닫는 우리의 젊음이여」(시), 『인민체육』 제2호, 1949; 「땅의 주인」(시), 『청년생활』 제2권 제3호, 1949; 「창작 생활과 보건」(수필), 『인민보건』 4월호, 1949; 「직포공」(시), 『로동자』 제6호, 1949; 「2학기」·「모쓰크바 방송」·「누가 이기나 두고 보세요」·「꽃차 떠나요」·「학교 놀음」(동요), 『꽃마을』, 1949; 「고향으로 가는 길」(시), 『문학예술』 제2권 제9호, 1949; 「로력의 기쁨에서 울어나온 조쏘친선의 노래들」(평론), 『로동자』 10호, 1949; 「조국을 위하여」(김순남 곡)(노랫말), 『소년단』 1권 4호, 1949; 「쓰딸린 대원수—일흔 돌 잔치상에」(헌시), 『소년단』 제1권 제6호, 1949; 「해방탑 아래서」(시), 『영광을 쓰딸린에게』, 1949; 「들노리」(시), 『영광을 쓰딸린에게』, 1949; 「농촌의 겨울밤」(노랫말), 『농민』 12월호, 1949; 「고지마다에 이름을 부침은」(시), 『문학예술』 1월호(제3권 제1호), 1950; 「3·8선 경비초소에서」(기행), 『로동자』 2호, 1950; 「고향으로 가는 길」(시), 『한 깃발 아래에서』(종합시집), 1950; 「인민공화국 선포의 노래」(박한규 곡)·「나의 조국」(황학근 곡)·「8·15해방가」(황학근 곡)·「추수의 노래」(정률성 곡)·「비료 달구지」(리면상 곡), 『조쏘가곡100곡집』, 1949; 「새해의 맹세」·「조국의 아들—인민군 창건을 노래함」(시), 『국어』(인민학교 제5학년), 1949.

『한 깃발 아래서』와 같은 데서 작품을 빠뜨리지 않았다. 광복기 북한 중요 시인으로서 자기 자리를 뚜렷이 하고 있는 셈이다. 거기다 이른바 '조쏘친선' 관련 작품이 평론 1편과 시 1편, 동시 3편에서 더한다. 국경 도시 신의주에 머물면서 이른바 조중친선과 조쏘친선과 같은, 국제주의 친선 이념에 누구보다 예민하게 반응할 수 있었던 결과라 할 수 있다. 거기다 '소년문고 5'로 나온 동요동시집 『꽃마을』에 실은 5편도 눈길을 끈다. 문학 활동 초기부터 중심 창작 영역으로 거듭해 왔던 어린이청소년문학에 관한 관심이 한결같음을 잘 보여 준다. 『소년단』에 올린 노랫말 「조국을 위하여」 또한 그런 흐름을 더욱 보증한다.

3) 전쟁기와 종군 기자

전쟁기인 1950년 6월부터 1951년에 걸쳐 확인하는 작품은 7편이다. 이 가운데서 「어머니의 부탁」시은 "인민군의 불굴의 투쟁"을 주제로 한 작품으로 1951년도 '성과작'으로 이름을 올린 것이다.[67] 그리고 1952년과 1953년 7월 정전 앞까지 확인되는 작품은 모두 11편이다. 따라서 전쟁기 작품은 모두 18편[68]에 이른다. 그런데 이들 가운데서 1952년 『문학예술』 8월호에 실었던 「경애하는 수령」은 종합시집 『평화의 초소에서』1952와 『수령은 부른다』1953에 두 차례 더 실렸다. 아울러 1952년 『영웅 나라 아이들』에 실었던 「모택동 할아버지」는 그에 앞서 『소년단』에, 그리고 「벼낟가리」노랫말는 『아동문학』 제11집에 올랐다. 거기다 1948년 작품인 「인민공화국 선포의 노래」가

67　「1951년도의 문학 작품들」, 『로동신문』, 로동신문사, 1952.2.13.

68　「밭갈이 타령」(전태경 곡), 『인민가요』, 1950; 「인민공화국 선포의 노래」(박한규 곡)(노랫말), 『인민가요』, 1950; 「산수」(동시), 『평북로동신문』, 1951.4.18; 「사랑의 학원(상·하)」(루쁘르따쥬), 『평북로동신문』, 1951.4.21~22; 「안주소년근위대의 노래」(신영철 곡, 노랫말), 『소년단』 5월호, 1951; 「남쪽으로 뻗은 길」(동요), 『아동문학』 9월호, 1951; 「어머니의 부탁」(시), 실린 곳 미상; 「모택동 할아버지」(동요), 『소년단』, 3월호(제4권 제3호), 1952; 「경애하는 수령」(시), 『문학예술』 8월호, 1952; 「경애하는 수령」·「밤차」(시), 『평화의 초소에서』, 1952; 「모택동 할아버지」(동요)·「공화국 제비」(동시)·「벼낟가리」(동요), 조선문학동맹 아동문학분과위원회 엮음, 『영웅 나라 아이들』, 1952; 「경애하는 수령」(시), 『수령은 부른다』, 1953; 「우리들의 아버지」(동시), 『항상 배우며 준비하자』, 1953; 「영예 군인 아저씨들」(동요), 『아동문학』 제11집, 1953; 「벼낟가리」(노랫말), 『아동문학』 제11집, 1953.

다시 모습을 보인다. 이들 5회를 빼면 전쟁기 작품으로는 모두 13편이 되는 셈이다.

전쟁기 발표 매체는 『평북로동신문』, 『문학예술』에다, 『아동문학』과 『소년단』을 비롯한 어린이 문예지, 종합시집에 걸친다. 이들 가운데서 『평북로동신문』 작품 게재는 전쟁기 동안 김우철의 종군 기자 활동이 신의주와 평북 지역 안쪽과 연고를 갖고 있었음을 짐작하게 만든다. 그리고 어린이문학 작품에다 노랫말 비중이 높다. 그점 또한 전쟁기 김우철의 중심 창작 영역이나 종군 활동의 속살을 재는 데 한 가늠자다. 발이 불편한 처지라 일선에 나아가 손수 종군기를 내놓거나 전방 원호 활동에 나섰던 실화문학, 보고문학이 보이지 않는 일과 맞선 맵시다.

『소년단』에 실었던 「안주소년근위대의 노래」는 안주소년근위대의 투쟁을 기리는 노랫말이다. 『소년단』은 조선민주청년동맹 중앙위원회 기관지 가운데 하나로 주필은 평론가 장형준이 맡았다. 안주소년근위대 소년병의 이른바 대미항전은 전쟁기 북한 어린이청소년문학에서 주요 창작 동기가 된, 이른바 후방보국 활동이다. 그러한 움직임에 김우철도 힘을 더했다. 보고문학 「사랑의 학원」은 평북 선천군 선천애육원 소년 빨찌산의 항쟁 경험을, 손수 그곳을 찾아가 참가 소년으로부터 듣고 쓴 글이다. 작품 속살은 두고라도 전쟁기 김우철의 평북 연고 사실을 더욱 암시받는다.

4) 전후기의 낙차

전후기 김우철의 작품 활동은 1953년 로동신문사 기관 잡지 『근로자』 정론 게재로 시작한다. 「간부들의 질적 구성의 개선을 위하여」가 그것이다. 그를 맨 앞으로 해서 그가 죽은 1959년 6월까지 활발했다. 그 사이 김우철의 「략력」에서 밝힌 문학사회 동향 기록은 "1953년부터 3년 반 동안 『인민조선』 부주필 공작"과 "1957년부터 락원기계공장에서 일하면서 창작 생활", 그리고 "1959년 6월 17일 별세"[69]로 이어지는 셋뿐이다. 전후기 이승을 떠나기 앞서 일곱 해 동안 『인민조선』과 락원기계공장 사이에 큰 변화가 드러나지 않는다. 『인민조선』은 평양에서 나왔던, 북한 대표 화보

---

69 「략력」, 『현대조선문학선집 (11)―시집』, 앞의 책, 250쪽.

집이다. '1953년부터' 활동했다고 썼다. 그러다 1957년부터 다시 고향 신의주 '락원기계공장'으로 내려간 셈이다. 따라서 전후기라 하더라도 작품 성격이나 활동상을 따질 때에는 1957년을 경계로 다시 두 시기로 나누어 보는 것이 마땅하다. 문헌을 실증하는 이 자리에서는 해를 따라 발표 작품을 묶어 본다.

먼저 정전부터 1954년까지다. 모두 10편[70]을 볼 수 있다. 이들 가운데서 「인민공화국 선포의 노래」노랫말와 『전시가요곡 200곡집』에 실린 4편은 재수록이다. 처음 선뵈는 작품은 5편인 셈이다. 전후기 작품 가운데서 먼저 눈에 뜨이는 글이 「간부들의 질적 구성의 개선을 위하여」다. 조선로동당 기관 월간지 『근로자』에, 그것도 로동당 간부들의 구성과 조직에 관련해 편 실제적인 정론이다. 문학 바깥까지 넓었던 김우철의 이른바 전후복구시기 활동을 엿볼 수 있다. 이어 내놓은 시 「경애하는 수령」은 '조선인민군 창건 5주년 기념 종합시집'에 실렸다. 김우철을 비롯해 리원우·김춘희·리효운·박세영·박팔양·리정구·박문서·양운한·조벽암·민병균과 같은 시인이 작품을 더했다. 종합시집 『영광의 날』에는 상민·안룡만·정서촌·전동우 들이 자리를 같이했다. 1954년에 눈길을 끄는 자리는 조선작곡가동맹중앙위원회에서 낸 『전시가요곡집 200곡집』이다. 전쟁기 전시가요 가운데서 대표적인 것을 올린 낱책이다. 이 책은 그 뒤로도 북한 '전시가요'에 관해서는 가장 많은 작품을 실은 책으로 무겁다. 이 노래책에는 김우철의 것으로 된 노래가 4편이다. 어른 노랫말 1편에다 동요 3편. 전쟁기 세 해 동안 김우철의 적극적인 활동상뿐 아니라 어린이문학 쪽 활동 비중이 높았음을 잘 보여 주는 본보기다.

1955년에 김우철은 모두 19편[71]의 낱글을 내놓았다. 그 가운데서 종합시집 『전하

---

70 「간부들의 질적 구성의 개선을 위하여」, 『근로자』 12호, 1953; 「경애하는 수령」(시), 『영광의 노래』, 1953; 「랭상모처럼」(시), 『아동문학』 5월호, 1954; 「박수」(시)·「새 세대를 위하여」, 『영광의 날』(시집), 1954; 「인민공화국 선포의 노래」(노랫말), 『조선인민가요곡선집』, 1954; 「퇴비 내는 날」·「목화꽃 필 때」·「모택동 할아버지」·「오늘은 우리의 날」(동요), 『전시가요곡 200곡집』, 1954.

71 「레닌의 기치」(시), 『민주조선』, 1955.4.22; 「농촌 위원회의의 밤」·「고향으로 가는 길」·「경애하는 수령」(시), 『서정시 선집』, 1955; 「레닌의 기치」(시), 『전하라 우리의 노래』, 1955; 「박수」(시)·「새 세대를 위하여」(시), 『영광의 한 길』, 1955; 「사랑하는 조국에」·「금강산」(노랫말), 『소년노래

라 우리의 노래』에 실린 「레닌의 기치」는 그에 앞서 1955년 4월『민주조선』에 먼저 올렸던 작품이다. 그리고『서정시 선집』에 오른 시 3편 또한 재수록이다. 거기다『동요 100곡집』에 실린 「벼낟가리」도 마찬가지. 따라서 1955년 확인 작품 19편 가운데서 이들 5편을 제외한 14편을 처음 선뵌다. 1955년 작품 발표에서 눈길을 끄는 점은 셋이다.

첫째,『민주조선』에 작품을 실었을 뿐 아니라, 그 작품이 장시 「레닌의 기치」다. 조선공산당 당원 문학인으로서 자긍심이 잘 담긴 의욕에 찬 작품이다.『민주조선』은 우리 국회와 같은, 북한 최고인민회의와 행정부를 대표하는 기관 신문이다. 조선로동당 기관지『로동신문』과 짝을 이룬다. 그곳까지 김우철의 발표 걸음이 미쳤다.『인민조선』부주필이라는 자리에 걸맞은 대접이다. 둘째, 비평 활동 비중이 무거워진다. 1955년에는『민주조선』에 「서정시에서의 쩨마 설정과 예술적 기교에 대하여」와 같이, '독자문예평'을 김우철이 맡았다. 1955년 8월 "최근 1개월 동안『민주조선』편집국에 투고된 독자들의 서정시 작품"을 다룬 평이다. 일반 독자사회를 향한 비평 발언대에 김우철이 올라서 사회주의 현실주의 북한 문학 도정에서 자신의 비평 역량을 담아냈다. 거기다 「시인 김소월」을『조선문학』12월호에 실었다. 문학 초기부터 비평 안목을 꾸준하고도 깊게 키워온 김우철이다. 그럼에도 특정 개별 작가론은 거의 볼 수 없었다. 그런데 1955년에 이르러 작가동맹 중심 기관지『조선문학』에 김소월론을 올린 것이다. 자신 고향 지역이기도 한 평북 연고 작가에 관련한 남다른 관심이 담긴 글쓴이 선정이라 하겠다. 북한에서 처음으로 이루어진, 앞선 시기 작품 선집『서정시 선집』에도 작품 3편을 볼 수 있다. 시인으로서 오랜 활동에 대한 문학사회 안쪽의 평판이 얻어낸 결과다. 거기다 '8·15해방 10주년 기념'『동요 100곡집』에 「잘 가거라 쏘련 동무야」·「오늘은 우리의 날」·「다섯 식구」·「벼낟가리」에 이르는

집』, 1955;「아들에게 전하는 어머니의 말」(시),『조선문학』6월호, 1955;「승리의 노래」(시),『로동신문』, 1955.7.27;「잘 가거라 쏘련 동무야」·「오늘은 우리의 날」·「다섯 식구」·「벼낟가리」,『동요 100곡집』, 1955;「서정시에서의 쩨마 설정과 예술적 기교에 대하여」(독자문예평),『민주조선』, 1955.8.30;「세 세기의 아침」(시),『조쏘문화』11호, 1955;「10월의 아침에」(시),『조선문학』11월호, 1955;「시인 김소월」(평론),『조선문학』12월호, 1955.

4편이 실렸다. 어린이 노랫말에서 자신이 그 동안 활동했던 노력의 결과다. 따라서 1955년 한 해 동안 김우철은 문학사회 바깥쪽뿐 아니라 작품 활동에서도 활발하고도 무거웠음을 알 수 있다. 북한 사회주의 건설 일꾼으로서나 작가로서 자기 자리를 뚜렷하게 확보하고 있는 셈이다.[72] 김우철 나이 마흔한 살 무렵 일이다.

1956년에 김우철이 내놓은 작품은 27회[73]다. 그 가운데 나라잃은시대 대표적인 계급주의 어린이문학 매체『별나라』나『신소년』들에 실렸던 작품을 골라 엮은『별나라』의 9편과『꽃초롱』에 되실은「5·1절의 노래」, 그리고「창작과 편집 사업에서 도식적 틀을 깨트리자!」의 요약문은『로동신문』과『민주조선』에 함께 실렸다. 그 원문은『제2차 조선작가대회 문헌집』에도 올랐다. 거기다『친선의 손길』에 올린「박수」까지 재수록이다. 따라서 1956년 한 해 모두 14편 발표가 새로 확인되는 셈이다. 이들은 시와 동시, 이야기에다 평론까지 걸쳤다. 앞선 1955년도의 역량을 그대로 밀고 나선 맵시다. 눈길을 끄는 작품은『민주조선』에 실었던「열렬한 애국시인 조기천」이다. 조기천 사진까지 더해 올린 이 글은『인민조선』부주필 자리에 있었던 몫에 걸맞는 매체 선택과 비평 활동이다. 북한 초기를 대표하는 시인 조기천을 향한 추모 평론을 대중지에 써서 올릴 만한 문학 위상을 인정 받고 있는 셈이다. 그러한 모

72　정확한 때곳을 알 수 없어 죽보기에서는 뺄 수밖에 없었지만, 김우철은 노랫말「흥겨운 목도」,「평양 건설 행진곡」을 내놓았다. 이 둘은 홍순철의「조국 찬가」·「조쏘친선의 노래」, 신동철의「평화와 친선의 노래」·「양치는 처녀」와 함께 1955년의 대표 노랫말 성과작으로 다루어졌다.『조선중앙년감 1955』, 조선중앙통신사, 1956, 135쪽.

73　「새해 첫 인사」(동시),『아동문학』1월호, 1956;「결론」(시),『조선문학』2월호, 1956;「그림과 같은 세상」(이야기),『아동문학』3월호, 1956;「축하의 꽃다발」(동시),『소년단』4월호, 1956;「5·1절 아침」(동시),『아동문학』5월호, 1956;「5·1절 아침」,『꽃초롱』, 1956;「8월의 환호 속에」(시),『민주조선』, 1956.8.15;「로동을 주제로 한 서정시편들」(평론),『조선문학』7월호, 1956;「박수」(시),『친선의 손길』(문고 조선문학 22), 1956;「발문」,『안룡만 시선집』, 1956;「벽돌 이야기」(동시),『시내'물』, 1956;「연」·「화차」·「깍깍 숨어라」·「당달구야」(동요)·「진달래꽃」(동시)「아편쟁이」(소설)·「소년부호」·「섣달 그믐날」(소설)·「닭똥 장사」(동화),『별나라』, 1956;「열렬한 애국시인 조기천」(평론),『민주조선』, 1956.7.31;「노래」(시),『조쏘문화』8호, 1956;「창작과 편집 사업에서 도식적 틀을 깨트리자」(평론),『로동신문』, 1956.10.18;『민주조선』, 1956.10.19;『제2차 조선작가대회 문헌집』, 1956;「작품 비평에서의 비속화를 반대하여」(평론),『조선문학』12월호, 1956;「할머니의 편지」(시),『조선 인민은 하나이다』, 1956.

습은 제2차 조선작가대회에서 '창작과 편집 사업' 영역에서 보고자로 뽑힌 일과 맥락이 같다. 조선작가대회 결과를 묶어 낸『제2차 조선작가대회 문헌집』에 오른「창작과 편집 사업에서 도식적 틀을 깨뜨리자」라는 평론이 그 결과물이다. 낱낱의 문학 실천 분야에서 이른바 종파주의와 도식주의를 벗어나 새 변혁을 부르고자 하는 무거운 자리의 매체 '편집'에 관한 책임 정론을 김우철에게 맡겼다. '해방전 아동문학 작품 선집'으로 낸『별나라』에 실린 김우철의 어린이문학 작품 9편도 눈여겨 볼 만하다. 동요와 동시, 그리고 소년소설에 걸쳐 있는 이들 작품을 빌려 나라잃은시대 김우철의 문학에 관한 포폄이 이루어진 맵시다.『별나라』는 1956년 조선민주청년출판사에서 낸 뒤 그 이듬해 중국 연변 겨레사회에서 번인본으로 되찍었다.[74] 게다가 북한 안쪽에서도 기운판을 낼 정도로 환영을 받았던 출판물이다.

「략력」에 따르면 김우철은 "1953년부터 3년 반 동안『인민조선』부주필 공작"을 한 다음 "1957년" 봄부터 "락원기계공장에서 일하면서 창작 생활"을 한 것으로 적었다. 그 한 해 앞인 1956년에는 북한 문학예술 사회에서 이른바 종파주의자에 대한 색출과 처벌, 숙정이 이루어진 때다. 그에 따라 작가의 현지 파견, 이동, 활동 중단이 적지 않았다. 그런데 1957년 4월에『김우철 시선집』조선작가동맹출판사이 나왔다. 게다가 1956년의 작품 활동 또한 어느 해 못지 않게 활발했다. 겉으로 보자면 평양의『인민조선』부주필에서 고향 신의주 락원기계공장 현장 문예 종사자로 옮겨간 일은 자연스럽다. 신분으로 볼 때는 격하로 보이지만, 시집 출판이나 1957년 이후 사망 때까지 비록 빈도가 줄긴 했으나 작품 발표가 꾸준

---

74 『별나라』(해방전 아동문학 작품 선집), 연변교육출판사, 1957.5.

했던 점으로 보아 큰 피해나 곤경을 겪지는 않은 것으로 여겨진다.

1957년에 들어 김우철은 문학 생애 두 번째 시집을 내놓는다. 『김우철 시선집』이 그것이다. 본문 137쪽에 이르는 것으로 10,000부를 찍었다. 그 무렵 발간 시집으로는 부수가 많은 쪽이다. 시인의 사진을 앞머리에 싣고 모두 5부에 걸쳐 47편[75]을 올렸다. 첫 시집과 달리 나라잃은시대 작품까지 찾아 넣었다. 김우철로서는 신의주 락원기계공장으로 내려가 있었던 시기에 작품집 출판을 본 셈이다. 시집 출판의 기쁨이 더했을 것이다. 시집 말고 낱글에서 김우철은 1957년에 모두 28편[76]을 내놓았다. 그 가운데에는 「맑스주의 평론가의 임무」^{『현대 조선문학 평론집』, 1920~1930}와 같이 지난 시기

---

75 표지그림은 리건영이 그렸다. 작품은 뒤에서부터 나라잃은시대와 광복기 작품을 맨 뒤에 놓고 전쟁기와 1950년대 작품을 앞쪽에 놓았다. 작품 제목을 들면 아래와 같다. 「조국에 드리는 노래」·「협동벌 종소리」·「수양버들」·「기중기 운전사」·「조국이여 축복해 다오」·「폭탄 구덩이를 메우며」·「아파트의 집들이」·「고향 마을 앞벌에서」·「할머니의 편지」·「새해」·「군화끈을 졸라매며」·「결론」·「탁상 카렌다」·「쏘파에서 일어설 때」·「수풍 언제」·「박수」·「노래」·「쏘베트 기자」·「해방탑에 대한 이야기」·「세 세기의 아침」·「시인의 이름으로」·「북경」·「보고는 끝나지 않았다」·「평화의 선물」·「복쑤에 설레이는 쟝글」·「모니카 펠론」·「두 세계」·「비둘기」·「사랑의 손길」·「목화꽃 필 무렵」·「어머니의 부탁」·「세 간호원처럼」·「신심」·「밤차」·「고향으로 가는 길」·「잔디밭 이야기」·「창공」·「코스모스」·「조롱 속의 흰 비둘기」·「려명의 거리」·「산길」·「강반의 달밤」·「삶과 죽음」·「나의 조국」·「농촌위원회의 밤」·「찬우물 고개」.

76 「새해가 어디에서 오느냐?」(동시), 『아동문학』 1월호, 1957; 「탁상 카렌다」, 『문학신문』, 1957.1.10; 「쏘련 화보」(시), 『조쏘문화』 2월호, 1957; 「쏘베트 기자」(시), 『조쏘문화』 2월호, 1957; 「사회주의 사실주의 문학의 전진을 위하여 ― 도식을 극복하는 길에서」(평론), 『문학신문』, 1957. 2.28; 「기념 사진」·「내가 심은 옥수수」(동요), 『능수버들』, 1957; 「늙을수록 젊어지는」, 『생활의 금모래』, 1957; 「돌려 보내라 우리의 모든 것을!」(시), 『미제는 물러가라』(시집), 1957; 「맑스주의 평론가의 임무」, 『현대 조선문학 평론집』(1920~1930), 1957; 「수양버들」, 『조선문학』 4월호, 1957; 「아빠트의 집들이」, 『조선문학』 4월호, 1957; 「시 창작에서의 도식화를 반대하여」(평론), 『써클원문예』 4월호, 1957; 「문예전선에서 부르죠아 이데올로기와의 투쟁을 계속 강화하자」, 『문학신문』, 1957.3.28; 「기'발」(시), 『문학신문』, 1957.5.2; 「장편 서사시 「그 녀자의 봄」을 읽고」(평론), 『문학신문』, 1957.6.6; 「야회」(시), 『빛나는 아침에』(시집), 1957; 「축하 마스껨」(시), 『아동문학』 6월호, 1957; 「돌려 보내라! 우리의 모든 것을!」(시), 『조선문학』 6월호, 1957; 「열 돐 맞이 잔치상에 ― 『아동문학』 창간 열 돐을 맞으며」, 『아동문학』 7월호, 1957; 「시험 치는 날만은」(동시), 『아동문학』 9월호, 1957; 「공부도 그렇게!」(동시), 『아동문학』 9월호, 1957; 「좋은 약」(동시), 『아동문학』 제9호, 1957; 「우리 나라 국장」(시), 『아동문학』 9월호, 1957; 「조선에 오신 레닌」(시), 『아브로라의 여운』, 1957; 「평양의 밤」(시), 『평양』, 1957; 「나의 문학 소년 시절」, 『아동문학』 10월호, 1957; 「화목한 대가정」(정수만 곡), 『써클원문예』 12호, 1957.

평론의 재수록도 있다.

낱글 발표로 볼 때 1957년은 앞선 시기와 동향에서 크게 달라진 점은 없다. 어린 이문학과 어른문학을 오가면서 비평 작업까지 활발했다. 흥미로운 점은 기존의 중심 발표 매체『조선문학』과『아동문학』과 같은 정통 문예지뿐 아니라『써클원문예』에서도 눈에 뜨인다는 점이다.『써클원문예』는 주로 북한의 현장 직맹 조직 안쪽 낱낱 공장이나 기업, 농민조합 단위 군중의 하위 예술문화 활동을 도우며 직장 써클문예 활동의 활성화, 그 이론적, 실천 지침과 본보기를 마련하기 위해 냈다. 전문 작가 동맹 작가의 동원은 소수인 대중 문예지다. 거기에 앞선 시기에는 보이지 않았던 발표 기회가 잦아졌다. 이 점은 김우철이 신의주 락원기계공장에서 '현지 생활'을 하면서 창작 활동과 문예써클 지도를 겸했던 위상에 맞물린 매체 확대라 할 수 있다.

1958년도는 김우철이 이승을 버리기 한 해 앞 시기다. 김우철은 이 해에 44편[77] 발표한다. 1957년에 견주어 훨씬 할발해진 활동이다. 그런데 그들 가운데『영광스러운 우리 조국』에 실린 10편은 재수록이다. 거기다『황학근작곡집』에 실린「나의 조

77　「『미제는 물러가라』를 읽고」(독후문),『조선문학』3월호, 1958;「번영하라 나의 조국」(노랫말),『조선음악』3호, 조선음악출판사, 1958;「동곳포 배'노래」(시),『조선문학』4월호, 1958;「대답하라, 아메리카여!」(시),『로동신문』, 1958.4.9;「봄 명절 전날 밤」(시),『민주조선』, 1958.4.30;「하늘에 꾹 닿은 기계」·「입이 큰 기계」(기계공장 자랑, 시),『아동문학』5월호, 1958;「3천만의 박수」(시),『조선문학』7월호, 1958;「공화국 기'발」(공화국 창건 10주년을 맞으며, 시),『조선문학』7월호, 1958;「공화국 기'발」·「김일성 수상님」·「조국을 위하여」·「꽃피는 새 살림」·「공화국의 아들딸」(동시),『아동문학』9월호, 1958;「꼭꼭 숨어라」·「소년 근위대의 노래」·「산수」·「금강산」·「벼'난갈이」·「로동당 만세」·「차'고동은 대답해요」(동요)·「남쪽으로 뻗은 길」·「축하 마스껨」·「입이 큰 기계」(동시),『영광스러운 우리 조국』, 1958;「나의 조국」(시),『아침은 빛나라』, 1958;「해와 별 빛나라」(시),『아침은 빛나라』, 1958;「달'밤의 고기 잡이」(박수일 곡),『써클원문예』8월호, 1958;「떠나고 보내는 정」(수필),『문학신문』, 문학신문사, 1958.10.9;「불보다 뜨거운 인사」(정종길 곡, 노랫말),『조중친선의 노래』, 1958;「산마을의 메아리」(시),『문학신문』, 1958.10.2;「승리의 발'자국」,『가요 101곡집』, 1958;「시로 쓴 력사—시집『전우에게 영광을』을 읽고」(서적평),『문학신문』, 1958.7.24;「기계의 합창」, 미상;「기계공장 자랑」, 미상;「『기계공장 자랑』을 쓸 때」(창작 경험),『아동문학』10월호, 1958;「자동차 기중기」(동시),『아동문학』11월호, 1958;「엑쓰카와똘」(기계의 합창, 동시),『아동문학』11월호, 1958;「조립을 끝낸 새벽」(시),『문학신문』, 1958.11.27;「찬가」(시),『문학신문』, 1958.11.27;「천안문에 닿은 길」(시),『전우에게 영광을』, 1958;「생활의 체온을 간직한 시인」(평론),『조선문학』12월호, 1958;「원앙새」(창극 대본, 백 도성 작곡, 평북 도립 예술 극장 창조), 1958;「나의 조국」·「8·15해방가」(노랫말),『황학근작곡집』, 조선음악출판사, 1958.

국」과 「8·15해방가」는 재수록임에 틀림없다. 그러니 처음 선뵈는 작품에서는 1957
년과 비슷했다. 「봄 명절 전날 밤」 끝에는 '락원기계공장에서'라는 덧말이 붙어 있
다. 그 곳 근무를 확정할 수 있다. 그리고 「떠나고 보내는 정」에는 '조중인민의 친선
의 서사시 우의의 노래'라는 기획 이름이 붙어 있다. 선택 갈래는 어린이청소년문학
과 어른문학을 한결같이 넘나들고 소수 평론과 노랫말이 끼어든 모습이다. 작품이
나 갈래 선택에서 변이는 보이지 않는다. 작품 활동의 열기는 이듬해 죽음으로 이어
질 어떠한 징후도 담고 있지 않은 셈이다. 그 점은 『조선중앙년감』의 평가에서도 그
대로 드러난다. 앞에서 한 차례 밝혔듯이 1958년도 '아동문학'에서 "창작된 주요 작
품"을 들면서 김우철의 「기계의 합창」과 「기계 공장 자랑」 2편을 든 것이다.[78]

흥미로운 사실은 김우철이 창극 대본도 썼다는 사실이다. 백도성이 작곡하고 '평
북 도립예술극장 창조집단'이 무대에 올린 「원앙새」가 그것이다. 연감에 따르면
1958년도에는 "12편의 가극, 창극을 비롯하여 8편의 무용극, 10여편의 음악 무용
바라이데들과 100여편의 소품들이 창작"되었다. 그 가운데서 "풍자적 창극 「배뱅이」
_{조령출 작, 김진명 작곡, 민족예술극장 창조}와 함께 김우철이 대본을 쓴 「원앙새」가 성과작으로 다
루어졌다. 「원앙새」는 "봉건적 폭압을 반대하는 조선 녀성의 강인한 성격을 반영"하
면서 "향토적 전설"을 바탕으로 "음악어는 서도 지방의 일반화된 민요"에 뿌리를 둔
음악으로 새로운 기교를 '개척'[79]했다는 호평을 받았다. 1958년도 고향 신의주에서
김우철의 활동은 더욱 폭넓게 날아오른 맵시다.

1959년 6월 17일 김우철은 자살한 것으로 알려진다. 따라서 1959년도 작품 활동
은 전반기에 머물렀다. 현재 확인할 수 있는 작품은 모두 7편[80]이다. 특별한 작품 활

---

78 「문학예술」, 『조선중앙년감』(국내편), 조선중앙통신사, 1959, 221쪽. 김우철은 주 77)에서 밝힌
　　바와 같이 '기계공장 자랑'이라는 주제로 「하늘에 꾹 닿은 기계」·「입이 큰 기계」 2편을 『아동문
　　학』 5월호에 실었다. 연감에 따르면 이 두 작품 말고 다른 곳에 「기계의 합창」과 「기계공장 자랑」
　　을 '기계공장 자랑'이라는 기획으로 발표한 것인지, 「기계의 합창」을 '기계공장 자랑' 주제로 실었
　　던 것을 연감이 개별 작품 제목으로 잘못 올린 것인지는 알 수 없다. 이 자리에서는 서로 다른 2편
　　으로 올린다.
79 위의 책, 221쪽.
80 「오라 조국의 품으로」(시), 『아동문학』 3월호, 1959; 「시문학의 전투성을 제고하자 — 제2차 작가

동을 가늠해 볼 만한 사실을 없다. 『아동문학』과 『문학신문』 그리고 『써클원문예』에 올리는 모습은 평상적이다. 그런데 그런 끝이 죽음이다. 김우철의 나이 마흔다섯 살 때다. 한참 일할 나이에 스스로 목숨을 끊은 것이다. 그 연유를 두고서 보다 깊은 정보나 풍문 기록이 있으면 좋을 듯싶지만, 북한 사회 환경으로 보아 속속들이 알기는 어려울지 모른다. 앞에서 잠시 짚었듯이 사회주의 발전 도상에 앞장 서서 열심히 노력했던 간부 문학 맹원의 자살은 북한 사회주의 아래서 볼 때 용서하기 힘든 일이다. 그럼에도 김우철의 죽음 뒤 그이 작품에 대한 대접이 소홀하지 않다. 그 일이 신병이나 신고와 같은 개인 사정에서 말미암은 것일 수 있었으리라는 짐작을 하게 만든다. 그런 까닭에 김우철의 마지막 해 작품에 동시 「김일성 장군 개선하신 날」과 「김일성 수상님」이 올랐다는 사실이 일러주는 바가 예사롭지 않다. 사회주의 북한을 향한 거침없는 사랑과 자긍심이 한결같이 꿋꿋한 까닭이다.

이제껏 살펴 온 바와 같이 정전 뒤부터 죽음에 이른 전후기, 김우철이 발표한 낱글은 모두 134편을 볼 수 있었다. 이들 가운데는 36편의 재수록 작품이 들었다. 나머지 98편은 신작으로 보이지만, 그 가운데서도 확인 못한 재수록이 있을 것이다. 98편으로만 놓고 볼 때, 김우철은 1953년 휴전 뒤부터 1959년까지 짧은 6년 동안에 여느 작가와 달리 많은 작품 발표를 했다. 전후기 1958년까지 단순 대비로 동향의 벗 리원우가 35편, 안룡만이 53편[81] 남짓 내놓았다. 차이가 두드러진 김우철의 발표 활동이다. 그래서 그이의 급작스런 죽음이 품고 있는 사정이 더 궁금하지 않을 수 없다. 여느 작가와 다른 삶과 문학의 상승과 하강의 낙차가 뚜렷한 까닭이다.

이제까지 광복기부터 시인이 이승을 떴던 1959년까지 작품의 실재를 살펴 보았다. 그리하여 광복기 39편[재수록 1편], 전쟁기 18편[재수록 5편], 전후기 134편[재수록 36편]을 갈

대회 후의 성과와 관련하여」(작가연단), 『문학신문』, 1959.3.22; 현대조선문학선집편찬위원회 옮김, 「맑스주의 평론가의 임무」, 『현대조선문학선집(8)─평론집』, 1959; 「공산주의자」(시), 『붉은 기'발 휘날린다』, 1959; 「3천만의 웨침」(홍수표 곡), 『써클원문예』 7월호, 1959; 「김일성 장군 개선하신 날」·「김일성 수상님」(시), 『당의 기'발따라』, 1959.

81 박태일, 「리원우 연구를 위한 실증적 바탕」, 앞의 책, 657~658쪽; 「안룡만 시 이해를 위한 바탕」, 앞의 책, 328쪽.

무리할 수 있었다. 모두 190회 발표^{재수록 42편}에 작품 149편을 확인했다. 여기에 시집 두 권을 더한다. 따라서 나라잃은시대 발표한 101편에다 이들 149편을 더하면 모두 250편의 작품 실재를 확인할 수 있다. 여기에다 시집에 실렸으나 발표한 때곳을 특정하지 못한 작품 53편이 더한다. 『나의 조국』에 올린 광복기 시 8편[82], 『김우철 시선집』의 시 26편[83], 『사랑하는 조국에』에 실린 광복 이후 동요 동시 19편[84]이 그들이다. 이들까지 더하면 모두 303편으로 작품 편수가 는다. 길지 않은 스물아홉 해 문학사회 활동에 견주어 열정적인 집중과 창작 역량을 보여준 셈이다. 그러했던 결과인지 1959년 6월 사망 뒤부터도 김우철의 작품은 꾸준히 재수록되고 있다. 북한 문학사회에서 김우철의 문학적 명성과 비중이 일정하게 지켜지고 있다는 뜻이다.

현재까지 글쓴이가 확인한 김우철 사후 재수록 작품은 1960년부터 2017년까지 개인 동시집 1권 『사랑하는 조국에』^{아동도서출판사, 1961}와 낱글 78편[85]이다. 물론 거듭 실

---

82 「꽃다발」·「노예의 슬픔, 원치 않고」·「력사도 의로워·해방 조국」·「문화의 첨탑」·「승리의 회상」·「영원한 조국」·「인쇄공의 노래」·「조국에 바친 쌀」.

83 「강반의 달밤」·「고향 마을 앞벌에서」·「군화끈을 졸라매며」·「두 세계」·「려명의 거리」·「모니카 펠론」·「보고는 끝나지 않았다」·「복쑤에 설레이는 쟝글」·「북경」·「비둘기」·「사랑의 손길」·「산길」·「삶과 죽음」·「세 간호원처럼」·「수풍 언제」·「시인의 이름으로」·「신심」·「쏘파에서 일어설 때」·「조국에 드리는 노래」·「조국이여 축복해 다오」·「조롱 속의 흰 비둘기」·「코스모스」·「평화의 선물」·「폭탄 구덩이를 메우며」·「해방탑에 대한 이야기」·「협동벌 종소리」.

84 「기'발 띄우기」(동시)·「기계의 합창」(동시)·「꽃 피는 지도」(동요)·「날강도를 내여 몰자!」(동시)·「누나는 보잡이」(동요)·「두 손 높이 들고」(동요)·「바다'가의 야영소」(동시)·「보름'달」(동요)·「보천보의 홰'불」(동시)·「시계」(동요)·「아동 공원」(동요)·「영웅 스크랲」(동시)·「우등'불 모임」(동시)·「우리나라 봄」(동요)·「우리나라 제비」·「우리는 나 어린 기수」(동요)·「작은 달」(동요)·「제비」(동시)·「해방둥이」(동요).

85 「연」·「화차」·「깍깍 숨어라」·「당달구야」·「공장 가는 길」(동요)·「진달래꽃」(동시)·「소년부호」·「섣달 그믐날」(소설), 『현대조선문학선집(10)―아동문학집』, 1960; 「북국의 봄」·「땜쟁이」(시), 『현대조선문학선집(11)―시집』, 1960; 「압록강 기행」(수필), 『현대조선문학선집』(9)(수필집), 1960; 「벼'낟가리」, 『빛나는 아침』(동요동시집), 1960; 「어머니의 부탁」(시), 『조선의 딸』(시집), 1960; 「벼낟가리」(동시), 『문학신문』, 1963.2.1; 「승리의 발'자국」(강철수 곡), 『가요 101곡집』, 1964; 「꼭꼭 숨어라」·「벼'낟가리」·「금강산」·「로동당 만세!」·「잠을 잘 땐 깜빡」(동요)·「산수」·「축하 마스깸」·「입이 큰 기계」·「노래하는 뜨락또르」(동시), 『해방 후 동요동시편』(조선아동문학문고 15), 1966; 「인민공화국 선포의 노래」, 『현대조선음악선집』(성악편 1―군중가요곡 1), 1966; 「파랑우산」(동요), 『아동문학』 9월호, 1966; 「비료 달구지」, 『현대조선음악선집』(성악편 1―군중가요곡 1), 1966; 「인민공화국 선포의 노래」(박한규 작곡, 노랫말), 『조선문학』 9호, 1975; 「인민

356   제1부 | 신의주 문학

리는 작품을 아우르고 단순 발표 회수에 따른 편수다. 시인의 사후, 그를 기리는 유고 동시집이 나오는 일도 북한 문학사에서 드문 일이거니와 꾸준하고도 오래도록 지난 시기 작품이 당대 문학사회 속으로 불려나오는 일도 흔치 않다. 물론 글쓴이가 확인하지 못한 작품까지 짐작하자면 더욱 많은 작품 재수록이 이루어졌을 것이 분명하다. 따라서 시인 사후, 꾸준한 재수록 현실은 북한 문학사회가 지니고 있는 김우철 문학을 향한 긍정적인 눈길과 평판을 일깨워 준다.

김우철 사후 무엇보다 관심을 끄는 일은 유고 동시집 『사랑하는 조국에』^{아동도서출판} _{사, 1961} 출판이다. 벗 리원우가 「저자에 대하여」를 끝에 붙여 낸 이 동요, 동시집은 '인민, 중학교 학생용'이라는 덧말이 저작권지에 더했다. 그 안에는 '해방 전 동요 동시편'에 5편, '해방 후 동요편'에 20편, 그리고 '해방 후 동시편'에 28편, 모두 53편을 갈라 실었다. 문학 출발에서부터 죽을 때까지 김우철이 놓지 않았던 문학 갈래며 좋은 작품을 많이 남겼던 자리가 동요 / 동시다. 비록 죽은 뒤 나온 것이긴 해도 김우철을

공화국 선포의 노래」(노랫말, 박한규 작곡), 『조선명곡집』(1), 1975; 「인민공화국 선포의 노래」(박한규 곡), 『조선예술』 제9호, 1978; 「경애하는 수령」·「공산주의자」·「농촌위원회의 밤」(시), 『해방후서정시선집』, 1979; 「꼭꼭 숨어라」(황학근 곡), 『학생소년노래집』(1), 1980; 「사랑하는 조국에」(라화일 곡), 『학생소년노래집』(1), 1980; 「노래하는 뜨락또르」(박용필 곡), 『학생소년노래집』(1), 1980; 「벼낟가리」(리면상 곡), 『학생소년노래집』(1), 1980; 「인민공화국 선포의 노래」(박한규 곡), 『청년문학』 제9호, 1980; 「입이 큰 기계」·「산수」(동시), 『해바라기』, 1981; 「연」·「화차」·「깍깍 숨어라」·「당달구야」(동요)·「진달래꽃」(동시)·「공장 가는 길」(동요)·「소년부호」·「섣달 그믐날」(소설), 『조선문학작품선집』(16, 사범대학용), 1982; 「천안문에 닿은 길」(시), 『영원한 친선』, 1983; 「산수」(동시), 『사랑하는 우리 조국』(조국해방40돐기념작품집), 1985; 「오늘은 우리의 날」·「목화꽃 필 때」·「벼낟가리」, 『결전의 길로』(전시가요집), 1998; 「인민공화국 선포의 노래」(표지 앞면, 박한규 곡, 노랫말), 『조선녀성』 제9호, 2003; 「진리의 봄」·「북극의 봄」·「땜쟁이」(시), 『1930년대 시선』(3), 2004; 「섣달 그믐날」·「소년부호」(소설), 류희정 엮음, 『1930년대 아동문학작품집』(1), 2005; 「연」(동요)·「화차」·「당달구야」·「진달래꽃」·「공장 가는 길」(동시), 『1930년대아동문학작품집』(2), 2005; 「농촌위원회의 밤」(시), 『조선문학』 제3호, 2006; 「인민공화국 선포의 노래」(박한규 곡, 노랫말), 『천리마』 제9호, 2008; 「인민공화국 선포의 노래」(박한규 곡), 『아동문학』 제9호, 2008; 「동반자 작가의 인도 문제」·「맑스주의 평론가의 임무」, 류희정 엮음, 『해방전평론집』, 2009; 「농촌위원회의 밤」, 『청년문학』 제9호, 2009; 「나의 조국」·「농촌위원회의 밤」·「조국의 푸른 하늘」·「크나큰 사랑을 안고」·「고향으로 가는 길」, 『1940년대시선』(해방후편), 2011; 「경애하는 수령」·「밤차」(시), 『1950년대시선』(1), 2014; 「공산주의자」(시), 『1950년대시선』(2), 2017; 「인민공화국 선포의 노래」(박한규 곡), 『예술교육』 제5호, 2018.

기억하고 그의 문학적 성취를 높이 평가해 왔던 동료들이 그를 위한 문학적 빗돌을 세워준 것이다. 이미 그의 신의주 옛벗 리원우와 안룡만이, 한 사람은 평양에서 다른 한 사람은 신의주 향리에서 뚜렷한 자기 무게를 지닌 채 활발하게 활동하고 있을 때다. 김우철을 향한 사랑과 추도를 제대로 할 수 있는 밑바탕이 되어 주었을 것이다.

동시집 『사랑하는 조국에』를 젖혀 두고 나머지 78회 발표를 두고 볼 때 가장 많이 보이는 작품은 시 「인민공화국 선포의 노래」다. 모두 9회 재수록을 확인할 수 있다. 광복기 김우철의 이름을 알린 대표 작품이 그이 사후까지 널리 가장 많은 사랑 받는 작품이 된 셈이다. 물론 이 시는 박한규의 작곡으로 이루어진 노래로서 북한 사회에서 소비된 대중성이 큰 몫을 했을 것이다. 9회 수록 모두가 노랫말로 실렸다. 다음으로 5회 보이는 동시 「벼낟가리」다. 이 또한 리면상 작곡의 노랫말로 널리 알려진 작품이다. 5회 가운데서 2회가 노랫말로 실렸다. 이어서 4회 보이는 동시 「깍깍 숨어라」와 시 「농촌위원회의 밤」이 그 뒤를 따른다. 「깍깍 숨어라」도 경인년전쟁기에 죽은 작곡가 황학근이 전쟁기에 작곡해서 알려진 작품이다. 이로 볼 때 김우철이 죽은 뒤, 오래도록 북한 문학사에서 중요하게 다루어지는 작품은 두 가지 특성을 보인다. 첫째, 노래로 작곡되어 널리 사랑 받는 작품이 중심이라는 점이다, 거기다 둘째, 광복기와 전쟁기에 걸친 작품이라는 사실이다. 따라서 북한 문학지에서 김우철 문학의 무게는 북한 초기 문학 쪽에서 더 무겁게 다루어야 할 것이라는 암시를 얻는다.

4. 열정의 끝자리

신의주 지역문학을 대표하는 시인 가운데 한 사람이 김우철[1915.9.20~1959.6.17]이다. 그이는 오랜 문학 벗 안룡만·리원우와는 다른 삶을 살았다. 무엇보다 40대 한창 나이인 1959년에 일찌감치 이승을 떴다. 그러면서도 비슷한 시기 안룡만·리원우에 견주어 보면 훨씬 많은 작품을 발표했다. 문학 열정에 남달랐던 셈이다. 그럼에도 이제까지 그이에 관한 개별 논고는 1편만 이루어졌을 따름이다. 그것도 삶과 문학에 두루 걸친 것이 아닌 부분 논의였다. 아직 작품에 관한 1차 문헌지조차 마련하지 못한 상태다. 이 글은 그런 가운데서 이루어지는 첫 본격 김우철론이라 할 수 있다. 비록 문학사회 활동과 작품에 관한 실증을 목표로 삼았으나, 김우철 문학의 지형도를 제대로 그리기 위해서는 밀쳐둘 수 없는 일이다. 논의는 아래와 같다.

첫째, 북한 문학지에서 김우철의 삶과 문학사회 활동을 보여 주는 기록은 드물다. 그런 가운데 『김우철 시선집』[1957]에 실린 리원우의 「저자 략력」과 그에 이어진 기록을 빌려 삶의 줄거리를 엿볼 수 있다. 김우철이 소년 시절 필명 '백은성'으로 발표를 했다는 사실부터, 신의주보통학교를 나와 신의주고등보통학교를 다니면서 벌인 동맹휴학으로 말미암은 출학이 앞자리에 놓인다. 그 뒤 1929년 섬나라로 건너가 광도에서 학업을 잇다 1931년 무렵 고향 신의주로 돌아왔다. 그때부터 본격 창작 활동을 벌이며 만주 지역을 오갔다. 그러면서 신의주를 대표하는 청년 문학인으로서 '프롤레타리아아동문학연구회'와 소년 문예지 『별탑』에서 활동했다. 1934년 신건설사검거폭거로 옥살이를 하고 1936년에 다시 붙잡혀 고초를 겪었다. 을유광복 뒤 김우철은 북조선문학예술총동맹 평안북도위원회 위원장, 전쟁기 종군 기자를 거쳐, 1953년부터 평양에서 『인민조선』 부주필로 활동했다. 그러다 1957년부터 향리 신의주에 있는 락원기계공장으로 내려가 현지 창작 생활을 하다 1959년 자진했다. 굽이 많은 삶이었다.

둘째, 김우철은 1931년 작품 발표를 시작한 뒤 을유광복까지, 모두 101편에 이르는 작품을 내놓았다. 그 가운데서 1932년과 1933년에 폭발적으로 늘었던 발표는 1934년 이후 크게 준다. 1934년 신건설사폭거로 말미암은 옥고와 1936년 검거당했던 억압 현실과 맞물린 변화였다. 거기다 계급주의 매체 폐간의 환경도 영향을 끼쳤음 직하다. 그러한 흐름 속에서 드러나는 1940년대 『만선일보』 평론 발표는 김우철 문학의 텃밭이 고향 신의주에서 국경 너머 만주 쪽까지 꾸준히 이어졌음을 일깨워 준다. 갈래 선택에서는 어린이청소년문학과 어른문학을 겸했던 초기 활동상이 1935년을 기점으로 달라져 청년문학, 어른문학인 평론·시·수필 중심으로 옮겨간다. 청소년에서 청년으로 자랐던 시인의 생리적 성장과 문학적 지평이 함께 맞물린 결과인 셈이다.

셋째, 1945년 을유광복부터 이승을 떴던 1959년까지 김우철의 낱글 발표는 광복기 39편, 전쟁기 18편, 전후기 134편을 볼 수 있다. 재수록 42편을 포함해 모두 190회 발표 작품 149편을 확인한 셈이다. 여기에 시집 2권과 유고 동요동시집 1권이 더한다. 따라서 나라잃은시대 발표한 101편에다 을유광복 뒤 149편을 더하면 모두 250편의 작품 실재를 확인할 수 있다. 여기에다 3권 작품집에 실렸으나 발표한 때곳을 특정하지 못한 작품이 53편이다. 이들까지 더하면 작품 편수가 303편으로 는다. 길지 않은 스물아홉 해 문학사회 활동에 견주어 열정적인 집중과 창작 역량을 보여준 셈이다. 그러한 성공적인 성취는 김우철이 이승을 떠난 뒤 1960년부터 오늘날까지 북한 문학사회에서 꾸준히 재수록되는 모습으로 확인할 수 있다. 그리고 그러한 재생산의 적지 않은 자리는 광복기와 전쟁기 작품인, 시 『인민공화국 선포의 노래』, 동시 「벼낟가리」, 「깍깍 숨어라」와 같은 노랫말의 음악적 성공과 맞물려 있음을 알 수 있다.

이 글에서 실증한 개인 작품집과 낱글, 그리고 사후 재수록 사실은 글 끝에 붙인 「김우철 작품 해적이」로 갈무리한다. 처음 이루어진 일이어서 모자람이 많을 것이다. 앞으로 북한 문학에 관심을 가진 이들이 힘껏 더하여 보다 마땅한 김우철 문학의 길라잡이로 다듬어지리라. 걸음길 바쁜 가운데서도 글쓴이는 무엇보다 1930년대 초반 김우철 문학에 담긴 신의주 지역성과 1940년을 앞뒤로 한 시기 만주에서 벌인 평론 활동에 눈길이 간다. 김우철의 개별성을 더욱 뚜렷하게 볼 수 있으리라는 전망을 갖게 하는 자리인 까닭이다. 이 글이 그런 쪽으로 나아가기 위한 물꼬를 틔워 준 셈이다.

<김우철 작품 해적이>

1. 낱책

『나의 조국』(시집), 문화전선사, 1947.

김우철·리원우 엮음,『국어』(인민학교 제5학년), 교육성, 1949.

『김우철 시선집』, 작가동맹출판사, 1957.

『사랑하는 조국에』(동요 동시집), 아동도서출판사, 1961.

2. 낱글

「아동문학에 관하야－이헌구 씨의 소론(所論)을 읽고(1~3)」,『조선중앙일보』, 조선중앙일보사,
    1931.12.20~12.23.

「11월 소년소설평」(평론),『신소년』신년 임시호, 신소년사, 1932.

「눈 오시는 날」(소년소설),『별나라』신년호(통권 56호), 별나라사, 1932.

「문예시평」(단평),「『우리들』제2호」(신간 소개),『조선일보』, 조선일보사, 1932.2.22.

「우리들은 소리친다」(동요),『신소년』2호, 신소년사, 1932.

「상호의 꿈」(소설),『신소년』2호, 신소년사, 1932.

「원편쌤」(동요),『조선중앙일보』, 조선중앙일보사, 1932.2.7.

「청와사 이야기」(과학),『별나라』2·3월합호(통권 57호), 별나라사, 1932.

「진달내꼿」(동시),『별나라』제7권 제3호, 별나라사, 1932.

「쑴 깨인 사람들」(동요),『신소년』10권 4호, 신소년사, 1932.

「등피알사건」(동화),『신소년』10권 4호, 신소년사, 1932.

「밤고동」(동요),『신소년』10권 5호, 신소년사, 1932.

「엿먹는 날」(동요),『신소년』10권 7호, 신소년사, 1932.

「솔갈미 썻다」(동요),『별나라』별나라학회예회 특집호(통권 60호), 별나라사, 1932.

「방학날(1·2)」(소년소설),『신소년』10권 5호~6호, 신소년사, 1932.

「동정메달」(소설),『신소년』10권 8호, 신소년사, 1932.

「북국에 보내는 편지－고향 동무들에게」(소년시),『신소년』10권 9호, 신소년사, 1932.

「소년부호」(소설),『신소년』10권 10호, 신소년사, 1932.

「아동 스포츠」(벽소설),『신소년』10권 11호. 신소년사, 1932.

「연」(시),『신소년』10권 10호, 신소년사, 1932.

「북국 점경」(소품),『신소년』11권 2호, 신소년사, 1933.

「고아원의 아이들」(보고문학),『신계단』2월호, 조선지광사, 1933.

「공장이 파한 뒤」(소년소설),『신소년』11권 3호, 신소년사, 1933.

「긔폭처럼」(동요),『별나라』2월호(통권 65호), 별나라사, 1933.

「문필가협회와 캅프의 태도―그의 정당한 이해를 위하야」(평론),『신계단』 제5호, 조선지광사, 1933.

　　　「의마복권(義馬福券)」(벽소설),『전선』 3월호, 전선사, 1933.

「추전우작(秋田雨雀) 씨와 문단생활 25년―그의 50탄생 축하보(祝賀報)를 듯고」,『조선중앙일보』, 조선중앙일보사, 1933.4.23.

「농민문학의 문제」(평론),『신계단』 5월호, 조선지광사, 1933.

「별·반달·긔」(동요),『신소년』 11권 5호, 신소년사, 1933.

「봄이 왓다―농촌에서」(졸업기념수필 소품),『별나라』 4·5합호(통권 67호), 별나라사, 1933.

「오월의 태양(1·2)」(소년소설),『신소년』 11권 5호·7호, 신소년사, 1933.

「예술적 유산의 계승 문제」(평론),『신계단』 6월호, 조선지광사, 1933.

「동반자 작가의 인도(引導) 문제(1~6)」(평론),『조선중앙일보』, 조선중앙일보사, 1933.6.3~6.8.

「독수리」(동시),『조선중앙일보』, 조선중앙일보사, 1933.6.29.

「산촌의 나무꾼 동무여!」(시),『신계단』 제10호, 조선지광사, 1933.

「메감기 노래」·「오월의 태양」(동시),『신소년』 11권 7호, 신소년사, 1933.

「동화와 아동문학(상·하)」(평론),『조선중앙일보』, 조선중앙일보사, 1933.7.6~7.

「8·15일(1)」(소년소설),『별나라』 8월호(통권 70호), 별나라사, 1933.

「맑쓰주의자 비평가의 임무―불미(不美)한 문구, 욕설을 경계하자(1~5)」(평론),『조선중앙일보』, 1933.9.12~16.

「잡지『농민』 일파의 농민문학론 비판―천도교를 배경으로 한(1~3)」(평론),『조선중앙일보』, 조선중앙일보사, 1933.10.5~8.

「길동이와 간식(1)」(동화),『조선일보』, 조선일보사 1933.11.30.

「섯달금음」(소년소설),『별나라』 송년호(통권 73호), 별나라사, 1933.

「화차」(동요),『별나라』 송년호(통권 73호), 별나라사, 1933.

「땅 주인의 아들(1·2)」(소설),『조선일보』, 조선일보사, 1933.12.13~14.

「재토의에 올은 창작방법 문제(1·2)」(평론),『조선일보』, 조선일보사, 1933.12.15~16.

「문필가협회와 캅프의 태도」(평론),『조선일보』, 조선일보사, 1934.1.3.

「욕심쟁이(1~4)」(동화),『조선일보』, 조선일보사, 1934.1.16~19.

「닭장에서」(동요),『신소년』 12권 2호, 신소년사, 1934.

「새로운 생활(1·2)」(연재, 장편소년소설),『우리들』 1월호·2월호, 우리들사, 1934.

「이상적인 시간표는?」(줄글, 작가의 시간표),『우리들』 3월호, 우리들사, 1934.

「비평의 권위」(비평),『우리들』 4·5합호, 우리들사, 1934.

「당·달·구야」(동요),『신소년』 12권 4·5합호, 신소년사, 1934.

「야학의 연필 사건」(소년소설),『신소년』 12권 4·5합호, 신소년사, 1934.

「아동문학의 문제(1~4)」(평론),『조선중앙일보』, 조선중앙일보사, 1934.5.15~18.

「문예시평(1~7)」,『조선일보』, 조선일보사, 1934.6.1~3·9·10·12·13.

「아동문학 운동의 신방향」(평론), 『여성조선』 11월호, 여성조선사, 1934.

「깍깍 숨어라」(동시), 『별나라』 제10권 제2호, 별나라사, 1934.

「금강사 기행」(기행), 『신인문학』 송년호, 청조사, 1935.

「담배 예찬」(시), 『조선문단』 5월호(23호), 조선문단사, 1935.

「대륙의 생활고」(수필), 『신인문학』 3월호, 청조사, 1935.

「땜쟁이」(시), 『예술』 2호, 예술사, 1935.

「봄·북국·농촌(1~3)」(수필), 『조선중앙일보』, 조선중앙일보사, 1935.4.27~5. 3.

「봄물결을 타고」(수필시), 『신인문학』 6월호, 청조사, 1935.

「북국의 봄」(시), 『신인문학』 6월호, 청조사, 1935.

「사막과 녹림(綠林)과(상·하)」(수필), 『조선중앙일보』, 조선중앙일보사, 1935.7.5~6.

「새해와 우리들」(수필), 『별나라』 1·2월합호(통권 80호), 별나라사, 1935.

「서울의 그리운 성북동」(시), 『신인문학』 4월호, 청조사, 1935.

「신춘문단에 대한 잡감」, 『예술』 2호, 예술사, 1935.

「예술가와 자존심―최형에게 드림(상·하)」, 『조선중앙일보』, 조선중앙일보사, 1935.9.7~8.

「위대한 현실」(시), 『신인문학』 송년호, 청조사, 1935.

「진리의 봄」(시), 『예술』 3호, 예술사, 1935.

「황금섬·유초도·점경―얄룸강에 나앉은 섬 속에서」(기행), 『신인문학』 4월호, 청조사, 1935.

「귀향(3)」(수필), 『매일신보』, 매일신보사, 1936.10.9.

「꿈에 본 남국의 수향(水鄕)」, 『신인문학』 8월호, 청조사, 1936.

「랑만적 인간 탐구의 빈곤과 작가 개성 등(1~11)」(평론), 『조선중앙일보』, 조선중앙일보사, 1936.4.15~4.28.

「삼도랑두(三道浪頭) 탐방기(상·하)」(수필), 『조선중앙일보』, 조선중앙일보사, 1936.5.16~17.

「압록강 기행」(기행), 『신인문학』 3월호, 청조사, 1936.

「양류촌(楊柳村)」(소설), 『조선문학』 11월호, 조선문학사, 1936.

「작가와 기술 문제 작품 이전의 고민상(1~4)」(평론), 『조선중앙일보』, 조선중앙일보사, 1936.3.3~6.

「전원의 밤」(기행), 『신인문학』 신년호, 청조사, 1936.

「포도원의 진리 벗이여 후원으로 오시라(상·하)」(수필), 『조선중앙일보』, 조선중앙일보사, 1936.2.26~27.

「현상 당선소설을 읽고」(단평), 『동아일보』, 동아일보사, 1936.2.21~27.

「황혼과 묘비(상·중·하)」(수필), 『동아일보』, 동아일보사, 1936.2.5·8·11.

「최재서론」(평론가특집), 『풍림』, 6호, 풍림사, 1937.

「사의 흑단(黑檀) 앞에 서서―삶의 철리를 탐구할 때」(시), 『맥』 창간호, 한성도서주식회사, 1938.

「창공」(시), 『맥』 제2집, 한성도서주식회사, 1938.

「토끼의 향수」(시), 『맥』 제3집, 맥사, 1938.

「달밤의 시화」(시), 『시건설』 제2집, 시건설사, 1937. 9.

「추억의 산곡」(시), 『시건설』 제3집, 시건설사, 1937. 12.

「'라·파로마'의 환상—어엽븐 비닭이 네 품에 안기거든」(시), 『시건설』 4집, 시건설사, 1938.

「뜬 구름」(시), 『시건설』 5집, 시건설사, 1938.

「백야」(시), 『시건설』 제6집, 시건설사, 1938.

「허한 푸넘」(시), 『웅계(雄鷄)』 1호, 웅계사, 1939.

「작품과 향기」(엽서평론), 『신세기』 10월호, 신세기사, 1939.

「문학 전통의 계승과 새로운 원정(園丁)의 임무」(평론), 『만선일보』, 만선일보사, 1940.2.20.

「만주 조선어 시단과 시인(1~4)」(평론), 『만선일보』, 만선일보사, 1940.3.27·28·1940.4.5.

「만주 조선어 시단과 시인(속)(1~8)」(평론), 『만선일보』, 만선일보사, 1940.4.26·27·29·5.13·14·
　　　15·16.

「단편과 장편(掌篇)의 차이」(평론), 『만선일보』, 만선일보사, 1940.8.30.

「제1회 연재단편평」(단평), 『만선일보』, 만선일보사, 1940.9.23~10.5.

「나락(상·중·하)」(수필), 『만선일보』, 만선일보사, 1940.10.9~13.

「역설과 진리(1~6)」(평론), 『만선일보』, 만선일보사, 1940.10.28~11.2

「금년도 시단의 회고와 전망(1~5)」(평론), 『만선일보』, 만선일보사, 1940.12.14~19.

「축제」(시), 『관서시인집』, 인민문화사, 1946.

「승리의 날」(시), 『조쏘문화』 제3호, 조쏘문화협회, 1946.

「인민의 개가」(시), 『조선녀성』 3월호, 조선녀성사, 1947.

「아동문학의 신방향」(평론), 『아동문학』 7월호, 문화전선사, 1947.

「동지들의 애정 속에」(시), 『조국의 깃발』(종합시집), 북조선문학동맹 시분과전문위원회, 1948.

「신의주방직 여공 동무들」(현지보고), 『새조선』 8·15기념호, 조선인민출판사, 1948.

「기술 전습으로 생산능률을 4배까지 제고시킨 리화자 우옥경 양의 노력」, 『부강한 조국 건설을 위한
　　　애국적 로동자 농민들』, 북조선인민위원회 선전국, 1948.

「잔디밭 이야기」(시), 『문학예술』 창간호, 문화전선사, 1948.

「레―닌의 기치 드높이」(시), 『창작집』, 국립인민출판사, 1948.

「그대들의 전렬에」(시), 『새조선』 7호, 국립인민출판사, 1948.

「정휴양소에서 일하는 문화보건 일꾼들에게」(답사기), 『로동자』 8호, 북조선직업총동맹중앙위원회,
　　　1948.

「승리의 깃발」(시), 『청년생활』 12월호, 청년생활사, 1948.

「영명한 수령 앞에 가거던」(시), 『영원한 친선』(쏘련군 환송 기념 시집), 북조선문학예술총동맹 문화전
　　　선사 간행, 1949.

「전사처럼 내딛는 우리의 젊음이여」(시), 『인민체육』 제2호, 교육성 교육출판사, 1949.

「땅의 주인」(시), 『청년생활』 제2권 제3호, 청년생활사, 1949.

「창작 생활과 보건」,『인민보건』 4월호, 보건성, 1949.

「직포공」(시),『로동자』 제6호, 북조선직업총동맹중앙위원회, 1949.

「2학기」·「모쓰크바 방송」·「누가 이기나 두고 보세요」·「꽃차 떠나요」·「학교 놀음」(동요),『꽃마을』
(소년문고 5), 청년생활사, 1949.

「고향으로 가는 길」(시),『문학예술』 제2권 제9호, 문화전선사, 1949.

「로력의 기쁨에서 울어나온 조쏘친선의 노래들」(평론),『로동자』 10호. 북조선직업총동맹 중앙위원회,
1949.

「조국을 위하여」(김순남 곡, 노랫말),『소년단』 1권 4호, 청년생활사, 1949.

「인민공화국 선포의 노래」(박한규 곡)·「나의 조국」(황학근 곡)·「8·15해방가」(황학근 곡)·「추수의
노래」(정률성 곡)·「비료 달구지」(리면상 곡),『조쏘가곡100곡집』, 북조선음악동맹, 1949.

「쓰딸린 대원수—일흔 돌 잔치상에」(헌시),『소년단』 제1권 제6호, 청년생활사, 1949.

「해방탑 아래서」·「들노리」(시),『영광을 쓰딸린에게』, 북조선문학예술총동맹, 1949.

「농촌의 겨울밤」(노랫말),『농민』 12월호, 농민신문사, 1949.

「새해의 맹세」·「조국의 아들—인민군 창건을 노래함」(시), 김우철·리원우 엮음,『국어』(인민학교 제
5학년), 교육성, 1949.

「고지마다에 이름을 부침은」(시),『문학예술』 1월호(제3권 제1호), 북조선문학예술총동맹, 1950.

「3·8선 경비초소에서」(기행),『로동자』 2호, 북조선직업총동맹 중앙위원회, 1950.

「고향으로 가는 길」(시),『한 깃발 아래에서』(종합시집), 문화전선사, 1950.

「밭갈이 타령」(전태경 곡),『인민가요』, 국립출판사, 1950.

「인민공화국 선포의 노래」(박한규 곡),『인민가요』, 국립출판사, 1950.

「산수」(동시),『평북로동신문』, 평북로동신문사, 1951.4.18.

「사랑의 학원(상·하)」(루뽀르따쥬),『평북로동신문』, 평북로동신문사, 1951.4.21~22.

「안주소년근위대의 노래」(신영철 곡)(노랫말),『소년단』 5월호, 청년생활사, 1951.

「남쪽으로 뻗은 길」(동요),『아동문학』 9월호, 문화전선사, 1951.

「어머니의 부탁」(시), 1951.

「모택동 할아버지」(동요),『소년단』, 3월호(제4권 제3호), 민주청년사, 1952.

「경애하는 수령」,『문학예술』 8월호, 문예총출판사, 1952.

「경애하는 수령」,『평화의 초소에서』, 문화전선사, 1952.

「밤차」(시),『평화의 초소에서』, 문화전선사, 1952.

「모택동 할아버지」·「공화국 제비」(동시)·「볏낟가리」(동요), 조선문학동맹 아동문학분과위원회 엮
음,『영웅 나라 아이들』, 문예총출판사, 1952.

「경애하는 수령」(시),『수령은 부른다』, 문예총출판사, 1953.

「우리들의 아버지」(동시),『항상 배우며 준비하자』, 민주청년사, 1953.

「영예 군인 아저씨들」(동요),『아동문학』 제11집, 문화전선사, 1953.

「벼낟가리」(노랫말),『아동문학』제11집, 문화전선사, 1953.3.

「간부들의 질적 구성의 개선을 위하여」,『근로자』12호, 로동신문사, 1953.

「경애하는 수령」(시),『영광의 노래』(조선인민군 창건 5주년 기념), 문예총출판사, 1953.

「랭상모처럼」(시),『아동문학』5월호, 조선작가동맹출판사, 1954.

「박수」(시),『영광의 날』(시집), 조선작가동맹출판사, 1954.

「새 세대를 위하여」,『영광의 날』(시집), 조선작가동맹출판사, 1954.

「인민공화국 선포의 노래」,『조선인민가요곡선집』, 조선작곡가동맹중앙위원회, 1954.

「퇴비 내는 날」(노랫말)·「목화꽃 필 때」·「모택동 할아버지」·「오늘은 우리의 날」(동요),『전시가요
　　　　곡 200곡집』, 조선작곡가동맹중앙위원회, 1954.

「레닌의 기치」(시),『민주조선』, 민주조선사, 1955.4.22.

「농촌 위원회의 밤」·「고향으로 가는 길」·「경애하는 수령」(시),『서정시 선집』, 조선작가동맹출판사,
　　　　1955.

「레닌의 기치」(시),『전하라 우리의 노래』, 조선작가동맹출판사, 1955.

「박수」(시),『영광의 한 길』, 조선작가동맹출파사, 1955.

「세 새대를 위하여」(시),『영광의 한 길』, 조선작가동맹출파사, 1955.

「사랑하는 조국에」·「금강산」(노랫말),『소년노래집』, 조선작곡가동맹중앙위원회, 1955.

「아들에게 전하는 어머니의 말」(시),『조선문학』6월호, 조선작가동맹출판사, 1955.

「승리의 노래」(시),『로동신문』, 로동신문사, 1955.7.27.

「잘 가거라 쏘련 동무야」·「오늘은 우리의 날」·「다섯 식구」·「벼낟가리」,『동요 100곡집』(8·15해방
　　　　10주년 기념), 조선작곡가동맹중앙위원회, 1955.

「서정시에서의 쩨마 설정과 예술적 기교에 대하여」(독자문예평),『민주조선』, 민주조선사, 1955.8.30.

「세 세기의 아침」(시),『조쏘문화』11호, 조쏘문화협회, 1955.

「10월의 아침에」(시),『조선문학』11월호, 조선작가동맹출판사, 1955.

「시인 김소월」(평론),『조선문학』12월호, 조선작가동맹출판사, 1955.

「새해 첫 인사」(동시),『아동문학』1월호, 조선작가동맹출판사, 1956.

「결론」(시),『조선문학』2월호, 조선작가동맹출판사, 1956.

「그림과 같은 세상」(이야기),『아동문학』3월호, 조선작가동맹출판사, 1956.

「축하의 꽃다발(동시),『소년단』4월호, 민주청년사, 1956.

「5·1절 아침」(동시),『아동문학』5월호, 조선작가동맹출판사, 1956.

「5·1절 아침」,『꽃초롱』, 조선작가동맹출판사, 1956.

「8월의 환호 속에」(시),『민주조선』, 민주조선사, 1956.8.15.

「로동을 주제로 한 서정시편들」(평론),『조선문학』7월호, 조선작가동맹출판사, 1956.

「박수」(시),『친선의 손길』(문고 조선문학 22), 조선작가동맹출판사, 1956.

「발문」,『안룡만 시선집』, 조선작가동맹출판사, 1956.

「벽돌 이야기」(동시), 『시내'물』, 조선작가동맹출판사, 1956.

「연」·「화차」·「깍깍 숨어라」·「당달구야」(동요)·「진달래꽃」(동시)·「아편쟁이」·「소년부호」·「섣달
그믐날」(소설)·「닭똥 장사」(동화), 『별나라』, 민주청년사, 1956.

「열렬한 애국시인 조기천」(평론), 『민주조선』, 민주조선사, 1956.7.31.

「노래」(시), 『조쏘문화』8호, 조쏘문화협회, 1956.

「창작과 편집 사업에서 도식적 틀을 깨트리자」(평론), 『로동신문』, 로동신문사, 1956.10.18.

「창작과 편집 사업에서 도식적 틀을 깨뜨리자!」, 『민주조선』, 민주조선사, 1956,10.19.

「창작과 편집 사업에서 도식적 틀을 깨뜨리자」, 『제2차 조선작가대회 문헌집』, 조선작가동맹출판사,
1956.

「작품 비평에서의 비속화를 반대하여」(평론), 『조선문학』12월호, 조선작가동맹출판사, 1956.

「할머니의 편지」(시), 『조선 인민은 하나이다』(문고 조선문학 21), 조선작가동맹출판사, 1956.

「새해가 어디에서 오느냐?」(동시), 『아동문학』1월호, 조선작가동맹출판사, 1957.

「탁상 카렌다」(시), 『문학신문』, 문학신문사, 1957.1.10.

「쏘련 화보」·「쏘베트 기자」(시), 『조쏘문화』2월호, 조쏘문화협회, 1957.

「사회주의 사실주의 문학의 전진을 위하여 ― 도식을 극복하는 길에서」(평론), 『문학신문』, 문학신문사,
1957.2.28

「기념 사진」·「내가 심은 옥수수」(동요), 『능수버들』, 조선작가동맹출판사, 1957.

「늙을수록 젊어지는」(시), 『생활의 금모래』(문고 조선문학 35), 조선작가동맹출팥사, 1957.

「돌려 보내라 우리의 모든 것을!」(시), 『미제는 물러가라』(문고 조선문학 40), 조선작가동맹출판사,
1957.

「맑스주의 평론가의 임무」, 『현대 조선문학 평론집』(1920~1930), 문학조선작가동맹출판사, 1957.

「수양버들」·「아빠트의 집들이」(시), 『조선문학』4월호, 조선작가동맹출판사, 1957.

「시 창작에서의 도식화를 반대하여」(평론), 『써클원문예』4월호, 군중문화사, 1957.

「문예전선에서 부르죠아 이데올로기와의 투쟁을 계속 강화하자」(평론), 『문학신문』, 문학신문사,
1957.3.28.

「기'발」(시), 『문학신문』, 문학신문사, 1957.5.2.

「장편 서사시 「그 녀자의 봄」을 읽고」(평론), 『문학신문』, 문학신문사, 1957.6.6.

「야회」(시), 『빛나는 아침에』(문고 조선문학 37), 조선작가동맹출판사, 1957.

「축하 마스껨」(시), 『아동문학』6월호, 조선작가동맹출판사, 1957.

「돌려 보내라! 우리의 모든 것을!」(시), 『조선문학』6월호, 조선작가동맹출판사, 1957.

「열 돐 맞이 잔치상에 ― 『아동문학』 창간 열 돐을 맞으며」, 『아동문학』7월호, 조선작가동맹출판사,
1957.

「시험 치는 날만은」·「공부도 그렇게!」·「좋은 약」(동시)·「우리나라 국장」(시), 『아동문학』9월호, 조
선작가동맹출판사, 1957.

「조선에 오신 레닌」(시), 『아브로라의 여운』(10월혁명 40주년기념시집), 조선작가동맹출판사, 1957.

「평양의 밤」(시), 『평양』(평양시 창건 1530주년 기념), 조선작가동맹출판사, 1957.

「나의 문학 소년 시절」, 『아동문학』 10월호, 조선작가동맹출판사, 1957.

「화목한 대가정」(정수만 곡), 『써클원문예』 12호, 군중문화사, 1957.

「『미제는 물러가라』를 읽고」(독후문), 『조선문학』 3월호, 조선작가동맹출판사, 1958.

「동곳포 배'노래」(시), 『조선문학』 4월호, 조선작가동맹출판사, 1958.

「대답하라, 아메리카여!」(시), 『로동신문』, 로동신문사, 19584.9.

「봄 명절 전날 밤」(시), 『민주조선』, 민주조선사, 1958.4.30.

「하늘에 꾹 닿은 기계」(시), 『아동문학』 5월호, 조선작가동맹출판사, 1958.

「입이 큰 기계」(기계공장 자랑)(시), 『아동문학』 5월호, 조선작가동맹출판사, 1958.

「3천만의 박수」(시), 『조선문학』 7월호, 조선작가동맹출판사, 1958.

「공화국 기'발」(공화국 창건 10주년을 맞으며)(시), 『조선문학』 7월호, 조선작가동맹출판사, 1958.

「공화국 기'발」·「김일성 수상님」·「조국을 위하여」·「꽃피는 새 살림」(시)·「공화국의 아들딸」(동
　　　시), 『아동문학』 9월호, 조선작가동맹출판사, 1958.

「꼭꼭 숨어라」·「소년 근위대의 노래」·「산수」·「금강산」·「벼'낟갈이」·「로동당 만세」·「차'고동은
　　　대답해요」(동요)·「남쪽으로 뻗은 길」·「축하 마스껨」·「입이 큰 기계」(동시), 『영광스러운 우
　　　리 조국』, 아동도서출판사, 1958.

「나의 조국」·「해와 별 빛나라」(시), 『아침은 빛나라』(조선민주주의인민공화국창건10주년기념), 조선
　　　작가동맹출판사, 1958.

「달'밤의 고기 잡이」(박수일 곡), 『써클원문예』 8월호, 군중문화사, 1958.

「떠나고 보내는 정」(수필), 『문학신문』, 문학신문사, 1958.10.9.

「불보다 뜨거운 인사」(김종길 곡), 『조중친선의 노래』, 조선음악출판사, 1958.

「산마을의 메아리」(시), 『문학신문』, 문학신문사, 1958.10.2.

「승리의 발'자국」, 『가요 101곡집』(조선인민군 창건 10주년), 조선음악출판사, 1958.

「시로 쓴 력사—시집 『전우에게 영광을』을 읽고」(서적평), 『문학신문』, 문학신문사, 1958.7.24.

「번영하라 나의 조국」(노랫말), 『조선음악』 3호, 조선음악출판사, 1958.

「기계의 합창」(시), 미상, 1958.

「기계 공장 자랑」(시), 미상, 1958.

「원앙새」(창극)(김우철 대본, 백 도성 작곡, 평북 도립 예술 극장 창조), 1958.

「나의 조국」(노랫말), 『황학근작곡집』, 조선음악출판사, 1958.

「8·15해방가」(노랫말), 『황학근작곡집』, 조선음악출판사, 1958.

「기계공장 자랑」을 쓸 때」(창작 경험), 『아동문학』 10월호, 조선작가동맹출판사, 1958.

「자동차 기중기」(동시), 『아동문학』 11월호, 조선작가동맹출판사, 1958.

「엑쓰카와똘」(기계의 합창, 동시), 『아동문학』 11월호, 조선작가동맹출판사, 1958.

「조립을 끝낸 새벽」(시),『문학신문』, 문학신문사, 1958.11.27.

「찬가」(시),『문학신문』, 문학신문사, 1958.11.27.

「천안문에 닿은 길」(시),『전우에게 영광을』, 조선작가동맹출판사, 1958.

「생활의 체온을 간직한 시인」(평론),『조선문학』12월호, 조선작가동맹출판사, 1958.

「오라 조국의 품으로」(시),『아동문학』3월호, 조선작가동맹출판사, 1959.

「시문학의 전투성을 제고하자 ─ 제2차 작가대회 후의 성과와 관련하여」(작가연단),『문학신문』, 문학 신문사, 1959.3.22.

「맑스주의 평론가의 임무」,『현대조선문학선집(8) ─ 평론집』(현대조선문학선집편찬위원회 옮김), 조 선작가동맹출판사, 1959.

「공산주의자」(시),『붉은 기'발 휘날린다』, 조선작가동맹출판사, 1959.

「3천만의 웨침」(홍수표 곡),『써클원문예』7월호, 군중문화사, 1959.

「김일성 장군 개선하신 날」(시) ·「김일성 수상님」(시),『당의 기'발따라』, 아동도서출판사, 1959.

「연」·「화차」·「깍깍 숨어라」·「당달구야」·「공장 가는 길」(동요) ·「진달래꽃」(동시) ·「소년부호」· 「섣달 그믐날」(소설),『현대조선문학선집(10) ─ 아동문학집』, 조선작가동맹출판사, 1960.

「북국의 봄」·「땜쟁이」(시),『현대조선문학선집(11) ─ 시집』, 조선작가동맹출판사, 1960.

「압록강 기행」(수필),『현대조선문학선집(9) ─ 수필집』, 조선작가동맹출판사, 1960.

「벼'낟가리」,『빛나는 아침』(동요동시집), 아동도서출판사, 1960.

「어머니의 부탁」(시),『조선의 딸』(시집), 조선작가동맹출판사, 1960.

「벼낟가리」(동시),『문학신문』, 문학신문사, 1963.2.1

「승리의 발'자국」(강철수 곡),『가요 101곡집』, 문학예술총동맹출판사, 1964.

「꼭꼭 숨어라」·「벼'낟가리」·「금강산」·「로동당 만세!」·「잠을 잘 땐 깜빡」(동요) ·「산수」·「축하 마 스깸」·「입이 큰 기계」·「노래하는 뜨락또르」(동시),『해방 후 동요동시편』(조선아동문학문고 15), 학생소년출판사, 1966.

「파랑우산」(동요),『아동문학』9월호, 조선작가동출판사, 1966.

「인민공화국 선포의 노래」·「비료 달구지」,『현대조선음악선집』(성악편 1 ─ 군중가요곡 1), 조선문학 예술총동맹출판사, 1966.

「인민공화국 선포의 노래」(박한규 곡, 노랫말),『조선문학』9호, 문예출판사, 1975.

「인민공화국 선포의 노래」(박한규 곡),『조선명곡집』(1), 문예출판사, 1975.

「인민공화국 선포의 노래」(박한규 곡),『조선예술』제9호, 문예출판사, 1978.

「경애하는 수령」·「공산주의자」·「농촌위원회의 밤」(시),『해방후서정시선집』, 문예출판사, 1979.

「꼭꼭 숨어라」(황학근 곡) ·「사랑하는 조국에」(라화일 곡) ·「노래하는 뜨락또르」(박용필 곡) ·「벼낟 가리」(리면상 곡),『학생소년노래집』(1), 문예출판사, 1980

「인민공화국 선포의 노래」(박한규 곡),『청년문학』제9호, 문학예술출판사, 1980.

「입이 큰 기계」·「산수」(동시),『해바라기』, 금성청년출판사, 1981.

「연」·「화차」·「깍깍 숨어라」·「당달구야」(동요)·「진달래꽃」(동시)·「공장 가는 길」(동요)·「소년부
　　호」·「섣달 그믐날」(소설),『조선문학작품선집』(16 사범대학용), 교육도서출판사, 1982.

「천안문에 닿은 길」(시),『영원한 친선』, 문예출판사, 1983.

「산수」(동시),『사랑하는 우리 조국』(조국해방40돐기념작품집), 금성청년출판사, 1985.

「오늘은 우리의 날」·「목화꽃 필 때」·「벼낟가리」,『결전의 길로』(전시가요집), 문학예술종합출판사,
　　1998.

「인민공화국 선포의 노래」(박한규 곡),『조선녀성』제9호, 문학예술출판사, 2003.

「진리의 봄」·「북극의 봄」·「땜쟁이」(시),『1930년대 시선』(3), 문학예술출판사, 2004.

「섣달 그믐날」·「소년부호」(소설)·「연」(동요)·「화차」(동시)·「당달구야」·「진달래꽃」·「공장 가는
　　길」,『1930년대아동문학작품집』(2), 문학예술출판사, 2005.

「농촌위원회의 밤」(추억에 남는 시)(시),『조선문학』제3호, 문학예술출판사, 2006.

「인민공화국 선포의 노래」(박한규 곡),『천리마』제9호, 천리마사, 2008.

「인민공화국 선포의 노래」(박한규 곡),『아동문학』제9호, 조선작가동맹중앙위원회, 2008.

「동반자 작가의 인도 문제」·「맑스주의 평론가의 임무」, 류희정 엮음,『해방전평론집』, 문학예술출판
　　사, 2009.

「농촌위원회의 밤」(추억에 남는 시),『청년문학』제9호, 문예출판사, 2009.

「나의 조국」·「농촌위원회의 밤」·「조국의 푸른 하늘」·「크나큰 자랑을 안고」·「고향으로 가는 길」,
　　『1940년대시선』(해방후편), 문학예술출판사, 2011.

「경애하는 수령」,『1950년대시선』(1), 문학예술출판사, 2014.

「밤차」·「공산주의자」,『1950년대시선』(2), 문학예술출판사, 2017.

「인민공화국 선포의 노래」(박한규 곡),『예술교육』제5호, 2·16예술교육출판사, 2018.

제2부

평양 문학

1930년대 평양 지역문학과 『농민생활』

1. 『농민생활』을 불러내며

북한문학지에 대한 만족할 만한 접근과 기술은 아직까지 여러 쪽에서 이루어지지 않았다. 지역문학적 접근은 그에 대한 반성에서 말미암은 한 길이다. 그리고 이 일은 아래와 같은 두 전제 위에서 이루어진다. 첫째, 연구 범위 확대다. 1948년 이른바 조선민주주의인민공화국 수립 이전, 근대 시기 모두에 걸쳐 북한에서 이루어진 문학 유산·전통에 대한 지역 수준의 관심과 성과야말로 북한문학지 이해의 핵심 고리일 수 있다. 시군 단위 소지역에서부터 도 단위 중지역과 풍토 지역인 대지역뿐 아니라 국외 지역, 곧 대소련·대중국 문학에 대한 이해 없이 북한문학지의 마땅한 모습 파악은 어렵다. 그럼에도 그 구명은 아직까지 걸음마 단계에 머물고 있다. 정보와 사료 부족을 딛고서라도 하루바삐 성과를 온축해야 한다.

둘째, 북한문학지 연구 방법의 경직성 극복이다. 북한 연구 방법론으로서 외재적 / 내재적 접근법은 문학에도 절대적인 영향을 끼쳤다. 외재적 접근법은 우리의 체제 우월성과 일방적 수렴론의 도구로 재생산된 점이 사실이다. 내재적 접근법 또한 1960년대 이후 북한 안쪽의 혁명적 수령관과 평양 중심화 현상을 우리 사회 안쪽에 고스란히 옮겨 놓을 위험성이 컸다. 새 접근법을 거듭 고심하지 않을 수 없는 까닭이다. 그런데 북한 문학은 특정 방법론의 정 / 부당을 증명하는 대상이기에 앞서 엄연히 1차 텍스트로 놓여 있는 현실이다. 그들을 넓게 찾아내고 뜻을 따지기 위한 다채로운 노력이 무엇보다 앞서야 한다. 그 과정에서 자연스레 혁명적 수령관과 평양 중심주의를 벗어나거나 가로지를 수 있는 가능성이 열릴 것이다.

이 글은 이러한 전제에서 북한의 지역문학지에 다가서기 위해 이루어지는 네 번째 시도다. 그러면서 소지역 평양을 대상으로 삼은 기획 가운데서 1940년대 전기 평양 문학에 이어 두 번째 글이다.[1] 시기는 1930년대 평양 지역문학으로 삼는다. 그런데 1930년대 평양 문학이라 하더라도 다룰 사항·매체·작가만 보더라도 몇 보자기로는 담을 수 없을 일거리다. 거기다 선행 정보나 연구조차 거의 없다.[2] 그 속살을 포괄적으로 짚어 보는 일은 엄두를 내는 수준에 그칠 따름이다. 그럼에도 왕성했던 1930년대 평양 지역문학은 그 든든한 밑바탕이었던 1920년대 평양 지역문학으로 내려서기 위해 필수적으로 따져야 할 핵심 자리라는 사실에는 달라짐이 없다. 어렵고 더디더라도 하나하나 쌓아나가야 할 일거리다.

따라서 이 글에서는 1930년대의 문학 매체, 그 가운데서도 각별히 전문지 문예면 문학에 눈길을 둔다. 1930년대 평양 지역문학 전문지 문학의 핵심은 『가톨닉 연구』 1934~1936와 『농민생활』 1929~1945 둘이 대표한다.[3] 본고는 이들 가운데서 『농민생활』 쪽

---

1   이제까지 글쓴이는 '북한 지역문학사 연구'라는 이름 아래 세 편의 글을 내놓았다. 박태일, 「근대 개성 지역문학의 전개—북한 지역문학사 연구1」, 『국제어문학』 25집, 국제언어문학회, 2012, 79~118쪽; 「광복기 개성 지역문학의 좌표—북한 지역문학사 연구2」, 『현대문학이론연구』 51집, 현대문학이론학회, 2012, 203~240쪽; 「1940년대 전기 평양 지역문학—북한 지역문학사 연구3」, 『비평문학』 50호, 한국비평문학회, 2013, 105~143쪽. 이 글은 네 번째다. 그 사이 국외 지역 연구물로 중국 동포사회의 번인본 문학을 다룬 글이 있으나, 아직 게재에 이르지 않아 뺀 수치다. 박태일, 「북한 지역문학 연구와 중국 '번인본'」, 『한국 지역어문학 연구와 문화 담론』, 한국지역문학회 제1회 학술발표대회, 2014, 9~30쪽.
2   동인지 『단층』과 그들 작가에 대한 접근이 대표적이다. 정주아, 「불안의 문학과 전향시대의 균형감각—1930년대 평양의 학생운동과 『단층』파의 문학」, 『어문연구』 39권 4호, 한국어문교육연구회, 2011, 309~338쪽. 그런데 『단층』을 다룬 대부분의 경우는 평양 지역문학이라는 눈길보다 주로 1930년대 후반기 문학이라는 틀에 초점이 있다. 그 앞뒤로 이어진 평양 지역문학지의 실상 파악과는 거리를 둔다. 평양의 지역성이나 장소성에 대한 이해에 이른 글로는 아래의 것이 있다. 구사회, 「'평양' 공간의 문학적 형상화에 관한 고찰」, 『평화학연구』 4호, 세계평화통일학회, 2005, 193~218쪽; 정종현, 「한국 근대소설과 '평양' 이라는 로컬리티」, 『2007 국제 한국문학문화학회 제3회 국제학술대회』, 국제한국문학문화학회, 2007, 59~81쪽; 오태영, 「평양 토포필리아와 고도의 재장소화—이효석의 『은은한 빛』을 중심으로」, 『상허학보』 28집, 상허학회, 2010, 249~289쪽; 정주아, 「움직이는 중심들, 가능성과 선택으로서의 로컬리티—한반도 서북 지역의 민족주의 문화운동을 사례로」, 『민족문학사연구』 47집, 민족문학사학회·민족문학사연구소, 2011, 8~31쪽; 김양희, 「근대문학과 '평양'」, 『어문연구』 75집, 어문연구학회, 2013, 271~300쪽.
3   1930년대 평양 지역문학 매체는 다종다양하다. 그들을 문예지(동인지)·종합지·전문지·어린이지 넷으로 나누어 보면 아래와 같다. 문예지에는 『탐구(探究)』·『단층(斷層)』·『창작』·『삼사문학』

으로 눈길을 좁혔다. 『농민생활』의 문예란을 따져 그 됨됨이를 짚어 내는 일을 목표로 삼는다. 이를 빌려 1930년대 평양 문학의 실상에 온전히 다가서기 위한 한 디딤돌로 삼고자 한다. 논의 순서는 둘로 나누었다. 첫째, 매체 『농민생활』의 됨됨이를 먼저 살핀다. 그런 다음 둘째, 『농민생활』 문예란의 핵심 갈래로 보이는 평론·시에 초점을 두고 그 속살과 뜻을 찾아보는 순서를 따른다. 소설·보고문학·희곡과 같은 자리는 다른 기회로 넘기는 편의를 좇은 셈이다.

2. 『농민생활』의 됨됨이

1930년대 농민 전문지는 몇 종이 있었다.[4] 그 가운데 『농민생활』은 기독교계 잡지다. '조선예수교장로회' 총회 농촌부에서 냈다. 거기서 사업 확장을 결정한 뒤, 인구의 8할이 넘는 우리 농민에게 근대 과학적 농업 지식 보급·계몽과 아울러 기독교 신앙을 지도하자는 취지 아래 농업 잡지를 내기로 했다. 그리하여 1928년에 시작한 평양 숭실전문학교 부설 농학강습소^{1931년부터 농과로 정식 인가}의 교수를 중심으로 1929년 6

이 있다. 거기다 '김세휘 가'에서 낸 '월간소설잡지' 『되는대로』(2호는 『불일출세(不日出世)』)도 보인다. 일반 종합지에는 비중 차이가 있으나 주요 영역이 문예란이었다. 『공영(共榮)』·『대평양(大平壤)』·『백광(白光)』에다 『등대』·『평양지광(平壤之光)』·『동방(東方)』·『대성시보(大成時報)』 같은 것이 더한다. 전문지는 다시 종교지·산업지·교지로 나눌 수 있다. 종교지에서는 기독교(가톨릭 포함)계 종교지가 집중적이었다. 『게자씨』·『신앙세계』·『신앙생활』·『신학지남』·『낙원』·『절제생활』·『가톨닉연구』·『설교』·『낙원』·『애린(愛隣)』과 같은 것이다. 이들 속에 신앙문학·선교문학을 심심찮게 볼 수 있다. 산업지에는 『농민생활』이 대표적이다. 교지에는 「숭실」·『활천』·『숭실학보』·『숭실활천』·『광성(光成)』·『숭인(崇仁)』·『정의(正義)』와 같은 것이 있다. 어린이지에는 유년유녀 그림잡지 월간 『일천(一千)동무』, 최인화가 『아이생활』을 그만 두고 낸 『동화(童話)』에다 『동요시인』·『아이동무』·『유년화보』·『파란 등불』 들이 보인다. 비록 간행 호수에는 들쭉날쭉했고 실물을 죄 확인하기 어렵지만, 1930년대 평양 지역문학을 풍요롭게 만든 이름들이다.

4 1925년에 창간해 1930년 38호로 그친 『조선농민』과 뒤를 이은 『농민』이 대표적이다. 『농민』은 1933년에 창간하여 1934년까지 통권 42호까지 나왔다. 천도교 청년회 기관지였던 이 둘은 9년에 걸쳐 80호까지 낸 셈이다. 1938년에 창간한 『농업조선』도 있었다. 농촌 대중지로 1939년 통권 22호로 그쳤다. 금광으로 큰 부를 이룬 울산 출신 이종만이 낸 잡지였다. 이밖에 『농업세계』(1930)와 기독교청년연합회 청년잡지사에서 낸 『농촌청년』(1929)도 보인다.

월에 창간한 것이 『농민생활』이다.[5] "불온한 점이 있다고 압수"[6] 당해 삭제 뒤 배포하거나, 월간을 지키지 못하고 합병호를 내기도 했다. 발행인을 바꾸고 이름을 『개로勊勞』로 옮기는 것과 같은 굴곡이 따랐다.[7] 그럼에도 1945년까지 나왔으니 나라잃은시대 가장 오래 나온 농민 전문지였다.

현재 1942년 통권 145호까지 실물을 확인할 수 있는 『농민생활』 사장에는 농촌부 부장 정인과가 겸임했다. 편집부장은 채필근이 맡았다. 한국 기독교장로회와 그 교육기관인 평양 숭실전문학교라는 든든한 바탕 위에서 이루어진 잡지 『농민생활』을 총회 농촌부에서는 장로교 3,000개 남짓한 교회에서 의무적으로 보도록 했다. 그러니 매호마다 3,000부를 넘게 냈음 직하다.[8] 아울러 판매, 보급의 효율을 위해 소지역 단위로 지분사支分社를 마련했다. 위로는 만주 용정에서부터 남으로 동래·창원에 이르기까지 곳곳에 지분사가 세워졌다. 발행지 평양이 들어 있는 평안도 지역[9]이 가장 많았다. 1930년 7월 현재 전국에 39개 지사였다. 그러다 네 해 뒤인 1934년에는 53개로 늘었다.

농촌의 쥬인공은 물론 호미를 잡고 씽을 파난 농민일 것이다. 이 농민의 생활을 향상

---

5   처음에는 발행소만 서울 농민생활사에 두고 편집·인쇄·총판매는 평양에서 맡는 방식을 따랐다. 그러다 1929년 10월호부터 발행소인 본사까지 평양에 두었다. 평양이 한국 장로교회의 중심지인 만큼 더 나으리라는 판단에 따른 일이다. 「편집을 맛치고 나서」, 『농민생활』, 1929.10, 35쪽.

6   『농민생활』, 1930.12.

7   첫 발행인은 숭실전문학교 교장인 미국 선교사 윤산온(George Shannon McCune(1878~1941)을 세웠다. 1928년부터 4대 교장으로 있으면서 농촌부 회계까지 맡았던 이다. 1936년 이른바 신사참배를 거부하여 조선총독부로부터 교장 인가가 취소되자 미국으로 돌아갔다. 뒤를 이어 1936~1938년까지 모의리(E M Mowrye), 1938~1941년까지 유소(D. N. Lutz)로 발행인을 바꾸었다. 1942년 선교사들이 모두 철수하고, 그에 앞서 1941년부터 부편집인이었던 조응천(왜로 성이름 曺一應天, 1895~1979)이 『개로(皆勞)』로 개명해 맡았다. 조응천은 1916년 숭실전문학교를 졸업하고, 미국에 유학하여 1928년 인디애나대학에서 이학박사를 받고 돌아왔다. 1954년 육군통신학교장, 1957년 체신부 차관을 거쳤던 이다. 「총회 농촌부 소식」, 『농민생활』 12, 1929, 30쪽; 숭실대100년사편찬위원회, 『숭실학교 100년사』, 숭실대 출판부, 1997, 341쪽·491쪽.

8   노고수는 매호 2,500부 정도 발행했다고 적고 있다. 노고수, 『한국기독교서지연구』, 예술문화사, 1981, 107쪽.

9   평양 지사의 경우, 고문을 조만식이 맡았다.

^向上식히며 지식을 계발^{啓發}케 하며 사상을 선도^{先導}하여 주며 신앙을 조장^{助長}식혀 여디업시 피폐하여진 우리의 농촌으로 하여곰 다시 살길로 인도하여야 할 것이다. 이 사명^{使命}을 지고 큰 소래를 웨치며 나타나는 것이 잇스니 이것 『농민생활』이다.

— 원산 이학봉[10]

창간호에 실린 이학봉의 축사다. 『농민생활』 발간 취지와 뜻을 적확하게 담고 있다. "농민의 생활을 향상" 시키고 '계발'케 할 뿐 아니라, "신앙을 조장"시키려는 목표가 그것이다. 농촌 계몽과 농민 선교다. 그러다 1938년부터는 지면에 '보국^{報國}'이라는 말을 자주 올렸다. 평양 기독교도들이 이른바 '북지^{北支} 황군^{皇軍} 위문대'를 만들어 만주 땅을 오갈 때다. 왜로의 중국대륙침략전쟁에 발맞추어 저질러진 이른바 '국민정신총동원운동'에 걸맞은 편집 방향으로 나아갔다. 거기다 1941년 5월 발행인 '유소'의 고별사와 나란히 실린 조일응천의 취임사에서는 이른바 '국민정신총동원운동'에 이어 '국민총력운동'까지 제대로 구현하겠다는 뜻을 확실하게 공언했다.[11]

책의 얼개는 기독교계 안쪽 글쓴이에 의해 쓴 '종교교양'란과 '농산지식' 강좌란, 가정·독자란, 문예란과 같이 크게 네 부분으로 나뉜다. 농민의 도리나 인생관, 설교조 줄글을 매호마다 올려 농촌 선교의 뜻을 살린 곳이 '종교교양'란이다. 종교 전문지로서 됨됨이가 분명한 자리다. '농산지식' 강좌란은 『농민생활』 지면의 중심을 이룬다. 고소득 선진 농축산 기술, 부업, 종자 개량, 농업과 관련한 통계, 농업 천문학, 농업 동식물학과 같은 데까지 걸쳤다. 근대 농법 보급과 지식 향상에 이바지가 컸던 셈이다. 가정란에는 위생이나 육아와 관련한 글이 실렸다. 그런데 이 자리는 『농민생활』과 나란히 농민생활사에서 1932년부터 1934년까지 『아이동무』를 따로 내기도 하는 변화 속에서 무겁게 다루어지지는 않았다.

문예란은 『농민생활』의 중심 자리는 아니었다. 문학 글이 한 편도 실리지 않은 경

---

10 『농민생활』 창간호, 1929, 15쪽.

11 새로운 『농민생활』의 방향은 '증산보국'을 목표로 부업을 중심으로 기술지도, '건강보국'을 목표로 위생란을 확대, 점차 국어(왜어) 상용을 목표로 농업, 기술 용어를 국어로 삼겠다는 뜻을 밝혔다.

우도 있었다. 그럼에도 독자 투고물이든 기성문인의 것이든 『농민생활』은 기독교계 잡지 가운데서도 문학 비중을 가장 높이, 오래도록 이은 특성을 지닌다. 창간 초기에 미미했던 문예란은 네 돌째인 1932년부터 활성화하기 시작했다. 1933년 6월호부터는 아예 '전원문예란'과 그 아래 '독자문예' 난을 마련해 자리를 분명히 하기 시작했다.[12] 그러다 매체 바깥쪽 환경이 크게 나빠지기 시작한 1938년부터 문예란은 위축을 거듭했다 명맥만 잇는 모습이었다. 따라서 문예란 번성기는 전문작가의 작품을 가장 많이 실었던 1933년부터 1936년 사이로 볼 수 있다. 그리고 그런 모습은 고스란히 1930년대 중후반 평양 지역문학의 전통으로 되돌려진다.

다룬 문학 영역은 빈도와 관계없이 폭이 넓다. 시에서만도 국권회복기 갈래인 언문풍월에서부터 자유시·신민요·시조·가사까지 걸쳤다. 한시도 두어 차례 실렸으나 예외적인 경우다. 농민층 문학 저층에서부터 근대문학의 핵심으로서 배달말문학 자리를 분명히 한 셈이다. 이야기 갈래에서는 사회史話·전설·야담·단문短文·웅변에다 단편소설과 번역소설, 게다가 무게 있는 연재소설까지 실었다.[13] 한적선·한흑구·방인근의 작품이 그것이다. 흥미로운 사실은 창간 때부터 '소화笑話', '우슴나라',

---

12 『농민생활』의 목차는 한 차례 마련된 적이 있다. 최유찬 외 엮음, 『한국 근대잡지 소재 문학 텍스트 연구』II, 서정시학, 2012, 369~377쪽. 그런데 '문학 텍스트' 규정을 매우 좁게 잡았다. 따라서 뜻있는 여러 사람의 작품이 빠졌다. 게다가 잘못 적은 것까지 적지 않아 활용할 때는 꼼꼼한 실물 확인을 필요로 한다.

13 연재소설은 한적선이 「철민(哲民)」을 1934년 5월호부터 처음으로 시작하였다. 1935년 12월호까지 17회를 이었다. 1935년 9월부터 한흑구의 「사형제」가 뒤 따랐다. 1937년 1월호까지 11회 연재로 이어졌다. 1936년 3·4월합호부터 남호라는 이의 「황야조(荒野鳥)」가 연재를 시작했다. 1936년 11월호까지 6회 연재에 그쳤다. 1937년 1월호부터는 방인근이 「황금」을 싣기 시작했다. 1937년 7월까지 이어졌으니 단명했다. 이어서 한적선이 다시 1937년 10월호부터 「화원」을 시작했으나 이어지지는 못했다. 농비농인(農非農人)의 「마술사」 또한 '취미소설'이라는 특이한 이름으로 1936년 10월부터 1937년 2월까지 5회 연재했다. 한수암의 「천당길」(1934)도 3회로 연재다. 발간 초기인 1931년 전춘호의 「5월의 태양」(1931)도 2회로 나누어 실었다. 이렇게 보면 『농민생활』은 연재소설을 꾸준히 올려 독자 대중들 관심을 겨냥하면서, 지면 배치의 효율을 살리고자 한 셈이다. 연재소설 말고도 단편·번역소설도 실어, 독자의 기호에 맞추고자 애썼다. 1회 단편 가운데는 한인택의 「모반자」(1935.7·8월합호), 전춘호의 「월급 탄 날」(1933), 한수암의 「서분네」(1933), 이진화의 「어떤 장로의 수기」(1937)·「땅버들」(1940)·「녹음」(1940), 한주현의 「매산양」(1939)이 보인다.

'우수은 이야기', '우슴의 꼿'과 같은 이름으로 올린 일화 양식이다. 이것은 웃음이 지니고 있는 긍정적 가치를 우리 농민 사회에 심겠다는 편집국장 채필근의 뜻이 각별하고도 꾸준하게 담긴 결과로 여겨진다.[14]

어린이문학에 대한 관심도 이어졌다. 가정란에 '아동독본'을 따로 마련하기도 하고 동요에서부터 동화·번역동화에 대한 관심 또한 잊지 않았다. 농촌 어린이청소년에 대한 교육과 계몽 의도를 꾸준히 지녔던 셈이다. 달리 눈여겨 볼 갈래는 보고문학이다. 나라 안밖에 걸친 농촌 답사기, 방문기가 그것이다. 왜나라 경우에는 유학생을 글쓴이로 활용했다. 만주나 국내 농촌 경우는 특파원 방식을 골랐다. 보다 가벼운 수필에서는 당대 농민의 생각과 느낌을 보여 준다. 각별히 도시와 농촌, 도시인과 농촌인을 견주는 글쓰기 '내가 생각하는 도시' '내가 생각하는 농촌'과 같은 연속 기획물이 본보기다.[15] 전문 수필로서는 한적선·한죽송·한흑구·강승한의 것이 두드러진다.[16]

비평은 전춘호의 「문학에 대하야」를 처음으로 양주동의 「농민문학의 개렴」, 그리고 한적선의 「농민문예소고」[17] 3편에 머문다. 열여섯 해에 걸치는 발간 기간과 묶어서 본다면 소홀했다. 흥미로운 사실은 세 편 모두 『농민생활』에 걸맞게 농민문학론을 다루었다는 점이다. 창작 희곡은 김매산·벽향·이진화 세 사람이 쓴 5편이 실렸다.[18] 비평과 마찬가지로 적은 수다. 작가 모두 농촌의 주변작가로 『농민생활』을 꾸준히 자신의 문학 발전을 위한 디딤돌로 삼은 본보기를 마련하지는 못했다. 뒷날까

---

14 실을 때마다 1편에서 3~4편씩 들쭉날쭉 모두 70편을 넘어섰다. 중심 글쓴이가 채필근으로 보인다.

15 1935년 6월호부터 8월호까지 3회로 이어졌다. '내가 본 도시', '도시인에게 하고 싶은 말', '농촌인에게 하고 싶은 말'들로 나누어 실었다.

16 수필에서는 한죽송의 「귀농의 서곡 – 어떤 젊은이의 수기」(1933)·「농민대중의 각성」(1935)·「황야에서」(1935)·「흙을 지키는 마음」(1935)·「흙에 받히는 마음 – 채형에게」(1935)이 돋보인다. 이어서 한적선의 「문자·독서와 밋 작문」(1933)과 벽향의 「무제 아닌 무제」(1935), 강승한의 「애쓰는 마음」(아동독본, 1936), 한흑구의 「농촌 여름」(1940)·「전야(田野)의 여름」(1940)·「농민송」(1941)이 눈길을 끈다. 이 가운데서 「농민송」은 한흑구의 왜로 제국주의 체제 내적 의식을 담은 글이다.

17 『농민생활』, 1932.12·1933.6·1935.9.

18 김매산은 "신진작가요 웅변가"였다(「편집실」, 1933.6, 70쪽). 그이는 희곡 「기계인간」(1933)·「10년 후」(1933)·「크리쓰마쓰의 좋은 울것만」(1934)을 내놓아 『농민생활』에 가장 많은 희곡을 선뵀다. 이어서 벽향(碧鄕)이라 이름을 쓴 이의 「홍류사의 월야」(1935)와 이진화의 「숲」(1940)이 있다. 이진화는 씽(Synge)의 번역희곡 「산곡의 황혼」(1937.5)도 실었다.

지 이어진 이름을 볼 수 없다. 그러다 보니『농민생활』문예란의 중심 갈래는 시가 차지한다. 게재 빈도와 수록 작가, 작품 수에서 가장 앞섰다.

『농민생활』에 작품을 올린 이들 가운데서 전문작가로 활동한 이는 앞 세대인 방인근·양주동을 제쳐 두고 보면, 한인택·한흑구·한적선·한죽송·주영섭·민병균·김조규·김현승·양운한·강승한·박목월·목일신·강소천·장수철·최경섭·황윤섭이다.[19] 그런데 이들 연결망에는 몇 개의 관계 지표를 보인다. 첫째, 평양 역내 출신이거나 평안도를 포함한 관서 지역 지연이 하나다. 특별히 한흑구·한적선·주영섭·양운한·김현승·장수철은 평양 역내 사람이다.[20] 둘째, 평양과 학연을 지닌 이다. 앞의 평양 지연의 사람이 거의 걸리고, 평남 덕천 김조규와 황해도 신천 민병균이 더한다. 그리고 그 고리는 평양 대표 사학 광성중학과 숭실중학, 상위 숭실전문학교 문과로 이어진다. 다시 말해 개방적인 기독교 교육의 세례가 그것이다.[21] 셋째, 세대로 보아 1930년대 초기 문학사회 진입 세대가 대세다. 20대 초중반에 걸치는 지식청년 문인 중심이었던 셈이다.[22]

『농민생활』문예란의 중심 작가는 평양이나 둘레 지역 지연과 평양의 기독교계

---

19 주영섭은 동경에서 태어나 평양에서 자랐다. 평남 : 덕천 김조규. 황해도 : 신천 강승한·민병균. 평북 : 희천 최경섭.

20 다음 사람만 거기서 제외된다. 경북 : 경주 박목월. 전남 : 고흥 목일신. 함북 : 회령 민병균·한죽송, 고원 강소천, 웅기 황윤섭, 이원 한인택.

21 광성중학 출신에 양운한·주영섭, 숭실중학 출신에 김조규·김현승이 있다. 거기다 숭인상업의 한흑구와 평양공립상업의 장수철이 더한다. 그리고 이들은 다시 상위 숭실전문학교 문과로 수렴된다. 숭실전문학교 졸업생은 양운한·김조규·김현승·민병균이다. 게다가 김조규·김현승·민병균은 1937년 숭실전문학교 27회 졸업 동기생이었다. 이들은 재학 중에 작품을 실었다.『농민생활』문예면이 숭실전문학교 학생들의 작품 발표 자리가 되어 준 셈이다. 상급학교 진학을 하지 않고 문필가로 자란 이로는 회령의 한죽송, 해주의 강승한이 있다. 이들은 평양과 지연이나 학연이 없으면서 역외에서 투고를 통해 작가로 자랐다. 멀리 대구에서 투고했던 박목월도 마찬가지다. 미국 북감리교계 학교였던 숭실중학이나 남감리교계 학교였던 광성중학은 모두 미국 기독교 신앙이라는 외래지향성과 개방적인 공통점을 지니고 있었다. 이석훈,「문학풍토기─평양편」,『인문평론』8월호, 인문평론사, 1940, 76~79쪽.

22 1909년에서 1916년 사이 출생이 대부분인 사실이 그 점을 일깨워 준다. 한흑구(1909)·양운한(1909)·최경섭(1910)·주영섭(1913)·김현승(1913)·목일신(1913)·김조규(1914)·민병균(1914)·강소천(1915)·장수철(1916)·박목월(1916)·황윤섭(1916)·강승한(1918).

학연을 지닌 20대 지식청년이었다.[23] 연결망 크기가 크지 않은 대신 밀도는 높았던 셈이다. 그리고 이러한 연결망 중앙에 『농민생활』 편집 실무를 맡고 있었던 한적선[24]과 『태평양』 편집을 맡기도 했던 벗 한흑구가 있었다. 이 둘을 관계 중앙으로 삼아 『농민생활』의 중심 작가들이 얽혀 있다. 그들은 『농민생활』 바깥의 전문 문학사회로 들어서거나 학업·생업을 좇아 옮겨 다녔다. 그럼에도 『농민생활』은 그들 활동의 초기 디딤돌이 되어 주었다. 그 뿌리에 있었던 평양 지연에, 기독교계 학연을 지닌 지식청년 문학이라는 연결망 지속성이 꾸준했던 셈이다.[25] 그러다 1945년 광복 뒤부터 이들은 30대 젊은 나이로 이념 선택에 따라 남북으로 나뉘었다.[26]

각별히 북한 지역에 남았던 평양 지역문학인 가운데 주영섭·김조규·민병균·양운한·강승한은 『농민생활』에 글을 올리지는 않았지만 비슷한 시기 함께 어울렸던 한태천·유항림·최명익·윤세평 들과 함께 북한 초기 문학 성립에 중요한 몫을 맡았다. 그들과 달리 한흑구·최경섭·강소천·장수철은 남쪽으로 내려왔다. 그러나 이들은 남한의 문학사회 중앙에 성공적인 편입을 이루지는 못했다. 광복 이전부터 대구에 머물다 그대로 눌러앉은 황윤섭은 제쳐 두더라도 각별히 강소천과 장수철만 어린이문학과 기독교문학이라는 두 회로를 타면서 이름을 가꾸었다. 지난날 『농민생

---

23 지연, 학연으로 보아 평양이나 관서 지역을 벗어나는 이는 앞에 든 중심 필자 가운데서 목일신·
    박목월·강소천이 있다. 그런데 목일신은 1936년 잠시 청진방송국에 몸을 담았던 적이 있고, 박
    목월과 강소천은 기독교계 인사로 『농민생활』과 묶일 가능성이 컸다. 거기다 한죽송·최경섭·황
    윤섭 또한 외지 투고 형식이었지만 기독교계 연고가 깊었음이 틀림없다. 그런데 이들 중심 필자
    의 연결망 됨됨이를 잘 보여 주는 본보기가 1934년 12월에 나온 평양의 교양지 『대평양』 창간호
    (전영택이 편집을 맡고 한흑구가 기자로 일함) 문예란이다. 한흑구의 수필과 시에다 양운한·김
    조규·민병균이 시를 나란히 올리고 있다. 평양의 지연과 기독교계 학연을 함께 했던 이들 청년
    문사들의 굳은 연결망 밀도를 엿볼 수 있다.
24 「편집여언」, 『농민생활』, 농민생활사, 1934.8.
25 그들 청년 작가들은 문학사회 안쪽으로 더 들어서 평양을 대표한 문예지(동인지) 활동으로 이저
    리 얽히며 연고를 거듭하기도 했다. 『삼사문학』(1934), 『창작』(1936)이나 『탐구』(1936), 『단층』
    (1938)이 그들이다. 물론 발간지가 서울이나 동경으로 나뉘기도 했지만, 뿌리와 관계 중앙성은
    평양의 지연·학연에 있었다. 평양의 지연·학연과 무관한 최경섭·황윤섭은 연희대 문과, 한인택
    은 보성고보를 나왔다.
26 『농민생활』의 중심 작가 가운데서 1937년과 1939년에 요절한 한인택과 한죽송만 일찌감치 문학
    활동을 접었다.

활』참여와 마찬가지로 기독교 연고 지표가 월남 이후 문학에서 상수 역할을 한 셈이다. 이제 장을 옮겨『농민생활』문예란의 됨됨이를 짚어볼 생각이다.

3. 기독교계 농민문학론의 수준

우리의 농민문학론은 1920년대 후반부터 1930년대까지 적지 않게 쓰였다. 그에 대한 연구도 일정하게 이루어졌다. 무산자 농민의 계급 주도권을 앞세운 카프계의 농민문학론에서부터『조선농민』·『농민』이 대표하는 천도교계의 농민문학론에 걸친 성과다.[27] 그런데 기독교계에서 이루어진 농민문학론은 아직 눈길 바깥에 있다. 적은 양이 문제일 수 있겠지만 그들을 애써 찾지 않았다고 보는 게 옳다. 근대 시기 내내 이어져온 기독교계의 문서 선교, 농촌 선교의 강도나 영향 정도에 견주어 홀대가 컸던 셈이다. 적은 논의나마 제대로 살펴볼 일이다. 그런 까닭에『농민생활』에 실린 세 편의 평론은 뜻이 적지 않다. 왜냐하면 모두 기독교계 농민문학론의 자장에 드는 글이기 때문이다.

먼저 실린 것이 전춘호全春湖의「문학에 대하야」1931[28]다. 3장으로 나누어 문학 일반론을 편 뒤, 마지막 4장에서 '농민문학' 항을 마련했다. 제1장 '문학이란 무엇이냐'에서 그이는 문학을 "말이나 글로써 표현한 예술의 일종"[29]이라 정의했다. 2장 '문학의 종류'에서는 삼분법에 따라 "시 희곡 소설의 세 가지"를 들었다. 흥미로운 점은 '주관시'이기도 한 서정시 자리다. 본보기로 "넷날 따윗과 솔로몬의 시편과 가튼 것"을 들

---

27 대표적인 논의는 다음과 같다. 유병관,『1920~1930년대 농민문학의 일연구』, 성균관대 석사논문, 1989; 류양선,『한국농민문학연구』, 서광학술자료사, 1994; 최현희,「일제하 농민문학론의 담론 구조」,『영남학』13호, 경북대 영남문화연구원, 2008, 401~429쪽; 홍성식,「조선농민사의 농민문학론과 농민소설 연구」,『한국문예비평연구』28집, 한국현대문예비평학회, 2009, 249~278쪽.
28 전춘호(全春湖)는 이명으로, 전봉제가 본명으로 여겨진다.「문학에 대하여」말고 한 차례 신민요 두 편「농촌의 노래」·「농촌행진곡」(1930.7)과 두 차례 소설을 실었다.「5월의 태양」(1931.10.11)·「월급 탄 날」(1933.10)
29 『농민생활』, 1932.12, 13쪽.

었다. 그이가 놓인 기독교 교양을 엿볼 수 있다. 3장 '문학과 인생'에서는 문학의 창작과 효용을 다룬 자리다. 사상 감정을 문자로 표현하는 것이 문학이라 하더라도 그것을 만드는 일과 맛보는 일은 다른 행위다. 만드는 작가의 "특별한 기능"을 인정한 셈이다. 게다가 문학은 "다른 엇던 교훈이나 설교보다도 위대한 힘"을 지녔다. 공리적 효용론을 밀었다.[30]

　　문학은 우리의 감정을 표현코저 하는 욕망 째에 만드러지고 또 읽어진다는 말을 하엿습니다.

　　그런데 우리가 여기서 주의할 것은 사람의 감정이란 사람마다 다 일정하여 잇지 안습니다. 녯사람과 지금 사람이 다르고 또 가튼 지금 사람이라도 그 생활하는 토대에 짜라서 다 다른 감정을 가지게 됩니다.

　　— (줄임) —

　　그런고로 자본가면 자본가 로동자면 로동자 또 농민이면 농민 다 각각 자기가 속할 계급의 감정을 대표하는 문학을 가지게 되는 것입니다.[31]

그이에 따르면 '농민문학'은 "농민의 감정을 대변하는 문학"이다. "그들의 계급적 필요로 인하야 생긴 예술"이다. 따라서 "취급하는 제재는" "농민의 이익이 될 만한 사상이라야 할 것이며 그 표현 방식에 잇서서 언어와 가튼 것도 농민적이여야 할 것"이다. 그리고 농민문학의 주체는 당연히 "농민들이여야 할 것"이라 못 박는다. 가끔 농민에게 동정을 가진 작가가 나타나지만, 이런 사람들보다는 "농민의 하나로써 그 생활을 친히 경험하고 째다른" 뒤 "농민 전체의 감정을 대표할 수 잇는 농민문학가"가 마땅하다. 따라서 "농민 가운데서 농민을 위한 작가가 만히 나기를"[32] 바란다고 끝을 맺었다.

30　"조흔 문학은 우리들의 이상을 더 노푼 곳으로 인도할 수가 잇으며 더 큰 히망을 가지게 할 수가" 있다. 그와 달리 "납뿐 문학은 인생을 타락식히며 우리의 힘을 마비시켜 우리에게 그릇된 도덕과 그릇된 사실을" 가르쳐 준다고 보았다. 『농민생활』, 1932.12, 15쪽.

31　『농민생활』, 1932.12, 15쪽.

32　『농민생활』, 1933.6, 61쪽.

전춘호의 글은 소박한 문학 일반론 위에서 농민문학의 발전과 바람직한 농민문학가의 탄생을 바라는 조언 형식을 취했다. 농민문학만을 위한 자리는 아니었지만, 기독교계의 농민문학 논의를 깁는 데는 모자람이 없다. 그이는 바람직한 농민문학은 주체와 형식, 내용, 효용 모두에서 농민에 의한, 농민적인, 농민을 위한 농민문학이라는 생각을 폈다. 길게 끌면서 세부에 대한 논의를 담아내지는 않았다. 그럼에도 생각은 간단명료하다. 글쓴이 스스로 지식 농민 주체로서 문학의 길에 나서기로 한 자기 규정에 가까운 글이다. 이에 견주어 두 해 뒤에 나온 양주동의 「농민문학의 개렴」[33]은 더 꼼꼼한 논의를 폈다.

양주동은 먼저 5, 6년 앞부터 문단에 '농민문학을 건설하자'는 제의가 있어 왔음을 회고한다. 그 일은 인구 8할을 차지하고 있는 농민을 둔 입장에서 마땅한 일이다. 우리 문학을 세우자면 자연히 "농민의 생활과 감정과 운명을 중심으로 한 문학"이 "주류를 형성"해야 한다. 그렇다면 농민문학이란 무엇인가? 그이는 그것을 둘로 나눈다. 첫째, 농민 생활을 제재로 삼는 '흙의 문학'이다. 농민이 지닌 "다른 사회층보다도 특수한 환경과 생활을" "묘사하는 것"이다. 주체가 누구냐는 문제 될 게 없다. 둘째, "농민이 작자가 되는 문학"이다. 농민의 삶을 표현하자면 농민이 손수 하는 것을 따르기 힘들다. 농민이 농민문학을 만들어야 한다. 양주동은 처음을 제재 중심의 농민문학관으로, 다음을 작자 중심의 농민문학관으로 정의했다.

그런데 이 둘은 장단점을 지닌다. 처음은 "농민 생활의 표면성을 그렸다 하더라고 생활 감정의 저류와 핵심을 파악하기" 곤란할 수 있다. 작품 속에 흐르는 "감정, 생각, 취미, 의식 등에 참다운 농민의 것이 아니면 도저히 농민문학이라 할 수" 없는 까닭이다. 다음은 재재 중심의 농민문학관보다 훨씬 피상에 떨어질 수 있다. 농민이 썼다 해도 결과가 반드시 농민 감정이며 농민 의식이며 농민의 생각일까 하는 물음과 맞닥뜨린다. 그리하여 그이는 둘이 지닌 장점을 취해, 새롭게 '의식 중심'의 농민문학관을 내놓는다.

---

33 『농민생활』, 1933.6. 이 글도 기존 연구에서 빠졌던 것이라 미발굴로 남아 있었다. 김장호 외, 「양주동 작품연보」, 『양주동 연구』, 민음사, 1991, 398쪽. '편집 후기'에서는 "조선의 작자로 유명하신 우리 양주동 선생께서 총망하심에도" "농민문학에 대하야 특별히 집필"하여 주었다고 적었다.

농민문학이란 농민의 생각을 토대로 한 문학이다. 다시 말하면, 농민의 생활을 통하야, 그들의 늣긴 바, 감정, 의식, 사상, 좀 어렵게 말하면 그들의 인생관, 사회관, 세계관을 표백하여 노흔 것이 농민문학이다.[34]

농민은 생활이 "흙속에 깁히 색리" 박고 "흙을, 대자연을 대상으로 하는 만큼, 그 생활 감정에 잇어서도 사회 어느 층과도 다른 독특한 정서와 감정"을 지녔다. "자연과 인생에 대한 자연적인 소박하고도 순진한 생각은 스사로 다른 층의 그것과는 전연 상이한 인생관, 자연관을 형성"한다. 따라서 "자연과 흙을 이저바린 지 오래"거나, 그렇지 않다 하더라도 "일시 권태로운 도시적 분위기에 실증이 나서 '자연으로 도라가자', '흙으로!' 운운하는 도시 생활자의 생각과는 전연히 판이한 체계를" 지닌다.[35] 사회관에 있어서도 마찬가지다. 농민은 "생활이 근본적으로 허위와 인공으로 가득한 근대 물질문명 도시 중심의 사회와는 판이한 사회층에 속한다." "귀족이나 상인이나 도시 노동자와는 같을 수" 없는 그들의 사회관이 스스로 "한 체계를" 이루지 못할 바가 없다. 이러한 "농민적 생각을 문학상에 표현하랴면, 그것은 농민의 생활을 통하여서 표현함이 가장 첩경일 것"이다. 여기서 제재 중심의 농민문학관과 맞물리는 점도 있다.

그럼에도 반드시 농민문학이 농민을 제재로 해야 하는 것은 아니다. "심지어 제재는 사회 어느 층을 취하였던지 "작품을 관류하는 정신과 그 인생관, 세계관이 농민의 그것"이면 그만이다. 요컨대 "산과 물, 달과 바람을 어쩌한 생각으로 바라보는가가 문제"다. "물론 농민의 정신을" 표현하려면 농민을 제재로 하는 것이 손쉽다. 농민문학의 제재가 실지에 있어서 "대부분 농민의 생활을 중심으로 하게" 되는 까닭이다. 따라서 농민문학의 창작은 "농민이 직접 하는 것이 누구가 하는 것보담 좋을" 수 있다. 하지만 "반드시 농민이 작자 됨을 요구하는 것은 아니다." 농민 아닌 층, 곧 "학생, 노동자, 지식계급" 또는 직업 문필가 들, 누구라도 "참으로 농민의 감정을 가진 사람"이라면 그 작품은 "진정한 농민문학에 가깝게 될 것"이다. 더구나 우리 현실에서 "농

---

34 『농민생활』, 1933.6, 62쪽.
35 『농민생활』, 1933.6, 62쪽.

민 자신이 만든 농민문학"은 이상일 따름이다. 그리하여 다시 한 번 그이는 농민문학을 아래와 같이 정의한다.

> 농민문학이란 무엇이뇨? 농민의 생활 감정, 생활 의식, 생활 태도, 한 마디로 말하자면 그 인생관을 표백한 문학이오, 게다가 그의 자연관, 사회관들을 가미한 문학이다. 그러므로 나는 이 모든 요소를 결합하여 한 마디로 '농민 의식'을 토대로 한 문학이라 한다.[36]

양주동은 기존의 농민문학관을 제제 중심의 것과 작자 중심의 것으로 나눈 뒤, 자신은 그 둘을 녹여서 의식 중심의 농민문학을 내놓았다. 농민 주체나 농민 형식, 농민 독자보다 앞서는 것이 "작품을 관류하는 정신", 곧 '농민 의식'이다. 농민의 '인생관', '자연관' '사회관"이 그것이다. 문제는 참된 '농민 의식'이란 무엇인가에 있다. 그이에 따르면 "대자연을 어머니로" 삼아 "자연적인 소박하고도 순진한 생각"에서 이루어진 '인생관', '자연관'이다. "허위와 인공으로 가득한 근대 물질문명 도시 중심의" 것과 다른 '사회관'이다. 농민층에 대한 이해가 막연하고 그로부터 연역해 낸 '농민 의식' 또한 비실제적이다. 앞선 전춘호의 글보다 논리를 갖추었지만 생각에서는 깊어지지 못한 셈이다. 농민 현실 중심의 관점과 농민 주체 중심의 관점을 두고, 둘을 보다 관념적인 '농민 의식' 하나로 묶었을 따름이다. 1920년대 평단에서 보였던 절충론적 자세가 1930년대 농민문학에서 다시 한 번 드러난 셈이다.

한적선의 「농민문예소고」[37]는 양주동의 두 해 뒤에 나왔다. 글은 '머릿말'・'농민문예의 의의'・'농민과 문예'・'결론'의 네 토막으로 이루어졌다. 머리말에서 농민문예론의 흐름을 짚은 뒤,[38] '농민문예의 의의'에서 농민문예의 개념 규정에 이른다. 먼

---

36 『농민생활』, 1933.6, 63쪽.
37 『농민생활』, 1935.9, 758~761쪽.
38 "하리코프 작가회의에서" "새로 논의" 되기 시작한 '농민문학'은 뒤를 이어 "일본 내지"를 거쳐, 1931년 하반기부터 '조선에서도' 본격 논의되기 시작했다. 이론가로 백철・안함광을, 작품을 발표한 이로 리기영・권환・송영・유치진・장혁주를 먼저 꼽고, 이광수의 「흙」도 같은 자리에 넣었다. 그리고 중요성을 인식해 신진작가들에게도 농민문예 작품을 볼 수 있게 되었다고 전제한다.

저 그이는 농민문예를 전원문예'향토문예'와 나눈다. 전원문예는 농민문예와 비슷해 보이나 거리가 멀다. 전원문예는 "도시인이 도시 삶에 피로하여 시공을 동경하는 곳에서 나온 문학"이다. 거기에는 "목가적 정서가 흐르고 회고적 감정이 농후"하다.[39]. "농민의 복종 잘하는 그 성질을 예찬하고 언제나 봉건적 사상에 얽매 두어 한 거름도 앞으로 나가기를 원치 아니한다." 현실을 그냥 찬미하는 것이다. 이와 달리 농민문예는 농민을 제재로 삼고 "현 농촌에 입각할 것은 물론이오 농촌 생활을 비판하고 희망을 보여 주는 것"이다. "농민의 생활을 그대로 속임없이 소박한 농민답게, 선이 굵게, 씩씩하게, 묘사"한다." 따라서 "농민문학은 도회인의 심심푸리나 청량음료가" 아니다. "농민들의 밥"과 같다. 그이는 먼저 전원문학의 퇴행성을 짚은 뒤, 농민문학이 지니고 있는 현실 개혁적 역할을 강조한 셈이다.

이러한 농민문학의 주체는 농민이어야 한다. 농민 자신이 쓰는 농민의 산 기록이 농민문학이다. 그럼에도 "농민이 아닌 삶도 농촌과 농민을 연구하고 생활하므로 농촌의 실정과 농민의 감정을" 알 수 있다. 농민 주체를 내세우면서도 개방적인 입장을 취했다.

빈농들은 농촌에서 기아선상에서 과중한 고생을 하며 그날그날을 사러간다. 그러다가 소작권을 빼앗기고 차압이나 당하게 되면 잔뼈가 굵어진 고향을 떠난다.

이것이 지금 우리 농촌의 정경이다. 그리고 이촌하는 농민은 줄어질 줄 모르고 나날이 늘어간다.

그러면 우리 농민은 경제적으로만 밑바닥서 고생하고 있는가. 아니다. 우리는 정신 방면으로도 말할 수 없이 뒤떠러저 있는 것을 알 수 있다.

농민들은 아직도 봉건적 사상에 붙잡혀 있고 구도덕에 얽매여 있다.

농촌에 꽉 차 있는 악취 ─ 오래 썩은 못 가운데 있는 오수 같은 인습과 옛 도덕에 무치여 갈팡질팡하는 농민들![40]

---

39 "아름다운 전원만을 노래하고 자연의 그 묘함에 한편으로 놀라고 한편으로 사모하는 곳에서 나온 것이 전원문예다."『농민생활』, 1935.9, 759쪽.
40 『농민생활』, 1935.9, 760쪽.

우리 농민들이 겪는 빈궁 현실은 나날이 더한다. 그런데 이러한 현실뿐 아니라, 우리 농민들은 "정신 방면으로도 말할 수 없이 뒤떠러저" 있다. "오수와 같은 인습과 옛 도덕에 무치여 갈팡질팡"한다. 그런 "빈궁과 무지" 속에서 '미신'이라는 '독균'만 번성한다. 그렇기에 농민이 읽는 것은 "아직도 '봉건적 잔재물이 잠겨 있는 소설이나 또는 관념적이고 이상주의적인 부류의 것들"「농민문학 문제 소고」, 안함광"이다. 곧 "춘향전, 심청전, 추월색, 수호지, 삼국지"가 그들이다. 따라서 오늘날 농민은 "농업 기술의 지도나 기독교의 전파보다도 문학을 요구"한다. "봉건적 잔재물이 잠겨 있는 문예를 물리치고 현실을 묘사한 새로운 문예"다. "농민문예에 뜻을 둔" 작가는 "시급히 고대소설을 물리치고 새로운 소설을 그들에게 주어야" 한다.[41]

한적선은 당대 농민문학 논의 전반에 대한 이해가 나름대로 있었음을 글 속에서 내비친다. 한빛이 이미 말한 바와 같이 전원문학에서 벗어나야 할 것이라는 당위성을 되풀이한 점도 그 하나다[42] 그러면서 농민에 대한 이해에 있어서는 인격주의 입장에 선다. 봉건적 인습이나 옛 도덕에다 무지와 미신에 사로잡혀 있는 존재가 농민일 따름이다. 따라서 그들에게 필요한 것은 계몽적 힘이 가장 큰 문학이다. "농민의 밥"으로서 농민문학이 맡아야 할 현실 개량적 역할이 무엇인가가 분명하다. 봉건 잔재 타파가 그것이다. 농민의 계급적 주도권에 대한 이해가 건성이다. 따라서 문학의 공리적 역할을 강조함에도 농민문학의 역할은 개인의 인격 계몽에 머물렀다. 또 다른 현실 순응을 농민에게 강요하고 있는 셈이다. 농민문학의 주체인 농민에 대한 몰이해와

41　『농민생활』, 1935.9, 760쪽.

42　한빛은 「전원문학과 농민문학」(『농민』, 1932.12)에서 "농민문학이란 농민을 쓴 문학이 아니라 농민이 쓴 문학"이라 규정해 주체를 분명히 했다. 이어서 그이는 전원문학과 농민문학을 내용과 형식, 그리고 관점에서 나누었다. '전원을 찬미하는 문학'인 전원문학은 "자연히 모든 현상을 긍정하고 만족해 하고 거기에 대하여 아무런 비판을 가하지" 않는다. 따라서 그 표현 형식에 있어서도 "자연히 가늘고, 부드럽고, 향기롭고, 청한스럽고, 건들건들한 형식"을 드러낸다. 그리하여 전원문학은 마침내 "도시 사람, 식자 계급, 유한 유한계급의 청량제" 역할에 머문다. 그런데 당대 전원과 농촌은 "찬미할 아무것도 갖지 못하고 오직 피폐, 쇠퇴, 파멸뿐"이다. 그러하니 필연적으로 전원문학은 쇠퇴하고 농민문학이 발생할 단계에 이르렀다는 게 한빛의 생각이다. 그이는 전원문학이 지닌 반농민적 됨됨이를 폭로하고, 농민문학에 녹아 있는 전원 취향을 비판했다. 이에 대해서는 유병관이 풀이가 자세하다. 유병관, 『1920~1930년대 농민문학의 일연구』, 앞의 글, 47~48쪽.

농민문학의 내용으로서 반봉건, 그리고 농민 독자를 향한 작가의 과대한 역할 강조를 통해 드러나는 점은 한적선이 지녔을 몰현실성과 하향식 계몽주의 지식인의 자세다. 따라서 4장 '결론'에서 그이가 "농민문예의 장래는" "농민들 속에 파고 들어가서 피와 살이 되어야 그 가치를 발휘할 것"이고, 그를 위해 "건실한 농민 가운데서 작가가 나서 농민들의 대변자가 되는 동시에 농민들을 이끌고 나아가" 농민과 농민문학 둘이 "완전히 결합하야 발전해 나가는 데"[43] 있을 것이라 한 말은 공허할 따름이다.

살핀 바와 같이 전춘호·양주동·한적선은 두 해씩 시차를 두고 발표된, 많지 않은 기독교계 농민문학론이다. 그런데 이들은 당대 다른 농민문학론의 전개 과정으로 볼 때 새 논점을 지닌 것은 아니다. 논의 수준도 오히려 뒤로 물러선 격이다. 무엇보다 농촌과 농민 현실에 대한 이해가 어름하다. 그러다 보니 당대 농민이 겪고 있었던 민족적, 계급적 현실과는 무관하게 도시와 농촌의 대립이라는 몰역사적 이분법[44]에 터무니를 둔 채 농민 문제를 개인 인격과 품성 문제로 축소하고 있다. 농민문학의 당위성을 말하면서도 적극적 정치성은 버리고 개인의 계몽성 문제로 너비를 좁힌 셈이다. 따라서 농민문학의 필요성이나 역할 또한 농민 개인의 덕성 함양이나 계몽 문제로 물러서면서 당대 농민문학론이 지녔던 사회 변혁적 의의라는 적극적 자리를 건너뛰었다.

이런 점은 지식 농민인 전춘호가 농민 주체에 의한, 농민적인 내용과 형식의, 농민을 위한 농민문학론을 내세운 간명한 입장과 달리, 도시 지식인이었던 양주동과 한적선의 입장에서 더 선명하다. 곧 농민 주체나 농민 현실보다 관념적인 농민 의식을 강조한 양주동의 논의나 농민 개인의 반봉건성, 무지 타파 기능을 강조한 한적선의 논의가 그것이다. 둘에서 한결같은 점은 상위의 주체인 작가가 수동적인 농민 독자로 향하는 시혜적인 눈길이다. 그런데 이러한 개량주의, 계몽주의의 입장은 『농민생활』의 주체, 곧 한국 기독교계의 모습이기도 했다. 그들의 '농민지식보급운동'[45]의 취

43　『농민생활』, 1935.9, 761쪽.

44　류양선, 『한국농민문학연구—식민지시대』, 앞의 책, 98쪽.

45　인구의 8할을 넘은 농민이 "지식적으로 장님"인 상태에서 기독교가 "일면일교주의 목표로" 농촌 지식 주입을 위해 노력을 다해야 한다는 생각이다. 「농민지식보급운동」, 『농민생활』, 1932.8, 1쪽.

지와 이들의 농민문학론은 맞물린다. 게다가 이것은 농촌의 구조적 문제는 숨기고 근본 원인을 농민 개인에게 돌려 민족 항쟁력을 통제하고 수탈을 강화하고자 했던, 이른바 당대 조선총독부 '농촌진흥운동'의 하향식 '농촌 갱생' 목표와도 나란하다. 여기서 기독교 농민문학론의 한계가 분명한 셈이다.

4. 평양 지역시의 세 경향

『농민생활』 문예란에서 시는 중핵적이고도 지속적으로 실린 갈래다. 따라서 가장 많은 작가를 선보였다. 그 가운데는 문학사회에 이름을 얻지 못하고 사라져간 무명도 있다. 그러나 적지 않은 전문시인이 이름을 올렸다. 그들은 5편에서 1편에 이르기까지 작품을 선뵀다. 민병균이 5편으로 가장 많았고, 다음을 4편의 장수철, 3편의 강승한·양운한, 2편의 강소천·한흑구·목일신·박목월·황윤섭이 이었다. 한적선·김현승·김조규·주영섭·최경섭·한죽송은 1편씩 실었다.[46] 흥미로운 사실은 이들『농민생활』의 작품은 뒷날 자신의 시집이나 다른 이가 엮은 전집 꼴의 책에 되실리기보다 거의 모두 실리지 않아 미발굴 상태로 남아 있다는 점이다.[47]

---

46 민병균, 「농민찬보(農民讚譜)」(1934.8)·「나도 가고 싶어라-동절(冬節) 따라 그리운 내 고향 산촌의 어린 벗들에게」(1934.11)·「밤·폭풍이 몰려가는 남방을 우러러-삼남·관서 수풍재난 동포들에게」(1935.1)·「봄·사중주」(1935.2)·「여름 황혼의 산상」(1935.6); 장수철, 「포프라 있는 풍경」(1935.7·8합호)·「벽촌(僻村)」(1935.11)·「만가」·「함석 집웅 있는 풍경」(1936.2)·「삘딩 옥상에서」(1936.5); 강승한, 「새벽하늘 밑에서」(1934.9)·「황혼에 정경」(1934.11)·「무제」(1935.1); 양운한, 「풀닢·꽃」·「잔잔한 수면」(1934.7)·「밤의 산길」(1935.1)·「눈보라 치는 나룻가의 밤」(1935.3); 강소천, 「감자꽃」(1935.7·8합호)·「헛소문-머슴의 노래」(1936.9); 한흑구, 「춘일정사(春日靜思)」(1935.4)·「허믜」(1934.8); 목일신, 「농부의 노래」·「봄노래」(1936.3·4합호); 황윤섭, 「갈렛길」(1938.9)·「별」(1938.10); 박목월, 「거리를 떠나든 동모여-최기갑 군을 보내면서」(1934.11)·「여수」(1935.5); 주영섭, 「보통벌」(1934.11); 김현승, 「농민아-어머니의 유언」(1934.12); 김조규, 「삼춘송(三春頌)」(1935.3); 한흑구, 「춘일정사(春日靜思)」(1935.4); 한죽송, 「농촌은 좋은 곳」(1935.7·8합호); 최경섭, 「자연」(1938.9); 한적선, 「깃붐과 슬흠」(1933.10)이 그들이다.
47 이들 가운데서 뒷날 시집에 올린 이는 최경섭과 한죽송이 대표적이다. 최경섭, 『풍경』, 한성도서주

이 자리에서는 이들을 두 유형으로 나누어 살핀다. 1945년 을유광복 뒤 광복기에 북에 남아 있었거나 되돌아간 재북 시인의 것과 월남하거나 남한에 머문 재남 시인의 것이다. 이들의 뒷날 문학 활동과 연관을 살피기 위한 까닭이다. 그리고 작품 됨됨이를 따지는 일에는 재현 가치 지향과 표현 가치 지향, 그리고 그 둘 가운에 놓이는 재현·표현 이중가치 지향이라는 삼분법을 끌어들인다. 이들을 1930년대 당대 농민문학론의 틀에 따라서 살피면, 농촌 현실과 농민의 경험 재현에 기울어진 농민시적 작품과 농촌과 자연 대상을 두고 목가적 인식을 보이거나 관념적 태도에 기울어지는 전원시적 경향, 거기다 농촌이나 자연 경험의 표출과 무관하게 언어체로서 시의 개성화 과정을 가장 많이 드러내는 표현시적 경향으로 되돌릴 수 있다.[48]

첫째, 재북 시인의 작품이다. 민병균·강승한·주영섭·양운한·김조규가 이에 든다.

① 봉아

보통벌로 나와

가을의 구슬픈 노래를 들어라

식회사, 1938; 한죽송, 『방아 찧는 처녀』, 한성도서주식회사, 1939. 김조규는 두 차례 나온 선집에 실리지 않았다. 숭실어문학회 엮음, 『김조규시집』, 숭실대출판부, 1996; 연변대 조선언어문학연구소 엮음, 『김조규시전집』, 흑룡강조선민족출판사, 2002. 목일신의 경우 뒷날 「농부의 노래」는 전집에 원전이 밝혀지지 않은 상태로 실렸고, 「봄노래」는 빠져 있다. 이동순 엮음, 『목일신전집』, 소명출판, 2013. 한흑구 경우는 「춘일정사」 한 편만 죽보기에 게재 사실이 알려져 왔다. 민충환 엮음, 『한흑구문학선집』, 아시아, 2009. 박목월의 두 편도 그이 전집에 실리지 않았다, 이남호, 『박목월 시전집』, 민음사, 2004. 김현승 작품 또한 미발굴로 남아 있다. 김인섭 엮음, 『김현승 시전집』, 민음사, 2007.

48 시는 경험 현실에 대한 언어체로 실재한다. 따라서 언어가 기능하는 방식과 비중에 따라 이론적으로는 다시 세 가지 됨됨이로 나눌 수 있다. 곧 경험 현실의 재현 가치에 중심이 놓인 것과 경험 현실과 무관하게 언어의 표현 가치에 중심이 놓인 것, 그리고 이 둘 사이에서 재현 가치와 표현 가치가 뒤섞인 이중 상태에 놓이는 것이 그것이다. 이들을 1차 언어체, 3차 언어체, 2차 언어체라 일컬을 수 있다. 이들은 추상화의 정도에 따라 위계를 이룬다. 재현 가치의 1차 작품이 맨 아래 놓이고, 재현·표현 이중가치의 2차 작품이 그 위에, 그리고 표현 가치의 3치 작품이 맨 위에 놓인다. 그에 따라 시의 분위기도 상위 가치로 올라갈수록 더 개별화(개성화)한다. 『농민생활』에 실린 시들은 죄 농민의 삶이나 농촌을 다룬 것은 아니다. 하지만 넓은 뜻에서 『농민생활』이라는 매체의 특성을 의식한 작품이 주류다. 따라서 단순히 자연 대상을 다룬 시도 이 자리에서는 농촌 범위 안에 넣어 이해해도 무리가 없을 것이다. 따라서 위의 세 가지 유형은 1930년대 당대 농민문학론의 논의 틀 가운데 하나였던 농민시적 작품과 전원시적 작품, 그리고 표현시적 경향으로 바꿔 놓고 볼 수 있다.

가을을 등지고

떠나는 사내들의 꿈을 실코

기차는 북으로, 북으로 다름질친다.

깜박이는 등잔 밑에

늙은 어미니와 아버지를 울려 놓는 밤 —

그러나 봉아

너는 울어서는 안 된다

조밥 알이 무든 입을 씻고

보통벌을 내다보아라

동무들과 어깨를 끼고

가을의 노래를 불러라

가을의 보통벌을 다름질처라.

— 주영섭, 「보통벌」 가운데서[49]

② 삘릴리 삘릴리 저 언덕 시내ㅅ가에서 퍼지어 떨리는 어린것들의 피리소리

허무러진 담정 우에 나라니 앉어 목놓아 부르는 내 어린 겨레들의 헐벗은 노래 —

(애야 네가 누구의 아들이냐 네가 누구의 자식이냐

네 아비가 명랑한 이 봄을 등지고 살지 않느냐

네 어미가 따스한 봄빛을 잃고 울지 않느냐)

허나 그 피리ㅅ소리 마디마디 넘쳐 뛰는 약동의 맑은 곡보 물ㅅ줄기에 그리네

목 쉬인 그 노래소리 가락가락 사나희의 입동에 피ㅅ물을 떠러뜨리네

— 김조규, 「삼춘송三春頌」 가운데서[50]

---

49 『농민생활』, 1934.11, 682~683쪽.
50 『농민생활』, 1935.3, 214~215쪽.

①은 농촌의 경험 현실에 핍진하려는 모습을 내비친다. '사내들이' "북으로, 북으로" 떠나고, "등잔 밑에 늙은 어머니와 아버지"가 우는 '밤'이다. 말할이는 그러한 슬픔을 겪는 아이, '봉'이에게 "동무들과 어깨를 끼고" 극복하라고 위로한다. 암시적이긴 하지만 이촌과 유이민으로 떨어져 가는 당대 농촌과 농민을 향한 구체적인 감각을 담아내고 있다. ②는 ①에서 한 발 더 들어선 현실 이해가 뚜렷하다. "허무러진 담정 우에 나라니 앉어 목놓아 부르는" "어린 겨레들의 헐벗은 노래"라는 표현에 그 점이 옹글었다. 그들의 '이촌' 현실이 말할이의 마음을 '피ㅅ물' 떨어지듯 아프게 만든다. 1930년대 당대 빈농 가족의 삶에 대한 재현 의도가 잘 담겼다. 흔히 알려진바 모더니스트로서 김조규보다 더 밑자리에 도사리고 있었던 현실 의식이 드러난 셈이다. 따라서 ①·②는 둘 다 농민시적인 작품이라 할 만하다.

③ 밤 11시 ―

어쩌면 아직도 돌아오지 않을까?

해뜨기 전 눈 덮인 강판을 건너간 아빠가

지개만 지고 바람 치는 강판을 건너간 아빠가

간봄에 이미 여인 막동이를

눈보라 치는 나룻가 외챗집에 남겨두고

강 건너 성내로 지개 버리고 간 아빠가

어쩌면 아직도 돌아오지를 않을까?

(내일은 정월 명절 ― 깨끼 입성 입고 고흔 밥 먹는 날)

맥없이 기다리는 어린 눈동자에는

그만이나 부드러운 조름만이 찾어 들어왔다.

― 양운한, 「눈보라 치는 나룻가의 밤」 가운데서.[51]

---

51 『농민생활』, 1935. 3, 216쪽.

④ 예로부터 낮이면

어린 면양綿羊인 흰 구름들이

여러 모양으로 몸 모습을 빚의여 보는 풀은 거울.

그리고 밤이면

주석朱錫빛 달이 금발金髮을

살낭살낭 헤우는 풀은 한울이랄까?

— 양운한, 「잔잔한 수면」 가운데서[52]

③과 ④ 모두 양운한의 것이다. ③은 앞선 주영섭·김조규의 것과 마찬가지로 농촌과 농민이 겪는 경험 현실에 대한 이해가 뚜렷하다. 까치설 밤늦은 시각, 지게 벗어 놓고 강 건너 성내로 가신 아버지는 돌아올 기척이 없다. 설빔과 설차림을 '맥없이' 기다리며 어린이는 조름에 겹다. 밤늦게 되돌아올 아버지 손에는 아무 것도 들려 있지 않을 수 있으리라. 아니면 끝내 돌아오지 못할지 모를 아버지다. 명절을 맞은 서글픈 시골 가족 풍경이 당대 빈궁 현실 재현의 이음매로 오롯하다. 그런데 ④는 ③과 뚜렷하게 나뉜다. 잔잔하고 푸른 '수면'을 낮에는 "흰 구름"이 "어린 면양"처럼 제 모습을 비춰 보는 '거울'이며 '밤이면 "주석빛 달이 금발을 살낭살낭" 흔드는 푸른 하늘같다고 말한다. 낮밤을 따라 바뀌는 잔잔한 물낯에 대한 비유적 표현을 즐기는 데 초점이 두어진 바다. 농촌의 경험 현실과는 무관한 전원시적 표현 가치를 즐긴 셈이다. 한 시인의 작품에서 서로 맞서는 듯한 두 모습, 곧 농민시적인 것과 전원시적인 것이 뒤섞여 나타난다.

① 오오, 해골과 같이 살 한 조박 안 남은 그대들의 종희장 같이 말트러진 얼굴가죽들이여,

52　『농민생활』, 1934.7, 472쪽.

허재비와 같이 비틀비틀 황량한 벌판을 넋 없이 걸으며 원통한 추억을 달리며

이리저리 허둥지둥 안타깝게 안지도 서지도 못하고 돌아치는 그대들의 야윈 다리여

그리고 그대들의 정기를 잃고 실망의 회색빛을 띠우며 멍-하니 뜨고 있는

그대들의 욕망과 기쁨의 검은 빛이 살아진 지 오래인 깊이 들어백인 눈동자들이여

팔뚝과 손바닥에도 지금은 그날의 억세든 탄력을 잊어버리고 마른 듯

팔짱을 찌르고 하눌을 우러러 허무한 과거를 저주하는 그대들의 영상이 아련하고나

— 민병균, 「밤·폭풍이 몰려가는 남방을 우러러 – 삼남·관서 수풍재난 동포들에게」 가운데서[53]

② 검푸른 농록색濃綠色 나무와 숲과 바위는

다-같이 어스름 짙은 빛에 흐려 잠기고

샘물소리만 혼자 저윽히 흘러 들리는

오-지극히 고요로운 여름 황혼黃昏의 산상山上

이는 나의 영靈과 육肉 아울너 산책散策하는

가장 아름답고 찬란다운 마음의 고향 터

그리고 나의 하로 무거운 근심과 피곤疲困

이-모든 세고世苦를 기리 묻는 파사婆娑의 무덤

— 민병균, 「여름 황혼黃昏의 산상山上」 가운데서[54]

둘 다 민병균의 작품이다. ①에서는 '수풍재난'을 겪은 '삼남·관서' 지역 농민을 떠올리며 그들이 겪고 있을 아픔에 공감을 보낸다. "허무한 과거를 저주"하고 있을 '그대들'로 표현된 내포 독자를 향한 시인의 목소리는 영탄을 뒤섞어 격정적이다. 커다란 수해와 풍해 속에서 더할 참담한 농민 현실에 대한 공감 속에 말할이가 지닌 농민 공동체에 대한 유대가 뚜렷하다. 그런데 ②에서는 ①과 달리 말할이가 "여름 황혼

---

53 『농민생활』, 1935.1, 49~50쪽.
54 『농민생활』, 1935.6, 453쪽.

의 산" 위에 앉아 "지극히 고요로운" "마음의 고향 터"인 농촌을 담아낸다. 세상의 "무
거운 근심과 피곤", "모든 세고를" 벗어나게 해주는 장소로서 '산상' 곧 농촌의 자연
이 그려진다. 목가적인 눈길이 뚜렷하다. 이미 양운한에서 본 바와 마찬가지로 한 시
인의 작품에 농민시적 것과 전원시적 것이 아울러 담겨 있다.

밤하늘이 찌여질 듯이 메여질 듯이
두루 총총 별무리 많이 떳구나.

머나먼 하늘 아래서
언제인가 세찬 바람이
요란이 문풍지 흔든다 밤은 깊는다.

방안에는
외로운 등잔 아래
엄마 팔을 벼개 삼은 어린 아가
새근거리며 고요이 잔다.

— 강승한, 「무제」[55]

위에 옮긴 강승한의 작품은 "세찬 바람이 문풍지를 흔드는" 깊은 밤, 아이가 엄마
팔을 베개 삼은 뵈고 잠든 머그림^{이미지}을 담고 있다. 농촌의 경험 현실과 거리를 두면
서 소박한 시골 풍경을 담는 데 공을 들였다. 엄마와 평화롭게 자는 아이를 내세워
목가적 분위기로 읽는이를 끌어들인다. 이때 '외로운'이란 고통스런 감각이라기보다
방안의 평화로움을 더하게 하는 꾸밈말일 따름이다. 전원시적 작품인 셈이다.

앞에서 살펴 본 바와 같이 『농민생활』에 실린 재북 시인의 작품은 한결같은 특성

55　『농민생활』, 1935. 1, 54쪽.

을 지니고 있지 않다. 이촌과 유이민, 자연재해로 말미암아 농촌의 암담한 경험 현실의 재현 가치에 더 기울어진 농민시적 눈길에서 농촌 현실과 자연에 대한 목가적 정황을 노래한 전원시적 눈길을 아울러 드러낸다. 김조규·주영섭과 강승한을 그 두 경향의 서로 다른 두 끝으로 삼고 그 안쪽에 양운한과 민병균의 작품이 놓인다. 두 경향을 한 몸으로 껴안고 있는 시인이다. 이러한 이중성은 해당 시인 스스로 지닌바 농촌 현실을 향한 인식의 이중성이다. 아울러 자기다운 시적 주체를 밀고 나가기에 앞서 모색기에 놓인 청년시인의 시도적 양상일 수도 있다. 분명한 점은 이들이 을유광복 뒤 남북한 사이 이념 경계, 생존 경계가 뚜렷해지는 과정에서 북쪽에 남는 길을 따를 개연성을 그들 작품에서 보이는 농민시적 눈길이 이미 보증하고 있다는 사실이다.

둘째, 월남시인이거나 남한 거주 시인 작품이다. 『농민생활』의 전문시인 가운데서 월남한 이는 한흑구·장수철·강소천·최경섭이다. 거기에 남한 거주 시인 김현승·황윤섭[56]·박목월·목일신이 더한다.

① 지나간 날의 조상 생각……
한번 나는 땅을 힘없이 팟노라.
아들공부 식히고 딸 싀집 보낼 생각……
나는 또 한 번 땅을 팟노라.

한숨 한번에
땅 한번 파고……
귀찬타 웃음 한번에
또 한 번 파노라.

56　1916년 함북 웅기에서 났다. 1940년 연희전문학교 문과를 졸업하고 1941년부터 대구의 기독교계 신명여중 교사로 일하며 남쪽에 머물렀다. 1947년에는 교장으로 취임했다. 전쟁기 1951년에 작고했다. 따라서 광복 이전부터 평양과 광주를 오내렸던 김현승과 함께 남한 거주 시인에 넣는다. 황윤섭은 1947년 시집 『규포시집』에 이어 1949년 4인 시집 『청과집』과 사후 『규포시초』를 냈다.

— (줄임) —

태양 태양 태양이여……

나는 힘잇게 땅을 파노라!

— 한흑구, 「허믜」 가운데서[57]

②지금 너이들의 태양과 홍수와 싸우던 고전장古戰場에는 동지달의 바람 찬 눈이 거칠게 덮여 있다!

그러나 아들아 저 치운 따 속에 너이들이 묻어 놓은 보리의 생명이 엎디려 건강한 새 봄을 기다리고 있다함을 잊지 말어라

이 겨울이 지나가기 전 치운 바람 속에 너이 어미는 영원히 갈른지 모른다 —

가야할 사람은 가야 하지, 많은 잘못으로 일생을 덮은 늙은 사람들은 이제는 그만 살아저야하지 —

아아 농민아 늙은 어미의 주검을 파묻은 땅속에서 새싹이 피여날 때 저

봄 우에서 얼엇던 땅덩이가 녹아 흐를 때

너는 끓는 피 튼튼한 팔 안에 광이를 들고 천리를 내어다 보아야 한다.

— 김현승, 「농민아—어머니의 유언」 가운데서[58]

①·②는 월남시인, 남한 거주 시인 작품 가운데서 농촌이나 농민의 경험적 현실에 다가서고자 하는 의도가 드러나는 작품에서 골랐다. 한흑구의 ①에서는 농부가 호미를 쥐고 땅을 파고 또 파는 까닭이 "조상 생각", "아들 공부 식히고 딸 식집 보낼 생각"에 있다. 낙천적이면서도 소박한 농촌 이해다. 귀찮고 한숨 날 뿐인 삶이 그것이다. 그리하니 "태양 태양 태양이여" 외치며 "힘잇게 땅을" 판다는 표현은 격식에 따른 표현에 지나지 않는다. 김현승의 ②는 죽어가는 농촌 어머니의 유언이라는 비통하고 격정어린 정황을 지녔다. 그럼에도 어머니의 비통과 후회는 잘못 산 데서 말미

57　『농민생활』, 1934.8, 532~533쪽.
58　『농민생활, 1934.12, 739~740쪽.

암은 것이다. 곧 "많은 잘못으로 일생을 덮은 늙은" 사람이 어머니다. '홍수'로 죽게 된 농촌 어머니는 그냥 "가야할 사람"일 뿐이다. 그리하니 "늙은 어미의 주검을 파묻은 땅" 위에서 농민들에게 "끓는 피 튼튼한 팔 안에 광이를 들고 천리를 내어다 보아야" 하리라 외치는 말할이의 말은 마냥 공허하다. 농촌과 농민 현실에 대한 이해가 막연한 점에서는 ①과 다를 바 없다. 시인의 의도와 달리 두 작품 모두 농민시로는 한참 떨어져 전원시의 자장에 놓일 작품이다.[59]

①산ㅅ골길은

누나가

울며 울며 시집가던 길.

신장로는

언니가

공부하러 서울 가던 길.

산ㅅ골길을 찾아가면

시집사리 누나는 보련만

서울 가신 언니가 그립고.

— 황윤섭, 「갈렛길」 가운데서[60]

②머슴 녀석이 일은 안 하구

뽕따는 처녀들의 이야기를 엿들었다구

---

59 이런 인식은 전형적인 전원시, 목일신의 "3월에 봄비가 주루룩 나리면 / 우리나 강산에 새봄이 온다네 / 새봄이 오면은 새힘도 솟나니 / 두 팔을 걷고서 일터로 나가세"(「농부의 노래」 가운데서)의 목소리와 닿아 있다. 『농민생활』, 1936.3·4합호, 242쪽.

60 『농민생활』, 1938.9, 348~349쪽.

동네방네 소문이 짜-합네.

길옆 밭에서 뽕을 따며

성궁흉을 무슨 성궁을 하구

날더러 엿들었다구 소문을 퍼치나?

금방 비가 나릴 듯한 하늘을 보면서도

뽕은 빨리 안 따고

쓸데없는 얘기들만 하로종일 하다가두

— 강소천, 「헛소문 — 머슴의 노래」 가운데서[61]

①은 농촌 풍광을 글감으로 삼았다. 시골 갈랫길로 누나는 시집가고 언니는 서울로 갔다. '산골길'과 '신작로'로 갈라지는 갈랫길을 말하며 말할이는 이별을 떠올리고 있다. 이때 갈랫길로 표현된 농촌 풍광은 경험 현실이 아니다. 말할이가 겪고 있는 그리움이라는 보편 정서를 더 곡진하게 드러내고자 마련한 배경 장소일 따름이다. ②는 농민의 나날살이를 다루었다. 말할이인 머슴이 일은 하지 않고 '처녀들'에나 관심을 가졌다고 '동네방네' 자신을 흉보는 마을 사람들에 대해 짐짓 화내는 속살을 마련했다. 그런데 작품은 총각 머슴의 연정을 담은 정요情謠로 보일만큼 웃음어린 신민요의 분위기를 되풀이하고 있을 따름이다. 긍정적이고 밝다. 따라서 ①과 ②에서 확인할 수 있는 사실은 농촌 풍광이든 나날살이든, 이들 시인이 초점을 두고 있는 것은 농촌의 경험 현실이 아니라 누구나 지녔음 직한 보편 정서나 틀에 박힌 관습적 상상이라는 사실이다.

③ 경치景致는 언제나 나무를 지니었다.

---

61 『농민생활』, 1936.9, 539~540쪽.

나무—

팔과 다리와 머리털이 무성^{茂盛}한 너는

우리와 흡사 모습을 가젓구나!

— (줄임) —

구름은 신비^{神秘}의 날개.

오오 자연^{自然} — 너무나 큰 품속,

— 최경섭, 「자연^{自然}」 가운데서[62]

④ 투명^{透明}한 사색^{思索}의 색채^{色彩}에

아-석첩^{石疊} 웅에 화석^{化石}한 추억^{追憶}은

손 갓가운 새파란 반주^{伴奏}에 다치인다.

패각^{貝殼}과 같은 젓통의 방향^{芳香}이 사러지고

파라튼 환영^{幻影}이 지인 젊은 정욕^{情慾}에

적막^{寂寞}한 나의 청춘^{靑春}이 오늘도 홀노

선인장^{仙人掌}이 닿이는 뜻만 탄식^{歎息}을 노래한다.

— 장수철, 「만가^{輓歌}」 가운데서[63]

③과 ④는 앞서 본 ①과 ②에서 한 발 더 올라서 미적 표현 가치를 즐기고자 하는

---

62 『농민생활』, 1938. 9, 344~345쪽. 1910년 평북 희천에서 나 의주공립농업학교와 서울 연희전문
　학교 문과를 거쳤다. 1938년 시집 『풍경』을 냈고, 광복 뒤 삼팔사 기자(조사국장)를 거쳐 중앙일
　보사 문화부장, 1957년 이후 인천 인일여고에서 교사로 일했다. 1968년 두 번째 시집 『종·종·
　종』을 냈다.
63 『농민생활』, 1936. 2, 152쪽.

데 초점을 둔 작품이다. ③에서는 그것이 자연에 내재되어 있음직한 '비의'를 떠올리는 모습으로 담겼다. 나무에서 사람 모습을, 구름에서 신비의 날개를 떠올린다. '자연'은 그 모든 것을 안은 "큰 품속"으로 의인화되고 있다. 전형적인 목가적 자연관에 닿은 태도다. ④는 "젊은 정욕에 / 적막한" 말할이의 관능적 언어 구사에서 시적 흥취를 얻고자 한 작품이다. "패각과 같은 젔통의 방향"에서 보이는 관능과 '만가'나 '탄식'이라는 낱말에 담겨 있는 상실의 정서를 사뭇 맞세워 '청춘'이 지녔을 법한 혼돈스런 속내를 담고자 했다. 농민이나 농촌 현실과 무관한 미적 의장에 초점을 둔 표현시적 작품이다. 이러한 모습이야말로 시인이 지녔을 개인주의적 눈길을 반증한다.

『농민생활』의 전문시인 가운데서 을유광복 뒤 월남하거나 남한 거주 시인의 작품은 전원시적 작품이나 표현시적 작품을 보여 주었다. 전원시적 경향의 한 끝에 한흑구와 김현승이 있다면 표현시적 경향의 끝에 최경섭과 장수철이 놓인다. 그 사이에 황윤섭과 강소천이 있다. 이들은 농촌의 경험 현실을 다루고자 하더라도 목가적인 태도를 벗어나지 못했다. 농촌 풍경이나 농민의 나날살이를 보편 정서를 불러일으키는 이음매로 끌어오거나 틀에 박힌 상상을 거듭하는 데 활용했다. 이들이 남북한 재편 과정에서 월남하거나 남한 거주를 선택했던 배경에는 그들 작품이 지닌 그러한 몰현실성이나 관념적인 개인주의 문학관이 도사리고 있는 셈이다.

앞에서 『농민생활』 중요 시인의 작품 됨됨이를 짚었다. 그들은 우리 농촌과 농민 현실에 대한 재현 가치에 초점을 둔 농민시적 경향에서부터 목가적인 농촌상이나 관념적인 자연 인식을 즐기는 전원시적 경향, 나아가 아예 경험 현실과 떨어진 채 자연이나 대상에 대한 언어적 표현 가치를 좇는 표현시적 경향까지 이어졌다. 그런데 이 세 양상이야말로 1930년대 평양 지역시에서 가장 활발했던 청년시인들의 모습을 고스란히 대변한다. 좁은 연결망 밀도를 지녔음에도 현실 인식과 표현 방식에는 차이가 뚜렷했다. 게다가 그런 차이가 을유광복 이후 그들이 남북한 체제 수립 과정에서 보였던 이념 선택과도 포개진다는 점에서 새삼스럽다. 재북 시인이 거의 농민시적 경향에 기울어져 있고, 월남시인이나 남한 거주 시인은 전원시적 경향이나 표현시적 경향에 기울어진 모습이 그것이다.

5. 『농민생활』의 뜻

1929년 창간해 1945년까지 평양에서 낸『농민생활』은 나라잃은시대 가장 오래 이어진 농민 전문지다. '조선예수교장로회' 총회 농촌부 기관지였던『농민생활』은 우리 농민에게 근대 농업 지식 보급·계몽과 아울러 기독교 신앙을 지도하자는 취지 아래 장로회와 그 교육기관 평양 숭실전문학교라는 바탕 위에서 이루어졌다. 이 글은 이러한『농민생활』의 문예란을 살펴, 1930년대 평양 지역문학의 실상에 더 가까이 다가서고자 하는 목표로 이루어졌다. 그를 위해『농민생활』문예란의 됨됨이와 그 중심 갈래인 비평·시의 속살을 구명하는 순서에 따랐다.

첫째,『농민생활』문예란은 중핵 자리는 아니다. 그럼에도『농민생활』은 기독교계 잡지 가운데서도 문학 비중을 가장 높이, 오래도록 마련한 특성을 지닌다. 각별히 1932년부터 활성화하기 시작하여 1938년부터 축소, 위축되기 시작했던『농민문학』의 문예란은 고스란히 1930년대 중후반 평양 지역문학의 모습을 온축해 준다. 문예란의 중심 작가 연결망에는 몇 개의 관계 지표를 볼 수 있다. 평양 역내외 지역 지연과 평양 기독교계 학연을 지닌 20대 지식청년이 그것이다. 연결망 크기가 크지 않은 대신 밀도는 높았다. 그리고 연결망 관계 중앙에『농민생활』편집 기자 한적선과 벗한흑구가 있었다. 1930년대『농민생활』중심 작가의 연결망 지속성은 전문 문학사회 활동에도 이어졌으며, 을유광복 뒤 남북한 체제 선택 과정에도 영향을 끼쳤다.

둘째,『농민생활』의 세 비평, 곧 전춘호·양주동·한적선의 것은 관심을 받지 못했던 기독교계 농민문학론이라는 점에서 이채를 띤다. 이들은 당대 농민문학론 전개 과정으로 볼 때 새 논점을 지닌 것은 아니다. 무엇보다 당대 농촌 사회에 대한 이해가 모자란다. 우리 농민이 겪고 있었던 민족적·계급적 현실과 무관하게 농촌 / 도시의 대립이라는 몰역사적 이분법에 터무니를 둔 채 농민 문제를 개인 품성 문제로 떨어뜨리고 있다. 농민문학의 필요성이나 역할 또한 농민 개인의 덕성 함양이나 계몽 문제로 감당하면서 당대 농민문학론이 지녔던 사회 변혁적 뜻이라는 적극적인 자리를 건너뛰고 있다. 이런 점은 관념적인 양주동의 '농민 의식' 중심의 농민문학관이

나, 농민 개인의 봉건 인습과 무지 타파를 위한 역할을 강조한 한적선의 개량주의 농
민문학관에서 더하다. 그런데 이들 모습은 『농민생활』 주체인 기독교계의 눈길이기
도 하면서 이른바 조선총독부 '농촌진흥운동'의 목표와도 포개짐으로써 한계를 분
명히 한다.

　셋째, 『농민생활』에서 시는 중핵 갈래다. 중심 시인들의 작품은 우리 농촌과 농민의
궁핍 현실과 고통의 경험을 재현하고자 하는 농민시적 경향에서부터 그것과 떨어져
목가적이고 관념적인 농촌상이나 자연 인식을 드러내는, 재현 가치와 표현 가치를 아
울러 지닌 전원시적 경향, 더 나아가 아예 경험 현실과는 떨어져 자연 풍광이나 대상
을 향한 언어적 표현 가치에 초점을 둔 표현시적 경향까지 이어졌다. 그런 모습이야말
로 1930년대 평양 지역시의 가장 활발했던 청년시인들의 경향을 암시한다. 평양 역내
외 지연이나 기독교계 학연, 20대 청년문사라는 공통의 연결망 지표를 지녔다 하더라
도 현실 인식과 선택에서 차이가 뚜렷함을 드러낸 셈이다. 게다가 이 점은 1945년 을
유광복 이후 남북한 체제 수립 과정에서 그들이 선택한 이념과도 맞물린다. 재북 시인
들이 거의 농민시적 경향에 닿아 있는 데 견주어, 월남시인이나 남한 거주 시인이 전
원시적 경향이나 표현시적 경향에 닿아 있는 모습이 바로 그것이다.

　이상에서 비평과 시를 빌려 『농민생활』의 문학이 1930년대 평양 지역문학의 주
요 성향을 일깨워 줌을 확인했다. 이들 문학은 우리 기독교계가 지녔던바 개량주의
적 농민관과 맥을 같이 한다. 그런 점에서 농민의 정치 투쟁을 겨냥했던 당대 계급
주의 문학에서 기독교 비판을 거듭했던 까닭이 자명해진 셈이다. 그리고 이러한 『농
민문학』 문예란 문학의 전모는 논의 밖에 남겨 두었던 나머지 갈래, 곧 보고문학·서
사·수필과 같은 쪽을 살피면 더 확연할 것이다. 그 결과를 바탕으로 1930년대 평양
지역문학의 다른 국면들과 상호 연관성을 따지는 일도 가능하리라. 그리고 이 글은
그리로 가기 위한 한 디딤돌 역할에 만족한다.

1940년대 전기 평양 지역문학

1. 평양 문학의 저층

북한 문학을 지역문학적 관점에서 다가서는 일이 가능하기는 한 것인가. 평양·원산·신의주·해주 문학 연구 또는 평안남도·함경북도 문학 연구와 같은 것이 본보기다. 앞은 소지역을, 뒤는 중지역을 범위로 삼은 차이가 있을 따름이다. 남한의 근대문학 연구에서는 성글고 소극적이긴 하지만 이러한 접근이 있어 왔다. 지금도 이루어지고 있다. 그런데 북한 지역을 살피면 사정이 다르다. 일부 지역 군지에서 자지역 출신 작가의 이름을 몇 적어 두는 수준에 머물거나[1] 아예 관심을 갖지 못했다. 일이 이렇게 된 가장 큰 까닭은 을유광복 이후 북한 지역이 우리의 눈과 손 바깥에 너무 멀리 놓여 있었던 데 있음 직하다. 게다가 그러한 분단 현실도 어느덧 예순 해를 넘어선 세월이다.

그러다 보니 북한 문학을 다룰 때, 북한에서 이루어진 100년을 넘어서는 근대문학의 긴 전통은 잊혔다. 개별 지역성을 잃어버린 채 남북한 국가문학사 속에 녹아들고 말았다. 오늘날 남북한 모두에서 북한 문학의 형성과 전개를 일부 카프 전통에다, 광복기부터 평양을 중심으로 이루어진 북조선민주주의인민공화국의 문학으로 좁혀

---

[1] 도지로는 출신 문인, 김동환·김광섭·이헌구·함윤수·장용학·김규동·임옥인·손소희의 이름을 늘어 놓은 함경북도의 경우가 한 본보기다. 군지로는 한인택·공중인·김소영·강범우·김성식을 올린 이원군, 10여 명의 문인 이름을 밝힌 황해북도 개성군, 그리고 함흥시와 북청군 정도가 보인다. 김성덕, 『함북대관(咸北大觀)』, 정문사, 1967, 415~417쪽;『북청군지』, 북청군지편찬위원회, 1970, 306~308쪽; 김기호, 『개성구경(開城舊京)』, 대한공론사, 1972, 223~224;『이원군지(利原郡誌)』, 이원군지편찬위원회, 1973, 142~143쪽;『함흥시지』, 함흥시지편찬위원회, 1999, 603~604쪽.

보는 인습이 그로부터 생겼다.[2] 따라서 북한 지역에서 이루어져 온 근대문학의 전통을 되살릴 뿐 아니라, 오늘날 북한문학지 형성과 전개의 큰 줄기로서 나라잃은시대 문학에 대한 관심은 필수적이다. 이러한 생각 아래 글쓴이는 남북한 분단을 가장 먼저 직접적으로 겪었을 뿐 아니라, 판문점과 개성공단으로 나아가면서 오늘날 통합의 상징 장소로 떠오르고 있는 황해북도 개성시를 대상으로 이미 두 차례 지역문학의 흐름을 살핀 바 있다.[3]

이제 글쓴이는 개성에 이어 평양을 대상으로 삼은 지역문학 연구로 걸음을 뗀다. 평양은 고도이자 지역 거점 도시로서 무거운 지역성을 강하게 이어 온 곳이다. 근대 시기 내내 평양은 서울에 이은 제2도시였다. 고려 고도 개성에 견주어 보더라도 훨씬 다채롭고 비중 큰 문학 전통을 일궈냈다. 그런 만큼 북한 지역 가운데서 평양을 대상으로 삼은 근대문학 연구는 예외적이나마 가끔 이루어졌다.[4] 본격적인 지역문

---

2   이제껏 북한의 지역문학은 우리 근대문학 연구의 눈 밖에 놓여 있었다. 북한문학지는 주로 을유 광복 뒤 북조선민주주의인민공화국 문학으로 존재했다. 그러니 1945년 이전 북한 문학에 관심이 있을 리 없었다. 1945년 이전 남한 지역에서 이루어져 온 지역문학조차 다루어진 경우가 많지 않은 터다. 사정은 더 나쁠 수밖에 없었다. 그럼에도 1945년 이전 북한 지역에서 이루어져 온 문학적 실상과 작가·작품·문학사회의 면면은 1945년 광복기 북한문학지를 이루는 중요한 뼈대 가운데 하나다. 그런 사정은 일성 유일 체제로 나아가기 앞선 1960년대 초반까지 이어진다. 따라서 북한문학지를 제대로 재구성하기 위해 근대 여명기에서 1945년에 이르는 북한 지역문학의 흐름에 대한 이해는 필수적이다.

3   박태일, 「근대 개성 지역문학의 전개─북한 지역문학사 연구1」, 『국제어문학』 25집, 국제언어문학회, 2012, 79~118쪽; 「광복기 개성 지역문학의 좌표─북한 지역문학사 연구2」, 『현대문학이론연구』 51집, 현대문학이론학회, 2012, 203~240쪽.

4   본격적인 통합 연구가 아니라는 흠이 있지만, 북한 가운데서 평양 지역은 우리 근대문학 연구에서 다루어지곤 했다. 방향은 크게 세 쪽에서 이루어졌다. 첫째, 특정 작가나 작품의 배경 장소로서 평양을 보는 길이다. 둘째, 평양의 특정 문학 조직이나 문단 활동에 초점을 두어 살피는 길이다. 셋째, 평양을 단위로 삼은 통시적인 문학적·문화적 전통에 눈길을 둔 경우다. 가장 잦은 것은 첫째다. 아래와 같은 글이 대표적인 논의다. 강현조, 「이인직 소설의 창작 배경 연구─도일 행적 및 「혈의누」창작 관련 신자료 소개를 중심으로」, 『우리말글』 43집, 우리말글학회, 2008, 213~236쪽; 구사회, 「'평양' 공간의 문학적 형상화에 관한 고찰」, 『평화학연구』 4호, 세계평화통일학회, 2005, 193~218쪽; 김양희, 「근대문학과 '평양'」, 『어문연구』 75집, 어문연구학회, 2013, 271~300쪽; 엄숙희, 「「모란봉」에 나타난 근대 도시의 표상」, 『국어문학』 50호, 국어문학회, 2011, 117~136쪽; 오선근, 「김남천의 「조정안」 연구」, 『순천향어문논집』 16집, 순천향어문학연구회, 2000, 125~140쪽; 오태영, 「평양 토포필리아와 고도의 재장소화─이효석의 『은은한 빛』을 중심

학 연구가 아니었을 따름이다. 그런데 평양 지역문학이라 하더라도 근대 시기에 걸친 작품과 작가, 문학사회의 흐름을 한 자리에서 죄 다루기란 어렵다. 방대한 일거리다. 따라서 이 글에서는 평양 근대 지역문학에 다가서는 첫 걸음으로 1940년대 전기 문학에 눈길을 두고자 한다.

1940년대 전기란 1940년부터 1945년 을유광복 이전까지 시기를 뜻한다. 1937년 중국대륙침략전쟁 승리를 위해 꾀한 이른바 '국민정신총동원운동'을 지나 1941년 태평양침략전쟁의 결전을 위해 1940년부터 시작한 '국민총력운동' 시기에 해당한다. 제국주의 왜로의 우리에 대한 억압과 수탈이 극에 이르렀던 때다.[5] 이러한 시

<hr>

으로」, 『상허학보』 28집, 상허학회, 2010, 249~289쪽; 우미영, 「억압된 자기와 고도(古都) 평양의 표상」, 『동아시아 문화연구』 50호, 2011, 한양대 동아시아문화연구소, 29~55쪽; 이승수, 「한국문학의 공간 탐색 1 평양─김시습의 「醉遊浮碧亭記」와 이태준의 「浿江冷」을 중심으로」, 『동아시아 문화연구』 33호, 1999, 97~121쪽; 정혜영, 「김동인 소설과 평양이라는 도시공간」, 『현대소설연구』 13집, 2000, 95~115쪽; 조연정, 「평양의 경향:김동인과 최명익의 소설을 중심으로」, 『한국문학연구』 38호, 동국대 한국문학연구소, 2010, 7~42쪽; 임소월 외, 「'서울 문단'과 '평양 문단'의 거리 연구1─남북한 문학사에 나타난 30년대 소설 인식 고찰」, 『학술논총』 16집, 단국대 대학원, 1992, 493~508쪽; 정종현, 「한국 근대소설과 "평양"이라는 로컬리티」, 『사이』 4집, 국제한국문학문화학회, 2008, 89~127쪽. 두 번째 방향에서는 『단층』파 연구가 중심을 이룬다. 이철호, 「근대소설에 나타난 평양 표상과 그 의미─서북계 개신교 엘리트 문화의 시론적 고찰」, 『상허학보』 28집, 상허학회, 2010, 147~178쪽; 정주아, 「불안의 문학과 전향시대의 균형 감각─1930년대 평양의 학생운동과 『단층』파의 문학」, 『어문연구』 39권 4호, 한국어문교육연구회, 2011, 309~338쪽. 세 번째 것으로는 오늘날 북한 문학의 전사로 광복기 평양 지역에 주목한 것이 모두다. 김승환, 「해방공간의 북한문학─문화적 민주기지 건설론을 중심으로」, 『한국학보』 17권 2호, 일지사, 1991, 201~224쪽; 김재용, 「민주기지론과 북한문학의 시원」, 『한국학보』 25집, 일지사, 1999, 2~19쪽. 따라서 이 세 가지 어느 쪽도 평양을 중심에 둔, 지역문학적 시각에서 나라잃은시대까지 포괄하는 큰 틀에서 다루지 못했다. 이 글에서는 평양 지역문학의 너른 흐름 가운데서도 1940년대 초기를 범위로 삼은 미시적인 접근이다.

5 흔히 '일제 말기', 또는 '암흑기'로 통칭하는 제국주의 왜로(倭虜)의 식민 시기 말기는 지배 책략이라는 눈으로 보면 다시 둘로 나뉜다. 1937년 이른바 중일전쟁, 중국대륙침략전쟁 발발로 말미암아 '내선일체'를 내세우며 한국에 대한 후방 전시체제 동원·수탈을 꾀했던 '국민정신총동원운동'(1938~1940) 시기와 이른바 대동아전쟁, 곧 태평양침략전쟁 발발을 앞두고 한국에 대한 완전한 황민화를 겨냥했던 '국민총력운동' 시기(1940~1945)가 그것이다. 흔히 문학사에서는 1935년 카프 해체 이후부터 1945년 패망까지 묶어서 보거나, 1940년대 전기 양상을 암흑기로 묻어버리는 경향이 있다. 평양 지역문학지로 볼 때는 활발한 청년 문학이 존재했던 1930년대 후기 문학과 조직적 부왜문학이 존재했던 1940년대 전기 문학은 매듭이 뚜렷하다.

1940년대 전기 평양 지역문학   407

기 평양 문학의 양상을 살피는 일이 글의 목표다. 이를 빌려 더 앞선 시기 곧 1930년대·1920년대 평양 지역문학으로 들어서기 위한 디딤돌로 삼고자 한다. 논지 전개는 둘로 나눈다. 먼저 1940년대 초기 평양 지역문학의 환경을 짚는다. 그 과정에서 평양시화회 활동을 처음으로 학계에 보고할 수 있을 것이다. 이어서 그들 작품집인 시집 『적심부』를 찾아 속살을 밝히고 뜻을 살핀다.

2. 1940년대 전기 평양 문학과 평양시화회

평양은 고조선·고구려 역사가 살아 있는 고도다. 오랜 세월 그러한 지역성을 뚜렷이 했다. 평양이 근대 도시로 자라나오는 과정에서도 이 점은 중요 전통이었다. 무엇보다 나라잃은시대 내내 나온, 고도로서 자부심과 회고를 담은 적지 않은 글이 그 사실을 증명한다.[6] 따라서 평양은 서울이나 부산과 다른 자리에서 독특한 도시 머그림을 가꾸어 왔다. 나라잃은시대 이른바 남선南鮮·북선北鮮·중선中鮮이라는 왜로의 대지역 나눔 아래서도 평양은 북선의 중심지였다. 서북 지역을 대표하는 중핵 도시로, 서울에 이어 두 번째였다. 근대 상공·문화·교육·출판·정치·종교·문화 할 것 없이 평양이 지닌 무게는 절대적이었다.

근대 출판과 유통에서도 평양은 서울 다음으로 어떤 도시도 따라오지 못할 정도로 활발했다. 거기에 개신교 교단과 그 위에서 이루어진 사립학교를 비롯한 근대 기구가 맡은 몫이 컸다.[7] 1910년 경술국치 이전 서울에서 이루어진 서북 지역 학회지

---

6   나라잃은시대 고보, 전문학교 수준의 중점 수학여행 경로에 평양은 빠지지 않았다. 그에 따라 교사 문인과 학생의 적지 않은 평양 기행문학이 이루어졌다. 그런 가운데 고도 평양의 장소성은 한결같다.

7   평양에서 나온 첫 신문 『평양일보』가 창간한 때는 1906년이었다. 그것은 1909년 『평양신문』으로 이어졌다. 그 뒤로 평양 지역 근대 출판과 유통의 상당 부분을 기독교 교계가 맡았다. 그들을 들면 아래와 같다. 『의약월보』(평양의학강습소, 1914)·『숭실학보』(평양숭실학교, 1915)·『숭실활천』(평양숭실학교, 1921)·『숭실학보』(평양숭실중학교학생교우회, 1929)·『신학보』(조선야소교장로회신학교교우회, 1925)·『반도지광』(평양신학교, 1921)·『유년신보』(평양노회 주일

『서우』·『서북학회월보』[8]는 물론, 더 나아가 동인 문예지『창조』[1919]와 후신『영대』[1924] 출간에도 평양 지역인의 역할이 결정적이었다. 기미만세의거의 승리 뒤 평양은 제2 도시로서 자부심을 더했다. 지역성 경계를 뚜렷하게 드러내기 시작했다. 역내 평양 지역 청년회 연합 활동이 한 본보기다.[9]

평양 지역문학이 자기 정체성을 뚜렷하게 드러낸 때는 1920년대 중반 이후로 보인다. 평양에 지연·학연을 둔 고보 동문이 중심이 되어 펴낸 동인지『백치』[1928]와 지역 기성문인이 평양에서 출판, 인쇄를 맡아 온나라를 향해 냈던『문예공론』[1929]이 그런 본보기다. 이러한 역내의 힘은 1930년대에 들어서면서 속도를 더 붙였다. 평양 출판인이 평양출판노동조합을 만들어 조직 활동을 하는 단계에까지 이른 것도 한 모습이다.[10] 1930년대 중반에는 평양에서 낸 매체만 수십 종에 이르렀다.[11] 문예지도

학교 협의회, 1928)·『절제생활』(평양감리교회, 1928). 천도교청년회 평양지회에서는『수양동무회』(1926)을 내고, 오늘날 도서관 격인 도서종람소를 설치하여 독서를 권장했다.『동아일보』, 1927.3.10.

8   서울에 머물렀던 사람은 알게 모르게 도계('道契')를 조직하고 있었다. 상호부조와 친목을 위한 일이었다.『서우』도 도계의 연장으로 상호부조, 친목에서 더 나아가 인재를 향성하고 신문화 사업을 진취시키려 조직을 굳혔다. 그리하여 함경도의 한북학회와 합하여 서북학회라 이름 붙였다. 회관을 짓고 서북협성학교를 세웠다. 서북학회는 조선의 학회 가운데서 가장 먼저 조직한 것으로 1905년 학회지『서우』를 냈다. 함경남북도와 평안남북도 황해도 5도인 서북 지역의 인재들이 모였던 바다. 명이항,「서북학회성쇄기」,『학생』6월호, 개벽사, 1930, 2~3쪽.

9   천도교청년회 평양지회·불교청년회 평양지회·평양기독교청년회·평양기독교여자청년회와 같은 역내 청년회가 모여「인생은 생을 위해 사느냐, 사를 위해 생하느냐」는 주제로 벌인 합동 토론회와 같은 모습이 한 본보기다.『동아일보』, 1921.6.12.

10   「평양출판노동조합 7년 정기대회」,『조선일보』, 1931.3.18;「평양출판노동조합 집행위원회」,『조선일보』, 1931.4.8;「평양출판노동조합 7회 위원회」,『조선일보』, 1931.6.7.

11   주일학교 교재까지 묶어서 보면 1930년대 평양 지역에서는 어린이 매체만도 다섯이나 확인할 수 있다.『일천(一千)동무』(1930)·『동요시인』(1932)·『아이동무』(1933)·『유년화보(幼年畵報)·『동화』(1936)가 그들이다. 종교 잡지 또한 1920년대보다 훨씬 다채롭게 나왔다.『게자씨』(1931)·『낙원』(1936)·『신앙생활』(1931)·『설교』(1936)·『애린(愛隣)』(1938)·『동방(東方)』·『조선지경제(朝鮮之經濟)』·『절제생활』·『조선상공(朝鮮商工)』·『대성시보(大成時報)』·『상공주간(商工週刊)』·『파란등불』·『광성(光成)』·『숭인(崇仁)』·『평양지광(平壤之光)』·『신학지남(神學指南)』·『평양노회주일학교통신(平壤老會主日學校信)』·『신학보(神學報)』·『농민생활』·『광성』·『숭실활천(崇實活泉)』이 그들이다. 계훈모 엮음,『한국언론연표』(1981~1945), 관훈클럽신영연구기금, 1979, 1130~1133쪽.

평양 지역문인이 중심을 이루는 『탐구』1936·『단층』1938이 있다 종합지 『대평양』1934·
『백광』1937과 같은 것이 문예면을 적극 키워 평양 지역문학 전개에 이바지가 컸다.

　이렇듯 활발했던 평양 지역문학은 1938년 7월, 중국대륙침략전쟁 발발 1주년을
맞이하며 이루어진 이른바 '국민정신총동원운동'으로 말미암아 급격히 위축하였다.
왜국보다 1년 늦게 시작한 이러한 획책을 빌려 조선총독부는 사회 각 부문을 '신체
제'로 재조직해 나갔다.[12] 이른바 '내선일체'가 명분이었다. 그러한 억압 체제는 성인
뿐 아니라 청소년 세대를 대상으로 한 데서도 마찬가지였다. 1939년 평남 도내 전문
학교·중등학교 생도로 이른바 학도애국단을 만든 것이다.[13] 소년단이나 적색독서회
활동에 대한 감시, 억압 또한 강화했다. 평양의 뚜렷한 지역 기반이었던 개신교 교단
의 대량 전향과 역내 문화의 산실 삼숭의 1938년 폐교가 거기다 기름을 부었다.[14] 지
역 문화계 안쪽의 이른바 전향이 확연해졌던 때다.[15]

　평양의 1940년대 전기 문학은 이러한 국민정신총동원운동을 폐지하고 한 발 더
나아간 시대적 암울 위에서 이루어졌다. 1940년 10월부터 국가 총동원을 통해 고도
국방국가 완성을 겨냥해 시작한 이른바 '국민총력운동' 획책기다.[16] 이미 지역 청년

12　1938년 8월에는 사상전향자로 결성된 시국대응전선사상보국연맹이 결성식 뒤 즉시 국민정신
　　총동원연맹중앙본부에 참가하였다. "총후의 사상보국 운동"에 나서며 서울지부에 이어 평양, 신
　　의주 지부를 마련하고자 했다. 아울러 1937년 중국대륙침략전쟁 이후 만들어진 국방부인회를
　　더욱 강화했다. 전국 회원 가운데서 평양지방본부에 17520명이 등록했다. 상이군인에 대한 위
　　문, 전사자 가족에 대한 조의, 출동 장병 유가족 구휼에 앞장 서기 위한 조직이었다. 『동아일보』,
　　1938.5.25.
13　『동아일보』, 1939.6.26.
14　40년 동안 평양 문화의 한 온상이었고 많은 학생을 배출했던 삼숭 학교 폐교를 앞두고 애석해 하
　　는 기사가 실렸다. 졸업주간을 1주일 동안 두어 졸업식을 치루며, 숭실중학은 평양2고에 숭의학
　　교는 평양여자공립고등보통학교로 전학을 허가했고, 숭실전문학교는 대동전문으로 일부 옮겨
　　가면서 정리되었다는 내용이다. 이때 이효석이 교수로 처음으로 평양과 지연을 맺는다. 1938년
　　3월 평양노회에서는 자진해서 위문문 발송, 23일 '애국예배일'로 지정, 이른바 '황거요배', '황국
　　신민서사' 제창, '황군' 위문문 전달과 같은 일을 했다. 아울러 평양기독교도 '북지황군위문대'를
　　중국 전선에 보내어 예속화를 확실하게 증명했다. 『동아일보』, 1938.3.17.
15　1939년 2월, 이른바 '신연극 창정의 성전'에 경향 7극단이 신청했을 때, 평양에서는 평양예술좌
　　가 참가했다. 당시 평양 지역 연극계의 굴종을 엿볼 수 있다. 『동아일보』, 1939.2.13.
16　최유리, 『일제 말기 식민지 지배정책연구』, 국학자료원, 1997, 125쪽.

문학인에 대한 탄압을 확실히 한 뒤였다. 동경학생예술좌피검이 그것이다. 동경학생
예술좌는 1934년부터 동경 유학생을 중심으로 활동했던 연극, 문예 단체였다. 초기
부터 평양 지역문인 한적선·주영섭·황순원·마원영과 같은 이가 주요 구성원이었
다. 그들은 방학맞이 귀국 공연을 비롯해 공연, 출판 활동을 활달히 벌어 나가고 있
었다. 왜경은 이들을 좌경적이라는 혐의를 걸어 1939년 피검했다.[17] 주영섭을 비롯
한 평양 지역 유학생 청년 연극인, 문학인의 기가 완연히 꺾이게 된 셈이다.

　이런 검거 폭거 뒤에 평양에서 이루어진 조선문인협회의 첫 지역 활동은 평양 지
역문학의 '신체제' 복무를 완연하게 일깨워 주는 증거였다. 1940년 연중 제1사업으
로 2월 평양에서 연 '문예의 밤'이 그것이다.[18] 이어 8월에는 왜국의 '문예총후운동
후원회' 일행의 평양 방문 일정도 이어졌다.[19] 총후 사상 활동 강화를 위해 1940년
11월부터 이듬해 12월에 걸쳐 이루어진 전국 순회강연회도 평양에서 열렸다. 제4
반 함경선 반에는 평양 대동공전 교수 이효석이 연사로 나섰다.[20] 1941년 태평양침
략전쟁으로 확전을 거듭하자 문학인의 선무·동원 행사는 가속화했다. 징병제를 앞
둔 1942년 이른바 순국영령 유가족 방문을 위한 도 단위 작가 파견도 그 하나였다.
이때 평양의 이석훈이 평안남도를 맡았다.[21] 이렇듯 악화일로를 걸었던 지역 사정은
1935년 즈음 수십 종에 이르렀던 한글 매체가 1943년 무렵에 이르면 『개로』[22] 한 종

17　이듬해 주영섭에게 1년 6월, 마원영에게 1년형을 선고했다. 『동아일보』, 1940.4.5.

18　『동아일보』, 1940.1.29·1940.2.6. 조선문인협회 「문학지방강연」은 서울 바깥 지역 중요 도시로서는
　　처음으로 평양대회를 결정했다. 거기에 평양 대동공전 교수로 있었던 이효석이 합류하기로 했다.

19　국지관·중야실·소림수웅과 같은 회원 일행은 동경을 떠나 부산·대구·서울을 거쳐 평양에
　　들어섰다. 평양육군병원 위문, 공회당 강연회를 가졌다. 『동아일보』, 동아일보사, 1940.8.1.

20　이런 문학 행사는 바깥에서 이루어지고 있었던 '시국' 관련 각종 선무·동원과 맞물려 있었다.
　　1940년 대륙침략전쟁 세 돌을 맞이 평양의 이른바 근로애국작업 동원 고취 행사도 그런 것이었
　　다. 『동아일보』, 1940.7.8. 이른바 방공사상을 일반에게 철저하게 보급시키기 위한 전국 순회 가
　　운데 평양에서도 조선방공협회 평남지부개최로 열렸던 '방공 전람회'나 '사상전전(思想戰展)'도
　　한 본보기다.

21　『동아일보』, 1942.12.4.

22　1929년에 숭실전문학교 부설 농학강습소에서 낸 월간 전문 잡지가 『농민생활』이다. 1942년 조
　　일웅천이 『개로(皆勞)』로 개제해서 발행했다. 윤춘병, 『한국기독교 신문·잡지 백년사』, 대한기
　　독교출판사, 1984, 186~188쪽. 이밖에는 왜인이 냈던 기관지나 회지 일색이었다. 잡지 『총력평

에 그친 사실이 단적으로 일깨워 준다.

1940년대 전기 평양 문학이 놓여 있었던 이러한 시대적 퇴조 위로 확연히 돋아난 역내 활동이 평양시화회平壤詩話會의 것이다. 다행히 이들의 면모는 1944년 회원 작품집 1집으로 내놓은 시집 『적심부赤心賦』와 책 뒤에 실린 「후기」·「동인 약력」으로 엿볼 수 있다.[23] 평양시화회는 1940년 가을에 모임을 출범했다. 그러다 태평양침략전쟁 발발 뒤인 1942년 가을 서북 지역 문인 모임으로 범위를 넓히면서, 전시 '정신挺身 실천'에 적극 참가를 모색했다. 1943년 1월에는 "숭엄한 기운이 서린" 평양신사에서 '애국시 헌납식'을 벌인 뒤, 3월부터 "총력운동의 정신을 실천하기 위해" 달마다 모여 자작시 낭독회·합평회를 열고 작품을 다듬었다. 1943년 가을에는 국민총력연맹 실천요강을 주제로 삼은 작품 150편 남짓을 뽑아 도총력연맹에 제공하기도 했다. 1944년 1월 월례회에서 평양 육군병원 위문 행사를 의결하고 이때 시집 간행을 결정했다. 그리하여 9월 시집 『적심부赤心賦』를 펴냈다. 육군병원 상이용사에 대한 위문 시집이라는 구체적인 발간 의도를 뚜렷이 하면서, '총후' "결전 문화의 시정신"을 온축해 보이고자 한 셈이다.[24]

『적심부』에 작품을 실었던 한국인은 모두 넷이다. 덕산문백德山文伯·김성문흥金城文興·유인성柳寅成·송촌영섭松村永涉, 곧 주영섭이 그들이다. 왜인 회원은 천야봉天野峯·산본이리山本邇利·송야수웅松野秀雄·강기장인江崎章人·조야창일朝野彰一·좌등신중佐藤信重 여

남』(도국민총력과)·『평양휘보』(평양부청)·『평양상공회의소록』(평양상공회의소)·『평남도보』(평남도청)·『평안지부보』(제국재향군인회평양지부)를 비롯한 14종이 나왔다. 『1943년 조선연감』, 경성일보사, 1942, 575쪽.

23　좌등신중 엮음, 『적심부』, 조선문인보국회, 1944.5. 문학회 작품집이나 개인 왜인 좌등신중을 엮은이로 내세웠다. 그가 회장 격이였던 셈이다. 「후기」 또한 그이가 썼다. 다른 회원은 20~30대에 걸치는데, 그이만 40대다. 발행에 이어, 인쇄도 서울 명동의 교본인쇄소(橋本印刷所)가 맡았다.

24　평양시화회는 처음 1940년 가을 평양매일신문사에서 동인 모임을 출범했다. 이들 활동에는 그 무렵 평남도청 총력과와 평양경찰서 고등과와 같은 평양 지역 전쟁 수행기구가 다 도움을 주었다. 이들은 당대 지역에서 낸 신문이나 잡지에 이른바 '국민시'를 발표했던 중심 인물이다. 동인 가운데서는 이른바 응소자나 남방 지역 출장자도 있어 『적심부』에 모든 동인의 작품을 싣지는 못했다. 책을 편집하는 과정에서 조선문인보국회의 김용제가 적극 도움을 주었다. 평양시회화작품집 2집은 간행 예정이었으나 나왔는지를 확인할 수는 없다. 좌등신중, 「후기」, 89~90쪽.

섯이다. 덕산문백은 평남 강서군 약수 빈촌에서 1921년에 태어났다. 한때 문학에 뜻을 두고 동경으로 건너갔다 병을 얻어 되돌아 왔다. 강서군 동진면에서 초등교 교사로 일하고 있다. 적어도 고보 졸업이나 대학 중퇴 학력을 지닌 지식 청년이겠다. 금성문흥은 1914년 평남 용강군에서 태어났다. 경성법학전문학교에서 배웠다. 평남도청 관리로 일하면서 군수 산업 하청 공장을 꾸리기도 했다. 1943년 귀향해 용강군 지운면 면장 직을 맡고 있다.

유인성은 1916년 강원도 홍천 출신이다. 1939년 섬나라 명치대학 법학부를 졸업했다. 중학 시절부터 왜나라 전통 시가인 '단가'에 빠져 들었다. 대학 재학 때는『명대가인明大歌人』을 편집 발행했다. 조선무연탄주식회사를 거쳐 조선연맹 평남도연맹 문화부 참사로 일하고 있다. 아울러 대표 부왜 단체 녹기연맹의 맹원이다. 주영섭은 1913년 동경에서 태어나 평양에서 자랐다. 보성전문학교를 거쳐 유인성과 마찬가지로 법정대학을 졸업했다. 재학 시절 동경학생예술좌를 이끌었다. 동경학생예술좌 피검과 석방을 겪고 나서 1940년부터 전향했다.『신영토』·『국민시가』동인, 연극단 '청명극단'의 단원이다. 평안남도 총력연맹 문화부 전임참사로 일하고 있다.[25]

왜인 동인은 여섯이다. 그들 가운데 우리 땅에서 태어난 이는 셋이다. 천야봉은 1920년 평남 용강 출신이다.『문예공작』·『문예지대』를 비롯한 여러 문예지에서 활동했다. 평남선 진지동금융조합에서 일하고 있다. 송야수웅은 1922년 평양 출신이다. 평남 순천에 거주하는 조선농회 기수다. 조야창일은 1921년 평양 출신이다. 안주중학을 나와 기자를 거쳐 조선화물자동차통제회사 평양지점에서 일하고 있다. 나머지 넷은 모두 왜국 출신이다. 산본이리는 1923년 산구현에서 태어났다. 평양사범을 졸업한 평양 초등 교사다. 좌등신중은 1902년 복도현 출신이다. 개인 시집을 두 권 냈다. '일본문학보국회' 회원에다, 평남 총력연맹 문화부에서 일하고 있다.[26] 강기장

25　주영섭은 1939년 피검 뒤 1940년 집행유예로 석방되었다. 1941년부터 서울 현대극장(대표 유치진)의 중심 부원으로 활동했다. 주영섭은 거기서 유치진의 대표 부왜극「북진대」(1942) 연출을 맡았다. 아울러 현대극장 부설의 국민연극연구소에서 배우술 교육도 맡았다. 1943년 4월 조선문인보국회가 설치되었을 때 시부 회장과 평의원을 맡았던 형 주요한 아래서 회원으로 활동했다.

26　광업에 종사했고,『시와 인생』·『해국』들의 동인 활동을 했다.

인은 1916년 출생으로 평남 총력연맹 문화부 참사다. 천야봉과는『문예공작』·『문예지대』회원으로 함께 활동했다.[27]

평양시회회 회원 열 사람의 나이는 좌등신중의 42살에서 산본이리의 21살에 걸친다. 차이가 크다. 연장자인 좌등신중이 모임을 주도한 것으로 보인다. 시집「후기」를 쓰고, 엮은이로 이름을 얹은 까닭이다. 한국인은 주영섭이 31살로 가장 많고 덕산문백이 23살로 가장 적다. 이들 열 사람은 평남 출생이거나 평양과 학연·지연을 맺고 있는 이다. 왜인의 경우 여섯 사람 가운데서 평남 출신 천야봉·송야수웅·조야창일 세 사람은 22~23살이다. 학연이 깊음 직하다. 한국인 넷 가운데 셋은 동경 유학 경험을 지녔다. 대학 졸업자 주영섭과 유인성은 명치대학 두 해 선후배 사이다. 직업은 한국인의 경우 평남도청 관리거나 교사, 또는 주영섭·유인성과 같이 총력연맹 문화부 직원이다. 왜인 경우는 금융조합·조선농회 직원, 교사·면장, 평남 총력연맹 문화부 직원이다.

이렇게 볼 때 평양시회회는 몇 가지 특징을 지닌다. 첫째, 회원은 평양을 포함한 평남 지역과 학연 또는 지연을 맺고 있는 지역 문인이다. 둘째, 회원은 국민총력운동 시기 지역 전쟁수행 기구 구성원이다. 특히 주영섭·유인성·강기장인·좌등신중 넷은 평남련맹 문화부에서 함께 일하는 사이다. 셋째, 회원 모두 서울 조선문인보국회 회원이다. 일본문학보국회 회원도 있다. 따라서 평양시화회는 평양·평남을 연고로 삼은 지식 청장년 문인이 중심이 되어 활동한 조선문인보국회의 지역 지부라는 됨됨이를 지닌다. 1930년대 후반에서 1940년대 을유광복까지 드러난 우리의 부왜문학 활동은 이제까지 모두 서울을 중심으로 했다. 평양시화회를 빌려 지역에서 이루어진 조직적인 부왜문학 활동을 처음으로 확인할 수 있는 셈이다.[28] 나아가 제2도시 평양의 평양시화회는 다른 지역 활동을 부추기는 한 본보기 역할까지 맡았음을 짐작하게 한다.

---

27   시집『전망도』·『감정의 봄』을 냈다.『문예지대』·『문예시대』동인지를 발행하고,『시인시대』·『문예공작』동인으로 활동했다.『현대일본시집』에도 작품을 발표했다.「동인 약력」,『적심부』, 86~88쪽.

28   『적심부』에 작품을 실었던 평양시화회 회원 가운데서 주영섭 혼자만 서울 매체인『국민문학』·『국민시가』와 같은 조선문인보국회 기관지에 작품을 싣고 있다. 조선문인협회·조선문인보국회의 핵심 간부였던 형 주요한의 영향과 무관하지 않은 일로 보인다. 평양시화회와 조선문인보국회와 관계에 대해서는 앞으로 다른 연구가 필요하다.

3. 시집 『적심부赤心賦』의 '결전 문화'

평양시화회 작품집 1집인 시집 『적심부』는 1944년 9월 5일 서울 조선문인보국회에서 냈다. 본문 90쪽에 1500부를 찍었다. 시집 맨 앞에 '백의용사에게 바친다'는 헌사를 붙였다. 평양육군병원에 머물고 있는 '상이용사'에게 바치는 위문시집이라는 됨됨이를 분명히 했다. '적심赤心'이란 바로 그들이 보였던 '애국심'일 뿐 아니라, 장차 '적성보국赤誠報國'에 나설 모든 이가 지닐 마음씨다. 표기는 '국어', 곧 왜어를 썼다. 『적심부』는 표기에서부터 '황민화'에 충실했던 셈이다.[29] 작품 또한 결전 문화의 시정신을 모범적으로 담은 42편으로 채웠다. 그 가운데서 한국인 작품은 16편이다.[30] 그들의 속살은 '총후봉공'과 '대동아공영권' 그리고 '징병제'라는 세 갈래로 나누어 볼 수 있다.

---

29 1942년 총독으로 부산에 내린 소기는 이른바 국민총력의 새 '근본이념'으로 '황국신민 연성', '도의조선(道義朝鮮) 확립', '국체본의(國體本義) 투철'이라는 세 가지를 떠벌렸다. 『國體本義の透徹』, 조선총독부관방정보과, 1942, 1~2쪽. '내선일체'에서 더 나아간 완전한 '황민화'가 요체였다. 우리를 태평양침략전쟁의 마지막 결전장으로 내몰고, 징병제 실시에 박차를 가하기 위한 명분이었다. 三田芳夫 엮음, 『朝鮮に於ける國民總力運動史』, 國民總力運動聯盟, 1945, 127~138쪽. 1930년대 후반에서 1940년 무렵까지 우리의 왜어 해독률은 12~15%를 넘지 못했다. 1945년대 초에도 20%를 넘지 못했다. 『1945년 조선연감』, 경성일보사, 1944, 130쪽; 최유리, 앞의 책, 155쪽. 그런 가운데서 왜어로 된 작품 활동이 뜻하는 바는 분명하다. 왜어를 해독할 수 있는, 또는 왜어 중심의 식민 제국 체제에 대한 창작 주체의 내집단 정향성이나 그것의 전경화다. 문학어로서 배달말의 공식적인 부정은 1942년 5월에 '국민총력조선연맹'이 공표한 「국어보급 운동요강」에 따라서 이루어졌다. '문화 방면에 대한 방책'에서 '극력 국어사용을 장려할 것'을 표방했다. 우리 문학사회에서 왜어 창작 문제가 본격 등장한 1939년부터 왜어 창작이 특권화하는 1942년까지는 언어 문제를 둘러싼 문학적, 정치적 대립이 여러 형태로 드러났다. 윤대석, 「언어와 식민지」, 『식민지 국민문학론』, 도서출판 역락, 2006, 120~121쪽. 나라잃은시대 후기 이러한 왜어 창작 작가에 대하여 중성적으로 보려는 태도기 있으나, 제국 제제의 국가어로서 '국어' 창작이 지닌 "체제 협력적 성격"을 외면하기 어렵다고 본 이도 있다. 방민호, 「일제 말기 문학인들의 대일 협력 유형과 의미」, 『일제 말기 한국문학의 담론과 텍스트』, 예옥, 2011, 38쪽.

30 회원 한 사람이 5편에서 2편까지 실었다. 한국인 작품 16편에서는 주영섭의 것이 5편으로 가장 많다. 16편 가운데 학계에 알려진 작품은 주영섭의 「고무의 노래」 한 편에 그친다. 『친일반민족행위관계사료집』(16), 친일반민족행위진상규명위원회, 2009, 216~217쪽. 나머지 15편은 모두 미발굴 부왜시인 셈이다. 그들 16편은 아래와 같다. 금성문흥 : 「길」·「고산에 부치다」·「복수 이전」, 덕산문백 : 「새로운 풍속」·「고향의 눈」·「푸른 하늘」·「새로운 역사의 장」, 유인성 : 「야간비행」·「향토 방문비행」·「한줌의 눈」·「고향의 소녀들」, 주영섭 : 「고무의 노래」·「산에서」·「대공의 시」·「제비의 노래」·「학도출진」.

1) '총후봉공'과 결전 생활

『적심부』가 나온 1944년은 태평양침략전쟁이 막바지에 이른 시기다. 국가 총력을 다해 이른바 성전 승리라는 목표에 이르기 위해 온 힘을 발휘하는 일이 '고도국방국가' 피식민지 한국의 지상과제였다. 우리가 지닌 인적, 물적 자원을 최대한 동원, 수탈하기 위한 온갖 획책을 꾀했다. 그 가운데 핵심 구호가 후방의 아낌없는 지원과 노력, 곧 '총후봉공銃後奉公'이다. 전선에 나가 있는 '황군'이 위력을 다 발휘해 성전에서 승리할 수 있도록 '황도정신'으로 완전히 하나가 되어 움직이는 신체제 결전 생활이 그것이다.[31]

    ① 고향 뜰에 눈이 내린다.

고향 지붕에 눈이 내린다.

고향 산하에 눈이 내린다.

눈이 내려도 가마니를 짜고

눈이 내려도 새끼를 꼬고

아아, 어디선가 군고구마 냄새.

아침부터 소리없이 눈이 내린다.

하늘에서 소리없이 눈이 찾아온다.

눈은 소복소복 날이 저문다.

먼 싸움터 병사가 그리워져

헤어진 지 오래인 친구의 일이

차분하고 조용하게 떠오른다.

— 덕산문백, 「고향의 눈」[32]

---

31   오 억, 『생활진로』, 생활과학사, 1945, 218쪽.

32   『적심부』, 3~4쪽.

②아가씨처럼 밤을 사랑하고

오래된 관습의 옷을 입고 있었다

고향의 다정한 소녀들이여

이제 봉선화로 손톱을 붉게 물들이지 않는다

— (줄임) —

개나리 꽃 피고

개나리 꽃 지는 온종일

혹독한 전쟁을 아는 당신들의 흰 이마는

아침 안개 속에 백개자白芥子처럼 빛났다

이제 봉선화의 꿈은 필요 없습니다

이제 이태백의 노래는 필요 없습니다

윙윙 불어오는 바람에 맞서며

형을 동생을 사촌을 전쟁터에 보낸다

고향의 소녀들이여

그 형이 남동생이 사촌이

만약 남명南溟의 끝에 산화하여도

새끼손가락에서 떨어지는 적성赤誠의 피로

자연석으로 다정한 묘비명을 적자

—유인성, 「고향의 소녀들」 가운데서[33]

33　『적심부』, 22~23쪽.

①은 청년 말할이를 내세웠다. 그런 점에서 시인과 말할이는 일치한다. 시인의 고향은 일하는 고향이다. "눈이 내려도 가마니를 짜고 / 눈이 내려도 새끼를" 꼬는 곳. 그러한 '근로봉공勤勞奉公'의 마음이 가닿은 곳은 다른 데가 아니다. "먼 먼 싸움터", 병사로 가 있는 "헤어진 지 오래인 친구"로 향한다. 그이가 '성전'의 하루하루 힘차게 싸워 이기도록, 총후에서 뒷바라지를 다해야 한다는 믿음을 숨기지 않은 작품이다. 눈 내리는 겨울 풍경을 이념적 풍경으로 바꾼 솜씨가 녹록치 않다.

② 또한 ①과 마찬가지로 고향을 떠올리는 발상으로 한결같다. 다만 "고향의 다정한 소녀들"에게 눈길을 둔다는 점이 다르다. 이제 그들도 옛날의 소녀가 아니다. "오래된 관습의 옷을" 벗어 던졌다. "봉선화로 손톱을 붉게" 물들이는 나약한 마음은 벌써 묻었다. 그들은 아시아공영을 위한 성전에 "형을 동생을 사촌을" 보낸, "혹독한 전쟁을" 이미 살고 있는 총후의 늠름한 가족이다. 그리하여 "형이 남동생이 사촌이" 먼 남양바다에서 전사해 이름없이 사라지더라도 그들을 위해 "적성의 피로" "다정한 묘비명"을 적자고 말한다. 두 작품 모두 '총후봉공'의 각오를 고향 공간에 대한 회고의 방식으로 떠올렸다. 경험 현실이 엷은 대신 문학적 암시는 더 깊어 보인다.

그런데 '총후봉공'은 구체적으로 두 가지를 요구한다. 이른바 결전 생활의 확립과 필승 생산력 확충이 그것이다. 태평양침략전쟁 결전 단계에서 전쟁 목표에 집중하여 바른 자세를 세우기 위해 조직 기구를 정비하고 국민 생활을 일으키는 것이 결전 생활 확립이다. 미영적米英的 폐풍을 버리고 '정신봉공挺身奉公'의 믿음을 키워 강건한 생활 확립, 방공防共 · 방첩防諜 · 방공防空의 철저, 소비 절약, 저축 증강과 같은 일에 진력하는 나날이다. 필승 생산력 확충이란 총후 병참기지로 무거운 짐을 맡은 한국의 생산력을 확충하고 필승의 태세를 확립하는 일이다. 이른바 황도정신皇道精神에 바탕을 둔 국민 동원, 전략 물자의 비약적 증산 공출을 뜻하는 '생산보국운동'이 대표적인 것이다.[34] 그러한 결전 생활 확립과 필승 생산력 확충을 향한 총후봉공을 구체적으로 담은 작품이 금성문홍의 「길」이다.

34　三田芳夫 엮음, 앞의 책, 127~138쪽.

흰 옷 입은 할머니 검은 그림자 드리우고

검은 머리띠 할아버지 하얀 입김 날리고

전투모 쓴 학동들 대오를 짜고

혹은 앞서고 혹은 뒤서며

마을을 떠나는 한 무리 자전거 부대는

농민 독려를 위해 출동하는 관리들인지

마을로 향하는 여러 무리 우마차는

이에 호응하는 근로 봉사진奉仕陳이여

아아 얼마나 시골길은 북적대는가

　　　(「시골길」 가운데서)

몸뻬 입은 여자는 아이를 안고

다리에 각반脚絆을 한 남자는 트렁크를 내리고

빡빡머리 대학생은 책가방을 등에 메고

혹은 걸터앉거나 혹은 서 있거나

아버지의 팔을 베개로 어머니의 무릎을 요 삼아

대륙 개척민 아이는 꿈을 꾼다

먼 남명南溟의 땅에서 펜으로 싸우는

귀환 보도반원報道班員은 저기서 잔다

아아 여행길은 얼마나 혼잡한가

　　　(「여로」 가운데서)

백 미터 아스팔트 도시의 한길

가시오 서시오 도시오라는 네걸음길

포장물을 가슴에 안고 깜빡이는 신호등 지켜가며

나는 거기서 기다리고 있다

— (줄임) —

도도한 행인의 흐름은 포장 도로에 넘치고

주고받는 인사도 태엽 인형같이 빠르고

백화점 진열창에 식당은 출점 준비를 하고

시민들은 걸으면서 피스톤처럼 다리 젓가락을 움직인다

아아, 얼마나 도시의 길은 분주한가

　　　(「도로」 가운데서)

아아, 얼마나 장대한 길인가 길

그것은 도심이라면 네걸음길이 아니라도 좋다

그것은 외지로 향하는 여객선이라도 괜찮다

— (줄임) —

북양의 끝 툰드라의 길도

아버지들은 흰 곰을 흉내 내며 가고 또 가고

적도 아래 밀림의 습지마저

형제는 오랑우탄을 흉내 내며 가고 또 가고

모든 것이 대동아大東亞를 개척하는 길이 되고

(「귀로」 가운데서)

— 금성문흥, 「길」 가운데서[35]

「길」은 큰 제목 아래 네 개의 작은 제목의 작품을 이어 묶은 연작시다. 연작을 꿰고 있는 틀은 총후봉공이 이루어지고 있는 여러 장소다. 곧 시골과 도시, 그리고 그를 잇는 여행길, 나아가 다시 집으로 되돌아 오는 도시 귀가길이 그것이다. 먼저 '새벽길'에서 드러나는 것은 "넓디 넓은 순백 눈 내린" 농촌의 "아침 시골길"을 "혹은 앞서고 혹은 뒤서며" 북적대는 "근로 봉사진"이다.[36] 필승 생산력을 위한 총후봉공에 앞장선 모습이다. 시인은 그들을 향해 찬탄을 아끼지 않는다.

두 번째 「여로」의 장소는 "한여름 여행길" "도시로 서둘러 가는 밤 열차 안"이다. 시인은 신문의 전황戰況을 읽으며 앉아 있다. 거기서 "다리에 각반을"을 한 남자, "빡빡머리 대학생", "아버지의 팔을 벼개로 어머니의 무릎을 요 삼아" 자고 있는 이른바 개척민 아이, 귀한 보도반원을 만난다. 그들은 하나같이 결전 생활에 충실한, 성전을 승리로 이끌 '황민'들이다. 그들로 북적대는 밤 열차 안은 고스란히 '국가총력'의 축소판인 셈이다.

세 번째 「도로」에서는 "아스팔트 도시"의 네걸음길을 장소로 삼았다. 시인은 신호등 곁에서 우편 "포장물을 가슴에 안고" 신호를 기다린다. 눈에 드는 것은 "도도한 행인의" 바쁜 모습이다. "주고받는 인사도 태엽 인형같이" 빠르다. 다리를 힘찬 '피스톤처럼' 움

---

35 『적심부』, 8~12쪽.

36 '근로봉사제'는 '지원병'과 같은 '병역'을 대신한 '노동역'이었다. 총검을 매는 대신 삽을 잡자는 뜻이다. 이동화, 『전시하근로필독』, 황인사, 1939, 14~15쪽. 정신·물질 두 쪽에서 확고한 역량의 집중과 지원 강화를 위해 협동하여 장기전을 위해 절대 필요한 경제력을 확고하게 만드는 일이다. 이른바 '가정총동원'도 그 일환이다. 가정은 국가 건설의 디딤돌인 까닭이다. 따라서 부인도 현모양처에 머물지 말고, 일반 상식 이상의 지식과 기능을 지녀야 한다고 말했다. 처녀는 유사시 남자를 대신할 수 있어야 한다. 참된 가정총동원은 이러한 생활상의 변혁을 뜻한다. 오 억, 앞의 책, 216쪽. 근로동원을 위해 중등학교 학생을 상대로 만든 것이 이른바 '학교근로보국대'다. 주로 여름방학을 활용해 학생을 가까운 농산어촌에서 지도감독기관의 통제 아래서 공익을 위한 집단노동에 내몬 것이다. 평남학생근로대의 경우, 1939년 7월 17일 기준으로 21개교에서 4994명을 동원, 도로 고치기·둑쌓기·토지구획과 같은 공공 부문 일터로 내몰았다. 『동아일보』, 1939.7.17.

직이면서 걸음을 옮긴다. 도시의 네걸음길은 결전 생활에 한껏 고무된 모습이다.

　네 번째 작품은 「귀로」다. 집으로 돌아오면서 시인은 자신이 앞에서 겪었던 시골길, 기차 안, 도시의 길들이 얼마나 '장대'한 것인가를 찬탄한다. 그리고 그 모든 결전의 길은 마침내 전장에 가닿는다. "곰을 흉내 내며" 아버지가 가는 "북양의 끝 툰드라" 전선, "오랑우탄을 흉내 내며" 형제가 가고 있을 "적도 아래 습지" 밀림 전선이 그곳이다. 하나같이 "대동아를 개척하는" 승리의 길이다. 그리하여 시인 또한 다시 한 번 장대한 그 길들을 떠올리는 벅찬 감동을 안고 부지런히 걸음을 옮긴다. 「길」은 '총후봉공'의 구체적인 현실을 거시적인 눈길로 담고자 한 의욕 넘치는 작품인 셈이다.

　　젊은이가 넘치는 길 모퉁이에
　　삼월 새 바람이 봄옷을 희롱하고
　　반도의 젊은 여인이 한 사람
　　길을 지나가는 여자들에게
　　깨끗한 일침을 바라고 있다.

　　그 여인 언행이 조신하고
　　그 여인 옆 얼굴이 수려하여
　　대학생이었던 남편인지 남동생이
　　드디어 싸움터에 가는 것이리라.

　　문학이나 철학 서적을 덮고
　　푸른 잉크와 펜을 넣고
　　미지의 그 친구는 씩씩하게 가는 것이리라.
　　그 부적을 몸에 지니고.

　　수병복 입은 소녀가 발을 멈춘다.

기모노 입은 여자가 배급 받은 음식 대바구니를 둔다.

내외와 함께 온 여자가 남편과 떨어져 다가간다.

아아, 아름다운 한 폭의 그림.

새로운 풍속이 믿음직스럽게

새로운 감격이 가슴을 치고

나는 의연하게 서 있었다.

젊은이들이 넘치는 길모퉁이에.

— 덕산문백, 「새로운 풍속」[37]

덕산문백의 「새로운 풍속」은 한 부인이 길 가는 다른 여자들에게서 한 땀 한 땀을 받아 매듭을 지어 만드는 이른바 '천인침' '풍속'을 그렸다. 천인침은 일종의 부적이다. 그것을 배나 모자에 차면 총알도 피할 수 있다고 믿는 왜인의 속신이 우리에게 전해진 것이다. 그러한 풍경을 보면서 시인은 '가슴을' 치는 "새로운 감격"에 젖는다. 손수 총을 매고 전장에 나가는 지원병·학병도 중요하지만, 그들이 걱정없이 싸울 수 있도록 뒤를 맡는 총후의 일 또한 중요하다. 군인은 집을 떠날 때는 가족과 모든 것을 던지고 간다. 그들이 나라만 생각하며 싸울 수 있을 용기와 믿음을 주어야 한다. 이른바 출정군인의 집을 보호하고, 그들이 전장에서 쓰게 될 군수품을 충분하게 공급하는 일에 전심전력을 다해야 한다.[38] 천인침을 받아 보내고 그 군인 뒤를 돌보아 주는 총후 "새로운 풍속"을 시인은 기껍게 노래하고 있는 셈이다.

왜인이 피로써 나라에 봉공한다면 한국인은 땀으로 헌신하여 이른바 '황군'의 힘을 세계에 떨치게 하자는 국민총력전의 표어가 총후봉공이다. 『적심부』는 그러한 총후봉공의 뜻을 두텁게 담아내고 있다. 그들은 사회 각 부문이 새로운 결전 생활로 매진하자는 뜻을 암시적으로 담은 작품에서부터, 생산력 확충을 위한 근로보국 현

37　『적심부』, 1~3쪽.
38　윤승한, 『신생활의 상식보고』, 남창서관, 1944, 164쪽.

장을 속속들이 담은 작품에까지 걸친다. 따라서 소박한 이념 찬양시나 목소리만 높은 구호시와는 나뉘는 울림을 얻고 있다. 결전 단계 '국민시'로서 성공하고 있는 셈이다. 평양시화회의 젊은 회원들 스스로 "전쟁 승리를 위한 진정한 화신"[39]이 되어야한다는 믿음에 투철했던 탓일 것이다.

2) '대동아공영권' 찬양과 '성전' 승리

이른바 대동아공영권大東亞共榮圈 건설은 아시아를 아시아에 의한 아시아로 만들겠다는 미명 아래 왜로의 식민 지배 체제가 태평양 너머까지 겨냥한 무모한 시도였다.[40] 그리하여 "하와이와 싱가폴이" 그들 손에 떨어지면 저들은 "동양에 있어서 바다의 왕자"가 될 것이라 떠벌였다. 인류 공통의 적인 침략적 자유주의 국가군이라 본 영미 '제국주의'의 불합리한 동아시아 지배 체제를 무너뜨리고[41] 그들 마수에 걸린 피식민지 민족을 '황도정신'에 바탕을 둔 새로운 도의적 세계 질서로 재편하리라 외쳐댔다. 그러한 '대동아 생활권生活圈' 건설과 자립성을 위한 모든 질서의 중핵적 결청체[42]가 이른바 '남방南方 공영권'이었다. 『적심부』는 이러한 대동아공영권을 찬양하고 성전 승리를 기원하는 여러 작품을 선뵈고 있다.

---

39   유인성, 「한줌의 눈」, 『적심부』, 21쪽.

40   그러한 생각은 아래와 같은 글에서 잘 드러난다. '아시아에는 아시아인이 살고 구주에는 구주인이 산다. 그런데 구주인이 아시아까지 자기 물건인 것처럼 횡령하는 짓은 말할 수 없는 몰도(沒道)의 극치다. 일본은 아시아 대륙을 내 것으로 전유코자 하는 것이 아니다. 구주인이 아시아를 침탈하여 그 주인인 아시안인을 지배하는 불합리를 용서하지 못할 뿐이다. 일본은 아시아의 경륜을 아시아인과 함께 정하고자 할 뿐이다. 그러자면 일본인은 스스로가 대륙 국민이며 해양 국민인 금도로 매사에 근본주의로 아시아를 아시아인의 아시아가 되도록 하기 위할 뿐이다.' 德富猪一郎(최창익 옮김), 『昭和國民讀本』, 국민정신총동원조선연맹, 1940, 132~134쪽.

41   그들의 남방 침략 논리는 다음과 같은 기술에서 잘 드러난다. "말레이시아 반도를 차지하면 버마도 필리핀도 정복되고, 또 영령 인도의 점령도, 호주의 운명도 스스로 결정될 것이다. 중국은 버마 루트가 끊겨 미영의 원조를 바랄 수 없게 된다. 따라서 대일항전도 불가능하게 될 것이다. 미국은 고무를 비롯한 공급이 끊기고, 영국은 일본 해군의 진출로 말미암아 인도, 호주로부터 군사 물자 운송이 불능하게 될 것이다. 이와 같이하여 일본은 막대한 인구를, 포함하는 광대한 영토를 획득하게 되고 따라서 서양 의존의 필요가 없게 된다. 자급자족의 방법을 강구하여 동아시아 신질서의 이상을 실현하게 될 것이다." 이능선, 『남양대관(南洋大觀)』, 행림서원, 1942, 1~2쪽.

42   三谷克己, 『東洋的 生活圈』, 育生社弘道閣, 1942, 381쪽.

① 장백산맥 가지를 이루는 낭림산맥이

황해에 다리를 담그는 곳

— (줄임) —

두룩산頭勒山은 있고

그 산은 아이가 그리는 부사산富士山 모양을 하여

슬프게도 가난한 같은 이름의 마을을 감싼다

— (줄임) —

오오 두룩산이여 두룩마을이여

아니 아니 마을 사람 고구려 후예들이여

아프게 그 머리보다 관념의 울림을 없애라

나아가는 진발의 나팔에 보조를 맞춰라

그 새로운 조상들이 압록강 요하강을 건너

먼 흥안령으로 웅대한 계획을 펼치러 간다

물보라 날리는 바다 다섯 개의 대양을 건너

돌풍 일으키는 육지 여섯 개의 대륙을 달리자

— 금성문흥, 「고산故山에 부치다」 가운데서[43]

② 눈물과 피의 노력도 지금은 수포로 돌아가고

아아 나는 이전의 누구도 경험하지 못한

아픔과 노여움을 느낄 뿐이다

나는 방향 잃은 배의 돛대가 되어

---

43 『적심부』, 12~14쪽.

물보라 속에서 우는 불쌍한 왜가리 모습

뼛속까지 스며든 오열의 노래를 부른다

천애 고독한 유랑자여

어버이 살던 보리수 심은 집을 뺏기고

칠백 번 죽여도 원한이 지워지지 않을 원수여

동포의 가죽을 벗겨 옷을 입고 살로 식량을 삼은

— (줄임) —

아아 나는 너무나도 학대당한 나는

언덕을 구르는 수레바퀴 같은 원수를 조소하기 전에

골수에 맺힌 이 원한을 어떻게 할까

하늘은 나에게서 복수의 힘도 뺏을 것인가

— 금성문흥, 「복수復讐 이전」 가운데서[44]

①은 시인의 고향 평남 용강에 있는 두륵산과 그 아래 고향 마을 사람을 노래했다. 그들이 왜로의 '대화족'으로 거듭나 '대동아공영권'의 이상을 함께 하기를 바라는 뜻이 곡진하다. 고향의 두륵산이 섬나라 부사산을 닮았다고 말하며 시 앞 머리에서부터 진정한 '내선일체', '황민화'의 이상을 뚜렷이 했다. 그리하여 오늘도 '황민'으로 거듭난 "새로운 조상"들이 압록강을 건너고, 흥안령을 넘고, 오대양·육대주로 나아가 대동아공영의 신질서를 이룰 수 있기를 기원한다. 대동아공영권의 이상을 찬양하기 위해 우리의 먼 고구려 옮김사까지 끌어 들여 규모 큰 시적 상상을 펼쳤다.

그에 견주어 ②는 영국 피식민지로 떨어져 굴종을 당하고 있는 인도의 망명지사를

---

44 『적심부』, 15~16쪽.

말할이로 내세웠다. 그이가 아버지 세대의 원한을 갚고 새로운 대동아 생활권에 합류할 수 있기를 기원하는 목소리가 높다. 인류 공통의 적인 미영에 대한 철저한 도의적 제제는 필연적이다. 그이가 겪고 있는 미영 제국주의로 말미암은 고통은 대동아 신질서 덕분에 벗어나게 될 것이다. "골수에 맺힌 원한"도 갚을 수 있으리라. 서구의 피식민지 인도를 앞세워 대동아공영권을 찬양한 작품이다. 이른바 '팔굉일우'의 황도정신에 바탕을 둔 도의적 세계 질서 재편성을 향한 인류사적 과업에 우리나 인도나 마찬가지인 셈이다. 금성문흥은 이렇듯 ①과 ②에서 시간적으로 먼 옛 고구려까지, 공간적으로 넓은 인도 대륙까지 상상적 얼개를 마련해 대동아공영권의 이상을 노래했다. 이와 달리 이른바 '성전' 현장을 끌어와 승전 승리를 기원하는 작품도 있다.

   ① 한낮의 책상 위
남양南洋에서 왔다는
고무나무가 한 그루 서 있다
작은 칼로 칼자국을 내면 고무 액이 흐른다고 한다

아직 파란 줄기와
커다란 타원형의 잎이 은방울꽃처럼 펼쳐져
먼 꿈을 부르고 있다

한낮의 좁은 길모퉁이에서
아이들이 놀고 있다
남양에서 보내온
고무공을 힘껏 던져라
빛나는 땅에서 뛰어오르는 고무공이여
푸른 하늘 날아오르는 고무공이여

남양의 새하얀 전설이여

하늘을 날아라

높이 높이

동양의 젊고 깊은 창공을

하얀 벽 가득 펼쳐지는

태평양 파도

말레이시아산 고무나무의 파란 잎이

열풍을 흔든다

스콜을 불러온다

남양 항로 사무실의 한낮

창밖을 흐르는 흰 구름은

오늘도 청천晴天이다

— 주영섭, 「고무의 노래」[45]

② 제비야

축축한 바다를 건너

푸른 하늘을 날아

반도 마을에 돌아온 제비들이여

네 눈에는 바다가 비친다

네 몸에는 하늘이 머문다

너는 보았지

---

45 『적심부』, 36~37쪽. 이 작품은 처음 『국민문학』(10월호, 1942)에 실렸다. 한 차례 번역시로 소개
되었다. 『친일반민족행위관계사료집』(16), 앞의 책, 321~361쪽.

랑군의 마을을
발리의 화려한 섬들을
산호수로 둘러싸인 담장을

— (줄임) —

너는 하얀 탑 위에 멈춰 바라보았지
얼굴이 검은 아이들의 놀이를
부지런히 일하는 인도네시아의 청년을
아로하로 노래하는 자바의 소녀들을
오오
제비여

먼 바다를 건너
깊은 청천을 날아올라
따뜻한 반도의 마을에 돌아온
제비들이여

동아시아 천지는 하나가 되었다
네가 건너온 바다도
네가 지나쳐 온 하늘도
기러기가 돌아온 북국北國도

아시아는 원래 모습으로 돌아온다
아시아는 새롭게 태어난다
아시아는 하나가 되는 것이다

—주영섭, 「제비의 노래」 가운데서[46]

주영섭은 『적심부』에 올린 5편 가운데서 4편을 대동아공영권 찬양과 성전 승리를 기원하는 데 바치고 있다. "총후의 시인은 격렬한 시대의 흐름에서도 여전히 사색하고 탐구하는 데서 커다란 시가의 길이 열리는 것"[47]이라 말한 사람답게 "시대의 흐름"에 민감한 작품을 쓴 셈이다. ①「고무의 노래」는 1942년 2월 15일 왜군의 말레이시아 반도 싱가폴 점령을 기념하는 기념시다. 점령 기념으로 왜로는 피식민지 우리를 비롯한 '제국' 어린이에게 고무공을 나누어 주었다. 주영섭은 그 일을 중심으로 태평양침략전쟁의 승리를 염원하는 마음을 아낌없이 담았다. "푸른 하늘 날아오르는 고무공", "남양의 새하얀 전설"이 "높이 높이 / 동양의 젊고 깊은 창공을" 날아라고 한 데서 그 뜻이 절정을 이루었다.

②는 남양과 우리를 오가는 제비를 글감으로 잡았다. 대동아공영권 건설을 위한 필수 전장인 '남방南方'에서 날아온 제비는 단순한 새가 아니다. 제국 왜로의 투쟁과 승리 현장을 몸소 겪고 소식을 물고 온 충실한 승리의 전언자다. 이미 연극 「흥보가」에서 제비 모티프를 활용한 바 있는 주영섭으로서는 자연스러운 글감 전이다.[48] 이제 제비는 멀리 왜로 깃발 휘날리는 먼 남양 전선까지 날아가 병정을 격려하는, 총후의 '적심赤心'을 뜻하는 존재다. "아시아는 원래 모습으로 돌아온다 / 아시아는 새롭게 태어난다 / 아시아는 하나가 되는 것이다"라 다짐하는 가운데 성전 승리를 향한 시인의 염원이 굳다.

① 안개 깔린 낯익은 정원에

떨어지는 내 눈물

---

46 『적심부』, 40~43쪽.

47 주영섭, 「시의 원주(圓周)」, 『국민문학』 11월호, 1943, 20~23쪽.

48 주영섭은 1942년 이동연극용 희곡 「흥부전」을 썼다. 판소리 「흥부가」의 권선징악 구조 속에 이른바 '국민개로정신'을 교묘히 끼워 넣은 작품이다. 심원섭, 「총동원 체제하의 한국 문예─상황 추수론과 자기 설득의 논리 혹은 협력적 포오즈의 세계」, 『친일반민족행위관계사료집』(16), 앞의 책, 24쪽.

일본 방방곡곡에

어머니는 저렇게 실로 귀하고

애처로운 어린 자식을

새끼 독수리로 떼어 놓으니

오늘 맑아서 어머니를 찾아왔다

프로펠러 소리는 상쾌하나

눈이 먼 어머니에게는 보이지 않고

아득히 먼 곳에서 부르는 것 같은

울림은 온 몸에 스며들어

볼을 타고 흐르는 눈물을 닦지 않은 채

한결같이 손을 흔들면

응하듯 비행기 날개 흔든다

전쟁이 한창인 때

이 엄마와 이 자식을 생각하고 눈물 흘려버린 나는

― 유인성, 「향토 방문비행」 가운데서[49]

② 너는 알고 있다

어두운 밤하늘에

초겨울 비마저 부슬부슬 내리고

무수한 철새가 서로 위로하며 날고 있는 것을

그렇게 우리도 나는 것이다

어둠에 섞여

49　『적심부』, 19~20쪽.

별들에 섞여

두 날개에 불을 붙이고

무전으로 서로 끄덕여가며

아름다운 일본의 산하여

하늘로 날아오른 그때부터

두 번 다시 네 품으로 돌아오리라 생각하지 않았다

목숨을 하늘에 맡기고

어뢰를 품고

폭탄을 싣고

피 묻은 손수건을 흔들며 떨어지는 것마저

우리들 투혼은 불탈 뿐이다

부릉부릉

꿈 평온한 국토의 하늘에

희미한 폭음을 남기고 우리들은 난다

따뜻한 기류 속을

차디찬 빗속을

난다 난다

— 유인성, 「야간비행」[50]

①과 ②, 다 유인성의 시다. ①에서 시인은 이른바 '신풍특별공격대'로 나아갈 '소년 비행병'을 글감으로 삼았다. '평야영일平野英— 소년 비행병의 어머니에게 바친다'는 부제가 그것을 알게 한다. 소년 비행병이 훈련 과정에 자신의 고향을 방문 비행하

---

50 『적심부』, 17~18쪽.

는 정황을 내세워 그이 무운과 어머니의 희생에 감복하는 시인의 마음을 담았다. 전쟁 승리를 위한 보국헌신의 자세를 굳건히 하자는 결의를 이끌어 내고 있다. ②에서는 '특공대'로 전선에 있을 소년 비행병의 모습을 떠올리며 그이의 용맹을 기린다. "목숨을 하늘에 맡기고" "어뢰를 품고 / 폭탄을 싣고" "피 묻은 손수건을 흔들며 떨어지"는 특공대의 용맹은 모두가 본받아야 할 일이다. 이미 돌아올 길이 없음을 알고서도 달려간 그들의 투혼이야말로 결사항전과 성전 승리의 표상이다. 이른바 '대동아전쟁의 꽃'이며 "반도의 신취神鷲"다.[51]

①산꼭대기 벌거벗은 바위에 뒹굴며
나는 하늘을 바라보았다
흰 구름은 늠름하게 남으로 흐르고
먼 계곡에서 닭 울음소리가 들려온다

산에 살고
숲을 걷고
샘물을 마시고
마을 사람들과 이야기하고
솔잎을 먹으며 굶지 않고
부지런하게 일하고

---

51 유인성의 작품에서 보이는 소년 비행병과 특공대 활동은 승전 승리를 위한 용기와 지원병 출진 독려로 이어지도록 여러 매체를 빌려 부추겼다. 특공대의 진충보국은 고스란히 총후 국민의 것이 되도록 이른바 '신취(神鷲)'로 불렸던 그들의 죽음을 기리는 책도 내돌렸다. '반도청년'의 대표로 개성상업학교를 다닌 육군 신풍특공대 '송정수웅(松井秀雄) 오장(伍長)'에 대한 추김이 그런 하나다. 첫 지원병 사상자 이인석 상등병에 이어 이른바 천황폐하 만세를 외치며 산화한 호국의 신으로 그를 올려 세웠다. 楠田敏郎,『神風特別攻擊隊の精神』, 대양출판사, 1945, 115~118쪽. 그리하여 태평양침략전쟁 시기 우리 출신 특공대는 송정을 필두로 무산륭(武山隆) 소위, 임장수(林長守) 오장, 김원(金原) 군조(軍曹)로 이어졌다. 阿部薫,『半島の神鷲』, 민중시론사, 1945, 101쪽; 정인택,『반도의 신취 무산대위』, 매일신보사, 1944.

별자리를 즐기고

석양의 음악 소리를 생각하고

커다란 순간에 달할 때

내 모든 것을 바친다

바람이 분다

산꼭대기기에 바람이 분다

나는 마음이 허전하여

큰 하늘을 바라본다

어디에선가 닭이 울고

나비들이 머리 위를 날아갔다.

— 주영섭, 「산에서」[52]

② 나는 하늘을 사랑했다

바다가 없는 곳에서 자란 나는

커다란 하늘이 내 바다이며 내 집이며 어머니였다

나는 여러 곳에서 하늘을 바라보았다

아파트 옥상 정원에서 바라본 도쿄의 하늘

북한산 날카로운 봉우리 화려한 경성의 하늘

완만한 산들에 펼쳐지는 고향의 하늘

나는 언제라도 하늘을 바라보았다

슬플 때 기쁠 때 아침에 일어났을 때

나는 하늘을 사랑했다

---

52 『적심부』, 38~40쪽.

물을 머금은 초봄의 하늘을

노란 연습기練習機가 나는 한여름의 하늘을

별들이 반짝이는 가을 밤하늘을

결국 시인은 큰 하늘을 노래하지 못했다

젊은 독수리가 남명南溟의 큰 하늘에 큰 꽃을 피웠다

사나운 독수리가 대륙의 대공大空에 폭음의 노래를 불렀다

— 주영섭, 「대공大空의 시」[53]

옮긴 주영섭의 두 작품은 승전 승리를 직접적으로 드러내지는 않는다. ①은 산에서 하늘을 바라보며 승리의 도래를 예감하는 모습을 담았다. "산에 살고 / 숲을 걷고 / 샘물을 마시고" "부지런하게 일하고" 지내다, "커다란 순간에 달할 때 / 내 모든 것을" 바칠 것이라 시인은 말한다. 성전 승리를 위해 내 한 몸 희생하겠다는 굳센 각오다. "큰 하늘"은 자신의 포부를 일깨워 주고 굳건하게 해 주는 깊은 거울과 같은 존재다. 왜냐하면 지금 내가 바라보는 하늘 저 끝 어딘가에서 특공대의 비행기는 영미 적함을 향해 승리의 표상처럼 떨어지고 있을 것이기 때문이다.

②에서는 하늘이 결단의 순간을 예비하게 이끄는 공간에서 한 발 더 나아갔다. 하늘은 이제 결단 현장인 전장을 떠올리게 한다. 시인은 먼저 "하늘을 사랑"했으며, 하늘이 자신의 "바다며 집이며 어머니"였다 말한다. 그러면서 자신이 겪어 왔던 특별한 하늘을 들먹였다. 유학 시절 동경의 집 뜰에서 본 하늘, 서울에서 바라본 하늘, 그리고 "고향의 하늘"이 그들이다. 그런데 그 사랑하는 하늘에 어느새 "노란 연습기"가 난다. 자신은 이제까지 그러한 전쟁의 하늘, 남태평양의 "큰 하늘"을 노래하지 못했다. 젊은 특공대가 "큰 꽃"처럼 피었다 지는 성전의 바다와 대륙이 그곳이다. 시인은 그곳을 떠올리며 "대륙의 대공"을 적시는 힘찬 "폭음의 노래"를 듣는다. 우리가 만들어

---

53   『적심부』, 39~40쪽.

바치는 비행기야말로 승리의 지렛대다. 그이에게 하늘은 이제 성전 승리를 기원하는 마음이 퍼렇게 살아 있는 장소인 셈이다.[54]

3) '징병제' 선전과 '학병' 권유

왜로의 우리에 대한 전쟁 동원은 이른바 '육군특별지원병제' 실시 뒤부터 이루어졌다. 중국대륙침략전쟁을 일으키기 직전인 1937년 6월부터 꾀한 일이다. 그리하여 1938년부터 우리 청년을 전장으로 내몰았다. 태평양침략전쟁으로 확전하면서 한국인 지원병에 대한 요구가 더 거세졌다. 절대적으로 이겨야 할 전쟁에서 전투 병력 부족은 결정적이다. 병력 부족을 메우면서 한국인에 대한 황민의식을 완벽하게 심기 위한 효율적인 방법으로 왜로는 지원병 제도를 시행한 것이다.[55] 나아가 1942년 5월에는 한국인에 대한 징병제를 1944년부터 실시하겠다고 발표하기에 이르렀다.

지원병은 제국 왜로가 바라는 병력을 자신들 잣대에 맞추어 뽑을 수 있었던 제도다. 그러나 징병제는 해당 나이 모든 우리 겨레 청년에게 병역 의무를 지게 한다는 점에서 됨됨이가 다르다. 피식민자 한국인에게 총을 들게 하는 뜻을 지닌 징병제는 한국인이 완전한 내선일제, 황민화에 이르렀다는 믿음 없이는 시행하기 어렵다. 따라서 왜로는 먼저 '학병'부터 주목했다. 왜어 해독과 왜풍 생활 방식에 상대적으로 익숙한 계층이 그들이었던 까닭이다. 2주 정도 단기 훈련으로 예비지식을 채운다면 병력 자원으로 써먹을 수 있으리라 보았다. 따라서 1944년 '국민총력운동'의 중요 과제 가운데 하나를 '징병제' 실시를 위한 완벽한 준비로 내세웠다. 그리고 징병제

---

54 주영섭의 부왜시는 하늘 머그림 차용을 한 특징으로 한다. 이른바 소년 항공병이 풀밭에 누워 진주만으로 '잠자리처럼' 날아가 산화하는 꿈을 꾸는 모습을 그린 「비행시」(『국민문학』 6월호, 1943)와 「야간비행」(『국민시가』 1·2월호, 인문사, 1945)가 한 본보기다. 그이의 하늘 머그림 차용에는 소년 특공대의 전쟁 현장에 대한 연상뿐 아니라, 당대 우리의 비행기 조력 생산, 헌납 현실도 한 몫 했을 것이다. 1939년 우리 땅 안에서도 박흥식이 세웠던 조선비행주식회사나 조선항공공업주식회사가 만들어졌다. 개성 송도항공기주식회사 또한 전승을 위한 비행기 증산을 겨냥해 세운 곳이다. 사장은 어린이문학가 고한승이었다. 그밖에 이른바 미영중(米英中) 격멸전에 쓸 비행기 조력을 목표로 1944년 금강항공주식회사가 서기도 했다.
55 최유리, 앞의 책, 180쪽.

앞머리에 학병 징병부터 결정했다.[56] 『적심부』에 이러한 당대 징병제 시책에 힘껏 맞
장구친 작품이 실린 것은 당연한 일이다.

새로운 역사의 아침은 찬란하여

동방에 태양은 그 광망을 애석해 하지 않고

사람의 물결, 깃발의 물결, 노래의 물결

마구 흔들리는 물결의 역驛

형들은 엄숙하게 미소 지으며 떠났다.

늙은 어머니의 손을 잡고 울지 말라 말하고

친구의 손을 잡고 뒤를 부탁한다 말하고

"제대로 싸우겠다" 다짐하며 웃는다.

안경 너머 교양 있는 눈동자를 빛내며

형들은 역시 대학생답게 떠났다.

조도전早稻田의 각모가 그립고

중대中大의 모표를 하얗게 빛내며

아아, 그것보다도 붉은 어깨띠를 두르고

갈래갈래 휘날리는 국기를 흔들며

형들은 웅장하게 용감하게 떠났다.

형들의 형제가, 자매가, 이웃이,

형들의 친구가, 선배가, 은사가,

형들을 위해 그 아침에 모여

56　최유리, 앞의 책, 158~159쪽; 三田芳夫 편, 앞의 책, 127~138쪽.

형들의 무운과 필승을 빌었다.

형들은 결연히 싸우기 위해 떠났다.

동아東亞 해방을 위해 싸우지 않으면 안 된다.

조국 일본을 위해 싸우지 않으면 안 된다.

이 진리가 형들을 움직여

이 진리를 믿고 형들은 떠났다.

형들은 고구려의 건아를 알고 있었다.

형들은 신라의 화랑정신을 알고 있었다.

형들은 그 후예.

형들에 대한 기대가 고개보다 높아도

형들은 그것을 각오하고 늠름하게 갔다.

— 덕산문백, 「새로운 역사의 장章」[57]

　덕산문백의 작품이 지닌 뜻은 "반도 학병을 보내며"라는 부제에 잘 담겼다. 학병들은 "고구려의 건아"를 닮았고, "신라의 화랑정신"을 배워 알고 있다. 그들은 "조도전의 각모"도 "중대의 모표"도 이미 접었다. 이른바 '욱일승천기', "붉은 어깨띠를 두르고" "동아 해방을 위해", "조국 일본을 위해" 싸우러 떠난다. 대동아공영이라는 "새로운 역사의 장"으로 향하는 것이다. 시인은 학병으로 끌려가는 한국의 청년, 자신과 비슷한 또래 젊은이에게 충심의 격려를 아끼지 않았다. 조선문인보국회의 이른바 '학도 출진 격려 강연'[58]장에서 기념 낭송시로 읽혀도 제 격일 듯이 힘찬 작품이다.

57　『적심부』, 5~7쪽.

58　조선문인보국회에서는 1943년 11월, 서울 지역 잡지사, 『국민문학』·『신시대』·『대동아』·『대화세계』·『춘추』·『조선공론』·『조광』·『동양지광』·『내선일체』·『녹기』와 같은 열 개 잡지사 주최와 『매일신문』 후원으로 이른바 '출진학도격려대회'를 종로 기독교청년회관에서 개최했다. 『동아일보』, 1943.11.11.

시인은 떠나는 학병을 '형'이라 불렀다. 말할이를 낮추어 학병의 쾌거에 대한 존경을
더한 셈이다. 게다가 그들 뒤를 따를 청소년 세대에 대한 권고의 뜻까지 담았다. 이
에 견주어 아래 작품에서는 학병보다 먼저 학창을 나온 의젓한 선배의 목소리로 시
인은 출진의 영광을 되새기고자 했다.

  모여서 우리는

  학술의 화원에서 장난치며

  철학을 배우고 영원을 생각하고 진리를 구했다

  오늘

  동양의 위대한 날

  조국의 중대한 순간에

  우리는 학창보다 전선에 간다

  나는 생각한다

  학모學帽를 벗어버리고

  사회에 나온 첫 걸음의 감명을

  오오 지금

  너희는 얼마나 큰 감격에

  온몸이 떨리겠는가

  학원보다 전열戰列로

  탐구보다 행동으로

  광영 있는 임무를 등에 지고 너희는 간다

  표묘만리縹渺萬里의 바다로

  광대무변의 하늘로

  첩첩한 무애无涯의 땅으로

  너희는 발견했다

순간 속에 영원한 것을

심각함 속에 담긴 진실을

너희는 간다

전우와 나란히 묵묵하게 전진한다

초연硝煙이 자욱한

대륙의 싸움터에 서서

동양의 예지를 체득하라

파도 높은

남명의 대해大海와 싸워서

동양의 맥박을 감득感得하라

나는 믿는다

너희를 믿는다

너희가 싸움터에서 돌아오는 날

힘차게

동양문화의 육성을

아름다운

대동아 공영권의 건설을.

— 주영섭, 「학도學徒 출진出陣」[59]

　시인은 학병으로 전선에 나가는 젊은이를 돋보이게 하기 위해 대조를 마련했다. '학창' / '전선', '학원 / '전열', '탐구' / '행동'이 그것이다. 학병은 전선과 전열, 그리고 행동을 선택한 이다. 그들의 감격스러운 걸음걸이가 가닿은 곳은 "표묘만리縹渺萬里의

---

[59] 『적심부』, 43~45쪽.

바다"며 "광대무변의 하늘"이며 "첩첩한 무애天涯의 땅"이다. 그곳에서 "순간 속에 영원한 것을", "심각함 속에 담긴 진실"을 깨닫기를 시인은 권한다. "초연이 자욱한" 그곳 "대륙의 싸움터에서" "동양의 예지"와 파도 높은 "남명의 대해에서" "동양의 맥박을" 깨달 수 있기를 바란다. 책 위의 진리가 아니라 싸움터의 진리가 그것이다. 그러나 시인도 믿고 있듯이 "아름다운 / 대동아 공영권의 건설"을 위한 싸움터에서 그들은 돌아오지 못할 것이다. 청년 학도에게 '일본'을 위해 기꺼이 나아가 목숨을 바치라는 권고가 우렁차다. 이렇듯 말할이의 자리를 낮추거나 높여, 지원병·학병 출진을 권하는 목소리는 이른바 국민시의 한 틀이다. 그런 속에 감격스런 목소리를 더했다. 직접적인 학병 독려시인 셈이다. 그러나 그와 달리 간접적이고도 암시적인 목소리로 출진을 독려하는 시도 있다.

푸른 하늘 높이는 누구도 알지 못한다.
푸른 하늘 넓이는 누구도 알지 못한다.
거기, 무한한 신비와 동경이 흔들리고 있다.

낮 하늘엔 매가 원을 그리고
밤하늘엔 별들이 흐른다.
어머니 등에서 별을 헤아리던 기억이여.
온종일 풀밭에 누워
푸른 하늘 우러러보면
꾸벅꾸벅 꿈에 빠져든다.

은빛 날개가 흘러
어렴풋한 폭음.
아, 학생이 미소 짓고 있다.
구절초가 볼에 닿아 새끼 토끼 같은 하얀 구름이

구절초의 저쪽을 소리도 없이 흐른다.

— 덕산문백, 「푸른 하늘」[60]

겉으로 이 작품은 한 학생이 "푸른 하늘"을 '동경'하며 "꾸벅꾸벅 꿈에" 빠져드는 모습을 담은 것으로 보인다. 그 하늘은 "어머니 등에서 별을" 헤아리며 바라보았던 추억이 깃든 공간이다. 그러나 작품 바깥 문맥으로 보면 이 작품은 단순한 하늘 동경을 그린 것이 아니다. 학생은 "온종일 풀밭에 누워 / 푸른 하늘 우러러" 보다 "은빛 날개" 비행기의 "어렴풋한 폭음"을 듣고 미소를 짓는다 했다. 그이를 미소 짓게 하는 비행기의 폭음은 다름 아니라 소년 지원병이 탈 비행기의 것이다. 그것을 타고 적진을 향해 돌진할 특공대의 앞날을 그리며 '미소' 지은 것이다. 작품 속 행위 주체를 아이가 아니라 굳이 '학생'으로 적은 까닭은 소년 지원병이나 학병을 염두에 둔 표현이다. '국민총력운동'의 핵심 가치였던 '황민 연성'의 주 대상은 앞으로 전장의 군병으로 자랄 청소년들이었다. 그들에게 '황국신민'으로서 '심혼'을 키우게 이끄는 생활훈련은 필수다.[61] 이 작품은 그러한 청소년을 내포 독자로 삼아 넌지시 참된 '황민'이 될 출진의 길로 부추기고 있는 셈이다.

육군지원병이나 학병 출진을 독려하고 그들의 행위를 추겨 세우는 작품은 1944년 징병제 실시를 앞두고 더욱 잦아졌다. 이른바 조선총독부는 참된 '황민 연성'을 위해 총후 각계각층 사람들이 솔선수범하여 '직역봉공職域奉公'・'근로봉공'을 다하는 국풍國風을 드날려야 한다고 외쳐대면서 징병을 부추겼다. 2,400만 한국인에 대한 완전한 황국 신민화에 혈안이었다. 한국인에 대한 징병제 결정은 황민화의 새로운 단계를 알려주는 시국 변화였다. 『적심부』는 그러한 당대 요구에 걸맞게 적극적으로 징병제를 선전하고 학병 출진을 독려하는 작품을 실었다. 한국을 참된 황도문화, 대동아공영권의 구성원으로, '국체본의'에 충실한 '도의조선道義朝鮮'으로 올려 세우기 위한 필연적인 과정이 징병제라 굳게 믿도록 이끌었다.

60　　『적심부』, 4~5쪽.
61　　三田芳夫 편, 앞의 책, 127~138쪽.

이제껏 글쓴이는 평양시화회 작품집 1집 시집『적심부』에 실린, 우리 시인의 작품 16편이 지닌 됨됨이를 '총후봉공' 독려, '대동아공영권' 찬양과 전쟁 승리 기원, '징병제' 선전과 학병 출진 권유와 같은 셋으로 나누어 살폈다. 구체적인 전장 경험이나 종군 경험을 다룬 작품은 보이지 않는다. 중국 대륙 깊숙히 또는 남방 지역에 출장을 나가 있는 회원의 작품을 받을 수 없었던 점이 한 까닭이겠다. 그러나 무엇보다『적심부』는 평양육군병원 위문시집이라는 간행 목표에서 드러나듯이, 총후에서 "보국報國의 적심赤心"[62]을 기리고 드높이기 위해 엮은 책이다. 1940년 모임을 만든 뒤, 그동안 동인이 '절차탁마'했던 발자취를 담고자 했다. 따라서 속살을 굳이 '위문'으로만 좁히지 않았다.[63] 참된 '황민 연성'과 '도의조선' 건설에 이바지할 '결전 문화'의 본보기로 올려 세울 만한 작품만 가려 뽑은 것이다. 평양시화회의『적심부』가 당대 명망가 문인이 내놓은 부왜 '국민시'의 앞자리에 세워도 모자람 없을 문학적 공감을 보여 주는 까닭이 거기에 있다. 그리고 이 점은 거꾸로 평양 지역 젊은 시인이 지녔던 적극적인 정신실조를 아낌없이 보여 주는 터무니기도 하다.

4. 지역의 집단 부왜

북한의 지역문학에 대한 관심은 이제껏 제대로 이루어진 적이 없다. 그런 만큼 앞으로 꾸준하게 다가서야 할 일거리다. 그를 빌려 잊혔던 근대문학의 전통을 되살릴 뿐 아니라, 오늘날 북한문학지 형성에 대한 새로운 이해를 더할 수 있을 것이다. 글쓴이는 개성에 이어 북한문학지 전개의 핵심 장소 가운데 하나인 평양 지역문학 해명을 과제로 삼고자 한다. 그를 위한 첫 걸음으로 이 글에서는 1940년대 전기 1940~1945 문학을 범위로 삼았다. 논의는 두 가지로 이었다. 첫째, 1940년 전기 평양 문학이 놓인 환경을 살펴 평양시화회 활동을 소개했다. 둘째, 그들 작품집인 시집『적

62 　좌등신중,「후기」, 앞의 책, 90쪽.
63 　좌등신중,「후기」, 앞의 책, 89쪽.

심부』를 발굴해 그 속에 담긴 작품의 됨됨이를 따졌다. 논의를 줄여 마무리한다.

1940년대 전기 평양의 지역문학은 이른바 '국민정신총동원운동'에서 더 나아가 국가 총동원을 통한 '고도국방국가' 건설이라는 허울 아래 이루어진 '국민총력운동' 시기와 맞물린다. 1941년 태평양침략전쟁과 그에 따른 1944년 '징병제' 실시 예고는 그러한 국가 동원·수탈 체제 획책에 기름을 부은 격이었다. 문학계의 선전·선동 활동도 아울러 잦아졌다. 이러한 시대적 암울 위에서 평양시화회平壤詩話會의 '결전' 문학 활동이 이루어졌다. 평양시회회는 1940년부터 평양을 중심으로 이루어진, 지역 전쟁 수행 기구의 청장년 연고 시인의 모임이다. 한국인 회원은 덕산문백德山文伯·김성문흥金城文興·유인성柳寅成·주영섭朱永涉 넷이었다. 그들은 월례 합평회를 거치며 애국시·국민시 창작 연마에 열을 올려 조선문인보국회의 평양 지부와 같은 조직적인 부왜문학 활동에 열중했다.

평양시화회는 1944년 평양육군병원 위문을 빌미로 대표 작품을 가려 뽑은 회원 작품집 1집을 냈다. 그것이 시집『적심부赤心賦』다. 한국인과 왜인을 포함해 열 사람의 작품 42편을 실었다. 그 가운데 우리 시인 네 사람 또한 이른바 조선총독부의 수탈 책략을 충실히 반영한 왜어 작품 16편을 올렸다. 그리고 그 안을 총후 결전 생활과 생산력 확충을 위한 '총후보국' 권유, '대동아공영권' 찬양과 태평양침략전쟁의 승리에 대한 염원, 우리 젊은이를 결사 항전의 전장으로 내몰기 위한 징병제 선전과 학병 출진 독려와 같은 속살로 가득 채웠다. 그리하여 '적성보국赤誠報國'의 '적심赤心'을 다해 당대 '결전 문화'의 시정신을 구현한 뛰어난 본보기를 이루었다. 그런 만큼『적심부』는 1940년대 전기 평양 지역 청장년 시인들이 지녔을 적극적인 정신실조를 모자람없이 보여 준다.

나라잃은시대 지역에 뿌리를 내리고 지역 매체를 통해 활동한, 조직적인 부왜문학의 유일한 경우가 평양시회회다. 서북 지역을 대표하는 제2도시다운 평양 지역문학의 개별성이 거기에 있다. 이 글로 말미암아 그 점을 실증할 수 있었다. 게다가 작품집『적심부』를 비롯해, 우리 시인의 작품 16편 가운데 주영섭의 「고무의 노래」를 뺀 나머지 15편은 학계에 처음 알려진다. 1940년대 부왜문학 작품의 총량을 더한 셈이다. 이러한 1940년 전기 평양 지역문학의 모습은 『탐구』·『단층』이 대표하는, 활달했던 1930년대 후기 문학에 뒤 이은 것이다. 그 사이 연관은 어떤 것일까? 이 글을 문지방으로 삼아 1930년대 후기뿐 아니라 더 깊숙히 평양 지역문학 속으로 들어설 일이 남았다.

동요동시집 『영웅 나라 아이들』의 애국주의

1. 전쟁기 시의 주체

1950년 6월부터 1953년 7월까지, 3년에 걸친 전쟁기 북한 문학에 대한 연구는 아직까지 제대로 이루어지지 못했다. 무엇보다 1차 원전 문헌 확보가 모자랐던 탓이다. 전쟁기 당대 자료에 기대기보다 전후 북한에서 나온 2차 담론에 도움 받아 연구, 기술하는 방식이 중심이었다. 그런 사정은 어린이문학 쪽이 더했다. 학계에 보고된 전쟁기 어린이문학 1차 문헌이 월간지 『아동문학』 통권 9호 한 권에 머무는 연구 환경[1]은 그런 사정을 잘 말해 준다. 잡지나 작품집 낱책은 아예 다루지 못했다. 전쟁기 동안 북한 어린이문학은 조선문학동맹 아동문학분과위원회를 중심으로 꾸준한 매체 활동을 벌였다. 어린이 청소년 또한 소년근위대나 소년병 꼴로 조직적이고도 직접적인 전쟁 후원 활동을 이어 나갔다. 남한 쪽 움직임과는 견줄 수 없을 정도다. 그와 맞물려 전시 체제 수호, 동원 문학으로서 어린이문학의 몫 또한 월등했다.

글쓴이는 그러한 전쟁기 북한 어린이문학을 대상으로 삼아 몇 차례 세부 논고를 마련할 생각이다.[2] 이 글은 그 가운데서 처음 이루어지는 것이다. 연구 대상은 동요

---

1   우리 쪽에서 전쟁기 북한 어린이문학을 다룬 2차 담론은 원종찬이 유일하다. 거기서 그이는 『아동문학』 통권 9호를 중심으로 살피고, 북한의 주요 논의를 원문대로 따옮겨 소개했다. 원종찬, 『북한의 아동문학』, 청동거울, 2012, 137~164쪽.

2   글쓴이는 앞으로 두 가지 목표를 가지고 전쟁기 북한 어린이문학에 다가설 생각이다. 첫째, 전쟁기 북한 어린이문학의 1차 사료를 발굴하여 북한문학지 연구 문헌의 총량을 더한다. 통일문학사 기술을 위한 부문별 사료 확충의 한 본보기가 될 일이다. 둘째, 아직 실체가 알려지지 않은 전쟁기 북한 어린이문학을 구명하고자 한다. 이를 빌려 전쟁기 북한 문학의 실상은 물론, 남북한 전쟁기 어린이문학에 대한 비교, 대조에 가닿기 위한 디딤돌을 얻을 수 있을 것이다. 그리하여 아직 미발굴로 남아 있는 전쟁기 동요동시집, 동화집, 동극집, 어린이문학 번역집, 문학론집을 다룰 수 있기 바란다.

동시집 『영웅 나라 아이들』로 삼는다. 1952년 3월 20일 문예총출판사에서 낸 작품집이다. 아직 미발굴로 남아 있는 이 시집은 전쟁기 동요동시집 가운데서 가장 많은 시인의, 가장 많은 작품을 싣고 있다. 모두 20명의 작품 38편이 그것이다.[3] 게다가 엮은 주체는 조선문학동맹 아동문학분과위원회다. 다른 선집이 따로 엮은이를 내세우지 않고 출판사에서 엮은 듯한 모습을 보여 주는 것과는 다르다. 전쟁기 어린이문학 중앙에서 낸 대표성을 지닌 작품집이다. 게다가 책 크기는 전쟁기 북한의 여느 '전선문고'와 같이 한 손바닥에 놓이는 문고판이다.[4] 기동성 있는 독서 효과를 고려한 모습이다. 따라서 『영웅 나라 아이들』은 전쟁기 북한 동요동시의 대표적이고도 전반적인 됨됨이를 살펴보는 데에 가장 적확한 1차 문헌이라 할 수 있다.[5]

3 　김련호, 「군마와 용이」·「일하는 밤」; 김북원, 「수풀 속 학교」·「우리 제비 이겼다」; 김순석, 「공화국기」; 김신복, 「기총 맞은 난로」·「영팔이와 따발총」·「자동차 운전수」·「한 마디는 잘하지」; 김우철, 「공화국 제비」·「모택동 할아버지」; 김학연, 「우리들입니다」; 남응손, 「윙윙 돌아라」; 동승태, 「정찰병 형님」; 류연옥, 「김 장군님께 드리자」·「넝쿨마다 데롱데롱」·「빨긴 줄 봉투」; 리맥, 「매야 매야」; 리순영, 「꼬마 꽃밭」·「봄날 아침」; 리원우, 「내가 만난 쓰딸린 할아버지」·「빨찌산 아저씨」·「영웅 누나 날아가는 밤」·「해와 함께 살 꽃」; 박세영, 「뚝뚝이」·「어디라도 와봐라」; 송봉렬, 「책가방」; 송창일, 「도서실 공부」; 유충록, 「승리의 회답」; 윤복진, 「꼬마 병정」·「조랑조랑 조랑말은」; 임원호, 「꽃수레 씌워 주마」·「언니 돌아오는 날」·「언니 뒤를 따르리」; 정서촌, 「김군옥 영웅은 내 고향 아저씨」·「달밤」·「소」; 최석중, 「우리 기차」. 김신복·리원우가 4편, 류연옥·임원호·정서촌이 3편, 김련호·김북원·김우철·리순영·박세영·윤복진이 2편을 실었다. 나머지는 모두 1편씩 싣는데 그쳤다.
4 　전쟁기 3년 동안 남북한은 총력전을 펼쳤다. 그에 따라 문학 또한 힘껏 동원되었는데, 전쟁 수행 기구에 의해 내내 심리전을 위해 출판, 배포된 그런 문학을 정훈문학이라 일컫는다. 이것은 남북한 모두에서 특징적인 문학 현상이다. 우리쪽의 대표 본보기는 국방부 정훈국에서 냈던 기관 매체『국방』, 육군종군작가단에서 냈던『전선문학』의 문학이다. 이러한 연속간행물 말고도 정훈국이나 각 군 정훈실에서 적지 않은 문학 낱책을 펴냈다. 그들 가운데서 일선 군인을 현실 독자로 삼아 문고본(46판형) 형식을 중심으로 냈던 남북한 공통의 작품집이 '정훈문고'(북한은 '전선문고')다. 이들 존재야말로 남북한 전쟁문학의 국가적 강제 / 통제 양상을 오롯하게 보여 준다. 그런데 북한은 우리보다 월등하게 많은 20권을 넘은 작품집을 냈다. 개인 시집에서 종합시집, 합창시집, 개인 소설집, 종합소설집, 개인 희곡집, 전투실기, 종군기, 번역을 아우르는 다채로운 영역에 걸친 것이다. 이들은 전쟁기 북한 문학의 생생한 현장뿐 아니라 전쟁기 북한 문학의 최상위 수준에 놓인 표상 주체다. 이들 속에서 드러나는 문학적 주체와 목소리야말로 가장 전면적이고 공식적인 동일시 대상일 수 있었다. 『영웅 나라 아이들』의 경우 '전선문고'라는 표지가 없지만 크기나 배열 모두에서 '전선문고'의 방식을 고스란히 따르면서 그 효과를 뜻한 출판물이다. 따라서 『영웅 나라 아이들』은 전쟁 승리와 '조국' 보위라는 정훈적 목표에 가장 맞닿아 있다 할 수 있다.
5 　1950년 전쟁기 세 해에 나온 어린이 시집 가운데서 글쓴이가 확인할 수 있었던 것은 아래 4권이

그런데 이 시집은 홍미롭게도 ★ 표시를 해서 실린 작품을 네 묶음으로 갈라 놓았다. 맨 앞에 스딸린과 일성 그리고 모택동을 다룬 작품을 신고, 두 번째는 일선 전투병이나 전투 영웅을 다룬 작품, 세 번째는 후방에서 전쟁 후원에 여념 없는 어른 아이를 다룬 작품, 그리고 네 번째에는 다른 나라 지원군과 맞물린 작품이 그것이다. 이러한 네 묶음의 배열 / 배치는 묶인 그들 안밖의 작품들과 유사성·차이점을 드러내기 위한 편집 전략에서 말미암은 바다.[6] 알게 모르게 그것은 책에 실린 작품의 내용이나 주제에 대한 읽기 행위를 읽는이에게 미리 강제하고 규율한다. 곧 배열의 정치다. 『영웅 나라 아이들』 안에서 서로 같고 서로 다르게 묶인 그러한 네 묶음은 고스란히 읽는이에게 특정한 주체 구성과 훈육을 위한 실천을 의도하고 있는, 정치 담론의 결과인 셈이다. 그리고 그것의 최종 목표는 책 이름으로 내세운 『영웅 나라 아이들』이라는 한마디가 표상한다. 곧 '영웅 나라' '조선'의 전쟁 승리와 체제 수호가 그것이다.

전쟁기는 전쟁 승리와 체제 수호를 위한 권력의 최고 발양기다. 이념 장치로서 문학 담론의 위치가 최고조로 작동한다. 『영웅 나라 아이들』은 북한의 전쟁 승리와 보위를 향한 당위적 이념, 곧 사회주의 조국에 대한 애국주의의 실천, 애국 주체 형성을 의도하고 재구성하고자 하는 목표를 분명히 한 시집이다. 그것을 꾀한 주체는 표면상 조선작가동맹 아동문학분과위원회라는 집단이다. 그러나 그것은 전쟁 수행 책임의 최종 중심인 북한 평양의 중앙 권력이라는 상위 큰 주체를 대신하는 하위 위임 주체일 따름이다. 그에 따른 의식 / 무의식적인 사회 습속과 제도 동원, 강제 / 선동, 억압 / 권유는 필수적이고 필연적이다. 그런 가운데 개별 작가와 작품이라는 작은 주

다. 조선문학동맹 아동문학분과위원회 엮음, 『영웅 나라 아이들』, 문예총출판사, 1952;『승리의 꽃다발』, 조선작가동맹출판사, 1953;『항상 배우며 준비하자』, 민주청년사, 1953; 정서촌, 『꽃편지』, 문화전선사, 1953. 이 가운데 정서촌의 것은 개인 동요동시집이어서 대상에서 빠진다. 『승리의 꽃다발』은 19명의 33편,『항상 배우며 준비하자』는 19명의 29편을 실었다. 이들 말고도 신문『소년신문』, 잡지『민주청년』·『소년단』·『아동문학』 들에 실린 동요동시가 있다.

6   유사성이란 다시 결집하게 하고, 차이점이란 대립시키도록 한다. 이와 같이 유사하고 다른 이중 활동을 배열의 정치는 기본으로 삼는다. 조르주 비뇨, 임기대 옮김,『분류하기의 유혹』, 동문선, 2000, 15쪽.

체[7]는 큰 주체의 체제 표상과 동일시하거나 그것에 따라 실천, 변화해 간다. 이 글은 이렇듯 정치 담론으로서『영웅 나라 아이들』이 보여 주는 시적 주체의 주체화 양상[8]과 그 표현 특성을 살피고자 한다. 이러한 방법은 소박한 내용 분류[9]보다 높은 수준에서 텍스트의 의도와 효과를 살필 수 있는 길이다. 글의 논의는 배치한 네 묶음의 순서를 그대로 따른다.

2. 수령의 덕성과 절대성

사회주의 나라에서 어린이가 갖추어야 할 으뜸 덕목은 애국주의다. 본보기는 소련에서 이루어지는 소비에트 애국주의다. 다른 사회주의 나라에서는 그 조직과 방법을 자신들 조건에 맞게 끌어다 쓴다. 소비에트 애국주의는 "사회주의 조국에 대한 사랑이며, 그의 행복을 위하여 자기의 모든 힘을 다 바치고 만일 요구된다면 생명까지도 바칠 준비성"을 뜻한다. 그것은 "쏘베트 사람들의 행동을 규정하는 위대한 도덕적 힘이며 그들의 영웅주의와 대담성의 원천"이다.[10] 자본주의 계급투쟁 사회에서는 볼 수 없다는 이러한 소비에트 애국주의는 "자본주의 제도에 대한 쏘베트 사회 및 국가 제도의 헤아릴 수 없는 우월성의 자각"에 뿌리를 둔다. 그리고 그것은 전쟁기에 최고조로 나타날 것을 요구한다.

따라서 사회주의 나라 학령 어린이의 90%가 드는 소년단에서는 친구 앞에서 "레닌과 쓰딸린의 사업을 견고하게 고수하며" "사회주의적 조국의 훌륭한 공민으로 되기 위하여 배우겠다는 서약"[11]을 한다. 그러한 소비에트 애국주의의 으뜸 과업이 수령에 대한 충실성이다. 수령에 대한 "고상하고 고귀한 사랑의 감정"이야말로 "가장

---

7   당장 이론상으로 보더라도 전쟁 승리, 사회주의 체제 수호를 내세운 최상위 수준의 국가 주체, 직능별 집단 주체를 거쳐 개인 주체로 내려서는 수직 위계와 전방의 장사병, 중국 지원군, 종군작가에서부터 후방의 어린이, 청소년, 군무원, 여성 주체와 같은 수평 위계로 배치할 수 있다. 거기다 각 위치마다 '미국 놈'('원쑤')이나 '리승만 도당'으로 일컫는 타자가 존재한다.

중요한 도덕적 품성[12]이다. 사회주의 북한도 이 점에서는 다르지 않다.『영웅 나라 아이들』의 맨 앞 묶음에다 스딸린을 비롯한 수령에 대한 송시를 올린 까닭이 거기에 있다. 이 묶음에는 모두 세 작품이 실렸다. 네 묶음 가운데서 가장 적은 수다. 리원우의「내가 만난 쓰딸린 할아버지」와 류연옥의「김 장군님께 드리자」그리고 김우철의「모택동 할아버지」다.

이들을 작품 배열로 살필 때 두 가지 뜻을 읽을 수 있다. 첫째, 시집 전체 서열에서 오는 뜻이다. 곧 스딸린·일성·모택동은 전쟁 수행과 지원의 핵심 '수령'이다. 이들을 향한 송시를 시집 맨 앞 묶음에 놓음으로써, 그들에 대한 절대적인 존경과 복종이야말로 전쟁 승리와 애국주의 실천의 으뜸 가치임을 읽는이가 자연스럽게 내면화하도록 이끈다.[13] 둘째, 묶음 안쪽에서 드러나는 배열에 담긴 뜻이다. 스딸린에서 일성, 그리고 모택동으로 이어진 서열은 전쟁 수행에서 지니는 역할과 비중을 되비추어 준다. 이른바 사회주의 모국 소련 스딸린을 중심이자 가장 앞에 놓고 전쟁 수행 당사자인 북한 수령 일성과 그 뒤에 '혈맹'이라 일컫는 지원국 중국 '형제' 나라 수령을 놓았다. 소련과는 수직적 '친선', 중국과는 수평적 '우의'를 상징하는 으뜸 표상이 바로 스딸린이자 모택동이라는 점을 자연스레 깨닫도록 한 셈이다.

자라나는 세대들은 학교와 가정 그리고 소년단 단체 활동에서 이들 수령에 대해 배운다. 이 일은 자본주의의 개인 숭배와는 다르다. 개인 숭배는 "개인의 역할을 편면적으로 확대하여" "일부 사람들을 지나치게 찬양하며" "당과 인민의 결정적 역할을 경시하는 착오적 견해[14]다. "오직 소수의 영웅, 호걸만이 인류의 운명을 결정하는 사람이고, 인민 대중은 엑스트라에 지나지 않는다"고 생각한다.[15] 그와 달리 "인민의 수령은" "인민 대중의 생명의 중심이며 최고 뇌수"다. "인민 대중은 수령의 두리에 굳게 뭉치고 수령의 령도를 받을 때만이 자기 운명을" "자주적으로, 창조적으로 개척해 나가는 참다운 력사의 자주적인 주체[16]가 될 수 있다. 그리고 수령은 어떤 개인도 도저히 지닐 수 없는 위대한 자질과 풍모를 체현한다. "인민을 끝없이 사랑하 는 인간적 품성, 인민을 위하여 모든 것을 바치는 어버이 풍모[17]가 그것이다.

나는요 꼬마 편지 동길이가 쓴 편지

어머님이 그립지만 땅굴 집에서

— (줄임) —

나 어린 동길이가 쓰딸린께 쓴 편지

나는요 찾아갔지 고마운 할아버지

우리 나라 뺏으러 온 원쑤 놈들은

어머님을 죽이고 집마저 불 났지만

우리를 도와주는 쓰딸린 할아버지에게

새해 인사 드리려고 찾아갔지

처음 보는 크레물리 쓰딸린이 계신 방

꽃보 편 책상으로 가까이 갔더니

온 세상 어린이들 써 보낸 편지

어깨 걸고 나라니 오롱조롱

쓰딸린 할아버지 빙그레 웃으며

그 많은 편지를 한 장 또 한 장

차례차례 번차례로 읽고 계셨지

— (줄임) —

그러자 나를 본 쓰딸린 할아버지

— 네가 왔구나 싸우는 조선에서

온 세상 곳곳에서 날아온 편지들

모두 너를 한 편이라 써 왔다

반기며 나를 맞아 주셨지

봉투 속에 불룩히 넣고 간 이야기
끝까지 읽고 난 쓰딸린 할아버지
— 승리는 조선 인민에게
온 세상이 들으라고 말씀 하셨지

— 리원우, 「내가 만난 쓰딸린 할아버지」 가운데서[18]

---

8   담론으로서 문학은 권력 / 지식의 특정 주체가 구성하고 생산해 낸 것이다. 그 주체는 선험적으로 주어진 기초가 아니라 과정의 결과물이다. 알튀세르는 이념을 무의식으로 정의했다. 그것을 빌려 개개인은 주체로 구성되는 것임을 보여 준다. 곧 이념 안에서 작동하는 큰 주체(Sujet)가 개개인을 주체(sujet)로서 부르며, 이에 응답하고 그에 따름으로써 개개인은 주체화한다. 푸코 또한 주체는 특정한 담론 안에서 정의되는 기능이라 보았다. 데리다는 주체란 이미 존재하는 흔적들과, 그것이 만들어 내고 차이화하는 운동 곧 차연(différance)에 의해 만들어진다고 본다. 들뢰즈 / 가타리도 비슷한 입장이다. 분자적 — 미시적인 차원의 생산적인 힘을 욕망(하는 생산)으로 정의하고, 이 욕망을 포섭하거나 길들이려는, 또 때로는 강제하려는 다른 권력의지를 반대 극에 마련한다. 욕망은 일차적으로는 탈주선으로 존재하지만, 그것은 특정한 방식으로 코드화되고 영토화되는 배치로서 존재한다. 주체란 그러한 배치 안의 어떤 기능일 뿐이다. 이러한 이론적 입장에서 한결같은 점은 데카르트적인 자명하고 통일적인 주체를 출발점으로 간주하지 않는다는 사실이다. 거꾸로 주체는 특정한 사회적, 역사적 과정을 빌려 구성되고 만들어지는 것이다. 이러한 주체가 어떠한 과정과 조건을 빌려 구성되는 것인지를 사회적, 문화적, 역사적으로 연구해야 하는 과제 곧 주체 생산의 이론이 다음 문제로 놓인다. 이러한 주체의 주체화 방법에는 두 가지가 있다. 첫째, 주체가 대상을 의식적 / 무의식적 표상체계로 포섭해 주체화하려는 방법이다. 곧 표상체계의 주체화다. 둘째, 기존 지배 권력이 작동하는 질서에 대해 빈틈을 지니려는 탈주선·탈영토화의 자리를 찾는 방법이다. 그 효과의 통접적(conjoctive) 종합으로서 주체가 존재한다. 주체의 동일성은 그러한 주체 구성 과정이 끝난 경우에 이루어지는 과정일 뿐이다. 그렇기 때문에 많은 경우 동일시로 환원할 수 없는 균열과 이탈을 벗어날 수 없다. 페쇠는 이러한 여러 균열과 이탈 양상을 반동일시·역동일시라는 개념으로 포섭하려 했다. 벵쌍 데꽁브, 박성창 옮김,『동일자와 타자』, 도서출판 인간사랑, 1990, 138~180쪽; 사라 밀즈, 김부용 옮김,『담론』, 인간사랑, 2001, 57~60쪽; 서동욱,「표상적 사유와 비표상적 사유」,『차이와 타자』, 문학과지성사, 2004, 7~14쪽. 담론으로서 문학에 잠재하는 주체가 '문학적 주체'다. 이는 어떤 질서나 규범에 대한 동일시뿐 아니라 특정한 과정을 빌려 실천, 변화하는 주체다. 인격적인 개인 작가나 개별 작품의 서술자(화자, 말할 이)와는 다르다. 일관되고 목적적이며 자기결정적인 개인 주체라는 차원에서 더 나아간다. 다만 실제 분석에서 문학적 주체는 낱낱의 갈래별 주체로 나누어 보는 것이 효율적이다. 곧 시에서 서정적 주체, 소설·보고문학에서 서사적 주체, 극에서 극적 주체와 같은 개념이 그것이다. 이들과 현실 권력 표상에서 드러나는 이념별·세대별·직능별 주체가 날과 올로 짜여 문학적 주체의 역동을 마련한다. 의사소통 과정으로 볼 때 '문학적 주체'는 개별 작품의 현상적 화자(서술자)에서부

전쟁기 북한시 가운데서 스딸린 송가는 드물지 않다.[19] 그 점은 어린이시라 해서 예외가 아니다. 다만 이 작품은 소통 방식이 특별하다. 드러난 말할이 '나'는 편지다. 곧 의인화한 편지가 내포 독자를 향해 말하는 방식이다. 내포 시인은 "동길이가 쓴" 그 편지가 모쓰크바에 있는 스딸린 궁 집무실에 가서 세계 여러 곳에서 온 다른 나라 편지와 함께, "봉투 속에 불룩히 넣고 간 이야기"를 들려 드린 일을 내포 독자에게 전

터 시작하여 내포 화자, 그리고 그것을 포괄하는 내포 작가까지 걸친다. 문학적 주체란 이러한 주체의 중층성과 타자와 관련 양상을 아울러 고려한 숨은 주체를 뜻한다. 개별 시인이 작품 속의 개별 화자를 내세워 언표 행위를 하는 것처럼 보여도 그 언표인 시에서 드러나고 있는 발화자는 발화가 숨기고 있는 주체다. 곧 서정적 / 시적 주체다. 이런 서정적 주체는 작품이 내용 안밖으로 품고 있는 권력 표상이나 타자들과 관계 속에서 주체화한다.

9 전쟁기 북한문학에 대한 기술은 거의 내용·주제 분류 중심이다. 이 점은 어린이문학에서도 마찬가지다. 전쟁기 어린이문학에 대한 첫 기술로 보이는 김명수나 장형준에서도 그 점이 드러난다. 김명수가 '전시 문학' 가운데서 줄글을 중심으로 다루면서 "김일성 원수에 대한 테마"와 어린이가 후방 전투에서 영용하게 싸운 모습을 담은 작품, 어른들 전투 영웅을 본받고 따르고자 한 작품, 후방 어린이들의 증산 투쟁을 다룬 작품, 그리고 프롤레타리아 국제주의 사상을 담은 작품, 유희 동요와 동화로 나눈 것이 한 본보기다. 김명수, 「해방 후 아동문학의 발전」, 『해방 후 10년간의 조선문학』, 조선작가동맹출판사, 1955, 375~378쪽; 원종찬, 앞의 글, 164~169쪽. 장형준은 동화를 중심으로 전쟁기 어린이문학을 두루 짚으면서 첫째, "소년들의 전투적 생활"을 그대로 담은 작품, 둘째, "인민 군대에 대한 존경과 사랑"을 그린 '애국주의' 작품, 셋째, "국제주의적 사상을 형상화"한 작품으로 나누고 있다. 그리고 동극을 두고 "영웅적 우리 소년들의 실시 투쟁을 산 재료"로 담은 작품, "김일성 원수의 혁명적 정신"에 의한 '항일무장투쟁' 정신을 고무하는 작품들로 나누었다. 장형준, 「해방 후 아동문학의 찬연한 발전 로정」, 『해방 후 우리 문학』, 조선작가동맹출판사, 1958, 283~292쪽. 이러한 내용·주제 분류를 『영웅 나라 어린이들』의 네 묶음은 더 상위 수준에서 고스란히 포괄한다.

10 엔 이 볼듸례브, 강필주 옮김, 『쏘베트 청년들의 도덕적 면모에 대하여』, 민주청년사, 1955, 20쪽.

11 북조선민청중앙교양부 옮김, 『삐오네르단 지도원의 수책』, 청년생활사, 1949, 57쪽.

12 『학교에서의 애국주의 교양에 관하여』, 연변교육출판사, 1955, 99~100쪽.

13 이 점은 어른 시를 모은 북한의 다른 시선집에서도 같은 모습이다.

14 장어오, 『개인숭배를 반대하자』, 연변교육출판사, 1956, 1쪽.

15 장어오, 앞의 책, 2쪽.

16 『수령의 공산주의적 덕성』, 조선로동당출판사, 1991, 6쪽.

17 앞의 책, 9쪽.

18 『영웅 나라 아이들』, 문예총출판사, 1952, 1~5쪽. 앞으로 인용하는 작품 출전은 책의 쪽수만을 밝혀 적는다.

19 『전우의 노래』, 연변교육출판사(조선작가동맹출판사, 1953년판 번인본), 1954; 『쓰딸린의 깃발』, 연변교육출판사(조선작가동맹출판사, 1953년판 번인본), 1954; 『위대한 쓰딸린 대원수를 추모하여』, 조선로동당출판사, 1953.

한다. 편지는 스딸린이 "싸운 조선에서" 온 자신을 '맞아' "온 세상 곳곳에서 날아온 편지들"이 모두 자기를 "한 편이라" 썼다고 격려해 주고, 자신을 "끝까지 읽고 난" 뒤 "승리는 조선 인민에게"라 "온 세상이 들으라고 말"했다 한다.

　스딸린에게 흔히 따라 다니는 일컬음은 "레닌의 전우며 레닌의 위업의 천재적 계승자이며 공산당과 쏘베트 인민의 영명한 수령이며 스승"[20]이다. "인류의 가장 위대한 천재[21]와 같은 극존칭도 따른다. 일성 또한 그에 지지 않았다. "전 세계 진보적 인류의 수령이시며 스승이시며 조선 인민의 가장 친근한 벗인 해방의 구성인 친애하는"[22] 스딸린이라 불렀다. 지속적이고도 강도 높게 되풀이한 스딸린에 대한 사회주의권의 칭송과 숭배는 프롤레타리아 독재라는 사회주의 이상과는 관계없이 개인 숭배, 우상화의 끝을 달렸다. 따라서 수령 형상문학이 모든 문학의 앞자리에 놓일 수밖에 없었던 게 사회주의 나라의 모습이다. 리원우 작품에서는 사회주의의 '태양'과 같은 스딸린에 대한 숭배가 인자한 덕성 찬양으로 녹아 있다. 그리고 그 구체적인 행위는 세계 여러 곳에서 온 어린이 편지 읽기로 드러난다.

　사회주의 나라에서 편지는 개인과 개인의 단순 소통 방식에 머물지 않는다. 사업 과정에서 인민과 국가 기관 사이 의견을 주받는 핵심 소통 이음매가 편지다. 편지를 당과 국가 기관에 보내어 사업의 결점, 잘못과 편향을 비판하며 사업 개진에 관한 건의 제공이 명목상으로는 권장되고 있으며 그렇게 이루어진다. 당중앙에서는 전문 인원을 두고 그런 편지를 읽고 처리하도록 한다. 또한 편지에 담긴 의견을 골라 기관의 사업 개진을 보장하도록 한다.[23] 따라서 "위대한 인민의 수령"인 스딸린에게 편

20　「쏘련 공산당 중앙위원회와 쏘련 내각 및 쏘련 최고 쏘베트 상임위원회의 호소문」,『위대한 쓰딸린 대원수의 서거에 제하여』, 조선로동당출판사, 1953, 1쪽.

21　위의 책, 7쪽.

22　「쏘련공산당 중앙위원회와 쏘련 정부에 보낸 김일성 수상의 조전」,『위대한 쓰딸린 대원수의 서거에 제하여』, 앞의 책, 31쪽. 모택동은 한 술 더 떠 "현대의 가장 위대한 천재이시며 세계 공산주의 운동의 위대한 스승이시며 영생불멸의 레닌의 전우"라 일컬었다. 모택동,「가장 위대한 친선」,『위대한 쓰딸린 대원수를 추모하여』, 위의 책, 89쪽.

23　사회주의가 이루어진 뒤 인민과 국가 관계에서 생긴 근본 변화 가운데 하나가 이것이라 할 정도다. 중국 공산당만 하더라도 당규약 제3조에는 공산당원에게 '당의 모든 기관 내지는 중앙에까지 향하여 건의하며 성명을 제출할' 권리가 있다고 규정하고 있다.『불량 경향을 반대하고 당조직의

지를 보내고, 비록 어린이가 보낸 것이지만 자신에게 온 편지를 손수 열독하고 처리하는 모습은 자연스럽고도 전형적인 사회주의 수령과 소통하는 모습이다. 리원우의 시적 주체는 그러한 편지 읽기를 빌려 스딸린이 얼마나 위대한 인민의 수령인가를 담아낸 셈이다.

이 작품에서는 스딸린 '대원수'의 그러한 덕성을 효과적으로 드러내기 위해 몇 가지 표현 전략을 쓰고 있다. 첫째, 낱말 수준에서 최상급의 꾸밈말을 끌어다 놓았다. 곧 '온', '모두', '끝까지'와 같은 것이다. 이러한 언어 유도에 의해 스딸린의 위대성은 당연시되고, 전쟁기 북한이 놓여 있는 실제 현실은 은폐된다. 둘째, 부름말에서 보이는 혈연적 결속감이다. 곧 스딸린을 일컫는 '대원수' '할아버지'는 스딸린의 소련과 북한은 수직적 가족 질서와 같은 혈연 관계로 굳게 묶여 있음을 읽은이에게 학습시킨다. 셋째, 이분법적 범주화를 빌린 정당화다. 곧 '원쑤'는 "우리 나라 빼앗으러" 왔으나, 스딸린 할아버지는 "우리를 도와 주"러 왔다. 읽는이에게 '원쑤'가 어떤 존재이며 어떤 잘못을 저질렀는가를 헤아리도록 하기 앞서 이미 그들은 철저히 배척되고 물리쳐야 할 대상으로 놓인다. 넷째, 편지를 의인화한 비유 표현이다. 스딸린 할아버지에게 "꼬마 동길"의 편지가 가닿아 손수 읽을 수 있도록 하는 감각적 정당성을 그것이 받쳐 준다. 이러한 표현 전략을 빌려 수령 스딸린이 지닌 위대한 덕성과 그이를 향한 북한 어린이의 절대적인 충성심은 새삼스럽게 살아나고 있다.

    색갈도 가지 각색
    정성껏 그려서
    그림책 한 권
    곱게 곱게 만들었지

    뚜껑에는 해방탑

순결을 위하여 투쟁하자』 연변교육출판사, 1953, 90~92쪽.

그 별이 빛나고

첫 장을 펼치면

김 장군님 계시고

다음 장 펴 보아라

인민 군대 형님들

용감하게 싸우시는

그림도 가지 가지 ……

그 다음 장 펴 보자

모범 단원 동무들

사이좋게 배우며

영웅들 뒤 따르는 그림도 있지

일곱 동무 반 동무

함께 모여 만든 책

팔일오 여섯 돌에

김 장군님께 드리자

— 류연옥, 「김 장군님께 드리자」[24]

두 번째 작품인 류연옥의 「김 장군께 드리자」다.[25] 앞선 리원우의 것과 얼개는 비슷하다. 사회주의 수령에게 내 뜻을 전하는 물품을 보내는 일이 그것이다. 다만 이

---

24   6~8쪽.

25   전쟁기 북한시에서도 가장 중요한 주제가 "조국해방전쟁을 빛내는 승리에로 이끄시는 백전백승의 강철의 령장이신 위대한 수령님에 대한 다함없는 칭송과 흠모심"이다. 각별히 일성이 40세가 된 1952년에는 그것이 더 잦았다. 김철민, 「『1950년대시선』(1)에 대하여」, 『1950년대시선』(현대조선문학전집 61), 문학예술출판사, 2014, 9쪽.

작품에서는 한 반 어린이 "일곱 동무"가 "팔일오 여섯 돐"을 맞이한 기념으로 일성에게 '그림책'을 만들어 드리자는 권유를 담은 점이 다르다. 그런데 만들겠다고 한 그림책의 표지부터 속지 배열이 특정한 뜻을 담고 있다. 먼저 표지 "뚜껑에는 해방탑"과 그 맨 꼭대기에 붙어 있는 '별'을 그리고자 했다. 소련군을 이른바 '해방군'이라며 은혜가 사무치는 집단으로 일컫는 북한이다.[26] 따라서 표지에 소련군을 위한 '해방탑'을 그려 넣는 일은 자연스럽다 이어서 "첫 장"에 "김 장군님"을 그리고자 한다. 이미 전쟁기 중국 동포사회 출판물에서도 일성은 "우수하고 걸출한 젊은 인민 영웅"이라 일컬음을 받을 정도다.[27] 소련군에 의해 해방되었음에도 "남반부가 흉악한 미 제국주의자들에게 강점되어 그의 식민지로" 떨어진 "조국의 통일 독립을 실현"하기 위한 "오랜 시일에 걸치는 복잡한 투쟁" 맨 앞자리에 그이가 있다.[28] 일성 "다음 장"에 들어서는 그림은 "용감하게 싸우"는 "인민 군대 형님"이다. 전쟁 수행의 핵심 집단이 그들이다. 그리고 마지막 장에 말할이인 어린 "모범 단원 동무들" 그림이 놓인다. 모두 "인민 군대" 영웅들을 "뒤 따르고자 하는 모습"이다.

소련군 해방탑을 맨 앞으로 하여 일성과 인민 군대 그리고 소년단 어린이로 이어지는 그림과 토막 배열은 그대로 전쟁 승리와 정체 수호를 위한 수직 서열 의식을 되비추어 준다. 아이들은 인민군을 따르고 인민군은 일성을 받들며 일성은 소련군의 도움으로 전쟁 승리를 장담할 수 있게 되는 것이다. 일성의 위대한 덕성이나 행동을

26　북한에서 되풀이하고 강조하는 사실은 "위대한 쏘베트 군대에 의하여 우리나라는 장기간에 걸치는 일본 제국주의의 악독한 식민지 통치로부터 해방되였으며 우리 인민은 부강한 자주 독립 국가를 건설할 수 있는 가능성을 얻었다."는 점이다. 『사회주의 및 공산주의란 무엇인가』, 조선로동당 출판사, 1954, 65~66쪽.

27　"조선의 자유 해방을 위해 철두철미하게 혁명 투쟁을 해온 조선민주주의인민공화국 내각 수상"으로서 "김일성 장군에게는 오로지 자기의 일생을 전심의 혁명에 바치고 보다 잘 인민 위해 복무하려는 붉은 마음 하나밖에 없다. 그이는 자기의 모든 것을 인민에게 바쳐 인민 위해 싸움에 죽음을 영광으로 생각한다. 미제 강도 무리들이 미친 듯이 몰려와 조선을 침략하는 전쟁을 일으킨 후 김 장군은 한번도 집에 도라가지 않고 인민군을 영도하여 놈들과 싸우고 있다. 살인귀 미국 놈들을 조선 땅에서 몰아낼 때까지 장군은 집에 도라가지 않기로 결심하였다."『김일성 장군』, 연변교육출판사, 1951, 77쪽.

28　『김일성 장군』, 앞의 책, 64~76쪽.

그리지 않고, 어린이 말할이의 바람만 담고 있어 시상 전개가 평범하다. 북한의 대명절인 을유광복 여섯 돌을 맞아 어른 사회나 집단 곳곳에서 축하 행사가 크게 이루어졌다. 그러한 가운데 어린이도 한 몫 거든다는 범상한 뜻만 돋보인다. 그를 빌려 일성에 대한 절대적 충성과 고마움을 전달하고자 한 셈이다. 그리고 그러한 뜻을 효과적으로 담아내기 위해 쓴 두드러진 표현이 낱말 수준에서 보이는 부풀린 꾸밈말이다. 앞서 보았던 「내가 만난 쓰딸린 할아버지」의 경우와 비슷하다. '정성껏', '곱게곱게', '용감하게', '사이좋게', '함께' 들이 그것이다. 이들은 어린이들이 일성에게로 향하는 충성스런 복종심을 당연시하게 만든다.

바다 건너 산 넘어

북경 하늘에

아름다운 노래야

울려 가거라

모택농 할아버지

계신 그곳에

우리들의 노래를

전하여 다오

쓰딸린 대원수와

김 장군과 나라니

초상화 높이 모신

우리들의 기쁨을 ―

― (줄임) ―

조선의 어린이들
올리는 인사
할아버지 방안에
전하여 다오

인민군 아저씨와
지원 부대 아저씨
뒤를 따라 싸우는
우리들의 맹세를—

×

압록강과 황하수
한데 합치 듯
백두산 장백산이
닿아 있듯이

중국의 소년들아
힘을 뭉치자
미제를 무찌르며
승리해 가자

우리는 김 장군
동무들은 모 주석
가르침을 받들어
원쑤들을 부시자!

— 김우철, 「모택동 할아버지」 가운데서[29]

첫 묶음 마지막에 실린 작품이 위에 든 김우철의 시다. 모택동은 중국의 '위대한' 수령이다. 그이는 맑스 레닌주의의 보편 진리를 중국 인민 혁명의 구체적인 실천에 결합시킨 사람으로 일컬어진다. 중화인민민주주의공화국을 세우고 이끌었다.[30] 그이는 "인민 대중을 열애하며, 인민 대중의 혁명 지혜와 무궁한 창조력을 확신하는" "로동계급의 령수의 근본적인 특징"을 잘 갖춘 사회주의 수령이다. 이러한 모택동을 작품에서는 "쓰딸린 대원수"와 마찬가지로 친근한 할아버지로 일컫는다. 그리고 그이를 "김 장군과 나라니" '높이' 모셨다. "미제 원쑤들"과 싸우는 일에 한 가족인 그들이다. 그들 아래서 "인민군 아저씨와 / 지원부대 아저씨"가 함께 싸우듯 "중국의 소년"들 또한 "조선의 아이들"과 '힘을' 뭉쳐 '미제'를 무찌르고 '원쑤'를 부수자고 노래한다. 중국 수령 모택동에 대한 찬양과 북중 우의에 대한 고마움, 그이를 바탕으로 전쟁 승리를 이루자는 바람이 제대로 녹아 들었다.

그러한 모택동과 중국 예찬을 위해 작품에서는 두 가지 눈여겨 볼 표현을 끌어 들였다. 첫째, 일컬음 '우리'의 쓰임에서 보이는 왜곡이다. 이 작품에서 드러난 1인칭 복수 말할이 '우리'는 모두 네 차례 쓰였다. 그리고 그 '우리'는 다섯째 토막에 보이는 바와 같이 "조선의 어린이들"을 일컫는다. 이 시를 읽는 어린이 현실 독자층을 포괄하는 '내포적 우리'[31]인 셈이다. 그런데 그 '우리'를 꾸미는 것은 "아름답게 노래하고", '기뻐하고', "인민군과 지원군" 뒤를 따라, "김 장군을 모시고" 그 "가르침을 받들며" 싸우는 모습으로 한결같다. 이 시를 읽는이들이 지닐 수도 있을 다른 행위나 감정의 가능성을 아예 없앤 왜곡 표현인 셈이다. 그를 빌려 북중 우의와 사회주의 수령에 대

---

29   9~13쪽.

30   장어오, 앞의 책, 52쪽.

31   '내포적 우리'는 파시즘 말글의 특성을 구명한 김종영이 쓴 용어다. 곧 내포적 우리는 파시즘 연설에서 연사가 '우리'라고 말할 경우, 그 말 속에 현실 청중을 포함하고 있는 경우를 뜻한다. 연사는 현실 청중과 연대감, 공속성을 이끌어 내려는 설득적 언어 수단으로 그와 같은 '우리'를 쓴다. 김종영, 『파시즘 언어』, 한국문화사, 2003, 138쪽.

한 절대적인 복종은 당연시된다.

사람의 목숨은 생리적이거나 개별 차원이 아니다. 사회정치적인 것이다. 그리고 그것이야말로 가장 귀중한 목숨이라고 보는 것이 사회주의 북한의 특성이다. '위대한' 수령[32]에 대한 충실성은 그러한 "사회정치적 생명의 근본 요구"다.[33] 앞에서 본 바와 같이 『영웅 나라 아이들』의 첫 묶음에는 사회주의 북한에서 받들 세 수령에 대한 송시를 올렸다. 맨 앞에 스딸린 송시를 두어 소련과는 수직적 '친선' 관계를, 전쟁 당사자인 일성 송시 뒤에 모택동 송시를 두어 중국과는 수평적 '우의' 관계를 드러내도록 했다. 전쟁 승리와 체제 수호를 위한 책무의 비중까지 그 서열이 암시한다. 이러한 송시를 빌려 수령에 대한 무조건적인 충실성이야말로 사회주의 어린이의 으뜸 덕목이며, 전쟁 승리의 으뜸 조건임을 깨우치도록 했다. 그를 위해 몇 가지 표현이 효과적으로 쓰이고 있다. 곧 '할아버지'라는 수령의 일컬음에서 드러나는 혈연적 결속감, 낱말 수준에서 최상위 상태를 담아내거나 부풀린 꾸밈말, '내포적 우리'의 쓰임에 따른 은폐와 왜곡, 피아의 이원대립적 범주화를 빌린 정당화가 그것이다. 『영웅 나라 아이들』의 첫 묶음은 이렇듯 수령주의 주체의 구성과 강화를 위한 담론 정치, 곧 사회주의 수령 형상문학으로 빛나는 자리인 셈이다.

3. 전투 영웅의 두 모습

소베트 애국주의는 "조국에 대한 치렬하고도 막을 수 없는 일종의 열애"와 같다. 그와 같은 사랑은 "어떠한 곤란이나 시련도 두려워하지" 않는다. 이렇듯 "참으로 위대한 생활"은 "영광스럽고도 모범적인" '혁명적 영웅주의'에서 비롯한다. 그것은 자본주의 사회의 '개인적 영웅주의'와는 다르다. 개인적 영웅주의는 개인의 복리 증진

---

32 수령은 바탕에서부터 위대성을 지닌 존재다. "사상의 위대성, 령도의 위대성과 함께 덕성의 위대성"이라는, '위대성'의 "3대 풍모"가 그것이다. 『수령의 공산주의적 덕성』, 앞의 책, 5쪽.
33 박영철, 『수령에 대한 충실성과 사회정치적 생명체』, 조선로동당출판사, 1990, 「서」.

만 생각하거나 착취 계급 또는 소자본 계급의 복리를 보증할 것만 생각한다. 게다가 군중에서 벗어나 군중 위에 높이 서서 개인의 지위와 명예의 보증만 타산한다. 혁명적 영웅주의는 이들과 엄격히 나뉜다. 그것은 혁명의 이익과 군중의 이익을 위해 복무한다. 개인의 지위와 작용에 대해서도 입장이 뚜렷하다. 그이는 유물주의자로서 역사의 참된 주인공은 넓고 큰 근로 인민이라는 사실을 정확히 알고 있다.[34]

전쟁 시기에는 이러한 혁명적 영웅주의가 총체적으로 발현한다. 전선에서는 그것이 "군중들의 영웅주의로 표현"되고, 공장과 농장에서는 "자아희생적 로동으로 표현"된다.[35] 따라서 군인일 경우, "소베트 조국과 로농정부에 대하여 마지막 죽는 날까지 한없이 충성할 것"[36]이라 했던 군인 서약이 새삼스러운 지침이 된다. 『영웅 나라 아이들』은 수령주의 주체 구성을 뜻한 작품에 뒤 이어 두 번째 묶음에 그러한 영웅주의 주체의 모습을 담은 작품을 배치했다. 그것은 다시 둘로 나뉜다. 첫째, 일반 익명 전투병의 영웅적인 활약상을 담은 작품이다. 그 안에는 공군, 육군, 유격대의 활약이 든다. 둘째, 전쟁 수행에서 전투 영웅이라 포상을 받은 기명 개인의 활약상을 기리는 작품이다.

① 날아온다 날아온다

제비가 날아온다

— (줄임) —

---

34 혁명적 영웅주의와 개인적 영웅주의는 차이가 크다. 첫째, 혁명적 영웅주의는 혁명의 이익과 인민의 이익을 위하여 힘써 복무하는 것이고 개인적 영웅주의는 개인의 이익을 위하여 힘써 복무하는 것이다. 둘째, 역사에서 개인의 지위와 작용에 대한 인식의 차이다. 혁명적 영웅주의의 인식은 유물주의적으로서 역사의 진정한 주인공은 광대한 근로 군중이라는 것을 정확히 인식할 수 있다. 이와 반대로 개인적 영웅주의의 인식은 유심주의적인 것으로서 그는 역사를 영웅들의 역사로 간주하며 자기 자신을 말할 수 없이 훌륭한 인물로 간주한다. 왕광은, 「청년과 혁명 영웅주의」, 『청년학습자료』, 동북조선인민보사, 1951, 58~160쪽.

35 「청년단원에 대한 청년단의 요구」, 앞의 책, 9쪽.

36 "충성하고 용감하며 기률을 지키고 경각성을 높이며 군사와 국가의 비밀을 엄격하게 보수하고 군규와 지휘원 및 수장들의 명령을 절대로 준수하며 군사를 열심히 연구하고 군사와 인민의 재산을 전력으로 보호"할 것이라 선서한다. 앞의 책, 25쪽.

미국 놈의 비행기

빠르다 제비

앞질러 간다

쏘아라 제비

저놈의 쌍발기

우리집에 불지른

악마 같은 쌍발기

저것 봐 제비

쏘았다 맞았다

쌍발기 허리통에

불났다 불났다

― (줄임) ―

동무야 동무야

노래 노래 부르자

― 이겼다 제비

우리 제비 이겼다

― 이겼다 제비

우리 제비 이겼다

― 김북원, 「우리 제비 이겼다」 가운데서[37]

② 강남 갔던 제비는

봄에 오지만

---

37   앞의 책, 16~18쪽.

형님들 탄 제비는
언제나 오지

우리 비행기
오늘도 원쑤 찾아
남으로 간다

×

미국 놈 쌕쌔기야
어림도 없지
제비 뜬 하늘에
왔다만 봐라

강남 갔던 제비가
봄에 오며는
형님들 탄 제비 보고
놀래이겠지

×

큰 제비가 원쑤를
무찌를 때에
제비에게 봄 노래
불러 달래자

승리의 노래
전신줄 악보에다
그려 달래자

— 김우철, 「공화국 '제비'」[38]

③ 매야 매야
용감한 공화국 매

귀에 익은 네 소리
하얀 네 날개

오늘은 어디서
원쑤를 치고 오니?

큰 날개 쭉 펴고
하늘로 떠돌며
미군 놈 비행기
몇 대나 부셨니?

매야 매야
용감한 우리 매야
제비 같이 생긴
낯익은 네 모양
쳐다만 봐도

---

38   22~25쪽.

힘이 솟누나

우리 학교 우리집에
폭탄을 뿌리는
우리 원쑤 더 많이
쳐부셔 다우

— 리맥, 「매야 매야」[39]

위에 옮긴 작품은 공군 비행기의 활약상을 노래한 것이다. 바탕에서부터 북한 비행기와 '원쑤'의 비행기를 맞세우면서, 그들에 대한 북한 비행기의 승리로 한결같다.[40] 북한 비행기의 영웅적 활약상만 정당화한다. ①에서는 그것을 "미국 놈의 비행기", 곧 "악마 같은 쌍발기"에 대해 "우리 제비"의 맞섬으로 표현했다. 그 승리의 기쁨을 속속들이 담아내기 위해 '날아온다', '이겼다'와 같은 말마디를 되풀이하였다. 그럼에도 북한 비행기를 그린 "빠른 제비"라는 비유는 소박하다.

②에서도 북한 비행기에 대한 '제비' 비유는 되풀이된다. 다만 맞섬이 "미국놈 쌕쌔기"와 북한 "공화국의 제비", 곧 "큰 제비"의 비유로 바뀌었다. 거기다 "강남 갔던 제비"를 끌어와 실제 제비가 북한 비행기의 승리를 보고 놀랄 것이라는 찬탄을 섞었다. 그 "제비가 원쑤를 / 무찌를 때에" 그 기쁨으로 "승리의 노래 / 전신줄 악보"에다 그려 달래자고 했다. 승리의 기쁨이 실제 제비의 짓과 맞물리도록 비유적 간접화까지 이루었다. ①보다 더 문학적인 의장을 갖춘 셈이다. 거기다 북한의 제비와 적군 '원쑤'의 비행기 사이 이원대립적 범주화를 빌린 정당화도 거듭한다.

---

39   26~28쪽.

40   그러나 현실은 사뭇 달랐다. 아래와 같은 기술에서 열세에 놓였던 북한 쪽 공군 전력을 잘 말해준다. "1950년 7월 3일 미제 강도들은 평양을 위시하여 공화국 북반부의 대도시를 폭격하기 시작하였다. 그날부터 오늘에 이르기까지 19개월 동안 하루도 빼놓지 않고 놈들을 비29를 비롯하여 각종 살인 폭격기로써 우리의 령공을 계속 선회하며 폭격을 거듭하고 있다." 『조선어린이들의 형편』, 조선녀성사, 1952, 29쪽.

이에 견주어 ③에서는 비행기를 매의 비유로 끌어안았다. "우리 매" "공화국 매"와 "미군 놈의 비행기" 사이 이원대립이 그것이다. 그 위에서 "우리 매"는 '용감'하고 "미군 놈의 비행기"는 부서질 따름이라 정당화했다. 그러면서 "우리 매"의 모습이 "낯 익은" "제비 같이" 생겼다며 다시 '제비' 비유에 기댔다. 적에 대해 승리할 따름인 공군 비행기 묘사에서 '제비' 비유가 더 근본 비유로 지각되고 있다.

앞에서 본 세 작품은 북한의 비행기를 제비나 매에 비겨 표현하면서 공군의 영웅주의를 담고자 한 시다. 시인의 개별적 표현 가치가 두드러지지 않고 틀에 박힌 비유적 인식에다 아군의 승리에 대한 일방적인 이분법적 범주화를 빌린 정당화로 한결같았다. 이에 견주어 아래는 육군병의 영웅적인 모습을 보여 준다.

① 성큼 나섰다네
정찰병 형님
원쑤 한 놈 잡으려고
자루 하나 가지고

정찰병 형님
높은 산 세 개 넘고
깊은 물을 건너서

살금살금 기었다네
정찰병 형님
쥐도 새도 모르게
미국 놈 보초선을

요리조리 보았다네
정찰병 형님

보초 녀석 키다리

무엇을 하는가 하고

옳지 옳지 알았다네

정찰병 형님

총을 쥔 채

끄덕끄덕 졸고 있는 것을

정찰병 형님

꼼짝달싹 못하게

그 놈의 입을 막았네

옆구리를 찔렀다네

정찰병 형님

소리치면 쏜다고

손가락총을

뚜벅뚜벅 왔다네

정찰병 형님

자루 속에 넣은 원쑤

둘러메고서 ……

— 동승태, 「정찰병 형님」 가운데서[41]

② 논밭 갈던 아저씨

---

41   46~50쪽.

일 잘하던 아저씨

총 메고 탄대 띠고

빨찌산이 됐지요

처음엔 입고 싸울

군복이 없어

수렛군 저고리에

짚신 감발

그러나 수풀 속 오솔길로

누구보다 나는 듯 앞장서 나가

방우쇠만 당기면 원쑤 한 놈씩……

사람들을 언제나

도와주던 아저씨

총은 넌떡 메서도

그것만은 같지요

캄캄한 밤 백 릿 길

싸우려고 나갈 땐

옆엣 동무 무거운 짐

져다 주지요

그러나 싸울 적엔 용감하지요

떠들며 지나가는 원쑤를 향해

윙윙 수류탄을 팽겨치지요

마을 집집 대문을

　　찌구덩 열고

　　원쑤 놈들 함부로

　　들어서지 못하게

　　단단히 마음먹고

　　나선 아저씨

　　지금은 온 몸에선

　　거름 냄새

　　목숨걸고 싸울 적엔 대담하지요

　　원쑤들이 다니는 신작로로 들어가

　　지뢰만 묻고 오던 자동차가 몇 대씩

— 리원우, 「빨찌산 아저씨」⁴²

　　옮겨 놓은 ①은 육군의 영웅적 전투상을 다룬 작품이다. 어느 정찰병이 주인공이다. 그는 정찰 임무에만 머물지 않고, 나아가 기지를 다해 '손가락총으로' 어리석은 '원쑤' "미국 놈" 키다리 "보초 녀석"을 체포했다. 그리곤 가지고 간 "자루 속에" 그 적을 넣어 "높은 산 세 개 넘고 / 깊은 물을 건너서" 되돌아 왔다. 부풀림이 크다. 그럼에도 '원쑤' "미국 놈"의 어리석음을 읽는이에게 일깨워 주는 데는 모자람이 없는 영웅적 행위다.

　　②는 적 후방에서 "논 밭 갈던" 농부가 유격대원이 되어 "원쑤를 향해" 싸운다는 속살을 지녔다. 처음엔 "입고 싸울 / 군복도 없이" "캄캄한 밤 백 릿 길 / 싸우려고 나가"곤 하는 장한 모습이다. 그러한 영웅적 활동상을 두드러지게 만들기 위해 그의 됨됨이에 대한 한결같은 왜곡 표현이 이어졌다. 곧 '논밭' 갈며 "일 잘하던" 그는 싸움에서도 "누구보다 나는 듯 앞장 서 나가"고, "사람들을 언제나 / 도와"주며, "싸울 적

----

⁴²　31~35쪽.

엔 용감"할 뿐 아니라, "목숨 걸고" 싸울 따름이다. 다른 행위 가능성은 아예 닫힌 셈이다.

앞에서 살펴 본 작품은 공군 비행기든 육군이든 유격대원이든 익명의 병사가 일선에서 보여 주는 영용한 활동상을 담았다. 그들은 '원쑤'와 맞서 싸워 굽히지 않고 백전백승을 자랑한다. 이와 함께 전장에서 공을 세운 뒤 '영웅' 칭호를 받은, 기명의 병사를 내세워 그들의 활약상을 기리고 닮자는 뜻을 담은 작품도 있다. 북한에서는 개전 직후인 1950년 6월 30일 '정령'으로 "조선인민공화국 영웅 칭호"를 마련했다. 그것은 "조선민주주의인민공화국의 최고의 영예이며 국가 앞에서 개인적 또는 집단적으로 영웅적 위훈을 세운 자에 대하여" 준다. 그리고 '영웅' 칭호를 받는 이는 "칭호와 함께 동시에 국기 훈장 제1급 금별 메달 및 조선 최고인민회의 상임위원회의 포창장을 수여" 받는다.[43]

①큰 나래 속에 큰 폭탄 품고
태선희 영웅 누나 날아간다
우루렁 우루렁 우룃소리 울리며
캄캄한 밤하늘로 날아간

열두 살 낫을 땐 밤길을 걸어
멀고 먼 북간도로 살려간 누나
왜놈과 싸워 이긴 아버지 닮아
오늘은 공화국의 비행사지요

---

43 영웅 칭호 아래 국기훈장 1, 2, 3급을 만들어, "인민공화국 건설에 공훈이 잇는 이들에게 훈장을 수여"한다. 「조선민주주의인민공화국 훈장 및 메달 제정」, 『조선인민주주의인민공화국 법령 및 최고인민회의 상임위원회 정령집(1948~1950)』 (1), 조선민주주의인민공화국 최고인민회의 상임위원회, 1954, 476~548쪽.

쏜살같이 날아가 원쑤를 찾은 밤

서해 바다 대화섬엔 큰 불이 났지

오늘 밤도 날아가는 영웅 누나

또 얼마나 원쑤들을 부시고 오나?

— 리원우, 「영웅 누나 날아가는 밤」[44]

② 전선으로 전선으로

풍풍 칙칙 달리는 그 밤

쌍발기 날아들었네

못쓸 놈의 '돼지 비행기' —

조명탄 포개 매달고

연겊어 뿌리는 폭탄

기차는 불이 붙었네

와릉와릉 퍼지는 불길 —

기총알 귓가를 울려도

멈칫! 내려 기어다니며

련계봉 끊어 놓고 다시 달리어

여러 칸 차를 건져 낸 언니 —

×

____

44　29~30쪽.

그 이름 세상에 빛나네

공화국 영웅들 속에

그 이름 찬란히 빛나네

아버지 여의고 어린 시절을

왜놈들 설음 속에 마치었네

불에도 타지 않을 굳은 마음을

조국에 다 바친 언니 —

언니 뒤를 따르리

영웅 언니 뒤를 따르리

원쑤 무찌를 군기 물품을 싣고

오늘도 우렁차게 달리는 언니의 뒤를……

— 임원호, 「언니 뒤를 따르라 — 영웅 기관사 한남수 언니」[45]

③ 어뢰정이 아닌 도마배 타고서

압록강 물살에 노를 저으며

김군옥 아저씨는 내 고향에 자랐다

물싸움도 잘하며 섬에서 자랐다

갈매기도 훨훨 집 찾아갈 때

저녁노을 비쳐 드는 들창에 앉아

주린 배 안고서 울기도 했다

주먹 쥐고 물결처럼 성도 내었다

---

45   39~42쪽.

×

아침 햇살 솟아오는 동해 바다에
염치없이 덤벼드는 미국 순양함
어뢰정 타고서 아저씨는 부셨다
고기밥이 되라고 물속에 묻었다

아저씨가 싸우는 용감한 모습을
물새들도 날아가다 보고서 갔다
아저씨가 외치는 만세 소리
물결도 따라서 춤을 추었다

번쩍이는 금별을 가슴에 단
김군옥 영웅은 내 고향 아저씨
물싸움 배타기 나도 잘해서
영웅된 아저씨를 따라 갈 테다

— 정서촌, 「김군옥 영웅은 내 고향 아저씨」[46]

위에 옮긴 시 셋은 낱낱으로 전투 '영웅' 칭호에 금별 훈장을 받은 이를 다루었다. ①은 "큰 나래 속에 큰 폭탄 품고" "캄캄한 밤하늘로" '원쑤를' 부수고 돌아오는 "공화국 비행사" 태선희 "영웅 누나"가 주인공이다. 여자 몸으로 비행사가 된 것도 힘든 터인데, 기어코 '원쑤'를 무찔러 이기는 영웅까지 되었으니 누구나 본받아야 할 사람이다. 그미의 용맹은 이미 어린 시절 북간도에서 "왜놈과 싸워 이긴 아버지"에게서 비롯

---

46   43~45쪽.

되었다. 전쟁은 북한 여성까지 전선으로 내몬다. 그들은 "전선과 후방 그리고 적의 배후에서" "영웅적으로 투쟁"함으로써 "조국의 자유와 독립과 영예를 고수하였을 뿐만 아니라 아세아의 안전과 세계 평화를 유지하는 사업에 막대하게" 이바지했다. 그 가운데서 영웅 칭호를 받은 이는 태선희를 비롯해 모두 아홉 사람이다.[47] 이 작품에서는 태선희의 영웅주의를 드러내기 위해 '오늘밤도' "얼마나 원쑤들을 부시고 오나?"라는 시줄에서 보는 바와 같이 그미를 싸우면 늘 이길 따름인 비행사로 왜곡시킨다.

②는 태선희와 달리 영웅 기관사를 다룬 작품이다. "젊은 기관사 한남수 동무는 로력에서의 대중적 영웅주의를 유감없이 발휘"한 사람이다. 1950년 8월 20일 탄약을 가득 실은 10개 차량을 운전하며 그이는 서울로 가는 중이었다. 그러던 가운데 날이 밝아 개성과 토성 사이 터널에 열차를 숨기려 했다. 그러나 그곳에는 이미 다른 열차가 숨어 있었던 탓에 자신이 모는 열차의 뒷 부분은 숨길 수가 없었다. '원쑤' 비행기에 발각되어 소이탄과 기총소사, 폭격을 거듭 받았다. 그런 가운데서도 한남수는 "조국과 인민을 위한 성스러운 로동의 힘을 발휘"해 "빗발치는 포탄 속을 뚫고 불붙은 차량을 격리시키고 다른 차를 안전지대로 견인하는 데 성공"했다. 그이는 그 뒤로도 여러 차례 기차를 끌고 용감하게 전투 수송 임무를 다했다.[48] 그러한 '영용성'을 표현하기 위해 이 작품에서는 "그 이름 찬란히 빛나네", "마음을/조국에 다 바친 언니"와 같은 시줄에서 보이는 바 '찬란히', '다'와 같은 최상급 상태의 꾸밈말을 효과적

47　"슬기로운 수많은 젊은 녀성들은 남성들과 같이 직접 손에 무기를 들고 용약 전선으로 달려 나가 정면으로 적에게 육박하였으며 전체 로동 녀성들은 전선에 무기, 탄약과 피복을 더 많이 보내기 위해 증산, 증송 투쟁에 온갖 정력을 기울여 싸웠으며 전체 농민 녀성들은 전시 식량을 보장하기 위한 투쟁에 총궐기하였다. 그리고 로력할 수 있는 모든 녀성들이 적들의 쉴 사이 없는 무차별 폭격과 함포 사격 속에서 도로 교량의 복구 수리 사업과 기타 일체의 전투 초소 들에서 헌신적으로 투쟁하였다. 그리고 또 많은 애국 녀성들이 적의 배후에서 그리고 또 적들의 일삼던 강점 지역들에서 빨찌산 투쟁과 지하 투쟁을 맹렬히 전개하여 적의 간담을 서늘케 하였다. 실로 조선 녀성들은 간고한 조국해방전쟁 시기에 이겨 내기 어려운 고통과 시련을 이겨 냈으며 대중적 영웅주의를 발휘하였다." 그리하여 "전쟁 시기 조옥희, 리순임, 리수덕, 국신복, 태선희, 박춘월, 당운실, 고영숙, 김학실 등 9명의 공화국 영웅과 로력 영웅 및 24, 179명의 각종 훈장 및 메달 수훈자를 배출"하였다. 『조국의 자유와 독립을 위하여 싸우는 조선 녀성』, 조선녀성사, 1954, 3쪽.
48　『조선청년들의 도덕적 품성』, 민주청년사, 1952, 93~94쪽.

으로 쓰고 있다. 그를 빌려 "영웅 언니 뒤를 따르리"라는 시적 주체의 결의를 더욱 굳게 이끌었다. 흥미로운 점은 남자인 한남수 기관사를 '언니'라 일컬었다는 데 있다. 어린 말할이가 한남수에게 느끼는 친밀감과 존경심을 드높이기 위해 여자 아이의 목소리를 내도록 이끈 셈이다.

③은 김군옥 전투 영웅을 기렸다. 전쟁이 끝난 뒤에는 금별 메달을 목에 건 '전투 영웅대회'를 열기도 했던 북한이다. 김군옥은 백사순·김기우·리학문 들과 같은 전투 영웅과 함께 거듭 상찬된 이다. 다만 그이는 '바다의 영웅'이라는 차이가 있다. 김군옥은 작은 잠수정 정대장으로서 전쟁 초기 주문진 앞바다에서 "무력적 침공을 개시한 미 제국주의자들의 해군 순양함" 한 척을 "탁월한 전투 지휘와 대담무쌍한 영용성"을 발휘해 격침시켰다. 작은 어뢰정으로 "몇 배나 되는 적함에 대낮에 정면 공격으로 대전하는 것은 해군 전투사상에 드문" 영웅적 행위였다. 그와 같은 "대담무쌍한 영웅적 용감성은" "조국과 인민을 무한히 사랑하는 애국주의 정신의 발로"에서 말미암았다.[49] 시인은 그이를 본받자는 선전·선동 효과를 더하기 위해 시적 주체를 드러난 1인칭 '나'로 삼았다. 그리고 그이를 김군옥 영웅과 같은 동향 어린이로 마련했다. 그이와 가진 감정적 동일시를 더 강화하는 방법을 끌어왔다. 김군옥의 영웅주의를 따라 배우자는 어린이 말할이의 뜻과 마음이 읽는이에게 더 직접적으로 전달되도록 만든 것이다.

전쟁은 아이, 어른, 여자, 남자 없이 명운을 건 총력전을 요구한다. 그런 가운데서 남다른 용맹과 헌신, 충성심을 보인 이를 영웅으로 삼아 그들을 본보기로 내세운다. 이른바 혁명적 영웅주의, 영웅적 애국주의로 똘똘 뭉친 사람과 집단이야말로 전쟁 승리의 밑거름이다. 그런 까닭에 전투 영웅은 전쟁기 내내 북한 매체의 중요 기사거리며 중심 속살로 되풀이 다루어졌다. 『영웅 나라 아이들』의 경우도 예외가 아니다. 앞에서 살펴 본 바 시집의 두 번째 매듭은 그러한 익명, 기명의 전투 영웅의 '영용성'

49　금별 메달을 얻은 김군옥 영웅은 "조선 인민의 백절 불굴의 강인성과 숭고한 희생성을 세계에 시위한 것으로 되엿으며 어젯날의 뱃사공이 오늘은 현대 해전에서 기적적 힘을 발휘하는 위대한 힘으로 나타난 사실을 보여 주었다." 앞의 책, 58~59쪽.

을 다루어 시집을 읽는 어린이의 영웅적 애국주의를 부추겼다. 영웅주의 주체 구성을 꾀한 것이다. 그를 위해 인민 군대의 영웅적 활약상에 반비례하여 '원쑤'의 어리석음과 악행은 부풀린다. 피아 대립과 인민 군대의 일방적 승리라는 이원대립적 범주화를 빌린 정당화도 한결같다. 그런 위를 단조롭고 단순한 비유가 꾸민다. 영웅적 애국주의로 치달았던 담론의 중심을 향해 표현 방식 또한 한길로만 굳어졌던 셈이다.

4. 집체적 노력 투쟁과 후방 보위

영웅주의는 전장에서만 발휘되어야 할 덕성이 아니다. 그것은 후방에 남아 있는 구성원에게도 마찬가지다. 후방 어린이, 여자, 농민, 노동자 할 것 없이 모두에게 후방 보위와 전방 후원 활동을 향한 혁명적 영웅주의는 마땅한 일이다. "사회주의 조국에 무한한 충성을 바치는 것"은 언제나 그들의 "신성한 의무"다. 자기 희생적 노동으로써 나라 위력을 튼튼히 하는 데 앞장서야 한다. 말하자면 일선 전투 영웅과 마찬가지로 후방 노력 영웅이라는 한길로 나아갈 것이 요구된다. 따라서 어린이들에게도 "자기의 어머니를 사랑하는 것처럼" "조국을 사랑하며 모든 힘과 자기의 생명을 아끼지 않고 조국을 위하여 복무해야 한다"고 가르친다.[50]

그런데 그러한 혁명적 영웅주의를 위해서는 "당의 단결, 로동계급의 단결, 근로 인민의 단결, 전국 인민의 단결"이 "기본 담보"다. 집체 영도의 원칙을 엄격히 지켜야 한다.[51] 곧 사회주의 집단에서 생산 노동은 어느 개인 이익을 위한 것이 아니다. 전체 인민의 이익을 위하여 진행한다. 사회주의 노동은 집체주의를 빌려 이루어지고 집체주의로 귀속한다. 개인 이익과 집체 이익은 일치하며, 개인 이익은 집체 이익에 복종시켜야 한다. 낱낱 구성원은 모두 드높은 집체주의 정신을 갖출 일이다. 사업장이 작은 집체라면 국가는 큰 집체다. 한 개 구성원으로서 그이의 집체주의 정신은 '위대한' 조

<hr>

50 『청년단원에 대한 청년단의 요구』, 연변인민출판사, 1952, 1쪽.
51 『불량 경향을 반대하고 당조직의 순결을 위하여 투쟁하자』, 연변교육출판사, 1956, 40쪽.

국을 사랑하고 조국의 이익을 위하여 자신의 온갖 역량을 바치는 것이다. 지어는 자기 목숨까지 희생하는 고귀한 품성이 요구된다.[52] 이렇듯 공공의 이익에 복무하는 집체주의 정신은 단번에 마련되는 것이 아니다. 끝임없는 학습과 단련을 거쳐야 된다.

『영웅 나라 아이들』세 번째 묶음은 전시 후방에서 그러한 집체주의 정신을 다해 아낌없는 노력 투쟁을 부추기고 기리는 작품을 늘어 놓았다. 그들은 다시 속살에 따라 첫째 집체 노동을 빌린 전방 후원 활동의 찬양, 둘째 파괴된 후방 복구와 승리를 준비하는 모습, 셋째 전쟁 승리에 대한 확신과 적에 대한 적개심 학습을 꾀하는 작품의 세 가지로 나뉜다.

① 현물세를 바치고
남은 볏단을
앞마당에 드높이
쌓아올리자

던질 테니 받아라
세 돌기째다
누나야 그만하면
학교가 보이니?

"교실은 안 보여도
지붕은 보인다"

아빠는 앞 논에서
갈카리 하고

---

52   도광 엮음, 앞의 책, 18~19쪽.

엄마는 뒷밭에서
목화를 딴다

어엿차 받아라
여섯 돌기다
누나야 그만하면
거리가 보이니?

"거리는 안 보여도
굴뚝은 보인다"

낟가리 볏낟가리
높이 쌓아서
형님이 싸우는 걸
한번 봤으면?

지엇차 받아라
열두 돌기다
누나야 지금은
무엇이 보이니?

"싸움터는 안 보여도
우리 논이 보인다"

— 김우철, 「볏낟가리」[53]

---

53   64~68쪽.

② 오롱오롱

오롱오롱

탈곡기가 돈다

온 마을

집집마다

탈곡기가 돈다

휘영청 산 우에

달도 밝아서

탈곡기는 쉬지 않고

밤에 도누나

오롱오롱

오롱오롱

탈곡기가 돈다

미국 놈 비행기야

떠돌건 말건

탈곡기는 까딱 않고

잘도 돌아서

한여름 땀흘려

지은 곡식을

탈곡기도 땀흘려

훑어 주누나

오롱오롱

오롱오롱

탈곡기가 돈다

엄마도 누나도

떨이 나오고

— (줄임) —

알알이 여믄 곡식

산처럼 쌓이면

전선의 아저씨도

마음 높고 싸운단다

오롱오롱

오롱오롱

탈곡기가 돈다

산 우에 휘영청

달도 밝아서

온 마을 집집마다

밤 새도록 돈다

— 정서촌, 「달밤」 가운데서[54]

③ 등잔불 켜 놓고

모두 모두 일하는 밤

엄마는 바느질

누나는 솜타기

오롱오롱

---

54   99~103쪽.

오손도손 얘기하며

엄마와 누나

전선에 보내려고

겨울옷을 만드는 밤

나두야 오래 앉아

열심히 일한다

낮에 배운 국어 산수

읽어 보고 풀어 보고……

돌 테면 돌아라

원쑤놈 비행기야

모두들 일한다

네 놈을 쳐부시려

— 김련호, 「일하는 밤」[55]

전시 후방에서는 전쟁 승리를 위한 후원 활동이 강도 높게 이루어진다. 그 가운데서 가장 중요한 활동은 전선에 보낼 안정적인 군량미 생산이다. 그를 위한 '증산 투쟁' 노동이야말로 핵심 활동이다. 이 일에는 어린이 청소년이라 해서 예외일 수 없다.[56] ①은 어린이 청소년이 그러한 증산 투쟁에 나선 모습을 담았다. 구체적으로는

---

55   52~54쪽.

56   이론으로는 사회주의 사회에 생산 수단에 대한 사적 소유제가 없고 사람에 의한 사람의 착취가 없다. 그런 까닭에 어린이들의 생산 노동은 법적으로 금지된다. 그러나 가정과 학교에서 어린이 청소년의 노동은 젊은 세대의 전면 발전과 공산주의 교양을 위한 가장 효과적인 길의 하나다. 사회주의 나라에서 어린이 노동은 가정, 학교, 공산주의청년동맹과 소년단 조직의 이익을 위한 것이며 사회주의 조국의 이익을 위한 것이므로 그것은 아이들에게 즐거움을 가져다 준다. 노동은 어

"현물세를 바치고 / 남은 볏단을 / 앞 마당에" "쌓아 올리"는 '누나'와 '나'의 증산 노동이다. 볏단을 던지고 쌓아올리는 몸짓과 두 사람이 주받는 대화를 알맞게 섞어 사실감을 더한 극적 작품이다. 쌓는 일이 더해 감에 따라 높아진 볏단의 높이와 맞물려 학교와 거리 그리고 더 멀리 '싸움터'까지 보이느냐고 단계를 지어 묻는 '나'의 물음과 '누나'의 답은 마침내 전선에서 승리할 것을 믿는 믿음과 후방 지원의 보람을 잘 녹였다. 마지막 "누나야 지금은 / 무엇이 보이니?라는 물음에 "싸움터는 안 보여도 / 우리 논이 보인다"라는 답변으로 이어진 마무리는 일선 싸움 못지않게 중요한 후방 증산 투쟁의 뜻을 다시 한번 일깨워 주는 효과까지 지닌다.

② 또한 군량미를 위한 후방 증산 노동을 기리고 거기에 몸바치는 일이 큰 기쁨임을 드러낸다. 그것을 "휘영청 산 우에 / 달" 밝은 아래서 마을 사람들이 "땀 흘려 / 지은 곡식"을 거두기 위해 탈곡기를 돌리는 모습으로 그렸다. 이 작품에서는 그러한 증산 후원 활동을 효과적으로 담기 위해 세 가지에서 각별한 표현 가치를 보여 준다. 첫째, 최상급을 표현하는 꾸밈말이나 토씨가 거듭 쓰이고 있다. "온 마을", "밤 새도록", '알알이'에다 '집집마다'가 그들이다. 거기다 거듭하는 '오롱오롱' '휘영청'과 같은 어찌씨가 그것을 거든다. 이러한 최상의 정도를 드러내는 부풀린 표현은 읽는이에게 왜곡된 앎을 강화하고, 노동이 주는 고통을 숨기게 한다. 둘째는 효과적인 비유다. "한 여름 땀 흘려", "탈곡기도 땀 흘려"와 같이 활유법이 그것이다. 탈곡기에 대한 친근감을 더한 셈이다. 셋째, 반복 표현이다. "오롱오롱 / 오롱오롱 / 탈곡기가 돈다"는 월을 세 차례나 거듭해 "미국놈 비행기"가 "떠돌건 말건" 힘차게 되풀이하고 있는 집체 노동의 연속성과 즐거움을 강조한다.

이러한 후방 증산 노력 투쟁의 즐거움은 이어진 ③에서도 짧게 담겼다. "등잔불

린이의 자존심을 발전시켜 자신의 역량과 재능을 믿게 할 수 있으며, 어린이들의 가장 중요한 도덕적 품성, 곧 노동에 대한 공산주의적 태도를 마련한다. 힘에 걸맞은 노동은 올바른 어린이 교양을 촉진할 뿐만 아니라, 보다 훌륭한 육체적 발전과 건강 증진을 도와 준다. 그러한 어린이의 노동 유형에는 "학습 로동, 생산 기술 로동, 농업 로동, 일상 가사 로동, 아동의 예술적 교양을 촉진시키는 로동"으로 나뉜다. 『학생들의 일과 조직』, 교육도서출판사, 1956, 27~28쪽; 삐체르니꼬바, 오영선 옮김, 『공산주의적 교양 수단으로서의 가정에서의 아동 로동』, 연변교육출판사, 1956, 12쪽.

켜 놓고” “엄마는 바느질 / 누나는 솜타기”하여 전선에 보낼 “겨울옷을 만드는 밤”, 말
할이인 어린이 자신도 “오래 앉아 / 열심히” 공부한다. 어른 아이가 모두 자신의 몫에
맞는 후방 지원 활동에 밤낮으로 여념 없다. 그 점을 “모두 모두”, ‘열심히’, ‘모두들’과
같은 최상급 어찌씨의 집적을 빌려 담아내고자 했다. 즐겁고도 다함없을 후방 증산
투쟁이라는, 노동 현실에 대한 은폐와 왜곡이 자연스럽게 이루어졌다. 그런데 아래
작품은 그러한 후방 증산 노동의 결과물을 전선으로 옮기는 모습까지 담고 있어 노
력 투쟁이 넓혀진 모습을 보여 준다.

① 하늘엔
별들이
추워 떠는데
소는
뚜벅뚜벅
밤길을 간다
말없이
주인 따라
밤길을 간다

원쑤의
총알이
날아들어도
두 눈을
부릅뜨고
그래도 간다

소가

가는 길
머나먼 밤길
싸우는
아저씨를
찾아가는 길

총알과
포탄을
가득히 싣고
먼동이
트기 전
가야 하지요

따스한
외양간을
무너친 놈을
한해 먹을
곡초 데미에
불지른 놈을

원쑤를
갚아 달라
부탁을 하려
전선의
아저씨를
찾아서 간다

— 정서촌, 「소」[57]

②칙칙폭폭 우리 기차 나간다

달도 없는 어두운 밤 어둠 뚫고 나간다

밤 비행기 타고 도는 미국 놈들

우리 기차 찾으려고 조명탄을 달아도

용감한 우리 기차 우렁차게 나간다

칙칙폭폭 우리 기차 나간다

찻간마다 대포 땅크 가득 싣고

거리 지나 바닷가로 고동 소리 나가면

미국 놈들 함부로 함포를 쏘지만

용감한 우리 기차 전선으로 나간다

칙칙폭폭 우리 기차 원쑤 치러 나간다

— 최석숭, 「우리 기차」[58]

①은 전선으로 군수품을 싣고 가는 소와 읽는이가 비유적 동일시를 겪도록 이끈 작품이다. "말없이 / 주인 따라" "두 눈을 부릅뜨고" "총알과 / 포탄을 / 가득히 싣고" "싸우는 / 아저씨를 / 찾아 가는" 소의 충성과 헌신으로 다져진 덕성이야말로 읽는 어린이가 배워야 할 으뜸 가치다. 거기에 견주어 무찌를 '원쑤'는 소의 "따스한 / 외양간을 / 무너"뜨리고 "한 해 먹을 / 곡초 더미에 / 불 지른 놈"으로 표현하였다. 긍 / 부정의 이분법적 범주화를 빌린 정당화가 뚜렷하다.

그러한 소의 충성과 헌신은 ②에서 "원쑤 치러" 나가는 기차로 표현된다. 그러면서 피아의 이원대립적인 정당화 또한 뚜렷하다. '조명탄을' 단 "밤 비행기"를 몰고

---

57   94~98쪽.

58   110~111쪽.

“함부로 함포를” 쏘는 ‘원쑤’ “미국 놈들”과 “어두운 밤 어둠 뚫고” 용감하고도 ‘우렁차게’ “대포 땅끄 가득 싣고” ‘전선으로’ 나가는 “용감한 우리 기차”의 대립이 그것이다. 이들 작품은 후방에서 하나같이 전방을 지원하는 이들이 지녀야 할 집체적 노동의 뜻과 의의를 선전, 강화하기 위한 의도를 숨기지 않았다. 그를 위해 ②에서는 그림씨 ‘용감한’과 어찌씨 ‘함부로’와 같은 꾸밈말이 거들었다.

① 푸른 산에서
밤나무 아래에서
노루풀 우에서
글을 배운다

일 학년 이 학년
공부하던 학교는
원쑤 놈의 비행기
불질러 타고

— (줄임) —
노루풀 우에서
글을 배워도

새 학기 돌아오면
우리는 삼 학년
가슴엔 소년단
휘장이 빛나고

우리도 어서 커

형님들을 따르자

형님들은 싸운다

인민 군대 이긴다

푸른 산에서

밤나무 아래에서

노루풀 우에서

노래를 배운다

— 김북원, 「수풀 속 학교」 가운데서[59]

② 불타 버린

자리에

새로 세운 집

토방 우에

쨍쨍

햇살 퍼져라

어미닭이

꼬꼬

앞에 나서면

병아리들

종종

---

59   55~58쪽.

양지 찾아라

보재비로
소문난
아버지 따라

우리 황소
움매
밭갈이 가고

×

나는 나는
영웅들
뒤 따르려고

동생 하고
나라니
학교 간다누

— 리순영, 「봄날 아침」[60]

③ 아름다운 꽃밭이자 우리집 지붕

사분히 이랑 밟고 꽃을 따자

— (줄임) —

60　77~80쪽.

×

원쑤는 우리 집을 허물었어도
항내를 떨치며 올해도 핀 꽃
한아름씩 따서 가슴에 안고
모란봉 해방탑에 드리려 가자

×

원쑤 치고 아버지 오실 때까지
땅집은 한낮에도 캄캄하지만
어머님 모시고 웃는 얼굴로
해와 함께 이고 살 아름다운 우리 꽃

— 리원우, 「해와 함께 살 꽃」 가운데서[61]

전쟁 수행 과정에서 북한이 맞닥뜨린 현실은 파괴된 후방과 그 복구를 위한 강도 높은 집체적 노력 동원이었다. 어린이문학에서 그것은 무엇보다 파괴된 집과 학교라는 두 양상을 중심으로 드러난다. 그 두 장소야말로 어린이에게 전쟁기 현실을 가장 잘 일깨워 준다. 그리고 이 둘을 다시 복구하는 일이야말로 전쟁 승리를 암시하는 반증이다. 따라서 이 둘은 함께 나타나기도 하고 낱낱으로 나타나기도 한다. ①「수풀 속 학교」는 파괴되고 고통 받는 전쟁 현실을 불타 버린 학교를 빌려 담아내고 있다. "공부하던 학교는 / 원쑤 놈의 비행기" 탓에 타 버렸다. 그럼에도 "소년단 / 휘장"을 달고 "노루풀 우에서 / 글을" 배우고 "노래를 배운다." 어린이의 교육은 그칠 수 없는 일

---

61   75~76쪽.

이다. 왜냐하면 그들도 "어서 커 / 형님들을" 뒤 따라 "인민 군대"로 나아갈 인재인 때문이다. 계속되는 학교 교육이야말로 사회주의 집체 구성원으로 자라는 첫 걸음이다. 이 작품에서는 그 점을 당연시하는 표현이 뚜렷하다. 곧 "가슴엔 소년단 / 휘장이 빛나고"와 "인민 군대 이긴다"라는 핵심 시줄이 터무니다. 학교 교육은 전쟁 중에도 그치지 않았으며, 인민 군대는 결코 패배를 모른다는 인식만을 한길로 담고 있다.

② 또한 비슷한 왜곡이 이루어진다. 인민 군대 형님은 '영웅'이며, 그이를 따르기 위해 나도 '학교'로 간다는 얼개가 그 점을 말해 준다. 다만 ①에 견주어 훨씬 꼼꼼한 짜임새를 갖추었다. 곧 '영웅' '뒤 따르기'는 첫째, 셋째, 넷째 토막으로 점증한다. 첫째, '어미닭'을 '병아리'가 뒤 따르기, 둘째 "보재비로 / 소문난 / 아버지"를 '황소'가 뒤 따르기, 그리고 셋째 '영웅들'을 뒤 따르기 위해 학교로 가는 '동생'과 '나'가 그것이다. × 표시로 묶음을 띄워 주제 토막임을 분명히 하고 있는 일곱째 여덟째 토막의 '나'와 '동생'의 영웅 뒤따르기를 위해 병아리와 황소를 거치면서 감정이입을 극대화시켜 나간 셈이다. 게다가 전체적으로 '쨍쨍', '쫑쫑', '움매'와 같은 소리본뜬말과 짓본뜬말을 거듭하면서 맺음씨끝을 감탄형으로 마무리한 것은 '영웅'을 뒤따르기 위한 '나'의 집체 교육 현장이 지닌 즐거움을 드높이는 몫까지 맡는다.

③은 허물어진 집을 글감으로 삼아 그런 속에서도 전쟁 승리에 대한 믿음을 꽃 가꾸기로 거듭 확인한 작품이다. 이 시에서도 왜곡이 이루어지고 있다. 곧 "원쑤 치고 아버지 오실 때"에서 보는 바와 같은 아버지의 전투 승리는 패배나 죽음과 같은 다른 전쟁 현실을 왜곡하고 당연시하게 이끄는 표현이다. 거기다 '아름다운' "곱게 핀"이라는 꾸밈말 표현 또한 현실을 은폐한다. 이러한 왜곡과 은폐 표현을 빌려 '캄캄'한 '땅집'의 어려움은 잊혀지고 후방 복구와 전방 후원 활동을 계속할 수 있는 것이다. 그런 모습을 이 작품에서는 동생과 함께 "모란봉 해방탑"에 "올해도 핀 꽃"을 '드리러' 갈 것이라는 표현 속에 온축했다.[62]

---

62 초기 북한에서 해방탑은 무거운 뜻을 지닌 기념물이었다. 김두봉의 건립 제막사에서 그 점이 잘 드러난다. "이 땅을 뒤덮었던 어둠을 쫓으며 북방에서 나타난 정의의 해방군 쏘련 군대는 일제의 쇠사슬에서 우리 민족을 구원하여 주었습니다. 그들은 피로써 우리를 해방시켰고 피로써 우

후방의 집체주의 노력 투쟁을 담아내고 있는 세 번째 묶음에서 마지막 가지는 후방 어린이가 지닐바 전쟁 승리에 대한 믿음과 그에 맞물려 굳게 지켜야 할 적에 대한 적개심을 강조하는 작품이다. 이를 빌려 하나는 전체를 위해, 전체는 하나를 위해라는 집체적 동질감을 거듭 학습하고 주체화한다.

① 형님들이 오빠들이 가시던 길로 ―

전선을 생각하며 우리들은 갑니다
무너진 마을과 거리 돌아보면서
새로 꾸민 우리 학교 지하 교실로
우리들은 갑니다

마음속에 새 기쁨 가득히 안고
희망에 찬 노래를 높이 부르며
우리들은 우리들은 생각합니다
"더욱 배울 테다! 준비할 테다!"

창문으로 햇볕은 들지 않아도
― (줄임) ―
밝아 오는 래일의 하늘이 뵈는 듯
승리의 날 위하여 공부하는 곳

동무들아, 우리가 승리하는 날

우리의 경애하는 김 장군께서

새 조선의 새 일꾼 나서라 하실 제

성큼 나설 동무 누구들이냐?

우리들은 다 같이 일어서서

힘찬 목소리 합쳐 가지고

장군님께 똑똑히 대답합시다

"우리들입니다!"

— 김학연, 「우리들입니다」 가운데서[63]

② 우리 동네 조무래기

모두모두 엇둘엇둘

오롱조롱 조무래기

발을 맞춰 엇둘엇둘

딴다딴다 딴다라다

딴다딴다 딴다라다

조무래기 나팔수가

주먹 나팔 불었다

자아 이젠 편을 갈라

---

63 69~72쪽.

진격으로 넘어가자

나는 나는 조선 인민군
너는 너는 중국 지원군

그래 그래 꼬마동이
너는냐 리승만 군대다

꼬마동이는 그만 골을 냈다
꼬마동이는 대답도 없었다

그러믄야 꼬마동이
넌 미국 대장 하자

꼬마동이는 펄석 주저 앉았다
꼬마동이는 그만 울상을 했다

—윤복진, 「꼬마 병정」[64]

①에서 드러나는 것은 전쟁 승리에 대한 확고한 믿음이다. "희망에 찬 노래" 높이 부르면서 비록 지하 교실일 망정 '우리들'은 열심히 공부를 한다. 그리하여 전쟁 "승리의 날" "새 조선의 새 일꾼"으로 거듭 날 것임을 "김 장군" 앞에서 늠름하게 답변한다. 승리는 기정사실이다. 그리고 그러한 승리에 대한 믿음은 읽는이 모두의 것이기도 하다. 그 점은 1인칭 복수의 시적 주체인 '우리 / 우리들'을 빌려 담아내고 있다. 이 작품에서 '우리 / 우리들'은 두 가지로 쓰인다. 먼저 내포적 우리다. 작품에서 '우

---

64   85~88쪽.

리'는 읽는이를 포괄하는 어린이 모두를 대표하는 이름이다. 다시 말해 전쟁의 어려움 속에서도 열심히 공부하는 어린 '우리'가 그들이다. 다른 '우리'는 다섯째 토막에서 드러나는 바와 같이 조선민주주의인민공화국의 구성원이라는 뜻이다. 전쟁 수행 중인 모든 북한 사람을 포괄한다. 따라서 이 작품은 어린이를 대표하는 내포적 우리가 튼튼하게 자라 장차 집체적 우리로서 승리할 것이라는 믿음을 선전, 선동하기 위한 뜻을 담고 있다.

②는 간결한 월 짜임 속에 읽는이가 적에 대한 적개심을 강화할 수 있도록 이끌기 위한 표현 전략을 담았다. 그것은 첫째, 어찌씨 되풀이에서 드러난다. '모두모두' '오롱조롱' '엇둘엇둘'에다 '펄석'과 같은 어찌씨가 그것이다. 둘째, 적개심의 대상을 향한 피아의 이분법적 범주화를 빌린 정당화가 어린이의 병정놀이라는 짜임새 속에 잘 녹아 들었다. "조선 인민군"과 "중국 지원군" 쪽에 든 어린이들과 "리승만 군대" '미국' 쪽에 든 '꼬마동이'의 대립과 '원쑤' 쪽에 선 '꼬마둥이'가 골을 내고 주저 않아 울상을 짓게 만드는 편가르기가 그것이다. 그러한 우스꽝스러운 장난 속에 승리만을 거듭하는 아군에 대한 믿음과 '원쑤'에 대한 적개심이 자연스럽게 학습된다.

전쟁 시기에는 무엇보다 혁명적 영웅주의를 요구한다. 그를 위해 당과 노동계급, 근로 인민, 그리고 전국 인민의 단결에 뿌리를 둔 집체주의 정신은 필수 조건이다. 전쟁 승리와 후방 보위를 위해 자기 목숨까지 희생하는 '고귀한' 품성이 그로부터 말미암는다. 『영웅 나라 아이들』의 세 번째 묶음은 이러한 집체주의 정신으로 헌신하는 노력 영웅들을 다룬 작품을 배치했다. 그들은 다시 셋으로 나누어 볼 수 있었다. 첫째, 안정적인 군량미 확보와 현물세 납부를 위한 집체 증산 투쟁과 그 기쁨을 담은 작품이다. 둘째, 파괴된 집과 학교를 복구하고 학업에 충실하여 전쟁 승리를 대비하고자 하는 긍정적인 모습을 담은 작품이다. 셋째, 전쟁 승리에 대한 굳은 믿음과 적에 대한 적개심을 강화하는 속살을 지닌 작품이다. 이들을 효과적으로 담아내기 위한 몇 가지 각별한 표현 기법이 보인다. 먼저, 최상급을 뜻하는 꾸밈말을 이용한 부풀림, 전쟁 현실 왜곡이나 은폐의 방식이다. 활유법이나 의인법, 반복법과 같은 기법도 적절히 활용되었다. 그런 가운데 피아의 긍 / 부정의 이분법적 범주화를 빌린 정당화는 한결같이 거듭한다. 이러한 표현에 도움을 받으면서『영웅 나라 아이들』의 셋째 묶음은 북한의 전쟁 승리와 전후 복구, 그리고 더 나아가 이른바 '위대한 조국 해방의 날'을 향한 혁명적 노력 투쟁을 찬양하고, 즐겁게 집체주의 주체로 자라날 것이라는 믿음을 더욱 굳힌다.

5. 국제주의 우의와 지원군

사회주의는 계급 연대와 민족 통일을 기본 이념으로 삼는다. 그것은 프롤레타리아 국제주의라는 말에 옹글어 있다. 맑스와 엥겔스는 그러한 "프로레타리아 국제적 련대성"에 관한 기본 원칙을『공산당 선언』에서 짧게 밝혔다. 곧 '만국의 프로레타리아트는 단결하라!'라는 표어가 그것이다.[65] 거기서부터 출발한 프롤레타리아 국제주의는 크작은 민족의 자주권·평등권을 존중하고자 한다.[66] 그것은 "내부 모순의 장성과 그들 호상 간의 대립과 알륵"이 "극단에까지 첨예화"할 "제국주의 진영"의 코스모폴리티즘[67]과는 다르다. "근로 인민들의 애국주의와 배치되지 않을 뿐 아니라 도리

---

65 『국제주의적 친선 단결은 우리 승리의 담보이다』, 조선로동당출판사, 1953, 5쪽.

66 "쏘베트 애국주의는 프로레타리아 국제주의와 긴밀하게 련결되여 있으며 그와 합치된다. 동시에 진정한 국제주의자가 아니라면 참된 쏘비에트 애국주의자로 될 수 없다. 쏘베트 애국주의는 민족적 제한성을 가지지 않는다. 그에게는 인종적 및 민족적 배타성, 민족주의 및 배타주의, 다른 인민들과 민족들에 대한 증오 등과는 관련이 없다. 이러한 모든 나라의 프로레타리아와 근로자들의 국제적 단결의 사상은 민족을 분리시키고 한 민족을 다른 민족을 반대하는 데로 선동하는, 브르죠아 민족주의와는 다르다." 엔 이 볼듸례브, 강필주 옮김, 앞의 책, 33~34쪽;『국제주의적 친선 단결은 우리 승리의 담보이다』, 앞의 책, 9쪽.

67 "프로레타리아 국제주의라는 것은 일체의 착취 및 압박에서의 해방을 위한, 새 사회 제도의 승리를 위한 투쟁에서 발현되는 전 세계 로동계급 및 근로자들의 국제적 련대성의 사상이며, 정책"이다. "프로레타리아 국제주의는 공통한 국제적 과업의 해결에 있어서 매개 국가를 일률적으로 취급하는 것이 아니라 구체적으로 취급하며, 그 민족적 특수성을 존중히 한다. 그것이 이 특수성으로 말미암아 매개 민족이 공통한 국제 프로레타리아 사업에서 그 내용을 풍부히 하며, 민족적 풍모를 나타낼 수 있기 때문"이다. "그러나 제국주의자들은 이와 달리 온갖 부당한 조건을 구실로 민족적 또는 인종적 차별을 두고, 우수하고 강대한 민족만이 국가를 또는 세계를 통치할 권리가 있고 또 통치해야 한다고 떠들어 댐으로써 자기들의 령토 확장과 세계 제패를 위한 야수적 침

어 그와 조화 배합되며, 그를 더욱 강화시킨다. 왜냐하면 자기 나라 인민을 사랑하지 않고서는 진정한 국제주의자가 될 수 없기 때문이다.[68]

이러한 프롤레타리아 국제주의 정신에 따라 "조선 인민들은 미, 영 제국주의 무력 침공자들과 그 주구 리승만 매국 도당들을 반대하는 성스러운 조국해방전쟁에서 '위대한' 쏘련을 비롯한 중화인민공화국 및 기타 인민 민주주의 제 국가 인민들과 세계 평화 애호 인민들로부터" "물심 량면의 원조와 성원"을 받았다. 만일 이러한 국제주의적 지지와 원조가 보장되어 있지 않았다면 "원쑤들과의 곤란한 싸움"에서 "빛나는 승리를 쟁취"할 수 없었고 "강대한 적들과의 성과적인 장기전도 불가능"[69]했을 것이다. 그리하여 북한은 자신들이 "전세계 평화애호 인민들로부터" 받은 "거대한 원조"는 일찌기 인류 역사에 전례가 있어본 일이 없다"[70]고까지 말한다.

『영웅 나라 아이들』의 네 번째 묶음은 바로 그러한 프롤레타리아 국제주의 주체의 친선과 우의의 정신을 담아낸 작품으로 이루어졌다. 그리고 그 안쪽은 다시 둘로

략 정책을 합리화하고 있다. 이것은 물론 그들이 타국에 대한 침략과 전쟁 방화 정책을 합리화하며, 세계 제패의 야망을 달성해 보려는 비렬한 술책인 것이다. 그들의 이러한 침략 사상을 '리론화' 한 것이 이른바 '꼬쓰모뽈리찌즘'이다.『국제주의적 친선 단결은 우리 승리의 담보이다』, 앞의 책, 10~11쪽. 그리하여 오늘날 "미영 반동파들의 꼬쓰모뽈리찌즘, 민족주의 인종론은 강도적 제국주의의 이데올로기의 여러 가지 표현이다. 꼬스모뽈리찌즘과 민족주의는 서로 반대되는 것이 아니라 쌍둥이다. 같은 경제적, 사회적 리면을 가지고 있다. 만일 국내 시장이 민족주의를 배우는 부르죠아지의 첫 학교라면, 국외 시장은 꼬쓰모뽈리찌즘 사상을 양육하였으며 양육할 것을 요구한다." 쏘련과학아까데미야철학연구소,『쏘베트 애국주의에 대하여』, 조쏘문화협회, 1952, 234~235쪽;『학교에서의 애국주의 교양에 관하여』, 앞의 책, 97쪽.

68   이러한 프롤레타리아 국제주의의 이념에 따라 "소련을 선두로 한 평화와 민주 진영의 역량은 부단히 장성 강화되며, 공동한 혁명적 리해 관계에서 출발하는 이 나라 인민들 간의 국제주의적 친선과 단결은 불패의 힘으로서 더욱 더 위력을 발휘"하게 된다. "평화와 민주주의 진영 내의 제 인민들은 제국주의자들이 최대 리윤 획득에 눈이 뒤집혀, 서로 물어 뜯는 것과는 반대로 곤란할 때에는 서로 동정하고, 원조하는 것을 자기들의 무조건적인 의무로 여기며, 남을 도웁는 것이 곧 자기 자신을 도웁는 것이라는 것을 잘 알고 있다. 이러한 친선적 인민들의 단결은 확고 부동한 것이며, 그의 위력의 장성은 어떠한 힘으로도 막을 수 없는 것이다."『국제주의적 친선 단결은 우리 승리의 담보이다』, 앞의 책, 1~2쪽.

69   『국제주의적 친선 단결은 우리 승리의 담보이다』, 앞의 책, 3쪽.

70   거기에 이름을 올린 나라는 불가리아·소련·중국·헝가리·루마니아·체코슬로바키아·폴란드·동독·몽골·영국·쿠바·브라질·스위스에 이른다.『조선어린이들의 형편』, 앞의 책, 29쪽·100쪽.

나뉜다. 첫째, 전쟁기 다른 나라의 지원물에 대한 고마움을 담은 작품이 한 가지다.
둘째, 지원군을 위한 후방 후원 활동을 다룬 작품이 다른 가지다.

① 보름달이 초롱 같은 밤
두 귀 벌쭉 누렁말이
용이네 집에 들렸어요
압록강을 건너
불탄 거리 또 지나
남쪽으로 전선으로 가던 길 —

아픈 다리 쉬려고
— (줄임) —
용이네 집에 들렸어요

책을 덮고 뛰어 나온 용이
비녀뿔 황소 먹이려고
누나와 둘이서 베인 꼴
샘물 한 통 길어다 주고

"풀배 동동 꼴배 동동"
발돋음하며 배를 쓸어 주는데
지원군 아저씨 하시는 이야기

나이는 네 살 이름은 '황하'
싸우는 조선으로 단숨에 달려온 말
어미말도 원쑤와 싸운 말

— (줄임) —

담배 피던 지원군 아저씨

용이 머리 쓰다듬으며

"고맙소 고맙소" 인사하겠죠

어쩐지 마음이 기뻐지며

박우물로 뛰어간 꼬마 용이

만리장성 넘고 넘어

물결도 거센 '황하' 건너

원쑤를 쫓아 가던 어느 날

— (줄임) —

아침 해 붉기 타는 풀숲에

낳아 놓은 귀여운 그 망아지

나면서 '황하' 물을 마시었다

누가 먼저 "황하"라 불러

사람마다 "황하 황하" 부르게 된 말

그날부터 망아지 어미말 따라

넓고 넓은 중국 땅 달리는 동안

— (줄임) —

옛말 같은 이야기 듣던 용이

"황하야! 황하야!"

다정하게 부르며

― (줄임) ―

콧등도 쓸어 주곤

울 밑 꽃밭으로 뛰어갔지요

꽃 중에도 첫째로 이쁜 꽃

부상병 아저씨들께 보내 준다고

누나가 가꾸던 봉선아

아무도 다칠세라 아끼던 꽃

살짝 두세 송이 꺾어다가

'황하' 이마에 꽂아 주면서

용감하게 싸워 달라 부탁했더니

갈기털을 흔들며 군마 황하도

약속을 하지는 듯 앞발을 쿵 쿵-

― 김련호. 「군마와 용이」 가운데서[71]

② 조랑조랑 조랑말은

압록강을 건너 캄캄한 밤길을 걸어왔다

---

71   114~121쪽.

조랑조랑 조랑말은

머나먼 타향길을 고향길처럼 걸어왔다

산 넘어 원쑤의 포소리 쿵쿵 울려도

조랑조랑 조랑말은 겁 하나 없었다

길머리에 포탄이 마구 쏟아져도

조랑조랑 조랑말은 눈도 깜작 안했다

조랑조랑 조랑말은

'항미 원조' 복쑤의 탄약을 잔뜩 싣고 왔다

조랑조랑 조랑말은

불길 속을 뚫고 뚫고 화선으로 걸어갔다

— 윤복진, 「조랑조랑 조랑말은」[72]

③ 조랑조랑 천 리 먼 길

달려 달려오는 천 리 말아!

꽃굴레 씌워 주마

콩 삶아 많이 주마

압록강 청천강 물이

얼마나 얼마나 차웁디?

고놈의 썍쌔기 떼가

얼마나 얼마나 성가시디?

조랑조랑 걸음 멈추고

먼 산 바라보는 말아!

고향 그리워서가 아니지?

미국 놈 생각 얄미워서지?

조랑조랑 무거운 길

아니 안타까우랴마는

전방에 한시가 바쁘다고

"위위 뚤뚤!" 어서 가자고……

잘 다녀오너라

돌아오는 길에는

꽃굴레 씌워 주마

콩 삶아 많이 주마

— 임원호, 「꽃굴레 씌워 주마」[73]

옮겨 놓은 ①·②·③은 중국에서 지원품으로 보내 준 군수용 말을 다룬 작품이다. 이들 가운데서 ①은 짧은 이야기시다. 곧 용이라는 어린이가 "아픈 다리 쉬려고" "용이네 집에" 들린 '군마' '황하'를 위해 베푼 행동을 읽는이에게 들려 주는 방식이다. 따라서 모두 열여덟 토막으로 이루어진 이 작품은 '용이'의 행동에 따라 다시 네 묶음으로 묶인다. 곧 '군마' '황하'가 "용이네 집"에 들렀다는 사실을 일러주고 있는 첫 묶음 세 토막, "책을 덮고 뛰어" 나와 "누나와 둘이서" 집의 "황소 먹이려고" 베 놓은

---

73   135~137쪽.

'꼴'과 "샘물 한 통 길어다" 주고 "지원군 아저씨"와 군마 '황하'가 오게 된 내력을 듣는 넷째 토막부터 여덟째 토막까지 걸치는 둘째 묶음, 그리고 그 이야기를 듣고 나서 다시 "박우물로 뛰어"가 물을 길러 와 먹이며 "지원군 아저씨"가 해 준, 군마가 '황하'라는 이름을 얻게 된 내력을 듣게 되는 곧 아홉째 토막부터 열셋째 토막까지 걸치는 셋째 묶음, 그리고 '황하'를 위해 "울 밑 꽃밭으로 뛰어"가 "누나와 가꾸던 봉선아"를 꺾어 "'황하' 이마에" 꽂아 주는 열넷째 토막부터 열여덟째 토막까지 걸치는 마지막 묶음이 그것이다. 이러한 줄거리를 빌려 이 작품은 지원군 아저씨, 그 지원품인 군마 '황하'와 북한 어린이 용이가 서로 만나 친절과 우의를 나누는 모습을 그렸다. 그 것을 꿀과 샘물을 먹이고 봉선화를 말 이마에 꽂아 주는 용이의 행위가 보증해 준다. 부분적으로 "비녀뿔 황소"며 "풀배 동동 꿀배 동동"과 같은 적확한 표현에다, "용감하게 싸워 달라 부탁했더니" "군마 황하도 / 약속을 하자는 듯 앞발을 쿵쿵-"과 같은 마지막 토막에서 말과 어린이의 일체감이 생생하게 살아난다. 그리고 그 점은 황하 물을 마시고 자란 군마가 용이네 집 물을 마시는 한가지 모습에 옹글었다. 중국 지원군에 대한 고마움과 친선 우의의 감각을 어린이다운 행동을 빌려 잘 녹인 작품이다.[74]

이에 견주어 윤복진의 작품 ②는 '조랑말은(이) 무엇하다.'는 월 되풀이를 빌려 중국 지원물인 '조랑말'의 용감함과 그에 대한 고마움을 담고 있다. 조랑말은 "압록강을 건너 캉캄한 밤길을 걸어" "머나 먼 타향길을 고향길처럼" 걸어온 군마, '조랑말이' '원쑤의' '포탄'도 두려워하지 않고 "항미 원조 / 복쑤의 탄약을 잔뜩" 실은 채, "불길 속을 뚫고 화선으로" 걸어간다. 그리하여 이러한 중국 지원군의 후원으로 발양될 국제주의 주체의 교양을 위해 이 작품에서는 두 가지에서 표현 가치를 가꾸었다. 첫째, 군마의 정황에 대한 부풀림과 왜곡이다. 곧 "겁 하나 없었다", "눈도 깜짝 안했다", "잔뜩 싣고 왔다"와 같은 최상위 표현이 그것을 빚고 있다. 군마의 용감함을 드러내는 데에는 확

---

[74] 북한의 장형준도 이 작품을 두고 "주인공 용이의 국제주의적 친선의 맑고 깨끗한 감정 세계를 통해서도 생동하게" 나타난다. "군마 황하에 대한 용이의 사랑은 말을 좋아하는 아동의 단순한 사랑이 아니라 그것은 중국 인민에 대한 뜨거운 국제주의적 친선의 고귀한 심정에 의하여 승화된 고상한 감정"이라 높이 추어 말했다. 장형준, 「해방 후 아동문학의 찬연한 발전 로정」, 앞의 책, 311쪽.

연한 효과를 지닌 표현이다. 둘째, 말마디 되풀이다. 여섯 토막 모두에서 "조랑조랑 조랑말은"이라는 말마디를 되풀이했다. 다만 그 가운데서 앞의 둘, 끝의 둘에서는 첫 시줄에, 가운데 셋째 넷째 토막에서는 둘째 시줄에 되풀이했다. 변화 있는 되풀이를 빌려 속살과 맵씨를 조화시키고자 한 시인의 뜻이 담긴바다. 이러한 말마디 되풀이는 최상위 표현과 함께 지원군 말의 용맹함을 생생하게 떠올리게 하는 데 이바지한다.

다섯 토막으로 이루어진 임원호의 ③은 ②와 마찬가지로 군마 조랑말에 대한 고마움을 다루었고, 짜임새도 비슷하다. 곧 첫째 토막에서 넷째 토막까지 중국으로부터 "압록강 청천강 물"을 건너서 "천 리 먼 길 / 달려 달려"온 "천 리 말"이 잠시 내포 화자가 자리한 곳에서 "걸음 멈추고 / 먼 산 바라"본 뒤, 군수물자를 실어 "무거운 길"을 따라 전방으로 "한시가 바쁘다고" 가는 모습이 그것이다. 군마를 맞이하고 전선으로 보내는 ②와 같은 짜임새다. 다만 ②에 견주어 ③은 마지막 다섯째 토막에서 보이는 바와 같이 "잘 다녀오너라 / 돌아오는 길에는 / 꽃굴레 씌워 주마 / 콩 삶아 많이 주마"라며 귀대하는 앞날에 대한 바람까지 담아내고 있는 점이 다르다.

전쟁기 세 해 동안 세계 여러 사회주의 나라에서는 프롤레타리아 국제주의의 깃발 아래 적지 않은 지원물을 북한에 보내 주었다. 그럴 때마다 『로동신문』은 그들을 기록하여 전쟁 당사자인 전후방 인민군과 인민에게 용기를 북돋웠다. 그 가운데서 중국과 몽골은 군마까지 보내 주었다.[75] 그럼에도 위에서 본 바와 같이 전쟁기 당대 지원 군마는 모두 중국에서 온 것으로 다루었다. 그만큼 이른바 '항미원조전쟁'으로 들어와 싸우고 있었던 중국 지원군에 대한 비중이 컸음을 볼 수 있다. 그리고 그것이 『영웅나라 아이들』에서는 군마 지원으로 모인다. 직접 군인과 지원물 군마를 보내와 피를 함께 흘렸던 중국에 대한 고마움이 프롤레타리아 국제주의 대표 본보기로서 강화, 교양되었던 셈이다.[76] 전투 군수 장비에서부터 식량, 생활용품 들들, 다양했을 지원물 가

---

75   얼핏 살피더라도 북한에 대한 몽골의 지원 기사는 그무렵 『로동신문』에서 몇 차례 보인다. 1952.9.16·1953.1.16·26. 그러한 지원품 가운데서 몽골 말은 필수적이었다.

76   중국 '인민 지원군'에 대한 각별한 고마움은 일성의 아래와 같은 말 속에 잘 담겼다. "중국 인민 지원군이 조선 전선에 출정하던 그 시기는 미, 영 제국주의 무력 침범자들을 반대하는 조선 인민들이 투쟁에 있어서 가장 엄중한 시기였다. 우리 조국과 우리 인민을 반대하여 흉악한 무력 침범을

운데서 각별히 군마로 그것이 한정되고 있는 점은 어린이시가 지닌 특성을 고려한 시인의 작의가 반영된 까닭이라 볼 수 있다. 곧 다양한 지원물품의 꼼꼼한 세부 속살은 아이들에게 중요한 흥미 요소가 되지 않을 수 있다는 점이 고려된 것이다. 그러나 군마는 어린이가 흥미를 느낄 만한 생동하는 군수물이라는 점과 함께, 아이들이 후방에서 손쉽게 맞닥뜨릴 수 있을 대표 지원물이라는 뜻까지 작용했을 것이다.

이렇듯 외국에서 보내 준 지원품은 북한의 전쟁 수행과 장차 승리를 위한 필수적인 요인으로 여겨졌다. 따라서 그에 대한 고마움과 찬양의 강도는 드높을 수밖에 없었다. 그런데 그에 대한 보답을 후방의 어린이들은 어떻게 할 것인가. 프롤레타리아 국제주의 정신을 표현하는 다른 방식은 그러한 지원 행위에 대해 북한의 어린이들이 보답하고 고마워하는 마음과 행동을 보이는 길이었다.

① 빨간 줄 봉투
귀여운 편지
누가 보냈나
곱게 쓴 편지
누나는 읽고
우리는 듣지요

개시하였다가 영웅적 우리 인민 군대의 맹렬한 반격에 의하여 수치스러운 참패를 당한 미 제국주의자들은 세계의 앞에서 자기들의 저락된 위신을 회복하며 우리 공화국을 일거에 강점할 목적으로 막대한 손실에도 불구하고 태평양 지역에 있는 자기의 총병력을 동원하여 3·8선을 넘어 청천강 이북으로 진공하여 우리 인민 군대는 수량상으로나 기술상으로 현저하게 우세를 가진 19개 국의 무력 침범군을 상대로 하여 한치의 땅을 피로써 사수하는 힘에 넘치는 악적 고투를 계속하게 되었다. 이러한 어려운 시기에 위대한 중국 인민들은 조선 전선에 자기의 강력한 지원군을 보냄으로써 우리 조선 인민에게 원조의 손길을 내밀었다. 중국 인민 지원군이 조선 전선에 참전함으로써 조선 전선의 모든 사태는 우리에게 유리하게 전변되었다. 조선 인민군은 중국 인민 지원군과의 협동 작전 하에서 이북까지 기여 들었던 적들에게 심대한 섬멸적 타격을 주어 적들을 3·8선 이남까지 구축하였다." 김일성, 『우리의 정의의 공동투쟁은 승리한다—중국 인민지원군 조선 전선 참전 2주년에 제하여』, 조선로동당출판사, 1952, 1~2쪽.

빨간 줄 봉투

반가운 편지

중국 아저씨가

보내준 편지

다 함께 손잡아

싸우자요

빨간 줄 봉투

고마운 편지

아동절 사진도

끼어온 편지

읽고 보아도

재미나지요

인민군 아저씨와

중국 지원 부대가

악독한 미국 놈

쳐부시 듯이

우리들도 싸우자고

회답했지요

— 류연옥, 「빨간 줄 봉투」[77]

② 넝쿨마다 데룽데룽 호박 여물고

포기마다 주룽주룽 가지도 달렸네

---

77 127~129쪽.

반 동무 끼리끼리 씨앗 모아 심그고
한여름 이랑이랑 땀흘리며 가꿨지

대광주리 하나 가득 따서 넣어라
소달구지 한 짐 가득 실어 날려라
인민 군대 형님에게 보내 드리면
지원군 형님하고 잡수시겠지

잘 여문 옥수수 가려서 다듬고
고구마는 큰 알로만 골라 씻었네
우리 반 농장에서 모두 지은 거라고
예쁜 봉투 만들어 편지도 써야지

대광주리 하나 가득 골라 넣어라
소달구지 한 짐 가득 싣고 떠나자
지원군 누나에게 보내 드리면
인민 군대 누나하고 잡수시겠지

— 류연옥, 「넝쿨마다 데룽데룽」[78]

다른 나라에서 보내온 지원품에는 군마와 같은 군용 물자뿐 아니라 위문 편지도 있다. ①에서는 "중국 아저씨가" 예쁜 "발간 줄 봉투"에 '편지를' 보내 북한의 어린이들을 격려하고 부추긴다. "다 함께 손 잡아 싸우자"는 속살이 그것이다. 이에 시적 주체 또한 화답한다. "인민군 아저씨와 중국 지원 부대"가 "함께 손 잡아" 싸우듯이 "우리들도 싸우자"는 말이 그것이다. 이 시에서 '우리'라는 복수 주체는 두 번 쓰였다. 둘

---

78   124~126쪽.

째 토막 "누나는 읽고 / 우리는 듣지요"와 맨 마지막 "우리들도 싸우자"에 쓰인 '우리들'이 그것이다. 먼저 '우리'는 북한의 어린이 모두를 뜻하는 '내포적 우리'다. 앞서 싸우고 있는 '누나' 세대의 지도를 받고 있는 '소년단'원과 같은 아이들이 그들이다. 뒤의 '우리들'은 "중국 아저씨"와 북한 어린이를 아우른 복수 주체로서 '우리'를 뜻한다. 전선에서 "인민군 아저씨와 / 중국 지원 부대"가 힘을 합쳐 "악독한 미국 놈"과 싸우듯이 북한의 어린이와 중국 국민 또한 후방에서 힘을 합쳐 싸우자는 뜻이 그것이다. 그 생각을 직접적인 것으로 드러내기 위해 이 작품에서는 어린이 말할이의 입말투를 끌어와 살렸다.

②는 전선의 지원군과 인민 군대에게 위문 편지와 함께 위문품으로 자신들이 "땀 흘려" 키우고 거둔 농작물을 보내드리고, 그로 말미암아 조중 친선과 우의가 더욱 도타워지기를 바라는 뜻을 담은 작품이다. 그를 위해 자신들의 위문품을 받을 이들, 곧 인민 군대 형님과 지원군 형님, 인민 군대 누나와 지원군 누나가 서로 짝을 이루도록 배치했다. 그런 다음 호박, 가지, 옥수수를 '대광주리 하나 가득 따서 넣어라^{골라 넣어라}' / '소달구지 한 짐 가득 실어 날려라^{싣고 떠나자}'와 같이 비슷한 청유형 월을 되풀이해 자신들의 수확, 배송이 지닌 즐거움을 드높이고자 했다. 게다가 그 가운데 '가득' '모두'와 같은 최상 정도를 드러내는 어찌씨를 알맞게 넣어 그 점을 거들었다. 자신들이 힘들었음에도 즐겁게 가꾸고 거둔 농산물은 편지의 뜻과 함께 잘 전달되고 즐겨 나누게 될 것이다. 그런 행동을 빌려 조중 친선과 우의는 더욱 깊어지게 되는 셈이다.

앞에서 본 바와 같이 『영웅 나라 아이들』의 네 번째 묶음에서는 프롤레타리아 국제주의 주체의 교양에 바탕을 둔 작품을 올렸다. 그것은 다른 나라의 지원물에 대한 고마움을 담은 작품, 지원군을 위한 후방 후원 활동을 다룬 작품으로 나누어 볼 수 있었다. 흥미로운 점은 프로레타리아 국제주의 교양의 핵심 국가는 중국 인민 지원군으로 한결같다는 점이다. 그만큼 중국이 북한에 준 지원 활동의 비중과 고마움이 컸던 까닭이겠다. 그리고 구체적인 지원물품으로는 군마가 중심이었다. 이것은 실생활에서 쉽게 볼 수 있는 짐승이기도 하면서, 어린이들의 눈높이에 걸맞은 대상으로 선택된 것이라 볼 수 있다. 그리고 후방에서 할 수 있는 지원군을 위한 후원은 위문 편지와 농산물과 같은 위문품 형식으로 드러났다. 그들을 보내어 전선의 인민군과 지원군이 친선 우의를 더욱 다지게 될 것이라는 생각을 아끼지 않았다. 그러한 국제주의 주체의 교양을 위해 작품들은 이야기 형식이나 입말투, 피아 이분법적 범주화를 빌린 정당화, 그리고 최상위 꾸밈말의 쓰임으로 말미암은 왜곡과 부풀림, 낱말이나 말마디 되풀이와 같은 여러 표현 방식을 끌어 왔다. 그들을 빌려 프롤레타리아 국제주의의 친선과 우의의 정신은 어린이 독자의 마음에 더욱 완강하게 들앉게 되는 셈이다.

6. 애국주의 주체의 한계

전쟁기는 전쟁 승리와 체제 수호를 위한 권력의 최고 발양기다. 사회주의 애국주의를 향한 정치 담론으로서 문학의 위치도 최고조로 작동한다. 이 글에서 다룬 『영웅 나라 아이들』은 전쟁기 북한의 대표 동요동시 선집이다. 이 속에는 스무 시인의 작품 서른여덟 편이 실려 있다. 그들을 시집은 네 묶음으로 배열했다. 작품이 전쟁 수행 상위 주체인 북한 평양 중앙의 체제 표상으로서 애국주의를 다시 네 가지로 갈라 강제 / 규율하고 있는 모습이다. 따라서 이 글은 애국주의 주체 구성을 위해 배열한 그러한 네 묶음, 네 하위 주체의 주체화 양상과 표현 특성을 살펴보고자 하는 목표로 이루어졌다.

첫째, 수령주의 주체 구성을 꾀한 묶음이다. 사회주의 애국주의에서 가장 앞에 서는 덕목이 '위대한' 수령에 대한 충실성이다. 『영웅 나라 아이들』의 첫 묶음은 그러한 사회주의 세 수령, 곧 소련의 스딸린, 북한의 일성, 중국의 모택동을 향해 '고상한 사랑의 감정'으로 충만한 송시를 올렸다. 작품 배치로 볼 때 그들은 전쟁 수행과 지원의 핵심 수령들을 향한 충실성이야말로 전쟁 승리와 애국주의 실천의 으뜸 가치임을 읽는이에게 내면화한다. 그와 아울러 소련과는 수직적 '친선' 관계를, 중국과는 수평적 '우의' 관계를 상징하는 으뜸 표상이 바로 스딸린과 모택동임을 자연스레 깨닫도록 했다. 『영웅 나라 아이들』 첫 묶음은 사회주의 북한에서 받들 세 수령에 대한 송시를 빌려 그들에 대한 무조건적 충실성을 실천하는 수령주의 주체야말로 어린이가 갖추어야 할 으뜸 덕목임을 일깨우고자 했다.

둘째, 영웅주의 주체 구성을 꾀한 작품이다. 전쟁기 애국주의는 어떠한 곤란과 시련도 두려워하지 않고 조국에 충성하는 혁명적 영웅주의를 요구한다. 그것이야말로 전쟁 승리의 밑거름이다. 자본주의 사회의 '개인적 영웅주의'와는 달리 혁명의 이익과 군중의 이익을 위해 복무하는 이러한 영웅주의는 전쟁기에 총체적으로 발현한다. 전선에서는 그것이 전투 영웅의 영용성으로 표현된다. 『영웅 나라 아이들』의 두 번째 묶음은 죽는 날까지 조국을 위해 충성하는 일선의 영웅주의 주체의 영용성을 담은 작품을 배치했다. 공군·육군·유격대에 이르는 일반 익명의 전투병의 활약상을 담은 작품에다 전쟁 수행 중에 전투 영웅이라 칭호와 포상을 받은 기명 개인의 활약상을 기리는 두 유형의 작품이 그 안에 든다. 이들을 빌려 어린이 독자들이 영웅주의 주체로 자랄 것을 다함없이 부추긴 셈이다.

셋째, 집체주의 주체 구성을 꾀한 작품이다. 사회주의 조국에 충성을 바치는 혁명적 영웅주의는 일선에서만 발휘할 덕성이 아니다. 후방 구성원에게도 그것은 신성한 의무다. 일선의 전투 영웅과 마찬가지로 자기 희생적 노동으로써 나라를 위한 노력 영웅이 될 것을 요구한다. 그것을 뒷받침하는 정신이 집체주의다. 곧 모든 생산 노동은 국가라는 큰 집체와 전체 인민의 이익을 위해 진행한다는 믿음이다. 전쟁 승리와 후방 보위를 위해 자기 목숨까지 바치는 고귀한 품성이 그로부터 말미암는다. 『영웅 나라 아이들』의 세 번째 묶음은 전시 후방에서 그러한 집체주의 정신을 다해 아낌없는 노력 영웅이 될 것을 부추기는 작품을 올렸다. 그들은 증산 투쟁을 기리고 허물어진 집과 학교를 복구하여 전쟁 승리를 대비하며, 전쟁 승리에 대한 믿음과 적에 대한 적개심을 강화하는 속살로 채워진다.

넷째, 국제주의 주체 구성을 꾀한 묶음이다. 사회주의는 크작은 민족 통일과 계급 연대를 기본 이념으로 삼는다. 곧 프롤레타리아 국제주의 정신이 그것이다. 그에 따라 북한은 전쟁기 내내 소련을 비롯해 사회주의 여러 나라로부터 전례가 없는 '물심 양면'의 '거대한' 지지와 원조를 받았다. 『영웅 나라 아이들』의 네 번째 묶음은 그에 대한 고마움을 들내는 작품으로 이루어졌다. 그들은 지원물의 모습을 담은 작품과 지원군을 위한 어린이의 후방 후원 활동을 다룬 속살로 나뉜다. 흥미로운 사실은 지원국은 중국으로, 지원물은 중국 군마로 한결같다는 점이다. 중국과 지원군의 비중이 그만큼 컸던 까닭이다. 지원군을 위한 후원 활동은 위문 편지나 가꾼 농산물과 같은 위문품을 보내는 형식이다. 그러한 활동을 빌려 어린이가 장차 친선·우의를 다하는 국제주의 주체로 자랄 수 있기를 바랐다.

『영웅 나라 아이들』은 북한의 전쟁 승리와 후방 보위를 향한 당위적 이념, 곧 사회주의 애국주의 주체 구성을 뜻한 시집이다. 그를 위해 수령에 대한 무조건적 충실성에 찬 수령주의 주체, 전투 영웅을 본받는 영웅주의 주체, 노력 영웅으로 거듭날 집체주의 주체, 지원국에 친선·우의를 다하는 국제주의 주체라는 네 가지 하위 실천적 주체로 갈랐다. 작품들은 그러한 하위 주체에 대한 동일 담론을 되풀이하는 외곬로만 주체화할 것을 강제 / 규율하고 있다. 표현 또한 그것을 효과적으로 담아내기 위한 언어 유도 현상을 보여 준다. 내포적 우리와 '원쑤' 사이 피아 이분법적 범주화를 빌린 정당화, 최상위 상태 꾸밈말이나 부풀림, 단조로운 비유, 잦은 되풀이가 그들이다. 그들을 빌려 북한이 겪는 전쟁 현실에 대한 은폐와 왜곡이 자연스레 이루어진다. 따라서 전쟁기 북한의 어린이시는 왕성한 애국주의 주체의 발양과 실천을 위해 자기 중심적이거나 자기 억압적일 따름이다. 그 사이 중간 자리가 없는 흑백 논리, 이념적 절대화[79]만을 공유하는 모습으로 한결같다.

이 글을 빌려 전쟁기 북한 어린이시가 애국주의 정치 담론으로서 지닌바 큰 밑그림은 살펴본 셈이다. 그것이 전쟁기 어린이문학 다른 갈래와 맺고 있는 상관성을 따지는 과제가 앞으로 남는다. 전쟁기 시와 걸친 관련성 또한 마찬가지다. 게다가 그들이 전쟁기 우리 문학과는 어떤 비교·대조의 가능성을 지니고 있는 것인가. 간단치 않은 그러한 물음도 응답을 기다리는 일거리다. 어렵고 걸음이 더디더라도 1차 원전부터 하나하나 찾고 갈무리해 나갈 일이다.

79　이 글에서는 홍영택의 용어를 빌린다. 홍영택, 「자기 초월―자기 긍정과 자기 부정의 접촉점」, 『신학 사상』 168호, 한국신학연구소, 2015, 214~247쪽.

사회주의 북한과 최명익 문학의 실증

1. 최명익론의 향방

북한 문학에서 최명익은 중요하고도 무게 오롯한 작가다. 그이를 두고 남다른 관심을 기울이게 하는 요인은 무엇보다 꾸준한 성취에 있다. 최명익은 1920년대 후반 문학사회에 나섰다. 그런 다음 띄엄띄엄 작품을 내놓으며 1941년에는 대표작 가운데 하나인 「장삼이사」를 『문장』에 실었다. 형식주의, 심리주의 문학을 오갔던 최명익은 을유광복 뒤 사십 대 한창 나이로 사회주의 현실주의 문학 가운데로 몸을 던졌다. 그것도 성공적으로 이룬 바다. 1960년대 중반까지 마흔 해를 넘는 오랜 세월 한 작가가 어쩌면 극과 극 사이를 밟으면서 자기 정위의 어려움과 격랑을 겪었음 직하다. 그이와 어슷비슷한 자리에 놓일 작가로는 시 갈래에서 백석 정도가 떠오른다. 다른 점이 있다면 1950년대 후반 현지 파견 시기부터 그러한 모습이 드러나는 백석과 달리 최명익은 광복기부터 일찌감치 사회주의로 투항했다는 점일 것이다.

그런데 무엇보다 흥미로운 점은 자신의 문학을 끌어 잡고 있는 꾸준한 변모와 분화 속에서도 끝까지 형식주의자로서 정체성을 버리지 않았다는 사실이다. 화이부동 和而不同. 어려운 일일 터다. 그럼에도 최명익의 변이 과정은 어느 시대 어느 작가나 제대로 자기 정체성을 살리며 살고자 하는 이가 있다면, 깊숙이 들여다 볼 값어치가 넉넉하다. 재북 작가 가운데서도 최명익에 대한 관심이 보다 깊어져야 하는 까닭이 그로부터 말미암는다. 그리고 그 경우, 중심축은 이제까지 최명익 이해에서 버릇처럼 되풀이하고 있는바 나라잃은시대보다 오히려 을유광복 뒤 북한 사회주의 체제 아래서 이룩한 업적에 놓인다.

글쓴이에게 최명익이 더욱 문제적인 점은 다른 데 있다. 그이는 전형적이고도 대표적인 평양 지역 작가다. 평양 가까이서 태어나[1] 평양에서 배우고 몸맘이 자랐던 이가 최명익이다. 그러면서 거의 모든 문학 생애를 평양을 중심축으로 해서 이루다 갔다. 근대주의자로서 그이 발걸음은 평양 지역의 이른 근대 열풍과 변화 과정을 되비추어주는 대표 본보기라 할 만하다. 을유광복 뒤, 급변하는 북한 사회주의 '건설'과 숙정의 격랑 속에서도 이 점은 달라지지 않았다. 그런 평양 작가 최명익 둘레나 뒤로 적지 않은 시인, 작가가 따른다. 김조규·주영섭·황순원·유항림·김화견과 같은 이다. 그들 걸음걸이는 최명익과는 다르지만 평양 작가라는 비슷한 자장으로 모인다. 최명익을 따지는 일은 바야흐로 평양 지역 근대문학의 큰 줄거리를 끌어 잡는 지남반이 되는 셈이다.

그런 뜻과 나란히 남한 사회에서도 최명익 문학을 향한 관심은 꾸준했다. 적지 않은 연구물과 대중 상대 작품집 간행이 그런 사실을 확인시켜 준다. 거기다 개별 선집까지 이루어졌다.[2] 그럼에도 북한 사회주의 체제 아래서 최명익이 이룬 문학 활동에 관한 이해는 만족스럽지 않다. 광복기까지 작품에 대한 관심을 되풀이하거나, 전후기라 하더라도 장편소설 『서산대사』[1956]나 『임오년의 서울』[1963]을 중심으로 그 둘레 작품을 드물게 짚는 정도다. 역사소설가로서 최명익에만 초점이 가는 맵시다. 거기다 수필집 『글에 대한 생각』[1964] 정도가 논의를 시작했다. 재북 시기 최명익의 문학 활동을 두루 짚는 일에는 아직 못 미친다.[3] 통합적인 1차 문헌지조차 제대로 갈무리

---

1 최명익은 평양 가까운 강서군 증산에서 태어났으나 평양으로 옮겨가 거기서 자랐다. 그이 스스로 한 수필에서 "나는 평양에서 나서 60이 넘은 지금까지 평양에서 살아온다. 나는 어릴 적에도 내가 평양 사람이라는 것이 자랑스러웠던 것을 기억한다."라고 말하기도 했다. 「내 고향 평양」, 『천리마』 8월호, 군중문화출판사, 1963, 62쪽.

2 최명익, 『서산대사』, 동광출판사, 1989; 『서산대사』(상·하), 삶과함께, 1993; 『서산대사』, 한국문화사, 1999; 신형기 엮음, 『최명익 단편선 비오는 길』, 문학과지성사, 2004; 『서산대사』, 자음과모음, 2006; 이훈 엮음, 『최명익 작품집』, 지식을만드는지식, 2008; 『최명익 단편선』, 지식을만드는지식, 2013; 장수익, 『최명익』, 한길사, 2008; 진정석 엮음, 『최명익 소설 선집』, 현대문학, 2009.

3 정현숙, 「자의식과 역사적 진실의 형상화 ─ 최명익의 「기계」, 『서산대사』를 중심으로」, 『어문학보』, 강원대 국어교육과, 1996, 21~39쪽; 홍혜미, 「역사소설의 의미 규명 ─ 최명익의 『서산대사』를 중심으로」, 『인문학논총』 3집, 국립7개대학공동논문집간행위원회, 2003, 83~103쪽; 임옥규, 「최명익 역사소설과 북한의 국가건설 구상 ─ 『서산대사』, 『임오년의 서울』, 「섬월이」를 중심으로」, 『북한연구학보』 12권 제2호, 북한연구학회, 2008, 321~342쪽; 김은정, 「천리마 기수 형상론과 최명익의 「임오년의 서울」」, 『세계비교문학연구』 33집, 한국세계문학비교학회, 2010, 81~106

하지 못한 연구 환경이 그런 사정을 잘 보여 준다.

이 글에서 글쓴이는 을유광복 뒤부터 1960년대 말까지, 곧 북한 체제 아래서 이루어진 최명익의 문학 활동에 관한 1차 문헌을 실증하고자 한다. 그를 빌려 재북 시기 최명익 문학의 본 모습에 보다 가까이 다가설 수 있는 문고리를 얻을 것이다. 그 일을 위해 글은 두 매듭으로 나눈다. 첫 매듭은 작가 최명익의 문학사회 관련 기록을 될 수 있는 대로 많이 찾아내, 이제까지 알려지지 않았던 최명익의 재북 시기 활동상을 갈무리하는 자리다. 둘째 매듭은 최명익이 을유광복 뒤부터 임종시까지 발표했던 작품집과 낱글을 새로 발굴, 실증하는 곳이다. 그 결과 문헌지는 글 끝에 「재북 시기 최명익 작품 죽보기」로 갈무리한다. 아직까지 풍문에 내맡겨진 최명익 문학의 핵심 국면으로 들어서는 문이 활짝 열리기 바란다.

2. 문학사회 활동의 곡절

재북 시기 최명익의 문학사회 활동을 알려주는 기록은 적다. 오래도록 신형기와 장수익, 그리고 진정석[4]에서 머물렀다. 2004년에 비롯하여 2009년에 걸친 것이다. 그 뒤로 이들에서 나아가거나 새로 마련한 작가 해적이는 볼 수 없었다. 지금부터 열세 해 앞선 때에 벌써 최명익의 재북 시기 문학사회 활동에 관한 이해는 멈추어버린 꼴이다.

작가 해적이로 볼 때 신형기의 2004년 「작가 연보」에서 2008년 장수익의 「최명

쪽; 김해연, 「최명익 수필집 『글에 대한 생각』 연구」, 『한민족어문학』 68집, 한민족어문학회, 2014, 675~705쪽; 김효주, 「최명익의 「맥령」에 나타난 제국주의 수탈과 토지개혁」, 『우리말글』 78집, 우리말글학회, 2018, 189~212쪽; 「해방기 최명익 소설의 지속과 전환, 소통과 거리두기—「마천령」을 중심으로」, 『한국문학논총』 80집, 2018, 159~185쪽; 김효주, 「최명익 역사소설 서산대사의 인물 형상화 양상과 그 의미」, 『현대문학이론연구』 78집, 현대문학이론학회, 2019, 49~71쪽; 「최명익 『서산대사』의 『평양지』 수용과 평양 공간의 재구성」, 『우리말글』 84집, 우리말글학회, 2020, 353~377쪽; 배개화, 「해방 후 8년간 최명익과 그의 문학, 1945.8~1953—중간파적 경향과 애국주의 선전을 중심으로」, 『상허학보』 64집, 상허학회, 2022, 307~339쪽.

4 「작품 목록」, 신형기 엮음, 앞의 책, 350~352쪽; 장수익, 「작품 목록」, 앞의 책, 179~181쪽; 「작품 연보」, 진정석 엮음, 앞의 책, 471~472쪽.

익 연보」로 올라서면서 달라지거나 기워진 자리는 세 곳에 그친다. 1946년 11월, 최명익이 평남 강서군 인민위원으로 뽑혔고, 12월에는 이른바 건국사상총동원운동의 하나로 함경도 성진군으로 파견되어 농촌 생활을 겪었으며, 그를 바탕으로 「마천령」을 써서 1947년에 내놓았다는 사실이 처음이다. 1946년 활동에서 빠진 것은 어린이 잡지 『어린 동무』에 기사를 썼다는 기록이다. 두 번째, 1947년에 들어 기록이 기워진 부분은 『응향』 사건 조사위원으로 파견되어 활동하는 한쪽으로 최명익이 곤경에 처했다는 사실을 알린 자리다. 장편 「기계」를 연재하기 시작했으나 2회 원고가 분실 또는 훼절되고 거센 비판에 부딪치면서 그쳤다는 사실을 적었다. 그리고 그 뒤 강서군에서 한동안 지낸 사실을 더했다. 신형기에서 장수익으로 나아가면서 달라진 사항은 없다. 그러다 세 번째, 1960년대 말에서 1970년대 초의 동향과 죽음에 관한 일로 더한 곳이 보인다. "문단에서 쫓겨나 산골의 농장원으로 있다가 자살했다는 설이 있음"[5]이라 적은 것이다.

2009년 진정석에서는 달라진 점은 많지 않다. 장수익의 것을 거의 고스란히 따랐다. 달라진 기술은 세 곳에서 보인다. 장수익이 1947년 「기계」를 내놓고 "2호 원고가 분실 또는 훼절되고, 거센 비판에 부딪치면서 중단"[6] 되었고, 그 뒤 강서군에 머물렀다고 쓴 자리를 진정석에서는 「기계」를 연재하기 시작했으나 2회 만에 그쳤다고 짧게 줄였다. 또한 전쟁기 세 해 동향을 뭉뚱그려 밝혔던 장수익과 달리 진정석에서는 해별로 나누었다. 1951년 「기관사」, 「조국의 목소리」 발표 활동 자리까지 더했다. 그럼에도 "종전 무렵부터 최명익에 대한 비판이 더욱 심해지면서 작품 활동을 거의 하지 않게"[7] 되었다는 사실 기술은 달라지지 않았다. 그리고 문학사회 복귀를 두고서, 장수익에서는 1956년 『서산대사』를 발표하고 그 작품은 북한 문예를 대표하는 한 본보기로 평가받았다고 써서 복귀를 암시적으로 일깨웠다. 그에 견주어 진정석에서는 아예 1956년 항목에서 『서산대사』로 "창작 일선에 복귀"했다고 썼다. 1953년 전

---

5   장수익, 앞의 책, 177쪽.

6   장수익, 앞의 책, 177쪽.

7   진정석, 앞의 책, 469쪽

쟁기 문학사회 일선에서 물러났다 1956년에 돌아온 것으로 적시한 것이다. 장수익에서 진정석으로 나아가면서 최명익의 행적이 보다 꼼꼼하게 다루어진 셈이다.

2009년 정진석의 해적이 뒤로 오래도록 최명익의 문학사회 활동에 관한 새 정보는 더하지 않았다. 그러다 2022년 배개화의 「해방 후 8년간 최명익과 그의 문학, 1945.8~1953 — 중간파적 경향과 애국주의 선전을 중심으로」에서부터 사정이 달라졌다. 이 글은 북한 체제 아래서도 광복기와 전쟁기에 이르는 최명익의 문학 활동과 삶을 처음으로 따졌다. 최명익은 을유광복 뒤 특정 이념을 좇지 않은 '중간파'를 내세우며 '평양예술문화협회'를 만들었지만, "토지개혁을 지지하고 북한에 인민민주주의 국가가 수립되는 것에 협조"하였다. 또한 "일성을 새 국가의 지도자로 인정"하고 "북한 문학의 노선을 따랐다." 그러나 경인년전쟁 기간 최명익은 "박헌영 계열 문학자들과 협력하면서 박헌영의 노선을 따르다 경고를 받았다." 그럼에도 제거되지 않은 것은 광복기 일찍부터 일성을 지지했을 뿐 아니라 나라잃은시대부터 평양을 텃밭으로 삼아 활동한 작가로서 "북한 문학의 평양 중심주의의 선구자"였던 까닭이라 보았다.[8] 비록 전쟁기에서 머물렀지만, 배개화에 이르러 재북 시기 최명익의 문학 활동과 노선에 관한 깊이 있는 이해를 갖게 된 셈이다. 게다가 앞섰던 신형기·장수익·진정석이 다루지 못했던 새 작품까지 더했다.

따라서 현재까지 알려진 최명익의 재북 시기 문학 활동을 두고서 몇 가지 점에서 논의가 더 깊어져야 할 자리가 보인다. 첫째, 광복기 최명익이 『어린 동무』에 글을 실었다는 신형기의 기록과 관련해 그 둘레 환경 확인이 필요하다. 이 일은 최명익의 재북 시기, 어린이문학과 연관 고리가 일찌감치 만들어진 것을 일러 준다. 이 글 뒤쪽 작품 활동에서 새롭게 발굴해 알려질 자리 가운데 하나가 최명익의 어린이청소년문학 창작이다. 그런 활동의 뿌리를 광복기로 끌어내릴 수 있게 되는 셈이다.

둘째, 최명익이 북한 문학사회에서 비판을 받거나 격하 대상이 되어 문학사회에서 물러났다 다시 복귀해 나가는 과정에 대한 더 꼼꼼한 연대기적 사실 확인이 이루

8 　배개화, 앞의 글, 337쪽.

어져야 한다. 보다 적확한 최명익의 해적이와 그에 따른 문학 동향 파악을 위해 필수적인 일이다. 현재 기술된 해적이에 따르면 최명익을 향한 북한 문학사회의 비판이나 격하의 움직임은 1947년 『기계』 발표 뒤와 전쟁기 무렵, 그리고 1960년대 후반의 세 시기로 나타난다. 이러한 변이에 얽힌 속살이 속속들이 밝혀져야 한다. 이는 재북 시기 최명익 문학의 특성이나 뜻을 파악하는 데 빠트릴 수 없을 일이다.

셋째, 최명익의 죽음과 관련한 보다 꼼꼼한 앞뒤 사정이다. 지역으로 밀려가 있다 자살했으리라는 진정석의 기술을 두고 더 확실한 실증적 이해를 쌓을 일이다. 그런 변고가 아니더라도 최명익이 작품 활동이 멈추는 1967년 어름은 북한 문학사회에 문화변혁과 같은 격동이 불어 닥쳤던 시기다. 게다가 이미 원로로 대접을 받고 있었던 최명익의 나이 또한 예순 중반일 무렵이다. 조선작가동맹 현역 작가에서 몸을 빼야 할 시기거나 재배치가 자연스러운 나이였다.

이제 이런 문제점을 새겨 두고, 글쓴이가 새로 갈무리할 수 있었던 재북 시기 최명익의 문학 활동 관련 기술을 시간 순서에 따라 짚고자 한다.

1) 광복기의 격랑

광복기 최명익의 움직임을 살필 수 있는 새 기록이 하나 보인다. 1948년 『투사신문』 12월 31일자다. '승리의 한 해'라는, 기대에 차 맞이할 새해 1949년을 두고 북한 사회주의 초기의 활기찬 모습을 담아내고자 한 기사가 여럿 실린 자리였다. 그 가운데 「작가 현지 파견」이라는 이름 아래 농민소설집 발간을 위해 북조선문학동맹 작가들이 12월 29일에 여러 시골로 떠난 사실을 밝혔다. 그이들은 1주일 파견 기간 동안 "산 재료를 수집하여 농민들에게 좋은 이야기책을 집필"할 것이라 썼다. 그를 위해 안함광과 윤세중은 황해도 봉산군, 한설야와 한병각은 함남도 함주군, 리춘진은 함남도 북청군, 리찬과 천청송은 강원도 원산시로 떠났다. 그리고 리태준은 평북도 영변군으로 갔고, 최명익은 유항림과 함께 평남도 안주군로 떠났다.[9]

---

9 「작가 현지 파견」, 『투사신문』, 투사신문사, 1948.12.31.

이 기사로 말미암아 최명익이 평남 안주로 농민소설을 쓰기 위해 떠났다는 사실을 알 수 있다. 그리고 이어 1949년도 4월 20일 소설 「공둥풀」을 『농민소설집』 제1권에 실었다. 북조선농민동맹중앙위원회 군중문화부에서 20,000부를 내놓은 161쪽 짜리 소설집이다. 그 안에는 리태준의 「호랑이 할머니」, 윤세중의 「어머니」, 이춘진의 「자랑」이 「공둥풀」과 함께 자리했다. 표지그림은 북한 미술동맹 위원장을 오래 맡았던 정관철이 그렸다. 『투사신문』의 기사는 소설 「공둥풀」이 지닌, 안주 지역 농민소설로서 됨됨이와 함께 현지 파견의 성과물이라는 창작 동기까지 밝혀주고 있는 셈이다.[10]

그런데 이 『농민소설집』 제1권에는 흥미로운 기록이 하나 더한다. 곧 작품 앞에 실은 작가 '략력'이다. 그것을 죄 옮기면 아래와 같다.

1902년 7월 14일 평양에서 출생. 평양고보에서 학업을 닦든 중, 1919년 3·1운동이 이러나자 곧 이에 참가하여 동교 4학년에서 출교. 그 후 일본 동경에 류학을 갔으나 가정 사정으로 귀국하여 초자공장을 경영하는 한편 창작 생활을 하다. 해방 후는 교육국의 의속으로 인민 국어독본 편찬사업에 종사하였으며 1948년 2월 8일 북조선인민위원회 표창장을 받음. 현재는 창작 생활에 전력중. 현 문예총 중앙위원.

작품으로는 해방 전 것으로 창작집 『장삼이사』가 있고, 해방 후에는 창작집 『맥령』을 비롯하여 「남향집」, 「제1호」, 「공둥풀」 등의 작품이 있다.

—「최명익 선생 략력」[11]

---

10 북조선농민동맹 중앙위원회 군중문화부에서는 이 '농민소설집'의 제3권으로, 『땅의 주인들』(상·하)을 1949년 12월 15일에 냈다. 상권에는 황건·천세봉·윤시철이 작품을 실었다. 12월 25일에 나온 하권에는 천세봉과 윤시철의 작품을 실었다. 1949년 한 해 동안 네 권의 '농민소설집'이 나온 셈이다. 처음에는 이름을 『농민소설집』 제1권으로 냈으나, 제3권에서는 『땅의 주인들』이라 이름을 붙이고 상, 하 두 권 아래 이들이 '농민소설집'의 제3권임을 밝혔다. 현재로서는 제2권이 어떤 이름으로, 어떤 모습으로 나온 것인지 확인할 수 없다. 다만 『투사신문』 기사에 따라 12월 29일에 떠났다고 적힌 사람 가운데서 제1권과 제3권에서 작품을 볼 수 없는 안함광·한설야·리찬·천청송·유항림의 작품이 실렸을 가능성이 높다.

11 『농민소설집』(제1권), 북조선농민동맹 중앙위원회, 군중문화부, 1949, 161쪽.

이 기록에서는 눈길이 가는 자리가 네 곳 보인다. 하나는 알려진 것과 다른 정보고, 다른 셋은 새로 더하는 정보다. 먼저 알려진 것과 다른 정보는 최명익이 태어난 날짜다. 이제까지 거의 모든 자료에서 최명익이 난날은 7월 15일로 알려진다. 그런데 이 기록에는 하루 차이가 보인다. 최명익이 생전에 냈던, 중요 작품집에 실은 약력 가운데 밝힌 기록이다. 이 기록이 옳을 개연성을 무시할 수 없다.

새로 더하는 정보 가운데 하나는 평양고보를 다니다 출교 당한 학년이다. 기미만세의거에 나섰다가 출교당한 사실은 알려진 일이다. 그러나 구체적인 학년은 짚지 못한 상태였다. 이 기록으로 4학년 출교를 확정할 수 있게 되었다. 새로 더하는 다른 한 가지는 문예총 중앙위원 자격과 관련한 일이다. 1946년 북조선문학동맹이 출범한 뒤 최명익은 소설분과 전문위원을 맡았다. 13명의 분과위원 가운데서 그이는 위원장 리태준에다 리기영, 한설야를 이어 4번째로 이름을 올렸다.[12] 그런데 그 자격이 1948년에도 거듭하고 있음을 '략력'은 일깨워 준다. 겉으로는 소설사회에서 위상 변화가 없었다는 뜻이다. 마지막은 "해방 후는 교육국의 의속으로 인민 국어독본 편찬 사업에 종사하였으며 1948년 2월 8일 북조선인민위원회 표창장을" 받았다는 사실이다. 크지 않은 정보처럼 보이지만 최명익이 광복기에 교육국 안에서 국어독본 편찬사업에서 일했다는 기록이 일깨워 주는 바는 가볍지 않다. 광복기 평양에서 최명익 문학이 나아갈 길 가운데 하나가 어린이청소년 쪽으로 이미 열려 있었음을 알려 주는 한 징표인 까닭이다. 이 사실은 신형기에서 1946년 어린이잡지『어린 동무』에 최명익이 글을 올렸다고 적었던 정보와 한가지로 얽혀든다.

1949년에 '평양 작가'로서 최명익은 한 차례『로동신문』지상에 이름을 올렸다. 여자 시인 김춘희 기자가 쓴 기명 기사「평양 작가들 창작 과업을 분공」[13] 안이었다. 1949년의 '조쏘친선과 쏘베트 문화 순간' 행사 기간을 맞아 북조선문학동맹에서는

---

12   소설위원으로 이름을 올린 사람은 열셋이다. 리태준·리기영·한설야·최명익·김사량·리동규·
      현준경·리북명·최인준·석인해·유항림·한봉식·김화청.「북조선문학동맹 전문분과 위원 명
      단」,『조선문학』제2집, 1947, 속표지.
13   『로동신문』, 로동신문사, 1949.9.4.

9월 2일 작가회의를 모았다. 그리고 그 모임에는 "평양 지구의 저명한 작가 시인 평론가 60여 명이 참석"하였다. 한설야가 첫머리 보고를 맡고, 낱낱 맹원들은 자기 분야에서 '조쏘친선'을 속살로 한 "높은 작품들을 창작할 것을 호소"하였다. 이어 토론이 이어졌다. 거기에 신고송·리태준·박세영·리춘진·최명익·윤두헌을 비롯한 많은 문인들이 함께했다고 김춘희는 썼다. 이 기사로 말미암아 두 가지가 확인된다. 하나는 1949년 현재 최명익의 평양 정주 사실이다. 그리고 그 무렵 평양 지역 작가 가운데서 '저명한 작가' 축에 든다는 평판이 다른 하나다.

1949년 9월의 『순간통신』에서도 최명익 관련 기명 기사가 보인다. 최명익이 '8·15 4주년 기념 전국문학예술축전'에 작품을 내놓은 것이다. 「8·15 4주년 기념 전국문학예술축전은 찬란한 문학예술의 창조적 성과를 시위」가 그것이다. 북한의 "작가 시인들은 해방 후 조국이 걸어온 눈부신 발전과정에서 부단히 자기들 앞에 산생되는 창조적 원천과 조건들을 옳게 포착하고 그 위에 자기의 현실인식의 넓이와 심도를 더하기 위하여 인민 대중의 생활 속에 들어가 창조사업의 력량적 향상을 위하여 꾸준히 노력"했다고 전제했다. 그런 다음 그 결과가 광복 4주년 기념 문학예술축전에서 "여실히 표현"되었다고 썼다. 그리고 참가 작품의 본보기 가운데 하나로 최명익의 「제1호」를 들었다. 작자는 "이 작품을 쓰기 위하여 오래동안 공장 지구를 답습"[14]했다고 적었다. 구체적인 곳을 밝히지 않았지만 최명익의 현지 파견 사실을 한차례 더 확인할 수 있다. 그리고 이때 내놓은 「제1호」는 광복 4주년 기념 문학예술축전의 소설 부문에서 성과작으로 꼽혔음을 알 수 있다. 소설에서는 한설야의 「남해」, 리태준의 「호랑이 할머니」, 이춘진의 「안나」, 이종민의 「령」과 함께 최명익의 「제1호」가 본보기였다.[15] 1949년 해끝까지 최명익의 신분이나 명성에 이상 기류가 없었음을 알 수 있다.

---

14 그에 따라 8월 16일 현재 600여 편에 이르는 "우수한 작품"이 나왔다. 소설이 50편 남짓, 시가 241편, 희곡 47편, 시나리오가 2편, 아동문학 221편, 평론 13편이 투고되었다. 김인환, 「8·15 4주년 기념 전국문학예술축전은 찬란한 문학예술의 창조적 성과를 시위」, 『순간통신』 구월 상순호(통권 32호), 순간통신사, 1949, 11~12쪽.

15 김재호, 「인민 교육문화 부분의 제반 성과는 실로 거대하다」(사회문화), 『순간통신』 12월 하순호(43호), 순간통신사, 1949, 16쪽.

2) 전쟁기 단층

전쟁기 최명익의 문학사회 활동을 찾기는 쉽지 않다. 널리 알려진 사실이지만, 1951년 3월 20일 조선문학예술총동맹이 만들어졌을 때, 최명익은 조선문학동맹 소설분과 위원장으로 이름을 올렸다.[16] 그런 상태에서 흥미로운 기사가 잇는다. 1952년 8월호『문학예술』에 실린「소설 합평회-최명익 작『기관사』외 수편에 대하여」[17]다.「시인 작곡가 회의-6월 27일 회의」,「미술전람회 합평회-'조국해방전쟁 미술전람회'에 대하여」와 함께 실린 글이다. 이 합평회는 1952년 6월 30일 조선문학동맹회관에서 이루어졌다. "최근 단행본 출판을 본『기관사』외 수편에 대한 합평회"라고 써서 작품집『기관사』[1952.5]가 나온 뒤 소설사회의 관심이 쏠렸던 결과로 빚어진 행사였음을 알 수 있다.

기사는 먼저 "「기관사」는 1951년 5월 본지에 게재"하였고,「운전수 길보의 전투」는『로동신문』에 실렸음을 밝힌 뒤, "과작인 이 작가의 쾌작들이니만큼 합평회의 성과도 적지 않았다"고 적었다. 앞머리부터 최명익의 창작 활동을 두고 내놓고 '과작'이라 짚고, 그런 가운데서 '쾌작들'이라 썼다. 모처럼 나온 최명익의 소설과 소설집에 대한 소설사회 귀눈이 모였음을 먼저 밝힌 셈이다. 참석자로 이름을 올린 사람은 최명익을 비롯해 리태준·황건·김영석·천청송·강형구·엄흥섭·현덕·김만선·유항림·홍종린·박찬모·리원우다. 전쟁기 평양 정주를 확인할 수 있는 이름이다. 이들 "외 제 동무"라 적어 더 많은 작가들이 합평회에 자리를 함께했음을 알 수 있다.

합평회 첫머리 보고는 강형구가 맡았다. 그이는 먼저「기관사」의 "립체적인 우수한 묘사"를 칭찬했다. "다양하고 풍부한 내용을 담은 박력 있는 작품"으로 "사회주의적 레알리즘의 길에 접근하고 있다." 그럼에도 주인공 현준의 과거 회상 장면이 지닌 소극성에는 비판적이었다.「운전수 길보의 전투」에서는 작가에게 함부로 작중 인물을 죽이지 말았으면 좋았으리라고 짚었다. "소박하고, 유모러스러하고, 흥미 있는 주인공 길보를 죽이지 않고라도 넉넉히 살릴 수" 있었을 터라 아쉬워한 것이다.

---

16 「조선문학예술총동맹 및 각 동맹 중앙위원」,『문학예술』제4권 1호, 문예총출판사, 1951, 35쪽.
17 『문학예술』8월호, 문예총출판사, 1952, 60~63쪽.

　황건 또는 「기관사」가 "전쟁 이후 이 작가의 획기적인 작품"이라는 사실을 먼저 인정한다. "면밀하고 충분한 묘사에 의하여 눈앞에 광경들이 떠오르는 우점"이 있다고 높이 평가했다. 그럼에도 읽고 난 뒤 가슴을 치는 감동이 없다. 곧 "작품 세계와 작가의 분리"가 된 듯한 데 따른 불만이다.

　김영석은 더 비판적이었다. 「맥령」이나 「공둥풀」에서는 "레알리즘의 수법의 발전"을 보았으나, 「기관사」에서는 그것을 보지 못했다. 재미는 있으나, 읽는이에게 감명을 주지 않는다. "그림을 보는 것 같은 작가의 문장"은 "산 현실 움직이는 현실을 그리는 데는 부적당"하다고 혹평을 이었다. 거기다 「소년 권동수」도 "재미있고 독자에게 어느 정도 감명을" 주는 짜인 작품이지만, "진실을 그리는 데는 부족하다"고 보았다.

　현덕은 다소 유보적인 평가를 내렸다. 최명익의 장점은 가장 힘들고 멀고 어려운 데서 취재를 하는 것이며, 그것을 "형상화하는 데 력점을 둔다." 작가의 작품이 "차다 랭랭하다"는 "문제의 해결책은 좀 더 시험적인 창작 태도를 버리고 큰 서사시적 경지로 돌진"하면 나오리라 보고 그 길을 요구했다. 그런데 「조국의 목소리」는 수준이 떨어지는 작품이라 짚었다.

　그리하여 토론자들이 두루 일치하는 의견은 크게 네 가지였다. 첫째, 당적 인물로서 당적 행동을 볼 수 있도록 해야 한다. 둘째, 최명익의 작품이 '랭랭한' 것은 노동자를 노동자로 그리지 못한 데 있다. 주인공 길보나 현준이도 노동자라기보다 인텔리 느낌이 난다. 그것도 지성적인 '랭철한' 근성이 나타난다. 이것은 작가에게 그러한 근성이 있는 까닭이다. 셋째, 작가의 작품에는 갈등이 약하다. 넷째, 묘사의 편파성이다. 중요한 것이나 그렇지 않은 것이나 다 같이 묘사적인데 치우친다. 그러므로 생동할 수 있는 장면을 늘어뜨려서 갈등을 약하게 만든다. 아울러 감정 세계의 비약도 없다. 너무 '론리적으로만' 등장인물을 몰고 나가는 탓에 감동을 못 준다고 보았다.

　최명익은 마무리에서 이들의 합평에 고마움을 드러내고, 모든 의견을 받아들인다고 인사를 했다. 그리고 마지막으로 리태준이 마무리를 지었다. 최명익은 현재 고민하고 있는 작가다. 이 작가의 특징은 '랭정하다'는 데 있다. 주인공의 성격 묘사 부족은 고쳐야 한다. 그렇지만 작가에게 장, 단편을 넘어서는 과도한 요구를 너무 하는 것은 조심해야 한다. 그리고 「기관사」는 묘사가 치밀하기 때문에 노력한 점은 인정해야 하나 감동이 약하다. 작가는 현실에서 관조하는 태도에서 떠나 더 나아가야 한다. 그리고 「운전수 길보의 전투」는 작가의 재능으로 보아 짧은 콩소설로 마무리했어야 할 작품을 80, 90매로 늘인 것이라 보았다. 리태준은 최명익에게 작가가 머리까지 차가워져서는 안 된다는 점을 끄트머리에 더했다.

「소설 합평회─최명익 작 『기관사』 외 수편에 대하여」는 최명익의 작품을 대상으로 삼은 소설가동맹 합평회다. 개인 작품집을 두고 이러한 행사를, 그것도 전시에 마련하는 일은 최명익의 작품집 『기관사』가 지니는, 그 무렵 관심과 뜻이 무거웠음을 잘 말해 준다. 참석자들 생각이 나뉘기는 했지만, 큰 틀에서는 마침내 사회주의 현실주의 문학 작품으로서 『기관사』의 작품이 어느 정도 수준에 올랐느냐는 큰 물음에 대한 낱낱의 문제 진단과 평가라 할 수 있다. 그런 점에서 참석자들이 일장일단의 의견 방식을 따르고 있고, 자기 문학 행정에 비추어 발언 높낮이나 문제 진단 방식이 다르다는 점을 받아들일 필요가 있다. 그럼에도 최명익으로서 아픈 지적은 묘사적 우수성에도 그것이 한결같이 지니고 있는 '랭랭한' 인텔리적인 거리감이었을 것이다. "작가와 작품의 분리"라는 황건의 말이 그와 맞물린다. 그것은 마침내 북한 사회주의 현실에 온몸을 적시지 못하고 있는 계급적 반동성으로 이어질 수 있는 열점인 까닭이다.

전쟁기 「소설 합평회─최명익 작 『기관사』 외 수편에 대하여」는 이제까지 풍문으로만 알려져 온, 북한 초기 최명익 문학을 향한 북한 사회주의 문학사회 안쪽 시각과 그 줄기를 엿볼 수 있는 중요 기록이라 할 수 있다. 그를 향한 상찬의 잣대도, 그를 향한 비난의 속살도 묘사와 작가의 냉정한 시점이라는 형식주의 울타리 안에서 이루어지고 있다. 전쟁기 앞과 뒤로 이어지는 최명익 문학을 향한 기대와 거리감, 충족과 의구심의 맥락을 좇아갈 터무니로서 모자람 없는 기사인 셈이다.

3) 전후기의 열성

전후기 최명익의 문학사회 활동에 관한 기록은 띄엄띄엄 그치지 않는다. 그럼에도 전쟁기 특별한 대접을 받으며 지면에 얼굴을 내밀었던 무거운 모습과 같지는 않다. 『문학신문』과 같은 문학 전문 신문 매체가 없었던 1954년과 1956년까지 사정을 생각하면 이해가 닿는 현상이다. 그러다 1957년 『문학신문』 한 귀퉁이에서 최명익에 관한 글이 떠오른다. 사리원교원대학 '력사학과' 학생이 쓴 「최명익 수필 「나의 념원」을 읽고」[18]가 그것이다. 「나의 념원」은 '남반부의 어느 작가가 읽었으면 해서 이 글을 쓴다'라는 부제를 붙여 『조선문학』에 실었던 작품이다. 최명익은 서울에 여적지 자기 '누이님'과 조카가 살고 있다고 썼다. 그들을 떠올리면서 남한의 "량심적인 작가들"은 이른바 "리승만 도당의 탄압이 심한" 가운데서도 "조국의 평화적 통일"을 향한 '목소리'를 성실하게 내 줄 것을 외쳤다. 그 뜻을 함께하는 작가들이 "남반부 문단의 주류가 되기를"[19] 바라는 뜻을 담은 긴 수필이다. 「나의 념원」을 읽은 대학생의, 고향 그리움과 북한 교육의 우수성 그리고 자신의 성실한 학습 활동을 담아 낸 독후문이 「최명익 수필 「나의 념원」을 읽고」다. 예사 읽는이에게도 최명익의 글은 깊은 인상을 주었겠지만 대학생인 자신에게는 더 특별한 감동을 준다고 썼다.

그에 이어 최명익의 문학사회 동향은 1959년도 6월 『문학신문』 「창작 소식」 자리에서 보인다. 멀리 보천보에서 열린 '시인의 밤'에 량강도로 '현지 파견'을 나가 있었던 백석이 11명의 시인과 문학써클원 2명의 맨 마지막 무대에 나와 시 「절을 드리옵니다」와 「승리의 길」을 읊었던 때다. 같은 지면에 '현지 파견' 생활을 하고 있었던 "현지 작가 천세봉·최명익·윤세중"의 소식을 채웠다. 셋 가운데서 최명익을 두고 역사물로 엮은 단편집 『신라 무사의 이야기』를 "출판에 회부하였으며, 요사이에는 중소상공업자들의 사회주의적 개조 과정을 주제로 하는 장편 소설을 구상하고 있다"고 썼다.[20] 뒤의 낱책 실증에서 알릴 터이지만, 어린이청소년물 '단편집' 『신라 무사의 이야기』가 최명익의 '현지 파견' 성과로 내놓은 것이라는 사실을 알 수 있다.

---

18 「최명익 수필 「나의 념원」을 읽고」('독자의 편지에서'), 『문학신문』, 문학신문사, 1957.4.18.

19 「나의 념원」은 1957년 『조선문학』 2월호에 실렸던 수필이다. 이 글은 수필집에도 실었는데, 글 끝에 '1956'이라 적었다. 발표한 해를 적지 않고 쓴 해를 잣대로 삼았는지 모를 일이다. 최명익, 『글에 대한 생각』, 조선문학총동맹출판사, 1964, 62~71쪽.

20 「창작 소식」, 『문학신문』, 문학신문사, 1959.6.11.

전후 1950년대 최명익의 문학사회 활동 기록은 잦지 않았다. 그 점은 1960년대로 올라서면서도 비슷하다. 몇 군데 기록 가운데서 먼저 눈에 뜨이는 때는 1960년 12월이다. 「천리마 기수들과 함께」[21]라는 기사가 그것이다. "모두 다 약진하는 천리마적 현실 속으로!"라는 표어를 내 건 기획 안에 최명익도 얼굴을 내밀었다. '천리마의 기상 나래치는 현실을 찾아 작가, 작곡가들'이 현지로 떠났다는 소식을 알려 주는 자리다. '평양 작가' 리상현·리근영·류종대·한설야·박영근·리원우·김영석·김조규·홍종린·최창섭·박팔양·최명익·정서촌 들과 음악가 리면상·리건우·김옥성이 대동강 하구에 있는 '청산리'로 갔다는 소식이 그것이다. 청산리는 이른바 일성의 '청산리 방법'의 효시가 된 곳이다. 이 기사로 1960년 현재 최명익이 '현지 파견'에서 돌아와 평양에서 살고 있음을 확인할 수 있다.

이어 최명익 기사는 해를 건너 뛰어 1962년에 세 차례 보인다. 먼저 눈에 띄는 것은 『문학신문』 '본사 기자' 기명으로 올린 '작가 방문기' 「창작 생활을 개진하면서부터─작가 최명익을 찾아서」다. 현장 노동자들의 열정과 열의를 본받아 자신도 늘 새롭게 "붉은 마음"을 다잡곤 한다는 속살이다. 그런데 그 속에는 흥미로운 기록이 덧붙었다.

그러니까 아침 아홉 시부터 저녁 여섯 시까지를 창작 근무 시간으로 아예 시간표를 짰습니다.

창작을 혁명적으로 진행하자면 거기에 따르는 혁명적 생활 기풍과 계획이 필요하니까요……. 학습은 아침 집필 전에 신문을 읽으며 밤에 두 시간씩 정치 학습과 미학 학습을 규칙적으로 하고 있습니다. ─ (줄임) ─ 이렇게 되면서부터 많은 것이 해결되어 가고 있지요. 우선 창작을 량적으로 보장하게 되였으며 추고에 많은 시간을 들이여 작품의 질을 높이게 됩니다. 또 공부도 매일 착실하게 하구 있지요.

현실 전투에 있어서도 전에는 생각나면 어데고 구경 가듯 찾아 가던 것을 지금은 매

21　「천리마 기수들과 함께」, 『문학신문』, 문학신문사, 1960.12.6.

월 두 차례씩 계획적으로 공장과 농장으로 갈라서 나갑니다. 나가서 로동자들과 협동조합 농민들 속에서 며칠씩 푹 생활하다 돌아옵니다.

현지에서 돌아오면 가슴이 후련해지고 창작 생활에서 향기가 풍기는 것을 느끼군 합니다.

이렇게 말하는 소설가 최명익은 정말 가슴 속에 붉은 랑만이 가득 찬듯 그 주름 잡힌 얼굴에 생기가 도는 것이였다.[22]

드물게 보이는 조선작가동맹 정식 맹원의 집필 환경에 관한 진술이다. 낮 시간과 밤 시간 규칙적인 창작과 학습 과정뿐 아니라, 작가 단기 현지 파견의 한 꼴까지 일깨워 준다. 짧으면 몇 달, 길면 몇 해에 걸친 '파견'보다 더 짧은 현지 경험도 작가사회에 있었다는 사실을 알 수 있다. 최명익은 "집필 시간을 정해 놓고 긴장해서" 글을 쓰면서 창작 계획을 보다 효율적으로 누릴 수 있었다고 말한다. 그 무렵 자신의 집필 환경이 매우 만족스러웠던 셈이다.

다음에 보이는 기록은 유항림이 쓴 최명익 소개 글이다. 「노력하는 작가 최명익」[23] 이 그것이다. 유항림은 최명익과 같은 『단층』 동인이었다. 그런 최명익을 두고 '선생'이라 일컬어 예의를 갖추었다. 글로 볼 때 최명익이 『서산대사』를 쓸 무렵 유항림은 가까이에서 그 일을 지켜 볼 수 있었다. 그리하여 "력사소설을 쓸 때 제일 두려운 것은 어딘가에 자기가 읽지 못한 사료가 있지나 않을가 하는 생각이라고" 한두 번 들은 게 아니라 적었다. 게다가 그러한 사료에 관한 꼼꼼하고도 충실한 섭렵을 향한 최명익의 태도는 이어진 중편 『임오년의 서울』에서도 그대로 드러난다고 썼다. 이 글은 『조선문학』 5월호부터 8월호까지 「임오년의 서울」을 올리고 있을 때 나왔다. 「임오년의 서울」의 발표와 함께 북한 문학사회에서 적지 않은 관심과 좋은 평가를 받았음을 짐작할 수 있는 자리다. 유항림의 글 바로 아래 최명익의 「창작에 대한 단상」이 함께 실린 일도 그와 무관하지 않은 맞장구라 할 수 있다.

---

22 『문학신문』, 문학신문사, 1962. 2. 27.
23 『문학신문』, 문학신문사, 1962. 7. 13.

1962년 9월에는 다시 한 번 최명익이 설핏 보인다. 천리마 사업의 여섯 목표 가운데 하나인 직물 생산을 다그치는 속살로 작가들이 "청진화학섬유공장 스프 직장 전체 로동자"에게 편지를 보냈다. 그 속에서 사진과 함께 편지를 올린 이는 리근영·리정숙·최명익·윤세중·백철수·황건이었다. 이른바 천리마 채찍질이 한창이던 무렵, 최명익도 그에 힘껏 발걸음 맞춘 맵시다. 이어 다음 달 10월 19일에도 최명익이 얼굴을 선뵌다. 다시 한 번 '직물 고지'의 성공을 비는 글 속이었다.[24] 「직물 고지는 기어코 점령될 것이다」는 격려의 말 속에 리근영·리정숙·백철수·윤세중·최명익·황건에 류종대가 "무거운 책임감을 느끼며" 이름을 올렸다. 한 달 앞서 청진화학섬유공장 노동자들에게 편지로 부추겼던 작가 가운데서 『문학신문』 기자로 일하고 있었던 시인 류종대가 더한 모습이다.

이어서 1963년에는 한 곳에서 최명익 관련 기록을 얻을 수 있다. 「고심, 탐구, 정열─소설가 최명익과 『서산대사』」[25]가 그것이다. 이미 1956년 『서산대사』로 명성을 얻은 최명익의 그림자가 거듭 무거워지고 있음을 암시받을 수 있다. 기사 제목에서 드러나는바 최명익을 향한 "고심, 탐구, 정열"이라는 평가는 거의 으뜸 수준의 일컬음인 까닭이다. 1962년에 보이는 작가 방문기 「창작 생활을 개진하면서부터─작가 최명익을 찾아서」와 유항림의 작가 소개글 「노력하는 작가 최명익」에 이어진 북한 문학사회 중앙의, 최명익에 관한 높은 관심을 일깨워 주는 글이다.

1964년에는 최명익의 활동상을 볼 수 있는 기사가 네 차례나 보여 1963년과 달리 늘었다. 먼저 문예총출판사에서 인쇄에 들어선 책을 알리는 「문예일지」 자리다. 거기에 리기영의 『두만강』 4부와 최명익의 『글에 대한 생각』, 안룡만 시집 『압록강 기슭에서』[26]가 함께 올랐다. 북한 사회주의 현실주의 문학에서는 각별하게 '글'이라는 이름을 내세운 수필집 출판을 보고하고 있다. 7월 14일 『문학신문』에는 「전진하는 소설문학─1964년 상반년도 소설문학분과 총회회의 진행」이라는 기사가 실렸

24　「직물 고지는 기어코 점령될 것이다」, 『문학신문』, 문학신문사, 1962.10.19.

25　『문학신문』, 문학신문사, 1963.2.22.

26　「문예일지」, 『문학신문』, 문학신문사, 1964.5.22.

다. 회의는 황건의 보고에 이어 최명익·윤세중·리갑기·윤시철·박효준·김병훈과 같은 작가가 토론을 벌였다. 토론자 맨 앞자리에 최명익을 둔 배치 순서가 그 무렵 최명익의 문학 위상을 가늠하게 한다. 이어서 한 주 뒤 7월 17일 「문예일지」에서는 평양 작가들이 '언어연구회'를 열었다는 소식을 알려 준다. 거기에 이름을 올린 작가는 '주토론'자 리갑기에다 박세영·신고송·최명익·리상현·김병훈·강능수다.[27] 그리고 해밑에 다시 한 번 최명익의 이름이 오른다. 석인해가 독후문 「반할 만한 글을 읽는 때의 기쁨―최명익 저 『글에 대한 생각』에 대하여」를 빌려 최명익 수필집 『글에 대한 생각』의 우수함을 알린 자리다.

다 아는 대로 작가 최명익은 장편 소설 『서산대사』를 비롯하여 적지 않은 중편 단편들을 발표하였거니와 수필 문학에서도 그의 노력은 특별히 우리의 주목을 끈다.

― (줄임) ―

그는 소설 창작의 경우에도 어느 것을 물론하고 구성이 째여 있으며 문장 구사에서 매우 섬세하면서도 치밀한 데 그 특징이 있으며 어떤 경우에도 힘을 들인 자취를 엿보게 하며 글'자 한'자 말 한 마디를 헛놓지 않는 정교한 작업을 하였다는 느낌을 가지게 하는 데 그의 글의 매력이 있다고 본다. 여기에 작가 최명익의 글 솜씨가 있다고 본다.

― (줄임) ―

대체로 그의 붓은 매우 날카롭고 심각하게 대상을 포착하는 것으로 독특한 문체를 이루고 있다. 그러니 만치 그는 한 가지의 사물에 한 가지의 말을 고르는 원칙에서 뼈를 깎는 고심으로 문장을 엮는가 싶다. 이는 글 쓰는 사람들이 반드시 배워야 할 모범이라고 생각한다. 그런 의미에서도 그의 저작 『글에 대한 생각』의 출판은 적지 않은 의의를 가진다고 하겠다.

― 석인해, 「반할 만한 글을 읽는 때의 기쁨―최명익 저
『글에 대한 생각』에 대하여」 가운데서[28]

27　「문예일지」, 『문학신문』, 문학신문사, 1964.7.17.
28　『문학신문』, 문학신문사, 1964.12.22.

　석인해의 글 가운데서 개별 작품에 관한 생각보다 큰 틀에서 최명익과 그이의『글에 대한 생각』을 담은 앞뒤 자리를 짧게 올렸다. 최명익이 지닌 형식주의자로서 강점과 특성을 석인해는 잘 짚고 있다. 아울러 그 특장이『글에 대한 생각』에 담겼다고 본다. 그런 점에서 석인해는『글에 대한 생각』가운데서도 특히「소설 창작에서의 나의 고심」에 더 눈길을 주고 있다. 그 자신 소설 창작자로서 또한 대학에서 문학을 가르치는 사람으로서 고심하는 자리는 최명익과 다르지 않았을 터인 까닭이다. "반할 만한 글"이라는 제목 안에다 최명익을 향한 석인해의 평가가 죄 담겼다고 볼 수 있다. 그럼에도 최명익의 글쓰기 궤적이 석인해 자신의 것과 한 줄기로 묶일 것인가라는 물음에는 물음표가 붙는다. 왜냐하면 석인해의 최명익 상찬은 그 무렵 북한 어문을 향한 당적 규정과 맞물리는 걸음걸이이기도 한 까닭이다. 그리고 그 점은 최명익에게도 다르지 않았을 터다.

　북한에서 말글 정책은 여러 단계로 이루어졌다. 을유광복 초기 이른바 '문맹퇴치사업'에서부터 비롯하여 한문어 사용 폐지, '언어정화사업'을 거쳐 1960년대 초까지 '언어규범화사업'이 꾸준히 이어졌다. 그런 바탕 아래 1960년대부터 1970년대까지 '어휘정리사업'을 실시했다.[29] 문학 쪽에서는 문학 용어 다듬기가 활발하게 이어졌다. 그것은『문학신문』의 '우리말 다듬기' 토론과 같은 장기 연재 기획으로 성과를 더하고 있었던 무렵이다. 이런 가운데서 북한 문학사 속에서 드물게 말글에 관한 의제를 제목으로 내세우고 나온 수필집이 최명익의 것이다. 유래가 드문 일이다. 개인 최명익은『서산대사』의 성공으로 역사소설가로서 자신의 자리를 북한에서 굳힐 수 있었다. 그리고 다른 한쪽으로는 당대 문학사회의 말글에 대한 정책과 관심으로부터 일정하게 덕을 보고 있는 셈이다. 최명익으로서는 자신의 작가적 정체성이나 시대적 요구, 모두에 정합성을 한껏 올려 세우는 모습을 1960년대 초반에 보여 주고 있다. 그런 점이 다음 해인 1965년「기백이 강해서 좋다―작가 최명익과의 담화에서」[30]로 잇게 하는 힘이었던 셈이다.

29　전병선·최장범·리억철,『우리 글이 걸어온 길』, 민족출판사, 1997, 207~224쪽.
30　『문학신문』, 문학신문사, 1965.11.2,

1966년에 들어서는 네 차례나 최명익의 동향을 『문학신문』 지면으로 확인할 수 있다. 먼저 4월 1일 '묘사수첩'이라는 란에서 좋은 사건 묘사의 본보기로 최명익의 『서산대사』 가운데 한 단락을 소개했다. 그와 아울러 '장, 중편 소설 삽화' 여섯 번째 기획으로 『서산대사』에서 최일이 그린 낀그림 두 편까지 소개했다.[31] 역사소설 『서산대사』의 명성은 꾸준하게 이어지고 있었다.

이어 5월 27일에는 최명익이 새로운 '력사소설'을 준비하고 있다는 기사가 올랐다. '작가들의 창작 열의 드높다'는 표어 아래 실린 「단편 소설들을 많이 창작」 속이었다. 류도희·김수범·하춘식·김영근 들은 이미 탈고 단계의 단편소설을 매만지고 있었다. 그들과 달리 최명익은 '을사조약', 곧 을사늑약을 빌려서 왜로의 "야만적인 침략상과 조정 간신들의 비렬성을 폭로하면서 인민 대중의 거세찬 애국 운동을 반영한 단편소설" 「을사조약」을 창작하고 있다고 밝혔다.[32] 그 뒤 「을사조약」이라는 작품을 찾을 수 없어 해당 작품이 발표까지 이어졌는가는 알기 힘들다. 최명익 사후 나온 『문예상식』에서 "그는 일제의 조선침략에 의한 리조의 망국사를 반영한 장편력사소설을 창작하다 1978년에 세상을 떠났다."[33]고 썼다. 아마 이 「을사조약」과 맞물린 작품이라 여겨진다.

그리고 1966년 세 번째 모습은 『서산대사』 3판 발행 사실이다. 「새 책들이 나왔다」라는 기사에서 그것을 다루었다.[34] 1966년 마지막 네 번째 기록은 10월 11일자 『문학신문』에 보인다. '맑스—레닌주의의 혁명적 기치를 높이 들고 당과 수령의 주위에 더욱 굳게 뭉쳐 나가자!—각지 작가, 예술인들이 김일성 동지의 보고를 열렬히 지지 환영하며 연구한다'는 표어 아래 「우리의 앞길을 휘황하게 밝혀 주었다—평양 시내 작가들」이라는 기사가 그것이다. 박팔양·석윤기·리정숙·최명익과 같은 "지금 평양 시내 작가들은 조선로동당 대표자회에서 하신 수상 동지의 보고를 접하고 커

---

31 『문학신문』, 문학신문사, 1966.4.1.
32 『문학신문』, 문학신문사, 1966.5.27.
33 『문예상식』, 문학예술출판사, 1994, 214쪽.
34 『문학신문』, 문학신문사, 1966.9.23.

다란 감격과 흥분에 휩싸였다"고 말머리를 세운 다음 네 사람의 소감을 옮겼다. 최명익의 문필 발표는 이듬해 1967년 3월 「실천을 통한 어휘 공부」『청년문학』까지 이어지지만 문학사회 동향을 알려주는 기록은 『문학신문』 10월의 이 기사로 그친다.

그 뒤로 이루어진 북한 쪽 기록이나 평가는 어떠하였을까? 그런 물음에 대한 한 답은 1967년으로부터도 스물일곱 해나 흐른 1994년에 보인다. 『문예상식』 가운데 한 올림말을 차지한 「최명익」이 그것이다. 가운데서 중요한 몇 단락을 옮기면 아래와 같다.

① 그는 문학에 뜻을 두고 습작을 거듭하던 끝에 1936년 5월 중편소설 「비오는 길」을 『조광』지에 발표하여 당시 문학인들의 주목을 끌게 되었다. 하지만 그는 이 시기 '카프' 문인들과는 별로 접촉하지 않고 나이는 많았지만 문학 신인으로서 20대의 순수문학파인 반동작가 김동리 등과 휩쓸려 다니면서 심리신변소설 창작에 몰두하였다.

② 한마디로 말해서 해방 전 그의 문학은 모더니즘 계열에서 크게 벗어나지 못한 문학이었다고 할 수 있다.

③ 8·15해방과 함께 최명익의 창작 생활에서 근본적인 전환이 일어나게 된 것은 위대한 수령 김일성 동지의 크나큰 믿음과 뜨거운 사랑이 직접적으로 잇닿아 있다. 위대한 수령께서는 새 조국 건설을 조직 령도하시는 그 바쁘신 가운데서도 1945년 11월 2일 유산계급 출신의 작가인 최명익을 김사량과 함께 누구보다 먼저 만나주시고 그들이 지난날 민족적 량심을 지킨 작가들이라고 높이 평가하시면서 새 민족문화 건설, 특히 새로운 문학을 건설하는 데서 중요한 역할을 놀데 대하여 가르쳐 주시였다.

위대한 수령님의 한량없는 믿음과 크나큰 기대가 너무도 고마워 그때부터 최명익은 장군님께서 제시하신 문예건설로선을 적극 받들어나갈 결심을 품고 새로운 창작 생활을 시작하였다.

④ 그는 문학을 성실하게 대하였다.

그는 구세대에 속하는 작가였지만 그의 문체는 현대적 감각을 지니고 있었으며 그 어떤 사실을 고증하려는 듯 친절하면서도 정확한 표현을 집요하게 추구하였다. 그는 등장인물의 심리 묘사에 언제나 관심을 돌리였다.[35]

①에서 드러나는 눈은 "'카프' 문인들과는 별로 접촉하지 않고 나이는 많았지만 문학 신인으로서 20대의 순수문학파인 반동작가 김동리 등과 휩쓸려 다니면서 심리신변소설 창작에 몰두"했다는 풀이다. 문학의 뿌리가 '반동작가' 무리와 얽혀 있다는 단호한 평가다. 한마디로 ②"해방 전 그의 문학은 모더니즘 계열에서 크게 벗어나지 못한 문학"이었다. 그러다 을유광복과 함께 최명익의 창작 생활에는 ③"근본적인 전환"이 일어났다. 그것은 일성의 첫 평양 문학인 면담자로서, "위대한 수령 김일성 동지의" "지난날 민족적 량심을 지킨 작가"라는 인정과 "새로운 문학 건설"에 중요 역할을 맡을 것이라는 '기대'에 '적극' 발맞춘 결과였다. 그리하여 최명익은 '구세대'였음에도 ④"문학을 성실하게 대"했다. "현대적 감각"을 지닌 문체와 "집요하게 추구"한 "정확한 표현", 그리고 "심리 묘사"야 말로 그이의 특장이라 말했다. 비슷한 줄기인 리태준이 일찌감치 제거당한 뒤에 오래도록 거의 유일하다 할 수 있을 "모더니즘 계열" 최명익을 향한 나름의 마땅한 평가라 할 수 있다. 북한 사회주의 현실주의 작가로서는 이례적으로 '내용'이 아니라 '형식'을 잣대로 앞세운 평가라 이채를 더한다.

이러한 『문예상식』의 「최명익」에서 다시 아홉 해가 더 흘러 보이는 기술이 윤광혁의 '작가 소개' 「최명익의 생애와 창작을 더듬어」다. 큰 틀에서는 『문예상식』의 것과 비슷하다. 그에다 살을 붙이고 개인의 삶과 관련한 속살을 덧붙인 점이 두드러진다. 다만 『문예상식』과는 최명익의 태어난 해날에서 차이가 보인다. 『문예상식』에서는 1904년 7월 15일로 적은 데 견주어 윤광혁에서는 1902년 7월 14일로 되돌렸다. 광복기 『농민소설집』의 「략력」에서 나타났던 1902년 7월 14일을 윤광혁은 그대로 따

35　『문예상식』, 앞의 책, 213~214쪽.

르고 있는 셈이다.

① 언제나 청렴하고 고지식하였고 티를 낼 줄 몰랐던 로년의 작가의 인생의 길에는 가슴 아픈 우여곡절도 있었다. 년로한 몸으로 작가 대렬에서 제외되여 농촌에 묻히게 되었을 때 애오라지 일루 희망 안고 아들의 소식을 기다리던 그는 전사증을 받아 쥐었다. 거기에다 처의 급사로 인한 정신적 타격은 실로 늙은 작가로 하여금 농촌 생활을 감당하기 어렵게 하였다.

② 광복 전 두 딸의 병사와 전쟁에서 아들의 전사로 하여 자식들의 부양을 받아 볼 수 없었던 작가는 곡절 많은 운명을 하였다.

③ 작가들의 위대한 스승이시며 자애로운 어버이이신 경애하는 장군님께서는 생전에 벌린 그의 문필 활동을 귀중히 여기시고 작가와 작품을 널리 소개하여 우리 나라 명인사전에 올리도록 하시였으며 주체73[1984]년 2월 14일 작가 대렬에서 제외되였지만 언제나 본연의 자세에서 창작으로 이어진 그의 피타는 고심이 깃든 유고작품인 장편력사소설 『리조망국사』를 완성하도록 온정어린 조치를 취하여 주시였다. 또한 주체82[1993]년 10월 27일 장편력사소설 『서산대사』와 중편력사소설 『임오년의 서울』을 재판하도록 하시고 해당 기관에서 그의 가정 주위 환경에서 제기되는 모든 문제를 바로 잡아 주도록 하는 커다란 정치적 사랑을 안겨 주시였다.[36]

윤광혁의 글 마지막 자리에서 세 단락을 따 올렸다. 여기서 먼저 알려지는 바는 작가 최명익의 개인 정황이다. ①, ②에서 보이는 "가슴 아픈 우여곡절"이 그것이다. 그 일은 광복에 앞선 시기 세 자녀 가운데서 두 딸이 '병사'했다는 사실이 먼저다. 이어서 "년로한 몸으로 작가 대렬에서 제외되여 농촌에" 묻혀 있다가, "전쟁에서 아들의 전사"를 겪

---

36   윤광혁, 「최명익의 생애와 창작을 더듬어」, 『조선문학』 7월호, 문학예술출판사, 2003, 73쪽.

었다는 사실이 이어진다. 전쟁기 최명익의 나이는 마흔 후반이었다. 그런 나이를 "년로한 몸"이라 일컬을 수 있을지 모르지만, 문맥으로 보자면 전쟁기에 최명익은 아들 '전사'[37]와 함께 "처의 급사"까지 겪었다. 크나큰 "정신적 타격"을 받으며 작가 맹원 활동에서 쫓겨나 "농촌 생활"을 했다. 그 뒤로 최명익은 "자식들의 부양을 받아 볼 수" 없는 "곡절 많은" 몸으로 마침내 '운명'했다. 곧 자녀 없이 살다 죽었다는 뜻이다.

③에서는 최명익의 제거와 복권 그리고 사후 출판 사항을 알려 준다. 김정일에 의해 최명익에 대한 복권은 1984년 2월 14일에 이루어졌다. 그에 앞서 최명익은 "작가 대렬에서 제외되"어 있었다. ①에서 보이는 "작가 대렬 제외"와 ③에서 보이는 "작가 대렬 제외"는 뜻이 다르다. ③은 1967년 이후 상황을 뜻한다. 그 뒤로 최명익은 문학 사회 앞자리에서 물러나 살았다. 김정일은 그러한 최명익을 되살려 "문필 활동을 귀중히" 여기고 "명인사전에 올리도록" 했다. 이렇듯 1950년대나 1960년대 무렵에 잊힌 구세대 카프계나 광복기 신인층 문학인을 향한 복권이나 재평가가 김정일에 의해 이루어졌다. 경남의 월북 문학인 가운데서도 박석정·박산운·김상훈 같은 이가 그 덕을 본 사람이다. 최명익도 그들과 비슷한 흐름을 탔던 셈이다.

김정일은 최명익이 "작가 대렬에서 제외"되었음에도 멈추지 않고 "피 타는 고심"을 다해 쓴 유고작품 "장편력사소설 『리조망국사』를 완성하도록" '조치'를 취했다. 작가동맹원에게 마무리를 짓도록 지시한 것이다. 이런 비슷한 경우는 박태원이나 리원우에게서도 이루어졌다. 전쟁기에 먼저 죽은 벗 정인택의 부탁으로 그이 아내를 자신의 후처로 맞았던 박태원이 『갑오농민전쟁』 3부를 쓰는 도중에 실명을 겪었다. 그러자 김정일의 '은총'어린 배려로 자신은 구술을 하고 아내는 그것을 받아 적는 방식으로 『갑오농민전쟁』 3부를 완성할 수 있었다. 그리하여 아내와 자신, 두 사람 이름으로 출판하여 아내도 작가로 살 수 있는 길을 마련했다.[38] 리원우 경우는 중편 동화 『행복의 집』을 유고로 남기고 죽었다. 그것을 '조선문학창작사' 일꾼들이 완

---

37   수필 「아들 최항백에게 주는 편지」에 그 앞뒤 사정이 담겨 있다. 최명익, 『글에 대한 생각』, 조선문학총동맹출판사, 1964, 17~23쪽.

38   박태일, 「박태원의 북한과 아들의 북한」, 『근대서지』 제13호, 근대서지학회, 2016, 385쪽.

성하여 출판하도록 김정일이 지시를 내렸다.[39] 김정일의 은혜로운 '조치'를 입어 작
품 마무리가 이루어진 일에서는 다 같은 경우다.

그런데 ③에서는 흥미로운 기술이 두 곳 보인다. 먼저, 김정일이 『서산대사』와 『임
오년의 서울』을 재판하도록 했다고 윤광혁은 썼다. 그런데 『서산대사』 경우 2판은
1958년에 3판은 1966년, 그리고 4판은 1998년에 나왔다.[40] 김정일의 "온정어린 조
치"를 받아 '재판'을 했다는 1993년에는 『서산대사』 간행이 없었다. 그렇다고 1998
년에 나온 4판이 1993의 '조치'에 따른 결과물이라 하기는 어렵다. 북한 체제로 볼
때 김정일의 조치가 다섯 해 뒤에 이루어지는 일 처리는 상상할 수 없는 까닭이다.
따라서 윤광혁의 기록에는 실수나 잘못이 끼어들었다고 보아야 한다. 1998년을
1993년으로 적거나 교정 실수가 일어난 경우겠다.

다른 한 가지는 김정일이 베풀었다는 ③"그의 가정 주위 환경에서 제기되는 모든
문제를 바로 잡아 주도록 하는 커다란 정치적 사랑"이 무엇을 뜻하는가 하는 점이
다. 이와 관련하여 짐작할 수 있는 한 가지는 윤광혁의 말대로 직계 자녀를 다 잃었
다는 최명익에게 양자를 붙여 주는 일과 같은 배려다. 오늘날 평양에는 최명익의 피
저작권자가 살고 있다. 그럴 가능성을 점쳐 보게 하는 환경이다. 그것이 윤광혁이 굳
이 쓴바, ②"자식들의 부양을 받아 볼 수 없었던 작가"의 "곡절 많은 운명"과 ③"가정
주위 환경에서 제기되는 모든 문제를 바로 잡아 주도록 하는 커다란 정치적 사랑"이
한 맥락으로 잡히는 속뜻일 수 있다. 물론 앞으로 남북 교류가 더 활발해지고 깊어진
다면 밝혀질 일이다.

이제까지 1945년 을유광복부터 최명익이 이름을 묻었던 1967년 무렵까지 북한
사회주의 체제 아래서 드러나는 문학사회 활동 관련 기록들을 짚어 보았다. 광복기
와 전쟁기 그리고 전후기 세 시기로 나누어 글쓴이가 찾을 수 있었던 기록을 참고하
고자 했으나 북한 매체를 실증하는 일은 코끼리 다리 만지는 격이다. 많은 곳에서 빠
진 정보, 귀한 기록들이 흥건하리라 생각한다. 그럼에도 주요 일간지 『로동신문』이

---

39   박태일, 「리원우 연구를 위한 실증적 바탕」, 『근대서지』 제22호, 2020, 650쪽.
40   최명익, 『사명대사』 (제4판), 문학예술종합출판사, 1998, 424쪽 저작권지.

나 『민주조선』, 그리고 문학 전문 매체 『조선문학』·『문학신문』·『아동문학』에다 그 바깥에 놓이는 『조선녀성』·『조쏘친선』·『천리마』 같은 매체는 훑을 수 있었다. 확인 한 문학사회 활동을 놓고 볼 때, 최명익은 노출 빈도에서 왕성했다고 하기는 어렵다. 평양의 정치 일선에 죽 나서 살았거나, 문예총 중앙 또는 작가동맹 중심 직책자로 일 하거나, 대학 연구자로서 생각을 드러낼 기회가 잦았던 이들과는 거리가 있다.

그럼에도 노출 강도에서는 결코 떨어지지 않는 명성을 꾸준히 확보하고 있었음 을 짐작하기란 어렵지 않다. 구체적으로 1956 출판 뒤 『서산대사』의 거듭된 상찬과 1960년대 초반 『임오년의 서울』의 성공적 연재로 이어진 관련 기록은 북한 소설사 회에서 그이가 중요 작가로서 무게가 더욱 단단해졌음을 짐작하게 해준다. 그리고 그런 사실은 이미 예순을 넘은 나이와 함께 거듭된 작가 방문기나 창작 체험기, 회고 기 자리로 거듭 불려나오는 모습이 뒷받침한다. 최명익은 홍명희나 리기영, 한설야 와 같이 북한 문학의 핵심 작가로서 나돌지는 못했지만, 대표적인 평양 작가로 살다 갔다는 평가에 이르는 데에는 모자람 없는 모습이다.

1950년대와 1960년대 최명익 관련 기술을 가장 많이 담고 있는 『문학신문』은 주 간과 반주간을 오가며 1956년 12월 창간하여 1968년까지 나왔다. 그 시기 북한 문 학사회의 대표 전문지였다. 따라서 창간에 앞선 전후기나 폐간 뒤 시기 작가 동향까 지 담아내지 못한 아쉬움이 크다. 그런 가운데서도 최명익은 작품 발표나 작품집이 나올 때마다 나름의 무거운 눈길을 받고 있었음을 『문학신문』은 보여 준다. 전쟁기 단편집 『기관사』 출판 뒤와 『서산대사』, 『임오년의 서울』 출판을 거쳐 수필집 『글에 대한 생각』 출간 뒤에까지 최명익의 자리는 결코 가볍지 않았다. 북한 사회주의 현 실주의 문학사회에서 볼 때, 문학의 형식인 '글'에 관한 관심은 이례적이다. 그런 한 자리를 최명익의 재북 시기 후기 문학이 맡았다. 그 특이성은 앞으로 조심스럽게 짚 어보아야 하리라. 시인으로서 번역가로서 '우리말'과 문학 언어에 관한 관심을 만년 까지 공개적으로 지켰던 사람이 백석이었다는 사실[41]도 함께 짚어 둘 일이다.

---

41   박태일, 「삼수 시기 백석의 새 평론과 언어 지향」, 『비평문학』 62집, 한국비평문학회, 2016,
      133~167쪽; 「백석의 번역론 「번역 소설과 우리말」, 『근대서지』 제15호, 근대서지학회, 2017,

3. 새로 더하는 작품집과 낱글

이 장에서는 을유광복 뒤부터 북한 체제 아래서 최명익이 내놓은 작품 활동을 짚고자 한다. 그를 빌려 보다 나아간 문헌지가 마련될 것이다. 다만 이미 확인된 것은 필요에 따라 올리고, 새 발굴 작품집이나 작품을 실증하는 길을 주로 따른다. 그리고 그들은 세 묶음으로 나눈다. 첫째 개인 낱책으로 낸 작품집, 둘째 공저로 올린 작품, 셋째 연속매체에 올린 낱글이 그것이다.

1) 낱책 6권과 어린이문학

진정석 「작품 연보」[2009]에 따르면 최명익이 낸 개인 작품집은 모두 6종 6권. 『장삼이사』[1947] · 『맥령』[1947] · 『기관차』[1952] · 『서산대사』[1956] · 『임오년의 서울』[1963] · 『글에 대한 생각』[1964]이다. 신형기[2004]가 마련한 「작품 목록」에서 낱책 『임오년의 서울』[조선문학가동맹출판사, 1963] 1권을 더한 결과다. 이들 가운데 『장삼이사』는 남한에서 낸 것이고 나머지는 모두 북한 간행물이다. 소설집 『기관사』는 이름만 알려져 왔다. 우리 학계에서 실재를 다루지 못한 책이다. 수필집 『글에 대한 생각』을 젖혀 두면 모두 소설집이다. 이제 글쓴이가 새로 찾아 밝히는 낱책은 『기관사』를 비롯해 6종 6권이다.

『기관사』[전선문고], 문예총출판사, 1952.

『의병장 전문부』, 국립출판사, 1956.

『행주 산성의 싸움』, 국립출판사, 1957.

『서산대사』[번인본], 연변인민출판사, 1957.

『신라 무사의 이야기』[력사소설집], 아동도서출판사, 1959.

『력사소설편』[조선아동문학문고 23], 아동도서출판사, 1964.

250~275쪽.

먼저 소설집『기관사』다. 이 책은 '전선문고' 가운데 하나다. 전선문고는 경인년전쟁 앞부터 북한에서 일선 군인을 내포 독자층으로 삼아 가벼운 문고형 작품집으로 내기 시작한 책이다. 그것은 전중기를 거쳐 전후까지 이어졌다. 전쟁기 북한 정훈문학을 대표하는 작품집이 '전선문고'다. 같은 정훈문학이라 하더라도 북한의 전선문고가 남한 것[42]과 다른 점은 담아내는 이름이 한결같다는 점이다. 우리 정훈 문고는 낱낱 군이나 펴내는 주체에 따라서 '사병문고', '해군문고', '일선군경위문'과 같이 여러 이름을 붙였다. 북한에서는 군별이나 출판사에 차이 없이 '전선문고' 한가지로 묶어 냈다. 최명익『기관사』는 이들 '전선문고'의 중심 맵시인, 작은 문고형 소설집이다. 펴낸 날은 1952년 5월 5일. 펴낸곳은 문예총출판사[43]로 126쪽 크기다. 문예총 위원장을 한설야가 맡고 있었던 무렵이어서 펴낸이는 그이로 올렸다. 찍은곳은 문예총출판사 인쇄공장이다.

『기관사』 안에는 「운전수 길보의 전투」·「소년 권동수」·「조국의 목소리」·「기관사」에 걸치는 4편을 차례대로 실었다.[44] 「기관사」 끝에는 '1951년 5월'이라는 덧말을 붙였다. 알려진 대로『문학예술』 5월호에 실었던 사실을 밝혔다. 「조국의 목소리」와 「운전수 길보의 전투」는 1951년과 1952년에 발표된 것으로 진정석에서 적었던 작품이다. 이들이『기관차』에 실렸음을 굳힌 셈이다. 다만 「조국의 목소리」 작품 끝에는 '1951년 2월', 「운전수 길보의 전투」 끝에는 '1952년 2월'이라는 덧말이 붙었다. 「운전수 길보의 전투」는『로동신문』[1952.3.15~16]에 두 차례 실었다. '1952년 2월'이란 그 시기에 탈고했다는 뜻일 수 있다. 「소년 권동수」 끝에는 그냥 '끝'이라 적었다. 소설집『기관사』의 끝자리라는 뜻이다. 그러니 「소년 권동수」는 다른 매체에 실었다

---

42   우리 쪽의 정훈문학에 관해서는 아래 글을 참조 바란다. 박태일, 「목포 지역 정훈매체『전우』연구－한국전쟁기 정훈문학 연구1」, 『현대문학이론연구』 제38집, 현대문학이론학회, 2009, 213~262쪽; 「국방부 정훈매체『국방』의 문예면 연구－한국전쟁기 정훈문학 연구2」, 『어문론총』 55호, 한국문학언어학회, 2011, 251~281쪽; 「전쟁기 경북·대구 지역 간행 콩소설－한국전쟁기 정훈문학 연구3」, 『현대문학의 연구』 48, 한국문학연구학회, 2012, 215~251쪽.

43   진정석에서는『기관사』의 펴낸곳을 조선문학예술총동맹출판사라 적었다. 진정석, 앞의 책, 672쪽.

44   「소년 권동수」를 빼고 나머지 세 작품 경우, 잡지 발표본을 원본으로 삼아 배개화에서 작품 풀이가 이루어졌다. 배개화, 앞의 글, 320~328쪽.

되옮긴 작품이 아니라 『기관차』에 처음 발표한 작품으로 여기도록 이끌었다. 이제까지 이름조차 알려지지 않았던[45] 최명익 작품을 새로 1편 더할 참이다. 그런데 이 작품은 1952년 3월호 『조선녀성』에 「소년 권룡주」로 한차례 내놓은 소설이다. 주인공 이름을 바꾸고 제목을 고쳐 『기관사』에 실었다. 따라서 『기관사』는 최명익이 전쟁기에 써서 이미 연속매체에 발표했던 소설들로만 엮은 작품집인 셈이다.

『의병장 전문부』는 널리 알려진 1956년 『서산대사』에 이어 낸 작품집이다. 『서산대사』가 어른을 위한 역사소설인데 견주어 『의병장 전문부』은 어린이청소년에서 어른에 걸쳐 누구나 다 볼 수 있는 사화라는 차이가 있다. 국립출판사에서 20,000부를 냈다. 『서산대사』가 10,000부를 찍은 데 견주면 두 배다. 교양, 학습용으로 지닐 바 몫을 높이 겨냥한 셈이다. 이 작품집으로 최명익이 전후 역사물로 창작 갈래를 넓혀 나간 큰 흐름과 강한 열의를 살필 수 있다.[46]

『행주 산성의 싸움』[1957]은 문고본이다. 속표지에서는 제목 아래 '1593년'이라 덧붙여 놓았다. 임진왜란 시기 이야기라는 사실을 암시하는, 읽는이를 위한 배려겠다. 펴낸 부수가 30,000부다. 일반, 학생 할 것 없이 널리 읽히기를 바라는 뜻을 담은 셈이다. '역사담' 또는 '사화'라 일컬을 작품집이어서 『의병장 전문부』와 됨됨이가 같다. 역사도 아니고 소설도 아니면서 국난 극복의 애국심을 널리 일깨우고자 하는 뜻을 담고자 하니 그런 맵시를 갖춘 셈이다. 윤광혁에서는 『행주 산성의 싸움』은 보이지 않고, '력사만화사화집'으로 『행주 산성 싸움』을 들었다. 『행주 산성의 싸움』을 잘못 쓴 것인지, 그와 따로 그림이야기책이 마련되었던 것인지는 알기 어렵다.[47]

한낱 작은 고 산성이 3백 60여 년을 지난 오늘까지도 유명한 산성으로 그 이름이 빛나는 것은 그 성을 지켜 싸운 우리 선조들의 극진한 애국 지성으로 발로된 백절불굴의 강의성과 높은 기개 때문인 것은 물론이다. 오늘 그 성은 자취가 없어졌다. 그러나 우리

---

45 윤광혁에서 1952년 작품으로 이름을 들었다. 윤광혁, 앞의 글, 72쪽.
46 윤광혁에서는 이름만 들었다. 윤광혁, 앞의 글, 73쪽.
47 윤광혁, 앞의 글, 73쪽.

선조들이 우리에게 끼쳐 준 그 교훈과 모범을 영원히 지승하려는 우리들 후손에 의하여 행주산성의 이름은 역사 만대에 길이 빛날 것이다.[48]

작품 끝머리다. 옛소설의 마무리, 곧 평설의 짜임새를 고스란히 이어받았다. 이러한 얇은 역사 문고물을 비슷한 시기 국립출판사에서는 적지 않게 펴냈다. 글쓴이는 작가에서 역사학자나 어문학자로 넓다. 그러한 교양 역사담 가운데 한 자리를 최명익도 맡으며 자신의 역사 감각과 역량을 널리 알렸다.

『서산대사』[1957]는 중국 연길에서 번인본으로 낸 것이다. 중국 겨레사회와 북한 사이 출판물을 서로 나누는 핵심 방법이 번인본이다. 큰 흐름은 북한 책을 연변에서 되찍는 일이 중심이다.[49] 드물게 소련에서 낸 한글 간행물을 연변에서 되찍는 방식도 있었다. 1956년 조선작가동맹출판사에서 낸『서산대사』를 한 해 뒤 연변에서 되찍은 것이 번인본『서산대사』다.『서산대사』는 최명익의 이름을 드높이게 한 재북 시기 중심 작품이다. 초판이 나온 뒤 그 명성이 연변 겨레사회에도 바로 알려진 셈이다. 최명익 사후에도『서산대사』는 북한에서 꾸준히 사랑을 받았다. 2016년까지 5판이 나왔다. 1958년에 2판, 1966년에 3판을 냈다. 4판은 1998년에 나왔다. 문학예술종합출판사에서 10,000부를 찍었다. 진정석이「작가 연보」에서 1993년에 '재출간' 되었다고 썼던 것이다. 바로잡을 일이다. 4판에서는 초판과 다른 꾸밈새를 마련했다. 초판 리석호의 표지그림을 남민우의 것으로 바꾸었다.

『신라 무사의 이야기』[1959]에는 '력사소설집'이라는 갈래 이름을 붙였다. 거기다 속표지에 '초, 고중학생용'이 덧붙었다. 어린이부터 청소년에 두루 걸쳐 읽힐 것을 내다보고 낸 작품집이라는 뜻이다. 1959년도 한 해가 다 가고 있었던 12월 5일에 펴냈다. 본문 154쪽이다. 책은 50,000부를 찍어 그 무렵 나왔던 어린이청소년물로서는 많은 현실 독자층을 겨냥한 책이다. 안에는 다섯 편을 실었다.「신라 무사의 이야

<hr>

48 『행주 산성의 싸움』, 국립출판사, 1957, 92쪽.
49 번인본에 관해서는 아래 글을 참조 바란다. 박태일,「북한문학 연구와 중국 번인본」,『외국문학연구』57집, 한국외국어대 외국문학연구소, 2015, 145~172쪽.

기」·「고주몽」·「화가 리정」·「고려의 외교관 서희」·「창해 력사의 이야기」가 그들이다. 작품 사이사이 능숙한 솜씨로 올린 낀그림이 29장이나 들었다. 그린이를 밝히지는 않았으나 그 무렵 출판미술 정황으로 볼 때 정현웅의 것일 가능성이 크다.

『력사소설편』1964은 『신라 무사의 이야기』가 나온 지 다섯 해 뒤에 다시 낸 어린이청소년 역사소설집이다. '조선아동문고' 연속물 가운데 하나다. 23번을 달았다. 다만 '중학교용'이라 속표지에 밝혔다. 『신라 무사 이야기』보다는 내포 독자층이 좁은 쪽이다. 찍은 부수도 15,000부로 적다. 본문은 285쪽이다. 표지그림과 본문 낀그림은 모두 정현웅이 맡았다. 이 또한 아직 알려지지 않은 정현웅의 출판미술 작품이라 눈길을 끈다. 책 안에는 모두 10편이 실렸다. 김정희의 애국 정신을 그린 「학자의 념원」을 맨 앞에 두고, 만적·서희·고주몽·음악가 김성기·화가 리정을 거쳐 론개로까지 이어졌다. 1950년대 전후부터 썼던 역사물 이야기들을 묶은 『신라 무사의 이야기』1959를 넓히고 새로 다듬은 작품집이라 할 수 있다.

앞에서 본 바와 같이 이 글에서 새로 찾은 최명익의 개인 낱책은 모두 6종 6권이다. 이름만 알려져 왔던 『기관사』를 젖혀 두고 나머지 5권은 모두 처음 알려지는 작품집이다. 이들 가운데서 전쟁기 소설집 『기관사』와 연변의 번인본 장편소설 『서산대사』를 빼고 나면 나머지 4종 4권이 모두 어린이청소년물에다 역사물이다. 전후 1960년대 초반까지 재북 시기 최명익 문학의 큰 줄기가 어린이청소년용과 역사물이라는 새로운 사실을 확인할 수 있었다. 앞으로 이들 낱책을 두고 하나하나 속풀이와 따져 읽기가 이루어져야 하리라. 그 과정에서 최명익의 역사관과 어린이청소년 문학의 특성도 자연스레 밝혀질 일이다.

그런데 낱책 가운데서 이미 알려진 『임오년의 서울』1964을 두고서는 짚을 일이 남았다. 중편 「임오년의 서울」과 단편 「섬월이」 둘을 묶은 문고본 작품집이 『임오년의 서울』이다. 진정석에서 1993년에 '재출간'이 되었다고 썼다. 거기다 북한의 윤광혁에서도 또한 김정일이 "1993년 10월 27일 장편력사소설 『서산대사』와 중편력사소설 『임오년의 서울』을 재판하도록 하시고"[50]라 적었다. 글쓴이는 그 재판본 『임오년의 서울』을 찾을 수 없었다. 다만 『서산대사』 경우 1993년에 '재출간'이 이루어진 것이 아니라

1998년에 나왔다. 따라서 『임오년의 서울』 '재판' 또한 1998년 4판 『서산대사』와 함께 나왔을 가능성이 크다. 글 뒤에 붙인 「최명익 작품 죽보기」에는 그대로 올린다.

살펴본 바와 같이 글쓴이가 이 글에서 발굴, 소개한 6종 6권에다 이미 알려져 있는 6종 6권을 모으면 을유광복 뒤부터 임종시까지 최명익이 북한에 머물면서 내놓았던 개인 낱책은 『장삼이사』1947를 처음으로 모두 10종 11권에 이르는 것을 알 수 있다. 이 글에서 처음으로 밝힌 6종 6권에다 『장삼이사』1947·『맥령』1947·『서산대사』1956·『임오년의 서울』1963·『글에 대한 생각』1964을 더한 수치다. 거기다 『서산대사』 재판 1958, 3판1966, 사후에 나온 4판1998, 5판2016과 『임오년의 서울』1998 재판까지 더하면 북한에서 확인되는 최명익의 개인 작품집은 모두 16권으로 는다. 글 끝에 붙인 「재북 시기 최명익 작품 죽보기」에 이들을 '개인 낱책' 자리에 죄 올렸다. 다만 한 가지 짚을 문제가 남았다. 윤광혁에서 김정일이 1984년 최명익의 '유고작품'인 장편력사소설 『리조망국사』를 '완성'하도록 "은정어린 조치"[51]를 해주었다고 썼다. 『리조망국사』가 출판까지 이루어진 것인지는 확인할 수 없다. 따라서 죽보기에 올리지는 않는다.

2) 공저 9권 펼치기

여러 사람과 함께 작품을 묶은 낱책, 곧 공저 속에 든 최명익의 작품은 많지 않다. 지금까지 알려진 것은 진정석에서 밝힌 2편 2권이다. 곧 「공둥풀」『개선』, 조선작가동맹출판사, 1955과 「소설 창작에서의 나의 고심」『작가수업』, 조선작가동맹출판사, 1959. 거기에 남원진과 배개화[52]에서 다룬, 최명익 사후 한참 뒤에 나온 『소설집』「비 오는 길」 실음, 2010, 『불타는 섬』「기관사」 실음, 2012이 더할 따름이다. 이제 글쓴이가 거기에 새로 9권을 더한다.

「남향집」, 『창작집』, 국립인민출판사, 1948.

---

50   윤광혁, 앞의 글, 73쪽.

51   윤광혁, 앞의 글, 73쪽.

52   남원진, 「북조선 정전집, '현대조선문학선집' 연구 서설—1980년대 중반 이후 『현대조선문학선집(1~53)』(1987~2011)을 중심으로」, 『통일정책연구』 26권 1호, 통일연구원, 2017, 135~176쪽; 배개화, 앞의 글, 334쪽.

「제1호」, 북조선문학예술총동맹 소설희곡 전문위원회 엮음, 『위대한 공훈』^{쏘련군 환송 기}
^{념 창작집}, 문화전선사, 1949.

「공둥풀」, 『농민소설집』^{제1권}, 북조선농민동맹중앙위원회 군중문화부, 1949.

「기관사」, 『조국해방전쟁과 철도 창작집』, 철도성정치국, 1952.

「신라의 한 무사의 이야기」, 『새나라 소년들』^{소년소설집}, 조선작가동맹출판사, 1954.

「고주몽」^{이야기}, 『친한 동무』^{소년소설집}, 조선작가동맹출판사, 1954.

「마천령」^{단편}, 『려망』^{종합단편소설집} 광고, 『문학신문』, 문학신문사, 1957.

「쉴 줄 모르는 '박 로인' 두경 동지」, 『실화』^{제1집}, 조선작가동맹출판사, 1960.

「박 로인」, 『붉은 마음』^{그림책}, 국립미술출판사, 1960.

「남향집」은 『창작집』에 실린 단편이다. 시와 소설로 나누어 그 무렵 북한을 대표하는 작가들 작품을 아우른 작품집이다. 5,000부를 찍었고 본문 540쪽으로 부피가 크다. 소설에서는 김사량·리기영·리북명·리동규·리춘진·석인해·전재경·천세봉·천청송·최명익·황봉식·황률이 작품을 올렸다. 진정석에서는 실린곳이 '미상'이라 올린 작품이다. 이 글에서 출전을 밝힌 셈이다.

「제1호」는 '쏘련군 환송 기념 창작집'이라는 덧말을 붙인 소설 희곡 작품집 『위대한 공훈』에 실렸다. 엮은이는 '북조선문학예술총동맹 소설희곡 전문위원회'다. 펴낸이는 안함광으로 모두 448쪽에 걸쳤다. 소설에 작품을 올린 사람은 10명이다. 한설야·전재경·이춘진·윤시철·유항림·이정숙·리송원·리동규·최명익·리북명이 그들이다. 여기에 남궁만과 한민의 희곡 2편이 더한다.

소설 「공둥풀」은 이제까지 종합 소설집 『개선』¹⁹⁵⁵에 실린 작품이 알려져 왔다. 그런데 그에 훨씬 앞서 1949년도 4월에 나온 『농민소설집』 제1권에 실렸다. '북조선농민동맹중앙위원회 군중문화부'에서 평양 문화출판사를 빌려 20,000부를 찍어낸 책이다. 앞쪽 문학사회 동향을 짚을 때 1948년 『투사신문』 기사로 밝힌 바와 같이 이 작품은 최명익이 유항림과 함께 평남 안주 시골로 현지 파견을 갔다 와, 그 경험을 살려 쓴 농민소설이다.

이어서 전쟁기『조국해방전쟁과 철도 창작집』[1952]에 실린 작품이 1편 보인다. 최명익을 비롯해 여럿의 작품을 묶은 책이다. 글쓴이는 간접적으로 확인하고 손수 손에 넣어 살피지는 못했다. 그럼에도 기록으로 남겨 두기 위해 죽보기에 올린다. 책 이름으로 볼 때, 전쟁 수행의 핵심 역할 가운데 하나를 맡았던, 전투 영웅이나 노력 영웅에 드는 철도 종사자를 다룬 작품으로 묶었음에 틀림없다. 따라서 여기 실린 최명익 작품은 마땅히「기관사」일 것이다.

「신라의 한 무사의 이야기」는『새나라 소년들』이라는 '소년소설집'에 실렸다. 변희근·박응호·리정숙·리진화·류현봉·최명익이 작품을 올렸다. 여기에 실은 이 작품은 뒷날 자신의 개인 작품집『신라 무사의 이야기』[1959]에「신라 무사의 이야기」로 이름을 고쳐 되실었다.

최명익의「마천령」을 실은『려망』은 '종합단편소설집'이라는 곁이름을 붙여 낸 작품집이다.『문학신문』발간 광고로 확인할 수 있다. 엄흥섭의「농장 마을」, 한봉식의「옥문」과 함께 최명익의「마천령」을 실었다고 밝혔다.「마천령」은 광복기인 1947년『문화전선』4월호에 처음 발표했던 작품이다.

「고주몽」은 '이야기'라는 갈래 이름을 붙인 작품이다. 북한 초기 문학에서 이야기는 가벼운 서사물에 붙이는 이름이다.『친한 동무』는 '소년소설집'이라는 갈래 이름을 붙인 작품집이다. 월북화가 리건영이 낀그림을 올렸다. 소년소설로 변희근의「도마도」와 송창일의「네 동무」에다, '이야기'로 천청송의「고지를 지킨 경기 사수」, 최명익의「고주몽」2편을 올렸다.

「쉴 줄 모르는 '박 로인' 두경 동지」는 오체르크, 곧 실화문학이다.『실화』제1집에 실었다. 1960년을 앞뒤로 한 시기, 작가들은 장단기 현지 파견 성과물을 여러 방식으로 내놓았다. 최명익 또한 그런 경험을 실화로 보여 준 셈이다. 최명익과 같이 작품을 실었던 이는 윤세평·리갑기·박산운·현덕이다. '박 로인' 박두경은 함북 온성 출신 유이민으로 만주 왕청현으로 흘러들었던 사람이다. 거기서 공산주의 사상을 배우고, 일성을 만나 동료로서 싸운 유격대 혁명 투사였다. 그이 삶의 역정을 그려 담은 글이「쉴 줄 모르는 '박 로인' 두경 동지」다. 그리고 이것을 줄이고 다듬어 어린이청소년용 그림이야기책『붉은 마음』에 되실렸다. 그것이 이어진 「박 로인」이다.
『붉은 마음』에는 최명익 말고도 리갑기·안충모가 작품을 실었다. 리갑기의 「수력 건
설자」 또한 최명익과 마찬가지로『실화』 제1집에 실린 작품이다. 그런데「박 로인」은
최명익이 손수 '개편'을 한 것이 아니다. 심은경이 맡았다. 작품집 긴그림은 천문민
이 그렸다. 54,000부를 냈으니, 그 효용을 높이 친 셈이다.

최명익이 살았을 적 공저 낱책에 올린 작품은 위에서 새로 밝힌 9편에다 진정석
에서 밝힌 「공둥풀」의 『개선』과 「소설 창작에서의 나의 고심」이 실린 『작가수업』까
지 더하면 11편이다. 거기다 최명익이 이승을 뜬 지 한참 뒷날 나온 북한 작품 선집
『소설집』과『불타는 섬』이 더한다. 찾기에 따라서 적지 않은 공저를 얻을 수 있으리
라 여겨진다.

3) 낱글 21편의 줄기

최명익이 재북 시기 내놓은 낱글로 진정석 「작품 연보」에서는 27편[53]을 올렸다.
거기다 윤광혁에서 이름을 든 작품이 1편 더한다. 「김일성 장군」[1946]이다.[54] 『어린 동
무』 창간호에 실었다 밝혔다. 이를 더하면 28편이다. 중편소설 「기계」 경우, 『조선문
학』1947년 12월호에 '제1회'로 실렸다. 이어 뜸을 들인 뒤『문학예술』 창간호[1948]에
제2회가 실렸다. 중편 소설 「임오년의 서울」은 1961년 『조선문학』 5월에서 8월 사
이 4회에 걸쳐 올린 작품이다. 「공둥풀」은 『농민소설집』[제1집, 1949]과 소설집 『개선』[1955]
에 거듭 실렸으나 1948년 작품으로 어느 곳에 처음 실렸는지는 알려지지 않았다. 따
라서 최명익의 낱글 발표 작품 28편 가운데서 실린 곳과 때를 다 실증할 수 있는 작
품은 18회에 그친다. 10회[55]는 실린 곳과 때를 밝히지 못한 상태였다.

---

53 「맥령」·「제1호」·「담배 한 대」·「무대 뒤」·「마천령」·「기계」·「남향집」·「공둥풀」·「기관사」·「조국
  의 목소리」·「영웅 한남수」·「운전수 길보의 전투」·「임오년의 서울」·「섬월이」·「음악가 김성기」·
  「학자의 념원」·「지리학자 김정호」·「론개 이야기」·「나의 념원」·「3·1운동 때의 회상」·「레프 톨
  스토이에 대한 회상」·「조국의 주인」·「창작에 관한 수필」·「소설 창작에서의 나의 고심」·「창작에
  관한 단상」·「일기초」·「실천을 통한 어휘 공부」.
54 윤광혁, 앞의 글 72쪽.
55 「남향집」·「공둥풀」·「조국의 목소리」·「영웅 한남수」·「운전수 길보의 전투」·「섬월이」·「음악가

그러다 배개화에 이르러 이들 가운데 「영웅 한남수」[1951], 「운전수 길보의 전투」[1952] 2편의 실린 곳과 때를 밝혔다. 『민주조선』과 『로동신문』이다. 거기다 알려지지 않았던 광복기 2편[56]을 더했다. 물론 배개화의 새 작품 더하기는 통일부 북한자료센터에서 마련한 누리집 검색 기능[57]의 도움과 얽혀 있을 일이다. 북한자료센터에서는 『로동신문』과 『민주조선』 그리고 『아동문학』에 실린 최명익의 작품 제목과 실린 때, 그리고 관련 문헌을 부분 확인할 수 있도록 올려놓았다. 43편에 이르는 낱글 검색[58]이 가능하다. 진정석이 「작품 연보」에 담지 못했거나 실린 곳을 말하지 못했던 것들이다. 이 글 끝에 붙인 「재북 시기 최명익 작품 죽보기」에는 그들을 미리 반영했다.

1967년 무렵 작품 활동이 그친 것으로 알려진 최명익이다. 을유광복 뒤부터 스물두 해에 걸친 시기다. 낱책은 두고서라도 최명익의 작품 활동을 확인한 연속매체는 몇 종에 그친다. 『문화전선』, 『문학예술』 그리고 『조선문학』으로 이어지는 정통 문예

김성기」·「학자의 념원」·「지리학자 김정호」·「론개 이야기」.

56 「조국전선 파견원 세 선생을 즉시 석방하라!」, 『로동신문』, 1950.6.15; 「미제의 충실한 주구이며 인민 학살의 흉악한 범죄자인 매국노 최병덕」 『로동신문』, 로동신문사, 1950.6.22.

57 「최명익」, 『통일부 북한자료센터』(https://unibook.unikorea.go.kr/material/list?material-Scope=TOT&fields=ALL&sortField=publishYear&sortDirection=DESCENDING&keywords=%EC%B5%9C%EB%AA%85%EC%9D%B5).

58 「조국전선 파견원 세 선생을 즉시 석방하라!」(1950)·「일제의 충실한 주구이며 인민 학살의 흉악한 범죄자인 매국노 채병덕」(1950)·「잊쳐지지 않는 그 라팔 소리」(1951)·「평양 상공을 방위하는 우리 고사포대 동무들」(1951)·「영웅 한남수(2)」(1951)·「쏘련 군대에 의하여 해방된 8·15와 영웅적 조선 인민」(1951)·「운전수 길보의 전투(1~2)」(1952)·「나는 쏘베트 문학에서 이렇게 배우고 있다」(1952)·「강감찬 장군」(1955)·「천재적 화가 리정」(1957)·「반할 만한 사람을 만난 때의 행복감」(1957)·「레닌 선생의 유적」(1957)·「임진조국전쟁 때의 평양 사람들」(1957)·「3·1운동 때의 회상」(1958)·「레브 똘쓰또이 선생에 대한 단상」(1958)·「떳떳한 사람」(1958)·「레닌 박물관에서」(1958)·「론개의 이야기」(1958)·「미제와 리승만의 '도모지' 법령」(1958)·「부채와 파리채」(1958)·「재생의 날 8·15」(1958)·「공화국 품속으로 오라!」(1958)·「'이민'−안 될 말이다」(1959)·「음악가 김성기」(1960)·「조선의 작가들이여, 당신들은 모르지 않을 것이다」(1960)·「창작에 관한 수필−장편 소설 『서산대사』를 쓰기까지」(1960)·「행복과 긍지감으로써 일해 왔다」(1960)·「한 작가로서 말한다」(1961)·「크나큰 긍지로써」(1961)·「학자의 념원」(1962)·「오늘과 래일을 위한 력사소설」(1962)·「창작에 대한 단상」(1962)·「전기 세탁기」(1963)·「섭월이」(1963)·「주인공과 작가」(1963)·「신인들에 대하여」(1963)·「조선 인민의 불패의 기상」(1964)·「박정희의 '년두사'」(1964)·「말」(1964), 「속일 수 없다」(1964)·「매국 '조약'의 막후 조종하는 미제다」(1965)·「우리의 당」(1965)·「로동계급의 혁명정신으로」(1966).

지에다 일부 빠진 『문학신문』, 『아동문학』과 소수 『청년문학』 정도다. 거기다 『로동신문』과 『민주조선』 부분이 더할 따름이다. 주요 매체 누락분을 더하고 눈길을 넓히면 새로운 발표 작품을 찾을 가능성은 늘 열려 있는 셈이다. 그리하여 글쓴이는 새로 21편을 찾을 수 있었다. 이제 그들을 광복기, 전쟁기, 그리고 전후기로 나누어 짚는다.

첫째, 광복기다. 을유광복부터 1950년 6월 경인년전쟁 앞까지 최명익이 발표한 것으로 현재까지 알려진 작품은 11편[59]이다. 이들 가운데서 소설집 『맥령』에 실린 4편과 공동 낱책 『농민소설집』제1권에 실린 「공둥풀」 1편, 모두 5편을 젖혀 두고 보면 연속간행물에 실은 작품은 5편이다. 「마천령」·「기계」·「김일성 장군」·「조국전선 파견원 세 선생을 즉시 석방하라!」와 「일제의 충실한 주구이며 인민 학살의 흉악한 범죄자인 매국노 채병덕」가 그들이다. 「남향집」은 실린 곳 '미상'으로 남아 있다. 글쓴이는 이들 가운데서 『맥령』에 올린 「제1호」는 『조쏘친선』 12월호조쏘문화협회, 1949에 실렸음을 앞서 개인 낱책을 들면서 밝혔다. 이제 아래에서 새로 찾은 광복기 작품 7편을 보인다.

「북조선의 철도는 생동한다」현지 보고, 『건설』 제3집, 북조선문학예술총동맹, 1947.

「격리병원기」수필, 『새조선』 제1권 2호, 조선인민출판사, 1948.

「잊을 수 없는 점경2, 3」수필, 『조선신문』, 조선신문사, 1948.8.19.

「위대한 쏘련군」수필, 『조선신문』, 조선신문사, 1948.10.20

「민청 마크」콩소설, 『투사신문』, 투사신문사, 1948.12.23.

「인민군대와 꽃다발」수필, 『청년생활』 9호, 청년생활사, 1949.

「유엔조위배격명언록」펠레똔, 『태풍』 2월호, 태풍출판사, 1950.

---

59 진정석에서 올린 것이 8편이다. 「맥령」·「제1호」·「담배 한 대」·「무대 뒤」, 『맥령』(1947); 「마천령」, 『문화전선』(1947); 「기계」, 『조선문학』(1947·1948); 「남향집」(미상, 1948). 「공둥풀」(미상, 1948). 거기다 윤광혁에서 「담배 한 대」가 1946년 작품이라 밝혔고, 『어린 동무』 창간호(1946)에 「김일성 장군」을 실었다고 썼다. 그리고 배개화에서 2편을 올렸다. 「조국전선 파견원 세 선생을 즉시 석방하라!」, 『로동신문』(1950); 「일제의 충실한 주구이며 인민 학살의 흉악한 범죄자인 매국노 채병덕」, 『로동신문』(1950).

1947년 작품이 「북조선의 철도는 생동한다」다. 철도에 관한 최명익의 관심이 이 글로도 확인된다. 평양철도국 일꾼의 안내를 받으면서 9월 26일부터 30일까지 5일 동안, 관내 철도운영 사항을 견학한 현지 보고다. '북조선 교통국'의 지도로 9월 한 달 동안 이루어진 '석탄수송돌격월간'에 철도구 철도종사원들의 활동과 성과를 둘러보고 느낀 바를 널리 알리고자 했다. 그를 빌려 철도에 대한 일반 '인민'의 인식을 높이는 한쪽으로 '돌격대원'들과 친히 사귀어 그들을 위문하고 서로 북돋우기 위한 일이다.[60] 철도는 근대의 이동과 시점 변화를 잘 보여 주는 매체다. 비록 현지 보고라는 형식을 띠었지만 최명익 문학의 중요 관심 영역을 다시 한 번 일깨워 주는 글이다.

1948년에는 방문기 「격리병원기」와 콩소설 「민청 마크」에다 수필 「잊을 수 없는 점경」 그리고 「위대한 쏘련군」을 내놓았다. 「격리병원기」는 '인민보건사업의 일면'이라는 덧말을 붙였다. 북한의 이른바 '민주건설사업' 부문에서 '방역사업' 성과를 소개, 선전하기 위한 글이다. "문예총에서는 수시로 작가며 예술가들을 공장이며 농촌 어장으로 동원하여 각기 생산장의 활기 있는 상황을 보고문 혹은 작품으로써 널리 소개 선전"하도록 했다. 그런데 최명익은 그들 현지 파견 경험과는 달랐다. 9월 하순, 39도 이상 고열에 시달리며 "챙피하고 또 재쑤 없게스리 발진지브쓰라는 열병에 걸려 그리고 운반되여" "평남역 보통강역" 가까운 '격리병원'에 '입원'[61] 했다. 앞선 「격리병원기」와 「민청 마크」가 사회주의 현실의 긍정적인 쪽을 힘껏 올려 세우는 글이라면 뒤선 「잊을 수 없는 점경2·3」과 「위대한 쏘련군」, 둘은 북한 사회주의 발전의 으뜸 조력자 소련을 향한 고마움과 감격을 널리 일깨우고자 한 글이다. 「잊을 수 없는 점경2, 3」은 광복 3주년을 맞아 이른바 '영원한' '벗'[62] 소련군을 처음 맞았던 경험을 그린 수필이다. 을유광복 뒤 최명익은 시골에서 평양으로 올라왔다. 그때 겪었던 '해방군' 소련군에 관한 인상이 느껍다. 고마운 소련군을 향한 상찬은 「위대한 쏘련군」으로 이어진다

---

60 「북조선의 철도는 생동한다」, 『건설』 제3집, 북조선문학예술총동맹, 1947, 32쪽.
61 「격리병원기」, 『새조선』 제1권 2호, 조선인민출판사, 1948, 94쪽.
62 「잊을 수 없는 점경2·3」(수필), 『조선신문』, 조선신문사, 1948.8.19.

1949년에 들어 최명익은 작품 2편을 올렸다. 『맥령』에 실었던 소설 「제1호」를 『조쏘친선』에 먼저 올렸다는 사실은 앞에서 말한 바다. 「인민군대와 꽃다발」은 『청년생활』에 발표했다. 평양역 앞 광장에서 벌였던 광복절 4주년 행사 참관기다.

1950년에도 최명익은 3편을 발표했다. 「유엔조위배격망언록」과 「조국전선 파견원 세 선생을 즉시 석방하라!」『로동신문』 그리고 「일제의 충실한 주구이며 인민 학살의 흉악한 범죄자인 매국노 채병덕」『로동신문』이다. 뒤선 둘은 배개화의 「참고문헌」에서 한 차례 이름을 올린 글이다. 「조국전선 파견원 세 선생을 즉시 석방하라!」는 6월 10일, 3·8선을 월경하다 검거된 이른바 '조국전선중앙위원회'의 연락원 리인규·김대홍·김채창 세 사람에 대한 석방을 요구하는 글이다. "조국전선중앙위원회의 평화적 조국통일 추진 제의 호소문을 남반부 제 정당 사회단체들과 제 인사들에게 전달하고자 파견된" 이들이 "3·8선 이남 지점에서 리승만 도배들에게 불법 체포"[63]된 사건에 대한 항의문이다. 해당 글들은 여러 날 동안 『로동신문』 지면에 이어졌다. '평화적 조국통일 위해 궐기한 인민들의 우렁찬 목소리!'라는 표어 아래 올린 6월 15일자에서는 원산수산사업소 건착선 선장, 불교인 한준, 평원군 숙천면 룡덕리 농민과 함께 작가 최명익이 '인민들' 목소리를 대변해 올린 것이다. 흥미로운 점은 이 글에서 최명익이 "8·15해방 5주년 기념 예술축전 참가 작품으로 단편 「빨찌산 최용진 전초」를 썼다는 사실을 밝힌 일이다.

「일제의 충실한 주구이며 인민 학살의 흉악한 범죄자인 매국노 채병덕」은 '평화적 조국 통일을 방해하는 민족 반역자들의 죄상'이라는 곁말을 붙인 정론이다. 이 또한 『로동신문』에 실었다. 최명익에 앞서 리태준이 김성수를 비난한 글을 올린 자리다. 왜로 육군사관학교를 나와 부왜 고급 장교로 나돌았던 부왜배 최병덕이 미군정 아래서 '국방군'의 '총참모장'으로 올라선 꼴불견을 질타하는 격정어린 글이다.

새로 찾은 「유엔조위배격망언록」은 펠레톤이다. 짧은 분량에 시대적 비판과 풍자를 다하는 언론 문학이 펠레톤이다. 남한 문학에서는 볼 수 없는 북한 초기 문학의

---

63 신한식, 「불법체포의 폭거 철저히 폭로하자」, 『로동신문』, 로동신문사, 1950.6.15.

특성 갈래 가운데 하나다. 오장환·한효·이여성·민병균·류문화·고경흠과 함께 최명익도 한 자리를 맡았다. 이제 광복기 연속매체에 실은 최명익 작품은 15회 14편으로 올라선다.

둘째, 전쟁기다. 전쟁기 연속간행물 발표 작품으로 지금까지 알려진 것은 모두 9편이다. 소설 5편과 줄글 4편. 소설은 『기관사』에 실린 「운전수 길보의 전투」1952.2·「소년 권동수」·「조국의 목소리」1951.2·「기관사」1951 4편에다 「영웅 한남수」1952가 더한다. 이들 가운데 「운전수 길보의 전투」 경우, 진정석에서는 실린 곳을 알 수 없었다가 배개화에서 『로동신문』1952.3.15~16에 오른 사실을 확인했다. 앞서 소설집 『기관사』를 다루면서 말한 바다. 「영웅 한남수」 경우는 『청년생활』 1951년 5월호에 발표한 「한남수 기관사」를 개작한 것이다. 1951년 6월 『민주조선』에 되실었다. 아울러 「소년 권남수」는 『조선녀성』 1952년 3월호에 『소년 권룡주』로 내놓았다가 주인공과 작품 이름을 바꾸어 『기관사』에 실었음을 앞에서 말했다. 따라서 전쟁기 최명익 발표 소설 5편 가운데서 2편에 관한 실증적 보완을 이 글에서 새로 한 셈이다.

알려진 줄글 4편[64]의 실재는 모두 북한자료센터 누리집 정보로 확인할 수 있다. 「평양 상공을 방위하는 우리 고사포대 동무들」·「쏘련 군대에 의하여 해방된 8·15와 영웅적 조선 인민」·「잊쳐지지 않는 그 라팔소리」·「나는 쏘베트 문학에서 이렇게 배우고 있다」가 그들이다. 수필 「잊쳐지지 않는 그 라팔소리」는 이른바 '항미원조지원군 참전 1주년 기념'에 실린 작품이다. 동승태의 시와 함께 최명익의 줄글이 올랐다. 이제 여기다 작품 3편을 새로 찾아 올린다. 1951년과 1952년에 걸친 평론 2편, 수필 1편이다.

「위대한 쏘베트 인민의 영웅적 형상에서 우리 작가는 많은 것을 배우고 있다」우리는 선진

64　「평양 상공을 방위하는 우리 고사포대 동무들」, 『민주조선』, 민주조선사, 1951.4.11; 「쏘련 군대에 의하여 해방된 8·15와 영웅적 조선 인민」, 『민주조선』, 민주조선사, 1951.8.15; 「잊쳐지지 않는 그 라팔소리」, 『로동신문』, 1951.10.24; 「나는 쏘련문학에서 이렇게 배운다」, 『로동신문』, 1952.8.20.

쏘베트 문화를 이렇게 배웠다, 평론, 『조쏘친선』 12월호, 1951.

「위대한 쏘베트 군대와 조선 인민」수필, 『조선녀성』 2월호, 1952.

「우리의 친근한 벗들―쏘련 소설에 형상된 몇몇 인물들」쏘련의 친근한 벗들, 평론, 『조쏘친선』 8월호, 조쏘문화협회, 1952.

「위대한 쏘베트 인민의 영웅적 형상에서 우리 작가는 많은 것을 배우고 있다」는 '우리는 선진 쏘베트 문화를 이렇게 배웠다'라는 고정 기획 자리에 올린 글이다. 1952년의 「우리의 친근한 벗들―쏘련 소설에 형상된 몇몇 인물들」 또한 '쏘련의 친근한 벗들'이라는 고정 기획 글이다. 2편 모두 『조쏘친선』에 실렸다. 이른바 조쏘친선과 관련한 낱글을 뜻에 걸맞은 매체에 올린 셈이다. 1952년 『조선녀성』에 실은 「위대한 쏘베트 군대와 조선 인민」 또한 조쏘친선을 주제로 삼았다. 최명익은 전쟁기 동안 소설뿐 아니라 사회주의의 이른바 국제주의 친선이라는 명분 아래 중공과 소련을 향해 이루어진 상찬과 숭앙의 흐름에 한 몫 거드는 줄글을 열심히 써올린 셈이다.

흥미로운 점은 전쟁기에서도 1953년 글이 보이지 않는다는 사실이다. 이 점은 박헌영계를 중심으로 한 문학사회 숙정 분위기와 맞물려 최명익이 신분상 곤경을 겪었을 것이라는 가능성을 더욱 굳혀 준다.[65] 진정석이 "한국전쟁 종전 무렵부터 최명익에 대한 비판이 더욱 심해지면서 활동을 거의 하지 않게 됨"[66]이라 썼던 시기다. 그리고 그 점은 윤광현이 "년로한 몸으로 작가 대렬에서 제외되어 농촌에 묻히게 되었을 때 애오라지 일루 희망 안고 아들의 소식을 기다리던 그이는 전사증을 받아 쥐였다. 거기에다 처의 급사로 인한 정신적 타격은 실로 늙은 작가로 하여금 농촌 생활을 감당하기 어렵게 하였다"[67]라고 썼던 아픈 정황과 맞물린 일일 터다. 이제 전쟁기 연속매체에 실은 최명익의 낱글은 14회 12편으로 는다.

셋째, 전후기다. 1953년 휴전부터 1960년대 후반까지 이제껏 알려진 낱글은 진

---

65   배개화에서 '중간파'라는 쪽에서 꼼꼼하게 다루었다. 배개화, 앞의 글, 307~339쪽.

66   진정석 엮음, 앞의 책, 469쪽.

67   윤광혁, 앞의 글. 73쪽.

정석에 따르면 15편[68]이다. 그들 가운데서 「소설 창작에서의 나의 고심」은 공저에 실렸고, 「섬월이」·「음악가 김성기」·「학자의 념원」 세 편은 1962년에 발표된 것으로 올렸으나 실린 곳은 '미상'으로 두었다. 그리고 「지리학자 김정호」와 「론개의 이야기」는 실린 해와 실린 곳 모두 알 수 없어 이름만 올렸다. 따라서 이미 알려진 15편 가운데서 정확하게 실증한 연속간행물의 낱글은 9편에 그친다. 거기다 통일부 북한자료센터 누리집을 빌려 실재를 확인할 수 있는 작품이 28편[69]이다. 『문학신문』과 『아동문학』에 실린 것들이다. 그를 빌려 「섬월이」는 『문학신문』에, 「음악가 김성기」·「학자의 념원」·「론개의 이야기」가 『아동문학』에 실렸음을 확인할 수 있다. 진정석에서 훨씬 나아간 작품 죽보기가 가능해진 것이다. 그런 바탕 위에서 이제 새로 전후기 최명익의 낱글 작품 12편을 찾았다. 그런데 수필 「천금 같은 물」_{로동신문,} 1963.6.16은 최명익의 수필집 『글에 대한 생각』에 실렸다. 따라서 그것을 빼고 11편 발굴 작품을 보이면 아래와 같다.

「반가운 재촉」^{벽소설}, 『써클원 문예』 10호, 1955.

「그이의 미소」^{단편}, 『조쏘문화』 8호, 1957.

---

68 「나의 염원」(1957)·「3·1운동의 회상」(1958)·「레프 톨스토이 선생에 대한 단상」(1958)·「조국의 주인」(1958)·「소설 창작에서의 나의 고심」(1959)·「장편 소설 『서산대사』를 쓰기까지」(창작에 대한 수필)(1960)·「임오년의 서울」(1961)·「창작에 관한 단상」(1962)·「일기초」(1962)·「섬월이」(19620·「음악가 김성기」(1962)·「학자의 념원」(1962)·「실천을 통한 어휘 공부」(1967)·「지리학자 김정호」(미상)·「론개 이야기」(미상).

69 「강감찬 장군」(1955)·「천재적 화가 리정」(1957)·「반할 만한 사람을 만난 때의 행복감」(1957)·「레닌 선생의 유적」(1957)·「임진조국전쟁 때의 평양 사람들」(1957)·「떳떳한 사람」(1958)·「레닌 박물관에서」(1958)·「미제와 리승만의 '도모지' 법령」(1958)·「부채와 파리채」(1958)·「재생의 날 8·15」(1958)·「공화국 품속으로 오라!」(1958)·「'이민'-안 될 말이다」(1959)·「남조선의 작가들이여, 당신들은 모르지 않을 것이다」(1960)·「행복과 긍지감으로써 일해 왔다」(1960)·「한 작가로서 말한다」(1961)·「크나큰 긍지로써」(1961)·「오늘과 래일을 위한 력사소설」(1962)·「창작에 대한 단상」(1962)·「전기 세탁기」(1963)·「주인공과 작가」(1963)·「신인들에 대하여」(1963)·「조선 인민의 불패의 기상」(1964)·「박정희의 '년두사'」(1964)·「말」(1964)·「속일 수 없다」(1964)·「매국 '조약'의 막후 조종자는 미제다」(1965)·「우리의 당」(1965)·「로동계급의 혁명정신으로」(1966).

「야쓰나야 뽈랴나로 가는 길」^{오체르크},『조선문학』11월호, 1957.

「소설가들의 개별 결의」,『문학신문』, 1960.11.4.

「『임오년의 서울』을 쓸 때에」,『문학신문』, 문학신문사, 1962.7.24.

「내 고향 평양」^{고향 자랑},『천리마』8월호, 군중문화출판사, 1963.

「조국의 수난의 력사를 회고하면서」^{수필},『조국통일』, 1963.11.9.

「박다지의 지혜(상·하)」^{사화},『천리마』5~6월호, 1964.

「새로운 력사소설을 쓰겠다」^{새해 결의},『조선문학』1월호, 1965.

「3·1절을 회상하며」^{수필},『민주조선』, 1965.2.28.

「기차 선로와 전투 회상기」,『로동신문』, 1966.8.13

전후기에 가장 먼저 보이는 최명익 낱글은 1955년『아동문학』에 실은 이야기「강감찬 장군」과 위에 올린 벽소설「반가운 재촉」이다. 1953년부터 1954년 사이에 연속간행물 게재 작품이 보이지 않는다. 그런데 이미 앞자리 공저에서 밝혔듯이 1954년에 최명익은 역사소설「신라의 한 무사의 이야기」와 이야기「고주몽」을 발표했다. 따라서 작품 발표가 없었던 해는 1953년 한 해에 그친다. 거기다 진정석은「작가 연보」에서 1955년은 비운 채, 1956년에 "『임진왜란』을 소재로 한 장편『서산대사』출간. 이 작품이 북한 문예를 대표하는 하나의 모범으로 평가받으면서 창작 일선에 복귀"[70]라 썼다. 따라서 1955년은 최명익이 작품 일선에서 물러서 있었던 해로 보았다. 그런데 1955년에「강감찬 장군」과「반가운 재촉」을 발표했다. 진정석의 해적이는 손질이 필요하다. "창작 일선에 복귀"한 때는 두 해 앞인 1954년이다. 그리고 짤막한「강감찬 장군」으로 말미암아 최명익 문학의 중요한 성취가 역사물에서 이미 이루어지고 있음을 뚜렷이 알 수 있다. 1956년 역사장편소설『서산대사』창작과 출판은 1954년의「신라의 한 무사의 이야기」나「고주몽」을 거쳐 1955년「강감찬 장군」으로 나아가는 속에서 한 걸음 한 걸음 무르익고 있었던 셈이다.

70　진정석 엮음, 앞의 책, 469쪽.

벽소설 「반가운 재촉」은 나라잃은시대 왜놈 밑에서 '벽돌 축조공'으로 설움을 받으며 살았던 '갑덕이' 아버지 이야기다. 그때 낳은 아들 갑덕이는 을유광복 뒤 인민학교를 졸업하고 어느덧 중학교에 입학할 나이가 되었다. 갑덕이 아버지는 아들이 다닐 중학교를 짓는 일에도 동원되었다. 그런 아버지를 아들은 자랑차게 여긴다. 빨리 학교가 멋스럽게 완공되기를 기다리며 아들 갑덕이가 '반가운 재촉'을 아끼지 않는다는 줄거리다.

1956년에는 아직 알려진 낱글도 없지만 글쓴이 또한 새 작품을 찾을 수 없었다. 이 해는 최명익의 명성을 크게 끌어 올려준 『사명대사』의 출판과 성공이 함께했던 때다. 작가의 활동 정황을 잘 알려 주는 『문학신문』은 1956년 12월에 창간하였다. 따라서 『사명대사』의 성공과 얽힌 문학사회 동향을 담을 그릇이 마땅치 않았을 것이다. 어쨌든 최명익으로서는 종파주의 비판과 제거의 회오리가 일었던 1956년은 작품을 앞세워 성공적으로 헤쳐 나간 셈이다. 1956년 작품 발표가 눈에 뜨이지 않은 사정이 다른 이와 달리 문제적이지 않은 까닭이다.

1957년에 이르러 최명익의 새 작품은 2편을 찾을 수 있다. 「그이의 미소」^{단편}·「야쓰나야 뽈랴나로 가는 길」^{오체르크}이 그것이다. 이제까지 『조선문학』에 실린 「나의 념원」을 비롯 「천재적 화가 리정」·「레닌 선생의 유적」·「반할 만한 사람을 만난 때의 행복감」·「임진조국전쟁 때의 평양 사람들」까지 5편이 알려진 자리다. 이야기 「천재적 화가 리정」과 오체르크 「레닌 선생의 유적」 2편은 『아동문학』에 실린 낱글이다. 최명익 작품의 현실 독자층이 어린이청소년 세계로 더욱 깊어지고 있음을 보여준다. 「레닌 선생의 유적」과 『조선문학』에 실은 오체르크 「야쓰나야 뽈랴나로 가는 길」, 그리고 소설 「그이의 미소」는 최명익의 소련 방문을 알려 주는 터무니다. 1957년의 최명익을 두고 진정석은 "항일 무장투쟁 참가자들의 회상기 집필에 참여, 소련 여행을 다녀오고"라 썼다. 위의 세 편은 바로 그 '소련 여행'을 보고한 결과물인 셈이다. 최명익 또한 당대 문학사회 흐름에 발맞추어 오체르크^{실화문학}에 힘껏 나섰음을 알려 준다. 아울러 그 바탕은 시혜 드높게 자신에게 내려진 소련 현지 방문이라는 고마움이었다. 그리고 그것은 다음 해 「레브 똘쓰또이 선생에 대한 단상」·「레닌 박물관에서」로 거듭 이어진다. 최명익은 소련 여행의 감회와 고마움을 두 해에 걸쳐 모두 5편의 작품으로 보답한 것이다.

1958년 들어 최명익이 내놓은 작품은 이제까지 『조선문학』에 실렸던 세 편, 곧 「3·1운동 때의 회상」·「레프 똘스토이 선생에 대한 단상」·「조국의 주인」을 비롯해 10편[71]이 알려진다. 새로 찾은 작품은 없다. 10편 모두 『아동문학』과 『문학신문』을 발표지로 삼은 글이다. 소설은 볼 수 없고 짧은 수필과 이야기, 실화가 모두다. 눈여겨 볼 자리는 실화문학이다. 이미 알려진 1957년의 「레닌 선생의 유적」·「야쓰나야 뽈랴나로 가는 길」 2편에다 새로 「레닌 박물관에서」를 더했다. 여느 작가들이 현지 파견과 같은 계기를 빌려 오체르크를 다수 내놓고 있는 흐름과 견주어 보았을 때, 최명익의 소극적인 태도가 엿보인다. 그럼에도 비록 어린이 독서물로 소비될 작품이고 기행문 형식이긴 하나 당대 현실을 향한 발언을 아끼지 않은 셈이다. 자신의 당성과 인민성 확인을 향한 나름의 노력을 폈다.

1959년에 연속간행물 발표 낱글을 「이민―안 될 말이다」 1편이 알려진다. 공저 낱책 『작가수업』에 실린 「소설 창작에서의 나의 고심」을 더하면 낱글은 2편이다. 「이민―안 될 말이다」는 남쪽을 향한 담론이다. 이승만 행정부의 이민 정책을 비난하고 헐뜯는 속살이다. 최명익의 전후기 문학 가운데서 어린이문학과 역사물 말고도 남한 현실을 향한 1차 담론이 들어서게 된다. 그런데 글쓴이 또한 이들 2편 말고는 새 작품을 찾을 수 없었다. 1958년에 견주어 1959년의 발표 작품이 뚝 떨어지는 현상은 시기적으로 보아 신상 변화와 얽혀 있을 확률이 높다. 다만 다음해 1960년에 낱글 발표가 회복되는 것으로 보아, 1959년의 축소 발표는 현지 파견과 같은 변화 정도에 그치는 것으로 짐작된다.

이어 1960년에는 이제껏 「남조선의 작가들이여, 당신들은 모르지 않을 것이다」를 비롯해 4편이 알려진다. 정론 「남조선의 작가들이여, 당신들은 모르지 않을 것이

---

71 「3·1운동 때의 회상」·「레프 똘스토이 선생에 대한 단상」·「조국의 주인」·「미제와 리승만의 '도모지' 법령」·「떳떳한 사람」·「부채와 파리채」·「레닌 박물관에서」·「재생의 8·15」·「품속으로 오라」·「론개의 이야기」.

다」는 남한의 혼란상을 부추기는 글이다. 1960년 경자시민의거가 일어났을 앞뒤로
북한 언론은 지속적으로 이승만 행정부를 비난하고 체제 전복을 꾀하는 정론과 작
품 다수를 꾸준히 실었다. 그런 자리에 최명익도 한 자리를 거들었다. 「음악가 김성
기」는 '이야기'다. 한결같이 어린이 작품을 향한 최명익의 활동을 엿볼 수 있다. 거기
다 『서산대사』 창작 과정을 알려 주는 창작 경험 자리가 「장편소설 『서산대사』를 쓰
기까지」다. 이어서 자신의 창작 생활을 회고하는 「행복과 긍지감으로 일해 왔다」가
더한다. 이 글은 광복 15돌을 맞은 감회를 창작 경험과 엮어 담은 글이다. '15년과 나
의 창작'이라는 기획물 가운데 하나다. 이제 이들에다 새해 작가의 결의를 보이는 짧
은 줄글 「소설가들의 개별 결의」『문학신문』 1편을 새로 더한다. 리기영을 처음으로 엄흥
섭·석윤기 들이 결의를 올렸다. 최명익은 리기영 다음으로 두 번째 자리를 차지했
다. 다음 해 발표할 『임오년의 서울』의 완성을 미리 암시한 셈이다. 그런 결의에 걸맞
게 최명익은 다음 해 『임오년의 서울』을 4회에 걸쳐 『조선문학』에 실었다. 새로 발굴
한 1편을 더해 1960년에 발표한 최명익 작품은 이제 5편으로 는다.

1961년에는 수필 2편, 곧 「한 작가로서 말한다」와 「크나큰 긍지로써」가 알려진다.
글쓴이는 새로 더하지 못했다. 이미 『서산대사』에 이어 『임오년의 서울』까지 명성을
더한 뒤다. 북한 문학사회 안쪽에서 최명익의 성공적인 작가적 위상을 일깨워 주는
글이 1961년의 수필 2편인 셈이다.

1962년에 발표된 작품으로 진정석은 모두 5편을 들었다. 수필 「창작에 관한 단
상」과 「일기초」, 소설 「섬월이」와 이야기 「음악가 김성기」에다 「학자의 념원」이다.
이들 가운데서 실린 곳과 실린 데를 확정한 작품은 『조선문학』에 실은 「일기초」뿐이
었다. 4편이 1962년에 발표된 작품이라는 사실만 적었다. 그런데 그 가운데서 「음
악가 김성기」와 「학자의 념원」은 『아동문학』에, 그리고 소설 「섬월이」는 『문학신문』
에 발표된 작품이라는 사실은 북한자료센터 누리집을 빌려 확인할 수 있다. 다만 진
정석의 기록과 달리 「섬월이」는 1963년 발표 작품이다. 이런 가운데 글쓴이가 새로
1편을 더한다. 「『임오년의 서울』을 쓸 때에」『문학신문』가 그것이다. 1962년 7월 23일
은 임오군란으로 알려진, 임오군변의 80주년이 되는 날이다. 최명익은 이러한 시기

에 자신이 쓴 『임오년의 서울』 창작 때에 마음을 크게 두었던 충청도 선비 백락관을 『고종실록』, 곧 『비애왕실록』에서 찾게 된 과정과 그 뜻을 풀어 담은 글이다. 흔히 알려진바 왜로 장교에게 훈련 받은 별기군과 구식 군대 사이 차별 양상에서 벌어진 '군란'으로만 보아서는 아니 되리라는 실마리를 준 사람이 백락관이었다.

1963년부터 1966년까지 세 해는 이제까지 최명익의 작품 발표가 없었다고 진정석의 「작품 연보」에서 적었던 시기다. 북한자료센터의 누리집 정보로 몇 작품을 더할 수 있다. 1963년에 이르러 확인되는 작품 4편이 그것을 증명한다. 「섬월이」를 비롯해 「전기 세탁기」·「주인공과 작가」·「신인들에 대하여」가 그것이다. 거기에 『글에 대한 생각』에 실었던 「천금 같은 수필」[72]이 더한다. 아울러 글쓴이가 새로 찾은 「내 고향 평양」『천리마』과 「조국의 수난의 력사를 회고하면서」『조국통일』도 있다. 흥미로운 점은 글이 실린 매체다. 1963년에 이르러 최명익은 이미 알려진 『조선문학』·『문학신문』·『아동문학』·『청년문학』·『조선녀성』·『로동신문』 말고도 새로운 매체에서 확인된다. 『천리마』와 『조국통일』이 그것이다. 지나간 시기 자신이 겪었던 피식민지 노예의 삶을 되새기는 글 「조국의 수난의 력사를 회고하면서」는 『조국통일』에 실었다. 『조국통일』은 북한의 조국평화통일위원회 기관 신문이다. 5일 간격으로 1961년 창간 뒤부터 꾸준히 나왔다. 발행처 조국통일사는 북한의 남한 연구에서 맨 앞자리에 놓이는 격월간 이론 잡지 『남조선문제』를 냈던 곳이다.[73] 남한 사회를 향한 담론을 생산하는 대표 매체에 평양 작가 최명익이 본격적으로 자신의 얼굴을 선뵀다. 『천리마』에 올린 「내 고향 평양」은 "나는 평양에서 나서 60이 넘은 지금까지 평양에서 살아온다"로 시작하는 '고향 자랑'이다. 을유광복 뒤 "공화국의 민주 수도로 된 지금의

72　다음해 낱책에 되실었다. 『글에 대한 생각』, 조선문학총동맹출판사, 1964, 17~23쪽.

73　『조국통일』의 실재나 실체는 아직 우리 학계에 알려지지 않았다. 발간 목표가 제목 그대로 '조국 통일', 곧 남조선 '해방'을 향한 통일전선의 핵심적인 전술 전략 신문임을 자임한 매체다. 그리고 『조국통일』은 『로동신문』이나 『문학신문』과 달리 유포 범위가 북한 외부 곧 배달말 사용이 가능한 일본 중국과 같은 재외 동포사회까지 겨냥했다. 게다가 운영진이나 필진에는 월북 지식인이나 문학예술인이 중심이다. 각별히 그들의 남한 회고기를 빌려 우리에게 알려지지 않은 월북 문학예술인의 존재를 확인시켜 준다.

평양은" "근로 인민의 주인인 평양이다."[74] 그 사이 평양의 옛 풍광과 사회주의 북한의 발전 속에서 바뀐 평양 모습을 견주면서 지나간 평양에 대한 자랑을 훨씬 뛰어 넘은, 오늘날 평양의 발전상에 대한 긍지를 드높게 밝혔다. 평양 사람의, 흔치 않은 평양 옛 회상이 돋보이는 글이다.

1964년에도 최명익은 4편을 실었다. 정론 「박정희의 년두사」·「속일 수 없다」 2편과 수필 「말」·「조선 인민의 불패의 기상」이 그것이다. 정론 2편은 모두 남한을 향한 것이다. 대남 항전 의식을 담아내면서 북한 안쪽의 결집을 꾀하는 자리에서 자신의 목소리를 드높였다. 이승만행정부의 퇴진과 더불어 새로이 자리 잡은 박정희행정부에 관한 비난과 공격을 최대한 끌어올린 글이다. 거기에 그 무렵 북한 사회에 활발하게 이루어지고 있었던 '말 다듬기' 정책과 맞물린 단상 「말」을 올렸다. 「속일 수 없다」는 1964년 3월 27일자로 발표된 북한 최고인민회의의 「호소문—남조선 인민들과 제 정당, 사회단체 인사들 및 남조선 국회위원들에게」를 두고, 그에 따른 작가동맹의 『문학신문』 '궐기' 특집호의 '외세를 물리치라, 형제여 이 뜨거운 손'길을 잡으라!'라는 구호 아래 실린 여러 글 가운데 하나다.

① 우리 민족 최대의 과업인 조국의 자주적 평화 통일을 위한 더욱 견결한 투쟁을 전개하라!

모두다 미제 침략자들을 쫓아내고 '한일회담'을 분쇄하며 민족적 합작을 실현하고 남북의 장벽을 털어버리기 위한 거족적 투쟁의 기치 하에 굳게 뭉쳐 싸워 나아가자!

조선민주주의인민공화국 최고회의는 각개각층 남조선 인민들과 사회, 정치 활동가들이 우리의 이 호소를 전"적으로 지지하고 그의 실현을 위하여 적극 투쟁하리라는 확신을 표명한다.

—「호소문—남조선 인민들과 제 정당,
사회단체 인사들 및 남조선 국회위원들에게」 가운데서[75]

---

74 「내 고향 평양」(고향 자랑), 『천리마』 8월호, 군중문화출판사, 1963, 62쪽.
75 『문학신문』, 문학신문사, 1964.3.31.

②우리는 그 같은 외래 침략자들을 몰아내고 그 놈들의 침략 도구인 박정희 도당을 숙청함으로써만 남북 인민이 손을 잡고 자주적으로 조국을 통일할 수 있고, 남반부 인민들은 도탄 속에서 구출될 수 있다. 지금 궐기하여 투쟁하는 남반부 인민들이 이 같은 구국 투쟁의 길로 철저히 맹진하리라고 우리는 믿는다.

—「속일 수 없다」 가운데서[76]

강능수·오영재·리갑기·윤세중의 짧은 줄글들, '호소문을 읽고'와 박산운 노랫말에 리건우 작곡의 「노호하라 남해 바다여」, 송찬웅·리계심·양운한·윤석범의 시에다 김화견의 시 「바로 그 길이다―싸우는 서울의 학생들에게」, 그리고 황건의 「4월의 거리로!」, 황계홍의 「력사는 심판하리라」 두 수필로 채워진 뜨거운 지면이다. 최명익은 그들 가운데서 앞자리 정론을 맡았다. 최명익의 문학사회 지도적 입장을 암시하는 갈래 배치였다 하겠다.

이제 여기에 「박다지의 지혜」『천리마』 1편을 새로 더한다. 5월 6월에 이어 두 차례 '상', '하'로 나누어 실었던 '사화'다. 박다지는 임진왜란 때 평양에서 싸운 의병 가운데서도 '평양 십장사'에 드는 박억이라는 이의 별명이다. 그이는 재주나 꾀가 많아 '다지'라는 별명을 얻었던 재사이자 용장이었다. 그이의 계책으로 평양성 전투에서 왜적의 사기를 보기 좋게 꺾은 이야기를 줄거리로 세운 글이다. 이것은 '전설'이라는 갈래 이름으로 뒷날 『금수강산』오늘의조국사 1993년 제11호에 「박다지의 지혜」전설로 되살아나게 되는 바탕을 이루었다.

1965년도에는 모두 2편이 확인된다. 「매국 '조약'의 막후 조종자는 미제다」와 「우리의 당」이다. 정론 「매국 '조약'의 막후 조종자는 미제다」 또한 대남 통일전선전략의 글로서 대남 타자화 담론에 앞장섰던 최명익의 그 무렵 위상이 잘 나타난다. 월북 작가와 더불어 대남 타자화 담론에 앞장설 수 있었던 이들 가운데 남한 사회를 겪었던 재북 작가들이 한둘 사라지고 없었던 시기에 최명익이 놓인 자리가 잘 드러난

---

76 『문학신문』, 문학신문사, 1964.3.31.

다. 이제 여기에 글쓴이가 새로 2편을 더한다. 「새로운 력사소설을 쓰겠다」『조선문학』·「3·1절을 회상하며」『민주조선』다. 두 작품 모두 1960년대 사람 나이 60대의 최명익이 서 있었던 작가적 정체성을 암시하는 글이다. 1월의 '새해 결의' 기획물 가운데 하나로 올린 글이 「새로운 력사소설을 쓰겠다」이다. 전후기 1950년과 1960년을 겪어 나오면서 자신의 위상을 밀고 나오게 한 뒷심이 된 으뜸 갈래 선택이 '력사소설'이었다. 그를 향한 노력을 삶의 마지막까지 잇겠다는 다짐이다. 거기다 「3·1절을 회상하며」 또한 최명익의 자리를 뚜렷하게 보여 준다. 지나간 피식민지 나라잃은시대 정황을 되새길 수 있는 이들이 많지 않은 북한 현실 속에서 기미만세의거를 겪은 원로 세대로서 마땅한 몫이었다.

1966년 최명익의 글은 1편을 확인할 수 있다. 정론 「로동계급의 혁명 정신으로」다. 여기에 글쓴이가 새로 1편을 더 찾아 올린다. 『로동신문』에 실은 수필 「기차 선로와 전투 회상기」다. 어느새 최명익은 나라잃은시대 기미만세의거나 광복기에서도 훌쩍 올라서 경인년전쟁기 회고를 들려주는 자리에 놓였다. 「기차 선로와 전투 회상기」는 「기관사」를 비롯해 철도와 철도원을 중심으로 이루어졌던 전투에서 영웅적 활동을 했던 사람과 사건에서 뚜렷한 특장을 보인 작가에게 요구한 회고담이다. 북한 문학사회에서 철도문학의 가능성과 그 성과를 꾸준히 담아냈던 작가에 대한 경의를 갖춘 기획글이었던 셈이다.

1967년에 쓴 글로는 이제까지 1편이 알려져 왔다. 수필 「실천을 위한 어휘 공부」가 그것이다. 글쓴이는 이 시기 다른 작품을 찾을 수는 없었다. 최명익의 재북 시기 연속매체에 실은 낱글 발표는 1967년 8월의 이 작품으로 그친다. 따라서 전후기에 연속매체에 올린 최명익의 낱글은 56회 52편으로 굳힌다. 그리고 1967년을 두고 진정석은 「작가 연보」에서 아래와 같이 썼다.

1967년[65세] 수필 「실천을 위한 어휘 공부」 발표 이후 행적이 사라짐. 1960년대 후반 이후 부르주아였던 전력 등이 문제되어 숙청을 당하고 시골 농장에서 자살했다고 알려짐.[77]

현재로서는 1967년 해적이에서 달라질 속살은 보이지 않는다. "시골 농장에서 자살했다"는 정보의 터무니가 어디에 있는지는 알 수 없다. 다만 나이로 보나 작가 위상으로 보아 '자살'까지 이를 정도까지 바깥의 핍박이나 제거의 칼날을 맞았을 것인가 하는 점에서는 물음을 가질 수 있다. 1967년 무렵은 북한 사회주의 체제에서 중국의 문화대격변에 견줄 만한 변혁이 이루어졌던 시기다. 어렵사리 전쟁기 후반과 1950년대 후반, 그리고 1960년대 초반에 불어 닥쳤던, 북한 문학사회의 숙정 바람을 용케 견디고 버텨 나왔던 많은 원로 세대들도 이 무렵부터는 현실 문학사회 뒤쪽으로 뚜렷하게 밀려났다. 최명익의 마지막은 그러한 동향과 무관하지 않을 일이다. 환한 사실은 윤광혁이 썼던바 "작가 대렬에서 제외"[78]되었다는 점이다.

앞에서 을유광복 뒤부터 북한 사회주의 체제 안에서 최명익이 연속매체에 올렸던 낱글을 광복기, 전쟁기, 전후기 세 묶음으로 나누어 살펴 나왔다. 이제까지 알려졌거나 실재가 확인된 최명익의 낱글은 56편이었다. 여기에 글쓴이는 광복기 7편, 전쟁기 3편, 전후기 11편, 모두 21편을 새로 찾아 더했다. 다만『로동신문』에 실렸던「천금 같은 물」[1963]은 수필집『글에 대한 생각』에 올랐기에 발표에는 넣었으나 발굴 작품에서는 빠진다. 그리하여 최명익의 재북 시기 연속매체 발표 낱글은 85회에 걸친 78편에 이른다.[79] 아직 실린 곳과 때까지 확인할 수 없는「지리학자 김정호」도 빠진 수치다. 그들을 표로 보이면 다음과 같다.

[낱글 일람표 : 1948~1967]

해	갈래별 낱글												합계
	소설				사화	실화	수필	펠레톤	평론	정론	어린이청소년문학		
	중편	단편	콩소설	벽소설							소설	이야기	
1945													
1946		1									1		2

<hr>

77　진정석 엮음, 앞의 책, 470쪽.

78　윤광혁, 앞의 글, 73쪽.

79　이들 가운데서 수필집『글에 대한 생각』(문학예술총동맹출판사, 1964)에 실은 것은 모두 13편이다. 1956년부터 1964년에 걸쳐 내놓은 것들이다. 「천금 같은 물」·「전기 세탁기」·「반할 만한 사람을 만난 때의 행복감」·「나의 념원」·「잊쳐지지 않는 그 나팔 소리」·「3·1의 회상」·「소설 창작에서의 나의 고심」·「주인공과 작가」·「창작에 대한 단상」·「오늘과 래일을 위한 력사소설」·「레브 똘스또이에 대한 단상」·「말」·「신인들에 대한 기대」.

해	소설				사화	실화	수필	펠레톤	평론	정론	어린이청소년문학		합계
	중편	단편	콩소설	벽소설							소설	이야기	
1947	1	1				1							3
1948	(1)		1				3						4(5)
1949		1					1						2
1950							1	1		1			3
1951		3(4)				1	2		1				7(8)
1952		2(3)					2		1				5(6)
1953													
1954													
1955				1								1	2
1956													
1957		1			1	2	2					1	7
1958						1	6			1		2	10
1959							1						1
1960							3			1		1	5
1961	1(4)						2						3(6)
1962							4				1		5
1963		1					5		1				7
1964					1(2)		2			2			5(6)
1965							3			1			4
1966							1			1			2
1967							1						1
합계	2(6)	10(12)	1	1	2(3)	5	39	1	3	7	2	5	78(85)

〈단위 : 편, (회)〉

표를 빌려서 최명익이 이룬 재북 시기 연속매체 낱글 발표의 큰 흐름을 짚을 수 있다. 첫째, 시기별 흐름이다. 표에서 보듯이 낱글을 얻지 못한 해는 1953년과 1954년 그리고 1956년이다. 북한 초기 매체를 만족스럽게 살피지 못했다는 한계를 지님에도 이 시기 작품을 볼 수 없는 데는 나름의 까닭이 있을 것이다. 1953년 경우는 최명익이 '작가 대렬'에서 물러나 있었던 전쟁기 사정이 담긴 결과일 것이다. 아들이 전사하는 비통까지 더하면서 어려웠을 그 시기를 최명익은 역사소설 쓰기라는 창작 집념으로 버텼던 셈이다. 1954년 경우는 공저에 이야기 「신라의 한 무사의 이야기」, 「고주몽」과 같은 발표가 있었다. 문제 될 까닭이 없다. 1956년에 낱글 발표가 보이지 않는 것은 종파주의 논란과 같은 데 휩싸였던 변고 탓은 아니었다. 재북 시기 으뜸 성공작이라 할 『사명대사』의 전작 출판이 증명하는 사실이다. 알려진 바와 같이 최명익의 낱글 발표는 1967년에 그친다. 그 뒤 사정은 앞으로 밝혀야 할 문젯거리로 남겨진 상태다. 최명익 나이 65살 무렵이다.

둘째, 갈래별 특성이다. 최명익은 재북 시기 내내 소설과 수필 갈래에다 정론 두어 편을 내놓은 것으로 알려져 왔다. 그런데 이 글에서 최명익이 1945년부터 1967년 사이에 1편이라도 작품을 내놓았던 갈래는 모두 열둘에 이르는 사실을 확인했다. 소설 경우, 중단편을 거쳐 콩소설, 벽소설까지 이어진다. 거기다 사회^{이야기}와 오체르크, 수필, 펠레톤과 평론에다 정론으로까지 나갔다. 다갈래 창작은 북한 작가에게 흔한 일이지만 최명익도 그에서 벗어나지 않는다. 여기에 어린이청소년 문학의 소년소설, 이야기^{사화}가 더한다. 갈래 선택에서 결코 좁지 않음을 볼 수 있다. 편수로는 39편에 이르는 수필이 가장 많다. 다음을 10편에 걸친 단편이 따른다. 흥미로운 점은 먼저 평론, 정론 같은 이념 정위가 뚜렷하게 드러나는 갈래보다는 허구적 표현성이 앞서는 창작 활동에 중심이 놓인다는 점이다. 평론 3편도 본격 이론 비평과는 거리를 둔 느슨한 글이다. 체제 선전이나 이념 선동 논객 됨됨이에서는 소극적이었던 셈이다. 다음으로 어린이청소년 문학 갈래 창작이 무겁다. 이는 어른 상대 역사소설이나 사화와 맞물리면서 최명익의 재북 시기 일찍부터 펼쳤을 뿐 아니라, 성공을 거듭한 갈래라는 사실을 확인할 수 있다. 작가적 정체성의 핵심 역할을 역사물과 어린이청소년문학이 맡고 있는 맵시다.

셋째, 발표 매체의 됨됨이다. 최명익의 연속매체 낱글 78편 가운데서 실린곳을 확정할 수 있는 것은 76편이다. 이 가운데서 전쟁기에 내놓은 14편은 12종에 걸쳐 실렸다. 그들은 『문화전선』과 같은 문예지에서부터 『어린 동무』·『조쏘친선』과 같은 직능 기관 매체를 거쳐, 『로동신문』·『조선신문』과 같은 일간지에까지 걸쳤다. 매체 관계망이 넓다. 광복기 최명익을 향한 작가 활동 요구 상황에 적극적으로 맞물렸던 결과일 것이다. 이 점은 매체 범위가 위축되기는 했으나 전쟁기에도 비슷한 흐름을 보인다. 전쟁기 낱글 11편은 문예지 『문학예술』과 직능 기관지 『조선녀성』을 비롯한 6개 매체에 실려, 직능 기관지나 대중지 비중이 한결같이 높다. 전후기에 최명익은 52편을 연속매체에 올렸다. 그럼에도 그것을 담은 매체는 10개에 그친다. 거기다 44편, 모두 85%를 『조선문학』·『아동문학』과 같은 문학 전문지에 실었다. 가장 많은 작품을 올린 곳은 26편을 보이는『문학신문』으로 59%에 이른다. 전후기에는 매체 관계망이 문예지 중심으로 크게 좁혀진 셈이다. 전후기 최명익은 문학사회 안쪽 노출에 머물렀으나 작가로서 명성과 노출 강도는 높았다고 할 수 있다.

앞으로 최명익의 낱글은 거듭 발굴, 확인될 것이다. 현재 밝혀진 것만으로도 최명익이 사회주의 북한에서 겪었던 창작 활동은 매우 활발했음을 짐작한다. 무엇보다 광복기의 다양한 발표 매체 참여도는 을유광복 뒤, 초기 북한 사회에서 이른바 민주수도로 새로 올라선 평양 지역 문학예술 풍토 속에서 최명익이 놓였던 적극적이고 능동적인 역할을 일깨워 준다. 그에 따라 갈래 선택 또한 넓다. 펠레톤과 콩소설, 벽소설까지 걸치는 현상이 그 점을 잘 보여 준다. 그럼에도 전후기로 나아가면서 문학 전문 매체로 노출이 집중되고 창작 성과 또한 소설과 어린이문학, 그리고 수필로 좁혀 들었다. 자신의 성공적인 창작 발표 또한 정통 문예지 중심으로 이루어졌다. 연속 매체 낱글 발표로 볼 때, 형식주의자 최명익은 선동가나 논객으로 나서는 현실 방위보다는 역사물이나 어린이청소년문학으로 들어앉음으로 작가적 정체성을 잃지 않았던 셈이다.

4. 최명익의 앞길

학계 안밖에서 꾸준한 관심을 받아온 온 북한 작가 가운데 한 사람이 최명익이다. 그이를 따로 다룬 2차 담론도 드물지 않다. 그런데 그들의 눈길 거의 모두는 전쟁기 어름까지 작품에 머문다. 전후기 활동을 다루더라도『서산대사』와『임오년의 서울』을 비롯한 몇몇에 그친다. 게다가 재북 시기 최명익 문학을 두고 제대로 갈무리한 작품 해적이조차 내놓지 못한 실정이다. 따라서 이 글은 을유광복 뒤 북한 사회주의 체제 아래서 이루어진 최명익의 문학사회 활동과 작품을 실증하려는 뜻으로 이루어졌다. 앞으로 본격 최명익론에 들어서기 위한 바탕부터 다진 셈이다. 살펴 나온 바를 세 가지로 묶는다.

첫째, 재북 시기 최명익의 문학사회 활동을 엿볼 수 있는 기록은 많지 않다. 그런 가운데서 새로운 1차 기록을 빌려서 몇 가지 사실을 더하거나 기울 수 있었다. 1949년 평남 안주 현지 파견에 따른 농민소설「공동풀」창작 경험, 탄생일은 1902년 7월 15일이 아니라 7월 14일이라는 사실, 기미만세의거로 평양고보를 쫓겨난 시점이 4학년 때라는 것, 광복기 교육국 소속으로 '인민 국어독본' 편찬에 관여해, 어린이청소년문학을 향한 창작 동기가 뚜렷함을 확인한 일들이 앞에 놓인다. 거기다 전쟁기 북한 소설 사회에서 최명익이 놓인 위상을 엿보게 해 주는 작품 합평회, 그 뒤로 평양에 머물며 겪었던 현지 파견 사실과 작가가 시대 요구에 아울러 맞장구치며 자기 정체성을 가다 듬는 1960년대 초반 기록들을 여럿 얻었다. 최명익에 관한 정보가 그만큼 두터워지고 꼼꼼해진 셈이다. 빠른 시일 안에 평전까지 가능할 정도로 속살이 자라기 바란다.

둘째, 이제까지 최명익이 낸 개인 작품집은 6권으로 알려진다. 『장삼이사』·『맥령』·『기관사』·『서산대사』·『임오년의 서울』·『글에 대한 생각』이다. 그 가운데『기관사』는 출판 사실만 드러난 소설집이다. 이 글에서는 처음으로 문헌지를 밝힌『기관사』를 비롯해 새 작품집 6종 6권을 더했다. 그들 가운데서 연변 겨레사회에서 낸 번인본『서산대사』를 빼고, 나머지『의병장 전문부』·『행주 산성의 싸움』·『신라 무사의 이야기』·『력사소설편』은 모두 역사물과 어린이청소년문학이다. 전후 최명익의 본령이 그 둘에 있다는 사실을 확인한 셈이다. 개인 작품집 10종 11권에다『서산대사』재판, 3판, 사후 4판, 5판과『임오년의 서울』¹⁹⁹⁸ 재판까지 더하면 북한에서 확인되는 최명익의 개인 낱책은 16권으로 는다. 여기에 발굴 공저 9권이 더한다. 따라서 최명익은 살았을 적 개인 작품집 13권과 공저 11권을 냈다. 과작이라 할 수 없을 적극적인 작품 활동이다.

셋째, 재북 시기 연속매체에 내놓았던 최명익의 낱글은 56편이 알려져 왔다. 거기에 글쓴이가 광복기 7편, 전쟁기 3편, 전후기 11편, 모두 21편을 찾아 더했다. 이제 78편으로 는다. 이들 가운데서 1편이라도 작품을 내놓은 갈래는 열둘이다. 장편과 중, 단편에다 콩소설·벽소설을 거친 소설에서부터 사화^{이야기}·실화·수필·펠레톤·평론·정론까지 보인다. 거기에 소년소설과 이야기가 더한다. 다갈래 창작이다. 다만 빈도로 볼 때 평론·정론 같은 이념 정위가 전경화하는 쪽보다 허구적 표현성을 앞세우는 갈래가 압도적이다. 핵심은 역사물과 어린이청소년문학. 그들을 실은 매체 또한 전후기로 나아가면서 직능 단체 기관지나 대중지 비중이 훌쩍 줄고 정통 문예지로 관계망이 좁혀든다. 그러면서 성공적인 성과를 이루었으니 생산성이 높다. 어쩌면 최명익 문학은 개인적 불행과 문학적 성공이라는, 좋은 작가에게서 흔히 보는 역설을 일깨워 주고 있는지 모른다.

　최명익은 어릴 적부터 평양의 근대지향 풍토를 몸맘에 익힌 사람이다. 게다가 지역 자본가 출신으로 피식민지 예속 지식 과정을 거친 이다. 을유광복 뒤로도 최명익은 평양을 텃밭으로 삼아 문학 역량을 펼치다 갔다. 이 글에서 글쓴이는 최명익의 재북 시기 삶과 문학에 관한 실증적인 이해를 새롭게 가다듬었다. 중요한 사실은 어린이청소년층의 소비를 겨냥한 역사 독물 창작이 지닌 높은 비중이다. 그이의 명성을 드높인 역사소설 둘레로 가득한 이들은 최명익의 재북 시기 문학을 구명하는 중요 고리가 될 것이다. 그 뒤로 나라잃은시대 회고기와 대남 타자화 정론이 북한 사회주의 현실주의 문학사회 안쪽에서 최명익이 걸었던 정당성을 뒷받침하고 있다. 이 글로 말미암아 최명익 문학의 외연이 크게 넓어졌다. 그 자리를 파 들어야 할 바쁜 책무가 연구 공동체에게 주어진 셈이다.

<재북 시기 최명익 작품 죽보기>

1. 낱책
1)개인 작품집
『장삼이사』(소설집), 을유문화사, 1947.

『맥령』(8·15해방 2주년 기념 창작집), 문화전선사, 1947.

『기관사』(전선문고), 문예총출판사, 1952.

『의병장 전문부』, 국립출판사, 1956.

『서산대사』(장편력사소설), 조선작가동맹출판사, 1956.

『서산대사』, 연변인민출판사, 1957(번인본).

『서산대사』, 조선작가동맹출판사, 1958(2판).

『서산대사』, 조선작가동맹출판사, 1966(3판).

『서산대사』, 조선작가동맹출판사, 1998(4판).

『서산대사』, 문학예술출판사, 2016(5판).

『행주 산성의 싸움』, 국립출판사, 1957.

『신라 무사의 이야기』(력사소설집), 아동도서출판사, 1959.

『임오년의 서울』(문고본), 조선문학예술총동맹출판사, 1963.

『임오년의 서울』, 조선작가동맹출판사, 1998(2판).

『력사소설편』(조선아동문학문고 23), 아동도서출판사, 1964.

『글에 대한 생각』(수필집), 조선문학예술총동맹출판사, 1964.

2)공저
「남향집」,『창작집』, 국립인민출판사, 1948.

「제1호」, 북조선문학예술총동맹 소설희곡 전문위원회 엮음,『위대한 공훈』(쏘련군 환송 기념 창작집),
　　　　문화전선사, 1949.

「공둥풀」,『농민소설집』(제1권), 북조선농민동맹중앙위원회 군중문화부, 1949.

「기관사」,『조국해방전쟁과 철도 창작집』, 철도성정치국, 1952.

「신라의 한 무사의 이야기」,『새나라 소년들』(소년소설집), 조선작가동맹출판사, 1954.

「고주몽」(이야기),『친한 동무』(소년소설집), 조선작가동맹출판사, 1954.

「공둥풀」(소설),『개선』(단편소설집), 조선작가동맹출판사, 1955.

「마천령」(단편),『려망』, 조선작가동맹출판사, 1957.

「소설 창작에서의 나의 고심」(산문),『작가수업』, 조선작가동맹출판사, 1959.

「쉴 줄 모르는 '박 로인' 두경 동지」(오체르크),『실화』(제1집), 조선작가동맹출판사, 1960.

「박 로인」(오체르크),『붉은 마음』(그림책), 국립미술출판사, 1960.

「비 오는 길」,『소설집』(현대조선문학선집 51), 문학예술출판사, 2010.

「기관사」, 엄용찬 엮음,『불타는 섬』(현대조선문학선집 60), 문학예술출판사, 2012.

2. 낱글

「김일성 장군」(소설),『어린 동무』창간호, 1946.

「담배 한 대」(소설), 미상, 1946.

「북조선의 철도는 생동한다」(현지 보고),『건설』제3집, 북조선문학예술총동맹, 1947.

「마천령」(소설),『문화전선』제4집, 문화전선사, 1947.

「기계」(제1, 소설),『조선문학』12월호, 문화전선사, 1947.

「기계」(제2회, 소설),『문학예술』창간호, 문화전선사, 1948.

「격리병원기」(수필),『새조선』제1권 2호, 조선인민출판사, 1948.

「잊을 수 없는 점경」(수필),『조선신문』, 조선신문사, 1948.8.19.

「위대한 쏘련군」(수필),『조선신문』, 조선신문사, 1948.10.20

「민청 마크」(콩소설),『투사신문』, 투사신문사, 1948.12.23.

「인민군대와 꽃다발」(수필),『청년생활』9호, 청년생활사, 1949.

「제1호」(소설),『조쏘친선』12월호, 조쏘문화협회, 1949.

「유엔조위배격명언록」(펠레똔),『태풍』2월호, 태풍출판사, 1950.

「조국전선 파견원 세 선생을 즉시 석방하라!」(수필),『로동신문』, 로동신문사, 1950.6.15.

「일제의 충실한 주구이며 인민 학살의 흉악한 범죄자인 매국노 채병덕」(정론),『로동신문』, 로동신문
　　　사, 1950.6.22.

「평양 상공을 방위하는 우리 고사포대 동무들」(전투기),『민주조선』, 민주조선사, 1951.4.11.

「기관사」(소설),『문학예술』5월호, 문화전선사, 1951.

「한남수 기관사」(소설),『청년생활』5월호, 청년생활사, 1951.

「영웅 한남수(2)」(소설),『민주조선』, 민주조선사, 1951.6.27.

「쏘련 군대에 의하여 해방된 8·15와 영웅적 조선 인민」(수필),『민주조선』, 민주조선사, 1951.8.15.

「잊쳐지지 않는 그 라팔소리」(수필),『로동신문』, 로동신문사, 195110.24.

「위대한 쏘베트 인민의 영웅적 형상에서 우리 작가는 많은 것을 배우고 있다」(평론),『조쏘친선』12월
　　　호, 조소문화협회, 1951.

「조국의 목소리」(소설), 미상, 1951.

「위대한 쏘베트 군대와 조선 인민」(수필),『조선녀성』2월호, 조선녀성사, 1952.

「소년 권룡주」(단편),『조선녀성』3월호, 조선녀성사, 1952.

「운전수 길보의 전투(1)」(소설),『로동신문』, 로동신문사, 1952.3.15.

「운전수 길보의 전투(2)」(소설),『로동신문』, 로동신문사, 1952.3.16.

「우리의 친근한 벗들―쏘련 소설에 형상된 몇몇 인물들」(평론), 『조쏘친선』 8월호, 조쏘문화협회, 1952.

「나는 쏘베트 문학에서 이렇게 배우고 있다」(수필), 『로동신문』, 로동신문사, 1952.8.20.

「강감찬 장군」(이야기), 『아동문학』 1월호, 조선작가동맹출판사, 1955.

「반가운 재촉」(벽소설), 『써클원문예』 10호, 국립출판사, 1955.

「나의 념원」(수필), 『조선문학』 2월호, 조선작가동맹출판사, 1957.

「천재적 화가 리정」(이야기), 『아동문학』 3월호, 조선작가동맹출판사, 1957.

「반할 만한 사람을 만난 때의 행복감」(수필), 『문학신문』, 문학신문사, 1957.5.30.

「그이의 미소」(단편), 『조쏘문화』 8호, 조쏘문화협회, 1957.

「레닌 선생의 유적」(오체르크), 『아동문학』 9월호, 조선작가동맹출판사, 1957.

「임진조국전쟁 때의 평양 사람들」(이야기), 『문학신문』, 문학신문사, 1957.10.10.

「야쓰나야 뽈랴나로 가는 길」(오체르크), 『조선문학』 11월호, 조선작가동맹출판사, 1957.

「미제와 리승만의 '도모지' 법령」(정론), 『문학신문』, 문학신문사 1958.1.23.

「3·1운동 때의 회상」(수필), 『조선문학』 3월호, 조선작가동맹출판사, 1958.

「떳떳한 사람」(이야기), 『아동문학』 5월호, 조선작가동맹출판사, 1958.

「부채와 파리채」(수필), 『문학신문』, 문학신문사, 1958.5.22.

「레닌 박물관에서」(오체르크), 『아동문학』 8월호, 조선작가동맹출판사, 1958.

「재생의 날 8·15」(수필), 『문학신문』, 문학신문사, 1958.8.14..

「레브 똘쓰또이 선생에 대한 단상」(수필), 『조선문학』 9월호, 조선작가동맹출판사, 1958.

「공화국 품속으로 오라」(수필), 『문학신문』, 문학신문사, 1958.9.25.

「조국의 주인」(수필), 『조선문학』 12월호, 조선작가동맹출판사, 1958.

「론개의 이야기」(이야기), 『아동문학』 12월호, 조선작가동맹출판사, 1958.

「이민―안 될 말이다」(수필), 『문학신문』, 문학신문사, 1959.5.21.

「남조선의 작가들이여, 당신들은 모르지 않을 것이다」(정론), 『문학신문』, 문학신문사, 1960.3.15.

「음악가 김성기」(이야기), 『아동문학』 5월호, 조선문학예술총동맹출판사, 1960.

「장편소설 『서산대사』를 쓰기까지」(창작에 관한 수필), 『문학신문』, 문학신문사, 1960.5.10.

「행복과 긍지감으로써 일해 왔다」(수필), 『문학신문』, 문학신문사, 1960.7.19.

「소설가들의 개별 결의」(수필), 『문학신문』, 문학신문사, 1960.11.4.

「임오년의 서울」(중편소설), 『조선문학』 5월호, 조선문학예술총동맹출판사, 1961.

「임오년의 서울」(중편소설), 『조선문학』 6월호, 조선문학예술총동맹출판사, 1961.

「임오년의 서울」(중편소설), 『조선문학』 7월호, 조선문학예술총동맹출판사, 1961.

「임오년의 서울」(중편소설), 『조선문학』 8월호, 조선문학예술총동맹출판사, 1961.

「한 작가로서 말한다」(수필), 『문학신문』, 문학신문사, 1961.5.23.

「크나큰 긍지로써」(수필), 『문학신문』, 문학신문사, 1961.9.15.

「학자의 념원」(력사소설),『아동문학』5월호, 조선문학예술총동맹출판사, 1962.

「오늘과 래일을 위한 력사소설」(단상),『문학신문』, 문학신문사, 1962.6.8.

「창작에 대한 단상」(수필),『문학신문』, 문학신문사, 1962.7.13.

「『임오년의 서울』을 쓸 때에」(수필),『문학신문』, 1962.7.24.

「일기초」(창작일기),『조선문학』8월호, 조선문학예술총동맹출판사, 1962.

「섬월이」(소설),『문학신문』, 문학신문사, 1963.4.9.

「천금 같은 물」(수필),『로동신문』, 로동신문사, 1963.6.16.

「주인공과 작가」(단평),『문학신문』, 문학신문사, 1963.8.23.

「내 고향 평양」(고향 자랑),『천리마』8월호, 군중문화출판사, 1963.

「신인들에 대하여」(수필),『문학신문』, 문학신문사, 1963.10.11.

「조국의 수난의 력사를 회고하면서」(수필),『조국통일』, 조국통일사, 1963.11.9.

「전기 세탁기」(수필),『문학신문』, 문학신문사, 1963.11.18.

「박정희의 년두사」(정론),『문학신문』, 문학신문사, 1964.1.10.

「말」(수필),『문학신문』, 문학신문사, 1964.1.31.

「속일 수 없다」(정론),『문학신문』, 문학신문사, 1964.3.31.

「박다지의 지혜」(상)(사화),『천리마』5월호, 1964.

「박다지의 지혜」(하)(사화),『천리마』6월호, 1964.

「조선 인민의 불패의 기상」(수필),『로동신문』, 로동신문사, 1964.7.25.

「새로운 력사소설을 쓰겠다」(수필),『조선문학』1월호, 조선문학예술총동맹출판사, 1965.

「3·1절을 회상하며」(수필),『민주조선』, 민주조선사, 1965.2.28.

「매국 ‘조약’의 막후 조종자는 미제다」(정론),『문학신문』, 문학신문사, 1965.7.2.

「우리의 당」(수필),『문학신문』, 문학신문사, 1965.11.12.

「기차 선로와 전투 회상기」(수필),『로동신문』, 로동신문사, 1966.8.13

「로동계급의 혁명 정신으로」(정론),『문학신문』, 문학신문사, 1966.10.14.

「실천을 통한 어휘 공부」(수필),『청년문학』3월호, 조선문학예술총동맹출판사, 1967.

「박다지의 지혜」(전설),『금수강산』제11호, 오늘의조국사, 1993.

「지리학자 김정호」(미상)

전후 북한의 평양 건설과 장소시

1. 평양과 평양 일방주의

북한에 지역이 있는가? 있다면 어떤 됨됨이일까? 이러한 물음을 담론 수준에서 놓고 보자면 답은 부정적인 데로 흘러간다. 지나간 북한 초기, 광복기를 범위로 삼은 짧은 글에서 지역 동향 회고 방식의 보고는 드물게 눈에 뜨였다. 그러나 그런 경우도 이른바 천리마 깃발이 모든 것을 휘저었던 1960년대로 올라서면서 사라졌다. 그 뒤로 남은 것은 평양 일방주의, 평양 중앙에 의한 하향적 실천과 그에 따른 소극적 지역 맞장구가 모두였다. 문학 영역에서는 『문학신문』이라는 기관지가 있다. 문학사회 소식, 정보란을 빌려 드물게나마 작가의 지역 이동이나 지역문학의 개별 움직임을 가늠하게 이끈다. 그런 실마리조차 1967년 일성 유일체제의 성립과 더불어 깡그리 사라졌다. 북한 문학사회에서 그러한 지역 소멸은 작가 개인 주체의 망실과 함께 북한 수직 중앙으로서 평양 문학의 유일성만을 굳건하게 만들었다.

그런데 그러한 평양 일방주의는 하루아침에 이루어진 일은 아닐 터다. 근대 초기부터 평양 문학은 북한 지역문학 가운데서도 빛나는 성과를 일구어 나왔다. 나라잃은시대에는 서북 지역 지식문화 생산과 확산의 중심 진원으로, 또는 근대 초기 우리 겨레 문학인 배출의 핵심 장소로서 맡은 몫이 어느 곳보다 두드러졌다. 거기다 을유광복 뒤에는 북한 문학 중앙으로서 겨레 문학의 큰 물줄기 가운데 하나를 도맡은 곳이다. 그런 까닭에 평양을 문학사회 활동이나 작품 바탕으로 삼은 근대문학은 줄기차고도 뚜렷했다. 평양학이라는 큰 틀을 전제로 놓고 그 아래 부문으로 다루어야 할 정도다. 꼼꼼한 개별 논의가 필요한 평양 중심 근대문학 매체만도 40종에 가깝다.[1] 범위가 넓고 대상도 많지 않은가.

거기다 지역문학 차원에서는 문학사회 활동을 나라잃은시대에 시작했던 구세대 문학인과 을유광복 뒤 사회주의 체제에서 기지개를 편 신세대 문학인 사이에 드러나는 역동적인 문화권력 이행과 교체 과정이 흥미로운 국면을 이룬다. 무엇보다 월북 작가의 북한 안쪽 편입, 정착 과정과 맞물려 있는 까닭이다 그럼에도 평양을 단위로 놓고 다룬 성과는 드물다.[2] 이 글은 글쓴이가 평양 지역문학을 의제로 삼아 더듬는 시도 가운데서 네 번째[3]다. 논의 대상은 공동시집 『평양』조선작가동맹출판사, 1957이다. 이

---

1   실재가 확인되는 주요 연속간행물을 들면 아래와 같다. 『평양불교』(1912)·『숭실학보』(1915)·『숭실활천(崇實活泉)』(1921)·『공동』(1921)·『반도지광(1921)·『공영(共榮)』(1922)·『영대』(1924)·『소년세계』(1924)·『수양동우회』(1926)·『백치(白雉)』(1928)·『절제생활』(1928)·『유년신보』(1928)·『농민생활』(1929)·『문예공론』(1929)·『반도소년』(1929)·『일천(一千)동무』(1930)·『동방(東方)』(1931)·『동요시인』(1932)·『아이동무』(1933)·『엽기(獵奇)』(1933)·『숭인(崇仁)』(1933)·『가톨닉연구』(1934)·『삼사문학』(1934)·『대평양』(1934)·『정의(正義)』(1934)·『광성(光成)』(1935)·『유년화보(幼年畫報)』(1935)·『대성시보(大成時報)』(1935)·『파란등불』(1935)·『탐구(探究)』(1936)·『동화』(1936)·『낙원』(1936)·『백광(白光)』(1937)·『단층(斷層)』(1938)·『애린(愛隣)』(1938)·『총력평남』(1943)·『개로(皆勞)』(1944).

2   평양을 단위로 삼은 북한의 공간과 도시, 장소에 대한 관심은 1980년대부터 드물게 이루어졌다. 주로 공학 관점에서 다가선 가운데서 인문학 쪽 성과는 보기 힘들었다. 그런 점에서 임동우와 성다솜, 김성수의 글이 귀하다. 임동우는 낱책으로 도시 평양의 변화 과정에 대한 첫 총괄 보고서를 마련했다. 그 뒤로 이어진 평양 공간 이해의 든든한 디딤돌을 놓은 셈이다. 성다솜은 북한이 평양을 어떻게 다루고 가꾸었는가 하는, 평양 관리 담론을 의제로 삼았다. 그를 위해 북한 중앙, 일성과 김정일 지배권의 변화를 잣대로 삼아 1950년대, 1980년대, 2010년대 세 시기에 걸쳐 낱낱 두 해치 『로동신문』에 담긴 평양 관련 기사를 살폈다. 그리하여 북한이 평양을 물리적, 사회적, 심리적 공간으로 관리해 온 내용을 재구성하면서 평양 관리 담론을 정치적으로 활용해 왔음을 밝혔다. 김성수는 북한 문학에 담긴 평양의 도시 머그림(image), 곧 '심상지리'를 '전근대-근대-현대'로 나아오면서 통시적으로 짚었다. 그리하여 나라잃은시대 평양에 관한 부정적 머그림과 달리 을유광복 뒤 수도 평양의 머그림은 찬양 일색임을 밝혔다. 1967년 주체사상 체제가 확립된 뒤부터 평양은 '주체형' 현대 도시로 거듭난바, 천년 고도의 상징성과 일성의 개인숭배 문화 표상까지 더했다. 그런 흐름을 그이는 평양 중심주의란 일컬음으로 다루었다. 임동우, 『평양 그리고 평양 이후-평양 도시 공간에 대한 또 다른 시각 : 1953~2011』, 효형출판, 2011; 성다솜, 『북한당국의 평양 관리 담론 연구-『로동신문』 기사 분석을 중심으로』, 이화여대 대학원 석사논문, 2017; 김성수, 「북한문학에 나타난 평양의 '전근대-근대-현대' 심상지리와 주체체제의 문화정치」, 『반교어문연구』48집, 반교어문학회, 2018, 253~282쪽.

3   박태일, 「1940년대 전기 평양 지역문학-북한 지역문학사 연구3」, 『비평문학』50, 한국비평문학회, 2013, 103~143쪽; 「1930년대 평양 지역문학과 『농민생활』-북한 지역문학사 연구4」, 『영주어문』제29집, 영주어문학회, 2015, 271~307쪽; 「재북 시기 최명익 문학의 실증적 이해」, 『근대서지』제25호, 2022, 671~744쪽.

른바 전후 복구 건설 단계를 지나 사회주의 건설 단계로 나아가기 위해 천리마의 채찍을 들기 시작했던 1957년 발간한 작품집이다. 그러면서 장소 평양을 제목에서부터 내세운 북한 유일의 공동 장소시집이기도 하다. 그런 까닭에 북한 시문학에서 평양 일방주의의 실천 과정을 일깨워 주는 무겁고도 뜻있는 매체다.

이 글은 그러한 시집 『평양』을 따져 읽고자 뜻한 결과물이다. 북한 문학에서 평양 일방주의의 경과와 실천에 관한 한 실마리를 얻을 뿐 아니라, 북한 시문학에 담긴 평양의 장소성을 들여다보는 첫 경험을 얻을 수 있으리라.

2. 시집 『평양』 출판의 앞뒤

‘문고 조선문학’ 46번을 달고 세상에 나온 자그마한 문고본 시집 『평양』에는 평양시 창건 1530주년 기념 시집’이라는 부제가 붙었다. 평양시가 ‘창건’한 때를 고구려가 평양을 서울로 잡았다는 427년부터 친 셈이다. 그에 따라 1957년에는 여러 기획이 이루어졌다. 북한에서 처음이자 마지막으로 낸 지역지 『평양지』평양향토사편집위원회, 1957도 그 성과 가운데 하나다. 평양 사람의 갖가지 항쟁기나 그것을 다듬은 작품 공연도 이어졌다. 조선작가동맹에서는 맞춤 행사

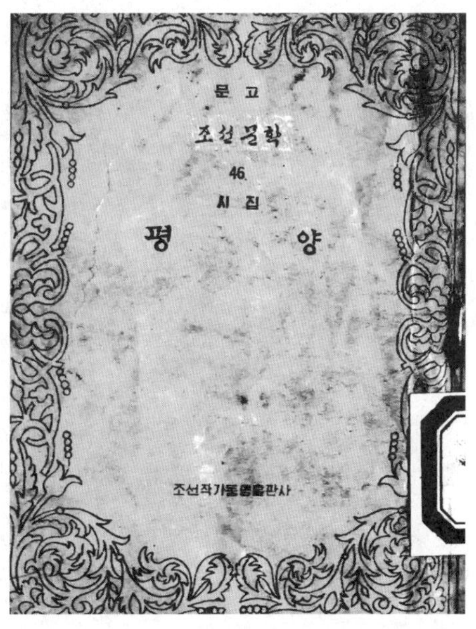

시집 『평양』(1957) 표지

를 마련했다. 작가들은 작품으로 평양시 창건을 기렸다. 『평양』은 그런 결과물 가운데 하나인 셈이다. 시인 34명이 낱낱으로 1편씩 올렸다. 시인 배치는 가나다순에 따랐다. 그에 따라 김귀련이 가장 앞서고 허우연이 맨 뒤에 놓였다.

수록 시인에는 구세대, 곧 을유광복 앞부터 작품 활동을 했던 조운·박세영·조벽암과 같은 이에다 을유광복 뒤 얼굴을 내민 전동우·전초민·안승수와 같은 신세대가 함께 이름을 올렸다.[4] 평양 정주 시인뿐 아니라, 바깥 북한 전역 시인을 아울렀다. 1957년 현재 곳곳의 주요 작가동맹 정맹원이 두루 동원된 셈이다. 그들은 1956년에 몰아쳤던 반종파주의 파동을 견디고 넘어선 시인이라는 공통점을 지닌다. 월북 시인으로는 박세영·박팔양·조운·박석정·서만일·조벽암·상민·김귀련이 눈에 뜨인다. 『평양』은 그들의 북한 문학사회 안쪽 편입과 안정적인 건재까지 알려 준다. 그런데 북한식 사회주의 건설을 다그치던 시기가 1957년이다. 왜 그 해 북한은 평양 창건 1530주년을 크게 기리고자 했던 것일까?

그런 특이점을 알기 위해서는 한 해 앞인 1956년에도 한 해 뒤인 1958년에도 평양시 창건을 기념해 1529년이나 1531년을 기리지 않았다는 사실을 떠올릴 필요가 있다. 평양시 창건이 군중적 홍보, 선전, 교양 대상으로 다루어지지 않았다. 말하자면 1957년을 맞아 평양시 창건 1530주년을 기념하고 그에 걸맞은 동향을 새삼스럽게 마련했다는 뜻이다. 이를 두고 끝이 떨어지는 1530주년을 특별히 기념할 것을 결정했다고 말할 수 있다. 그러나 설득력이 없다. 왜냐하면 10년 앞서 창건 1520주년인 1947년에도, 그 뒤 창간 1540주년인 1967년에도 평양 창건을 북한 중앙의 지도 아래 내세운 적이 없기 때문이다. 말하자면 평양시 창건 1530주년이란 1957년이 지닌 각별함을 기념하기 위한 기획으로 이루어진 한시적인 일이다. 그런 까닭에 북한이 굳이 1957년을 맞아 평양시 창건을 새삼스럽게 끄집어 든 경과를 짚어볼 필요가 있다. 그것은 고스란히 작가동맹 차원에서 시집 『평양』을 내게 된 까닭과 맞물린다. 그렇다면 먼저 평양시 창건에 대한 사실부터 확인이 필요하다.

우리 땅 북부 도시 평양이 대동강 기슭에 첫 터를 잡은 때는 까마득한 옛이었을 것이다. 그것이 기록으로 확인되는 때는 1~4세기라 알려진다. 그러다 대성산성과

4　김귀련·김동전·김병두·김상오·김순석·김우철·김철·리계심·리맥·리용태·리호일·리호남·리효운·마우룡·민병균·박산운·박석정·박세영·박아지·박팔양·상민·서만일·석광희·안성수·양운한·전동우·전초민·조벽암·조운·최창섭·최영화·한진태·허진계·허우연.

그 아래 안학궁에 고구려가 서울을 정한 때는 427년이다. 압록강 중류에 있었던 국내성을 서울로 삼아 흥성했던 고구려는 땅이 넓어짐에 따라 정치, 군사, 경제적으로 더 유리한 평양으로 서울을 옮긴 것이다. 평양시 창건 1530주년은 이 해 427년을 잣대로 삼았다. 427년 집안에서 옮긴 평양 대성산성 일대는 땅 맵시와 축성 형식, 배치 상태가 집안의 수도성과 비슷했다. 대성산성이 자리 잡은 대성산은 평양 가까이서 가장 사나운 지세를 이룬 곳이다. 만디는 북쪽에 솟은 234미터 을지봉이다.

그 뒤 586년 고구려는 장안성중구역 일대의 평양성으로 터를 옮겼다. 새 평양성은 지키기에 유리한 고지와 강기슭을 따라 쌓았다. 거기서 보통강을 따라 안산과 만수대를 지나고 을밀대를 거쳐 모란봉에 닿는다.[5] 대동강과 보통강이 모이는 곳에 이루어진, 남북으로 긴 지대다. 벌과 야산을 알맞게 차지한 그 곳을 세 쪽에서 둘러막는 대동강과 보통강은 성의 방어력을 높이는 데 크게 이바지했다.[6] 고구려 때 평양성은 만수대를 중심으로 왕이 머무는 내성궁성과 중앙 관청이 들앉고 관료 통치자들이 살던 중성으로 짜였다. 거기다 일반 사람이 살던 위성을 갖추었다. 그 밖에 절집까지 두었던 복성이었다.[7] 평양성은 고구려 서울일 뿐 아니라 누대로 서북방의 정치, 군사, 경제, 문화 중심지였다. 아울러 동방 문화 교류의 국제도시기도 했다.

고려 시대 평양은 개경에 이은 두 번째 도시로 서경이라 불렀다. 조선조 평양은 1886년 평안도가 남북으로 갈라지면서 평안남도 소재지가 되었다. 을유광복 뒤 평양시 행정 구역은 10차례 넘게 바뀌었다. 1946년 9월 북한은 평양을 특별시로 개편했다. 평안남도에서 떼서 정부 직할시로 앉혔다. 오랜 세월 단단한 요새였던 평양성, 대도시 평양이 지닌 '유구한' 연원, 갖가지 '슬기로운' 업적은 북한 행정부 수립과 더불어 북한 도시 건설 역사의 우월성을 보증하는 전제로 올라서게 된 셈이다.[8] 따라서 전

---

5   성 안 넓이는 11.85킬로미터나 된다. 거의 24킬로미터에 이르는 성벽은 모란봉으로부터 청류벽을 거쳐 대동강 기슭을 지나 평천 지구에 이른다. 오창원, 『우리나라 지리와 풍속』, 금성청년출판사, 1991, 23쪽.
6   방완주, 『조선개관』, 백과사전출판사, 1988, 304쪽.
7   최희림, 『고구려 평양성』, 과학, 백과사전출판사, 1978, 113쪽.
8   최희림, 위의 책, 132쪽.

통적으로 북한이 평양에 눈길을 둔 자리는 "애국적인 선조들"이 "평양성에 의거하여" 여러 "침략자들의 침공"을 '용감히' 무찔렀으며, "봉건 지배계급의 억압 착취를 반대하는 영웅적 항쟁"을 '전개'[9]했다는 인식이다. 그리고 그 처음은 고구려 시기다. 장군 을지문덕이 수나라 200만 대군을 격퇴 시킨 강이 패수, 곧 평양을 품은 대동강이었다.

고려 시기에도 수차에 걸치는 외래 침습을 받았지만 그때마다 평양성 인민들은 민족의 슬기로 나라를 지켜 용감히 싸웠다. 조선 때인 임진조국전쟁[1592~1598] 시기 평양성 인민들의 투쟁 속에는 애국 명장 김응서의 청탁으로 애국 기생 계월향이 목숨을 바쳐 적장 소섭이를 살해하게 한 애국 설화도 깃들어 있다.

미제 원쑤놈들이 1886년 침략선 '샤만호'를 끌고 대동강에 기어들었을 때 그것을 보기 좋게 격침시키신 경애하는 수령 김일성 원수님의 증조할아버님이신 김응우 선생님에 대한 투쟁 이야기며 불요불굴의 혁명투사이신 김형직 선생님께서 일찍부터 혁명 활동을 벌리신 강동군 봉화리와 유서 깊은 혁명의 요람 ─ 만경대와 더불어 평양은 더욱더 자랑스럽다.[10]

위에 올린 글은 1990년대, 그것도 어린이청소년을 위해 마련한 평양성과 평양에 관한 장소 풀이다. 그런 만큼 더욱 정제된 정보를 갈무리했다. 고구려에서 시작하여 고려, 조선으로 이어 내려와 마침내 일성의 가계와 일성이 태어난 만경대로 이어지는 '빛나는' '승리'의 역사로 줄거리를 세웠다. 그 전사로 고구려에서 비롯한 선조의 자랑스러운 역사가 간략하다. 장소 평양을 북한이 어떻게 일성 가계의 신격화라는 정치사회적 도구로 삼고 있는지 잘 보여 주는 글발이다. 이런 기술은 을유광복 뒤 북조선로동당이 '민주 기지'로 북한을 세우기 시작할 때부터 예견된 일이다. 광복기 5년 동안 이른바 '침략군' 미제와 그에 빌붙었다는 이승만 '괴뢰'가 사는 서울과 달리 평양은 소련 '해방군'과 함께 '인민 민주주의'가 착착 실천되고 있는 빛나는 '민주 기

---

9   문화성 물질문화유물보존사업소 엮음, 『우리나라 주요 유적』, 군중문화출판사, 1963, 3쪽.
10   오창원, 앞의 책, 21쪽.

지'의 중심이었다. 그러하니 앞으로 미제를 물리치고 괴뢰를 뒤엎어 온전히 '조국 해방'을 이루어야 할 곳이 남반부 서울이다. 그와 달리 평양은 1948년 북한 체제 성립과 더불어 '민주 수도'로 올라서면서 승승장구한 것이다.

경인년전쟁 3년이 휴전으로 매듭을 짓자 북한은 1953년 7월 내각 결정 제125호를 내렸다. 평양시 복구 재건에 관한 결정문이다. 이어 1954년 3월 조선로동당 중앙위원회에서는 '전국 건축가 및 건설자 대회'를 열었다. 전후 경제 복구 건설 사업에서 건축가와 건설자가 맡아야 할 임무와 과업의 중요성을 토의, 규정하는 자리였다. 일성은 조선로동당 중앙위원회 제6차 전원회의에서 본격적인 전후 '인민경제' 복구 발전을 위한 준비를 마쳤다. 그리하여 조선로동당과 행정 지도 아래 1954~1956년 '인민경제복구발전' 3개년 계획에 들어섰다. "평양시 복구 재건 총계획 실행"은 그러한 전후 복구 건설의 핵심 과제 가운데 하나다.[11] 1957년은 '인민경제복구발전'이 완성에 이른 해였다. 세 해에 걸친 전후 복구 건설의 성과를 널리 선전하고, 조선로동당과 일성의 영도를 널리 기리기 위한 집단 기획이 필요했다.

거기다 1957년은 새로이 '제1차 인민경제 5개년 계획'을 시작한 시점이었다. 당 중앙에서 볼 때 크게 기리고 자축해야 할 까닭이 넘쳤던 셈이다. 그리하여 1957년 해 들머리부터 부쩍 평양시 복구 재건 관련 기사가 『로동신문』·『민주조선』과 같은 군중 기관지에 잦아지기 시작했다. 구체적으로 평양시 창건 1530주년 기념일로 정한 10월 15일을 내다보면서 평양 복구 건설 '과업'을 다룬 보도나 그에 맞장구친 평양시 작가 예술인의 참여를 알리는 기사가 올랐다. 정론, 화보, 또는 수필이나 소설, 오체르크, 가극, 시와 같은 것들이 꾸준히 대중 언론 지면을 채웠다. 군중사회에서부터 예술사회에 이르기까지 북한 체제 중앙에서는 평양시 창건 기념일을 앞두고 이전의 성과를 자축하고 앞으로 이룰 성공을 기원, 독려하기 위한 학습, 교양 담론을

11　김정희, 「해방된 된 조선 인민의 도시 건설」, 『건축과 건설』 1, 조선건축가동맹, 1955, 9쪽. 임동우는 평양의 기본 도시 조직의 '마스터플랜'은 1953년의 것이라 보았다. 이것은 1951년에 마련된 '평양특별시 재건종합계획도'의 수정본으로, 실제 평양의 물리적 환경에 도입된 처음이자 마지막 마스터플랜이다. 이 두 기획은 소련 유학생 출신 건축가 김정희가 도맡았다. 임동우, 앞의 책, 127~128쪽.

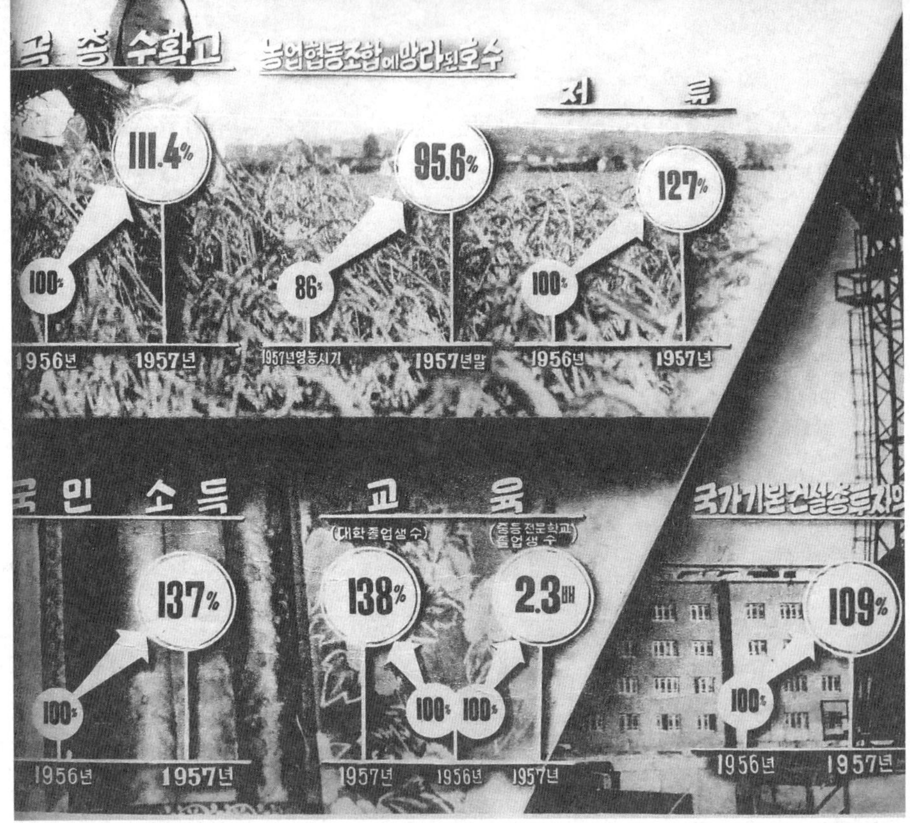

1957년도 '인민경제계획에서 거둔 빛나는 성과'를 들내기 위한 그림[12]

널리 퍼트린 것이다.

그 일은 다음과 같은 과정을 거쳤다. 1957년 9월 7일이다. 평양인민위원회에서는 평양시 창건 1530주년 10월 15일을 '성대히' 기릴 것을 의결했다. 모두 21명으로 이루어진 기념준비위원회를 출범시켰다. 위원회는 "시민들에게 평양시의 애국적 전통과 찬란한 력사 문화적 사적들을 해석 침투시키며" 평양 시민으로서 "영예와 긍지를 일층" 높이고, "애국주의적 정서를 더욱 깊게 하도록 하기" 위해 "광범한 행사를 진행할" 계획을 세웠다. 그에 따라 창건 1530주년 기념 보고회를 열고 "구두 및 직관물 선전 사업"을 활발히 진행한다. '영웅 도시 평양시 창건의 유래와 그의 역사적 전통', '영웅 도시 평양은 공화국의 정치, 경제, 문화의 중심지이며 민주 수도이다', '평양시 복구 건설의 빛나는 성과와 광활한 전망', '평양시 복구 건설과 주민들의 생활 향상을 위

---

12 『조선일보』 제3호, 인민조선사, 1958, 7쪽.

한 당과 정부의 일관된 시책'과 같은 "군중 강연 및 구두 선전 테마"를 마련했다.

강연 주제는 평양의 역사 전통에서부터 "민주 수도" 평양의 복구 건설 성과와 조선로동당의 '현명한' 지도, 앞으로 이룰 성과까지 아울렀다. 거기다 "평양시의 건설 성과와 공장, 기업소, 농촌 등의 건설 성과를 널리 보여 주기 위하여 각도 관광단"을 초청한다. 거기에는 "로력 혁신자들과 애국 렬사 가족" 그리고 "인민군 후방 가족들"을 '망라'할 것이다. 그를 위해 "평양 시민들은 영웅 도시―평양시의 창건 1530주년을 맞아" "도시를 더욱 깨끗하고 화려하게 단장"한다. "력사적 기념물과 공원, 화단, 공공 시설들을 미화 정리하는 사회적 운동" 전개가 그에 발맞춘 일이다. 평양시 창건 1530주년 기념 예술문화 활동, 체육 사업 또한 활발히 전개할 것을 예고했다.[13]

눈길을 끄는 점은 기념준비위원회가 평양시 창건 1530주년 기념을 다른 거대 중앙 사업과 묶어서 꾀했다는 사실이다. 이미 벌이고 있었던 러시아 10월혁명 "40주년 기념 증산경쟁운동"이 그것이다. 그 일을 더 "활발히 추진하기 위한 정치 사업"으로 평양시 창간 사업을 활용했다. 1917년의 러시아 '10월혁명'은 전통적으로 사회주의 나라에서 으뜸으로 기리며 성대하게 치르는 행사다. 공교롭게도 그 둘이 1957년 한 해에, 그것도 10월이라는 같은 달에 맞물렸다. 평양시 창건 1530주년이 북한 전역에서 이루어지고 있었던 사회주의 10월혁명 40주년과 묶임으로써 뜻이 더욱 상승하게 된 셈이다. 이런 가운데 월북 사학자 박시형은 자랑스럽게 「영웅 도시 평양의 찬란한 력사와 전통」을 『로동신문』에 내놓았다. 평양의 연원과 그 뜻을 선전, 교양하는 전문가 지침이다. 거기서 고구려 평양성과 대외 항쟁의 승리, 고려와 임진왜란에 이

13　평양시 창건 1530주년을 기념 경축하기 위한 예술문화 활동, 체육 사업으로 아래와 같은 것을 꾀했다. 평양시와 구역에서 기념 체육대회를 열고, 예술 공연과 야회를 마련한다. "평양 복구 건설 투쟁"에서 공을 세운 "생산 혁신자들", 이른바 "조국해방전쟁 시기 평양시 방어 전투에서 영웅적 위훈을 세운 모범 전투원들"을 널리 소개하며 평양의 역사를 잘 아는 노인들을 초청하여 청년 학생들과 '이야기밤'을 조직한다. 그밖에 창건 기념 관련 사진 전람회 조직, 평양시 건설 역사를 담은 기록 영화 제작, 평양시 향토지 편집 출판, 포스터와 그림엽서 제작 사업을 진행한다. 거기다 경축 야시장 마련, 상점과 버스들의 "특별 미화 장치"가 기념 분위기를 드높일 것이다. 「평양시 창건 1530주년 기념 준비 사업 진행」, 『로동신문』, 로동신문사, 1957.9.8.

르기까지 "유구한 력사와 전통"을 꼼꼼하게 짚었다.[14] '민주 수도' 평양시에서 이루어진, 대외 침략을 이겨낸 오랜 "영웅적 승리"와 마찬가지로 경인년전쟁을 승리로 이끌었다는 '영웅 도시' 평양이 자연스럽게 맞물렸다. 그리고 그것을 승리를 이끈 일성의 영도와 그이가 머무는 수도 평양에 대한 찬양을 이었다.

마침내 창건 달인 10월에는 여러 기사가 『로동신문』 지면을 채웠다. 10월 1일 박시형과 마찬가지로 월북 사학자 김석형조선과학원 력사연구소 소장이 임진왜란을 중심으로 평양 항쟁지를 부각시켰다. "왜적을 조국에서 몰아내기 위한 평양 인민들의 투쟁은 수군을 격퇴한 투쟁, 거란 침입을 격퇴한 평양 인민들의 투쟁과 더불어" "인민들의 용감무쌍한 애국적 투쟁의 중요" 본보기[15]라 목소리 높였다. 이어 10월 2일부터 기획 기사 '조선 인민의 자랑—평양' 연재 첫 발을 뗐다. 평양의 중요 도시 명승을 소개, 자랑하는 글이다. 처음은 '련광정'에서 시작했다. 고려 예종 때 1111년에 세운 연관정은 을밀대, 부벽루와 함께 평양성에 드는 누정 가운데 하나다. 국방상 중요 지점으로서 침략자를 무찌른 "애국적 투쟁이 서린 곳"임을 강조했다. 본보기로 기녀 계월향을 들었다. 김응서를 안내하여 적장을 찔러 죽이게 하고, 계월향 자신은 장렬히 죽은 곳이 연광정 앞이었다. 연광정은 이른바 조국해방전쟁 시기 미군에 이해 서남쪽이 대파되었으나 다시 보수했다.[16] 이틀 뒤 10월 3일에는 '조선 인민의 자랑—평양' 2로서 「평양의 자랑 대동문과 보통문」[17]을 올렸다.

10월 5일에는 "평양시 창건 1530주년을 앞두고" 최병무가 쓴 「거란 침입을 격퇴한 평양 인민들의 투쟁」을 실었다. 1010년 40만을 넘는 거란군과 맞서 수백 번을 싸우고도 평양성을 지켜낸 고려 사람의 투쟁상을 찬양했다. 10월 9일에는 평양과 관련한 기사 둘을 올렸다. '조선 인민의 자랑—평양' 3으로 「평양종」과 「미국 해적선 '샤만호'를 격침한 평양 인민들의 투쟁」이 그것이다. 평양종은 새벽과 저녁 두 번을

---

14 「영웅 도시 평양의 찬란한 력사와 전통」, 『로동신문』, 로동신문사, 1957.9.24.

15 김석형, 「임진조국전쟁과 평양」, 『로동신문』, 로동신문사, 1957.10.1.

16 「평양의 우리 자랑—련광정」, 『로동신문』, 로동신문사, 1957.10.2.

17 최병무, 「거란 침입을 격퇴한 평양 인민들의 투쟁」, 『로동신문』, 로동신문사, 1957.10.5.

쳐 평양성 안밖 사람들에게 평양성 문이 여닫히는 시각을 알려 준 것이다. 몇 차례 자리를 바꾸었는데 그 무렵에는 대동강 가 종각에 갈무리되어 있었다. 평양종은 북한에 남아 있는 조선 시대 종으로서는 가장 크고 값진 것이라 말을 더했다.[18] 김단이 쓴 뒤의 글은 1866년 8월 18일, 평남 용강으로 들이닥쳤다 쫓겨 간 미국 샤만호와 그에 맞서 싸운 평양성 사람의 이야기를 다루었다.

10월 10일에는 '조선 인민의 자랑─평양' 4로 「동평양 다층 주택지구」를 들었다.[19] 2~3층 집들이 들어서고 잘 닦인 길을 갖추었다는 곳이다. 나라잃은시대에는 버드나무만 무성하던 감탕밭이었다. 이렇다 할 건물이 없었고, 왜로에게 집을 빼앗긴 빈민들이 하나둘 움막을 짓고 살았던 터다. 전쟁 탓에 파괴되었는데, 1955년부터 규모를 크게 키우고 넓힌 것이다. 『문학신문』도 『로동신문』과 마찬가지로 10월 10일 특집 지면을 마련했다. 평양시 창건 1530주년 기념 '문학의 밤'을 15일 저녁에 갖는다는 보도가 처음이다. 작가 신구현이 평양의 역사에 관한 고찰 보고를 맡고, 이어 평양에 관한 작품 감상회를 갖는다고 알렸다. 거기서는 성현의 「평양팔경」 가운데 있는 '을밀대의 봄'을 비롯한 한시, 평양 명승 고적을 노래한 시조들이 낭송될 예정이었다. 국립예술극장 배우가 출연해 낭송을 맡기로 했다. 이어 현대문학 감상회도 이어지는데 최명익의 『서산대사』 가운데 한 장면을 읊을 예정이었다.[20] 이밖에 특집 1쪽에 김순석 축시 「너를 떠나 멀리 가서─사랑하는 평양에 바치노라」를 실었다. 2쪽부터 윤세평의 「평양과 문학」, 최명익 「임진조국전쟁 때의 평양 사람들」, 김형교의 「새 전설 속에서」, 전재경의 「장하다 평양이여!」, 김진항의 긴그림 「모택동광장」, 조운 시조 「평양팔경을 찾아서」 들을 차례로 올렸다.

10월 11일 『로동신문』은 '조선 인민의 자랑─평양' 5로 「김일성종합대학」을 다루었다. 1946년 10월 1일 모란봉 북쪽 기슭에서 문을 연 뒤 100개를 넘는 강의실과 9개 학부 50개의 강좌실을 갖춘 곳이다. 개교 뒤부터 11년 동안 2,000명 '간부'를 길

---

18 「평양종」, 『로동신문』, 로동신문사, 1957.10.9.
19 「동평양 다층 주택 지구」, 『로동신문』, 로동신문사 1957.10.10.
20 「평양시 창건 1530주년 기념 '문학의 밤'」, 『문학신문』, 문학신문사, 1957.10.10.

렀음을 자랑했다. 3,000명을 넘은 학생들이 교육을 받고 있으며, 다른 나라에서 온 학생도 30명에 이른다. 북한이 자랑하는 "과학의 전당으로서" 다른 16개 대학과 더불어 "민족 간부를 교육 교양할 데 대한" 이른바 "숭고한 혁명적 과업을 수행하기 위해 힘차게 전진"[21]하고 있다고 썼다. 또한 13일부터 모란봉극장에서 역사극 「샤만호」_{리동춘 작, 박춘명 연출}를 '평양시 창건 1530주년 기념 경축공연'으로 황북도립예술극장이 공연한다는 사실을 광고로 알렸다.

10월 12일에는 평양시 창건 1530주년을 앞두고 전쟁기에 무너졌던 부벽루를 되살렸다는 기사가 『로동신문』에 올랐다.[22] 한 해 앞인 1956년부터 시작한 그 일은 "원쑤들에 의하여 무참히 파괴"된 것을 "원상대로 복구 수리하기 위해 노력"한 결과. 10일 모란봉 현장에서 준공식이 있었다. 부수상 홍명희를 비롯해 많은 사람이 자리를 같이했다. 거기다 줄글 「일제 강점을 반대한 평양 인민들의 투쟁」이 이어졌다. 김후선_{과학원 력사연구소 부소장}이 올린 이 글은 경술국치부터 왜로들이 평양 지역에서 저질렀던 폭력과 수탈, 그에 맞서 싸운 평양 사람의 항쟁상을 연대기를 좇아 소개했다. 1910년대 기미만세의거, 1920년대 양말·정미·고무·양조·인쇄 산업 노동자의 쟁의와 파업, 1930년대 평양고무공장 노동자 "파업 투쟁"이 그것이다. 그러한 고난을 거치고, 소베트 군대에 의해 '해방'된 평양 '인민'들은 드디어 "당의 지도 아래 조국의 자유 독립과 인민민주주의의 새 사회 건설의 영광스러운 길"로 들어섰다고 썼다.[23]

10월 13일에는 조선로동당 평양시위원회 위원장 리송운이 평양의 건설과 발전을 보고하는 줄글, 「평양시는 조국과 함께 륭성 발전하고 있다」를 『로동신문』에 실었다. 전후 허물어졌던 평양시를 복구하기 위해 평양시복구위원회를 만들고 세 해에 걸쳐 "새로운 근대 도시"로 탈바꿈한 "평양의 발전상"에 대한 자화자찬을 늘어 놓았다. 오늘날 1957년 평양시 창건 1530주년을 맞아 평양시는 북한의 "강력한 정치, 경제, 문

---

21 「김일성종합대학」, 『로동신문』, 로동신문사, 1957.10.11.

22 「평양시 창건 1530주년을 앞두고 옛 모습 그대로 일어선 부벽루」, 『로동신문』, 로동신문사, 1957.10.12.

23 김후선, 「일제 강점을 반대한 평양 인민들의 투쟁」, 『로동신문』, 로동신문사, 1957.10.12.

화의 중심지며 민주 기지의 심장부로서 나날이 융성해 가고 있다." 그러한 발전을 바탕으로 "제1차 5개년 계획의 첫 해 과업인 1957년도 하반년 계획을 초과 달성"하기 위해 "장엄한 로력 투쟁을 궐기"하자는 권고로 보고를 맺었다.[24]

이렇듯 1957년 9월부터 본격적으로 모습을 드러낸 평양시 창간 1530주년 관련 언론 보도는 평양의 먼 옛과 오늘에 이르기까지 대외 항쟁 승리의 장소라는 연원을 밝히고, 전후 재건 복구에 성공한 오늘날 '영광'뿐 아니라 앞으로 제1차 경제개발 5개년 계획을 중점적으로 성공시키기 위한 노력 투쟁을 전개할 것이라는 미래 예시까지 단계적으로 짰음을 알 수 있다. 그리하여 마침내 평양시 창건일 10월 15일에는 '영광스러운 민주 수도 평양시 창건 1530주년을 축하한다'는 표어 아래 평양 특집 기사로 『로동신문』을 채웠다. 「평양 창건 1530주년 기념 평양시 경축 보고회 진행」이라는 보도 기사, 사설 「자랑스러운 민주 수도-평양」, 그리고 조벽암 축시 「진정 보이고 싶어라」가 첫머리를 이루었다.

우리 당은 제1차 5개년 계획 기간에 실행할 거대한 평양시 건설 과제를 제시하고 있다. 우리의 자랑스러운 민주 수도는 아름답고 살기 좋은 웅장한 현대적 도시로 날과 더불어 더욱 륭성 발전할 것이다.

조선 인민의 사랑하는 민주 수도 평양이여, 영광스러운 우리 조국 — 조선민주주의 인민공화국과 함께 영원토록 번영하라![25]

사설 끝머리다. '평양시 창건 1530주년 기념'이 조선로동당 "제1차 5개년 계획"의 출범을 향한 대중 동원 가운데 한 가지임을 뚜렷하게 밝혔다. 이어 2쪽은 「평양 창건 1530주년 기념 평양시 경축 보고회에서 한 홍명희 부수상의 보고」로 거의 모두를 채웠다. "평양은 과거에 영예로운 역사"를 가지고 있을 뿐 아니라, "현재 김일성 원수를 수반으로 하는 조선로동당 중앙위원회와 공화국 정부가 자리 잡고 있는 영광스

<hr>

24   리송운, 「평양시는 조국과 함께 륭성 발전하고 있다」, 『로동신문』, 로동신문사, 1957.10.13.
25   「자랑스러운 민주 수도-평양」, 『로동신문』, 로동신문사, 1957.10.15.

러운 민주 수도"[26]라는 예찬 아래 이루어진 긴 글이다. 3쪽에서는 평양을 소개하는 보고문이나 찬양 수필을 올렸다. 「불굴의 도시—평양」에서부터 공훈배우 박영신이 쓴 「민주 수도에서 일하는 보람」, 다채로운 기념행사 보도 기사, 평양 출신 작가 유항림의 수필 「평양 거리를 걸으면서」가 그것이다. 거기다 4쪽에는 「거연히 일떠선 오늘의 평양」이라는 제목 아래 화보 특집을 마련했다. 1957년 10월 15일 『로동신문』은 1쪽부터 4쪽 끝까지 평양 특집으로 채운 셈이다.

장황하나마 1957년부터 잰걸음을 쳤던 평양 창건 1530주년 기념 준비 상황과 보도 기사를 짚었다. 이를 빌려 평양시 창건을 기념하는 북한 중앙의 집단 기획에 맞물려 있는 두 가지 상수와 한 가지 변수를 알 수 있었다. 전후 네 해에 걸친 평양 복구 재건 사업의 성과 찬양, 새로 시작하는 제1차 5개년 경제계획 성공을 향한 대중 선전과 노력 투쟁 교양, 거기다 러시아 10월혁명 40주년 기념이 그것이다. 이러한 북한 중앙의 의도나 선동은 『로동신문』과 같은 대중 매체뿐 아니라 부문별 매체에서도 되풀이했다. 문학예술 모든 영역과 기관 매체는 크작게 동조하는 기획을 마련했다. 어린이청소년문학 쪽에서도 대표 신문 『소년신문』소년신문사에서는 나오지 않는 10월 15일을 피해 앞선 10월 12일자에 송창일 줄글 「아름다운 도시 우리의 평양」, 김정태 축시 「평양의 노래」로 맞장구를 쳤다. 평양시 창건 1530주년 기념 기획은 어린이청소년 문학이라 해서 예외가 아니었다. 따라서 「1957년 조선작가동맹 중요 사업 일지」에서는 10월의 중요 행사로 둘만 올렸다. 15일의 "평양시 창건 1530주년 기념 보고회 진행"과 이은 "16일~ 11월 5일 사이 사회주의 10월혁명 40주년 기념 문학 강연회들을 진행"이 그것이다.[27]

살핀 바와 같이 평양시 창건 1530주년 기념은 전후 '인민경제복구' 3개년 계획 완수에 이어 "제1차 인민경제 5개년 계획"의 미래를 향한 핵심 사업으로서 북한 사회에 크게 강조된 행사였다. 그러한 흐름은 비록 평양 창건 기념이라는 명분이 사라지

---

26 홍명희, 「평양 창건 1530주년 기념 평양시 경축 보고회에서 한 홍명희 부수상의 보고」, 『로동신문』, 로동신문사, 1957.10.15.

27 「1957년 조선작가동맹 중요 사업 일지」, 『문학신문』, 문학신문사, 1957.12.19.

고 강도는 약해졌지만, '민주 수도' 평양시의 건설과 발전이라는 문맥 안에서 거듭 강조되었다. 1958년을 거쳐 1960년대까지 그대로 이어진 일이다. 제1차 경제개발 5개년 계획을 내세운 북한 사회주의의 발전은 평양의 변화, 발전을 뜻했고 북한 안쪽이나 나라 바깥으로 향하는 창이자 나들문으로서 평양의 상징성은 더욱 커질 수밖에 없었다. 그러한 뜻을 잘 담은 글이 1958년 3월 『로동신문』의 사설 「민주 수도 건설에 력량 바치자」[28]와 6월의 「평양은 웅장하다」[29]다. 거기다 당 강령까지 마련되었으니, 7월에 이루어진 "평양 재건을 위한 내각 결정"이 그것이다.[30]

1954년부터 1957년까지 평양 복구 건설의 기초공사가 마무리되었다. 다가오는 1960년 8·15 15주년까지 평양 시민들의 주택 문제를 기본적으로 해결하기 위해 5만 세대의 주택 건설과 대극장, 로동궁전, 아동궁전, 청년궁전, 제2대동교, 보통강 유원지 공사를 비롯하여 수많은 문화 휴식 시설들과 기술 시설장들을 전 인민적으로 건설하기로 결정하고, 내각 결정을 통보하였다.

내각 결정문 일부다. 휴전부터 1957년 평양 창건 1530주년까지를 "평양 복구 건설의 기초공사"를 마무리한 단계라 적었다. 그 위에서 평양 건설의 중요 과제는 다가오는 1960년 을유광복 15주년까지 "평양 시민들의 주택 문제" 해결임을 알려준다. 거기서 강조, 강화되는 요건이 '노력 투쟁'이다. 영웅 도시로서 평양의 자랑찬 모습을 더욱 빛내는 일에 북한 군중의 헌신과 충성이 요구된다는 뜻이다. "민주 수도 평양시"는 앞으로 "더욱 아름답고 웅장하고 문화적"인 곳으로 거듭날 것이다. 그를 위한 노력 투쟁 강화와 성과를 위해 몇몇 표어를 내세웠다. "영웅 도시 평양의 건설자

---

28   『로동신문』, 로동신문사, 1958.3.20.

29   『로동신문』, 로동신문사, 1958.6.22.

30   특정 시기로 묶어서 들자면 1958년에는 6월 한 달 『로동신문』에 「평양 건설 모습」(6.5)·「평양 건설」(사설, 6.6)·「평양 모습」(6.7)·「평양 건설 궐기대회」(6.10)와 같은 네 기사가 올랐다. 그 뒤를 「평양 재건을 위한 내각 결정」(7.12)이 이어받았다. 1959년에는 3월에만 세 기사가 올랐다. 「평양 건설」(3.2)·「평양시 가꾸기」(3.15)·「예술가들 평양 건설 장으로 나가」(3.21)가 그것이다.

들이여! 민주 수도 평양시를 보다 아름답고 웅장하고 문화적으로 건설하라!", "시공 조직을 개선하여 건설 기계들의 리용률을 더욱 높이라!", "부재 조립 시간을 더욱 단축시켜라!"가 그들이다.[31] 빨리, 많이, 잘, 건설해야 한다는 지상과제가 주어진 셈이다. 거기서 '천리마'와 같은 영웅적 노력 투쟁과 공기 단축을 뜻하는 '평양 속도', '평양 시간'이라는 명제가 마련되었다.

평양 건설을 향한 내각 결정은 이어 문학예술사회로 퍼졌다. 「작가들과 예술인들이여 평양 건설자들의 영웅적 투쟁을 형상화하라!」라는 『문학신문』의 정론[32]이나, 「작가들 평양시 건설장에 참가」[33]와 같은 기사가 그 점을 확인시킨다. 그에 따라 1958년 9월 4일에는 '공화국 창건 10주년을 맞으며' 대표 결실로서 평양의 발전상을 올려 세우는 기획이 이루어졌다. '공화국 기치 하에 10년, 조선 인민의 새 력사 창조의 심장이며 정치, 경제, 문화의 중심지인 영웅 도시―평양'이라는 제목 아래 이루어진 일이다.[34] 북한의 중앙 기념일마다 평양 건설을 맞물린 북한 전체 과업으로 제시되고 있다. 평양 건설과 가꾸기, 그를 위한 역량 강화와 동원에 관련한 각종 기사들은 북한 언론의 단골 기사로 꾸준했다.

1959년 『로동신문』은 3월 한 달에만 3회의 평양 건설 관련 기사를 올렸다.[35] 이듬해 1960년에도 3월에만 7개 기사가 『로동신문』을 채웠다.[36] 본보기로 들자면 「평양

---

31 「평양시를 더 웅장하고 아름다운 도시로 건설할 데 대한 내각 결정 채택」, 『로동신문』, 로동신문사, 1958.7.12.

32 『문학신문』, 문학신문사, 1960.3.22.

33 『로동신문』, 로동신문사, 1960.3.22.

34 보고문 「조선의 심장」에서부터 서만일의 시 「영웅 도시」, 기자가 쓴 「대동강」 보고문, 「화려하고 웅장하게 건설되는 민주 수도 평양」 제목의 화보, 줄글 「일떠서는 조선의 기상」·「화려한 래일의 평양」, 리효운의 시 「평양」, 줄글 「위력한 공업 기지」·「영예로운 길」·「륭성하는 생활에 대한 이야기」, 오체르크 「위대한 당의 품속에서」, 거기다 '사회주의 새 생활이 꽃피는 유서 깊은 고도―평양'이라는 표제 아래 「사회주의 문화 예술의 찬란한 화원」·「자랑은 많기도 하다」·「이름 높은 명산물」·「평양팔경」, 기자 양재춘의 수필 「토성랑」 들로 빼곡히 채운 『로동신문』 지면이었다.

35 「평양 건설」(3.2)·「평양시 가꾸기」(3.15)·「예술가들 평양 건설 장으로 나가」(3.21)가 그것이다. 1960년 8월 14일 『로동신문』에서 다룬 평양의 「5개 큰 건물 준공식」은 그런 결과의 한 본보기였다. 모란봉 경기장, 옥류관, 평양대극장, 조선혁명박물관, 옥류교의 건설을 자부심을 다해 기사로 다듬은 경우다.

36 「평양 속도 천리마 속도」(『로동신문』, 로동신문사, 1960.3.4)·「평양 건설 활기 청년학생」(3.6)·

속도는 천리마 속도」에서부터 「평양 건설 활기 청년학생」, 「평양시를 더 웅장하게」, 「민주 수도 건설 열성자대회 개최」, 「모든 것을 평양시 건설에로!」와 같은 표제의 보도, 행사 기사가 그것이다. 이른바 '민주 수도' 평양의 건설과 그 성취를 자찬하고 격려하는 그러한 흐름은 속살과 빈도를 달리 하면서 1960년대 중반까지 이어졌다. 1961년의 것으로는 앞에서도 짚은바, 평양의 발전상을 크게 떠벌린 9월의 「평양」상, 하 연재가 대표적이다. 북한 사회주의의 발전상을 남한과 맞세워 선전, 교양하기 위해 1월부터 마련한 '남북 기행' 기획 연재물 가운데 하나다.[37] 1962년에는 평양, 신의주 사이 전기철도가 열렸다. 그와 더불어 다시 한 번 평양 찬양 바람이 불었다. 평양 건설을 위한 '건설 투쟁'과 군중 학습은 꾸준했던 셈이다.

앞에서 '평양시 창건 1530주년 기념 공동시집 『평양』이 나오게 된 바탕과 창건 기념사업의 전개 과정을 짚었다. 이로 미루어 『평양』은 전후 북한의 수도, 평양 현양의 필요성과 미래를 두고 이루어진 조선로동당의 통치 전략 가운데 하나로 마련된 것임을 알았다. 평양의 복구와 발전은 북한 사회주의 체제의 성공적인 이행 과정을 가장 잘 드러내는 표상이다. 그러다 보니 『평양』의 작품들은 평양시 창건 기념이 공론화한 1957년에 창작발표된 것들이 대종이다. 거기에 1953년부터 1956년 작품까지 끼었다. 그 점은 적지 않은 작품이 작품 끝에 덧말로 해달날을 밝혀 두고 있어 확인할 수 있다.[38] 창작발표 시기를 붙이지 않은 작품들도 평양 창건 기념사업에 맞추어 늦어도 1957년 10월 어름까지 작가동맹에 과업시로 내놓은 것이 대부분일 터다.

따라서 시집 『평양』의 시들은 넓게 보면 전후 5년 동안, 좁혀 보면 전후 결산 해인

「민주 수도의 주요 건설 공사를 8·15 해방 15주년 전으로」(3.12)·「평양시를 더 웅장하게」(3.22)·「민주 수도 건설 열성자대회 개최」(3.25)·「모든 것을 평양시 건설에」(3.26.)·「모든 것을 평양시 건설에로」(3.28).

37 「평양(상·하)」, 『로동신문사』, 1961.9.10.

38 작품 끝에 창작(발표) 시기(해나 해달, 또는 해달날)를 밝혀 둔 작품은 모두 19편이다. 그 가운데서 가장 이른 것은 최영화의 「전승의 밤, 수도의 높은 언덕에서」(1953.8)다. 가장 늦은 작품은 1957년 10월이라 적은 6편. 김상오·리호남·박석정·김동전·허진계·조운의 작품이다. 해로는 1953년 1편(최영화)·1954년 2편(박팔양·전초민)·1955년 2편(김철·전동우)·1956년 1편(김병두)·1957년 6편이다. 1957년이라 밝힌 작품이 가장 많다. 평양시 창건 1530주년 기념 계획이 마련되고 주어진 과업시로서 창작(발표)한 것이 중심임을 알 수 있다.

1957년에 이루어진 평양 장소시의 요체를 알려 준다. 이른바 전후 복구 시기다. 이 시기 발표창작되었던 평양 장소시와 평양시 창건 1530주년 기념을 위해 쓴 작품들을 아우른 셈이다. 이제 다음 장부터는 그들의 됨됨이를 들여다보고자 한다. 그 일을 위해 장소 머그림image39과 속살이 중심 잣대가 될 것이다. 그에 따르면『평양』의 시들은 크게 세 유형으로 나뉜다. 첫째 도시 평양에 대한 단일하고도 통합된 머그림을 담은 작품, 둘째 평양 복구 건설의 구체적인 세부 구역이나 현장을 다룬 작품, 셋째 평양의 중요 표적이나 그를 둘러싼 경관을 그린 작품이 그것이다.

---

39 장소 머그림 이해에는 케빈 린치에 도움 받을 수 있다. 그이는 어떤 도시건 개인의 머그림이 겹쳐진 결과로서 공적 머그림이나 그것이 겹친 도식적인 것이 존재한다고 보았다. 그것은 개인이 환경 속에서 마땅히 행동하고 이웃과 협력을 해 나가기 위해서 필요하다. 그리하여 물리적 형태로 귀결할 수 있는 도시 머그림의 요소(element)를 다섯 가지로 나누었다. 통로(Path), 가장자리(Edges), 구역(District), 결절점(Nodes), 표적(Landmark)이 그것이다. '통로'는 일상적으로 또는 가끔 지나가든가, 그럴 가능성이 있는 길줄기다. '가장자리'는 관찰자가 통로로 쓰지 않든지 또는 통로로서 간과하지 않는 선상(線上) 위의 요소를 뜻한다. 해안, 철길의 자투리 땅, 개발지 자투리, 벽과 같이 두 구역의 사이에 있는 경계이자 연결 상태를 중단하는 선상 구역이다. 통로만큼 지배적이지는 않더라도 사람들은 영역을 알기 위해 그것을 참조한다. '구역'은 크작은 도시의 부분으로서 2차원 넓이를 지닌 것으로 여겨진다. 관찰자는 마음으로 그 속에 들어가 있으며, 무언가 독자적 특징이 그 안쪽의 곳곳에 공통적으로 보이고 인식된다. 통로와 구역 가운데 어느 쪽을 지배적인 요소로 삼느냐는 개인차가 있을 수 있다. '결절점'은 점. 도시 안쪽에 있는 주요 지점으로, 관찰자가 그 속에 들어갈 수 있는 점이다. 관찰자가 그곳으로 향하든지 거기서 출발하든지 강한 초점이다. 곧 교통이 조건을 바꾸는 지점, 또는 교차점, 하나의 구조가 다른 구조로 바뀌는 지점과 같은 곳이 결절점이다. '표적' 또한 점을 나타낸다. 그런데 이 경우에는 그 속에 들어가지 않고 바깥에서 보는 점이다. 정의 내릴 수 있는 물리적인 물체를 가리키는 이 표적에는 고립하여 우뚝 서 있는 탑, 둥근 지붕, 큰 언덕 같은 것이 든다. 가끔 자기동일성의 착상이 되는 게 표적이다. '구역'은 '결절점으'로 조성되어 '가장자리'에 둘러싸여 있으며, '통로'에 관통되고, '표적'으로 장식된다. 이러한 여러 요소의 균형이 복합되고 관통되어 있는 것이 도시 머그림이다. 현실 경험 공간의 환상이나 모방으로서 시의 장소 표현 또한 이들 요소나 요소의 상호 관계에 바탕을 둔다. 이 글에서는 장소시로서『평양』에 실린 작품들이 드러내는 요소 상호 작용이나 관계의 짜임새와 같은 쪽은 따지지 않고, 개별 작품이 어떤 요소를 주도적으로 삼아 머그림을 이루는가를 따지는, 초보적인 구분에 이들 요소를 활용한다. Kevin Lynch, 김의원·황성수 옮김,『도시의 상』, 녹원출판사, 1988, 73~78쪽.

3. 송시에 담긴 '영웅 도시' 평양

『평양』은 '기념' 시집이다. 평양시 창건을 빌미로 전후 복구 건설을 송축할 뿐 아니라 앞날 성공을 염원하는 뜻으로 엮었다. 『평양』 시들은 바탕에서부터 송시 꼴을 갖추었다는 뜻이다. 송시는 "력사적 인물이나 사건, 나서 자란 조국 등을 찬양하며 칭송하여 부르는" 시다. 송시의 음악 양식이 송가다. 폭넓고 장엄하며 밝고 열정적인 특색을 갖는다. 친근한 정서를 담고 있으며 의지적, 경축적 음악과 명확한 가락으로 한결같다. 거기다 계급적, 정치적 됨됨이가 뚜렷하다. 음악 요소만 젖혀두면 송가의 특성은 오롯이 송시에 겹친다. 북한에서 송가는 '혁명 가요'의 핵심 부문이다.[40] 이른바 절세 영웅이라 일컫는 일성의 업적과 덕성에 대한 송축, 북한 사회주의를 향한 칭송이 중심이다. 마찬가지로 송시 또한 당과 조국 또는 일성의 이른바 영웅적 업적과 사건에 대한 칭송을 담았다.[41] 송시가 장엄한 사건, 영웅적 위훈을 노래한다고 할 때 북한에서 그것은 일성과 그 가계로 수렴된다.[42] 고대 갈래 송시가 북한 체제 전개 과정에서는 중요성이 줄어들기는커녕 일성을 향한 칭송의 노래로 더욱 깊어진 셈이다.

시집 『평양』에는 평양 창건을 기린다는 뜻에 걸맞게 송시에 넣을 작품이 34편 가운데서 11편이다.[43] 1/3 수준이다. 그런데 송시라 하더라도 장소시로서 『평양』의 작품은 두 가지 됨됨이를 보여 준다. 평양이 지닌 시간성에 따라 송축을 펼쳐 보이는 작품이 처음이다. 다음은 공간성에 기대 송축의 뜻을 전달하고자 하는 작품이다.

① 평양 너는 아름답구나,

40　『문학예술사전』(중), 과학백과사전종합출판사, 1991, 281쪽.

41　북한 초기 문학개론의 대표로 활용되었던 아브라모위츠의 『문학개론』에서는 서정 갈래의 전통 형식을 여럿 들면서 중심에 송가·풍자시·만가를 두었다. 그리고 송시의 전반적인 성격은 "전인민적 성격"인 데다 서사 요소와 서정 요소의 유기적 결합을 들었다. 게 엘 아브라모위츠, 김민혁 옮김, 『문학개론』, 교육도서출판사, 1955, 426~427쪽.

42　평양제1사범대학 국어문학강좌 엮음, 『창작의 벗』, 사로청출판사, 1974, 162쪽.

43　김귀련·리효운·민병균·박산운·리맥·한진태·마우통·박아지·김순석·리응태·박석정의 작품이 이에 든다.

대동강을 옥색 비단띠로 두르고

초록색 릉라도를 안고 반기누나,

— (줄임) —

나는 더듬어 본다,

임진 장수들의 손길이 닿은 이 성터와

어디런가 멀리 알아 볼 수는 없어도

샤만호가 부서지던 수문 가까이를……

슬기로운 그들의 후손인 우리

또한 슬기롭게 이 땅을 지켜 왔거니,

내 눈 속엔

눈이 흩날리누나, 그 겨울을 생각하면

선히 떠오르누나, 여섯 해 전 그 저녁이,

무너진 집채, 헝클어진 전선줄

헤가릴 수 없는 길을 헤치며

저 성문을 지켜 내던

우리 젊은 청년들의 높은 함성이,

사람들이여, 예서 바라보라

곧고 넓은 저 큰길을 따라

즐비하게 늘어 선 높은 공장과 석벽들을

또한 땀 흘리며 노래 부르며

기쁨으로 숨 쉬는 우리들의 평양을…

— (줄임) —

평양 내 너를 자랑한다,

평양 ─ 너는 자유의 도시라고…

평양 ─ 너는 평화의 도시라고…

─ 김귀련, 「평양 너는 아름답구나」 가운데서[44]

③ 달리누나! 번쩍이누나!

천 년의 긴 세월을 넘어

성루 우에 북을 울린

화살과 창과 탄환들이,

피에 젖는 붉은 옷자락이,

화약을 그러안는 병사의 가슴에,

쓰러지고 다시 일어서며

─ (줄임) ─

침략자들을 무릎 꿇린

황폐한 싸움의 터에

다시 새벽을 고하는 종소리,

밤을 잇는 목도 소리,

흙짐을 인 처녀의 노래,

붉은 땅을 덮고 덮으며

우리들의 화려한 궁전 되어

---

44 본문에 『평양』 시를 따올 경우 원문에 따르되, 띄어쓰기만 우리 쪽 것을 따랐다. 그리고 따로 출전 쪽수를 적지 않는다.

창마다 찬란한 별들이 속삭일 때까지

평양이여! 평양이여!
너는 슬기롭고 아름답구나!
너는 아침마다 해방탑을 찾아
친선의 꽃다발 드리누나!
너는 온종일 깃발을 높이며
세계와 어깨 겨루누나!
승리와 영광으로 빛나는 너는
조상들이 물려 준 긴 치마를 끌며
우아한 노래 부르누나!

— 민병균, 「평양에」 가운데서

①은 김귀련의 것이다. 모란봉에 서서 평양 모습을 조망하는 듯한 눈길을 마련했다. 작자가 여자인 만큼 평양을 가로지르는 대동강을 "옥색 비단띠"를 두른 모습으로 읽었다. 그러면서 이내 장소 평양이 지닌 역사적 연원을 더듬는 쪽으로 상상을 펼쳤다. "임진 장수들의 손길이 닿은" '성터'와 샤만호를 물리쳤던 '수문', 거기다 "여섯 해 전에" 벌어졌던 경인년전쟁 때로 내려섰다. 그 무렵 평양을 채웠던 "무너진 집채, 헝클어진 전선줄"은 간곳없다. 먼 옛날부터 선조들이 평양 성문을 굳게 지켜냈듯 평양 시민들은 '원쑤'의 침략으로부터 "슬기롭게 이 땅을 지켜" 냈다. 평양은 전란을 딛고 섰다. "땀 흘리며 노래 부르며 / 기쁨으로 숨쉬는" 평양으로 바뀐 것이다. 앞으로도 "기쁜 노래" 끊이지 않을 평양이다. 그러한 평양을 두고 시인은 "자유의 도시", "평화의 도시"라 일컬었다. 평양을 향한 송축의 눈길과 목소리를 지나간 임진왜란 때의 항쟁과 승전에서부터 시작하여 오늘날의 번영으로 이었다. 시간성에 기댄 짜임새다. 이때 시인은 평양을 어느 특정 구역이나 부분으로 보지 않고 크든 작든 통합된 하나의 단일 장소로 인지한다.

이런 짜임새는 민병균의 ②에서도 마찬가지다. 다만 황해도 사람 민병균은 ①과 달리, 장소 평양이 지닌 시간적 연원을 조선시대에서 훨씬 위로 끌어 올렸다. "천년의 긴 세월"에서부터 비롯한다. 그 먼 예부터 평양을 침략해 들어왔던 외적과 맞서 "쓰러지고 다시 일어서며" 그들을 "무릎 꿇린" 평양 용사의 용맹과 전통이 드높다. 그런 내력은 오늘날 평양을 "화려한 궁전"으로 탈바꿈시킨 평양 사람의 '슬기롭고' 아름다운 대역사로 이어진다. 어느덧 평양은 "세계와 어깨를" 겨루며 "승리와 영광으로 빛나는" 도시로 올라섰다. "조상들이 물려 준 긴 치마를 끌며 / 우아한 노래"를 부르는 처녀와 같은 맵시를 지닌 평양이다. 시인이 남자임에도 평양을 슬기롭고 아름다운 처녀로 상상한 점이 흥미롭다. 그러면서 장소 평양이 지닌 시간적 연원을 좇아 송축에 이른 짜임새라는 점에서는 한결같다.

①　모란봉이 솟고, 대동강이 흘러, 몇 만 년이냐?
우리 조상들이 평양성에 도읍한 지도, 천오백삼십 년
유구한 력사, 하도한 전설, 이끼낀 성지에도 깃들여 있거니
평양성과 함께, 영원히 젊은 모란봉아, 대동강아, 이야기해 주려마.

을밀대에 활 쏘던, 이 나라 아들들은, 얼마나 슬기로웠으며
릉라도 버들숲에 그네 뛰던 딸들은, 얼마나 아름다웠더냐?
수양제의 십 만 대군도, 풍신수길의 백 만 병졸도, 잘 막아 내던
자유와 독립을 수호한 아들딸들의 슬기론 모습, 이야기해 주려마.

— (줄임) —

아! 그렇다, 무엇을 물으랴, 우리의 혈관에 맥맥히 흐르는 고통, 스스로 듣자,
아름다운 전통을 빛나게 이어, 원쑤들의 침략을 용감히 물러치고
조국의 자유와, 인류의 평화를, 영예롭게 수호한, 우리가 아니냐?

　　진정한 인민의 주권 받들고, 폐허에 불사조마냥 나래치고 일어나는, 자랑찬 수도를 노래하자.

　　보라! 불아성 휘황한, 거리와 광장, 밀림처럼 치솟는 웅장한 건물들
　　로력은 그대로, 즐거운 춤 되고, 인민의 생활은, 갈수록 꽃이 피여, 모쓰크바, 북경과 숨결이 통하거니
　　아! 영광이 있으라, 우리를 이끄시는 당 중앙과, 공화국 정부가, 자리 잡은 평양성이여!
　　아! 길이 빛나라, 민주 수도로, 영웅 도시로, 평화의 성새로, 영원히 젊어 있을 평양성이여!!

― 박아지, 「평양송」 가운데서

　　② 군기를 앞세운 을지문덕 장군의 말발굽 소리가,
　　봄안개 흐르는 대성산 기슭을 소요하는
　　젊은 인민 장군 강감찬의 활시위 소리가,
　　아, 임진의 초로 우에 핀 붉은 꽃
　　계월향의 맑은 노래도 함께 울려오누나.

　　평양이여, 너의 높은 문화, 아름다운 이름 노려
　　악독한 원쑤들 자주 달려들었더라
　　그 때마다 너의 슬기로운 아들딸들은
　　어머니 거리 ― 너 평양의 성문을 굳게 지켜
　　너의 찬 섬들 하나하나와
　　뜨거운 목숨을 바꾸었도다.

　　― (줄임) ―

바로 그때였어라…

어버이들의 뜨거운 심장의 아픔

한가슴에 안으시고

우리 인민의 위대한 아들 한 분

만경대 푸른 물을 두 눈에 담으며

오래오래 생각에 잠겨 있은 것은…

바로 그때였어라…

왜적의 쇠사슬에 얽매여 딩구는

조국 산하의 피 흐르는 아픔을 풀고저

너의 대동강 나루터를 찾아

그가 길 떠나 간 것은…

— (줄임) —

창조의 나날 속에 너는 다시 젊어지고

대동강 물은 너의 새 얼굴 담고 흐르거니

이 땅의 온 도시와 평야들,

너를 좇아, 너의 두리에 모이고

너는 젊은 공화국의 민주 수도로 자랐더라.

조선로동당의 강철의 의지

너를 키워 조국 통일의 성새로 세웠더라…

나의 민주 수도여, 나는 또 듣노라

지금 너의 목소리 저리도 높이 울림을 —

먼 옛날도 아닌 그때, 바로 네 하늘에서

백주에 태양이 핏빛으로 불탔거니

너의 기치, 우리의 기치 앗으려

침략의 이리떼들 너를 노려 왔거니.

아침 바람 새로운 이 청류벽 옛 기슭을 돌아

그날, 공화국의 아들딸들은 나아갔더라.

서리 머금은 총포탄이 윙윙거리는 몽몽한 하늘 밑을

너의 기치 밝게 들고 나아갔더라.

강철도 녹아내리는 고지에서, 바다에서

새 전설 낳은

그들은 모두다 새날의 을지문덕 장군

새날의 인민 장군이였거니…

— (줄임) —

들어라, 밤에도 쉬이 않는 저 건설의 노래!

영용한 저 아들딸들의 이름으로

지상의 락원은 여기에 서리라!

삼천만 인민들이 붓는

그 사랑의 뜨거움으로 하여

이 땅은 영원토록 하나로 남으리라!

— 박산운, 「평양 송가—그의 창건 1530주년을 맞으며」 가운데서

박아지의 ①「평양송」과 박산운의 ②「평양 송가—그의 창건 1530주년을 맞으며」 둘은 평양시 창건 1530주년을 기리는 송시임을 제목에서부터 드러냈다. ①은 장소 평양의 시간적 연원을 "몇 만 년"으로 끌어 올렸다. 그런 뒤 "조상들이 평양성에 도읍

한" 1530년으로 말머리를 삼았다. "유구한 력사, 하도한 전설"이 "이끼 낀 성지에" 깃들었다. 그리하여 평양 이저곳에 깃들었을 "수양제의 십 만 대군", "풍신수길의 백 만 병졸도, 잘 막아" 내 "자유와 독립을 수호한 아들딸들의 슬기론 모습"을 떠올린다. 그렇듯 "원쑤들의 침략을 용감히 물리"치고 드디어 "불야성 휘황한, 거리와 광장, 밀림처럼 치솟는 웅장한 건물"로 가득한 "천년 고도" 평양을 이룩했다. 그러한 평양을 두고 시인은 여러 일컬음을 끌어왔다. "진정한 인민의 주권 받들고, 폐허에 불사조마냥 나래치고 일어나는, 자랑찬 수도", "민주 수도", "영웅 도시", "평화의 성쇄"가 그들이다. 나아가 평양은 어느새 "동방의 제일강산", "북경과 모쓰크바로도" 통하는 국제도시다. 마무리는 "당 중앙과 공화국 정부가" 자리 잡아 "영원히 젊어 있을" 평양에 영광 있으라는 희구로 맺었다. 평양의 세부에 대한 감각을 지닌 듯함에도 큰 틀에서는 시간적 계기에 따른 통합 평양의 승리와 영광 칭송이라는 짜임새는 한결같다.

뒤를 이은 ② 박산운 시는 시간적 계기에 따른 평양 칭송의 결정판과 같다. 모두 15토막에 걸친 긴 꼴 안에 고구려에서부터 비롯하여 오늘날 일성의 영도로 올라선, 이른바 영웅 도시 평양을 향한 칭송을 한 줄거리로 더듬었다. 상상의 씨앗은 "릉라도 버들숲에 달 밝은 저녁", 대동강 "청류벽 밑을" 거닐며 떠올리는 감회다. 특정 구역을 말할이의 위치 장소로 삼았으나 큰 뜻은 없다. 그것은 평양 일반에 관한 목소리를 내기 위해 마련한 바탕일 따름이다. 시인은 대동강 강물 위에서 "용감한 고구려 아들들이 높이 든 장검"과 그 위에 부서지는 '달빛', "군기를 앞세운 을지문덕 장군의 말발굽 소리", "대성산 기슭을 소요하는 / 젊은 인민 장군 강감찬의 활시위 소리", 거기다 임진왜란의 "초로 우에 핀 붉은 꽃 / 계월향의 맑은 노래" 소리까지 듣는다. 그 모든 것은 "악독한 원쑤들"이 달려들 때마다 "평양의 성문"을 굳게 지켜준 의기의 대표 표상이다. 그러한 평양의 '아름다움'과 '굳셈'으로 말미암아 "미국 야수배의 첫 침략"을 '쪼각'처럼 찢어 버릴 수 있었다. 여기까지는 평양이 침략자들에 맞서 싸운 역사적 승리라는 줄거리로 한결같다.

---

45   리갑기, 『조국강산』, 아동도서출판사, 1965, 212쪽.

만경대와 만경봉[45]

그런데 다음 자리가 유별나다. 곧 일성의 출생과 빛나는 영도에 대한 노골적인 서술이 그것이다. "인민의 위대한 아들 한 분"은 다름 아니라 일성이다. "왜적의 쇠사슬에 얽매여 딩구는 / 조국 산하의 피 흐르는 아픔을 풀고저" 일성은 길을 나섰다. 평양 만경대에서 태어나 자라면서 심지를 키운 뒤 왜적의 쇠사슬, "조국 산하의 피 흐르는 아픔을" 풀고자 일성이 "대동강 나루"를 떠난 것이다. 백두 연봉 "긴 밀림 속"에서 이른바 "항일 영웅"의 길을 걷기 위한 일이다. 그리하여 맞이한 "위대한 새날"을 유광복과 함께 "크나큰 아들 이름" 일성을 "자랑 높이" 외치며 평양은 드디어 "새 모습을" 찾았다. 그 뒤로 "창조의 나날 속에"서 평양은 "젊은 공화국의 민주 수도"였다. 조선로동당은 "강철의 의지"로 평양을 "조국 통일의 성새"로 키워냈다. 그런 곳을 "침략의 이리떼"가 짓밟았다. 이른바 조국해방전쟁이다. 그러나 평양은 그것을 견디고 이겨냈다. 그 싸움에서 승리한 "공화국의 아들 딸들"은 모두 다 "새날의 을지문덕 장군 / 새날의 인민 장군"과 다르지 않다. 오늘날 사회주의 여러 친구 나라들과 함께 평양의 "자랑찬 목소리", "쉬지 않는" "건설의 노래"는 "다시 또 다시" 우렁차다. '영용한'

"아들딸들의 이름으로" 평양은 "지상의 락원"이 되리라. '영원토록' 남을 평양에 대한 칭송이 화려한 마무리다.

　앞의 작품들은 장소 평양을 통합된 한 단일 머그림으로 다룬다. 그러면서 시간적 계기에 따라 평양의 역사와 오늘날 평양의 발전을 칭송하는 짜임새를 갖추었다. 외적을 맞아 싸워 이긴 이른바 영웅 도시로서 평양의 역사는 오늘날 평양을 이른바 민주 수도로 발전시킨 노력 투쟁과 맞물린다. 그러한 전개 과정에서 일성의 출현과 영도는 절정을 이룬다. 평양 송시가 수령 송시의 형식과 맞물리게 된 까닭이다. 이렇듯 시간적 계기에 따른 평양 송시와 다른 한 유형이 평양의 공간성에 바탕을 둔 머그림을 담은 작품들이다. 오랜 세월 지녔다는 영웅의 승리 역사는 뒤로 물리고 일성 당대, 곧 경인년전쟁의 파괴와 그런 속에서 승리를 이끌어냈다는 전쟁 영웅의 도시 평양, 그리고 그 일을 이끈 일성의 영도력 칭송을 핵심 속살로 펼쳐 보이는 작품이다.

　① 이 몸이 고장 태생은 아니나
　평양이여, 그대는 심장의 고향!
　여기서 붉은 별인 형제를 맞이했고
　패기 끓는 김 장군의 목소리를 들었구나!

　― (줄임) ―

　사람들은 저마다 고향 땅을 가졌건만
　세계를 향하면 조선 인민은 평양 사람!
　불굴의 영웅 도시 그 품속에서
　나도 조선의 참사람을 배우며 싸워 왔다!

　세계에 대동강반 창문들을 활짝 열라!
　어디로 가나 어디에서 일하거나

혁명의 기지를 반석같이 다지는

영웅들의 구슬땀이 별처럼 반짝이매!

— 리호운, 「심장의 고향」 가운데서

② 내 나서 자란 고장 아니언만

내 어린 시절 꿈꾸던 곳 아니언만

평양이여

너의 아름다운 음향이

너의 떳떳한 억양이

그대로 내 기쁨이 되는 것은

언제부터냐, 그것은,

평양, 오 사랑하는 거리여

너는 내 청춘의 요람 되었다.

— (줄임) —

만나는 사람마다

모두가 내 집인 듯,

진정 내 집 뜰악을 걷는 듯

아침마다 네거리로 나선다.

태양은 비치고

가로수는 설레이여라,

담벽은 일어서고

크레인은 노래 불러라.

평양, 오 조선의 심장이여
온 조선을
온 세계를 내다보며
기대의 위업으로
너는 높이 고동치거니

어찌 내 늙을 수 있으리
이렇듯 젊어 가는
네 모습,
네 마음처럼
평양, 오 청춘인 나의 수도여.

—리맥, 「평양」 가운데서

③ 그리고 그리고 아침 노을 퍼지듯
강철이 끓는 용광로 불ㅅ길,
강을 건너 령을 넘어 고압선 뻗어 가는
산을 안고 바다 끼고 달리는 철도,

이 모두 평양이라 부른들 잘못이랄가
여기서 우리가 설계하는 미래
조국의 통일을 앞당기고 있는
공산주의 햇살을 솟게 하는,

그렇다 우리 념원 모아선 민주 수도
우리 당 당 중앙이 키를 잡고 있는

이 모두 우리의 평양이여라

후손들은 두고두고 이야기하리라.

—마우룡, 「후손들은 두고두고 이야기하리라」 가운데서

①은 평양이 "심장의 고향"이라는 정의로 시작한다. 심장이 목숨의 표상이라면, 평양은 자기 목숨의 본체라는 뜻이다. 물론 이러한 일컬음은 시인 개인의 독창적인 산물은 아니다. 일성이 말했다는, "평양은 조선 인민의 심장이며 사회주의 조국의 수도이며 우리 혁명의 발원지"[46]에 뿌리를 둔다. 이어 시인은 평양을 "불굴의 영웅 도시"라 일컫는다. 자신을 끝없이 담금질하기 위해 늘 새겨야 할 덕목이다. 마지막에 이르러서는 "혁명의 기지"로 나아갔다. 장소 평양에 대한 굳어진 정의를 되풀이하면서 자신의 평양 사랑이 얼마나 깊은가까지 알리고자 한 작품이다. 평양이 심장이라는 굳어진 표현은 박석정의 「너 평양, 조선의 심장이여」에서 거듭한다. 다만 박석정에서 평양은 북한의 심장일 뿐 아니라, 우리 겨레 모두의 심장이라는 표현으로 확대되고 있다. "오늘의 평양은 삼천만의 량심, 그의 심장"이 그것이다. 이른바 조국 통일이라는 미래 소망을 이끌 장소로서 평양이 지닌 주도적 역할을 강조한 말이다.

평양에 관한 공간적 머그림에서는 이렇듯 장소 정의가 적극적으로 활용되고 있음을 볼 수 있다. 리효운의 ①은 좋은 본보기인 셈이다. 그에 견주면 리맥의 ②「평양」은 세대론적인 인식으로 나아갔다. 평양이 자기 "청춘의 요람"이라는 정의 표현이 그것이다. 그런데 그런 변화도 잠시, 다시 "평양, 오 조선의 심장이여"라는 힘찬 부름말로 이었다. "온 조선을 / 온 세계를 내다보며 / 기대의 위업으로" 높이 고동치는 심장이다. '청춘'을 한결같이 드러냈다. 말하자면 "젊어 가는" 평양이 그것이다. 그러하니 평양은 늘 '청춘인' 자신의 서울이다. 평양을 젊은 청춘에 견준 ②와 달리 마우룡의 ③은 평양을 "조국의 통일을" 앞당기고자 "념원 모아선 민주 수도"로 규정한다. 그런 평양의 "키를 잡고 있는" 곳이 "당 중앙"이다. 마땅한 방향으로 순항을 하는 배에다

---

46 오창원, 앞의 책, 19쪽.

평양의 앞날을 비겼다. 마우룡의 ③은 당대 평양에서 "설계하는 미래"에 더욱 마음을
실은 모습을 보여 준 셈이다.

① 전호에서 할 일 없이 무료할 때
좋기도 했다
우리들의 고향 자랑은…

— (줄임) —

금싸라기 같노라, 재령내기 벼 자랑
어린애 골만 하다, 무산내기 감자 자랑
달다 못해 녹는다네, 령남내기 홍시 자랑
산처럼 쌓인다고, 신포내기 명태 자랑

…산 자랑, 물 자랑 많기도 하여
모두다 신이 나서 제 고향이 첫째란데
평양이 고향인 전사 하나
싱글벙글거리다 입을 열었네

— (줄임) —

"김 장군이 어데서 낫게!
또 대동강은 어딜 흐르고
오랜 력사를 말하는 릴성문은 어디 앉고
해방탑 별빛티 어떤 봉우리에서 빛나는디 알기나 해!"

평양내기 전사는 보란 듯이 뻐기는데

(이, 욕심쟁이가…)

옆에서 부글부글 떠들기 시작했다

"자네 고향이야 평양이 틀림없지만

누가 자네 혼자서

그 모든 걸 제 것처럼 자랑할 권리를 줬나?"

"평양이야 어디 네 자랑 뿐인가

우리 모두의 자랑이지."

"옳네 옳아, 난 갑산이 집이지만

그 두류산보다는 모란봉이 더 좋더라."

… 그랬었다, 모든 전사의 가슴에

당이 있고 정부가 앉은,

거기서 모든 승리가 꾸며지는,

물 맑고 산이 푸른 평양이야

나서 자란 고향처럼 친근했다

— 한진태, 「전사와 평양」 가운데서

② 내 너를 떠나도 아니 떠나도

언제나 가슴에 생각나는 일

너를 지켜 떠난 채 돌아 못 온 동무들

어머니인 듯… 눈 감으면서도

네 쪽으로 얼굴을 돌려 달라던…

내 언제나 가슴에 생각나는 일

나뉘여 멀리 생사마저 몰랐던 벗들
꿈에 선 듯 다시 만남은 또 몇 번이더냐
어머니의 슬하에 선 듯…
너의 들끓는 광장에서 길목에서 건설장에서

그랬노라 너는 어머니…
조국의 삼천만은 뜨거운 한 형제
이 형제들의 사랑하여 받들고
이 형제들의 더운 피 고동치고
이 형제들 언젠가는 함께 만날
평양아! 너는 조선의 심장이 아니더냐

— 김순석, 「너를 떠나 멀리 가서」 가운데서

위에 올린 ①과 ②는 평양 송시 가운데서도 형식이 유별난 둘이다. ①은 '전호'에 머물고 있는 병사들의 고향 자랑이라는 대화극 방식을 빌려, 평양 칭송에 이르렀다. 재령 병사는 재령 자랑, 무산 병사는 무산 자랑으로 즐겁다. 그러는 동안 평양을 고향으로 둔 병사가 '싱글벙글거리다' 입을 열었다. 일성의 고향이며, 대동강이 흐르고 오랜 역사를 말해 주는 '렬성문'이 있을 뿐 아니라, 해방탑까지 빛나는 곳이 평양 아닌가. "평양내기 전사"의 평양 자랑에 다른 병사들이 떠들기 시작한다. 평양은 그 누구의 자랑이 아니라 병사 모두의 자랑인 까닭이다. 자신의 고향보다 더 좋은 평양의 산, 누구에게나 고향처럼 친근한 평양이다. 바야흐로 모두의 고향 평양은 병사들이 "목숨을 걸고" 싸워야 할 북한의 심장이다. "조국과 함께 무궁"할 곳이다.

김순석의 ②는 평양을 어머니로 의인화하여 칭송했다. 그러다 보니 평양을 아름답고 다정한 모습으로 되새긴다. 떠나 있어도 늘 가슴에 차오르는 어머니 모습을 간직한 평양이 그것이다. 마무리에 이르러 그러한 어머니는 삼천만 겨레의 어머니로 확대된다. 분단을 벗고 형제로 만날 남북을 한 품에 품을 곳이 평양이라는 생각이다.

수도 평양은 마침내 겨레의 수도가 되리라는 믿음이 굳다. 시의 끝머리에서 평양을 다시 "조선의 심장"이라 일컬은 데서 그 점이 확연하다. 평양이 조선의 심장이라는 표현이나 삼천만의 어머니라는 표현은 다른 둘이 아닌 셈이다.

이제까지 평양 송시라 할 작품들을 둘러보았다. 장소 평양이 지닌 내력을 시간적 계기에 따라 짜든, 당대적 공간성에 머문 지각을 보여 주던, 둘 모두 평양에 대한 장소 머그림이 포괄적이라는 특성을 지녔다. 그리고 그것은 거의 모두 단일 평양 공간에 대한 압축적 정의나 규정을 앞세워 송축의 뜻을 뚜렷이 했다. 가장 흔히 것이 '영웅 도시'다. 침략자 외적을 물리친 전통 위에서 경인년전쟁을 승리로 이끈, 이른바 '영웅'적 항전을 부각시키는 정의다. 민주 수도, 평화의 성쇄, 자유의 도시와 같은 것들은 마침내 '영웅 도시'로 수렴된다 할 수 있다. 그리고 영웅 도시는 마땅히 젊음이라는 생리적 표지와 얽혀 있다. 청춘 평양의 발전과 번영은 그로부터 필연적이다. 나아가 평양은 삼천만의 통일을 가져다 줄 '민주 수도'다. 마땅히 '조선의 심장'으로 외연이 자란다. 조국 통일을 품에 안을 어머니로 의인화되는 것도 같은 줄거리다. 평양은 문학 담론에 앞서 북한 체제의 이행 과정에 따라 여러 정의나 규정으로 재장소화해 왔다. '력사의 도시', '영웅 도시'에서부터 뒷날 '희망의 도시', '기적의 도시', '가장 인민적인 도시', '공원 속의 도시', '현대 문명 도시의 표본'이라는 다채로운 '칭송'으로 치달았던 흐름이 그것이다.[47] 그러한 평양 인식은 마침내 영원히 젊을 "지상의 락원"이라는 궁극을 겨냥한다. 『평양』의 송시들은 그러한 평양 송축의 뜻과 전개 과정을 미리부터 예시하고 있었다.

47　오창원, 앞의 책, 21쪽.

4. 복구 건설된 평양 찬시와 노력 투쟁

평양시 창건 1530주년을 기리는 일은 앞 시대와 크게 달라진 평양의 발전된 모습이 눈이다. 그 일은 고스란히 전후 복구에 성공한 조선로동당과 그를 이끈 일성의 '현명'한 영도에 대한 찬사로 나아갈 마련이다. 평양 찬시 또한 평양 송시 못지않은 자리를 차지하는 까닭이다. 이 또한 11편 정도에 이른다.[48] 그런데 복구 발전된 모습이라 하더라도 시인은 그것을 어떤 방식으로 담을 것인가를 고민하지 않을 수 없었다. 그 결과로 나타난 맵시는 둘이다. 평양 복구 건설의 이유와 당위성 제시에 초점을 둔 유형이 하나다. 복구 건설된 특정 구역 묘사에 눈길을 둔 작품이 둘이다. 먼저 처음 것을 보자.

① 가혹하고 고난에 찬 그 시련 속에서
우리는 끝내 너를 지켜 내였다.
원쑤는 너의 모든 것을 쳐부시였다.
그러나 평양이여, 너는 죽지 않았다.

— (줄임) —

얼마나 네 우에 폭탄이 터지였던가!
얼마나 우리들의 가슴이 터지였던가!
얼마나 어린애의, 어머니의, 늙은이의, 피가 흘렀던가!
얼마나 우리들의 마음이 피흘렀던가!
잊지 않으리라! 기억하리라! 기억을 품고

48　허우연·전초민·서만일·박세영·김병두·김철·김상오·박팔양·최창섭·상민·조벽암의 작품이 이에 든다.

미움을 품고

그 미운 원쑤를 이겨 낸 사랑을 품고

그리고 노을처럼 일어서는 래일을 안고

평양이여, 우리는 다시 너를 세운다.

귀중한 모든 것이 부서지는 그 야만의 밤에

화려한 설계도는 그려졌거늘 ― 그것을 펴라!

세상에도 아름답지, 아 꿈처럼 아름답게

우리는 우리의 수도를 건설하리라!

바로 그것이 원쑤에의 대답이도록,

바로 그것이 원쑤에의 복수이도록,

바로 그것이

원쑤에의 우리의 승리이도록,

그렇게 우리는 너를 건설하리라!

― 김상오, 「평양이여, 너를 건설하리라!」 가운데서

② 슬기로운 겨레의 자랑찬 력사의 도시

자유의 깃발 창공에 높은 인민의 도시

오늘은 전 세계 인민의 사랑 속에서

영웅의 이름으로 불리우는 도시 평양

― (줄임) ―

보라! 영웅의 거리에 넘쳐흐르는

승리자들의 장엄한 행진 속에서

이 도시는 창도와 건설의 노래 부르며

거인처럼 힘차게 일어서고 있다

— (줄임) —

영웅 도시는 오늘 장엄하게 일어섰다

우리들의 거리는 백 만의 건설자로 찼고

우리들의 거리는 수 만의 수송차로 덮였다

인민의 억센 팔뚝에 새 락원이 솟는다

이것은 20세기의 신화가 아니라

어제도 오늘도 우리가 창조하는 현실

우리 조선로동당의 지도 밑에서

영광스럽게 휘날리는 승리의 기폭!

형제적 인민들의 환호 속에서

우리의 도시 평양을 복구하자!

평화의 깃발 밑에 싸우는 우리

영웅 조선을 또다시 노래하자!

— 박팔양, 「평양」 가운데서

③ 원쑤의 총포탄 억수로 쏟아져도

집들은 산산이 부서져도

어느 그 한시인들 끄떡이나 했더냐

영웅 도시는 이런 시련 속에서

그는 더욱더 젊어졌고
뼈에 사무친 눈물은
언제나 더 뜨거웠기에

— (줄임) —

그렇다 탐스럽게 맺어진 우리의 열매는
온누리의 가슴마다에
새 기적이 자랑찬 꽃씨를 심어 주면서
원쑤에겐 탄환처럼 공포의 못을 박았다

아! 대동강은 오늘도
끊임없이 꾸며지는 새 자랑을 싣고
유구한 우리의 핏줄처럼 흘러 흐르는데
력사의 동산은 거연히 지켜 섰는데

우리의 도시는 이렇듯
거인으로 일어서
조국 통일의 커다란 품 속에
아침 햇살처럼 펴져 가누나

보람찬 우리의 시대여!
조국의 심장 평양이여!
찬연한 력사 우에
그 별빛 더욱 령룡하여라

— 조벽암, 「영광의 거리」 가운데서

김상오의 ①은 끝에 '1954~1957'이라는 덧말이 붙었다. 말하자면 전후 평양 복구 계획이 이루어지고 마무리된 네 해 기간이다. 그 동안 평양 복구 건설을 향해 열심히 건설 투쟁을 벌였음을 강조하고 싶었던 셈이다. 그에 앞서 경인년전쟁기 3년, 곧 "가혹하고 고난에 찬" '시련'의 시대에 무너지고 부서졌음에도 본디 평양을 되찾기 위한 바람을 잊지 않았다. 그런 바람은 땅 밑으로 산업 시설을 숨겨 버틴 때나 고지 위에서 싸울 때도 마찬가지였다. 비행기 포탄 세례 속, "야만의 밤"에도 평양은 굳건히 견디고 이겨냈다. '수도' 재건, 복구의 "화려한 설계도"는 그때 마련된 것이다. 그러한 잊지 못할 "기억을 품고", '원쑤'에 대한 "미움을 품고", '원쑤'를 이겨 낸 사랑을 품고 평양을 다시 일으켜 세운다. '수도' 평양의 복구 재건이야말로 그 "미운 원쑤"에 대한 승리의 으뜸 증표가 아닌가. 침략자 '원쑤'를 향한 승리의 '대답'이며 "원쑤를 향한 복수"다. 김상오의 시는 평양 복구 건설의 까닭을 침략자 '원쑤'를 향한 승리와 복수의 선언임을 뚜렷이 했다.

②에서 보듯 월북 시인 박팔양에게도 평양은 "찬란한 새 력사"가 흘러내리고 "용감한 선조들의 자랑스런 이야기가 / 아름다운 전설로" 깃든 곳이다. 이른바 "억압자처 물려 준 쏘베트 형제들의 / 불멸의 위훈"을 떠드는 노래 소리까지 들린다. 그런 평양이 "조선로동당의 지도 밑에서" 새롭게 거듭났다. "슬기로운 겨레의 자랑찬 력사의 도시", "자유의 깃발 창공에 높은 인민의 도시"에서 이제는 "세계 인민의 사랑 속에서 / 영웅의 이름으로 불리우는 도시"로 올라선 것이다. 그 일은 앞선 전쟁의 '승리'를 뛰어 넘는 새 '승리'를 뜻한다. "영웅의 거리에 넘쳐흐르는 / 승리자들의 장엄한 행진", 평양은 "창도와 건설의 노래 부르며 / 거인처럼 힘차게 일어서고 있다"는 시인의 목소리가 드높다. "폐허에서 새집들이 우뚝우뚝 솟고" "대리석 고층 건물들이 솟아오른다." 이렇듯 '장엄하게' 일어서는 '영웅 도시' 평양은 "백만의 건설자", "수 만의 수송차로 덮였다." 말하자면 "인민의 억센 팔뚝"으로 만들어진 "새 락원"이 솟은 것이다. 그것은 "20세기의 신화가" 아니다. 조선로동당의 지도로 눈 앞에서 "창조하는 현실"이다. 그리하여 시인은 소리친다. "영광스럽게 휘날리는 승리의 기폭"을 흔들며 "영웅 조선"을 널리 떨치자고. 박팔양은 평양 복구 재건의 현실을 경인년전쟁기 이전

시기의 용맹했던 선조의 역사에서부터 가져와, 오늘날 평양 발전의 기쁨을 세계 소베트 친선국과 함께 하자는 인식을 보여 준다. 김상오 시 ①에 견주어 평양의 시간적 연원을 더 끌어 올리고, 공간적 너비도 훨씬 키웠다. 평양 복구 건설의 이유와 당위성의 몸집이 그만큼 무거워진 셈이다.

조벽암 시 ③은 역사의 흐름 가운데 "수없이 꾸며져" 왔던 "빛나는 건설들" 속에서 평양 복구 재건의 당대 역사를 '거인'이 일어서는 맵시로 그렸다. 그리고 평양 건설은 "조국 통일의 커다란 품"을 마련하는 일이다. 평양 건설이 조국 통일이라는 목표와 맞물린 상상력이다. 평양 복구 건설의 이유가 새 국면을 얻었다. 그리하여 '보람찬' 시대, "조국의 심장 평양"에서 이루어지는 복구 건설의 '승리'는 "찬연한 력사"에 별빛처럼 영롱할 것이다. 평양 복구 건설이 조국 통일로 나아가는 '거인'의 발걸음이며, 평양은 그 거인의 심장이라는 외연을 갖는다.

복구 건설의 이유와 당위성을 강변하는 평양 찬시 유형을 살폈다. 평양 복구 건설은 겨레가 지켜낸 승리의 역사를 이어받은 더 커다란 승리다. 게다가 그것은 당대 평양 파괴의 원흉인 '원쑤'에 대한 승리이기도 하다. 아울러 평양 복구 재건은 사회주의 친선 국가의 찬양을 받는 대표 역사다. 앞으로 다가올 조국 통일을 위한 디딤돌이다. 이러한 평양 찬양은 바탕에서부터 도시 평양을 추상적이고도 통합적인 하나의 장소로 상상하는 버릇을 보여 준다. 세세한 구역 분리나 특정 소지역으로 폭을 좁히지도 않는다. 이제 영광스러운 전변을 불러오고 있는 평양 시민들은 "기적을 창조하는 혁신자", "통일의 앞날을 당겨 오는 건설자들"^{박세영, 「새해의 평양을 노래함」}로 찬사를 받을 만하다.

평양의 복구 재건 현실을 노래하고 있는 다른 유형은 평양의 특정 건설 현장이나 구역 변화를 중심으로 복구 재건의 위훈을 찬양하는 데 초점을 둔 작품이다.

① 어느새 시간은 흘렀는가
휴식 신호의 호각 소리가
강줄기처럼 뻗은 작업 대렬의

바쁜 마음들을 거쳐 울려 지나간다

마지막 듬뿍 한 삽을 퍼올리고

허리를 펴며 구슬땀을 씻으면

꽃밭처럼 란만한 깃발들 넘어로

멀리 해방탑이 굽어보며 웃는구나

— (줄임) —

시간마다 높아 가는 다층 주택들이며

나날이 넓어지는 거리와 거리

정녕 이 로력을 누가 막으랴

평양을 거인처럼 일으켜 세우자

그러면 아침 일터로 나갈 때에나

어린 것을 이끌고 산보하는 시간이나

우리의 땀 배여 든 민주 수도의

래일은 얼마나 즐거울 것이랴

어느새 또 시간은 흘렀구나

작업 신호의 호각 소리

우리는 우렁찬 합창과 함께

일제히 다시 작업장에 들어선다

— 상민, 「평양」 가운데서

② 일터로 가는 아침길이다,

땅을 차고 솟은 충충집들은

우리 시대의 영광을 높이 세운

자랑찬 로력의 도표이런가.

높이 달린 창, 유리창마다

불타는 태양을 껴안은

학교 모퉁이를 에돌다가

선뜩 나는 걸음을 멈춘다.

두 달 전… 눈바람 속에서도

한 장 한 장 벽돌을 쌓던 로력의 보람을

날더러 느끼라는 듯

아이들은 학교 뜰악에서 화단을 가꾸거니…

― (줄임) ―

오, 평양이여!

건설의 벅찬 전투장이여!

세계에 머리 높이 쳐든

그대 가슴엔 영웅의 금별이 빛나거니…

그대 영예의 탑보다 더 높이

쌓으리라! 평양이여,

세기와 세기의 고개를 넘어

우리가 건설하는 이 영광의 세대를

행복한 후대들이 우러러보도록!

— 김병두, 「행복한 후대들이 우러러보도록!」 가운데서

강원도 월북 시인 상민은 ①의 「평양」을 빌려 평양이 이룬 토목적 발전을 높이 자랑한다. 다만 그러한 감격을 특정 작업장 한 곳에 위치한 말할이의 목소리로 담았다. "휴식 신호의 호각 소리"가 들리자 "마지막 듬뿍 한 삽을" 퍼 올린 뒤 말할이는 눈을 든다. "멀리 해방탑이" 보인다. 이른바 해방탑이 확인되는 어느 구역에 말할이는 자리했다. 지나간 시기 "악마의 퍼붓는 불비"를 견디며 평양 재건의 설계도를 마련했다. 그 평양은 어느덧 "시간마다 높아 가는 다층 주택들", "나날이 넓어지는 거리와 거리"로 찬란하다. 마치 평양을 "거인처럼 일으켜 세우"는 일 같다. 이렇게 만든 "민주 수도" 평양의 내일은 밝고 즐거울 것이다. 상념에 잠시 젖은 뒤, 다시 "작업 신호의 호각 소리"가 울리자 "우렁찬 합창과 함께" 일행은 '작업장'으로 들어선다,

말할이가 평양의 건설 구역 어느 한 곳에 서서 발전해 나가는 평양을 찬양하는 ①에 견주어, 김병두의 ②는 그 '일터'의 됨됨이가 보다 구체적이다. "땅을 차고 솟은 층층집들"은 "시대의 영광을 높이 세운 / 자랑찬 로력의 도표"다. 그러한 자랑찬 평양 건설을 위해 벽돌공인 말할이는 오늘도 아침 일터로 나간다. 자신이 힘을 보탰던 학교를 지나다 발을 멈춘다. "두 달 전" "눈바람 속에서도 / 한 장 한 장 벽돌을" 쌓는 '로력'을 다해 세운 곳이다. 그 뜨락에서 아이들은 화단을 가꾼다. "행복한 후대들"이 웃음 지으며 "조국의 커다란 사랑 속에" 자란다. 말할이는 "가슴 벅찬 로력의 환희"가 새삼스럽다. 시는 자신을 "영광의 세대"라 일컫는 결의로 맺는다. "건설의 벅찬 전투장" 평양을 "세기와 세기의 고개를" 넘어 '세계'가 우러러보는 곳으로 가꾸리라.

공장으로 가는 길인 듯 싶은

한 처녀가 묻는 말이

"저 극장은 언제나 다 지을가?"

아마 그의 희망에서이리라,

그러면 또 한 처녀는 약속이나 한 듯이
"이제 한 달이면 끝날 거야"

다양한 아침 햇살을
온몸에 담뿍이 받으며
나는 이름도 모르는 두 처녀의 담화를
스치면서 들었다만,
꼭 붙잡고 어길 수 없는 부탁이나 받은 듯
얼굴을 붉히며
설레는 가슴으로 달려 왔다.

— (줄임) —

끝없는 승리와 다함없는 행복을 위해,
수령께서는 이 건설의 설계도를
간고한 싸움의 날
멸적의 작전도와 나란이 놓으시고,

허물어진 터전 우에
창 밝은 로동자의 아파트를 세우고,
영웅 도시 한복판에
이 극장도 몸소 그리셨다.

— (줄임) —

미제의 침략을 물리친 여기 대동강반에

건설의 노래 소리 드높이 안고 일어서는,

모란봉극장이여

너는 정녕 이 나라 평화의 기념비!

나는 또 듣겠노라,

늙으신 아버지와 어머니

그리고 모두가 누나요 동생인,

삼천 만 한 가정을 이루고 이 극장에 앉아

먼 미래까지 행복할

자유와 평화의 노래를

손뼉 치며 유쾌히 듣겠노라.

이름은 모르나

마음은 이미 잘 아는 두 처녀야

여기서 다시 만나자,

그리고 이 벽돌공에게

또 부탁을 다오.

보라 그대들의 간절한 부름

그 후더운 목소리에

우리는 더욱 힘을 솟구며

벽돌을 쌓노니,

평화의 집 — 모란봉극장!

수령께서 주신 설계도에

방금 또 하나의 꽃이 핀다.

— 전초민, 「평화의 집」 가운데서

전초민의 「평화의 집」은 발표 시기가 이른 작품이다. 곧 전후 1954년 평양 대동강 변 모란봉극장의 건립을 앞둔 축시다. 평양 복구 건설 과정 가운데서 일찌감치 이루어진 중요 시설 공간의 하나를 글감으로 삼았다. 말할이는 막바지 다듬기에 바쁜 모란봉극장 앞에 서서 공장으로 일하러 가는 듯 싶은 처녀 둘이 완공 시기를 묻고 답하는 말로 시를 시작했다. "이제 한 달이면" 끝난다는 말을 들은 말할이다. 일성 '수령'이 "멸적의 작전도와 나란이" 극장 "건설의 설계도를" 미리 마련해서 이루어진 경사스러운 일이다. "창 밝은 로동자의 아파트"까지 잇달아 서는 평양. "영웅 도시" 평양은 "래일의 희망과 청춘의 약속"을 전해주고 있지 않은가. 시인은 "건설의 노래 소리 드높이 안고 일어서는 / 모란봉극장"을 두고 "평화의 기념비", "평화의 집"이라는 찬사를 아끼지 않았다. 이 모든 설계와 건설은 모두 영명한 '수령'의 지도로 말미암았다. 그 성과가 꽃처럼 피어오른 곳 가운데 하나가 모란봉극장이다. 이제 모란봉극장은 "조국 통일"의 그날, 삼천 만 모두가 한 가족으로 "먼 미래까지 행복할 / 자유와 평화의 노래" 손뼉 치며 부르는 장소가 될 것이다.

전초민의 「평화의 집」은 평양의 특정 구역 건설물의 위용과 위훈을 축하하는 맵시의 축시다. 이와 달리 말할이가 평양의 구역을 다루되, 위치 장소를 옮겨가면서 특정 건설 현장을 담고자 한 작품도 보인다.

① 늙은이는 걸어 나오신다
바다처럼 술렁이는 역전을 둘러보며
어느 골목 어느 집이면
아들을 만날는지 궁금한 생각에…

오직 보시는구나
칠순 평생에 여러 차례 나들이 올 때도,
글획마다 자랑이던 아들의 편지에서도
다 하지 못했던 화려한 건물을!

맑은 창문들을 쳐다보신다
싱그러운 바람에 펄럭이는 카텐
그 사이로 무룩이 둘러앉은
정다운 아들들의 이야기도 들으신다

— (줄임) —

백두 밀림의 로련한 벌목부가
지금 건설 트레스트의 둘째 아들
벽돌공을 찾아서 걸어가신다
한없이 설레이는 감격에 묻히며

그 발길 이르는 곳은 곳마다
하얀 고층 석벽이 서리운 길,
춤추는 가로수는, 소란한 건설장들은
이 로인을 황홀히 멈춰 세우거니

— 허우연, 「오래 살고 싶네」 가운데서

② 오솔길 에돌아 집앞에 이르는
유쾌하고 부지런한 우편 통신원,
커다란 편지 뭉치 움켜잡은 채
놀랜 눈으로 발길을 멈추었네.

여기 있던 집은 어디로 갔나?
말끔히 정리된 집터마다엔

어느새 알뜰한 채마밭이 둘러 앉아
파릇파릇 새싹을 키우고 있으니 —

“도대체 이것이 어찌된 셈이요?”
신작로에 서 있는 화물 자동차로
이삿짐 분주하게 이여 나르는
한 녀인 붙잡고 통신원은 물었네.

“어찌 되긴 어찌 됐단 말씀이에요?
분이네는 새로 지은 사택으로 이사 갔고
철이네는 저기 뵈는 아파트로 옮겼죠.
우리도 이렇게 역사를 한다오.”

— (줄임) —

층계 우에 또 층계, 한 문 열면 또 한 방,
에-높기도 하고 많기도 해라!
40년 걸어 온 통신원의 생애에
이런 집에 와 본 적 한번이나 있었던가!

— (줄임) —

마음속 흐뭇해진 우편 통신원
또다시 집집을 찾아 떠났네.
이 골목, 저 골목, 사람들게 물어 보며
편지 임자 찾아서, 새 주소를 찾아서.

　　"일하기도 좋고 살기도 좋다!

　　모두들 이런 궁전들로만 이사한다면

　　주소야 하루에도 백번 변하라 하라

　　내 두 다리에 힘이야 진하랴!"

— 김철, 「일하기도 좋고 살기도 좋다!」 가운데서

　①은 허우연의 것이다. 말할이는 '역전'에서 아들을 만나기로 약속한 한 '늙은이'다. 그이는 "백두 밀림의" "울창한 산판"에서 통나무를 찍는, "로련한 벌목부"였다. 그이는 역에 내려, 둘째 아들이 벽돌공으로 일하는 "건설 트레스트"를 찾아 간다. 예전에는 생각지도 못한 "화려한 건물"들에 놀란다. 건물마다 "맑은 창문"을 달고, "싱그러운 바람에" 커튼은 날린다. 그 사이로 둘러 앉아 정겨운 이야기를 나누는 사람도 보인다. 한누리 "백두 밀림"에서는 보지 못한 천지개벽할 풍경이다. 그러한 늙은이의 "한없이 설레"인 감격은 아들을 만나는 기쁨을 훨씬 뛰어넘는다. "발길 이르는 곳", "소란한 건설장"마다 "고층 석벽"이 서고, 가로수는 춤춘다. '로인'은 가던 걸음 '황홀히' 멈추지 않을 수 없었다. 시인은 작품 마무리를 그 벌목부에 대한 고마움으로 맺는다. 그이 또한 화려한 고층의 "저 높은 건물들"에 "대들보를 주고 기둥을 보낸" 이인 까닭이다. "한생 처음" 평양의 발전된 '거리'를 본 늙은이의 "모든 감격"은 "영웅 수도 평양"을 향했던 모두의 노력에 대한 찬사로 나아갔다.

　허우연의 ①은 "백두 밀림"에서 평양의 아들을 만나러 온 늙은이가 걸음을 옮기며 발전된 평양 모습에 감격한 목소리를 갖추었다. 거기에 견주어 김철의 ②는 평양 시내 곳곳을 돌아다니는 "유쾌하고 부지런한 우편 통신원"의 시가지 배달 과정을 빌려 평양의 건설 성과에 대한 찬사를 아끼지 않은 작품이다. 옛날에는 옥수수밭 가운데 넝마를 치고 모여 살던 곳이 어느새 통신원의 눈을 의심하게 할 정도로 바뀌었다. 화려한 건물이 올라서고, 잘 가꾼 채마밭이 앉았다. 통신원은 놀라 큰 소리로 묻는다. "도대체 이것이 어찌된 셈이요?" 그곳에 살던 누구는 "새로 지은 사택으로 이사" 가고, 어떤 이는 가까이 뵈는 '아파트'로 옮겼다는 여자의 답이 돌아왔다. 게다가 그미 또한 새 집으로 이삿짐을 옮기는 중이란다. 새로 지은 아파트로 올라가 이저곳 주인들에게 편지를 전해주면서 통신원의 놀라움과 기쁨은 더욱 커진다. 40년 동안이나 우편 통신원 생활을 하면서 보지 못했던 변화, 발전이다. 시는 우편 통신원의 기쁘고도 흐뭇한 목소리로 끝을 맺었다. "일하기도 좋고 살기도" 좋은 평양. 비록 옛 주소에서 새 주소로 바뀌어 집집을 찾고 물어야 하는 수고가 늘었지만, 이러한 영광스러운 건설의 나날이라면 무엇이 귀찮으랴.

아버지는 나가서 들어오지 않았다
토성랑 굽이굽이 휘여진 골목길
삯지게 지고 서문 밖에 나간 후
늙은 아버지는 끝내 들어오지 않았다.

보통강 여울에 살얼음이 깔리고
무너진 토성 우에 함박눈만 퍼붓던
10월의 어느 날 목도리도 없이
고무 공장 누나는 제네스트로 가고 ─

성벽에 의지한 침침한 토굴에서
어머니와 나는 밤새도록 울었다
단벌 누더기에 무릎을 가리우고
문풍지 떠는 소리에 가슴 두근거리며,

토성랑의 아들은 가난 속에 컸다
아버지 걸어가신 새벽길을 따라…
누나가 끌려 간 공장문을 두드리며

지겟군의 아들은 쇠망치로 굳어졌다.

오, 토성랑 내 눈물의 요람이여!

그대의 을시년스럽던 골목 골목이며

코를 찌르던 오물의 산더미…

빈민굴의 옛 자취는 어데로 갔느냐?

— (줄임) —

지금도 처량히 귓전을 스치누나

아파트의 란간에 저물도록 섰으면

붉은 기 성루에 휘날리던 그 날이며

고무 공장 누나들 피 끓는 만세 소리…

깃발인 양 붉은 노을을 펼쳐 들고

추억의 성문을 열어제끼누나

가난과 굴욕의 쇠사슬을 던지며

이 내 심장의 거문고를 타 주누나.

오, 노래를 부르렴 토성랑 옛터여!

력사의 큰길에 자리를 내주고

꽃밭으로 단장한 보통문 거리 —

지금은 행복의 요람인 나의 평양아!

— 허진계, 「토성랑」 가운데서

허진계의 「토성랑」은 평양 토성랑 구역을 글감으로 삼았다. 평양의 대표 빈민가로 알려졌던 곳이다. 지금의 보통문 거리다. 흥미로운 점은 이 작품이 『평양』의 작품 34편 가운데서 거의 유일하게 장소 평양에 대한 개별 경험의 가능성을 보여 준다는 사실이다.[49] 특정 구역에서 이루어진 지나간 시절에 대한 회고 방식에 그 점을 담았다. 나라잃은시대 빈민굴 토성랑에서 아버지와 말할이의 가족은 참혹한 가난을 거쳤다. "토성랑 굽이굽이 휘여진 골목길"을 드나들며 삯지게꾼으로 살다 아버지는 돌아오지 못했다. 누나 또한 평양 고무 공장 노동자로 가족들 생계를 도우는 처지였다. 그러다 추운 10월 어느 날 "목도리도 없이" 나갔던 "고무 공장 누나"는 파업 투쟁으로 끌려갔다 돌아오지 않았다. 어머니와 말할이는 "성벽에 의지한 침침한 토굴에서 / 밤새도록" 울었다. "코를 찌르던 오물의 산더미" 토성랑에서 "지겟군의 아들"로 살면서 말할이는 쇠망치처럼 굳어졌다고 말한다.

그러나 이제 그 토성랑 구역은 간곳이 없다. 말할이는 "아파트의 란간에" 서서 그곳을 내려다 볼 따름이다. "해방 전에는 악취 풍기는 빈민굴로 알려져 왔던 토성랑–보통문 거리 일대"가 오늘은 "웅장한 현대적 도시의 화려한 거리로 전변"한 것이다.[50] "가난과 굴욕의 쇠사슬을" 벗어 던지고 "행복의 요람"으로 달라진 평양의 한 단면이다. 옛 시절을 이제는 "추억의 성문"으로 열어 제킬 수 있는 시대가 왔다 "토성랑 옛터"는 "력사

---

49 리계심의 「모란봉에서」도 위치 장소 모란봉에서 딸 '단희'에게 주는 말로 짜인 작품이라 개별 서정의 가능성이 보인다. 하지만 등장시킨 인물만 딸일 뿐 속살은 평양 후대의 번영이라는 굳어진 생각을 드러내는데 한결같다.

50 토성랑 지구의 변모를 다룬 글로서는 양재춘의 것이 있다. 본디 고구려 옛 성터로서 외적들로부터 고도 평양을 방위한 조상들의 무훈담이 깃든 토성랑, 보통문 거리는 왜로 시대에 들어 평양에서도 진절머리가 나는 빈민굴로 변하고 말았다. 성벽을 의지하여 벽을 삼았고, 보통강 다리 바닥을 천장으로 삼은 가난한 사람들. 지게군, 날품팔이, 땜쟁이, 병든 사람들이 처마 깃을 맞대고 옹기종기 달라붙은 움막에서 아침이면 푸시시 털고 나와서는 정처 없는 일자리를 찾아 거리로 쏟아졌던 곳. 저녁이면 오불꼬불한 골목길을 에돌아 퀴퀴한 냄새가 풍기는 움막을 그래도 제집이라 찾아 들었다. 거기다 해마다 범람하는 보통강의 물에 토성랑은 이만저만 피해를 입었다. 그렇지 않아도 우중충하고 항상 질벅지근한 토성랑 일대는 조그만 비에도 길목은 도랑창으로 변했고, 사나운 보통강 물살은 가난한 소작인의 곡식을 쓸어가 버리곤 하였다. 머지않아 보통문을 중심으로 화려한 공원이 만들어질 것이고, 토성랑의 슬픈 이야기를 싣고 흐르는 보통강은 큰 운하로 다듬어져 화려한 여객선과 수백 톤의 화물선이 훈풍을 안고 토성랑 기슭을 미끄러져 갈 것이며, 강 두 기슭은 꽃밭으로 달라질 것이다. 양재춘, 「토성랑」, 『로동신문』, 로동신문사, 1958.9.4.

의 큰길에 자리를" 내주었다. "눈물의 요람"이었던 토성랑이 "꽃밭으로 단장한 보통문 거리", "행복의 요람"으로 바뀌었다. 그리하여 시의 끝은 "10월의 불길", 곧 사회주의 건설로 "일어서는 거리"에서 "토성랑의 아들"들은 영원히 승리할 것이라는 찬사로 맺었다. 평양의 장소 가치로 되풀이 각인시키고 있었던 대표 사건, 곧 1930년대 평양고무공장 노동쟁의와 같은 역사적 사건을 외적 맥락으로 끌어다 놓은 작품이다. 그럼에도 그런 가운데 말할이의 구체적인 개별 체험이 깃들 자리를 마련하고자 한 노력을 엿볼 수 있다. 송시든 찬시든, 『평양』 속의 거의 모든 작품들이 공적 기억이나 상투적인 표현에 갇혀 있는 데 견주어 그것을 벗어날 가능성을 조금이나마 보이고 있는 셈이다.

(좌) 1955년 무렵 보통문 모습[51] / (우) 보통문 거리 다세대 주택[52]

　앞에서 『평양』 가운데서 복구 건설의 현장을 담고자 한 작품들을 살폈다. 바탕부터 평양 찬시라는 틀거리 안쪽에서 이른바 경인년전쟁에서 이겼다는 '영웅 도시' 평양 복구 건설의 이유와 당위성을 노래한 작품, 평양 안쪽 특정 구역이나 길을 따라 오가면서 겪는 발전, 변화한 평양 모습에 대한 감격을 담은 작품으로 갈라볼 수 있었다. 각별히 앞쪽에서는 지난 경인년전쟁으로 말미암아 '원쑤'들에 의해 허물어졌던 평양과 오늘날 복구 건설로 화려하게 달라진 평양 사이 대비적 인식이 강조된다. 자연스러운 틀짜기다. 거기다 오늘날 복구 건설의 영광을 이끌어 주었다는, '수령' 일성의 영도에 대한 찬사 또한 함께 맞물려 들었다. 이런 유형은 평양을 보다 큰 단일 장소로 지각하면서 수령 송시와 넘나드는 예찬을 아끼지 않은 쪽이다.

51　『건축과 건설』 1, 앞의 책, 24쪽.
52　『건축과 건설』 1, 앞의 책, 24쪽.
53　『문학신문』, 문학신문사, 1957.10.3.

이순우가 그린 「오늘의 보통문 거리」[53]

그와 달리 평양 안쪽의 특정 구역이나 결절점과 같은 현장을 제시하면서 평양 복구 건설의 성과를 묘사, 찬양하는 틀을 지닌 작품도 보인다. 평양 사람들의 '영웅적인' 건설 투쟁과 결과에 대한 찬탄과 얽힌 것이다. 이들은 다시 특정 구역 안쪽의 건설 공간에 눈을 둔 작품, 그와 달리 거리의 길과 광경을 중심으로 말할 이가 위치 장소를 옮기며 평양의 발전상을 담아내고자 한 작품으로 나눌 수 있었다. 새로 지은 학교나 역전 거리, 또는 지난 시기 가난이라는 부정적 현실을 대표하는 토성랑 구역, 새로운 건설과 변화를 한눈에 확인할 수 있게 만드는 모란봉극장과 같은 곳이 붙박이 시점을 대표하는 위치 장소였다. 거기다 말할이의 구역 이동 시점은 멀리서 온 벌목부 노인의 눈길이나 이 집 저 집 새 주소로 옮겨 다니는 우편 통신원의 목소리를 빌린 경우가 대표 본보기였다. 경인년전쟁에서 '승리'했다는 영웅 도시 평양은 복구 건설이라는 새로운 노력 투쟁 속에서 새 건설자 영웅들을 만들어 낸 것이다.

이렇듯 발 빠른 평양 복구 건설의 속도는 고스란히 평양 시간, 평양 속도라는 새로운 구호를 만들었다. 이른바 영웅 도시 평양은 어느새 북한 사회주의의 시계가 가장 앞에서 가장 빨리 도는 곳으로, 다른 지역의 우뚝한 본보기로 올라선 것이다. 흥미로운 점은 특정 건설 현장에서 손수 일하고 있는 건설자의 직접 행동이나 그런 목소리, 또는 시점을 보여 주지는 않는다는 사실이다. 평양 바깥에서 들어온, 백두 밀림의 벌목부 노인이나 집집을 도는 우편 통신원의 목소리가 대표를 이룬다. 그이들이 건설 현장이나 성공의 결과물을 건너다보며 예찬하는 자세로 한결같다. 그 점은 『평양』의 시인들이 복구 건설된 평양에 대해 보다 혁신적인 창작적 고심에 이르지 못한 모습과 맞물린 결과가 아닌가, 조심스러운 짐작에 이를 뿐이다. 거기다 그 점은 「토성랑」에서만 얼핏 보인 채 『평양』에 실린 시들에 전반적으로 드러나지 않는 일일칭 시인 말할이의 개별 체험과도 무관하지 않은 일로 여겨진다.

5. 중심 표적과 밤낮 경관의 다채

　도시의 장소 머그림을 구성하는 중요 요소 하나가 표적landmark이다. 이것은 도시 내부자거나 바깥 사람의 눈에 쉽게 들 뿐 아니라, 도시의 구역과 결절점을 잇는 중요 표지다. 따라서 표적은 공공적 중심 장소나 도시 상징이기 쉽다. 그것을 중심으로 삼아 도시 가장자리와 경관이 펼쳐진다. 이러한 표적은 도시 구성원에게 갖가지 추억과 회고의 전통성, 정통성을 마련해 주는 자리로 몫이 오롯하다. 장소시 경우, 이러한 표적을 앞세우는 방식은 흔하다. 『평양』에서도 평양 복구 건설의 내력과 현실을 담아내기 위해 표적을 중요 이음매로 삼은 경우를 보여 준다. 적어도 10편 남짓 이에 든다.[54] 그들은 작품의 시간 바탕이 낮인가, 밤인가에 따라 두 유형의 머그림이나 경관을 펼쳐 보인다.

　① 대성산의 옛 성이여

　너는 말없이 잠잠하구나

　한 줌의 흙 하나의 성돌에도

　고구려의 영광 깃들인 곳이여 …

　― (줄임) ―

　이끼 돋친 성돌에 앉아 명상에 잠길 제

　내가 옛 장수된 것 같아라

　그젯날 이 성돌에 걸터앉아서

　복수의 장검 벼리고 벼리던

　― (줄임) ―

54　김동진·안성수·석광희·리호남·김우철·최영화·전동우·리호일·리계심·조운의 작품이 그들이다.

산성이여 대답하라!
그 누가 천만의 바윗돌 날라 왔는지
수십 리 길 산허리와 산등성이에
불락의 성벽 쌓아 올렸는지

대성산이여
너는 기억하리라
1950년 가을
미국 강도들과 피어린 싸움하던 날을

― (줄임) ―

궂은비 내리는 밤
적들은 물밀 듯 기어오르고
탄환도 수류탄도 떨어졌을 때
성돌은 우리의 복수탄되였거니

― (줄임) ―

성돌이여 오솔길이여 옛 성이여
가슴에 새기고 또 새기노라
조국 앞에 바쳐진 조상들의 충성
정녕코 헛되게 아니 하리라고

평양이여 그대는 영원히 인민과 함께

빛발치는 조국의 영광과 함께
억 년토록 만 년토록
지구 우에 거연히 솟아 있으라

— 석광희, 「대성산의 옛 성터에서」 가운데서

② 대동문을 세운 조상이여!
당신들께 삼가 인사드린다.

세월의 이끼 앉은 청기와 지붕
풍상에 거칠은 문루 우에
천군만마 달리는 발굽
삐걱이는 군량 수레의 소리,
들린다 평양성을 지켜 싸운
당신들이 치는 북소리가 —

분노한 대동강물 솟구치고
포연에 뒤덮인 거리 우에
미제의 날강도가 하늘을 썰 때,
무너진 벽돌집 잔해 속에
대동문은 거연히 서 있었다.

— (줄임) —

오, 그 속에 승리의 북소리 들리누나
백성의 안위를 어깨에 걸고,
활시위 당기는 조상의 모습

대동문루 그 우에 보이는구나.

그 앞에 보인다.

당신들이 남겨 준 유물과 재보

파내는 건설장 터전 우에,

대동문을 한가운데 넓은 공원

둥그러니 걸리는 대동강 철교

록음 짙은 가로수 강안의 거리

영웅 도시 건설의 노래 울린다.

대동문을 세운 조상이여!

당신들께 삼가 인사드린다.

우리 당신들의 후손이오매

문루를 에워싸는 행복의 성시를

더욱 크게 세워 가오리,

당신들의 사랑인 평양 거리를

향기 높은 꽃으로 피워 가오리.

— 안성수, 「삼가 인사드린다」 가운데서

①은 13토막으로 짜였다. 대상은 대성산성. 말할이의 위치 장소 또한 그곳이다. 시형식은 4줄 한 토막으로 다듬었다. 그러면서 6째 토막에서만 6줄을 배치했다. 시의 흐름 가운데서 전반부와 후반부의 경계 역할을 6째 토막이 맡은 셈이다. 그에 앞선 전반부에서는 고구려 시기의 옛 장수나 병사, 또는 싸우는 도구가 되기도 했을 성돌, 성채의 승리와 "고구려의 영광"을 담았다. 6째 토막 뒤 후반부는 가까운 시기 이른바 '미제' '원쑤'와 대성산성에서 싸웠던 승전의 날을 다루고자 했다. 그 경계인 6째 토막은 청각인 '소리'를 되풀이하여 전후부와 감각적으로도 나누었다. 꼴로 보거나 속

살로 보거나 단정한 짜임새를 갖춘 장소시다. 『평양』의 시들은 고구려가 평양을 서울로 굳힌 때부터 1530년을 기념하는 작품들로 엮인 것이다. 그런 까닭에 시간적 연원을 다룰 때는 하나같이 고구려부터 비롯한다. 그에 앞선 시기나 고구려 뒤의 시기는 도드라지지 않는다는 사실은 앞에서도 자주 본 바다. 이 작품 또한 "고구려의 영광 깃들인 곳"이라는 굳어진 상상 속에서 벗어나지 않았다.

시인은 토막을 내려가면서 "한 줌의 흙 하나의 성돌"에서부터 아득히 "흘러간 세기"의 "옛 자취"를 떠올린다. 그것은 오솔길에 서며 있을 "옛 장수의 발자국", "무사의 영혼", 연못가에서 머리 빗어 올리던 "고구려 여인의 아름다운 얼굴"로 이었다. 그러한 유추 과정에서 말할이 스스로 "옛 장수가 된 것" 같은 착각을 얻는다. "복수의 장검 벼리고 벼리던" 장수가 그이다. "갑옷들 부대끼여 절렁거리는 소리", "땅울림하는 말발굽 소리", "창과 창이 부딪치는 소리"는 그이와 고구려 백성이 한몸 되어 싸우는 모습을 뜻한다. 대성산성, 그 "수십 리 길 산허리와 산등성이"를 "불락의 성벽"으로 쌓아 올린 옛 궁지는 고스란히 "1950년 가을 / 미국 강도들과 피어린 싸움"했던 날의 기억과 겹친다. 그 싸움에서 "탄환도 수류탄"도 떨어졌을 때 대성산성의 성돌은 '복수탄'이 되었다. "원쑤들의 머리 우"로 던진 성돌에 맞아 지르는 "원쑤들의 비명"이 산골짝을 덮었다. 대성산성의 성돌이며 오솔길이며 옛 성이 지켜온 바와 같은, "조국 앞에 바쳐진 조상의 충성"이 헛되지 않았다는 사실을 경인년전쟁기 대성산성의 공방전 기억이 되살리고 있다. 그리하여 시인은 마지막 토막을 한껏 비약해서 마무리한다. 평양은 "억 년토록 만 년토록 / 지구 우에 거연히 솟아 있"으리라는 믿음이 그것이다.

안성수의 ②「삼가 인사드린다」 또한 「대성산의 옛 성터에서」와 마찬가지로 낮 공간의 평양 표적을 다루었다. 대상은 대동문. 고구려 평양성의 동쪽 성문이었던 곳이다. 평양의 6대문 가운데서도 가장 중요하고도 큰 문이다. 오늘날 남아 있는 것은 17세기에 다시 지었다가[55] 경인년전쟁기에 허물어졌다. 복구된 이것을 세운 '조상'에

---

55 「대동문」, 북한지역정보넷(http://www.cybernk.net/infoText/InfoRelicDetail.aspx?mc=DR0102&sc=A405100&tid=DR010800053336&direct=1&direct=1)

게 시인은 "삼가 인사"를 드린다. 그이들이야말로 "평양성을 지켜 싸운" 이들인 까닭이다. 이른바 "미제의 날강도가 하늘을 썰 때" 평양 시가지와 함께 무너졌던 대동문이 드디어 '거연히' 섰다. 옛날 "나라를 지켜 이긴 높은 북소리"는 미제를 향한 복수의 외길로 시인을 불러냈다. 대동문을 복구 재건하기 의해 자갈 쏟는 소리, 망치 소리 요란한 속에 "승리의 북소리"도 들린다. "백성의 안위를" 위해 싸웠던 조상의 모습이 오늘날 대동문루 위에서 보인다. 복구 재건의 "건설장 터전"에는 대동문을 한가운데로 삼은 "넓은 공원"에 대동강 철교까지 열렸다. "영웅 도시" 평양 "건설의 노래" 소리는 거듭 이어질 것이다. 대동문을 중심으로 평양은 "행복의 성시"를 이루리라. 그러하니 "평양 거리를 / 향기 높은 꽃"으로 피우는 몫을 다할 대동문을 세워준 조상들에게 고마움을 전한다고 시인은 거듭 말한다.

앞에서 본 두 편은 시각이 온전하게 열린 낮의 시간대에 가능한 전형적인 장소시 모습을 갖추었다. 특정 도시의 유서 깊은 역사 표적을 대상으로 그것이 지닌 정감이나 경관적 뜻을 좇아가거나 그것을 불러내는 짜임새다. 그런데 다음에 보일 작품은 이들과는 결을 달리한다. 평양의 명승을 대상으로 삼았지만, 그것이 지닌 뜻이나 값어치를 들려주기 위해 시인의 직접 진술에 기대지 않고 간접적인 방식을 갖춘 점이 그것이다.

① 관광단 손님들로
흥성이는 연광정.

모두가 처음 보는 낯이련만
인사도 없어, 통성도 없이
반가운 이웃사람 맞듯
관리원 할아버지 손님 맞아들인다.

한바다에 둥실 떠 있는

기선 같은 이 련광정을
모진 풍파 속에서도 지켜 온
거연한 선장, 할아버지,

할아버지 먼 력사의 이야기 푸실 때
손님들은 무릎으로 턱을 고인다네.
용맹한 무훈담에 감동되어,
아름다운 옛노래에 경탄하여,

"오랜 세월 백성들과 더불어
련광정은 굽힐 줄 모르는 등대였소
전시엔 지휘처로 원쑤를 물리쳤고
편시엔 휴식처로 땀을 들였다오."

— (줄임) —

아 이야기 많으신 할아버지
할아버지 구수한 옛이야기는
먼 일터에서 온 손님들의 가슴에
깃발처럼, 활엽수처럼 너울친다.

— 김동전, 「련광정 할아버지」 가운데서

② 금수강산의 아름다운 모습
거문고 줄에 고이 담아
아, 애국의 충절을
노래로 부르던 계월향이여

봉건 조정의 고관대작들은
구차한 제 한 목숨 아껴
팔 년 풍진 그 속에
인민과 성시를 버려 둔 채 달아나고

련광정 희디흰 층층계가
까마귀 떼처럼 몰려 든 왜적들의 괴수
소서비의 더러운 짜개발에
얼룩이 지던 그날 —

한평생을 두고두고
류경에 비친 달 노래로 담아
아, 나라에 바치자던 거문고줄
결연히 끊고 문을 나선 그대

— (줄임) —

영예로울사, 해동에도 제일강산
평양성에 태여난 그대 몸이라
꽃다운 그 일생 아끼잖고
평양성에 바친 그대 애국의 넋이여

그대사 못 다 부르고 떠난
나라를 위한 절절한 사랑의 노래
나날이 새로워지는 민주의 수도

아름다운 평양에 고이고이 담기노니

아, 온 누리에 울러 퍼지는구나, 그대의 노래
아침마다 동천에 태양이 솟을 양이면
물안개 훨훨 걷어치우며
련꽃마냥 피여 나는 아름다운 평양의 썸포니로…

— 양운한, 「계월향」 가운데서

연광정은 임진왜란 때 "청년 장군 김응서의 청탁으로 젊은 녀성 계월향이 목숨을 바쳐 적장 소서비의 목을 치게 한" "애국 설화로 이름" 난 곳이다. 연광정 기슭에는 계월향의 애국 행동을 찬양한 비석이 있다.[56] 이 작품은 그러한 연광정으로 올라온 관광단원들에게 문화재 풀이를 맡은 '관리원' 노인의 모습을 담았다. 연광정이 지닌 역사적 연원은 줄이고, 풀이하는 그이를 앞세워, 재건 복구한 연광정과 평양의 아름다움을 간접적으로 알리고자 한 셈이다. "손님들로 / 흥성이는 련광정"에 온 관광단은 이미 1957년 9월 7일 평양인민위원회에서 평양시 창건 1530주년 10월 15일을 '성대히' 기릴 것을 의결하고 기념준비위원회를 출범할 때부터 기획된 일이다. "평양시의 건설 성과와 공장, 기업소, 농촌 등의 건설 성과를 널리 보여 주기 위하여 각도 관광단"[57]을 초청했다. 이른바 '로력 혁신자', '애국 렬사 가족', '인민군 후방 가족'들을 아울렀던 관광단이다. 그들의 평양 방문과 초청을 두고 성다솜은 북한의 평양 관리 담론 가운데서 중요한 역할을 맡은 것이라 짚었다.[58] 거기에 평양의 역사를 잘 아는 노인을 내세워 이야기반을 만들거나, 풀이 활동을 맡겼다.

"관리원 할아버지"는 관광단을 맞아 연광정의 역사와 내력을 풀이한다. 시인은 대

<hr>

56　리갑기, 앞의 책, 212쪽.

57　「평양시 창건 1530주년 기념 준비 사업 진행」, 『로동신문』, 로동신문사, 1957.9.8.

58　성다솜은 1950년대부터 2010년대에 이르기까지 이루어진 평양 견학, 곧 '평양으로 초대하기'를 두고 그에 대한 기억이 평양 관리 담론을 이어가고 강화하는 일에 중요한 이음매로 작용한다고 보았다. 성다솜, 앞의 글, 80~83쪽.

동강 '한바다'에 떠있는 연광정을 기선이라 한다면 그 관리원은 "거연한 선장" 격이라고 높였다. 그러하니 연광정은 다시 "굽힐 줄 모르는 등대"로 이어진다. "전시엔 지휘처로 원쑤를 물리쳤고 / 평시엔 휴식처"였다는 풀이가 유창했으리라. 관광단원들은 '선장' 할아버지가 풀어 주는 "모진 풍파" 헤쳐 나왔던 "먼 력사의 이야기", "용맹한 무훈담", "아름다운 옛노래에 경탄"하면서 연광정 풍광을 누린다. 이 "이야기 많으신 할아버지"의 "구수한 옛이야기"는 관광단원의 가슴에 "깃발처럼, 활엽수처럼 너울"칠 것이다.

백석 시 「계월향 사당」(1957)에 올린 낀그림.
월북 미술가 리석호가 그렸다.

양운한의 ②「계월향」은 표적 연광정에 바탕을 둔 역사 인물 짜깁기를 보여 준다. 기녀의 몸으로 나라를 위해 한 목숨을 바친 계월향의 "애국 충절"을 담은 작품이다. 계월향은 임진왜란 때 진주의 논개와 더불어 평양을 대표하는 의기다. "까마귀 떼처럼 몰려 든 왜적들의 괴수 / 소서비의 더러운 짜개발에" 무너졌던 평양성에서 '결연히' 나라를 위해 몸을 던진 그미다. 연광정 뜰은 그미가 순절한 곳이다. "평양성에서 태여나" "평양성에 바친" "애국의 넋" 계월향은 "나날이 새로워지는 민주의 수도" 평양 온누리에 교향악으로 울려 퍼진다고 썼다.[59] 시집 『평양』 가운데서 장소 평양의 유일한 여성 인물 짜깁기며, 여성 영웅을 빌린 간접적인 평양 찬시가 「계월향」이다.

이제까지 평양 복구 재건의 눈길이 온전히 살아 있는 한낮의 표적이나 경관을 다룬 작품을 짚었다. 그런데 평양의 발전과 변화는 시각이 가로 막히는 깜깜한 밤에도 그에 못지않은 상상과 유추를 불러일으킨다. 그런 까닭에 『평양』에는 밤에 겪는 평양 표적이나 그로부터 비롯된 경관을 다루고자 한 작품이 여럿 눈에 뜨인다.

59　백석도 평양을 대표하는 여자로서 계월향에 눈길을 두고 시 「계월향 사당」(『문학신문』, 문학신문사, 1957.10.3)을 썼다. 류종대의 가극 「계월향」(『조선예술』 12월호, 1957)이 그 뒤를 이었다. 어린이청소년문학 쪽에서는 김일영의 그림책 『계월향』(평양출판사, 1990)이 나와 두루 읽혔다.

① 전승의 밤, 수도의 높은 언덕에
내 전진의 머리칼 날리며 섰으니,
평양이여! 그대는 이 밤 나의 앞에
자랑스런 영웅의 금별처럼 번쩍이누나,

— (줄임) —

돌이키면 그 얼마나 평화로웠던가
생활이 무르녹던 평양의 밤거리는—
구경에서 돌아오는 다감한 청춘들이
가로등도 부럽게 깔깔대던 웃음소리,

— (줄임) —

허지만 거리가, 그 모든 것들이
원쑤의 폭탄에 산산이 부서졌을 때,
수도여, 나도 그만 불덩이가 되여
그대를 지키는 싸움터로 줄달음쳤어라.

— (줄임) —

미군의 숨통을 짓누른 이 억센 두 팔로
평양이여! 나는 이 밤 그대를 횃불인 양
저 구만 리 창공에 버쩍 추겨 들고
아, 온 세상에 자랑하고 싶어라! 그대를!

— 최영화, 「전승의 밤, 수도의 높은 언덕에서」 가운데서

② 내 어찌 아오리까

말없이 흐르는 강물이여

언제부터 그리 휘부신지

네 물속에 불기둥이 아롱거림이

붉은빛, 푸른빛,

밤마다 무수한 등불이 어리여

하늘의 별빛을 더 빛나게 하였음이

밤의 어두움을 물리치고 왔음이…

어찌 아오리까 그것은

오, 대동강이여

네 물결에 불ㅅ길이 비낀 것은

천 년도 이천 년도 먼 옛날인 데야

— (줄임) —

나는 봅니다. 그때 일은 몰라도

그 모든 불빛 속에

애국의 넋이 깃들여 휘부심을

샤만호를 불사른 불ㅅ길이 어리였음을

— (줄임) —

밤마다 네 광채를 따라

아름다운 청춘들 별같이 모여 들고

그칠 줄 모르는 사랑의 이야기

네 불빛 속에 흘러들었음이

— (줄임) —

아, 내 어찌 모르오리까

대동강 물속에 또 하나

불멸의 평양성이 일어서고 있음에야,

사회주의 심장이 불타오르고 있음에야…

— 리호일, 「대동강의 불빛」 가운데서

③ 하늘의 은하수도 비기지는 못하리,

흰 눈 소리없이 내리는 거리 —

눈 덮인 대동강, 모란봉 기슭에

불빛 흐르는 아름다운 이 밤에는.

— (줄임) —

겨울밤의 평양이여, 너는 아름답구나.

눈 속에 봄을 꿈꾸는 어린 가로수들

그림 같은 담벽들, 그 푸른 지붕들에

우리의 영예, 우리의 로력 깃들였으니,

— (줄임) —

수도의 하늘 우에 높이 선 크레인들,

한밤에도 쉬지 않고 팔을 저으면

그 어느 불 밝은 새집 창가에서도

또 하나 래일의 설계도를 꾸며 간다.

— (줄임) —

겨울밤의 평양……

오, 멎을 줄 모르는 조국의 노래여,

영원히 끌 수 없는 희망의 불빛이여,

너의 꿈, 너의 고동 끝이 없구나!

— 전동우, 「겨울밤의 평양」 가운데서

올린 ①, ②, ③은 하나같이 밤의 평양 경관을 바라보며 썼다는 점에서 같다. 뚜렷하게 말할이가 선 자리를 드러내지는 않았다. 다만 ① 경우, "멀리 당 중앙의 높은 창문들"을 떠올릴 수 있는 평양의 "높은 언덕에" 서 있음이 분명하다. 거기다 ①에서는 밤 경관 가운데서도 정전협정이 이루어진 바로 뒤인 1953년 8월에 발표집필된 것이라는 덧말이 붙었다. 말하자면 "승전의 밤"에 바라보는 평양 경관이다. 그리고 그 곳은 "어데선가 들려오는 스피카의 노래 소리"를 누릴 수 있는 자리다. 막연한 평양 밤 풍광을 시인은 "이 밤" "횃불인 양" "추켜 들고" 세상에 자랑하고 싶다. "평화의 투사"며, "불굴의 상징으로. 바야흐로 "평양을 짓밟았던" "원쑤들은 비명"을 지르지 않을 수 없으리라.

②는 리호일의 「대동강의 불빛」이다. 평양의 밤 경관 가운데서도 대동강을 글감으로 삼았다. 시인은 밤 대동강 '물속'이 마련하는 빛빛깔 불기둥을 빌려서 상상을 펼쳤다. 그것은 "천 년도 이천 년도 먼 옛날" 시간으로 거슬러 올라섰다가 거기서 내려서는 방식을 취했다. 그러면서 그 시절 일은 몰라도 가까운 시기 19세기 중반, 미국 샤만호의 침공과 그를 물리친 기억은 알 만하다. 그런 "애국의 넋"을 오늘날 나도 새삼스럽게 느낀다. "미국 해적선 족치는 장정들"의 용맹스러운 기개를 오늘날 우리도

닮자는 뜻을 숨기지 않았다. 그리하여 시인은 대동강 물에서 새로운 평양성을 떠올리며 시를 맺는다. "대동강 물속에"서 살아 오르는 듯한 "불멸의 평양성"이 그것이다. 나아가 그것은 북한 "사회주의 심장"이라 썼다. 평양성이 평양의 핵심 표적으로 올라선 셈이다.

③은 밤의 경관 가운데서도 특정 표적이나 자연 중심을 다루는 것이 아니다. 전반적인 평양의 밤풍경을 바탕에 마련해 놓은 작품이다. 시간은 겨울 밤, 대동강 모란봉 기슭으로 흰 눈까지 내린다. 추우나 "불빛 흐르는 아름다운" 겨울밤 풍광이다. 그런 가운데서 평양은 "행복을 속삭이는" 것 같다. "깜빡이는 불빛, 흐르는 금물결"에서 먼 고구려의 승전을 떠올린다. "원쑤를 족치던" 용감한 '돌격조'들이 창검을 높이 바치고 승리를 이루어냈다. 그러한 승리의 영광을 오늘날 다시 떠올리게 한다. "어린 가로수들", '담벽' '지붕'뿐만이 아니다. "쌓아 올린 벽돌장" '주춧돌'에 "수백 만 가슴들의 타는 념원"이 맺혔다. 수도 평양의 내일 설계도가 착착 이루어진다. 그리하여 환한 새벽을 향해 "겨울밤의 평양"은 "멎을 줄 모르는 조국의 노래"를 부른다. "영원히 끌 수 없을 희망의 불빛"을 자아낸다.

밤 시간의 평양 경관을 담은 본보기 작품을 셋 보았다.[60] 그들은 밤의 상상과 유추를 더하기 위해 높은 언덕이나 대동강이 내려다 뵈는 곳에서 평양을 건너다보는 방식을 취했다. 그러면서 평양 안쪽에 정주하고 있는 내부자의 시점을 보여 준다. 그러한 자리에서 평양이나 대동강의 먼 옛 시간을 떠올리고 가까운 옛날의 전쟁과 그 승리를 새삼스럽게 떠올린다. 복구 건설된 평양에 대한 자부심과 긍지를 한껏 끌어올리기 위한 일이다. 이들에 견주어, 밤 경관을 다루었음에도 평양 밤거리를 구체적으로 담아보고자 한 작품이 보인다. 신의주 시인 김우철의 것이다.

우리 헤여진 지 몇 달 만이냐

다시 만나는 즐거운 순간,

---

60 "고요한 밤 모란봉에" 서서 "우리의 승리, 우리 업적", '눈부신' 건설, "기적 아닌" 기적"을 담아 "평양이 세계의 높이에 서" 있다는 찬탄을 아끼지 않은 최창섭의 「모란봉에 서면」 또한 비슷한 유형이다.

평양의 밤이여, 너는
애인의 모습인 양 황홀하구나.

— (줄임) —

가로수로 단장한 인민군 거리
발걸음 가벼이 포도 우를 거닐면
꽃밭처럼 싱그러운 점포 안이며
지나치는 사람마다 다정한 이웃인 듯…

어깨를 툭 치고 물어 보고 싶구나.
동무여 지금 어데로 가느냐, 고…
대동문 영화관? 아니면 국백인가?
모란봉 무대에선 무엇을 하느냐, 고 —

대동교 앞 로타리를 꺾어 돌아가면
김일성광장이 눈앞에 안겨 온다.
얼마 전에 친선의 대표를 맞이한
그 날의 환호가 등불마다 어리운 듯,

— (줄임) —

바로 이 시각에도 밀림 속에서
난바다 우에서 너를 바라보며
우리의 혁신자들 우등불을 피우리라.
젊은 어로공들은 그물을 펼치리라.

불야성을 이루는 평양의 밤

이 등불 하나 하나는 그들의 눈초리,

창조의 기쁨으로 불타오르거니

그래서 온 밤을 빛내는 게 아니랴?

이 불빛 간직한 남녘 형제들

어둠을 누비며 싸우고 있나니

우리 당 중앙의 창은 창마다

그래서 온밤을 밝히는 게 아니냐!

— 김우철, 「평양의 밤」 가운데서

시인은 평양 바깥 사람 눈길로 평양을 보고 있다. 평양에 들린 것은 "몇 달 만"이다. 다시 만나 겪는 평양은 앞때와 달리 "애인의 모습인 양 황홀"하다. 시인을 위해 "마중 나온 이, 하나 없어도" 모두 자신을 맞는 듯싶다. 시인은 놀랍게 달라진 평양 밤거리 곳곳을 떠올린다. "대동교 앞 로타리"에다 '김일성광장', '해방탑'과 당 중앙의 행정 청사까지. 시인은 복구 재건한 평양의 모습이 등불에 다 어리운 듯하다고 말한다. 평양을 환하게 밝히는 이 불빛은 남녘 형제까지 비출 일이다. 당 중앙의 영도는 온 겨레의 밤을 밝히게 되는 셈이다. 김우철은 평양 외부자의 눈길로 발전된 오늘날의 평양 곳곳을 떠올리며 경탄을 아끼지 않았다.

평양은 북한 도시 가운데서도 경인년전쟁기, "미제 원쑤놈들에 의해 가장 혹심한 피해를 입은 도시"로 다루어진다. 그럼에도 "인민들을 위한 수령의 현명한 령도"는 "짧은 기간에 세상을 경탄시킨 새로운 평양시"를 일으켜 세웠다. 이른바 "사회주의 대고조 시기에 평양시 건설자들은 14분마다 살림집 한 세대씩 세우는 '평양 속도'를 창조하기도 했다. 현대 건물과 잘 다듬은 포장도로, 녹음 우거진 공원과 유람지가 조화를 이루어 "황홀한 감회"가 서린 곳으로 평양을 바꾸었다. 그리하여 "실로 평

양은 세계 어느 나라 도시들과도 비할 수 없는 공해와 질병을 모르는 가장 인민적이
며 현대화된 세계 문명도시의 표본으로 동방 일각에 찬연히 솟아 그 이름 빛난다."[61]
1990년대에 내놓은 부풀린 표현 가운데 몇 줄을 땄다. 그렇건만 전후부터 평양시 복
구 재건을 꾀했던 북한 사회의 긍지와 미래상이 그대로 담겼다. 앞에서 본 표적과 경
관을 이음매로 삼은 평양 장소시들은 바로 그러한 사회주의 대고조의 분위기와 미
래 성취를 보여주는 일에 힘껏 나선 셈이다.

　　　　을밀대의 봄乙密臺春

　　반공에 솟은 다락 좌우로 흐르는 강

　　강 건너 들이요 들 건너 산이로다

　　한눈에 천리 춘색을 먼저 맞아 즐긴다

　　　　영명사의 중永明寺僧

　　천년 고찰이요 국중 명찰이더니라

　　미제의 탄폭으로 일조에 빈 터 되니

　　나무로 새긴 부천들 성 안 낼 줄 있으랴

　　　　　　　　　　　　　　　　— 조운, 「평양팔경을 찾아서」 가운데서

　　위에 올린 작품은 조운의 「평양팔경을 찾아서」다. 이것은 몇 가지 점에서 특별하
다, 첫째, 『평양』에 실린 34편 가운데서 유일한 시조다. 둘째, 평양 장소시로서 평양
이 겪은 옛과 오늘에 대한 감회나 찬양의 뜻을 담는 방식에서 보이는 유별난 점이다.
경험 공간으로서 장소 평양을 그리고자 한 작품이 아니다. 이미 마련된 옛 한시 갈래

61　　오창원, 앞의 책, 22쪽.

인 평양팔경시라는 해묵은 문학 관습을 당대 북한에서 다시 재창작하는 방식을 갖추었다. 그런 점에서 팔경시의 짜깁기다. 정형 형식에 사대부 계층 문학이었던 시조는 북한 사회주의 현실주의 문학 속에서 내세울 바가 엷은 갈래였다. 시조 시인 조운은 거기다 창작 방식 또한 옛 문학 관습에 기댔다. 작품 창작발표 시기는 "1957.6.10"이라는 덧말로 밝혔다. 평양시 창간 1530주년 기념이 공개적이고 거대 규모에서 기획, 이루어질 것이라는 사실을 알고 내놓은 작품이라는 점을 알 수 있다. 이 작품은 처음 『문학신문』 1957년 10월의 평양시 창건 1530주년 기념 특집 난에 올렸다. 맞닥뜨린 창작 과업을 두고 조운은 자신에게 가장 익은 갈래와 방식으로 그 일을 책임지고자 했던 셈이다.

옮겨 놓은 부분은 「평양팔경을 찾아서」 소제목 8편 가운데서 사뭇 다른 됨됨이를 보이는 둘이다. 이른바 평양팔경은 을밀대 봄乙密臺春, 부벽루 달맞이浮碧樓月, 보통문의 손님 전송普通送客, 애련당 비소리蓮塘聽雨, 영명사 중永明寺僧, 룡산 푸른빛龍山晚翠, 수레문 배노래車門泛舟, 마탄의 봄물馬灘春漲이다. 보통문 안밖에는 돌다리가 있었고, 문루 밖에는 보통강을 건너는 나루가 있었다. 보통문의 손님 전송은 그 보통 나루에서 나그네를 보내는 풍경을 말한다. 애련당은 대동문에서 종로를 통하는 길 중간 북쪽에 있었다. 1542년에 세워진 것이다.[62] 조운은 이들 옛 평양팔경을 고스란히 따랐다. 옮겨놓은 「을밀대의 봄乙密臺春」은 회고적 정서를 그대로 이은 경우다. "강 건너 들이오 들 건너 산이로다"는 옛 말씨에다 "천리 춘색을" "맞아 즐긴다"는 표현은 사회주의 현실주의 시로서는 한참 뒤쳐진 맵시다. 당대 현실성이나 정치적 맥락과는 한참 벗어났다.

다만 이어진 「영명사의 중」에서는 "미제의 탄폭으로 일조에 빈 터"되었다는 진술을 빌려 경인년전쟁으로 참화를 입은 표적과 파괴자, 이른바 미제를 향한 증오라는 외적 문맥을 얻고자 했다. 이렇듯 소제목 아래 한 편 한 편 옛 회고풍에 젖지 않고 당대적 현실을 담고자 하는 노력은 몇몇 다른 곳에서도 보인다. 「부벽루의 달浮碧樓月」에서는 곁말로 "폭격기에 헐린 부벽루는 금년에 새로 세웠다"라며 풀이를 더하거나,

---

62 「평양팔경」, 『로동신문』, 로동신문사, 1958.9.4.

(좌) 을밀대[63] / (우) 부벽루[64]

「보통문 손님 전송普通送客」에서 "국제 렬차"가 달리는 상황을 마련하고, 「수레문 뱃놀이車門泛舟」에서 "공화국기 휘날리며 닫는 배"와 같은 시줄을 빌려 당대 외적 문맥을 얻고자 한 경우다.

그럼에도 「평양팔경을 찾아서」의 주조는 음풍영월이라 할 시조의 부정적이고도 굳어진 감회 되풀이라 할 수 있다. 북한 사회주의의 평양 복구 재건, 대고조의 위훈에 대한 칭송이나 예찬이라는 당 중앙의 강령이나 요구에는 사뭇 덜떨어진 현실 감각이다. 평양팔경이라는 옛 버릇을 가져오더라도 그 하나하나는 복구 재건한 평양의 새로운 표적을 마련해 내는 창의성이나 정치 감각을 드러냈어야 했을 자리다. 그런 점에서 『평양』에 싣지는 않았지만 「평양팔경을 찾아서」에 이어 한 해 뒤인 1958년 6월에 내놓은 「평양팔관平壤八觀」『조선문학』 6월호, 조선작가동맹출판사은 그러한 둘레의 따가운 눈길을 의식하지 않을 수 없었을 조운의 고육지책을 짐작하게 만든다. 팔경시의 문학 관습은 그대로 따르되, 속살은 단연 당대 사회주의 현실로 끌어내린 것이다.[65]

이제껏 『평양』에 실린 작품 가운데서 평양의 장소 표적이나 둘레 경관 표현에 초점을 둔 작품들을 살폈다. 시각이 살아 있는 낮의 시간대를 다룬 작품과 밤의 시간대

---

63   『건축과 건설』 1, 앞의 책, 44쪽.

64   『건축과 건설』 1, 앞의 책, 43쪽.

65   「해방탑」·「해방투쟁박물관」·「지하극장」·「전승기념관」·「공업 및 농업 전시관」·「방직공장」, 「김일성광장」, 「력사박물관」이 그들이다. 조운이 북한에서 이룩한 문학 업적과 전개 과정의 뜻에 대해서는 아래 글 참조 바란다. 박태일, 「영광 시인 조운과 재북 시기 새 작품들」(전남·광주 지역문학의 은싸라기 금싸라기·5), 『시와사람』 겨울호, 시와사람사, 2023, 33~70쪽.

를 다룬 작품, 거기다 지나간 옛 문학 관습에 기대 평양 풍광을 담고자 한 작품까지 볼 수 있었다. 이들에서 드러나는 두드러진 모습은 평양을 대표하는 표적과 경관 선택의 협소함이다. 옛과 오늘에 걸쳐 지역 상징이나 표상으로 모자람 없을 장소를 다룬다는 점에서 더 적극적인 모습을 볼 수 있어야 했다. 그럼에도 대동강이나 그 둘레, 평양성의 명승 누각 정도에서 멈추는 소극적인 선택에 머물렀다. 새롭게 복구 재건한 평양의 장소에 대한 시인들의 체험적 이해나 표현적 노력이 그만큼 피상적이었다는 뜻이다.

6. '주체 평양'을 향하여

오늘날 북한에서는 평양만 남은 듯이 여겨진다. 거의 모든 북한 지식이나 정보는 평양을 절대 전제로 삼는다. 평양은 북한을 표상하는 저수지다. 북한의 모든 것은 평양으로 수렴되고 평양에서 나온다. 평양은 북한의 수도에 그치지 않고 고스란히 북한이다. 이 글은 오늘날 그러한 평양 중심화, 평양 일방주의가 북한 문학에서 실천되는 한 과정을 짚어보고자 뜻한 결과물이다. '문고 조선문학' 46번을 달고 나온 공동시집 『평양』1957이 대상이었다. 목표에 이르기 위해 출판의 앞뒤 경과와 작품에 담긴 도시 머그림을 유형화해 들어섰다.

첫째, 시인 34명이 1편씩 올린 작품집 『평양』은 덧말로 '평양시 창건 1530주년 기념 시집'이라 붙였다. 고구려가 평양으로 서울을 옮긴 427년부터 1530주년인 1957년을 기리기 위해 낸 한시적인 출판이다. 북한 중앙은 전후 이른바 '민주 수도' 평양의 복구를 결정한 뒤 1954~1956년 '인민경제복구발전' 3개년 계획에서 '평양시 복구 재건 총계획 실행'을 핵심 과업으로 세웠다. 1957년은 그 일이 마무리된 해다. 거기다 새로 '제1차 인민경제 5개년 계획'을 시작한 시점이다. 앞선 시기 성과를 자축하고 앞으로 이룰 성공과 노력 투쟁을 부추기기 위해 새삼스럽게 평양시 창건 기념을 꾀할 까닭은 넘쳤다. 그리하여 오랜 세월 잦은 대외 침략을 물리친 '역사 도시' 평양의 옛 전통과 그를 이어 받아 경인년전쟁을 이기고 전후 복구 건설에 성공한 '영웅 도시' 평양, 그 일을 이끈 일성의 '현명한' 영도를 줄거리로 갖가지 행사를 마련했다. 『평양』은 그 일에 조선작가동맹이 맡아 낸 동반 기획 출판물이다.

둘째, 『평양』의 시는 도시 머그림과 속살을 잣대로 볼 때 세 유형으로 나뉜다. 복구 건설한 평양을 통합된 단일 머그림으로 칭송하는 송시, 평양의 세부 복구 구역이나 건설 현장을 그린 찬시, 평양의 중요 역사 표적이나 경관을 담은 작품이 그것이다. 먼저 평양 송시는 전후 복구 건설한 '인민 수도' 평양을 송축할 뿐 아니라 일성의 업적에 대한 감사와 북한 사회주의 고조를 기린다. 그 일은 평양의 시간성에 따른 송축과 공간성에 따른 송축으로 나뉘었다. 앞선 것은 고구려 시기부터 임진왜란을 거쳐 나라잃은시대 왜로와 같은, 숱한 외침을 이겨낸 역사에서 경인년전쟁의 승리를 거쳐 당대 번영으로 내려서는, 시간 계기를 따른 짜임새를 보인다. 뒤의 것은 당대, 곧 경인년전쟁의 승리와 평양 복구 건설을 이룬 일성의 영도 칭송을 핵심 속살로 펼친다. 둘 모두 장소 평양에 대한 통합된 단일 머그림 안에 압축적 정의를 앞세워 송축의 뜻을 뚜렷이 했다. '영웅 도시'를 디딤돌로 '조국 통일'을 이룩할 '조선의 심장'을 거쳐 영원히 젊을 '지상의 락원'이라는 궁극이 그것이다. 그러한 전개 과정에서 일성의 출현과 영도는 절정을 이룬다. 평양 송시가 수령 송시와 겹치는 까닭이다.

셋째, 평양 복구 건설의 구역이나 현장을 담은 찬시 유형은 둘로 갈라진다. 복구 건설의 이유와 당위성 제시에 초점을 둔 작품과 특정 복구 건설된 세부 묘사에 초점을 둔 작품이 그것이다. 앞선 것은 경인년전쟁으로 말미암아 '원쑤'들에 의해 허물어졌던 평양과 오늘날 복구 건설된 평양 사이 대비적 인식을 강조한다. 그런 가운데 평양 복구 건설의 이유를 파괴의 원흉, 침략자 '원쑤'를 향한 승리와 복수임을 뚜렷이 했다. 평양 안쪽의 특정 건설 구역 현장이나 성과물을 노래하는 작품은 말할이의 위치 장소 변화에 따라 붙박이 시점과 이동 시점 둘로 나뉜다. 지난 세월의 장소와 다른 획기적인 복구 전변, 새 건설과 위용을 한눈에 확인할 수 있는 결과물 위에 평양의 '영웅적인' 노력 투쟁과 위훈에 대한 찬탄을 한껏 높였다. 그리하여 평양 복구 건설의 당대 역사는 '거인' 북한이 일어서서 조국 통일로 걸어가는 과정이라는 줄거리로 다듬었다. 평양은 거인의 심장인 셈이다. 복구 건설의 영광을 이끈 '수령' 일성의 '현명한' 영도에 대한 찬사가 그 마무리를 짓는다. 평양 찬시는 쉬 수령 송시와 넘나들게 되는 셈이다.

넷째, 도시 머그림을 구성하는 중요 요소 하나가 표적landmark이다. 표적은 공공적 중심 장소나 도시 상징이기 쉽다. 평양 복구 건설의 내력과 장관을 담기 위해 『평양』에서는 표적을 중요 이음매로 삼았다. 그들은 작품의 시간 바탕이 낮인가, 밤인가에 따라 두 유형을 이룬다. 시각이 온전하게 열린 낮 시간대의 장소시가 그 하나다. 평양의 유서 깊은 역사 표적을 중심 대상으로 삼은 이들은 평양성의 명승 누각, 또는 높은 언덕에서 보는 경관을 품는다. 평양의 발전, 변화는 시각이 가로 막히는 깜깜한 밤에도 낮 시간 못지않은 상상과 유추를 불러온다. 대동강을 내려다보거나 밤거리를 담는 방식이 그것을 거들었다. 복구 건설된 평양에 대한 자부심과 긍지를 한껏 끌어올리기 위한 일이다. 표적과 경관을 이음매로 삼은 이러한 장소시는 전후 평양시 복구 재건을 꾀했던 북한 사회주의 고조의 분위기와 긍지, 성취를 한껏 보여 준다. 그럼에도 이들에서는 평양을 대표하는 표적과 경관 선택의 협소함. 소극성을 엿볼 수 있었다.

이제 『평양』 읽기를 맺을 자리다. 더 깊은 뒷날 논의를 위해 몇 가지 특이점을 짚어 두고자 한다. 먼저 송시, 찬시, 경물시 어느 유형이든 1인칭 말할이의 경험 현실을 거의 읽을 수 없다. 이 점은 복구 건설된 현장과 떨어져서 건너다보는 말할이의 시점이나, 건설 현장에 대한 간접화한 목소리와 맞물린다. 체화된 장소 가치나 장소감을 담아내지 못하고 피상적인 평양의 재장소화에 머물고 있다는 뜻이다. 거기에 여성시의 뚜렷한 열세가 눈에 뜨인다. 수록 시인 34명 가운데 둘, 곧 김귀련·리계심의 작품에 그쳤다. 각별히 광복기부터 김귀련과 함께 대표 여자 시인으로 활동했던 김춘희의 부재에 눈이 쏠린다. 1956년 종파주의 파고에 따른 제거를 짐작하게 만드는 까닭이다. 작품 안쪽에서는 소극적이나마 통일을 품을 어머니나 처녀와 같은 여성 가치가 담기기도 했다. 그런 가운데서 유일한 찬양 대상, 평양의 여성 영웅 계월향이 오롯했다. 그미에 대한 문학 전승에 대해서는 더 눈길이 가야 하리라.

아울러 평양의 중요 표적이나 둘레 경관으로서 만경대가 두드러지지 않은 점도 눈여겨 볼 일이다. 일성이 태어나 소년기를 보낸 만경대는 이른바 '조선 인민의 마음의 고향'이자 '조선 혁명의 요람'이다. 뒷날 일성 유일 체제 안쪽에서 '성지'로 올라선 곳이다. 그런 곳을 『평양』에서는 한 차례, 박산운의 송시에서 일성의 고향으로 이름을 올린 정도에 머물렀다. 1957년 현재, 일성이 이룩했다는 이른바 항왜 '혁명 전통'에 대한 북한 사회 안쪽의 서사 담론이 미구성 상태였음을 짐작하게 만드는 일이다. 유구한 평양의 승전 역사와 일성의 영웅적인 영도라는 굳어진 줄거리에서 더 깊어지지 않았다. 북한의 송시는 경인년전쟁의 불바다를 헤쳐 나와 승리를 이끌었고, 새 조국 건설을 '현명'하게 영도한 일성의 '고매한' 풍모와 '불멸의 업적'에 바쳐진다. 그런 점에서 수령형상문학으로서 『평양』은 온전한 수령 송가로 나아가기 위한 초기 단계, 곧 불쏘시개 몫을 맡은 셈이다. 그를 위해 '영웅 도시' 평양시 창건 1530주년이라는 한시적인 명분이 필요했다.

평양은 광복기부터 '민주 기지' 북한의 '민주 수도'로서, 경인년전쟁기 이른바 미제 '원쑤놈들'에 의해 가장 혹심한 피해를 입은 도시라 일컬어진다. 그럼에도 일성의 '현명한' 영도로 짧은 기간에 세상이 놀랄 '새' 평양시를 일으켜 세웠다. 이른바 '평양 속도' '평양 시간'을 탄 천리마의 대질주다. 그것은 고스란히 북한 중앙이 있는 평양 중심화로 치달았다. 전후 복구 시기를 거쳐 1960년대 일성 유일체제로 올라서면서 그 발걸음은 더 빨라졌다. 그 끝이 '혁명적 수령관'에 따른 '주체 평양' 건설이다. 1990년대까지만 하더라도 북한은 세계 어디와도 견줄 수 없을, 가장 인민적이며 현대화된 세계 문명도시의 표본으로서 '찬연히' 빛나는 곳이라 평양을 자랑했다. 공동 시집 『평양』은 그러한 평양 절대화로 나아가는 든든한 디딤돌었을 뿐 아니라, 북한 문학이 장소 평양을 집단적으로 상상했던 처음이자 마지막 성과물인 셈이다.

평양에서 양평까지
- 황순원 「소나기」의 변개 과정

1. 황순원의 언어 귀속

생각보다 너른 곳이었다. 말로만 듣던 두물머리, 양평군 양수리 풍광이 그랬다. 첫 걸음이어서 서울 회기역에서 내리고 덕소역에서 내렸다. 다시 양수역까지 바꿔 탄 전철 창밖으로 북한강 남한강 두 물이 한강 한 줄기로 넉넉하게 어울리고 있었다. 빗발이 들었다 만다. 느긋한 강가를 한참이나 달렸다. 양수역에 내려 가까운 국수 전문점에 들어 늦은 점심을 채웠다. 역 둘레가 한산했다. 김치 하나로 먹는 떡만두였다. 김치 손맛이 깊다. 여주인의 품격이 밴 탓이리라. 소나기마을로 가는 버스 시간표를 검색하고 있었던 두 학생까지 불러 태웠다. 택시는 얼마지 않아 세미나 행사장 소나기마을에 이르렀다.

한번은 볼 기회를 얻으리라 생각했던 곳이다. 둘레 풍광이 포근했다. 2013년 황순원문학축전이라고 하니, 세월이 빠르다. 서울로 선생의 빈소를 안사람과 함께 찾았던 때가 벌써 열두 해 옛일이었더란 말인가. 문학관 둘레를 둘러보았다. 화려하지 않게 꾸민 전시 공간이다. 유품도 간결했다. 어쩌면 선생의 됨됨이를 닮은 것인가. 아니면 문학관 준비 주체의 안목이 모자랐던 것인가. 한 무리 어린 학생이 해설사의 도움을 받아가면서 왁자지껄 문학관을 즐기고 있었다. 생애관과 작품관 둘로 전시공간을 나눈 발상이 재미있다. 세미나의 핵심 속살은 소나기마을이라는 문화공간을 양평에 서도록 이끈 작품 「소나기」의 원본 시시비비였다. 거기다 초기시 작품에 대한 풀이.

황순원의 「소나기」가 1953년 5월 광주에서 나온 『신문학』 4집에 처음 실렸다는 사실은 1970년대부터 알려져 온 일이다. 그럼에도 그것이 나온 지 60년이 된 2013

년 오늘까지 원본에 대한 확정이 이루어지지 않았다. 기록과 원전에 대한 기초 작업을 우습게 여기는 학계와 문학사회의 현주소를 남김없이 볼 수 있는 사태다. 그런데 이 원본을 2008년 글쓴이보다 먼저 찾아 살핀 한성대 김동환 교수는, 1953년 11월 『협동』에 「소녀」라는 제목으로 발표된 작품이 먼저 써서 출판사에 넘겼던 초본이며 「소나기」 원본이라는 생각을 폈다.[1] 새로운 시비거리가 생긴 셈이다. 『신문학』본 「소나기」와 『협동』본 「소녀」 둘 모두 맨 뒷부분은 1956년 단편집 『학』의 「소나기」에서는 지워진 4줄이 그대로 남아 있다. 게다가 단락 변개로 볼 때는 『신문학』본 「소나기」가 『학』본 「소나기」에 더 가까워 보인다. 김동환 교수는 그 점을 크게 보아 『협동』본 「소녀」가 먼저 쓰인 초본이라 생각을 굳혔던 셈이다.

거기에 대해 2011년 글쓴이가 김 교수의 생각에 잘못이 있음을 따졌다. 광주의 『신문학』 4권 모두를 발굴하여 공개하는 자리였다.[2] 『신문학』 4호의 「소나기」는 이미 1952년 10월 발간 예정이었다. 『신문학』 출판이 예정보다 거의 일곱 달이나 뒤늦어지는 바람에 1953년 5월로 발표가 미루어졌을 따름이다. 1953년 8월 피난지에서 서울로 돌아온 황순원은 『협동』의 작품 청탁을 받자 발간되지 못한 것으로 알고 있었던, 광주 『신문학』에 보낸 「소나기」를 「소녀」로 고치고 손질을 더한 뒤 『협동』 청탁에 응해 발표했다. 그리고 세 해 뒤 단편집 『학』에 「소나기」를 실으면서는 작품 끝에 '1952년 시월'이라 창작 시기를 알려 주는 표지를 덧붙였다. 『신문학』에 「소나기」를 보냈던 시기다. 따라서 황순원의 단편 「소나기」는 『신문학』본 「소나기」가 초본이며 원본이다. 김동환 교수가 오래도록 바르게 알려져 온 사실에 잠시 물음을 던졌으나, 다시 바로잡힌 셈이다. 작품 제목은 『신문학』의 「소나기」, 『협동』의 「소녀」, 그리고 『학』의 「소나기」로 굳혀져 오늘날까지 「소나기」로 거듭했다.

2013년 황순원문학축전 세미나 주최 쪽에서는 김동환 교수와 나를 불러다 놓고, 원본 시시비비를 더 깊이 있게 논의하고 마무리하는 자리를 갖고자 했다. 김 교수는 세

---

1   김동환, 「초본과 문학교육─「소나기」를 중심으로」, 『문학교육학』 26호, 한국문학교육학회, 2008, 279~303쪽.
2   박태일, 「전쟁기 광주지역 문예지 『신문학』 연구」, 『영주어문』 21집, 영주어문학회, 2011, 313~348쪽.

미나에서 2008년에 발표했던 데서 더 나아간 논지를 펴지는 않았다.[3] 그러나 나는 2011년, 『신문학』과 『협동』의 출판 환경을 중심으로 살폈던 텍스트 선후 시시비비 확정에서 한 차례 더 나아갔다. 「소나기」 안쪽 변개 양상까지 살펴 텍스트 선후관계를 따졌다. 나아가 「소나기」 원본을 확정한 뒤, 중요 판본을 중심으로 변개 과정까지 살폈다. 「소나기」가 뜻밖에 유동성이 매우 큰 상태로 남아 있음을 일깨우고자 한 셈이다.

여기에 내놓는 죽보기는 세미나 현장에서 발표한 글[4]을 위한 바탕 작업으로 마련했던 밑그림이다. 「소나기」 중요 판본 여섯을 두고 같고 다름이 어떻게 옮겨져 왔는가를 속속들이 살폈다. 우리 근대 소설사의 정전 가운데 하나인 「소나기」에 새롭게 다가서는 흔치 않은 경험을 얻을 수 있을 것이다.

2. 「소나기」의 변개 과정, 1953~1981

소나기의 변개 과정을 짚기 위해 선택한 중요 판본은 아래 여섯이다. 모두 작가 생시에 나왔던 것들이다. 선정 주체의 입장이 반영되기 쉬운 중·고·대 교과용 도서 게재용 「소나기」는 넣지 않았다. 그들 여섯에다 이른 쪽부터 번호를 매겼다.

① 「소나기」, 『신문학』 4호, 1953, 8~20쪽.

② 「소녀少女」, 『협동』 추계호, 1953, 196~204쪽.

③ 「소나기」, 『학』, 중앙문화사, 1956, 5~25쪽.

④ 「소나기」. 『황순원전집』2권, 창우사, 1964, 271~281쪽.

⑤ 「소나기」. 『황순원문학전집』5권, 삼중당, 1973, 227~236쪽.

---

3 김동환, 「초본과 문학교육―「소나기」를 중심으로」, 『문학교육학』 26호, 한국문학교육학회, 2008, 279~303쪽.

4 박태일, 「황순원 소설 「소나기」의 원본 시비와 결정본」, 『2013년 제10회 황순원문학제 황순원 문학 세미나 발표문집』, (사)황순원기념사업회, 2013, 61~90쪽.

⑥「소나기」, 『학 / 잃어버린 사람들』^{황순원전집3}, 문학과지성사, 1981, 11~25쪽.

이어서 「소나기」를 월 단위로 나누었다. 358개다. 그런 다음 변개 양상을 바꾸기, 더하기, 빼기, 셋으로 나누어 월마다 표시를 했다.[5] 다만 변개 양상에서 띄어쓰기는 제외한다. 그것까지 살핀다면 대상이 된 「소나기」 판본 여섯 속에서 원본 ①에서부터 ⑥까지 나아오는 과정에 한 군데도 손질이 되지 않고 고스란히 이어져 온 월은 모두 358개 월 가운데서 83개에 지나지 않는다. 전체 3 / 4을 넘는 76.81%가 변개를 겪었다. 매우 큰 텍스트 유동성이다. 그 가운데서 띄어쓰기에서만 변개가 나타난 월이 49개였다. 띄어쓰기 차이를 변개로 보지 않는다면 358개 월 가운데서 ①에서 ⑥까지 한 차례 이상 변개가 일어난 월은 226개다. 전체 63.12%가 변개를 겪었다.[6]

먼저 「소나기」의 전체 틀거리 변개다. 「소나기」는 텍스트 안에 숫자로 표시하지 않았지만 줄거리 진행에 따라 특정 부분에 장을 떼어 놓았다. 모두 여섯 군데다. 시에서 토막연을 띄우듯 띄어쓰기를 더해서 표시를 한 셈이다. 그들은 모두 7장으로 나뉜다. 작품은 소년과 소녀의 만남 / 어울림 / 헤어짐이라는 세 과정으로 짜인 셈이다[7]. 파생본 ②~⑥은 모두 ①에서부터 마련한 7개의 틀을 바꾸지 않고 그대로 따랐다.

---

5   월이 아니지만 월 단위로 본 것도 있다. 작품 안에 대화가 시작하기 전에 접속어를 붙이거나, 어절이 붙은 경우가 그것이다. 작품의 변개 양상을 살피기 위해 이들까지 월과 같은 단위로 떼놓고 살폈다. 보기를 들면 아래와 같은 것이다. 138) "아, 맵고 지려!"하며, 집어던지고 만다. 이것은 138)번 "아, 맵고 지려!"와 139)번 '하며, 집어던지고 만다'라는 두 월로 나누어 살폈다. 글쓴이와 달리 김동환은 협동본 「소녀」를 중심으로 월을 318개로 나누어 놓고 따졌다. 김동환, 앞의 글, 287쪽. 텍스트 변개 양상을 살피는 길은 여러 가지가 있다. 여기서는 단순하게 바꾸기와 더하기 빼기, 그리고 복수 변개로 나누었다. 텍스트에서 '바꾸기'가 나타난 곳은 밑줄로 표시한다. 둘째, '더하기'는 〈 〉로 표시한다. 셋째, '빼기'다. ( )로 표시한다.

6   박태일, 각주 4)에서 든 글, 69쪽.

7   중심 이야기로 짚어 나가면 줄거리는 아래와 같다. Ⅰ : 개울가에서 소년이 소녀를 만나다. Ⅱ : 다음 날 다시 만난 소년은 소녀가 던지고 간 조약돌을 주머니에 간직하다. Ⅲ : 보이지 않던 소녀를 개울가에서 불시에 만나 소년은 코피를 흘리며 달아나다. Ⅳ : 토요일, 소년은 소녀와 만나 산너머로 함께 가다. 놀고 돌아오다 소나기를 만나 원두막에 들어 비를 긋다. 물이 분 내에서 소년이 소녀를 업어 건네주다. Ⅴ : 그 뒤로 소녀가 보이지 않다. 궁금해 하다 개울가에서 해쓱해진 소녀를 만나 이사 소식을 듣다. 밤밭에 가서 소녀에게 줄 밤을 따서 돌아오다. Ⅵ : 추석을 앞두고 아버지가 소녀네 집에 줄 암탉을 고르는 것을 소년이 보다. Ⅶ : 마을에서 돌아온 아버지로부터 소년은

파격적인 변개는 없었다는 뜻이다.[8] 이제 이들에 나타나는 변개 과정의 특이 양상을 살피기로 한다. 크게 세 가지 양상을 보여 준다. 밑줄 친 곳은 바뀐 곳, 〈 〉는 더해진 곳, ( )은 줄인 곳이 그것이다.

Ⅰ

1) ① 소년은 개울 가에서 소녀를 보자,[② ( )] 곧 윤 초시네 증손자딸[② 증손녀딸 → ③ 증손자 딸 → ⑥ 증손녀딸]이라는 걸 알 수 있었다.

2) ① 소녀는 개울에다 손을 잠그고 물 장난을 하고 있었다[③ 있는 것이다].

3) ① 서울서는 이런 개울물을 보지 못하기나 한 듯이.

4) ① 소녀는 매일 같이[② 매일 같이 소녀는 → ③ 벌써 며칠째 소녀는] 학교서 돌아오는 길에 물 장난이었다.

5) ① 처음에는[② 그런데 어제까지는] [③ 〈개울〉] 기슭에서 하더니,[⑥ ( )] 오늘은 징검다리 한가운데 앉아서 한다[③ 하고 있다].

6) ① 소녀는 개울 뚝[④ 둑]에 앉아 버렸다.

7) ① 소녀가 비키기를 기다리자는 것이었다[③ 것이다].

자는 척하며 소녀가 죽었다는 말을 듣는다. Ⅰ~Ⅲ까지는 소녀와 소년이 개울가에서 만나 서로 관심을 주받는 자리다. Ⅳ에서는 이야기를 나눌 정도로 가까워진 두 사람이 산너머로 갔다 다시 돌아와 개울을 건너고 헤어지는 자리다. 이 소설의 핵심 사건이 이루어지는 곳이며 작품 분량에서도 다수를 차지한다. Ⅴ는 개울가에서 소녀를 다시 만나 앞뒤 사정을 알게 되는 자리다. Ⅵ와 Ⅶ은 집에서 소녀의 죽음을 듣는 자리다. 전체적으로 Ⅳ를 중심축으로 대위를 이루었다. Ⅰ, Ⅱ, Ⅲ이 소녀와 만남 과정을 Ⅳ, Ⅵ, Ⅶ은 소녀와 이별 과정을 담았다. 박태일, 앞의 글, 70쪽.

8   거기에 견주어 낱낱의 장 아래 단락에서도 변개가 보인다. ②에서 단락을 더 늘리는 쪽으로 변개가 보인다. 그러다 다시 ③에서부터 더 줄이는 쪽으로 돌아갔다 그 뒤로는 안정되는 흐름이다. 그러나 변개의 너비가 미미한 까닭에 유의미한 모습이라 보기는 힘들다. 단락 하나의 변개가 본문 월 하나의 변개와 맞물리는 무게로 보인다. 변개되는 모습을 장별 통계로 보이면 아래와 같다.

	Ⅰ	Ⅱ	Ⅲ	Ⅳ	Ⅴ	Ⅵ	Ⅶ
①	4	14	7	84	34	12	18
②	5	17	9	91	35	12	18
③	4	13	7	85	34	12	15
④	4	13	7	85	34	12	15
⑤	4	13	6	83	35	12	15
⑥	4	13	7	84	33	12	15

8) ① 요행 지나가는 사람이 있어,[⑥ ( )] 소녀가 길을 비켜주었다.

II

9) ① 다음날은 좀 늦게 개울 가로 나왔다.

10) ① 여전히 [③ 이날은] 소녀가 징검다리 한가운데 앉아 세수를 하고 있다[③ 있었다].

11) ① [③〈분홍 세에타 소매를〉→ ④ 분홍 스웨트소매를] 걷어 올린 팔과 목덜미가 마냥 희다[③ 희었다].

12) ① 한참 세수를 하고 나더니,[⑥ ( )] 이번에는 물 속을 빤히 들여다본다.

13) ① 얼굴이라도 비춰어 보는[④ 비추어보는] 것이리라.

14) ① 갑자기 물을 움켜낸다.

15) ① 고기새끼라도 지나가는 듯.

16) ① 소녀는 소년이 개울 뚝[④ 개울둑]에 앉아 있는 걸 아는지 모르는지 그냥 날새게[④ 날쌔게 → ⑥ 날쎄게] 물만 움켜낸다[⑥ 움킨다].

17) ① 그러나 번번이 허탕이다[③ 헛탕이다 → ⑤ 허탕이다].

18) ① 그대로 재미 있는 양, 자꾸 물을 움킨다.

19) ① 어제마냥[④ 어제처럼] 개울을 건느는[③ 건느는 → ④ 건너는] 사람이 있어야 자리를 비킬 모양이다.

20) ① 그러는데 소녀가 물 속에서 무엇을 하나 집어낸다.

21) ① 하이얀[④ 하얀] 조약돌이었다.

22) ① 그리고는 홀[③ 홀] 일어나,[③ ( )] 팔작팔작[④ 팔짝팔짝] 징검다리를 뛰어 건너간다.

23) ① 다 건너가더니만[⑥ 건너가더니] 획[② 홱] 이리로 돌아서며,

24) ①"이 바보![③.]"

25) ① 조약돌이 날아왔다.

26) ① 소년은 저도 모르게 벌떡 일어섰다.

27) ① 단발 머리를 나풀거리며 소녀가 막 달린다.

28) ① 갈밭 사잇 길로 들어섰다.

29) ① 뒤에는 청량한 가을 햇빛[② 햇볕 → ③ 햇빛 → ④ 햇살] 아래 빛나는 갈꽃 뿐.

30) ① 이제 저쯤 갈밭 머리로 소녀가 나타나리라.

31) ① 꽤 오랜 시간이 지났다고 생각됐다.

32) ① 그런데도 소녀는 나타나지 않는다.

33) ① 발돋움을 했다[② 해 보았다 → ③ 했다].

34) ① 그러고도 상당한 시간이 지났다고 생각됐다.

35) ① 저쪽 갈밭 머리에 갈꽃이 한오쿰[④ 한옴큼] 움직였다고 생각됐다[③움직였
   다].

36) ① 소녀가 갈꽃을 안고 있었다.

37) ① 그리고 이제는 천천한 걸음이었다.

38) ① 유난히 맑은 [② 〈가을〉] 햇볕[③ 햇살]이 소녀의 갈꽃 머리에서 반짝거렸다.

39) ① 소녀 아닌 갈꽃이 들길을 걸어가는 것만 같다.

40) ① 소년은 이 갈꽃이 [② 〈아주〉] 뵈지 않게 되기까지 그대로 서 있었다.

41) ① 문득 소녀가 던진 조약돌을 내려다보았다.

42) ① 물기가 걷혀 있었다.

43) ① 소년은 조약돌을 집어 주머니에 넣었다.

III

44) ① 다음날부터 소년은[③ ( )] 좀더 늦게 개울가로 나왔다.

45) ① 소녀의 그림자가 뵈지 않았다.

46) ① 다행이었다.

47) ① 그러나 이상한 일이었다.

48) ① 소녀의 그림자가 뵈지 않는 날이 계속될수록 소년의 가슴 한구석에는 어딘가
   저도모를[③ ( )] 허전함이 자리잡는 것이었다.

49) ① 주머니 속 조약돌을 주무르는 버릇이 생겼다.

50) ① 그러한 어떤날, 소년은 전에 소녀가 앉아 물 장난을 하던 징검다리 한가운데
에 앉아 보았다.

51) ① 물 속에 손을 잠겄다[⑤ 잠갔다].

52) ① 세수를 하였다.

53) ① 물 속을 들여다보았다.

54) ① 검게 탄 얼굴이 그대로 비춰었다[⑥ 비치었다].

55) ① 싫었다.

56) ① 소년은 두 손으로 물 속의 얼굴을 움키었다.

57) ① 몇번이고 움키었다.

58) ① 그러다가 깜짝 놀라 일어서고[⑤ 일어나고] 말았다.

59) ① 소녀가 이리[② 이리로 → ③ 이리] 건너오고 있지 않느냐.

60) ① 숨어서 내 하는 꼴을 엿보고 있었구나![④.]

61) ① 소년은 달리기 시작했다.

62) ① 디딤돌을 헷짚었다[④ 헛짚었다].

63) ① 한발이 물 속에 빠졌다.

64) ① 더 달렸다.

65) ① 몸을 가릴 데가 있어줬으면 좋겠다.

66) ① 이쪽 길에는 갈밭도 없다.

67) ① 모밀밭이다[④ 메밀밭이다].

68) ① 전에 없이 모밀꽃내가[④ 메밀꽃내가] 짜릿하니 코를찔렀다[② 찔렀다고 생
각됐다].

69) ① 미간이 아찔했다.

70) ① 찝질한[④ 찝찔한] 액체가 입술에 흘러 들었다.

71) ① 코피였다.

72) ① 소년은 한손으로 코피를 훔쳐내면서 그냥 달렸다.

73) ① 어디선가, 바보! 바보![③ 바보, 바보] 하는 소리가 자꾸만 뒤따라 오는 것만
     같았다[③ 것 같았다].

IV

74) ① 토요일이었다.

75) ① 개울 가에 이르니,[③ ( ) → ④ 〈,〉] 며칠째 보이지 않던 소녀가 건너편 가에 앉
     아 물 장난을 하고 있다[③ 하고 있었다].

76) ① 모르는 척[④ 체] 징검다리를 건너기[② 건느기 → ④ 건너기] 시작한다[③시
     작했다].

77) ① 얼마전에 소녀 앞에서 [③ 〈한번〉] 실수를 했을 뿐, 여태 큰길 가 듯이 건너던
     [② 건느던 → ④ 건너던] 징검다리를 오늘은 조심성스럽게 건넌다.

78) ① "애![③ .]"

79) ① 못들은척했다[④ 못들은 체했다].

80) ① 뚝[④ 둑] 위로 올라섰다.

81) ① "애, 이게 무슨 조개지?"

82) ① 저도모르게[③ 자기도모르게] 돌아섰다.

83) ① 소녀의 맑고 검은 눈과 마조쳤다[② 마주쳤다].

84) ① 얼른 [③ 〈소녀의〉] 손바닥으로 눈을 떨구었다.

85) ① "비단조개."

86) ① "이름두[② 이름도 → ③ 이름두 → ⑤ 이름도 → ⑥ 이름두] 참 곱다![③ .]"

87) ① 갈림길에 왔다.

88) ① 여기서 소녀는 아래켠으로[④ 아래편으로] 한 삼마장쯤, 소년은 위대로[④우
     대로] 한 십리 가까잇 길을 가야 한다.

89) ① 소녀가 걸음을 멈추며,

90) ① "너 저 산 너머에 가본 일 있나[④ 있니]?"

91) ① 벌[② 벌〈野〉 → ③ 벌( )] 끝을 가리켰다.

92) ① “없다.”

93) ① “우리 가 보지 않을래[② 않으련 → ⑥ 않을래]?

94) ① 시골 오니까 혼자서 심심해 못견디겠다.”

95) ① “저래뵈두 멀다.”

96) ① “멀믄 얼마나 멀갔게?

97) ① 서울 있을 땐 사뭇[③ 사뭇] 먼 데까지 소풍 갔었다.”

98) ① 소녀의 눈이 금새[④ 금세 → ⑤ 금새 → ⑥ 금세], 바보! 바보![③ 바보, 바보,] 할 것만 같다[② 같었다 → ③ 같았다].

99) ① 논 사잇 길로 들어섰다.

100)① 올벼[⑤ 벼] 가을걷이 하는 곁을 지났다.

101) ① 허수아비가 서 있다[② 있었다].

102) ① 소년이 새끼줄을 흔들었다.

103) ① 참새가 몇 마리 날아난다.[⑤ 날아간다].

104) ① 참 오늘은 일찍 집으로 돌아가[③ 〈,〉 → ⑥ ( )] 텃논의 참새를 봐야 할걸,[⑥ ( )] 하는 생각이 든다.

105) ① “아이[⑤ 아][⑤ 〈,〉] 재밌다!”

106) ① 소녀가 허수아비 줄을 잡더니 흔들어댄다.

107) ① 허수아비가 대구[④ 대고] 우쭐거리며 춤을 춘다.

108) ① 소녀의 외인[③ 왼쪽] 볼에 살풋이[② 살풋한 → ③ 살풋이] 보조개가 패운다[④ 패었다].

109) ① 저만치 허수아비가 또 서 있다.

110) ① 소녀가 그리로 달려갔다[② 달려간다].

111) ① 그 뒤를 소년도 달린다[② 달렸다].

112) ① 오늘 같은 날은 일찍[⑥ 일찌감치] 집으로 돌아가 집안 일을 도와야 한다는 생각을 잊어 버리기라도 하려는 듯이.

113) ① 소녀의 곁을 스쳐 그냥 달린다[② 달렸다 → ③ 달린다].

114) ① 베짱이가[⑤ 메뚜기가] 따끔따끔 얼굴에 와 부딪친다[② 부디친다 → ③부딪친다].

115) ① 쪽빛으로 한껏 개인 가을 하늘이 소년의 눈 앞에서 맴을 돈다.

116) ① 어지럽다.

117) ① 저놈의 독수리![③.]

118) ① 저놈의 독수리![③.]

119) ① 저놈의 독수리가 맴을 돌고 있기 때문이다![③.]

120) ① 돌아다보니,[⑥ ( )] 소녀는 지금 자기가 지나쳐 온 허수아비를 흔들고 있다.

121) ① 좀전 허수아비 보다도[⑤ 허수아비보다][⑤ 〈,〉 → ⑥ ( )] 더 우쭐거린다.

122) ① 논이 끝난 곳에 도랑이 하나 있었다.

123) ① 소녀가 먼저 뛰어 건넜다.

124) ① 거기서부터 산 밑까지[③ 산 밑까지는] 밭이었다.

125) ① 수숫단을 세워 놓은 밭 머리를 지났다.

126) ① "저게 머냐[④ 머니]?"

127) ① "원두막."

128) ① "여깃[⑤ 여기] 참외[④ 차미] 맛나냐[④ 맛있니]?"

129) ① "그럼.

130) ① 참외 맛두[④ 차미맛두] 좋지만,[④ ( )] 수박 맛이[④ 수박맛은] 참 훌륭하다[④ 좋다]."

131) ① "하나 먹어 봤으면![③.]"

132) ① 소년이 참외 그루에[② 구루에 → ③ 그루에] 심은 무밭으로[② 무우밭으로] 들어가[② 〈,〉] 무우[② ( ) → ③ 〈무우〉] 두 밋을[④ 밑을] 뽑아왔다.

133) ① 아직 밋이[④ 밑이] 덜 든 무우였다[② 들어 있었다].

134) ① 잎을 비틀어 팽개친 후,[⑥ ( )] 소녀에게 한 밋[④ 밑] 건넌다[④ 건넨다].

135) ① 그리고는 이렇게 먹어야 한다는 듯이, 먼저 대강이를 한입 베물어 낸 후[② 다음],[② ( ) → ③ 〈,〉 → ⑥ ( )] 손톱으로 한 돌이 껍질을 벗겨 우적 깨문다.

136) ① 소녀도 따라 했다.

137) ① 그러나 세 입도 못먹고,

138) ① “아, 맵고 지려![③,]”

139) ① 하며,[③ ( )] 집어던지고 만다.

140) ① “참 맛 없어 못먹겠다![③,]”

141) ① 소년이 더 멀리 팽개쳐 버렸다.

142) ① 산이 가까워졌다[④ 가까와졌다].

143) ① 단풍잎이 눈에 따거웠다[② 따가웠다 → ④ 따가왔다].

144) ① “야[② 야아]!”

145) ① 소녀가 산을 향해 달렸다[② 달려갔다].

146) ① 이번은 소년이 뒤 따라 달리지 않았다.

147) ① 그러고도[② 그러고도 → ③ 그러고도] 곧[② ( ) → ③ 〈곧〉] 소녀보다 더 많
은 꽃을 꺾었다.

148) ① “이게 들국화, 이게 싸리꽃, 이게 도라지꽃…….”

149) ① “도라지꽃이 이렇게 예쁜 줄은 몰랐네.

150) ① 난 보라빛이 좋와[⑤ 좋아]!

151) ① …… 그런데[③ 근데] 이 양산 같이 생긴 노랑꽃이 머지?”

152) ① “마타리꽃![③,]”

153) ① 소녀는 마타리꽃을 양산 받 듯이 해보인다.

154) ① 약간 상기된 얼굴에 [②〈살폿한〉] 보조개를 떠올리며.

155) ① 다시 소년은 꽃을[② 꽃] 한 오쿰[② 한 오쿰을 → ④ 한옴큼을] 꺾어왔다.

156) ① 싱싱한 꽃가지만 골라 소녀에게 건닌다[④ 건넨다].

157) ① “하나두 버리지 말어![③,]”

158) ① 산마루로[⑤ 산마루께로] 올라갔다.

159) ① 마즌편[④ 맞은편] 골짜기에 오순도순[⑤ 오손도손] 초가집이 뭉쳤다[② 뭉
쳤다 → ③ 몇 모여 있었다].

160) ① 누가 말한 것도 아닌데 바위에 나라니[③ 나란히] 걸쳐 앉았다[③ 걸터앉았다].

161) ① [②〈별로〉] 주위가 더[③ ( )] 조용해졌다[② 조용해진 것 같았다].

162) ① 따거운[② 따가운] 가을 햇살만이 말라가는 풀냄새를 퍼뜨리고 있었다.

163) ① "저건 또 무슨 꽃이지?"

164) ① 적잖이 비탈진 곳에 칡넝쿨이[③ 칡덩굴이] 엉키어 꽃을[⑥ 끝물꽃을] 달고
있었다.

165) ① "꼭 등꽃 같네.

166) ① 서울 우리 학교에 큰 등나무가 있었다[③ 있었단다].

167) ① 저 꽃을 보니까 등나무 밑에서 놀든[② 놀던] 동무들 생각이 난다."

168) ① 소녀가 조용히 일어나 비탈진 곳으로 간다.

169) ① 뒷걸음을 쳐 기어내려간다[⑤ ( )].

170) ① 꽃송이가 많이[⑥ ( )] 달린 줄기를 잡고,[② ( )] 끊기 시작한다.

171) ① 좀처럼 끊어지지 않는다.

172) ① 안간힘을[② 안간힘을 → ④ 안간힘을] 쓰다가 그만 미끄러지고 만다.

173) ① 칡넝쿨을[③ 칡덩굴을] 글어쥐었다[④ 그러쥐었다].

174) ① 소년이 [②〈놀라〉] 달려갔다.

175) ① 소녀가 손을 내밀었다.

176) ① 손을 잡아 이끌어 올리며, 소년은 제가 칡꽃을[③ ( )] 꺽어다[③ 꺾어다] 줄
것을 잘못했다고 뉘우친다.

177) ① 소녀의 오른 무릎에 핏방울이 내맺혔다.

178) ① 소년은 저도모르게 와락 달겨들어 무릎을[② 와락 달려들어 무릎을 → ③ 상
채기에 입술을 가져다 대고] 빨기 시작했다.

179) ① 그러다가 무슨 생각을 했는지 획[② 홱] 일어나 저쪽으로 달려간다.

180) ① [②〈좀만에〉] 숨이 차 돌아온 소년은,

181) ① "이걸 바르면 낫는다![③.]"

182) ① 송진을 상채기에다 문질러 바르고는 그다람으로[④ 그달음으로] 칡넝쿨

[③ 칡덩굴] 있는 데로 기어[② ( )]내려가,[② ( ) → ③ 〈,〉 → ⑤ ( )] [②〈꽃 달린〉 → ③ 꽃 〈많이〉 달린 → ⑥ 꽃 ( ) 달린] 몇 줄기[② 줄기를] 이빨로 끊어 가지고 올라온다.

183) ① [③ 〈그리고는,〉] "저기 송아지가 있다![③ 다.])

184) ① 그리 가 보자![③.]"

185) ① 누렁 송아지였다.

186) ① 아직 코뚜레도 꿰지 않은 송아지였다[② 꿰지 않았다].

187) ① [②〈소년이〉] 고삐를 바트기[④ 바투 → ⑤ 바로 → ⑥ 바투] 잡아쥐고 등을 긁어주는척 훌딱[⑥ 후딱] 올라탔다.

188) ① 송아지가 껑충거리며 돌아간다.

189) ① 소년의[② 소녀의] 흰 얼굴이, 분홍 세에타가[④ 스웨터가], 남색 스카아트가[④ 스카트가], 안고 있는 꽃 묶음과[③ 꽃과] 함께 범벅이 된다.

190) ① 모두가 하나의 큰 꽃 묶음 같다.

191) ① 어지럽다[② 어지러웠다 → ③ 어지럽다].

192) ① 그러나 내리지 않으리라.

193) ① 자랑스럽다[② 자랑스러웠다].

194) ① 이것만은 소녀가 흉내내지 못할 자기 혼자만이 할 수 있는 일이다[③ 일인 것이다].

195) ① "너희 예서 멋들 하느냐."

196) ① 농부 하나이 억새풀 사이로 올라온다[③ 올라왔다].

197) ① 송아지 등에서 뛰어내렸다.

198) ① 어린 송아지를 타서 허리가 상하면 어찌 하느냐고[③ 어쩌느냐고] 꾸지람을 들을 것만 같다.

199) ① 그런데 나룻이 긴 농부는 소녀 편을 한번 훑어 보고는 그저 송아지 고삐를 풀어내면서,

200) ① "어서들 집으루[② 집으로 → ③ 집으루] 가그라[② 가거라].

201) ① 소내기가[⑤ 소나기가] 올라.”

202) ① 참 먹장 구름 한장이 머리 위에 와 있다.

203) ① 갑자기 사면이 소란스워 진 것 같다.

204) ① 바람이 우수수 소리를 내며 지나간다.

205) ① 삽시간에 주위가 보라빛으로 변했다.

206) ① 산마루를 넘는데[⑤ 산을 내려오는데],[③ ( ) → ④ 〈,〉 → ⑤ ( )] 섭나무 잎에서[③ 떠깔나무 잎에서 → ④ 떡갈나무잎에서] 빗방울 듣는 소리가 난다.

207) ① 굵은 빗방울이었다.

208) ① 목덜미가 선뜻선뜻했다[③ 선뜩선뜩했다 → ⑤ 선뜻선뜻했다].

209) ① 그러자 대번에 눈 앞을 가로 막는 빗줄기.

210) ① 비 안개 속에 원두막이 보였다.

211) ① 그리로 가 비를 그을 수 밖에.

212) ① 그러나 원두막은 기둥이 기울고 지붕도 갈래갈래 찢어져 있었다.

213) ① 그린대로[② 그런대로] 비가 덜 새는 곳을 가려[② 〈,〉 → ③ ( )] 소녀를 들어 서게 했다.

214) ① 소녀의[⑥ 소녀는] 입술이 파랗게[② 파아랗게 → ⑥ 파랗게] 질렸다.

215) ① 어깨를 대구[④ 자꾸] 떨었다.

216) ① 무명 겹저고리를 벗어 소녀의 어깨를 싸주었다.

217) ① 소녀는 비에 젖은 눈을 들어 한번 쳐다보았을 뿐, 소년이 하는대로 잠자코 있었다.

218) ① 그리고는[⑥ 그러면서] 안고 온 꽃 묶음 속에서 꽃가지가[② 가지가] 꺾이고 꽃이 이글어진[⑤ 일그러진] 송이를 골라 발 밑에 버린다.

219) ① 소녀가 들어선 곳도 비가 새기 시작했다.

220) ① 더 [③ 〈거기서〉] 비를 그을 수 없었다.

221) ① 밖을 내다보던 소년이 무엇을 생각했는지 수수밭 쪽으로 내달려간다[② 달려간다].

222) ① 세워 놓은 수숫단 속을 비집어 보더니,[⑥ ( )] 옆의 수숫단을 날러다[② 날라다 → ③ 날러다 → ④ 날라다] 덧세운다.

223) ① 다시 속을 비집어본다.

224) ① 그리고는 이쪽을[⑥ 소녀 쪽을] 향해 손짓을 한다.

225) ① 수숫단 속은 비가[② 비는] 안 새었다.

226) ① 그저 어둡고 좁았다[② 좁은게 안되었다].

227) ① 앞에 나 앉은 소년은 그냥 비를 맞았다[② 맞아야만 했다].

228) ① 그런 소년의 어깨에서[② 어깨에서는 → ③ 어깨에서] 김이 올랐다.

229) ① 소녀가 속삭이듯이[② 〈,〉] 이리 들어와 앉으라고 한다[③ 했다].

230) ① 일없다고 한다[③ 괜찮다고 했다].

231) ① 소녀가 다시 들어와 앉으라고 한다[③ 했다].

232) ① [③ 〈할 수 없이〉] 뒷걸음을 쳐 들어간다[③ 쳤다].

233) ① 그바람에 소녀가 안고 있는 꽃묶음이 우그러들었다.

234) ① 그러나 소녀는 상관 없다고 생각한다[③ 생각했다].

235) ① 비에 젖은 소녀의[② 소년의] 몸 내음새가 확 코에 끼얹혀졌다.

236) ① 그러나 고개를 돌리지는[③ 돌리지] 않았다[② 않는다].

237) ① 도리어 소년의 몸기운으로 해서 떨리던 몸이 적이[③ 저으기 → ⑤ 적이] 녹지는[③ 누그러지는] 심사였다[③ 느낌이었다].

238) ① 소란하던 수수잎 소리가[⑤ 수숫잎소리가] 뚝 그쳤다.

239) ① 밖이 멀개졌다.

240) ① 수숫단 속을 벗어 나왔다.

241) ① 멀지 않은[② 머지 않은 → ④ 멀지 않은 → ⑤ 머지않은 → ⑥ 멀지 않은] 앞쪽에 해빛이[② 햇볕이 → 해빛이 → ⑤ 햇빛이] 눈부시게 내리붓고 있었다.

242) ① 도랑 있는 곳까지 와 보니, 엄청나게 물이 불었다[② 불어 있었다].

243) ① 빛마저 제법 붉은 흙탕물이었다.

244) ① 뛰어 건널[② 뛰어 건늘 → ④ 뛰어 건널] 수가 없었다.

245) ① 소년이 등을 돌려댔다.

246) ① 소녀가 순순히 업히었다[⑤ 엎히었다 → ⑥ 업히었다].

247) ① 걷어 올린 소년의 잠방이까지 물이 올라왔다.

248) ① 소녀는[③ 〈,〉] 어머나![③ ( )] 소리를 지르며,[③ ( )] 소년의 목을 글어안았
다[③ 끌어안았다 → ⑥ 그러안았다].

249) ① 개울 가에 다달으기 전에[② 초전에],[② ( )] 가을 하늘은 언제 그랬는상 싶
게[④ 그랬는 성싶게 → ⑤ 그랬는가 싶게] 구름 한점 없이 쪽빛으로 맑아[②개
어] 있었다.

V

250) ① [③ 〈그리고는〉 → ⑤ 그 뒤로는 → ⑥ 그 다음날은] 소녀의 모양이 뵈지 않
는다[② 않았다].

251) ① [⑥ 〈다음날도, 다음날도.〉] 매일 같이 개울 가로 달려와 봐도 뵈지 않는다
[② 않았다].

252) ① 학교에서 쉬는 시간에 운동장을 살피기도 했다.

253) ① 남 몰래 오학년 여자반을 엿보기도 했다.

254) ① ( )[② 〈없었다.〉 → ③ 그러나 뵈지 않았다.]

255) ① 그날도 소년은 주머니 속 흰 조약돌만 만지작거리며 개울 가로 나왔다.

256) ① 그랬더니 이쪽 개울 뚝에[④ 개울둑에] 소녀가 앉아 있는게 아닌가.

257) ① 소년은 가슴부터 두근거려졌다.

258) ① "그동안 앓았다."

259) ① 어쩐지[⑥ 알아보게] 소녀의 얼굴이 해쓱해져 있었다.

260) ① "그날 소내길[③ 소내기 → ⑤ 소나기] 맞은[② 맞은] 탓이로구나[② 탓 아니
냐 → ⑤ 탓아냐 → ⑥ 때메].[②?]"

261) ① 소녀가 가만히 고개를 끄덕이었다.

262) ① "인제 다 났냐?"

263) ① ”아직도[⑥ 아직두] …….[②!]”

264) ①“그럼 누워 있어야지[⑤ 있시야지 → ⑥ 있어야지].”

265) ①“하도[⑥ 너무] 갑갑해서 나왔다.

266) ①…… 참,[②( )] 그날[⑥ 그날 참] 재밌었다[④ 재밌었어].

267) ①…… 그런데[③ 근데] 그날 어디서 이런 물이 들었는지 잘 지지 않는다.”

268) ① 소녀가 분홍 세에타[④ 스웨트] 앞자락을 내려다 본다.

269) ① [③〈거기에〉] 검붉은 진흙물 같은게 들어 있었다.

270) ① 소녀가 가만한[⑤ 가만히] 보조개를 떠올리며,

271) ①“그래[⑥ ( )] 이게 무슨 물 같니?”

272) ① 소년은 세에타[④ 스웨터] 앞자락만 내려다보고[③ 바라보고] 있었다.

273) ①”“내 생각해 냈다.

274) ① 그날 도랑을[⑥ 도랑] 건너면서[② 건느면서 → ⑥ 건늘 때] 내가 업힌 일이 [⑥ 일] 있지?

275) ① 그때 네 등에서 옮은 물이다.”

276) ① 소년은 얼굴이 확 달아오름을 느꼈다.

277) ① 갈림길에서 소녀는,

278) ①“저,[⑤ ( )] 오늘 낮에[② 아침에] 우리집에서 대추를 땄다.

279) ① 추석에[⑤ 넬] 제사 지낼려구…….”

280) ① 대추 한줌을 내어준다.

281) ① 소년은 주춤한다.

282) ①“맛봐라.[④,]

283) ① 우리 고조할아버지가[⑤ 증조할아버지가] 심었다는데 아주 달다.”

284) ① 소년은 두 손을 오그려 내밀며,

285) ①“참 알두 굵다!”

286) ① [②〈 …… 〉→③( )] “그리구 저, 우리 이번에 추석 지나선[③ 추석 지내선 → ⑤ 제사 지내구나서 좀 있다] 집을 내주게 됐다.”

287) ① 소년은 소녀네가 시골로[② (　)] 이사해 오기 전에 벌써 어른들의 말에서 [③ 이야기를 들어서],[③ (　)] 윤 초시 손자가 서울서 사업에 실패를 하여 고향으로 돌아오게 됐다는걸 듣고 있었다[③ 실패해 가지고 고향으로 돌아오지 않을 수 없게 됐다는걸 알고 있었다 → ④ 실패해 가지고 고향에 돌아오지 않을 수 없게 됐다 됐다는 걸 알고 있었다].

288) ① 그것이 이번에는 고향 집마저 남의 손에 넘기게 된 모양이다[③ 모양이었다].

289) ① "[② 〈……〉→③ (　)] 웨그런지[③ 왜그런지] 난 이사 가는게 싫어졌다.

290) ① 어른들이 하는 일이니 어쩔 수 없지만……."

291) ① 전에없이 소녀의 까만 눈에 쓸쓸한 빛이 떠돌았다.

292) ① 소녀와 헤어져 돌아오는 길에,[⑤ (　)] 소년은 혼잣속으로,[③ (　)] 소녀가 이사를 간다는 말을 수없이 되뇌어 보았다.

293) ① 무어 그리 안타가울[② 안타까울] 것도,[③ (　)] 설어울[② 서러울] 것도 없었다.

294) ① 그렇건만 소년은 지금 자기가 씹고 있는 대추알의 단 맛을 모르고 있었다.

295) ① 이날 밤, 소년은 뒷산으로 올라갔다[③ 소년은 몰래 덕쇠할아버지네 호두밭으로 갔다].

296) ① 거기에 바우할아버지네 밤밭이 있는 것이다[③ (　　)].

297) ① 낮에 봐 두었던 나무로 올라갔다.

298) ① 그러고[② 그리고] 봐 두었던 가장지를[③ 가지를] 향해 작대기를 내리쳤다.

299) ① 밤송이[③ 호두송이] 떨어지는 소리가 별나게 크게 들렸다.

300) ① 가슴이 선뜻했다.

301) ① 그러나 다음 순간, 굵은 밤이[③ 호두야] 많이 떨어져라, 많이 떨어져라![③, → ④ (　)] 저도모를 힘에 이끌려 마구 작대기를 내리치는 것이었다.

302) ① 돌아오는 길에도 열이틀 달이 지우는 그늘만 골라 짚었다.

303) ① 그늘의 고마움을 처음 느꼈다.

304) ① 불룩한 주머니를 어루만졌다.

305) ① 근동에서 이 바우할아버지네 밤을 당할만한 밤이 없다.[③ 호두송이를 맨손

으로 깟다가는 옴이 오르기 쉽다는 말 같은건 아무렇지도 않았다 → ④ 호두송
이를 맨손으로 깠다가는 옴이 오르기 쉽다는 말같은 건 아무렇지도 않았다.]

306) ① 소년에게 어엿이 맛보여 부끄럽지 않다[③ 그저 근동에서 제일가는 이 덕쇠
할아버지네 호두를 어서 소녀에게 맛보여야 한다는 생각만이 앞섰다].

307) ① 그러나[③ 그러다][③ 〈,〉] 곧,[③ ( )], 아차![③,]하는 생각이 든다[③ 들었다].

308) ① 소녀더러[②〈,〉 → ③( )] 병이 좀 낫거들랑 이사 가기 전에 한번 개울 가로
나올 수 없겠느냐는 말을 해두지 못한[② 나올 수 없겠느냐는 말을 해주지 못한
→ ③나와달라는 말을 못해 둔] 것이었다.

309) ① 바보 같은 것,[③,] 바보 같은 것![③.]

VI

310) ① 추석[⑤ ( )] 전 날[⑤ 이튿날], 소년이 학교에서 돌아오니,[③ ( )] 아버지가 나
드리 옷을[③ 나들이옷을] 입고[③ 갈아입고] 닭 한 마리를 안고 있다[③ 있었다].

311) ① 아버지[② ( )] 어디 가시냐고[② 가시느냐고] 물었다.

312) ① 이[③ 그] 말에는 댓구도[③ 대꾸도] 없이,[③ ( )] 아버지는 안고 있는 닭의
무게를 겨눔해 보면서[④ 겨냥해보면서],

313) ① "이만하면 될까?"

314) ① 어머니가 망태기를 내주며,

315) ① "벌써 며칠째 갸르갸르하구[② 걀걀 하구] 알 [③ 〈날〉] 자리를 보는데요[②
보든데요].

316) ① 크진 않아두 살은 쪘을 게요[② 쪘을게 → ③ 쪘을 거에요 → ⑤ 거예요]."

317) ① 소년이 이번에는 어머니한테[③ 〈,〉 → ⑤ ( )] 아버지[③ 아버지가] 어디 가
시느냐고 물어 보았다.

318) ① "저, 가락골[② 벌골 → ③ 서당골] 윤 초시 댁에 가신다.

319) ① 내일이 추석날이라[② 내일이 추석날이다 → ③ 내일이 추석날이라 → ⑤ (
)] 제사상에라도 놓으라구[③ 놓으시라구] ……."

320) ① "그럼 큰놈으로[⑤ 놈으루] 하나 가져가지.

321) ① 저 얼룩 수ㅎ닭으루[② 수닭으루 → ③ 수탉으루] ……"

322) ① [③ 이 말에] 허허허 하고[③ ( )] 아버지는 [③ 〈허허〉] 웃고 나서,

323) ① "임마, 제사상엔 수ㅎ닭을 놓는 법이 아니다[② 이래봬두 요게 그것 보담은
실속이 있다 → ③ 그래두 이게 실속이 있다].

324) ① 암탉이래야 쓰지.[② ( )]"

325) ① 소년은 공연히 결적어[② 열적어][② 〈,〉] 책보를 집어던지고는 오양간으로
[④ 외양간으로] 가[② 〈,〉] 소잔등을 한번 철썩 내리갈겼다[③ 갈겼다].

326) ① 소파리라도[⑤ 쇠파리라도] 잡는척[④ 체].

VII

327) ① 개울 물은 날로 맑아 갔다[② 여물어 갔다].

328) ① 소년은 갈림길에서 아래쪽으로[② 아랫 쪽으로 → ④ 아래쪽으로 → ⑤ 아랫
쪽으로] 가 보았다.

329) ① 갈밭 뚝에서[② 머리에서] 바라보는 가락골 마을은[③ 서당골 마을은] 쪽빛
하늘 아래 한결 가까워[④ 가까와] 보였다.

330) ① 어른들의 말이,[② ( ) → ③ 〈,〉] 내일 소녀네가 양평읍으로 이사간다는 것이
었다.

331) ① 거기 가서는 조고마한[④ 조그마한] 가개방을[② 가겟방을] 보게 되리라는
것이었다.

332) ① 소년은 저도 모르게 밤톨을 주무르며[③ 호두알을 만지작거리며], 한 손으
로는 갈꽃을 수없이[② 수 없이 갈꽃을] 휘어 꺾고 있었다.

333) ① 그날 밤, 소년은 자리에 누워서도 한 생각이었다[③ 같은 생각 뿐이었다].

334) ① 내일 소녀네가 이사하는 데[③ 이사하는걸] 가 보나 어쩌나?[③.]

335) ① 가면 소녀를 보게 될까[② 〈,〉 → ③ ( )] 어떨까.

336) ① 그러다가 까무룩 잠이 들었는가 하는데,

337) ① "허, 참, 세상일두![②…….]"

338) ① 마을 갔던 아버지가 언제 돌아왔는지,

339) ① "윤 초시 댁두 말이 아니어.

340) ① 그많은[② 그많던 → ③ 그 많든 → ⑤ 그 많던] 전답을 다 팔아 버리구, 대대루 살아오든[② 살아오던 → ③ 살아오든] 집두[③ 집마저] 남의 손에 넘기드니, 또 악상꺼지 당하는걸 보면……"

341) ① 남포 불[④ 남폿불] 밑에서 바누질감을[④ 바느질감을] 안고 있던 어머니가,

342) ① "증손자라곤 기집애 그애 하나 뿐이었지요?"

343) ① "그렇지.

344) ① 사내애 둘 있든 건 어려서 잃어 버리구…… [⑥ 잃구……]."

345) ① "어쩌믄 그렇게 자식복이 없을까."

346) ① "글쎄말이지.

347) ① 이번 앤 꾀 여러날 앓는걸 약두 변변히 못써봤다드군.

348) ① 지금 같아서는[⑥ 지금같애서는] 윤 초시네두 대가 끊긴 셈이지…… [④ ( )].

349) ① [③〈 …… 〉] 그런데 참 이번 기집애는 어린 것이 여간 잔망스럽지가[②잔망스럽지 → ③잔망스럽지가] 않드군[③ 않어].

350) ① 글쎄 죽기 전에 이런 말을 했다지 않어?

351) ① 자기가[② 제가 → ③ 자기가] 죽거든 자기[② 저 → ③ 자기] 입든[② 입었던 ③ 입든] 옷을 꼭 그대로[⑤ 그대루] 입혀 묻어달라구……"

352) ① "아마 어린 것이래두 집안 꼴이 안된걸[② 안될걸] 알구 그랬든가부지요?"

353) ① 끄응![③ ( )]

354) ① 소년은[② 소년이] 자리에서 저도모를 신음 소리를 지르며 돌아누웠다.[③ (   )]

355) ① "재가 여적 안 자나?"[③ (   )]

356) ① "아니, 벌써 아까 잠들었어요.[③ (   )]

357) ① …… 애, 잠고대 말구 자라!"[③ (   )]

358) ① [③ 1952 시월]

3. 「소나기」 결정본

양평읍으로 이사를 갈 것이라는 소녀가 건넨 말 한마디로 말미암아 경기도 양평에 소나기마을과 황순원문학관이 섰다. 놀라우면서 마땅한 일이다. 문학은 작품이 그 처음이자 끝이라는 사실을 확연하게 보여 주는 본보기인 까닭이다. 세미나가 끝나고 바로 소나기마을을 돌아 나올 수밖에 없었다. 걸음이 바빴다. 그러나 십 리도 못 내려와 차를 세웠다. 식장에다 가방을 두고 온 것이다. 하는 수 없이 다시 현장으로 되돌아갈 수밖에. 서두르면 늘 실수가 따르는 법이다. 서울로 들어가는 전철에 몸을 얹고 보니 갑자기 귀밑으로 피로가 파고들었다.

①황순원은 자기 자신의 맞춤법과 띄어쓰기 기준을 가지고 원고가 활자화될 때는 자신이 직접 교정을 보고 있다. 그는 작가로서 그렇게 하는 것이 자기 작품에 대한 애정이며, 또한 독자에게 내용을 명확히 전달하게 하는 작가의 의무라고 말하고 있다. 그는 자신의 작품에 대한 애정이 남달리 강한 작가다. 자신이 쓴 어떤 소설도 출판될 때는 반드시 손질하여 고친다. 초교에서 시작하여 책이 나올 때까지, 그리고 책이 나온 뒤에도 다른 출판사에서 다시 간행될 때는 또 고친다. 장차 황순원 연구가들이 이 '고침'의 의미를 파악하려면 힘이 들겠지만, 어쨌든 그는 자신의 작품에 대해서 각별한 애정과 성실성을 보여주고 있는 것이다.

— 김동선, 「황고집의 미학, 황순원 가문」 가운데서[9]

②그리고 초교는 반드시 선생님이 직접 보신다. 단행본이 나올 때도 발표되었던 작품을 모조리 읽으시고 추고를 한다. 전집이 나올 때도 전 작품을 읽으시며 추고를 하고 교정을 보신다. 전집이 문고판으로 나올 때도 추고하고 교정을 보신다. 이렇게 자기 작품에 대해 추고하고 교정을 보는 작가가 또 어디 있을까.

---

9   김동선, 「황고집의 미학, 황순원 가문」, 『황순원연구』(황순원전집 12), 문학과지성사, 198, 279쪽.

작가 황순원이 지닌 텍스트에 대한 감각을 잘 드러내고 있는 글이다. ①에 힘입어 ②가 마련된 것 같아 보일 만큼 이야기가 한결같다. 황순원은 텍스트에 대해 유달리 엄정했다. 둘 다 그 점을 짚었다. 위에서 살핀바, 1953년 『신문학』본 「소나기」에서 1981년 문학과지성사 전집본 「소나기」까지 28년이라는 세월이 흘렀다. 그사이 다채롭게 바뀐 「소나기」의 큰 그림이 위에 보인 표에 고스란히 담겼다. 이러한 다채에도 그 숱한 황순원 「소나기」 연구자들은 어느 판본을 원본으로 삼은 것일까? 그리고 그 까닭은? 게다가 어느 쪽이 황순원의 「소나기」를 가장 「소나기」답게 만드는 결정본일까? 결정본 확정이 가능하기나 한 것일까?

작가 개인에 관한 읽는이의 추억과 곡절은 죄 다를 수 있다. 좋은 작가일수록 더 많은 이에게 더 오래도록 행복한 읽기로 이끈다. 숨기고 짜내 억지로 부풀린 명성이 아니라, 오롯이 작품과 참된 삶으로 사랑 받고 추김을 받는 작가가 많아져야 하리라. 이 글로 글쓴이가 바라는 바는 셋이다. 첫째, 「소나기」 결정본 확정을 바란다. 그 일을 위한 한 디딤돌로 쓰이기를. 둘째, 「소나기」 읽기의 다양하고도 풍요로운 자리로 활용되기 바란다. 「소나기」가 더 많은 「소나기」, 더 큰 「소나기」로 거듭날 수 있으리라. 셋째, 소설 창작학습 현장에서 수정과 퇴고 방법에 한 보기가 되길 바란다. 퇴고로 말미암은 개악과 개선에 대한 사색이다. 빠른 시일 안에 「소나기」뿐 아니라 황순원 소설 전반에 걸친 판본 변개 양상에 대한 구명이 더욱 깊어져야 할 것이다.

그리고 그런 가운데서 저 북녘 평안도 사람, 평양 작가 황순원이 월남하여 남녘 대한민국 표준어와 어떻게 길항하면서 가로질렀던가를 따지는, 너르고도 무거운 공부 지평이 열리기 바란다.

10　서정범, 「영원한 잔」, 『현대문학』 11월호, 현대문학사, 2000; 『황순원 연구 총서』 8, 국학자료원, 2013, 352쪽.

제3부

개 성 문 학

제3부

근대 개성 지역문학의 전개

1. 개성의 근대 매체

북한 문학은 꾸준하게 연구를 창발, 쌓아 나가야 할 핵심 자리 가운데 하나다. 본격적인 연구 역사도 스무 해를 넘어섰다. 오늘날까지 국내에서 쓰인, 300편에 가까운 북한 관련 박사학위 논문 가운데서 문학 쪽만 30편을 내다본다. 게다가 굵직한 북한 문학 통사에다 갈래별 문학지까지 나온 터다.[1] 그럼에도 북한 문학 연구는 한결같은 문제를 안고 있다. 정치 추수적 경향에다 연구 방법의 경직성, 실증 사료 확보의 어려움과 연구 대상의 편향성이 그들이다[2] 따라서 그러한 문제를 헤아리면서 북

1 　신형기·오성호,『북한문학사』, 평민사, 2000; 김경숙,『북한현대시사』, 태학사, 2004; 김용직,『북한문학사』, 일지사, 2008.

2 　네 가지 가운데 첫째, 정치 추수적 경향이다. 나라 안밖 정치 환경의 굽이에 따라 관심이 들쭉날쭉한 현상을 뜻한다. 북한 문학 연구가 분과학으로 자리잡는 길을 가로막는 걸림돌이다. 둘째, 연구 방법의 경직성이다. 북한연구 방법론으로서 외재적 / 내재적 접근법은 문학 연구에 절대적인 영향을 끼쳤다. 그런데 외재적 접근법은 남한 체제의 우월성을 선전하기 위한 도구가 되기 십상이었다. 내재적 접근법 또한 1960년대 이후 북한 안쪽의 혁명적 수령관과 평양 중심화 논리를 우리 사회에 옮겨 놓을 위험성이 컸다. 북한 문학은 특정 방법론의 정 / 부당성을 증명하는 대상이기에 앞서 엄연한 1차 텍스트 현실이다. 북한 근대문학 유산과 전통에 대한 미시적 관심은 필수적이다. 셋째, 실증 사료 확보의 어려움이다. 북한 문학에 대한 사료는 체제 수호 관점에서 초기 북한 연구자나 공공 기관이 갈무리한 1950~1970년대 것이 앞에 선다. 그리고 1980년대 일본을 중심으로 들여온 자료와 1990년대 붕괴한 동구권·구소련이나 중국 쪽 이입 자료, 2000년대 구미와 북한 유출 자료와 같은 여러 길로 쌓였다. 거의 공적 경로를 거친 것이다. 따라서 우리 안쪽에서 잊고 묻어 버린 데까지 손길이 가지 못했다. 북한 문학 연구를 위한 1차 사료 갈무리는 아직 초기 단계라 할 수 있다. 넷째, 연구 대상의 편향성이다. 우리의 북한 문학 연구는 내재적 발전 과정을 따른다 하더라도 1960년대 이후 혁명적 수령관과 주체적 인간학이라는 거시 규준에 갇혀 있다. 북한 문학의 전사·심층으로서 지역문학의 전개 과정에 대한 안목이 엷었다. 카프계 문학에 대한 관심은 그런 잘못을 깁기 위한 노력 가운데 하나였다. 그럼에도 북한 학계에서는 남로당계 문학을 괄호 치는 인습에서 벗어날 기미가 없다. 남한 학계에서도 카프계 중심으로 단순화

한 문학의 형성과 전개의 세부 지형을 들여다볼 뿐 아니라 통일문학사까지 겨냥한 새 길을 고심할 단계에 이른 셈이다. 그런 점에서 시급히 필요한 방향 가운데 하나가 지역문학적 접근이다. 그럼에도 아직까지 북한 문학을 대상으로 삼은 제대로 된 지역문학 연구는 한 차례도 이루어지지 않았다.[3]

지역문학이라는 틀로 볼 때 북한 문학은 두 가지 문제를 안고 있다. 첫째, 북한 문학은 서울 중앙을 중심으로 이루어진 근대 일국주의 문학사의 타자로 존재해 왔다. 한국 근대문학의 정통에서 배제되거나, 선택적으로 수렴 당하는 운명을 지닌 지방 문학일 따름이었다. 따라서 북한과 연고를 맺거나 그쪽 문화자본을 중심으로 이루어진 문학은 모습을 드러낼 기회도, 또 그럴 자격도 갖추지 못한 채 묻혀 있었다. 둘째. 북한 문학은 평양 중앙을 중심으로 이루어진 북조선 문학에서도 타자였다. 북한 문학의 유일하고도 강고한 전통은 1960년대부터 평양을 중심으로 교조화한 혁명적 수령관과 주체적 인간학이다. 그런 까닭에 근대 초기부터 북한 안쪽 여러 중지역·소지역을 중심으로 자라 왔던 문학의 동향은 무시당했다. 카프계 문인과 작품만 소수 선택적으로 수렴되었을 따름이다.[4]

따라서 지역문학적 시각에서 볼 때 북한 문학은 한국 근대문학사에서 배제된 자

시킴으로써, 북한 문학 전반에 걸친 내재적 발전 과정을 살피지 못했다. 북한 문학에 대한 연구사는 아래 글을 참조 바란다. 김성수, 「북한문학 연구의 현황과 과제」, 『논문집』 3집, 한국예술종합학교, 2000, 45~63쪽; 박상천, 「북한문학 연구의 경과」, 『민족학연구』 4집, 한국민족학회, 2002, 39~66; 임옥규, 「북한문학 연구사 고찰」, 『국제한인문학연구』 3호, 2005, 177~198쪽; 표언복, 「북한문학 연구의 현황과 과제」, 『백록어문』 16집, 제주대 국어교육연구회, 2005, 49~70쪽; 이향은, 「북한자료 관리와 학술적 활용에 관한 연구」, 북한대학원대 석사논문, 2008.

3 　지역문학 연구는 1990년대 후반부터 근대문학 연구 방법론으로 자리를 굳혀 왔다. 그 과정에서 일국주의 중앙의 시각에 의해 차별화·서열화한 문학 인습과 자산을 재구성하려는 노력을 거듭했다. 북한 쪽 지역문학 연구는 걸음마 단계다. 평양을 대상으로 삼은 소설에 초점을 둔 단편적인 문학지리학적 접근만이 두 차례 이루어졌을 따름이다. 정종현, 「한국 근대소설과 평양이라는 로컬리티」, 『사이』 4호, 국제한국문학문화학회, 2008, 89~128쪽; 오태영, 「평양 토포필리아와 고도의 재장소화─이효석의 「은은한 빛」을 중심으로」, 『상허학보』 28집, 상허학회, 2010, 249~287쪽. 출향 월남민에 의해 만들어진 북한 지역 도지·군지 속에서 가끔 몇몇 문인 이름을 올리는 방식이 그나마 관심을 보인 경우다.

4 　김성수, 「프로문학과 북한문학의 기원」, 『민족문학사연구』 21호, 민족문학사학회, 2002, 71~75쪽.

리며 북조선문학지에서도 억압된 자리라는, 이중의 결여태로 놓여 있다. 곧 서울 중심화 논리와 평양 중심화 논리가 그것이다. 이러한 두 가지 문제를 성찰하는 일이야말로 근대문학사의 새로운 전통 수립과 통일문학사 기술에 중요한 징검돌이 될 것이다. 그럼에도 이제까지 이루어진 북한 문학 연구는 그런 점에 대한 안목이 엷었다. 따라서 이 글은 지역문학이라는 미시적 접근 방법을 빌려 북한 문학에 다가서는 첫 성과물이다. 대상 지역은 오늘날 북한에서 특급시로 자리잡은 개성으로 묶는다. 개성은 을유광복부터 3·8선으로 분단된 채 남한의 행정 영역에 들어 있다 1953년 휴전 뒤 북한으로 넘어간 곡절 많은 곳이다. 그러면서 그 뒤 오랜 남북한 분단과 대치 상황 아래서 어느 곳도 갖지 못한 독특한 지역 경험을 겪어 왔다.[5] 지역문학의 전통

---

5 오늘날 북한에서 개성은 황해북도 남부에 있는 특급시로 독립했다. 조선시대에는 왕도 한양 바깥에서 교통요지며 상업도시로 위세를 지켰다. 들이 많지 않고 그나마 밭이 발달한 곳이라 상업이 아니면 버티기 힘든 곳이었다. 1894년 갑오억변 이후 지역 개편에 따라 개성군이 되었다가 1914년 경기도 개성군 송도면으로 바뀌었다. 1930년에 시내는 개성부로, 외곽은 개풍군으로 재편했다. 나라잃은시대 개성은 피식민지 수탈의 피해를 전형적으로 입은 곳이다. 이른바 조선총독부가 꾀한 홍삼 전매권 탈취가 대표적인 일이다. 왕도 문화재화에 대한 수탈도 가속화했다. 개성은 그에 맞서 상업권을 지키면서 문화역사 보존에 애썼다. 이웃 황해도 선천과 함께 왜인 상인이 발붙이기 힘들었다. 민족 기업인에 의해 만들어진 유일한 전기회사 개성전기주식회사를 1917년에 세워 전기만은 왜인 손을 안 빌린 도시다. 정종을 먹지 않고 소주 기업을 일으켰던 곳이라는 긍지도 높다. 조기준, 「상업사로 본 송도상인과 기업의 큰 발자취」, 『송도민보』 32호, 송도민보사, 1979. 개성은 서울 가까이 있으면서도 드넓은 황해도와 경기도 인천을 끌어안아 독자적인 산업·문화를 가꾸어 왔다. 서울로 내려간다는 말을 쓰는 것도 한 본보기다. "풍덕 연백 평야에 벌리여 있는 옥토의 대부분이 개성인의 소유"며, "예성강에서 임진강 사이" 깔린 삼포(蔘圃)가 거의 다 개성인의 것"이었다. "놀랄 만한 소유와 사업"을 개척한 셈이다. 「남대문」, 『고려시보』 4호, 고려시보사, 1933.6. 현동렴은 이러한 개성 사정을 균형감 있게 풀이했다. "개성은 천혜적으로 호조건을 구비치 못한 불리한 입장에 놓인 지대이다. 남에는 조선의 수도 경성과 공도(工都) 인천이 지척에 있고 북에는 또한 공도 평양과 항도 해주가 앞을 막고 있다. 이 양자의 틈에 꼭 끼어 있는 개성은 옴즉달숙 기운을 못 펴게 되었는데 더욱기 수운의 편리좇아 없으니 산품 무역의 발전을 꾀할 도리가 없는 것이다." "개성인은 이재술에 눈이 밝은 때문에 후덕한 점은 없어 지방인에게 '깍쟁이'란 오해를 받는 것도 사실이나 좀 더 깊이 사귀여 보면 개성 사람같이 의리 있고 경우 밝은 사람도 없으며 개성 사람같이 신용 있고 애향열이 강한 사람도 없다." 현동렴, 「내 지방 현지 보고—상도(商都) 개성의 개성(個性)」, 『조광』 4월호, 조선일보사출판부, 1940, 176쪽. 1945년 광복과 함께 3·8선이 그어지면서 개성 중심부는 남쪽에 들었다. 1950년 전전기와 전중기를 거치며 인민군과 국군이 들어왔다 나갔다를 거듭해 파괴가 심했다. 휴전 뒤 북한에 편입된 탓에 이산가족이 가장 많은 도시라는 이름을 얻었다. 1955년 북한은 개성시와 개풍군·판문군을 묶어 개

또한 무겁고, 고유한 지역성을 두텁게 가꾸어 왔다.[6]

그런데 개성 지역을 연고로 이루어진 근대문학을 대상으로 삼는다 하더라도 기술 방법에서 고심을 하지 않을 수 없다. 한정된 분량의 논문 한 편으로 오랜 근대 시기 개성 지역문학의 흐름을 죄 담아내기란 불가능한 까닭이다. 따라서 이 글에서는 기술 수준을 높이고, 시기를 나누기로 했다. 먼저 개별 작가·작품에 대한 논의는 가능하면 줄이면서 문학사회 구성과 전개에 핵심 동력인 매체를 중심으로 전체 흐름을 개괄적으로 짚어 나가는 길을 따랐다. 보다 구체적인 개별 연구에 들어서기 위한 터 닦기에 머문 셈이다. 그리고 기술 시기를 나누기 위해 1945년 을유광복을 매듭으로 삼았다. 그 앞과 뒤를 근대와 현대로 잡은 뒤, 이 글은 근대 시기로 범위를 묶었다.[7] 논의를 위해 드물긴 하나 개성의 문단 풍토기·회고기에 도움을 받을 것이다.[8] 이 글

성을 직할시로 편성했다. 냉전 시기 휴전선에 놓인 개성은 판문점 배후 도시로서 남북한 모두 관심을 기울이지 않은 도시였다. 그러다 2000년 남북정상회담 뒤부터 개성공업지구를 마련하면서 2003년부터 개성특급시로 거듭났다. 홍영의·장지연, 「개경의 변천과 미래의 개성」, 『고려의 황도 개경』, 창작과비평사, 2002, 247~252쪽.

6 개성이 지닌 독자성에 걸맞게 지역문학의 성과 또한 드높다. 첫째, 지역문학 전통이 지닌 중요성이다. 개성은 평양과 더불어 우리 근대문학사의 생성과 변화에 핵심적인 역할을 맡아 온 진원지 가운데 하나다. 따라서 개성 지역문학을 짚는 일은 남북한 근대문학사 두 쪽 모두에서 양질의 정보와 성과를 약속한다. 둘째, 고유한 지역성으로 말미암은 문학지리학적 전통의 무거움이다. 고려 왕도로부터 시작하여 피식민지 경험을 거쳐 남북 분단과 경협으로 이어지는 독특한 지역성 창출과 변화는 개성을 우리 문학사에서 여느 지역보다 뜻깊은 문학지리적 상상력의 텃밭으로 만들었다. 선죽교와 만월대, 황진이와 박연폭포, 인삼포와 개성상인으로 오래 거듭해 온 소극적인 자리가 아니라 판문점과 개성공단을 중심으로 이루어지는 분단 극복 문학이라는 적극적인 자리까지 포괄한다. 게다가 개성 지역문학은 황해도를 거쳐 평안도·함경도로 거듭 깊어질 북한 지역문학지 연구에 가장 큰 지렛대다.

7 근대는 20세기 초반부터 광복에 이르는 시기다. 3·8선에 의한 분단기부터 1990년대까지는 현대로 묶어 「현대 개성 지역문학의 전개」라는 다음 글로 살필 예정이다. 이 글에서 '근대'라는 용어는 통칭하는 경우와 1945년 분단 이후 '현대' 시기와 나뉘는 경우로 뒤섞어 쓴다.

8 지역문학을 줄거리로 삼아 개성 근대문학을 다룬 개별 연구는 이루어진 적이 없다. 연고 작가에 대한 작가론이나 작품론이 개별로 이루어졌을 따름이다. 작가론 쪽에서 보면 마해송·김광균·장정심·박완서에 대한 것이 주류다. 소설가 이상춘과 김소엽에 대한 연구는 걸음마 단계고 시인 박재청은 전집이 나와 이름을 알리기 시작했다. 강영미, 「『고려시보』와 시인 박아지」, 『상허학보』 23호, 상허학회, 225~251쪽; 박광현·여태천 엮음, 『춘파 박재청 문학전집』, 서정시학, 2010. 어린이문학가 고한승·이영철의 경우는 본격 연구를 시작하여 박금숙이 그 일 맨 앞에 섰다. 정혜원, 『고한승 선집』, 현대문학, 2010; 박금숙, 「동화작가 이영철의 생애 고찰」, 『12월 월례연구발

로 말미암아 개성 지역문학지뿐 아니라, 북한 문학을 대상으로 삼은 지역문학적 눈길이 깊어질 수 있기를 바란다.

2. 1910년대 근대열과 이상춘의 계몽소설

개성 지역 근대 초기 문예 활동을 엿볼 수 있는 사료는 찾기 힘들다. 1897년 개성에 미국 남감리교가 들어올 때 윤치호를 앞세워 한영서원_{송도고보}, 개성여학당_{호수돈} _{고녀}과 같은 사립학교를 세운 일이 기폭제였다. 게다가 애국지사 이동휘가 숭양서원에 보창학교를 앉혀 근대열에 이바지를 했다. 1910년 6월 한영서원 1회 졸업식에서는 그이가 졸업 예배를 함께 보았다. 개성학회도 있었다.[9] 그럼에도 1910년 경술국치 이전 지역 애국계몽 지식인의 활동이나 국채보상의거와 같은 조직 활동에 대한 사료는 확인할 길이 없다.[10] 개성 출신 동경 유학생 모임인 '송경학우회_{松京學友會}'는

표회 발표문집』, 한국어린이청소년문학회, 2011, 1~26쪽;「고한승의 문학세계 연구—고려시보를 중심으로」,『일본어권 번역·연구 세미나—아동문학자 고한승과 다다이스트 고한용』, 한국문학번역원, 2012, 1~18쪽. 개성문단 풍토기나 회고기에는 아래와 같은 것이 있다. 임영빈, 「송도 형이여!」,『고려시보』3호, 고려시보사, 1933.5; 김광균, 「문단과 지방」,『조선중앙일보』, 조선중앙일보사, 1934.3.4~5; 민병휘, 「문학풍토기—개성편」,『인문평론』7월호, 인문사, 1940, 80~83쪽; 현동렴, 앞의 글, 174~180쪽; 박승훈, 「교우록」·「송악산과 문학순례」,『하루살이』, 서울신문사, 1957, 41~45쪽·124~130쪽;「개성좌 변두리」,『송도민보』27호, 송도민보사, 1978.9;「시인들」, 『송도민보』48호, 송도민보사, 1980.6;「생각나는 개성의 문인들」,『송도민보』64호, 송도민보사, 1981.10; 송숙영, 「호수돈시절의 스승들」,『송도민보』16호, 송도민보사, 1977.10. 다음부터 신문의 경우, 낸곳은 빼고 적는다.

9   남감리교 한국본부는 개성에 본부를 두었다. 의료 사업으로 남성병원을 세우고, 그를 중심으로 선교사 사택을 두었다. 영어와 송도가 인연을 맺으면서 미국 문화 도입의 원천이 되는 계기였다. 이상춘도 개성학회 회원이었다. 최규남, 「송도 개화교육의 회고(2·5)」,『송도민보』95호·98호, 1984.

10 다른 지역과 마찬가지로 근대 한시문집이나 학회지, 잡지와 같은 근대 매체가 나왔을 것이 분명하다. 1920년『여광(麗光)』에 실린 두 글에서 암시받을 수 있는 사실이다. "근자에 백운정(白雲亭) 홍엽루(紅葉樓)에서 한시문예로 편저(編楮)까지 간행하엿도다." 이만규, 「여광에 대하야」,『여광』1호, 여광사, 1920, 6쪽. 두 번째는 김영택의 것이다. "금일까지 개성 청년계에 잡지와 논문의 의사교통 기관이 업섯슴은 아니오나 제일 제이 호에 지(止)하옵고 장(長)하야 오 육 호에 지(止)하고 말앗슴니다."「편집제군에게 대한 나의 희망」,『여광』2호, 여광사, 1920, 7쪽. 현재로써는 이들을 볼 수 없다.

1911년부터 만들어졌다. 지역 형성에 중심 역할을 했을 터인데, 그 초기 활동 또한 단편적으로 보일 따름이다. 확실한 사실은 보수적이라 알려져 온 지역 풍토로 보아 여느 곳보다 근대와 전근대 사이 갈등 양상이 컸을 것이라는 점이다.

이런 가운데 기독교 교육선교의 텃밭이었던 한영서원이 맡은 역할이 각별한 눈길을 끈다. 그곳은 지역 지도자나 근대 지식인 배출뿐 아니라, 예술문화계에도 요람이었다.[11] 개성 근대문학의 첫자리를 1910년 한영서원 고등과 1회 졸업생인 이상춘[12]의 신소설이 떠맡은 것은 우연이 아니었던 셈이다. 이상춘이 쓴 소설은 모두 7편을 확인할 수 있다.[13] 이즈음 들어 그 가운데서 『서해풍파』가 "우리나라 최초의 창작 해양소설"[14]로 자리매김하면서 그에 대한 이해도 깊어졌다. 대대로 뱃사람 집안 아들이었던 주인공 이해운과 이해동 형제는 다른 이들과 달리 바닷일에 진취적인 생각을 갖고 있었다. 사람들 만류에도 서해 바다 멀리 나갔다 풍파에 휩쓸려 겪게 된 파란만장을 그린 작품이 『서해풍파』다.[15] 그 둘이 태평양을 사이에 두고 왜나라와 미국

---

11 초기 신극 활동과 개성 지역 연극계 앞자리에 놓이는 김영보(1900~1962)나 이기세도 한영서원을 거쳤다. 김영보는 한영서원을 나온 뒤 1921년 개성학당에서 교사로 일하면서 후배 이기세가 이끈 극단 예술협회와 연을 맺어 희곡을 쓰기 시작했다. 그때 쓴 작품을 묶어 우리나라 첫 희곡집을 냈다. 『황야에서』. 조선도서주식회사, 1922.

12 이상춘은 1882년 개성에서 태어나 한영학원(송도고보)를 졸업한 뒤, 주시경 문하에서 배우고 배달말 교사로 모교와 원산 루씨고녀 교사로 일했다. 1918년 송도고보 교사를 중심으로 이루어진 '11월 동지회'의 한 사람으로 애국 창가를 지어 학생들에게 퍼뜨린 일로 옥살이를 겪었다. 1940년 임오조선어학회박해폭거로 다시 감옥에 갇혔다. 서울에 터를 잡은 맏이 이영철(어린이문학가)과 달리 이상춘은 1950년 전쟁을 거치며 개성 고향에 그대로 남아 있었다. 1950년대까지 개성에서 문필을 선뵀다. 『송도학원백년사』, 송도중고등학교동창회·학교법인송도학원, 2006, 106~108쪽. 낸 책은 아래와 같다. 『서해풍파(西海風波)』, 유일서관, 1914; 『박연폭포』, 유일서관, 1914; 『조선어문법』, 송남서관, 1925; 『조선옛말사전』, 을유문화사, 1945; 『국어문법』, 조선국어학회, 1946; 개성국어학회(이상춘 교열), 『신문예교본』(제2집), 개성관, 1946; 『주해 용비어천가』, 동화출판사, 1946.

13 낱책 『서해풍파』와 『박연폭포』 말고 5편이 더한다. 「정(情)」, 『매일신보』, 1913.2.8~9; 「두 벗」, 『청춘』19호, 신문관, 1916; 「기로」, 『청춘』11월호, 신문관, 1917; 「백운(白雲)」, 『청춘』15호, 신문관, 1918; 「운명」, 『신청년』1호, 영풍서관, 1919.

14 최영호, 「한국인의 해양 도전 정신과 문학적 관심—100년 전 한국 최초의 남극탐험 소설을 중심으로」, 『비교한국학』14호, 국제비교한국학회, 2006, 227~259쪽. 이어서 작품을 낱책으로 냈다. 『백야 이상춘의 서해풍파』, 한국국학진흥원, 2006, 26쪽.

15 형은 바다에서 잃어버린 동생을 찾기 위해 미국까지 건너갔다 해양학을 배우는 학생이 된다. 동생 역시 다시 뭍으로 돌아와 떠돌다 정식으로 조선술을 배우기 위해 왜나라로 유학을 떠난다. 거

을 오가면서 신지식을 배워 드디어 남극 탐험까지 성공하는 쾌거를 이룬다. 바다 개척 못지않게 신지식, 신문명에 대한 욕구와 성취를 내세운 소설이다.[16] 게다가 그 일에는 기독교 테두리 안에서 이루어지는 교육의 힘이 크게 작용한다.

『박연폭포』 또한 큰 줄기에서 『서해풍파』와 비슷하다. 신교육이나 근대 본보기로서 일본과 미국적 가치에 대한 긍정적 선망을 되풀이한다. 기독교적 가치도 뚜렷하게 드러난다.[17] 다만 바탕을 개성과 서울, 일본으로 마련하여 『서해풍파』에 견주어 좁고 주인공의 혼사와 연애 모티프가 끼어들어 가정소설 맵시를 띤다. 개성 지역문학이라는 쪽에서 보면 근대 처음으로 개성 당대의 지역성과 풍토를 작품에 담아 『서해풍파』와는 다른 뜻이 오롯하다. 배경은 개성과 인근 마을이다. 부잣집 아들인 시웅은 박연폭포가 있는 천마산성 가까운 관음사에서 병을 고치고 다시 집으로 돌아간다. 그러다 도적떼에게 납치되어 그들 소굴로 잡혀갔다 탈출에 이르는 이야기가 앞머리를 이룬다.

거진 먼동이 틀 때쯤 되어서 한 곳에 이르니, 앞산은 턱을 받치고 뒷산은 덜미를 누르는 듯한 첩첩한 산중에 웬 사람이 그다지 많던지 병술년 괴질통에 까마귀 떼 지껄이듯이 어지러이 지껄이다가 시웅의 업혀오는 것을 보더니, 죽었던 저희 아비나 다시 만난

기서 적응하지 못한 동생은 더 큰 뜻을 품고 미국으로 건너갔다. 드디어 같은 학교에서 만나게 된 둘은 평생소원인 남극 탐험에 도전하고, 기어이 성공에 이른다.

16 최영호에 따르면 이 작품이 지닌 중요성은 다섯 가지다. 첫째 "식민지 현실에서 우리 민족이 품은 민족 의지와 도전 정신, 모험심"을 담아 '민족적 자긍심'을 드높인 점, 둘째 "투철한 직업관과 신념적 인간을 소개한 점", 셋째 "연안에 머물던 삶을 혁파하고 먼 바다로 진출하는 도전적인 삶"을 그린 점, 넷째 "꿈과 신념을 실현하기 위해 외국어 교육의 필요성을 차원 높게 중시한 점", 다섯째 "조선술과 항해술 습득을 위한 과학적 인식과 관심을 추구한 점". 최영호, 앞의 책, 39~40쪽.

17 『박연폭포』는 기독교문학 연구가들에 의해 일찌감치 관심을 받아온 소설이다. 조신권, 『한국문학과 기독교』, 연세대 출판부, 1983, 221~226쪽; 박배식, 「개화기 소설에서 본 기독교 신앙의 제양상」, 『한국 근대 소설의 기독교 수용』(기진오·김옥순), 성서교재간행사, 1985, 84쪽. 이민자는 "기독교 신앙의 생명존중 사상을 바탕으로" 한 작품이라 했다. 이길연에 와서 이상춘에 대한 보다 나은 정보를 더하면서 「박연폭포」는 "기독교의 용서를 통한 사랑을 실현한 작품"으로, 작가의 투철한 현실의식이 반영된 기독교적인 계몽소설"이라 말했다. 이민자, 『개화기 문학과 기독교사상 연구』, 집문당, 1989, 149~153쪽; 이길연, 『한국 근·현대 기독교문학 연구』, 국학자료원, 2001, 95~102쪽. 조금씩 입장 차이가 있지만 기독교적 사랑을 담은 작품이라는 점에서는 이견이 없다.

듯이 제각기 날뛰다가, 그 중에 한 놈이 시웅을 데리고 조그마한 방으로 들어가더니,[18]

잡혀갔던 도적떼 소굴 정황을 보여 주는 자리다. 도적의 우두머리는 한때 아전 노릇을 했던 최성일이었다. 그이도 도적에게 잡혀 왔다 하는 수없이 그들을 이끌고 있었던 이다. 소굴을 빠져나갈 궁리만 하고 있을 때였다. 시웅은 최성일의 계략에 도움을 받아 도적을 잡아들이고, 도적 마을을 벗어나 집으로 돌아온다. 그러나 남은 도적의 보복으로 집이 불타는 참화를 입었다. 그리하여 시웅과 최성일은 보복을 피해 가족을 남겨 두고 유학을 떠난다. 낯선 동경에서는 '조선 기독교청년회관' 사람의 도움을 받아 숙소와 입학 주선을 받는다.

공부를 마치고 돌아온 시웅은 어릴 적부터 정혼했던 애경이라는 처녀와 혼인한다. 그런데 애경은 시웅이 돌아오기에 앞서 한쪽 팔을 못 쓰는 장애를 입었다. 아버지 산소에 갔다 돌아오지 않는 어머니를 찾아 개성 교외로 나갔다 복수를 노리고 있었던 도적떼 두목 고 대장으로부터 칼을 맞아 입은 상처였다. 그이는 최성일과 시웅에 의해 잡혔다 옥살이를 마치고 나온 뒤였다. 유학을 떠난 그 둘을 두고 앞으로 시웅의 아내가 될 애경에 대한 복수부터 먼저 저지른 것이다. 고 대장은 최성일과 시웅이 돌아왔다는 소식을 듣고 다시 복수하러 나타났으나, 시웅 내외의 계책에 휘말려 도리어 잡힌다. 그런데 시웅 내외는 그이에게 복수는커녕 성경을 주면서 읽고 따르라 권해 독실한 기독교인으로 바꾸어 놓는다. 그리하여 소설 평설 자리는 아래와 같다.

대저 이 세상 보통 인정이 주먹은 주먹으로 대적하고 발길은 발길로 대적하여 악으로써 악을 갚으나, 원수까지 사랑하라신 예수그리스도의 명령을 좇아 꼭 그대로 행하는 그리스도교인의 원수를 갚는 것은 대개 이와 같으니라.[19]

이상춘의 소설로 대표되는 1910년대 개성 문학이 지니고 나아가고자 했던 근대

---

18   이상춘, 『박연폭포』, 『한국신소설전집』 7권, 을유문화사, 1968, 136쪽.
19   이상춘, 앞의 책, 168쪽.

지향 의욕과 방향을 잘 드러내는 마무리다. 개성이 지녔던 보수적인 성향과 달리 미국 기독교 개성 선교와 실천의 방향이 두드러지게 담긴 셈이다. 이상춘 소설은 해외 유학과 진출을 빌린 신문명, 신식 교육에 대한 적극적인 지향성을 부추겼다. 그 과정에서 미국과 일본으로 대표되는 선행 근대는 중요 본보기였다. 그들을 빌린 근대 계몽 지식의 함양이야말로 필수불가결한 과정이라 여긴 셈이다. 게다가 기독교적 사랑이 근대의 새 가치로 우리 전통 가치와 맞물려 들면서 자연스럽게 당대 덕목으로 자리잡았다. 이러한 외래 지향성은 그 뒤 개성 지역 풍토에 오래도록 중핵으로 작용했다. 이상춘의 계몽소설이 그 나침반인 셈이다.

3. 기미만세의거 뒤 어린이청소년문학의 성장

개성 지역문학은 1919년 기미만세의거를 거치면서 다른 지역과는 크게 다른 진취적인 역동을 보여 주기 시작했다. 그것은 무엇보다 적극적인 매체 발간의 전통으로 나타났다. 그를 빌려 꾸준하게 근대문학 세대가 자라고 지역 형성을 재촉했다. 오늘날 확인할 수 있는 것으로는 1920년 4월에 창간호를 낸 『여광麗光』이 가장 앞선다. 기미만세의거 한 해 뒤였다. 우리 근대 문예지 발간사로 볼 때도 획기적인 사건이었다. 이어서 1923년 『샛별』이 나왔다. 이 둘은 개성 역내 매체면서도 전국 유포망을 겨냥해 개성인의 문학열을 알렸다. 이를 뼈대로 개성 지역문학은 힘차게 줄기를 벋기 시작했다.

1) 문예잡지 『여광』의 포부

『여광』은 영문명을 'THE LIGHT OF KOREA'로 썼다. 한국의 빛이라는 뜻이나 낸 곳 개성이 고려 왕도였으니 그런 자부심까지 담은 이름이다. 격월간으로 내고자 했던 『여광』은 창간호 발간 이후 두 달 뒤인 6월에 2호를 내고 그쳤다.[20] 발행소는 개

20　『여광』에 대한 짧은 해제는 한 차례 이루어진 적이 있다. 최덕교, 『한국잡지백년』 2, 현암사, 2004, 410~413쪽. 7년 뒤 같은 이름으로 나온 기록이 있으나, 개성의 것과는 다른 것임이 확실하다. 「여광

성 여광사, 찍은 곳은 서울 신문관이었다. 총판은 개성 송남서관에 맡겼다 2호는 대정서관으로 옮겼다. 운영은 사원제 형태로 이루어졌다. 2호 '사고'에 사원 명단을 올렸다.[21] 그런데 11명인 사원 명단에는 『여광』 1호에 「여광에 대하야」를, 2호에 '본사장本社長'이라는 이름으로 「인연 깊은 송악산」이라는 글을 실은 송도고보 교사 이만규가 빠졌다. 여광사 사원과는 거의 모두 송도공보나 송도고보에서 교사와 제자 사이로 묶인 관계였을 것임을 짐작하게 한다. 이만규는 그들의 지도자며 후원자였던 셈이다. 중심 사원은 그들 학교를 나왔거나 바깥 상급학교에 재학 중인 개성 연고의 10대 후반 20대 초반의 학생층이었다.[22] 이만규와 학생층 사이에 편집국장 고한승[23]

4월호」, 『동아일보』, 1927.5.7.

21 총무 우관형, 서기 최성진, 편집국장 고한승, 편집부원 임영빈, 외교부장 박영균, 외교부원 최선익·박치대·고한용, 내부부장 유래형, 내부부원 양우식·진무해. 「독자제위에게게 문안」, 『여광』 2호, 여광사, 70쪽. 총무 우관형과 편집부원 임영빈은 송도고보를 1917년과 1918년에 졸업한 선후배 사이다.

22 『여광』 창간 기사에서 "학생계의 자영(自營)"으로 냈음을 보도하고 있다. 「여광 제일호 출판」, 『동아일보』, 1920.4.14.

23 이제까지 고한승(1902~1949)은 고한용·고마부·고짜짜와 같은 사람으로 알려져 왔다. 유병석, 「한국 신문학 작가의 이명고(異名考)」, 『20세기 한국문학의 이해』, 한양대 출판원, 1996, 374쪽; 「일제시대 문학인 필명 색인」, 임규찬·한기형 엮음, 『문예운동의 볼세비키화』, 태학사, 1989, 622쪽; 정혜원 엮음, 앞의 책; 진전박자, 「고한용과 일본 시인들―교우관계를 통해 본 한국의 다다」, 『한국시학연구』 29집, 한국시학회, 2011, 67~85쪽. 그러나 이 점은 사실과 다르다. 고한승은 호를 포빙(抱氷)으로 썼다. 고한용보다 연배가 높다. 고한용은 같은 개성 출신으로 필명을 고짜짜라 쓴 다다이스트로 알려진 이다. 1934년 『조선중앙일보』 신춘문예에 희곡이 삼등 당선을 했던 그이는 그 뒤 대중가요 작사가로 길을 바꾸었다. 고한승과 고한용이 다른 사람임은 여러 길로 확인할 수 있다. 1920년에 나온 『여광』 2호 '사고'로 내놓은 '사원' 조직표에서 고한승은 편집국장, 고한용은 외교부원에 이름을 올렸다. 편집국장이 외교부원 역할까지 맡을 까닭이 없고, 달리 겹친 경우도 없다. 이즈음 박금숙은 글쓴이와 달리 고한승의 유족을 몸소 만나 고한용이 고한승과 다른 사람임을 밝히고, 『고려시보』에 실린 작품을 대상으로 첫 고한승론을 내놓았다. 박금숙, 앞의 글. 고한승은 1910년대 후반부터 활동을 시작하여 광복기까지 꾸준하게 어린이문학 모든 갈래에서부터 시·소설·산문·번역에 걸치는 활동을 벌였다. 개성 부호의 3대 독자였던 그이는 연희전문을 나와 동경 유학에 나섰다. 거기서 극예술협회 창립에 가담하고, 동경 유학생 모임인 송경학우회를 이끌었고, 마해송과 더불어 색동회를 조직했다. 1926년에는 번역서 『주일학교 유치원 동화집』을 개성 반월상회서점에서 내기도 했다. 『아희생활』 창간호, 아희생활사, 1926, 광고. 1932년부터 고려청년회 임원으로 활동하면서 1933년 『고려시보』 창간 뒤에는 동인 가운데 한 사람으로 폐간될 때까지 작품을 실었다. 활발했던 문학과 달리 사회인으로서 그이는 개성 지역 전통 삼업에 관여하면서 경제계 인사로 자랐다. 1928년 곡물, 잡화 판매와 금융업을 겸했던 (주)개성상사와 개성삼업주식회사 이사를 거쳐 1934년부터 계성부청 수도계 촉탁으로 들어간 뒤,

이 자리하고 있었고 그 둘레에 마해송·진장섭과 같은 이가 놓였다.

1·2호 모두 발행인은 우관형禹觀亭이다. 개성 출신으로『여광』간행시 서울에서 유학 생활을 하고 있었다.[24] 그이를 편집인으로 적은 여광사는 사원명에서는 '총무'로 이름을 올렸다. 편집인과 총무를 같은 뜻으로 썼다.『여광』의 됨됨이 가운데 가장 큰 특성은 '문예잡지'를 지향했다는 사실이다. 잡지 표제에 '문예잡지'라 덧말을 밝혔다. 이러한 본보기는『여광』2호보다 두 달 뒤 서울에서 나왔던『신청년』4호에서 한 차례 보일 따름이다. 따라서 우리 근대문학에서 처음으로 '문예지'임을 명시적으로 밝히고 펴낸 첫 경우가『여광』이다. 그리고 그런 뜻에 걸맞게 발간 축사·축시와 같은 의례적인 것을 제외하면 속살도 시·소설·기행문·수필·번역 한시[25]와 같은 문예 작품이 중심이다.

『여광』글쓴이는 개성 안밖의 명사에서부터『여광』사원에까지 걸친다. 명사는 거의『여광』사원과 학연을 맺고 있는 교사층이거나 지역 학생, 청년 유지들이었다. 여기

1935년에는 개성부회 의원으로 승격하였다. 1937년 개성부 부윤이 단장인 개성소년척후대 부단장을 맡았다. 1938년에는 이른바 동서로 나뉘었던 개성방호단 서분단 사무장 자리에 앉고, 이른바 '대동아 성전'에 '분골쇄신'하기 위해 만든 송도항공기주식회사의 '취재역사장' 자리에 올랐다. 바뀐 왜로성이름은 고산청(高山淸)이었다. 광복 뒤 개성 지역 부왜인으로서『아희생활』초대 편집국장 목사 한석원과 함께 반민특위에 검거되어 자격정지 5년을 구형 받았다. 민족정경문화연구소 엮음,『친일파군상』, 삼성문화사, 1948, 164쪽;『민족정기의 심판』, 혁신출판사, 1949, 210쪽. 한 후배는 그이를 두고 "좋지 않은 친구들의 유혹에 빠져 화류계에 자주 드나드는 타락자가 되고 말았다"며 아쉬워했다. 최성진,「하숙집 돈의동 28번지」,『송도민보』86호, 1983, 164쪽.

24 우관형은 한영서원중등과(송도고보 전신) 5회 졸업생으로 1917년에 졸업했다. 공부를 마치고 고향 개성으로 돌아와 남성병원 의사로 일하다 1923년 양덕군 공의로 전근을 갔다.「학생친목회 대강연」,『동아일보』, 1920.7.20;「개성 남성병원의 우관형 의사, 양덕군(陽德郡) 공의(公醫)로 전근」,『동아일보』, 1923.4.5;『송도학원백년사』, 송도중고등학교동창회·학교법인 송도학원, 2006, 696쪽. 우관형은 개성의 청년 의사였던 셈인데, 송도고보 교사였던 이만규와는 송도고보와 의학교에서 겹치기로 연을 맺은 각별한 사이였을 것이다. 이만규는 1910년 경성관립의학교를 졸업하고 1911년 개성에서 외과의사로 있다 한영서원의 설립자인 윤치호의 권유로 1911년 11월부터 송도고보 교사로 일하고 있었다.

25 『여광』게재 작품에 대한 두루풀이는 다른 자리가 필요하다. 다만 2호에 '한시 선역' 난에 임영빈이 이백과 왕건의 작품 두 편을 번역하여 실은 뜻은 짚어 둘 일이다. 이에 대하여 '편집후기'에서 "우리에게 아즉까지 다대한 영향을 준 한시에 대하야 우리는 오즉 그대로 일시적 지나인이 되어 읽어 왔더니 이번에 우리말로 이를 화하야 어리나마 제위의 압헤 제공하게 된 것은 확실히 우리의 첫 시험인가 하나이다."라 적고 있다. 말하자면 우리 근대문학에서 처음으로 한시 번역시를 실었다는 뜻이다.『여광』2호, 여광사, 1920, 68쪽.

서 한 가지 짚어 둘 점이 있다. '여광사' 결집의 동기다. 그 가운데 하나는 한 해 앞서 서울에서 나온 『신청년』과 같은 매체에 있었다. 『여광』에 견주어 기미만세의거 앞에 나온 『신청년』 1, 2집에는 이미 『여광』 발행자 우관형을 비롯해 이상춘·진장섭이 글을 실었다. 개성 지역 문사와 『신청년』 글쓴이 사이의 각별한 관계[26]를 짐작할 수 있다.

마해송은 『여광』 사원은 아니나 가까이 있는 선배 격이었다.[27] 1집에 「축 여광 창간」이라는 창간 축시를 올렸고, 2호에는 「고 원약圓約 선생을 조함」이라는 만시까지 실었다.

26　이상춘은 소설 「운명」을 『신청년』 1집에 실었다. 『여광』 필진 가운데 한 사람인 진장섭이 '송도 진고송(秦孤松)'이라는 이름으로 『신청년』 발행자 방정환에게 주는 「평양여행의 모양을 소파 형게」라는 기행문을 2집에 얹었다. 소파와 친분이 깊었던 사이다. 송도고보를 나오고 동경고등사범학교 영문과를 졸업했다. 『여광』보다 뒤에 나온 4·6집에는 송은(松隱)이라는 필명을 쓴 개성 김영희가 「시인 바이론의 생애」와 「은하군과 그의 작품」이라는 평론을 실었다. 『신청년』은 한기형에 의해 한 차례 연구 결과와 원문 공개가 이루어졌다. 한기형, 「근대잡지 경성청년구락부―『신청년』 연구(1)―『신청년』 해제」, 『서지학보』 26집, 한국서지학회, 2002, 165~206쪽, 249~250쪽. 『신청년』 영인은 26호와 27호에 걸쳐 이루어졌다. 그런데 한기형은 『신청년』이 지니고 있는 지역문학적인 고리를 읽지 못했다. 따라서 기존 학계의 통념에 따라 『신청년』에 나오는 송은을 박영희로 보았다. 그이 필명이 회월과 송은으로 알려져 온 까닭이다. 그런데 『신청년』의 송은이 박영희라 확정할 만한 터무니는 찾을 수 없다. 송은은 『신청년』 당시 연희전문 상과에 다니고 있었던 개성 김영희다. 그이는 『신청년』의 다른 글쓴이 진장섭과 함께 1918년 송도고보 1회 졸업생이다. 『여광』 동인 임영빈도 같은 동기였다. 연희전문을 마치고 모교 송도고보로 내려와 교사로 일하다 1923년 2월 미국으로 유학을 떠났다. 1930년 철학박사 학위를 받고 돌아와 1934년부터 이화여전 직원을 시작으로 교수로 일하면서 『고려시보』 주요 필진으로 활동했다. 귀국한 해 개성에 머물며 그동안 썼던 시를 개성 성문당서관에서 『고향을 떠나서』라는 이름으로 엮어냈다. 이듬해에는 한성도서주식회사에서 『송은소논문집』까지 펴냈다. 1934년 이화여전이 재단설립을 구상하고 후원회를 만들었을 때 첫 간부 명단에 한영서원 설립자 윤치호, 이만규와 함께 들었다. 『이화팔십년사』, 이화팔십년사편찬위원회, 1968, 264쪽.

27　흔히 마해송(1905~1966)이 1920년 중앙고보 재학시 『여광』 '동인'으로 활동한 것으로 알려져 왔다. 실물로 확인한 결과 『여광』은 동인제가 아니었고 사원제였다. 해송은 '사원'은 아니었으나 가까이 있었던 조력자였음을 알 수 있다. 1·2집 모두 글쓴이로 이름을 올렸다. 1집 창간 축시에 이어 2집에서는 「편집을 마치고」에 자신의 시 「고 원약(圓約) 선생을 조(弔)함」에 대한 간략한 덧말까지 붙였다. '축시'를 실으면서 편집에 관여할 수 있었을 입장이었다. 중앙고보 재학시 『여광』 편집부장 고한승, 서기 최성진과는 같은 하숙집을 썼다. 『여광』 사원들과 마해송 사이 관계를 짐작하게 하는 일이다.

① 麗　朝의훌륭한古代文藝를

光　彩잇는松都靑年손으로

創　刊되야일운곳다운새싹

刊　行된바이것이高麗의빗.

을　프는모든兄弟姉妹의힘

祝　하노라그들無窮한將來

한　량업는나의希望만컷만

다　만榮光가운데로나감을.

— 마해송, 「축 여광 창간」²⁸

② 가시도다, 써나시도다,

멀고, 또 먼,

황천으로,

영원히, 써나시도다,

선생의, 우리말을, 토하시든,

밝안, 그 입설은,

새파라케, 변하얏고,

싸뜻한, 육척존구六尺尊軀는,

차디찬, 얼음ㅅ장으로, 화化하야,

— 「고 원약圓約 선생을 조弔함」 가운데서²⁹

앞 시기인 애국계몽기에 잠시 유행하기도 했던 언문풍월을 본뜬, 가로 10자에 세로 8줄로 글자 수를 맞춘 희시戲詩가 「축 여광 창간」이다. 거기다 세로로 맨 앞에 '려광 창 간 을 축 한 다'는 월을 마련해 붙였다. 한시 언문풍월과는 한글한자섞어쓰기

28　『여광』1호, 여광사, 1920, 23쪽.
29　『여광』2호, 여광사, 1920, 57쪽.

를 따른 모습이 다르다. "송도 청년"의 손으로 나온 '새싹' 같은 『여광』이 모든 '형제 자매'의 힘을 빌려 '무궁'하고도 '영광'스런 발전을 거듭하기를 바라는 마음을 짧게 담았다. 자신의 뜻에 걸맞은 마땅한 형식을 찾지 못해 이리저리 고심하고 있었을, 습작기 마해송의 열의를 엿보게 하는 말재치다. 축시 ①과 달리 ②는 만시輓詩다. 중앙고보에서 한글을 가르치다 31살에 요절한 '원약' 선생을 향한 추념이 뜨겁다. 그 점은 띄어 쓰는 자리마다 쉼표를 넣어 시줄 호흡을 가파르게 끌어올린 데서 잘 드러난다. 축시와 만시, 즐거움과 슬픔, 완연히 서로 맞서는 두 모습이 두 달을 사이에 두고 나온 『여광』 1, 2집에 한 사람 손에 의해 쓰였다. 그만큼 청년기의 격동이 깊고 컸던 셈이다. 이러한 격동은 마해송 한 사람의 것이 아니라, 『여광』 사원 모두가 지녔을 것임에 틀림없다. 『여광』에 실린 소설들이 거의 모두 벗이나 연인의 죽음, 사랑의 파국을 다룬 점[30]이 그런 사실을 암시한다.

　『여광』은 '문예잡지'라는 이름을 붙인 우리 근대문학의 첫 잡지다. 뜻에 걸맞게 근대 갈래인 시·소설·수필을 중심으로 짜였으며, 처음으로 번역 한시를 올리는 본보기를 마련하기도 했다. 1920년대 초반 개성 지역문학 청년 학생층 문사의 포부를 담아낸 『여광』은 그 몇 달 뒤 서울에서 『장미촌』·『폐허』와 같은 동인지가 나오기에 앞서 기미만세의거의 열기를 되살려내고자 했던 귀한 노력 가운데 하나다. 2호로 그쳤지만 『여광』의 열정이 밑거름이 되어 그 뒤 개성 문학은 곧게 벋어 나갔다. 『여광』 발간 두 해 뒤인 1922년에는 『여광』 편집을 맡았던 고한승이 중심이 되어 '녹파회綠波會'가 『성군星群』이라는 작품집을 내며 지역 문학열을 끌어올렸다.[31] 이러한 청소년, 청년 세대의 활발한 활동은 새 매체 발간에 큰 추진력이었다. 그에 힘입어 나온 어린이잡지가 『샛별』이다.

30　『여광』 1호에 「친구의 묘하」(서원)·「구조한 사랑」(서얼) 두 편, 2호에 「산구 C형에게」(서원)·「사랑」(삼당)·「연인의 사」(백남혁) 세 편이 실려 『여광』에는 모두 다섯 편의 단편이 실렸다. 그 가운데서 유학길 진장섭에게 보내는 「산구 C형에게」를 뺀 나머지 작품의 주조는 같다.

31　"고한승을 중심으로 이기세 씨를 고문으로 대정 10년대엔 녹파회란 문학단체를 가졌었다." "희곡작가 김영보며 공탁이며, 진장섭이며, 임영빈이며 마해송 등 당대의 혁혁한 문청으로 『성군』이란 창작집까지 발행했고, 개성의 문화적 행사를 주선하기도 했다." 민병휘, 앞의 글, 81~82쪽.

2) 『샛별』의 빛과 둘레

『샛별』은 청소년 매체『여광』과 달리 어린이 매체다. 이미『여광』이나 색동회, 녹파회 활동을 빌려 활발하게 모였던 지역 역량이 어린이 부문 활동으로 초점을 옮긴 셈이다. 개성 지역 청소년 청년 문사들이 자라면서 계몽과 학습 대상을 아래 세대로 바꾼 자연스러운 변화와 일치한다. 『샛별』 첫 호는 1923년 11월에 나왔다.[32] 월간을 겨냥했는데, 1924년 11월까지 1년 남짓 나왔던 것[33]으로 보인다. 편집인은 박홍근朴弘根이다.[34] 발행인은 미국인 안치선으로 삼았다. 검열을 쉽게 넘기 위한 길이었다. 서울에서 찍었던『여광』과 달리『샛별』은 발행소와 인쇄소를 모두 개성에 두었다. 송경인쇄소에서 찍고 동양서원을 발매소로 삼았다. 『샛별』은 표제에 '소년소녀잡지'라 적어 향유층을 분명히 했다. 그런데 본문에서는 동화와 더불어 유년소설도 실어 소년소녀의 범위가 넓었음을 알 수 있다. 갈래는 일반 동화와 함께 장편 연재동화도 올렸고, 역사 이야기, 독자문단까지 갖추었다. 1920년대 초반 어린이 잡지의 격식을 그대로 따른 셈이다.

그런데 개성에서 내는 잡지였음에도 그 배포 범위와 독자층은 지역을 넘어 온나라를 대상으로 삼았음을 알 수 있다. 그 점은『여광』과 마찬가지다. 서울·평양·대구·강원도에 있는 독자도 작품 투고, 현상응모를 아끼지 않았다. 그럼에도 투고 게재 작품은 개성 어린이 것에 쏠렸다. 『샛별』 필진은 그 무렵 다른 어린이 매체와 견주어 볼 때 'K생, P생, 구름'과 같이 필명이나 가명을 올린 비율이 상대적으로 높아 보인다. 외부 청탁 원고보다는 샛별사 주체 안쪽에서 쓴 원고가 많았음을 짐작하게 하는 일이다.

---

32 『샛별』 앞에 『유년』이라는 주간지가 있었다. 『샛별』은 그것을 월간으로 고쳐 낸 매체다. 그러나 오늘날『유년』은 볼 수 없다. 『샛별』만 몇 권 확인할 수 있을 따름이다. 「샛별 창간을 기념하는 대성황의 샛별동무회, 지난 삼일 개성에서」, 『동아일보』, 1923.11.6.

33 「샛별사 신면목. 개성의 유일한 소년잡지 명년 정월부터 다시 난다」, 『조선일보』, 1924.11.17.

34 박홍근은 생몰 연대가 알려져 있지 않다. 1919년 송도고보 2회 졸업생으로 김영희·임영빈보다 한 해 아래였다. 지역에서 천도교소년회 활동을 한 것으로 보이며, 1927년 개성소년동맹에 김광균과 함께 가입했다. 1936년 미국 유학에서 돌아온 개성 젊은이 네 사람에 대한 환영식이 열렸다. 그때 박홍근도 그 한 사람으로 이름을 올렸다. 뒷날 이력은 알 수 없으나, 1950년 전쟁을 맞아 인천으로 월남해 살다 운명한 것으로 보인다.

그 가운데 무엇이 편집인 박홍근의 것인지 알기도 힘들다. 외부 청탁이나 기고 원고일 경우에는 기명 작품이 실렸다. 고한승과 마해송은 기고뿐 아니라 샛별사 행사 참여도 잦았다. 『여광』에 뒤이어 아래 세대 문학을 적극 거들었음을 알 수 있다.

> **청조** 저요. 엇던 사람이 와서 우리 아바지를 붓들어 갓서요. 그 낫븐 사람들이 갓다가
> 엇더케 할는지 알 수 잇서요?
> **접** 원 엇져면!
> 장미꼿 그 말 다해 무얼해요. 우리는 픠기만하면 형이고 동생이고 다 썩거 간담니
> 다. 사람들은 아조 미워 죽겟서요.
> **접** 아유 당신도 그릐요. 우리들은 조금만 눈에 씌이면 그만 잡아서 커단 발로 인정도
> 업시 짓발바 죽인답니다.
>
> — 마해송, 「다시 건저서」 가운데서[35]

"자미 있고 하기 쉬운" 동화극이라 이름 붙인 1막극이다. 읽는 극이라기보다 연행을 목표로 삼은 뜻을 분명히 했다. 은조개·금벌레·장미꽃·청조靑鳥·흰나비·바다의 여왕·바다의 왕녀·소년으로 나뉜 모두 여덟 가지 등장 생명이 바닷가에 모여 대화를 나누는 꼴로 짜였다. 작품은 사람들이 가여운 이들을 함부로 죽이고 괴롭히는 짓을 하는 데 대한 비난을 담았다. 작은 목숨에 대한 사랑과 관심을 일깨우겠다는 뜻이다. 이러한 마해송의 작품뿐 아니라 같은 호에 실린 고한용의 동화 「고향산림의 노래」, 임영빈의 '소녀소설' 「영희의 죽음」, 고한승의 '신동화' 「바위의 슬픔」도 눈길을 끈다. 그 가운데서 고한용의 것은 어린 소녀와 숲속 새 사이 대화를 빌려 도시 문화에 대한 두려움과 경계심을 깨우쳐 주고자 한 작품이다.

독자 투고에서 눈에 뜨이는 것은 서울 교동공보 재학생 윤석중의 동요 「봄이 오니까」와 신고송이 쓴 「담화실」 물음이다. 신고송은 『샛별』을 구독하고 있는 '남선' 지

35　마해송, 「다시 건저서」, 『샛별』 5월호, 샛별사, 1924, 24쪽.

역 '애독자' 수를 편집실에 물었는데, 그 답변은 "겨우 974인"[36]뿐이라 했다. 그 정도라면 '겨우'라 말하기 어려운 숫자다. 그럼에도 '겨우'라고 쓸 경우라면 당시 온나라『샛별』독자 수가 그 몇 배는 되었으리라 짐작할 수 있다. 샛별사는『샛별』출판뿐 아니라, 지역 장소를 빌려 진장섭·한석원·마해송·고한승과 같은 앞 세대 문사를 불러 '동화회'나 '소년음악회'를 열어 성황을 끌어내기도 했다.[37] 어린이날 기념식과 "수해 당한 동포를 구제"하기 위한 "유년 가극대회"도 열었다.[38] 그러한 행사 예고를『샛별』에 사고 형식으로 미리 내놓기도 했다. 다채로운 행사 기획을 예보할 수 있을 정도로 안정적인 운영을 했음을 짐작하게 한다.

『여광』과『샛별』의 활동에 뒤이어 개성 지역문학은 청소년 청년 문사를 중심으로 백화쟁명의 활동을 벌였다. 모습을 드러내고 있는 것 가운데서 '개성고학생상조회開城苦學生相助會'의 소인극 활동[39]이 눈에 뜨인다. '개성기독소년회'나 '개성천도교소년회', '개성새벽회', '개성소년척후대'와 같은 모임도 동화회를 비롯한 어린이문학 행사를 열었다.[40] 1926년에는 그들 단체를 묶은 개성소년연맹도 창립[41]하여 어린이청소년 부문 활동에 새 돌파구를 모색했다. 그리고 1925년 민병휘, 김광균을 중심으로 만들었던 개성소년회는 1927년 개성소년동맹으로 발전했다. 같은 해 그들보다 한 아래 세대를 중심으로 '개성소년문예사'가 만들어졌다.[42] 여기에 뒷날 대표적인 부왜附倭 어린이문학가로 자란 신천 출신 김영일이 처음으로 이름을 올렸다.

36　「담화실」, 앞의 책, 40쪽.

37　「개성샛별사동화회. 거(去)3일 고려여자관에서 한석원 마해송 양선생의 동화로 공전한 대성황」,『조선일보』, 1923. 11. 9;「소년음악회의 성황. 개성샛별사 주최로 거월 30일 고려여자관에서」,『조선일보』, 1924. 1. 5;「샛별사의 동화가극성황」,『동아일보』, 1924. 6. 17;「동화회」,『동아일보』, 1924. 8. 17.

38　「샛별사 가극」,『조선일보』, 1924. 8. 22.

39　「본보 개성지국 고려청년회 개성상우회(開城商友會)의 후원으로 본월 8·9 양일간 개성좌(開城座)에서」,『조선일보』, 1923. 1. 9.

40　「개성기독소년극 환영. 거 5일 중앙회관 누상(樓上)에서」,『조선일보』, 1925. 1. 9;「동화회 금지. 개성천도교소년회주최로 거 5일 개성중앙회관에서 방정환 박달성 등을 초청하려다」,『조선일보』, 1925. 12. 7;「개성새벽회 동화회 개최. 거 22일 임시총회에서 결의」,『조선일보』, 1926. 8. 26.

41　「개성소년연맹 창립총회」,『조선일보』, 1926. 8. 29.

42　「개성소년문예사 임총(臨總)」,『조선일보』, 1927. 9. 24.

서울 각 신문사 개성지국과 고려청년회, 그리고 개성 상우회와 같은 청년 단체는 이들 소년활동을 지원했다. '고려청년회'[43]에서는 손수 극단을 꾸려 소인극 활동을 벌였고[44] 1926년에는 '개성신극협회'를 창립했다.[45] 여러 문학 사조에 대한 관심도 웃자라고 있었다. 고한용은 1924년 9월 섬나라에서 건너왔던 왜인 '따따이스트' 고교신길高橋新吉을 만나 서울 안내를 맡았을 뿐 아니라, 고향 개성 여행까지 책임졌다.[46] 매체 발간 의욕도 이어져 1926년 개성 형설사에서『형설』을 내려고 준비했으나 허가는 얻지 못했다.[47] 이듬해 8월 김영기가 "원고 압수 후 재편성"해서 1927년 12월 『사조思潮』라는 이름으로 창간호를 냈다.[48] 「여광」과 「샛별」을 거치면서 전국적인 문학 역량의 진원지로서 이름을 떨쳤던 1920년대 개성 지역문학의 역량을 이은 셈이다. 언론인으로 더 알려진 천리구 김동성은 그들과 떨어진 서울에서 서양 작품 번안에 나서 개성 지역문학의 밑자리를 든든하게 받쳤다.

4. 1930년대 개성 문학의 역동

1930년대 개성 지역문학은 지난 시기 활동에 힘입어 더욱 활발했다. 그러면서 어린이청소년문학에서 성인문학으로 무게 중심이 옮겨가기 시작했다. 이러한 변화는 역내 청소년 청년 문사의 자연스러운 성장과 맞물린 일이다. 지역의 근대열 또한 더욱 물살을 탔다. 동경을 비롯한 해외 유학생의 귀향은 거기에 주요 이음매로 작용했다. 1925년 창간하여 서울에서 내고 있었던 미국 유학생 잡지『우라키』 4집을 김영

---

43 '고려청년회'는 1920년 6월에 개성의 지도급 청년 유지들이 모여 만든 것이다. 고한승·마해송이 모두 소속이었다. 박성규, 「송도⋯이런 일 저런 일」, 『송도민보』 15호, 1977.

44 「고려청년회의 소인극. 개성의 유일한 사회단체인 고려청년회의 소인극」, 『조선일보』, 1925.1.9.

45 「개성신극협회 창립」, 『조선일보』, 1926.12.18.

46 고한용, 「서울 왔든 따따이스트의 이약이」, 『개벽』 52호, 개벽사, 1924. "내지의 따따이스트 신길이 개성을 찾아왔던 것도 이때엿다." 민병휘, 앞의 글, 82쪽.

47 「개성 형설사 잡지 불허가」, 『조선일보』, 1927.7.21.

48 민병휘, 앞의 글, 82쪽.

희가 귀국하면서 1930년 6월 개성에서 낸 일도 그와 맞물린 지역 역량이었다. 1930년대를 잣대로 개성 역내에서 서점이 20개나 영업을 하고 있었다. 그런 속에서 문학 양상은 더욱 다양해지고 진폭이 커졌다.[49] 지역 매체는 그런 일을 꾸준히 뒷받침했다.[50] 이름을 확인할 수 있는 매체만도 5종에 이른다. 그들 가운데서 오늘날 실물을 볼 수 있는 것은 『군기群旗』와 『고려시보高麗時報』다.

1) 카프 개성지부와 『군기』

카프 개성지부[51] 기관지로 알려진 『군기』는 이제까지 실물이 밝혀지지 않았다.[52]

---

[49] 그런 지역 분위기를 잘 보여 주는 일이 1934년 1월 『조선중앙일보』의 신춘문예다. 김소엽·김광균·고한용이 한꺼번에 입상함으로써 개성 문인의 기개를 뽐냈다. 김소엽이 단편소설 부문에서 2등으로, 김광균이 선외가작으로 입상, 고한용이 희곡 부문에서 「명암」으로 3등 입상을 했다. 1935년 『조선문단』 창작 특집호에서는 임영빈·김소엽·현동렴이 한꺼번에 작품을 실어 기염을 토했다. 『조선문단』 속간 3호인 1935년 6월호에서는 임영빈·김소엽·민병휘·장정심·신불출과 같은 개성 문사들의 글이 나란히 실려 분위기를 더욱 부추겼다.

[50] 『군기』·『고려시보』·『고려공론』·『조선평론』·『문화시사(文化時事)』가 그들이다. 월간 『고려공론』은 1934년 11월에 창간하여 1935년 5월까지 6호를 냈다. 『고려시보』 발간이 중간에 여의치 않자 『고려공론』을 낸 것으로 알려져 있으나 두 개는 다른 매체다. 『고려시보』는 동인의 법인 형태였고 『고려공론』은 고려청년회의 기관지격이었다. 『고려공론』 간행은 개성에서 약방을 한 임병식이 맡았고, 초대 편집장은 민병휘였다. 『조선평론』을 거쳐 1937년 8월 1집을 냈던 월간 『문화시사』도 민병휘가 편집하고 주간을 맡았다. 민병휘, 앞의 글, 82쪽.

[51] 개성 지역 계급주의의 발생과 전개 양상은 다른 글로 다룰 큰 일거리다. 1920년대 후반에 들어서면서 개성에도 계급주의 학습 모임을 중심으로 여러 부문 활동이 일었다. 1927년 송도청년회의 연구회 주최로 「사회주의 통속강의」를 공개적으로 연 일은 그런 분위기를 잘 보여 준다. 1926년 창립했던 개성청년연맹이 연맹체를 해체하고 1928년 3월 개성청년동맹으로 거듭난 일은 계급주의 이론 학습과 조직이 단단하게 자리잡았음을 알려 주는 한 터무니다. 그러한 청년 조직 아래 다시 소년연맹을 두어 지역 분위기를 이끌었다. 이런 가운데 1928년 1월 카프 개성지부가 창립한 것은 개성 지역 계급주의 문학의 흐름에 전환기를 마련한 일이다. 카프 개성지부를 이끈 사람은 민병휘였다. 그 아래 부원으로 김광균·현동렴·남천석·권정륜 들이 어울렸다. 「송도청년회 연구회 개최. 사회주의 통속강의」, 『조선』, 1927.11.19; 「개성소년연맹 어린이날 준비」, 『조선일보』, 1928.4.22; 「'프로레타리아예술동맹' 개성지부 서면으로 창립」, 『조선일보』, 1928.1.13; 「연맹체를 해체하고 개성청년동맹. 3월 15일에 창립」, 『조선일보』, 1928.3.28.

[52] 『군기』에 대한 첫 담론은 이종수에서 시작했다. 그이는 1930년 12월에 창간하여 1932년 7월까지 "6, 7호를 계속"하다 1932년 6월 무렵 "간부파와 개성지부 사이에 의견 충돌"의 결과 "개성지부의 손에 들어가고" "마츰내 재정관계로 휴간"했다고 적었다. 나온 지 세 해밖에 되지 않은 잡지인데, 간행 연도인 1931년을 1932년으로, 간행 횟수를 3회인데 6, 7회로 잘못 올렸다. 이종수의

'노농대중잡지'란 표제를 덧붙이고 나온『군기』가 중요한 까닭은 1930년대 초기 소장파 계급주의자에 의한 카프 주도권 갈등과 분규를 상징하는 매체라는 데 있다. 1호와 2호는 경남 함안 출신 양우정이 발행자로서 분투했다.[53] 그런데 분규를 겪자 3호부터 발행자를 카프 개성지부 책임자였던 민병휘[54]와 박충진으로 바꾸었다. 그런 점에서『군기』가운데 3호는 분규 이후 카프 개성지부나 그로부터 제명당한 소장파의 입장이 잘 드러나 있을 뿐 아니라, 개성 지역 계급주의 문인의 활동을 구체적으로 살필 수 있다.

『군기』는 리기영·박영희·김기진·윤기정·양우정 들이 집필한 창간 12월호를 1930년 11월에 냈다. 발행처는 예술행진사였다.[55] 그러나 곧 압수당하는 불운을 겪었다.[56] 이어 2호 원고를 신년호로 내기 위해 제출했으나 허가를 얻지 못했다.[57] 원고를 다시 갖추어 이듬해 1월도 중순을 넘어선 24일에야 2호를 2월호로 내 납본[58]을

글은 그 뒤『군기』가 7회 나왔다는 생각을 이어 가게 한 빌미였다. 이종수,「조선잡지발달사」,『신동아』, 신동아사, 1934, 9쪽. 백철은 이와 달리 분규 뒤에 1호 속간한 다음 폐간한 사실을 온당하게 적었다. "캅프'의 기관지로서 개성지부가 중심이 되어 나왔으나 몇 호 내다가 캅푸의 간부와 개성지부와의 의견 충돌로 개성지부 측에 점유되었다가 그 뒤 1호를 속간하고 폐간되었다". 백철,「한국잡지성쇠기 – 한국의 신문화와 더불어」,『신태양』8월호, 신태양사, 1957, 220~221쪽. 오늘날에는 권영민이『군기』에 대해 꼼꼼한 풀이를 했다. 그러나 실물을 확인하지 않은 채 신문기사에만 기댔다. 세 차례 나왔으나, 네 차례 나온 것으로 보았을 뿐 아니라, 낸 시기도 잘못 짚었다. 권영민,『한국 계급문학 운동사』, 문예출판사, 1998, 418~421쪽.

53 그이는 1931년『음악과시』창간호를 내면서 자신이 터를 두고 있었던 경남 지역 계급주의 어린이 문학인과 연고망을 활용하여 차별화를 분명히 했다. 이어서『군기』를 통해 카프 지도부 가까이로 들어섰다.

54 민병휘는 1909년 개성에서 가난한 집안 맏이로 태어났다. 개성상업학교를 졸업한 뒤, 1929년 무렵부터 강습소를 짓고 '이상촌' 활동을 시작했다. 민병휘,「전원기」(전기),『고려시보』112호, 1939.5. 1924년 무렵 문단에 나섰고, 1930년대 초반부터 평론에서 시·수필·번역에다 연극 연출에 이르기까지 다채로운 작품 활동을 펼쳤다. 개성청년동맹과 카프 개성지사를 대표한 인물이었다. 1933년부터 서울에서『비판』을 비롯한 잡지 편집기자 생활을 했다. 1938년부터 개성에 내려와 머물다 1939년 11월부터『만선일보』개성지국 기자를 맡았다. 다른 지역 연대 활동도 잦아, 1928년 진주『신시단』에는 김병호·이구월·엄흥섭과 함께 동인으로 작품을 올렸다.

55 「군기 창간호 12월호, 발행인 양창준」,『동아일보』, 1930.11.30.

56 「노동자 농민 대중잡지『군기』압수」,『조선일보』, 1930.12.20.

57 「군기 불허가 임시호를 준비」,『동아일보』, 1930.12.28.

58 「군기(2월호), 군기사 발행」,『동아일보』, 1931.1.30.

마쳤다. 이 2호도 압수를 당하고 말았다.[59] 1931년 7월 20일 속간호 3집을 7월호로 냈다. 1호를 낸 데 이어 2호를 석 달만에 냈고, 2호를 낸 뒤 다섯 달 만에 3호를 낸 셈이다. 거기다 사전 검열을 거쳤음에도 1, 2호는 나온 지 한 달을 넘기지 못하고 압수 처분을 당하였다.[60] 『군기』 발간과 군기사 활동은 만신창이가 된 셈이다.

그런데 그렇게 된 빌미는 검열과 압수에만 있는 게 아니었다. 『군기』를 둘러싼 분규가 컸다. 그 점은 3호에 실린 「독자제군에게」라는 머리말과 「사고」로 확인할 수 있다. 거기에 따르면 첫째 '당국에게' "저촉되는 기사로 인해서", 둘째 "타락한 간부에 본사 습격으로 인하야 지사명부와 원고 긔타 문부를 놈들에게 약탈당하야서 곳 발행치" 못했다. 게다가 그런 분규로 말미암아 양우정이 하던 편집을 민병휘와 박충진이 맡게 된 데 따른 "사무처리 지연과 경비 문제"를 세 번째로 들고 있다.[61] 군기사의 사정을 솔직하게 담았다. 그런데 3호에 이어 곧 내겠다고 했음에도 4호인 8월호를 내지 못하고 『군기』는 막을 내렸다. 3호 발간의 변으로 밝혔던 것 가운데 어느 하나 나아진 곳이 없었던 까닭이다. 어렵사리 9월에 『군기』 4호를 준비했으나 허가 불발로 마침내 접을 수밖에 없었다.[62]

폐간호가 된 『군기』 7월호에는 새로운 계급주의 세대의 열의에 맞게 격렬한 말씨로 이루어진 글들이 속살을 채웠다. 유철이 쓴 「노동조합제조직에 대한 일고찰」과 화화炏花라는 필명을 쓴 이의 「평양 ○문사 인쇄공 파업」, 그리고 전무성이 쓴 「첫 싸홈」이 본보기다. 모두 대중 조직과 투쟁 방법을 구체적으로 학습하는 글이다. 그리고 중요한 편집 자리로 "카프 타락간부"의 "군기 습격 사건"에 대해 소장파의 입장을 밝힌 문건을 실었다. 이제까지 전모가 드러나지 않았던 성명서다. 모두 세 가지를 올렸는데, "타락간부 박영희 일파의 군기사 습격에 대한 죄악 폭로"라는 부제를 붙여 군기사에서 대외 독자들에게 내놓은 「성명서」, 『군기』의 전국 지사 공동 이름으로 내

59　「『군기』 압수」, 『조선일보』, 1931.3.9.

60　그 사이 군기사 주최 예술 강연마저 연기되었다. 「군기사 주최 예술 강연 25일에」, 『조선일보』, 1931.2.21; 「군기사 주최 예술 강연 연기」, 『동아일보』, 1931.2.24.

61　「독자제군에게」·「사고」, 『군기』 7월호, 군기사, 1931, 1쪽.

62　「『군기』 불허가」, 『조선일보』, 1931.9.12.

놓은 「지사공동성명서」에다 카프 개성지부에서 낸 「조선푸로예술동맹 중앙간부 불
신임에 관한 개성지부 성명서」[63]가 그들이다. 그 가운데서 개성 지역문학과 직접 관
계를 맺고 있는 세 번째 것을 보자.

우익반동 인테리잡지 조선(지)광의 자금운동을 하기 위하여 지방으로 싸다니는 윤기정
샤르(조)아 신문의 사회부장 김기진 조선 내에서의 운동을 회피하고 무사한 지대로 은
둔하려는 송영 현실당면(투)쟁에 하등의 상관업는 철학설 — 부정곡不正曲된 유물론자 박
영희 왈ㅌ 화견주의和見主義 잡지 아등 편집인 권환 샤르조아 소설삽화가 안석영 반(동)단
체 토(월)회와 악수한 최승일 그리고 이것들을 옹호하고 잇는 안막 등이 조선푸로레타
리아예술동맹의 간부들이다.

노동자농민제군! 이 얼마나 증오스러운 후안무치한 (반)동배들의 기만정책이냐

— (줄임) —

1. 우리들의 진영을 확대 강화식힐 예술운동을 하자. 1. 군기와 산업노동을 지지하자.
1. 반동분자 타락간부를 우리 진영에서 축출하자.[64]

카프 개성지부에서 "반동분자 타락간부"로 지목한 카프중앙위원회의 명단이 드러
났다. 1930년 4월 카프 개편 당시 중앙위원이었던 사람 가운데서 임화·리기영·한
설야·엄흥섭이 빠지고, 최승일·안석영이 들었다. 그런데 거기에 순수 계급주의자며
소장파 가운데 한 사람인 권환을 올린 점이 뜻밖이다. 그이와 뗄 수 없는 관계에 있

---

63 이제까지 이 성명서의 존재만 보도문으로 알려져 왔다. 「프로예맹 분규 확대, 군기사에서 성명서
     발표」, 『동아일보』, 1931.5.5.
64 「개성지부성명서」, 『군기』 7월호, 18~19쪽. 괄호 친 글자는 본문에서 복자된 것이지만 되살릴 수
     있는 것이다.

었던 개량주의자 임화가 빠진 터여서 더욱 그렇다. 권환은 경남 지역 소장파 계급주의 어린이문학인을 중심으로 나왔던 양창준의『음악과시』창간호나 뒤를 이은 계급주의 매체 투쟁에서 중요 지원자며 동반자였다. 그런데 "반동분자 타락간부"에서 이름이 빠진 중앙위원에게 공통점이 있다면 민병휘와 친교를 지닌 이라는 사실이다. 그이를 중심으로 한 카프 개성지부와『군기』주체들이 문제 삼은 것은 이념 경계라기보다 카프 중앙과 얽혔던 감정적 경계가 큰 몫을 했음을 짐작하게 하는 일이다.[65]

따라서『군기』를 앞세워 자생적 계급주의 청년 문학인이 노렸던 세대 교체, 주도권 교체 노력은 부분적인 성공으로 끝날 수밖에 없었다. 강고해지기 시작했던 사상 탄압 속에서 격렬 정치주의 노선이 지닐 수밖에 없는 한계에다, 앞에서 본 바와 같은 감정적 켜에도 원인이 있었던 셈이다. 분규 끝에 이듬해 1932년 5월 카프중앙집행위원회 임시총회가 열려 새 위원회를 짰다. 이때 카프 개성지부가 타락간부라 낙인찍었던 권환과 박영희, 김기진만 사임하고, 임화는 백철·신고송과 함께 서기국을 맡았다. 카프 개성지부가 정권 해제 판결을 받은 데 견주면 카프 중앙의 변화는 많지 않았다. 민병휘를 중심으로 한 카프 개성지부의『군기』발간과 폐간은 당대 지역 소년회와 청년동맹 그리고 부문 활동을 빌려 자랐던 자생적 청년 계급주의 문학인의 성장과 좌절을 드러냈던 셈이다.

---

65 『군기』를 둘러싼 카프 분규는 큰 틀에서 보면 계급주의의 세대 교체, 지역 교체를 함께 되비춘 일이다. 1920년대 중반까지 계급주의 문학은 언론 지식인 중심의 활동이었다. 박영희나 김기진이 대표하는 그들은 기존 문단의 개량적 민족주의 노선에 대하여 대타적 거리 확보에는 성공했다. 그러나 1920년대 후반으로 나아가면서 소년회나 소년동맹 조직을 빌려 온 나라에서 자란 자생적인 계급주의 청년 문학인과 격차를 메울 수는 없었다. 이른바 조선총독부 체제 안쪽에서 합법공간을 얻으려고 했던 앞 세대와 달리 지역에 터를 둔 새 세대는 급격한 실천문학을 내세웠다. 그 분규의 핵심에 경남과 개성 지역 계급주의 청년들이 앞장섰던 셈이다. 그리고 같은 경기도 역내였던 수원지부는 카프 지도부를 두둔하는 성명을 내 자생적 계급주의 세대 사이 균열을 엿보게 한다. 소장파라 하더라도 여러 겹과 켜가 있었던 셈이다. 「『캅푸』지지코 군기를 배격. 예술동맹수원지부에서」,『조선일보』, 1931.8.2. 1930년대 초기 계급주의 문학사회 안쪽의 연결망과 관계 척도에 대해서는 앞으로 꼼꼼한 연구가 필요하다. 현재로서는 경남을 중심으로 삼은 지역 척도만 밑그림을 그린 상태다. 박태일, 「경남 계급주의 시문학 연구」,『경남·부산 지역문학 연구』1, 청동거울, 2004, 17~51쪽. 「나라잃은시기 아동잡지로 본 경남·부산지역 아동문학」,『한국문학논총』37집, 2004, 149~200쪽.

2) 『고려시보』 문학의 세 부름켜

『군기』는 카프 기관지로 출발했으나, 개성지부의 활동상을 엿볼 수 있는 유일 매체다. 개성지부가 카프 중앙으로부터 제명당함으로써 활동에 제동이 걸렸다. 게다가 온 나라를 휩쓸었던 공산당 검거 획책이 그에 물을 끼얹었다. 1932년 7월에 개성 청년작가 현동렴을 비롯한 젊은이에 대한 검거[66]는 그 무렵 분위기를 대변한다. 그런 속에서 1933년 개성 지역사회가 『고려시보』를 창간한 일은 지역문학으로 볼 때 폭발적인 성장을 예고하는 일이었다. 그리하여 『고려시보』는 1941년 폐간을 맞을 때까지 8년 동안 개성 문학을 키워 냈다. 다행스러운 일은 몇 호를 뺀 채 고스란히 실물을 살필 수 있다는 사실이다.[67]

『고려시보』는 1920년대부터 고려청년회를 이끌어 오던 지역 청년들이 동인 형태로 모여 순간지로 내놓은 것이다. 개성의 산업·경제·사회 동향뿐 아니라 1930년대 개성 지역문학의 거의 모든 활동을 끌어안으며 키워 낸 모태 역할을 도맡았다. 초기 동인은 10명이었다.[68] 이들은 모두 지역 "유산자 청년"[69]이었고, 부조의 재력에 뒷받침을 받았다. 1935년 7월에 주식회사로 전환하고 임원진을 개편했다.[70] 편집 방향도 바꾸었다. 대표적인 변화가 25호인 1935년 8월부터 '아동란'을 차린 일이다. 고한승이 도맡아 작품을 올렸다. 그리고 1935년 12월에는 처음으로 신춘문예 모집 광고를 냈다.

---

66 「개성서(開城署) 활동 청년 8명 검거」, 『동아일보』, 1932.7.3.

67 『고려시보』는 모두 152호가 나왔다. 간행 동인 박재청의 아들 박광현이 한 차례 선친의 작품을 중심으로 가려 뽑아 영인한 적이 있으나 전모는 알려지지 않았다. 역사학계에서는 양정필이 『고려시보』 주체의 됨됨이를 구명한 적이 있다. 『고려시보』, 현대사, 1983; 양정필, 「1930년대 개성 지역 신진 엘리트 연구」, 『역사와현실』 63호, 한국역사연구회, 2007, 191~217쪽. 이 글로 말미암아 문학 쪽에서는 『고려시보』 모두를 대상으로 삼은 검토가 성글게나마 이루어진다. 자료 입수에 도움을 준 개성시민회에 대한 각별한 고마움을 적어 둔다.

68 이선근·공진항·김학영·김재은·고한승·박일봉·김병하·마태영·박재청·김영희가 그들이다.

69 민병휘, 앞의 글, 82쪽.

70 사장에는 김정호, 취재역 진호섭·공진항·김병하, 주간은 이선근이 맡았다. 『고려시보』 24호, 1935.7. 『고려시보』 연혁에 대해서는 진호섭이 갈무리했다. 1933년 4월 15일 창간하여 19호를 낸 뒤, 1934년 5월 폐간하였다. 1935년 5월 주식회사로 재기 속간호를 냈다. 1936년에는 서울에서 주간판으로 출판을 하기도 했으나 다시 개성으로 올라왔다. 진호섭, 「백호회고담」, 『고려시보』 102호, 1938.12.

시·동화·시가, 3개 부문으로 이루어졌으나 다음해 1월호에 작품은 발표되지 않았다.

『고려시보』 문학면 글쓴이는 셋으로 나눌 수 있다. 편의적이긴 하지만 개성과 맺은 연고의 정도 차이를 잣대로 삼아 역내 문인과 연고 문인, 그리고 역외 문인이 그것이다.[71] 역내 문인으로 주요한 이들은 연결망으로 볼 때 다시 세 가지 됨됨이로 나뉜다. 첫째, 『고려시보』의 중심 동인을 이루었던 글쓴이다. 이선근[72]·김재은·고한승·김병하·박재청과 같은 이들로 유학생 엘리트층이나 지역 유산 청년이라는 공통점이 있다. 둘째, 민병휘·김광균·이영철·김소엽·현동렴으로 이어지는 보다 현실주의적인 계보다. 셋째, 『고려시보』 동인과 가까운 거리에 있으면서 기독교 빛깔을 두드러지게 드러낸 인물이다. 임영빈·장정심·김영희가 그들이다.

가자 어서 가

섬을 찾어 얼른 가자

구름같이 몰려가는

낭자군娘子軍의 돌격부대

아-하는 고함소래

송악산은 명동鳴動하고

진봉산進鳳山은 반향하네

신은 벗어저서

백화점점百花點點 흐터지고

머릿보는 떠러저서

길가마닥 번번飜飜이라

---

71 역내 문인은 개성 지역 태생이거나 거기서 삶의 중요한 시기를 보내 연고 정도가 깊은 사람이다. 연고 문인은 개성과 부분적인 연고로 머물거나 지역성을 담은 작품을 남긴 경우에 드는 이다. 역외 문인이란 단순히 『고려시보』 필진으로 기고한 이를 뜻한다.

72 이선근은 유학 시절 『해외문학』의 일원으로 활동했고, 『고려시보』에 처음부터 깊이 관여했다. 동인 연작소설 「고개를 넘어 37호」(1936.2)를 쓰기도 했으나 문학보다는 대표 논객으로 국제, 지역 관련 논설을 꾸준히 내놓았다. 『고려시보』 주필을 거쳐, 송도고보 교무주임, 한성도서출판사 상무 취재역을 맡았고, 개성 사람이 만주로 올라가 만든 만몽산업주식회사 발기인으로 바쁜 활동을 이었다.

삼섬이 무슨 죄라

깔고 앉고 잡아 뜯나

— 김재은, 「추일장한가^{秋日長恨歌} ─ 개성백삼장타령」 가운데서[73]

중심 동인 김재은은 시와 산문, 소설, 희곡에다 위에 옮긴 바와 같은 근대 가사에도 눈길을 넓혔다. 전통 갈래까지 끌어안았던 『고려시보』의 모습을 반영하는 일이다. 개성의 지역성 가운데 주요한 삼업 현장을 담아낸 많지 않은 작품 가운데 하나다. 가을날 새벽부터 해질녘까지 '여공女工', '남공男工'이 몰려들어 삼밭에서 삼을 캐어 내는 긴 과정을 흥겨운 가락에 얹었다. 소박하나 구체적인 묘사가 박진감을 얻었다.

보다 현실주의적인 두 번째 줄기 가운데서 단연 돋보이는 이는 민병휘다. 그이에게 개성은 "모리배만 집거하고 있는"[74] 갑갑한 도시였다. 『고려시보』 동인과는 다른 부정적 인식을 지녔다. 『고려시보』에는 독서 체험과 문학 회고를 중심으로 삼은 수필을 중점적으로 실었다. 김광균은 출향 시인으로 『고려시보』에 재수록 시와 수필을 몇 차례 실었다.

저므는 수풀같이 정한靜閑헌 거리의 등불과 먼-극장에 끊었다 이는 나발소래가 물결을 건너온다.

뻔-헌 하늘 우에 물기 낀 별이 서넛 깜박이기 시작헌다.

— 김광균, 「추첩秋帖」 가운데서[75]

「추첩」은 이제까지 알려지지 않았던[76] 줄글이다. 시로 보기엔 풀려 있고, 산문이라 보기엔 표현의 응축성이 높다. 시와 산문 사이에서 자기 맵시를 갖추기 위해 고심하고 있었던 시인의 마음자리가 잘 담겼다. 이영철은 근화여자실업교를 거쳐 송도고

---

73 『고려시보』 15호, 1933.10.

74 민병휘, 앞의 글, 82쪽.

75 『고려시보』 100호, 1938.11.

76 김학동·이민호 엮음, 『김광균 전집』, 국학자료원, 2002.

보 교사로 일하면서 작품 발표를 거듭했다.[77] 『고려시보』에는 호랑이에게 잡아먹힐 지경에 놓인 여우가 재치를 발휘하여 오히려 호랑이로부터 짐승의 왕으로 섬김을 받는 우화 「호랑이와 여호」[78]를 비롯해 단편소설까지 실어 어린이문학가로 굳히기 앞선 모습을 보여 준다. 현동렴은 개성 입암촌에 머물면서 1935년 19호에 소설 「구직—어느 졸업생의 수기」를 실어 『고려시보』와 연을 맺었다.[79] 민병휘·김광균과 마찬가지로 개성공립상업학교를 나온 김소엽은 이미 청소년 문사로 이름을 얻었던 이다. 『고려시보』에 실은 작품 가운데 수필 「학래천잡기鶴來泉雜記」[80]는 그이에 대한 적지 않은 정보를 담고 있다. 1942년 소설집 『갈매기』를 묶어 낼 때, 『고려시보』에서는 기사로 미리 알리기도 했다.[81]

셋째, 기독교 문학이라는 줄기다. 미국 남감리교 원전파지답게 개성 문학은 출발부터 기독교 문학의 울림이 컸다. 『고려시보』는 그 종탑 역할을 톡톡히 맡았다. 『여광』부터 활동을 시작해 이미 1920년대 본격 소설가로 자리잡은 임영빈[82]은 『고려시

---

77 청년기에 이활(李活)이라는 필명을 쓰기도 했다. 이영철은 러시아, 영어 작품 번역에도 손을 대면서 어린이문학을 중심으로 1940년까지 활동이 꾸준했다.

78 『고려시보』 81호, 1938.1.

79 현동렴은 1929년 1월 『조선일보』 신춘문예에 동화 「눈물의 선물」이 당선하여 노력을 보상 받았다. 1930년대부터 1935년 사이 집중적으로 서울 매체에 동요, 소설, 평론을 발표하는 동시에 『고려시보』에도 작품을 올렸다. 그러다 1936년 3월부터 조선일보 개성지국 기자로 언론계에 발을 들여놓았다. 1941년 1월 폐간을 앞둔 막바지 『고려시보』로 들어가 4개월 남짓 기자로 일했다.

80 『고려시보』 145호~146호, 1941.1.

81 본명은 병국으로 1912년 개성 출생이다. 1929년 『학생』의 '전조선 남북 20학교 소설 리레이'에 학교 대표로 1회 작품을 실었다. 『학생』 10월호, 개벽사, 1929. 첫 작품집 제목이 되기도 한 「갈매기」를 『조광』 1940년 4월, 5월호에 실으면서 개성 지역 소설의 수준을 널리 알렸다. 1942년에 낸 소설집 『갈매기』(남창서원, 1942)는 1940년대 초반에 나온 한글 소설집으로는 드물게 본격 소설이었음에도 광복 이전인 1944년까지 한성도서주식회사에서 두 차례나 더 찍는 관심을 얻었다.

82 임영빈은 황해도 금천에서 나 송도고보를 1회로 졸업했다. 개성사립보통학교 교사로 일하다 왜나라와 미국 유학을 거쳤다. 1933년 돌아와 서울에서 중앙기독청년회, 감리회 총리원을 비롯 여러 교회를 거치며 목사로 일했다. 『여광』 필진을 시작으로 송경학우회를 통한 연극 활동에도 앞장섰다. 1925년 『조선문단』 1월호에 소설 「난류」가 추천되었다. 『개벽』·『조선농민』·『동광』과 같은 매체를 빌려 개성의 대표적인 소설가면서도 아동문학·희곡·수필에 걸쳐 작품을 썼다. 왜로 동원기인 1940년대에 들어서면서 '문사부대(文士部隊)'와 「지원병」이라는 제호 아래 여러 문인들의 이른바 지원병 훈련소 방문 소감인 「누구나 훈련소 문 지나자」를 내놓기도 했다. 훈련소를 '제국신민(帝國臣民)'으로서 "하해(河海) 같은 황은(皇恩)의 만분지일이라도 갚을 기회를 얻게 하

보』에 동화를 포함한 여러 갈래를 넘나들며 적극적으로 작품을 실었다. 1898년 개성에서 태어난 장정심은 일찌감치 종교 시조로 선편을 잡은 이다. 1933년에 펴낸 시집『주의 승리』가 기독교 신앙으로 뭉쳐진 것이었다면, 한 해 뒤에 낸『금선琴線』에서는 자연 서정을 녹이는 데 공을 들였다. 시조를 중심으로 가락을 규칙적으로 다듬은 시를 꾸준히 펼쳤다.『고려시보』또한 장정심의 작품을 간간이 내놓아, 유일한 여성 필자를 뒷받침했다.[83] 유학을 마치고 돌아와 첫 시집『고향을 떠나서』를 낸 바 있는 김영희도『고려시보』에 시를 중심으로 활발한 작품 발표에 나섰다.[84]

　이러한 역내 문인과 함께 연고 문인도 여럿 보인다. 그 가운데 엄흥섭·채만식·림학수가 대표적이다. 엄흥섭은 1928년 경남 진주에서 동인지『신시단』을 엮을 때부터 민병휘와 친교를 나누었다『군기』분규를 겪으며 더 깊어졌다. 뒷날 이혼하기는 했지만 처가가 개성이어서 자주 오내리는 처지였다. 3회 연재 단편「추회」와 34회 연재 장편「수평선」을 실어 오래도록『고려시보』의 문예면을 달구었다.[85] 채만식 또한 1937년부터 세 해를 개성에 머물렀다.『고려시보』에는 개성 체류의 경험을 오롯이 담아낸 수필을 올렸다.[86] 그런데 누구보다 눈여겨볼 연고 문인은 림학수다.

는 곳"이라 감읍했다.『삼천리』12월호, 삼천리사, 1940, 65쪽.

83　장정심의 아버지는 개성에서 처음으로 예수교를 믿은 감리교인 가운데 한 사람이었다. 감리교 선교사로 일했던 그미 동생 장정의도 시를 썼다. 사망 연도는 1938년도로 알려져 있으나 1940년대까지「아이생활」을 통한 활동을 확인할 수 있다. 1947년에 임종했다. 이른바 조선총독부의 '절제운동'에 동조한 듯한 활동을 벌인 데 대해서 이덕주는 왜로의 회유에 의한 순화, 협력으로 보았다. 그러면서 건강상 이유로 자주 동원되지 않은 점을 다행이라 적었다. 이덕주를 비롯해 장정심에 관해 내놓은 대표적인 글은 아래와 같다. 이덕주,「신앙과 조국을 노래한 종교시인 장정심」,『새가정』7월호, 새가정사, 1988, 108~113쪽; 이명숙,「일제강점기 여류시조 연구ー김오남·오신혜·장정심을 중심으로」, 석사논문, 한국교원대, 1997; 이길연,「1930년대 기독교시의 현실 극복과 문학적 형상화ー이용도와 장정심을 중심으로」,『평화학연구』6호, 세계평화통일학회, 2005, 247~279쪽.

84　각주 26) 김영희 자리 참조.

85　「추회」,『고려시보』34호~36호, 1936.2;「수평선」,『고려시보』75호~108호, 1937.10·1939.3. 엄흥섭이『고려시보』편집을 맡았다고 알려져 있으나 사실과 다르다. 이승윤 엮음,『엄흥섭 선집』, 현대문학, 2010, 407쪽.

86　「설 없는 신년」,『고려시보』104호, 1939.1;「추제(秋題)2·3」,『고려시보』122호, 1939.10.1938년『조광』에 4회 연재한 수필「송도잡기」와 같은 맥락에서 볼 글이다. 채만식은 개성에서 민병휘·김소엽·현동렴·정하보 들과 하루같이 어울렸다. 민병휘, 앞의 글, 83쪽.

그가 경성제대 영문과 '조수' 자리를 그만두고 영어 교사로 개성 호수돈고녀로 자리를 옮긴 때는 1937년 4월이었다.[87] 그리하여 1939년 3월까지 세 해 동안 머물다 다시 서울 성신여학교로 옮겨갔다. 이 기간은 림학수가 시인으로서 자신의 밑자리를 분명하게 닦았던 성숙기였다. 초기 두 시집, 『팔도풍물시집』1938과 『후조』1939에다 첫 번역물 『현대영시선』1939까지 내는 기염을 토했다. 게다가 『고려시보』에 시와 수필을 지속적으로 발표했다. 그들 가운데서 학생들과 함께 했던 수학여행의 경험을 담은 기행 수필은 뜻이 무겁다. 「경주기행」이 그것이다. 다섯 차례 연재한[88] 이것은 「강서고분시찰기」[89]와 함께 『팔도풍물시집』의 중요한 원체험이다. 게다가 개성 사람이 만든 만몽주식회사를 중심으로 삼은 북만주 여행 경험인 「설원만리雪原萬里」와 「북지北호 황군위문皇軍慰問 낭자관娘子關」[90] 또한 대표적인 부왜시집 가운데 하나인 『전선시집』1939의 모태를 이룬 것이어서, 깊이 들여다봐야 할 글이다.

세 번째로 역외 문인이다. 그 가운데서 리기영이 장편 연재소설 「성화聖火」를 실어 『고려시보』의 무게를 더했다. 인천 갯가 가난한 어민의 딸로 태어난 주인공 경난이가 서울 접대부로 팔려가 떠돌며 살다 끝내 죽음에 이르는 비극소설이다. 27회까지 이어진 이 작품 연재에 최영수와 안석주가 속그림을 붙였다.[91] 이무영은 리기영·엄흥섭에 뒤이어 『고려시보』의 연재소설을 이었다. 그이의 「성희星姬」[92]는 제목 그대로 성희라는 이름을 지닌 처녀를 중심으로 얽히고 설킨 애정 관계를 다루었다. 이 밖에 이극로·계용묵 같은 이가 눈길을 끈다. 조선어학회 회장 이극로는 의례적인 축사나 축시를 『고려시보』에 올렸지만 많지 않은 그이의 작품인지라 귀하게 다룰 일이다.

---

87 「인사」, 『고려시보』 64호, 1937.4.

88 『고려시보』 68호~73호, 1937, 6~9.

89 『고려시보』 88호, 1338.4.

90 「설원만리」, 『고려시보』 106호~111호, 1939, 2~4; 「북지황군위문 낭자관」(조선문단사절루포르타—쥬), 『고려시보』 118호, 1939.8. 이들을 아울러 『고려시보』에 실린 림학수의 글에 대한 종합 검토는 다른 기회로 미루어야 할 일이다.

91 1회부터 6회까지는 원본을 간수하지 않아 확인할 수 없다. 『고려시보』 51~74호, 1936.10·1937.9.

92 『고려시보』 109호, 1939.3; 『고려시보』 125호, 1939.11. 123호까지 15회 연재를 확인할 수 있다. 124호와 125호는 원본을 확인할 수 없으나, 완료 예고 뒤 그 다음 호에 완료하는 관례에 따라 125호 17회 연재한 것으로 보인다.

시에는 허수만·이서해·장만영·마명과 같은 북녘 연고인 역외 시인의 작품이 틈틈이 올랐다.『고려시보』의 문학적 자장을 짐작하게 하는 한 터무니다.

이제껏『고려시보』의 필진을 중심으로 개성 지역문학의 부름켜를 살펴보았다. 개성 역내 시인과 연고 시인 그리고 역외 시인으로 나눌 수 있는 그들의 다양한 활동은『고려시보』가 개성 지역 매체임에도 한때 전국망 주간지를 겨냥했던 노력과도 맞물리는 적극적인 역동을 보여 준다. 전설·야담·가사·한시와 같은 전근대 갈래에서부터 평론·수필·시·시조·어린이문학과 같은 근대 갈래에 걸쳐 여러 계층의 문학 취향을 겨냥했던『고려시보』의 노력은 고스란히 개성 지역문학의 성취였다. 그러나『고려시보』폐간 직전인 1939년부터 개성 지역의 이른바 '신체제' 구상은 더욱 발빠르게 진행되었다. 지역문학의 왜곡상 또한 속도를 더했다.[93] 이른바 보국연맹 개성분회가 만들어지고 간사 10명 가운데 민병휘가 이름을 올린 일이 신호탄이었다.[94] 고려청년단과 방공단은 '출정군인 유가족의 위안 연주회'를 열어 이른바 '진충보국盡忠報國'에 나서기도 했다.[95]

그리하여『고려시보』가 1941년 4월 16일 152호를 마지막으로 폐간한 뒤 1945년 광복까지 짧은 4년 남짓한 시기 개성 지역은 암울할 수밖에 없었다. 그런 가운데서 고한승은 이른바 '대동아' 성전에 쓰일 '애국기' 헌납을 책임져 문학 아닌 일에 더 빠져 있었다. 1931년『군기』로 표출되었던 '신흥' 계급주의 문학의 현실주의를 끝

93　개성에서는 극단 '신인무대'를 '성군'으로 개칭하여 첫 공연을 올리고 있다. 성군은 고려청년회 안에 사무소를 두고 활동했는데, 민병휘가 극작을 맡았다. 이때 대표 작품은 '방첩극'인「북지(北支)의 삽화」,「방공(防共)의 화(花)」와 같은 것이었다. 개성 지역 연극인과 문학인들은 서울의 연극인과 손을 잡고 국책극 속으로 끌려들어 가고 있었다.「애국기 개성호. 개성 부윤(府尹)이 헌납수속」,『조선일보』, 1937.7.29;「군사후원연맹 개성부도 결성」,『조선일보』, 1937.8.4;「학예소식」,『고려시보』124호, 1939.11.

94　보국연맹 개성분회는 개성을 중심으로 가까운 개풍·장단·과수의 사상 전향자 모임이다. 이른바 조선총독부의 '국민정신총동원운동'(1938~1940)에서 '국민총력운동'(1940~1945)으로 나아가는 과정에서 개성 지역 문학인도 그 관리와 통제 속에 깊숙이 들앉게 된 셈이다.『고려시보』127호, 1940.1.

95　『고려시보』주필이었던 이선근은 그 무렵 만주 만몽주식회사 안가 지점장으로서「신체제 제의」를 쓰고 기자 현동렴도「신체제란 무엇이냐」란 시사해설을 써서『고려시보』가 수탈 책략의 선전 도구로 떨어지지 않을 수 없었다.『고려시보』142호, 1940.10;『고려시보』145호, 1941.

어안고 지역 자본가 청년 계층의 다채로운 문학 취향을 활달하게 펼쳐 내면서 기독
교 문학이라는 지역성까지 가꾸어 나왔던 『고려시보』 문학의 동력은 잠시 멈추었다.
1945년 을유광복과 함께 '근대'가 아니라 새로운 '현대' 개성 문학으로 출범하기 위
한 짧으나 깊은 잠행을 시작한 셈이다.

5. 개성 문학의 기틀

이제까지 북한 문학 연구는 적잖은 자리를 지나쳐 왔다. 무엇보다 한 세기에 걸치
는 세월 동안 북한의 소지역·중지역을 중심으로 일궈온 문학을 향해 눈길을 준 적
은 거의 없었다. 이 글은 그러한 지역문학을 대상으로 북한 문학에 다가서는 첫걸음
이다. 대상 지역은 남북한 여느 곳보다 독특하고도 뛰어난 지역성과 문학 전통을 가
꾸어 나온 개성특급시로 삼았다. 다만 논의에 제약이 있어 근대 초기부터 을유광복
이전 시기로 기술 범위를 묶었다. 이 기간 개성 문학의 전개 양상을 매체 중심으로
개괄하는 길을 따랐다. 논의를 줄여 마무리로 삼는다.

첫째, 1910년을 앞뒤로 한 근대 초기 개성 지역문학을 살필 수 있는 사료는 드물
다. 그런 가운데 1897년부터 개성에 뿌리를 내렸던 미국 남감리교의 선교 활동은 지
역 근대 형성의 기폭제였다. 각별히 한영서원^{송도고보}·개성여학당^{호수돈고녀}을 앞세워 이
루어진 교육 선교는 지역 지도층뿐 아니라, 근대 문학인을 배출하는 꾸준한 관문이
었다. 그런 점에서 1910년 한영서원 1회 졸업생이자 모교의 존경 받는 민족 교사였
으며 개성을 대표하는 한글학자 이상춘이 개성의 첫 근대 문학인으로 이름을 올린
일은 자연스럽다. 그이는 『서해풍파』·『박연폭포』를 비롯한 신소설에서 개성의 지역
풍토를 배경으로 신교육과 신문물을 향한 의욕, 해외 개척 정신에다 기독교 박애 사
상을 일깨웠다. 새로운 근대 가치 학습과 정향을 위해 앞장섰던 셈이다. 이러한 이상
춘의 계몽소설은 뒷날까지 개성 문학의 성장에 중요한 나침반 노릇을 했다.

둘째, 기미만세의거의 열기를 이어받은 개성 문학은 어느 곳보다 무겁고도 왕성

한 매체 발간의 전통을 마련했다. 그 가운데서 대표적인 것이『여광麗光』과『샛별』이다.『여광』은 학생 청소년층이 중심이 되어 사원제로 엮어 낸 격월간지였다. 1920년 4월과 6월에 걸쳐 두 호를 내는 데 그쳤지만『여광』은 우리 근대문학사에서 '문예잡지'를 내걸고 나온 첫 매체다. 게다가 한글 번역 한시를 싣는 첫 관례까지 마련했다. 지사장 이만규를 앞세워 고한승이 편집을 맡았던『여광』을 빌려 마해송·진장섭·임영빈·고한용을 비롯한 청소년 청년 문학인들이 포부를 펼쳤다. 이러한 지역 역량에 힘입어 어린이 계층을 대상으로 삼아 1923년과 1924년 두 해에 걸쳐 박홍근이 펴낸 문예지가『샛별』이다. 지역 매체면서도 온 나라를 겨냥해 펴냈던『여광』과『샛별』은 개성 근대문학의 중심 문학인과 문학을 키워 내는 텃밭 역할을 도맡았다.

셋째, 1930년대 개성 문학은 어린이청소년문학에서 성인문학으로 무게 중심이 옮겨가면서 속살은 더욱 다채로워졌다. 1931년 기관지『군기群旗』를 둘러싸고 일었던 카프 안쪽의 분규는 카프 개성지부로 대표되는 자생적 계급주의 문학인과 카프 중앙 사이에 있었던 세대 갈등, 지역 갈등이 담긴 상징 투쟁이었다. 1933년부터 1941년까지 7년에 걸쳐 152호나 펴낸『고려시보高麗時報』의 문학면은 그러한 신흥 기운을 끌어안으면서 개성 지역문학의 부름켜를 두텁게 키워 냈다. 김재은·고한승·박재청·민병휘·김광균·이영철·고한용·김소엽·현동렴·임영빈·장정심·김영희와 같은 역내 문인과 엄흥섭·채만식·림학수에 이르는 연고 문인, 그리고 리기영·이무영을 포함한 역외 문인들의 뜻깊은 작품이 그것이다.『고려시보』는 개성 지역문학의 전개뿐 아니라, 우리 근대문학사의 전통 재구성을 위한 새롭고도 커다란 못인 셈이다.

1945년 광복을 맞아 개성 지역은 3·8선을 경계로 일찌감치 남과 북으로 나뉜 채 역사의 질곡 속으로 빨려들었다. 전쟁을 거치며 더욱 깊어진 분단 고착의 경험 안에서 근대 시기에 키워 낸 개성의 지역문학은 남한과 북한이라는 다른 체제에서 다른 모습을 열어 나갔다. 개성의 지역성 자체가 소멸되는 과정을 밟은 북한 문학과 달리 월남한 개성 문학은 어느 지역보다 뜨거운 망향과 회고의 문학을 펼쳐 내기 시작한 것이다. 이 글은 그러한 현대 시기 개성 지역문학까지 한 줄거리로 살피기 위해 마련한 첫 성과다. 북한 지역문학을 향한 학계의 걸음걸이가 더욱 바빠지리라.

『고려시보』와 김광균

1. 김광균과 개성 고향

개성은 우리 역사 속에서 특별한 곳이다. 고려 왕도여서 오늘날까지도 개성 지역민은 고려니 송도라는 말을 껴안고 산다. 우리 인삼의 생산지로서 거의 특화한 지역성을 지닌 곳 아닌가. 게다가 오랜 세월 개성은 부도였다. 나라잃은시대 엄혹한 때인 1940년 무렵에도 인구 7만에 "전선의 부도"라는 일컬음을 누린 곳이 개성이다. 그러면서도 개성은 어느 곳보다 거친 역사의 굴곡을 겪었다. 1945년 을유광복 뒤부터 3·8도선 가운데서 가장 치열한 피아 공방을 벌이며 전쟁의 포연을 맡았던 곳이다. 그 결과 1950년 6월 전쟁이 일어나기 앞서 이미 개성 사람들은 피란길을 탔다. 그리고 정전회담부터 시작하여 오늘날까지 크작은 남북 교착과 갈등의 핵심 의제를 떠맡아 온 곳이 개성 판문점이다. 이제는 남북 경협이라는 이름 아래 깊숙이 우리 자본과 사람이 들어가 있는 곳. 오늘날 개성시는 황해북도 특별시로서 북한 지역에서도 각별한 뜻을 지닌 곳으로 자라고 있다.

그런데 이런 개성을 근대문학사라는 눈길로 살피면 어떤 모습일까? 그이에 대한 궁금증을 풀기 위해 글쓴이는 개성 지역문학에 두 차례 다가서 본 일이 있다. 그리하여 개성 지역문학은 우리 근대문학의 중요한 진원지며 보고라는 점을 확인했다.[1] 지역에 일찍부터 들어왔던 미국 남감리교 교계의 신문물과 근대열은 신소설 초기부터 이채로운 작품과 작가를 적지 않게 낳았다. 지역 매체 활동도 활발했다. 1920년 '문

---

1   박태일, 「근대 개성 지역문학의 전개—북한 지역문학사 연구1」, 『국제언어문학』 25집, 국제언어문학회, 2012, 79~118쪽; 「광복기 개성 지역문학의 좌표—북한 지역문학사 연구2」, 『현대문학이론연구』 51집, 2013, 203~240쪽.

예잡지'라는 명시적 표지를 나라 안에서 처음으로 붙이고 나왔던 『여광麗光』에서부터 『샛별』과 같은 매체가 이어졌다. 그런 바탕 위에서 이상춘·이기세·김영보·김동성·마해송·임영빈·진장섭·고한승·장정심·모윤숙과 같은 작가가 자랄 수 있었다. 1930년대로 나아가면서도 사정은 마찬가지였다. 위쪽 평양과 달리 황해도, 경기도 가까운 지역 젊은이를 끌어 들이면서 개성은 많은 작가 배출의 산실이었다. 민병휘·이영철·김광균·현동렴·김소엽과 같은 이가 그 속에서 자랐다. 게다가 개성에 머물거나 개인 연고에 따라 오가면서 개성 지역문학을 다채롭게 일구는 데 이바지한 이도 있다. 엄흥섭·림학수·채만식이 그들이다. 광복 이후 세대 또한 남다른 사향문학을 펼쳐낸 곳이 개성 문학이다. 김병호·고영진·박승훈·김우종·박완서·송숙영과 같은 작가가 그 중심을 이룬다. 따라서 개성 지역문학에 대한 관심은 우리 근대문학사의 새로운 국면을 더듬는 주요 기폭제가 될 전망이다.

이 글은 개성 근대문학 가운데서 시인으로서는 어느 누구보다 앞자리에 놓일 김광균을 문제 삼고자 한다. 그이는 개성상업학교를 졸업한 뒤, 일찌감치 개성 역외로 일터를 좇아 나가 살았던 이다. 그러니 고향 개성은 가끔 들리는 곳이었다. 이 점이 그이와 비슷한 세대면서도 개성 역내에서 문학 활동을 했던 현동렴·김소엽과 다른 점이다. 김광균 시에 오롯하게 특화한 정서인 향수와 이국 정취는 개성을 향한, 그리고 개성이 지니고 있었던 근대 풍물을 이해하지 않고서는 짐작하기 힘들다. 어쩌면 김광균 시의 중심은 개성 고향 바깥에서 고향을 향해서 부른 사향가와 같다. 그럼에도 이제까지 김광균과 그이 고향 개성 사이 관계에 눈길을 둔 연구자는 없었다. 이 글은 비록 소론이나, 김광균을 비로소 개성 문학과 묶어 살피고자 한 첫 글이다. 다만 어떤 방법으로 다룰 것인가라는 문제가 남아 있다. 이 글에서는 그 점을 『고려시보』에 나타난 김광균의 모습을 소개하는 일로 감당하고자 한다. 1930년대 개성 문학을 온전하게 밑받침했던 역내 대표 매체 『고려시보』와 역외에서 꾸준히 활동했던 청년 시인 김광균이 맞물리는 자리가 거기다. 이를 빌려 이제까지 알려지지 않았던 김광균의 작품 발굴뿐 아니라 그이에 대한 새로운 정보를 더하고 잘못 알려졌던 점을 바로 잡을 수 있으리라.

2.『고려시보』속의 김광균

『고려시보』는 1933년 개성에서 순간으로 나온 신문이다. 10인 동인 체제로 시작하였다. 김학영·김재은·고한승·공진항·이선근·김영희·박일봉·김병하·박재청·마태영이 그들이다. 편집 책임은 이선근·마태영이, 영업 책임은 공진항, 서무 책임은 고한승이 맡았다. 그 가운데서도 편집에 마태영, 경영에 공진항이 힘을 썼다. 1935년 6월부터 주식회사로 새로 출범하였다. 사장을 김정호가, 부사장에 공진항, 주필에 이선근을 앉혔다. 인쇄는 서울 한성도서주식회사에서 맡았고, 1941년 4월 152호를 종간호로 폐간했다. 을유광복 이후 복간했으나 아쉽게도 실물이 남아 있지는 않다.『고려시보』는 동인의 한 사람이었던 박재청의 아들 박광현에 의해 가친의 작품을 중심으로 1983년에 부분 영인이 이루어진 적이 있다. 창간 동인은 개성 지역 지주, 자본가 계층의 아들로서 거의 모두 개성 지역 청년 활동을 대표했던 고려청년회 소속이었다.

『고려시보』는 처음부터 문예면을 두어 꾸준하게 지역 안밖의 작가 작품을 실었다. 그러면서 전근대 갈래인 한시에서부터 시조·근대시·어린이문학에까지 걸쳤다. 장편 소설 연재도 이루어졌다. 글쓴이는 편집 동인을 비롯한 개성인이나 황해도 출신 지식인이 주류다. 곧 양주동·구자균·고유섭·공성학·임영빈과 같은 이가 그들이다. 평양 쪽 기독교계 지식인이나 숭실전문학교 교직원도 이름을 얹었다. 채필근·이훈구가 그들이다. 역내 문인은 현동렴·민병휘·김소엽·이영철이 중요 글쓴이로 나섰다. 역외 글쓴이는 함대훈·채만식·엄흥섭·리기영·이태준·이무영·림학수가 글쓴이로 참가했다. 그밖에 독자 문예란에 지역 안밖의 글쓴이가 참가했다.『고려시보』는 남으로는 먼 대구·영천·안동까지, 북으로는 평양, 만주 안동에다 지사를 두기도 했다. 왜로의 억압으로 더 내지 못하게 된 1941년까지 8년 동안 개성 지역 언론, 문학 매체로서 맡은 바 공이 절대적이었다.

김광균 또한『고려시보』에 몇 차례 글을 실었다. 김학동·이민호가 엮은『김광균 연구』국학자료원, 2002나『김광균 전집』국학자료원, 2002의 작품 해적이에서는 모두 네 차례 이름을 올렸다.

① (수필) 「산상정山上町」, 『고려시보』 1936.7.

② (수필) 「서선산보西鮮散步」, 『고려시보』 1936.12.

③ (수필) 「연예사硏藝社 시대時代」, 『고려시보』 1936.12.[2]

④ (수필) 「풍물일기」, 『고려시보』, 1937.2.

　먼저 ① 수필 「산상정」은 원본 결락으로 게재 사실을 확인할 수 없다. ② 수필 「서선산보」는 1936년 12월로 적혔으나, 1937년 8월 16일자의 잘못이다. ③ 「연예사 시대」는 『고려시보』 확인 결과 12월분에 실리지 않았다. 게다가 다른 1936년분 어디에서도 확인할 수 없다. 작가의 착오를 엮은이가 따른 결과로 보인다. ④ 「풍물일기」는 1937년 2월 수록이 맞다.

　그런데 『고려시보』의 실물 확인 결과 그 속에 김광균은 『김광균 연구』나 『김광균 전집』의 기록과 달리 모두 열 차례 작품을 올렸다. 수필이 두 편, 설문이 세 차례, 시가 세 차례다. 거기다 기사로 이름을 올린 데가 두 곳이다. 『김광균 연구』와 『김광균 전집』의 잘못을 바로 잡고 미수록 글을 기워 넣어 순서에 따라 적으면 아래와 같다.

① (수필) 「풍물일기風物日記」, 59호, 1937.2.1.

② (보도) 「김광균 군 시집 출판」, 67호, 1937.6.1.

③ (설문) 「소하銷夏 설문」, 71호, 1937.8.1.

④ (수필) 「서선산보西鮮散步」, 72호, 1937.8.16.

⑤ (시) 「여정旅情」, 91호, 1938.6.25.

⑥ (설문) 「소하설문銷夏說問」, 94호, 1938.8.1

⑦ (시) 「추첩秋帖」, 100호, 1938.11.1.

⑧ (보도) 「인사人事」, 105호, 1939.1.16

⑨ (설문) 「새해 설문說問」, 127호, 1940.1.1.

2　『김광균 연구』 406쪽에서는 『고려시보』를 적었으나, 『김광균 전집』 538쪽에서는 실린 곳을 적지 않았다. 이 글에서 올리는 김광균의 글은 한자의 경우 한글로 고치고 묶음표 안에 한자를 넣어 밝힌다.

⑩ (시) 「성호부근星湖附近」, 131호, 1940.3.1.

이제 이들을 글 유형에 따라 나눈 뒤, 가볍게 속살을 짚어 보기로 한다.

1) 기사문

『고려시보』에 김광균에 관한 기사는 두 차례 나온다. 먼저 그이 시집 출판 보도문 「김광균 군 시집 출판」은 67호의 '학예초學藝抄'라는 난에 실렸다. 1937년 6월 1일의 일이다. 김광균이 군산에 머물며 경성고무공업주식회사에서 일하고 있을 무렵이다. 기사 전문은 아래와 같다.

개성이 낳은 신예시인 김광균 군의 시집 『무화霧花와 외투外套』가 경성 풍림사 조선시 인총서로써 근간 출판되리라는 바 개성서는 송남서관松南書館과 고려상회에서 판매할 예 정이고 정가는 오십 전이라 한다.

그 무렵 풍림사에서는 시집을 세 권 냈다. 윤곤강의 『대지』1937.4.20와 오장환의 『성 벽』1937.8.10 그리고 이찬의 『대망』1937.11.30이 그것이다. 김광균은 첫 시집을 이들과 비 슷한 시기에 '조선시인총서' 가운데 하나로 내려 했던 것으로 보인다. 풍림사는 홍순 렬이 맡은 곳이다. 잡지 『풍림』을 냈다. 이주홍이 엮는 일을 주도했다. 김광균은 이 『풍림』이 여섯 차례 나오는 동안 창간호를 제쳐두고 다섯 호에 작품을 실었다. 『풍 림』의 글쓴이는 카프 출신에다 이주홍의 개인 연고망이 작용하고 있었던 잡지다. 김 광균의 초기 문단 활동에서 보이는 계급주의 작가와 관련이 뚜렷하게 드러나는 출 판 기획이었던 셈이다. 그런데 어떤 까닭에서인지 『고려시보』의 기사와 같은 시집을 내지 못했다. 두 해 늦어져 1939년 8월 1일에 그것도 시집 제목을 『와사등』으로 바 꾸어 냈다. 출판사도 남만서점이다. 오장환은 남만서점에서 자신의 두 번째 시집 『헌 사』1939.7.20와 김광균의 『와사등』을 거의 같은 시기에 냈다. 그리고 두어 해 걸러 서정 주의 『화사집』1941.2.7까지 냈다.

시집 『무화와 외투』 발간 예보 기사에 이어 『고려시보』 기사로 오른 것은 「인사人事」 동정이었다. 『고려시보』 105호인 1939년 1월 16일자 기사다.

림학수 씨호고 교원 동기 휴가에 만주 방면 여행 중 거 10일 귀임

김광균金光均 씨氏 [시인詩人] 연시年始 휴가休暇로 귀향歸鄉하였다가 상경上京

「호고」는 호수돈고등녀학교를 말한다. 거기에서 영어를 맡으며 개성에 머물러 있었던 림학수는 이미 시집 『석류』자가본, 1937와 『팔도풍물시집』인문사, 1938를 낸 재사였다. 지역사회에서 이름이 알려진 이였다. 그이가 장차 왜로의 중국대륙침략전쟁 승리와 이른바 조선총독부의 '선만일여鮮滿一如' 획책을 거든 부왜시집 『전선시집』인문사, 1939의 밑자리를 마련하기 위한 여행을 다녀왔음을 암시하는 기사다. 김광균도 그러한 림학수와 함께 양력 설을 쉬기 위해 고향 땅을 밟은 주요 개성 인사 가운데 한 사람으로 올랐다. 이미 청년 시인으로서 개성 지역사회에서 비중 있게 다루어졌음을 알 수 있다.

따라서 『고려시보』에 실린 김광균의 보도 기사 두 편은 시인으로서 지역사회 관심 인물 가운데 한 사람으로서 자라나고 있었던 김광균의 모습을 일깨워 주는 한 지표가 되는 셈이다.

2) 시

『고려시보』에 실린 김광균의 시는 세 편에 머문다. 꾸준하게 시·동화·시조를 올렸던 지역 문사 고한승의 경우나 초기 『고려시보』에 시를 집중적으로 실었던 김영희, 또는 후기에 지역 시인으로 얼굴을 선뵈었던 김희증과 같은 인물과는 완연히 견줄 만한 수준이다. 게다가 실린 작품 셋 가운데 한 편은 시집 『와사등』에 올린 작품을 재수록한 경우였다. 131호, 곧 1940년 3월에 실었던 「성호부근」이 그것이다. 『와사등』이 나오고도 여섯 달이나 늦은 시기의 일이다. 『고려시보』가 위축되고 있었을 때다. 지면을 꾸미는 과정에 알맞은 투고시가 없어 골라 실은 경우라 보면 옳겠다. 다른 한 편은 91호, 곧 1938년 6월 25일에 실었던 작품 「여정旅情」이다. 먼저 원문을 보인다.

구름은 한떼의 비듥이
꽃다발같이 아련-하고나

전신주電信柱 열을 지어
먼-산을 넘어가고
느러슨 수풀마다
초록빛 별들이 등불을 킨다

오붓헌 동리 앞에
포푸라나무 외투外套를 입고

하이-헌 돌팔매갖이
밝은 등불 뿌리며
이 어둔 황혼黃昏에 소리도 없이
기차汽車는 지금 들을 달닌다

―「여정」

　김광균의 이미지 조탁 능력이 돋보이는 작품이다. 구름을 "한 떼의" '비둘기', '꽃다발'에 비긴 첫 토막에서부터 '수풀마다' '초록빛' '등불'을 켠 '별', '외투를' 입은 '포푸라나무', 그리고 마지막 토막 "돌팔매갖이' '등불' 뿌리며 달리는 '기차'에 이르기까지 한결같다. 그런데 이 작품을 한 해 뒤인 1939년 초판『와사등』에 올릴 때는 제목이 바뀌고, 본문에서도 변화가 있었다.

구름은 한떼의 비듥이
꽃다발갖이 아련-하고나

전보電報대 열列을 지어

먼-산을 넘어가고

느러슨 숲울마다

초록빗 별들이 등불을 킨다

오붓한 동리 앞에

포푸라나무 외투外套를 입고

하이-한 돌팔매갓이

밝은 둥불 뿌리며

이 어둔 황혼黃昏을 소리도 없이

기차汽車는 지금 들을 달닌다

— 「신촌新村서−스켓취」

『와사등』으로 옮겨 오면서 제목부터 「여정」에서 「신촌서 − 스켓취」로 바뀌었다.[3] 시의 속살이 특정 장소 '신촌'과 맞물려 있음을 알렸을 뿐 아니라, '스켓치'풍의 작품이라는 작품 의도까지 밝혔다. 그런데 '신촌'이란 땅이름은 개성에는 없다. 어쨌든 김광균에게는 매우 뜻 깊은 풍경을 담은 장소였음에 틀림없다. 그럼에도 작품 속살에서 그 각별함이 살아나는 것은 아니다. '신촌'이란 근대 이후 온나라 곳곳에서 쉽게 볼 수 있는 땅이름이다. '신촌'이라는 장소로 한정한 제목이 큰 효과를 지닌 것으로 보이지 않는 까닭이다. '스켓치'라는 곁제목도 마찬가지다. '여정'이라는 범상한 제목을 피하기 위해 고쳤으나 적확한 변개라 보기 힘들다.

제목 변경과 함께 본문에서 몇 가지 변화가 이루어졌다. 먼저 맞춤법에 따른 변화다. 토씨 '갗이'를 '갗이'로 고쳤다. 첫 토막과 넷째 끝 토막에서 그런 손질이 이루어

---

3   이제껏 '발표지 미상'이라 알려져 왔다. 김학동·이민호 엮음,『김광균 전집』, 국학자료원, 2002, 52쪽.

졌다. 아울러 둘째 토막 '초록빛'이 '초록빗'으로 바뀌었다. 그리고 셋째 토막 '오붓 헌'이 '오붓한'으로 손질이 이루어졌다. 음성 모음이 양성 모음으로 바뀐 것이다. 이 런 변화는 넷째 토막 '하이-헌'이 '허이-한'으로 바뀐 것과 같은 경우다. 또한 둘째 토막 '수풀'이 '숲울'로 옮겨졌다. 본디 꼴로 바꾼 경우다. 그리고 어절의 기능이 바뀐 경우도 있다. 넷째 토막 '황혼에'가 '황혼을'로 바뀌었다. '기차가 황혼을 달린다'와 '기차가 들을 달린다'를 묶어서 읽도록 상상적 이음새를 마련했다. 이렇게 고침으로 써 '황혼에'라는 상식적인 시간적 계기와 달리 '황혼'이 새로운 공간적 계기로 떠오 르도록 이끌었다. 머그림 조형이라는 쪽에서 알맞은 변화라 할 수 있다. 다만 '황혼 을'과 '들을'이 거듭 드러나게 됨으로써, 시의 소릿결 맛은 주는 쪽으로 변화가 이루 어졌다.

이러한 음운 차원의 손질과 아울러 낱말 수준의 손질도 한 군데 이루어졌다. 둘째 토막 '전신주'가 '전봇대'로 바뀐 것이다. '전신주'를 그대로 둔다면, 둘째 토막은 '전 신주', '산', '느러슨', '숲울'로 이어지면서 'ㅅ' 소리가 넘치게 담김으로써, 다채로운 소릿결을 만드는 데 방해가 된다. '전신주'를, 같은 뜻을 지닌 말이면서도 'ㅅ'이나 바 로 이어진 'ㅈ' 소릿결을 버리고, 그들과 맞은 쪽에 있는 'ㅂ'과 'ㄷ' 소리를 살린 '전 봇대'로 바꾼 셈이다. 둘째 토막의 소리 울림이 훨씬 커졌다. 전체적으로『고려시보』 초본보다『와사등』본이 더 나은 쪽으로 손질이 이루어졌다 할 수 있다.

그런데 이「신촌서-스케치」는 광복기 1946년 12월 정음사에서 냈던「와사등」에 서 다시 작은 손질이 이루어졌다. 개성 지역문학 가운데서 지난 시기에 냈던 작품집 을 광복기에 다시 묶어 내는 흐름이 있었다. 대표적인 이가 장정심·마해송·김소엽 이다. 그런 분위기를 같이 따랐다. 둘째 토막 넷째 줄 '초록빗'을 '초록빛'으로 첫째, 넷째 토막 '갓이'를 '같이'로 바꾸었다. 재간행을 맞아 당대 맞춤법에 따른 자연스런 변화를 준 셈이다.

1

새파-란 하늘 우에 해맑은 구름이 하나 떠 있다.

조용헌 꽃다발같이 깨끗하다.

한낮이 고요허다.

언덕길은 길-게 산마루를 기여올나 칼노 잘는 듯이 끊어저 있다.

길가에 이름 모를 뜰꽃이 하-얗게 먼지를 뒤집어 쓰고 있다. 노-란 풀포기 우에 화분花粉같이 퍼붓는 해빛 사이로 가느른 풀버레 소리가 서너 줄기 떠올났다. 바름에 금시 사러진다.

모자帽子도 없는 내 그림자가 길-게 흔들니며 분주히 언덕길을 넘어가고 있다.

2

수원지水源池 사무실事務室 집웅 우에 하-얀 풍속계風速計가 바름에 나붓기고 있다.

아카시아 수풀을 나서서 벗의 집과 조그만 우물과 우물 가에 의장병儀仗兵같이 느러서 있는 포푸라와 아담헌 채전菜田밭이 보인다.

가을날 벗의 집 마루에서 내다보면 나즈막-헌 토담을 넘어 산山은 늘 외로운 그림자를 이끌고 오후午後의 저쪽에 옛 이야기같이 서려 있었다.

동리洞里 뒤에는 넓은 시내가 있고 시내가의 신작로新作路엔 서울서 오는 손님을 실고 낡은 뻐쓰가 하로 서너 차래식 증기선蒸氣船같이 지나갔다.

개울 넘어는 목사牧師집 양관洋館이 하얀 이마를 내밀고 있고…….

벗은 지금 무엇을 하고 있는지.

동리洞里로 나려가는 황토黃土 비탈길을 거러나리며 나는 벗의 적은 서재書齋와 그 어두은 벽壁 우에 걸니여 춘하추동春夏秋冬으로 한 줄기 색채色彩를 띠고 있는 '고호'의 따리아를 생각했다.

길가엔 추석색秋夕色 옷을 입은 아해 서넛이 흙장난에 검은 얼굴을 하고 앉어 있다. 까닭없이 소리를 지르고 '코스모쓰' 숲으로 숨어 버린다.

3

이마 우에 피여 있든 별도 하나둘 꺼저버리고 밤 바람이 제법 차다.

벗도 말이 없고 나도 말이 없어 자정子正이 넘은 거리엔 있다금 가로수街路樹 잎이 소리를 내여 흐터질 뿐.

길가에 느러서서,

날카롭게 밤하늘을 찌르고 서 있는 기와 집웅 우에 꺼저가는 등잔燈盞같이 히미헌 달이 걸녀 있다. 교회당敎會堂 긴-돌담이 허터진 성벽城壁같이 어둡다. 벗은 잠잫고 담배를 하나 피여문다.

새까먼 밤 속에 벗의 담배불이 외롭다.

마음도 육체肉體도 아득-헌 밤 속으로 추락墜落할 듯이 고닮음뿐 밤은 진정 차고 쓸쓸했다.

4

노을이 물결 우에 곱-게 풀녀 있다.

가느단-헌 물살이 열列을 지어 어두어 오는 모색暮色 속으로 사라진다.

바름에 불니우는 한 줄기 잡초雜草 우엔 자욱-헌 안개가 서리기 시작허고 어두운 돌다리 우를 비인 달구지 하나가 등불도 없이 들길노 사라진다. 사람도 말이 없고 소도 고개 숙인 채 비인 방울소리가 한참 동안 들길 쪽으로 사라지드니 그 소래조차 끊어진다.

조그만 돌 조악을 드러 물 우에 던지고 허리를 꾸브려 수면水面을 응시凝視했다.

어여쁜 파문波紋이 분수噴水같이 피여 오르다 금시 물살에 섞어 떠나려 가 버린다.

피병사避病舍 정문正門에 등불이 켜졌다.

빨내를 니고 가는 여인女人의 하-얀 치마가 그 앞을 지나간다.

저므는 수풀같이 정한靜閑헌 거리의 등불과 먼-극장劇場에 끊었다 이는 나발소래가 물결을 건너온다.

뻔-헌 하늘 우에 물기 긴 별이 서넛 깜박이기 시작헌다.

10.10 향리鄕里서

—「추첩秋帖」

『고려시보』100호^{1938.11.1}에 실린 것이다. 『김광균 전집』이나 『김광균 연구』는 물론 이제까지 어디에서도 다루지 못했던 작품이다. 겉보기로는 글줄을 시처럼 가락을 두면서 쓴 수필에 가깝다. 어느 갈래에 넣어야 할까? 그런데 이 작품은 개성인의 추억담과 개성의 내력을 담아낸 개성 지역지 『개성』에 한 차례 소개가 이루어졌다. 1970년에 있었던 일이다.

우만형 선생의 원고 부탁을 연말에 받고 정초에 오래만에 스크랩북 먼지를 털었다. 개성에 대한 글이 의외로 적은 중에 「추첩」이라는 산문시 하나가 눈에 띄었다.

1935년 10월 10일 오래간만에 강운성 형의 청탁으로 『고려시보』에 실었던 기억이 나서 여기 초록한다. 35년 전 글이라 『개성지』 같은 허물없는 장소 아니면 재록하기가 면구하다. 그러나 추첩 속엔 지금도 기억에 사모치는 자남산과 도교다리 개성 극장, 동부 예배당의 모색이 서려 있어 나의 망막에 한 줄기 애수를 자아준다.[4]

우만형은 전후 내무부 차관을 지냈던 경력을 지닌 개성 사람이다. 『개성』의 엮은이다. 책을 엮으며 김광균에게 글을 부탁했던 것이다. 그에 대한 게재변이 위에 옮긴 글이다. 김광균 스스로 오래 간직하고 있었던 스크랩북에서 '산문시'인 「추첩」을 옮긴다고 했다. 1935년의 글이라 하나 나달은 맞으나 해는 김광균이 잘못 알고 있다. 원문 확인 결과 1938년이 옳다. 강운성이라는 이는 1935년부터 『고려시보』가 폐간되기 한 해 앞인 1940년까지 편집국장으로 편집실을 지켰던 사람이다. 광복 뒤에도 『고려시보』 간행에 관여하였고 전후에는 서울대 대학신문사 편집국장으로 일했다. 문단에 이름을 내걸고 활동하지는 않았지만 개성 역내에서는 시인으로 알려진 사람이다. 작품 갈래를 '수필'이나 '산문'이 아니라 시인 스스로 '산문시'라 했으니 따를 수밖에 없다. 작품 속살은 시인의 말처럼 "사모치는 자남산과 도교다리 개성 극장, 동부 예배당" 풍경을 네 매듭으로 나누어 담았다. 김광균의 일반시로 보기에는 느슨하고, 산문과 달

---

4   우만형 엮음, 『개성』, 예술춘추사, 1970, 270~271쪽.

리 가락글 형식을 갖추어 시를 의식했다. 김광균은 그 뒤 두어 차례 구작을 실을 기회에 이 작품을 끝까지 빼트렸다. 아마 시로서 모자람이 있다고 본 까닭이었으리라. 지역 향우지 『개성』에 실을 때에 몇 군데 손질을 했다.[5] 따라서 이곳에서는 「추첩」이 원문 그대로 학계에 처음으로 공개된다. 발굴이라는 이름을 빌려도 지나치지 않으리라.

3) 수필 「풍물일기」와 「서선산보」의 거리

김광균은 『고려시보』에 수필을 두 편 실었다. 「풍물일기風物日記」와 「서선산보西鮮散步」가 그것이다. 모두 시집 『와사등』을 내기 앞선 때인 1937년에 발표한 작품이다. 이들은 『김광균 전집』에 실리면서, 현행 맞춤법에 따라 원문에 손질이 이루어졌다. 따라서 이 자리에서는 둘의 원문을 보이고 속살을 짚기로 한다.

일一, 등불과 화포花砲

푸른 하늘을 찌르고 언덕 우에 늘어슨 백양白楊나무 닢이 누부신 오후午後

하학종下學鐘이 울기도 전에 책보를 낀 채 우리들은 남산에 올러 잔디밭에 턱을 고이고 앉어 사월四月 팔일八日이 가까워 오는 거리를 나려더 보았다

남대문南大門을 싸고 도는 고독한 가로街路 우에 계절季節의 촉수觸手 같은 등ㅅ대가 하나둘 늘어가는 것을 헤이고 첨하 끝마다 화등花燈이 바람에 흔들리고 어두운 장막帳幕 우에 화포花砲가 터지는 감상적感傷的인 그림을 눈앞에 그리고 가슴이 울렁거리는 것을 느꼈던 것을 기억記憶한다 오랜 전통傳統 속에 고식되고 생활生活에 쫓기는 고향故鄕사람들의 어두운 감정感情이 이 날은 감상感傷의 한을 피이고 오색등五色燈이 불타는 가로街路에 흘러가는 이들의 시선이 황홀한 '프리씀'을 이루어 이 고전적古典的인 제전祭典을 더 한층 고독한 색조色調로 덮어 준다

마음 한 구석에 숨여들은 향수鄕愁가 가져오는 그날의 유니크한 흥분이 때로 어렸을

---

5   시 「광장」과 나란히 실었다. 「광장」 또한 개성 지역 '광장'을 다룬 작품이라는 사실을 알려 준 셈이다. 「추첩」은 실으면서 당대 맞춤법으로 고치고, 몇 군데 낱말을 손질했다.

때의 아득한 기억記憶을 이끄러 오군 한다 객창客窓에 있을 때 오월五月이 가까워오면 옛 기억記憶에 꽃이 피고 바람이 맑고 나무닢이 눈에 아픈 날 고요히 눈을 감으면 피여 오르던 '팔월八月의 그림'을 스스로 설게 생각한다

고향故鄕에 대한 감상感傷의 한 조각이라면 아즉도 여유가 있겠으나 고향故鄕에 대해서 그리 풍유豊裕한 애착을 못 가진 나에겐 그것이 더 한층 강렬强烈한 색채色彩를 띠고 눈앞에 떠오르는 것을 느낄 뿐이다

일一, 서랑西廊의 오후

늘어슨 기와짱이 기우러진 해볕에 빛나고 고요한 길가에는 잇다금 서너 줄기의 잡초雜草조차 발견發見할 수 있다

자동차自動車의 소음騷音과 거리의 회화會話가 걷고 있는 우리들의 모자帽子 우으로 날러들어온다 여기선 유행가流行歌의 포스터도 볼 수 없고 분주한 시선과 자동차自動車와 구루마 소리와 이 소도시小都市가 가지고 있는 복잡한 이면二面[근대문명近代文明이라고 불리워지는]을 찾어 볼 수도 없고 이마 우에 흘러나린 송악산松岳山의 긴-선조線條가 하이-헌 안개같이 걸려 있을 뿐이다

우리들의 기억記憶을 덮고 있는 고향故鄕의 색채色彩가 이 길에서 겨우 머리를 들고 그 고전적古典的인 풍모風貌를 풍기고 있다

바람이 불 적마다 버들꽃이 흩어저 이 좁은 기억記憶의 소도小道에 눈부신 화문花紋을 그린다

이 길에서 나는 가끔 나의 소년少年 우에 화려華麗한 문학文學의 꽃을 피여 준 라인 미화美話의 저자著者를 만나도 좋다고 생각한다

벌서 타계他界했을 줄 알었던 노인老人들의 유령幽靈 같은 얼굴을 만나는 것도 반갑고 학생모學生帽를 썼다고 생각되는 이들이 계절季節의 양복洋服을 입고 포마-드 냄새를 떨어트리고 지나가는 것도 즐거운 일의 하나이다

그보다 이 조용한 인생人生의 뒤길에서 잊은 지 오랜 여인女人을 만나고 그의 두 뺨을 흘러나리는 성숙成熟한 여자女子의 선線에 우리들은 잠간 황홀해진다

황혼黃昏에 이 길을 걷고 있으면 어디서 젊은 여인女人의 깨여질 듯한 웃음소리와 고요한 음악音樂의 선률이 더 한층 먼-것을 느끼게 한다

일一, 천변풍경川邊風景

바람이 불 적마다 물 우에 떠 있는 천변川邊의 등불이 길게 흔들리고 다시 수면水面 우에 사라진다

오리가 서너 마리 초라한 표정表情을 하고 어두어 오는 물살을 들여다 보고 서있다 적은 잔디에 흩어진 이름 없는 꽃들이 고요히 고개 숙이고 길 우에 지나가는 이들의 낮으막한 이야기 소리가 물 우에 떠있는 별빛에 섞여 흘러가버린다

　　　　　×

황혼黃昏에 듣는 물소리는 늘 서글픈 기억記憶의 가지를 가져온다

죽은 누이가 살어 있을 때 하얀 지등紙燈에 불을 켜 들고 고모의 집을 찾어가노라 몇 번이나 이 천변川邊을 지나가면서 어두운 물살 속에 떠 있는 슬픈 이야기를 생각해 보았다 봄날 밤! 나무가지에 걸린 달빛이 퍽 곱던 것을 기억記憶한다

손孫 군君이 폐肺를 앓고 정양精養하던 산山에서 나려와 있을 때 두리서 황혼黃昏이면 늘 이 천변川邊을 거닐면서 아무말 없이 몇 시간을 보냈다

병후病後의 창백蒼白한 얼글이 투명透明한 하늘같이 맑었다 지금 나는 그가 만지고 있던 음악音樂의 어느만한 수준水準의 것인지를 모르나 그가 전공專攻튼 기악器樂을 이야기하고 자기自己 자신自身을 학대虐待해 가면서 그 길에 몸을 던저 그 중도中途에 불행不幸히 병病을 얻은 것까지를 후회치 안던 것을 지금도 퍽 아름답게 생각한다 영화映畵 「미완성未完成 교향악交響樂」이 개성 온 것을 알고 몹시 그가 가고 싶어 하였을 때는 벌서 그가 몸저누은 지 두달 후였다

불행不幸했던 천재天才 '슈-벨트'의 침울沈鬱한 얼굴이 막幕 우에서 고요히 '피아노'를 두들기던 밤

이 힌 얼굴과 고흔 손을 가진 동무의 임종을 대한 것은 나로써는 아름다운 삽화揷花 이외에 더 심오深奧한 것을 느낀다

안개가 어두운 장막帳幕같이 나려 덮인 밤 이모가 서울로 중상重傷한 그의 남편男便을 맞으러 가든 밤차車를 이 천변川邊에서 바라본 것은 그보다 훨신 뒤 일이였다 지금 내 옆으로는 술 취한 청년靑年이 짝을 지어 콧노래를 질-질 이끌고 지나간다

오래간만에 우두커니 천변川邊에서 시간을 보내고 서서 어디서 열한 시 치는 소리를 들었다

일─. 석천탁목石川啄木과 솔밭

분주히 퍼붓는 일광日光에 송림松林의 한낮은 잠간 촬영소撮影所의 셋트같이 번화한 인상印象을 준다 시외市外 양철 지붕이 해빛에 번쩍이고 발 앞에 교사校舍는 과자菓子 상자 같이 식욕食慾을 일으키게 한다

이 한아閑雅한 풍경風景 우엔 가마귀가 서넛 날개를 떨어트리고 풀밭에 누어 있으면 물결소리인지 바람소리인지 머리 우으로 지나가는 소음騷音이 '페이소스'한 감상感傷을 건드린다

탁목啄木에게 경도傾倒하던 때 그의 가집歌集을 끼고 건방진 문학소년文學少年이였던 나는 늘 이 송림松林 속에 올러와 혼자 '멧두기' 같이 슬픈 표정表情을 하고 있었다

열여듧 살 전후前後의 진헌 감상感傷 속에서 탁목啄木의 가집歌集은 분명히 경이驚異에 찬 '빠이블'이였다. "석石……" 탁목啄木

탁목啄木이 그의 삽민촌澁民村을 떠난 것이 열아홉이였으니까 이 문학소년文學少年의 세계世界와도 다소多少의 공통성共通性이 있었을 것이다

그의 전기傳記 [길전고양吉田孤洋 저著]에서 탁목啄木이 나에게 지지 않게 수풀의 감상感傷을 좋아한 것을 발견發見하고 흥분興奮하던 계절季節이였으니까 나에게는 퍽 아름다운 향훈香薰을 가졌던 시대時代였었는지도 모른다

자남산子男山 우에 우뚝이 솟은 수풀을 오래동안 못 잊는 것도 이런 삽화揷話를 가졌기 때문인지는 나 스스로도 모르는 바이나 즐거운 회상回想의 하나인 것만은 틀림없다

일─, 개성좌開城座

지금 건물建物도 도시都市 개성開城이 가진 수치의 하나이겠으나 낡은 마차馬車 같이 위

험한 그 전前 건물建物 속에 쪼크리고 앉어 「명금名金」을 보던 시절時節에 이르러서는 다시 할 말이 없으나 지금 생각하면 약광고藥廣告의 '진다' 같던 가벼운 애조哀調를 띤 '크라리넷'의 여운餘韻은 잊혀지지 안는 것의 하나이다

일一, 첨탑尖塔이 있는 풍경風景

영화映畫 「白き處女地」에서 본 '카나다'의 수도水道 도시都市에 서있는 '카토릭 교회敎會'의 첨탑尖塔은 훌륭한 시詩였다

언제 서 있는지 동본정東本町 초가 지붕 우에도 소박素朴한 의상衣裳을 한 교당敎堂이 하나 웃득 서있다

겨울 가까운 흐린 하늘을 날카롭게 찌르고 서있는 빼빼 마른 종루鐘樓에서 황혼黃昏이면 늦은 종소리가 분수噴水같이 퍼진다.

뒤 수풀엔 노을이 흘러가고 안개에 잠긴 가로街路 우에 눈에 보이지 않은 어둠이 퍼저갈 때 언덕에 올라 우두커니 앉어 있으면 내 초라한 옷은 담북 종鐘소리에 젖고 만다

어두어 오는 하늘에 몸부림치는 종소리에서 고독한 생활生活의 색조色調를 느끼고 흘러가는 시간時間을 생각하는 것은 나뿐만이 아니겠으나 종소리 속에 숨어 있는 붙잡지 못할 어두운 사색思索이 때로는 종교宗敎가 아닌가 한다

내가 신자信者였다면 비에 맞고 안개와 황혼黃昏에 젖고 달빛 속에 솟아 있는 종루鐘樓에서 굴러나리는 여운餘韻에서 매력적魅力的인 것을 느끼기는 그리 어려운 일이 아닐 것이다

언젠가 이야기를 들은 동무의 한 사람은 그것을 '종교宗敎의 가장假裝'이라고 해석하는 모양이였으나 내 마음이 그것으로 만족滿足치 않을만큼 종鐘소리는 새 육체肉體에 숨여들어 아침 저녁으로 그 절망적絶望的인 음향音響을 반복反復하는 모양이다

날이 맑은 달밤에 당주堂主를 찾어 이 해결을 얻기로 하고 이 거치른 고향故鄕의 소묘素描를 끝막는다

일월一月 오일五日 초草 문충동文忠洞서

─「풍물일기風物日記」

모두 여섯 토막으로 나누어 추억어린 개성 지역 장소에 대한 감회를 담은 수필이다. 마침표를 비롯한 문장 부호를 붙이지 않았다. 그리고 낱낱 토막마다 작은 제목을 붙였다. 글 흐름에 쉽게 다가설 수 있도록 한 셈이다. 먼저 올린 첫 토막 '등불과 화포'는 초파일 연등을 밝힌 개성 거리의 들뜬 분위기를 떠올렸다. 선죽교 가까운 데 있었던 개성선죽초등학교를 마치고 나서 자남산에 올라 내려다 본 추억어린 모습이다. 온 거리를 메우는 연등과 사람 행렬이 기억 속에 뚜렷하다. "고향에 대해서 그리 풍유豊裕한 애착을 못 가진 나"라는 표현과 거꾸로 "강렬한 색채를 띠고 눈앞에 떠오르는" 고향을 그린 셈이다. 두 번째 토막은 '서랑의 오후'다. 개성 서쪽 옛 시가지를 뜻하는 것이겠다. 거기서 김광균은 근대 도시 개성 가운데서도 고즈넉하게 남아 있는 옛 장소의 흔적과 분위기를 느낀다.

세 번째 토막은 '천변' 기억이다. 이곳에서는 김광균 시의 주도 모티프 가운데 하나인 친족의 죽음이 살아난다.

① 칸나의 꽃닢 속엔

죽은 동생의 서러운 얼굴

머리를 곱게 빗고 연지를 찍고

도 눈에 눈물이 고이여 있다

—「대낮」 가운데서

② 아버지의 무덤 우에 등불을 키려

나는

밤마다 눈멀은 누나의 손목을 잇끌고

달빛이 파-란 산길을 넘고

—「해바라기의 감상」 가운데서

③ 저녁바람이 고요한 방울을 흔들며 지나간 뒤

돌담 우에 박꽃 속엔

죽은 누나의 하-얀 얼골이 피여 있고

저녁마다 어두은 람포불 첨하 끝에 내여 걸고

나는 굵은 삼베옷을 입고 누어 있었다

―「벽화」 가운데서

천변을 거닐면서 "황혼에 듣는 물소리는 늘 서글픈 기억"을 일깨워 준다. "죽은 누이가 살아 있을 때 하얀 지등紙燈에 불을 켜 들고 고모의 집을 찾어가노라 몇 번이나 이 천변川邊을 지나가면서 어두운 물살 속에 떠 있는 슬픈 이야기를 생각해 보았다"고 시인은 적었다. ①은 누이의 죽음에 대한 직정이다. 그리고 ②와 ③에서는 '눈멀은' "죽은 누나'라는 표현으로 담겼다. "죽은 누이"와 "고모" 사이의 완충적인 회피 표현인 셈이다. 김광균 시의 주도 모티프 가운데 하나인 죽은 누이 / 누나와 중천의 등불[6]이 아울러 담겼다. 이어서 벗 "손 군"에 대한 추억이 더한다. "폐를 앓고 정양하던" 손 군은 음악도였다. 김광균의 청소년 시절 죽음의 무게를 더해 준 대상 가운데 한 사람이다.

네 번째 토막은 '석천탁목石川啄木과 솔밭'이다. 김광균 시와 석천탁목과 친연성을 보여 주는 자리다. 그 이음매가 '송림'이다. "자남산 우에 우뚝이 솟은 수풀을 오래동안 못 잊는" 까닭이 그에서 비롯한 셈이다. 다섯 번째 토막은 '개성좌開城座'다. 개성 유일의 예술문화 공간이었던 곳이다. 낡아 손질을 했다고 하나 "도시 개성이 가진 수치의 하나"로 보일 뿐 아니라, "낡은 마차 같이 위험"해 보였던 건물이다. 그 속에서 근대 신물물인 영화와 연극을 보았던 기억이 소년 김광균에게는 이채로웠다. 마지막 여섯 번째 토막은 '첨탑이 있는 풍경'이다. "동부 예배당"이라 했으나, 개성에서 가장 이국 풍모를 띤 것 가운데 하나였던 동부에 있었던 천주교회당[7]을 다룬 것으로 보인다. 비록 영화로 보았지만 캐나다 도시의 "카토릭 교의 첨탑은 훌륭한 시였다"는 표현 속에 개성 천주교회를 향했던 마음의 무게를 엿보게 한다. 비록 "소박한 의상을

---

6   이를 '중천의 서정'이라 이름 붙였다. 박태일, 『한국 근대시의 공간과 장소』, 소명출판, 73~89쪽.
7   1890년 프랑스 교단에서 세웠다. 김기호, 『개성구경』, 대한공론사, 1972, 140쪽.

한 교당"이었지만, "빼빼 마른 종루에서 황혼이면 늦은 종소리가 분수같이" 퍼지고, 그 종소리에 자신의 "초라한 옷은 담북 종鐘소리에 젖고 만다." "고독한 생활의 색조" 속에서 겪는 "붙잡지 못할 어두운 사색"이 마구 돋았다. 보기를 들어,

공백한 하늘에 걸녀 있는 촌락의 시계가

여윈 손길을 저어 열 시를 가르치면

날카로운 고탑같이 언덕 우에 소사 있는

퇴색한 성교당의 지붕 우에선

분수처럼 흩어지는 푸른 종소래

—「외인촌」 가운데서

라 그이가 노래했을 때, 이미 개성의 이색 풍광, 풍요로운 향수는 더욱 간결하게 솟구쳐 오른 셈이다.

고향 개성의 역내 장소 풍광을 다룬 작품 「풍물일기」와 달리 「서선산보西鮮散步」는 관서 지역을 며칠 여행하고 난 뒤의 기행문이다. 먼저 원문을 옮긴다.

일一, 마산馬山 계천溪川

산山고비를 도라나온 자동차自動車는 들길노 나스자 어린 당나귀가치 땀을 흘니며 달니기 시작한다. 처음에는 히미한 한 줄기 허리띠 같이 아련해 보이드니 가까히 가니까 제법 물소리가 요란허다. 함께 탄 목사牧師 영감에게 어디요 허고 므르니까 힌 수염을 한참 만지드니 얼굴이 벌-개진다.

모르는 것을 캐서 뭇는 것도 싱거운 일이여서 잠잣코 날샌 톡기같이 쏜살노 다라나는 물살을 나려다 보고 있었다.

먼지진 호로 박그로 보아서인지 뿌-연 하반河畔에 싱거운 집팽이 같은 백양白楊이 서넛 흐터저 잇고 나지막헌 집웅 우엔 주막酒幕인지 백기白旗가 지리가미같이 펄덕이고 있다.

동리洞里에서 하반河畔으로 나오는 좁은 길이 보이고 그 풀밭에는 방목放牧허는 소와 말 네댓이 느린 '포-쓰'를 허고 좌담회座談會나 연 것같이 들너 서있다. 틀님없이 평범平凡헌 풍경이다.

취取헌다면 평지平地답지 안은 급헌 물살과 넓은 하폭河幅밖에 없으나 하여튼 지금 이상허게 기억記憶에 남아 있는 하반河畔을 끼고 자동차는 낮잠자는 촌村색시의 꿈을 부시고 죄없는 병아리의 머리 우에 뽀-얀 먼지를 씨우고 촌村길을 줄다름치고 있었다.

일一, 신천역信川驛

정거장停車場까지 마중나온 김金 군君에게 잊고 나온 추렁크를 부탁付託허고 연방 땀을 씨스며 차車에 올났다.

홈에 서있는 김金 군君의 모자帽子 챙에서 물방울이 굴러나린다.

"이 사람아 모자帽子를 쓰게 무슨 '보헤미안'이라고 꼴값지 않은 촌村 정거장停車場에서 비를 맞고 서있나" 허고 빈정대도 검으테테한 구레나루를 쓰다듬고 웃고만 있다.

낯빛이 몹시 창백蒼白허다. 온천지대溫泉地帶의 관능적官能的인 색채色彩에 낡지도 않었겠는데 순간 나는 어제밤의 눈초리가 배암 같은 좌석座席의 꽃들과 컴컴헌 십촉 밑에서 어두운 생활生活의 때를 씻든 욕객浴客들 수박 사이에서 백동화白銅貨를 세이고 있든 젊은 상인商人의 안해 이 이암泥暗헌 가로街路 우에 호수湖水같이 흔들니든 군중群衆과 그 텡 비인 '시선' 맥주麥酒의 거품 별이 보이든 여사旅舍의 창窓 밤 깊어 들니든 어린애 우름소리 이런 것이 소연騷然헌 음악같이 머리를 들고 하로밤의 기억記憶을 덮어오는 것을 느꼈다. 연소年少헌 여행자旅行者에겐 너무 자극이 심헌 환화幻畵였다.

퇴폐頹廢헌 취기臭氣에 차 있는 이 거리의 찔적찔적헌 기억記憶 속에서 천항泉鄉의 밤을 예상豫想허든 내 우열愚劣이 도라다 보였다.

못난 상식常識도 이만허면 쓸쓸허다. 가는 곳마다 멋없이 순수純粹한 것을 기대허다가는 뺨을 마진 듯이 도라서서 공허空虛헌 것을 느끼면서 기대期待허든 것이 무엇이냐허면 그 역亦 꼬집어 말허기 어려워 마음 속으로 얼굴을 붉힌다. 생활生活에서 울어나오는 삭막索莫헌 공허空虛가 차車를 타고 자동차自動車를 타고 내 추렁크를 쫓어 오지 않었다.

차車는 멀서 목쉰 기적汽笛을 뿌브며 역구내驛區內를 도라나간다.

신천역信川驛의 못 생긴 건물建物이 록음 밑으로 아름아름허고 역驛 밖았에는 조금 아까 내가 타고 나온 뻐스 앞에서 누구허고 웃고 있는 김金 군君의 뒤 모양이 보인다.

역驛에까지 나오면서 촌村 생활生活에서 느끼는 육체적肉體的 단조單調에 숨이 맥킨다고 어두운 소리를 허든 그의 표정表情이 생각나서 겨오 초라헌 미소가 내 얼굴을 기여 오른다.

일一, 열차列車 식당食堂과 별

여행旅行만 나스면 풍족豊足치 못헌 주머니를 터러 낭비浪費?허는 슬픈 습관習慣이 있어 그날도 식당食堂에서 꽤 호화豪華스러운 저녁을 먹은 세음이였다. 식후食後에 오는 따븐헌 태기怠氣에 붓잡혀 공연히 담배를 막우 피우면서 창窓밖에 흘너가는 등불을 내여다 보고 있었다.

새로 빨어 눈이 부시게 힌 식탁食卓 우에 커-네슌이 한 포기 졸고 있다.

마즌 편에 앉은 로이드 안경眼鏡과 자욱헌 담배연기 사이로 힌 나비같이 오고 가는 뽀-이의 접시 드러내는 소리가 아득-헌 곳에서 들니는 음악音樂같이 고달프다.

꼬집어 말허면 여수旅愁라고 헐가. 못 견디게 고단헌 기분을 백동회白銅貨와 함께 계산計算허면서 계산대計算台에 서있는 뽀-이의 얼굴이 멋없이 정다워 보혀서 어깨라도 두둘길 뜻헌 충동을 느꼈다.

일一, 백상루百祥樓

깍거 논 현판懸板같이 민듯헌 절벽絶壁 우에 황혼黃昏이 벌서 풀녀 있었다.

여윈 풀들이 자욱 자욱이 덮이이고 그 우에 꽤 컴컴헌 건물建物이 하나 노여 있다.

건물建物 밑으로 초라헌 집웅이 점점點點히 보이고 날근 기둥 우에 실녀 있는 퇴락頹落헌 난간과 멀숙헌 집웅이 고단허기 짝이 없다.

저것이 유명헌 백상루百祥樓인가 허고 생각허니 여덜 시가 되도록 저녁을 못 먹어 배 곱흔 생각이 뒤밀어 소사 오른다.

일一, 칠성문七星門과 백화帛花

칠성문 올너가는 돈대 우에 밤눈에도 허-옇게 아카시아꽃이 흩어저 있다.

그 우리를 지나가면 비단보요를 밟는 듯헌 엷은 애수哀愁가 숨여 오른다.

수풀 저쪽에선 휘황헌 등불이 화단花壇같이 밝다. 힌 네루바지를 입은 민閔은 성큼거리면서 무슨 곡죠를 회파람부는데 모르는 귀에도 어색헌 솜씨다.

집을 나슨지 나흘이 되도록 여행旅行 기분다운 것을 못 보았는데 오늘밤은 어쩨 가능성可能性이 있는가 싶어 나는 그 뒤를 따르며 잠간 즐거워젔다. 갑작이 큰길을 만나 얼마 안 가 우리는 산山 우에서 대동강大同江 쪽을 바라보고 있었다. 묵화墨花가 일면一面을 덮어 있는 듯헌 어둠 속에 물줄기가 허-였타. 등불과 간혹 가느른 치맛자락이 보이고 수풀이 뒤를 이어 누어 있어 어두울 뿐이다.

민閔**8**은 열심히 평양의 도시 시설과 공원公園의 근대 설비와 그에 대헌 부府 예산豫算과 덕부노화德富盧花가 단여간 'お牧茶屋'이 주식회사株式會社가 됐다는 둥 항간巷間의 속문俗聞을 중얼대이고 있다.

아마 여행자旅行者에 대헌 극진헌 대접의 한 조각인 모양이다.

경치景致는 생각해 무얼허고 덕부노화德富盧花가 어쩨단 말이냐!

낯서른 풍경風景 앞에서 잠간 생활生活의 잡음雜音을 피허고 밤바람을 쏘이고 있으면 고만이다. 허고 나는 속물俗物다운 근성根性을 발희허며 담배를 피여 무르며 평양平壤의 독특獨特헌 난숙爛熟헌 일면一面에 대헌 질문質問을 시작허였다.

일一, 신의주新義州서

마음 한 구석을 흔흔도록 삭막索莫헌 풍경風景이란 그리 흔흔 것것이 아니다.

차車가 신의주新義州 가까워지자 갑작히 차창車窓을 덮은 고독한 색조色調에 깜짝 놀랬

---

8 민오영이다. 뒤의 「소하설문」에 대한 답변에서 다시 나오는 이다. 희곡 「이국의 여름밤」을 『고려
   시보』 8호(1933.8.1·8.16)에 연재했다. 그 뒤로는 『고려시보』에 작품을 올리지 않았다. 학교를
   졸업하고 평양으로 떠난 듯 싶다. 지난 시절 벗을 찾아 보는 일도 관서 여행의 한 목표였음을 알
   수 있다.

다. 아련-한 G선線의 여운餘韻같이 잡을 곳 없는 애수哀愁 속에 산山 하나 없는 뻔-한 광야廣野가 모색暮色에 덮이이고 먼 곳에서 솟은 검은 산맥山脈이 누어 있는 여자女子의 지체肢體같이 히미하다.

인가人家도 드물다. 다만 그 우에 어두운 바람소리가 요란하고 별빛이 떠러질 듯이 깜박거리고 있다.

머리를 헐으리고 훗겨 울고 싶은 그림이다. 그리고 국경國境 가까운 날카로운 공기가 더 한층 삭막索寞한 것을 느끼게 한다. 일곱 시가 지나서 차車가 신의주新義州에 닷자 밤은 정말 어두어 역전驛前 광장廣場에 느러 서있는 인력거人力車 떼가 곤충昆蟲들같이 처량해 보였다.

가로수街路樹마다 등불이 어듸나 다름없이 고적한 빛을 허고 있다. 안개가 자욱-한 시가지市街地쯤에서 자동차自動車의 불빛이 있다금 튀여나온다.

차중車中에서 느낀 것과는 달리 암만 생각하여도 조선의 한 끝에 왔다는 것 물길 하나 건너 대륙大陸이 그 거대巨大한 날개를 버리고 있다는 것이 절실切實이 느껴지지 않는다. 바라다 보면 바라다 볼수록 정다운 동리洞里에 온 것같이 마음 한 구석이 환-허지 않으냐. 까닭 모를 일이라고 웅얼거리면 졸르는 거부車夫에게 못 익여 올러탔다. 인력거人力車는 날샌 가마귀같이 바람을 헤치고 달리기 시작하고 거리의 대로大路가 갑작히 눈앞에 달려드는 것을 멀-거니 치어다보며 나는 노송정老松町 번지番地를 거부車夫에게 연겊어 다지고 있었다.

소화昭和 십일년十一年 칠월七月 초抄

「서선산보」는 앞의 「풍물일기」와 마찬가지로 여섯 토막으로 이루어진 수필이다. 다만 장소 이동을 빌려 점적 짜임새를 지닌 「풍물일기」와 달리 「서선산보」는 황해도 신천에서 평양을 거쳐 신의주에 닿이는 데까지 걸음길을 따라 순차적으로 그린 선적 짜임새를 지닌 점이 다르다. 글 맨 뒤에 "1936년 7월 초"라 적어 작품을 끝낸 시점을 일깨워 준다. 그런데 발표는 1937년 8월에 했으니, 거의 1년 뒤다. 첫 머리는 '신천역'이다. 황해도 신천역은 장연과 사리원을 오가는 철길 가운데 있다. 협궤열차가 오간다. 예전에는 황해선이었으나 지금은 북한에서 은파선으로 일컫는다. 김광균은 사리원에서 서울신의주철길을 타기 위해, 신천 온천에서 하루를 묵고 신천역에 나온 것이다. 신천역에는 지난 밤 '온천지대'에서 김광균을 환대해 준 개성의 벗 김소엽이 나와 있다. "김 군"으로 표현한 이다. 김소엽은 어쩐 까닭인지 1930년대 중반부터 1940년대 초반까지 황해도 지역 온천지구를 옮겨 다니며 살고 있었다. 그이를 만나러 김광균이 신천에 갔다 헤어지는 자리다. 어젯밤에 보냈던 온천지구의 '환화'가 못내 개운치 않다.

두 번째 토막은 '열차 식당과 별'이다. 짤막하게 기차 식당칸의 촌경을 다루었다. "여행을 나스면" 평소와 달리 '낭비'하는 버릇이 있다 했다. 세 번째 매듭은 평안남도 안주 '백상루' 풍경이다. 황혼에 이르러 백상루를 건듯 보고 내려오니 벌써 저녁 8시다. 특별한 감회는 없다. 일정에 쫓기는 모습이 설핏하다. 네 번째 토막은 안주에서 다시 평양 쪽으로 되돌아 내려와 대동강에 있는 칠성문에서 평양 시내 밤 풍경을 그린 '칠성문과 백화'다. 평양에서 그이와 동행한 사람은 '민'이라는 친구 민오영이다. 김광균은 그이의 손님대접에 적당히 응해 주기로 한다.

다섯 번째 토막에서는 평양을 떠나 여행의 끝자리인 '신의주'에 이른다. 저녁 무렵 국경 도시 신의주에 닿자 유다른 '삭막'을 느낀다. "밤은 정말 어두어 역전 광장에 느러 서있는 인력거 떼가 곤충들같이 처량해" 보인다는 표현에서 여정에 지친 김광균의 마음까지 담겼다. "조선의 한 끝선의 한 끝에 왔다는 것 물길 하나 건너 대륙이 그 거대한 날개를 버리고" 있는 곳에 와서 "절실이 느껴지지 않는다"고 썼다. 그러나 속내가 어찌 그러했으랴. 시인은 며칠 여정의 피로를 조용히 닫고 싶었을 따름이다. 그리하여 그이는 걸음을 바삐해 잠자리로 가기 위해 '인력거'를 불렀다. "날샌 가마귀같이 바람을 헤치고" 달린다는 인력거에 대한 표현에 여정에 지친 마음을 적지 않게 담았다.

앞에서 본 바와 같이 『고려시보』에 실린 김광균의 수필 두 편은 모두 장소에 대한 인식이 두드러진다. 「풍물일기」가 고향 개성의 특이 장소에 대한 추억을 이끌어 내는 작품이라면, 「서선산보」는 이름 그대로 관서 지역을 떠돈 4~5일에 걸친 장소 경험이다. 벗 김소엽이 살고 있었던 신천의 온천지구를 처음으로 서울신의주선을 타고 안주, 다시 평양으로 내려왔다 신의주까지 올라가는 여정을 그렸다. 김광균의 많지 않은 수필 가운데서도 스물서넛 무렵에 썼던 작품이다. 군산에서 일하고 있을 때다. 청년 시인 김광균의 세계 이해와 경험 방식을 이미 내보이고 있는 수필인 셈이다.

4) 설문

김광균은 『고려시보』에 이제까지 알려지지 않았던 세 편의 설문을 실었다. 1937년 8월 「소하銷夏 설문說問」과 1938년 8월 「소하銷夏 설문說問」 그리고 1940년 「새해 설문說問」이 그것이다. 앞의 「소하설문」은 한여름맞이, 뒤의 것은 설맞이라는 큰 계기에 맞춘 알맞은 편집이었다. 먼저 「소하설문」의 문항과 그에 대한 김광균의 답변을 들어 보자.

일一. 아직 못 보신 산수山水 중에 꼭 가보시고 싶은 곳이 어디입니까?(이유는?)

이二. 일찍이 명승지名勝地에서 얻으신 로-맨쓰는?

삼三. 특별 고안考案하신 피서법避暑法이 있습니까?

사四. 제일第一 좋아하시는 '여름 풍경風景'이 무엇입니까?

오五. 바다를 좋아하십니까? 산山을 좋아하십니까?

일一. 사시장철 눈만 퍼붓고 사람의 얼골이 백지白紙 같에 보인다는 '아라스카'의 습지濕地요.

이二. 그런 속俗된 취미趣味도 차차 갖일까 허오.

삼三. 호롱ㅅ불을 달고 바다ㅅ가에 나가 밤 깊도록 물결소리를 드를까 허오.

사四. 모시옷 속에서 풍기는 여자女子의 지체肢體일 것이오.

오五. 청년靑年이기에 바다를 사모思慕하오.

김광균과 같이 설문에 답을 올린 이들은 김진원·이선근·고유섭·리기영·림학

수·공진항·김소엽·민병휘·마태영·엄흥섭·박일봉·김학형·김경진·홍리표·김
재은·최창순·박재청·김병하다. 거의 모두『고려시보』 동인이거나 개성 역내 유력
인사들이다. 문인으로서는 김광균과 함께 개성 역내 문인인 민병휘·김소엽이 이름
을 올렸다. 그리고 개성을 처가로 두고 있었던 연고 작가 엄흥섭과 림학수, 리기영
이 또 거들었다. 김광균의 대답에 눈여겨 볼 만한 특별한 점은 드러나지 않는다. 다
만 "제일 좋아하는 여름 풍경"을 물었던 네 번째 물음에 대한 답을 "모시옷 속에서 풍
기는 여자의 지체"라 말해 다소 솔직하고도 감각적인 표현을 들냈다. 시 「설야」에 쓰
인 "멀리서 여인의 옷 벗는 소리"라는 뛰어난 이미지, 곧 머그림이 짧은 시간에 이루
어지지 않았음을 짐작하게 한다. 이러한 여름 설문에 이어 김광균은 한 해 뒤에 다시
거듭한 '소화 설문'에도 이름을 얹었다.

일一. 개성開城 부근附近에 납량처納凉處로 추천推薦하시고 싶은 곳이 어데 어데입니까?

이二. 선생이 실행實行하시는 '여름 가정家庭 단란법團欒法'은?

삼三. 가장 즐기시는 여름 풍경風景이 무엇입니까?

사四. 금년今年 여름은 어떻게 지내시렵니까?

오五. 여름 과실果實 중中에 무엇을 좋아하십니까?

일一. 매암이와 꿀벌이 첼로 이중주二重奏를 하고 뜰앞에 포도나무가 그늘진 덕암정德岩
町 민오영閔梧影[9] 집이요.

이二. 지금只今 계획計劃 중中이나 면적面積 팔십八十 평坪 되는 냉장고冷藏庫를 사다가 낮에
는 그 속에 들어가 화로를 피우고 지내겠읍니다. 밤도 구어먹구요.

삼三. 맥주麥酒 거품, 소낙비, 홍수洪水, 매화총, 구름의 고층건물高層建物 씨그넬의 청靑×
마음속의 무지개

사四. 몽금포夢金浦 그림 엽서葉書를 '포켓'에 넣고 다니고 밤이면 마당에 지직 깔고 빨가

---

9   수필 「서선산보」에서 평양 여정에서 만난 이가 그이다.

벗고 누어 맹염猛炎에 뜨거워진 배꼽을 식히겠습니다.

　오프. 대만산臺灣産의 '봉강'

　여름 더위를 녹이는 방법을 묻는 물음답게 그이에 대한 김광균의 답변 또한 장난기가 서렸다. 두 번째 물음에 대한 대답에서 그 점이 가장 두드러진다. "냉장고를 사다가 낮에는 그 속에 들어가 화로를 피우고" '밤도' 구워먹겠다고 했다. 더위를 제대로 피하기란 처음부터 틀린 일이라는 점을 즐기듯이 말한 셈이다. 세 번재 물음에서 "가장 즐기시는 여름 풍경"에서도 "맥주 거품"과 '홍수'를 들어 장난기를 들냈다. 이 퍼서 설문에 답을 함께 한 이는 고한승·고유섭·민병휘·김소엽·이선근·김경진·마태영·현동렴·김학형·진호섭·김진원·채만식·림학수·마해송·김재은이다. 『고려시보』 동인이 중심이다. 거기다 고유섭과 같은 개성의 명사가 끼었다. 섬나라에서 머물고 있었던 마해송까지 한 자리를 마련했다. 개성 역내에 머물고 있었던 문인 림학수·채만식·민병휘·김소엽까지 넓혔다. 1937년 '소하설문'에 이름을 얻었던 문인 가운데서 연고 문인 리기영과 엄흥섭이 빠지고 채만식이 새로 들었다. 개성 지역문인으로서는 1937년과 마찬가지로 민병휘·김소엽과 함께 김광균도 거듭 얼굴을 올렸다. 이미 개성 지역문학을 대표하는 젊은 문인으로서 자리를 뚜렷이 한 모습이다. 물론 『고려시보』 편집국장을 맡고 있었던 시인 강운성과 친분이 작용했을 터이지만, 개성 지역사회에서 그이가 지녔던 지명도를 선명하게 보여 주는 자리인 셈이다.

　일一. 개성開城 사회社會에 보내는 부탁付託 한 마듸

　이二. 본보本報에 대對한 꾸중이나 부탁付託 한 마듸

　삼三. 설은 양력陽曆으로 지내십니까? 음력陰曆으로 지내십니까?

　사四. 새해에 복福많이 받으란 말이 있는데 귀하貴下는 어떤 복福을 받고 싶으십니까?

　오五. 개성開城[또는 개성인開城人]의 자랑 한 가지, 숭 한 가지

　육六. 외래객外來客이 오면 귀하貴下는 개성開城의 어느 곳을 먼저 보히고 싶으십니까?

일一. 비바람에 퇴락頹落하고 현관玄關 기둥에서 귀뚜람이가 울어도 좋으니 고청高靑은 고청高靑대로 두어 달나고 청년회靑年會 간부幹部 제경諸卿에게 애원哀願합니다.

이것이 않된다면 고청高靑이 영화映畵 상설관常設館에 정조貞操를 파는 세월歲月에 부탁付託이 무슨 말너빠진 부탁付託이겠오.

이二. 귀지貴誌 문예란文藝欄에, 너무 광망光芒이 빛나는 듯하오. 내용內容이 건강健康한 원고原稿 얻기 어렵거든 경제법령經濟法令 해설解說이라도 실으시오.

삼三. 사四, 오五, 생략省略

육六. 부호富豪들의 첩댁妾宅 정문正門과 한천동寒泉洞의 빈민貧民 왕국王國

「소하설문」에 두 해 뒤인 1940년 1월 1일에 실은 설문이다. 「소하설문」에 견주어 답변자의 폭이 넓어졌다. 하규항·임한선·김소엽·채만식·박재청·장희순·이기세·고마부·마태영·황중현·김정진·최창순·김연우가 김광균과 함께 했다. 이 가운데서 두 번째 「소하설문」에서도 글쓴이였던 이는 김광균·김소엽·채만식 세 사람뿐이다. 나머지는 새로 이름을 올린 이다. 문학 쪽 세 사람만 두 차례 설문에 모두 이름을 올렸다. 채만식은 개성 연고 명망 문인으로서, 김소엽은 역내 개성 문인으로서, 그리고 김광균은 역외 개성 문인으로서 대표성을 지닌 꼴이다.

먼저 첫 물음, 개성 사회에 대한 부탁에 대해 김광균은 고려청년회의 역할과 청년회관 활동이 못마땅함을 간접적으로 짚었다. 한때 개성 지역 예술문화의 중심이었던 곳이 저급한 "영화 상설관"으로 떨어져 "정조를 파는 세월"처럼 보이는 데 대한 안타까움이다. 거기다 지역사회 문화 동향에 대한 불만을 얹은 모습이다. 두 번째 물음, 『고려시보』에 대한 당부의 말에서는 '문예란'이 "너무 광망이 빛나는 듯"하니, "건강한 원고 얻기 어렵거든 경제법령 해설이라도" 실어라고 자뭇 비꼬는 투의 질책을 더했다. "건강한 원고"가 무엇을 뜻하는지는 알기 어렵다. 다만 『고려시보』로 대표되는 개성 역내 문학의 수준에 대한 매서운 눈길을 숨기지 않은 셈이다. 세 번째, 네 번째, 다섯 번째 물음은 답변을 줄였다. 설을 양력 / 음력 어느 것으로 지내는가? 새해 받고 싶은 복에다 개성이나 개성인의 자랑 / 흥을 적어라는 물음이 그것이다. 모두 귀치 않은 것들이라 생각했던 듯하다. 무슨 객쩍은 소리를 묻고 있느냐는 듯한 생각이 답변을 생략한 마음에 깃들어 있는 셈이다. 그러한 태도는 마지막 여섯 번째 물음에 가서 점입가경이다. "외래객이 오면 귀하는 개성의 어느 곳을 먼저 보히고 싶으십니까?"란 물음에 대한 답이 "부호들의 첩댁 정문과 한천동의 빈민 왕국"이라 당당히 적었다. 두 해 앞서 보였던 「소하설문」의 장난기는 사라지고 개성 지역사회에 대해 긴장감을 늦추지 않은 모습이 완연하다.[10]

　김광균의 「설문」 세 편은 개성 지역 문학사회에서 김광균이 지닌 무게를 잘 보여 주는 일이다. 세 설문에 다 이름을 올렸다. 그러면서 24살 때인 1937년 설문의 답변에서 보였던 다소 평범함에서 25살인 1938년의 설문에 대한 답변에서 새로 나타난 장난기와 가벼움, 거기다 다시 27살인 1940년의 것에 대한 답변에서 보이는 무거움, 비판적 눈길은 흥미로운 변화라 여겨진다. 이러한 변화야말로 개성 지역사회를 향한 김광균의 심리적 독자성을 점진적으로 보인 일로 보이는 까닭이다. 각별히 1940년 설문에 대한 답변은 1939년 첫 시집 『와사등』 발간에 따라 지역 안밖으로 청년시인으로서 자리를 확연히 굳히기 시작했던 자신에 대한 자긍심과 동일성을 내비친 바라 하겠다.

3. 개성 지역성과 김광균

　김광균은 뛰어난 시인인가? 훌륭한 시인인가? 그이는 오래지 않은 문학 활동에도 우리의 제도 문학교육에서 선택, 강화되고 문학적 추억으로 거듭할 수 있는 행운

10　그 점은 개성 역내 문인인 김소엽이 여섯 번째 물음에 대해 "오천 선술집, 가을의 만월대"를 적어 소박한 정취를 드러내는 데 그치고, 개성 연고 문인인 채만식이 "소생이 외래객이라 그것은 귀사에 반문합니다"고 조심스럽게 적는 모습과 견줄 만하다. 참고로 채만식의 답변을 다 적어 보이면 다음과 같다. 1.부탁이 오히려 부지럽지요. 2.꾸중이라께, 천만에……. 부탁은 역시 객쩍은 일이고. 3.음, 약력간에 설을 잃어버린지 오랬음니다. 4.그 인사말은 고마우나 아무 복이고 바라지 않습니다. 5.자랑은 퍽 많은 것 같은데 하나도 생각이 나지 않고, 숭은 하나도 없지 않습니까? 6.소생이 외래객이라 그것은 귀사에 반문합니다.

을 일찌감치 얻은 몇 되지 않은 시인 가운데 한 사람이다. 작품이 일궈낸 범위와 진폭, 문학에 쏟은 열정과 결과를 놓고 볼 때 뛰어난 성취를 이룬 것으로 여겨지지는 않는다. 게다가 그이는 문학 탓에 삶의 많은 부분을 잃어버려야 했던, 고심과 극복의 드라마를 우리 앞에 작품으로 올려 세우고 있지도 않다. 훌륭한 시인이라 떠받들기도 어렵게 만드는 까닭이다. 어찌보면 그이는 협애한 정서와 문학적 모티프를 되풀이했다. 그럼에도 그이는 좋은 시인임에 틀림없다. 그 점은 무엇보다 자기다운 개성을 오롯이 한누리 내내 밀고 나갔다는 데 있다. 그이가 문학사회를 벗어나 있었으면서도 시인으로서 우뚝 설 수 있었던 힘이 거기에 있다. 자신이 떠맡은 문학을 끝까지 밀고 나간 남다른 힘을 우리는 개성이라 일컫는다. 과작은 그에게 오히려 한 훈장과 같은 것이었다.

이러한 김광균의 개성적 면모는 무엇보다 개성 지역의 풍토와 개성 사람으로서 이룬 바다. 그이는 가난한 개성 사람으로 태어나 한국 재계에 성공한 이로 자랐다. 자기 관리에 분명했다. 젊을 무렵 몇몇 문학적 궤적을 오가기도 했고, 역사의 가장자리에서 고뇌하기도 했다. 그러면서도 그이는 늘 자기에게 엄격한 모습을 지켰다. 시나 삶이나 허투루 살지 않겠다는 고심참담을 곁에 두고 지냈다. 그리고 그 처음은 거의 모두 고향 개성의 지역성과 닿아 있다. 이제까지 김광균 문학과 그이의 근대주의를 개성 또는 개성 지역문학과 묶어서 살피지 않음으로써 그 속살과 뜻을 많은 부분 오독해 왔던 셈이다. 글쓴이는 그런 문제 인식 아래 김광균이 시인으로서 일어섰던 1930년대 개성 지역사회의 중요 매체『고려시보』를 대상으로 그 속에 담겨 있는 김광균의 모습을 살피고자 했다. 김광균 이해의 지평을 더 넓힐 수 있기를 바란 까닭이다.

1933년에 창간하여 1941년 폐간한 순간 신문『고려시보』에는 모두 열 차례 김광균의 작품이나 기사가 실렸다. 보도 기사 두 편, 시 세 편, 수필 두 편, 그리고 설문 세 편이 그것이다. 기사를 빌려 김광균이 첫 시집『와사등』을 1939년에 내기 앞서『무화와 외투』라는 제목으로 첫 시집을 1937년에 낼 계획이었음을 새로 알 수 있었다. 그리고 수록시 세 편 가운데서『와사등』에 재수록한「성호부근」을 제쳐 둔 나머지 두 작품은「여정」과「추첩」이었다.「여정」은「신촌에서 ─ 스케치」로 제목을 바꾸고 소극적인 손질을 더해서 뒷날『와사등』에 실었다는 사실을 처음으로 밝혔다. 따라서 게재지 미상으로 알려져 왔던「신촌에서—스케치」가 1938년 6월의『고려시보』91호에 처음 실렸다는 사실을 알았다. 산문시「추첩」은 이제까지 학계에는 알려지지 않았던 시다. 시인 스스로 뒷날 작품집을 묶으면서 끝까지 싣지 않았다. 다만 1970년 개성 지역문화지『개경』에 고쳐 실었던 적은 있다. 이 글에서는 원문을 처음으로 밝혀 김 광균 시의 편수를 하나 더 늘렸다.「풍물일기」와「서선산보」두 수필을 빌려 20대 청년기 김광균이 개성 지역과 관서 지역의 장소 경험을 담은 일을 살폈다. 그들 속에서 뒷날 자신의 시 속에 녹아든 표현을 미리 엿볼 수 있었다. 세 번에 걸친 설문에서는 의욕적인 청년 시인에서 자기류의 타자적 긴장을 뚜렷이 하면서 시인으로서 정체성을 갖추어 나가는 그이 모습을 짐작할 수 있었다.『고려시보』속에 열 차례에 걸쳐 담긴 김광균의 모습을 빌려 우리시의 중요한 개성을 떠맡았던 김광균이 시인으로서 뿐 아니라, 개성인으로 개성 지역사회에 굳건히 뿌리내리는 모습까지 엿본 셈이다.

개성 지역문학은 우리 근대문학사에서 중요한 몫을 맡아 왔다. 평양과 더불어 북한 지역문학 어느 곳보다도 무게와 비중이 크다. 그들에 대한 연구거리만도 태반이 빈 자리로 남아 있다. 그런 가운데 김광균의 시도 놓인다. 각별히 글쓴이는 일찌감치 김광균 시를 박사학위 논문의 한 토막으로 삼아 도움을 받았던 처지다. 그 시기 학교 교육에서 반복적으로 학습, 강화시켰던 이육사·윤동주·김광균의 명성을 내 식으로 검증해야겠다는 생각으로 들어섰던 일이다. 거기다 그들에 견주어 결코 떨어지지 않을 뿐 아니라, 더 웃길에 있을 수도 있다고 본 백석을 끌어내 네 사람을 견주어 본 기획이 박사학위 논문이었다. 학위 논문이 나왔을 때 그것을 시인께 한 부 헌정했던 적이 있다. 그 무렵 나는 김광균 시와 개성 지역의 관계에 생각이 미치지 못했다. 그 이를 곁에 둔 채 청상의 어머니가 무릎을 꿇고 가난을 빌었던 불우와 참담을 알지도 못했다. 그저 그이의 시에 거듭 등장하는 친족의 죽음과 집착, 중천의 서정이 현실을 벗어나기 위한 의도적인 체험 결핍 쪽으로 보았다. 이미 고인이 된 시인이지만 생면부지 젊은이의 학자연한 글을 너그럽게 허락했으리라.

물결은 어데로 흘러가기에

아름다운 목숨 싣고 갔느냐.

먼-훗날 물결은 다시 되돌아오리

우리 어데서 만나 손목 잡을까.

—「반가」

시인의 묘역 시비에 새겨져 있다는 작품이다. 무엇보다 김광균다운 아름다움이 오롯하다. 올해가 시인의 탄생 백 주년이다. 게다가 두 번째로 그이의 전집을 엮는다 한다. 그 또한 아름다운 일 아닌가. 이 글이 전집을 엮는 일에도 작은 도움이 되기 바란다. 아울러 그이를 품고 흘러 흘렀던 개성 지역과 개성 지역문학에 대한 관심이 더욱 깊어지기를.

림학수의 개성 시절과『고려시보』

1. 림학수의 망향

순천 시인 림학수林學洙, 1911~1982[1]는 일흔한 살 나이로 평양에서 죽었다. 경인년전쟁기 포연을 맡으며 월북의 잰 걸음을 거듭했던 사람이다. 그이는 1921년 순천공립보통학교오늘날 순천남초동학교에 들어갔다. 이듬해 3학년으로 월반했으니[2] 학업이 우수했다. 1926년 경성제일고보에 입학한 일이 다른 증거다. 남녘 고향 순천을 떠나 서울로 들어선 것이다. 경성제일고보를 나온 뒤 1931년 림학수는 경성제국대 예과에 입학했다. 제8회 '문과 B조'로 예과를 마친 림학수는 법문학부 '문학과'로 올라갔다. 1936년 경성제대를 졸업한 뒤 '영문학 조수助手'로 한 해 동안 학교에 남았다. 피식민지 노예 제도교육 안쪽에서 학습력이 뛰어났음을 거듭 알 수 있다. 거기다 집안이 뒷받침했다. 경성제국대 입학의 필수 요건 가운데 하나가 해당 지역 경찰서장의 사상 검증 인증이다. 부유한 데다 이른바 조선총독부에서 볼 때 확실한 식민 체제 내부자 집안의 아들이 림학수였다.

경성제국대 영문학 '조수'를 거쳐 1937년 맨 처음 림학수가 바깥 사회 활동을 시작한 곳이 개성이다. 호수돈녀자고등보통학교호수돈고등녀학교[3] 교사로 2년 동안 일한 다음,

---

1 이 글에서 임학수는 북한 쪽 표기에 따라 림학수로 적는다. 그이 한누리 삶의 무게 중심과 값어치는 남한에서 누린 것보다 북에서 가꾼 바가 더 크다는 판단에 따른다.

2 「림학수 연표」, 허근 엮음,『림학수 시 전집』, 도서출판 아세아, 2001, 423쪽.

3 1904년 미국 남감리교회 여선교사 '갈월'(Mrs. Callyer)이 개성녀학교라는 이름으로 세운 곳이다. 1910년 신축 4층 건물을 짓고 학교 이름을 미국 호수돈 지역 이름을 따서 호수돈여숙이라 이름 붙였다. 소학부와 중학부로 나누어 교육하다 1918년 호수돈여자고등보통학교로 인가를 받았다. 1938년 4월 교명을 호수돈고등녀학교로 바꾸었다가 1944년부터 개성명덕고등녀학교로 고쳤다. 림학수는 그 과도기를 호수돈에서 겪은 셈이다. 을유광복 뒤 6년제 개성명덕녀자중학교로

1939년 봄, 다시 서울로 돌아갔다. 성신녀학교誠信女學校 교무주임 자리를 맡기 위한 이동이었다. 그런데 취임을 하자마자 림학수는 우리 문학인 가운데 처음으로 만들어진 '황군위문조선문단사절단皇軍慰問朝鮮文壇使節團'의 한 사람으로 이름을 올리고 재국주의 왜로의 중국대륙침략전쟁 전선으로 올라가 한 달 남짓 머물다 돌아왔다. 이른바 '성전聖戰'을 벌이는 왜군의 전쟁 승리를 기원, 격려하기 위해 우리 출판사회와 문학인이 마련한 꾀였다. 김동인, 박영희가 끼인 셋 가운데서 림학수는 가장 젊은 문인으로 자리를 지켰다. 그리고 돌아와서 그 결과를 『전선시집戰線詩集』인문사, 1939으로 내놓았다. 나라 잃은시대 배달말로 된 첫 낱책 부왜附倭 시집이라는 부끄러운 이름을 떠안은 결과물이다. 『전선시집』 뒤를 동행했던 박영희의 『전선기행』박문서관, 1939이 이었다.

　그 뒤 림학수는 서울 성신여학교에서 한성상업, 배화여고와 같은 곳을 거치며 교사로 일했다.[4] 을유광복 뒤 림학수는 고려문화사 주간과 『민성』 편집장, 서울사범대 교수, 숙명여대, 이화여대 강사를 거쳐 1949년 고려대 교수로 자리 잡았다. 같은 해 국민보도연맹에 가입했다. 경인년전쟁기 림학수는 서울에 남아 있다 수복 뒤 부역 혐의를 받기도 했다. 그러다 마침내 후퇴하는 인민군과 함께 북으로 넘어갔다. 평양에 살면서 림학수는 김일성대학 어문학부 교수와 평양외국어대학 영어과 과장을 맡아 영문학자로, 번역가로 또는 강단 비평가로 북한 문학에 무거운 발자취를 남겼다. 그럼에도 다시는 남쪽 서울도, 고향 땅 순천도 밟아보지 못하고 마음으로만 되새길 수밖에 없는 삶을 살다 갔다.

　해마다 살구꽃이 피고 석류나무 가지가 벗기 시작할 무렵이면 나는 자주 내 고향 옛집을 생각하군한다.

　내 고향 옛집은 허술한 초가집이라 별로 보잘 것 없고 또 뒤'산 앞강의 풍치래야 어딜

바뀌었다가 1950년 명덕여자중학교와 명덕여자고등학교로 나뉘었다. 경인년전쟁으로 피란을 내려와 1953년 대전에서 호수돈여고로 개교에 오늘에 이른다. 「호수돈여자 중·고등학교」, 우만형 엮음, 『개성』, 예술춘추사, 1970, 308~309쪽.

4　「림학수 연보」, 허근 엮음, 앞의 책, 395쪽.

가나 볼 수 있는 우리 나라의 평범한 농촌 풍경보다 더 나을 것 없건만 내 어릴 적 생활이 그 집을 떼어 놓고는 생각할 수 없기 때문인가 보다.

— (줄임) —

우리집 뒤 울안에는 나즈막한 축미가 있었는데 그 우에 커다란 살구나무가 있었다. 봄이면 살구꽃이 만발하여 온 집안이 살구꽃에 뒤덮인 것 같고 초여름이면 황금'빛 살구가 주렁주렁 매달려 온 집안을 명랑하고 화목한 기운으로 휩쌌다.

— (줄임) —

우리집 뒤 뜨락에는 늙은 석류나무 한 그루가 있었다. 얼마나 오래 되었는지 원줄기는 군데군데 껍데기가 벗겨지고 곁가지만 새파랬다. 봄 여름 가을 할 것 없이 나는 그 석류나무에서 그네를 탔다. 그네는 어머니가 튼튼한 새끼로 매준 것이었다. 내가 걸앉을 수 있게 막대기 두 개를 얽어서 방석까지 놓아 주었다.

— (줄임) —

그러기에 나는 첫 시집을 내었을 때 제호를 『석류』라 하였고 오래도록 나의 책상머리에는 석류를 중심으로 하여 소나무와 불로초와 들국화와 도라지꽃 그리고 괴석을 배치하여 그린 현판을 걸어 두고 있었다.

— (줄임) —

'우리 고향 옛집을 우리는 반드시 도로 찾고야 말 것입니다. 지금 어머니의 손자들은 여기 내 옆에 늘어서서 주먹을 부르쥐며 이를 부드득 갈고 있습니다.'

—「살구나무, 석류나무」 가운데서[5]

림학수가 북한에서 남긴 사향 수필 가운데서 가려 뽑았다. 1966년 작품이니, 북에 머문 15년 뒤 글이다. 세 가지가 눈길을 끈다. 먼저 출신 바탕[6]에 대한 자기 관리다.

---

5   『문학신문』, 문학신문사, 1966.5.13.

6   "림학수의 할아버지 임계옥은 많은 소작 땅을 지닌 것으로 알려져 있다. 나들이 때에는 사인교나 말을 탈 정도였다. 림학수가 다녔던 순천공립보통학교의 학적부에 따르면 림학수의 부친 임화일의 직업은 농업으로 기록되어있는데 재산은 1만원으로 적혀 있다 이는 보통학교 교사 중 가장 높은 수준의 월급을 받는 교사의 월급이 50원 정도였던 1930년대 초의 경제 수준으로 보아 대단한

"내 고향 옛집은 허술한 초가집이라 별로 보잘 것" 없다고 썼다. 그런데 향리 뒷사람 허근이 엮은 『림학수 시 전집』에 1970년 사진으로 남은 생가는 기와집이다.[7] 사진이 없다 하더라도 출신으로 미루어 "허술한 초가집"이었을 리는 없다. 그럼에도 굳이 '허술한'과 '초가'집을 썼다. 게다가 이어진 마을 경관을 말한 자리에서는 "뒤'산 앞강의 풍치래야 어딜 가나 볼 수 있는 우리 나라의 평범한 농촌 풍경보다 더 나을 것" 없다는 말을 더했다. "어딜 가나 볼 수 있는" "평범한 농촌"이라는 표현에서 예사로운 출신 바탕을 더 굳히고자 애썼다. 월북 예술문학인 가운데서 북한에서 자술하거나 기록된 문헌에서 계급적 정체성을 '무산자' 쪽에 두려는 경향은 두드러진 일이다. 림학수도 그런 본보기를 보인 셈이다.

그 다음 눈길을 잡는 것은 집안에 키웠던 '살구나무, 석류나무'에 관한 기억이다. 각별히 석류나무는 림학수가 낸 첫 시집 이름 『석류』한성도서주식회사, 1937의 빌미를 마련해 준 추억의 대상물이다. 게다가 표제시 「석류」의 제목 밑에 손수 붙인 "내가 자란 남쪽 옛집의 후원에는 늙은 석류나무 하나가 있었나니, 거기 그네 매고 따스한 햇볕에 나는 이따금 어린 꿈을 맺었나니라"[8]는 곁텍스트와 맞물린 표현이다. 림학수에게 망향의 중심 경관에 석류나무가 우뚝한 셈이다.

마지막으로 "우리 고향 옛집을 우리는 반드시 도로 찾고야 말 것입니다. 지금 어머니의 손자들은 여기 내 옆에 늘어서서 주먹을 부르쥐며 이를 부드득 갈고 있습니다" 라 쓴 끝말이 눈길을 끈다. 자신의 아이들이 지녔을 법한 마음을 고향 순천에 살아 있을지 모를 어머니에게 대신 들려주는 방식을 취한 말이다. 이 또한 이른바 '미제타도'와 '조국해방'을 체제의 핵심 목표로 삼고 움직이는 북한 사회주의 중앙의 '당성'으로 미루어 보아 낯선 표현은 아니다. 이 수필을 실은 『문학신문』의 기획 난 이

규모라 하지 않을 수 없다. 실제 자산은 기록된 것보다 훨씬 더 많았을 가능성이 높다. 왜냐하면. 림학수의 부친은 순천 읍내에서 금방을 운영하기도 하였으므로 토지 자산 이외에도 상당한 현금 자산을 소유하고 있었다고 하지 않을 수 없다. 림학수가 남달리 신식문명에 일찍 눈을 떴고, 멋과 풍류.를 즐기는 한량의 삶을 살 수 있었던 것은 이같은 유족한 생활 덕분이었다." 김광현, 「시인 림학수의 삶과 문학」, 『남도문화연구』 11집, 순천대 남도문화연구소, 54쪽.

7   허근 엮음, 앞의 책, 439쪽.
8   『석류』, 한성도서주식회사, 1937, 42쪽.

름이 '남북삼천리'다. 사람을 바꾸어가며 월북 지식인, 예술인들이 이어서 사향기를 쓰는 자리다. 그러니 "주먹을 부르쥐며 이를 부드득" 가는 뜻을 이해 못할 바가 아니다. 림학수가 아니라 거의 모든 글쓴이들이 '남북삼천리'를 내놓을 때 빠뜨리지 않는 상투적인 말귀인 까닭이다.

1966년의 림학수

아직까지 림학수에 관해서는 충분한 실증적 조사나 토구가 이루어진 적이 없다. 그런 가운데서 번역문학 쪽은 박진영이 길라잡이 글[9]을 선뵀다. 그럼에도 번역문학의 관심을 월북 뒤 시기까지 넓히면 제대로 된 죽보기조차 이루어지지 않은 실정이다. 림학수가 월북한 뒤부터 이룩한 번역문학은 문학사회 현장에서 활발하게 활동했던 백석과 달리 분량이 많지는 않다.[10] 그러나 강단 비평가로서 꾸준히 영미문학의 정전들을 북한 문학사회에 소개한 공이 컸다. 게다가 적지 않은 현장 문학 활동과 창작물을 남겼다. 연구자들의 관심이 필요한 부분이다.

림학수 연구에서 눈길을 받지 못하고 있는 다른 한 자리는 개성 시절 문학 활동이다. 경성제국대에서 영문학 조수로 한 해 일한 뒤 두 번째 일자리가 개성 호수돈고등녀학교 교사였다. 거기서 두 해 일한 림학수는 서울로 되돌아갔다. 앞에서 말한 바다. 이제까지 연구자들이 건성으로 넘어가거나 아예 놓치고 지나가버린 자리다. 그런데 그이의 개성 시절, 교사로서나 시인으로서 겪었던 삶은 월북하기 앞서 림학수의 남한 정주 시기 활동이나 그 방향에 핵심적인 뼈대를 마련했다 할 만큼 중요하고

9　박진영, 「전선에서 돌아온 영문학자 림학수의 초상」, 『근대서지』 제11집, 근대서지학회, 2015, 256~282쪽.

10　글쓴이가 실물 확인한 북한 쪽 낱책 번역본만 들자면 아래와 같다. 림학수 외 옮김, 『인민민주의 국가 시·소설집』, 국립출판사, 1955; 하워드 파스트, 림학수 옮김, 『자유의 길』, 국립출판사, 1955; 마리아 바누스, 림학수 옮김, 『아메리카여! 당신에게 나는 말하오!』, 국립출판사, 1957; 챨스 디킨스, 림학수 옮김, 『올리버 트위스트의 모험』, 국립문학예술서적출판사, 1958; 바이런, 림학수 옮김, 『챠일드 하롤드의 편력기』, 국립문학예술서적출판사, 1959; 호머, 림학수 옮김, 『일리아드』(세계문학선집 1), 조선문학예술총동맹출판사, 1963; 바이런, 림학수 옮김, 『바이론시선』(세계문학선집 21), 문예출판사, 1991; 림학수 외 옮김, 『근대영국시선』, 문예출판사, 1991.

림학수가 1957년에 옮긴 바누스 시집
『아메리카여! 당신에게 나는 말하오』

림학수가 1991년에 옮겨 낸
『근대영국시선』

도 무겁다. 무엇보다 나라잃은시대 그이가 남긴 시집 『팔도풍물시집』[1938]과 『후조』
[1939]뿐 아니라, 월북하기 앞서 광복기에 낸 마지막 개인 시집 『필부의 노래』[1948]에까
지 개성 정주 체험이 중요 창작 동기로 영향을 끼쳤다. 그럼에도 이제껏 연구자들은
그러한 개성 시절의 뜻과 무거움을 알지 못한 까닭에 림학수 이해에서 겉도는 논의
를 벗기 어려웠다.

이 글에서 글쓴이는 처음으로 순천 시인 림학수의 개성 시절 활동을 알리고자 한
다. 그이의 개성 시절 활동은 서울에서 낸 다른 매체, 곧 『매일신보』나 『조선일보』와
같은 곳에서도 그림자를 짙게 내리고 있다. 그런데 그 어느 것보다 개성 역내에서 나
왔던 『고려시보』가 림학수의 개성 시절 활동 전모를 담아냈다. 림학수의 개성 호수
돈고녀 '부임'에서부터 서울 '전임'까지 기사로 알려준 곳이 『고려시보』[11]다. 이 글에

11　『고려시보』 실물은 동인 가운데 한 사람인 박채청의 아들 박광현이 간수해 오다 개성시민회에 넘
　　김으로써 오늘날 실체를 갈무리할 수 있게 된 매체다. 연구자에 따라 꾸준히 부분 활용되어 왔
　　으나, 아직 전모를 밝히지는 못했다. 여태천이 『춘파 박재청 문학전집』(서정시학, 2010)을 엮

서 글쓴이는『고려시보』를 이음매로 이루어진 림학수의 삶과 문학을 실증하고 꼼꼼하게 따져 읽고자 한다. 그 일은 림학수에 관한 논의 지평을 새롭게 넓힐 뿐 아니라 개성 지역이 지녔던 근대 문학의 다채와 너비를 가늠할 수 있는 좋은 터무니가 될 것이다.

2.『고려시보』보도문 속의 림학수

림학수는 어떤 연고로 학교를 떠난 첫 사회 활동을 개성에서 겪게 되었을까? 그이에 관해서 밝혀진 기록은 없다. 다만 한 가지 짐작은 가능하다. 림학수와 함께 경성제국대 예과 동기생으로 공부했을 뿐 아니라, 그 뒤 법문학부 '문학과'에서 같이 공부했던 구자균이 그 실마리다. 그이가 개성 사람이다. 림학수와 같은 예과 제8회 '문과 B조' 수료생에서 배달말문학, 곧 '조선문학' 전공자는 정형용·김형규·손낙범·구자균[12] 네 사람이다. 림학수는 영문학 전공자지만, 6년을 같이 배운 동기 동창이다. 깊은 유대감을 가늠할 수 있다. 게다가 구자균은 림학수와 마찬가지로『개성시보』를 빌려 우리 근대 배달말문학에 관한 평론을 발표하기도 했다. 개성 지역사회 청년 활

어『고려시보』를 활용한 좋은 본보기를 마련했다. 개별 논의로는 강영미, 박금숙이 꾸준히『고려시보』를 다루었다. 글쓴이는 개성 근대 지역문학을 따지면서『고려시보』를 다루었다. 양정필,「1930년대 개성지역 신진 엘리트 연구─『고려시보』동인의 사회문화운동을 중심으로」,『역사와 현실』 63집, 한국역사연구회, 2007, 191~217쪽; 강영미,「『고려시보』와 시인 박아지」,『상허학보』 23집, 상허학회, 2008, 225~252쪽;「박아지 시의 실증적 연구」,『한국시학연구』 24집, 한국시학회, 2009, 7~37쪽;「『고려시보』소재 박아지의 시조 연구」,『우리문학연구』 42집, 우리문학회, 161~186쪽; 박금숙,「두 작가를 동일인물로 혼동한 문학사적 오류─아동문학가 고한승과 다다이스트 고한용의 생애 고찰 중심으로」,『한국아동문학연구』 23집, 한국아동문학학회, 2012, 5~64쪽;「동화작가 이영철의 생애 고찰」,『동화와번역』 32집, 건국대 동화와번역연구소, 2016, 61~90쪽; 박태일,「근대 개성 지역문학의 전개」,『국제언어문학』 25집, 국제언어문학회, 2012, 79~118쪽;「개성 지역문학과『고려시보』그리고 김광균」,『한국지역문학연구』 3집, 한국지역문학회, 2014, 103~134쪽; 김태웅,「근현대 고시조 앤솔로지 편찬방법 연구(1)─『고려시보』소재 고시조 작품을 대상으로」,『시조학논총』 55집, 한국시조학회, 2021, 127~165쪽.
12 　『조선총독부 관보』 1874호, 조선총독부, 1933.4.11.

동과 가볍지 않은 연결 관계를 맺고 있
었던 셈이다. 그런 구자균이 고향 호수
돈교 교사로 림학수에게 다리를 놓아
주었을 가능성이 현재로서는 가장 크다.

1936년, 영문학 교실 조수 일을 하면
서 림학수는 혼례를 치렀다. 그러니 개
성으로 내려갔을 때는 신혼의 아내와
함께했을 것이다. 림학수가 호수돈고등
녀학교 교사로 내려왔다는 소식을 『고
려시보』는 1937년도 4월 16일자로 알
렸다. 「인사」 난에 "전 성대 영문학 조수
助手 호수돈녀고 교원 신임 내개來開"라
올린 것이다. 4월 1일이 개학일이었으
니, 지역 사회 중등 교육 기관의 인사 동

『팔도풍물시집』의 1948년 재판 속표지.
시집을 낸 백민문화사 김송 대표에게 보낸 림학수의 친필

정 가운데서도 중요한 일이라 보고 림학수의 개성 부임 사실을 다룬 셈이다. 그도 그
럴 것이 경성제국대학 출신 영문학자에다 청년 시인이었던 림학수다. 이 기사를 처
음으로 1939년 봄, 림학수의 서울 '전근' 소식까지 모두 『고려시보』는 기사로 올렸
다. 그리고 그런 위에서 림학수의 시와 줄글수필까지 『고려시보』는 꾸준하게 실었다.
『고려시보』는 개성의 중요 문인으로서 림학수의 활동을 아낌없이 뒷받침한 셈이다.

『고려시보』는 개성의 젊은이 열 사람이 동인 체제로 모여 1933년 4월 15일 창간
호를 낸 부정기 신문이다. 공진항·김학영·김재은·고한승·이선근·김영희·마태
영·박재청·김병하·박일봉이 그이들이다. 동인 가운데서 이선근과 마태영이 편집
책임을 맡고, 영업은 공진항이, 서무는 고한승이 책임을 맡았다. 신문은 12면에서 6
면까지 오갔다. 1934년 5월 19호에서 "재정난과 그 외 다른 복잡한 사정으로 휴간"
하였다. 1935년 5월 평양에서 교사로 일하고 있었던 개성 사람 김병하가 편집 책임
을 맡아 속간했다. 1935년 7월에는 주식회사 체제로 재출발했다. "전선적全鮮的 내

용”으로 서울 한성도서주식회사에 출판과 영업을 맡기고 46배판형으로 바꾼 것이다. 석 달 동안 나라 안밖으로 엄청나게 발행 부수를 넓혔다. 그러나 거꾸로 개성 지역 중심 취재와 속살 담기가 어려워지는 문제가 생겼다. 따라서 48호부터 다시 개성 지역사회 언론 체제로 되돌아섰다. 1935년부터『고려시보』가 폐간되기 한 해 앞인 1940년까지 편집실을 지켰던 사람은 강운성[13]이다.

1936년 4월『고려시보』는 새 사옥으로 편집실을 옮겼다.[14] 그 일에 공진항이 맡고 있었던 '춘포사'가 뒷받침했다. 신사옥 신축 낙성과 창립 4주년을 기리기 위해 이화여전 부교장 김활란·조선어학회 리극로·조만식·개성박물관장 고유섭·고한승 들의 축사를 실었다.『고려시보』는 그 뒤 정간과 결간을 거듭하며 1941년 4월호152호까지 냈다. 왜로의 억압으로 폐간을 결정하지 않을 수 없었다. 을유광복을 맞자 박재청을 주필로 복간하였다. 그러나 1950년 경인년전쟁으로 다시 폐간했다. 오늘날 광복 뒤 발행분은 남아 있지 않다.『고려시보』는 나라잃은시대 개성 근대 지역문학의 전개와 주요 문학인의 활동을 찾아볼 수 있는 텃밭과 같은 중요 매체다. 김광균·고한승·김영희·민병휘·김소엽·임영빈과 같은 개성 역내 문학인 작품뿐 아니라, 중요 지식인의 글도 빠지지 않았다. 고유섭·석주명의 글이 대표적이다. 거기다 개성 역외 중요 작가의 작품도 적지 않게 실었다. 리기영·엄흥섭·리극로·최만식에다 장만영과 같은 이의 글이 그것이다.

먼저,『고려시보』속에 실린 림학수 관련 보도 기사를 모두 보이면 아래와 같다.

「인사人事」,『고려시보』, 고려시보사, 1937.4.16.

「학예 소식」,『고려시보』, 고려시보사, 1937.7.16.

「신간 소개」,『고려시보』, 고려시보사, 1937.8.16.

---

13 강운성은 을유광복 뒤에도『고려시보』간행에 관여하였다. 전후에는 서울대 대학신문사 편집국 장으로 일했다. 문단에 이름을 내걸고 활동하지는 않았지만 개성 역내에서는 시인으로 알려진 사람이다. 박태일,「개성 지역문학과『고려시보』그리고 김광균」,『한국지역문학연구』3집, 한국 지역문학회, 2014, 103~134쪽.

14 「창립 4주년을 맞는 본사의 연혁―동인제에서 주식회사제로」,『고려시보』, 고려시보사, 1937.4.1.

호수돈고등녀학교 교사의 한 부분[15]

엄흥섭, 「림학수 씨의 시집 『석류』를 독함」, 『고려시보』, 고려시보사, 1937.9.16.

「인사」, 『고려시보』, 고려시보사, 1938.4.16.

「소하설문銷夏說問」, 『고려시보』, 고려시보사, 1938.8.1.

「인사」, 『고려시보』, 고려시보사, 1939.1.6.

「인사」, 『고려시보』, 고려시보사, 1939.2.16.

「인사」, 『고려시보』, 고려시보사, 1939.4.1.

류복순, 「시인詩人 ─ 영어英語 선생先生①」소녀문조(少女文藻), 『고려시보』, 고려시보사, 1939.7.1.

류복순, 「시인 ─ 영어 선생②」소녀문조(少女文藻), 『고려시보』, 고려시보사, 1939.8.1.

림학수 관련 첫 보도는 앞에서 말한 바와 같이 「인사」 난이다. 개성 호수돈녀자고등보통학교(호수돈고등녀학교) '신임' '교원' 림학수 부임은 지역사회에서도 이야기거리였을 일이다. 그 무렵 개성에는 정규 중등학교로서 호수돈 말고도 송도고등보통학교송도중학교, 개성공립상업학교 들이 있었다. 거기에 중등 정도의 숭양상업강습소와 같은 비정규 사립학교가 더한다. 그러니 개성을 중심으로 가까이 황해도와 함경남도에 걸쳐 여학생들이 몰렸다. 그런 곳에 경성제대 시인 교사의 부임은 호수돈뿐 아니라 개성 지역사회의 기대까지 받는 입장이었을 것이다. 부임 한 달 뒤 림학수는 학생들과 경주로 수학여행을 다녀왔다. 그 기행문 「경주기행慶州紀行」을 『고려시보』는 4회로 나누어 실었다. 이듬 해 시집 『팔도풍물시집八道風物詩集』을 낼 주요 바탕 경험 가운데 하나가 이루어진 셈이다.

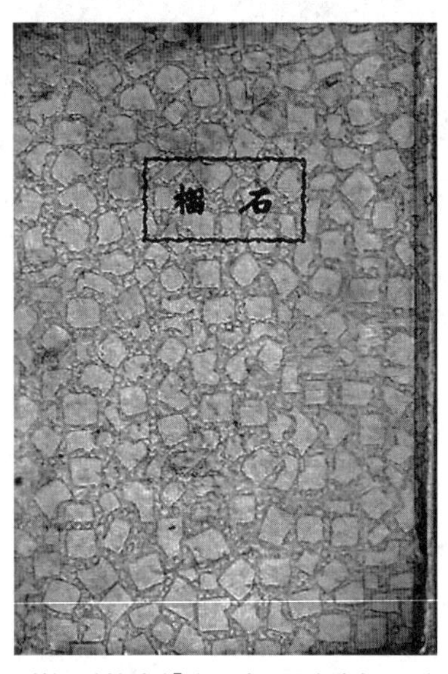

림학수의 첫 시집 『석류』의 1944년 재판본 표지

림학수에 대한 지역사회의 기대는 부임 소식에 이어 첫 시집 『석류』에 관한 보도와 서평으로 이어졌다. 두 달 사이에 잇달아 오른 기사다. 『석류』 초판본은 1937년 8월 10일, 개성 지역 자본이 큰 투자처였던 한성도서주식회사에서 냈다. 이미 한 달 앞서 출판 기사를 「학예 소식」에서 내놓은 『고려시보』다. "시단의 중견" 림학수 시집 『석류』가 "9월 중에 출간되리라 한다. 현재 호교에서 교편을 잡고 있으며 성대 출신의 영문학자"라 소개했다. 그리고 시집은 "호화판으로 나올 예정"이라 말을 더했다. 이어서 발행일에서 6일 지나 다시 한 번 「신간 소개」로 『석류』 출판을 『고려시보』로 알렸다. 그런 뒤 엄흥섭의 서평을 실었다. 그 무렵 개성 문인으로서 서평을 쓸 만한 이로서는 민병휘·김소엽·김광균과 같은 비평가나 시인이 있었으나, 『고려시보』는 그들에게 맡기지 않고 역외 작가 엄흥섭을 골랐다.

엄흥섭은 처가가 개성이다. 개성에 머물기도 했다. 그런 연고에다 한성도서주식회사의 글쓴이였던 엄흥섭에게 서평을 맡긴 셈이다. 아직 근대 개인 시집이 한 권도 나온 이력을 갖지 못한 개성 지역사회에서 볼 때 림학수의 『석류』는 그 자체로 이야기거리였을 것이다. 개성 역내 시인 김광균이 낸 첫 시집 『와사등』은 1939년 8월에

---

15   김기호 엮음, 『개성구경(開城舊京)』, 대한공론사, 1972, 32쪽.

『고려시보』 편집진이 일했던 고려청년회관의 모습[16]

나왔다. 『석류』 두 해 뒤다. 서평 「림학수 씨의 시집 『석류』를 독함」에서 엄흥섭은 자신은 "시를 쓸 줄 모른다. 시를 알지 못한다. 그러나 애독자이다"라 말문을 열었다. 그런 뒤 시인의 "처녀 시집" 『석류』는 "일찍이 해외 시인 워스워드나 뿌라우닝 같은 거성들의 시풍을 배운 것 같은 흔적이 그이의 시편에서 엿보여지지 안는 것도 아니나 그는 어듸까지 림학수적인 시풍을 창조한 시인이다." "동양적 서정미 찬란한 그의 시"는 아직도 감흥을 자극한다고 썼다. "개성을 살린" 시인의 『석류』는 "근래 우리 시단에 드문 수확의 하나로서 시단뿐만 아니라 문단인으로서 아니 넓은 의미의 문화인으로서 경하할 만한 역작 시집"이라 고평을 더했다.

작품의 속살에 대한 말은 아낀 서평이다. 모름지기 『석류』가 "경하할 만한 역작 시집"인가라는 물음과는 관계없이 큰 돈이 들어 출판이 어려웠던 1930년대를 가꾸어준 시집 출판이다. 한 권 한 권이 세상 눈길을 끈 일은 마땅했다. 그것도 서울과는 달

---

16   김기호 엮음, 앞의 책, 25쪽.

리 근대열이 두드러졌던 소도시 개성이었던 까닭에 더한 눈길을 받았음 직하다. 『석류』 출판의 메아리는 해가 바뀐 다음 해 1938년 1월 1일 『고려시보』에 재수록 형식으로 이어졌다. 『석류』에서 「눈 오는 날」을 골라 실은 것이다.

개성에 머문 지 한 해가 지난 1938년 봄 림학수는 가까운 명승 나들이 경험을 가졌다. 4월 『고려시보』에 내놓았던 시 「박연폭포朴淵瀑布」와 그것을 낳게 한 기록인 기행문 「북성일번기北城一番騎」가 그 결과물이다. 5, 6월 두 차례에 나누어 실었다. 4월 16일에는 「인사」 난에 "호고 교원" 림학수의 동정이 올랐다. "일전日前 강서고분江西古墳 시찰視察코 귀임歸任"했다 썼다. 벽화로 잘 알려진 고구려 옛 능과 그 둘레를 돌아보고 온 것이다. 뒷날 시집 『후조』의 제5부 「서행일기西行日記─삼묘三墓와 쌍영총雙楹塚」을 낳게 한 바탕 경험이 그곳에서 이루어졌다.

그런 뒤 8월 『고려시보』에 림학수는 다시 한 번 얼굴을 내민다. 「소하설문銷夏說問」이라는 공동 설문 가운데 한 자리다. 「소하설문銷夏說問」은 여름을 맞아 개성 지역 인사들에게 몇 가지 묻고 답을 청하는 형식의 짧은 글이다. 글쓴이로 이름을 올린 이는 고한승·김광균·고유섭·김소엽·민병휘·이선근·김경진·마태영·현동렴·김학형·진호섭·김진원·채만식·마해송·김재은·림학수, 이상 16명이다. 이들 가운데서 개성 역외 사람은 채만식과 림학수 둘 뿐이다. '설문'과 림학수의 답변을 적으면 아래와 같다.

1. 개성 부근에 납량처로 추천하시고 싶은 곳이 어데어데입니까?

2. 선생이 실행하시는 '여름 가정 단락법團樂法은?

3. 가장 즐기시는 여름 풍경이 무엇입니까?

4. 금년 여름은 어떻게 지내시렵니까?

5. 여름 과실 중에 무엇을 좋아하십니까?

1. 나는 박연朴淵 밖에 가본 곳이 없으니 박연에 들겠습니다.

2. 별로 없읍니다.

3. 해가 지고 비단구름이 하눌에 덮일 때 들 끝에 초동이 소를 몰고 돌아가는 것을 바라보는 경景입니다.

4. 동해에나 혹은 서해에서 약 10일간 해수욕을 하고 출판 관계로 서울에 가려 합니다.

5. 수박이 참외보다 나은데 그것도 단것만 좋아합니다.

더운 한여름 "납량처로 추천하시고 싶은 곳"을 물은 데 대해 림학수는 '박연폭포'를 들었다. 게다가 "박연朴淵 밖에 가본 곳이" 없다고까지 썼다. 개성 지역사회에 관하여 아는 바가 많지 않다는 겸손이다. 「북성일번기北城一番騎」를 낳게 한 기행 경험을 다시 한 번 떠올리게 한다. 눈길을 끄는 답변은 4번이다. "금년 여름에" "출판 관계로 서울에 가려" 한다고 적었다. 9월 30일에 나온 림학수의 두 번째 시집 『팔도풍물시집』인문사 출판을 뜻한다. 1937년 첫 시집 『석류』에 이어 해마다 시집을 내는 림학수다. '특제본' 곧 딱딱한 표지의 화려한 시집 두 권, 곧 『석류』와 『팔도풍물시집』을 낼 수 있었던 림학수의 남달랐던 환경을 엿볼 수 있다.

나에게는 잊지 못할 반년半年이었다. 적은 틈을 타서 산수山水에 놀아 몸과 마음을 쉬이고 싶었다. 호을로 고개 수그릴 제나 멀리 산山 넘어 푸른 하늘을 바랄 제 내 눈의 뜨거웠음을 누가 아랴?

오직 이 작품들을 생각하고 쓸 때 나는 가장 행복이었다

—「후기」 가운데서![17]

1938년 5월에 쓴 『팔도풍물시집』 「후기」 가운데 부분이다. "오직 이 작품들을 생각하고 쓸 때 나는 가장 행복이었다"고 썼다. 이 시기 이미 개성 부임 첫 해인 1937년 경주 수학여행 경험에서부터 강서 지역 고구려 옛무덤과 박연폭포를 중심으로

17　「후기」, 『팔도풍물시집』, 인문사, 1938, 70쪽.

한 개성 둘레까지 둘러본 림학수다. 『팔도풍물시집』의 상당 작품이 그런 장소 경험
에 바탕을 둔 셈이다. 게다가 그것은 이어진 세 번째 시집 『후조候鳥』1939에까지 영향
을 크게 미쳤다. 『후조』 제1장 '산문시편'에 실린 11편의 많은 수가 개성 정주 시기의
경험이 모태가 된 작품인 까닭이다.

> 바른 편으로 인기척 없는 들길을 거르면 만월대滿月臺에 이르고 북北으로 산山을 오르
> 면 채하동彩霞洞에 이르것만 야기夜氣가 싸늘하여 가고 싶지가 않다. 이곳의 시가市街란 실
> 實로 단순單純하다. 다리를 건너 천변川邊을 타고 나리다 또 다리를 건너면 언덕 우에 내가
> 일하는 학교學校가 있어 비들기장 같은 창窓과 창窓 사이로 밝은 불빛이 흐르고 그 앞에
> 조고마 문방구점文房具店과 포목점布木店과 약방藥房, 독집壺을 지나 두어 책사冊肆를 지나면
> 남대문南大門이다. 그 노군교勞軍橋에서부터 여기까지가 나의 매일每日 오고 가는 세계世界
> 다. 잠간 틈이 나서 교정校庭을 건일기도 싱거울 때면 나는 고개를 수그리고 그저 여기까
> 지 오다가 여기서 정립停立하고 그리고 다시 도라서곤 하는 것이다.
>
> ─「토요일土曜日」 가운데서[18]

림학수가 아침 저녁 "매일每日 오고 가는" 개성 시가지 풍경을 담았다. 언덕에 있는
호수돈 학교에서부터 '남대문'까지 거닐기도 했다. 서울 물에 젖은 림학수의 눈길에
개성 "시가란 실로 단순"해 보인다. 『고려시보』에 실리지는 않았으나, 이 작품을 림
학수는 『후조』 제1장 '산문시편'의 맨 마지막에 올렸다. 그리고 '산문시편' 맨 앞에는
자신의 일터 동료 음악교사의 꽃꽂이 버릇을 두고 쓴 「화병」을 올렸다. 시집 장 배치
가운데서 첫 작품과 마지막 작품을 개성 관련 작품으로 두었다. 이로 미루어 제1장
에 실린 11편 작품 가운데서 지역 특성이나 배경 장소가 드러나지 않는 작품까지도
개성 지역 정주 시기에 마련된 작품이리라는 믿음을 일깨워 준다.

림학수에 관한 『고려시보』의 보도는 1939년 1월 9일의 「인사」 자리에서 다시 나

---

18 『후조』, 앞의 책, 38쪽.

개성 남대문 가까운 시가지의 1940년대 모습[19]

타난다. "호고 교원" 림학수가 "동기冬期 휴가休暇에 만주滿洲 지방면地方面 여행旅行 중中 거츰 10일日 귀임歸任"했다고 썼다. 2월 1일부터 4월 16일까지 네 차례에 걸쳐 『고려시보』에 발표한 만주 기행문 「설원만리雪原萬里」의 바탕이 된 북만주 나들이었다. 개성에 와서 『고려시보』로 알게 된 지역 유력자 공진항이 대표로, 이선근이 사무장으로 일하고 있었던 북만주 오상현의 '안가농장'과 '평안농장'을 들리고, 그 걸음에 장춘과 하얼빈까지 둘러 본 다음, 돌아온 여정이었다.

1939년 2월 16일에 다시 한 번 림학수는 『고려시보』 「인사」에 이름을 올렸다. 림학수의 할머니가 2월 13일 하세했다는 부고 격의 보도다. 그리고 다시 두 달 뒤 4월 1일에는 마지막 보도 기사가 올랐다. "호교 교원" 림학수가 서울 "성신녀학교誠信女學校 교무주임으로 전임轉任"했다고 알렸다. 그 석 달 뒤인 7월과 8월에는 류복순이라는 여학생이 담임이었던 림학수 교사에 대한 인물 촌평 「시인詩人─영어英語 선생先生」을 두 차례 내놓았다.

선생先生의 키는 중 키이다. 뚱뚱하냐고! 아─니 절대로 알맞게 가는 허리를 가진 그야

---

19 김기호 엮음, 앞의 책, 20쪽.

말로 백百 퍼-센트의 스타일을 가졌다. 약간 팔자걸음을 걷는 선생先生의 타입은 너무 좋다고는 할 수 없어도 괜찮게 보인다.

— (줄임) —

걸음거리보다도 선생先生의 가는 허리로서 선생先生의 체질體質의 얼마만큼 약弱함을 가히 알 수 있다.

— (줄임) —

선생先生은 우리의게 영어英語를 가르치는 것보다는 자기自己의 마음대로 하로하로를 보내고 싶은 모양이다.

— (줄임) —

선생先生의 성질性質은 두말할 것 없이 지독한 신경질神經質이다. 처음 우리 학교學校에 오실 때에는 어찌나 신경질神經質인지 학생學生들이 죄다 놀래었다. 그리고 선생先生은 싫은 것은 많고 좋다는 것은 참으로 적다. 또 어떤 일이든지 적극적積極的으로 생각生覺하지 안는 모양이다. 어느 때인가 선생先生이 교수敎授하다 말고 "나는 고기나 생선生鮮을 칼로 베는 걸 보면 마음이 아파 먹을 수가 없다고 그리고 칼을 들고 베는 사람이 지독해 보인다" 하고 말씀하시는 것을 듣고 나는 선생先生의 마음이 얼마나 곱고 약弱하다는 것을 짐작하였다. 또 선생先生은 귀여워하면 아조 귀엽고 미우면 아조 미운 극단적極端的 심리心理를 가졌다.

— (줄임) —

선생先生은 강强하고 사나운 성질性質을 가졌나 하면 깨끗하고 잔잔한 호수 우로 미풍微風이 흐름과 같이 또는 소녀少女의 보드라운 손길과 같은 성질性質로 변變하기도 한다. 선생先生의 성질性質은 따를 따라 기분氣分을 좇아 천태만태千態萬態로 변變하니까 그것을 여기다 모주리 쓰랴면 내 일생一生을 허비해도 다 쓸 수 없으리라.

— 류복순, 「시인詩人 — 영어英語 선생先生」 가운데서[20]

---

20   『고려시보』, 고려시보사, 1939. 7. 1·8. 1.

20대 후반 청년 림학수의 모습을 엿볼 수 있는 흥미로운 인물평이다. 가는 허리에 중간 정도 키, 그리고 여윈 몸에 "지독한 신경질"을 느낄 만큼 예민했을 됨됨이가 느껴진다. 그런 가운데서 "선생의 마음이" "곱고 약"하다고 느끼는 글쓴이 소녀의 마음은 자신의 것을 담임에게 투사한 결과라 하더라도 림학수의 됨됨이를 짐작하는 데에 도움을 준다. "강하고 사나운 성질을 가졌나 하면 깨끗하고 잔잔한 호수 우로 미풍이 흐름과 같이 또는 소녀의 보드라운 손길과 같은 성질로 변"한다는 판단 또한 실상 그대로라기보다 시인 담임을 바라보는 소녀 제자의 희망 사항을 담은 표현이라 하겠다. 림학수가 호수돈 시절 "테니스부 감독을" 맡았다는 기록[21]이 보인다. 류복순의 글에서는 다른 말이 없다.

이러한 인물평은 이미 림학수가 개성을 떠난 뒤의 것이다. 이 시기 림학수는 서울로 옮겨 새 일터에 자리를 잡자 말자 이른바 '황군' '위문사절단'의 한 사람으로 중국 땅을 다녀왔다. 「시인―영어 선생①」이 실린 같은 지면에 림학수의 '북지황군위문北支皇軍慰問 조선문단사절朝鮮文壇使節 루포르타―쥬' 「낭자관娘子關」이 함께 실린 까닭이다. 그리고 그 뒤 세 번째 시집 『후조』가 1939년에 나왔을 때, 광고문 「림학수林學洙 저著 후조候鳥 출간出刊」을 『고려시보』는 11월 16일자에 실었다. 시집 발행일은 1월 25일이었다. 그보다 앞서 광고문을 실은 셈이다. 림학수가 『고려시보』 지상에 마지막으로 이름을 올린 때는 해를 바꾼 1940년 6월이었다. 시집 『후조』에 실었던 시 「길손」을 『고려시보』가 되실었다.

이렇게 보면 『고려시보』는 1937년 4월 림학수의 개성 부임과 1939년 4월 개성을 떠난 일뿐 아니라 그 뒤까지 림학수에 대한 관심과 배려를 아끼지 않았다. 그리고 그것을 바탕으로 림학수는 자신의 창작적 열성과 성과들을 두 번째 시집 『팔도풍물시집』과 세 번째 『후조』, 네 번째 『전선시집』뿐 아니라 을유광복 뒤 월북에 앞서 유일하게 남한에서 냈던 마지막 시집 『필부의 노래』에 실었다. 번역가, 영문학자, 시인으로서 살아왔던 림학수다. 그 가운데서 적어도 시인으로서 삶은 어느 시기, 어느 곳보

---

21   박진영, 앞의 글, 264쪽.

다 개성에서 보낸 두 해의 나날살이 경험이 바탕이 되었음을 『고려시보』 보도 기사
는 잘 말해 주고 있는 셈이다.

3. '풍물시'와 재수록의 앞뒤 사정

림학수는 무엇보다 시인이다. 나라잃은시대 내기 어려운 개인 시집을 다섯 차례
나 낸 사람이다. 첫 시집 『석류』에서 『팔도풍물시집』과 『전선시집』, 『후조』에 이어
『석류』 재판본한성도서주식회사, 1944.1.15까지 더했다. 거기다 번역 시집을 넣으면 출간 시집
숫자는 더 는다. 각별히 『석류』 재판본은 을유광복을 한 해 앞둔 시기에 냈다. 이미
배달말로 된 책은 검열, 조정을 거쳐 이른바 조선총독부의 왜로 체제에 순응하고 그
확대, 선전에 이바지하는 속살을 지닌 것들만 검열, 출판이 허락된 시기다. 침략 식
민자의 지배언어 왜어와 피식민자 노예언어였던 배달말로 이중 표기를 허용했지만,
그 목표는 제국주의 왜로 체제의 승리라는 오로지 한 길이었을 따름이다. 그런 시기
에 굳이 신작 시집도 아닌 재판본까지 낼 수 있었던 림학수의 정신머리는 여느 시인
에 견주면 뜻밖이다. 그런데 이들 시집 가운데서 세 권, 곧 『석류』1937.8, 『팔도풍물시
집』1938.9, 『후조』1939.1는 개성 정주 시절 출판물이다. 거듭하거니와 『팔도풍물시집』과
『후조』에 실린 작품의 많은 수가 그 시기의 체험이 바탕을 이룬다. 림학수는 개성의
교사였으면서 무엇보다 시인으로서 개성 지역에 살면서 자기 정체성을 키운 셈이
다. 그리고 그이에 맞장구치듯이 개성 매체 『고려시보』는 시인 림학수의 시를 5편이
나 실었다. 그들을 들면 아래와 같다.

「눈 오는 날」, 『고려시보』, 고려시보사, 1938.1.1.

「박연폭포朴淵瀑布」, 『고려시보』, 고려시보사, 1938.4.16.

「상팔담고사上八潭古事」, 『고려시보』, 고려시보사, 1938.11.16.

「봄바람에게」, 『고려시보』, 고려시보사, 1939.1.1.

「길손」, 『고려시보』, 고려시보사, 1940.6.1.

이들 5편 가운데서 「눈 오는 날」은 시집 『석류』에서 따와 되실은 것이다. 「상팔담 고사」 또한 『팔도풍물시집』을 내놓은 뒤 재수록한 경우다. 「길손」은 림학수가 개성을 떠나기 앞서 1939년 1월에 내놓았던 『후조』에서 따와 실었다. 떠난 두 달 뒤였다. 그리고 「봄바람에게」는 '신년송'이라는 곁텍스트를 붙여 발표했다. 그런데 이 작품 또한 개성에 오기 앞서 이미 1937년 서울 교양지 『사해공론』 1월호에 실었던 것이다. 남은 시가 「박연폭포」다. 1938년 4월에 올렸다. 『팔도풍물시집』이 9월 30일에 나왔으니, 다섯 달 앞선 일이다. 그리고 7월 23일 『조선일보』에 「박연」이라는 이름으로 발표했다. 두 달 뒤 『팔도풍물시집』에 실었으니, 『조선일보』 게재는 시집 출판과 맞물려 있었음을 알 수 있다. 이렇게 보면 『고려시보』에 실린 림학수 시 가운데서 초간본은 「박연폭포」 1편에 그친다.

그런데 재수록한 작품 경우, 초간본에서 조금씩 변이가 일어났다. 『고려시보』의 표기 방식에 따라 편집실 손질을 거친 경우도 있을 터다. 림학수가 손수 다시 다듬어 보낸 것도 있겠다. 어느 경우인지 뚜렷하게 밝힐 수는 없다. 하지만 그런 변이는 림학수가 지녔을 창작 역량이나 방향을 가늠하는 한 지렛대가 되는 까닭에 가볍게만 볼 일이 아니다.

「눈 오는 날」은 2줄 1토막 형식에 6개 토막을 이은 꼴이다. 두루뭉술 "내 입김", '가슴', '발자국'과 같은 시어를 끌어와 자기 '마음'을 '눈'에 견주었다. 그러면서 천 년 옛과 천 년 앞날을 그린다는 부풀린 상상을 펼쳤다. 흰 눈 내린 세상의 고른 모습에다 마음이 가닿은 너른 터를 보여 준다는 점에서 새해 첫머리에 실을 작품으로 마땅하다고 『고려시보』 편집진은 본 셈이다. 실으면서 작품 손질은 더하지 않았다.

미풍微風아 나래 닫어라

사슴아 숨어라

높-이 별조각 구으는 시내 우에서

오, 미끄러운 허리 빛나는 어깨!
뾰로통 내민 가슴 저 향香기러운 살!

곡선曲線 엿보이고 파—란 정맥靜脈도 비최는
그 얇고 가벼운 사絲를
꿈인가?…… 꿈인가?
훨 훨 훨 벗어 던졌네.

오월五月의 장미薔薇도 오히려 낯붉힐
실 한 올 머무렀으리
이 꽃다운 청춘靑春!

—「상팔담고사上八潭古事」 가운데서[22]

『고려시보』에 되신기 앞서『팔도풍물시집』에 든 작품이다. 그것을 따 옮기면서 첫 토막 '노-피'가 '높-이'로, 둘째 토막 '향香그러운'이 '향香기러운'으로, 셋째 토막 '빗최는'이 '비최는'으로, "버서 던젓네"를 "벗어 던졌네"로, 마지막 토막 '머무렷스리'를 '머무렀으리'로 적었다. 그리고 첫 토막 "시내 우에서-"에서 부호 '-'를 뺐다. 이음소리連音와 끊음소리絶音 사이 머뭇거림과 군더더기 부호 손질이다. 출판사 편집실의 표기 규정에 따른 변이일 것이다. 작품 뼈대에는 아무런 영향이 없다. 림학수가 개성을 떠나기 직전에 낸 시집『후조』에서『고려시보』에 골라 실은「길손」또한 변이가 적다.

① 검고 빈 들. 땀에 겨른 헝겁을 뽑아 행인은 이마를 싯는다.
② 검고 빈 들. 땀에 겨른 헌겁을 뽑아 행인은 이마를 씻는다.

---

22 『팔도풍물시집』, 앞의 책, 46~47쪽.

①은『후조』에 실은 것, ②는『고려시보』의 시줄이다. '헝겁'을 '헌겁'으로, '싯는다'를 '씻는다'로 손질했다. 현실음을 무엇으로 보느냐에 따른 손질이다. 작품 선택과 게재를 책임진 편집실에서 이루어진 자연스러운 결과라 할 수 있다. 「상팔담고사」와 비슷하다. 그런데 「봄바람에게」는 조금 다르다. 두 해나 앞서 발표했던 작품을 『고려시보』에 되실었다. 아직 림학수가 개성에 머물고 있을 때다. 그러니 「봄바람에게」가 『고려시보』에 실린 일은 순전히 림학수의 뜻과 손질에 따라 이루어진 일이라 볼 수 있다. 『고려시보』가 신년시 작품으로 마땅한 것을 림학수에게 청탁했을 것이다. 그에 걸맞은 신작을 내놓지 않고 림학수는 이미 발표했던 「신년송」을 내주었다. 제목을 「봄바람에게」라 고치고, 나머지에서도 몇 군데 손질을 한 뒤였다.

① 가라 따스한 바람이여

내 사랑의 두 뺨을 시스라.

그 가벼운 옷자락을 나빗기고

어여뿐 이야기 아롱진 눈에는

초밤별 같은 속삭임을 전하라.

가라 그윽한 바람이여

내 사랑의 입술에 부대치라.

그 향그러운 숨결과 섞이고

새鳥소리 가득찬 맑은 가슴에는

탄탄한 은선銀線의 멜로디를 알외라

가라 보드러운 바람이여

너 서쪽 물결 건니라.

가없는 잔디밭에 화환花環의 얼커질 제

푸르른 구름 우를 날르라 날르라.

(임林 씨氏는 경성제대京城帝大 영문학英文學 조수助手이십니다)

—「신년송新年頌」[23]

② 가라 따스한 바람이여

내 사랑의 두 뺨에 부대치라.

그 가벼운 옷자락을 나비끼고

어여쁜 이야기 아롱진 눈에는

초밤별 같은 속삭임을 전하라.

가라 그윽한 바람이여

내 사랑의 입술에 부대치라.

그 향香그러운 숨결과 섞이고

새鳥소리 가득찬 맑은 가슴에는

탄탄한 은선銀線의 멜로듸를 알외라

가라 보드러운 바람이여

너 서西쪽 물길을 건느라.

가없는 잔디밭에 화환이 얼켜질 제

푸르른 구름 우를 날르라. 날르라.

—「봄바람에게」[24]

모두 4줄 1토막 형태로 셋을 이어붙인 짧은 시다. 그 가운데서 몇 군데 손질을 했다. 『사해공론』 초간본 ①의 첫 토막에서 "두 뺨을 시스라"가 "두 뺨에 부대치라"로

---

23   『사해공론』 1월호, 사해공론사, 1937, 16~17쪽.
24   『고려시보』, 고려시보사, 1939.1.1.

바뀌었다. 뜻이 강해졌다. '어여뿐'은 '어여쁜'으로 고쳤다. 그 다음 토막 둘째 줄 "내 사랑의 입술에 부대치라'와 맞물리도록 이끈 셈이다. '나빗기고'가 '나비끼고'로 달라진 점은 이음소리로 적는 게 더 충실하다고 본 손질이다. 둘째 토막의 "그 향그러운 숨결과 섞이고"는 "내 향香그러운 숨결과 섞이고"로 달라졌다. '그'를 '내'로 바꾸고 '향'에다 한자어를 더했다. 드러내고자 하는 뜻을 더 살리고자한 까닭이겠다. 거기다 '멜로디'를 '멜로듸'로 옮겼다. '멜로듸'가 원어에 가까운 소리라 여긴 셈이다. 셋째 토막에서 "날르라 날르라" 사이에 마침표를 넣어, '날르라'의 뜻을 더 뚜렷하게 맺었다. 그러나 큰 영향을 지닌 변화는 아니다. "서西쪽 물결 건니라"를 "서西쪽 물길을 건니라"로 손질한 것은 뜻에서 차이가 크다. 훨씬 뚜렷해졌다. "화환花環의 얼켜질 제"는 "화환이 얼켜질 제"로 바꾸었다. 앞선 시의 잘못을 뒤에 바로잡은 경우다. 마지막 시 맨 끝에 붙인 곁텍스트 "임 씨는 경성제대 영문학 조수이십니다"는 뺐다. 거기다 제목은 「신년송」에서 '봄바람에게'로 바뀐 바람에 본디 제목이었던 '신년송'은 부제로 밀려났다. 말하자면 '신년'을 위한 기념시 수준은 그대로 두되, 봄을 맞으려는 쪽을 더 강조한 셈이다. 재미있는 점은 그 뒤 림학수가 시집 『후조』는 물론 을유광복 뒤 낸 『필부의 노래』에서도 이 작품을 싣지 않았다는 사실이다. 이 시가 자신의 성취로 볼 때 시집에 올릴 만한 수준이 아니라고 본 셈이다.

① 밤마다 밤마다 이 푸르른 이끼 우에 걸앉어 세 마디난 대피리를 끄내 들고 그는 끝없이 불었읍니다.

서천西天 지려는 해가 만산滿山 소리없이 업딘 군세軍勢를 어로만지는 듯 타도록 수繡노아 병풍을 새여든 한 줄 바람이 시드른 잡초雜草 흔들어 적은 벌레를 깨우치는 듯 ―

저 아득히 암벽岩壁을 날라 넘은, 시내 장미薔薇빛 그늘을 깨치고 나동그라저 흰 구슬 되는 듯, 아니 쌍쌍이 호접胡蝶 되여 입에 담북 가루를 먹음고 진달래 훗날리는 담장을 분주히 넘나드는 듯 ―

소리 간곡하매

따에 아름다운 이야기 얼키고 곡조는 멀리 구름 난간欄干으로 사라저 갔읍니다.

하롯밤

진주眞珠보다도 흰 옷자락을 끌고, 머리에 꽃송이 손에 향합香盒 잠드른 파문波紋을 헷치며 헷치며 드디여 구원久遠의 여상女像은 나타났읍니다 고개 드리우고 두 눈 반쯤만 닫고 아, 어느듯 여기 한옥큼 갈대 사이에 그 귀를 의심하는 듯, 수심저 서 있었읍니다!

"그대는 누구기에 내 꿈엔들 놓지 안는 피리를 이제 잠간 멈추게 하나뇨? 그대는 누구기에, 내 깃거운 꿈을 산산히 흩어버리고 그 호소하는 눈동자 애달픈 입살로 이다지도 마음을 어즈럽게 하나뇨?"

"첩은 동해東海 임검의 맏딸로서 이팔二八, 어버이 널리 물어 배필을 구하옵더니 후원 주렴에 의지하야 시詩를 을플 제나 거문고를 탈 제나 항상 은은히 들려오는 그윽한 피리 — 맛참 달도 밝은지라 부끄러움을 무릅쓰고 나왔나이다. 꾸짖지 안으신다면 세상에 드믄 반죽班竹과 두어 권 옛글이 저기 낭군을 기다리고 있나이다."

이리하야 손에 손을 잡고 그림자처럼 사라진 지 이미 천년千年, 깜아득-히 갈매기처럼 날라 넘는 이 시내 우에 꾀꼬리 봄소식을 전하고 찬비 가을을 느껴 울 것만 아모도 그들 뒷이야기를 알 자가 없읍니다.

(범사정 현판에 가라대 옛날 박朴 진사進士 피리를 즐겨하야 밤을 낮 삼아 이 소沼 가에 와 불더니 하룻날 그 피리에 감격한 용왕龍王의 딸에 이끌려 소沼 속으로 드러갔다고.)

— 「박연폭포朴淵瀑布」[25]

『고려시보』에 실었던 「박연폭포」 전문이다. 박 진사와 용왕의 딸에 얽힌 박연 전설을 시라는 갈래로 풀어 낸 작품이다. '그는'이라 시인이 일컫는 이는 '박 진사'로서 피리를 늘 불며 즐기며 박연에서 노닐었다는 이다. 그런 그이의 피리소리에 너무나 끌린 동해 용왕의 맏딸이 박 진사를 짝벗으로 삼아 용궁으로 데려갔다는 이야기다. 사람 들기 어려워 보이는 깊은 데다 소리 요란한 명승이라면 예부터 자연스레 생겼을 법한 이야기다. 그것을 풀어서 시라는 형식으로 짜는 일에서 시인이 옛이야기의 줄거리를 바꾸거나 표현에서 유다른 재간을 부린 흔적은 없다. 그런 까닭에 개성 명승 박연에 얽힌 "아름다운 이야기"를 향한 청년 시인 림학수의 감동이 솔직하게 담겼다. 『팔도풍물시집』에 올리기 위해 썼다고 할 정도로, '팔도 풍물' 가운데서 개성을 대표하는 '풍물'로 박연폭포를 가져왔다. 개성에 머물며 풍문으로만 알던 박연폭포를 향한 자연스러운 창작이었던 셈이다. 이 작품은 『팔도풍물시집』에 올리기 앞서 『조선일보』에 다시 투고해 실렸다고 앞서 말했다. 작품에 대한 림학수의 애착이 유달랐던 결과라 할 수 있다.

① 이리하야 손에 손을 잡고 그림자처럼 사라진 지 이미 천년千年, 깜아득-히 갈매기처럼 날라 넘는 이 시내 우에 꾀꼬리 봄소식을 전하고 찬비 가을을 느껴 울 것만 아모도 그들 뒷이야기를 알 자가 없읍니다.

(범사정 현판에 가라대 옛날 박朴 진사進士 피리를 즐겨하야 밤을 낮 삼아 이 소沼 가에 와 불더니 하롯날 그 피리에 감격한 용왕龍王의 딸에 이끌려 소沼 속으로 드러갔다고.)

—「박연폭포朴淵瀑布」 가운데서[26]

② 이리하야 손에 손을 잡고 그림자처럼 사라진 지 이미 천년千年,

<hr>

25 『고려시보』, 고려시보사, 1938.4.16.
26 『고려시보』, 고려시보사, 1938.4.16.

깜아득-히 갈매기처럼 날라 넘는 이 내 우에 꾀꼬리 봄소식을 전하고 찬비 가을쫄 늣겨 울 것만 아모도 그들의 뒷이야기를 알 자가 업습니다.

(범사정 현판에 가로대 옛날 박朴 진사進士 피리를 즐겨하야 밤을 낮삼아 이 못 가에 와 불더니 하룻날 그 피리에 감격한 용왕龍王의 딸에 이끌려 이 못 속으로 드러갓다고.)

—「박연朴淵」 가운데서[27]

③ 이리하야 손에 손을 잡고 그림자처럼 사라진 지 이미 천년千年,

깜아드-키 갈메기처럼 날라 넘는 이 시내 우에 꾀꼬리 봄소식을 전하고 찬비 가을을 느껴 울 것만 아모도 그들의 뒷이야기를 알 자가 없읍니다.

(범사정 현판에 가라대 옛날 박朴 진사進士 피리를 즐겨하야 밤을 낮삼아 소 가에 와 불더니 하룻날 그 피리에 감격한 용왕龍王의 딸에 이끌려 이 소沼 속으로 드러갓다고.)

—「박연朴淵」 가운데서[28]

『고려시보』 초간본 ①과 『조선일보』본 ②, 그리고 『팔도풍물시집』본 ③의 뒤쪽 두 토막을 옮겼다. 낱말 수준에서는 ①의 '시내'가 ②의 '내'로 바뀌었다가 ③에서도 '내'로 그대로 굳었다. ①의 '그들' 경우에는 ②에서 '그들의'로 바뀌었다 ③에서도 '그들의'로 이어졌다. 토씨 '의'를 더했다. '가라대' 경우는 ①에서 ②로 바뀌면서 '가로대'로 손질을 했다가 ③에서는 다시 '가라대'로 돌아갔다. 그리고 ①의 '느껴' 경우는 ②에서 '늣겨'로 갔다가 다시 ③에서 '느껴'로 굳었다. '없읍니다' 경우도 '없습니다'로 달라졌다가 '없읍니다'로 돌아갔다. 토씨를 더하거나 이음소리와 끊음소리 소리 사이에 오가는 차이 정도가 텍스트 변이 과정의 주요 조건이었다. 그러니 그들 사이 손질이 가져온 뜻은 거의 없다고 할 수 있다. 그러다 '소'의 경우에 이르러서는 사정이

---

27   『조선일보』, 조선일보사, 1938.7.23.
28   『팔도풍물시집』, 앞의 책, 40~41쪽.

달라진다. ①의 "소沼 가", "소沼 속"이 ②에서
는 "못 가", "못 속"으로 바뀌었다. 다시 ③에
서는 "소沼 속"과 "소沼 속"으로 돌아갔다. '소沼'
와 '못'의 차이는 한자 외래어와 토박이말 사
이 변화에 있다. 여기서 토박이말이 뜻글자인
한자어에 견주어 무게가 덜하는 느낌을 준다
는 사실을 생각할 필요가 있다. 깊은 못의 상
태를 드러내는 데에는 못보다 한자어 소沼가
더 알맞다는 생각을 가졌을 법하다. 꼴에서도
작은 변이가 일어났다. ①에서 "사라진 지 이
미 천년千年, 깜아득-히 갈매기처럼"으로 나

박연폭포[29]

아간 흐름이 ②에서는 "사라진 지 이미 천년千年"과 "깜아득-히 갈매기처럼" 사이를
한 줄 띄어 토막이 나게 만들었다. 숨길을 느리게 바꾼 셈이다. 그러다 ③에서는 토
막진 꼴을 줄이고, "사라진 지 이미 천년千年 / 깜아득-히 갈매기처럼"으로 시줄 흐름
만 가른 흐름으로 옮겼다. 모두어 보면 바탕에서부터 작품 뼈대나 속살을 흔드는 일
과 같은 변화를 준 경우는 아니다. 다섯 달 남짓한 짧은 기간에 이루어진 소극적인
변이다. 다만 제목을 「박연폭포朴淵瀑布」에서 「박연朴淵」으로 바꾸었다가 그대로 굳힌
흐름은 마땅했다. 드러내고자 한 글감에 초점을 두겠다는 뜻이 담긴 손질로 여겨진
다. '폭포'에 관한 것이 아니라, '박연'에 관한 전설이 시의 눈인 까닭이다.

　시 갈래에서 『고려시보』에 실은 림학수의 작품은 신작시라는 흔한 꼴보다는 재수
록 형식이 중심이었다. 신작시는 「박연폭포」가 오롯하다. 『고려시보』로부터 '중견 시
인'이라는 일컬음을 받은 림학수다. 그런데 정작 시 갈래 발표에서는 소극적이었다.
흥미로운 점은 시보다 줄글散文 형식으로 올렸던 글들에서 더하다. 왜냐하면 미미한
손질을 거쳐 그들을 뒷날 시집에 고스란히 '산문시'로 발표하는 경우가 많았기 때문

29　우만형 엮음, 『개성』, 예술춘추사, 1970, 13쪽.

이다. 이제 장을 달리해 그런 점을 두고 살펴보기로 한다.

4. 산문과 '산문시'의 거리

림학수는 『고려시보』에 시보다 줄글수필·산문을 더 많이 실었다. 그 일은 개성 정주 기간 내내 한결같았다. 개성 호수돈에 온 두 달 뒤 학생들과 함께 다녀온 기행문 「경주기행慶州紀行」이 처음이다. 개성을 떠나기 앞서 방학을 맞아 다녀온 북만주 기행문 「설원만리雪原萬里」에다 '북지황군위문 조선문단사절'로 다녀온 중국 기행문 「낭자관娘子關」에까지 한결같이 걸쳤다. 『고려시보』에 오른 림학수의 줄글을 죄 들어 보이면 아래와 같다.

「경주기행慶州紀行(1)」, 『고려시보』, 고려시보사, 1937.6.16.

「경주기행慶州紀行(2)」, 『고려시보』, 고려시보사, 1937.7.1.

「경주기행慶州紀行(3) — 석굴암石窟庵」, 『고려시보』, 고려시보사, 1937.7.16.

「경주기행慶州紀行(4) — 경주慶州」, 『고려시보』, 고려시보사, 1937.8.1.

「경주기행慶州紀行(5)」, 『고려시보』, 고려시보사, 1937.9.1.

「북성일번기北城一番騎」, 『고려시보』, 고려시보사, 1938.5.16.

「북성일번기北城一番騎(2)」, 『고려시보』, 고려시보사, 1938.6.1.

「북성일번기北城一番騎(완)」, 『고려시보』, 고려시보사, 1938.6.16.

「화병花瓶」, 『고려시보』, 고려시보사, 1938.9.16.

「꿈」, 『고려시보』, 고려시보사, 1938.12.1.

「겨울밤」, 『고려시보』, 고려시보사, 1939.1.1.

「설원만리雪原萬里①」, 『고려시보』, 고려시보사, 1939.2.1.

「설원만리雪原萬里②」, 『고려시보』, 고려시보사, 1939.2.16.

「설원만리雪原萬里③」, 『고려시보』, 고려시보사, 1939.4.1.

「설원만리雪原萬里④」,『고려시보』, 고려시보사, 1939.4.16.

「낭자관娘子關」,『고려시보』, 고려시보사, 1939.8.1.

모두 7편이다. 이 가운데서「설원만리雪原萬里③」과「설원만리雪原萬里④」, 그리고 「낭자관娘子關」은 개성을 떠난 뒤 발표되었다.「설원만리雪原萬里③」과「설원만里④」둘은 떠나기 앞서 미리『고려시보』에 넘겼을 가능성이 크다.「낭자관」은 서울로 가서 성신여교 교무주임으로 부임하자마자 중국 북경 너머 이른바 '황군'이 싸우는 산서성 쪽 전선을 들러보고 온 부왜 행각의 결과물이다. 1939년 4월 15일 서울을 떠난 림학수 일행은 4월 16일 북경역에 이르렀다. 거기서 뒤늦은 위문품과 소지품을 챙기기 위해 1주일 동안 머물다 산서성 운성으로 떠났다. 전선 방문을 마치고 5월 3일 북경으로 되돌아와 5월 12일 북경역을 뜬 뒤 서울에 이르렀다. 29일에 걸친 여행이었다. 그런 여정과 관련한 기행문을 군이 림학수는 나누어 몇몇 매체에 실었다.『고려시보』에도 다녀온 뒤 발표 기회를 가졌다. 7월의「북지北支000의 일야一夜— 펜부대수기部隊手記」『박문』제1집, 박문서관, 1939를 싣고,「북지견문록北支見聞錄」을 세 차례 나누어『문장』7, 8, 9월에 실었다. 나아가 해를 바꿔「북경北京의 조선인朝鮮人」『삼천리』3월호, 삼천리사, 1940까지 그 흐름을 이었다. 이십 대 후반의 청년, 시집을 세 권이나 낸 시인에다 교사 몸으로서 '황군위문' 행각이 지닌 뜻을 살필 만한 생각머리가 모자랐다. 오히려 그것을 자랑스럽게 떠벌리며 나돌린 셈이다.

개성 정주 시절 내놓은 줄글은「경주기행」과「북성일번기」,「설원만리」그리고「화병」,「꿈」,「겨울밤」이다. 앞쪽 셋은 기행문이고, 뒤쪽 셋은 짧은 줄글이다. 흥미로운 사실은 이들 가운데서 개성 박연폭포를 둘러보고 온 기행문「북성일번기」와「설원만리」를 젖혀두고 나머지는 모두 세 번째 시집『후조』1939에서 '산문시'라는 이름으로 올린 작품의 초간본 상태와 같은 글이라는 점이다.『고려시보』에 실린 림학수 줄글을 더 꼼꼼하게 따져야 할 까닭이 충분한 셈이다.

개성에 머물면서 가장 먼저 내놓은「경주기행」은 네 차례에 걸쳤다.「경주기행(1)」에서는 '여신旅信'이라는 이름을 붙였다. 곧 여행하는 가운데 편지 형식으로 보내온 여행 경과보고라는 뜻이다. (2)부터는 그 말을 뺐다. 림학수가 학생들과 함께 '수학여행'을 다녀와 쓴 줄글이 된 까닭에다 '기행'이라 붙였으니 '여신'이란 쓸모없는 군더더기였던 셈이다. 림학수는 호수돈녀자고등보통학교에 부임해 처음 고학년 담임을 맡은 사실을 알 수 있다.[30] 수학여행단이 개성을 떠난 날은 1938년 양력 5월 24일 밤 8시였다. 일행은 모두 105인이었다. 밤새 기차를 타서 부산역에 내려 시가지를 둘러 본 다음 해운대로 가서 바닷가에서 하룻밤을 묵었다. 그런 뒤 아침에 경주 불국사로 올라가 또 하루를 묵었다. 석굴암을 본 뒤, 경주 시내로 들어가 5월 27일 밤을 묵었다. 그리고 5월 28일 아침 태종무열왕릉 들을 거친 다음 한낮에 경주를 떠났다. 모두 4박 5일의 여정이었다. 그런데 림학수는 맡았던 반 학생의 '급성폐렴'이 깊어져 개성에서 급히 내려올 그 학생의 어버이를 기다리는 바람에 같이 떠나지 못했다.

이러한 4박 5일 여정의 '기행' (1)은 부산항과 해운대, (2)가 불국사, (3)이 석굴암, (4)가 경주 시내 유적지 관광, 그리고 (5)는 마지막 날 일정을 다루었다. 5월 25일 아침 림학수 일행이 부산에 닿은 시각은 아침 9시 10분이었다. 꼬박 13시간 걸려 개성에서 부산에 이른 것이다. 『조선일보』 부산지국의 안내를 받아 먼저 부산항 '연락선'을 구경하였다. 그런 다음 부산 시내를 한 바퀴 돌았다. 부산에 대한 인상을 두고 림학수는 "한 말로 한다면" "아모 보잘 것 없는 도시都市"라 썼다. "만일 부산에서 바다와 오륙도五六島를 빼여 논다면 일고一顧의 가치價値도 없을 것"이다. 따라서 부산은 "겉만 반칠하고 내용內容은 공허空虛한 한 '나리아가리모노'다"라 말을 더했다. '벼락부자成上がり者'란 뜻이다.

여관旅館에 도라와 조반朝飯을 맛치고 시가市街를 일주一周하였다. 한말로 한다면 부산釜

---

30 림학수의 부임 첫 해 1937년은 호수돈녀자고등보통학교로 4년제 운용 시절이었다. 여느 학교들은 저학년 때 '원족'이라 일컬었던 소풍을 떠나고, 고학년으로 올라가면서 보다 먼 곳으로 떠났다. 경주는 고학년 수학여행 때 나라 안 여행지로 많이 선택되는 곳이었다. 호수돈 경우는 『호수돈백년사』(호수돈여자중고등학교, 1990)에서 그에 관한 기록을 찾을 수 없다. 다만 가까운 『송도고등보통학교의 경우, 5년제 경우 고학년은 중국 심양이나 경주를 수학여행지로 오간 것을 볼 수 있다. 그에 따른다면 호수돈의 경우 3학년이나 4학년 때 경주 쪽을 수학여행지로 삼았다는 짐작이 가능하다. 학교법인 송도학원 송도중고등학교총동창회, 『송도학원100년사』, 2006, 97쪽.

山이란 아모 보잘 것 없는 도회都會였다. 만일萬一 부산釜山에서 바다와 오륙도五六島를 빼여 논다면 일고一顧의 가치價値도 없을 것이다. 결국結局 그는 겉만 반칠하고 내용內容은 공허空虛한 한 '나리아가리모노'다.

나는 부산항釜山港에서 보다 신선新鮮하고 보다 풍성豊盛스런 빠나나 외外에는 아모 것도 취取하려 하지 안는다 그러나 건너 편 물 가운데 흘립屹立한 오륙도五六島와 아득히 망막茫漠한 수평선水平線만은 잊을 수가 없다. 때는 정오正午. 몽환夢幻같이 말 없는 수평선水平線과 힌 구름 두어 조각. 세계世界를 여행旅行하는 대소大小 선박船舶이 혹或은 고동을 불며 혹或은 움직이며 혹或은 실낱 같은 연기를 나부낀다. 저 선線 너머는 저 거품 넘어는 — 얼마나 아름다운 산호珊瑚와 진주眞珠가 숨겼을 것인고? 녹스른 창槍 끝 부러진 화살. 먹 피를 흘리며 이를 갈던 옛 사람의 혼魂이 얼마나 조을 것인고 고향故鄕을 등지고 늙은 어머니를 남기고 운명運命을 시험하러 멀리 가는 사람의 고달픈 눈물인들 얼마나 떠흘렸을 것인고? 실實로 영국英國의 도-버 해협海峽! 또는 영령英領 서반아西班牙의 지브랄타 해협海峽! 만일萬一 '로버트·브라우닝'이라면 케디스 만두灣頭에 혈홍색血紅色으로 흘러가는 낙일落日과 말없이 누은 트라팔가 아프리카 대륙大陸에 고요히 떠오르는 조-브의 별 멀리 검푸른 바다 넘어로 적군敵軍을 물리처 조국祖國을 구한 영웅英雄들을 읊저릴 곳이다.

—「경주기행慶州紀行(1)」 가운데서[31]

부산을 벼락부자쯤으로 느끼는 림학수로서는 1930년대 후반, 부산항이 지녔을 역사지리적 맥락을 깊이 있게 따져 읽기란 어려웠을 것이다. 왜색으로 물든 겉모습만 보면서 손쉽게 평가할 수 있었다. 귀할 따름인 "신선新鮮하고 보다 풍성豊盛스런 빠나나"만 눈길에 둔 림학수였다. 그러다 보니 스스로 "겉만 반칠하고 내용內容은 공허空虛한" 글로 이을 수밖에 없었다. 세 가지를 짚을 필요가 있다. 첫째, 『조선일보』 지국 안내자의 도움을 받았음에도 부산항에 있는 영도와 오륙도를 제대로 알지 못했다. 부산항에서 "건너 편 물 가운데 흘립屹立한" 섬은 오륙도가 아니라 영도다. 영도 너머

---

31 『고려시보』, 고려시보사, 1937.6.16.

림학수의 개성 시절과 『고려시보』　　773

로 "망막한 수평선"이 이어진다. 오륙도는 바다에 붙은 부산항 시가에서는 보이지도 않는 자그마한 것이다. 영도를 미리 알고 왔을 오륙도에 잘못 겹쳐 버린 셈이다. 둘째, 부산 앞바다를 바라보면서 자신의 영문학 공부의 바탕인 영국이나 유럽을 향한 지리적 상상을 한껏 펼쳤다. 자신의 지식을 드러내는 일에는 도움이 될까, 기행이라는 목표에 견주어 본다면 동떨어진 눈길이다. 그러다 보니 바다에서 적군을 물리쳐 조국을 구한 영웅을 말하고자 한 데에서도 서양 영웅과 유럽 해협을 끌어들여 허황함을 더했다. "녹스른 창 끝 부러진 화살. 먹피를 흘리며 이를 갈던 옛 사람의 혼"에다 "고향을 등지고 늙은 어머니를 남기고 운명을 시험하러 멀리 가는 사람의 고달픈 눈물"이라는 줄에서 부산항과 우리 겨레가 지녔던 도항의 고통, 아픔이 배어나는가 싶지만 그 표현도 앞을 열고 있는 "얼마나 아름다운 산호와 진주"에다 뒤를 막아 주는 "실로 영국의 도-버 해협!"로 말미암아 무거움이 온데간데없이 사라져 버렸다. 좋게 보아 낭만주의자의 외래취향이 드러난 바라 할 수 있다. 그런데 더 따지듯 들여다 보자면 세상 물정 어두운 소리를 뱉은 셈이다.

문제는 이 글 다음에 이루어진 일이다. 거의 손질을 하지 않은 채, 고스란히 두 해 뒤 시집 『후조』 '산문시편'에 「오륙도」로 넣었다. 옮긴 「경주기행(1)」 부분에서 『후조』에 오르면서 달라진 곳은 미미하다. (1)의 "여관으로 도라와 조반을 맛치고"가 "여사旅舍를 정하고 시가市街를 일주一周하였다"로 바뀌었다. '여관'이 '여사로 달라졌고, 이어진 "도라와 조반을 맛치고"가 '정하고'로 압축되었다. 그리고 한참 내려가 "사람의 고달픈 눈물인들"의 '고달픈'이 '고달푼'으로 달라졌다. 다음으로 "트라팔가 아프리카 대륙" 사이에 쉼표를 넣어 프라팔가와 아프리카를 더 떼어 놓았다. 또한 "조국을 구한"이 "조국을 구하든"으로, '읊저릴'이 '읍저릴'로 바뀌었다. 적극적인 손질은 이루어지지 않았음을 볼 수 있다. 그런데 이런 글을 그대로 따서 『후조』에서는 「오륙도」라는 산문시로 되쳤다. '산문'이 '산문시'라 다르게 일컬을 만한 변화나 비약이 보이지 않는 정도다. '기행' 줄글과 '산문시' 사이 거리가 보이지 않는다는 사실은 시인 림학수에게서 줄글과 산문시라는 갈래 사이 개념 인식이 이루어지지 않았다는 점을 일러 준다. 이런 모습은 『후조』의 「오륙도」에 이어 실은 「해운대」에서도 마찬가지다.

해운대 풍광에 대한 생각과 느낌을 담은 「경주기행(1)」 부분을 그대로 따 「해운대」라 이름을 붙여 '산문시'로 올린 것이다.

해운대 갯가에서 하룻밤을 잔 뒤 다음날 아침 8시를 지나 일행은 해운대 기차역을 떠나 11시 무렵 불국사역에 이르렀다. "비단결 같은 비가 내리는 역에서 7 8분 기다려 버스에 분승하여 불국사로 올라갔다." 그곳에서 다보탑과 석가탑을 비롯하여 북국사 경내를 둘러보았다. 범영루로 나와 학생들과 사진을 찍기도 했다. 그런 모습을 왜나라 유람단원이 자신의 사진기에 담으려 하자 림학수는 그이를 말렸다, 그런 뒤 여관에 돌아와 잠시 쉰 뒤 석굴암으로 올라갔다. 「경주기행(2)」는 여기까지 일정을 다루었다.

① 범영루泛影樓에 올라 잠간 생각에 잠겼노라니 몇 생도生徒가 와 기념記念 사진寫眞에 가치 드러가 달라고 한다. 응應하고 다보탑多寶塔에 의지하야 자세姿勢를 정돈整頓하랴 하니 사진시寫眞師 뒤에서 가슴에 조희꽃을 단 점잖은 유람단원遊覽團員이 '렌즈'를 우리에게로 돌린다.

"모시모시 안되였지만 사진寫眞을 찍지 말어 주세요"

"돗떼와 이께마생까?"

"네 미안하지만 찍지 마세요"

"나뿐 데 쓸랴는 게 아니라 이렇게 여학교女學校에서 수학여행修學旅行 온 것을 기념記念하기 위하야 백일려는데요"

물론 그들의 외양外樣으로 보아 현세적現世的 지위地位와 부富와 세勢와 연령年齡이 상上에 속屬하는 신시紳士들이요 또한 조선朝鮮에는 생소生疎한 이들임을 알았다. 그러나 나는 처음부터 악용惡用될 기회機會가 있음을 염려念慮한 것 외外에 한 마디의 허락許諾도 청請함 없이 함부로 남의 얼굴을 찍어 갈려는 그 태도態度를 좋아하지 아니함이요 또한 쓸데없는 사람의 손에 얼굴을 보존保存케 함이 싫은 까닭이었다.

"어떠한 이유理由로 못 찍게 하시는지요?"

"네 이유理由는 없소이다. 기분氣分으로 그럴 뿐이외다. 찍지 마세요"

이렇게 물리치고 여관旅館으로 들려 잠간 쉰 후後 일행一行은 다시 토함산吐含山으로 발길을 옮겼다.

×   ×

양장羊腸의 산꼴 길을 올으고 올으기 시여時余 망부대望夫臺에 오르니 원산遠山은 첩첩疊疊 구름 밖에 푸르렀고 동해東海는 가없이

—「경주기행慶州紀行(2)」 가운데서³²

②범영루泛影樓에 올라 잠간 생각에 잠겼노라니 몇 생도生徒가 와서 기렴사진에 가치 드러가 달라고 한다.

이러구러 경내境內를 배회徘徊하다가 여관旅館으로 들려 잠간 쉰 후後 일행一行은 다시 토함산吐含山으로 발길을 옮겼다.

×   ×

양장羊腸의 산꼴 길을 올으고 올으기 시여時余 망부대望夫臺에 오르니 원산遠山은 첩첩疊疊 구름 밖에 푸르렀고 동해東海는 가없이

—「불국사佛國寺」 가운데서³³

①은 「경주기행(2)」에서, ②는 그것을 시집 『후조』 '산문시편'에 올린 '산문시' 「불국사」에서 땄다. 둘 사이 가장 큰 차이는 왜인 경주 유람단원이 림학수 일행 여학생을 카메라에 담으려 하자 그것을 못하게 말리는 자리를 다 뺐다는 점이다. "응하고 다보탑에 의지하여"부터 '찍지 마세요'까지다. 크게 빠져 나갔다. 그리고 앞머리 "생도가 와"에서 '와'를 '와서'로 바꾸고 '기념사진'에서 한자어를 빼고, 기념을 '기렴'으로 적었다. 사진 찍지 말라는 실랑이를 빼고 앞과 뒤를 이어 붙이면서 "이러구러 경내를 배회하다가"로 바꾸었다. "이렇게 물리치고"가 바뀐 것이다. 나머지는 기행 줄글 「경주기행」이 그대로 '산문시' 「불국사」로 옮겨졌다. 「경주기행(1)」에서 「오륙도」

---

32 『고려시보』, 고려시보사, 1937.7.1.
33 『후조』, 앞의 책, 87~88쪽.

와 「해운대」를 빚어낸 방식과 다를 바 없다.

　　① 석굴암石窟庵 수많은 조각彫刻 중中에서 가장 아름다운 것은 굴내窟內 좌우左右 입구入口에 있는 네 보살상菩薩像과 십일면관음상十一面觀音像이였다. 네 보살상菩薩像에 대對하야서는 안내자案內者의 말이 박사博士가 보고 그 몸에 걸린 얇은 옷과 유동流動하는 듯한 근육筋肉이 여실如實히 나타나 있음을 경탄敬歎하였다 한다. 나는 그 박사博士라는 사람이 누구인지 알 수는 없으나 이 방면方面에 안목眼目 없는 우리가 보더라도 이 두 가지 점點은 제일 먼저 느껴지는 바였다.

—「경주기행慶州紀行 (3) — 석굴암石窟庵」 가운데서[34]

　　② 석굴암石窟庵 수많은 조각彫刻 중中에서도 가장 아름다운 것은 굴내窟內 좌우左右 입구入口에 있는 네 보살상菩薩像과 십일면관음상十一面觀音像이었다. 네 보살상菩薩像에 대對하야서는 안내자案內者의 말이 박사博士가 보고 그 몸에 걸린 얇은 옷과 유동流動하는 듯한 근육筋肉이 여실如實히 나타나 있음을 경탄敬歎하였다 한다. 나는 그 박사博士라는 사람이 누구인지 알 수는 없으나 이 방면方面에 안목眼目 없는 우리가 보더라도 이 두 가지 점點은 제일 먼저 느껴지는 바였다.

—「석굴암」 가운데서[35]

「경주기행(3) — 석굴암」의 맨 앞머리 두 단락을 옮긴 것이 ①이다. ②는 『후조』에 실은 「석굴암」이라는 '산문시'다. 달라진 자리는 첫 월에서 두 곳, 곧 '중中에서'가 '중中에서도', '이였다'가 '이었다'로 바뀐 데 그친다. 거의 손질이 이루어지지 않았다, 그러면서 그것을 시 「석굴암」으로 따옮겼다. 림학수는 이미 「석굴암」과 「석굴암 — 관음상의 노래」 두 편을 『팔도풍물시집』에 올렸다. 그 2편 말고도 다시 기행문 「경주기행(3) — 석굴암」 가운데서 '산문시' 「석굴암」을 『후조』에 마련한 것이다.

34　　『고려시보』, 고려시보사, 1937.7.16.
35　　『후조』, 앞의 책, 89쪽.

③ 천년千年 암벽巖壁에 유폐幽閉되어

불 꺼지고 미소微笑는 얼어

동해東海 새벽안개에 숫기고 깎일 제,

너 이마는 파리해

꽃다발 모다 시드럿도다 —

—「석굴암石窟庵」 가운데서[36]

위의 ③은『팔도풍물시집』에 실린 「석굴암」 부분이다. 그것과『고려시보』의 「경주
기행(3)—석굴암」에 뿌리를 두고 '산문시'로 고쳐『후조』에 내놓은 ②의 「석굴암」을
견주어 보자. ②는 먼저 줄글이라는 꼴에서뿐 아니라, 말씨 또한 생각과 느낌을 진술
하고 있는 흔한 수필체임을 알 수 있다. 그러니 꼴에서부터 들쭉날쭉 가락글로 마련
하고 "시들었도다'와 같은 의고체 말씨를 내세워 해당 작품이 '시'라는 갈래에 맞아
떨어지는 글이라는 확신을 읽는이에게 주고 있는 ③과는 다르다. 림학수가 생각하
는 산문수필과 시의 경계가 어떤 것인지 알기 어렵다. 그만큼 림학수의 '시' 의식이 뚜
렷한 방법적 자각 위에서 이루어진 것이 아니라는 사실을 암시해 준다.

① 지금은 5월月 27일日 야夜 북천北天은 멀고 달이 밝다. 나는 안동여관安東旅館 마루 끝
에 호을로 앉어 있다. 바람이 시원하고 조름이 유혹誘惑한다. 귀를 기우리니 문득 들려오
는 먼 소리.

옥적玉笛이다! 깃 같이 가벼웁고 비단실 맑어 마디마디 장부丈夫의 간장肝腸을 녹이는
듯 저 그윽한 신라新羅의 옥적玉笛이다.

— (줄임) —

오늘 아츰 경주慶州에 도착到着한 우리는 신종神鐘과 옥적玉笛과 선덕여왕善德女王의 쓰던
금金바눌 은銀바눌 찬란燦爛한 신라新羅 금관金冠을 보고 이차돈異次頓의 비碑 사면석불四面石

---

36 『팔도풍물시집』, 앞의 책, 26쪽.

佛 백률사栢栗寺 탈해왕릉脫解王陵 알천閼川 분황사탑芬皇寺塔 안압지雁鴨池 초석礎石마저 없어진 반월성지半月城趾 평야平野에 웃뚝 솟은 김유신金庾信의 재매정財買井 계림鷄林 오릉五陵 신라新羅의 풍류風流가 이곳에서 절정絶頂에 달達하고 신라新羅의 빛나는 천년千年이 이곳에서 최후最後의 막幕을 닫은 포석정鮑石井을 보았다. ― 이 많은 유물遺物과 유적遺跡 중中에서도 가장 적은 물건이면서 보는 사람의 마음을 끄는 저 금金바눌 은銀바눌 바로 저들이 그 섬섬纖纖한 손가락 속에서 은현隱顯하고 헤엄쳤으며 바로 저들을 따라 그 그윽한 선덕주善德主의 단심丹心이 부침浮沈하였을 것이다. 그리워라! 소박素朴한 그 시대時代! 여왕女王이 몸소 침선針線을 힘쓰고 육촌六村 처녀處女로 더부러 길삼하며 귀족貴族과 천민賤民의 구별區別도 계급階級과 계급階級의 멸시蔑視 반목反目도 없던 그 시대時代. 세계世界 어느 나라엔들 여왕女王의 쓰는 바눌이 있었을까.

그러나 우리를 감탄感歎케 하고 현혹眩惑케 한 것은 역시亦是 금관金冠이였다. 가장 적은 입김에도 바르르 떠러 그 찬연燦然한 광채光彩를 쏘는 수數많은 금편金片과 보옥寶玉 이제야 날라갈듯이 쭝긋 하늘을 향하야 펼친 두 날개 영국英國의 금관金冠은 일개一個의 왕관王冠이나 우리의 금관金冠은 지상地上의 것이 아니요 서조瑞鳥 창공蒼空에 날러 영원永遠한 몽환국夢幻國으로 이끄러 갈려는 한 예술품藝術品인 것이다.

―「경주기행慶州紀行(3)―경주慶州」 가운데서[37]

②지금은 5월月 27일日 야夜 북천北天은 멀고 달이 밝다. 나는 안동여관安東旅館 마루 끝에 호을로 앉어 있다. 바람이 시원하고 조름이 유혹誘惑한다. 귀를 기우리니 문득 들려오는 먼 소리. 옥적玉笛이다! 깃 같이 가벼웁고 비단실 맑어 마디마디 장부丈夫의 간장肝腸을 녹이는 듯 저 그윽한 신라新羅의 옥적玉笛이다.

― (줄임) ―

오늘 아츰 경주慶州에 도착한 우리는 신종神鐘과 옥적玉笛과 선덕여왕善德女王의 쓰던 금金바눌 은銀바눌 찬란燦爛한 신라新羅 금관金冠을 보고 이차돈異次頓의 비碑 사면석불四面石佛 백

---

37 「경주기행(慶州紀行)(4)―경주(慶州)」, 『고려시보』, 고려시보사, 1937.8.1.

림학수의 개성 시절과 『고려시보』   779

률사栢栗寺 탈해왕릉脫解王陵 알천閼川 분황사탑芬皇寺塔 안압지雁鴨池 초석礎石마저 없어진 반월성지半月城趾 평야平野에 웃뚝 솟은 김유신金庾信의 재매정財買井 계림鷄林 오릉五陵 신라新羅의 풍류風流가 이곳에서 절정絶頂에 달達하고 신라新羅의 빛나는 천년千年이 이곳에서 최후最後의 막幕을 닫은 포석정鮑石井을 두루 보았다. — 이 많은 유물遺物과 유적遺跡 중中에서도 가장 적은 물건이면서 보는 사람의 마음을 끄는 저 금金바눌 은銀바눌 바로 저들이 그 섬섬纖纖한 손가락 속에서 은현隱顯하고 헤염쳤으며 바로 저들을 따라 그 그윽한 선덕주善德主의 단심丹心이 부침浮沈하였을 것이다. 그리워라! 소박素朴한 그 시대時代! 여왕女王이 몸소 침선針線을 힘쓰고 육촌六村 처녀處女로 더부러 길삼하며 귀족貴族과 천민賤民의 구별區別도 계급階級과 계급階級의 멸시蔑視 반목反目도 없던 그 시대時代.

그러나 우리를 감탄感歎케 하고 현혹眩惑케 한 것은 역시亦是 금관金冠이었다. 가장 적은 입김에도 바르르 떠러 그 찬연燦然한 광채光彩를 쏘는 수數많은 금편金片과 보옥寶玉 이제야 날라갈듯이 쭝긋 하늘을 향하여) 펼친 두 날개 영국英國의 금관金冠은 일개一個의 왕관王冠이나 우리의 금관金冠은 지상地上의 것이 아니요 서조瑞鳥 창공蒼空에 날러 영원永遠한 몽환국夢幻國으로 이끄러 갈려는 한 예술품藝術品인 것이다.

—「경주慶州」 가운데서[38]

「경주기행(4)—경주」에서는 5월 27일 밤, 안동여관이라는 곳에서 일정을 되돌아보는 방식을 갖추었다. 하루 내내 둘러본 경주 시내 관광지를 죽 늘어놓았다. 경주박물관에도 들리고 분황사, 안압지, 반월성지도 들렀다. 그 무렵 여느 학생들 수학여행 여정을 고스란히 되풀이한 것일 터다. 림학수를 감탄케 한 것은 박물관에서 보았던, 선덕여왕이 손수 썼을 것이라 일러 오는 은바늘, 금바늘, 거기다 금관이었다. 그들을 두고 장황한 상상력을 펼쳤다. 그리고 그러한 시대를 다시 되돌려야 할 현실인 양 그리워한다. "소박한 그 시대" "여왕이 몸소 침선을 힘쓰고 육촌 처녀로 더부러 길삼하며 귀족과 천민의 구별도 계급과 계급의 멸시 반목도 없던 그 시대"라 하여 이상적

---

38 『후조』, 앞의 책, 94쪽.

인 삶터로 그때를 그려 담았다. 상상력에는 제한이 있을 수 없으나, 현실성 없는 '몽환국'을 마음속에 새로 만들어 본 셈이다.

그런데 이러한 「경주기행(4)－경주」는 『후조』에 '산문시'로 발표되었다. 손질을 하였으나 미미한 자리에 그쳤다는 점에서 앞의 「오륙도」, 「해운대」, 「불국사」, 「석굴암」과 다를 바 없다. 옮겨 놓은 부분에서만 보자면 먼저 ①에서는 "문득 들려오는 먼 소리"와 "옥적이다!" 사이 줄을 바꾼 상태나 ②에서는 그 둘을 이어 붙였다. "경주에 도착한"은 한자어를 없애고 그냥 적었다. 그리고 "포석정을 보았다"에는 어찌씨 '두루'를 더해 "포석정을 두루 보았다"로 썼다. 이어서 "두루 보았다"와 "많은 유물과" 사이에 '－'표를 더했다. 내면 독백을 강조하는 듯한 부호 더하기인 셈이다. 마지막으로 "그 시대" 다음에 붙어 있는 월, "세계 어느 나라엔들 여왕의 쓰는 바눌이 있었을까" 부분을 빼버렸다. 군더더기 풀이를 없앤 셈이니 알맞다. 그리고 마지막으로 '향하야'는 '향하여'로 손질했다. 월 삭제만 젖혀 두면 모두 사소한 변이에 그쳤다. '산문시'와 '기행' 줄글 사이 거리를 찾기 어렵다. 이런 맵시는 이어진 「경주기행(5)」에서 『후조』의 '산문시' 「무열왕릉」으로 얻은 자리에서도 달라짐이 없다.

5월 27일 아침에 불국사에서 경주로 건너온 림학수는 이미 급성폐렴 증세가 있었던 반 학생을 응급치료에 맡겼다. 그러나 밤이 되자 증세가 심해져, 개성에 있는 학부모에게 전보를 쳤다. 열이 41.5도까지 올라가 떨어질 줄 몰랐다. 거기다 자정도 훨씬 지난 시간에 경주경찰서로부터 급한 전화가 왔다. 내일 5월 28일 수학여행단이 무열왕릉 '근처'에서 점심을 먹을 때쯤 이른바 조선총독부 재무총감이 자동차로 관람을 나올 것이니 일정을 변경하라는 통지였다. 이래저래 소란스러웠다. 5월 28일 아침에 일어나 무열왕릉과 김유긴 묘를 보는 일이 아침 여정이었다. 각별히 무열왕릉의 돌거북이가 인상 깊었다. 점심 때 여관으로 돌아왔다. 수학여행단을 경주역에서 기차를 태워 보내고, 림학수만 혼자 급성폐렴을 잃아누워 "사선死線에 있는" 학생을 구완하기 위해 남았다. 그리고 여행단을 떠나보내고 남은 쓸쓸한 심사를 담았다. 전보를 받고 개성에서 도착할 학부모를 맞으려 경주역으로 나갈 일이 남았다. 그런 일정을 담은 '기행'이 「경주기행(5)」다. 그리고 그것을 림학수는 「무열왕릉」이라는

'산문시'로 이름을 바꾸어『후조』에 실었다.

살핀 바와 같이 림학수의 경주 수학여행 '기행'은 모두 5편으로 나뉘어『고려시보』에 실렸다. 1937년 5월 24일 저녁 개성을 떠나, 부산항까지 기차로 밤새워 달린 뒤 5월 25일 아침 부산에 닿았다. 그리고 부산항을 둘러본 뒤 해운대로 가 하루를 묵었다. 다음 날 5월 26일 불국사에 이르러 관광을 마친 다음 석굴암까지 올라갔다 내려왔다. 불국사 아래 여관에서 하룻밤을 보낸 뒤 다음 날 5월 27일, 경주박물관을 비롯해 경주 시내 유적지 관광을 마쳤다. 5월 28일 오전 일정을 마치고 한낮에 수학여행단은 개성으로 떠났다. 아마 5월 28일 밤늦은 시각이나 5월 29일 새벽에 개성에 이르렀을 것이다. 그러나 혼자 남아 아픈 학생과 학부모와 같이 개성으로 돌아갔을 림학수로서는 하루를 더 묵고 다음 날 출발했을 수 있다. 그렇다면 5박 6일이 되는 셈이다. 다섯 차례『고려시보』에 나누어 실었던 「경주기행」을 림학수는 다시 '산문시'로 되쳐 시집『후조』의 제2장 '경주기행'에 올렸다. 「오륙도」, 「해운대」, 「불국사」, 「석굴암」, 「경주」, 「무열왕릉」이 그들이다. 하나의 텍스트가 큰 변화 없이 '기행문'과 산문 '시' 사이를 오간 셈이다. 기행 '산문'과 산문 '시' 사이 나눔에 대한 자각이 엷은 림학수의 갈래 의식을 고스란히 엿볼 수 있다.

「경주기행」에 이어서『고려시보』에 오른 림학수의 줄글은 「북성일번기北城一番騎」다. 림학수가 개성에 머문 지 한 해가 지난 1938년 5월, 6월에 세 차례 나누어 실었다. 「경주기행」과 달리 자신이 몸담고 있는 개성 둘레 명승지를 둘러본 기행문이다. 대흥산에 있는 북성, 곧 대흥산성과 박연폭포를 일행과 함께한 걸음길이다. 제목에 말 탈 '기騎'를 쓴 일로 보아 일행은 일정한 곳까지 말을 타고 오갔을 수도 있다. 림학수로서는 처음으로 개성 명승을 만나는 봄나들이였다. 그 속살을 림학수는 모두 9번에 걸친 작은 제목을 붙이고 나누어 담았다. (1) 개나리, (2) 행상行商, (3) 미로迷路, (4) 산사山寺의 달, (5) 중수기重修記, (6) 안도리지도리, (7) 박연朴淵, (8) 귀로歸路, (9) 서사정逝斯亭이 그것이다. (1)과 (3)까지 첫 회, (4)와 (6)까지 2회, 그리고 (7)에서 (9)까지가 3회 연재분이다.

출발은 하루 공식 일정을 마친 한낮에 한 것으로 보인다. 개성 나성羅城 동문 밖에 있는 목청전穆淸殿을 지나면서 개나리를 보고 일행끼리 그 느낌을 서로 나누면서 저물 무렵 화장華藏고개에 이르렀다. 그런데 거기서 '(3) 미로迷路'라 이름 붙인 것과 같이 길을 잘못 들어 헤매다 화장동에 이르렀을 때는 이미 밤이 깊었다. 밤 아홉 시에 '산사山寺' 원통사圓通寺에 이르렀다. 절에서 저녁을 먹고 절잠을 잤다. 아침 일곱 시에 일어난 림학수는 절을 둘러보고 1906년에 중수했다는 중수기重修記도 읽는다. 원통사는 '북성北城' '기로岐路' 돌이의 기점이 되는 곳이다. 여덟 시부터 '(6)안도리지도리'라 이름 붙인 것처럼 산길을 안돌고 지돌아 올랐다. 안돌이 지나 치마바위[39]를 넘고 노룻목 험로를 올라 대흥산大興山 북성北城 곧 대흥산성에 올랐다. 대흥산성은 고려 시대 이궁지로서 조선조 때는 피난성이었던 곳이다. 그곳을 둘러본 뒤 성거산聖居山 서쪽 개성암開聖庵으로 내려섰다. 절 사람들이 올해 첫 북성돌이 온 분들이라 말해 주었다. '(7)박연'에서는 관음사觀音寺 동쪽에 있는 박연폭포에 이르러 박연 전설을 떠올린다. 용왕의 딸에 이끌려 폭포 안으로 들어갔다는 박 진사 옛이야기다. 그런 뒤 천마산과 대흥산 경관을 멀리 즐긴 다음 귀로에 올랐다. 오후 3시, 피곤한 몸으로 남문을 나와 골짜기를 내려와 서사정 길로 들어섰다. 화담 서경덕이 쉬곤 했다는 곳인 서사정逝斯亭에 이르니 벌써 6시 30분이었다. 서사정에서는 "C사와 K보사에서" 나온 사람들이 일행을 기다리고 있었다. 조선일보사와 고려시보사 사람들이었을 것이다. 함께 저녁을 나누면서 림학수는 만주에서 몸소 '산업회사', 곧 만몽산업주식회사를 경영하고 있는 'K선생'에게 만주에 대해 묻고 많은 것을 들었다. 『고려시보』를 맡고 있었던 공진항이 그이다. 겨울 방학 때 북만주의 그 '산업회사'를 둘러보고 와 북만주 기행문 「설원만리雪原萬里」를 쓰게 될 구체적인 마음바탕을 마련된 만남이었다.

그런데 림학수는 앞선 기행문 「경주기행」과는 달리 기행 수필 「북성일번기北城一番騎」를 '산문시'로 다듬어 내지는 않았다. 대신 박연의 박 진사 전설을 바탕으로 새로 시 「박연폭포」를 썼다. 오롯이 박연 전설을 담아내는 방식을 취한 그 작품에 관해서는 앞에서 이미 다룬 바다. 림학수의 봄 대흥산성과 박연폭포 탐승은 오래 기억될 봄

---

39   북성기로(北城岐路) 안돌이 지나서의 일 지점. 김기호 엮음, 앞의 책, 141쪽.

서사정 경관[40]

맞이 나들이가 된 셈이다.

「북성일번기北城一番騎」 다음으로 림학수는 『고려시보』에 줄글 3편을 실었다. 1938년 9월부터 1939년 1월에 걸쳐 내놓은 「화병」, 「꿈」, 「겨울밤」이다. 이들은 앞선 「경주기행」이나 「북성일번기」와 달리 낱낱으로 짧다. 겉꼴로 보면 흔히 신문에서 볼 수 있는 칼럼 격의 줄글이다. 그런데 거기에 '수필'이든, '산문시'든, 갈래를 일컫는 이름이 붙지 않았다. 『고려시보』 기사 편집 형식에서 '수필'을 붙이기도 하고 붙이지 않고 그냥 싣기도 했다. 겉으로 보면 이들 3편은 '수필'이라는 갈래 이름을 붙이지 않고 실은 작품으로 읽힌다. 게다가 작품 안쪽 속살도 흔한 여느 수필과 다를 바 없다.

마즌 편에 앉은 × 선생先生은 말새가 드물고 조용하고 착하신 분이다. 그는 독신獨身이요 음악가音樂家이다. 그는 꽃을 사랑한다! 해마다 봄이면 봄철의 여름이면 여름철의 가장 아름다운 꽃을 교정校庭에서 골라 꺾어 가느다란 깨끗한 유리琉璃 화병花瓶에 꽂아 책상冊床 우에 놓는다. 병瓶 밑에는 흑단黑檀의 대臺까지 있어 매일每日 새 물을 가라주는데 책상冊床에는 물방울 하나 구르지 않는다 이따금 나는 그이의 없을 때 슬적 내 책상冊床에다 옮겨 놓곤 한다. 그는 교원실敎員室에 들어와 화병花瓶의 자취를 감추었음을 보자 경탄驚歎하고 탐색探索한다.

—「화병花瓶」 가운데서[41]

「화병」의 맨 앞머리다. 교무실 맞은쪽에 앉은 음악 선생이 지닌 유별난 꽃꽂이 취

---

40   김기호 엮음, 앞의 책, 16쪽.
41   『고려시보』, 고려시보사, 1938.9.16.

미를 보여 준다. 따로 갈래 이름을 붙이지 않은 이 작품을 어디에 넣어야 할까? 거의
모든 사람들이 이 글은 수필이라는 줄글 갈래로 넣는 데 멈칫거리지 않을 것이다. 말
씨부터 평범한 설명적 진술일 뿐 아니라, 현상이나 대상에 대한 표현 또한 유별난 표
현 가치를 만들고 있지 않다. 수필로 치더라도 크게 내세울 만한 흥미소를 갖지 못했
다. 그런데 림학수는 이 작품을 그대로 다음 해『후조』에 '산문시'로 실었다. 앞서 보
았던 「경주기행」의 경우와 비슷하다. 다른 점은『후조』에 '경주기행'이라는 세 번째
장 이름으로 「경주기행」 관련 시편 「오륙도」, 「해운대」, 「불국사」, 「석굴암」, 「경주」,
「무열왕릉」 6편을 배치한 것과 달리, 이 작품은 '산문시편'의 맨 앞에 실은 단형 줄글
이라는 점일 따름이다. 거기다 「경주기행」의 탈고 날짜인 듯한 '9. 3'을 뺀 것뿐이다.
따라서 이 작품을 시라고 규정할 수 있는 터무니는 시인 림학수가 '시', 그것도 '산문
시'라 규정해 시집에 실었다는 사실에 있다. 시인이 시라고 내놓았으니 시임에 틀림
없다. 다만 이런 작품을 시로 보자면 수준이 떨어지는 시답잖은 것이라 할 밖에 없
다. 그리고 이런 작품을 시라고 당당하게 내놓을 수 있는 시인의 갈래 의식이나 지나
친 과신은 의심을 받을 일이다.

　이 일은 다음에 실은 「꿈」에서도 되풀이한다. "꿈이란 대저 알 수 없는 것이다. 날
개가 돗처서 태산泰山을 대하大河를 날아단였다 하면 소년少年만의 갖는 꿈이라 하여
그들은 일소一笑에 부친다"로 시작하는 이것을 림학수는 "꿈이란 대저 알 수 없는 것
이다. 날개가 도처서 태산泰山을 대하大河를 날라단였다 하면 소년少年만의 갖는 꿈이
라 하여 그들은 일소一笑에 부친다"로 바꾸어『후조』에 '산문시'로 올렸다. 이 월에서
달라진 점은 '돗처서'에서 '도처로' 낱말 소리를 다듬은 것 말고는 없다. 「겨울밤」 또
한 다르지 않다.『고려시보』8면에 임영빈의 「동요童謠」와 함께 실었다. 둘 모두 수필
이니 시라니 하는 갈래 일컬음을 붙이지 않았다. 다만 임영빈의 작품은 제목에서 이
미 갈래를 규정했다. 분량이 적은 꼴로 실렸다는 점 빼고서 「겨울밤」이 먼저 실린 가
락글 「동요」와 달리 '산문시'라 부를 만한 지표는 보이지 않는다. 짧은 줄글에 그쳤
다. 그렇다면 왜 림학수는 처음부터 자신 있게 '산문시'라는 갈래 이름을 붙여『고려
시보』에 싣지 않았을까. 「화병」이나 「꿈」뿐 아니라, 「겨울밤」을 쓸 때부터 시를 의식

하거나 '시'라고 일컬을 수준이 아니라고 생각했던 까닭일까. 그렇다고 '수필'이라는 이름으로 작품을 내놓지도 않았다. 어쨌든 시로서나 수필로서나 다 문제가 있을 짧은 글인 점에서는 마찬가지다.

① 이때에 고요히 이러나 아직도 잠 서린 눈으로 오늘 지난 일 내일로 절박切迫한 일 이제는 아름아름 기억의 안개 속에서 희미해가는 어느 산山길 어느 봄날 어느 잊혀지지 않는 말구절의 액센트들을 오래오래 반추反芻하다가 책상에 대對해 등촉燈燭을 돗키면 오! 손에 차거이 가슴에 싸-늘한 이 페-지의 감각感覺!

보라, 저 뼈저리는 사장沙場'

바람에 쏠리는 그믐달

변성邊城에 나려 덮는 백설

밤새여 부는 호가胡笳

피르르… 솔개미처럼 날라드는 화살

어둠에서 번덕이는 불길

—「겨울밤」 가운데서[42]

② 이때에 고요히 이러나 아직도 잠 서린 눈으로 오늘 지난 일 내일로 절박切迫한 일 이제는 아름아름 기억의 안개 속에서 희미해가는 어느 산山길 어느 봄날 어느 잊혀지지 않는 말구절의 액센트…… 들을 오래오래 반추反芻하다가 책상에 대對해 등촉燈燭을 돗키면, 오 손에 차거히 가슴에 싸-늘한 이 페-지의 감각感覺 —

보라, 저 뼈저리는 사장沙場'

바람에 쏠리는 그믐달,

---

42 『고려시보』, 고려시보사, 1939.1.1.

—「시월十月밤」 가운데서[43]

①이「겨울밤」으로『고려시보』에 올린 줄글, ②가 제목을「시월十月밤」으로 고쳐『후조』에 '산문시'로 실은 것이다. ①에서 ②로 옮겨지면서 본문에서 달라진 곳은 '액센트'와 맨 끝 '불길' 다음에 말(줄임)표를 더 넣은 데다. 다음으로 "등촉燈燭을 돗키면"에 쉼표를 더하고, '오' 다음에 느낌표를 지운 점이 이어진다. "손에 차거이"는 "손에 차거히"로 바꾸었고, "이 페-지의 감각感覺!"에 붙은 느낌표는 줄표 '-'로 바꾼 것 정도를 거듭했다. 그리고 이어진 가락글 형식의 본문에서는 '그믐달'과 '호가' 다음에 쉼표를 더한 것이 달라졌다. 이들 변이는 모두 작품의 뜻에 영향을 줄 무거운 손질은 아니다. 해도 그만 하지 않아도 될 정도다. 그렇건만 나름의 특색 있는 시줄 흐름을 마련하기 위해 림학수는 손질을 거듭했다. '산문시'로서 보자면 '산문' 어느 부분에 가락글 시를 한 차례 넣는 버릇도 한결같다. 앞의「경주기행」일련의 글 가운데서 보인 방식이다. 다만 그것보다 길이가 짧아졌다. 시도 아니고 줄글도 아니고, 시이면서 줄글인 텍스트다. '산문시'라 내세웠으나, 시라고 강조할 수 있을 자질은 엷다. 다만 제목을 바꾼 점은 뜻밖이다. '시월'과 '겨울'은 엄청 다른 철인 까닭이다.

림학수의 이어진 줄글은「설원만리雪原萬里」다. 중국 북만주 쪽을 돌아보고 온 기행문이다. 그를 두고『고려시보』「인사」에서 1939년 1월 6일 "동기冬期 휴가休暇에 만주滿洲 지방면地方面 여행旅行 중中 거츰 십일十日 귀임歸任"이라 적어 그 사실을 알린 일은 이미 앞쪽 보도문 자리에서 밝혔다. 2월에서 4월까지 모두 네 차례에 걸쳐 나누어 실렸다. 으뜸 목적지는『고려시보』의 출판 자본을 책임지고 있었던 공진항의 만주 농

43　『후조』, 앞의 책, 28쪽.

장들이었다. 먼저 공주령公主嶺에 사무실을 둔 '만몽산업주식회사'를 거쳐, 거기서 운영하는 길림성 오상현의 '안가농장'安家農場으로 갔다. 그를 위해 림학수는 개성에서 신의주를 거쳐 심양과 장춘을 거쳤다. 그리고 장춘에서 다시 안가로 갔다. 그곳을 둘러 본 뒤 하얼빈으로 나가 납빈선 기차로 세 시간 남짓 떨어져 있는 평안점平安站의 '평안농장平安農場'까지 둘러보았다. 평안농장은 공진항이 만주 재중겨레 농장으로 안가농장보다 먼저 마련했던 곳이다. 거기가 어느 정도 자리가 잡힌 시점에 이른바 왜로의 '시책'에 따라 왜인들의 만주 '개척민'들에게 빼앗기고, 새로 터를 잡은 곳이다. 그 모든 일정이 림학수에게는 처음이었을 뿐 아니라, 놀랍고도 새로운 경험이었다.

「설원만리雪原萬里①」은 개성을 떠나 먼저 간 안가농장에 들린 경험을 다루었다. 평안점에서 하얼빈으로 향하는 가운데쯤 놓인 철도연선 지대에 있는 곳이다. 림학수가 안가농장에 이르렀을 때 "R K 형"이 반갑게 만나 주었다고 썼다. 이미 개성에서부터 알음이 있는 이들이었지만 누구인지 이름을 밝히지는 않았다. "담장 안에 널린 노적과 정미부에서는 엔진의 도라가는 힘찬 소리"가 들렸다. 림학수는 안가출장소安家出張所에서 공진항 사장과 만나 저녁을 먹었다. 개성 출신으로 아버지 공성학의 자본을 이어받아 1934년부터 만주 우리 겨레 이주 농민들을 모아 '농장' 경영을 해오고 있었던 이다. 사원만 수십 명이고 농사를 짓기 위해 만주로 온 1,000여 농호의 운명을 쥐고 있는 곳이 안가농장이라 림학수는 썼다. 많은 수의 우리 겨레 이주농들이 살 곳을 찾아 든 것이다. 예문촌禮門村 현장사무소에다 덕화德化보통학교까지 갖추었다, "만주국에 있어서의 조선인의 경영하는 사업 중 그 규모가 가장 큰" 곳이었다. 거기다 안가 지역은 "옛날 조선 사람들의 궁터", 곧 북부여 발해의 유허가 남아 있었다. 그런 곳에 자립적인 '농호農戶 집단부락集團部落'을 만드는 사업을 밀고 나갔던 공진항이다.[44] 한성도서출판주식회사 부사장을 지냈고, 고려인의 후예라는 자부심으로 『고

---

44 공진항(孔鎭恒, 1900~1972)은 여러 필명과 호를 썼다. 솔뫼, 공탁(孔濯), 탁암(濯巖)에다 거화(炬火)가 그것이다. 할아버지 때부터 인삼 경작으로 부를 크게 이룬 집안으로 개성삼업조합 부조합장을 지낸 공성학의 아들이다. 일찍이 서울 보성고보를 거쳐 섬나라 동지사중학과 조도전대학을 다녔다. 왜국 유학의 한계를 느끼고 유럽으로 건너가 영국과 프랑스에서 사회학을 전공했다. 7년 유학을 마치고 1832년에 돌아와 1934년부터 만주로 들어가 우리 겨레 농민들을 모아 '농장'

려시보』를 내는 뒷배였던 개성 유력자 공진항의 만주 '경영' 현장을 림학수는 손수 밟고 있었던 셈이다.

「설원만리雪原萬里①」에서는 안가농장에서 보고 겪었던 일이 중심이다. 생각보다 더 낙후된 곳이어서 "만일 내라면 여기와 이 등불도 없고 '라지오'도 없고 신문도 없고 오락도 없는 곳에서 저러케 살 수 있을까?"라고 놀랐던 림학수다. 근대적인 삶의 혜택을 전혀 받지 못하는 모습이다. 그것을 '등불', '라지오', '신문', '오락'과 같은 것을 누리지 못하는 수준으로 담아냈다. 그 무렵 북만주 우리 겨레 유이민이 겪고 있었던 고통스러운 삶에 대한 이해가 엷었던 림학수로서는 자연스러운 인식이었다. 다음 날은 정월 초하루였다. 만몽산업주식회사 사원의 신년식이 열렸다. 림학수도 자리를 같이했다. 그들은 먼저 왜나라 서울 동경 '왕거' 쪽을 향해 이른바 '동방요배東方遙拜'를 했다. 그러자 누군가 소리를 질러 고향을 바라고 '남방요배'까지 마쳤다. 그런 뒤 하룻밤을 더 잔 뒤, 1월 2일 림학수는 안가농장을 떠났다.

「설원만리雪原萬里②」는 안가농장에서 우리 겨레 농민들의 현장을 둘러보고 장춘으로 나가서 다시 하얼빈에 이르는 과정까지 일정을 담았다. 안가농장에서 사흘을 머문 림학수는 1월 2일 한낮에 장춘신경에 닿았다. 거기서 이틀을 머문 뒤 다시 하얼빈으로 올라갔다.

신경新京—나는 너에게 낙담落膽하였노라. 엄청나게 넓은 가로街路와 마차馬車와 인력거人力車와 그 언제나 끝일지 모르는 혹은, 영원히 이대로 흔적 없이 나려 끝일 날이 없지나

을 만들어 만주 '경영'을 시작했다. 공주령에 있었던 오가자농장을 비롯하여 고려농장, 목단강에 있었던 영안농장과 오상에 있었던 안가농장을 마련해 나가며 사업을 키웠다. 1945년 7월에 만주에서 돌아왔다. 을유광복 뒤 이승만을 재정적으로 돕고, 프랑스 초대 한국공사, 농림부장관, 농업협동조합 중앙회장을 거쳤다. 『고려시보』 출판을 비롯해 고려 청년 활동의 산실이었던 고려청년회관을 세우는 데 힘을 쏟았고, 섬나라 유학에서 돌아왔던 1923년 무렵부터 개성에서 천도교에 입교하였다. 자신의 종교와 민족혼을 '천도교'에서 찾기로 한 것이다. 유학 무렵부터 리극로를 도와 배달말 맞춤법 제정과 보급에 나서기도 했다. 한성도서주식회사 부사장, 천도교 교령을 지냈다. 일찍이 『세계명부전』(한성도서주식회사, 1922)을 냈다. 꼼꼼한 사실 관계를 밝힌 것은 아니나, 오랜 만주 '경영'과 관련해 회고록에서 길게 다루었다. 공진항, 『이상향을 찾아서』, 탁암공진항 희수기념문집간행위원회, 19~78쪽.

않을가 생각게 하는 흰 눈=그리고 일을 동안 친구의 집에서 먹은 '조-니' 서너 그릇 외에는 벌서 아모런 인상印象도 남어 있지 안쿠나. 너는 어쩌면 그러케 책사冊肆 하나도 변변한 게 없고 도서관圖書館 하나도 없느냐 아니 너에게서 그래도 무슨 혹은 문헌文獻이나 문화적文化的 유물遺物 하나쯤을 찾으리라고 기대期待하였든 내가 무모無謀하였을까! 나는 속이 없는 껍덕이를 미워한다.

—「설원만리雪原萬里②」 가운데서[45]

제국주의 왜로의 허수아비, 만주국 서울이었던 장춘을 보고 느꼈던 소감을 말한 곳이다. 만주국 체제의 강고함과 깊은 속을 알 리 없는 시인 림학수로서는 "책사 하나도 변변한 게 없고 도서관 하나도" 없다고 손쉽게 말을 넣었다. 하얼빈에 내린 림학수는 먼저 역 가까운 송화강으로 나갔다. 차를 두 번이나 고쳐 타고 눈보라 휩쓰는 길을 걸어서 겨우 30분 뒤에 이를 수 있었다.

「설원만리雪原萬里③」은 장춘을 떠나는 데부터 시작한다. 장춘을 떠나 하얼빈에 도착한 림학수는 밤 8시 30분에 납빈선拉濱線을 타고 하얼빈을 떠났다. 평안점의 평안농장에는 세 시간 만에 닿았다. 만몽산업주식회사 출장소를 찾아가니 'P씨'는 가까운 평안점으로 놀러 나가고 없었다. 남아 있었던 'Y씨'와 밤늦도록 이런저런 이야기를 하다 잠들었다. 만몽산업주식회사 사무장이었던 이선근이었을 것이다. 평안농장은 안가농장을 마련하기 앞서 공진항이 먼저 자리 잡았던 곳이다. 천 여 우리 이주 겨레 농호가 머물고 있었다. 거기서 "한 십여 리 가면 장백산맥長白山脈이 시작되는 태고太古의 밀림密林"이어서 노루와 범이 뛴다는 곳이다. 동쪽으로는 러시아 만주의 국경이 있고, 너비는 일천 만 평이 되는 넓은 터였다. 그곳에다 열세 군데 재중겨레 '집단농장'을 만들어 '평안농장' 관리 아래 "북만北滿 광야曠野의 한복판에 생기生氣 있는 일대생산지一大生産地를 만들어 놓을 계획"이었다. 그러한 'Y씨'의 말을 듣고 림학수는 감격한다. 담소는 밤늦도록 이어졌다.

---

45 「설원만리(雪原萬里)②」, 『고려시보』, 고려시보사, 1939.2.16.

봄이 오면 천여千餘 농호農戶가 일로 이주移住하야 그들의 손으로 개간開墾할 곳이다. 밥 없는 그들에게 밥을 주고 옷 없는 그들에게 옷을 줄 곳이다. 이 옥토沃土에 13군데 집단 부락集團部落을 만드러 우리의 손으로 농사農事하고 우리의 손으로 통제統制하고 교육기관敎育機關과 문화시설文化施設 언론기관言論機關과 오락시설娛樂施設 모든 것을 베푸러 한 질서秩序 있는 사회社會를 건설建設하고 도시都市를 세우고 이 북만北滿 광야曠野의 한복판에 생기生氣 있는 일대생산지一大生産地를 만드러 놀 계획計劃이라 하니 그들의 장래將來 실로實로 양양羊羊하며 진실眞實로 우리들의 큰 힘의 원동력原動力이 될 곳인 것이다.

—「설원만리雪原萬里③」 가운데서[46]

평안농장에 관한 매우 낙관적인 전망과 앞으로 발전 가능성을 힘주어 밝힌 자리를 땄다. 적어도 개성 지역사회에서 공진항의 '만몽산업주식회사'로 투자한 자본가들 입장에서는 매우 흐뭇한 보고였던 셈이다. 「설원만리雪原萬里④」는 하룻밤 평안농장에서 자고 난 뒤 'Y씨'에 이끌려 영하 30여 도나 떨어진 추위 속에서 농장 일대를 잠간 둘러보고 다시 하얼빈과 장춘을 돌아 공주령에 있는 '만몽회사'의 안가출장소로 돌아오는 여정을 담았다. 거기서 연회를 가진 뒤 림학수는 개성으로 향했다. 글의 마무리는 만몽회사의 앞날을 기원하는 말로 맺었다. "만몽회사滿蒙會社의 장래將來를 축복祝福하고 이번 여행旅行에 여러 가지로 편의便宜를 보아주신 여러 우인友人들에게 깊이 감사感謝를 표表"했다.

이렇듯 1주일에 가까운 기간 공진항의 만몽산업주식회사 두 농장, 곧 안가농장과 평안농장을 둘러본 림학수의 「설원만리」는 순전히 『고려시보』쪽의 배려와 기획으로 여겨진다. 만주 '개척'이라는 뜻을 품고 유학에서 돌아온 공진항으로서는 만몽산업주식회사에 투자한 개성 자본가들에게 안정적이고 낙관적인 정보를 제공하고, 자신들의 투자가 헛되지 않을 것임을 거듭 알려주고 각인시킬 필요가 있었을 것이다.

46　『고려시보』, 고려시보사, 1939.4.1.

① 만주 사업을 시작한 지 이미 5년이 되도록 자본 투자에 대하여 한 번도 배당해 본 일이 없고 계속적인 투자만 하게 되어 만몽회사의 모체 되는 춘포사春圃社[47]는 많은 부담을 지게 되었다. 이리하여 춘포사는 만몽회사에 대하여 더 이상 융자할 수 없는 상태에 빠지게 되어, 그 결과로 만몽회사 자신이 곤란을 겪지 않을 수 없게 되었다.[48]

② 8월 25일에 만몽회사의 초청으로 나의 가친을 중심으로 한 10명의 시찰단이 안 가를 내방했다. 이 단원 중에는 특히 송도시채금융단松都時債金融團의 중개인조합장이 끼어 있었다. 나는 이때까지의 만주사업에 대한 총투자액이 백만 원이 넘었었는데, 그것의 대부분이 시채에 의한 차입금이었다. 만몽회사의 대주주는 춘포사이고, 춘포사는 차입금에 의하여 만몽회사에 투자하고 있었기 때문에, 결국 이 거액의 채무를 무슨 방법으로 정리하느냐가 문제였다. 그래서 나는 시채금융단 측에 상환 능력이 충분히 있다는 것을 보이기 위하여 조합장을 오게 한 것이다.[49]

연변 돈화 교외의 재중겨레 초기 이주민 가족[50]

초기 월경 재중겨레 농민. 로씨아 복장을 입었다[51]

만몽산업주식회사 사장 공진항이 겪고 있었던 만주 농장 '경영'의 어려움이 속속들이 드러나는 자리다. ①에서 "만주 사업을 시작한 지 이미 5년"이라 적은 해는

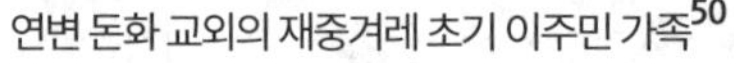

---

47 '춘포'는 공진항의 아버지 공성학의 호다. 유학을 마치고 돌아온 공진항이 집안 재정을 재정비하고 운영을 맡았던 곳이다.

48 공진항, 앞의 책, 57쪽.

49 공진항, 앞의 책, 57쪽·65~66쪽.

50 주성화 옮김, 『사진으로 보는 중국 조선족 이주사』, 민족출판사, 2009, 26쪽.

51 주성화 옮김, 앞의 책, 31쪽.

1939년이다. 림학수가 만몽회사를 둘러보고 간 다음 해다. 만몽회사에 돈을 빌려준 자본가들에게 안정적인 만주 경영을 선전해야 할 까닭이 뚜렷하게 드러나는 회고다. ②는 1940년 무렵 일이다. 개성에서 채권단들이 '시찰단'을 꾸려 만주 '경영' 현장을 다녀간 기록이다. "시채금융단 측에 상환 능력이 충분히 있다는 것을 보이기" 위한 여러 가지 방법이 만몽회사 차원에서 이루어졌음을 알 수 있다.

림학수가 공진항의 평안농장과 안가농장을 둘러본 때는 만몽산업주식회사가 과도기에 놓였던 시기다. 이른바 괴뢰 만주국과 왜로 관동군의 시책에 따라 먼저 자리 잡은 평안농장을 왜나라에서 건너온 왜인 '개척단'에게 빼앗기고 더 먼 곳인 안가에다 안가농장을 마련해 놓고 우리 농민들을 거기로 옮겨야 하는 큰 과제를 안고 있었다. 그런 사정 아래서 안정적이고 낙관적인 앞날에 대한 일정한 홍보, 선전이 필요했던 공진항과 만몽주식회사였다. 나름의 대책이 필요했다, 그리고 그것은 이미 「북성일번기」에서 밝힌 마무리 자리의 '서사정' 모임에서 림학수와 공진항 사이 오갔던, 만주 '사업'에 관한 대화와 맞물려 있는 일이었다. 공진항으로서는 누군가 개성 역내 사람이 아닌 믿을 만한 이의 눈길과 전언이 필요했고, 거기에 호수돈의 교사에다 '중견 시인' 림학수가 얽힌 것이다. 그리하여 굳이 추운 겨울, 그것도 설을 낀 기간에 만주행을 꾀하고, 그 기록을 『고려시보』로 내놓게 되었다. 『고려시보』가 림학수의 만주 여행을 「인사」 동정으로 소개했을 뿐 아니라, 기행문 「설원만리」를 네 차례나 나누어 실은 데에는 여러 속뜻이 뒤섞여 있었던 셈이다.

추운 겨울 방학, 만주까지 가서 '개척' 농장 현장을 둘러보고 온 림학수는 같은 해 1939년 4월부터 서울 성신녀학교로 자리를 옮길 계획이었다. 림학수의 「설원만리」는 그이가 서울로 가고 난 뒤에도 「설원만리③」, 「설원만리④」로 두 차례 더 싣고 끝났다. 그런데 림학수는 앞선 「경주기행」과 같이 「설원만리」의 본문을 따서 '산문시'로 만들지는 않았다. 앞섰던 「경주기행」과는 여행을 오가게 된 바탕부터 달랐던 까닭이겠다. 림학수가 문학 습작기부터 사회주의나 현실주의 문학의 영향을 받거나 눈길을 두기라도 한 작가였더라면 지나칠 수 없을 작품을 남겼을 법한 여정이다. 그러나 그리로 나아가지는 않았다. 그 대신 림학수의 북만주 기행 경험은 을유광복 뒤 남한에서 낸 마지막 시집 『필부의 노래』[1948] 한 구석을 채웠다. 「광야에 서서」, 「납빈선 안가에서」, 「하얼빈역에서」, 「송화강」과 같은 4편의 시가 그것이다. 그리고 그 시집을 낸 곳이 개성 자본이 만들었던 출판사 고려문화사였다는 점도 뜻밖이 아니다.

  림학수가 「설원만리」 다음, 두 번째로 중국 땅을 밟은 때는 1939년 4월이다. 이른바 '황군위문皇軍慰問' '조선문단 사절단使節團' 단원으로서 박영희, 김동인과 함께 대륙 침략전쟁을 벌이는 왜군의 전선으로 나갔다 돌아온 걸음이다. 그 일을 림학수는 『고려시보』에 한 차례 기행문으로 올렸다. '북지황군위문北支皇軍慰問 조선문단사절朝鮮文壇使節 루포르타―쥬' 「낭자관娘子關」이 그것이다. 산서성 낭자관은 석가장과 태원 사이에 있는 교통 요지다. 일찍이 1937년 10월 왜군과 중국군 사이에 큰 접전이 이루어졌던 곳이다. 줄글 「낭자관」은 그 전투 현장을 둘러본 감회를 담았다.[52] 림학수는 서울로 가서 성신여교 교무주임으로 임명을 받자마자 학교 일을 벌이기도 앞서 먼저 부왜 행각으로 나선 것이다.

> 봄에는 먼지 태산泰山
>
> 겨울에는 눈보라
>
> 고량高粱이 자랄 제면
>
> 밭고랑에 적賊도 뛴다
>
> ― 「광야曠野에 서서」 가운데서[53]

  림학수는 한 달 가까이 머물렀던 '사절단' 여정 가운데서 산서성山西省 낭자관을 넘어 태원을 지나 장가구까지 들렀다 다시 산서로 돌아왔다. 그리고 북경에서 서울로 귀가했다. 낭자관에서는 지니고 갔던 '위문품', "서울서 가지고간 밀감"을 병사에게 건넸다. 2년만이라며 즐거운 낯빛으로 병사는 그 반쪽을 먹었다. 위의 「광야曠野에 서

52　전봉관에서 두루 다루었다. 전봉관, 「황군위문작가단의 북중국 전선 시찰과 림학수의 『전선시집』」, 『어문론총』 42집, 한국문학언어학회, 2005, 315~347쪽.

53　『필부의 노래』, 고려문화사, 1948, 31쪽.

서」는 서울로 돌아와 성과물로 내놓은『전선시집』작품 가운데 1편이다. 제국주의 왜로의 대륙침략전쟁 과정에서 적군과 아군이 누구인가에 관해 림학수는 뚜렷하게 경계를 지었다. 물론 림학수는 반만 항왜 전쟁에 나선 중국군, 그들과 함께 '합작'해 싸우고 있었던 우리 겨레 광복군 진영과는 맞은쪽에 선 자리를 뚜렷하게 밝혔다, "밭 고랑에 적"이야말로 우리 겨레 광복군을 아우런 반만, 항왜 세력이었음은 두 말할 필요가 없다. 이렇듯 '사절단' 일행으로 낭자관을 지나면서 겼었던 감회는『전선시집』에서「낭자관娘子關」,「낭자관의 화풍和風」,「추일행군秋日行軍」,「낭자관을 넘어서」와 같은 4편으로 남았다.

줄글「낭자관」을 실은 뒤부터『고려시보』에 림학수의 글이나 동정은 보이지 않는다. 서울 사람으로서 을유광복까지 림학수의 서울 정주가 이루어진 셈이다. 그러나 두 해 개성 지역과 맺은 인연은 끝난 게 아니었다. 시집『후조』의 출판과『석류』재판이 개성 연고가 컸던 한성도서주식회사에서 이루어졌을 뿐 아니라, 을유광복을 맞자 개성 자본에 의해 세워진 고려문화사와 그곳에서 낸 잡지『민성』의 편집장을 림학수가 맡은 것으로 보아서도 쉬 알 수 있는 일이다. 개성 시절 두 해는 림학수의 삶과 문학에서 결정적인 영향을 끼쳤다. 그리고 그 가운데 으뜸으로 중요한 일은 림학수 창작시의 중요 작품과 창작 계기가 개성 정주와 직접적인 영향을 맺고 있다는 사실이다. 그 가운데서『팔도풍물시집』에 가락글로 올린 개성 지역 장소시는 그렇다 쳐도『후조』에 실은 '산문시'는 창작 경험으로 보더라도 특이한 경우다. 기행 수필이나 짧은 줄글을 산문시로 고스란히 되친 경우인 까닭이다. 그런 특이 현상을 풀이하고 값매기기란 쉽지 않다. 그런 까닭에 림학수의 것과 함께『고려시보』에 짧은 줄글로 발표했던 개성 역내 시인 김광균의 작품과 견주어 볼 필요가 있다.

①"이르 삼르일이면 이 꽃도 지겠지"
　나는 혼잣말하였다. 장미薔薇의 한때란 참으로 짧구나! 사람은 일생一生을 마칠 때 천국天國으로 간다고 종교가宗敎家는 말하는데 이 지구地球가 비롯한 지음부터 해마다 여름이 오면 피고 이윽고 지는 이 몇 억億 천千의 꽃송이는 바람에 날리고 비에 젖어 화변花瓣

이 따에 흩어저 진흙에 묻힐 제 그 정령精靈들은 모다 어데로 가는 것일까? 이렇게도 생각하였다.

그러나 나는 또 만일萬一 사람이 어느 사람을 대對할 때 이 꽃송이를 대對할 때와 같은 아름다움을 느낄 수는 없을까? 그의 언어言語와 행동行動과 마음새와 모든 것이 깨끗하고 고와 만인萬人이 그의 곁에 접근接近할 새 문득 방향芳香이 풍겨 오고 만인萬人이 그와 수작酬酌할 새 그의 얼굴에 그의 마음에 이 화변花瓣과 같은 아름다움을 느낄 — 즉卽 그의 가슴 깊이 영원永遠히 시들지 않는 분홍 장미薔薇 한 송이를 감춘 그러한 사람이 이 세상에 있을 수 없을까? 이렇게 생각할 때 사랑의 덧없음을 사람의 약弱함을 잠간 섭섭해 하지 않을 수 없었다.

— 림학수, 「화병花瓶」 가운데서[54]

② 노을이 물결 우에 곱-게 풀녀 있다.

가느단-헌 물살이 열렬列을 지어 어두어 오는 모색暮色 속으로 사라진다.

바름에 불니우는 한 줄기 잡초雜草 우엔 자욱-헌 안개가 서리기 시작허고 어두운 돌다리 우를 비인 달구지 하나가 등불도 없이 들길노 사라진다. 사람도 말이 없고 소도 고개 숙인 채 비인 방울소리가 한참 동안 들길 쪽으로 사라지드니 그 소래조차 끊어진다. 조그만 돌 조악을 드터 물 우에 던지고 허리를 꾸브려 수면水面을 응시凝視했다.

어여쁜 파문波紋이 분수噴水같이 피여 오르다 금시 물살에 섞어 떠나려 가 버린다.

피병사避病舍 정문正門에 등불이 켜졌다.

빨내를 니고 가는 여인女人의 하-얀 치마가 그 앞을 지나간다.

저므는 수풀같이 정한靜閑헌 거리의 등불과 먼-극장劇場에 끊었다 이는 나발소래가 물결을 건너온다.

뻔-헌 하늘 우에 물기 긴 별이 서넛 깜박이기 시작헌다.

— 김광균, 「추첩秋帖」 가운데서[55]

---

54   『고려시보』, 고려시보사, 1938.9.16.
55   『고려시보』, 고려시보사, 1938.11.1.

①은 1938년 9월 16일에 『고려시보』에 실은 림학수의 줄글 「화병」이다. 뒷날 『후조』에 '산문시' 「화병」으로 실린 작품이다. ②는 그 두 달 뒤 11월 1일 『고려시보』에 실은 김광균의 줄글이다. 실릴 때는 「화병」과 마찬가지로 갈래 이름을 붙이지 않았다. 김광균의 회고에 따르면 『고려시보』 편집을 맡고 있었던 강운성의 부탁으로 준 '산문시'라 썼다.[56] 줄글 「화병」은 뒷날 시집 『후조』에 '산문시'로 림학수가 올린 까닭에 '시'라는 됨됨이를 뚜렷이 한 작품이다. 「추첩」은 김광균이 이 작품을 떠올리면서 '산문시'로 기억했던 까닭에 '시'다. 세 살 아래였던 개성의 역내 청년 시인 김광균과 개성에 교사로 머물고 있었던 '중견 시인' 림학수 사이, 둘 사이 문재를 가늠할 수 있는 좋은 텍스트라 할 수 있다. 둘을 '산문'으로 보건, '시'로 보건 관계없이 글로서 보여 주는 됨됨이는 두 시인이 서 있었던 문학 경향이나 글솜씨의 차이까지 잘 담아낸다. '보여 주는' 글에 훈련이 된 김광균에 견주어 아직도 '말하는' 글에 그친 림학수의 자리는 '근대' 문학으로서는 한참 뒤에 선 모습이다. 거기다 글말이 갖추어야 할 생각과 느낌의 조절 역량도 밀린다. 림학수가 기행문이건 줄글이건 '산문시' 꼴로 내놓은 텍스트나 그들을 중점적으로 묶어 낸 호화 시집 『후조』가 뒷날까지 일반독자건 전문독자건, 꾸준한 관심에 오르지 못한 까닭이 이로서 어느 정도 드러난 셈이다.

5. 림학수 시의 높낮이

순천에서 『림학수 시 전집』이 나온 때가 2001년이다. 지역문화에 대한 관심과 예술문화 지원이 강조되었을 뿐 아니라, 굵직굵직한 사업들이 나라 곳곳에서 이루어졌을 때다. 그 덕을 본 이도 있고, 거기서 빠진 뒤로 드러날 기회를 얻지 못한 문학인도 적지 않다. 림학수 경우는 지역에서 활동하고 있었던 허근이라는 이가 앞장서서 현양 문제를 안고 뛰었던 셈이다. 전집 안쪽을 보니 림학수 생가 자리에 표지석까지

56　「추첩」은 발굴시 꼴로 글쓴이가 한차례 알린 적이 있다. 박태일, 「개성 지역문학과 『고려시보』 그리고 김광균」, 『한국지역문학연구』 3집, 한국지역문학회, 2014, 103~134쪽.

세웠다. 그 뒤로 스무 해를 더 넘은 오늘날 림학수가 향리 순천 지역으로 어떤 대접을 받고 있는지 글쓴이는 알지 못한다.

걸을수록 먼 길
서쪽 길

기럭기럭 기러기 노래 속 기러기는 없어도
오리탕집 바람개비와 유람선이 한 척
허리를 가라앉힌 대대포

꿈이야 다
뚱뚱하지

세상은 일곱 빛깔로도 겨운 파도밭이라서
누군가 기진개* 한 무더기
저녁 하늘로 뿌린다.

*칠면초七面草.

—「순천만」

　　이 시를 『시와사람』에 발표한 때는 2005년 여름이었다. "기럭기럭 기러기 노래"는 수원 소녀 최순애가 노랫말을 쓰고, 대구 사람 박태준이 지은 「오빠 생각」을 뜻한다. 글쓴이 아버지는 5년제 순천중학교를 다니다 한 해를 남겨 두고 합천으로 되돌아오셨다. 중학교 4학년 중퇴가 아버지 학력의 끝이다. 곁귀로 할머니가 보고 싶었던 까닭이라 들었다. 왜 그러셨을까? 합천에서 가까운 대구나 진주로 공부하러 나가지 않고 "더 먼 / 서쪽" 순천까지 가신 연고는 무엇이었을까? 집안 어른이 한 분 살고 계셔서 그곳으로 '유학'을 떠났다 들었건만, 깊은 속살은 알지 못한다. 어릴 적부터 아버지가 곧잘 불러 주신 노래가 「오빠 생각」이다. 순천중학교 교정 한 곁에서 아버지는 합천을 바라고 이 노래를 부르셨으리라. 2004년 봄이었던가. 아직 순천 갯가가 '개발' 바람을 타지 않은 무렵이다. 그때 들렸던 순천만 풍광을 다룬 작품이 「순천만」이다. 안내해 준 유람선 선장의 자부심어린 풀이를 들으며 오갔던 기억과 기진개 붉은 빛깔이 저녁노을에 더욱 타오르던 모습. 아버지가 까까머리 순천중학교를 다닐 무렵 순천 사람 림학수는 개성을 떠나 서울에서 살고 있었다. 나라잃은시대 말기여서 영문학자에다 영어 교사였던 림학수는 처신에 어려움이 적잖았을 터다. 이른바 '대동아공영권'을 외치며 '미영귀축'美英鬼逐을 표어로 삼았던 제국주의 왜로 쪽에서 볼 때 영어는 적국의 말이었던 까닭이다. 그럼에도 을유광복까지 림학수는 번역가로서나 시인으로서 꾸준히 활동을 이었다.

오늘날 순천 역내에서 림학수에 대한 관심이 전집을 낼 무렵에 견주어 더 나아가지 않았다면 역내 평가나 명성에 어느 정도 균형이 잡히고 안정화를 이룬 까닭일 것이다. 그 일에 늘 문제를 불러 온 것은 부왜 행각이었겠다. 아무리 '순수'니 '낭만주의'니 하는 꾸밈말을 그 위에 덧칠해도 덮이지 않을 사실이 그것이다. 게다가 림학수가 펼쳐 나간 시의 자리는 높지 않다. 그 무렵 우리 근대시의 발전 단계와 수준으로 볼 때 평균적인 됨됨이를 벗지 못했다. 가장 먼저 낸 시집『석류』에서부터『후조』를 거쳐 광복기의『필부의 노래』로 나아가면서도 개성 있는 시인의 정체성과 수월한 표현 역량을 보여 주지 못한 셈이다. 게다가 그 안쪽에 뺄 수 없을 커다란 옹이로 부왜 시집『전선시집』이 또아리를 틀고 있음에랴. 개인으로나 집단으로나 자신의 취향에 맞추어 호오를 웅변하고 현양을 일삼는 모습을 나무라기는 힘들다. 하지만 공적인 예술문화 지원과 같이 나랏돈을 들이는 사업은 경우가 크게 다르다.

이 글에서 글쓴이는 림학수의 개성 시절을 학문공동체뿐 아니라, 문학사회의 관심 있는 이들까지 무겁게 보아 주기 바라는 뜻을 담았다. 그를 위해 나라잃은시대 개성 지역문학의 핵심 매체『고려시보』에 담긴 림학수에 관해 사실을 실증하고 그 됨됨이를 알렸다. 림학수가 개성 호수돈녀자고등보통학교호수돈고등녀학교 교사로 부임한

1937년 4월부터 개성을 떠난 1939년 4월 앞까지 걸친 세 해뿐 아니라 그 뒤까지 개성 지역사회와 림학수가 서로 얽혀 들었던 모습은『고려시보』의 여러 보도문과 시 그리고 수필에 고스란했다. 이 글은 그들을 낱낱으로 나누어 짚은 첫 논의다. 그 결과 얻은 바는 아래와 같다.

첫째, 림학수에 대한『고려시보』의 보도문은 모두 10차례 보인다. 부임 인사事에서부터 시집 간행 소식에다 시집 서평과 설문, 교사 시인으로서 림학수에 관한 제자의 인물평까지 다채롭다. 그만큼 개성 지역사회에서 림학수에 대한 기대와 관심이 컸던 셈이다. 각별히 인사 동정을 빌려 두 번째 시집『팔도풍물시집』과 세 번째 시집「후조』그리고 광복기 네 번째 시집『필부의 노래』에 실린 작품들의 창작 배경이 된 여행, 나들이 소식을 알렸다. 림학수 시를 이해하는 중요한 실마리를 새로 얻은 뜻이 깊다.

둘째,『고려시보』에 림학수는 5편의 창작시를 실었다. 그 가운데 4편은 출판 시집에서 가려 뽑거나 이전 연속간행물에 실었던 것을 재수록한 경우다.「박연폭포」1편만 신작이다.『고려시보』를 빌린 창작시 발표에서 림학수는 소극적이었던 셈이다.

셋째, 줄글수필에서 림학수는 모두 7편을 16차례에 나누어『고려시보』에 실었다. 분량이나 회수에서 가장 많다. 이들 가운데서 학생들과 함께한 경주 수학여행, 개성 대흥산성과 박연폭포 나들이, 그리고 만몽산업주식회사가 경영하는 만주 농장 방문, '문인사절단'으로 왜로의 중국대륙침략전쟁 전선으로 오갔던 것까지 4편이 기행문이다. 나머지 3편은 짧은 줄글이다. 이들 기행문과 줄글을 림학수는 그 뒤 시집에 거의 그대로 따서 옮기며 산문시라는 갈래 이름으로 발표했다.[57] 그렇지 않은 경우 시 창작의 바탕을 알 수 있게 이끌어 주는 줄글로 남았다. 그런 과정에서 '산문'과 산문'시', '산문'과 '시' 사이 나눔에 대한 나름의 갈래 의식을 엿보기가 힘들다. 번역가로서는 모르되, 시인으로서 림학수는 단단한 정체성을 갖추지 못했을 뿐 아니라, 체

57　개성 정주 시절과 관련한 작품임을 알리는 명시 표지를 갖춘 작품 가운데서 시집에 실린 시만 들더라도 21편에 이른다.『팔도풍물시집』의「석굴암」·「석굴암 관음상의 노래」·「박연」·「만월대」·「강서대묘 천신도」·「쌍영총 구인공양도」,『후조』의「화병」·「의주가도」·「만월대」·「토요일」·「오륙도」·「해운대」·「불국사」·「석굴암」·「경주」·「무열왕비」·「삼묘와 쌍영총」,『필부의 노래』의「광야에 서서」·「납빈선 안가에서」·「하얼빈역에서」·「송화강」이 그들이다.

험 너비가 좁은 특성까지 보여 준 셈이다.

림학수가 학교 울타리를 벗어나 처음으로 누렸던 사회 생활이 개성 시절의 것이다. 교사에다 그곳에서 맺고 얽힌 정주 경험과 연고는 창작시뿐 아니라 그 뒤 문학사회 활동과 전개에까지 결정적인 몫을 다했다. 그런데 이 점은 림학수 개인의 경우로 그치지 않는다. 『고려시보』로 대표되는 1930년대 개성 지역문학과 지식사회가 지녔던 활발한 근대 역량이나 잠재력이 뒷받침한 일인 까닭이다. 이른바 스무 살 후반에 벌써 개성에서 중견 시인이라는 이름을 붙이고 살았던 림학수다. 그이를 지역 나름의 방식으로 품었을 뿐 아니라, 나아갈 길을 넓게 열어 준 곳이 개성 지역이며 지역사회였다. 개성 역내 매체에서 더 나아가, 나라잃은시대 우리가 겪은 특색 있는 근대를 제대로 밝히기 위해서라도 꼼꼼한 『고려시보』 따져 읽기는 거듭되어야 하리라.

광복기 개성 지역문학의 좌표

1. 분단 이행 공간으로서 개성

오늘날 황해북도 개성특급시를 중심으로 한 개성 지역문학은 우리 근대문학사에서 독특한 자리를 차지한다. 19세기 후반부터 나라 안 어느 곳보다 먼저 해외 유학을 비롯해 근대열을 활발하게 펼쳐 내면서 나라잃은시대 35년을 거쳤던 데가 개성이다. 1910년대 이상춘의 신소설과 기미만세의거 뒤 『여광』을 시작으로 『샛별』・『고려시보』로 이어진 매체의 발간은 그러한 점을 무엇보다 잘 보여 준다. 어린이문학을 중심축으로 삼아 시・수필・소설・비평에 이르는 다채로운 지역문학의 전통과 성과가 그 위에서 가능했다.[1] 해외 유학생의 귀향에 힘입어 1945년 이전 헌책방만 스무 곳에 이르렀던 사실[2]이야말로 그런 활력을 암시하는 주요 터무니라 하겠다.

이러한 개성 문학의 전통과 활력은 을유광복 뒤에도 한결같이 이어졌다. 특히 3・8도선 획정으로 말미암아 한 도시가 둘로 나뉜 채 개성과 개성민은 남북한 어느 곳보다 먼저 분단과 치열한 남북 공방, 그리고 피란과 이산의 경험 속으로 내던져졌다. 그리하여 1950년 전쟁기 삼 년과 휴전을 거치면서 개성은 판문점이라는 상징공

---

1   색동회 초기 구성원인 고한승・마해송・진장섭에다 이영철로 이어진 어린이문학의 전통은 근대
     어린이문학의 출발과 성장을 대표한다. 거기다 장정심・김영희・임영빈으로 이어지는 기독교문
     학과 카프개성지부의 『군기』 3집이 보여 주는 계급문학의 기운은 나라잃은시대 개성 문학의 다
     채를 말하기에 모자람 없는 전통이다. 박태일, 「근대 개성 지역문학의 전개─북한 지역문학사 연
     구1」, 『국제언어문학』 25집, 국제언어문학회, 2012, 79~118쪽.
2   섬나라로, 서양으로 유학 갔던 이들이 돌아올 때 지니고 온 책이 쏟아졌다. 마해송은 '해송문고'를
     마련해 호수돈여고에 기증했다. 그런 개성이니만큼 광복기 혼란 속에서 한결같은 문풍을 드날릴
     수 있었다. 박승훈, 「고려동집 책들」, 『송도민보』 49호, 송도민보사, 1979.10.30; 박승훈, 「개성 고
     본집 지도」, 『송도민보』 99호, 송도민보사, 1984.9.30.

간을 중심으로 오늘날까지 역사의 중심에 놓여 있다. 그와 맞물려 개성 문학 또한 분단문학의 대표 장소로 자리잡았다. 전후 북한 여느 지역과 달리 꾸준하고도 잦은 망향·회고 문학의 창출은 그러한 점을 일깨워 준다. 게다가 2003년 개성공업지구의 설치와 교류는 분단을 거쳐 통일로 나아가고자 하는 겨레 열망을 표상하는 중심 장소로 개성을 거듭나게 하였다. 남북한 모두에서 개성 지역과 지역문학이 지닌 중요성이 더하게 된 셈이다.

이 글은 이러한 개성 근대 지역문학의 흐름을 밝히고자 하는 목표로 이루어지는 두 번째 작업이다. 논의 범위는 을유광복까지 다루었던 첫 작업을 이어받아 광복기 5년의 활동으로 묶는다. 광복기는 전쟁을 거치고 전후 완연히 남북한 분단문학으로 나아가는 이행공간이다. 개성 지역문학은 그 점을 날카롭게 온축해 보여 준다. 논의 방법은 광복기 개성 문학의 환경을 먼저 살핀 뒤, 갈래별로 주요 작가의 활동을 짚어 보는 길을 따르고자 한다. 순서는 근대 개성 문학의 성장과 전개에 가장 중요한 힘으로 작용한 어린이문학에서 시작하여 시를 거쳐 서사문학에 이를 것이다. 그런 과정에서 수필과 같은 주변 갈래도 논의 속으로 수렴되리라.[3]

2. 광복기 지역 환경과 문학사회

광복을 맞고 3·8선이 그어졌을 때, 개성 시가지는 아슬아슬하게 그 아래에 걸쳤다. 그러나 송악산 북면은 이북에 놓였다. 그리하여 개성 지역은 졸지에 냉전의 최전선으로 내던져졌다. 분단을 어느 곳보다 먼저 온몸으로 겪게 된 특이 지역성이 그렇게 시작한 셈이다. 그런데 1950년 전쟁 발발까지 5년에 걸친 광복기 개성의 환경을 엿볼 수 있는 1차 문헌은 거의 남아 있지 않다. 민병휘의 짧은 정세 보고문 하나가

---

3 개성 지역문학의 두드러진 특성 가운데는 중역이 아닌 원문에 따른 번역문학이나 국문학 연구 영역도 있다. 나아가 비전문인 문학, 곧 종교계·학계·언론계·정계 인사를 중심으로 이루어졌던 수필이나 기행문학도 개성 문학이 지닌 유다른 모습이다. 그러나 이들은 논의 바깥에 두었다.

아쉬움을 달래 주고 있을 따름이다.[4] 그이에 따르면 광복 직후 개성 지역에서는 개성인민위원회를 필두로, 여러 단체 조직 활동이 이어졌다.

개성인민위원회는 을유광복 이틀 뒤, 공진항을 위원장으로 송도중학교 운동장에서 열렸다. 그것이 본격화하면서 9월부터 개성문화건설협의회도 활동을 시작했다. 아울러 농민조합·노동조합이 조직되고 "개성 토착 부르조아지 옹호 기관으로서" 개성자위대가 그와 맞섰다. 그런 가운데 쏘련군이 개성에 들어왔다 나가기도 했다.[5] 미군 주둔지로 바뀐 뒤에는 좌우익 세력 사이 갈등과 폭력이 되풀이되었다. 한때 36개에 달했던 사회단체 뒤를 개성문화건설협의회가 받쳤다. 광복 이전부터 있었던 고려청년회와 그 아래 소장파 혁신청년단은 그런 정세를 엿보고 있었다. 거기다 3·8선 이북 땅을 빼앗긴 지주 계층의 불만이 드높았고 부녀동맹과 예수교부인회 사이 대립까지 겹쳤다.

좌우익 투쟁이 격화하는 가운데 개성에서도 1947년 봄부터 우익 결사체 대동청년당이 본격 활동을 시작했다. 1942년 강제 폐간된 『고려시보』를 다시 내고 있었던 민완식이 책임자였다. 그이는 한 해를 넘기지 못하고 12월에 공산주의자의 총격 테러로 쓰러졌다.[6] 테러가 가장 심했던 때는 남북한 국가 성립 직후인 1949년 2월부터

---

4   민병휘, 「지방정세 보고−개성편」, 『신세대』 3호, 서울타임스사출판국, 1946, 81~82쪽. 이 밖에 출향 개성민에 의해 쓰인 망향기나 회고 수필이 대종이다. 보다 객관화한 기술물인 지역 언론 매체를 볼 수 없는 점이 사료 부족에 결정적이다. 광복기 개성에서 나온 매체는 1947년 5월 현재 주간신문으로 『고려시보』(공진항)와 『고려민보』(박상철)가 있었다. 월간지로는 『사회실정』(김용길)이 더했다. 김용호 엮음, 『1947년판 예술연감』, 예술신문사, 1947, 170~175쪽. 거기다 1946년 8월 인가를 받았던 『개성신보』(임병식), 『송도신문』(김재현)이 보인다. 이들 모두 이름만 알려진 까닭에 속살이나 관계를 알기 힘들다. 강운성, 「개성의 신문 어제와 오늘」, 『송도민보』 12호, 송도민보사, 1977.6.25.

5   쏘련군은 인민경비대를 두고 김재영을 단장으로 내세워, 관공서와 기관을 관리하면서 이른바 "악질적 반동분자를 검거"하였다. "전형적인 지주 부르조아지 도시" 개성 사람은 쏘련군의 월권이라 새로 3·8선을 측량하면서 맞섰다. 9월 9일 새벽 후퇴 명령에 따라 쏘련군이 떠나고, 개성인민경비대·개성인민위원회·개성문화건설협의회 50여 명도 무장한 채 3·8도선 이북으로 물러났다. 그리하여 미군이 머문 3·8도선 이남 개성에서 지하 활동을 이어 나갔다. 그 결과 개성인민위원회, 조선공산당개성지구위원회 또한 다시 간판을 내걸었다. 민병휘, 앞에 든 글, 81~82쪽.

6   그 뒤 『고려시보』는 동생 민관식이 맡았다. 전쟁 발발로 내지 못하다 전후 피란 내려온 이북 사람들이 아끼는 신문으로 자리잡았다, 신문사에 재경개성피난민회 간판을 내걸었다, 1960년 군부

였다. 5월 송악산 전투가 있었고, 7월 개성 시가지를 향해 인민군은 폭탄을 퍼부었다. 이때 많은 개성 사람이 가재도구를 챙겨 서울로 피란을 나섰다. 1950년 전쟁 이전부터 개성은 전쟁 참화 속에 놓여 있었다. 총소리만 들려도 학교는 휴교를 했고, 피란과 복귀를 거듭했다. 그 과정에서 고도 개성은 가장 많은 전화戰禍를 입은 도시, 이산 가족이 가장 많은 도시로 바뀌어 갔다.[7]

광복 뒤 8월, 전국 규모 예술문화 단체 '조선문화건설중앙협의회'에 이름을 올린 개성 문인은 이선근·임영빈·민병휘·김광균·김소엽·현동렴이었다. 이어서 1946년 3월 우파 중심의 전조선문필가협회에는 이선근·김광균·현동렴·김소엽이 들었다. 이선근이 준비위원이자 언론부장으로 이름을 올렸다.[8] 기독교계 문인 김영희·장정심도 거들었다. 좌파 단체에 이름을 올린 이는 조선문학가동맹의 김광균이 유일하다. 1949년 12월 대한민국 수립 뒤 "일반 무소속작가 및 전향문학인을 포함한 전문단인 총 결속"[9] 단체로 나아가고자 했던 한국문학가협회에 이름을 올린 개성 문인은 임영빈·구자균·김광균·김소엽·현동렴이었다. 역외 전국 규모 단체 동향으로 볼 때, 개성 지역문학은 우파적 빛깔로 기울었던 셈이다.

광복기 개성의 역내 활동 가운데 중요한 것은 광복이 되자마자 만든 개성문화건설협의회다. 개성인민위원회와 짝을 이루는 중도 좌파 계열 문인의 결집이었다. 여기서 김소엽이 위원장을 맡았다. 현동렴은 총무부장, 민병휘가 기획부를 맡아 중심에 섰다. 이들은 "해방조선문화 건설을 위하야 정진"한다는 것과 "구질서의 문화와 반동적 문화에 투쟁을 전개하야 진정 노동자 농민 해방을 위한 첨병"[10]이 되겠다는 강령을 내세웠다. 여기서 문학가동맹 개성지부까지 감당했던 것으로 보인다. 이들

쿠데타로 강제 폐간되었다. 조성관,『실물로 만나는 우리들의 역사』(민관식 컬렉션 탐험기), 웅진 씽크하우스, 2005, 81~85쪽.

7   전쟁 뒤, 1951년 7월부터 휴전회담이 개성에서 시작됨으로써 개성 반경 20리 안에서는 전투 행위를 그쳤다. 그리하여 개성과 판문점은 오랜 세월 새롭게 역사 앞자리에 나서게 된다.

8   창작 활동은 하지 않았지만 박술음·최규남과 같은 개성 출신 학계 인사까지 이름을 올려, 준비위원 이선근을 중심으로 한 지연을 살필 수 있다.

9   『동아일보』, 동아일보사, 1949.12.13.

10   「개성문화건설협의회 결성」,『순보 해방뉴-스』창간호, 해방통신사, 1945.9.3.

은 역내 문학 강연회를 지원하고[11], 기관지『자유와 해방』을 냈다.[12] 위원장 김소엽은 1946년 개성의 종합적 학술 연구를 목표로 송도학술연구회위원장 마해송를 만들었을 때 는 예술 분야를 맡았다.[13]

광복 이전에 문학사회에 나선 세대인 이들과 달리 역내 신진 세대는 창작 활동에 더 열중하였다. 고영진·박승훈·김병호가 그들이다. 전후인 1950년대부터 남한 문학사회에서 그들이 펼칠 활동을 미리 점치게 한 셈이다. 게다가 1949년 5월 송악산 전투와 거기서 육탄으로 산화한 십용사의 죽음, 그에 따르는 정훈문학 창작은 개성의 지역성을 더욱 새롭고 단단하게 이끌었다. 오랜 왕도라는 장소 머그림에 더하여 새로 출범한 대한민국의 국체 수호를 위한 문학의 첫 출발지로 개성이 놓이게 된 셈이다. 그리고 그런 과정에 여러 전문, 비전문 문인·언론인·교육인·종교인이 분단시대 개성 지역의 문풍과 문학 활동의 무게를 일깨워 줄 활동[14]을 이어 나갔다.

대한민국 정부 수립 뒤, 정세 변화에 따라 김소엽과 현동렴은 전향해 국민보도연맹에 가입하였다. 현동렴은 개성 광장에서 가졌던 반공 행사에도 참석했다.[15] 그리하여 전쟁이 발발하자 월북한 것으로 보인다. 1980년대까지 북한문학지 속에서 개성 지역문학의 자취를 지킨 몇 되지 않은 문인으로 살아남을 걸음길을 분명히 한 셈이다. 그들과 달리 민병휘는 격동 가운데 이름을 묻고 말았다. 그런 속에서 전후 평론가로 나아갈 청소년 김우종이 송도중학교에서 영문학자 김병철과 어린이문학가 이

---

11 2월 26일 문학가동맹 개성지부가 주최하고 개성문화건설협의회가 민 행사다. 연사는 김광균·이태준·김기림·이원조였다. 「개성서 문학강연」, 『자유신문』, 자유신문사, 1946.3.6.

12 『자유와 해방』은 1946년 8월 현재 12호를 냈다. 주간 신문이었을 듯한데, 실물은 볼 수 없다. 『자유신문』, 자유신문사, 1946.8.7.

13 「송도학원 새 진용」, 『자유신문』, 자유신문사, 1946.7.9.

14 이상춘·이만규·공진항·김동성·우승규·석주명·유달영·이선근·유한철·구자균과 같은 이다. 김동성은 광복기 합동통신사를 만들었다가 뒷날 대한민국 초대 공보처장을 지냈다. 석주명은 채집, 기행 수필을 여러 차례 선뵀다. 유달영은 광복 이전 수원고농을 졸업한 뒤 개성 호수돈여고 교사로 일하다, 광복을 맞아 개성시자치위원회와 개성 치안 유지에 진력하면서 『어린이』에 동요를 발표하기 시작했다. 뒷날 다양한 예술 행보를 보인 의사 유한철 또한 광복기에 수필 활동을 시작하였다. 광복 이전 대구사범을 거쳐 고려대학으로 옮겨왔던 구자균은 고전과 근대문학에 관련한 무거운 글을 내놓았다.

15 「멸공응변대회 10일 개성 광장에서」, 『자유신문』, 자유신문사, 1950.6.10.

영철 밑에서 문재를 닦고 있었다.[16] 이웃 호수돈여고에서는 고영진·박승훈과 같은 신예시인이 소설가 송숙영을 가르치고 있었다. 장차 장정심을 이어 갈 개성 여자문인의 성장을 지켜본 셈이다.

이상으로 광복기 개성 지역문학의 밑그림을 사회 정세와 문학 정세로 나누어 성글게 짚어 보았다. 오 년에 지나지 않은 짧은 기간이었다. 그럼에도 개성 지역이 보여 준 진폭과 동향이 컸다는 사실을 알 수 있다. 게다가 그것은 고스란히 전후 남북한 분단의 첫 경험이자 첫 분단문학이라는 뜻을 지닌다. 아래 장에서는 이러한 문학 사회 활동을 몇 갈래의 중요 작가 중심으로 살펴보고자 한다.

3. 어린이문학의 심화

개성의 광복기 어린이문학은 광복 이전 세대의 것이 중심이었다. 마해송·고한승·진장섭과 같이 1920년대 『여광』을 펴내고, '색동회' 활동을 함께한 이들과 나란히 1930년대 얼굴을 선뵌 이영철·현동렴과 같은 작가가 그들이다. 1940년대 초기에 활동을 시작했던 김문행과 같은 이는 광복기 활동이 보이지 않는다. 그 세대가 겪었을 유별한 험난을 짐작하게 하는 일이다. 이제 이들을 둘로 나누어 살피고자 한다. 두드러진 개별 활동을 보였던 마해송·이영철에다, 『어린이』 복간을 맡았던 고한승과 거기에 주요 글쓴이로 나섰던 현동렴이다.

1) 마해송과 이영철의 변모

마해송이 왜나라에서 돌아온 때는 1944년 4월이었다. 개성에서 을유광복을 맞았다. 좌우 대립 속에서 시장으로 추대되기도 했다.[17] 송도학술연구회 회장으로도 이름을 올렸다. 생계는 서울 『자유신문』 객원기자 직이 맡았다. 개성을 떠나 서울로 집을

---

16 김우종, 「송중을 다니던 때의 회상」, 『송도민보』 1호, 송도민보사, 1976.6.25.
17 마종기, 『아버지 마해송』, 정우사, 2005, 64쪽.

옮긴 때는 1948년 초반이었다. 전쟁 발발까지 서울에 머물며 객원기자 직을 계속했다. 마해송의 광복기 활동에서 가장 중심적인 일이 이것이었다. 1930년대 『어린이』에 싣다 그친 동화 「토끼와 원숭이」 뒷부분을 이어 마무리 짓고, 그것을 광복 기념 동화집[18]으로 냈던 곳이 『자유신문』과 자유신문사였다. 광복기 대표 작품 「떡배 단배」 또한 1948년 「자유신문」에 실었다.[19] 그이의 처음과 두 번째 수필집 『편편상』·『속 편편상』의 속살을 이루는 글은 거의 모두 『자유신문』 연재 기사였다.[20] 이렇게 보자면 『자유신문』 객원기자 활동과 성과야말로 광복기 마해송 문학의 전부요, 그이의 모든 문학을 꿰는 코인 셈이다.

따라서 마해송 문학 논의에서 이러한 광복기 활동은 중요하게 다루어져 왔다. 「토끼와 원숭이」가 반제 의식을 품은 저항성을 보여 준다는 생각과 「떡배 단배」 또한 광복기 냉전 체제를 드러낸 우의 문학이라는 점이 그렇다.[21] 그럼에도 아직까지 논의 자리가 남아 있다. 그 가운데 하나는 「토끼와 원숭이」 마지막 처리에 대한 평가 문제다. 이를 위해서는 「토끼와 원숭이」를 광복기에 손질, 완결하였다는 사실이 중요하다. 작품의 처음 의도가 무엇이었든 마무리한 광복기 마해송의 눈길을 배제할 수 없는 까닭이다. 「토끼와 원숭이」에서 눈여겨볼 곳은 주동 이야기 자리가 아니라 마무리 자리다.

18　「토끼와 원숭이」 후편은 1947년 1월 『자유신문』에 연재하였고, 12월에 낱책으로 냈다. 마종기, 앞의 책, 174쪽.

19　「떡배 단배」는 신문 연재 뒤 고한승이 맡았던 『어린이』(124호와 125호)에 되실렸다. 그런 다음 1953년 피란지 대구에서 낱책으로 나왔다.

20　『편편상』(새문화사, 1948)과 『속 편편상』(새문화사, 1949)은 피란지 대구에서 『사회와 인생』(세문사, 1953)이라는 이름으로 묶어 다시 냈다.

21　이재철은 마해송 동화의 됨됨이를 "인정세태의 풍자와 어린이 존중의 사상"이라 말했다. 그러한 풍자정신의 밑바닥에는 "강한 민족적 주체성"이 흐른다고 보았다. 이재철, 「마해송론」, 『한국아동문학작가론』, 개문사, 1983, 43~44쪽. 최지훈은 그 점을 저항성이라는 쪽에서 다루었다. 마해송이 "일평생을 통하여" "집중적으로 저항 의식을 담은 작품을 발표해 온" "독보적 존재"라는 평가가 그것이다. 최지훈, 「마해송론—어린이와 칼」, 『한국현대아동문학론』, 아동문예, 1991, 13쪽. 마해송 문학의 뿌리인 개성 지역을 문제 삼은 첫 연구자는 원종찬이다. 마해송 문학의 주요 이력 가운데서 개성 출신이었다는 사실은 "작가의 남다른 민족주의를 배양시킨 뿌리"라 보았다. 원종찬, 「해방 전후의 민족현실과 마해송 동화—「토끼와 원숭이」를 중심으로」, 『한국아동문학의 쟁점』, 창비, 2010, 110~114쪽.

그때다.

눈벌판 눈더미 위에서 조그만 토끼 한 마리가 두 귀를 쪽 뻗치고 툭 튀어나왔다. 거기서 또 한 마리가 툭 튀어나왔다.

여러 해가 지나갔다.

또 여러 해가 지나갔다.

토끼는 토끼를 낳고, 또 토끼를 낳아서 어떤 산에 가든지 하얀 털에 두 귀가 쪽 뻗치고 눈이 빨간 토끼들이 대굴대굴 즐겁게 잘 살고 있는 것은 여러 분이 아는 바와 같다.

—「토끼와 원숭이」 가운데서[22]

이러한 처리를 두고 임기응변[23]이라는 비판이 있었다. 게다가 서술자가 내포 독자를 향해 깊이 끼어든, '여러분'을 겨냥한 평설까지 담겼다. 평설 부분만 없다면 이 작품에서 가장 성공적인 자리가 마무리다. 우의적인 뜻으로 읽든 그렇지 않든, 달나라 토끼가 내려와 땅 위에 살게 되었다는 마무리는 강한 공감을 일으킬 만하다. 그것도 우리에게 오래도록 익은 '달나라 토끼'라는 모티프의 재생산이라 더 그렇다. 그런데 평설 부분을 「떡배 단배」와 묶어 보면 단순히 옛 이야기 말씨를 이어받았다는 쪽과는 다른 문맥에서 읽을 수 있다. '여러분'으로 불려지고 있는 내포 독자층이 그 빌미다. 읽어 본 사람이라면 「토끼와 원숭이」와 「떡배 단배」가 맞물려 있는 작품이라는 사실은 쉽게 깨닫는다. '여러분'으로 불러내고 있는 내포 독자는 다름아닌 광복기 당대 현실 독자층이다.[24] 다만 「토끼와 원숭이」는 피식민자의 예속, 곧 식민자 / 피식민

---

22 『떡배 단배』, 학원사, 1964(재판), 176쪽.

23 김상욱, 「어린이문학의 이데올로기적 가능성—마해송론」, 『어린이문학의 재발견』, 창비, 2007, 155쪽.

24 1931년에 쓴 줄글에서 마해송은 「토끼와 원숭이」가 "현금의 나의 사상과 처지를 확실히 하고 나의 현금의 아동 지도의 정신을 구체화한 것이니, 어린이들과 함께 지도자들의 애독들 바라는 바이다."라고 적었다. 그이가 "사상과 처지"라 한 것이 피식민지민이라는 사실을 뜻한다. 나아가 "지도자들의 애독"을 바란다 하여 내포 독자에 어른이 포함됨을 알려 준다. 이러한 내포 독자의 포괄적 입장이 광복기 새로 마무리한 「토끼와 원숭이」에서는 더 열린 셈이다. 「토끼와 원숭이」, 『사회

자, 지배 / 예속의 문제를 틀로 둔 작품에 머물렀다.[25] 그 점에서 피식민지 우리 역사에 대한 우의적 공간 확보는 성공한 셈이다.

이어서 쓴 「떡배 단배」는 「토끼와 원숭이」에서 보여 주었던 식민자 / 피식민자라는 대립 관계에서 더 나아가 동아시아 평화라는 더 큰 눈길로 새 이야기를 펼쳐 냈다.[26] 그리하여 「떡배 단배」에는 세 가지 맥락이 중층적으로 얽혀 있다. 마해송 개인의 지역적 경험 층위, 피식민지 조선의 민족 층위, 세계 제국주의 질서 속의 동아시아 질서가 그것이다.[27] 미시적·등시적·거시적 맥락이라 할 수 있을 이러한 셋 가운데서 「토끼와 원숭이」는 첫째와 둘째가 중심이 된 작품이다. 이에 견주어, 「떡배 단배」는 세 가지 맥락을 모두 포함한다. 미시적, 등시적 눈길은 두 작품이 공유했다. 그 지표가 「토끼와 원숭이」 마무리에서 '여러분'을 향해 서 있는 내포 작가 마해송과 '여러분'으로 불려지고 있는 내포 독자다. 따라서 「떡배 단배」는 마해송이 지녔던 세계상이 성숙함에 따라 「토끼와 원숭이」를 되쓴 확대, 개편작[28]에 가깝다.

그리고 그 과정에서 「토끼와 원숭이」 마무리에서 불려진 '여러분'과 「떡배 단배」를 실었던 『자유신문』의 신문 독자대중은 같은 내포 독자층이다. 이렇듯 광복기 마해송은 어린이문학인에서 성인문학인으로 지평이 올라섰다. 그리고 그 모습은 두 권으로 이어져 낸 수필집, 『편편상』과 『속 편편상』이 대변한다. 그이는 어린이문학인으로는 과잉되었고, 성인문학인으로서는 뒤섰던 셈이다. 광복기 마해송 문학에서 단

와 인생』, 세문사, 1953, 94쪽.

25   피식민지 조선의 수탈 현실에 대해 잘 말하고 있는 줄글이 「사랑방」이다. 마해송, 앞의 책, 71~72쪽.

26   따라서 「떡배 단배」가 바탕으로 삼은 섬나라가 지닌 뜻은 단순히 현실과 떨어진 환상 공간은 아닐 수 있다. 마해송 스스로 유학을 떠났다 성공과 실패를 거듭하며 중요한 시절을 보냈던 왜나라와 등치하는 까닭이다. 거기다 주인공 갑동과 돌쇠가 배를 타고 바다로 나갔다 섬나라에 이르렀다는 짜임새가 갖는 뜻도 색다르다. 그것은 외국 유학이나 해외 개척에 대한 막연한 표현이라기보다, 일찍부터 개성 지역에서 존경 받는 교사였던 이상춘의 잘 알려진 신소설 「서해 풍파」의 모티프에 의식 / 무의식의 도움 받았을 수 있는 까닭이다. 형제가 배를 타고 나갔다 풍랑에 흩어져 섬나라로, 태평양 건너로 가서 뜻을 이룬다는 짜임새가 맞물린다.

27   제국주의 침략에 대한 마해송의 생각은 줄글 「차관」에 잘 담겨 있다. 『사회와 인생』, 앞의 책, 171~172쪽.

28   원종찬은 「떡배 단배」가 「토끼와 원숭이」 후속작이라는 생각을 편 적이 있다. "혹시 「토끼와 원숭이」에서 말하고 싶었던 내용을 가지고 새로 「떡배 단배」를 쓴 것은 아닐까?" 원종찬, 앞의 글, 128쪽.

단하게 틀 잡힌 어린이문학 「토끼와 원숭이」·「떡배 단배」의 풍자 공간과 현실 비판이 날카롭게 옹근 수필집 두 권이 서로 엇박자 없이 하나로 만난 자리가 거기다.

이러한 마해송의 상승적 활동과 달리 어린이문학 영역을 지키면서 활동 범위를 크게 넓혔던 이가 이영철이다. 광복기 내내 그이는 개성과 서울을 오가며[29] 『소학생』·『어린이 신문』·『어린이』·『소년』과 같은 여러 곳을 빌려 누구보다 활동이 활발했다. 그것은 네 가지로 나누어 볼 수 있다. 어린이문학 창작, 어린이 학습물 저술, 번역문학 활동, 출판 활동이다. 처음, 어린이문학 창작과 관련하여 이영철은 동화·동시·위인전·기타 줄글에 이르기까지 적지 않은 작품을 내놓았다.[30] 그들은 1859년 프랑스·이태리 연합군과 오스트리아 군 사이 싸움터에서 어린 몸으로 첩보 활동을 하다 나무에서 떨어져 죽은 이태리 소년의 활약을 담은 「소년탐정」과 같은 연재 동화에서부터 '아기 차지' 난과 같은 데 실었던 짧은 이야기에 이르기까지 너비가 크다.

턱을 쳐들고 앉아 밤을 벗기고 있는 엄마 손만 보지요.

엄마가 밤을 다 벗기면 날름 받아다 먹고, 야금야금 고소해요. 다리에 파리 한 마리가 날러와 근지럽길래, 가, 가, 어서 가 하고 파리를 날리다가 보니, 벗기던 밤 한 톨을 엄마

---

29 이제껏 학계에서 눈여겨보지 않았지만 이영철은 개성 지역문학뿐 아니라, 근대 어린이문학사에서 중요한 자리를 차지하는 작가다. 그이에 대한 본격 논의는 이즈음에야 시작했다. 박금숙, 「동화작가 이영철의 생애 고찰」, 『12월 월례연구발표회 발표문집』, 한국어린이청소년문학회, 2011, 1~26쪽. 광복 초기에 그이는 개성에서 머물다, 1948년 11월에 서울로 나와서 개성과 서울을 오가며 송도중학교로 출퇴근했다. 그러다 1949년 5월 송악산 전투를 겪자 8월 송도중학교를 그만두고 온 가족이 서울로 다시 옮겼다. 그리고 10월 용산중학교 교사로 자리를 잡았다.

30 발표 매체별로 보이면 다음과 같다. 『어린이』:「고양이」(동화, 123호), 1948·「토끼와 인력거」(동화, 124호), 1948·「뽐내던 불거지」(동화, 128호), 1948·「늑대」(동화, 130호), 1949·「회초리」(동화, 133호), 1949·「소년을 구해낸 개」(동화, 137호), 1949; 『어린이 신문』:「소와 개구리」(이야기, 3호), 1945·「나라를 사랑하는 사람」(위인전, 64호), 1947·「소년의 효성」(동화, 61호), 1947·「창고에 갇힌 여우」(동화, 60호), 1947·「소년탐정」(연재 동화, 65호, 68회까지 4회 연재), 1947; 『소년』:「가여운 참새」(동화, 7호), 1949·「닭 여섯 마리」(동화, 4호), 1949; 『주간 소학생』:「엄마」(동요, 10호), 1946·「수박」 11호, 1946·「쌍둥밤」 12호, 1946·「누나」 18호, 1946; 『학풍』:「빈약한 정원」(줄글, 2호), 1948. 그리고 낱책을 펴냈는데 실물 확인은 할 수 없다. 『소년소설집』, 고려문화사, 1947.

가 어느 틈에 오둑오둑 씹어 먹겠나.

"엄마, 왜 먹어?" 하고 물었더니,

"쌍둥밤은 노나 먹는 법이란다." 그러겠지.

엄마가 먹고 싶어 먹고도.

—「쌍둥밤」

『주간 소학생』 '아기 차지' 난에 실린 짧은 이야기[31]다. 뒷날 자신의 동화집 표제로 내세우기도 했던 작품이다. "밤을 벗기고 있는" 어머니와 아이 사이에 있을 법한 방안 풍경을 아이 눈길로 꼼꼼하게 그려 담았다. 이 밖에도 할아버지에게 글을 배우는 아이가 놀 생각만 하다 꾸지람을 듣는 「회초리」와 같은 작품 또한 아이 가족 이야기로 모인다. 그럼에도 광복기 이영철 동화의 중심은 어린 토끼들의 개구쟁이 짓을 그린 「토끼와 인력거」, 불거지 한 마리가 우쭐거리며 다른 고기를 깔보다 다른 물고기들에게 혼이 난다는 「뽐내던 불거지」와 같은 교육 우화에 놓인다.

둘째, 어린이 학습물 저술 활동이다.[32] 이 일은 1930년대 문학사회에 얼굴을 선뵀던 초기부터 오래도록 교사로 일했던 경험과 맞물린 자연스런 일이다. 게다가 광복기는 어느 때보다 어린이 계몽서에 대한 요구가 빗발쳤던 시기다. 이영철은 그러한 요구에 의욕적으로 앞장섰던 셈이다. 속살은 국어학자였던 아버지 이상춘의 대를 이어 배달말과 우리 역사에 대한 것이 중심이었다. 각별히 『주간 소학생』에 나누어 실었던 「한글공부」와 「어린이 한글역사」에 그런 뜻이 잘 담겼다. 한 연구자는 이러한 모습을 두고, 『소학생』의 '민족주의적 성격'을 짚어 내고, "한글 강화를 통해 주체

---

31 동화집 『쌍둥밤』에서는 '짧은 이야기'라 해 10편을 올렸다. 『쌍둥밤』, 글벗집, 1960, 72~73쪽.

32 「한글공부─틀리기 쉬운 말」(연재), 『주간 소학생』 25호~35호(11회 연재), 1946.9~12. 이 글을 묶어 이듬해 낱책으로 냈다. 『틀리기 쉬운 말』, 조선아동문화협회, 1947;『중등국어문법』, 을유문화사, 1948;『학생조선어사전』, 조선아동문화협회, 1946;「어린이 한글역사」, 『주간 소학생』 37호 ~49호(13회 연재), 1947~1948;『옛말사전』, 을유문화사, 1949;『(중학교 들기 위한) 소년 상식 1000 문답집』, 아협, 1949;『글벗집』, 1949;「송도의 자랑」, 『어린이 나라』 7월호, 동지사 아동원, 1949;「우리나라 구경─개성」, 『소학생』 55호, 1948.

의식을 확립하려고 노력했다"[33]고까지 말했다.

셋째, 번역문학 활동이다. 개성 지역은 일찍부터 기독교를 받아들였고, 해외 유학이 잦았던 곳이다. 다른 곳과 달리 영문학자나 번역문학가가 많이 나올 수 있었던 환경이다. 게다가 중요한 점은 중국어역이나 일어역과 같은 데 도움 받는 중역이 아니라 원문에 따르는 번역이라는 전통까지 갖추었다.[34] 이영철 또한 광복기에 번역 활동에 나서 몇 편의 작품을 선뵀다.[35] 특히『사랑의 학교』는 읽을거리가 모자랐던 광복기 많은 어린이에게 사랑을 받았다. 그리고 전후, 어린이 문단조직과 연을 닫고 오로지 출판 사업에 꾸준한 공을 들일 때, 그 상당수가 어린이 번역문학이었다. 광복기에 이미 바탕을 닦았던 셈이다.

넷째, 어린이문학 출판 활동은 출판사 글벗집 운영을 뜻한다. 처음에는 자신의 집에서 윤석중의 도움을 받으며 꾸렸던 관계로 많은 출판물을 내지는 않았다. 두어 권이 눈에 뜨일 따름이다. 그러나 1950년대부터 임종 시까지 어린이문학을 중심으로 몇 백 종에 이르는 출판물을 내게 되는 기본 바탕을 이때 마련하였다. 광복기 글벗집 출판물 가운데 대표적인 것이 권태응의 동요집『감자꽃』1948이었다. 어린이 창작 문학인에서부터 기존 출판자본에서 벗어나 자신의 포부를 펴기 위해 어린이 출판기획자로서 나아갈 뜻을 일찌감치 굳혔다.

광복기 개성의 어린이문학을 대표한 이는 마해송과 이영철이다. 마해송은 소극적인 매체선택, 갈래 선택에도 언론 현장에서 문학 생애에서 가장 중요하다 할 두 작품을 남겼다. 게다가 어린이문학가와 언론 수필가 마해송을 오가며 더 깊어진 모습을 보여 준다. 이에 견주어 이영철은 여러 매체, 여러 영역에서 어린이문학 활동을 펼쳐 나갔다. 동화 창작에서 학습물 집필, 번역문학 활동과 출판사 경영이 그것이다. 광복기 개성 지역문학은 이러한 마해송의 깊이와 이영철의 넓이를 빌려 을유광복 앞서

---

33 이재철,『한국현대아동문학사』, 일지사, 1974, 240쪽.

34 김동성·박술음·김병호·김병택·박승훈과 같은 이가 대표적이다.

35 뿔드윈,「미니온」(소년소설),『어린이 나라』6월호, 동지사 아동원, 1949; 아미치쓰,『사랑의 학교』, 을유문화사, 1948; 데비드·쇠부른「불란스 공산당」,『신천지』10월호, 서울신문사, 1947;『백설공주』, 정음사, 1948.

부터 마련해 온 어린이문학의 전통을 더욱 굳고 두텁게 다듬어 나갔다. 그리고 그 일을 고한승의 『어린이』 편집 작업이 거들었다.

2) 고한승의 『어린이』와 현동렴

광복을 맞자 새로 교세를 결집한 천도교에서는 출판사 개벽사와 인쇄소 보성사를 되살렸다. 처음 개벽사 사장은 공진항이 맡았다. 거기서 『개벽』과 함께 『어린이』를 다시 냈다. 그리하여 1948년 5월 5일 어린이날에 복간 첫 호를 선뵀다. 편집은 『고려시보』부터 공진항의 글벗이었던 고한승이 맡았다. 그런데 1949년 4월호[132호]부터 고한승의 이름이 빠졌다. 1949년 반민특위에서 이루어진 '반민족행위자' 검거로 동향의 목사 한석원과 함께 검거된 까닭이었을 것이다.[36] 그리하여 "공민권 10년 정지"라는 선고를 받게 됨으로써[37] 오랜 개성 지역문학 중진 활동이 막을 내리기에 이른다. 『어린이』 또한 폐간에 이르렀다. 그런데 1년에 걸쳐 15호밖에 나오지 않았지만 복간 『어린이』는 광복기 개성 지역문학으로 볼 때는 뜻이 남다르다.[38] 그 점은 『어린이』 '복간 5월호' 곧 123호를 '주간' 고한승의 복간사 「어린이를 다시 내면서」라는 글을 맨 앞에 싣고, 동향 문인 이영철·진장섭의 동화, 현동렴의 동요, 김소엽의 동극과 자신의 동극, 그리고 미술가 공진형의 글로 채운 사실로 알 수 있다. 복간호 글쓴이 13명 가운데[편집실과 유고를 실은 방정환 제외] 6명이 개성 문인인 셈이다. 지연에 크게 기댄

---

36 광복 뒤 10월, 공진항은 개성에서 서울로 올라와 군정청 밑에서 '동척'을 인수 받고 신한공사라 이름을 바꾸고 책임을 맡았다. 그러면서 기관지 『새한』을 김선기 편집으로 냈다. 1년에 걸친 활동을 그만둔 뒤, 서울 정릉에 사슴 목장을 세웠다. 건강 탓에 요양 생활도 했다. 이 기간에 천도교계 활동은 더욱 두드러졌다. 흥미로운 점은 그이가 책임을 맡았던 『개벽』과 『어린이』 복간에 대한 이야기가 회고록에는 비치지 않는다는 사실이다. 공진항, 『이상향을 찾아서』, 탁암공진항희수기념문집간행위원회, 1970, 78~97쪽. 그이는 1949년 5월 5일 프랑스 대사 임명을 받아 프랑스로 떠났다가 1950년 전쟁 발발 뒤, 12월에 돌아왔다. 그 뒤 농림부 장관, 한국반공연맹 이사장을 거쳤다. 복간 『어린이』의 폐간은 그이의 공직 진출과 고한승의 '반민족행위자' 검거와 겹쳐서 이루어졌을 것이다.

37 『동아일보』, 동아일보사, 1949.6.6.

38 복간한 『어린이』에 대한 평가는 이재철에서 한차례 이루어졌다. "특색 없는 복고적 편집 태도"와 "시대상황을 외면한 고루한 자세"를 보였다는 생각이 그것이다. 그런 나머지 "참신성이나 창의적 요소가 결여"된 것이 잡지를 단명케 한 가장 큰 원인이라 그이는 보았다. 이재철, 앞의 책, 256~259쪽.

편집임을 알게 한다. 그 뒤에도 고한승은 『어린이』를 내면서 동향 마해송·이선근·유달영뿐 아니라 뒷세대인 이영철·현동렴을 자주 끌어들였다. 그러면서 자기 작품도 『어린이』에 실었다.

광복기 고한승의 발표 활동은 『소학생』에 잠깐 얼굴을 선뵌 정도에다, 『어린이』에 실은 것이 거의 모두다.[39] 그런 가운데서 연재 역사소설 「정포은」이 눈길을 잡는다. 한 연구자는 그것을 두고 "민족운동 차원에서 의도적으로 기획"한 것이라는 긍정적인 눈길을 숨기려 하지 않았다. 나아가 "독자에게 민족의식을 강하게 심어 주고자 했다"[40]고 썼다. 그러나 정포은에 대한 관심은 광복이 어린이문학에 한결같이 드러났던 중요한 한 흐름, 곧 역사 인물 동화의 줄기 위에다 고향 개성 인물을 대표하는 정포은에 대한 인물 짜깁기를 겹쳐 놓았을 따름이다.[41] 광복기 내내 그이는 세상에 뜻을 물을 만한 작품 활동을 벌인 문인은 아니었다. 그 점이 오랜 벗 마해송과 갈라서게 한다.

다만 고한승이 편집했던 복간 『어린이』를 빌려 개성 어린이문학인들이 작품 활동 공간을 마련했던 점은 뜻이 크다. 특히 현동렴과 같은 이에게는 결정적이었다. 그이는 광복기 동안 개성에 머물면서 역내 문화 활동에 앞장섰던 이다. 그러면서 광복기 작품 발표는 거의 『어린이』 지면으로 쏠렸다.[42] 고른 높낮이를 지닌 그이의 광복기 작품 발표는 『어린이』 덕분이었던 셈이다.

---

39 광복기 고한승의 발표 작품은 다음과 같다. 『소학생』: 「나 몰라의 죽음」(동화, 51호), 1947·「자동차 3등」(동화, 53호), 1948; 『어린이』: 「말하는 미륵님」(123호), 1948·「네 힘껏 했다」(외국동화, 124호, 『중외일보』 1930년 4월 1일자 실린 것 개작), 1948·「꿀벌의 마음」(동화, 125호), 1948·「정포은」(128호~131호), 1948~1949. 광복기에 "고한승의 문집"이 나왔다는 기록도 있으나, 확인할 수 없다. 박승훈, 「생각나는 개성의 문인들」, 『송도민보』 64호, 송도민보사, 1981.10.31.

40 정혜원 엮음, 『고한승 선집』, 현대문학, 2010, 278~279쪽. 고한승은 개성 지역문인 가운데서 대표적인 부왜문인이다. 정혜원은 그이 문학 전반에 대해 '민족주의'라는 말을 너무 쉽게 덧씌워 놓았다.

41 광복기 거듭했던 인물 짜깁기 동화의 대표 보기는 이순신·사육신과 같은 충용스런 인물이다. 고한승의 「정포은」도 그것과 같은 줄기로 묶인다.

42 광복기 현동렴의 작품은 아래와 같다. 『어린이』: 「파리」(동요, 123호), 1948·「곰보 아저씨」(동요, 124호), 1948·「딱딱이 소리」(동요, 128호), 1948·「10월 한 장」(동요, 129호), 1948·「알암밤 형제」(동요, 130호), 1949·「사과」(동요, 131호), 1949·「모기와 황소」(동화, 133호), 1949·「황소와 병아리」(동요, 134호), 1949·「분꽃」(동요, 135호), 1949·「소나기」(동요, 136호), 1949; 『소학생』: 「돌타령」(동요, 63호), 1948; 『민성』: 「소낙비」(수필, 29호), 1948.

① 별들도 발발 떠는 추운 이 밤에

야경 도는 오빠의 딱딱이 소리

대문조차 없는 집에사는 오빠가

무엇이 무서워서 야경 도나요

새양쥐도 입가심할 쌀 한 톨 없어

우리집 광방에서 이사 갔다오

오빠는 누구네 집 도둑 쫓느라

딱딱이로 추운 밤을 꼬박 새우나

─「딱딱이 소리」

② 짚신 삼는 할아버지 새끼 꼬시면

자기들도 새끼 꼬는 재주 있다고

앞발을 싹-싹 비벼대지요

흉내쟁이 잡아라 파리 잡아라

─「파리」 가운데서

밤늦게 추운 거리를 돌며 딱딱이를 치는, "야경 도는 오빠"에 대한 누이의 걱정을
담아낸 작품이 「딱딱이 소리」다. "대문조차 없는 집"에, "입가심할 쌀 한 톨 없"는 집
에 야경을 돌아봐야 무슨 보람이 있을 것인가는 시인의 비판적 목소리가 짙다. 사상
이나 조직 선택과 관계없이 광복기 어려웠던 현실에 맞닥뜨린 시인의 인지상정이
잘 배었다. 거기에 견주어 뒤에 올린 ②「파리」는 재치로 다듬은 작품이다. 파리가 다
리를 비비는 모습이 할아버지 새끼 꼬기 위해 손을 비비는 모습과 닮았다는 앎을 담
았다. 월북한 뒤, 북한문학지에서 김소엽과 함께 개성 지역문학을 대표하는 문인으
로 맥을 이었던 그이의 예사롭지 않은 역량을 『어린이』 지면이 보증해 준 셈이다.

이상과 같이 마해송과 이영철, 그리고 『어린이』 복간을 둘러싸고 이루어진 고한승

과 현동렴의 활동을 짚어 보았다. 전반적으로 광복기 개성의 어린이문학인은 하나 같이 좌파 매체에는 글을 올리지 않았다.[43] 개성 지역문학의 됨됨이를 짐작하게 하는 한 터무니다. 1930년대 카프개성지부를 이끌었던 민병휘가 김소엽·현동렴과 역내 사회문화 활동에서는 친교가 깊었으나 어린이 문학사회에서는 연결이 엷다는 점과도 관련이 있는 일이겠다.

4. 시문학의 회고와 혁신

광복기 개성 지역시는 두 갈래 흐름을 보여 준다. 을유광복 이전에 시단에 나섰던 구세대와 광복기 새로 선뵌 신세대 활동이 그것이다. 1920년대와 1930년대에 문학사회에 이름을 올렸던 구세대 가운데서 광복기에 작품 발표를 볼 수 있는 이는 김광균과 장정심에 머문다. 김영희·박재청·고한승·고한용·김재은 같은 이는 활동을 볼 수 없다. 게다가 장정심 또한 광복 이전에 냈던 시조집 『금선』경천애인사, 1946을 되찍는 데 머물렀다. 오래 앓았던 지병 탓이었을 것이다.[44] 그리하여 1947년 임종으로 이름마저 묻고 말았다.

1) 김광균 시의 자리

광복기 김광균은 조선문학가동맹에 이름을 올렸지만 돋보이는 활동을 하진 않았다. 개성과 서울을 잇는 소극적인 역할에 머물렀다. 작품 활동 또한 두 권의 시집 간행과 시·단평을 모은 16편 정도에 그친다.[45] 두 시집은, 1939년에 냈던 첫 시집 『와

---

43 『새동무』·『별나라』·『아동문학』와 같은 매체가 그들이다. 한정호에서 광복기 어린이 매체에 대한 됨됨이 나눔이 이루어졌다. 그이는 『새싹』·『소학생』·『아동』·『어린이』·『소년』을 우파 매체로 보았다. 한정호, 「광복기 경남·부산지역 아동문학」, 『지역문학의 이랑과 고랑』, 도서출판 경진, 2011, 10~21쪽.

44 이덕주, 「여류 시조시인 장정심」, 『한국 교회 처음 여성들』, 홍성사, 2007, 134쪽.

45 「영미교」(시), 『신문학』 8월호(3호), 1946; 「근대주의와 회화」, 『신천지』 9월호(8호), 1946; 「문학의 위기」, 『신천지』 12월호, 1946; 「노신」(시), 『신천지』 3·4월호, 1947; 「시를 쓴다는 것이 이미

사등』을 복간한『와사등』정음사, 1946과 두 번째 시집인『기항지』정음사, 1947다. 그런데『기항지』는 광복 이전 작품으로 채웠다. 광복기 시단에서 볼 때 지난 시기 낸 시집 복간은 잦지 않았다.[46] 그러고 보면 그이의 광복기 활동에서 중요한 한 자리는 지나간 시 작업에 대한 재구성인 셈이다. 그렇다면 그 일이 지닌 뜻은 무엇일까. 단순히 지난 시기 작품을 갈무리하기 위한 기계적인 작업은 아니었을 것이다. 그 일은 광복기 독자 사회를 향해 다시 한 번 자신의 문학적 성취를 평가 받겠다는 뜻을 숨기지 않은 결과다. 광복기에도 한결같이 뜻있는 작품으로 읽힐 수 있다는 자긍심 없이는 밀고 나가기 어려웠을 일이다. 이 점은 그이가 광복기에 남긴 단평을 빌려 암시받을 수 있다.

①자기 인생을 추구하는 뜨거운 진실조차 없는 시인이라면 어찌 세상에 하고많은 직업 중에 제일 신산하고 고역이라는 문학을 택했는지 건방진 말이나, 차라리 문학을 내던지는 것이 인생에 유효한 노릇이겠다.

—「시단의 두 산맥」 가운데서[47]

②요즘 문학청년은 어떤 조직에 참가함으로써 자기 지향을 표시하고 조직을 중심으로 발표할 기회를 가지는 것도 한 방법이겠으나, 그 대신 정치수업으로써 곧 문학 내용을 삼으려는 위험이 뒤따른다. — (줄임) — 내가 말하고 싶은 것은 발표에 초조하여 경솔한 작가로 세상에 나가는 것보다 완벽한 정신 세계와 스타일이 설 때까지 좋은 의미의

부지럽고나」(시),『신천지』10월호, 1947;「상여를 보내며」(시),『학병』3월호, 1946;「문학청년론」(수필),『협동』3월호, 1947;「추야장」(시),『문예』11월호, 1949;「미군장병에게 주는 시」(시),『인민보』7월호, 1946;「시인의 변」,『중앙신문』2월, 1947;「시와 민주주의」,『중앙신문』, 1947.2;「바다와 나비 서평」,『서울신문』5월;「에세닌 시집 서평」,『서울신문』6월;「문학출판의 성과」,『예술신문』7월;「노신의 문학 입장」,『예술신문』10월.『김광균 전집』의 죽보기를 기움. 김학동·이민호 엮음,『김광균 전집』, 국학자료원, 2002.

46 광복기 간행 시집 165종 남짓 가운데서 생존시인의 것은 5차례에 머물 따름이다. 광복기 시단에서 새 시집에 지난 시기 작품 재수록 경우를 빼고 보면, 시집을 통째 복간한 생존 시인 경우는 박세영·정지용·김광균·장정심·림학수, 모두 다섯 사람이 낸 여섯 권이다. 그 가운데 정지용이 낸 것이 두 권이다.

47 김학동·이민호 엮음, 앞의 책, 317쪽.

문학청년으로 묵묵히 수업하는 것이 절대 필요하다는 것이다.

—「문학청년론」 가운데서[48]

옮겨 놓은 둘 모두 힐난에 가깝다. 먼저 ①은 "조직을 중심으로", '정치수업으로' "문학 내용을 삼으려는 위험"을 꼬집었다. 창작보다 바깥 활동에 기댄 시인을 겨냥한 셈이다. ② 또한 비슷하다. 사상으로나 작품으로나 옹글지 않은 채 성급하게 나도는 시인에 대한 비판이다. 이 점은 광복기 시단 모두를 향한 우려다. 아울러 자신은 그런 자리와 거리가 있다는 속내를 감추지 않은 일이다. 좌우 문인 단체 모두에 이름을 얹고도 자신의 길에서 뚜렷하게 치우친 줄글이나 작품을 내놓지 않았던 점과 맞물린 흐름이다. 그런데 광복기는 김광균에게도 새롭고 벅찬 현실임에는 틀림없었다. 이전 시와 달리 생활시라 일컬을 수 있는 작품이 유독 광복기에 잦았던 점이 그 사실을 일깨운다.

> ① 시를 믿고 어떻게 살어가나
>
> 서른 먹은 사내가 하나 잠을 못잔다.
>
> 먼-기적 소리 처마를 스쳐가고
>
> 잠들은 아내와 어린것의 벼겨 맡에
>
> 밤눈이 내려 쌓이나 보다
>
> 무수한 손에 뺨을 얻어맞으며
>
> 항시 곤두박질해 온 생활의 노래
>
> 지나는 돌팔매에도 이제는 피곤하다
>
> 먹고 산다는 것
>
> 너는 언제까지 나를 쫓아오느냐.

—「노신」 가운데서[49]

48　김학동·이민호 엮음, 앞의 책, 393쪽.
49　김학동·이민호 엮음, 앞의 책, 105쪽.

②마권 없는 경마장인 서울 거리

네거리마다 서서

말은 기침을 한다

종로에 밤이 들면

짓무른 두 눈에

거리의 등불이 곱긴 하다만

말아

늙은 회사원처럼 등이 굽은 말아

가을바람에 낡은 갈기 흩날리며

술 취한 손을 싣고 어델 가느냐.

—「승용마차」 가운데서[50]

①은 노신을 빌려, 자신의 처지에 대한 솔직한 고백을 담았다. "시를 믿고 어떻게 살어가나"라는 한탄은 "먹고 산다는 것" 앞에 놓여 있는 자신을 숨기지 않은 데서 비롯했다. ②는 광복기 자본주의 시장터가 되어 버린 "서울 거리"에 내던져져 있는 듯한 자신을 '말'에다 견준 작품이다. "늙은 회사원처럼 등이 굽은 말"이야말로 오갈 데 없이 자신이다.

그런데 앞 시대 김광균 시의 주종은 이러한 생활시가 아니었다. 향수나 죽음과 같이 거듭하는 모티프를 중심으로 현실과 벗어난 '중천中天의 서정'에 골몰하였다.[51] 그런 그이도 자신의 나날살이에 대한 자의식을 숨기지 않은 셈이다. 이러한 변화야말로 김광균이 겪었던 광복기 현실이 만만하지 않았음을 일깨워 준다. 다만 그것을 한결같은 특장이었던 슬픔이라는 느낌을 중심으로 드러내고 있을 따름이다. 시와 생

50　『서울신문』, 1948.1.26;『전집』, 104쪽. 김광균 시에 나타나는 죽음의 주제와 모티프에 대한 연구는 일찌감치 이재오에서 이루어졌다. 이재오, 「김광균 시의 주제체계에 관한 연구」, 구상·정한모 옮김, 『1930년대의 모더니즘』(김광균 시 연구논문집), 1987, 173~236쪽.

51　김광균 시의 공간 현상과 '중천(中天)'의 서정에 관해서는 아래 글을 참조 바란다. 박태일, 「김광균 시의 중심 상실과 중천의 서정」, 『한국 근대시의 공간과 장소』, 소명출판, 1999, 42~89쪽.

활 사이에 끼여 살았던 김광균의 술회 방식이 잘 드러났다.

광복기 김광균은 복간을 포함한 시집 두 권과 많지 않은 작품 발표에 그쳤다. 그것을 빌려 자신의 이름을 광복기 공간에 재구성하고자 했다. 아울러 소극적이나마 전대와 다른 생활시를 내놓아 이채를 띠었다. 이러한 두 가지 기획은 광복기 공간에서 자신 안밖으로 밀려 오는 긴장을 이기고자 한 나름의 결과였다. 겉으로 볼 때 과거 회귀적 모습으로 보일 이러한 모습이야말로 문학주의자였던 김광균다운 처신이었는지 모른다. 생업에 떠밀려 문학을 벗어나 있었다고 말하지만, 알맞은 균형을 잡으면서 스스로 시인으로 남고자 하는 노력을 그치지 않았다. 그리고 그런 점이야말로 역설적으로 정치 과잉 공간 광복기에서 다른 시인과 달리, 김광균이 지녔던 적극성이었다 할 만하다.

2) 청년시인 고영진·박승훈·김병호의 열정

광복기 개성 지역시의 이채로운 풍경은 신예 청년시인의 두드러진 활동이었다. 거기에 서장을 연 이가 벽해碧海 고영진[52]이다. 출생년도가 1917년으로 짐작되는 그이는 동국대를 졸업하고 호수돈여고 국어 교사로 일했다. 광복을 맞자 그이는 십대 후반 나이에 첫 시집 『유어柳魚』신문사, 1945를 냈다. 그 뒤를 『사랑물레』평문사, 1948와 『제3시집』평문사, 1948가 이었다. 그이가 낸 첫 두 시집은 청소년에서 청년기로 넘어가는 무렵 겪을 법한 감정적 혼돈을 그려내 특이할 게 없어 보인다. 그러나 세 번째 『제3시집』에 이르러서는 현실 감각이 구체적인 틀을 갖추기 시작했다. 첫머리에 올린 연작시「사제의 노래」세 편이 대표 본보기다.

거리에서 떨어진 그대의

52　벗이었던 박승훈에 따르면 한때 명덕여고 정문 앞에 '벽해(碧海)'라는 헌책방을 운영하였다. 박승훈,「생각나는 개성의 문인들」,『송도민보』64호, 송도민보사, 1981.10.31. 그이는 동국대 전문부 문학부를 졸업했다.『국어국문학과 50년』, 동국대 국어국문학과, 1996, 330쪽. 그러나 전쟁 뒤에 나온『동국시집』에서는 모습을 드러내지 않는 것으로 보아, 전쟁을 앞뒤로 한 시기에 사상 격돌의 희생양이 되었을 것으로 여겨진다.

피 묻은 그 돈의 절반은

한 개의 캄플 주사 되었고,

나머지 절반은 식염食鹽 주사가 되었건만,

네 아버지는 영영 돌아오시질 못하셨다,

―「사제師弟의 노래―또 다시 순남 군에게(3)」[53]

「사제의 노래(1)」은 병든 아버지를 모시고 사는 가난한 처지의 '순남'이 거리에서 친척을 만나는 길에 인사를 했으나 오히려 내침을 겪는 상황을 그렸다. 가난한 일가를 부끄럽게 여기는 친척을 둔 순남이에게 말할이는 굳세게 살라는 당부를 아끼지 않는다. 「사제의 노래(2)」는 개성의 어두운 밤거리에서 담배를 팔고 낮에는 학교에 가는 어린 순남을 다시 격려하는 말로 이루어졌다. 그리고 위에 옮긴 「사제의 노래(3)」은 앞의 둘을 묶은 듯한 작품이다. 곤궁한 거리 담배 장수, 어린 제자 순남에게 주는 격려와 위로가 절절하다. 광복 뒤 고향의 교사로 겪었을 현실에 대한 솔직한 공감과 안타까움을 오롯이 담아낸 시다.[54]

고영진과 더불어 광복기 개성 시단을 풍요롭게 만든 이는 외별 박승훈이다. 그이는 송도고를 거쳐서 연세대학에서 배우며 '새마을시동인회'를 시작으로 문필 활동을 시작하였다. 대학을 졸업한 뒤 귀향하여 호수돈여고를 거쳐 1948년부터 개성사범학교에서 영어 교사로 일하면서 문학청년들과 어울렸다.[55] 그 과정에서 『외별시집』평문사, 1949을 내 기염을 토했다. 연세대 재학 시 교수였던 박종화의 머리말을 앞세워 낸 거기서 박승훈은 뒷날 보여 줄 자신의 문재를 자유분방하게 그렸다.

---

53   고영진, 「제3시집」, 평문사, 1948, 22쪽.

54   그이는 연배가 높았던 어린이문학가 이영철과 친교가 깊었던 것으로 보인다. 「제3시집」 첫머리에 곁텍스트로 "4291년(단기) 5월 / 다시 나감의 기념"이라 적고 그 아래 이영철과 김정탁, 그리고 자신의 이름을 함께 적어 놓았다. 옥에 갇혔다 1948년 5월에 옥에서 다시 출소했다는 뜻으로 읽히는데 무슨 일이 얽혔는지는 알기 어렵다. 다만 사상적으로 좌경 문제 탓이었을 것으로 짐작한다. 박승훈, 「리비도의 새벽」, 『송도민보』 12호, 송도민보사, 1997.6.25.

55   박승훈, 「송악산과 문학순례」, 『하루살이』, 앞의 책, 43쪽. 그 무렵 『수험영문연구』(계림인서관, 1950)를 냈다.

① 송악산 바라보니 소련기 휘날리고

자남산 바라보니 미국기 휘날닌다

어떻다 만월대야 바로 말을 하여라.

—「송악산」 가운데서[56]

② 비애 쾌활 모다 잃고서 흐미해 가는 이 내 가슴을 넘이여 .그대도 보는가

이제는 교만스런 마음까지 잃어 버렸으니 무엇으로 또 다시 피어나리까

한없이 고한한 나의 심혼이어라 침묵하여라 나의 슬픔의 노래들이여

—「생의 적막」 가운데서[57]

①은 고향 개성이 겪고 있는 분단의 슬픔을 시조 형식에 담은 작품이다. 역사 오랜 고도 개성에 '소련기'와 '미국기'가 번갈아 휘날리는 모습을 바라보는 젊은 시인의 비통은 "어떻다 만월대야 바로 말을 하여라"는 한탄 속에 녹아 들었다. 이에 견주어 ②는 청년기 자신의 혼란스런 마음을 읊조린 작품이다. "한없이 고한한 나의 심혼"으로 표현한 적막감은 부풀린 점이 있으나, 젊은이의 막막했을 마음에 가닿은 참을 지녔다. 청년기에 겪는 사회 현실과 자신을 향한 눈길을 그이는 여러 가지로 노래하고 있는 셈이다.

박승훈과 함께 호수돈여고에서 교사 활동을 했던 시인이 시집 『황야의 규환』평화당 인쇄소, 1949을 낸 김병호다. 그이는 뒷날 번역문학자로 이름을 더 떨쳤다.[58] 고려대 출신답게 조지훈의 머리말을 맨 앞에 올리고 『황야의 규환』을 펴냈다. 1, 2부로 나누어 작품 8편을 올린 시집 1부에서는 광복 이전에 썼던 작품 3편을, 2부에는 광복 뒤에 쓴 작품 5편을 실었다. 그런데 시집 제목으로 내세운 2부의 「황야의 규환」은 광복기

56　『외별시집』, 31쪽.

57　『외별시집』, 36~37쪽.

58　그이가 옮긴 대표 작품을 보이면 아래와 같다. 스타인베크, 『생쥐와 인간』, 강호사, 1958; 스타인베크, 『성난 포도』 (상·중·하), 강호사, 1958(?); 타워, 『톰 아저씨의 집』, 강호사, 1958(?); 김병호·박기열 옮김, 『헤밍웨이단편집』, 진문출판사, 1963; 톨스토이, 『진실은 신이 안다』(세계명작단편선), 정연사, 1965.

에 나온 몇 편에 이르지 않는 장시 가운데서 가장 긴 작품으로 눈길을 끈다.

> 순간은 영원과 함께 있고 영원은 또한 순간과 함께 있다
>
> 모순과 분열이 통일에 있고 통일에 대립과 상대가 있다
>
> 나는 정중靜中에 동動이 있으며 동중動中에 정靜하한 생을 느낀다
>
> 지금도 마찬가지
>
> 병호 속에는 겨레가 있고 그 속에는 인류가 있다
>
> 동포여!
>
> 이 밤중도
>
> 나는 차간에 있으면서
>
> 제군의 곁에 있고
>
> 나는 차간에 눈물 지우며
>
> 또한 제군 옆에 소리치는 것이다
>
> ―「황야의 규환」 가운데서[59]

이 작품은 특정 줄거리나 사건을 날로 삼아 연속하는 이야기로 나아가는 짜임새를 갖춘 작품은 아니다. 긴 작품 곳곳에 청년기에 지닐 법한 현실과 세계에 대한 다양한 상념, 생각을 마구잡이 늘어놓는 방식으로 나아갔다. 뚜렷한 주제의식을 잡아내기가 어렵다. 그럼에도 그치지 않고 이어진 긴 숨길 속에 청년기의 열정적인 자기 모색의 노력과 흔적이 녹아들었다. 광복 시단의 특이 풍경을 마련하기에 모자람이 없다. 옮겨 놓은 시줄에서 보는 바와 같이 나와 타자, 나와 세계 사이 관계에 대한 고심이 쏟아져 여울진다. 혼돈스러운 광복기 현실에서 겪는 격정이다. 이에 견주에 2부에 실었던 다른 단시는 글감과 주제의식이 제대로 드러난다.

---

59 김병호, 『황야의 규환』, 평화당인쇄소, 1949, 149~150쪽.

고향 고향은

젊은이 병든 노래만 들리고

차라리

죽는 듯 죽엄이 좋다 하는

'위험'한 전염환자 마냥

모-다들 등을 부비고

도라서는 땅

풍선 같은 아바야!

―「붉은 태양 아래서」 가운데서[60]

"내 고향은 적막하고 쓸쓸한 백발이 처사處事하는 마을이다"라는 머리글을 달고 올린 시 「붉은 태양 아래서」의 한 곳이다. 현실을 향한 눈길이 차분히 가라앉았다. "위험한 전염환자 마냥 / 모-다들 등을 부비고 / 도라서는" 곳이라는 고향에 대한 시인의 눈길에는 깊은 슬픔이 함께 녹아 있다. 거기다 "풍선 같은" 아버지라는 빼어난 비유에는 무기력한 가족과 시대 현실을 향한 참을 수 없을 분노가 깃들었다.

고영진·박승훈·김병호의 시집 출판과 그 속에 담긴 작품은 광복기 개성 지역문학의 청신한 문학열을 뚜렷하게 보여 주는 본보기다. 바깥으로는 좌우 대립과 남북 공방의 암울한 현실이 뒤덮고 있었으나, 이들은 그러한 바깥의 긴장을 마음으로 삭이며 작품으로 끌어냈다. 아직까지 세련된 말씨를 갖추지는 못했으나, 혼란스러워 보이는 생각과 느낌 속에 청년기의 열정과 열중을 아낌없이 담은 셈이다. 구세대 시인 김광균이 보여 주었던, 지난 시기 문학에 대해 복고적 자기 확인과는 다른 혁신적 기운을 숨기지 않았다. 그러면서도 고향과 시대가 겪는 암울에 대해 눈길을 거두지 않은 공통점이 있다. 그리고 이들 곁에는 월북한 박광덕이나 강운성[61]과 같은 또래 청년 무명시인이 걸음을 같이해 개성 지역시의 활기를 북돋웠다.

---

60 앞의 책, 107~108쪽.
61 박승훈, 「시인들」, 『개성민보』 48호, 개성민보사, 1980.6.30.

5. 지역 서사의 정치화

나라잃은시대 개성 소설을 대표한 이는 이상춘·임영빈·김소엽이었다. 물론 이선근이나 공진항과 같은 이의 청년 소설 활동이 없었던 것은 아니다. 그러나 그들은 전문 소설가로 나서지 않았다. 오히려 엄흥섭·리기영·이무영·채만식과 같은 역외 작가가 개성 매체나 개성 문인과 맺은 연고 활동[62]을 빌려 개성 지역소설을 가꾸었다. 광복기에 이상춘은 국어학자로 자리를 굳혔고,[63] 임영빈은 목회자 걸음을 따른 가벼운 기행수필[64]에 그쳤다. 그런 까닭에 광복기 개성 소설은 김소엽 홀로 도맡은 모습이다. 거기다 1949년 5월 인민군의 3·8선 이남 침략으로 시작한 개성 송악산 전투의 '육탄 십용사' 서사가 대한민국 수립 뒤 첫 정훈문학 작품으로 나와, 개성의 지역성을 새로 올려 세우는 역할을 맡았다. 이 자리에서 그 둘을 묶어 살피고자 한다.

1) 김소엽 소설의 현실 경험

김소엽은 광복 이전 이미 소설·시·어린이문학·줄글에 이르기까지 마흔 편을 넘는 작품을 내놓았다. 거기다 소설집 『갈매기』까지 더하며 개성 지역문학의 자부심을 드높인 작가다. 광복을 맞자 발빠르게 개성문화건설협의회 회장으로서 문화계 앞자리에 나섰던 사실은 앞에서 짚은 바와 같다. 그런데 광복기 동안 그이의 본령이라 할 소설 발표는 많지 않았다.[65] 거기다 『갈매기』^{평문사, 1949} 복간이 더했으니 활발했다 하

---

62 박태일, 앞의 글, 109~110쪽.

63 이상춘은 1910년대 굵직한 신소설 몇 편을 내놓아 개성 지역 첫 근대문학인으로 대접받을 만한 이다. 어린이문학가 이영철의 아버지기도 한 그이는 광복기 국어학 교양서 발간과 한글 선양 활동에 앞장섰다. 서울 정음사 안에 한글가로쓰기연구회를 만들었을 때 그이는 최현배·이극로·정렬모와 함께 위원으로 이름을 올렸다. 광복기 문필 활동으로는 「옛 사람 옛 이야기」(『협동』, 대한금융조합연합회, 1949년 11월호~1950년 5월호), 『국어문법』(조선국어학회출판국, 1946)·『조선옛말사전』(을유문화사, 1949)·『용비어천가』(동화출판사, 1946)가 보인다.

64 『민성』: 「대초원의 텍사스」(수필, 36호), 1949·「웨스트민스터아베 시람기」(41호), 1949; 『문학』: 헨리 끄레꼬 펠슨, 임영빈 옮김, 「이참의 백만원」(22호), 1950; 『녹십자』: 「추위와 함께」(10월 창간호), 1946.

65 광복기 김소엽의 작품을 매체별로 보이면 다음과 같다. 『어린이』: 「어린이날」(소년소설, 133호),

기 어렵다. 그이의 광복기 작품은 앞선 시기와 비슷하게 가난과 어려움 속에 떠밀리며 살아가는 소시민의 삶을 자전적 경험을 중심으로 그려 나가는 틀을 거듭했다. 그런 가운데 「청춘」은 개성의 문화계 현장에 있었던 자신의 모습을 암시하고 있어 눈길을 끈다. "무어든 일을 한다는 것, 더구나 그것이 하고 싶던 일인 때처럼 사람의 생활에 있어 소중하고 보람 있는 것을 없을가 싶다."[66]로 시작하는 「청춘」은 오래도록 개성의 표상 가운데 한 사람인 황진이의 묘를 글감으로 삼았다.

"이게 뭔가?"

강군의 광이 끝 앞에, 기리 서넛 치 가량 되는 허잇한 무엇이, 흙뎅이에 그 절반이 가린 채 묻혀 있지 않은가.

뒤따라 박군도 뛰여 나려왔다. 그러나 셋은 벙벙하니 한동안 말문이 막힌 채 서 있을 밖에 없었다. 차차로 세 친구의 눈에는 이상한 광채가 떠돌고, 볼 동안에 얼굴들은 무한한 감격과 기쁨에 빛나기 시작했다.

"이건 넋이 아니라 뼈일세. 진랑의 뼈일세!"

천만금을 얻었어도 이에서 더 기쁠 수는 없었다. 가슴이 후둑어림은 오히려 깨닫지도 못했다. 미친 듯 달겨들어 그 뼈다귀를 움켜잡자,

"울세, 모두 울어 보세. 이건 참 정말 진랑인 걸……."

한끝 감격의 고비를 재형은 어떻게 표현해야 옳을지 몰으면서, 그저 모두 울어 보자고 불새를 놓았던 것이다.

— 「청춘」 가운데서[67]

1948·「슬픈 날」(동시, 134호), 1948·「염소」(소년소설, 136호), 1949·「효창공원」(동극, 137호), 1949; 『소년』: 「분꽃 이야기」(동화, 11호), 1949; 『소학생』: 「새로 나온 좋은 책—이영철 선생이 지은 『틀리기 쉬운 말』」(서평, 48호), 1947; 『개벽』: 「여운」(소설, 80호), 1948; 『대조』: 「청춘」(소설, 2호), 1946; 『춘추』: 「가화」(소설, 2월호), 1946; 『신세대』: 「세월」(소설, 30호), 1949.
66　「청춘」, 278쪽.
67　「대조」 2호, 대조사, 1946, 286쪽.

버려져 있는 황진이 무덤을 찾아가 도굴로 말미암아 파헤쳐진 곳을 손질하다 그 미의 것으로 짐작되는 뼈를 발견하고 감격하는 자리다. 지나치게 들뜬 주인공과 서술자의 목소리가 거슬리지만, 지역문화 활동에 앞장섰던 김소엽과 일행의 자부심 넘치는 마음자리를 읽는 데는 어려움이 없다. 그들 활동 가운데 하나가 고도 개성의 문화재를 가꾸고 보호하는 일이었다. 「청춘」은 당대 지역 청년의 그러한 활동 가운데 하나를 글감으로 삼은 셈이다. 굳이 작품 제목에 '청춘'이라 붙인 뜻은 자신들 일에 대한 자부심을 표현하는 방식이었다. 재미있는 사실은 이 작품이 광복 이전 작품 「모춘기暮春記」의 후속작이라는 점이다.[68]

소설집 『까마귀』[1942] 맨 뒤에 실려 있는 「모춘기」는 '황진이 무덤을 찾어서'라는 부제를 달았다. 어느 해 봄 김소엽과 벗 자영, 수령 세 사람은 장단군 진서면 까치동 입우물 위쪽에 있는 황진이 무덤을 촌로의 도움을 받아 찾았다. 거기서 그들은 이미 30여 년 전에 도굴을 당하여 "구렁텅이 모양으로 한 길이나 움푹 패여 달아나"[69] 있던 무덤을 만났다. 게다가 세워져 있는 '절세명기 황진이지묘'라는 표목도 세월을 이기기 힘들어 보였다. 그들에 앞서 문일평·이상춘과 같은 개성 인사가 다녀가면서 세운 것이다. 그 자리서 일행은 뒷날 기회를 보아 돌비를 세우기로 약속하고, 비명 새기는 일까지 의논을 마친 뒤 돌아왔다. 「모춘기」는 그런 과정을 담은 작품이다.

광복을 맞은 뒤, 「모춘기」의 일행은 약속대로 다시 황진이 무덤을 찾았다. 거기다 준비해 온 빗돌을 무덤 둘레를 손질한 것이다. 1946년 봄 일이었다. 다만 그때는 지난 번 함께 갔던 자영이 빠지고 김소엽과 극작가 이수령, 화가 김태형 세 사람이 걸음을 같이했다. 검정색 빗돌 앞뒤에 글을 새기는 일은 이전 약속에 따라 이수령이 맡았다. 앞면에는 '절기 황진이지묘'라 썼고, 뒤에는 대표 시조 한 수를 넣었다.[70] 「청춘」은 바로 그러한 실경험을 바탕으로 쓴 작품이다. 황진이 무덤 참배와 손질이 뜻

---

68   김소엽, 『갈매기』, 평문사, 1944, 429~445쪽.

69   김소엽, 앞의 책, 436쪽.

70   "산은 옛산이로되, 물은 옛물이 아니로다……"란 작품이다. 김태형, 「초라한 황진이묘에 주머니 털어 비석을」, 『송도민보』 48호, 송도민보사, 1980.6.30.

하는 개성 문화재에 대한 남다른 관심은 광복기 김소엽을 비롯한 지역 청년의 문화 실천 활동에 대한 의욕과 자부심을 드러내는 한 방식이었던 셈이다.

「청춘」에 견주어 『어린이』에 실은 동극 「효창공원」은 보다 현실 정치에 가까이 다가서 있는 김소엽의 자리를 보여 준다. 무대는 서울 '효창공원', 곧 효창원이다. 그곳은 나라잃은시대 대표적인 항왜 투사 윤봉길·이봉창·백정기를 비롯한 열사, 지사의 유해를 모신 호국 성소다. 광복 뒤인 1946년 그이 세 분을 비롯한 유해를 모시기 시작했다. 작품은 그곳을 청소하고 있던 어린 초등학교 학생들이 마침 그곳에 들른 어떤 할아버지의 격려와 칭찬을 받는 줄거리로 짜였다. 그이는 김구였다. 김구는 아이들에게 자신의 책 『백범일지』를 선물로 준다.[71] 「청춘」과 마찬가지로 뜻있는 분의 묘역을 돌본다는 같은 짜임새에다 계몽적인 주제를 담았다. 그러면서 「청춘」과 달리 「효창공원」은 김구의 노선에 동조했을 김소엽의 정치적 입장을 엿보게 해 준다. 광복기 현실은 김소엽 문학에서도 새로운 변화의 계기였던 셈이다.

2) 송악산 전투와 『십용사전』

1948년 남북 개별 정부 수립과 함께 3·8선을 사이로 개성에서는 일진일퇴 공방전과 테러가 거듭하였다. 그 과정에서 송악산 전투가 일어났다. '송악산지구 5.4전투'라고도 일컫는 이것은 1949년 4월 북한 인민군이 송악산 후방에 모여 5월 3일 송악산 능선을 따라 남방 네 고지를 기습 차지함으로써 비롯한 전투다. 국군에서는 고지를 되찾기 위해 5월 4일부터 대대 병력을 넣어 거의 1주일에 걸쳐 치열한 전투를 벌인 끝에 5월 8일 네 고지를 다시 찾은 대규모 정규전이었다. 이때 적의 토치카를 섬멸하기 위해 뽑힌 육탄 특공조 9명이 박격포탄·수류탄으로 무장한 채 몸을 던져 적의 저항을 무력화했다. 이들과 별도로 적의 토치카를 육탄 공격한 박창근 하사까지 '육탄 십용사'라 이름 붙였다.[72] 그리고 5월 26일 서울 동대문운동장에서 이들

---

71 1947년 12월 첫판 5000부를 낸 뒤, 1949년 11월까지 3판까지 찍었던 책이다. 1949년 김구 사망 뒤 그 유해도 효창원에 묻혔다.

72 『건군 50년사』, 국방군사연구소, 1998, 76~77쪽; 『한국전쟁사』, 대한민국국방부전사편찬위원회,

을 포함해 전사한 36명을 위한 합동위령제를 열었다.

그런데 이 전투는 몇 가지 중요한 뜻을 지닌다. 첫째, 남북 단독 정부 수립 뒤 3·8
선 대치 상황에서 겪은 많은 충돌 가운데서도 처음으로 벌어진 대규모 정규전이었
다. 이를 빌려 피아 전력 점검이 가능했다. 둘째, "여순반란사건 이래" 군에 대한 "불
신에서 신뢰로" 옮겨가게 된 계기였다. 셋째, 대한민국 수립 뒤 첫 정훈문학[73] 작품을
낳았다. 『십용사전』이 그것이다. 인민군 진지를 "육탄으로 파괴하여 전승한 충성심
과 용감성을" 군 안밖으로 알려 "멸공의식 앙양을 목적으로 발간한 최초의 간행물[74]"
이다. 대한민국 국체 수호와 건설에 문학을 국가 단위로 출판한 첫 본보기인 셈이다.

『십용사전』은 육군본부 정훈감실에서 1949년 9월에 냈다.[75] 작품은 우리 전통 양식
인 전傳을 빌렸다. 「비들기고지 육탄전기肉彈戰記」를 먼저 올린 뒤, 십용사 한 사람 한 사
람에 대한 전을 붙인 것이다. 비들기고지 탈환 작전에서 그것의 '전초기지'인 "유엔고
지의 십여 개 토-치카와 중화기"[76]를 물리치기 위한 육박전 전기다. "고려의 충신 포은
정몽주 선생이 피흘리고 돌아가신 선죽교를 저 밑으로 나려다볼 수 있는 송악산 마루

1968, 520~525쪽. 그런데 당대에도 평양방송을 빌려, 십용사 가운데서 몇 사람이 살아 있다는
육성 방송을 하였다. 그들 사진이 들어간 환영 장면이 대량 뿌려지기도 했다. 대낮에 적의 토치카
를 향해 2~300미터 남짓 기어가, 그 안에 뛰어들어 자폭했다는 사실은 받아들이기 어려운 점이
있다. 따라서 실제 눈으로 폭파 화염을 볼 수 있었던 4개 토치카를 맡았던 이 말고 나머지 5개 토
치카 특공대원은 집중사살을 당했거나 부상을 입어 인민군 포로가 되었을 수 있다. 중요한 점은
'육탄 십용사' 이야기를 만들고 확산시킬 정훈적 필요성과 파급 효과다.

73 정훈이란 정훈공작을 줄인 말로, 군이나 국가 단위 전쟁수행 기구에서 피아를 향한 사상전·심리
    전 수행 활동을 뜻한다. 정훈문학이란, 정훈 매체에 실린 작품이나 정훈 의도를 지닌 작품을 일
    컫는다. 전쟁기 정훈문학에 관해서는 연구가 세 차례 이어졌다. 박태일, 「목포지역 정훈매체『전
    우』 연구─한국전쟁기 정훈문학 연구1」, 『현대문학이론연구』 38집, 현대문학이론학회, 2009,
    213~261쪽; 「국방부 정훈매체『국방』의 문예면 연구─한국전쟁기 정훈문학 연구2」, 『어문론총』
    제55호, 한국문학언어학회, 2011, 251~281쪽; 「전쟁기 경북대구 지역 간행 콩소설─한국전쟁기
    정훈문학 연구3」, 『현대문학의연구』 48집, 한국문학연구학회, 2012, 215~250쪽.
74 『정훈50년사(1940~1989)』, 육군본부 정훈감실, 1991, 82쪽. 이곳에서는 이름을『육탄십용사
    전』이라 적고 있으나, 바른 이름은『십용사전』이다.
75 대통령 이승만, 국방부장관 신성모의 휘호에 이어「십용사의 노래」노랫말과 시인 김광섭이 쓴「십
    용사의 영혼을 따라」라는 헌시, 십용사의 사진 화보로 채워진 속에는 다시 제1사단장 준장 김석원
    의 헌사와 당시 육군본부 정훈감 송면수의 발간사가 더했다. 『십용사전』, 육군본부정훈감실, 1949.
76 『십용사전』, 앞의 책, 6쪽.

턱"이었다. 그곳에서 그들은 "꽃과 같이 진 순국열사"[77]였다. 전기는 소대장이 솔선수범하기 위해 육박전에 나가려 하나 밑의 대원이 말리고 자진해서 9명이 나서 그들로 육탄 돌격대를 만들어 진격해 마침내 비둘기 고지를 탈환해 가는 과정을 짧게 그렸다.

　김 소위는 결심하였다. 용맹무쌍한 서 상사 등의 장거를 허락하였다. 몇 분이 지난 뒤에 출발준비는 끝났다.
　서부덕 상사는 제5토-치카
　박창근 하사는 제1토-치카
　김종해 상등병은 제10토-치카
　윤영원 상등병은 제3토-치카
　이희복 상등병은 제2토-치카
　박평서 상등병은 제4토-치카
　황금재 상등병은 제6토-치카
　양용순 상등병은 제7토-치카
　윤옥춘 상등병은 제7토-치카
　오재룡 상등병은 제9토-치카
　각각 공격목표를 정한 10용사는 김 소위의 주의사항을 듣고 장도에 올랐다.
　— (줄임) —

　용사들은 위험지구를 무사히 지나 토-치카의 사각권에 들어서게 되었다. 용감무쌍한 용사들은 각기 지니고 온 폭탄을 토-치카에 집어던지고 최후의 호령을 하였다.
　"이놈들아!"
　"꽝!"
　대지와 지축을 뒤흔드는 폭음과 함께 토-치카는 폭발되었다. 제10토-치카는 보기 좋게 폭발되었다. 검은 연주와 목재 철재 육탄은 하늘 높이 소사올랐다.

77　『십용사전』, 앞의 책, 68쪽.

“꽝……..”

“꽝……..”

제5 제7토-치카는 약간의 사이를 두고 연다라 폭발되었다. 제1토-치카를 빼놓은 9개소의 토-치카는 완전히 폭발되었다.

초조와 불안과 기원 속에 십용사의 성공을 빌던 후방 전우들은 감격의 눈물을 머금고 송악산이 떠나가도록 만세를 불렀다.

“십용사 만세!”

소대장 김 소위는 너무도 감격하여 소리 내여 울면서 이 충용무쌍한 십용사의 장엄한 주검을 슬퍼하였다.

전투사령부에서는 연대장을 위시한 각 참모는 군무를 중지하고 명복을 빌었다.

“오! 호국신이여! 그대들의 이름은 대한민국과 함께 기리 빛나리라!”

— 「비둘기고지 육탄전기」 가운데서[78]

개성 송악산을 “충성의 피로 물드린 십용사의 장거”가 잘 드러나도록 10용사가 다 같이 적의 토치카로 몸을 던진 것으로 ‘전기’를 다듬었다. 거기다 “제11연대의 자랑이요 사단의 자랑일 뿐 아니라 나아가서 국가 전체의 자랑 민족 전체의 자랑”[79]으로 모자람 없을, 죽음도 잊은 용맹이 잘 담긴 짜임새다. 이러한 용맹과 충성심으로 한 몸을 던졌으니, 그들이야말로 “남북통일과 조국강토 수호라는 대임을” 위한 표상이다. “화랑혼의 꽃”이며 “이순신의 충성”[80]을 그대로 빼닮았다. 그들에 대한 찬양과 감격에 겨운 목소리가 “오! 호국신이여!”라 한 데서 극에 이르렀다. 『십용사전』은 전쟁 실기라 하기 힘들 만한 고양된 격정을 아낌없이 드러낸 셈이다.

이렇듯 대한민국 첫 정훈문학 작품집인 『십용사전』은 세 가지 뜻을 지닌다. 첫째, 1940년을 앞뒤로 한 피식민지 시기, 우리의 부왜附倭 문인에 의해 쓰였던 이른바 ‘지

---

78 『십용사전』, 앞의 책, 8~11쪽.

79 김석원, 「십용사의 명복을 빌며」, 『십용사전』, 앞의 책, ‘헌사’.

80 송면수, 「십용사전을 내면서」, 『십용사전』, 앞의 책, ‘발간사’.

원병'의 '출정'과 '전몰', 희생을 그린 '지원병 서사'[81]가 대한민국 체제 안에서 되살아 났다는 뜻이다. 체제 수호와 방위라는 목표 아래 이루어진 문학이라는 점에서 둘은 한가지다. 광복 뒤 잦았던 위인전·열사전과는 거리가 있다. 둘째, 『십용사전』의 전승, 재구성[82]뿐 아니라, 1950년 전쟁기와 전후에 펴냈던 '전공기戰功記·전몰기戰歿記의 본보기라는 뜻이다.[83] 셋째, 개성 월남민의 체제 내적 이념을 강화하는 핵심적인 집단 기억이라는 뜻이다. 1973년 서울의 개성인회가 개성 가까운 곳에 있는, "십용사의 무훈을 세운 전통의 정예부대인 육군제일사단과 자매결연"을 맺은 것은 자연스러운 일이었다. 나아가 십용사 서사는 참전 전우 이종대의 증언소설 형식, 곧 「개성 송악산 5·4전투 육탄 결전기」로 다시 쓰이기도 했다.[84]

국가 단위 첫 정훈 실기문학으로서 『십용사전』을 탄생시킨 개성 지역은 전쟁기 3년과 그 뒤 1950년대로 나아가면서 '판문점 서사'라는 더 두터운 분단의 표상 공간으로 거듭났다. 휴전협정과 반공포로 석방이라는 격동의 시간마다 개성은 겨레의 귀와 눈을 끌어 모았다.[85] 거기다 전쟁기 한때 국방부 정훈감으로서 정훈 활동을 책임졌던 이선근의 활동이 나란히 한다.[86] 개성 지역과 월남 개성인이 분단 상황 아래서 국가 수호의 한 축을 떠맡음으로써, 분단 정치 현실 속으로 더 깊숙이 들어서게 되었다. 그 점은 북한이라고 예외가 아니었다. 전후, 개성 사람은 1958년과 1966년, 그리고 1971년에 걸쳐 여러 차례 불순분자에 대한 추방 형식에 따라 강제 이주를 당하였다. 개성은 남북한 모두에서 분단의 고통을 가장 깊이 겪은 도시가 된 셈이다.

---

81   대표적인 것이 「이인석 상등병」 이야기다.

82   『십용사전』은 전후 두 차례에 걸쳐 재구성되어 나왔다. 충용전우선양회 엮음, 『십용사의 신화―개성 송악산 전투 육탄 격전기』, 현문출판사, 1975; 육탄십용사현충회, 『육탄 10용사』, 법정, 1986.

83   전쟁, 전후기 대표적인 것에는 다음이 있다. 이기건, 『구월산의 여장군』, 우현사, 1953; 『국군전공 미담집』, 국방부정훈국, 1954.

84   『송도민보』 10호~18호, 송도민보사, 1977.3.25~12.25. 4회 연재하였다.

85   최덕신, 『내가 격근 판문점』, 삼구문화사, 1955; 정성관, 『판문점의 비사』, 평문사, 1953; 『판문점 13년』, 대한공론사, 1966; 김석영, 『판문점20년』, 진명문화사, 1974; 리정근, 『판문점』, 조선로동 당출판사, 1986.

86   마해송이 국방부 고문을 맡는 한편, 공군종군작가단 단장으로 일했다. 그리고 종군화가 김성환도 개성 사람으로서 국방부 정훈국에서 미술을 맡았다.

6. 개성 문학의 분단

지역문학이라는 잣대로 북한문학지에 다가서는 일은 이제 첫걸음을 뗐다. 소지역·작가·매체·갈래·주제별로 새 성과가 잇달아 이어질 것이다. 그들을 빌려, 평양 중심화 논리나 혁명적 수령관과 같은 거대 담론에 짓눌려 있는 북한 문학의 미시적·내재적 전개 양상을 살필 수 있으리라. 근대문학사의 전통을 제대로 되살리기 위한 한 길이 거기에 있다. 이 글은 그러한 생각 아래, 광복기 5년에 걸쳐 오늘날 황해북도 개성특급시에서 이루어진 문학을 대상으로, 갈래별 주요 작가 활동을 따라 살핀 논의다.

3·8도선으로 말미암아 개성과 개성민은 광복과 함께 한 도시가 둘로 나뉜 채 남북한 어느 곳보다 먼저, 좌우익 투쟁과 테러, 남북 군사 분쟁으로 내몰렸다. 그 결과 개성은 전쟁 전부터 피란과 이산을 몸으로 겪었다. 그런 가운데 역외 문인, 출향 지식인은 서울의 우파 조직 활동에 더 기울었다. 그와 달리 역내 문화계는 민병휘·김소엽·현동렴과 같은 문인을 중심으로 온건 좌파, 개성건설협의회 활동이 이끌었다. 좌우익 분쟁이 깊어지고 남북한 단독 정부가 서자 그들은 전향하거나 우파로 쏠려 들었다. 개성 지역이 보여 준 이러한 정세 변화와 문학사회 이행 과정은 전전기^{戰前期} 남북한 분단을 온축한 경험이자, 우리의 첫 분단문학이라는 뜻을 지닌다.

광복기 개성 어린이문학은 앞 시기의 두터운 전통을 이어받으며 더욱 깊어졌다. 어린이문학와 언론 활동이 상승적으로 맞물린 자리에서 그려 낸 「토끼와 원숭이」·「떡배 단배」의 우의 문학과 시사 수필의 날카로운 현실 인식은 마해송 문학의 한 정점을 이룬다. 이영철은 어린이문학 창작뿐 아니라 출판, 계몽서 발간, 번역 작업에까지 활발한 성과를 거듭 일궈 개성 어린이문학의 넓이를 키워 냈다. 거기다 고한승이 복간『어린이』편집은 빌려 현동렴을 비롯한 개성 어린이문학의 전통을 북돋운 일이 지닌 뜻은 적지 않다. 그런 속에서 개성의 어린이문학인은 하나같이 역외 좌파 매체에는 발표가 드물었다. 역내 사상·조직 선택과 발표 매체 사이 불균형이 드러난 셈이다.

시문학에서는 광복 이전 세대 김광균과 신진 세대 활동이 두드러졌다. 김광균은 시집 복간을 아울러 많지 않은 작품 발표에 그쳤다. 하지만 그들을 빌려 자신 안밖으로 밀려오는 시 / 생업, 문학 / 정치 사이 긴장에 균형을 잡고자 했다. 앞 시대와 다른 생활시의 소시민적 자의식이 그 점을 잘 보여 준다. 그이와 달리 청년 시인 고영진·박승훈·김병호는 광복기 개성 지역시의 청신한 열정을 아낌없이 담아냈다. 고영진이 보여 주었던 고통스런 교육 현장, 박승훈이 그린 지역 분단과 격정, 게다가 광복기 가장 긴 장시 「황야의 규환」의 시인 김병호가 담아낸 가난한 고향에 대한 아픈 술회야말로 지역 청년이 겪었던 혼돈과 고뇌를 아낌없이 대변해 이채를 띤다.

소설에서는 김소엽이 개성 소설을 도맡았다. 특히 지역 문화 실천 활동과 맞물린 자리에서 이루어졌던 황진이묘 참배를 다룬 「청춘」과 윤봉길·이봉창·백정기 세 구국열사의 묘 돌보기를 다룬 동극 「효창공원」은 시대와 나란히 걷고자 했던 작가의 정치적 입지를 암시한다. 남북한 단독 정부 수립 뒤 1949년 5월에 벌어진 송악산 전투는 거기서 산화한 육탄 십용사를 다룬 『십용사전』 출판이라는, 대한민국 건국 뒤 국가 단위 첫 정훈문학으로 나아갔다. 이를 빌려 개성의 서사 정신은 더욱 정치화하였다. 십용사 서사는 개성 월남민의 체제 내적 이념을 굳히는 핵심적인 집단 기억일 뿐 아니라, 분단 시대 국체 수호를 향한 개성의 새 지역성으로 상승해 갔다.

따라서 광복기 개성 지역문학은 세 가지 두드러진 됨됨이를 드러낸다. 첫째, 여느 지역과 달리 이전 간행 작품집에 대한 복간이 잦았다. 김광균·장정심·김소엽의 경우다. 거기다 마해송의 「토끼와 원숭이」 재수록 완결이 거든다. 이러한 과거 귀속적 활동은 앞선 시기 문학 전통의 자긍심을 암시한다. 둘째, 광복 이전 문학 세대의 비중이 압도적이다. 그런 가운데 시에서 신진 세대의 기운이 두드러져 전후 개성 문학의 활기를 미리 내다보게 한다. 셋째, 광복기 개성 지역문학은 온건 좌파 활동에서 급진 우파 활동으로 점차 옮겨갔다. 3·8선을 마주한 남북 분쟁의 격화뿐 아니라, 주요 문인·지식 계층의 전반적인 체제 내화, 우경화 경향이 그 점을 뒷받침했다.

이 글은 나라잃은시대를 거쳐 1950년대 개성 문학으로 나아가기 위한 중간 작업이다. 논의를 빌려 북한문학지의 중요 진앙 가운데 하나인 광복기 개성 지역문학의 속살을 성글게나마 살필 수 있었다. 이러한 개성 문학은 전쟁 발발 뒤 남북한 양쪽에서 체제 편입 / 배제의 고통스러운 경험 속으로 급격히 빨려들면서 커다란 변화를 겪는다. 이 글을 빌려 그리로 나아가기 위한 연결고리는 얻은 셈이다.

재북 시기 신불출 행적 간동거리기

1. 불출의 출세

신불출본디 이름 신흥식 · 신상학, 1907~1969은 서울에서 태어나 개성 송악산 그늘에서 아버지 대장간 일을 도우며 자랐다. 됨됨이가 호방하고 배움에 대한 열의가 높았다. 자습과 독학으로 소학교와 중학교 과정을 거쳤다.[1] 어려서부터 해학과 익살, 풍자적인 말을 잘해 이야기꾼으로 알려지기도 했다.[2] 열여덟 살 때인 1925년 연극단 '취성좌'에 들어 예능사회 생활을 시작했다. 을유광복 뒤 좌파 활동 탓에 폭행과 구금을 겪다가 월북하기까지 신불출은 대중 연예인으로서 이름이 높았다. 그런 사이 만담 공연뿐 아니라 시와 시조, 신민요, 줄글과 같은 문학 창작까지 넘나들었다.[3] 일찌감치 근대 예능, 예술문화인 배출의 앞자리에 섰던 개성 지역민 가운데서도 대중의 인기를 한몸에 누렸던 사람이 신불출이다. 그런 까닭에 재담과 만담, 또는 근대 웃음 문학, 예능과 관련한 논의에서 신불출은 빠질 수 없는 무게를 지녔다. 그것은 크게 두 경우로 나누어 볼 수 있다.

신불출을 큰 논의 안쪽의 부분 대상으로 다룬 경우와 그이만을 떼어 개별론을 편 경우다. 앞쪽은 1930년대 유성기 음반에 실린 '촌극' 88편을 갈무리하면서 신불출을 올린 1992년 김재석[4]이 앞선다. 유성기 음반 '대중 희곡' 갈래 곧 만담·스케치·

---

1   송영훈, 「신불출과 그의 창작」, 『예술교육』 제4호, 2 · 16예술교육출판사, 2010, 29~30쪽. 신불출이 "송도고보에 학적을 두고 수 년간 수학하다가 중도에 퇴학하야 전긔 취성좌에 발을 드려노케 된 것"이라는 『매일신보』(매일신보사, 1935.1.3) 기사에 따른 기술이다.

2   소희조, 「만담의 재사 신불출」, 『조선예술』 제3호, 문학예술출판사, 2008, 26쪽.

3   월북 이전 신불출의 작품 전반에 걸친 실증적 갈무리는 아직 이루어지지 않았다. 연구자마다 필요한 논점에 따라 골라 다루었을 따름이다.

4   김재석, 「1930년대 유성기 음반의 촉극 연구」, 『한국극예술연구』 제2집, 태학사, 1992, 55~77쪽.

넌센스 사이의 경계와 분화 양상을 따졌던 최동현·김만수가 뒤를 따랐다. 그런 위에 개별 구술을 바탕으로 만담과 재담에 관해 굵직한 통사를 겨냥했던 반재식[5]이 돋보인다. 나라잃은시대 대중 연예와 만담·재담 논의에서 신불출은 그 뒤로도 감초 노릇을 맡았다. 북한의 신재효론을 들여다 보면서 판소리 / 창극 갈래 논쟁에서 신불출을 다루었던 엄국천, 나라잃은시대 '유모어소설'류를 다룬 임선애, 중국 상성相聲과 만담을 견준 유정일, 근대 공연예술장에 나타났던 '담'류 곧 야담·만담·재담이 보여 준 갈래 변이 과정을 살핀 배선애에다 손태도·우수진·김인숙·김준형·유춘동으로 이어진 다채로운 논의[6]에서 신불출은 중심 자리를 놓치지 않았다. 왜로의 태평양침략 전쟁 시기 그이의 부왜 행각도 논의에서 빠지지 않았다.[7]

이에 견주면 신불출만을 따로 떼어내 다룬 개별론은 손에 꼽힌다. 2004년 김경희가 「신불출의 문예활동과 그 의미」로 첫 걸음을 뗐다. 천정환은 신불출이 가장 많은 글을 올린 잡지 『삼천리』 속의 소화 만담에 눈길을 두었다. 이승희의 「배우 신불출, 웃음의 정치」와 엄현섭의 「신불출 대중문예론 연구」는 신불출 논의의 깊이와 너비를 더했다. 대중 예능 여러 갈래에 걸쳐 활동했던 만큼 신불출을 향한 거시적 눈길을

---

5   반재식, 『만담백년사』, 만담보존회, 1997; 『만담백년사—신불출에서 장소팔·고춘자까지』, 백중당, 2000; 『재담백년사』, 백중당, 2000; 『한국 웃음사』, 백중당, 2004.

6   엄국천, 「북한의 신재효 연구 현황」, 『판소리 연구』 27집, 판소리학회, 2009, 209~244쪽; 임선애, 「웃음의 원리와 쾌감의 정치학—일제강점기 "유모어소설"류 연구」, 『한국사상과문화』 67집, 한국사상문화학회, 2013, 39~62쪽; 유정일, 「만담과 상성(相聲)의 웃음 구현방법 및 특성에 대한 비교 연구」, 『열상고전연구』 45호, 열상고전연구회, 2015, 255~279쪽; 배선애, 「담(談)류의 공연예술적 장르 미학과 변모」, 『반교어문연구』 42호, 반교어문학회, 2016, 313~350쪽; 손태도, 「한국 전통연희에서의 재담의 양상과 그 의의」, 『고전문학과 교육』 32집, 한국고전문학교육학회, 2016, 29~61쪽; 우수진, 「재담과 만담, '비-의미'와 '진실'의 형식—박춘재와 신불출을 중심으로」, 『한국연극학』 64집, 한국연극학회, 2017, 5~40쪽; 김인숙, 「재담소리 음반고」, 『한국음반학』 27집, 한국고음반연구회, 2017, 160~187쪽; 「재담소리의 유형과 특징에 대한 음악적 고찰」, 『동양음악』 41집, 서울대 동양음악연구소, 2017, 107~134쪽; 김준형·유춘동, 「1910~1940년대 대중잡지 소재, 재담과 소화에 대한 연구」, 『한국문학이론과비평』 85, 한국문학이론과비평학회, 2019, 285~322쪽.

7   공임순, 「전시체제기 징병취지 '야담만담부대'의 활동상과 프로파간다화의 역학—'황군' 연성과 '황민' 연성 사이, '말하는 교화미디어'로서의 야담·만담가들」, 『한국근대문학연구』 13권 2호, 한국근대문학회, 2012, 417~453쪽; 배선애, 「동원된 미디어, 전시체제기 만담부대와 만담가들」, 『한국극예술연구』 48집, 한국극예술학회, 2015, 90~122쪽.

갖추게 된 셈이다. 그런 가운데서 임태훈은 신불출의 대표 만담 가운데 하나인 「익살마진 대머리」가 지닌 웃음의 사회적, 시대적 맥락을 짚고자 했다. 그것을 "순치馴致된 웃음의 코드"에 터 잡은 "해프닝의 미디어"에 머물렀다고 보았다. 신불출의 웃음 미학이 지닌 역기능을 들춘 셈이다. 신불출의 작품 발굴 소개도 이루어졌다. 『근대서지』에서 영인한 「대머리 백만풍百萬風」이 한 본보기다.[8]

이렇게 보면 1990년대부터 신불출은 꾸준하게 다루어진 사실을 알겠다. 그럼에도 아직 논의 바깥에 놓인 자리가 널찍하다. 가장 성근 자리는 월북 뒤 신불출이 북한에서 이룩한 삶과 활동에 대한 이해다. 앞에서 든 신불출 논의 성과 가운데서 그이의 삶을 통시적으로 다루는 자리에서 북한 쪽 사정을 들여다 보고자 애쓴 2008년의 엄현섭과 북한의 신재효론을 다루면서 짧게 짚은 2009년의 엄국천이 유일하다. 각별히 엄현섭은 북한의 최창호2002[9]와 소희조2008에 도움을 받아 재북 시기 신불출에 관한 정보를 더했다. 어느덧 엄현섭 뒤로 오늘날까지 적지 않은 시일이 흘렀다. 그럼에도 재북 시기 신불출의 행적에 관한 우리쪽의 이해는 풍문에서 더 들어서지 못한 수준이라고 말해도 지나치지 않다.

이제 글쓴이는 이 글을 빌려 재북 시기 신불출의 삶과 작품 활동에 관한 실증적 줄거리를 얻고자 한다. 그 과정에서 이제까지 우리에게 알려져 온 재북 시기 신불출에 관한 정보를 점검하고 바로 잡거나 더하면서 새로운 이해 지평을 마련할 수 있을 것이다. 거칠더라도 재북 시기 신불출의 활동에 관한 통시적 시각이 어느 정도 가능할 수 있기 바란다. 목표에 이르기 위해 각별히 북한의 신불출 논의 4편을 찾아 더한

---

8   김경희, 「신불출의 문예활동과 그 의미」, 『국문학연구』 12집, 국문학회, 2004, 143~174쪽; 천정환, 「식민지 조선인의 웃음－『삼천리』 소재 소화와 신불출 만담의 경우」, 『역사와문화』 18집, 문화사학회, 2009, 7~38쪽; 이승희, 「배우 신불출, 웃음의 정치」, 『한국극예술연구』 33집, 한국극예술학회, 2011, 13~49쪽; 엄현섭, 「신불출 대중문예론 연구」, 『비교한국학』 17권 3호, 국제비교한국학회, 2009, 315~348쪽; 이진원, 「일제강점기 김종기 단소 음악 연구－신불출 작 「낙화암」 반주 음악을 중심으로」, 『한국음반학』 33집, 한국고음반연구회, 2023, 143~160쪽; 「신불출 넌센스 대머리 백만풍(百萬風)」, 『근대서지』 제28호, 근대서지학회, 2023, 741~835쪽; 임태훈, 「웃는 만담 레코드와 해프닝의 미디어－신불출의 「익살마진 대머리」(1933)에 관하여」, 『인문학연구』 59집, 조선대 인문학연구원, 2020, 427~457쪽.
9   최창호, 『민족 수난기의 연극』 2, 평양출판사, 2002, 253~255쪽.

다. 엄현섭이 기댔던 최창호나 소희조는 물론 그들을 다 들면 아래와 같다.

신흥순, 「신불출과 그의 풍자예술」, 『조선예술』 10월호, 조선예술출판사, 1957, 113~115쪽.

「공훈배우 신불출」, 『문학신문』, 문학신문사, 1957.10.24.

최창호, 「신불출」, 『민족수난기의 연극』 2, 평양출판사, 2002, 253~255쪽.

최륙군, 「재능 있는 만담가 신불출」, 『문학신문』, 문학신문사, 2007.1.13.

소희조, 「만담의 재사 신불출」, 『조선예술』 제3호, 문학예술출판사, 2008, 26~28쪽.

송영훈, 「신불출과 그의 창작」, 『예술교육』 제4호, 2·16예술교육출판사, 2010, 29~30쪽.[10]

1957년의 신흥순과 『문학신문』 기사 뒤로 45년 만인 2002년에 최창호가 나왔다.[11] 거기서 다시 5년 지난 2007년 『문학신문』에 최륙군의 기명 기사가 실렸다. 뒤를 소희조와 송영훈이 따랐다. 1957년의 2편은 신불출이 '로력훈장'을 받게 된 일과 맞물린 글이다. 비슷하게 2007년부터 보이는 3편 또한 북한 중앙이 대중 예능인 신불출을 복권시키고 김정일 지시로 신불출 만담집이 나온 뒤의 환경 변화가 이끈 동향이라 할 수 있다. 그런 1957년과 2007년 둘 사이에 2002년의 최창호가 놓인다. 1960년대 어느 시점부터 2000년대까지 이루어졌을, 신불출에 대한 긴 망각과 배제를 엿볼 수 있다.

신불출 생시인 1957년에 나온 2편뿐 아니라 그 뒤 나온 논의 4편 또한 속살은 어슷

---

10 앞으로 이들 원문을 본문에 따 옮길 경우에는 따로 출전을 밝히지 않는다.

11 최창호가 낸 낱책 『민족 수난기의 연극』 2는 여러 알찬 정보를 담고 있다. 그러면서도 깊지 못한 북한의 우리 근대 연극사 이해를 짐작하게 만든다. 스스로 "1920년대와 1930년대까지의 연극공연 자료들"을 김재철의 해묵은 "『조선연극사』 중에서 「구극과 신극」을 통해서" 얻었다고 쓴 데서부터 드러나는 일이다. 그밖에 '참고'한 것들은 김광현·박춘명·권택무의 『조선연극사』, 리령·송영훈의 『조선연극사강의록』, "조선연극인동맹 중앙위원회와 평양연극영화대학 연극학부가 제공하여 준 자료", 그리고 연변의 동북조선민족교육출판에서 낸 김해룡의 『광복전 중조연극사 비교연구』들이다. 여기에 나라잃은시대 여러 신문이 더했다. 최창호, 「이 책을 내면서」, 앞의 책, 3쪽.

비슷하다. 그럼에도 재북 시기 신불출의 활동을 더하고 기우는 일에서 주의 깊게 다루어야 할, 서로 다른 실마리를 담고 있다. 이제 이들 논의 6편에다 글쓴이가 찾은 작품들과 기록을 함께 녹이면서 재북 시기 신불출의 문학과 삶을 줄거리 잡는 길로 들어서고자 한다. 시기는 넷으로 묶는다. 월북 초기인 전쟁 이전 시기, 경인년전쟁기, 그리고 전후 1950년대, 마지막으로 1960년대와 죽음에 이르는 만년 시기가 그것이다.

2. 월북과 초기 활동

을유광복 뒤 맨 먼저 보이는 신불출 작품은 시다. 을유광복을 맞은 넉 달 뒤 1945년 12월 24일 『문화통신』 제6호에 올린 「시처럼 된 시」[12]가 그것이다. 1946년 1월의 7호까지 볼 수 있는 『문화통신』이 "제시한 조선문화의 방향"은 "마르크스—레닌주의에 입각한 민주주의 혁명, 민족통일전선의 구축"이었다.[13] 그렇긴 하나 편집과 발행을 맡았던 김익균·황규운과 같은 핵심 주체의 사람됨이 알려지지 않은 상태다. 『문화통신』을 좌파 매체라 마냥 밀어붙이기에는 이르다.

전쟁은 손님처럼
피를 지불하고

평화는 장사꾼처럼
아즉도 거만하다

해방은 철들녘 어린이처럼 서럽고

---

12 『문화통신』 목차는 다음에서 갈무리했다. 오영식, 「『문화통신』 목차와 색인」, 『근대서지』 제13호, 근대서지학회, 2016, 584~587쪽.
13 전지니, 「해방 이후 최초의 종합예술지, 『문화통신』 소개」, 위의 책, 144쪽.

독립은 집 잃은 노파처럼 바쁘다

군정은 그물처럼 고맙구
인민은 고기 떼처럼 딱하다

— (줄임) —

문화는 병아리처럼 한눈을 팔고
경제는 죽는 닭처럼 버둥거린다

자주는 이불 속에서 하품을 하고
의존은 혼자 이러나 담을 넘는다

—「시처럼 된 시」 가운데서[14]

직유에다 활유를 중심 표현법으로 끌어들였다. 그렇다고 날카롭고 구체적인 형상에 이른 수준은 아니다. "군정은 그물처럼 고맙구 / 인민은 고기 떼처럼 딱하다"라는 토막의 '고맙구'에서 약한 반어, 곧 시침떼기를 보여 줄 뿐 노골적인 진술로 한결같다. '평화'·'해방'·'군정'과 같은 거시 사회 의제에 관한 비판적 시각을 두 줄 한 토막 꼴에 담았다. 관심 범위가 정치·경제·외교·문화 모두에 걸쳤다. 광복 초기 우리 사회가 안고 있다고 여겨지는 문제거리에 대한 각별할 것 없을 생각 늘어놓기다. 만담으로 녹였어야 했음 직한 시사적 속살이다. 이런 작품을 내세워 신불출이 광복기 좌파 활동에 나섰다는 표징으로 삼고자 한다면 억지에 가깝다. 신불출은 대중 상대 순회 공연에서도 비슷한 생각을 빠르고 유창한 목소리로 담았을 것이다.

「시처럼 된 시」에서는 두드러지지 않지만 을유광복 뒤부터 신불출은 좌파 사회주

---

14 『문화통신』 제6호, 문화통신사, 1945, 16~17쪽; 위의 책, 850~851쪽.

의 진영 활동을 숨기지 않았다. 나라잃은시대 말기 부왜 만담가로 떠돌았던 이로서 빠른 변신이었다. 그러다 태극기 모욕으로 말미암아 겪은 폭행은 알려진 일이다.

① 대구공회당 대홀, 3월 18일 낮 오후 1시, 밤 오후 7시. 주최는 민성일보사民聲日報社, 후원 경북도인민위원회, 인민당 대구지부.

—「신불출만담대회(3·1운동기념공연)」[15]

② 지난 3월 25일 경북 영주에서 개최되었든 신불출 씨의 삼상회의 지지에 대한 만담 가운데 "3·8선 이북에는 눈물 가운데 꽃이 피고 3·8선 이남에는 우슴 가운데 칼날이 서 있다"고 한 것이 말성이 되어 좌우익 충돌로 말미암아 경찰에 체포되여 폭력 불법 체포 불법감금 무고 등 죄명으로 기소 되었든 민전民戰 간부 권태동 씨 이하 4명과 애청愛靑 간부 김형동 씨에 대한 공판은 29일 대구지방법원에서 나 판사 주심 박 검사 입회로 열니어 박 검사로부터 전원에게 각각 징역 10개월 구형이 있었는데 나 판사로부터 애청 간부 김형동 씨는 공소 기각 민전 간부 권태동 씨 징역 10개월 안수만 강대봉 유흥렬 씨 등은 각 징영 4개월로서 권 씨 이하 전원 각 2년간 집행유예의 언도가 있었다.

—「신불출 관계 ─ 영주 사건 언도」[16]

기사①을 실은 『대구시보』는 나라잃은시대 신간회 경북지회를 책임지고, 『조선일보』 지국을 맡았던 장인환이 을유광복 뒤 낸 매체다. 주최를 '민성일보사'라 썼다. 1945년 10월 군위 출신 이목이 사장과 펴낸이를 맡아 창간한 신문이다. 이목은 1928년 고려공산청년회 경북위원회책임비서 장적우에서 일하다 왜로의 사상범 검거에 걸려 옥고를 치른 이다. 『민성일보』는 나라잃은시대 부왜배들이 주체 세력이 되어 광복한 조국 건국 사업을 이끄는 형세는 말이 안된다는 논지를 폈다. 부왜배와 겨

---

15 『대구시보』, 대구시보사, 1946.3.15.
16 『영남일보』, 영남일보사, 1946.12.1.

레 반역자를 물리쳐야 한다는 생각을 내세운 민족주의 좌파계 신문이었다.[17] 그러다 1946년 10월 뒤부터는 좌우 모두로부터 공격을 받다가 1948년 8월 문을 닫았다. 이 무렵 사회 정황으로 보아 '경북도인민위원회'나 '인민당 대구지부'가 만담 행사를 맡았다고 해서 꼭히 좌익 행사라고 말하기 어렵다. 뚜렷한 점은 신불출이 경북·대구 지역 여러 곳에서 순회 만담회를 가졌거나 가질 예정이었다는 사실이다. 그 여정 가운데 하루였을 3월 15일 영주 행사에서 신불출은 폭행을 겪었다. "좌우익 충돌"까지 벌어진 일이다. ②는 '불법감금'으로까지 나아갔던 그 사건이 여섯 달 뒤에야 마무리되었음을 알려 준다. 좌익 청년들이 "집행유예의 언도"로 검거에서 풀려난 것이다.

①지난 11일 하오 8시 반 경 시내 명치정 국제극장에서 개최된 6·10만세 기념 연예 대회에서 만담가 신불출 씨가 만담을 하고 있는 중에 돌연 청중 속에서 청년 약 20여 명이 무대 우에 뛰여올라 동 씨를 난타하야 중상을 입힌 불상사가 있었다. 이러한 사태가 이러나게 된 이유는 동 씨의 만담 내용이 그 청년들에게 불만을 주었기 때문이라 한다. 현장에서 체포된 학생 1명을 포함한 가해자 2명은 본정 서원이 데리고 가서 문초 중이며 신 씨는 방금 입원 치료 중인데 매우 중태라 한다.

—「만담 중의 신불출 씨 피습」[18]

②11일 밤 8시 반 국제극장에서 6·10기념대연주회의 출연 중이든 만담가 신불출 씨를 구타하야 전치 4주여의 중상을 가한 국학전문학교 과 1년생 강덕수[20] 동 주룡건 박○○ 외 명은 방금 본정本町 서署에 구속되여 엄중 취조를 받고 있다.

—「신불출 씨 가해자–국전생 3명 등 엄중 취조 중」[19]

서울 국제극장에서 신불출이 경북 영주에 이어 다시 폭행당한 '불상사'를 다룬 기

---

17   김영재, 『대구경북언론사』, 커뮤니케이션북스, 2003, 52~53쪽.
18   『현대일보』, 현대일보사, 1946.6.13.
19   『중외신문』, 중외신문사, 1946.6.15.

사다. ①에서 "청년 약 20여 명이" 무대에 올라가 신불출을 "난타하야 중상을" 입혔다고 썼다. 그 일로 "현장에서 체포된 학생 1명을 포함한 가해자 2명"을 경찰이 '문초'했다. ②에서는 '가해자'의 정체가 드러난다. "국학전문학교 1년생 강덕수"를 비롯한 청년들이다. '국학전문학교' 학생이라는 소속은 가해 청년들의 됨됨이를 짐작하게 만드는 한 실마리다. 국문학과와 국사학과로 갓 출범한 국학전문학교 초대 교장은 뒷날 월북한 대종교 민족주의자 백수 정렬모다. 따라서 "청년 약 20여 명"은 의협심으로 무장하고 미리 습격을 준비했던 국학전문학교 학생들임을 암시한다. ②에서는 그 일로 말미암아 신불출이 "방금 입원 치료 중"인데 "매우 중태"라 썼다.

① 만담가 신불출 씨는 지난 11일 서울 국제극장에서의 6·10만세 기념대회에서 태극기에 대한 모독적인 언사로 만담을 하다 관중에게 되해를 입고 병원에 입원 가료 중이던바 15일 서대문서에 구금되어 문초를 밧고 있다 한다.

―「신불출 피검」[20]

② 국제극장에서 대한 국기를 모독하다가 분격한 관중에게 단단한 징치를 받은 신불출은 13일 오전 11시경 서대문서에 구금되어 취조를 받고 있다는데 이 자는 전번에 본보에 자세히 보도한 바와 같이 영주에서 이런 광태狂態를 연출하다가 군중에게 응징을 당한 일도 있어 그의 회개를 기대렸으나 그는 종시 반성치 않고 매국 적당赤黨의 괴뢰가 되어 지랄 발광을 계속하여 왔던 것으로 이번에는 당국이 준엄한 처단으로 그의 광증을 개과케 함이 옳다는 소리가 이곳저곳에서 들리어지고 있다.

―「만성 광증의 신불출―영주서 경치고 또 지랄 드디어 유치장 신세」[21]

①에서는 6월 11일 "6·10만세 기념대회에서" "태극기에 대한 모독적인 언사로 만담을 하다" 신불출이 관중에게 봉변을 당했다고 알렸다. 그 탓에 병원에 입원했다

<hr>

20   『부산신문』, 부산신문사, 1946.6.16.
21   『대동신문』, 대동신문사, 1946.6.16.

가 15일 현재 서대문경찰서에 '구금', '문초'를 받고 있다. ②에서는 구금, 취조를 받은 때가 이틀 당겨졌다. 13일 아침이다. 그렇다면 병원 입원은 11일 당일과 12일 이틀 동안 이루어졌다. 신불출의 몸 상태가 "전치全治 3개월의 중퇴"[22]라 보도되기도 했으나 '중퇴'는 아니었던 셈이다. ①에서 '15일' '구금', '문초'라 쓴 것은 현재 취조 중이라는 뜻이겠다. 13일부터 신불출은 서대문경찰서에 '구금'되어 있었다. 그에 앞서 "6·10만세 기념대회"를 주최했던 예술통신사 김정혁 주간과 영화동맹 서기장 추민은 먼저 12일 구금된 상태였다.[23] 게다가 ②는 11일 폭행 건이 영주에서 겪은 것과 마찬가지로 '응징'을 당한 일이라 말했다. "매국 적당의 괴뢰가 되어 지랄 발광을 계속"하다 겪은 "준엄한 처단"이다. 공산주의자를 향한 강한 증오심을 숨기지 않은 목소리다. 갇혔던 신불출이 1차 '공판'에 오른 때는 6월 26일이다. 1946년 6월 20일, "연합국 비방으로 뭇매찜을" 맞고 서대문경찰서에서 '취조'를 끝낸 다음 "포고령 위반"으로 미군정 재판에 '회부'된 6일 뒤였다.[24]

① 국제극장에서 실연 중 맥아더 포고령 위반에 저촉으로 체포되어 사회의 화제거리가 되어 있던 신불출 사건에 관한 공판은 26일 하오 한 시 반 종로경찰서 군정재판소에서 일반 방청객 오백여 명이 모인 가운데 재판관 루래러 부릅 씨로부터 국기 불경죄로 벌금 2만 원 혹은 징역 1년의 언도가 잇섯는데 이것은 자기 나라 국기를 모욕하고 외국인의 재판을 밧는 유사 이래 최초의 일이라 한다.

— 「국기 불경죄로 − 신불출 1년 체형」[25]

---

22 「중퇴에 있는 신불출 씨 피검」, 『현대일보』, 현대일보사, 1946.6.17.
23 "조선영화동맹과 일간예술통신사 주최로 시내 국제극장에서 개회한 6·10만세운동 기렴 흥행은 관중의 소동으로 일장 풍파를 일으키엿섯는데 주최자 칙인 영화동맹 서기장 추민 씨와 예술통신 주간 김정혁 씨는 본정서에 인치되여 그간 취조를 바더오든 중 김정혁 씨는 무죄로 석방되엇으나 추민 씨는 포고령 위반으로 17일 오후 다시 군정재판에 회부하기로 되엇다." 「추민 씨 군정재판에」, 『자유신문』, 자유신문사, 1946.6.19.
24 「만담가 신불출, 태극기 모독 사건으로 경찰에 구금」, 『동아일보』, 동아일보사, 1946.6.23.
25 『민주일보』, 민주일보사, 1946.6.27.

②군정재판에 회부되어 24·5 양일 간에 걸쳐 증인심리를 마친 신불출 사건은 작 26일 오후 1시 반 개정되어 신불출 추민 양인에 대해 최후 심리를 마치고 동 세 시 반 포고령 제2호에 적용하여 신불출에게 2만 원 벌금 혹은 1년 징역을 추민에 대하야 1만 원 벌금 혹은 6개월 징역의 언도가 잇섯다.

— 「신불출, 추민 양인 각각 벌금형 언도」[26]

①과 ②는 한 사건을 두고 다른 목소리를 들려 준다. ①은 신불출의 '국기 불경冒瀆'에 관한 노여움을 숨기지 않았다. 거기에 견주어 ②는 심리 과정과 언도 속살에 초점을 두었다. 보다 객관적이고자 한 셈이다. 둘 모두에서 밝히고 있듯이 '체포'되었던 신불출은 "종로경찰서 군정재판소" '공판'에서 "국기 불경"죄로 벌금 또는 체형을 '언도' 받았다. 매체나 대중의 관심은 "국기 불경"과 극장 소동에 눈을 두었다. 거기에 맞물린 법령은 미군정 포고령 제2호였다. 1945년 9월 7일에 나온 그것은 제1호의 집행에 관한 규정이다. "태평양 미국육군 최고지휘관의 권한" 아래 이루어진 "포고, 명령, 지시를 범한 자"에 대한 불복종과 일체의 저항 행위는 범죄로 보며 그에 대한 처벌은 육군점령재판소의 결정에 따른다는 것이 뼈대다. 신불출과 추민은 '6·10만세' 기념대회로 "공중치안 질서를 교란"하고 나아가 군정 주체인 미국 육군을 조롱, 비방한 죄명으로 처벌을 받은 셈이다.[27] 군정재판소의 언도 뒤로 신불출이 어떻게 풀려났는지, 진행 과정에 대한 기사는 볼 수 없다. 벌금을 내고 나왔을 것이다. 뚜렷한 사실은 어느새 신불출이 극장 무대뿐 아니라 길거리에서도 "분격한 관중"에게 '응징'을 당하거나 "준엄한 처단"을 염려해야 할 대상으로 낙인 찍힌 상태였으리라는 점이다.

그렇다면 신불출은 언제 월북한 것일까? 반재식은 "한국전쟁 발발 직전 스스로 북

---

26 『자유신문』, 자유신문사, 1946.6.27.

27 맥아더 이름의 태평양미국육군총사령부 포고는 4호까지 이루어졌다. 포고 제1호는 미주둔군이 국제법상 점령군으로서 지위를 갖는다는 점과 그에 따라 남한 으뜸의 국가 권력으로서 군정이 이루어진다는 것을 규정했다. 『광복30년 중요자료집』, 중앙일보사, 1975, 27~28쪽; 안진, 『미군정기 억압기구 연구』, 새길, 1996, 174쪽.

으로 간 것"으로 알려진다[28]고 썼다. 전쟁 "발발 직전"이라는 표현이 품은 뜻이 어름하다. 시기 짐작이 어렵다. 1946년에서 다시 여러 해 뒤인 1950년 5월도 전쟁 "발발 직전"인 까닭이다. 그랬던 반재식은 2000년에는 월북 시기를 "1948년 무렵"이라 달리 썼다. 포고령 위반으로 검거된 신불출이 1946년 "6월 26일 벌금형 언도를 받고 풀려난" 뒤로 "남한에서 그의 공연을" 볼 수 없었다. 그런 2년 뒤 월북했다는 뜻이다.[29] 처음 월북 시기로 잡은 전쟁 "발발 직전"과 1948년 무렵 사이는 2년 남짓 뜬다. 거기다 벌금형 언도를 받고 나온 뒤 남한에서 공연을 볼 수 없었던 기간이 다시 2년이다. 전쟁 '직전' 달인 1950년 5월까지 치자면 남한에서 신불출의 활동을 볼 수 없는 해는 길게 4년에 걸친다. 전쟁 "발발 직전"이든 1948년 무렵이든 반재식이 쓴 월북 시기 짐작은 막연할 따름이다.

그 뒤 2006년에 나온 한 인물 사전은 신불출의 월북 시기를 1947년이라 썼다.[30] 2009년 엄현섭 또한 "한국측 자료에는"이라는 말을 앞세운 다음 "1947년 월북"[31]이라 밝혔다. 하지만 그 '자료'를 밝히지 않았다. 이렇게 보면 우리쪽에서 신불출의 월북 시기는 앞쪽으로 당겨지는 흐름을 보인다. 하지만 짚어내지 못했다. 적확한 월북 시기 고증은 남겨진 상태다. "전쟁 발발 직전"과 1947년의 어느 때가 되는 셈이니 정보로서는 쓸모가 크지 않다. 그렇다고 두루뭉술 광복기에 '월북했다'는 표현으로 지나치고 말 일 또한 아니다. 그런데 신불출의 월북 시기를 두고, 아직 드러나지 않은 우리쪽 기록이 넷 보인다.

① 추민영화인 신불출만담가 국도극장에서 태극기모욕사건으로 말성 있던 양인은 평양에
내려가 고려호텔에 유숙 중

—「문화남북」 가운데서[32]

---

28   반재식, 『만담백년사』, 만담보존회, 1997, 251쪽.
29   반재식, 『만담백년사—신불출에서 장소팔·고춘자까지』, 백중당, 2000, 210쪽.
30   이승희 외, 『식민지 시대 대중예술인 사전』, 도서출판 소도, 2006, 186쪽.
31   엄현섭, 앞의 글. 317쪽.
32   『민성』 제12호, 고려문화사, 1946. 22쪽.

②신불출^{만담가} 추민 씨와 같이 도북, 11월 경부터 12월 초에 걸쳐 4일간, 평양 조선극장에서 만담대회를 가졌다.

—「문화남북」 가운데서[33]

③약 1개월의 평양 체재 중 다행히 씨가 연금되었다는 대환리^{전 수정} 고려호텔에 유숙하는 편의를 얻어 며칠 동안 혼자 '벙어리 냉가슴 앓듯' 감히 말로는 묻지 못하고 복도를 두루 싱겁게 다녀도 보았으나 좀체 알 길이 없었다. 그러나 다행히 방을 빌고 있는 신불출 씨가 어떤 날 밤, 우연히 조 씨의 소식을 말하여 주었다.

"그날 낮에 조선 주의周衣를 입으시고 호텔 현관까지 산보(?) 나오신 것을 보았다"는 것이다.

—「연금 중의 조만식 씨 근황」 가운데서[34]

④밤에는 평양 대중영화극장에서 열린 예총 주최 '보안간부 위안의 밤'을 보았다. 이찬 씨 사회, 사량, 세영, 석정의 시낭독이 있었고, 문경옥 여사의 피아노, 실명씨의 쏘프라노, 썩 잘하는 바스 김모. 불출 씨의 「독립 세탁소」 만담에 모두 뱃살을 위축시켰으며 최후로 천연색 체육영화 「세기의 개가」가 상영되었다.

— 박찬식, 「북조선답사기(3)」 가운데서[35]

①은 1946년 11월 25일 인쇄에 넘겨 12월 1일 나온 우리쪽 잡지 ㅌ 통권 제12호 기사다. 월북한 신불출이 추민과 함께 평양 고려호텔에 머물고 있다고 썼다. 11월의 신불출 평양 정주를 확인할 수 있다. 다만 '태극기 모욕사건'이 국제극장이 아니라 '국도극장'에서 일어났다고 잘못 썼다. ②는 12월 후반 어느 날에 나온 것[36]으로 보이는

---

33 『민성』 제13호, 고려문화사, 1946, 18쪽.
34 『민성』 제13호, 위의 책, 39쪽.
35 『민성』 제15호, 고려문화사, 1947, 19쪽.
36 『민성』 제13호는 맨 뒤 저작권지에 11월 25일 인쇄에 넣어 12월 1일 발행한 것으로 올렸다. 흥미롭게도 그 앞의 것인 제12호가 12월 1일을 발행일로 올려 제13호와 같다. 오영식은 이를 두고 제

'북조선' 특집으로 꾸민 『민성』 제13호

『민성』 제13호, 곧 '남북의 문화교류―북조선 특집' 기획호다. 신불출이 추민과 '같이' 월북한 뒤 "11월 경부터 12월 초에 걸쳐 4일" 동안 평양에서 만담 공연을 펼친 사실을 밝혔다. ①, ② 두 기사에 따르자면 신불출은 적어도 "11월 경" 북한에서도 평양에 머물렀다. 그러니 신불출의 '도북', 곧 월북은 늦어도 1946년 10월 무렵 일이거나 그보다 앞선 때로 굳어진다. 이제까지 알려진, 전쟁 '발발' '직전'이니 1947년 월북과 같은 기록은 바뀔 마련이다. 신불출은 1946년 6월 26일 '국기 불경죄' 공판에서 벌금을 내고 풀려난 뒤 늦어도 10월, 곧 넉 달이 지나지 않아 월북한 셈이다.

③과 ④ 또한 신불출의 평양 정주를 알려준다. ③은 ②와 마찬가지로 『민성』 제13호 기사다. '남북의 문화교류―북조선특집' 기획을 위해 『민성』에서는 광복 두 해째를 맞아 1946년 '10월' 끝머리 "남조선의 입의立議 선거에 대응되는 북조선의 변천 실항을 조사코자" "기자를 파견"했다.[37] 그때 올라간 기자가 '박찬식'본사 특파기자이다.

12호가 12월 1일, 그리고 제13호는 12월 25일 어름 발행분으로 보았다. 그런데 먼저 나온 제11호의 발행일은 10월 1일이다. 제11호가 나온 10월과 12호가 나온 12월 사이 두 달이 뜬다. 따라서 제13호의 발행일은 저작권지에 적힌 것과 같이 12월 1일에 정상적으로 나왔고, 오히려 제12호가 사실은 11월 1일 발행분인데 잘못 적어 12월 1일로 올려진 것일 가능성이 생긴다. 그러나 제12호 「편집후기」에 따르면 "이승만 박사가 유엔총회에 조선사정을 호소하러 떠났다"고 썼다. 이승만 박사가 유엔으로 떠난 때가 12월 1일이다. 제12호 발행일은 12월 1일이 옳다는 것을 알 수 있다. 제13호 발행일은 12월 25일, 곧 후반으로 보는 게 마땅하다. 오영식, 앞의 글, 661쪽.

37 그 경과는 「남북의 문화교류―북조선특집을 내면서」에서 밝혔다. 『민성』은 오래 앞부터 "북조선의 실상을 공정한 붓으로 보도함으로써 남북문화 교류에 조금이라도 이바지함이 있고저, 재작년 10월에도 남조선 보도기관치고 최초로 기자를 파견하였고(본지 제2호 소재 「북조선 답사기」 참조) 해방 제2년을 맞이하는 작년 10월에는 남조선의 입의(立議) 선거에 대응되는 북조선의 변천 실황을 조사코자 제2차로 기자를 파견"했다. 「남북의 문화교류―북조선특집을 내면서」, 『민성』 제13호, 고려문화사, 1947, 1쪽. 「북조선답사기」는 『민성』 제13호·제14호·제15호에 세 차례 걸쳐 실렸다. 거기에 따르면 박찬식은 10월 30일 3·8도선을 넘어 북한에 들어간 뒤 11월 1일 해주

그이는 돌아와 손수 자신의 「북조선답사기」에다 '회견기' 「김두봉 선생과의 6분간」,
「구금 중의 조만식 씨 근황」을 비롯한 여러 기사뿐 아니라 북한 쪽 인사에게 부탁한
글들을 받아 『민성』을 꾸미는 이례적인 일을 마무리했다. 다만 「구금 중의 조만식 씨
근황」은 익명 'P기자'로 올렸다. 박찬식임에 틀림없다. '특파기자'가 박찬식이라는
사실은 잡지 스스로 밝혀 놓은 상태인 까닭이다.

　「구금 중의 조만식 씨 근황」에 따르면 박찬식은 1달 남짓 평양에 머물면서 조만식
이 '연금'되어 있다는 고려호텔에 머물렀다. 그를 틈타 조만식에 관한 정보를 얻고자
애썼다. 그러다 요행히 만난 사람이 같이 고려호텔에 묵고 있었던 신불출이다. 어느
날 낮에 조만식이 호텔 현관까지 나와 걷는 것을 보았노라는 신불출의 말을 들은 것
이다.[38] 신불출의 평양 정주를 확인해 주는 기록이다. 날짜를 특정할 수는 없다. 다만
박찬식이 평양에 머물기 시작했던 11월 10일부터 떠났던 12월 6일 사이라는 사실만
은 확실하다. 여기에다 ④에서 보듯이 박찬식은 1946년 11월 21일 평양 대중영화극
장에서 열린 예총 주최 '보안간부 위안의 밤'에서 「독립 세탁소」라는 만담을 선뵈는
신불출을 지켜보았다. 신불출이 북한 정주를 정확한 날짜로 일러 준다.

　『민성』의 몇몇 기사로 볼 때 신불출의 월북은 평양에서 "11월 경부터 12월 초에
걸쳐 4일간" '만담대회'를 갖거나 11월 21일 대중 무대에서 안정적으로 만담을 할 수
있을 시기, 곧 늦어도 1946년 10월 무렵이라는 짐작이 가능하다. 콕 집을 수 없으나,
1946년 6월 26일 국기 '불경죄'로 판결을 받고 풀려난 뒤 얼마 지나지 않아 북한으
로 올라갔으리라는 줄거리가 거듭 마련된다. 그러니 그 시기를 두고 1946년 여름에

<hr>

로 옮겨 보안서와 교화소를 거쳐 신분 확인을 거치며 9일을 보냈다. 11월 10일 해주교화소를 떠
나 평양에 이르렀다. 그리고 거의 한 달 가까이 머문 뒤 12월 6일 평양을 떠났다. 이를 두고 『민
성』 편집실은 "특별기자 박찬식은 3·8선을 넘다 체포되어 해주인민교화소(형무수의 칭)에 10일
간 구류당하여 머리까지 깎이었고, 보름 동안을 기약하고 갔던 사람이 한 달 보름이 되어도 종무
소식이더니 원고와 함께 삼팔선 이남의 청단경찰서에 구류되었다가"라 썼다. 「편집후기」, 『민성』
제13호, 앞의 책, 40쪽.

38　조만식의 생존을 확인한 일이다. 거기다 북한 중앙에서 잡지 『정로』 지면을 빌려 조만식의 지난
　　날 잘못을 공개하고 '규탄'하는 과정을 확인했던 터다. 그 일로 미루어 지면을 빌려 비방해야 할
　　정도로 아직 조만식의 존재감이 크다는 사실을 박찬식은 느꼈다. 「연금 쯤의 조만식 씨의 근황」,
　　위의 책, 23쪽.

서 가을 사이에 월북했다거나, 10월에 월북했다고 말한다고 해서 잘못은 아닐 것이다. 기자 박찬식이 내놓은 북한 답사기와 관련 기사들은 부풀릴 수는 있으나 사실을 왜곡하거나 조작할 까닭이 없는 글이다. 왜냐하면 초기 잡지 『민성』은 적어도 기자를 보내 북한 중앙의 도움으로 중요 인사와 면담, 회견을 이끌어내고 필요 원고를 받을 수 있는 잡지였기 때문이다. 남북 둘 모두에서 여러 기관의 협조까지 얻을 수 있었으니 북한과 공적 교류가 어느 정도 트인 곳이다. 그런데 신불출의 월북 시기와 관련해 한 가지 그냥 넘어갈 수 없는 문제가 도사리고 있다. 신불출이 추민과 '같이' '도북'했다고 알려진 데서부터 말미암은 일이다.

> 지난번에 북조선문화사절단 편으로 요청한 영화 기재촬영소 설비에 충당할 만한는 불일 도착될 것으로 연락 되어 있고, 영화인의 조직 기구 확충 강화와 더불어 동맹체의 결성, 제작, 배급, 상연의 일원화 급 지방 세포조직 영화촬영소 설립
>
> — 추민(북조선영화동맹 위원장), 「북조선에서 건설되는 조선영화」 가운데서[39]

북조선 특집호 『민성』 제13호 기획 기사 가운데 하나인 추민의 글이다. 북한의 '학원'박극채, '신문 사정'김정도, 출판 활동유항림과 더불어 '영화 건설' 사정을 알려 준다. '특파' 박찬식 기자가 평양 고려호텔에서 1달 남짓 머물고 취재하며 『민성』 제13호 '북조선 특집'를 꾸미기 위해 받아온 원고 가운데 하나다. 그런데 거기서 추민은 "지난번에 북조선문화사절단 편으로 요청한"이라고 썼다. 만약 이 월의 주어가 '나', 곧 추민 개인이라면 흥미로운 문제가 불거진다. '북조선문화사절단'이란 을유광복 2주년을 맞아 북한이 처음으로 소련에 보낸 방문단이다. 시인 리찬까지 낀 이 1차 '방쏘인민사절단' 단장 리기영 25명이 평양을 떠난 날은 1946년 8월 10일이다. 그리고 10월 5일 밤 모스크바를 떠나 10월 17일 평양으로 되돌아왔다. 그 뒤 리기영과 리찬은 같이 또 따로 소련 방문기를 낱글이나 낱책으로 내놓았다.[40] 남한의 『민성』 특집호 13호에 실린 리기영

---

39 『민성』 제13호, 앞의 책, 23쪽.
40 그 경과에 관해서는 아래에서 다루었다. 박태일, 「재북 시기 리기영 문학의 실증적 바탕 1」, 『비평문

의 「나의 쏘연방 기행」과 리찬의 「쏘련 작가 회견기」도 그런 것 가운데 하나다.

따라서 "북조선문화사절단 편으로 요청한" 이가 영화동맹 위원장 (또는 글을 쓸 무렵 앞으로 위원장에 오를 자격을 지녔다고 믿어졌던) 추민이라면 방문단이 떠난 날인 8월 10일에 앞서 그이는 북한에 머물고 있었다는 뜻이다. '지난번'은 1946년 가운데서도 훌쩍 앞쪽으로 시기가 당겨지는 셈이다. 「북조선에서 건설되는 조선영화」의 속살로 볼 때 추민이 사절단에게 '요청'한 것은 북한 영화예술의 건설과 발전을 위해 당장 필요하리라고 믿어지는 기자재, 설비다. 그런데 앞에서 본 바와 같이 거듭해서『민성』은 추민이 신불출과 함께 '도북'했다고 밝혔다. ①에서는 추민과 신불출이 극장에서 "태극기 모욕사건으로" 말썽을 일으켰던 '양인'이라고 썼다. '태극기 모욕사건'은 신불출에게만 걸리는 일이 아니다. 둘은 월북을 '같이'해 시기가 같고 현재 지내는 곳도 고려호텔로 한 곳이다. 따라서 신불출 또한 8월 10일 이전에 추민과 마찬가지로 북한에 머물고 있었다는 뜻으로 옮겨간다.

그렇다면 추민과 실불출의 월북 시기는 아무리 늦어도 8월 초순이거나 그에 앞선 7월로 더 당겨져야 한다.[41] 왜냐하면 신불출과 '같이' 월북한 뒤 추민이 이저런 과정과 조치를 거쳐 '북조선영화동맹 위원장'에 오르거나 그런 자격으로 8월 10일 떠

학』65호, 한국비평문학회, 2017, 143~171쪽;『한국지역문학연구』, 소명출판, 2019, 774~776쪽.

41 현재로서는 추민의 월북 시기를 특정할 수 없다. 추민은 군정재판소에서 1946년 6월 26일 신불출과 함께 포고령 제2호 위반으로 신불출보다 가벼운 1만원 벌금 또는 6개월 징역을 '언도' 받았다. 그 뒤로 추민은 언론에 두 차례 더 얼굴을 내밀었다. 8월 20일 열렸던 제1회 정기영화인대회에서 서기장으로 이름을 올렸다. 서광제가 의장으로서 을유광복 뒤 한 해 동안 사업의 경과 보고와 함께 문화단체총련맹을 대표한 이원조의 축사가 이어졌다. 그 자리에서 '중앙집행위원' 16명을 새로 뽑았다. 허달과 박기채 그리고 김정혁이 들었다. 추민은 서기장 자리를 지켰지만, 그날 현장 참석 여부는 드러나지 않는다. 「영화검열제 철폐 요망, 영화인대회에서 결의」,『독립신보』, 독립신보사, 1946.8.22. 이어 11월에 다시 한 번 보인다. 조선문화단체련맹에서 '남조선인민폭동'에 대한 현지 조사단 6명을 보냈는데 거기에 추민이 들었다. 현지 조사단은 문련 대표자들이 10월 30일 미군정 장관을 방문하여 건의한 뒤 "호의적인 양해"를 얻어 11월 19일에 이루어진 일이다. 조사단은 10일 남짓 뒤에 서울로 돌아와 "문화인의 눈에 비친 인민폭동의 상황"을 알릴 것이라 기사는 썼다. 조사단 6명에는 추민(영화동맹)을 비롯해 현덕과 허준(문맹)·정해근(과학자동맹)·오상흠(과학기술련맹)·김태진(연극동맹)이 들었다. 이 일에서도 추민의 참석 여부는 확정할 수 없다. 「소요 조사단 문화연맹서 파견」,『수산경제신문』, 수산경제신문사, 1946.11.22;「문련(文聯) 조사단 남선에 파견」,『자유신문』, 자유신문사, 1946.11.23.

날 방쏘사절단에게 북한 영화 건설과 발전을 위해 바삐 쏘련의 도움을 받아야 할 장비의 세목을 파악하고 간추리는 시간적 경과까지 고려해야 하기 때문이다.[42] 그렇지 않다면 "지난번에 북조선문화사절단 편으로" '(내가)' '요청한'이라는 월은 이루어질 수 없다. 따라서 추민과 '같이' '도북'한 신불출의 월북 시기 또한 자연스럽게 8월 초순이 아니라 더 앞쪽인 7월로 당겨질 수도 있다.

다만 변수가 보인다. 「북조선에서 건설되는 조선영화」가 지은이로 이름을 올린 추민의 것이 아니라, 1946년 11월 남한 박찬식 기자의 청탁을 받고 '지난번' 방쏘사절단에게 쏘련 쪽에다 도움을 '요청'했던 사항을 알고 있는, 영화동맹 다른 누군가의 대필이거나 북한 영화동맹 중앙이라면 문제가 불궈질 일은 아니다. 벌여 놓았던 자신들의 활동을 그때 시점으로 쓴 속살일 수 있는 까닭이다. 아니면 방쏘사절단에게 필요 영화 기구와 설비를 '요청'했다는 사실을 추민이 월북한 뒤 영화동맹으로부터 듣고 알고 있었을 경우도 가능하다. '내가 들어 알고 있는 바와 같이'와 같은 말마디가 생략되었다고 보는 읽기다.

이런 변수를 받아들이더라도 방쏘사절단에 '요청'을 했던 주체의 정체 시비보다 한 걸음 더 앞선 전제로 놓여 있는, 신불출과 추민이 '같이' '도북'했다는 기록에는 영향을 끼치지 않는다. 그런데 이를 두고서 다른 뜻풀이가 이루어질 수 있다. '같이'가 '동반 월북'이 아니라 '비슷한 시기에', 또는 '같은 경우' ― 곧 국제극장에서 벌였던 태극기 모욕과 같은, 남한을 향한 체제 이반적인 됨됨이로 함께 논란에 휩싸였던 ― 로 말미암아 정도의 뜻으로 느슨하게 읽을 수 있는 까닭이다. 그럴 경우라면 신불출과 추민의 월북 시기를 굳이 묶어서 다룰 필요는 사라진다. 추민은 8월 이전에 먼저 월북했고, 그 뒤 10월 무렵 신불출이 월북했다고 볼 수도 있다.[43] 신불출의 월북 시기

---

42 『민성』통권 제14호, 앞의 책, 23쪽.

43 현재로서 추민에 관련한 논의는 김명우가 오로지하다. 그이에 따르면 추민은 서울에서 조선영화동맹 서기장을 지내다 "1946년 말 월북"했다. 북한에서 전후 시나리오창작사 주필과 국립영화촬영소 총장 일을 맡았다. 추민은 1946년 영화동맹 주최의 '6·10만세운동' 기념행사 사건으로 신불출과 함께 군정재판에 넘겨졌다. 이 사건이 월북의 계기를 만들었다. 그리하여 이미 앞의 각주 41)에서 말한 바와 같이 1946년 11월 경상·전라·충청의 시위에 대한 문화인 시찰단 가운데 한 사람으로 떠난 뒤 다시는 서울에서 볼 수 없었다. 김병우는 11월 남쪽 시찰단 파견 때 추민이 북

실증에서 달라질 일은 없다.

현재로서 월북과 관련해 신불출과 추민, 둘 사이 관계를 두고 드러난 더 꼼꼼한 정보는 없다. 따라서 "지난번에 북조선문화사절단 편으로" '요청한'이라는 말마디의 주어는 '나' 곧 추민이 아니라고 보는 게 마땅하다. '요청한' 주어는 추민 자신까지 아우른 '우리' '영화동맹'의 동지거나 동맹 자체다. 이 경우라면 신불출과 추민의 '동반' 월북도 문제가 되지 않는다. 따라서 앞에서 새로 드러난 우리쪽 기록으로 본 바와 같이, 신불출의 월북 시기는 1946년 6월 공판을 받고 풀려난 다음 11월 현재 평양에서 대중 상대 만담 공연을 할 수 있을 정도로 체제 편입이 이루어지기에 필요한 최소한의 기간, 늦어도 1946년 10월 어름까지로 좁혀진다. 이미 알려져 온 1947년 월북보다는 앞쪽으로 당겨졌다. 그렇다 해도 정확하게 시기를 특정할 수 없다는 점은 한결같다. 그렇다면 신불출의 월북 동기와 시기를 북한에서는 어떻게 다루고 있을까?

① 해방 후 그의 작품은 주로 미제와 리승만 도배의 죄악상을 폭로하는데로 돌려졌다. 그는 해방 직후1946년 서울 명치좌에서 「리승만 박사와 개구리」란 주제로 미제와 리승만의 반동적인 정책을 풍자하다가 리승만 도배의 테러를 당하였으며 10월 인민항쟁 끝에 체포령이 내리자 북반부로 넘어왔다. 그때로부터 이날까지 10여 년간 그는 조선 중앙방송국 마이크를 통하여

— 신흥순, 「신불출과 그의 풍자예술」 가운데서

② 그의 작품들이 반미, 반괴뢰적인 색체가 강한 것으로 하여 그는 「리승만 박사와 개구리」 공연 중 테로도 당하였으며 10월인민항쟁 때에는 경찰에 끌려가 감옥살이까지 하였다. 그 과정에 그는 아무리 자기의 재능이 좋아도 그것을 품어주고 꽃피워주는 진정한 품이 없이는 자기의 꿈을 실현할 수 없다는 것을 뼈저리게 느끼며 저주로운 남녘

한으로 올라간 것으로 보았다. 추민은 그 뒤 1958년 소련에 머물고 있었던 영화전공 북한 유학생의 집단망명 사태 뒤 그 책임으로 숙정되었고 다시 복권하지 못했다고 썼다. 김명우, 「추민의 해방 후 영화 활동에 관하여」, 『근대서지』 제30호, 근대서지학회, 2024, 740~743쪽.

땅과 결별하고 어버이 수령님의 품에 안기였다.

— 최륙군, 「재능있는 만담가 신불출」 가운데서

③ 주체 35년[1946] 6월 그는 '명치좌극장'에서 미군정의 야수적인 식민지 통치를 풍자적으로 폭로 규탄하는 만담 「리승만 박사와 개구리」에 출연하였다가 백주에 반동들의 살인적 테로를 당하였으며 대중적인 10월 인민항쟁 때에는 미제의 군정재판에까지 회부되였다. 적들의 폭압이 심하면 심할 수록 그의 반미감정, 애국정신은 더욱더 굳어졌다. 그후 신불출은 적들의 탄압 책동을 박차고 인민의 참된 삶이 꽃펴나는 공화국 북반부로 넘어왔다.

— 소희조, 「만담의 재사 신불출」 가운데서

④ 남조선을 강점한 미제와 리승만 괴뢰통치배들의 폭압은 그로 하여금 다시 풍자의 무기를 들고 나서게 하였다. 그는 만담 「리승만 박사와 개구리」, 「여우의 자살 사건」 등을 창작하여 미국놈들과 리승만 역도를 통쾌하게 풍자하였다. 이에 겁을 먹은 반동들은 그에 대한 체포령을 내렸다. 그리하여 신불출은 암흑의 남녁 땅과 결별하고 위대한 수령님의 자애로운 품으로 찾아오게 되였다.

— 송영훈, 「신불출과 그의 창작」 가운데서

신불출의 재북 당대, 그것도 그이를 다룬 가장 이른 2차 담론인 신흥순의 ①은 신불출의 월북을 1946년 10월 1일 경북·대구에서 시작된 병술대구사태로 말미암아 내린 '체포령'을 벗어나기 위한 보신책이라 썼다. "10월 인민항쟁 끝에 체포령이 내리자" 월북한 것이다. 그러니 월북 시기는 10월이다. 병술대구사태는 처음 대구에서 비롯했으나 점점 커져 충청도를 거치고 이어 경기도와 황해도 쪽으로 넓혀졌던 사건이다.[44] 경기도 쪽 시위는 10월 20일부터 비롯했다. 신흥순이 쓴 대로 "10월 인민

---

44 병술대구사태는 '영남사건'에서 비롯해 '10월대구사태', '대구폭동'을 거쳐 북한의 '10월인민봉기', '10월인민항쟁'에 걸쳐 일컬음에 편차가 크다. 그만큼 시위 발생 원인과 경과, 처리에 있어

항쟁 끝에 체포령이 내리자 북반부로 넘어왔다"는 말을 그대로 받아들이고, 그 일로 신불출에 대한 체포령이 내렸다 하더라도 시기는 10월도 하순에 이른 때로 다시 밀린다. 당장 11월 평양 예능사회의 안정적인 공연 활동이라는 조건과 맞아떨어지기 어려운 시점이다.

따라서 "10월 인민항쟁 끝에" 내린 '체포령'으로 말미암아 북한으로 넘어왔다는 기술은 다른 뜻을 지녔다고 보는 게 마땅하다. 일찌감치 1946년 3월 경북 영주에서 겪었던 자신의 폭행 사건과 실마리를 잇댄 부풀린 표현일 가능성이 그것이다. 왜냐하면 자신이 '곤욕'을 겪었던 영주와 그 여러 달 뒤인 10월 병술대구사태의 진원은 경북·대구 지역으로 한 곳이다. 같은 진원인 둘을 하나로 엮음으로써 이른바 '리승만' '역도'들로부터 받았다는 자신의 박해 정황을 더욱 키우고, 월북의 정통성을 강화할 수 있다. 의도적 재구성이 가능한 일이다. "10월 인민항쟁 끝에 체포령이 내리자 북반부로 넘어왔다"는 신흥순의 ①을 그대로 따르기 어려운 까닭이다.

그런데 이러한 ①의 입장은 그 뒤 한참 세월이 흐른 뒤인 ②·③에서 되풀이한다. 그 둘 사이에 놓인 최창호2002가 "해방 후 공화국 북반부로 입북하여"[45]라 두루뭉술 다루고 넘어간 처리와는 다르다. 거기다 남한에서 박해를 불러오게 했다는 작품명까지 새로 밝혔다. 「리승만 박사와 개구리」가 그것이다. 제목으로 보아 우리에게 알려진 태극기 모독 사건과 얽혔을 작품은 아니다. 오늘날 볼 수 있는 북한의 신불출 논의 가운데서 가장 늦은 ④ 송영훈에서는 다시 최창호와 비슷하게 넘어갔다. "리승만 괴뢰통치배'의 '체포령'에 따라 "암흑의 땅과 결별"했다는 정도다. 흥미로운 점은 체포령을 불러오게 빌미를 준 작품명을 더했다는 사실이다. 「리승만 박사와 개구리」

서 이념차가 뚜렷하다. 그럼에도 그것은 우리 겨레가 겪고 있었던 광복 초기 어려움과 난맥상이 대구 지역을 중심으로 솟구친 것이라 할 수 있다. 경기도, 황해도에 걸친 시위는 주로 서울과 인천 둘레에서 일어났다. 서울과 인천에서는 경찰과 미군정이 강력했던 까닭이다. 미군정은 서울로 불붙는 시위 확대를 걱정했으나 그런 일은 일어나지 않았다. 처음 대구에서 시작한 병술대구사태는 경기도 북부와 황해도로 넓혀지면서 시위는 소규모였으나 조직적이며 체계적인 유격전 모습을 띠었다. 박태일, 「한매 이윤재와 가족의 비극」, 『문예연구』 가을호, 문예연구사, 2024, 300~301쪽.
45   최창호, 앞의 책, 255쪽.

에다 「여우의 자살 사건」을 붙였다.

　이렇게 보자면 신불출의 월북 동기를 두고서 북한에서는 한 가지로 좁혀지지 않는다. 그럼에도 뚜렷한 점은 신불출 생시든 사후 복권된 시점이든 신불출의 월북, 곧 '어버이 수령' 품에 안긴 이야기는 감동적이고 정당해야 하리라는 사실이다. 그것은 신불출뿐 아니라 북한 중앙도 바라마지 않을 일이다. 그런 까닭에 신불출 월북 시점인 1946년의 병자대구사태, 곧 남한에서 일어난 첫 무장 인민 봉기라 칭송하는 '10월인민항쟁'으로 신불출이 남한에서 견디기 힘든 박해를 받다 그곳을 벗어나 마침내 북한 '어버이 품'에 안기는 월북 '의거'는 참으로 마땅해 보이는 줄거리다. 따라서 거듭하거니와 병자대구사태로 말미암은 체포령을 벗어나기 위해 신불출이 월북을 했다는 기록은 따르기 힘들다. 그렇다 하더라도 월북 시기가 늦어도 10월 어름인 점은 달라질 일이 아니다.

　대중의 인기가 드높고, 월북에 따른 체제 선전 효과가 큰 명망가가 신불출이다. 그이의 월북 사실을 한 달이고 두 달이고 늦추면서 사상 검증과 체제 편입 과정을 거칠 필요는 없었겠다. 추민과 함께 신불출이 3·8선을 넘고 해주를 거쳐서 평양에 올라가 공개되는 과정 시간은 그리 길지 않았을 것이다. 그리고 11월 신불출은 평양 예능 사회에 온전히 진입해 대중 상대 무대에서 재능을 마음껏 선뵐 수 있었다. 신불출의 월북 시기를 두고 앞쪽에서 글쓴이는 새로 찾은 기록들을 터무니로 빠르면 1946년 7월부터 늦어도 10월 사이로 좁혔다. 그 안쪽 어디라 특정할 수 없었다. 그런데 신불출 생존시에 그것도 가까운 인사였던 신흥순에서부터 10월 월북설로 좁혀져 왔다. 북한의 신불출 논의에서 거듭한, 병자대구사태와 연관시킨 월북 동기는 젖혀 두더라도 월북 시기는 참일 가능성이 높다. 새로 찾은 우리쪽 기록뿐 아니라 북한 쪽 기록을 따져보더라도 신불출의 월북 시기는 1946년 10월 무렵이 마땅해 보인다.

　우리쪽 신불출 관련 기사는 『민성』의 것을 이어 몇 달 뒤 다른 잡지에서도 볼 수 있다. 광복기 대표적인 반공 언론 매체 『이북통신』의 8·9월 합병호가 거기다.

　작년에 현대일보사 주최로정간전 경상도를 순회 만담을 하다가 경북 안동, 의성 등지에서 애국 청년한테 구타를 당하고 또한 거년 6·10만세운동기념일 축하 행사로 서울 국제극장에서 개막하였을 때에도 관중의 공분에 구타당하여 시내 모 병원에서 수 주일 간 치료를 받다가 그후 자기들의 '수윌홈' 이북에 갔다. 북조선에 와서 보니 공산당이 선전하는 것과는 정반대이고 너무나 기대에 어그러져서 낙심천만하여 침묵을 지키고 있던 차 북조선인민위원회 탄생 2주년을 마지하여 민청원들이 숙소로 찾어와 부탁하기에 할 수 없이 승락하였다. 신 씨의 숙소는 전 삼근여관인 고려호텔조만식 선생이 감금당하고 계신 곳에 장류長留하고 있었다.

평양 시내의 대극大劇에서는 『북조선』이라는 우리 말로 된 영화를 상영하는 그 중간에 막간으로 신불출 만담을 하기로 되었다. 특히 수 주일부터 만담왕 신불출이가 특별 출연이라 하여 성내의 인기는 이곳에 집중되어 그날은 수 시간 전부터 대만원이였다.

— (줄임) — 그 다음에는 서울 국제극장에서 하던 만담과 같이 「아리랑 고개」(내용 생략) 이야기와 백의민족의 정신인 국기를 모독하는 말로서 태극기의 홍의紅儀는 공산당이고 청의는 친일파, 민족 반역자, 반동 분자가 모인 것이고 주위의 사괘四卦는 연합국이라고 규정하였고 신탁 통치는 아모래도 받어야 하고 또한 요사이 남북을 통하여 가가호호에 게양한 태극기를 볼 때 홍의에서 빨간 물이 흘러서 청의를 빨았게 물들여진 기빨이 많은 것만 보아도 공산당이 우세하고 장차 공산주의가 틀림없이 승리한다는 것을 증명하는 것이라고 말하였다.

이런 말을 하고 나서 또 의기 왕성하여 무엇이라고 말할려고 할 때 앞줄에 앉어 있던 청년 두 명이 비호같이 무대 위에 달려들어 머리로 한 개 받고는 뒤로 나가 떠러지는 것을 이편에 섰던 청년이 군화 발낄로 머리통을 차서 실신하였다. 그러자 경비대가 내임하여

— (줄임) —

신 씨는 지금 평양에 있는지? 풍설에는 서울에 왔다는 말도 있고?

(최 통신원)

— 「만담가 신불출이를 이북에서도 구타?」 가운데서[46]

---

46   『이북통신』8·9월 합병호, 삼팔사, 1947, 23~24쪽.

『이북통신』 저작권지에 따르면 8·9월 합병호는 8월 15일과 9월 15일, 둘을 발행일로 올렸다. 기사 「동지회람판」에서 '오는' 9월 12일은 동지 "고 B·K 동지의 기일"이라 썼다.[47] 두 달치 합병호가 9월 12일보나 앞서서 낼 것을 전제로 한 표현이다. 따라서 『이북통신』 8·9월 합병호는 늦어도 9월 15일 이전, 빠르면 8월 15일쯤 나왔을 수 있다. 그에 앞서 북한 쪽 정보와 사정을 듣고, 연락을 받아 기사를 썼다는 뜻이다. 1947년 7월 무렵 신불출의 북한 체류가 확인된다. 그런데 신불출이 만담 공연 섭외를 받았다고 쓴 자리는 '북조선림시인민위원회' 두 돌을 기리는 행사였다. 1947년 2월 9일을 앞뒤로 한 때다. 그러면서 "수 주일부터 만담왕 신불출이가 특별 출연"한다고 알려졌다. 적어도 2월 9을 앞둔 "수 주일" 앞서 신불출이 공연 제의를 받았다는 뜻이다.

1947년 2월 초순 신불출의 평양 공연과 그 행사 때 우익 청년들로부터 구타 사건이 다시 벌어졌다는 이 기사가 실린 시기는 빨라도 가장 먼 발행일인 8월 15일이다. 그 사이 "특별 출연" 광고가 이루어졌을 "수 주일"은 젖혀 두고라도 다섯 달 어름이나 앞선 지난 날 사건 기록이다. 북한 사회주의의 급박한 전개 과정으로 볼 때 젊은 '우익' 청년이 죽음을 각오하지 않으면 신불출을 향해 공연 무대에 올라가서 폭행을 저지르기 어려울 무렵이다. 게다가 다섯 달이나 뒤 늦은 기사가 지닌 무게는 사건의 참 거짓과 관계 없는 곳에 실렸음을 짐작하게 한다. 곧 기사의 주제는 의기양양 월북했으나 자신의 뜻과 달리 "너무나 기대에 어그러저서 낙심천만"한 상태로 살고 있는 명망가 신불출의 낙담과 후회막급할 정황을 알리고 그이를 조롱감으로 삼고자 한 데 있다. 그런 일에 남북 두 곳 모두에서 한결같이 '애국 청년'으로부터 받은 폭행이 줄거리를 마련해 주었다. 그러하니 끝에 "신 씨는 지금 평양에 있는지? 풍설에는 서울에 왔다는 말도 있고?"라는 물음으로 글을 맺은 마무리가 자연스럽다. 기사 속살의 참거짓에 크게 책임없다는 식의 얼버무림인 까닭이다. '최 통신원'이라 밝힌 기자 스스로 자신의 기록이 참에 바탕을 둔 기록이 아닐 수도 있다는 암시를 담은 표현이다.[48]

---

47 『이북통신』, 위의 책, 2쪽.
48 조은정은 『이북통신』이 북한 출신 가운데서도 반공주의가 내면화한 이들과 이해 관계가 맞아 서로 공모 관계를 이루며 인적, 물적 토대를 마련한 매체라 보았다. 북한 상황을 알리되 자신들의

다른 흥미로운 점은 「만담가 신불출이를 이북에서도 구타?」는 이른바 국기 모독 죄를 저질렀다는 신불출 만담의 속살을 알려 주는 데 있다. 경북 영주와 서울 국제극장에 이어 북한에서도 신불출이 비슷한 줄거리의 만담을 벌였다. "요사이 남북을 통하여 가가호호에 게양한 태극기를 볼 때 홍의에서 빨간 물이 흘러서 청의를 빨았게 물들여진 기빨이 많은 것만 보아도 공산당이 우세하고 장차 공산주의가 틀림없이 승리한다는 것을 증명하는 것"이라는 이야기가 그것이다. 남한에서 폭행을 불러오게 만들었던 만담의 속살[49]을 『이북통신』의 평양 통신이 새삼스럽게 들려준다.

1947년에 들어 월북 만담가 신불출은 북한에서 여러 만담 공연을 벌였을 것임은 『민성』이나 『이북통신』을 빌려 알 수 있다. 다른 여러 활동도 겹쳤을 터다. 『활살』 편집위원 자리도 그 가운데 하나다. 북한 '조선민주주의인민공화국' 수립과 함께 로동신문사에서 냈던 『호랑이』가 만화잡지사로 떨어져 나오면서 이름을 개편, 확대한 매체다. 책임 주필도 태성수에서 조선의용군 출신 화가 장진광으로 옮겼다. 사회주의 국가로서 정당성, 소련 원조에 힘입은 산업화와 공업화, 관료주의와 제국주의를 풍자하는 만화를 중심으로 담은 잡지였다.[50] 그런 곳의 편집위원이었다 하나 신불출이 맡은 역할은 크지 않았을 것이다. 전전기 평양에 머물고 있었던 연변의 겨레 소설

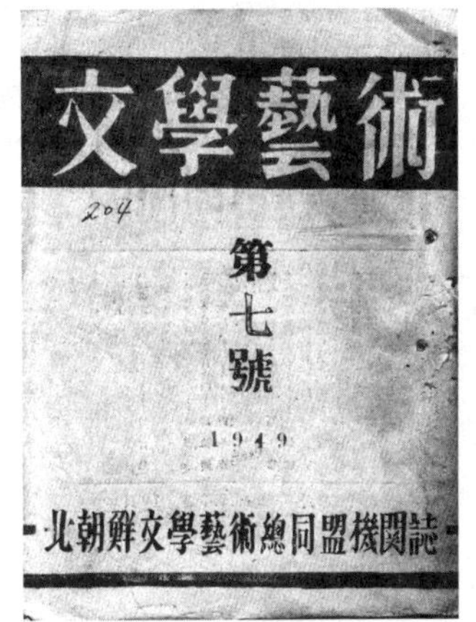

시 「령마루의 밤」이 실린 『문학예술』

정치 지향에 맞춰 왜곡도 개의치 않는 편집 방향을 보여 주었다. 『이북통신』이 창간 초기부터 신불출·문예봉·최승희와 같은 유명 예술인이 월북 뒤 어떻게 살고 있는지 소개하는 기사로 읽는이의 흥미를 자극하면서 그 안쪽에서는 거의 모두 선동에 이용당하거나 핍박받고 있다는 논조였던 까닭이 그로부터 말미암았다. 조은정, 「풍문으로 들었소, 『이북통신』을 경유한 북조선」, 『역사비평』 142호, 역사비평사, 2023, 84·87쪽.

49   이를 두고 신불출과 절친했던 고설봉은 아래와 같이 썼다. "언젠가 서울 중앙극장에서 만담을 할 때였다. 태극기의 태극 무늬 윗부분은 빨강이고, 아래 부분은 파랑인데, 결국 빨강이 파랑을 누르게 될 것이라고 하였다. 그는 시도때도없이 우익 정치를 비방하였다. 그러자 우익청년들이 가만히 있을 리가 없었다. 그가 만담을 하는 자리에서는 예기치 않은 테러가 잦았다." 고설봉, 「연극배우에서 만담가로 변신한 신불출」, 『빙하시대의 연극마당 배우세상』, 이가책, 1996, 167쪽.

50   홍성우, 「혁명과 풍자―1950년대 북한만화와 『활살』」, 『근대서지』 제23호, 근대서지학회, 2021, 624쪽.

가 김학철도 잠시 이름을 얹은 매체다.

그런 가운데서 드물게 문필 활동을 선보였다. 1947년 7월『문학예술』에 실은 시 「령마루의 밤」이 그것이다. 현재 드러난 것으로는 재북 시기 신불출의 첫 발표 작품 이다. 정관철·정률·안함광·한봉식·동승태·박웅걸과 같은 이가 그림으로 또는 글 로써 지면을 함께 채운 곳이다.

여기는
지리산!

바람도 사나운 밤길을 뚫고
장엄한 전투에서 도라오는 동무들이

산으로
산으로
빗탈을 돌아
쌍바위를 만나면
반기는 다방솔 휘여잡고 오르고
첩첩 연봉連峰 도라드러
천공天空에 소슬 듯
드높은 령嶺마루에 올라
불 붙은 가슴들을
활짝 열었다

― (줄임) ―

령마루의 봉화는

이 날 따라 더 높이 훨훨 타올라

김 장군을

다시 우러르는 만세 소리에

일곱 동무들도

신이 나서 신이 나서 춤을 추던 밤

만치 잡던 손아귀에

총자루도 가볍게

원쑤를 노리고 내닫는 발길

원한의 남촌南村 지서支署

캄캄한 뜰 앞

그것은 돌격 직전의 순간이었다

미제의 개가 되어 국토를 무러뜯는

역도逆徒 리승만의 앞잽이들이

또 다시

학살을 시작할 때다

악을 쓰고 번쩍이는 살륙의 칼날 아래

잡혀간 어린 학생들 어린 학생들

억울한 주검 앞에

저항하는 소리

아하 골수에 사못치는 그 소리

이 나라 땅 우에 한 조각 돌멩이까지도

이를 갈어붙이고

침략의 야만을 겨누나니

휘잡은 수류탄 갈겨 던지며

적진으로 우리는 날아 들었다

허공을 잡어 찢는 폭음 속으로

거문 무리 휘날려 꺽구러지고

원한의 지서支署는 불길 속에 무쳤다

중천하는 화광火光

— (줄임) —

오오 일곱 동무—

너이들은

진정

무서운 영용英勇을 떨쳤느니라

빛나는 위훈偉勳을 세웠느니라

온 마을이 뒤짚여 일어나

미군을 모라내자!

구호 함성 하늘을 치받칠 제

찾어 안은

어린 학생들 부모 품에 도라가건만

일곱 동무야

너이들은 어데로 갔느냐

아모리 기다려도

이제는 도라오지 못할

령마루의 밤은 깊어만 가는데

— (줄임) —

령 넘어 령 넘어
령마다 봉화는 더 높게 오르고
고난 속에 살어온
인민의 아들 딸이기에
조국의 통일과 자유와 영예를 위하여
민주 전선 철벽 진두에 힘차게 나서
적의 마지막 한 놈이 꺽구러질 때까지
우리 모두
힘차게 싸울 뿐이다.

여기는
지리산!

동지들이 파무친 산천을 스쳐
나무 잎새 바람에 푸드겨 나라오르고
살어 있는 형제들의 뼈 아푼 소리가
숲속으로 스미는 듯 지새가는 밤인데

북방 하늘에
총총한 별들이
눈부신 격려를 보내는구나

"사나운 밤길을 뚫고 / 장엄한 전투에서 도라오는 동무들"을 그려 담은 장시풍 작품이다. 전투에서 이미 일곱 동무를 잃은 걸음이라 비통을 벗기 힘들다. 광복기 북한 시에서 남한을 글감으로 삼은 경우는 많지 않다. 그런 가운데서 잦은 유형은 남한 유격대를 향한 격시다. 그 경우 한라산과 두류산지리산 유격대가 중심 대상이다. 이들은 남한의 정세 변화에 따라 바탕 장소가 한라산[52]에서 시작하여 두류산으로 옮겨가는 흐름을 보여 준다. 신불출의 「령마루의 밤」은 두류산 유격대를 다룬 것 가운데 1편이다. 그럼에도 여느 작품과는 틀에서부터 다르다. 유격대의 투쟁상이나 그 경과에 초점을 두지 않았다. 달리 신불출의 작품은 동료 병사의 죽음을 기리는 진혼시의 맥락을 지녔다. 많지도 않은 두류산 유격대 격려, 찬양 작품 가운데서도 죽은 전우에 대한 애도나 비통을 담은 셈이다. 비록 깊다고 하더라도 전투 주체에게 의욕과 영용을 불러 일으키는 데에는 한계가 따를 수밖에 없을 정감이다. 남한 유격대를 향한 시인의 소극적이거나 피상적인 이해가 빚은 결과라 말하더라도 부정하기 어려운 됨됨이다.

「령마루의 밤」에서 강조되는 것은 "김 장군을 / 다시 우러러는 만세 소리에" "신이 나서 춤을 추던 밤"이나, "미제의 개가 되어 국토를 물어 뜯는 역도 리승만의 앞잽이들이" "살륙의 칼날"을 번쩍인다는 시줄, 또는 "조국의 통일과 자유와 영예를 위하여" "적의 마지막 한 놈이 꺽구러질 때까지"에서 보는 바와 같은 신불출의 이념 / 체제 소속이다. 두류산 유격대의 나날살이나 구체적인 경과와는 겉돈다. 그러다 보니 "온 마을이" 일어나 "미군을 모라내자!" 하늘을 치받을 만한 "구호 함성"을 외쳤다는 두류산 유격대의 구호는 공감과는 떨어진 자리에 놓인다. 바탕 장소 두류산이나 두류산

---

51 『문학예술』 제7호, 문화전선사, 1949, 96~105쪽.
52 한라산을 중심으로 다룬 제주도 무자제주참변(4·3) 문학에 관해서 글쓴이가 다룬 글은 아래와 같다. 박태일, 「북한 당대시로 본 '무자제주참변'」, 『한국언어문학』 제96집, 한국언어문학회, 2016, 179~216쪽; 「광복기 북한 '투쟁기' 속의 리덕구」, 『영주어문』 제38집, 영주어문학회, 2018, 93~130쪽; 안룡만 「동백꽃 우표」의 변이와 무자제주참변」, 『한국지역문학연구』 제22집, 한국지역문학회, 2023, 60~178쪽.

유격대의 전투 준비, 경과 그리고 그 뒷일로 이어지는 구체적인 사건 정황의 도움을
받지 못했다. 선언적인 말로써 진혼과 애도의 정서를 소리 높였을 따름이다. 작품 바
탕에서부터 굳이 두류산이어야 할 까닭이 보이지 않는 시가 되고 말았다.

밤도 이슥히 깊어

마을인민위원회 앞마당엔

쌀가마니 옷무데기 이불짐 무득히 쌓였다

한편에는 단지기 항아리에

간장 고초장 깨소금까지……

마을에는 장이나 선 듯

이고 진 사람들 웅성거려 나오고

짐 나를 황소들

달빛 아래 꼬리친다

두 줄로 열 짓는 지게 수송대

— 백인준, 「지리산 지구」 가운데서[53]

신불출의 「령마루의 밤」보다 몇 달 뒤 나온 백인준의 연작시 「지리산 지구」다.
1950년 2월 14일부터 19일까지 『로동신문』에 실렸다. 연작시니만큼 구체적인 사건
을 이음매로 유격대의 정황을 그려 담을 수 있었다고 넘어가고 말 일은 아니다. 시가
담고자 한 속살과 시인이 하나로 녹아든 상태를 보여 준다. 격정의 목소리만 거센 신
불출의 긴 「령마루의 밤」과는 다르다. 이러한 차이를 두고 신불출이 시라는 특정 갈
래에 중심을 둔 문필가가 아니라는 점을 짚을 수 있다. 그러나 월북 뒤 재북 시기 내
내 작가동맹의 시분과 정맹원으로 자리를 지켰던 신불출이다. 특장은 말놀이와 몸

---

53 『로동신문』, 로동신문사, 1950.2.16.

짓 연행을 중심으로 살았던 만담에 있었다. 그럼에도 「령마루의 밤」은 신불출이 북한 문학예술사회에서 겪었을 갈래 정위의 어려움을 미루어 짐작할 수 있게 만드는 본보기일 수 있다.

그런데 전쟁 앞까지 신불출은 시 「령마루의 밤」 말고도 3편을 더 내놓은 것으로 알려진다. 1949년의 것으로 「노구승만자탄가」_{신유행노래가락}와 「황금환장병」, 「황금환장병－인색 편」이 그것이다. 이들을 신불출은 광복기 북한의 대표 대남 비방 잡지 『태풍』에 실었다.[54] 글쓴이는 실물 확인은 할 수 없었으나 발표는 사실일 것이다. 제목으로 보아 「노구승만자탄가」는 노랫말로서 남한의 초대 대통령 이승만을 늙은 개에다 빗대 스스로 세상이 뜻같지 않음을 탄식하는 줄거리라 여겨진다. 만담으로 다룰 이야기거리를 줄여 노랫말로 담았을 것이다. 일찍이 광복기 첫 문필로서 「시처럼 된 시」에서 한 차례 보여 준 버릇이다. 나머지 「황금환장병」과 「황금환장병－인색 편」은 연작시로 여겨진다. 미국으로 대표되는 자본주의 경제 체제에 대한 비난일 것은 짐작하기 어렵지 않다. 남북 사이 이념, 사회 대립 위에서 남한 사회의 이른바 '대미' 굴종, 예속 '독재' 현실과 북한의 이른바 평화로운 '인민' '민주' 사회를 맞세운 틀거리도 짐작할 수 있다. 이렇게 미루어 볼 때 신불출은 재북 초기 만담 공연, 방송 자리에 서는 한쪽으로 만담의 요약본이나 줄거리라 할 법한 속살로 노랫말이나 시를 더 내놓았을 것이다.

54　「노구승만자탄가」, 『태풍』 제2권 제13호, 태풍출판사, 1949; 「황금환장병」, 『태풍』 제3권 제8호, 1950; 「황금환장병－인색(吝嗇) 편」, 『태풍』 제3권 제9호, 1950; 방선주 옮김, 『북한논저목록』, 한림대 아세아문화연구소, 2003, 622·654·655쪽.

3. 전쟁기 정훈 활동과 가락글

1950년 6월 25일 남침을 시작하자 인민군을 좇아 많은 '문화공작대'가 뒤를 따랐다. 6월 27일에 600명 남짓, 28일에는 400명 남짓 남으로 떠났다.[55] 새로 차지한 이른바 '해방구'의 선전, 선동과 조직, 관리를 위한 정치, 문화 일꾼들이다. 많은 작가, 예술인이 종군 형식으로 그들과 함께했다. "전선과 후방 생산 직장"과 "농촌에 파견되어 인민들의 생활 감정을 체득하며 인민"의 이른바 "영웅적인 행동을 형상화"하기 위해 '전력'했다.[56] 누구라 할 것 없이 자신의 몫과 일에 바빴을 전후방 체험은 창작의 핵심 밑거름이었을 터다. 어떤 작가는 손수 인민군으로 일선을 뒹굴었다. 어떤 군인은 전시기 현상 모집이나 문학예술 축전을 빌려 새 작가로 나서기도 했다.

그런 가운데 현장성 높은 명망 만담가 신불출이 놓인다. 전쟁 발발로 더 치열해진 선전, 선동 활동에서 만담은 중요 예능으로 몫이 컸다. 그 일은 임시, 이동 무대에만 그치지 않았다. 방송을 빌린 공연과 선무 활동은 훨씬 더 잦았을 것이다. 그러다 보니 떠도는 신불출 관련 정보 가운데 경인년전쟁 발발 뒤 신불출이 서울로 내려와 대남 선무 방송을 했다는 기록[57]이 자연스럽게 들앉았다. 그럼에도 정작 신불출의 개인 종군 연예 활동을 담은 1차 기록은 찾기 어렵다. 다만 2차 기록으로 전시기 신불출의 활동을 짐작할 수 있다. 『문학신문』 기사 「공훈배우 신불출」[1957]도 그 가운데 하나다. 이른바 "조국해방전쟁 시기" 신불출은 "모든 예술적 재능을" "오직 전쟁 승리에 바쳤다." "탄우와 포연을 헤치고 전선을 순회 공연하면서" "인민군 장병들을 증오의 정신으로 불러 일으켰으며 원쑤 격멸에로 고무"했다[58]고 썼다. 전선과 후방 이저곳을 옮겨 다니며 종군 정훈 예능 활동에 바빴을 신불출이다. 그 과정에 고향 개성과 황해도를 찾은 기록이 거의 유일한 1차 기록으로 눈에 뜨인다.

---

55 「해방된 지구로 문화공작대 4백여 명 또 출발」, 『로동신문』, 로동신문사, 1950.6.30.

56 「1951년도의 문학 작품들」, 『로동신문』, 로동신문사, 1952.2.13.

57 「신불출」, 『나무위키』(https://namu.wiki/w/%EC%8B%A0%EB%B6%88%EC%B6%9C).

58 「공훈배우 신불출」, 『문학신문』, 문학신문사, 1957.10.24.

지난 2월 23일 정든 고향 개성에 돌아온 만담가 신불출 선생은 시립극장과 영화관 및 개성 외곽 지구를 순회하면서 자미 있는 만담으로 많은 시민들을 위안 격려하였으며 교양 주었다.

특히 개성 상인들의 초대 석상에서 선생은 공화국의 올바른 시책을 알기 쉬운 말로 해설하여 그들에게 큰 감명을 주었다. 이와 같이 개성에서 큰 성과를 거둔 신불출 선생은 계속 개풍군 일대와 진서면 화선 지구까지 순회하여 광범한 지역에서 영농에 분투하고 있는 농민들과 전선에서 용감히 싸우는 군무자들에게 흥미진진한 만담을 하여 열렬한 환영을 받았다.

이리하여 8일간의 지방 순회를 끝마친 신불출 선생은 개성에 돌아와 각 방면의 요청으로 만담을 계속하고 있다.

—「신불출 선생, 가는 곳마다 대환영」[59]

전쟁기 『개성신문』 기사다. 이것은 신불출의 두 가지 문제에 대한 이해를 도와준다, 고향 변증과 전쟁기 만담 활동의 속살이다. 먼저 고향과 관련하여 "고향 개성에 돌아온 만담가 신불출"이라 써서 그이 고향이 개성임을 뚜렷이 했다. 그런데 출생지까지 개성인가 아니면 서울인가는 아직 논란이 남아 있다.

① 그는 가는 곳마다에서 이처럼 수많은 군중들의 열렬한 환호와 사랑을 받고 있다. 1907년 동지'달 서울 종로 한 모퉁이에 있는 조그마한 야장'간집 대문에는 새끼줄에 새'빨간 고추^{아들 낳았다는} ^{표시}가 달려 있었으니 그것이 바로 신불출의 출생을 알리는 표식이었다.

그후 야장'간 로동자인 그의 부친은 갓난 아들을 안고 개성으로 옮기였다. 이리하여 개성은 신불출의 유년 시대와 꿈 많은 소년 시절을 보낸 요람으로 되었다.

그는 어려서부터 이야기책들과 특히 웃음에 대한 책들을 탐독하였고 동리 로인들과

---

59 『개성신문』, 개성신문사, 1952.3.30.

자기 동무들 앞에서 재미있는 얘기'군으로서 총애를 받았다.

— 신흥순, 「신불출과 그의 풍자예술」 가운데서

② 신불출은 개성 태생으로 소년 시절을 야장'간에서 풀무질을 하며 자랐다. 그에게는 어려서부터 풍자적인 재질이 있었다. 그 재질은 곧 모순에 찬 일제 사회제도를 증오하는 데로 발전하였으며 동리 사람들이 모인 곳에서 일제와 그의 식민주의 제도를 풍자하군 하였다. 그리하여 동리 사람들은 그를 가리켜 신 삿갓이라고 불렀다.

이와 같이 어려서부터 풍자의 재능을 가진 그는 18세 때 벌써 무대에 나섰다.

—「공훈배우 신불출」 가운데서

③ 서울에서 태어나 개성에 이주하여 성장하였다.

— 최창호, 「신불출」 가운데서

④ 20세기 초에 개성에서 태여난 신불출^{본명 신상학}은 우리 나라의 재능 있는 만담가였다.

— 최륙군, 「재능있는 만담가 신불출」 가운데서

⑤ 신불출은 1907년 10월 22일 개성시 동본정의 가난한 가정에서 출생하여 5살에 부모를 따라 개성으로 이주하여 살았다.

— 소희조, 「만담의 재사 신불출」 가운데서

⑥ 신불출^{본명 신상학}은 1907년 10월 22일 개성시 동본정의 한 가난한 가정에서 출생하였다.

— 송영훈, 「신불출과 그의 창작」 가운데서

올린 ①에서 ⑥은 북한에서 나온 신불출 관련 논의 가운데서 출생지를 밝힌 자리만을 따로 보인 것이다. 하나같지 않다. ①은 가장 일찍 나온 신불출론인 신흥순의

최창호, 『민족수난기의 연극』 2(2002)

것이다. 신불출은 1907년 "서울 종로 한 모퉁이에 있는 조그마한 야장'간집"에서 태어났다. 그러다 일터를 옮긴 아버지를 따라 개성에서 자랐다. 서울 출생설이다.[60] 재북 시기 신불출과 가장 가까이서 재담, 만담 창작을 했던 이의 정보다. 그런데 신흥순에 이어 두 주도 지나지 않아 나온 기사 ②에서는 "신불출은 개성 태생으로 소년 시절을 야장'간에서 풀무질을 하며 자랐다"고 썼다. 서울 '태생'이라는 말이 쑥 들어갔다. 어린 신불출을 두고 마을 사람들은 "신 삿갓'이라고 불렀다"고 말을 더했다.

재북 시기 신불출이 왕성한 활동을 보였던 1957년 기록 ①, ②와 달리 2002년의 ③ 최창호에서는 짧게 "서울에서 태어나 개성에 이주"했다고 썼다. ①을 따른 셈이다. 다시 5년이 지난 기록인 ④에서는 "20세기 초에 개성에서 태여난 신불출본명 신상학"이라 적었다. 그런데 이 기술은 다음해 ⑤에서는 신불출이 "1907년 10월 22일 개성시 동본정의 가난한 가정에서 출생하여 5살에 부모를 따라 개성으로 이주하여 살았다"로 보다 꼼꼼하게 바뀌었다. '개성시'에서 태어나 "5살에 부모를 따라 개성으로 이주"하였다는 기술은 모순이다. 개성시 동본정은 오늘날 개성 '동흥동'이다. 이 월에서 '개성시' 자리만 빼버리면 신불출이 "5살에 부모를 따라 이주"했다는 사실만 남는다. 『개성신문』은 신불출의 "정던 고향"은 개성이라 썼다. 따라서 ⑤는 신불출이 '경성시의 가난한 가정에서 출생하여 5살에 부모를 따라 개성 동본정으로 이주'했다

---

60   엄현섭은 북한의 최창호(『민족 수난기의 연극』 2)를 터무니로 서울 출생설을 따랐다. 그와 달리 김경희와 이승희는 개성 출신으로 썼다. 엄현섭, 앞의 글, 323쪽; 김경희, 앞의 글, 146쪽; 이승희, 앞의 책, 183쪽.

로 바꾸면 바로잡힌다. 출생지를 두고 '경성서울'과 '개성' 사이에서 머뭇거림이나 혼란을 겪고 있었던 논자의 실수라 볼 수 있다. 지난 시절 ①과 그것을 자신의 글로 되쳐 옮기다 혼선을 일으킨 것이다. 그렇다고 해서 신불출의 서울 출생설이 사라지는 것은 아니다.

⑤보다 한 해 뒤인 2008년 기록 ⑥에서는 "개성부 동본정의 한 가난한 가정에서 출생"했다고 썼다. 신불출의 서울-개성 '이주' 부분은 아예 빠졌다. 이렇게 보면 신흥순의 ①과 ③만 젖혀 두면 같은 시기의 ②부터 한참 뒤 새 기록인 ④, ⑤, ⑥에 이르기까지 모두 신불출의 개성 출생설로 한결같다. 거기다 신불출의 생존 때 기록인 ①과 ② 사이에서도 '출생'지가 달라 혼선을 부른다. 이들 가운데서 재북 시기 신불출과 가장 가까웠을 신흥순의 기록 ①과 그 기록을 따른 ③, 그리고 그 둘을 따옮기다 혼선을 불러왔을 소희조 기술 ⑤가 더 참에 가까워 보인다. 왜냐하면 신불출의 개성 출생설은 될 수 있는 대로 남한의 그늘을 지우고자 하는 북한 쪽 쓰기 전략이 작용한 결과일 수 있기 때문이다. 서울에서 대장간을 꾸리고 살았던 신불출 집안이 서울에서 밀려나 개성으로 옮겨갔고 그에 따라 5살 어린 신불출의 개성 지연이 시작했다고 보는 줄거리가 마땅하다. 그렇다 해도 전쟁기 개성 지역 신문에서 신불출이 "정던 고향"으로 돌아왔다고 자랑스럽게 내세운 기술은 거짓이 아니다. 고향이란 출생지만을 뜻하는 것이 아닌 까닭이다.

출생지 시비와 함께 『개성신문』은 신불출의 전쟁기 정훈 활동까지 알려 준다. 그이는 개성 고향에 내려가서 개성 바깥 진서면 "화선 지구까지 순회"했다. 후방 선무 활동뿐 아니라 교착 상태에 있었던 '전선'에까지 나아가 "용감히 싸우는 군무자들에게 흥미진진한 만담을 하여 열렬한 환영을 받았다." 재미있는 사실은 비록 고향 개성 언론이라고는 하나, 신불출을 '선생'이라 일컬은 점이다. 그만큼 대중적 관심이나 존경을 받았음을 알 수 있다. 전선까지 둘러 8일에 걸친 순회 공연을 마치고 다시 개성으로 돌아와서도 신불출은 "각 방면의 요청"을 받아 거듭 만담회를 가졌다. 이로 미루어 전쟁기 내내 평양은 물론 지역 순회 방문과 공연이 잦았을 것은 뻔한 일이다.

그렇다면 전쟁기 동안 신불출이 내놓았던 작품에는 어떤 것이 있을까? 신흥순[1957]

은 월북 뒤 "10여 년간" "조선중앙방송국 마이크를 통하여" 「멸망 행진곡」·「여우의 자살 사건」·「판타령」·「한글 뜯어 먹는 리승만」·「호소문에 놀란대통령」·「정전 바람에 미친 개들」·「방아'간 정부」 등 "수 10편의 만담을" 지었다고 썼다. 거의 모두 전후 작품들이다. 만담 작품에서는 따로 전쟁기 것을 묶지 않았다. 그런데 글 끝머리에서는 달랐다. "전쟁 시기에는 「양키토벌가」·「쩔껵타령」·「천만의 말씀」 등등 풍자적인 노래들을 창작하였다"고 적었다. '노래' 갈래에서 전쟁기 3편을 따로 들었다. 이어진 「공훈 배우 신불출」[1957] 또한 신홍순과 같이 전쟁기와 전후기를 묶어 "이 시기 씌어진" 작품으로 「정신 세탁소」·「독 안에 든 양캐들」·「멸망 행진곡」·「호소문에 놀란대통령」·「철겨운 부채질」 등 "수 많은 풍자 만담극"을 들었다. 전쟁기 작품을 따로 나누지 않았다. 신불출 생존시 그이에 관한 두 논의를 빌려 전쟁기 작품은 '노래' 「양키토벌가」·「쩔껵타령」·「천만의 말씀」 3편만 드러났다. 그런데 최창호[2002]부터는 달라진다. 이른바 '조국해방전쟁시기' 작품을 따로 묶었다.

① 조국해방전쟁시기에는 반미 주제의 만담 「양키토벌가」와 「상심령」 등을 창작하였으며 전후에도 많은 만담을 창작하였다.

— 최창호, 「신불출」 가운데서

② 조국해방전쟁시기 그는 조선중앙방송위원회에 자리를 옮기고 화술 작품을 방송으로 내보내였으며 민요풍의 가사 「양키토벌가」, 「절껵타령」을 창작하여 싸우는 인민군 용사들과 후방 인민들을 전쟁 승리를 위한 투쟁에로 적극 고무하였다.

— (줄임) —

전쟁 시기의 작품들은 가사 「양키토벌가」, 「절껵타령」, 서정시 「령마루의 밤」, 「상심령」, 「새 조선의 노래」 등이 있다.

— 최륙군, 「재능 있는 만담가 신불출」 가운데서

③ 이밖에도 그는 가요 「양키토벌가」, 「절껵타령」과 서정시들인 「령마루의 노래」,

「잊지 않으리라」, 「상심령」, 「새 조선의 노래」 등 많은 작품들을 창작하여 전시 시가문학 발전에도 일정한 기여를 하였다.

— 송영훈, 「신불출과 그의 창작」 가운데서

최창호의 ①에서는 두 가지 문제를 안고 있다. 첫째, 「양키토벌가」 갈래 규정에서 보이는 잘못이다. 이 작품을 만담으로 본 것이다. 「양키토벌가」는 오늘날 원문을 찾을 수 없다. 다만 당대 『로동신문』 기사로 노랫말가사임은 확인할 수 있다. 전쟁기 1951년 한 해 동안 문학의 성과를 갈무리하는 자리가 그곳이다. 조선작가동맹 상무위원회에서는 작품 가운데서 '성과작'을 결정했다. 노랫말가사에서는 신상학의 「양키토벌가」가 신동철의 「정찰병의 노래」, 정서촌의 「고향의 어머니」, 리응태의 「즐거운 우리 분대」와 함께 '성과작'으로 뽑혔다.[61] 신불출이 본디이름 신상학으로 노랫말 「양키토벌가」를 1951년에 발표한 사실을 알 수 있다.

다른 문제는 「상심령」 경우다. 「상심령」은 최륙군의 ②와 송영훈의 ③에서 전쟁기 노랫말 가운데 하나로 올린 작품이다. 「양키토벌가」와 마찬가지로 오늘날 실재를 찾을 수 없다. 그렇다 하더라도 「상심령」은 「상감령」을 잘못 알고 쓴 것이다. '상감령上甘嶺'은 경인년전쟁기 이른바 '항미원조抗米援朝'를 명분으로 참전했던 중공군과 연합군이 치열하게 싸웠던, '철의 삼각지' 싸움터 삼각고지와 그 일대를 중국에서 일컫는 이름이다. 이른바 조국해방전쟁을 이음매로 북한 인민군과 중공군 사이 국제주의 친선과 '혈맹'의 우의를 상징하는 대표 장소로 거듭 강조되는 땅이름이다.[62] 신불출

---

61   소설에서는 최명익의 「기관사」와 임순득의 「조옥희」가 미군에 의한 "강점시 인민의 투쟁"을 잘 형상화한 성과작으로 뽑혔다. 「1951년도의 문학 작품들」, 앞의 글, 1952.2.13.

62   1951년 7월부터 휴전회담을 시작하면서 경인년전쟁의 진행은 전투 양상과 맞물리기 시작했다. 회담이 교착에 빠지면서 회담 주도권을 쥐기 위해 피아 치열한 전투를 재개했다. 회담이 순조로우면 전투가 잦아드는 현상을 되풀이했다. 이런 시기를 대표하는 전투가 상감령의 전투다. 우리 쪽에서는 저격능선이라 일컫는 곳이다. 저격능선은 삼각고지 동쪽에 자리한 538고지군을 일컫는다. 삼각고지는 강원도 철원군 오성산 남쪽 저격능선에서 서쪽으로 2킬로미터에 자리한 598고지다. 이 고지를 중심으로 북동쪽의 제인러셀 고지와 북서쪽 파이크스 봉, 남동쪽 샌디 능선을 합해 삼각고지군이라 하며 이를 모두어 삼각고지라 일컫는다. 이 지역을 저격능선이라 부르게 된 것은 1951년 10월부터다. 그 무렵 미 제25사단은 금화 지역으로 진출하여 중공군 제26군

이 전쟁기에 '상'이라는 이름이 붙은 '령'을 글감으로 작품을 썼다면 그것은 모름지기 '상심傷心'의 고개가 아니라 승리를 위해 '영용'하게 싸워 이겼다는 「상감령」일 수밖에 없다.

최창호의 ①에서 5년이나 흐른 2007년 『문학신문』 기사가 최륙군의 ②다. 신불출이 "만담 창작뿐 아니라, 시 가사들도 창작하면서 조선작가동맹 맹원으로도 활동"했다고 썼다. 그 다음 5편의 "전쟁 시기" 작품을 들었다. 1949년 작품 「령마루의 밤」을 전중기 작품으로 넣어 일찍이 1957년의 두 논의가 저지른 실수를 되풀이했다. 그것을 빼면 전중기 신불출의 시나 노랫말은 「양키토벌가」·「절컥타령」·「상감령」^{상심령}·「새 조선의 노래」 4편이 남는다.

②와 ③ 사이에는 옮겨놓지 않았지만 2008년에 나온 소희조의 「만담의 재사 신불출」이 있다. 거기에서는 신불출의 전중기 작품을 따로 떼어 다루지 않았다. 다만 '가사'와 '서정시' 작품을 들면서 전쟁기 작품을 아울렀다. 「경사났네」·「꽃피는 살림」·「모내기노래」·「새 조선의 노래」·「양키토벌가」·「철컥타령」·「천만의 말씀」에 걸쳐 7편을 든 '가사' 가운데서 「새 조선의 노래」·「양키토벌가」·「철컥타령」·「천만의 말씀」은 앞쪽 ②에서 전쟁기 작품으로 든 것이다. 「당신들은 궁금해 말라」·「령마루의 밤」·

단과 맞섰는데, 이 능선에 자리잡은 중공군이 538고지로 나아가는 미군을 저격하여 큰 피해를 입혔다. 미군은 이 고지를 스나이퍼 리지라 붙였고, 우리 쪽에서도 저격능선으로 부르게 되었다. 이 저격능선전투는 세 단계로 이루어졌다. 1952년 10월 14일부터 저격능선과 삼각고지에 대해 한국군 2사단과 미7사단이 전투를 벌인 뒤 물러나는 10월 25일까지가 제1단계다. 한국군 제2사단이 삼각고지를 빼앗아 두 고지에서 전투를 벌인 10월 25일부터 11월 5일까지 전투가 제2단계다. 한국군 제2사단이 삼각고지를 버리고 저격능선전투에 집중하는 기간으로 11월 5일부터 저격능선 전투가 끝나는 11월 25일까지가 제3단계다. 42일 동안 뺏고 빼앗기는 고지 쟁탈전을 거듭하며 장기화한 전투였다. 중공군은 이 저격능선과 삼각고지 일대를 묶어 '상감령'이라 일컫는다. 중국은 경인년전쟁을 맺으면서 1950년 11월 24일부터 11월 30일까지 청천강 유역에서 벌인 '제2차전역'과 '상감령전투'를 이른바 '항미원조전쟁'에서 거둔 으뜸 승리라고 올려 세운다. 옥규열, 「중공군의 상감령전투에 대한 재평가」, 『군사』 제46호, 국방부 군사편찬연구소, 2002, 31·37·42~43쪽. 중국에서는 저격능선전투를 두고 1953년 중편소설 『상감령』(인민문학출판사)을 펴내고 1956년에는 영화 『상감령』을 만들었다. '항미원조' 전쟁을 다룬 첫 영화로서 크게 성공했던 『상감령』은 그 뒤 이른바 '항미원조'를 다룬 많은 영화의 본보기가 되었다. 손혜민·최창록, 「『상감령』의 제작과정과 '사회주의 미학'의 감정이입 기제」, 『사이(SAI)』 35집, 국제한국문학문화학회, 2023, 171~206쪽.

「잊지 않으리라」, 3편을 든 '서정시'[63] 가운데서 「령마루의 밤」을 젖혀 둔 2편 「당신들은 궁금해 말라」·「잊지 않으리라」 또한 ②에서 전쟁기 작품으로 다루었다.

송영훈의 ③은 북한의 신불출 관련 북한의 논의 가운데서 맨 뒤에 나온 글이다. 만담 경우에는 따로 전쟁기 작품을 묶지 않았다. 다만 '가요'와 '서정시'에서 전쟁기 작품을 올렸다. 노랫말 「양키토벌가」·「절컥타령」과 서정시 「령마루의 밤」·「잊지 않으리라」·「상심령」·「새 조선의 노래」가 그들이다.

이렇게 보면 오늘날까지 북한의 신불출 논의에서 전쟁기 작품으로 알려진 것은 시나 노랫말임을 알 수 있다. 노랫말 「양키토벌가」·「절컥타령」·「천만의 말씀」·「상감령」·「새 조선의 노래」 5편과 시 「령마루의 밤」·「잊지 않으리라」 2편, 모두 7편이다. 이를 두고 볼 때 세 가지 짚을 일이 있다. 첫째, 1949년 시 「령마루의 밤」이 되풀이 전쟁기 작품으로 잘못 알려져 왔다는 사실이다. ②, ③에서 그것을 볼 수 있다. 둘째, 노랫말로 들고 있는 「상심령」 경우의 잘못은 앞에서 밝혔다. ①의 잘못을 ②, ③이 고스란히 이어받았다. 「상감령」으로 바로잡을 일이다. 셋째, 전쟁기 노래로 들고 있는 「절컥타령」이 안고 있는 문제다. 이름과 갈래가 한결같지 않다. 일찍이 신흥순에서는 「쩔컥타령」, 소희조에서는 「철컥타령」, ② 최류군과 ③ 송영훈에서는 「절컥타령」으로 적었다. 지은이 신불출은 뒷날 자신의 평론 「만담과 재담의 옳은 발전을 위하여」에서 「쩔걱타령」이라 썼다. 서로 다른 것일 가능성이 없는 한 작품을 두고 이름이 네 가지로 갈라진다. 뒤에서 다루겠지만 잡지에 발표할 때 작품명은 「쩔걱타령」이다. 이 글에서는 그 이름을 따른다. 게다가 ①, ②, ③에서 전쟁기 '가요'라며 빠뜨리지 않은 「쩔걱타령」은 뒤에서 밝히겠지만 전후기 1954년 작품이다. 게다가 갈래도 노래가 아니라 재담이다.

이러한 세 가지 문제를 짚으며 알 수 있는 것은 재북 시기 신불출의 작품에 관련한 이해에서 북한 쪽 논의자들의 실증적 훈련이나 이해가 많이 모자란다는 사실이다. 앞선 논의의 잘못을 버릇처럼 그대로 따른 경우가 곳곳에서 보인다. 이런 점은

---

63   소희조, 앞의 글, 28쪽.

신불출의 전쟁기 작품에만 걸리는 일이 아니다. 재북 시기 신불출에 관련한 논의 모두에 걸쳐 보다 꼼꼼하면서도 거리를 두고자 하는 조심스런 접근 태도가 필요함을 일깨워 준다.

살펴온 바와 같이 북한에서 파악하고 있는 전쟁기 신불출 작품은 모두 가락글, 곧 시나 노랫말이다. 만담은 볼 수 없다. 작품은 적지 않았겠지만 전쟁기 것만 따로 떼어서 밝혀 놓은 기록이 없는 탓이다. 그러다 보니 북한에서 밝힌 신불출의 전쟁기 작품은 신흥순에서 이름을 드러낸 노랫말 「천만의 말씀」에다 「양키토벌가」·「잊지 않으리라」·「상감령」·「새 조선의 노래」 모두 5편을 확인했다. 여기에 전쟁기 작품이라 밝히지는 않았지만, 소희조에서 전쟁기와 전후기에 발표한 작품이라고 올린 것 가운데서 글쓴이의 확인에 따르면 「모내기노래」·「당신들은 궁금해 말라」는 전쟁기 시 노랫말다. 그러니 전쟁기 작품 7편은 모두 가락글, 곧 노랫말과 시다.

(지방마다 있는 재래의 모내기 노래 곡조에 마쳐서 부른다)

모내길새 모내길세
늦어지던 건 내 걸세 어서 내자 에헤야

이 논배미 얼른 심구
저 논배미루 넘어가자 어서 내자 에헤야

애국의 정 한 맘 한 뜻
모를 심어두 한 옆자리 어서 내자 에헤야

—「모내기노래」 가운데서[64]

64　『민주조선』, 민주조선사, 1951.5.31.

「모내기노래」는 전쟁 승리를 위해 후방 농민들이 증산 투쟁에 몸 바쳐 애써야 하리라는 '후방보국'의 마음을 전래 민요 형식에 얹은 작품이다. 민요시라 일컬을 수 있다. 시인이 지닌 특별한 개성이 담길 만한 속살은 아니다. 우리 민요 모내기 노래는 주로 교환창으로 부른다. 그러나 신불출의 것은 그러한 형식까지 짜맞춘 노랫말은 아닌 듯하다. "이 논배미 얼른 심구 / 저 논배미루 넘어가자"로 묶인 둘째 토막에서 그 점이 더하다. 그런 다음 "어서 내자 에헤야"를 후렴처럼 되풀이하고 있다. 오히려 선후창에 걸맞은 꼴을 지녔다.

> 밝아오는 논벌 위에 못줌 들고 내려서면
> 만석지기 고향 벌이 예가 바로 전선일세
>
> 가로도 줄친 듯이 세로도 누빈 듯이
> 이 벌판을 고이 가꿔 풍년으로 나라를 덮세
>
> ― 홍종린, 「모내기타령」 가운데서[65]

경기도 파주의 월북 시인 홍종린이 쓴 모내기 노래다. 리천백이 곡을 붙였다. 첫 토막과 둘째 토막이 돌림 노래로서 형식을 잘 갖추었다. 거기다 표현 격조가 신불출에 견주어 높다. "만석지기 고향 벌"이 "바로 전선"이라는 말마디와 둘째 토막 "풍년으로 나라를" 덮자는 말씨는 후방의 증산 투쟁을 권고하는 시줄로서 넉넉하다. 신불출의 "이 논배미 얼른 심구 / 저 논배미루 넘어가자"와 같은, 모내기 일의 '선후'을 담은 단순 표현보다는 웃길이다. 시 갈래를 중심으로 활동했던 시인 홍종린과 만담이나 '만창'에 힘을 쏟았던 작가 신불출 사이 차이를 이런 본보기로 읽어낸다면 무리다. 하지만 시인으로서 신불출의 역량은 그리 높지 않다는 사실을 가늠하기에는 모자람이 없다.

---

65   『전시가요곡 200곡집』, 조선작곡가동맹중앙위원회, 1954, 75쪽.

『평화의 노래』(1952)

그런데 정작 전쟁기 신불출의 노랫말로서 널리 알려진 작품은 「양키토벌가」다. 다만 현재로서는 실물을 확인할 수 없다. 그러나 작품 실재는 앞에서 말한 바와 같이 1951년의 '성과작'으로 확인했다. 전후 들어 조완국은 전쟁기 북한 노래가요를 유형화하면서 되돌아 보는 글을 남겼다. "사상 감정의 주도적 성격에 따라" 전투 위훈의 가요, 풍자 가요만창, 서정 가요와 같은 셋이 그것이다. 이 가운데서 풍자 가요를 인민군은 '만창漫唱'이라 불렀다고 알려준다. 이러한 풍자 가요는 "인민군 용사들의 원쑤에 대한 불타는 증오, 원쑤 격멸 사상의 정서적인 직접적 발현"이다.

작품으로는 「양키토벌가」를 비롯해 「351고지타령」·「눈뜬 소경」·「주먹타령」·「월가 졸도 막 녹아난다」 들이 있다고 썼다. 그러면서 「양키토벌가」는 "난쟁이 왜놈"을 '눌러서' 잡고와 같은 표현이 들었다[66]고 풀이를 더했다. 말하자면 「양키토벌가」는 '풍자 가요' 곧 '만창'임을 알 수 있다.

흥미로운 점은 전쟁기 작품이라고 알려진 「양키토벌가」를 비롯해, 실증할 수 있었던 「모내기노래」가 전후 1954년, 전쟁기 노랫말을 갈무리한 『전시가요곡 200곡집』 조선작곡가동맹중앙위원회에 실리지 않았다는 사실이다. 신불출의 뒤를 이어 1950년대 만담, 재담가로 활동이 두드러졌던 신흥순의 노랫말까지 올린 책이다. 전쟁기 노래를 가장 많이 실은 데다, 전후에 바로 나온 것이어서 신불출의 노랫말이 모두 빠졌다는 사실은 생각을 더 나아가게 이끈다. 「양키토벌가」나 「모내기노래」 둘 모두 노랫말로서 매체를 빌려 발표되었으나 다른 작곡자를 얻지 못했을 수 있다는 짐작이다. 노래로서 불려지거나 불려지도록 악보를 더한 음악으로 매듭을 짓지 못했다는 뜻이다. 그 대

---

66 조완국, 「위대한 조국해방전쟁시기 인민 군대 내에서 창조 보급된 가요에 대하여」, 『문학연구』1호, 과학원출판사, 1963, 17쪽.

신 「양키토벌가」를 '만창' 형식으로 밝힌 것으로 보아, 신불출의 '풍자 가요'나 노랫말
은 개별 만담 사이사이 긴노래 또는 만담과 나란히 그때그때 신불출이 필요에 따라서
자신에게 익은 가락에 얹어 불렀을 가능성이 있다.[67] 전쟁기 대표 노래라 올려세우는
「양키토벌가」를 비롯한 신불출의 노래가 200곡이나 실은 『전시가요곡 200곡집』에
오르기 어려웠던 사정이 그로부터 말미암았을 것이다.

시 「당신들은 궁금해 말라」는 소희주나 송영훈에서 이름을 올린 작품이다. 다만
전쟁기 것이라 밝히지 않았을 따름이다. 이 작품은 1952년 공동시집 『평화의 노래』
문화전선사에 실렸다. 제목도 북한에서 알고 있는 바와 다르다. 이 시의 바른 제목은 「당
신들은 궁금해 하지 말라−아세아 및 태평양 지구 평화옹호대회에 부침」이다.

당신들은
'조선전쟁'의 운명을
궁금해 하지 말라

'유·엔군'의 군사 목표가
방글거린 채 잠든 어린 것들과
호박꽃 피여 걸린 마을 집들이라 해서
우선
놀라지 말아야 함은

그들이 바로
포로와도 전쟁을 할 수 있는

<hr>

67 지난 시기 재담을 소개하면서 신불출은 "노래 끝에 이야기가 나오고 이야기 끝에 노래가 나와 노
래와 이야기가 서로 내면적 련계를 가지고 유기적으로 반복되는 형식"을 든 적이 있다. 「양키토
벌가」를 비롯한 자신의 '풍자 가요'(만창)가 놓였을 한 자리를 암시해 준다. 신불출, 「만담과 재담
의 옳은 발전을 위하여」, 『무대 예술에 있어서의 계급투쟁』, 국립출판사, 1956, 81쪽.

'용감한' 군대이기 때문이다

희세의 '명장' 클라크 장군은
거제도 포로들과 전쟁을 하고 있다
지금은
적수 공권의 포로를 상대하기에
락하산을 타야 하며
방독 마스크를 써야 하며
기관총과 화염 방사기를 휘둘려야 하며
탕끄까지 동원해야 한다

그리고 그들은
'매우 힘든 로력'을 서로 위로하며
'매우 좋은 전과'를 발표함으로써
천하에
'기세'를 떨치고 있다

— (줄임) —

눈부신 햇살 어둠을 뚫어 뻗치며
평화의 거리
영롱한 비늘처럼 거느리신

쓰딸린

위대한 태양

쓰딸린

무너지는 마음들을 일으켜 주시기에
인류의 마지막 눈물을 씻어 주시기에
승리의 앞길을 휘황히 밝혀 주시기에
우러러도
우러러도

그냥 가까운
쓰딸린은 우리와 함께 있고
쓰딸린은 선두에 나아간다

일어선 인류의 물길이여
울려라
평화의 함성
폭음소리
더 높이 승리에로 울려라

검은 것 물러서는 자리에
억 년 푸름
우리들의 창공이 보인다
자유의 지평선이 보인다

조선의 승리를
당신들은
궁금해 하지 말라

시집『평화의 노래』는 '아세아 및 태평양 지구 평화옹호대회'를 맞아 그 기념으로
낸 공동 작품집이다. 경인년전쟁 과정에서 유엔군 깃발 아래 모인 자유주의 세계 연
대에 맞서 소련과 중국을 비롯한 사회주의 인접국은 여러 꼴의 국제적 '평화옹호대
회'를 열었다. 시집에는 김상오·리용악·리원우·민병균·안룡만·조기천·정문향과
같이 북한을 지역 연고로 지닌 시인뿐 아니라 월북 시인 곧 김귀련·리병철·림화[69]·
박세영·상민도 자리를 같이했다. 월북 만담가 신불출 또한 작가동맹 시분과위원회
의 정맹원 자격으로 그곳에 시를 올렸다. 장시에 가까울 정도로 숨길 긴 작품이다.
위에서는 그 가운데서 앞자리와 끝자리를 따 옮겼다. 작품 앞머리에서는 시침떼기,
곧 반어 기법을 끌어왔다. 웃음을 빚는 데 남다른 재능을 지녔던 신불출다운 방법 도
입이다. 그런데 뒤로 가면서 시침떼기에서 물러나 정색을 한 뒤 스탈린이 이끄는 사
회주의 제국의 승리를 부풀린 목소리로 외쳤다.

전쟁기 것이라 북한에서 밝힌 가운데서 실증할 수 있는 다른 작품은 「쩔꺽타령」
이다. 북한의 신불출 2차 담론 가운데서 가장 앞서 나온 1957년 신흥순에서는 이 작
품을 「양키토벌가」·「천만의 말씀」과 함께 "풍자적인 노래"라 했다. 그 뒤로 2010년
송영훈에 이르기까지 오랜 세월 신불출이 발표한 전쟁기 '노래'로 자랑스럽게 이름
을 올렸다는 사실은 앞에서 이미 짚었다. 그런데 전쟁기 발표작이라는 「쩔꺽타령」
원문을 전쟁기 매체에서는 찾을 수 없다. 대신 전후 1954년『대중문예』에서 확인된
다. 그것도 노래가 아니라 재담이다.

지난 날에 본 박춘재 문영주 두 분의 재담은 장구치고 소리를 하면서 주거니 받거니

---

68   『평화의 노래』, 문화전선사, 1952, 119~135쪽.
69   시집『평화의 노래』는 월북 뒤 림화의 작품 「청년들의 단결은 무적하다」를 소개하는 글쓴이 글
      에서 한 차례 알렸다. 박태일, 「임화의 전쟁기 시 이본 두 편」,『근대서지』제9호, 근대서지학회,
      2014, 516~545쪽.

하는 이야기로 사람을 웃기던 것인데 지금까지 기억나는 것은 「개타령」 「맹꽁이타령」 「바위타령」 「사설난봉가」 「병신난봉가」 등이다. 이것은 노래 끝에 이야기가 나오고 이 야기 끝에 노래가 나와 노래와 이야기가 서로 내면적 련계를 가지고 유기적으로 반복되 는 형식이다. 얼마 전 조선인민군 협주단에서 그와 같은 고전적 형식으로 된 재담 「쩔걱 타령」을 가지고 군대와 농촌으로 순회 공연을 하였는데 군대 전사들은 전례없는 환영 을 받았던 것이다. 특히 이러한 민족적인 형식으로 되는 재담은 실로 상상 외의 대단한 인기를 끌고 있는 것이 사실이다.

— 신불출, 「만담과 재담의 옳은 발전을 위하여」 가운데서[70]

뒤에서 다룰, 재북 시기 신불출이 1956년에 내놓은 유일한 만담 / 재담론 가운데 한 자리다. 재담 「쩔걱타령」「쩔걱타령」을 가지고 "군대와 농촌으로 순회 공연"을 하고 "전례없는 환영을" 받았다. 신불출은 그때를 "얼마 전"이라 밝혔다. 1956년 현재에서 세 해 앞쪽 일을 두고 "얼마 전"으로 쓴 셈이다. 사리에 맞지 않다. 작품 안쪽을 살피 면 외적 맥락으로서 1954년 4월 제네바회의를 다루고 있다. 북한 대표로 남일이 갔 던 회의다. 그를 두고 "이번 제네바회의"라 썼다. 이로 미루어 「쩔걱타령」은 전후기 작품, 그것도 작품 발표가 이루어진 1954년도 4월 작품임을 알 수 있다. 작품의 외 적 맥락과 발표 시기가 같다. 따라서 오래 동안 신불출의 전쟁기 '노래' 작품으로 되 풀이 이름을 올렸던 「쩔걱타령」의 발표 시기를 바로 잡는다. 전후 1954년에 신불출 은 '재담' 「쩔걱타령」을 내놓았다.

앞에서 본 바와 같이 전쟁기 신불출의 활동에 관해서는 많은 정보를 얻을 수 없었다. 그이가 문필을 업으로 삼은 이가 아니라 만담 / 재담을 전문으로 하는 구연 예능인이라 는 점이 그런 요인을 더하게 했을 것이다. 그런데 신불출의 만담과 재담 또한 여느 작가 의 시, 소설과 마찬가지로 사전 대본 검열을 거쳐야 했던 결과물이다. 그런 까닭에 문필 로 발표될 기회가 거듭 열려 있었음 직하다. 그럼에도 더 많은 작품을 확인할 수 없어 아

70　『무대 예술에 있어서의 계급투쟁』, 앞의 책, 80~81쪽.

쉽다. 실재가 기록으로라도 확인되는 신불출의 전쟁기 작품은 모두 7편이다. 「모내기노래」·「새 조선의 노래」·「양키토벌가」·「천만의 말씀」·「당신들은 궁금해 하지 말라―아세아 및 태평양 지구 평화옹호대회에 부침」·「잊지 않으리라」·「상감령」이 그들이다.

이들 가운데서 원문을 실증할 수 있는 작품은 노랫말 「모내기노래」와 시 「당신들은 궁금해 말라―아세아 및 태평양 지구 평화옹호대회에 부침」 2편에 그쳤다. 나머지 작품은 실물 확인을 할 수 없지만 거의 모두 만창이라 일컬었던 풍자 가요거나 전통 민요에 뿌리를 둔 가락글일 것이다. 전쟁기 활발했던 정훈 예능 활동은 전후 자신의 위치와 명성을 드높이는 데 큰 밑받침이 되었다. 1957년 「공훈배우 신불출」에서 밝힌, '최고인민상임위원회'가 신불출의 "공로를 찬양하여 1952년"에 주었다는 "국기훈장 3급" 상훈이야말로 그런 노력에 맞물리는 결과였다.

4. 전후 1950년대와 명성의 안밖

전후 북한 사회는 복구 건설을 핵심 과업으로 내세우며 전쟁의 상흔과 혼란을 딛고 일어서고자 애썼다. 전쟁기의 이른바 '전쟁영웅'과 마찬가지로 사회 모든 부문에서 '로력영웅'의 출현과 그에 못지 않은 헌신을 요구했다. 그것은 전후 인민경제 3개년 계획을 마무리한 1957년에 한 매듭을 지었다. 1958년부터 새로 인민경제 5개년 계획으로 걸음을 내딛으며 천리마 시기로 올라선다. 그에 따라 문학예술인 또한 "전후에 전변된 새로운 현실의 약동 속에서 전후 복구 건설 투쟁의 새 주인공들인 로력혁신자, 건설 투사"의 "전형을 창조하며 다양한 주제"로 "생동하는 현실을 형상화하는 데" 힘을 쏟았다. 그러한 "창조 사업의 발전"과 아울러 문학예술인의 수도 크게 자랐다. 1946년 3월 "문예총이 조직되던 당시" "전문적인 작가 예술인"은 "겨우 100명" 안밖에 지나지 않았다. 그러다 1954년 8월 현재 2,500명에 이르렀다.[71]

---

71 「문학예술」, 『조선중앙년감』(1954~1955년판), 조선중앙통신사, 1954, 458쪽.

이런 변화 속에서 이루어진 1954년 을유광복 9주년 기념 '전국예술축전'은 "인민 대중 속에서 장성 발전하고 있는 인민 예술의 찬란한 성과를 과시"하기에 모자람이 없었다. 연극·음악·무용·고전·곡예·스켓취 들과 같은 낱낱 부문에서 개인, 종합 경연과 '써클' 문예 작품 현상 모집까지 이루어졌다. 만담은 개인상 부분에서 성악· 고전 민요·기악·안무·무용·시 '랑송'·가극 연기·민속 예술·기마술과 함께 '음악 무용 부문 콩쿨'에서 시상을 했다.[72] 휴전을 앞두고 1953년 5월에 벌였던 '전국예술 경연대회'에서 만담이 경연 부문이나 시상에서 빠졌던 점과 달라진 점이다.[73] 전후 군중 예능 가운데 하나로 만담이 자리를 지키고 있음을 볼 수 있다. 다만 작가동맹의 하위 분과 창작이나 무대 예술과 같은 인접 갈래 안에서는 자리를 얻지 못했다. 그렇 다면 그 뒤로 전후기 북한 문학예술사회에서 만담이나 재담은 어떤 위치에 놓였던 것일까? 『조선중앙년감』의 해당 기록을 몇 해 좇아가 보기로 한다.

1954년에 만담 / 재담이 누렸던 자리는 1955년에 들어 더 뚜렷하게 굳어진다. 1955년 7월부터 8월 14일까지 평양에서 열린 "8·15 조선 해방 10주년기념 전국예 술축전"은 '기타' 경연으로 '재담 및 만담'을 '곡예'나 '무대미술'과 함께 의엿하게 한 자리 앉혔다.[74] 이를 두고 신불출은 "해마다 발전 일로를 걸어오던 끝에 드디여" "전 국예술축전을 계기로 해서 만담과 재담을 전문적으로 심사하는 분과위원회까지 생 길 정도로 자기 분야에 대한 사회적 면모가 형성"[75]되었다고 썼다. 그럼에도 작가동 맹의 문학 부문 조직 편제에서 만담 / 재담이 들어설 자리는 없었다.

그러다 1956년도 업적을 갈무리해 1957년 8월에 나온 『조선중앙년감』[1957년판]에서 는 사정이 달라진다. '만담, 재담, 방송극'이 한 묶음으로 작가동맹의 개별 창작 부문 으로 올라섰다. 만담 / 재담이 소설·시·가사·극문학·씨나리오·아동문학·평론의 성 과와 나란했다. 재담 18편, 방송극 82편을 든 자리다. 1956년부터는 문학창작 갈래나

---

72 「전국예술축전」, 위의 책, 463쪽.

73 「전국예술경연대회」, 『조선중앙년감』(1953), 조선중앙통신사, 1953, 578쪽.

74 「무대예술 부문」, 『조선중앙년감』(1956년판), 국제생활사, 1956, 139쪽.

75 신불출, 「만담과 재담의 옳은 발전을 위하여」, 앞의 책, 68~69쪽.

『조선중앙년감』 1957년판

부문으로서 뚜렷하게 인증을 받는 모습이다.[76] 만담은 어느 때없이 단단한 위상 변화를 맞은 셈이다. 거기다 「곡예 및 대중예술」에서는 만담 연구소의 활동까지 소개했다.

만담연구소에서는 신불출 작 「맹꽁이타령」을 가지고 신불출 만담 공연을 진행하는 한편 재담 「건달'군」[한병각 작], 「리승만의 신수점」[박춘택 작], 「남조선 특산물」[신홍순 작], 「오르고 내리고」[신홍순 작]를 창작하였다.

— 「곡예 및 대중예술」 가운데서[77]

신불출이 「맹꽁이타령」을 만들어, 공연을 했다는 사실뿐 아니라 '만담연구소'가 활동하고 있음을 알려 준다. 1956년에 들어서서 만담 영역은 작가동맹 하위 부문으로 올라섰다. 대중 예능에서도 한결같이 자리를 지켰다. 그 구심점으로써 만담연구소가 활동하는 단계로 나아간 셈이다. 북한 문학 예술사회에서 만담 영역이 자기 자리를 단단하게 굳힌 모습이다.

1957년부터는 다시 변화를 맞는다. 작가동맹의 하위 부문 성과에서 만담 / 재담 이 빠졌다. 소설·시·극·아동문학·평론·고전문학·외국문학으로만 짜였다. 문학 정통 갈래만 남은 셈이다. 대신 만담 / 재담은 '곡예 및 대중예술'로 자리를 옮겼다. "민족 곡예를 발전시키며 다양한 예술 쟌르 발전에서 현저한 전진을 보았다"고 평가 한 시기가 1957년이다. '대중예술' 부문으로서 재담은 "당 및 정부의 결정과 시책을 기동성 있게 해설 침투시키는 전투적 소품들"을 "다수 창작 공연"하였다. 그리고 "국 립대중예술극장 창조집단"이 "80여편을 창작"한 성과 가운데 경음악, 노래와 춤, 연 주 들과 함께 재담도 들어섰다.

---

76 「무대예술 부문」, 『조선중앙년감』(1957년판), 조선중앙통신사, 1957, 112쪽.
77 「곡예 및 대중예술」, 위의 책, 115쪽.

이어 "만담 부문에서는 주로 '시사성'을 띈 주제의 만담, 재담들을 창작 공연하였으며 특히 "단독 공연으로부터 1957년도에는 풍자적인 웃음의 쟌르로 일관된 프로의 집체적 안쌈불로써 스탑을 조직하여 공연하였다."[78] 이 말은 두 가지로 풀이가 가능하다. 첫째, "집체적 안쌈불로써 스탑을 조직"했다는 데 더 무게를 두는 읽기다. 만담 고유한 방식보다는 연극과 같이 여러 배역을 나누어 "풍자적인 웃음"을 더하기 위한 노력과 변화를 꾀했다는 뜻이다. 소리꾼 한 사람과 고수에 기대는 판소리가 여러 배역을 등장시키는 창극으로 변모한 것과 비슷한 큰 변화가 만담 갈래 안쪽에서 이루어졌을 수 있다. 만담이 재담에서도 더 나아가 다인으로 집단 공연을 꾀함으로써 연극과 나뉘기 힘들 갈래 변화를 스스로 불러들이고자 했다는 쪽으로 읽는 방식이다.

둘째, "단독 공연으로부터" "풍자적인 웃음의 쟌르로 일관된 프로"에 무게를 더 둔 읽기다. 만담 단독으로 공연하기보다 웃음을 핵심 효과나 반응으로 겨냥한 다른 형식들을 묶어 '집체'로 공연했다는 뜻이다. 보기를 들어 연극 쪽의 단막극이나 사이극, 촌극 또는 웃기는 곡예나 악기 연주와 같은 인접 형식과 하나로 만담을 묶는 방식이다. 그렇게 마련된 한마당이 불러올 "집체적 안쌈불"을 목표로 삼은 공연을 꾀했다는 뜻이다.

문맥으로 보아 두 번째 풀이가 마땅해 보인다. 만담이 연극과 나누기 어려울 갈래 변화를 불러들이는 일을 꾀한 경우는 아니었겠다. 만담 / 재담이 1956년 문학 창작의 하위 분과에서 1957년 '곡예 및 대중예술'로 자리를 옮긴 일은 그러한 집체적 공연의 요구와도 맞물린 이동으로 보인다. 만담이 1960년대 '풍자소품' 가운데 하나로 어울리거나 뒷날 '화술소품'이라는 대중 예능의 하위 부문으로 녹아들 모습을 이미 연출하고 있다. 비록 『조선중앙년감』[1958] 기록에 따른 것이긴 하지만, 1957년 무렵 문학예술사회 안쪽에서 만담 / 재담의 위상은 굳건하면서도 의욕에 찼던 셈이다.

1958년에도 만담 / 재담은 1957년과 마찬가지로 작가동맹의 시·소설·극문학·번역·아동문학 들과 함께 하는 전문 분과에서는 자리를 얻지 못했다. 극문학 부문 쪽으로 만담 / 재담이 옮겨갈 가능성도 있으나 그렇지는 않았다. 무대예술이나 군중

78　「곡예 및 대중예술」, 『조선중앙년감』(1958년판), 1958, 147쪽.

예술 축전에서 모습을 볼 수 있었을 것이다. 그런데 1958년도 성과를 갈무리한『조선중앙년감』_{국내편}의 해당 자리는 그런 기술을 다 줄였다. 만담 / 재담의 사정을 알려주는 터무니를 남기지 않았다. 그럼에도 1958년도 만담 / 재담은 1957년과 마찬가지로 '곡예 및 대중예술'의 자리 안에서 의욕적이었을 것이 틀림없다.[79]

살펴본 바와 같이 전후 1950년대 만담은 위상을 점점 더 키우고 굳히는 흐름을 보여 준다. 대중 예능으로서 만담이 유다른 인기를 지녔던 모습과 맞물리는 위상 변화라 할 수 있다. 방송극과 함께 한 일이지만 문학 창작의 한 갈래로서 작가동맹의 하위 분과에 이름을 얹은 일은 특별한 진전이었다. 읽는 문학으로서 만담 / 재담의 자리를 뚜렷하게 인증받은 까닭이다. 개인으로서 신불출은 작가동맹의 시분과위원회에 몸을 얹고 있었다.[80] 그 안쪽으로 한발 더 깊게 틀어 앉는 맵시다.

그런데 그러한 변화는 1956년 한 해에 그쳤다.『조선중앙년감』의 흐름에 따른 징후이긴 하지만 전후 북한 문학예술사회에서 만담 갈래가 지닌 독특한 불안정성을 느끼게 만든다. 문학 창작 부문으로 지닐바 제도적 인증에서는 유동적이나 대중 속의 예능 현실로는 뚜렷하게 환영 받는 됨됨이가 그것이다. 그렇다고 만담은 민족 고전 예능에 놓일 유형도 아니다. 전통 재담과는 다른, 거기서 벗어난 새로운 꼴이라는 점이 만담이 지닌 갈래 독자성의 눈이다. 이러한 만담의 불안정성은 고전 연구가도 아니고, 전통 예능인으로 물러 앉을 수도 없었을 뿐 아니라, 근대문학 전문 창작인으로도 나설 수 없었을 예능인 신불출의 주변적인 신분 귀속과 맞물린다.[81] '출세'나 몰락과 같은 신

1957년 쉰 살의 신불출[82]

---

79   「문학예술」,『조선중앙년감』(국내편), 조선중앙통신사, 1959, 221쪽.

80   신홍순,「신불출과 그의 풍자예술」, 앞의 글, 115쪽.

81   대중 예능인 신불출은 전후 초기 작가동맹의 분과위원회 가운데서 시분과에 자리잡아 한결같았다. 작가동맹은 처음 6개의 분과 위원회를 두었다. 소설·시·극문학·아동문학·평론·외국문학이 그것이다. 그러다 제2차작가대회 뒤 새로 나누었다. 소설·시·극문학·아동문학·평론·외국문학·고전문학·남조선문학연구·신인육성지도부가 그것이다. 만담 영역은 1955년에 한 차례 문학 창작 영역으로 들앉는 변화를 겪었으나 1956년 제2차작가대회 뒤에 다시 떨어져 나와 대중 예능으로 건너

불출 개인의 위상 변화가 북한 사회에서 만담 / 재담이 누렸던 대중적 위세나 호오와 맞물릴 수밖에 없을 것이라는 암시를 받는 까닭이다.

그런 가운데서 전후 시기 만담 / 재담의 위상이 신불출 개인의 '출세'와 가장 뚜렷하게 겹치는 자리는 북한 중앙으로부터 내려진 공적 평가다. '공훈배우'에다 '로력훈장' 수여가 그것이다. 북한 예술, 예능인으로서 으뜸 대접을 받은 셈이다. 그것이 구체적인 토대를 마련한 것이 국립신불출만담연구소다.

> 당과 정부에서는 풍자 만담의 앞으로의 높은 발전을 위하여 '신불출만담연구소'를 창립하여 주었으며 최고인민상임위원회는 그의 공로를 찬양하여 1952년에 국기훈장 3급과 1955년에는 공훈배우의 칭호를 수여하였다.
>
> —「공훈배우 신불출」 가운데서

신불출이 '공훈배우' 일컬음을 받은 때는 1955년이다. 1952년 전쟁기에 얻었던 "국기훈장 3급"은 전시 정훈 예능 활동에 따른 결과다. 문학인으로서는 리기영이 1급, 신의주 시인 안룡만이 3급을 받았던 훈격이다. 위에 옮긴 글은 1955년 "공훈배우의 칭호를 수여" 받은 일을 담았다. 특정 예술 분야에서 뛰어난 업적이나 남다른 역량을 우뚝하게 드러냈을 경우에 내리는 '공훈'이니만큼 무겁다. 수혜자가 많지 않고 그에 따른 혜택 또한 꾸준한 경우다. "열정가이며 재능 있는 풍자 만담가"[83] 신불출의 "공로를 찬양하여" 준 마땅한 대접이었다. 이어서 1957년에는 신불출 "탄생 50주년"을 맞아 이른바 '로력훈장'을 내린 것이다. 1957년 10월 22일일이다. 그 자리에서 신불출이 했다는 말을 기사는 아래와 같이 옮겼다.

갔다. 만담 / 재담이 전통 예능이나 공연 영역을 떠맡은 고전문학이거나 소규모 촌극, 스케치와 같이 극문학 쪽에 놓일 수도 있다. 그러나 그렇지 않고 대중 예술, 군중 예능으로 건너간 것이다. 이러한 만담 / 재담의 영역 이동은 정작 시분과 맹원으로 한결같았던 신불출 자신의 달라짐 없었던 작가적 자의식이나 소속과 맞물리지 않는다. 이런 점은 북한 문학예술사회 안쪽에서 만담 갈래가 지녔던 불안정한 창작 기반뿐 아니라 신불출의 작가적 정위가 손쉽지 않았을 것임을 일깨워 준다.

82   『조선예술』10월호, 조선예술출판사, 1957, 113쪽.
83   『문학신문』, 문학신문사, 1957.

이 영광은 오로지 당과 정부의 두터운 배려의 결과이며 인민들이 나를 지극히 사랑하여 주고 격려해 준 덕택이라고 생각합니다. 나는 그런 걸 생각할 때마다 내 생애의 마지막까지 우리 나라의 풍자 만담의 발전을 위하여 더 정력적으로 일해야겠다는 생각이 채찍질합니다. 고전 작품과 선진 국가들의 풍자 문학을 더욱 연구하며 우리 나라 풍자 문학의 리론 체계를 정리할 것과 신인 육성에 나의 모든 힘을 바치겠습니다. 이것만이 우리 당과 정부의 배려에 대한 나의 보답으로 될 것입니다.

— 「공훈배우 신불출에게 로력훈장 수여」 가운데서[84]

문학예술인의 특정 계기를 맞아 관련 전문 매체에서 기획 특집을 마련하는 경우는 드물긴 하지만 한 버릇이다. 신불출에 앞서 환갑을 맞은 월북 음악가 안기옥과 박동실, 그리고 유정철에 대한 대접이 본보기다. 1956년 「공훈배우 안기옥 탄생 60주년을 축하」[85]하고 「박동실, 유정철 탄생 60주년 기념 보고회」[86]를 가졌다. 이어 『조선음악』에서 '작곡가 소개'라는 난을 새로 만들어 삶과 업적을 들냈다. 신불출 출생 쉰돌을 맞아 『조선예술』은 신흥순의 「신불출과 그의 풍자예술」을 1957 년 10월 13일에 실었다. 이어 『문학신문』은 기사 「공훈배우 신불출」을 10월 24일 올렸다. 그 사이 10월 22일 생일에 북한 중앙으로부터 '로력훈장'을 받았다. 따라서 신흥순의 글과 기사 「공훈배우 신불출」은 노력훈장 수여 축하와 그 선전, 홍보라는 줄거리 안에서 마련된 글임을 알 수 있다. 글쓴이 신흥순은 신불출을 이어 만담 / 재담의 창작과 이론 정립에 나섰을 뿐 아니라 만담연구소에서도 중요 자리를 맡았음 직한 이다. 1956년도 "조선 문학이 거둔 창작 실적" 가운데서 '방송극, 만담, 재담' 갈래에서 변문식의 방송극과 나란히 재담에서 「올라가고 내려가고」, 「남조선의 특산물」 2편[87]을 올린

---

84 『조선예술』 12월호, 조선예술출판사, 1957, 76쪽.

85 『조선예술』 9월호, 조선예술사, 1956, 108쪽.

86 11월 21일 조선작곡가동맹 중앙위원회에서 보고회가 열렸다. 위원장 리면상의 개회에 이어 부위원장 신도선의 약력 소개로 이어졌다. 「박동실, 유정철 탄생 60주년 기념 보고회」, 『조선예술』 1월호, 조선예술출판사, 1958, 78쪽.

87 「문학예술」, 『조선중앙년감』(1957년판), 앞의 책, 112쪽.

사람이 신흥순이다. 그이의 「신불출과 그의 풍자 예술」은 이어 나온 『문학신문』 기사 「공훈배우 신불출」의 본보기가 되었을 것이다. 그런데 신흥순에서 눈여겨 볼 점은 '만담연구소'의 설립 시기와 관련한 기술이다. 그곳이 1957년 10월 이전에 이미 만들어졌다는 사실을 신흥순은 밝혔다.

> 금년에 50주년을 맞는 그는 아직 민청원의 정력으로 헌신적인 노력을 하고 있다. 여러 날 동안 지방을 순회하면서 단독 출연으로 되는 두세 시간의 만담 공연을 하다가도 밤을 새워가며 창작도 하랴 만담연구소의 사업도 돌보랴 잠시도 쉴 사이가 없이 그야말로 악착같이 일하고 있다. 그는 이미 반백이 되었다. 그러나 그의 정열은 더욱 젊어만 간다.
>
> — 신흥순, 「신불출과 그의 풍자 예술」 가운데서

신흥순의 글, 마지막 단락이다. 신불출은 '반백'에도 "밤을 새워가며" 창작도 하고, "만담연구소의 사업도 돌보"며 '악착같이' 일한다. 이 '만담연구소'가 국립신불출만담연구소가 아니고 다른 기관일 가능성은 없다. 거기다 앞에서 본 바와 같이 『조선중앙년감』1957년판의 「곡예 및 대중예술」에서 이미 만담연구소의 1956년 활동을 소개한 터다.[88] 국립신불출만담연구소는 국립최승희무용연구소나 최승희무용극장[89]과 짝을 이루면서 개인 이름을 '국립' 예능 기관에 내건 두 번째 영예를 차지한 곳이다. 이 연구소에 관해서는 말을 더 이어야 할 일이 남았다. 왜냐하면 오늘날까지 거의 모든 우리 쪽 신불출 기록에서 참인 듯이 되풀이하고 있는 정보와는 많이 다르기 때문이다.

---

88 「곡예 및 대중예술」, 위의 책, 115쪽.

89 국립최승희무용연구소는 최승희가 월북한 뒤 평양에서 시작한 최승희무용연구소가 발전, 확대하면서 만들어진 것이다. 북한에서 문학예술 영역에서 개인 이름을 붙인 첫 중앙 기구였다, 전쟁기를 거친 뒤 1954년에 이미 '국립'최승희무용연구소로 탈바꿈했다. 『조선중앙년감』(1954~1955년판)이 그 점을 잘 알려 준다. "국립최승희무용연구소에서는 무용극 「조국의 깃발」, 무용조곡 「아름다운 나의 향로」, 무용시 「평화의 노래」 등을 창작"했다. 『조선중앙년감』(1954~1955년판), 앞의 책, 461쪽. 이는 1956년에로 이어진다. "국립최승희무용연구소는 력사적인 조선로동당 제3차대회를 경축하여 해방 후 조선 인민이 걸어온 영웅적 서사시를 형상화한 민족 무용극 「맑은 하늘 아래」(최승희 안무·연출, 최옥삼 곡)를 상연하였다. 이 밖에 제1회 연구생 졸업 공연과 안성희 무용 발표회가 진행되었다."『조선중앙년감』(1957년판), 앞의 책, 115쪽.

①1957년 문학예술총동맹 중앙위원. 1957년 10월 노력훈장 수훈. 1961년 9월 만담
연구소 소장. 1966년 중앙방송위원회 만담가

—「신불출」 가운데서[90]

②1957년 만담가로서는 이례적으로 북조선문하예술총동맹 중앙위원으로 선임되었
고 같은 해 10월 노력훈장을 받은 동시에 공로배우로 선출되었다. 1961년 북조선문하
계술종동맹 직속 '신불출만담연구소'를 설치하고 소장으로 취임했다. 그러나 이후 숙청
되어 모든 공직을 박탈당하는데 그 시점이 언제인지는 불명확하다.

—「신불출」 가운데서[91]

①은 1991년 『북한인명사전』에는 들지 않았다가 1996년 『최신북한인명사전』에
새 올림말로 '신불출'이 오르면서 담은 속살이다. 이곳에서 1961년 9월 "만담연구소
소장"이라 썼다. 두 가지로 읽을 수 있을 기록이다. 1961년 9월 현재 만담연구소 '소
장' 일을 신불출이 맡고 있다는 뜻이 하나다. 다른 하나는 1961년 9월 만담연구소가
만들어지고 그 소장직에 신불출이 올랐다는 뜻이다. 우리쪽에서는 이 가운데서 뒤
의 뜻을 따랐다. 엄현섭에서 "1957년 만담가로는 이례적으로 북조선문학예술총동
맹 중앙위원으로 선출되었으며, 1961년 북조선문학예술총동맹 직속 '신불출만담연
구소'를 설치하고 소장으로 취임"했다고 쓴 것이 한 본보기다.[92]

'신불출만담연구소'가 1961년에 '설치'되었을 수 있다는 이러한 생각은 신불출의
뛰어남을 실증하고자 했던 반재식에서도 그대로 이어졌다. 신불출은 북으로 간 뒤,
북한 방송을 빌려 미군정을 비난하는 속살의 만담을 하기도 했으며, 1957년 10월
'노력훈장' 수훈, 1961년 9월 '만담연구소' 소장, 1966년 중앙방송위원회 만담가로

---

90   『최신북한인명사전』, 북한연구소, 1996, 466쪽.

91   이승희, 「신불출」, 앞의 책, 186~187쪽.

92   엄현섭, 앞의 글, 317쪽.

일하고 있다고 썼다.[93] 1996년 『최신북한인명사전』 기록 ①을 그대로 옮긴 결과다. ②에서도 ①과 다르지 않다. 1961년 "북조선문학예술총동맹 직속 '신불출만담연구소'를 설치하고 소장으로 취임했다"고 적었다.[94] 이러한 보기는 오늘날 '북한지역정보넷'www.cybernk.net의 '신불출' 항목으로 고스란히 굳어 널리 받아들여지고 있다.[95]

앞에서 밝힌 바와 같이 『조선중앙년감』1957년판 기록과 신흥순의 「신불출과 그의 풍자 예술」를 빌려 신불출이 이미 1956년과 1957년 '만담연구소' 활동을 하고 있음을 알 수 있다. 따라서 우리쪽에서 1961년에 세워진 것으로 잘못 알려지는 빌미를 마련했던 『최신북한인명사전』1996 기록은 만담연구소 설립이 아니라 신불출의 현직을 알려주는 것으로 읽어야 마땅하다. 그 기록이 옳든 그르든, 그 시기 북한 사회에서 제거를 당한 처지이건 그렇지 않건, 1961년 현재 신불출은 신불출만담연구소 소장을 맡고 있었다는 뜻이 그것이다. 그렇다면 만담연구소는 언제 세워진 것일까?

'신불출만담연구소' 또는 '만담연구소'로 일컬어지는 이 기구의 바른 이름은 '국립 신불출만담연구소'다. 그 사실은 1958년 8월 『써클원문예』에 재담 「꼴불견」[96]을 실으면서 '국립신불출만담연구소 집체작'이라 쓴 것으로 굳힐 수 있다. 거기다 같은 달 『문학신문』 기사 「문예왕래」에서도 '신불출만담연구소'라 썼다.[97] 다른 두 이름을 같은 달에 함께 쓴 것으로 보아 신불출만담연구소는 국립신불출만담연구소와 다른 말이 아님을 알 수 있다. 줄여서 쓴 말이다. 그런데 이보다 먼저 '신불출만담연구소'가 보이는 자리는 1957년 『문학신문』의 기사 「공훈배우 신불출」이다. 그렇다면 신불출만담연구소는 1957년에 이미 세워져 있었음이 확실하다. 그런데 신불출만담연구소나 국립신불출만담연구소는 아니지만 '만담연구소'라는 일컬음은 이미 그에 앞서

---

93   반재식, 『만담 백년사―신불출에서 장소팔·고춘자까지』, 앞의 책, 백중당, 2000, 210쪽.

94   이승희 외, 앞의 책, 186쪽.

95   「신불출」, 『북한지역정보넷』(http://www.cybernk.net).

96   『써클원문예』 8월호, 문화선전성, 1958.

97   "8월 1일부터 8월 31일까지 전국적으로 실시되는 '문화정비월간'과 관련하여 신불출만담연구소에서는 지난 1일부터 역전 야외 영화관을 비롯하여 평양 시내 각 영화관에서 '만담의 밤'을 진행하고 있다. 공연에서는 동 연구소 집체창작인 위생문화 사업을 내용으로 한 재담 「꼴불견」이 상영되고 있다." 「문예왕래」, 『문학신문』, 문학신문사, 1958.8.7.

나타난다.

해마다 발전 일로를 걸어오던 끝에 드디어 작년^{1955년}에는 8·15 조선 해방 10주년기념 전국예술축전을 계기로 해서 만담과 재담을 전문적으로 심사하는 분과위원회까지 생길 정도로 자기 분야에 대한 사회적 면모가 형성되게 되었다.

그리고 계속해서 조선로동당과 공화국 정부의 깊은 배려에 의하여 '만담연구소'가 창설되였으며 이 연구소는 이미 자기 사업을 착수하기 시작했다.

이리하여 우리 나라 풍자 문학 예술의 앞길에는 더욱 푸른 하늘이 점점 더 넓어지게 되었다.

그러면 이제부터 만담과 재담에 대한 보다 높은 발전을 위하여 어떠한 문제들이 제기되는가.

물론 이러저러한 방법상의 문제들이 허다하겠지만 우선 말해야 할 것은 '만담연구소'가 창설되기 이전 시기인 10년 동안에 만담과 재담을 처음으로 시작한 많은 사람들이 그 쟌르에 대한 일정한 체계적 토대에서 배울 기회없이 출발했기 때문에

— (줄임) —

그러므로 일정한 기간의 강습과 쎄미날을 통하여 또는 출판물 기타 방법을 통하여 풍자 문학 예술에 대한 기초 지식과 작품 창작, 화술 연구, 연기 실습 등에 관한 실제적 지도를 주어야 한다. '만담연구소'의 금후 사업은 이상과 같은 문제를 해결하는 데 있어서 좋은 벗으로 될 것이다.

— 신불출, 「만담과 재담의 옳은 발전을 위하여」 가운데서[98]

뒤에서 속살을 살필 터이지만, 신불출이 쓴 만담 / 재담론 가운데서 '만담연구소'가 보이는 자리를 모두 따놓았다. "8·15 조선 해방 10주년기념 전국예술축전"은 1955년 8월에 열렸다. 거기서 만담 / 재담에 대한 대접이 달라져 심사 분과위원회가

98　『무대 예술에 있어서의 계급투쟁』, 앞의 책, 67~83쪽.

만들어졌음은 앞에서 『조선중앙년감』1956년판을 빌려 한 차례 밝힌 바다. "그리고 계속해서" "만담연구소가 창설"되었다. 만담연구소가 "창설되기 이전 10년"과는 엄청나게 다른 환경 변화다. 이때 '10년'의 잣대는 1955년 8월이다. 신불출의 「만담과 재담의 옳은 발전을 위하여」는 1956년 5월 30일에 나온 『무대 예술에 있어서의 계급투쟁』에 실렸다. 1956년 4월 1일 인쇄에 넣었다. 그렇다면 그에 앞서 신불출이 원고를 써서 인쇄, 출판에 넘겼다는 뜻이다. 아무리 늦더라도 1956년 3월에는 원고를 완성했을 일이다. 거기다 '만담연구소'가 '창설'되기 앞선 "10년 동안"이라 적었다. 기준 시점은 1945년 8월부터 10년이 되는 1955년 8월이다. 따라서 신불출의 기술에 따른다면 만담연구소의 설립은 1955년 8월 이후부터 1956년 3월 이전 시기에 이루어졌음을 부정하기 어렵다. 그렇다면 이 만담연구소가 고스란히 국립신불출만담연구소를 뜻하는 것일까? 아니면 차별되는 두 기관을 일컫는 것일까? 두 명칭이 불러온 관계에 대한 이러한 물음 앞에는 지나치기 어려운 변수가 나타난다.

> 만담연구소에서는 신불출 작「맹꽁이타령」을 가지고 신불출 만담 공연을 진행하는 한편
> —「곡예 및 대중예술」 가운데서[99]

1956년 문학예술 영역 업적을 갈무리한 『조선중앙년감』1957년판 기록이다. 앞에서 한 차례 밝힌 것이지만 번거로움을 피하지 않고 다시 올렸다. 1956년에 신불출이 「맹꽁이타령」을 만들어 공연을 했다는 사실뿐 아니라 '만담연구소'가 활동하고 있음을 알려 주는 말마디다. 흥미로운 점은 같은 「곡예 및 대중예술」 안에서 '국립최승희무용연구소'는 이름을 본디대로 썼다는 사실이다. 그리고 국립최승희무용연구소라는 이름은 1956년도 성과를 갈무리한 『조선중앙년감』1957년판에도 그대로 되풀이한다. 다시 말해 북한의 연감 기록으로 볼 때 국립최승희무용연구소는 이미 1955년에 온전한 이름으로 불렸다. 광복기 최승희가 월북한 뒤 평양에서 문을 열었던 최승희

99　『조선중앙년감』(1957년판), 앞의 책, 115쪽.

무용연구소에서 전쟁기를 거치고 국립최승희무용연구소로 격상하는 과정이 드러나는 셈이다. 그런데 국립신불출만담연구소 경우는 그렇지 않다. 1956년 현재 활동하고 있었던 '만담연구소'가 '국립신불출만담연구소'를 줄여쓴 경우라면 '국립'최승희무용연구소가 버젓이 올라 있는 같은 글 안에서 굳이 '국립신불출만담연구소'를 버리고 하나같이 '만담연구소'로 줄여 쓸 까닭이 없다.

그리고 보면 만담연구소라는 일컬음은 1956년의 '만담연구소' 단독에서 1957년의 '만담연구소'와 '신불출만담연구소'의 병기, 그리고 다시 1958년의 '신불출만담연구소'와 '국립신불출만담연구소' 병기로 옮겨가는 맵시를 확인할 수 있다. 해를 건너며 변화가 뚜렷하다. 앞에서 짚은 바와 같이 신불출만담연구소는 국립신불출만담연구소를 줄인 이름인 까닭에 변화의 큰 매듭은 1957년임을 알 수 있다. 신불출이 이른바 '로력훈장'을 받은 해다. 이러한 이름의 변화에는 드러나지 않은 어떤 내력이 숨겨져 있는 것일까?

'만담연구소'가 첫 출범을 한 때는 신불출이 '공훈배우'의 일컬음을 받은 1955년 하반기와 맞물려 있으리라 짐작된다. 최승희의 최승희무용연구소가 국립최승희무용연구소로 승격해 재출범한 때가 1954년이다. 1953년부터 졸업생을 내놓으며 해마다 기념 무용 공연을 활발하게 벌였던 터다. 국립최승희무용연구소를 이어 만담연구소가 1955년에 새로 선 것이다. 그것이 국립신불출만담연구소로 올라선 때는 출생 50주년을 맞아 '로력훈장'을 내렸던 1957년으로 보인다. 그래서 만담연구소와 신불출만담연구소가 같은 해 같은 달 두 글에서 겹치는 과도기 현상이 자연스럽게 보일 수 있었다.

만담연구소와 국립신불출만담연구소_{신불만담연구소}는 한 줄기에 놓이는 두 기구를 일컫는 말임에 틀림없다. 조심스러우나 그들이 이름과 됨됨이에서 단계적 변화를 겪었을 가능성을 이제까지 말해 온 셈이다. 이 일이 사실이라면 그것은 신불출에게 준 1955년도 '공훈배우' 일컬음과 앞뒤로 만담연구소가, 1957년도의 '로력훈장' 수여와 함께 국립신불출만담연구소로 승격한 일이 맞물렸을 개연성이 뚜렷하다. 1955년 '만담연구소'로 먼저 출범한 뒤 1957년에는 '국립신불출만담연구소_{신불만담연구소}'

로 올라선 것이다. 광복기에 시작한 최승희무용연구소가 국립최승희무용연구소로 밟았던 과정과 비슷한 경우다. 다만 그 과정이 훨씬 짧았을 따름이다.

1957년 10월, 북한 매체들은 첫 신불출론인 신홍순의 「신불출과 그의 풍자예술」과 『문학신문』의 기사 「공훈배우 신불출」을 마련해 신불출을 올려 세우는 기획을 내놓았다. 1차적으로는 출생 50주년을 맞아 '로력훈장'을 받은 신불출에 대한 개인 축하의 됨됨이를 갖는다. 그런데 2차적으로는 더 먼 뜻을 지녔다. 만담연구소에서 크게 위상을 올려 세워 재출범하게 된 국립신불출만담연구소의 발전을 돕기 위한 일이 그것이다. 전후 3개년 인민경제 복구 계획을 매듭지으며 새로 시작할 제1차 5개년 인민경제계획의 홍보와 성공을 위한 대중적 선전, 선동에 무엇보다 기대가 컸을 국립신불출만담연구소다. 신불출과 그 둘레 조직 활동에 더 많은 독려를 보낸 셈이다.[100] 따라서 1961년 현재 신불출이 '만담연구소' 소장으로 일하고 있다고 밝혔던 우리쪽 『최신북한인명사전』[1996]의 정보가 옳다면, 1961년까지 만담연구소 소장 활동은 물론, 그 무렵 북한 사회 안쪽에서 누렸던 사그러들지 않은 신불출의 위상을 일깨워 주고 있는 셈이다.

이제까지 전후기 1950년대 신불출의 행적을 짚어 나왔다. 북한 문학예술사회에서 더욱 굳어져가는 만담 갈래의 자리와 북한 중앙으로부터 이루어진 신불출을 향한 인정, 높은 기대를 엿볼 수 있었다. 신불출에게 주어진 '공훈배우'와 '로력훈장' 수여는 물론 국립신불출만담연구소의 설립과 사업 진행이 그 표상이다. 1957년의 「공훈배우 신불출」에 따르면 신불출은 "전쟁 승리"를 위해 "탄우와 포연을 헤치고 전선을 순회 공연"하며 "원쑤 격멸"을 외쳤던 이른바 조국해방전쟁시기의 열정을 전후에도 흩트리지 않았다고 썼다. 자신의 "모든 예술적 재능"을 다해 "인민 경제계획의 초과 완수"에 나선 "로동자, 농민들"을 위한 순회 공연이나 방송을 좇아 다녔다. 그렇다면 전후 복구건설의 격랑을 따르며 신불출은 어떤 작품들을 내놓았을까.

---

100 이런 맥락에서 벌인 평양시 창건 1530주년을 기념하는 예술문화 행사에 관해서는 공동시집 『평양』을 본보기로 아래 글에서 다루었다. 박태일, 「전후 북한의 평양 건설과 장소시」, 『근대서지』 제31호, 근대서지학회, 2024, 273~358쪽.

① 10월 인민 항쟁 끝에 체포령이 내리자 북반부로 넘어 왔다.

그때로부터 이날까지 10여 년간 그는 조선중앙방송국 마이크를 통하여 「멸망 행진곡」·「여우의 자살 사건」·「판타령」·「한글 뜯어먹는 리승만」·「호소문에 놀란 대통령」·「정전 바람에 미친 개들」·「방아'간 정부」 등 수 10편의 만담을 지었는데 그 어느 것 하나 미제와 리승만 도배의 죄악을 풍자 폭로하지 않은 것이 없다.

— (줄임) —

그는 지금 작가동맹 시분과에 망라한 시인으로서 영웅적인 조선 인민을 노래한 「당신들은 궁금해 말라」를 비롯하여 수령을 노래한 「잊지 않으리라」 등 여러 편의 시를 창작하였으며 또한 미제를 야유한 풍자시도 썼다. 가사에 있어서도 인민 군대를 노래한 「경사 났네」를 비롯하여 「꽃피는 살림」·「모내기노래」·「새 조선의 노래」 등

— 신흥순, 「신불출과 그의 풍자예술」 가운데서 ,

② 조국해방전쟁 시기에는 자기의 모든 예술적 재능을 그는 오직 전쟁 승리에 바쳤다. — (줄임) — 전후 시기에는 공장과 농촌을 순회 공연하면서 또는 방송을 통하여 3개년 인민 경제 계획의 초과 완수를 위해 한결같이 나선 로동자, 농민들을 고무하는 데 자기의 모든 예술적 재능을 바쳤다.

이 시기에 씌어진 그의 작품으로서는 「정신 세탁소」·「독 안에 든 양캐들」·「양키토벌가」·「멸망 행진곡」·「호소문에 놀란 대통령」·「철겨운 부채질」 등 수많은 풍자 만담극들이 있다.

— 「공훈배우 신불출」 가운데서

③ 아래에 1956년 국립출판사에서 발행한 『신불출만담집』에 실려 있는 작품명을 적어 본다.

「정전 바람에 미친 개들」·「멸망 행진곡」·「판타령」·「철겨운 부채질」 등이 실려 있다. 이외에도 수많은 작품들을 창작하였으며

— 최창호, 「신불출」 가운데서

④ 전후복구건설과 사회주의건설시기 그는 어버이 수령님의 조국통일 구상을 높이 받들고 통일을 반대하는 미제와 그 추종세력들을 풍자하는 정치성이 뚜렷한 만담들을 련이어 창작 공연함으로써 조국통일을 위한 투쟁에 적극 기여했다.

이 시기 대표적인 작품으로는 만담 「멸망 행진곡」·「정전 바람에 미친 개들」·「철겨운 부채질」 등이다.

이렇게 정치적인 주제의 작품들 외에도 그는 만담 「말 아닌 말」 등을 비롯한 언어 례절과 민족성을 선전하는 주제의 만담들을 많이 창작 공연하였다.

신불출은 만담 창작뿐 아니라 시 가사들도 창작하면서 조선작가동맹 맹원으로 활동하였다.

— 최륙군, 「재능있는 만담가 신불출」 가운데서

⑤ 전후 시기에는 공장과 농촌을 순회공연하면서 라지오방송을 통하여 전후복구건설에 한결같이 떨쳐나선 우리 인민들을 고무하는 데 자기의 재능을 남김없이 보여 주었다.

이 시기에 창작된 그의 자품으로서는 「여우의 자살사건」·「판타령」·「한글 뜯어먹는 미친 개들」·「정신 세탁소」·「독 안에 든 양키들」·「멸망 행진곡」·「방아간 정부」·「호소문에 놀란 '대통령'」·「철겨운 부채질」 등 수많은 풍자 만담들이 있다.

— (줄임) —

그는 풍자적 성격을 띤 만담 외에도 「아리랑」·「정선아리랑」·「배뱅이굿」·「흥부전」과 같은 정극적 성격을 띤 민족 고전물을 가지고도 만담을 함으로써 더욱더 많은 대중의 찬사를 받았다.

— (줄임) —

또한 「경사 났네」·「꽃피는 살림」·「모내기노래」·「새 조선의 노래」·「양키토벌가」·「철컥타령」·「천만의 말씀」 등의 가사와 「당신들은 궁금해 말라」·「령마루의 밤」·「잊지 않으리라」 등의 서정시도 창작하였다.

— 소희조, 「만담의 재사 신불출」 가운데

⑥ 그의 목소리는 극장무대에서뿐 아니라 들끓는 건설장들과 협동조합의 선전실, 탄광마을의 야외무대, 동서해의 배전에서, 산간마을의 소학교 운동장들에까지 울려퍼져 전후복구건설에 떨쳐나선 근로자들에게 힘과 용기를 북돋아주었다.

이 시기 그가 창작 공연한 만담으로서는 「호소문에 놀란 ‘대통령’」·「정전 바람에 미친 개들」·「멸망 행진곡」·「무허가 약방」·「판타령」 등이 있다.

— 송영훈, 「신불출과 그의 창작」 가운데서

북한의 신불출 논의 가운데서 전후 시기 작품을 갈무리하고 있는 자리를 죄 옮겼다. 신흥순의 ①에서는 전쟁기 작품을 다룰 때 말한 바와 같이, 월북한 뒤부터 1957년 현재까지 내놓은 만담 가운데 조선중앙방송국의 방송을 탄 7편을 올렸다. 「멸망 행진곡」·「여우의 자살 사건」·「판타령」·「한글 뜯어먹는 리승만」·「호소문에 놀란 대통령」·「정전 바람에 미친 개들」·「방아’간 정부」가 그들이다. 전전기, 전중기전쟁기, 전후기 구분을 하지 않았지만 전후기 것이 중심이다. 「여우의 자살 사건」과 「정전 바람에 미친 개들」만 시기를 알 수 없다. 거기에 시와 노래를 더했다. 그 가운데 시 「당신들은 궁금해 말라」와 노랫말 「모내기노래」는 앞서 본 대로 전쟁기 것이다. 그리고 “수령을 노래”했다는 시 「잊지 않으리라」와 「경사 났네」·「꽃피는 살림」·「새 조선의 노래」까지 들었다. 전쟁기 것인지, 전후기 것인지 밝힐 수 없는 작품이다.

①과 달리 『문학신문』 기사 ②는 신불출의 활동을 이른바 ‘조국해방전쟁 시기’와 ‘전후 시기’로 나누어 다루었다. 그럼에도 대표 작품을 들면서 시기별로 가르지 않고 뭉뚱그려 제목을 올렸다. 「정신 세탁소」·「독 안에 든 양캐들」·「양키토벌가」·「멸망 행진곡」·「호소문에 놀란 대통령」·「철겨운 부채질」과 같은 “풍자 만담극”이 그들이다. 흥미롭게도 이들을 ‘풍자’ 만담에서 다시 ‘극’이라 일컬었다. ‘풍자’라는 점에서는 북한 사회의 ‘자랑찬’ “전망을 구가”하는 걸음과 맞선, 이른바 “미제와 리승만 매국 역도들의 학정과 종말의 길을 예리하게 풍자 폭로”한 방법을 강조한 말이다. 만담 형식이 지닌 웃음의 효과를 잘 드러내 주는 일컬음이다. 그럼에도 ‘극’이라는 말을 끌어다 놓았다. 그 무렵 일반 사회에서 만담을 바라보는 시각의 한 자리를 암시한다.

혼자 배역을 도맡아 연행, 방송하는 1인 형식의 만담이나 2인이 벌이는 재담, 나아가 여러 이야기꾼이 나와 역할을 맡는 대화만담, 다인 만담까지 모두 뭉뚱그려 극 갈래로 받아들이는 것이 일반에게는 손 쉬웠다는 뜻이다. '풍자 만담극'에 넣은 「양키토벌가」는 앞에서 본 바와 같이 전쟁기 '노래'다. 비슷한 이름을 지닌 「독 안에 든 양캐들」 또한 전쟁기 작품일 가능성이 높다. 둘은 전후기 작품에서 빼야 할 마련이다.

최창호의 ③은 ①, ②보다 17년이나 뒤에 쓴 기록이다. 줄거리에서는 다를바 없다. 다만 ①, ②와 달리 전쟁기 작품, "전후복구건설과 사회주의건설시기" 작품으로 나누어 올렸다. 그리하여 "전후 시기" 신불출이 "창작 공연"한 "대표적인 작품"으로 "정치적인 주제의" 만담 「멸망 행진곡」·「정전 바람에 미친 개들」·「철겨운 부채질」과 "언어 례절과 민족성을 선전하는 주제"를 지닌 「말 아닌 말」을 들었다. ①에서 시기를 알 수 없었던 「정전 바람에 미친 개들」이 전후기 작품으로 올랐다. 앞서 ①, ②에서 든 작품에서는 「말 아닌 말」을 새로 더했다.

최류군의 ④는 "전후 시기" 작품으로 9편을 들었다. 「여우의 자살 사건」·「판타령」·「한글 뜯어먹는 미친 개들」·「정신 세탁소」·「독 안에 든 양키들」·「멸망 행진곡」·「방아간 정부」·「호소문에 놀란 '대통령'」·「철겨운 부채질」과 같은 '풍자 만담'이다. ④를 그대로 따른다면 ①에서 밝힌 작품들 가운데서 시기를 알 수 없었던 「여우의 자살 사건」도 전후기 작품에 드는 셈이다. 다만 「한글 뜯어먹는 미친 개들」은 ①에서 밝힌 「한글 뜯어먹는 리승만」과 같은 작품으로 제목이 잘못 알려진 것으로 여겨진다.[101]

소희조의 ⑤에서는 이른바 '전후복구시기' "창작 공연한 만담"으로서 「호소문에 놀란 '대통령'」·「정전 바람에 미친 개들」·「멸망 행진곡」·「무허가 약방」·「판타령」 5

---

101 '리승만'과 '미친 개들'은 북한 초기 가장 많은 비판과 조롱의 대상이었던 이승만을 앞세우고 그를 따르는, 이른바 '졸개'의 이름과 이승만을 꼬드기는 '미제' 대표의 이름을 만담의 대화 상대로 내세우는 짜임새를 거듭하는 표현이다. 따라서 「한글 뜯어먹는 미친 개들」의 본디 이름은 「한글 뜯어 먹는 리승만」이라 볼 수 있다. 그것이 잘못 알려져 '미친 개들'로 달라진 것이다. '양키'를 아울러 제목에 내세운 「양키토벌가」와 「독 안에 든 양캐들」은 이와 사정이 다르다. 「양키토벌가」는 풍자 가요이고, 비슷한 이름을 지닌 「독 안에 든 양캐들」은 만담이다. 속살은 비슷하다 하더라도 갈래가 다른 두 작품이다.

편을 들었다. ④와 같으나 작품 수가 줄었다. 그 대신 앞에서 보이지 않았던 「무허가 약방」을 새로 더했다.

따라서 북한에서 오랜 시기 밝힌 전후기 신불출의 작품은 모두 10편인 셈이다. 「멸망 행진곡」·「여우의 자살 사건」·「판타령」·「한글 뜯어먹는 리승만」·「호소문에 놀란 대통령」·「정전 바람에 미친 개들」·「방아'간 정부」·「정신 세탁소」·「철겨운 부채질」·「무허가 약방」이 그것이다. 이들을 비롯해 전후기 신불출의 작품 가운데 글쓴이가 새로 실물을 발굴, 확인한 것까지 한눈에 보이면 아래와 같다.

「쩔꺽타령」재담,『대중문예』3월호, 국립출판사, 1954, 27~33쪽.

「호소문에 놀란 대통령」만담,『써클원 문예』2·3호, 국립출판사, 1955, 155~161쪽.

『만담집』(「정전 바람에 미친 개들」·「멸망 행진곡」·「판타령」·「한글을 뜯어 먹는 리승만」·「등타령」·「철겨운 부채질」·「호소문에 놀란 '대통령'」·「거꾸로 가는 길」·「입담풀이」), 국립출판사, 1956.

「만담과 재담의 옳은 발전을 위하여」평론,『무대 예술에 있어서의 계급투쟁』, 국립출판사, 1956.

「발성법과 창법 인식에서의 자가당착 – 론문「민족음악의 발전과 연주가의 역할」문종상을 읽고」평론,『조선예술』1월호제5호, 국립출판사, 1957, 75~77쪽.

「만담 재담 부문에 대하여」부문별 심사평,『8·15해방 11주년기념 전국청년학생예술축전 입상작품선집』써클원문예 편집위원회 엮음, 문화선전성, 1957, 202~207쪽.

신불출·신흥순,『만담 재담집』「무허가 약방」, 만담, 국립출판사, 1957.

「판소리와 창극에 관한 나의 견해」평론,『조선예술』, 조선예술출판사, 1957년 12월호제16호.

「발언권을 준다면」만문,『문학신문』, 문학신문사, 1958.1.2.

신불출 외,『재담 촌극집』「방아'간 정부」, 재담, 조선예술출판사, 1958.

「배뱅이굿」굿소리,『조선예술』4월호, 국립출판사, 1958, 22~29쪽.

「작품「배뱅이굿」에 대하여」평론,『조선예술』4월호, 국립출판사, 1958, 22~23쪽.

「창극 배뱅이」좌담회, 『조선음악』 10월호, 조선음악출판사, 1958, 20~26쪽.

「말 아닌 말」만담, 『말과글』 4월호, 과학원출판사, 1959, 16~20쪽.

「영원의 불'길」재담, 『써클원 문예』 5월호, 군중문화사, 1959, 20~28쪽.[102]

　글쓴이가 갈무리한 전후 시기 신불출의 문필은 낱책 3권만담 10편, 재담 1편 실림, 평론 5편, 잡지에 올린 만담 2편, 재담 2편과 굿소리 1편, 만문 1편, 그리고 좌담회 1편이다. 이 가운데 만담 「호소문에 놀란 대통령」은 잡지에 실린 뒤 다시 『만담집』에 올렸다. 따라서 작품 편수로만 따지면 만담 12편, 재담 3편, 평론 5편, 굿소리 1편 만문 1편, 좌담회 1편에 이른다. 개별 작품으로 전후 23편의 실물을 확보했다. 이제까지 재북 시기 신불출의 개별 작품이 우리쪽 공론에 오른 경우는 평론 2편, 곧 엄국천이 다룬 「발성법과 창법 인식에서의 자가당착－론문 「민족음악의 발전과 연주가의 역할」문종상을 읽고」와 『『판소리와 창극에 관한 나의 견해」 2편에 머문다. 거기에 견주면 큰 진전이다. 이러한 전후기 작품을 놓고 볼 때 재미있는 점은 작가동맹 시분과위원회 맹원으로서 신불출이 내놓았을 시나 노랫말이 보이지 않는다는 사실이다. 시와 노랫말이 어엿했던 광복기나 전쟁기와 다른 됨됨이다.

　평론 5편 가운데 「작품 「배뱅이굿」에 대하여」는 굿소리 「배뱅이굿」을 손질해 올리면서 그 과정을 풀어 쓴 짧은 글이다. 수필 영역에 넣기 어려워 평론에 넣었다. 눈길을 끄는 다른 글은 시나 노랫말이 없는 대신 보이는 '만문漫文'이다. '만필'이라는 해묵은 일컬음을 쓰지 않고 굳이 '만문'이라 적은 데서 글의 풍자적, 해학적 됨됨이를 강조했던 신불출의 자세를 엿볼 수 있다. 작품 가운데서 「배뱅이굿」은 신불출이 창작한 작품은 아니다. 전해 오던 작품을 다듬어 내놓은 굿소리 대본이다. 무엇보다 만담 갈래의 흥행과 발전에 뜻을 두었을 신불출이 나름의 여러 노력을 아끼지 않

102　실재가 확인되는 신불출의 전후 1956년 작품으로 만담 1편이 더 있다. 「맹꽁이타령」이다. 앞에서 한 차례 밝힌 바와 같이 신불출만담연구소를 대표해 '전국예술축전'에서 신불출이 공연한 작품이다. 실물을 확인하지 못해 이 자리에서는 뺐으나 글 끝 「신불출 재북 작품 죽보기」에는 올렸다. 「곡예 및 대중예술」, 『조선중앙년감』(1957년판), 앞의 책, 112쪽.

았다는 사실을 확인할 수 있다. 그것도 시나 노랫말 쪽이 아니라, 자신의 특장인 만담 / 재담 갈래 안쪽에서 이루어졌다.

죽보기의 만담 2편, 곧 「호소문에 놀란 대통령」, 「무허가 약방」은 북한에서 내놓은 신불출 논의에서 전후기 것으로 잡았던 10편 가운데 든 작품이다. 남은 8편 가운데서 「정전 바람에 미친 개들」·「멸망 행진곡」·「판타령」·「한글을 뜯어 먹는 리승만」·「철겨운 부채질」 5편은 1956년 펴낸 『만담집』에 실렸다. 거기다 「방아'간 정부」는 신흥순과 같이 낸 1958년 『재담 촌극집』에 올랐다. 이렇게 보면 전후기 이름을 알린 만담 10편 가운데서 「여우의 자살 사건」과 「정신 세탁소」 2편을 뺀 나머지 8편의 원문을 확인할 수 있게 된 셈이다. 이제 죽보기를 따라가며 전후기 신불출 작품이 놓인 자리와 작품의 대강을 훑고자 한다.

전후 신불출 작품 가운데서 가장 먼저 뜨이는 것은 1954년에 발표한 재담 「쩔걱 타령」이다. 북한 논자들이 이 작품을 전쟁기 '가요' 작품으로 잘못 다루었다는 사실은 앞에서 이미 밝혔다. 마땅히 전후기 재담으로 잡아야 한다. 이 작품을 실은 월간 『대중문예』는 호당 170쪽 안밖의 잡지다. 시·노래가요·음악 스켓취·희곡·오체르크·무용·써클사업 경험·써클지도 요강과 같은 속살을 중심으로 짰다. 낱낱 기관이나 일터의 써클 구성원, 노동자의 군중 문예 활동에 필요한 여러 유형의 오락, 예능 활동의 대본이나 성과물을 실었다.

(노래)

개야 개야 개야

두 발 가진 양캐야

커거컹 짖다가

올개미 목도릴 하리라

갑 멍멍……

을 쉬 이 가이! 어째서 사람을 보구 함부루 짖느냐?

갑 사정이 있어서 짖소!

을 이놈 개가 무슨 사정이란 말인가?

갑 애길 들어보! 세상 사람들이 미국놈이나 리승만이 놈을 욕할 때마다 언필칭 개 같
은 놈이라 하니 아니 우리 개들이 언제 침략 전쟁을 한 일이 있소? 만고역적질을
한 일이 있소? 그 더러운 놈들을 우리 죄없는 개에게가 비하니 유사 이후에 이런
개망신이 어데 있단 말이요?

을 애 그럼 그놈들을 뭐라고 해야 옳단 말이냐?

갑 미쳐두 아주 더럽게 미친 도깨비 새끼들입낸다!

(노래)

옳다 그렇다

두두둥 둥게야

네 말이 쩔걱 맞었다

아하하 에헤이 에헤야!

갑 이보게!

을 왜 그래?

갑 미국놈을 어째서 양키들이라고 하는지 자네 아나?

을 몰라!

갑 키가 둘이 돼서 양키라고 한단다!

을 무슨 키 무슨 키 둘이란 말이냐?

갑 침략 전쟁을 일으켜서 피묻은 딸라를 아귀창이 나도록 생키고 재키고 하는 놈들
이 니 키가 둘이라 양키요!

갑과 을이 묻고 답하는 방식으로 이루어진 재담이다. 앞머리에 음악 전주곡처럼 '노래'로 시작한 다음, 대화 진행 사이사이 물음의 속살이 바뀔 때마다 "옳다 그렇다"로 시작한 '노래'를 되풀이 올렸다. 실제 공연에서는 둘이 함께 부르는 꼴이겠다. 조롱과 풍자의 대상은 이른바 "미국놈과 리승만이란 놈"이다. '침략전쟁'을 일으킨 원흉일 뿐 아니라 "북반부 복구 건설을 방해"하는 세력들이다. 그들을 놀리고 꾸짖을 뿐 아니라, '방해' 책동까지 조심하라는 경고를 담았다. 들머리는 "개야 개야 개야"로 시작하는 '노래'다. 자꾸 짖어대는 '양캐'를 향해 거듭 그리하면 '올개미 목도리'를 채우리라고 겁박한다. 본말로 들어서서는 갑과 을, 둘이 '양캐'에 얽힌 갖가지 이야기를 두고 묻고 답하는 방식으로 엮었다. 그런 사이 사이 노래가 목청을 드높인다.

옳다 그렇다

두두둥 눙게야

네 말이 쩔꺽 맞었다

아하하 에헤이 에헤야!

이러한 삽입 노래는 재담 전개에 따라 숨을 돌리고 속살에 변화가 이루어지는 곳에서 매듭을 지으며 되풀이한다. 이때 '쩔꺽'은 "옳다 그렇다" "네 말이 쩔꺽 맞었다"로 거듭한다. 갑과 을이 묻고 답하는 속살이 꼭 들어 맞았다는 동의의 탄성을 담은 센말이다.[104] 탄성을 지르는 발화 주체는 무대 위에서 노래하는 갑과 을이겠으나, 향

---

103 『대중문예』 3월호, 국립출판사, 1954, 26~28쪽.

104 문세영은 '쩔꺽'을 두고 "'절걱'을 힘있게 쓰는 말"이라 풀었다. 북한에서도 다르지 않다. '절걱'은 "크고 단단한 물체가 서로 맞닿은 소리" 또는 "끈기가 있는 큰 물건이 세게 둘러붙는 소리(참고 : 잘깍, 쩔꺽, 철컥)."라 올렸다. '쩔꺽'은 "'절걱'의 뜻을 세게 나타내는 단어(참고 : 짤깍, 철컥)"다. 어슷비슷하다. 연변 겨레사회에서는 "제걱 : 단단한 물질이 가볍게 맞부딪치는 소리"로서 '제걱'과 "단단한 물체가 세게 맞부딪치는 소리"로서 '절커덕' / '절꺼덕'을 나누어 두었다. 소리 본 뜬

유 주체는 갑을을 아울러 마당큭장의 관객 모두다. 따라서 "네 말이 쩔걱 맞었다"로 불려진 인칭 '네'는 갑의 대화 상대인 을을 뜻하는 2인칭이 아니다. 포괄적인 우리를 뜻한다. 관중들은 '갑'과 '을'이 무대 위에서 벌이는 물음과 동의의 찬탄이 고스란히 자신들과 하나가 된 '우리'의 것으로 여기고 느낀다. '쩔걱'이라는 힘센 어찌씨 하나가 무대와 객석을 하나로 묶어주는 선동, 선전 기능을 잘 수행한다. 언어 유도[105]를 잘 이룬 셈이다.

이어서 1955년에 신불출은 만담 「호소문에 놀란 대통령」을 내놓았다.

A 오우! 핼로…… 리승만 박사

…… 오래간만입니다!

B 헤헤헤헤…… 감사합니다. 래드포드 각하! 그런데 어떻게 이렇게 신년 벽두에 우리 한국까지 오셨습니까?

A 리승만 박사! 나 이번 전쟁 준비 독촉하라 왔삽내다! 한국에 대한 우리 미국 신년 계획…… 첫째도 전쟁 준비, 둘째도 전쟁 준비, 셋째도 전쟁 준비입내다! '동북 아세아 동맹' 체결해서 어서 빨리 전쟁 일으킵세다! ……

장개석, 바오다이 허리 부러진 돼지처럼 꾸물거리고 있삽내다! 리승만 당신 앞장서서 모범 보이시오! '남한 국민 전부' 우리 미국 군복 입은 병정 맨드시오! 10개 사단 예비 병력 증강해서 조선 사람끼리 싸울 준비 하란 말입내다!

B 아 싸우구 말구요 그저 총만 주십쇼. 싸움은 우리가 할 테니 …… 그래 나는 금년부터 우선 '국방력 총동원 계획'을 실시하겠습니다! 민병대를 전부 병정을 맨들며 자면 그 속에 배치할 '군사 간부'가 필요하기 때문에 '남한'에 있는 학생들을 군사 훈련에 총동원을 시키겠습니다.

어찌씨 '쩔걱'을 이해하는 데 도움을 준다. 문세영 엮음, 『수정증보 조선어사전』, 조선어사전간행회, 1949, 1391쪽; 조선어및조선문학연구소 엮음, 『조선어소사전』, 과학원, 1956, 610쪽; 연변언어연구소 엮음, 『조선말 의성의태어분류사전』, 연변인민출판사, 1981, 48쪽.

105 "일정한 관심이나 이념에 입각하여 공공의 언어 사용을 의도적으로 조정하는 것"을 뜻한다. 김종영, 『파시즘 언어』, 한국문화사, 2003, 18쪽.

『만담집』(1956)

『민주조선』의 신불출 만담 공연 광고(1956)

A 좋삽내다! 그래야만 우리 미국 군대 피 흘리는 거 절약할 수 있삽내다!

—「호소문에 놀란 대통령」 가운데서[106]

작품 들머리 지문에서 먼저 작품 형식을 밝혔다. "각본의 형식은 혼자 출연하면 만담이 되고 두 사람이 출연하면 재담이 되도록 하였는바 그것은 A래드포드와 B리승만의 대화로만 시종한 때문이다"가 그것이다. 재담으로든 만담으로든 다 누릴 수 있도록 했다는 뜻이다. A는 미국의 미태평양함대사령관이었으며 초대 미합동참모부 의장을 지낸 래드포드 제독이다. 그리고 B는 이승만 대통령이다. 래드포드는 1952년 전쟁기와 전후기 1955년까지 네 차례[107] 한국을 찾았다. 그럴 때마다 이승만 대통령과

---

106 『써클원 문예』 2·3호, 국립출판사, 1955, 155~156쪽.

107 「금성태극훈장 수여」, 『조선일보』, 조선일보사, 1952.10.12; 「래드포드 제독 내한」, 『조선일보』, 1953.6.11; 「래 제독24일 내한」, 『조선일보』, 1953.12.24; 「래 제독2일 내한」, 『조선일보』, 1955.1.1. 1954.3월에는 리승만 대통령이 미국을 방문, 국방 고위 관계자들과 회담을 했다. 그 가운데 래드포드도 들어 있었다. 「인지전에 신조치, 이 대통령 국방부 수뇌와 협의」, 『경향신문』, 경향신문사,

회견을 가졌다. 작품은 그를 맞는 이승만의 자세를 한껏 비굴한 데 놓고 끌어 나갔다. 래드포드는 "신년 벽두"에 자신이 한국을 찾은 까닭은 북침 전쟁 개시와 독려를 위한 데 있다고 말한다. 미국을 '전쟁광'으로 만들고 꼬나풀처럼 따르는 남한 이승만 행정부의 이른바 '매국 역도' 짓을 북한 사람들에게 널리 일깨우고자 한 뜻이다. 이른바 '미제'와 이승만 행정부에 대한 증오심을 심는다는 뜻에서는 앞의 「쩔걱타령」과 한 자리에 놓인다. 이 만담은 다음해 『만담집』에 되실었다. 그러면서 곳곳에 적지 않은 변개 요소를 드러냈다. 구연 갈래인 만담과 읽는 문학으로서 만담 사이 관계에 대한 더 꼼꼼한 논의의 실마리를 던져주고 있는 작품인 셈이다.

1956년에 이르러 신불출의 활약은 돋보인다. 무엇보다 먼저 개인 『만담집』을 내놓았다. 월북하기 앞선 시기에는 꿈꾸기 힘들었을 일이다. 3월에 내놓은 『만담집』에 이어, 5월에는 자신의 유일한 만담 / 재담론 「만담과 재담의 옳은 발전을 위하여」를 냈다. 7월 3일부터는 국립대중예술극장에서 공훈배우 이름으로 만담 공연을 벌였다.[108] 『만담집』은 국립종합인쇄소에서 30,000부를 찍었다. 적지 않다. 일반 군중 '써클' 활동에 널리 활용될 수 있기를 바라는 뜻이 담긴 셈이다. 책은 본문 119쪽으로 두텁지 않다. 저작권지에 따르면 3월 2일 인쇄에 부쳐서 3월 31일 냈다. 거기다 글쓴이 신불출 이름 아래 '평양시'라 따로 적었다. 신불출이 평양 정주 작가라는 뜻이다. 책은 앞머리 자신의 「서문」과 만담 9편으로 짰다. 「정전 바람에 미친 개들」·「멸망 행진곡」·「판타령」·「한글을 뜯어 먹는 리승만」·「등타령」·「철겨운 부채질」·「호소문에 놀란 '대통령'」·「거꾸로 가는 길」·「입담풀이」가 그들이다.

이 가운데서 「멸망 행진곡」은 독만담, 「한글을 뜯어먹는 리승만」은 4인 군만담, 나머지 7편은 모두 대화만담이다. 대화의 두 주체는 이른바 미제 역도의 주구라 일컫는 이승만 대통령과 그 아래 관료 또는 미국 정부 인사다. 독만담이든 대화만담이든, 군만담이든 이승만이 중심 대상이다. 「정전 바람에 미친 개들」은 미국 국무장관 덜레스와 이승만, 「한글을 뜯어 먹는 리승만」은 이승만과 미국대사, 그리고 심복과 이

1954.3.22.
108 「공훈배우 신불출 만담 국립대중예술극장」, 『민주조선』, 민주조선사, 1956.7.5.

선근 그 무렵 문교부 장관을 내세웠다.「판타령」은 다시 이승만과 상공부장관 김일환이,「철겨운 부채질」은 미극동군 총사령관 렘니쩌와 이승만이,「호소문에 놀란 대통령」은 래드포드와 이승만이 갑을 관계로, 그리고「거꾸로 가는 길」은 이승만과 비서가 대화 상대를 이룬다.

그이가 무대 위에서 손수 말문을 떼지 않는 작품은「판타령」과「입담풀이」뿐이다. 그럼에도 둘 모두 중심 조롱과 비판 대상은 리승만과 그 행정부의 정치 현실이다.「판타령」은 갑과 을 둘이서 이른바 미제와 역도 '리승만'을 풍자, 조롱하는 짜임새를 갖추었다. "3년 전쟁에 경을 치구 정전 담판에서 무릎을 꿇었는데두 불구하구 또다시 악을 쓰는 판"을 벌이고 있는 "미국놈이나 리승만이놈"이다. 그런 가운데서 피폐할 대로 피폐할 수밖에 없다는 남한 실정을 일깨워 이승만 행정부를 공격한다.「입담풀이」는 이승만의 '정치'를 풍자, 조롱하는 제목 그대로 '입담'이다. 그러하니 『만담집』「서문」에서 신불출 스스로 밝혔듯이 "수록된 전체 만담"의 주제는 "미제 침략자들과 그 주구 리승만 역도들의 만행 중 단편적인 것을 폭로한 것"[109]이라는 말이 마땅하다.

다음에 내놓은 작품이 평론「만담과 재담의 옳은 발전을 위하여」다. 이 글은 재북 시기뿐 아니라 신불출이 한누리 오로지하게 내놓은 본격 만담 / 재담론이다. 무겁게 다루어야 할 까닭이 뚜렷하다. 모두 삼단 구성을 갖춘 이 글은 앞에서도 말한 바와 같이 1956년 전후 인민경제 3개년 계획이 마무리되는 1956년을 맞아 만담 / 재담의 갈래 특성과 만담연구소의 앞날 계획, 활동, 발전 각오를 밝혔다.『만담집』발간과 아울러 공훈배우 일컬음을 앞세운 신불출의 사회적 명성과 의욕이 으뜸에 이르렀을 시기에 내놓은 글인 셈이다.

근자에 와서 만담과 재담에 대한 일반의 관심이 적지 아니 높아지고 있다.

특히 재담은 락천적인 우리 조선 인민이 예로부터 즐겨오던 풍자 쟌르로서의 '웃음

---

109 「서문」,『만담집』, 국립출판사, 1956, 4쪽.

예술'이며 소중한 유산들 중의 하나이다

그런데 이 쟌르는 오늘날까지 다른 어느 문학예술 쟌르에 비해서도 그 발전이 활발하지 못했었다. 물론 거기에는 이러저러한 핑계거리가 아주 없는 것도 아니지만 무엇보다도 중요한 원인은 만담과 재담을 전문으로 하는 사람들이 적었던 데 있다.

8·15 해방 후 우리 나라의 생활은 그 자체의 본질로부터도 그러하려니와 웃음꽃이 만발하지 아니치 못할 은혜로운 역사적 조건에 기초했기 때문에 희망에 찬 웃음을 노래할 가능성이 열려졌으며 일제시대에 서리를 맞았던 풍자류의 '웃음 예술'들이 고목 생화처럼 다시 솟아나기 시작했다.

— (줄임) —

그러면 이제부터 만담과 재담에 대한 보다 높은 발전을 위하여 어떠한 문제들이 제기되는가.

물론 이러저러한 방법상의 문제들이 허다하겠지만 우선 말해야 할 것은 '만담연구소'가 창설되기 이전 시기인 10년 동안에 만담과 재담을 처음으로 시작한 많은 사람들이 그 쟌르에 대한 일정한 체계적 토대에서 배울 기회없이 출발했기 때문에 또는 근로인민들의 증대되는 수요에 응하기에만 급급해서 작품에 대한 일정한 깊은 고려와 준비 없이 출발했기 때문에 만담 아닌 만담, 재담 아닌 재담이 쏟아져 나온 딱한 사정이 일시 생기게 되었었다°

— (줄임) —

그러므로 이제 나는 이「만담과 재담의 옳은 발전을 위하여」라는 짧은 글을 통해서 우선 만담과 재담의 교양적 의의에 대하여서와 또 만담과 재담은 서로 어떻게 다르며 연극과는 다른가에 대한 가장 초보적인 해답을 주는 것이 필요하리라고 생각한다.

—「만담과 재담의 옳은 발전을 위하여」 가운데서[110]

「만담과 재담의 옳은 발전을 위하여」들머리 가운데서 따 놓았다. 신불출은 말머

---

110 『무대 예술에 있어서의 계급투쟁』, 앞의 책, 67~69쪽.

리를 만담 / 재담이 놓인 당대 상황과 문제 인식으로 시작한다. 만담 "특히 재담은" "예로부터 즐겨오던 풍자 쟌르"로서 '웃음 예술'이며 소중한 유산" 가운데 하나다. 그 것이 "웃음꽃이 만발하지 아니치 못할" "역사적 조건에 기초"해 을유광복 뒤부터 "희 망에 찬 웃음을 노래할 가능성이" 열렸다. 그럼에도 '만담연구소'가 만들어지기 앞서 "지난 10년 동안" 만담 / 재담 갈래를 "일정한 체계적 토대에서 배울 기회"를 갖지 못 했다. 그런 까닭에 "만담 아닌 만담, 재담 아닌 재담이" 쏟아졌다. 그러한 문제는 '만 담연구소'가 "금후 사업을 통해서" "일정한 기초 지식과 아울러 만담과 재담"에 필요 한 "실제적인 문제"에 관한 "옳은 지도와 방조"를 줌으로써 풀 수 있을 것이다. 그런 앞날을 바라보며 이번 기회에 "만담과 재담의 교양적 의의"와 만담과 재담, 또는 만 담 / 재담과 연극 사이 차이에 관련한 "가장 초보적인 해답을" 주고자 한다며 글의 목 표를 밝혔다.

본론 앞머리는 만담 / 재담의 갈래 규정으로 시작했다. "풍자적인 그림을 만화라 고 하며 풍자적인 글을 만문이라고 하는 것처럼" 만담은 "풍자적인 말"인 까닭에 일 컫는 이름이다. 그에 견주어 재담은 "재간 있는 말 즉 예술적인 말"을 뜻한다. 재담은 세계 어느 나라치고 없는 곳이 없다. 우리 겨레도 "오랜 역사와 유래를" 가진다. 재담 은 "약 40년 전 박춘재, 문영주^{유명한 재담가} 두 분"의 것이 활발했다. "만담이 세상에 나 오기까지" 둘의 지도가 컸다. 신불출이 처음 만담을 시작한 동기는 그 둘이 하던 재 담을 혼자서 해 보겠노라는 새로운 시도였다. 그 뒤로 30년이 지났다. 자신의 특장 인 만담은 "고향을 일본에 두고 있는 것"이라 강조했던 지난날과는 달리 우리쪽 전 통에서 비롯했다는 입장 선회가 눈길을 끈다.[111] 이어서 신불출은 만담 / 재담이 지

---

111 "'만담(漫談)'은 원래 조선에는 없었던 것입니다. 소위, 재담이란 것이 있기는 하엿으나 그것은 이 '만담'과는 아조 비견도 못할만치 본질적으로 다른 것이외다. 이 재담이란 것은 아마 동경에 있는 '만세(萬歲)'라고 하는 것과 비슷한 다만 우슴 본위로 공허한 내용을 가진 것입니다. ― (줄임) ― 그럼 이 '만담'이 어데서 비롯된 것이냐 하면 그 고향을 일본에다 두고 잇는 것인데, 동경서도 이 '만담'이 시작된 지가 불과 5년이라는 짧은 역사를 가진 것입니다. ― (줄임) ― 필자는 조선에다 가 '만담'을 처음 수입 식혀 놓은 사람의 하나올시다. 중국이나, 동경 것을 직접으로 실제 견학도 하야본 결과, 드듸여 이 '만담'이라는 것을 창안해 가지고, 비로서 조선에다 그 첫 시험을 해밧든 것입니다. '남의 것을 배호는 것은 내 것을 맨들기 위해서만 가치가 잇는 것이다.' 신불출, 「웅변

닌 '특성'을 다섯 가지로 풀었다.

첫째, 만담 / 재담은 "대중적인 교양자" 역할을 특성으로 갖는다. 그렇다고 말장난 곁말에 그치지는 않는다. 어디까지나 만담 / 재담은 문학 작품이어야 한다. 풍자와 해학을 빚는 진실성뿐 아니라 "고도의 사상성과 예술성"을 요구한다.

둘째, 만담 / 재담은 표현 수법에서 한계가 '무제한'하다. 만담은 한 사람이 이끄는 이야기고 재담은 두 사람이 벌이는 이야기다. 그 둘이 "대조적인 '콤비'로 짝을 맞추는 것"은 어디까지나 '이야기꾼'의 됨됨이에서 비롯한다. 만담과 재담이 다른 점은 "출연하는 사람 수효나 '콤비'에서 오는 형식상의 차이"일 뿐, 갈래가 지닌 "기본 특성"에서는 "본질적인 차이"가 없다. 둘 다 '이야기꾼'이 역할을 나누어 맡으며 끌어가는 갈래다. 그와 달리 연극은 '인물'이 출연해 만담 / 재담과 '본질적인' 차이를 갖는다. 거기다 만담 / 재담은 "표현 수법"에 제한이 없다. 반어·역설·야유·조소·

『무대예술에 있어서의 계급투쟁』1956

골계와 같은 "과장된 화술"과 인형·가면·음악·무용과 같은 "다양하고 기발한 도구"와 '연기'를 빌릴 뿐 아니라 때로 "암시적이며 상징적"이거나 "초시간 초공간적인 동화적 허구와 속도의 수법"으로 "주제 내용을 폭 넓고 인상 깊게 형상"한다. 만담 / 재담이 "재미있는 무대 예술 양식"이 될 수밖에 없는 까닭이다.

셋째, '웃음' 특성이다. "화려한 미래"를 향해 "근면하고 용감"하게 나아가는 '인민'을 위한 예술은 바탕을 "혁명적 락관주의"에 둔다. 그러므로 "락천적인 자기 본질"로서 웃음은 필수적이다. 그런데 "계급적 원쑤놈들 때문에 오랜 세월" 인민은 "웃는 것조차 잊어버리고" 살았다. 만담 / 재담은 "웃는 표정까지도" 잊어버린 인민, "근로 대

과 만담」,『삼천리』6월호, 삼천리사, 1935, 106쪽.

중"에게 명랑, 유쾌하고 희망에 찬 사랑의 웃음뿐 아니라 "씩씩하고 쾌활한 청춘적인 웃음", "긍지와 신념으로 충만된 통쾌하고도 유쾌한 웃음"을 줄 수 있어야 한다. 그것이 "로동자 농민들에게 대한 혁명적 인테리들의 동지적 애정이며 혁명적인 우정"이다. 만담 / 재담이 지닌 웃음의 효용을 밝히면서 자신을 "혁명적 인테리"로 놓고 있어 흥미롭다. 신불출은 웃음이라는 특성을 마무리 지으며 그 "철학적 기초"는 반드시 "맑스－레닌주의적인 미학적 원칙"에 두어야 할 것을 새삼스럽게 짚었다.

넷째, 만담 / 재담은 "시사 속보적 역할"을 특성으로 갖는다. 연극이나 영화와 같이 "복잡한 절차를" 밟지 않는 "지극히 간결한 자체 조건"을 갖는 게 만담 / 재담이다. 그런 까닭에 "일상적으로 나타나는 긍정적 현상들에 대한 강조와 부정적 현상들에 대한 풍자를 민감하게 무대에 반영할 수" 있다. 또 마땅히 그러해야 한다. "시기적으로 제기되는 국제 국내의 정치, 경제, 문화, 군사 등 시사 뉴스나 시책 및 정령에 대한 해설을 알아듣기 쉽고 재미있는 문답 형식으로 신속하게 전달 침투시킬 수 있는 것"이 만담 / 재담이다.

다섯째, 만담과 재담은 "시간과 장소에 대한 제약"을 받지 않는다. 배경이나 장치가 필요치 않으며 출연하는 인원이 만담에서는 한 사람, 재담에서는 두 사람이라는 '간편성'을 갖는다. "어느 때 어느 곳"에서나 "광범한 군중 앞에서 임의로 공연을" 가질 수 있는 갈래가 만담 / 재담이다. 두 번째로 말했던 "표현 수법"이 무제한하고 "자유로운 형식" 특성과도 맞물린 것이다.

만담 / 재담에 대한 성격 규정과 연극과 차이, 그리고 풍자와 웃음의 미적 필요성에 대한 생각을 두루 펼쳤다. 미시적인 갈래 특성까지 아우른 셈이다. 그런데 신불출이 내놓은 이러한 특성은 극문학이나 풍자적 웃음이라는 상위 수준에서 보자면 큰 변별점을 지닌 것으로 여겨지지 않을 수 있다. 신불출로서는 잘 다듬은 논지라 하더라도 작은 갈래로서 만담 / 재담이 지닌 독자성을 웅변하기에는 모자람이 보인다. 신불출은 각별히 지난날 박춘재 문영주 두 사람의 재담이 "장구치고 소리를 하면서 주거니 받거니 하는 이야기로 사람을 웃기"는 "민족적인 형식"으로서 "실로 상상 외의 대단한 인기를" 끌었다고 강조했다. 그렇다면 굳이 그런 재담을 다시 만담과 나눌 필요가 있는가? 스스로 작품 「호소문에 놀란 대통령」을 만담과 재담, 두 형식으로 다 즐길 수 있도록 쓰기도 했던 터다. 이야기꾼의 자유로운 성격 변화가 만담 / 재담의 특징이라 하더라도 1인 다역극과 만담이 어떠한 차이를 지닐 수 있을까? 이러한 물음 앞에 놓이면 만담이 지닌 갈래의 독자성을 설득하기는 더 어려울 수밖에 없다.

그런 물음을 벗어나기 위해 신불출은 만담 / 재담의 특성 제시 맨 마지막에 이르러 "민족적인 것"이면서도 지난날 "상상 외의 대단한 인기를" 끌었던 재담의 특성을 다시 한번 덧붙였다. "첫째 무대 장치나 배경 같은 것이 필요치 않기 때문에 경비"가 들지 않는다. 둘째 "적은 인원으로 되는 것"인 까닭에 "농촌이고 건설장이고 어데나 간편하게 다니면서 공연할 수" 있다. 셋째 "웃기면서 교양을 주는 것"이어서 "남녀 로소들이 다 같이 좋아하는 그야말로 기동성과 대중성을 겸한 철두철미 인민적인 예술"이라는 풀이가 그것이다. 만담 / 재담 가운데서 재담의 당대 '시사적' 효용성을 더욱 강조함으로써 관심을 가져주기를 바라마지 않았던 셈이다.

그런 다음 신불출은 북한 만담 / 재담의 발전을 위해 세워진 만담연구소와 자신의 역할이 무거워질 것이라 다잡는 말로 글을 맺었다. "작가들의 창작과 연구를 위한 적극적인 방조"뿐 아니라 "풍자 문학 예술에 대한 기초 지식과 작품 창작, 화술 연구, 연기 실습 등에 관한 실제적 지도를" 주기 위한 '만담연구소'의 금후 사업을 기대하고 밀어달라는 뜻이다.

이와 같은 1956년의 두드러진 활동은 1957년에는 식을 줄 모르고 날개를 더욱 단 격이다. 각별히 만담 / 재담론 「만담과 재담의 옳은 발전을 위하여」을 이어 1957년에만 비평을 3편이나 내놓았다. 묵직한 평론 「발성법과 창법 인식에서의 자가당착—론문 「민족음악의 발전과 연주가의 역할」문종상을 읽고」와 「판소리와 창극에 관한 나의 견해」에다 그 둘 사이에 내놓은 '전국청년학생예술축전' 심사평 「만담 재담 부문에 대하여」이 그것이다. 거기에다 신흥순과 펴낸 『만담 재담집』이 더한다. 만담 「무허가 약방」을 올린 작품집이다.

「발성법과 창법 인식에서의 자가당착—론문 「민족음악의 발전과 연주가의 역할」문종상을 읽고」와 「판소리와 창극에 대한 나의 견해」는 문제적인 글이다. 무엇보다 자신이 본령인 만담 / 재담에 관련한 논의가 아닌 점에서 그렇다. 판소리나 민요 '가창'에 관련한 글이다. 만담 / 재담에서 눈을 더욱 키워 우리 고전 연희나 음악 전통에 대한 자신의 관점과 이해의 깊이를 숨기지 않으려 한 성과인 셈이다. 만담 / 재담이 연행 과정의 앞뒤나 작품 안쪽에서 노래나 연극 전통과 뗄 수 없는 관계를 맺고 있는 터여서 자연스러운 관심 이동이라 볼 수 있다. 그럼에도 자신의 앎을 논쟁적인 형식으로 펼쳐낸 글이다. 문제적인 됨됨이를 벗기 힘든 글인 셈이다.

우리 일부 성악가들이 민요 가창을 제 본색대로 형상하지 못하고 있는 첫째 원인은 그들이 조선 창법을 체득 못한 데만 있는 게 아니라 외국식 발성 훈련으로부터 얻어진 관습이 장애물로서 작용하고 있는데 있으며 둘째 원인은 민요가 가지고 있는 민족적인 맛과 냄새를 발성법 자체에서만 찾으려고 하는 일면관적 착각 속에 있다고 생각합니다.

그래서 나는 그 기본 원인을 어디까지나 서양식인 현대 발성법과 민족적인 발성법상 특성과의 불일치성에서 찾아야 할 것이라는 결론에 도달하고 있습니다.

— (줄임) —

그 민족의 창법은 그 민족의 발성법을 통해서만 완전히 표현된다는 것과 바로 그 때문에 '발성법과 창법은 다같이 과학적이며 동시에 민족적이라야 한다'는 결론이 나오게 되는 것입니다.

원래 발성법은 두 개의 측면을 가지고 있는 것입니다. 한 측면은 과학적 측면이요 다른 또 하나의 측면은 민족적 측면입니다. 과학적 측면이라고 함은 주로 생리적 범주에 속하는 발성 방식을 의미하는 것이고 민족적 측면은 주로 심리적 범주에 속하는 발성 훈련을 의미하는 것입니다.

— (줄임) —

민요의 민족적 정서를 단순히 창법에 대한 체험에서만 찾을 게 아니라 발성법에서도 찾아야 한다는 것이 자명하지 않습니까?

이상과 같은 특징적인 각이성들은 발성법의 두 측면이 있다는 증거로 될 뿐만 아니라 그 민족의 창법은 그 민족의 발성법을 통해서만 가능하다는 실증적 론거로 되는 것입니다.

그런데 문종상 동지는 발성법이 가지고 있는 이 두 측면을 호상 련계 속에서 보지 않을 뿐 아니라 하나로 혼동하는 립장에 섰으며 그 때문에 성음 설치와 위생에 관한 발성 방식만이 발성법의 대상인 것처럼 일면적으로 주장하다가 마침내 발성법의 훈련은 창법을 통해서만 이루어지는 것 같은 지극히 애매한 명제를 내놓기까지에 이르렀습니다.

— (줄임) —

이러한 관점은 필경에 무엇을 가져오게 마련입니까?

"발성법은 과학적이요 창법은 민족적이라"는 일면적인 공식을 낳게 되며 이 첫째 공식은 다시 "민요의 맛과 냄새는 창법에만 있다"라는 독단적인 두 번째 공식을 낳게 되며 이 두 번째 공식은 또 다시 세 번째 놀라운 공식을 준비하는바 현대 발성법은 '탁성'을 몰아내는 만병 통치약으로 생각하면서 민요 가창의 완전 보장은 창법만 체험하면 된다는 꿈속 같은 결론에 몰아 나가게 되는 것입니다.

거듭 말하거니와 우리 조선의 고유한 발성법 전통인 음계 발성에도 기초하지 않으며 어단성장법의 약속인 모음 발성에도 기초하지 않은 채 가사 발성의 '붙임새'까지를 전혀 외국식으로만 체득하게 되여 있는 이른바 현대 발성법을 그대로 가지고 조선 창법만 체험하면 민요 가창에서 조선 맛과 냄새를 완전 보장할 수 있으리라는 주장이 어떻게 실천적 가능성을 가지고 있단 말입니까? 이러한 주장은 마치 외국식 무용 기본을 가지고 '가락'만 배우면 조선 춤의 맛과 냄새가 나리라는 주장과 같으며 그러한 리론은 마침내 주체 확립이 아니라 주체를 해체시키는 위험성까지 동반하지 않는다고 누가 보증하겠습니까?

나의 결론은 간단합니다. 우리 조선 민요를 불만족하게 형상하고 있는 일부 성악가들의 출로를 창법에서만 찾으라고 할 것인 게 아니라 그와 함께 또는 그보다도 앞서서 우리 조선의 고유한 발성법 전통에 기초한 깊은 연구와 강한 체험으로부터 찾는 것이 타당하리라고 나는 생각합니다.

— 신불출, 「발성법과 창법 인식에서의 자가당착 — 론문

먼저 1957년 벽두에 내놓은 「발성법과 창법 인식에서의 자가당착―론문 「민족음악의 발전과 연주가의 역할」_{문종상}을 읽고」는 제목에서부터 특정 글을 두고 내놓은 논쟁적인 반론임을 숨기지 않았다. 석 달 앞선 1956년 11월에 내놓았던 문종상의 「민족음악의 발전과 연주가의 역할」이 그 대상이다. 글 앞머리를 신불출은 낮은 자세로 시작한다. 자신의 전공 부문 공부를 위해 "자매 예술에서 많은 것"을 배우고 있다고 말을 뗐다. 그런 다음 음악 부문에서 "가장 초보적인 상식들에 대하여 해당 부문 전문가들의 동지적인 해명과 지도를 받고" 싶다고 썼다. 음악 전공자가 아닌 이로서 마땅한 겸손이다. 그러나 본말에 들어가서는 매서운 목소리를 숨기지 않았다. 문종상의 글을 두고 "혼동하는 립장"이라거나, "일면적으로 주장하다가 마침내" "지극히 애매한 명제"에 이르렀다는 평가어는 "해당 부문 전문가들"에게 "동지적인 해명과 지도"를 받고자 하는 이의 것에서 한 발 넘어선 단계를 보여 준다. 자신의 앎이 옳다는 확신에 찬 목소리다.

신불출로부터 문제 제기를 당한 문종상의 「민족 음악의 발전과 연주가들의 역할」은 "민족 음악 유산 계승 발전 사업"과 관련한 당면 과제를 두고 제언을 던진 글이다. 오늘날 음악가들이 "민요풍의 독창적인 악곡"을 만들기 시작하였으나 아직 "초보적인 단계"에 머물렀다. 그렇게 된 원인은 무엇보다 "민족음악 유산에 대한 태도가 피상적"인 데 있다. 그리하여 문종상은 "민족 음악 발전 사업"에 "새 음악을 배웠다고 하는 음악 연주가들이" 마땅히 "주의를 가져야 할 문제들"에 대한 생각을 담고자 했다. 그를 위해 음악 연주가를 성악가와 기악 연주가, 둘로 나누어 생각을 갈랐다.

성악가 쪽에서 볼 때 나타나는 '부족점'으로 중요한 첫째는 "민요의 형상 세계에 대한 올바른 표상"이나 "민요에 대한 강한 체험"이 없이 "자기류의 주관적으로 민요를 가창"하는 잘못이다. 그러다 보니 성악가들이 민요를 노래함에 있어 드러나는 "불

원만한 정형"은 마치 "현대 발성법이 우리 고유의 민요나 창요를 가창하기 부적당한 듯한 오해"를 불러 일으켰다. "민요나 창요를 가창함에 발성법이 불필요한 것"처럼 여기게 만든 것이다. 그러나 성악가들이 우리 민요를 '불원만'하게 부르는 원인은 "과학적인 발성법"을 배우지 못한 데 있을 따름이다. 결코 발성법에 있는 게 아니다. 성악가들이 "우리 노래의 정서적 세계를 체험하지 못하고 그 감정과 기분으로" 몸이 "물젖어 있지 못한" 탓이다.

그런 진단 아래 문종상은 그 무렵 음악사회의 현안이었던 "탁성을 제거할 문제"로 논의를 나아간다. 그 일의 해결을 위해 "주동적 역할을 놀아야" 성악가들은 "자신이 가지고 있는" 그러한 '결함' 탓에 "음악계의 당면한 문제 해결을 오히려 지연"시키고 있다. "민요를 가창함에 있어 우리 노래의 형상을 총체적으로 파악하고 있지 못하며 과학적인 발성법과 우리 나라의 고유한 창법을 유기적으로 결합시키지 못하고" 있다. 따라서 성악가들은 이미 "소유한 발성법을 자유자재로 구사하면서 우리 노래를 형상화하기 위한 창법을 소유하는 사업에 전력을 다해야 할 것"이라 맺었다.[113]

신불출은 이러한 문종상의 글을 두고 두 쪽에서 강한 문제 제기를 했다. 첫째, "일부 성악가들이 민요 가창을 제 본색대로 형상하지 못하고 있는" "기본 원인"은 "어디까지나 서양식인 현대 발성법과 민족적인 발성법상 특성과의 불일치성"에 있다는 단언이다. 신불출은 발성법이 "생리적 범주에 속하는" "과학적 측면"과 "주로 심리적 범주에 속하는 발성 방식"을 뜻하는 "민족적 측면" 두 쪽을 지닌다고 보았다. 문종상이 이 둘을 상호 연계 속에서 보지 않고 "하나로 혼동하는 립장"에 섬으로써, "성음 설치"와 "발성 방식만이 발성법의 대상인 것처럼 일면적으로 주장"하다 마침내 "발성법의 훈련은 창법을 통해서만 이루어지는 것 같은 지극히 애매한 명제를 내놓기"에 이르렀다고 본 것이다.

---

113 음악 연주가를 두고서 "현재와 같이 다른 나라의 음악 전통에 기초한 창법들을 우리 나라 민요 가창에 기계적으로 도입함으로써 우리 나라 민요의 형상을 손상화시키는 그러한 괴이한 현상은 단연코 자취를 감추어야 할 것"이라 말했다. 문종상, 「민족 음악의 발전과 연주가들의 역할」, 『조선 예술』 11월호, 조선예술사, 1956, 38~39쪽.

그런데 신불출은 문종상이 말한 '과학적 발성법'이라는 것을 오인한 듯하다. 그것을 현대 서양식 발성법과 같은 한 가지로 묶었다. 오히려 문제 인식에서부터 잘못에 빠진 셈이다. 문종상이 말하는 과학적 발성법이란 개개인의 성악가가 지닌 생리적 특성을 최대한 살리면서 가장 바람직한 소리를 낼 수 있게 하는 과학적 생리적 훈련과 방식을 뜻한다. 결코 "서양식인 현대 발성법"을 뜻하는 게 아니다. 그럼에도 신불출은 과학적 발성법, 곧 서양식 발성법과 민족적 발성법이 서로 나뉜 것으로 보아, 발성법의 두 측면으로 그들을 맞세우는 반론을 편 것이다.[114]

그런 뒤 둘째, 신불출은 문종상이 "탁성을 제거할 문제의 해결"에 힘껏 나서야 한다고 본 논지에 대해 거부감을 숨기지 않았다. 문종상과 같은 논자들을 향해 "현대 발성법"을 "'탁성'을 몰아내는 만병 통치약으로 생각하면서 민요 가창의 완전 보장은 창법만 체험하면 된다는 꿈속 같은 결론"에 이르는 생각을 지닌 사람으로 판단했다. 신불출은 탁성^{�𝑤소리} 제거 쪽보다는 그것이 우리 전통 음악의 노래나 소리에서 필수불가결한 민족적 형식이라고 보는 입장이다. 문종상의 생각이 크게 거슬렸을 일이다.

남도에서 올라간 월북 판소리 소리꾼이나 민요가들이 즐겨 누리고 지닌 탁성에 관한 논란은 북한 음악계애서 1951년 전쟁기부터 이루어졌다.[115] 전후 논의를 거쳐 이미 1955년에는 해결을 위한 지침까지 마련된 상태다. 국립고전예술극장 조사연구실에서 내놓은 「탁성 및 녀성 성부 체계를 위한 몇 가지 제의」가 그것이다. 거기에 따르면 우리 옛 전통 음악에서도 창자를 가르칠 때, "그 사람이 가진 발성 기관의 생리적 구조에 대한 세심한 고려 밑에서 지도"하려 했다. "성악적 표현 또는 발성에 있

---

114 그를 뒷받침하기 위해 신불출은 우리 노래 발성의 원칙인 것으로 여겨지는 몇몇 보기를 들었다. 어단성장(語短聲長), 곧 '말은 짧게 소리는 길게' 하라는 원칙과 전통 발성법의 특징 가운데 하나인 "금오성식(禁五聲式) 발성법" 곧 "과하지 않게 홍하지 않게, 헤먹지 않고, 음하지 않게, 간하지 않게 해야 한다는 정칙"이 그것이다. 거기다 "조선의 발성 모음은 아 어 오 으 이 다섯 개의 모음으로 되었고 서양 발성 모음은 아 에 이 오 우 다섯 개 모음으로" 이루어진다. 이러한 "특징적인 각이성"이야말로 "발성법의 두 측면" 곧 "과학적 측면"과 "민족적 측면"을 보여 주는 '증거'일 뿐 아니라 "그 민족의 창법은 그 민족의 발성법을 통해서만 가능하다는 실증적 론거"라고 말했다. 문종상에 따르면 이들은 '창법'의 문제다. "과학적 발성법"의 원칙에 들 것이 아니다.

115 배인교, 「1950~60년대 북한 음악계의 탁성 제거 논쟁 검토」, 『한국음악사학보』 55집, 한국음악사학회, 2015, 67~116쪽.

어서 개성적 표현에 대한 존중치가 지극"했다. 그러므로 "선조들의 발성법이 희구, 지향한 바는 탁성이 아니며 또한 오늘 선진적 발성법도 그것과 상반"되는 것이 아니다. 오히려 "공통된 목적성에 접근"한다.[116] 탁성은 우리 고유 전통이 아니라 잘못된 발성의 결과라는 뜻이다.

아름답고 무리가 없는 성음의 설정 — 성음 작성의 이 기본으로 되는 법칙은 모든 민족들이 동일한 범주를 가졌다. 그러나 그 아름다움이 어떤 아름다움이며 그 아름다움을 어떻게 무리없이 전달하는가?에서 미묘한 차이를 가진다. 이 아름다움은 그 나라 인민들의 "인간의 심리적 상태에서 현실 생활 조건의 독특한 반영"그 아쁘레샨으로 형성되며 인민들의 성음미에 대한 예술적 취미가 작용할 것이다.

— (줄임) —

다시 말하면 우리들은 성음 작성의 기본 법칙상의 과학에서 발성법의 민족적 특성을 찾는 것이 아니라 이 기본 법칙들을 능란하게 다각적으로 활용하여 성음미에 자기 민족의 특성을 부여하는 과학에서 찾는다.

— 국립고전예술극장 조사연구실,

「탁성 및 녀성 성부 체계를 위한 몇 가지 제의」 가운데서[117]

문종상이 말한 '과학적 발성법'에 바탕을 두어야 한다는 뜻은 위와 다르지 않다. "성음 작성의 기본 법칙상의 과학에서 발성법의 민족적 특성"을 찾아야 한다고 문종상이 쓴 까닭이다. 탁성은 "음성 과학에 대하여 충분한 지식을 습득 못"한 지난 '가수들'의 "력사적 제약성"에서 비롯된 잘못이다. "그들의 가창 교수는 모방에 의존한 순경험적인 방법"이었다. "음성 련습법은 귀에 위주한 본능적 모방 방법을" 택했다. "많은 결함들을 초래"한 주된 '원인'이 그것이다. '여성 단일 성부'와 마찬가지로 탁성은

---

116 국립고전예술극장 조사연구실, 「탁성 및 녀성 성부 체계를 위한 몇 가지 제의」, 『예술과 체험』, 국립출판사, 1955, 51~52쪽.
117 국립고전예술극장 조사연구실, 위의 글, 53~54쪽.

거기서 "파생된 결함"이다." 따라서 "예술을 비판적으로 발전시킴으로써 비과학적이며 저속한 모든 것을 제거하여 고상한 수준에 올려 세워야" 한다는 일성의 교시에 따르면 "탁성과 녀성 단일 성부 제거 문제는 낡은 방법과 미적 견해에 대한 비판과 투쟁이며 동시에 사상적 투쟁과도 련결"된다.[118]

탁성 제거가 '미적 투쟁'이며 '사상 투쟁'이라는 으뜸 수준의 강령이 이미 주어진 마당이다. 문종상의 글은 단순히 전통 음악 사정에 익지 않은, 서양 음악 전공자의 생각 개진이 아니다. 신불출에게는 "자매 예술"의 "해당 부문 전문가" '동지'로 보였을지 모르나 문종상은 이른바 '선진적인' 소련 유학을 마치고 돌아와 전후 북한 대학에 자리 잡은 신예 학자며 비평가다. 북한 중앙이 사회주의 음악의 앞날을 이끌 "리론적 지도자"로 의욕적으로 키워낸 한 사람이다. 바람직한 "민족 문화 유산 계승"을 위한 사업을 누구 못지 않게 높은 수준에서 고심하며 "음악에 있어서의 형식주의적 요소들"을 벗어던지기 위한 '투쟁'에 나섰던 이 가운데서도 리히림과 함께 문필 활동이 두드러진 대표 인물이 문종상이다.[119] 그이가 썼던 '과학적 발성법'의 '과학적'이

---

118 글은 '탁성'과 '녀성 단일 성부 제거' 문제를 묶어서 다루었다. 국립고전예술극장 조사연구실, 위의 글, 65쪽.

119 문종상은 광복기 북한이 소련으로 보내 "모스크바, 레닌그라드 음악대학에서 학업을 연마하고" 1953년에 돌아와 "국립음악대학 교수진 진영"으로 새로 "강화 보충"된 인재 가운데 한 사람이다. "선진 음악대학들에서 교수 교양 사업의 우수성을 직접 체험하고 돌아온" 이들 세대가 대학에 들어옴으로써 "대학 운영면", "교수 사업"에 많은 "새로운 시책"이 마련되었다. "강좌를 강화하는 사업"의 중심은 "교수 교양 사업"이었다. "음악 리론과 음악사 강좌의 철저한 구상"이 이루어졌다. 거기다 "학생들을 맑스–레닌주의 사상으로 교육 교양하는" 강좌와 더불어 그들을 "음악 이론적 면에서 통일적인 체계"로 "교육 교양할 중책" 아래 "음악 리론 및 음악사 강좌"를 펼쳤다. "학교 내에 잔존하고 있던 음악에 있어서" "형식주의적 요소들"을 없애는 '투쟁'의 "리론적 지도자"로 나선 것이다. 거기다 소련 음악계의 "우수한 경험들을 보급하는 사업"을 안밖으로 펼쳤다. 교수, 학생 부문 할 것 없이 북한 음악의 고등 교육과 교양의 앞자리에 문종상이 서 있었다는 뜻이다. 문종상, 「국립음악대학 연혁(1948~1955)」, 『해방후 조선음악』, 조선작곡가동맹중앙위원회, 1956, 223쪽. 문종상은 1957년 1호부터 작곡가동맹 기관지 『조선음악』 편집위원으로 일했다. 6호에서 한 차례 빠졌지만 7호부터 다시 맡았다. 같은 소련 유학파 출신 리히림이 주필을 맡은 『조선음악』을 중심으로 『조선예술』·『고고문화』·『문학신문』은 물론 당 정책 이론 잡지 『근로자』와 같은 매체에 꾸준히 많은 논의를 폈다. 일찍부터 『조선음악사』와 『조선아악사』를 쓰겠다는 뜻을 밝히기도 했던 학자(「처녀지를 찾아서」, 『조선음악』 3호, 조선음악사, 1957, 22쪽)답게 문종상은 북한 음악사회에서도 음악사 기술에 특장을 드러냈다. 위에 든 「국립음악대학 연혁(1948~1955)」

라는 말은 엄밀하고도 객관적이라는 뜻을 뛰어 넘는다. 신불출 자신도 지켜야 한다
고 「만담과 재담의 발전을 위하여」에서 힘주어 썼던 '맑스─레닌주의적인 미학적 원
칙'에 걸맞다는 뜻임을 곱씹지 않았을 신불출이다. 그러니 발성법에서 '과학적'서양적
인 것과 '민족적'인 것을 같은 수준에서 서로 맞세우는 잘못을 저지를 수 있었다.

"발성법과 창법들이 가진 특성들을 연구하여 우리 성악 예술 부문을 더욱 다양, 보
충, 확대, 풍부화시킬 데 대한 과업"이 "고전의 성악 분야에서 뿐만이 아니라" 북한
"성악계 전반적인 과업으로 제기되고"[120] 있었던 1950년대다. 북한 음악을 책임질

<hr>

에다 연극·영화·음악·무용 분야의 광복 뒤 15년 성과와 발전 과정을 갈무리하는 자리에서 음
악을 책임져 「해방 후 음악 예술의 발전」(『빛나는 우리예술』, 조선예술사, 1960, 213~180쪽)을
올린 것이 한 본보기다. 1979년 현재 음악가동맹 부위원장을 맡고 있다. 대표 글을 들면 아래
와 같다. 「쏘련 음악의 고상한 사상성과 예술성」, 『로동신문』, 로동신문사, 1954.7.13; 「아름다운
우의─알바니야 인민군 예술단의 공연을 보고」, 『조선음악』 4호, 조선중앙작곡가동맹중앙위원
회, 1955, 56~59쪽; 「교성곡 「조선은 싸운다」에 대하여」, 『조선음악』 창간호, 조선작곡가동맹중
앙위원회, 1955, 20~35쪽; 「조선 음악 창작의 사상성과 고상한 예술적 마쓰쩨르쓰뜨보를 높이
자」, 『예술에 있어서의 진실성』, 국립출판사, 1955, 5~36쪽; 「차이콥쓰끼의 제6번 씸포니야에 대
하여」, 『조선음악』 4호, 조선작곡가동맹중앙위원회, 1956, 110~117쪽; 「민족 음악의 발전과 연
주가들의 역할」, 『조선예술』 11월호, 조선예술사, 1956, 37~40쪽; 「조선 아악 연구의 실천적 의
의」, 『조선음악』 1호, 조선음악사, 1957, 26~32쪽; 「맑스─레닌주의 미학의 몇 가지 문제」, 『근
로자』 제12호, 근로자사, 1957, 74~81쪽; 「가극 「금란의 달」에 대하여」, 『조선음악』 2호, 조선음
악사, 1957, 15~20쪽; 「군중 가요와 리면상」, 『조선음악』 3호, 조선음악사, 1957, 13~19쪽; 「우
리 음악에서 사회주의 사실주의 기치를 더욱 높이자」(리희림과 공동), 『조선음악』 4호, 조선음악
사, 1957, 3~12쪽; 『세계 가곡 선집(제1집)─고전가극 중에서 아리야 편』, 조선음악출판사, 1958;
「해방 후 조선 음악이 걸어 온 길」, 『문화유산』 4호, 과학원출판사, 1959, 13~28쪽; 「해방 후 조
선 음악 창작 개관(1·2)」, 『문화유산』 5호~6호, 과학원출판사, 1959.1~13, 35~56쪽; 「우리 음악
에서 민족적 특성을 강화하기 위한 실천적 문제」, 『조선예술』 8호, 조선예술사, 1959, 13~15쪽;
「가극 『조선의 어머니』를 보고」, 『조선예술』 5호, 조선예술사, 1960, 18~20쪽; 『빛나는 우리 예
술』(공저), 조선예술사, 1960; 「퇴폐와 타락의 남조선 음악」, 『문학신문』, 문학신문사, 1961.11.7;
「민요에서의 계승과 혁신」, 『문학신문』, 문학신문사, 1962.10.16; 「의병 가요와 계몽 가요」, 『문
학신문』, 문학신문사, 1962.12.11; 「항일 무장 투쟁 시기의 혁명 음악」, 『로동신문』, 로동신문사,
1963.5.19; 「우리 음악에서의 현대성과 민족적 특성의 구현」, 『근로자』 제5호, 근로자사, 1963,
32~38쪽; 『음악을 어떻게 감상할 것인가?』, 『청년생활』 제3호, 사로청출판사, 1964, 75~76쪽;
「혁명가요와 항일무장투쟁시기의 음악생활(1~4)」, 『조선음악』 5·6합호~9호, 조선음악사, 1967,
16~17·23~31·28~31·41~46쪽; 「군중 가요에 대한 시대의 요구」, 『로동신문』, 로동신문사,
1966.1.29.

120   국립고전예술극장 조사연구실, 앞의 글, 64쪽.

의무감과 자부심으로 가득했을 젊은 이론가가 문종상이다. 그런 입장에서 볼 때 발성법에 민족 특성이 있는 듯이 알고 날카롭게 목소리를 드높인 신불출의 문제 제기는 "가장 초보적인 상식"에서부터 잘 모르고 있는 것으로 여겨질 법했다. 문종상으로서는 시급히 물리쳐야 할 해묵은 형식주의자, 복고주의자들의 딴지 걸기에 한 차례 맞닥뜨렸다고 여길 수 있는 상황이다. 신불출로서는 헛다리를 짚거나 번지를 잘못 알고 문을 두드린 격이 된 셈이다.

그러한 신불출의 문제 제기를 두고 문종상은 맞받아 답하지는 않았다. 그 일은 문종상과 같은 소련 유학파 '동지'이자 "해당 부문 전문가"인 김학문이 맡았다. 평안남도 출신으로 1952년 모쓰크바 음악대학 연구원을 수료한 뒤 돌아와 문종상과 함께 북한 음악대학에 함께 자리 잡은 신예 비평가가 그이다.[121]

자기의 소유한 '과학적 발성법'을 절대적인 것으로 간주하고 민요나 창이 요구하는 창법 그 자체는 탁성의 라렬로 생각하며 이에 접근하기를 두려워할 뿐만 아니라 자기의 '발성법'으로 창법을 개량하려고 시도한다.

바로 이와 같은 현상이 공훈 배우 신불출 동지가 『조선예술』 1957년 1월호에 「발성법과 창법 인식에서의 자가당착」이란 표제의 자기 론문에서 "발성법을 차라리 모르고 있는 어느 임의의 조선 사람이 한 달만 「방아타령」을 배우면 제법 맛과 냄새를 풍기는데 현대 발성법을 전공한 직업적인 조선 성악가들이 어려 해 동안을 두고 불러오는 「방아타령」 들에서는 무슨 까닭에 서양 음악에서 느끼는 것과 같은 이국적인 정취가 그렇게 집요하게 벗어지질 못하고 있는 것입니까?"라고 말하게 된 원인의 하나로도 생각된다.

그렇기 때문에 현대 음악을 전공한 가수들은 현대적인 성악 예술을 진실하게 형상하기 위해서도 또 조선 민요나 창을 옳게 부르기 위해서도 먼저 진실한 과학적 발성법의 개념을 정확히 인식한 토대 우에서 우리 노래의 정서적 세계를 충분히 체험하여야 한다는 결론에 도달한다.

---

121 1959년 북한 음악무용대학 부학장을 거쳐 1964년 학장을 맡았다. 1969년까지 그 자리를 확인할 수 있다. 「김학문」, 『최신북한인명사전』, 앞의 책, 285쪽.

― (줄임) ―

우리 나라에서는 다수 경우에 과학적 발성법을 '서양 발성법'으로만 인식하는 경향들이 있는바 이러한 견해와 리론에는 동의할 수 없다.

― (줄임) ―

발성법에는 두 개의 측면을 가지고 있다. 그 하나는 생리적인 발성 기관의 물질적 측면이요, 다른 하나는 심리적인 측면으로써 리해된다.

― (줄임) ―

진실한 과학적 발성법은 민족성을 가지는 것이 아니라 조선 민요를 전공하였는가 그렇지 않으면 로씨야나 이태리 성악을 배웠는가에 따라 발성법은 전적으로 그것에 복종되는 것이다. 때문에 전 세계 사람들은 생리적인 공통성이 있는 것과 같이 발성법에서 공통성을 가지게 되며 백 명의 사람의 코, 입, 구강, 흉부 등의 형체가 각이한 것처럼 과학적 발성법은 매개 가수의 개성에 따르는 것이다.

― (줄임) ―

발성법은 어떠한 민족적 창법이나 또는 정서적 내부 세계를 형상할 수 없으며 어떠한 민족 성악의 창법도 발성을 떠나서는 존재하지 않는 것이다. 때문에 발성법은 어느 한 개의 성악 쟌르에 전속되어 존재하는 것이 아니라 가수의 생리적인 발성 기관과 그의 두뇌 속에서 존재하면서 그의 의식 밖에 객관적으로 존재하고 있는 어느 쟌르의 악보를 그가 선택하였을 때 비로소 그의 내부적 심리 세계를 체험하게 되며 정서와 감흥들은 발성 기관을 통해서 표현되는 것이다.

그렇다고 보면 우리 나라 성악의 발성법은 매개 가사에 따라 그 가곡에 해당한 발성법이 있어야 한다든가 또는 각 지방의 허다한 민요마다 그에 해당한 발성법들이 각이해야 된다고 주장하는 리론은 그야말로 리론을 위한 리론이라고 말할 수밖에 없는 것이다.

― (줄임) ―

영광스러운 자기의 사명을 옳게 수행하기 위해서는 발성법에서 민족성을 찾으려고 노력할 것이 아니라 진실한 과학적 발성법을 자유자재로 구사하면서 노래를 훌륭히 형상하기 위한 창법을 소유하기에 전력을 다하여야 할 것이다.

김학문의 글은 제목으로만 보자면 문종상과 신불출, 두 사람의 논의 전개를 두고 제3자의 눈길에서 보다 객관적으로 그 둘을 바라보는 듯한 목소리를 담고자 한 것으로 보인다. 하지만 속살은 오롯이 신불출의 반론에 대한 비판으로 향하고 있다. 우리 "고유한 발성법"이 있는 듯이 알고 있는 신불출을 향해 "진실한 과학적 발성법의 개념을 정확히 인식"하지도 못한 채, 자신이 잘못 알고 있는 "'과학적 발성법'을 절대적인 것으로 간주하"는 잘못을 저지르고 있다고 직설했다. 거기다 '탁성'을 "민요나 창이 요구하는 창법 그 자체"인 양 알고 있을 뿐 아니라, "자기의 '발성법'으로 창법을 개량하려고 시도"까지 하려는 태도라 꼬집었다.

김학문이 보기로 발성법의 '각이성'을 주장하는 신불출의 생각은 "가장 초보적인 상식"에서부터 잘 모르고 있는 "그야말로 리론을 위한 리론"일 따름이다. 자신에게 주어진 '영광스러운' "사명을 옳게 수행하기 위해서는 발성법에서 민족성을 찾으려고 노력할 것이 아니라 진실한 과학적 발성법을 자유자재로 구사하면서 노래를 훌륭히 형상하기 위한 창법을 소유하기에 전력을 다하여야 할 것"이라는 말로 김학문은 글을 맺었다. 문종상의 생각도 김학문의 것과 다르지 않았을 일이다. 다만 문종상이 신불출을 맞받아 반론을 펴지는 않았다. 명망가 '공훈배우'와 젊은 비평가의 대립 / 대결로 비치는 소란스러운 장면을 피하기 위한 꾀로서 이루어진 일처리인지 모른다.

김학문은 이어 다른 자리에서도 「사실주의적인 과학적 발성법 —「민족 음악의 발전과 연주가들의 역할」문종상과 「발성법과 창법 인식에서의 자가당착」신불출을 읽고」와 같은 생각을 되풀이했다. 창극이 판소리의 고전적 특성을 벗어나지 못하고 있는 현황을 못마땅하게 짚은 「창극 발전을 위한 길에서 제기되는 몇 가지 문제」가 그것이

---

122 『조선예술』 4월호, 조선예술사, 1957, 22~34쪽.

다. 중심 대상은 윤세평의 글 「고전 작품의 무대 예술화에 있어서 몇 가지 문제−창
극을 중심으로」『조선예술』 6월호, 1957, 14~26쪽다. 그런데 속살은 창극을 바탕에 깔고 전통 국
악계의 복고적 경향에 머물러 있는 이들을 향한 매서운 충고다. 거기서도 탁성은 중
요 쟁점이었다. 일부 음악가들이 "탁성을 민족적 창법의 전통이라고 보면서 탁성 합
리화를 주장"하거나 "우리의 성악은" 우리 나라의 "고유한 민족 발성법"에 따라야 한
다고 주장하면서 실제에 있어서는 단지 그 방법이나 기계적으로 되풀이하고" 있다.
"민족 음악의 애호자", '계승자'와는 먼 태도다. 그리하여 "우리는 선조들이 해 온 전
통적인 발성법의 우수한 특성"을 받아들이면서 "발성 기관의 생리적 운동 법칙에 무
리탁성없이 적용하기 위해서 과학적 발성법의 리론에 의해서 실천되여야 하며 정확
한 발성 리론과 발성법을 수련하기 위해서는 선진 국가들이 달성한 성악 예술의 성
과와 그의 리론들을 도외시해서는 안 될 것이다"라 썼다. 신불출의 반론에 대한 명쾌
한 답변인 셈이다.[123]

---

123 김학문은 "창극 가수들이 가져오는 탁성은 크게 보아 두 가지 원인"에서 말미암았다고 본다. 하나
는 "판소리가 가지는 일부 결함들을 답습하는 데" 있다. 판소리는 "형식상 탁성은 산생하기 쉬운
조건"을 가졌다. "방대한 극적 음악 서사시인 판소리는 한 사람의 가수가 독창으로써 극중 인물
의 성격, 심리, 생활 환경 등 제 형상으로부터 자연 환경에 이르기까지 묘사"하고, "극적 형상의 다
양성을 위하여 표현의 자연 모방에 이르기까지 묘사"함으로써 "생리적인 무리를 도입하면서까지
두 옥타브 이상의 넓은 음역과 넓은 음폭을 요구한다." 거기다 "장시간 연주롤 보장해야 하는 데
따른 성대의 혹사와 피로의 누적"이 탁성을 만들게 하는 원인이다. 거기다 "판소리의 부분적 창법
에서 극적 또는 심리적 긴장감을 표현"하는 데 있어 "성악적 표현의 긴장성으로가 아니라 생리적
인 긴장성으로 대치하는 가수들"의 버릇이 한 몫을 더한다. 보기를 들어 "통곡, 분노, 호령과 같은
데서 가수의 본능적인 성대의 압축과 과장으로 탁성적인 요소가 더욱 심하게 드러나게 되는 것"
이다. 판소리 가수들의 연습 방법이 문제인 셈이다. 다른 하나는 "창극 음악과 연극가들 사이에서
이루어지는 모순"에서 비롯한다. "판소리는 수업 과정과 연주에서 생리적 무리를 자아낼 수 있지
만 독연이니만큼 개개인의 생리적 개성에 알맞은 음역에서 연주되기 때문에 극심한 탁성은 벗어
날 수 있었다." 그러나 "창극은 판소리에서 벗어나 종합예술적인 요소가 더하고, 극중 인물의 배
역"도 "각각 분배되어 등장"한다. 이 "등장한 배우들의 생리적인 개성의 차이로서 음역의 차이"가
생긴다. 그럼에도 "창극에서는 첫 막에서 끝까지 고정된 음역의 범위에서 작곡"되고 있다. "창극
음악의 고정된 음역과 특히 인공적으로 조성된 남녀 단일 성부"로 말미암아 "남성 가수들"의 "지
나치게 높은 음역의 가창"은 "탁성을 산생"하게 만들고, 그것은 "뒷세대 학습에도 그대로 이어지
고 있다." 탁성 제거를 두고서 일부 논자들이 "탁성을 민족적 창법의 전통이라고 보면서 탁성 합
리화를 주장"하거나 "우리의 성악은 우리 나라의 '고유한 민족 발성법'에 의하여야 한다고 주장하
면서 실제에 있어서는 단지 그 방법이나 기계적으로 되풀이"하고 있다. "민족 음악의 애호자"나

신불출은 젊은 전문 서양 음악인 세대와 맞부딪치는 듯한 맵시를 지닌 반론「발성법과 창법 인식에서의 자가당착―론문「민족음악의 발전과 연주가의 역할」문종상을 읽고」에 그치지 않고, 1957년 해밑에 다시 한 번 논란의 자리로 자신을 밀어 넣었다. 평론「판소리와 창극에 대한 나의 견해」가 그것이다.

> 연극(창극, 가극, 무용극, 가면극, 인형극 등등을 포함해서)은 그것이 독연 형태이건 중연 형태이건을 막론하고 출연하는 배우가 극중 인물로 완전히 배역 분장된 조건을 전제로 하고서만 이루어지는 장르이다. 그러나, 판소리(만담, 재담, 야담, 가담 등등도 동일하게 말할 수 있다)는 출연하는 배우가 연극에서와 같이 극중 인물로 완전히 배역 분장되어 나오는 것이 아니라 '소리'군'(만담, 재담, 야담, 가담들에서는 이야기'군 ― 이것은 극중 인물이 아니라 어디까지나 배우 자신이다)이라는 특정한 위치에 립각함으로써만 이루어지는 특수한 쟌르인 것이다.
>
> 다시 말하면 연극에서의 배우의 출연 방식은 배우가 일정하게 배역된 당해 인물 이외에는 다른 어떤 인물로도 변동될 수 없는 1인칭의 립장에 서야만 되는 것이지만 판소리의 경우에 있어서는 배우가 소여의 대본 내용인 극적 사건과 인물 및 정경을 설명하며 형상하며 묘사해야만 하기 때문에 어디까지나 3인칭의 립장인 소리'군 즉 배우 자신의 위치를 떠날 수 없는 것이다.
>
> ―「판소리와 창극에 대한 나의 견해」 가운데서[124]

'계승자'와는 거리가 먼 태도다. 김학문이 보기로 신불출은 위와 같이 문제적인 "일부 논자"에 오롯이 든다. 김학문은 "선조들이 해 온 전통적인 발성법의 우수한 특성"을 받아들이면서 "발성 기관의 생리적 운동 법칙에 무리(탁성)없이 적용하기 위해서 과학적 발성법의 리론에 의해서" 불러야 한다는 말로 글을 맺었다. 김학문,「창극 발전을 위한 길에서 제기되는 몇 가지 문제」,『조선예술』10호, 조선예술사, 1957, 17~18쪽.

124 『조선예술』12월호, 조선예술출판사, 1957, 18쪽. 리령은 '조선연극사' 서술을 위한 시대 구분 문제를 논의하는 자리에서 그 무렵 북한의 '판소리'와 '창극'에 대한 "예술 형태상 규정 문제"를 넷으로 간추린 적이 있다. 판소리의 문학적 측면, 무대 예술 형태, 판소리와 창극과의 관계, 창극의 규정이 그것이다. 그에 따라서 볼 때 신불출의 입장은 첫째, '문학적 측면'에서 판소리는 드라마나 소설이 아니라 "복합적 성격의 독특한 형태"다. 둘째, '무대 예술 형태'에서 판소리는 연극이 아니라 음악(성악)이다. 셋째, '판소리와 창극과 관계'에서 판소리는 "창극의 낮은 단계"거나 "창극의

「판소리와 창극에 대한 나의 견해」는 신불출이 민족 예능의 "유산 계승 문제 또
는 민족적 형식 수립 문제"와 관련해 자신의 만담과 '자매 예술'이라 할 수 있을 판소
리 / 창극 갈래 논쟁에 힘껏 뛰어든 모습이다. 판소리를 '독연 형태의 연극' 또는 '창
극의 맹아'라고 주장하는 학계의 판소리 맹아론자들과 맞서 판소리 독자론을 뚜렷
이 했다. 판소리는 판소리라는 뜻이다. 판소리 맹아론자들은 판소리를 창극의 맹아
로 봄으로써 판소리와 창극과 관계가 "마치 달걀과 닭과의 관계"인 양 여긴다. "창극
은 닭이요, 판소리는 결과적으로 닭을 산정한 달걀 껍데기와 같이 불필요한""또는
낡은 것"이다. 그렇다면 '맹아론'은 판소리 소멸론에 지나지 않는다. 받아들일 수 없
는 일이다. 신불출은 한효·고정옥·김삼불과 같은 판소리 맹아론자의 생각을 두고
"명백히 민족 유산 계승에 관한 우리 당 문예 로선 및 정책과 량립되는 방향"이라 보
았다. 그러하니 "당의 문예 정책을 받들고 민족 유산을 계승함에 있어서""좀 더 진지
하고 좀 더 신중한 태도를 가져야 할 것"이라 단호하게 글을 맺을 수 있었다. 자신이
야말로 "당의 문예정책"을 잘 받드는 입장인 양 흔들림 없는 목소리다.

그러나 "한 사람에게 집약된 모든 배역들이 분화되며 여러 사람들에게 분담되는
과정은 독연 형태의 연극의 합법칙적 발전 과정"이다. 그러니 "판소리는 창극의 준비
단계인 것이 명맥하다"[125]라고 생각하는 판소리 맹아론자의 눈길에서 볼 때는 사정
이 크게 다르다. 왜냐하면 "판소리는 판소리로 인민의 지지와 사랑 속에서" 살아왔고
앞으로 더 잘 전승될 것이라며 판소리 독자설로 목소리 드높이는 신불출이야말로
고전 양식인 판소리의 특수성과 갈래의 우월성을 강조하고 지키기 위한 자리에 서
서 흔들림 없는 '명백한' 복고주의자의 전형임에 틀림없기 때문이다. 중요한 일은 유
물변증법에 바탕을 둔 역사적 발전 과정이며, 사회주의 체제에서는 집단과 집체가
어떤 가치보다 앞자리에 놓인다. 체제 안쪽 관리와 통치의 효율성을 얻는 지름길이

맹아", 또는 "창극의 맹아이면서 독자적 형식" 그 어느 것도 아니다. 판소리는 판소리라는 입장이
　　다. 리령, 「조선 연극사 서술에서 제기되는 몇 가지 문제」, 『조선예술』 제1호, 조선예술사, 1959,
　　52쪽.
125　고정옥, 『조선구전문학연구』, 과학원출판사, 1962, 285쪽.

그것인 까닭이다. 예술 갈래라고 해서 "합법칙적 발전 과정"에서 예외일 수 없다.

신불출의 「판소리와 창극에 대한 나의 견해」는 같은 시기에 나온 조운의 「판소리와 창극」이나 음악쪽에서 판소리 연극론을 부정하는 신도선과 생각을 같이한다.[126] 이렇게 보자면 1957년의 신불출은 국립신불출만담연구소를 이끌며 기세 드높았을 뿐 아니라, 전통 / 정통을 앞세우며 소장 학자 / 비평가들과 인접 고전 예능 갈래에서 자기 시각을 논쟁적으로 펼쳐나가는 모습으로 한결같았다. 그 과정에 쟁점과는 관계 없이 앞선 세대로서 신불출이 놓였던 세대론적 어려움까지 짐작하게 만든다. 그런데 그들 논의나 논쟁의 중심 전개축은 개인 신불출이 아니라 당 중앙의 노선이며 강령 이다. 그것을 따를 수밖에 없을 것이라는 현실을 신불출이 얼마나 깊이 깨닫고 있었 던가는 알 수 없다.

민요 가창과 판소리 / 창극을 두고 내놓은 두 논쟁적인 평론 말고도 1957년에 신불 출은 단평을 1편 내놓았다. 「만담 재담 부문에 대하여」가 그것이다. 을유광복 11주년 맞아 1956년 8월에 이루어진 '전국청년학생예술축전'의 입상 작품에 대한 부문 심사 평 가운데 하나다. 연극박태영·음악리히림·무용함귀봉·민족음악안기옥·미술김일영 부분과 신 불출의 만담 재담 부문 심사평이 자리를 나란히 했다. 다만 실제 "심사 결과 발표"에서 만담은 연극·음악·무용·민족음악과 달리 '부문별상'에 들지 않았다. '무대미술'과 함 께 '기타상' 가운데서 시상을 했다.[127]

---

126 신도선의 경우, 판소리에서 창극으로 이행을 두고 아래와 같이 말했다. "창과 아니리 — 바로 판 소리의 이러한 제반 형상 방법들은 전편을 혼자서 가창을 통하여 읊어 나가는 극적 서사가라는 특성을 규정하면서 음악 작품이지 연극이 아니라는 것을 밝혀준다. — (줄임) — 한 개 예술 형태 가 새로운 형태로의 개척 과정을 설명하는 것이지 맹아로부터 완성에로, 유치한 것으로부터 발전 된 것으로의 과정은 아닌 것이다. 창극은 판소리의 무덤 우에서 피여난 꽃은 아니다. 판소리 연극 론은 판소리 매장론과 통한다." 판소리 맹아론자들을 향한 날카로운 비판을 볼 수 있다. 판소리는 '극적 서사가', 곧 음악이 본질이지 연극이 아니다. "창극은 판소리의 무덤 우에서 피여난 꽃"이 아 니라는 표현에서 생각의 단호함을 엿볼 수 있다. 신불출의 것과 다르지 않다. 신도선, 「조선 연극 사 연구에서 나타나고 있는 일부 그릇된 견해들에 대하여 — '판소리'와 '창극' 문제를 중심으로」, 『조선음악』 1월호, 조선음악사, 1958, 29~40쪽.

127 입상 작품집 안에는 입상작 재담 2편과 만담 1편이 실렸다. 만담은 신불출의 『만담집』에 실린 「멸 망 행진곡」이다. 개성의 남고중학교 '써클'의 백일기가 출연했다. 『8·15해방 11주년 기념 전국청 년학생예술축전 입상작품선집』, 문화선전성, 1957, 169~171쪽.

　짧지 않은 심사평은 크게 세 단락을 이룬다. 첫 단락은 개별 작품에 대한 찬사보다는 심사를 빌려 '발견'한 '부족점'들을 이야기하겠다는 뜻을 담은 머리글이다. 예술 축전 현장에서 "관중들의 절대적인 칭찬"을 받은 량강도와 평북도, 두 작품에 대한 짧은 소개로 말머리를 튼 다음 일이다. 둘째 단락은 재담과 만담 출연자들에게 드러나는 문제점을 담은 자리, 그리고 마지막 셋째 단락은 출연자들의 문제점을 낳게 한 요인으로서 만담과 재담이 놓인 현황에 대한 진단을 더했다.

『8·15해방 11주년 기념 전국청년학생
예술축전 입상작품선집』(1957)

　본론인 둘째 단락에서 신불출은 속살을 둘로 나누었다. "재담 형상상"의 "많은 부족점"들과 만담 쪽 문제점이 그것이다. 심사평의 중심은 앞쪽 재담에 치우쳤다. 신불출이 보기로 축전 참가 재담의 문제점은 크게 넷이다. 첫째, 재담 형식에 걸맞지 않게 등장하는 이야기꾼들이 "처음부터 극중 인물로 분장하고" 나온 일이다. 두 사람의 이야기꾼이 나누는 재담이라 하더라도 분장을 할 수 있다. 다만 그 경우 연극과 같은 '완전 분장'이 아니라 "역의 특징을 표현할 수 있는 정도"의 "략식 분장"이어야 한다. 그럼에도 경연 작품에서는 처음부터 연극 분장과 같은 "완전 분장"을 하고 나와 더 "재미있는 웃음을 줄 수 있는 대목"을 그저 스쳐 지나가거나 "사건 서술이 자유롭지 못하게 되는" 것과 같은 흠결을 드러냈다. 둘째, 재담의 진실성 문제다. 조롱의 대상으로 삼은 이른바 "남조선의 괴뢰" 정부 인사들을 "너무 머저리로 형상"했다. 그 탓에 도리어 적을 과소평가하게 만들거나 작품을 "관중들이 동감할 없는 '예술 아닌 예술'로 내놓은" 잘못에 떨어졌다. 연기자들이 "덮어놓고 관중을 웃겨야만 된다는 생각"에서 비롯된 잘못이다. 바람직한 웃음이란 "사건 내용 자체에서 찾아야" 한다. 장난거리처럼 "외형적인 피상적 표현에서 웃기려"해서는 안 된다. 셋째, 재담은 이야기인 까닭에 "재미있고 알기 쉬운 세련된 화술이 요구"된다. 따라서 학술 용어나 "어려운 문자와 술어로" 이야기해서는 "좋은 효과를" 거둘 수 없다. "회의 석상에서의 토론"이나 "강연과 같은 투"를 지닌 작품이어서는 곤란하다. 마지막 넷째는 "참고로 부언"한다는 말을 붙였으나 축전 현장에서 "노래를 배합한 재담이 없는" 현상에 대한 '유감' 표시다. "장고를 치고 소리를 하다가 재담을 하고 재담을 하다가는 소리를 하는" 그러한 "민족적 형식으로 되는 재담은 실로 대단한 인기를 끌 수 있는 것"인데 그러지 못한 것이다.

이러한 재담 부문에 대한 네 가지 지적은 이미 자신이 1956년「만담과 재담의 옳은 발전을 위하여」에서 강조했던 속살에서 벗어나지 않는다. 그것을 현장 재담 부문 공연에서 다시 한번 확인하고 제언을 되풀이하는 꼴이다. 그러한 재담에 견주어 만담 쪽의 문제점은 "약간 언급"하는데 그쳤다. 만담은 개성시의 한 종목 출연에 그쳤다. 게다가 출연자 또한 학생 몸이다. 앞으로 신인 만담 배우가 많이 나오기를 바라면서 출연자들은 "자기 능력에 알맞는 레빠또리를 선택할 것과 암송식 투를 벗어나 관객과 이야기를 하는 식으로 충분한 련습"을 해야 할 것이라는 조언이 궁색해 보이는 참가 상황이었다.

심사평의 중심은 둘째 단락, 재담 부문에서 보이는 갈래 특성에 대한 낮은 이해도 지적 자리라 할 수 있다. 국립신불출만담연구소까지 출범하여 활동하고 있는 시기다. 그와 거꾸로 현장 써클 활동에서 만담 / 재담의 향유 현실은 극히 불만스럽다. "자기 능력"을 벗어난 학생 참가자 한 사람으로 그친 만담 출연이 그런 사정을 확연하게 보여 준다. 그리하여 셋째 단락 마무리에서 신불출은 출품 작품의 여러 문제점들이 출연자 문제라기보다 그 뒤에 깔려 있는 만담 / 재담의 실생활 위상과 환경 문제라고 말하며 심사평을 맺는다.

이상에 례거한 모든 결함과 부족점들은 비단 출연자들의 잘못에만 기인되는 것은 아니다.

아직까지 만담과 재담에 대한 강습을 통하여 실제적 지도를 준 일도 없었으며 또한 신문 잡지 등의 지상을 통하여 이에 대한 지도 리론을 많이 발표하지 못한 때문이라고도 할 수 있다.

앞으로 재담은 그가 가지고 있는 특수성으로 보아 각 써클들에서 더욱 왕성하게 더욱 활발하게 발전시켜야 할 것이다.

그것은 적은 인원으로서 어떤 장소에서나 상연할 수 있으며 또 경비를 적게 들이고도 많은 성과를 거둘 수 있는 독특한 쟌르이기 때문에 ―

또한 수시로 제기되는 정치 시사 문제라든지 당과 정부의 결정 지시 그리고 공장이나 농촌들의 당면한 현실적 과제들을 이 재담 형식을 통하여 시사 속보적으로 군중들에게 침투시킬 수 있기 때문이다.

― (줄임) ―

예술 축전이란 일상적으로 훈련된 예술적 재능을 검열 받는 기회인 것이다.

그럼에도 불구하고 어떤 출연자들은 항용 이런 말을 한다.

"재담이라고는 이번에 생전 처음하기 때문에 ……."

"련습이 부족해서 ……." 등등

이것으로 보아 축전에 참가하기 위하여 부랴부랴 꾸려 가지고 왔다는 것을 미루어 알 수 있는 것이다.

더욱이 뼈 아프게 느끼는 것은 이 재담 쟌르를 홀시하는 경향이다.

그것은 금번 예술 축전에 참가하는 태도들에서도 간파할 수 있다.

평양시 함경북도 함경남도 강원도 황해북도 교통성 내무성 등의 예술단들은 만담 재담을 전혀 들고 나오지 못하였다.

이것은 다만 재담 대본이나 재담 배우가 없었기 때문이라고만 너그럽게 간주할 수 있겠는가?

― (줄임) ―

심지어 평양시와 황해북도 같은 데서는 전체 공연 푸로에서 시간 부족이라는 리유로 만담 재담을 삭제해 버린 사실까지 있다는 것은 무엇을 말하는 것인가?

또한 만담 재담을 형상하는 과정에서도 홀시하는 경향을 볼 수 있다.

그것은 재담 련습에는 책임적으로 지도해야 할 연출가들이 붙지 않는 그 점이다.

그러기 때문에 만담 재담이 가지는 쟌르적 특성을 옳게 살리지 못한 결함들을 초래하게 되었다.

—「만담 재담 부문에 대하여」 가운데서[128]

만담 / 재담이 보고 즐기는 예능으로서는 대중들 반응이 좋으나, 그것을 창작하고 연습하고 다시 공유하는 향유 활동은 나날살이 속에서 거의 이루어지지 않는다는 사실을 자인하는 목소리다. 그러한 문제는 만담연구소와 같은 기구를 빌려 체계적인 군중 학습이나 공연 기회를 꾸준히 가진다고 풀릴 일은 아니다. 비록 재담이 "적은 인원으로서 어떤 장소에서나 상연할 수 있으며 또 경비를 적게 들이고도 많은 성과를 거둘 수 있는 독특한 쟌르"라 하더라도 그것이 나날살이 속에서 예사 예능 형태로 살아가기란 어렵다. "일상적으로 훈련"할 수 있는 기회도, 그런 재능을 지닌 이도 많지 않다. 축전에 참가하기 위하여 부랴부랴 꾸려 가지고 왔다는 사실로 미루어 알 수 있다. 축전 경연 종목에 있으니 참가를 코 앞에 두고 출연자를 급조하거나 참가 종목 우선 순위에서 만담 / 재담은 밀릴 수밖에 없는 현실이다.

『만담 재담집』(1957)

그러한 현실을 두고 신불출은 만담 / 재담 갈래를 "홀시하는 경향"이라 "뼈 아프게 느끼"고 있다고 썼다. 하지만 개선될 일은 아니다. 신불출이 드러내 놓고 말했듯이 일부 예술단에서 아예 "만담 재담을 전혀 들고 나오지" 않거나, "시간 부족"을 까닭으로 "공연 푸로에서" "만담 재담을 삭제"해 버리는 잘못은 거꾸로 만담 / 재담이 북한 대중사회에 뿌리내리기 어려운 환경에 놓여 있음을 역설적으로 증명해 준다. 그런 문제는 대본이나 배우에 뜻을 둔 이가 많아지고, '련습에' "책임적으로 지도해야 할 연출가들이" 붙는다고 풀릴 일이 아니다.

---

128 『8·15해방 11주년 기념 전국청년학생예술축전 입상작품선집』, 위의 책, 206~207쪽.

만담과 재담이 북한 대중사회 예능으로 살아 있는 것은 신불출이라는 명망 월북 만담가의 개인 명성과 기량에 기대는 경향이 거의 절대적이라는 사실을 한 번 더 느끼게 만드는 심사평이다. 아무리 만담 / 재담이 "대중 교양 사업에 아주 효과적인 무기이며 적절한 예술 형식"이라 강변해도, "획기적 발전"을 바라보기란 힘든 현실이다. 신불출의 전국예술축전 심사평은 북한 문학예술사회에서 만담 / 재담이 지녔을 허약한 대중적 환경을 스스로 자인하고 있는 맵시다.

1957년에 신불출은 위에서 본 바와 같은 묵직한 비평 글 말고도 신홍순과 함께 『만담 재담집』을 폈다. 147쪽으로 얇은 이 책에 신불출은 만담 「무허가 약방」을 실었다. 나머지는 신홍순의 재담 「개타령」·「사바사바」·「나이롱 배'속」들이 채웠다. 「무허가 약방」은 설날 아침 신불출이 경무대를 찾아가 이승만 대통령의 아내 '애리스' 앞에서 이승만의 정책을 비웃고 조롱하는 대화만담이다. 그러다 마침내 애리스를 울리며 마무리를 짓는다.

이어서 1957년 해끝인 11월 27일 신불출은 조선작곡가동맹 중앙위원회에서 열린 판소리와 창극에 대한 '토론회'에 나섰다. 리면상·신도선과 같은 작곡가와 윤두헌·조운·윤세평과 함께한 자리다. 거기서 신도선은 "창극의 발전과 함께 판소리가 소멸되는 듯이 말하는 견해"들을 '비판'했다. 토론자 또한 "판소리와 창극이 쟌르상 구분되는 점을 일치하게 인정"했다고 썼다. 신불출로서는 「판소리와 창극에 대한 나의 견해」에서 밝혔던 생각을 재확인하는 자리가 되었을 터다.[129] 흥미로운 점은 작곡가동맹 위원장이자 음악대학 학장을 맡고 있었던 리면상의 입장이다. 신불출이 내놓은 논쟁적인 글의 앞뒤로 얽혀 있는 문종상과 김학문을 손아래 교수로 두고 함께 일하고 있었던 리면상이다. 그런데 그이 생각에 관해서 보도 기사는 말을 붙이지 않았다.

해를 건너 1958년에도 신불출의 기세는 식지 않았다. 그것을 증명이라도 하듯이 가볍지 않은 업적을 내놓았다. '만문'이라 일컬은 글을 『문학신문』에 올리고 『재담

---

129 「판소리와 창극에 대하여 ─ 조선작곡가동맹에서 토론회 진행」, 『문학신문』, 문학신문사, 1957.12.5.

촌극집』을 공저로 냈다. 거기다 서북 지역 대표 굿풀이 노래이자 전래 이야기인 「배뱅이굿」의 옛 모습을 윤문, 보고하기도 했다. 만문 「발언권을 준다면」은 1958년 무술년, 곧 개띠 해를 맞아 '개'를 중심으로 삼은 '유모어'를 펼친 글이다. 동서양의 개 일컬음과 종류, 우리 개의 종류, 개타령을 비롯해 민요에 나오는 개와 관련한 잡학다식을 즐기며 해맞이를 축하했다. 이때 만문이라며 '만'을 붙인 것은 가볍고 자유롭게 쓴 풍자적인 글이라는 뜻이다. 굳이 귀속시키자면 '만필'과 다를 바 없이 수필 갈래에 들 글이다. 제목을 「발언권을 준다면」이라 붙인 것은 격식없이 말하리라는 뜻을 드러내는 방식이라 할 수 있다. 작가동맹 정맹원으로서 구연 형식이 아니라 문필로 다가오는 새해에 걸맞은 무거운 수필 한 편을 마련한 셈이다.

『재담 촌극집』은 신불출을 비롯해 여러 사람의 작품을 엮었다. 신불출은 재담 「방아'간 정부」를 올렸다. 그것을 맨 앞에 두고 신흥순·오은렬·우봉일과 같은 이들의 작품을 이었다. '재담' 14편, '촌극' 16편이다. 신흥순이 재담 3편을 올려 가장 많이 실었다. 촌극에서는 극작가 리동춘·박령보에다 시인 리을선·김광현이 작품을 올렸다.[130] 『재담 촌극집』의 글쓴이는 국립신불출만담연구소 연구생이며, 작품집은 그들의 성과물 보고를 겸한 것임을 짐작할 수 있다.

이어 신불출은 정현웅이 조선화 「승무」를 표지로 올린 『조선예술』 4월호에 굿소리 대본 「배뱅이굿」을 실었다. 그러면서 「작품 「배뱅이굿」에 대하여」를 풀이로 더했다. 「배뱅이굿」은 19세기 중엽 이후 평양을 중심으로 하는 서도 지역에서 널리 보급되었던 "판소리의 한 꼴로서, 무당의 춤과 넋두리로 엮은 작품"이다. 「배뱅이굿」은 "평안남도 사람 김관준이 창작하고 평양의 최순경최 배뱅이, 김종도김 배뱅이, 평안북도 정 배뱅이 등 배뱅이굿으로 이름난 소리군들에 의해 서도 지역에 널리 퍼졌다"[131]고 알려진다. 신불출은 자신이 내놓은 굿소리 대본 「배뱅이굿」이 지난 때 정 배뱅이의 「배

---

130 만담을 실은 사람은 다음과 같다. 신불출·신흥순·오은렬·우봉일·리재윤·리일선·안충·김월옥·허훈·유근순, 촌극에 김선민·리명식·김세륜·리동춘·황적모·조윤구·평북도 룡천군 천진 농업 협동 조합원 집체·조윤구·김광현·양옥진·박봉빈·리을선·로인규·김익봉·박령보.
131 『조선음악사(리조~근대편)』, 사회과학출판사, 2010, 230·240쪽.

뱅이굿소리」와 김종도가 구연한 굿소리 「배뱅이굿」을 종합 정리한 '작품'[132]이라 밝혔다. 비속한 '음담패설' 면을 '정리'했다고 말했으나 그 무렵 북한 사회에 내놓기 어려우리라 생각되는 자리도 손질을 많이 한 결과물일 것이다. 신불출 나름으로 민족적 음악 형식을 찾아 내려는 당대 요구에 맞춰, 북한 사람들에게 익은 서도 민요에 뿌리 둔 배뱅이굿의 원형을 보고한 것이다. 앞으로 판소리든, 창극이든, 만담 / 재담으로든 즐겨 활용되기를 바라는 뜻이 담긴 작품이다.

신불출의 「배뱅이굿」이 실린
『조선예술』(1958) 4월호. 정현웅이 그렸다

　　현장 활동으로 1958년에 보이는 것은 '만담의 밤'이다. 앞에서 한 차례 밝혔지만 8월 1일부터 8월 31일까지 북한 모든 곳에서 이루어진 '문화 정비 월간'을 맞아 신불출만담연구소에서 준비한 행사다. 연구소 집체 작품 「꼴불견」을 선뵈며 대중 교양 사업을 펼쳤다.[133] 신불출의 활약과 노고를 짐작케 하는 행사다. 같은 달 8월 21일에는 작곡가동맹 중앙위원회에서 이루어졌던 "서도 민요에 립각한 창극"[134] 「배뱅이」에 관한 좌담회에서 신불출이 한 자리를 차지했다. 창극 「배뱅이」는 조령출이 극장장을 맡았던 국립민족예술극장의 1957년도 첫 공연작이었다. 작곡가·음악평론가·작가에다 국립민족예술극장 「배뱅이」 창조집단이 함께한[135] 좌담회였다. 리허림이 사회를 맡아 「배뱅이」 대본에서 제기되는 문제

132　신불출이 내놓은 「배뱅이굿」을 두고 작품을 실은 『조선예술』 목차나 본문에서는 그냥 '작품'이라 썼다. 어느 갈래에 넣기 힘들었을 것이다. 다만 신불출 스스로 「작품 「배뱅이굿」에 대하여」에서 「배뱅이굿」의 원본을 들면서 몇몇 「배뱅이굿」의 '굿소리'에서 가져와 윤문했음을 밝혔다. 이 글에서는 그를 따라 '굿소리' 또는 '굿소리 대본'이라 썼다.

133　「문예왕래」, 앞의 글, 1958.8.7.

134　「창극 배뱅이」(좌담회), 『조선음악』 10월호, 조선음악출판사, 1958, 20쪽.

135　좌담에 나선 이는 조령출·신불출·김학문·김광현·김최원·문종상·김원균에다 담당 기자 박승완에 이르는 9명이다.

와 음악에서 제기되는 문제, 둘로 나누어 생각을 나누었다. 각별히 신불출은 대본 쪽에서 「배뱅이」가 지닌 풍자성의 미약을 짚고, 음악 쪽에서 「배뱅이」가 본태인 서도 민요 일색의 작곡에 그친 점을 짚었다. 필요한 자리에서는 남도 민요를 끌어올 수 있었다면 좋았으리라는 생각이다.

그런데 좌담 가운데서 신불출이 『조선예술』에 발표했던 굿소리 「배뱅이굿」에 관한 이야기는 한 마디도 없다. 신불출의 지난 시절 손에 넣었던 대본에 바탕을 두고 다듬어 만든 작품이 「배뱅이굿」이다. 그것과 국립민족예술극장이 만들어 공연한 창극 「배뱅이」 사이 관계에 대한 물음이 생기지 않을 수 없는 자리다. 신불출이 「배뱅이굿」을 굳이 창극 「배뱅이」가 공연되었던 1957년 봄, 비슷한 시기에 발표한 것부터 생각을 더 가져가야 함을 일깨운다.[136]

1959년은 신불출의 재북 시기 삶에서 지닌 뜻이 여느 해와 다르다. 왜냐하면 글쓴이의 조사에 따른 일이긴 하지만 신불출 작품의 매체 발표가 마지막 매듭을 짓는 해인 때문이다. 게다가 그 무렵 북한 문학예술사회에서는 작가들의 현지 파견이 대규모로 이어지고 있었다. 신불출의 문학과 예능이 놓였을 자리에 대한 새삼스러운 주의가 필요한 시기다. 그러한 1959년에 신불출이 내놓은 작품은 2편이다. 만담 「말 아닌 말」과 재담 「영원의 불'길」이 그것이다. 먼저 『말과글』이라는 북한의 어문 교육 잡지에 실은 만담 「말 아닌 말」의 한 자리를 보인다.

우리 나라처럼 자랑거리가 많은 나라도 아마 세상에 드물 겁니다.

우선 우리 조선말만 놓고 보더라도 그렇죠. 쏘련이나 중국의 유명한 언어학자들도 우리 조선말을 엄지손'가락을 펴 보이며 '이거'라고 하면서 칭찬들을 하고 있습니다.

아닌 게 아니라, 우리 조선말은 세계 어느 나라에서도 찾아 볼 수 없는 아주 섬세한

---

136 앞으로 창극 「배뱅이」 대본을 얻을 수 있다면 신불출의 굿소리 「배뱅이굿」과 비교, 대조의 자리를 두고 가볍지 않을 논의를 이어야 할 일이다. 그 과정에서 「판소리와 창극에 대한 나의 견해」에서 신불출이 내세웠던 판소리와 창극 사이 차이에 대한 이해의 적용 실제뿐 아니라 북한과 재중겨레 사회를 아우른 북방 지역 「배뱅이」의 전승 양상 구명이라는 큰 의제를 품어 안을 실마리를 얻을 수 있을 것이다.

감정까지 표현할 수 있습니다.

가령 솔방울이 산에서 굴러 내리는 것을 형용하는 말만 듣고서도 그 산 모양이 어떻게 생긴 것까지도 짐작할 수 있게 합니다.

'때굴 때굴 때때굴 땍때굴 땍 땍 땍 땍 땍대굴 땍때굴 땍땍 땍땍 땍때구르르르르……'

그리고 또 빛갈 같은 걸 형용하는 데 있어서도 '불그스레 하다', '불그스름하다', '붉다', '벌겋다', '뻘겋다', '빨갛다' 하다가 나중엔 '새빨갛다'

— (줄임) —

그런데 이 아름다운 우리 말을, 사회주의 건설자답게 더욱 아름답게 써야 할 텐데 우리 옆집에 사는 박 동무란 사람은 어떻게 된 셈인지 알 듯 모를 듯한 '한'자어', 알숭달숭한 '술어' 일본말 찌꺼기까지 섞인 까다로운 '외래어', '사투리', '애매한 말', 쓸데없이 '덧붙이는 말', 그 중에서도 문제되는 '말 아닌 말' 따위들을 쓰고 있습니다.

— (줄임) —

만일 이 사람과 똑같은 누이가 어떤 상점 판매원이라면, 채소가 마침 떨어진 날 손님이 찾아 와서,

"동무, 채소 없어요?" 하고 물으면

"미안합니다. 온실 채소로 인민의 요구를 보장해 드리라고 당에서 그처럼 지시가 있었는데 저희들이 사업 조직을 잘못해서 채소가 그만 떨어졌답니다. 래일 오시면 꼭 보장해 드리겠습니다." 이래야 할 텐데

"아 없다는데 왜 자꾸 물어요? 언제 들어올 지, 내가 어떻게 알갔소? 아 빨리 빨리 사라요! 문 닫게시라……"

이런 말버릇 놀리다가 한 번 되게 비판을 당한 그 다음 날부터는 아주 달라졌는데,

—「말 아닌 말」 가운데서[137]

---

137 『말과글』 4월호, 과학원출판사, 1959, 17쪽.

우리말이 지닌 풍요로움과 아름다움을 앞머리에서 밝혔다. 다른 나라에서는 "찾아 볼 수 없는 아주 섬세한 감정까지 표현할 수" 있는 본보기로 "솔방울이 산에서 굴러 내리는 것을 형용하는 말"을 여럿 보였다. 그런 다음 나날살이에서 갖추어야 할 바람직한 '언어 례절'을 본보기를 들며 일깨워준다. 옮겨놓은 자리는 어느 '상점 판매원' 이야기다. 자신의 표현에 따르자면 신불출은 이른바 남반부 '원쑤들'을 향해 "전투적인 비판자"로 나섰던 만담가다. "가혹한 풍자의 수법을 적용하며 멸시적인 조소"로 '곤봉식 비판'을 퍼붓는 일로 한결같았다. 그러한 목소리를 버리고 「말 아닌 말」에서는 "긍정적 인물의 부정적 면"을 다룬 "교양적인 이야기"를 펼쳤다. 상점 판매원 그미는 "사소한 결함이나 또는 비교적 엄중한 오류를 범하였지만 비판의 도움을 받아" "개진할 용의를" 지닌 사람이다. 상점 봉사원이 "일시적 부주의로 저지른 실수"를 바로 잡도록 돕기 위해 "조롱과 비방"이 아니라 "충고와 방조"를 주는 "지휘봉식 비판"을 담은 작품이다. 따라서 이 작품이 불러내는 웃음은 "멸시적인 조소"가 아니라 "환자를 치료해 주는 것과 같은 동정적인 웃음"[138]이다.

> 녀 동무!
>
> 남 왜 그러시요.
>
> 녀 우선 가락이 맞는지 안 맞는지 다스림이나 한번 해 봅시다.
>
> 남 그럽시다. (꽹매기 가락을 한바탕 다스리고 나서) 어떻습니까?
>
> 녀 좋습니다.
>
> 남 어떻게 좋단 말입니까?
>
> 녀 모든 게 다 좋은 세상 꽹매기 가락조차 멋이 있으니 좋단 말입니다.
>
> 남 그럼 꽹매기는 멋이 있어 좋거니와 세상 좋은 래력을 또 이야기해 보십시요.
>
> 녀 우리의 살림살이가 날이 갈수록 점점 더 행복해지니 좋지 않습니까.
>
> ― (줄임) ―

---

138 신불출, 「만담과 재담의 옳은 발전을 위하여」, 앞의 책, 76쪽.

녀 모두가 다 우리의 경애하는 김일성 원수께서 직접 지도하시는 당과 정부의 정책

　　이 옳았기 때문에 이루어진 행복이죠.

남 맞았소이다. 그러면 동무! 우리가 만일 전 세계 만 나라 사람들 자랑을 한다면 무

　　엇부터 자랑해야 하겠습니까?

녀 아름다운 내 조국!

남 옳지! (꽹매기를 가볍게 울린다)

　　― (줄임) ―

녀 아 여부가 있습니까. 백전백승의 우리 조선로동당 선두에 최고 사령관 김일성 원

　　수가 서 계시고 수령님의 혁명 전통을 계승한 우리 철옹성 같은 인민 군대가 있었

　　기 때문이죠.

남 옳습니다! 그렇기 때문에 하늘을 덮어 오는 미제국주의 침략자들을 겨누고

☆남녀 두 사람이 다 함께 꽹매기로 장고로 총소리 대포소리를 내면서

(노래 ―「사설난봉가」 곡조로)

우르르르 소리가 웬 소리냐

우리의 인민 군대가 돌격해 나가는 소리다

삼천을 울리며 밀이다 붙이는

인민군 철벽에 우지직 깔리면

키다리 양키놈 빈대떡 되구

난쟁이 왜놈은 모찌떡 되구

개간나 국방군 잼병떡 되구

나머지 반동들 떡고물 되는데

아이젠하워야 너 갖다 먹어라

「영원의 불'길」에 낀 그림

— 신불출, 「영원의 불'길」 가운데서[139]

5월에 내놓은 재담 「영원의 불'길」이다. 이 또한 「말 아닌 말」과 비슷하게 '남반부'를 향한 대적 공세를 펼치지 않고 대내 "교양적인 이야기"로 나아갔다. 앞머리 지문으로 "남 녀 두 사람. 남자는 남자는 꽹매기를 들고, 녀자는 장고를 메고 등장해서 객석에 인사하고 선다"라 먼저 밝혔다. 남 / 녀 두 사람이 엮는 전형적인 재담 형식이다. 그리고 구연 사이사이 남 / 녀 노래소리를 번갈아 끼웠다. 흥미로운 사실은 굳이 전형적인 재담 형식이라 할 이 작품을 두고 '노래 재담'이라 따로 이름을 붙인 점이다. 만담이든 재담이든 진행 과정에 노래민요가 들어가는 것은 신불출 작품에서 드물지 않다. 다른 곳에서도 마찬가지다. 그럼에도 '노래 재담'이라는 갈래 이름을 굳이 더했다. 그만큼 작품 속의 중심 요소로서 노래를 중요하게 여긴 작품이라는 뜻이다. 만

---

139 『써클원문예』 5월호, 군중문화사, 1959, 20~25쪽.

담 / 재담의 종류 나눔과 새로운 창작 시도를 꾀한 흔적이다.

만담은 북한 사회주의의 전체주의 체제 안쪽에서 개인의 뛰어난 말재간에 기대 이루어지는 갈래다. 재담과 경계를 지을 필요가 없을지 모른다. 중요한 점은 속살이고 공감 반응이며 설득력이다. 그런 까닭에 이야기꾼 홀로 나서는 만담이든 둘이 나서는 재담이든 형식이 중요하지 않을 수 있다. 연극은 배우들의 극적 행위를 빌려 역동적인 동일시 시공간이 가능하다. 거기에 만담의 특성, 곧 끝까지 한 개인의 말재간이 불러일으키는 효과를 견주기는 어렵다. 읽는 희곡처럼 읽히는 만담 / 재담 또한 가능성이 낮다. 다시 말해 문필로서 만담 / 재담은 기껏 모노드라마나 대화극의 대본에 그친다. 영화 시나리오와는 아예 견줄 상대가 되지 못할 처지다. 거기다 가극 / 무용극이 누리는 음악과 협업마저 제한적이다. 짧은 한바탕 웃음과 풍자의 무대가 지닌 독자성을 두고 개별 예능 종목이나 예술 영역으로 납득시키기란 쉽지 않다. '노래 재담'이라는 신조어 만들기는 그러한 현실 아래서 겪는 신불출의 고심을 엿보게 한다.

전후 1959년까지 북한 사회주의의 전개에 따라 월북 명사 신불출과 그이 활동은 국립신불출만담연구소 설치로까지 나아갔다. 명성을 한껏 누리는 모습이다. 그러한 신불출의 위상은 고스란히 만담 / 재담의 성장과 변화를 되비추는 일이기도 했다. 신불출은 전래 재담을 이어 받아 만담을 새로 창안했다는 긍지를 지닌 예능인이다. 만담이야말로 전통에서 새롭게 혁신을 끌어낸 대표 '인민' 갈래라 강변하고 싶었을 것이다. 그렇건만 만담연구소라 써붙여 놓고도 재담을 창작하고 발전을 고심하지 않을 수 없었다. 전통 음악에서 우리 고유의 발성법뿐 아니라 판소리와 창극 사이 힘겨루기에서 누구보다 판소리 소멸을 걱정하며 자기 의견을 공론에 부친 신불출이다. 사회주의 건설 도정에서 전체 / 집체가 아니라 개인의 특권적 재능과 특수에 기대는 '낡은 사상' 찌꺼기에 절어 있는 복고주의자로 몰릴 위험을 떠안은 태도다. 그런 탓에 1959년에 내놓은 '노래 재담' 「영원의 불'길」은 북한 사회주의 현실주의 문학예술 세력장 안쪽에서 신불출 개인뿐 아니라 만담 / 재담 갈래가 겪고 있었을 자가당착을 어렴풋이 짐작하게 만든다. 만담 창안자 신불출이 한누리 원문 발표 형식으로 내놓은 마지막 작품은 만담이 아니라 재담이라는 사실이 그 실마리다.

거기다 신불출은 대중적 명망이 으뜸으로 치달았을 시기로 여겨지는 1957년에, 「발성법과 창법 인식에서의 자가당착─론문 「민족음악의 발전과 연주가의 역할」^{문종}상을 읽고」와 「판소리와 창극에 대한 나의 견해」를 논쟁적으로 내놓았다. 가볍게 보자면 신불출이 전통 음악이나 고전 예능 영역에서 지닌 자신의 역량을 힘껏 드러낸 일로 그친다. 그러나 국립신불출만담연구소를 맡은 각오와 책임감을 묵직하게 밝힌 1956년의 「만담과 재담의 발전을 위하여」와는 글이 지닌 뜻이 다르다. 전후 세대, 곧 마르크스─레닌주의를 체계적으로 배운 주류 학계 음악인 쪽에서 볼 때 1957년의 두 평론은 신불출이 지녔던 대중적인 인기와는 관계 없이 자신이 형식주의와 복고주의에 빠진 인물임을 자인하는 증거로 삼을 만한 글이다. 평론이 지닌 속살의 정 / 부당성을 떠나서 자신을 둘러싼 문학예술사회와 신불출이 알게 모르게 갈등, 불화를 겪었으리라는 점을 짐작하기란 어렵지 않다.

앞에서 전후 1950년대 신불출이 밟았던 행적을 짚어 나왔다. 편수로만 따져 만담 11편, 재담 3편, 평론 5편, 굿소리 1편, 만문 1편, 좌담회 1편에 걸친 전후 1950년대 신불출 문필 23편의 실물을 실증할 수 있었다. 작품 창작과 이론에서 전성기 모습이라 할 만한 활달한 활동과 성과를 본 셈이다. 다만 신불출이 몸 담고 있었던 작가동맹 시분과위원회의 맹원 활동에 걸맞은 가락글 쪽 성과는 찾을 수 없었다. 시와 노랫말이 중요 업적으로 두드러졌던 광복기나 전쟁기와는 다른 신불출의 전후 1950년대 모습이다. 그런 이채가 지닌 뜻을 제대로 알기 위해서는 자리를 달리해 개별 작품에 대한 이해나 따져읽기가 깊어져야 할 일이다.

5. 1960년대의 격하와 죽음

1950년대 전후 복구와 사회주의 건설을 향해 북한 문학예술사회는 치달았다. 그런 가운데 만담 / 재담의 위상은 불안정한 갈래 특성에도 흔들림이 없었다. 무엇보다 국립신불출만담연구소의 출범과 활동이 그 점을 보증한다. 거기다 앞에서 『조선중앙년감』 기록들을 빌려서 본 바와 같이 북한 예술, 예능 사회 안쪽에서 지녔던 만담 / 재담의 대중적인 취향은 꾸준했다. 인접 갈래 판소리와는 다른 걸음길을 탔다. 신불출까지 「판소리와 창극에 대한 나의 견해」를 내놓으며 독자성과 우월성을 강조했던 판소리는 1960년대로 들어서면서 완연히 밀려났다.[140]

판소리 음악 자체는 시대적 제한성과 발성법에서의 적지 않은 결함을 가지고 있다.

위대한 수령 김일성 동지께서는 다음과 같이 교시하시였다.

"쐑소리는 우리 민족의 고유한 노래 음조가 아니라 지난날 광대들의 노래 음조입니다."『김일성 저작집』 9권, 63쪽

판소리는 너무 옛날 것이기 때문에 흥미가 없으며 이해하기 힘든 한문투의 말이 많고 유장한 시조조로 되였을 뿐 아니라 자연스럽지 못한 발성으로 하여 오늘 우리 속의 시대 사람들의 감정과 발성에 맞지 않는다.

쐑소리 즉 탁성은 지난 날 판소리 가수들인 소리광대들이 부르는 판소리 음조로서 우리 민족의 고유한 노래 음조와 자연스러운 발성법과는 완전히 모순되는 것이다. 지난 시기 남도창을 전문으로 하는 판소리 가수들은 쐑소리를 내는 것을 마치도 자기들만이 지니고 있는 고유한 특질로 간주하면서 탁성을 기본으로 하여 불렀다. 이리하여 탁성은 가수들의 발성에서 남녀 성부가 구별되지 않는 기형적인 것으로 되게 하였을 뿐 아니라 그들의 아름다운 목소리를 상하게 하였다.

이처럼 지난날 판소리 가수들의 노래 음조인 쐑소리는 본래부터 유순하고 우아한 민족적인 발성과는 모순되는 인위적이고 비과학적인 발성이였던만큼 판소리 자체에서만이 아니라 그에 기초를 두고 있는 단가, 민족 악기, 창극 발전에까지도 부정적인 영향을 주었던 것이다.

―「판소리의 발생 발전」 가운데서[141]

140　노동은, 「북한의 전통 음악론」, 『한국 근대 음악사론』, 한국학술정보(주), 2010, 212쪽.
141　『조선음악사』 2, 과학백과사전출판사, 1990, 230쪽.

1990년에 나온『조선음악사』의 한 자리다. 판소리가 비판당하고 배제된 사정을 알 수 있다. 판소리가 지닌 "시대적 제한성과 발성법"이 갖고 있는 '결함'을 오롯이 녹인 풀이다. 탁성이 지닌 문제점도 깔끔하게 비판, 정리했다. 이러한 논지는 달라짐 없이 2000년대까지 이어진다.[142] 이미 1957년 신불출이「발성법과 창법 인식에서의 자가당착─론문「민족음악의 발전과 연주가의 역할」문종상을 읽고」에서 던진 물음에 대해 김학문이 두 차례나 맞받아쳤던 입론, 곧「사실주의적인 과학적 발성법─「민족음악의 발전과 연주가들의 역할」문종상과「발성법과 창법 인식에서의 자가당착」1957에다「창극 발전을 위한 길에서 제기되는 몇 가지 문제」1957의 속살이 고스란히 정설로 자리 잡고 있음을 볼 수 있다.

판소리는 '인민' 예술이 아니다. 양반 사대부의 기호로 살아 남았던 "광대들의 노래"다. 사회주의 건설을 향해 치달아야 할 사람들의 "감정과 발성"에 맞지 않아 대중들이 거의 즐기지 않는다. "고유한 노래 음조와 자연스러운 발성법과는 완전히 모순"된다. "유순하고 우아한 민족적인 발성"에서 벗어난 "인위적이고 비과학적인 발성"인 '탁성'쌕소리을 특장으로 삼았다. 지난날 판소리 소리꾼들은 탁성을 마치 자기들만이 지닌 고유한 특질로 내세웠다. 그것을 "민족적 창법의 전통이라고 보면서 탁성 합리화"에 이르거나 "우리의 성악은 우리 나라의 '고유한 민족 발성법'에 의해야 한다"고 주장했다. 그러면서 실제에는 "단지 그 방법이나 기계적으로 되풀이"할 따름이었다.[143] 게다가 판소리는 정밀 예능이다. 북한 대중들에게는 너무나 전문 분야다. 북한의 대중성 형성과 발전에 주류적 음악 경험은 남도창에 터잡은 판소리가 아니라 북한의 뿌리를 둔 서도소리 전통일 수밖에 없었다.[144]

「판소리와 창극에 대한 나의 견해」에서 신불출이 목소리를 높였던, 판소리 독자설이 옳다느니 그렇다느니 하는 논의는 위와 같이 명료한 풀이와 평가 앞에서는 부

---

142 20년 뒤에 다시 기워내면서 일성의 말만 빼버리고 그대로 되풀이했다.『조선음악사(리조~근대편)』, 사회과학출판사, 2010, 241~242쪽.
143 김학문,「창극 발전을 위한 길에서 제기되는 몇 가지 문제」, 앞의 책, 17~18쪽.
144 노동은, 앞의 글, 212쪽.

질없어 보인다. 창극마저 어느새 민족가극이라는 새 과제 앞에 내던져진 시기다. 판소리가 겪은 그러한 위세 변화를 만담 / 재담은 피할 수 있었을까? 이런 물음에 대한 실마리를 얻고자 신불출이 마지막 작품 발표 형식으로 내보인 1959년의 두 작품, 곧 만담 「말 아닌 말」과 재담 「영원의 불'길」로 다시 눈길을 돌려 볼 일이다. 그 점은 두 가지에서 그렇다. 첫째, 비록 전통 재담을 이어 받았다고 하나 재담과 다른 역사적 갈래로서 만담을 개척하고 그 실천 활동들을 핵심으로 삼아온 신불출이다. 그런 그이가 막바지에 내놓은 작품은 만담이 아니라 재담이었다. 갈래 선택에서 자기 부정적인 모습이 드러난 일이라 볼 수 있지 않을까.

둘째, 작품 내용 요소에 나타나는 변화다. 전쟁기와 전후 초기 신불출 만담의 우수성과 파급력은 "어느 것 하나 미제와 리승만 도배의 죄악을 풍자 폭로하지 않은 것"[145]이 없었던 데서 말미암았다. 그런데 「말 아닌 말」과 「영원의 불'길」에서는 내용과 주제에서 방향 전환이 뚜렷하다. 북한 바깥의 대적 풍자와 조롱의 자리에서 길을 바꾸어 북한 대내 사회주의 안쪽의 부정적 현상에 대한 교양과 방조로 옮겨간 것이다. 이 점은 작품 속살이나 주제의 이동뿐 아니라 대중 파급력의 변화까지 불러 일으킬 일이다. 무거운 웃음보다는 가볍고 너그러운 웃음의 필요성이 그것이다.

사회주의 북한의 건설을 향해 모든 부문에서 영웅의 기세가 요구될 시기다. 만담의 발전에 가장 무거운 책임을 진 이가 신불출이었다. 새로운 시대의 요구 앞에서 고심과 긴장의 시간은 더 무겁게 그이를 짓눌렀을 것이다. 마지막 작품 선택이 보여 주는 자기 부정적 요소나 가벼운 웃음을 향한 방향 선회는 예외적 상황이나 단기적 변화가 아니라는 뜻이다. 1960년대로 올라서기 앞서부터 이미 신불출은 인접예술 판소리가 겪은 퇴조와 무관할 수 없을 문제들을 껴안고 살았다. 그런 정황을 암시하는 기록이 한 곳 보인다.

신불출의 경우 만담가라면 모르는 사람이 없다. 신불출이 월북 후 북괴로부터 지극히

145　신흥순, 앞의 글, 114쪽.

환대를 받았다. 신불출은 휴전 대한민국을 모략중상하는 공로에 의해 신불출만담연구소라는 것을 차려줬고 정원 20명의 연구생4급 배우 이하 무대 예술인을 두게 됐다.

신불출 자신은 2급배우의 우대를 받으면서 코가 높을 대로 높았다. 그것은 최승희무용연구소 다음 가는 개인 명의의 예술단이었던 때문이다.

— (줄임) —

그런데 신불출의 불만이 대단하였다. 1956년 봄 그가 평양 서구역 기림동에서 생활을 할 때, 하루는 남궁만과 함께 술을 마시는데 술이 거나해지자 첫 마디가

"난 솔직한 얘기가 계집질을 못해서 못 살겠소!"

하자 남궁만이 대뜸 하는 소리가 ,

"자넨 그렇게 혼이 나구서도 또 그런 소릴 할 수 있나?"

그러자

"글쎄 그렇다 치더라도 이래 가지구서야 살맛이 있어야 살지 않겠나?"

— (줄임) —

이게 무슨 소린고 하니 휴전되던 1953년 봄 신불출은연구소 설치 이전 배속된 극단이 없어 문화선전성의 필요에 의해 출연하고 있을 무렵이었다. 같은 동리 사는 유부녀를 겁탈하려다가 여자의 발악으로 소동이 생겨 동리 사람들한테 몰매를 맞고 약 한 달 가량 외출을 못했다. 그런데 월북해서 얻은 제3의 부인의 용모가 아름답지 못하다고 해서 술만 마시면 나가라고 내쫓았다. 부인이 울고 밖으로 나가면 옷보따리를 밖으로 내동댕이 치고 다시 끌고 들어가서 치고 받고 밟고 하여 부인이 몇 번인가 빈사 상태에 빠졌었다.

그러나 옆집 사람들도 그들 부부 싸움을 말리지 못했다. 그래서 동리 사람들은

"저게 신불출이야, 개만도 못한 놈이 지껄이기는 젠장…… 쯔쯔"

혀를 찼다. 나도 이 사실을 한 번 목격한 바 있지만 남궁만이 말한 것은 그 사연이었다.

— 이철주, 「북한 무대 예술인의 운명」 가운데서[146]

---

146 『북의 예술인』, 계몽사, 1967, 286~287쪽.

우리 쪽으로 월남했던 북한 문학예술사회 인사 가운데 한 사람이 이철주다. 그이의 해묵은 회상기 가운데서 따 옮겼다. 이철주는 신불출의 이름이 한창 왁자한 시기인 1950년대 연극인, 언론인으로 활동을 했다. 따라서 무대예술이나 연극인에 관해 남다른 이해가 깊었을 이다.[147] 그이 글은 흥미로운 사실을 알려 준다. 무엇보다 "휴전되던 1953년" 만담연구소가 마련되기 앞서 신불출은 "배속된 극단이 없어 문화선전성의 필요에 의해 출연"했다는 기술이 그것이다. 전쟁기 동안 신불출의 소속에 대한 실마리를 얻을 수 있다. 문화선전성이 그곳이다. 거기다 신불출의 음행과 사람됨에 관한 정보[148]를 더한다. 전쟁기와 전후기 누구 못지 않게 활발한 극작 활동을 펼쳤던 남궁만으로부터 들었다는 신불출의 음행 이야기는 참일 가능성이 높다. 높은 명성 안쪽으로 그이를 향한 비난이나 격하의 가능성이 늘 있었을 것이라는 점을 마음에 두더라도 달라지지 않을 사실이다.

1956년 무렵 들었던 일이라 이철주는 밝혔다. 그럼에도 신불출의 일탈은 특정 시기 단일 사건으로만 머물지 않았을 것이다. 1950년대는 물론 1960년대로 넘어가면서 더 심각해 보이거나 문제적으로 커질 수 있었다. 만담 / 재담의 위상 변화가 거기에 기름을 부었을 수 있다. 1959년에 남긴 두 작품 뒤로 1960년대 내내 작품 발표 활동이 잦아든다는 사실과 신불출의 문제적 됨됨이가 묶여 있으리라는 짐작이 가능한 까닭이다. 그럼에도 거기에 제대로 답할 터무니를 갖지 못한 오늘날 우리쪽 현실이다. 이런 사정은 1960년대로 올라선 뒤부터 신불출이 죽음에 이르기까지 모든 기간에 걸쳐 있어 아쉬움을 더한다.

신불출의 만년과 죽음을 두고 우리쪽에 남은 기록은 크게 둘이다. 첫째, 위세 드높았던 한설야가 쫓겨날 때 신불출도 강선제강소 노동자로 밀려났다는 이야기가 하나

---

147 작품으로 희곡 1편을 볼 수 있다. 3회에 걸쳐 연재한 1막극이다. 이철주, 「참된 길」, 『민주청년』, 조선민주주의청년동맹중앙위원회, 1954.9.28・9.30・10.2.

148 뒷날 김종순은 이철주의 신불출 음행 이야기를 자기 저술에서 그대로 녹였다. 이어서 안문석 또한 김종순을 따서 그대로 따랐다. 참일 수 있을 개연성을 더하는 쪽으로 이야기가 단단해지고 있는 셈이다. 김종순, 『비록 북한 40년사 10 ― 북한의 문화예술』, 금강서원, 1990, 252~253쪽; 안문석, 『북한 현대사 산책』 1, 인문과사상사, 2016, 227쪽.

다. 한설야가 쫓겨나자 1963년 3월부터 6월 동안 문학예술인에 대한 사상 검토회가 이루어졌다. '적대 계층' 성분을 가진 이들을 찾아 제거에 들어갔다. 소설가 엄흥섭·조정국·리근영·현덕에다 시인 박세영·박팔양·리용악·박산운·리병철·김귀련 들이 가려졌다고 알려진다. 이들 가운데서 윤세평·김귀련·리병철·김명수는 작가 자격을 빼앗기고 공장, 기업소 노동자 또는 협동농장 농장원으로 쫓겨 갔다.[149] 말하자면 1963년 무렵 신불출이 제거당했다는 뜻이다.

둘째, 신불출은 1976년쯤 요덕수용소 구읍지구에 갇혀 살다 영양실조로 죽었다. 북한에서 13년 동안 '조선인민군협주단' 무용배우로 일했던 김영순[71]의 2004년 증언에 터무니를 둔 정보다. 그미는 요덕수용소에서 8년 동안 갇혀 살다 2003년 말 한국으로 들어왔다. 요덕수용소에서 신불출과 함께 지내면서 그이 죽음을 보았다고 알려진다. 신불출이 1976년에 요덕수용소에서 죽었다는 이 기록을 우리쪽 연구자 가운데서도 김경희·엄현섭·홍성후가 따랐다.[150]

신불출의 만년과 죽음을 두고 이루어진 두 기록의 사실 여부를 확인할 다른 실증 자료가 현재로서는 남아 있지 않다. 다만 신불출의 위상 변화나 격하의 징후를 애써 찾자면 둘러볼 자리가 없는 것은 아니다. 앞에서 본 바와 같이 『조선중앙년감』을 비롯한 연감류와 같은 기술 또는 신문 기사가 그것이다. 만담이나 신불출 관련 정보를 얻을 가능성이 있다.

① 이번에 만담연구소가 8·15해방 15주년 기념 전국예술축전에 참가하여 신흥순의 풍자극 「자루 속에 든 각하」를 내놓았다. 이 풍자극은 미제가 남조선에서 15년 동안 범한 죄악에 대하여 항거하는 인민 봉기를 주제로 하여 망국 역적들에게 멸시와 증오에

---

149 「대동강의 증언(9)—지식층의 마수(하)」, 『경향신문』, 경향신문사, 1974.5.4. 기술 내용을 그대로 믿기는 어렵다. 본보기로 시인 김우철도 그 일로 철도 자살을 했다고 썼다. 그러나 그이 자살은 1963년에서도 한참 앞선 때인 1959년에 일어난 사건이다. 박태일, 「김우철 문학의 실증적 접근」, 『근대서지』 제26호, 근대서지학회, 2022, 232~233쪽.

150 「북, 월북만담가 신불출 재평가 움직임」, 『연합뉴스』, 연합통신사, 2008.5.4; 김경희, 앞의 글, 148쪽; 엄현섭, 앞의 글, 317쪽; 홍성후, 앞의 글, 621쪽.

찬 웃음을 퍼부음으로써 일정한 성과를 거둔 작품이라고 생각한다.

만담연구소는 극예술을 전문으로 하는 창조 집단이 아니며, 그 성원도 극히 적음에도 불구하고, 만담, 재담, 촌극의 다양한 레파토리와 아울러 상기한 풍자극까지 창조하였다는 것은 높이 찬양해야 할 일이다.

— (줄임) —

뿐만 아니라 극작가 신홍순은 결말에서 '도지사'를 또 다시 자루 속에 기여 들어가 숨어버리는 것으로 형상하였다.

— (줄임) —

연출가 고익한은 풍자극 창조에서 극히 청소한 경험을 가지고 있는 등 창조 집단 성원들로서 무리없이 작품의 기본 의도를 옳게 구사하고 있다.

— (줄임) —

그러나 나는 우리 풍자극이 더 높은 수준에로 발전할 것을 염원하는 마음으로 「자루 속에 든 각하」가 거둔 이와 같은 성과와 아울러 결함이라고 느껴지는 데 대해서도 기탄없이 이야기하려 한다.

— 김광현, 「증오와 조소 — 만담연구소의 풍자극
「자루 속에 든 각하」를 보고」 가운데서[151]

② 중앙 및 지방 각 예술 단체 예술인들은 광부절을 앞두고 각자 탄광, 광산을 순회 공연하고 있다.

— (줄임) —

국립곡예극장과 만담연구소에서도 흥미 있는 프로들이 준비되고 있다. 함북도와 강원도내 탄광, 광산들을 방문하게 될 만담연구소 배우들의 공연 종목에는 남반부 괴뢰도당들의 추악상을 폭로한 풍자극 「자루 속에 든 각하」도 들어 있다.

---

151 김광현, 「증오와 조소 — 만담 연구소의 풍자극 「자루 속에 든 각하」를 보고」, 『문학신문』, 문학신문사, 1960.9.2.

극작가 김광현이 쓴 ①은 1960년 "8·15해방 15주년 기념 전국예술축전에" 만담연구소가 내놓은 신흥순의 풍자극 「자루 속에 든 각하」를 대상으로 쓴 관극평이다. 이 글은 짧으나 몇 가지 점에서 눈길을 끈다. 첫째, 국립신불출만담연구소의 이름을 달리 썼다. 신불출만담연구소가 아니라 그냥 만담연구소로 줄였다. 이 이름에서 드러나는 뚜렷한 뜻은 개인 신불출의 약화다. 둘째, 관극평의 대상을 신불출의 작품이 아니라 2인자 격인 신흥순의 것으로 삼았다. 1950년대 위세 드높았던 신불출을 떠올린다면 이례적인 일이다. 신불출이 "8·15해방 15주년 기념 전국예술축전"에 작품을 내놓지 않은 탓이라 단순하게 넘어갈 수 있을 일이다. 미심쩍다. 셋째, 만담연구소에서 내놓은 작품 갈래가 만담이 아니라 '만담극'이라는 사실이다. 만담과 극의 본질적인 차이를 한결같이 강조했던 신불출이다. 그럼에도 신불출이라는 이름이 빠진 만담연구소에서 내놓은 작품은 극 양식이다. 거기다 신불출에 이어 2인자 격이라 할 수 있는 만담가 신흥순을 두고 극작가라 썼다. 넷째, 마지막으로 만담연구소의 현황 소개다. 만담연구소는 "극예술을 전문으로 하는 창조 집단이 아니며, 그 성원도 극히" 적다고 썼다. 그럼에도 "만담, 재담, 촌극의 다양한 레파토리와 아울러" "풍자극까지 창조"해 그런 노력을 높이 살 일이라 말을 맺었다. 극예술 전문 창조 집단이 아닐뿐더러 성원도 '극히' 적다는 표현에 담긴 뜻은 두텁다. 문학예술사회에서 만담연구소와 만담 / 재담이 놓인 1960년의 열악했을 정황을 짐작하게 이끄는 표현인 까닭이다.

짧은 글이긴 하나 어려운 가운데서도 만담연구소가 '풍자극'을 연출해 일정한 성과를 보인 점에 대한 칭찬이 김광현 관극평의 주제다. 그럼에도 이 글을 빌려 알 수 있는 점은 크게 보아 만담연구소와 신불출의 기세 약화, 거기다 만담 / 재담 갈래 예능인들의 어려운 현실이다. 김광현은 그런 가운데서 만담 / 재담이 살아남기 위해 극

---

152 『문학신문』, 문학신문사, 1960.9.2.

문학 쪽으로 녹아든 모습을 두고 칭찬했다. 풍자적 웃음을 감화력의 핵심으로 삼는 풍자소품 쪽에서 촌극과 아울러 만담 / 재담이 지닌 그 점을 높이 산 결과다. 한결같 은 점이 있다면 이른바 "남반부 괴뢰도당들의 추악상을 폭로"하는 풍자적 웃음의 대 중적 파급력이다. ②는 그 점을 다시 한번 보증한다. "8·15해방 15주년 기념 전국예 술축전에" 내놓았던 「자루 속에 든 각하」를 중심으로 "광부절을 앞두고" "탄광, 광산 을 순회 공연"을 할 예정임을 밝혔다. 여기에서도 '국립곡예극장'과 달리 '만담연구 소'는 국립신불출만담연구소 또는 신불출만담연구소로 쓰지 않았다.[153] 그런 점에서 1961년 활동에서 나타나는 국립신불출만담연구소의 일컬음 변화가 눈길을 당긴다. 앞에서 본 바와 같이 『조선중앙년감』을 비롯한 연감류의 기술이 그것이다.

축전 무대에서는 연극 「붉은 선동원」국립연극극장 상연이 특등상을 받았으며 연극 「태양의 딸」함흥연극극장 상연, 연극 「산울림」강원도립예술극장 상연, 「똘똘이와 삼녀」국립만담연구소 상연이 가극 「인간에 대한 지극한 사랑」함남도립예술극장 상연, 합창 「천리마로 달리세!」황북도립예술극장 상연, 장 막 무용극 「동틀 날」함남도립예술극장 상연이 각각 1등상을 받았다.

—「군중예술」 가운데서[154]

1961년도 문학예술 성과를 갈무리한 『조선중앙년감』1962년판 가운데 한 곳이다. 1961년 '조선로동당제4차대회 경축 전국예술축전'의 전문 예술 단체 경연은 음악 무용6.29~8.2, 연극8.20~10.3에 걸쳐 평양과 기타 지역에서 이루어졌다. '전문 부문' 경연 에는 음악과 연극 두 가지에서 17개 단체가 참가했다. 연극에서는 "14편의 장막물과 1편의 단막물 그리고 10여 편의 각종 풍자소품들이 상영" 되었다. 그 결과 국립만담 연구소의 「똘똘이와 삼녀」가 1등상을 받았다. 만담 / 재담 가운데 하나였을 것이다.

---

153 아래 글에서도 만담 / 재담을 '풍자소품'의 하위 종류로 넣고 다루었다. 게다가 국립신불출만담연 구소는 국립만담연구소로 한결같이 적었다. 「풍자소품의 전투적 위력을 시위―전국 예술 축전 풍자 부문 경연을 보고―」, 『문학신문』, 문학신문사, 1960. 6. 28.
154 「군중예술」, 『조선중앙년감』(1962년판), 조선중앙통신사, 1962, 277쪽.

음악, 연극 어느 경연에 나섰던 작품인지는 드러나지 않는다. 맥락으로 보아 연극 부문에 "각종 풍자소품들"이 들었음에 틀림없다. 만담 / 재담이 연극 갈래의 풍자적 특성 유형으로 자연스럽게 들앉아 있는 모습이다. '풍자소품'이라는 일컬음이 앞으로 만담 / 재담이 살아갈 방향임을 미리 암시하고 있는 셈이다.

그런데 더 중요하게 다룰 일이 있다. 「똘똘이와 삼녀」의 공연 주체를 '국립신불출만담연구소'가 아니라 '국립만담연구소'로 적은 사실이다. 신불출 이름만 뺀 일컬음이다. 그리고 1961년도 다른 자리에서도 '국립만담연구소' 이름의 활동과 만담 / 재담 예능 영역의 존속을 볼 수 있다.[155] 신불출 이름만 빠진 이러한 표기를 두고 국립신불출만담연구소라는 온전한 이름을 줄여 쓴 것이라 단순히 말할 수 있다. 그럼에도 고개가 갸웃거려지는 일이다. 신불출에 대한 격하와 맞물렸을 가능성이 남은 까닭이다.

우리나라 유일한 풍자 예술 창조 집단인 만담연구소는 창립 이래 최근 시기에 이르기까지 ― (줄임) ― 풍자소품들을 기동성 있게 창작 상연함으로써 ― (줄임) ― 당 정책의 관철에서 일정하게 기여하여 왔다.

금번 우리 당 제4차대회 경축 전국예술축전에 참가한 동 집단의 공연에서 그들의 장성된 예술적 기량을 확연하게 볼 수 있었다는 것은 매우 기쁜 일이다.

동 집단은 금번 축전 무대에 종전의 공연 레파토리에서 볼 수 없었던 풍자극 「무너진 환상」(단막, 신홍순 작, 공훈배우 신불출 연출)까지를 포함하여 노래 재담, 연속 재담, 대화극, 촌극 등 9종의 다양한 작품들을 내놓았다.

동 집단의 이번 공연에서 특징적인 것은 자기 집단의 개성적인 얼굴을 그 어느 때보다 진지하게 살리기 위한 노력을 컸다는 점이다.

이번 공연한 풍자극에서 막간 소품에 이르기까지 건전한 사상 예술성의 추구를 위해 많은 노력을 경주한 사실을 간과할 수 없었다.

---

155 「군중예술」, 위의 책, 277쪽.

― 〈줄임〉 ―

관객들의 호응을 받는 작품들은 대화극 「지상낙원」_{공훈배우 신불출 작, 연출}, 련속 재담 「똘똘이와 삼녀」_{오은렬 작, 김진현 연출} 등을 대표적으로 볼 수 있다.

― 리정식, 「진일보를 보여준 풍자 예술 ― 만담연구소의 공연에 대하여」 가운데서[156]

드문 만담 관련 관평 가운데 하나다. 1961년 조선로동당 제4차대회 경축 '전국예술축전'에 참가한 만담연구소의 작품과 활동만을 묶어 내놓은 글이다. 만담연구소는 창립 이래 "풍자소품들을 기동성 있게 창작 상연"해 "당 정책의 관철에서 일정하게" 이바지해 왔다. 그런 "장성된 예술적 기량"을 바탕으로 '전국예술축전'에서는 "종전의 공연 레파토리에서 볼 수 없었던 풍자극"과 "노래 재담, 련속 재담, 대화극, 촌극"에다 걸치는 9종의 다양한 작품"을 내놓았다. 새로 만담연구소가 꾀했다는 '레파토리'에서 '노래 재담'은 이미 신불출이 1959년 「영원의 불'꽃」에서 내놓았던 방식이다. 거기다 대화극, 촌극 들은 모두 연극 부문의 '막간 소품'이다. 신불출은 대화극 「지상낙원」을 만들어 연출했으며 신흥순이 지은 풍자극 「무너진 환상」의 연출까지 맡았다.

이러한 리정식의 공연평을 빌려 알 수 있는 일은 적지 않다. 무엇보다 만담연구소의 공연에서 "특징적인 것은" 만담연구소 "집단의 개성적인 얼굴을 그 어느 때보다 진지하게 살리기 위한 노력"이 컸다"는 기술이 눈길을 끈다. 리정식이 칭찬하고 있는 그 자리는 풍자라는 더 상위 개념의 목표를 위해 만담 / 재담이 연극 형태와 경계를 허물어버린 모습이라 할 수 있다. 만담가 신불출로서는 뼈시린 자기 갱신, 탈각의 시간을 거쳤으리라는 사실을 암시하는 변화다. 오랜만에 새로 보여 준 그러한 만담연구소의 풍자극과 막간 소품 창작의 노력을 두고 "관객들의 호응"까지 적지 않았다. 그런데 이러한 자기 부정에 가까운 갱신 노력은 개인 신불출이나 만담 / 재담 갈래 안쪽에서 볼 때는 거꾸로 존재 정당성을 잃게 만드는 변화일 수 있었다. 독자적인

---

156 『문학신문』, 문학신문사, 1961.11.10.

대중 예능 가운데 하나이고자 했던 만담 / 재담은 어느덧 자연스럽게 풍자소품 연극 무대 안쪽의 몇몇 형식 가운데 하나로 녹아든 위축 현상을 드러낸다. 그 점은 다음 해 1962년으로 넘어서면서 더한다.

　만담 / 재담의 상황 변화는 1962년 한 해 성과를 갈무리한 『조선중앙년감』[1963판]에서 엿볼 수 있다. 전문 문학예술인 활동은 물론, 군중 예술 활동이나 경연 대회에서 만

1962년판 『조선중앙년감』

담 자리나 수상 정보를 찾을 수 없다. 다만 '군무자예술경연대회'의 공연 작품 가운데서 재담이 한 번 보인다. "군무자들 속에서 꽃피는 군중 문화 예술의 발전 면모를 뚜렷이 과시하였으며 조선 로동당과 수령 앞에 무한히 충직한 인민군 장병들의 예술적 재능을 유감없이 보여" 준 행사였다. 합창·민족 기악 합주·노래 이야기·현악 합주·단막극·남성 군무·기악과 노래 이야기·연극과 함께 재담 「동해 초병의 노래」가 "우수한 작품들" 가운데 하나로 이름을 올렸다.[157] 만담 분야의 홀대라 말해도 될 만한 정황이다. 1961년 활동에서 보였던 갱신 노력은 커녕 그림자조차 지워지는 품세다.

　1963년에도 상황은 비슷하다. 1963년 성과를 갈무리하고 있는 『조선중앙년감』 [1964]의 「문학예술」에서 만담을 볼 수 없는 점은 1962년과 같다. 다만 1963년 8월 20일부터 9월 28일까지 이어진 제12차 '군무자예술써클경연대회'에서 노래와 춤·기악 합주·합창시·시극과 함께 재담이 한 자리를 차지했다.[158] 우수 작품에는 이름을 올리지 못했다. 거기다 군무자예술써클경연대회보다 더 큰 7월의 '전국로동자예술써클축전', 8월부터 이루어진 '전국예술축전'에서는 부문이나 시상 명단에서 만담과

---

157 「군무자예술경연대회」, 『조선중앙년감』(1963년판), 조선중앙통신사, 1963, 250쪽.
158 「예술축전」, 『조선중앙년감』(1964년), 조선중앙통신사, 1964, 220쪽.

재담 둘 모두 볼 수 없다.

1962년과 1963년의 『조선중앙년감』 기록으로 볼 때 주요 부문으로 독립하지는 않았지만 재담은 군중 예능 가운데 소수 종목으로 꾸준했다. 그런 사이 드물게 약세를 보인 만담을 살필 수 있었다. 만담 「깡패 초상」을 한 차례 실은 대중잡지 『천리마』가 그곳이다.[159] 그럼에도 만담과 재담 둘 사이 기세에서 만담이 앞서지 못하고 오히려 재담 안쪽으로 녹아 든 듯한 분위기는 한결같았다.

1962년의 경우, 신불출 개인의 위상을 점검할 수 있는 자리가 하나 더 보인다. 낱책 『1962년 문학 작품 년감』이다. 『조선중앙년감』에만 기댔던 여느 해와 다른 꼴이다. 1963년 12월에 『1962년 문학 작품 년감』을 따로 펴내 1962년도 문학 창작 성과를 갈무리한 것이다. 이러한 예외적인 '문학년감' 출판은 1962년 종파주의자 제거 사태를 거친 뒤 그 결과를 잣대로 다시 1962년 업적을 재구성한 까닭이다. 그 안쪽에서 신불출이 몸을 얹고 있었던 작가동맹 시분과위원회의 작품 죽보기나 풀이에 신불출은 보이지 않는다. 「고전문학」 영역으로 옮겨도 마찬가지다. 1957년 신불출이 판소리와 창극, 만담 / 재담과 연극 갈래에 관한 논쟁적 평론에서 맞선 자리에 놓였던 고정옥, 신구현과 같은 학계 인사들이 자랑찬 저술로 앞자리를 차지한 모습과는 다르다.[160] 만담 / 재담이 들어선 기미는 보이지 않는다. 현양 인물로 보자면 판소리의 신재효 논의가 사라지고 앞선 세대 정다산으로 중심이 뚜렷하게 옮겨간 맵시다. 1950년대 중반부터 꾸준했던 정다산 현양은 다산 출생 200주년 기념 사업을 맞아 『정다산』^{과학원출판사, 1962}, 『정다산과 그의 문학』^{조선문학예술총동맹출판사, 1962}과 같은 학계, 비평계 업적으로 더 깊어졌다.[161]

만담의 약세 현상은 이어 1964년에도 달라지지 않았다. 1964년 업적을 요약한 『조선중앙년감』^{1965년판}에서 만담은 대중 예술에서 한결같이 이름이 묻혔다. 재담 경우는

---

159 『천리마』 5호, 군중문화출판사, 1962, 85~85쪽.

160 낱책으로는 고정옥의 『조선구전문학연구』(과학원출판사, 1962), 김하명의 『조선문학사(15~19세기)』(고등교육도서출판사, 1962)를 들었다.

161 「고전문학」, 『1962년 문학 작품 년감』, 조선문학예술총동맹출판사, 1963, 328~329쪽.

달랐다. 1964년 '예술써클'의 "써클원들 활동"을 소개하면서 "특히 사상 교양 사업의 유력한 수단의 하나"인 연극·촌극·인형극·재담 들과 같은 "극적 형식"의 작품이라는 기록이 보인다. 그들이 어느 때보다도 많이 창작되고 공연되었다고 썼다. 거기다 평양에서 이루어진 '전국농촌부문예술써클축전'에서도 연극·음악·무용·촌극·재담 형식의 창작품이 경연을 벌였다고 밝혔다. 갈래별 성과작에서는 재담을 '이야기'와 나누어서 시상했다. 만담과 재담 가운데서 만담 약세 현상이 1964년에는 더욱 두드러졌다.[162]

　1961년 문학예술사회 활동을 보고하는 연감 기록에서 나타난 국립신불출만담연구소의 일컬음 변화나 축전 경연의 부문 배치와 시상에서 만담이 약화하고 재담으로 옮겨가는 모습, 또는 재구성한 문학 연감에서 신불출 은닉 현상과 같은 여러 모습은 예사로 보자면 뜻 없는 일일 수 있다. 그런데 1960년부터 1960년대 내내 신불출의 잡지 매체 작품 발표 활동을 볼 수 없다. 거기다 신불출의 만년을 두고 우리쪽에서 1963년 무렵 숙정설이 알려져 온 마당이다. 그러한 변화가 단순하지 않은 곡절을 품었을 수 있다는 짐작은 지나친 일이 아니다. 그 경우 먼저 떠올릴 수 있는 일은 만담가 신불출 개인의 위세 하락과 나란히 만담 영역의 갈래 독자성이나 위상이 빠르게 가라앉았으리라는 짐작이다.

　그런 정황을 만담연구소의 일컬음 변이로 가늠해 보는 일은 마냥 뜻이 없지는 않을 것이다. 1956년의 '만담연구소' 단독 표기에서 1957년의 '만담연구소'와 '신불출만담연구소'의 병기, 그리고 다시 1958년의 '신불출만담연구소'와 '국립신불출만담연구소'의 병기, 나아가 1960년부터 한결같은 '만담연구소' 단독 표기로 이어진 흐름이 그것이다. 그리고 보면 월북 뒤 신불출은 만담연구소가 만들어진 시기로 여겨지는 1955년 하반기부터 그것이 국립신불출만담연구소로 재구성된 1957년을 거쳐 1959년까지 으뜸 전성기를 누린 것으로 여겨진다. 그 뒤 1960년대부터는 북한 예술사회가 개인 신불출이라는 이름에 알게 모르게 부담을 느끼는 듯한 분위기를 연출했다. 그런 상황 아래서 만담 / 재담의 독자적 생존을 꾀하고자 했을 '공훈배우' 신불

---

162 「군중문화」, 『조선중앙년감』(1965년판), 조선중앙통신사, 1965, 185쪽.

출이다. 자신의 의욕과 노력과는 거꾸로 가라앉는 만담의 위상을 눈으로 확인하면서 신불출의 몸과 마음은 여러 쪽에서 고달팠으리라.

그렇다면 신불출의 만년과 죽음을 두고 북한 안쪽에서는 어떻게 밝히고 있을까?

① 정력적인 창작 활동을 벌리다가 1967년에 뇌출혈로 안면마비가 와서 말을 할 수 없게 되어 무대에 등장하지 못하였다.

그는 안면마비로 하여 사회보장을 받으면서 『조선희극사』를 연구하고 집필하다가 1969년 7월 12일에 사망하였다.

— 최창호, 「신불출」 가운데서

② 세월은 흘러 해방전 암담하던 민족 수난의 시기로부터 수십 년의 긴 세월 인민들이 사랑하고 즐겨듣던 만담과 함께 한 생을 보낸 신불출이라는 그 이름은 사람들의 즐거운 회상 속에서도 거의 사라져 가고 있었다.

그러나 우리의 위대한 령도자 김정일 동지께서는 어느 해 국립희극단의 공연을 몸소 보아 주시면서 신불출과 그의 만담을 회고하시며 우리 시대에 새로운 신불출이 나와야 한다고 은정 깊은 말씀을 하시였다.

그러시고 최근에는 그의 만담 작품집을 출판하며 좋은 작품들을 더 많이 발굴하여 보급하도록 크나큰 사랑의 조치도 취해 주시였다.

— 최륙균, 「재능 있는 만담가 신불출」 가운데서

③ 신불출은 주체 58[1969]년 생을 마칠 때까지 어버이 수령님의 크나큰 은정을 생각하며 그 고마움에 조금이나마 보답하기 위해 우리 나라 풍자 만담의 생리를 더 깊이 연구하고 그 성과를 체계화하는 것과 함께 신인 육성에 자신의 모든 힘을 깡그리 다 바쳤다.

— 소희조, 「만담의 재사 신불출」 가운데서

④ 1960년대 말에 이르러 신불출은 건강이 나빠져 무대에 설 수 없게 되었다. 하지만

그는 사랑을 주고 믿음을 주신 위대한 수령님의 은덕에 보답하기 위하여 창작의 붓을 놓지 않고 자신의 오랜 생활 체험 과정에 기초한 도서 『조선희극사』의 집필 사업에 모든 힘을 다하였다. 그러던 주체 58[1969]년에 세상을 떠났다.

— (줄임) —

문학예술의 자애로운 스승이신 경애하는 장군님께서는 세월이 흘러 사람들의 기억 속에조차 희미해졌던 신불출의 예술 창조 활동에 대하여 여러 차례 감회 깊이 회고하시면서 그의 만담 작품들을 다시 출판할 데 대한 은정 깊은 사랑을 안겨 주시였다. 그리고 전국적인 만담 경연도 조직하여 우리 시대의 새로운 만담 재사들을 찾아 키울 데 대한 조치를 취해 주시였다.

— 송영훈, 「신불출과 그의 창작」 가운데서

최창호의 ①은 신불출 생시인 1957년, 신흥순이 쓴 「신불출과 그의 풍자예술」에 올린 신불출의 쉰 살 때 사진을 그대로 옮기면서 내놓은 글이다. 1967년 신불출은 "뇌출혈로 안면마비가 와" "말을 할 수 없게" 되어 무대에 설 수 없었다. 그 뒤 "사회보장을 받으면서" 살다 1969년 7월 12일에 죽었다. 건강에 이상이 생겨 만담 무대에서 내려왔으나 사회보장을 받았다 했다. 북한 중앙이 '공훈배우'였던 그이 만년을 돌보았다는 뜻을 도드라지게 한 셈이다. 그러다 2년 뒤 죽었다. 1969년에 맞은 죽음이 옳다면 ①은 신불출이 죽은 지 33년 뒤에야 비로소 밝힌 사실이다. 마땅치 않을 가능성을 지울 수 없다. 그럼에도 뇌출혈이라는 구체적인 병명 제시는 설득력을 지닌다. 게다가 이 기록은 우리쪽 『최신북한인명사전』의 "1966년 중앙방송위원회 만담가"[163] 기록과도 겹친다. 말하자면 1966년까지는 제거, 숙정되거나 하는 신분 변화를 겪지 않고 만담가로 살다 1967년 뇌출혈 탓에 무대를 떠났으리라는 줄거리와 얼추 맞아 떨어진다.

최륜군의 ②는 김정일이 되새겼다는 신불출 이야기를 앞세웠다. 김정일은 국립희극단의 공연을 즐기면서 새로운 신불출 세대의 등장을 바라마지 않았다. 국립희

---

163 「신불출」, 『최신북한인명사전』, 앞의 책, 446쪽.

극단은 김정일 지시로 1994년 12월에 만들었다. 심각한 경제난으로 어려움을 겪는 북한 대중들을 위로하고 쌓이는 불만과 사회 긴장을 풀며 활력을 더하려는 뜻을 실은 기구다.[164] 거기다 신불출 만담 작품집 출판까지 지시했다. 그렇다 하더라도 국립희극단의 바탕에는 지난 시절 무대 예능 가운데서도 신불출로 대표되는 만담／재담 구연 전통의 든든한 뒷받침이 있었다. 그 뒤로 만담과 재담은 국립희극단을 중심으로 독연극·막간극·촌극들과 함께 '화술소품' 가운데 하나로 새롭게 부활하면서 꾸준히 공연되었다.[165] ②는 그러한 과정의 앞뒤를 가늠하게 해 준다.

소희조의 ③은 신불출의 죽은 해만 밝혔다. 1969년이다. 앞선 ①을 따랐다. 송영훈의 ④ 또한 신불출이 1969년 죽었다고 썼다. 그리고 신불출이 무대에 설 수 없게 된 때를 1960년대 말이라 했다. 1967년에 뇌출혈을 맞았다는 ①을 누그러뜨린 표현이다. 그 뒤로는 ①과 다르지 않다. 임종 앞까지 『조선희극사』 쓰기에 힘을 쏟다가 1969년에 죽었다는 사실이 그것이다.

이렇듯 북한 논의에서 신불출의 죽음은 1969년의 일로 한결같다. 북한에서 내려온 이의 증언을 따라 1976년에 요덕수용소에서 죽었다고 알려진 우리쪽 정보와 7년이나 차이가 진다. 현재로서 는 신불출이 죽은 뒤 처음으로 내놓은 최창호의 ①에서 말한, 뇌출혈로 말미암은 1969년 사망설이 더 참에 가까워 보인다. 그것은 평양 연극 영화대학 부교수이자 학사박사였던 송영훈[166]의 ④와 거의 같은 까닭이다. 북한 연극영화의 주요 인재 가운데 한 사람이 송영훈이다. 그이의 ④보다 여러 해 먼저 나온 것이긴 하나 최창호는 ①을 올린 『민족 수난기의 연극』2를 쓸 때에 송영훈의 강의록을 참조했다고 밝혔다.[167] ①과 ④ 둘 사이 정보 주받기가 일찌감치 이루어졌다는 뜻이다. 거기다 1969년 죽음에 머물지 않고 최창호부터 죽은 달날인 7월 12일까지 적시했다. ①과 ④가 함께 밝히고 있는, 뇌출혈 와병으로 말미암은 1969년 죽음

---

164 정철현,『북한의 문화 정책』, 서울경제경영, 2008, 43쪽.

165 전영선,『북한의 문학예술 운영체계와 문예 이론』, 역락, 2002, 96~97쪽.

166 "평양연극영화대학 부교수, 학사 송영훈의 광복전 연극사 강의록인『타국에서 활동한 조선연극인들』중에서 그 일부를 추려서 소개한다." 최창호, 앞의 책, 304쪽.

167 최창호,「이 책을 내면서」, 위의 책, 3쪽.

이라는 정보가 1976년 요덕수용소에서 맞은 죽음이라는 증언보다 설득력을 갖는
까닭이다. 다만 뇌출혈이 왔다는 시기로 밝힌 1967년은 그대로 따르기는 어렵다. 앞
에서 신불출의 작품 활동과 『조선중앙년감』을 빌려 이미 1960년부터 신불출의 기
세와 만담의 위상에서 전후 1950년대와는 견줄 수 없을 만큼 뚜렷한 하락의 분위기
를 짐작할 수 있었다. 1960년대 초반 어느 시점부터 신불출이 무대에서 배제 / 제거
되었다가 뇌출혈로 1969년에 죽음에 이른 줄거리가 마땅해 보인다.

앞에서 1960년대부터 죽음에 이르는 시기, 신불출의 삶과 문학을 짚어 보고자 했
다. 거듭하거니와 글쓴이로서는 1959년을 마지막으로 1960년부터 신불출의 문필
활동은 확인할 수 없었다. 신불출이라는 이름이 북한 문학예술사회에서 익명화하거
나 배제되는 듯한 모습이다. 그러다 1969년에 죽었다. 사람 나이 62살 때다. 1955년
'공훈배우'로 올라서고, 1957년 쉰 살 때는 '로력훈장'까지 받았다. 그러나 죽음에 이
른 1960년대는 내내 망각의 장막 뒤에서 묻혀 살았다. 대중의 명망이 무엇보다 큰
자산이었을 신불출이다. 그런 만큼 자신을 짓누르는 불행의 무게는 여느 월북 예술
가에 견줄 수 없을 만큼 무거웠을 것이다. 그럼에도 글쓴이는 그이의 은닉과 죽음에
이르게 된 과정이나 곡절을 두고 어느 하나 뚜렷하게 밝히지 못했다. 무엇보다 북한
쪽에서 파악한 기록이나 재구성한 실증 자료조차 그대로 따르기 어렵다. 다만 대중
예능사회 현실에서 떨어져 더 높은 미적 가치 수준에서 신불출의 만담이 북한 사회
에서 환영 받기 어려웠던 까닭을 짐작해 볼 수 있다.

무어니 해도 만담 / 재담이 불러 일으키는 웃음은 크작은 공격성과 적대감을 바
탕에 둔다. 즐겁고 재미있는 마음에서 순연히 우러나오는 웃음과는 거리가 있다. 경
멸·조롱·놀림, 또는 모멸의 감정을 전경화시키는 까닭이다. 만담 / 재담은 신체 폭
력이나 남을 해치는 '진정한 공격'이 아닌 '장난스러운 공격'[168]을 실천한다. 그럼에
도 공격임에는 틀림없다. 승자와 패자가 갈라지기 마련이다. 웃음의 공격성은 승자
의 우월감에 뿌리를 둔다. 만담 / 재담의 관객들이 웃음과 환호로 채워주는 공감은

---

168 로드 에이 마틴, 신헌정 옮김, 『유머심리학―통합적 접근』, 박학사, 2008, 56쪽.

승리자 북한 체제가 지닌 우월성을 각인시키고 강화한다. 신불출 만담 / 재담의 중심은 남한 사회 비판이라는 적대적 웃음에 있었다. 웃음의 공격성이 휴전선 아래 남한이라는 '절대적'인 적을 향할 때는 그것을 극대화하고 제약이 없었다. 그러나 공격이 북한 사회 안쪽으로 향할 경우에는 사정이 다르다. 긍정적인 북한 사회주의 체제 현실 안쪽의 부정적 현상을 향한 건설적인 웃음이라 하더라도 이야기꾼으로서는 비난, 공격 대상과 승리의 웃음에 젖을 대상 사이 경계 짓기와 수위 조절이 쉽지 않다.

신불출은 그러한 어려움을 넘어서기 위해 이른바 "침 흘리는 개들을 위하여 준비된 단두대"식 "무자비한 심판"의 '곤봉식 비판'과 "충고와 방조"를 주는 대내 '지휘봉식 비판'[169]으로 공격 대상과 효과를 쉬운 말로 나누어 풀었다. 그렇다고 비판 대상과 표적을 향하는 부정적인 태도와 멸시적인 웃음이 사라지는 것은 아니다. 만담 / 재담의 웃음은 적대감과 재미 사이에서 아슬아슬한 줄타기를 벗어나기 어려운 입장이다. 문제는 전체주의 체제로 치닫는 북한 중앙 입장에서는 작은 웃음이라도 그것이 내부 공격적이라면 단순할 수 없었으리라는 사실이다. 이야기꾼이 자신을 한껏 낮추어 광대나 꼭두각시로 한결같다면 누그러지는 길이 열릴 수도 있다. 그러나 그 길은 국립신불출만담연구소 소장이자 스스로 '혁명적 인텔리'라는 정체성을 지닌 신불출로서는 가당치 않은 일이다. 북한 사회에서 신불출이 불러낼 웃음의 한계치는 뚜렷할 수밖에 없다. 1950년대의 위세가 저물고 1960년대 신불출은 용도폐기를 맞아 은닉의 그늘 속에 잠겨든 듯했다. 북한 체제 안쪽에서 만담 / 재담의 풍자적 웃음이 지닌 유다른 공격성과 적대감이 불러왔을 필연적인 결과인지 모른다.

따라서 1960년부터 신불출의 이름이나 작품을 북한 매체에서 찾아보기가 힘들어졌다는 사실이 새삼스럽다. 그러한 모습은 1990년대, 신불출이 복권된 시점으로 보이는 무렵까지 오래도록 이어졌다. 다만 북한 문학예술사회의 정통적 인식 안에서 만담은 재담을 넘어서며 나름의 위상을 꾸준히 잃지 않았다. 북한 사전류의 '만담' 용어 기술을 빌려 그 점을 짐작할 수 있다.

---

169 신불출, 「만담과 재담의 옳은 발전을 위하여」, 앞의 책, 75~76쪽.

①독백 형식으로 진행되는 구연의 한 형태. 만담은 대체로 해학, 풍자, 조소, 과장 등을 통하여 반동적인 정치제도, 낡은 자본주의적 사상 잔재, 세태 풍습 및 언어 생활 등에서 나타나는 부정적인 것을 폭로 규탄하는 것과 아름다운 표현, 능란한 어휘 구사, 풍부한 기지 등을 통하여 현실을 긍정하고 인민의 혁명적 리상을 찬양한 것으로 구분된다. 우리나라에서 만담은 예술소조원들에 의하여 많이 창작, 보급될 뿐 아니라 방송 등에서 많이 리용되고 있다. 만담은 미제침략자들과 매국역적들을 예리한 풍자와 조소로써 폭로 규탄하거나 해학과 명랑한 웃음을 통하여 낡은 사상 잔재의 표현을 비판하고 천리마 현실을 적극 긍정 옹호함으로써 근로자들을 교양하는 데 이바지하고 있다.

—「만담」[170]

②한 사람의 출연자가 한 사람 또는 여러 사람의 역을 맡아 진행하는 구연의 한 형태. 만담은 풍자와 해학의 수법으로 생활을 재현하면서 부정적인 것을 웃음 속에서 예리하고 신랄하게 폭로 비판하는 것을 중요한 속성으로 한다. 만담에는 그 형태상 특성으로부터 조소와 야유, 익살 등이 많이 쓰인다. 만담에서 폭로와 비판의 대상으로 되는 것은 착취 사회가 남겨 놓은 낡은 사상 요소와 뒤떨어진 생활 인습, 반동적인 착취 계급과 부패한 착취 제도 등이다. 만담은 분석이 예리하고 비판의 기백이 강한 것으로 하여 라지오 방송이나 텔레비죤 방송 등에서 적들을 폭로 비판하는 데 많이 리용된다. 우리나라에서 만담은 주로 조선 인민의 철천지 원쑤인 미일제국주의자들과 그 주구 남조선 괴뢰도당들의 반동적 본질과 죄악상, 추악상과 멸망의 불가피성을 예리한 풍자로 폭로 규탄함으로써 근로자들을 계급적 및 민족적 원쑤들에 대한 투철한 증오심과 투쟁 정신을 고양하는 데 이바지하고 있다.

—「만담」[171]

①은 1970년대에 나온 문예 사전의 「만담」 풀이다. ②는 1980년대의 것이다. 그

---

170 『문학예술사전』, 사회과학출판사, 1972, 312~313쪽.
171 사회과학원 주체문화연구소옮김, 『문학예술사전』(상), 과학백과사전종합출판사, 1988, 675~676쪽.

리고 ②는 1990년대에서 그대로 되풀이한다.[172] 만담이 "독백 형식으로 진행되는 구연의 한 형태"라고 쓴 ①의 제시방식 소개는 ②에서 "독백' 형식으로 한 사람의 출연자가 한 사람 또는 여러 사람의 역을 맡아 진행하는 구연의 한 형태"로 더 세련된 풀이를 얻었다. 그러면서도 줄거리는 거의 같다. 신불출이 굳이 두 이야기꾼의 대화를 얼개로 삼는 재담과 1인 다역으로 이야기되는 자신의 만담을 나누고, 만담 / 재담이 극문학과 다른 갈래라는 점을 강조했던 부분이 나름대로 잘 녹아들었다. 속살에서 만담은 "미제침략자들과 매국역적들을" 풍자하거나 "반동적"이고 "낡은 자본주의적" '잔재' 또는 "세태 풍습 및 언어 생활"에서 나타나는 부정적인 것을 폭로하는 것을 중심으로 삼는다고 썼다. 신불출이 『만담집』[1956]을 비롯해 여러 만담에서 이룩하고자 했던 내용 특성을 줄여 놓은 듯한 풀이다. 거기에 "아름다운 표현, 능란한 어휘 구사, 풍부한 기지 등을 통하여 현실을 긍정하고 인민의 혁명적 리상을 찬양"한다는 표현 특성이 다시 더한다.

만담 / 재담의 갈래 규정이나 내용, 형식 특성에서 신불출이 말하거나 실제 창작에 이르렀던 성과를 대변하는 듯한 풀이가 1970년대를 거쳐 1990년대까지 이어지고 있음을 알 수 있다. 북한 만담 갈래의 발전과 전개에 끼친 신불출의 영향을 새삼스럽게 일깨우는 터무니다. 그럼에도 눈을 줄 곳은 그 어느 자리에도 '신불출'이라는 이름을 올리지 않았다는 사실이다. 긴 세월의 배제를 확연하게 엿볼 수 있다.

만담에 대한 풀이에서 달리 눈을 줄 데는 "예술소조원들에 의하여 많이 창작, 보급될 뿐 아니라 방송 등에서 많이 리용"된다고 쓴 자리다. 향유 방식에서 제한되고 세련된 전문 회로가 아니라 널리 열린 대중 회로가 중심임을 강조했다. 만담이 북한 문학예술사회의 정통 / 주류와 다른 자리에 놓인 대중 예능임을 새삼스럽게 드러내고 있는 셈이다. 그런 까닭에 북한 체제 변화나 대중 동원과 관리 방식에서 변화가 이루어지면 그에 따라 만담 또한 위상 변화가 적지 않았다. 만담 / 재담의 독자성을 강조하던 1950년대 전성기를 지나 1960년대에는 연극 무대의 '풍자소품' 가운데 하나로

---

172 『문예상식』, 문학예술종합출판사, 1994, 675쪽.

드나드는 모습이 그런 점을 잘 일깨워 준다. 거기다 1970년대부터 화술 부문 예술 가운데 하나로 새로 자리를 얻었었다.[173] '화술소품'이 그것이다. 그런 변화는 1980년대, 1990년대를 거치고 2000년대로 올라서면서까지 한결같았다. 흥미로운 점은 그런 과정에서도 1960년대부터 보여 주었던, 만담 / 재담 사이 위계에서 재담 우위 현상이 한결같았다는 사실이다.[174] 홀로 이야기꾼이 끌고나가는 만담보다 둘이 연극적 상황에 가까운 무대를 연출하는 재담이 지닌 접근성과 호응도에서 더 나았던 까닭일까.

그러한 재담 우위의 흐름에 변화를 일으킨 때가 2007년이다. 신불출이 복권된 뒤 2000년 내내 이루어졌던 화술소품 경연에서 만담만 따로 떼어내 제1차 전국만담축전을 2007년에 따로 마련한 것이다. 8월 17일부터 22일까지 평양에서 이루어졌던 이 행사에서는 문학상과 연기상으로 갈라 만담수, 곧 이야기꾼을 시상했다. "전국의 예술단체들에서 선발된 재능 있는 만담수"들과 "축전 참가를 희망하는 각계층 근로자들"이 나선 행사였다. 이른바 '선군' 정치를 앞세웠던 김정일 시대답게 행사의 효과 보도에서도 북한 "군대와 인민들의 문화정서 생활에 이바지"하기 위한 행사라 썼다.[175] 재담에 견주어 오랜 세월 향유 환경에서 불리했던 만담이 날개를 다시 활짝 펴는 사건이었다. 그러한 변화에 걸맞게 만담론도 꾸준히 이어졌다. 그런 가운데서 개인 신불출의 이름이 자연스럽게 지면에 나타나기 시작했다. 2000년대 북한 만

---

173 「화술부문예술인들의 무대」, 『조선예술』 제11호, 문예출판사, 1975, 52쪽.

174 1984년 8월 13일부터 8월 26일까지 국립연극극장과 평양예술극장에서 이루어진 '전국화술소품경연대회'에서 단막극을 비롯해, 사이극, 풍자극, 구연극과 함께 재담이 화술소품 가운데서 자리가 의젓했다. 시상에서도 사이극과 함께 재담에 상이 주어졌다. 「전국 화술소품경연 진행」, 『조선예술』 제11호, 문예출판사, 1984, 65쪽. 그 뒤로도 재담은 화술소품 경연이나 축전에서 단막극이나 그보다 작은 촌극, 토막극, 사이극(막간극)과 같은 연극 무대에 견주어 더 관심을 받는 정도는 아니나, 자리를 한결같이 지켰다. 1994년 12월 국립희극단의 출범하고 쇄신된 자리를 바탕으로 1995년 10월에 열렸던 '전국화술소품경연'에서 20여편의 참가 작품 가운데서 촌극, 단막극과 함께 재담이 자리를 놓치지 않았다. 「전국화술소품경연 진행」, 『민주조선』, 민주조선사, 1995.10.31.

175 「제1차 전국만담축전 진행」(소식), 『예술교육』 제1호, 2·16예술교육출판사, 2008, 71쪽.

담 / 재담에 관한 대표 논의자 김철민의 글이 한 본보기다.[176]

2023년 현재 김정은 시대 리경철은 만담을 두고 "한 사람의 출연자가 여러 사람의 역을 맡아 수행하는 화술소품의 한 형태"라 규정했다. 신불출 이래로 이어져온 오랜 시기 만담의 정체성을 그대로 볼 수 있다. 그러면서 만담은 화술소품의 하나로 완연히 녹아든 모습이다.[177] 월북 만담가 신불출이 3·8선을 넘어 월북했던 1946년 10월 이래로 77년이 흐른 뒤다. 북한의 문학예술사회에서 대중 예능이나 풍자, 해학의 미학을 불러내고자 하는 시대적 요구가 솟구칠 때마다 신불출의 만담은 형태와 뜻을 달리하면서 역사적 갈래로서 갈래 정당성을 지켜오고 있는 셈이다. 그런 곳까지 들여다 보기 위해서는 앞으로 더 높은 수준의 시각과 깊은 논의가 거듭 이어져야 하리라.[178]

---

176 김철민은 2017년과 2018년 두 해에 걸쳐 "군중예술의 소품 형식" 가운데 하나로서 만담 / 재담 논의를 펼쳤다. 그이는 재담을 대화시·합창시·독연·막간극·독창·중창·합창·기악합주·기악중주·독주·제창과 같은 '군중예술소품'의 "기본 형식들" 가운데 하나로 들었다. 만담은 뺐다. 그러면서 "지난 시기 대화시극이요, 대화극이요, 노래재담이요, 무대극이요 하는 얼치기 형식들이 나타난 군중예술소품 형식을 모호하게 만들고 무대를 산만하게 하는 경향이 있었"다고 썼다. 김철민, 「군중예술의 소품 형식을 보고」, 『예술교육』 제6호, 2·16예술교육출판사, 2016, 33쪽. '노래재담'은 신불출이 만든 작품에서 비롯된 말이다. 김철민은 만담 발생 과정을 소개하면서 20세기 초반 애국계몽 학회지에 실렸던 토론체 이야기 '담총'에서 비롯하여 재담가 박춘재와 문영수로 이어지는 흐름을 잡았다. 그들로부터 만담이 활발했고, 그때부터 처음을 만담이 시작되어 두 사람의 지도가 컸다. 신불출이 만담을 만들었다는 식의 표현을 최대한 억누른 생각을 편 셈이다. 그런 뒤 김정일이 "고난의 행군, 강행군 시기 당 정책 해설의 중요 수단으로" 만담을 "적극 장려해 나가도록" 이끌었다는 기술을 폈다. 김철민, 「우리 나라에서 만담의 발생」, 『예술교육』 제4호, 2·16예술교육출판사, 2017, 74쪽. 아울러 「선군시대 만담의 특징」에서는 "만담이 인기 소품으로 되였던 시기"는 "만담재사 신불출이 방송과 무대에서 풍자의 무기인 만담을 가지고 날강도 미제와 괴뢰역적 패당을 신랄하면서도 통쾌하게 풍자 조소할 때"라고 썼다. 그러면서 대표 작품을 들면서 「정전 바람에 미친 개들」, 「멸망 행진곡」과 함께 「거꾸로 가는 길」, 셋을 들었다. 이 가운데서 「거꾸로 가는 길」은 앞선 시기 북한의 신불출 작품 논의에서 이름이 오르지 않았던 작품이다. 기억해 둘 만하다. 김철민, 「선군시대 만담의 특징」, 『예술교육』 제5호, 2·16예술교육출판사, 2017, 50쪽.

177 리경철, 「만담형상에서 성격변화, 감정변화를 능숙하게 하자면」, 『예술교육』 제2호, 2·16예술교육출판사, 2023, 65~66쪽.

178 만담·재담·독연·촌극·막간극·풍자극·재담극·노래 독연·풍자 독연·합창시·단막극 들을 아우른 화술소품에 관한 논의는 우리 북한학계에서 이제사 걸음마를 뗀 정도다. 이성희, 「북한 '화술소품' 관객 연구—웃음의 사회적 기능을 중심으로」, 북한대학원대 석사논문, 2020.

6. 출세의 뒷그림자

서울에서 나서 개성에서 자란 신불출본디 이름 신흥식·신상학, 1907~1969은 대중 만담가로 이름 높았던 사람이다. 일찌감치 근대 예능, 예술문화인 배출의 앞자리였던 개성 지역민 가운데서도 특출한 경우다. 신불출에 대한 우리쪽 논의는 1990년대에 비롯했으나 2000년대 들어 본격화하기 시작했다. 그새 적지 않은 세월이 흘렀음에도 빈 자리가 적지 않다. 그 가운데 가장 성근 자리는 월북 뒤 신불출이 누렸던 삶과 작품 활동에 대한 이해다. 풍문 수준에 머물렀다. 이 글은 그러한 문제 인식 아래 재북 시기 신불출의 행적에 관해 실증적 줄거리를 마련하기 위해 마련했다. 목표에 이르기 위해 북한 쪽의 신불출 논의와 발굴 작품, 관련 기록을 눈에 뜨이는 대로 간동거리고자 했다. 논의를 줄이면 아래와 같다.

첫째, 신불출의 월북 시기를 두고 이제까지 남북한 모두에서 정확하게 밝히지 못했다. 우리쪽에서는 1950년 전쟁 직전부터 1947년까지 느슨하게 열려 있었다. 북한에서는 1946년 병자대구사태이른바 10월인민항쟁로 말미암은 체포령을 피하기 위한 월북이라 재구성하기도 했다. 신불출은 1946년 3월 영주와 6월 서울에서 우익 젊은이들로부터 폭행을 당했다. 포고령 위반으로 검거되었다가 6월 26일 풀려났다. 그런 뒤 11월 현재 평양에서 만담 공연을 할 수 있을 정도로 북한 체제 편입이 이루질 수 있는 시기, 늦어도 10월 어름에는 월북한 것으로 여겨진다. 그런 뒤 만담 공연을 벌이면서 재북 시기 첫 작품으로 1947년 시「령마루의 밤」을 발표했다. 두류산 유격대의 싸움과 죽음을 다룬 진혼시 격인 이 작품 말고도 신불출은 가락글 3편을 내놓았다. 공연과 방송에 바쁜 가운데서 만담으로 누렸을 법한 속살을 노랫말이나 시에 담았다. 작가동맹 시분과 소속으로 한결같았던 재북 시기의 문학적 정체성을 월북 초기부터 보여 준 셈이다.

둘째, 전쟁기 신불출은 고향 개성과 황해도를 비롯한 전후방 이저곳으로 순회 공연을 다니며 정훈 예능 활동에 바빴다. 이 시기 작품을 두고 북한 논의들은 제대로 확인하지 못했다. 작품 제목이나 갈래 귀속, 또는 발표 시기 오기와 같은 잘못을 찾아 바루었다. 오늘날 실재가 확인되는 신불출의 전쟁기 작품은 7편이다. 노랫말 「모내기노래」·「천만의 말씀」·「양키토벌가」·「잊지 않으리라」·「상감령」·「새 조선의 노래」와 시 「당신들은 궁금해 하지 말라―아세아 및 태평양 지구 평화옹호대회에 부침」이 그것이다. 이들 가운데 원문을 볼 수 있는 것은 「모내기노래」와 「당신들은 궁금해 말라―아세아 및 태평양 지구 평화옹호대회에 부침」 2편에 그친다. 나머지 작품은 모두 '만창漫唱이라 일컬었던 풍자 가요거나 전통 민요에 뿌리를 둔 신민요로 여겨진다. 북한은 신불출의 활발했던 전쟁기 정훈 예능 활동을 1952년 '국기훈장 3급'으로 보상했다.

셋째, 전후 1950년대는 신불출의 전성기라 한 만하다. 만담 / 재담 또한 대중 예능으로서 기세를 떨쳤다. 비록 1956년 한 해에 그쳤으나 작가동맹 문학창작의 하위 부문으로 들어서기도 했다. 신불출의 명성과 만담 / 재담의 대중적 위상이 뚜렷하게 겹쳐진 자리가 1955년 신불출이 받은 '공훈배우'와 1957년의 '로력훈장'이다. 그것이 굳건한 토대로 드러난 곳이 1955년 하반기 '만담연구소' 일컬음으로 출범하여 1957년 '국립신불출만담연구소'로 올라선 국립신불출만담연구소다. 글쓴이는 이러한 전후 1950년대에 신불출이 내놓은 낱책 3권공저 2권과 평론 5편, 잡지 게재 만담 2편에 재담 2편, 굿소리 1편, 만문 1편, 그리고 좌담회 1편을 실증할 수 있었다. 편수로는 23편이다. 각별히 평론에서 신불출은 특장인 만담 / 재담론에 머물지 않고 전통 음악 유산의 전승과 발전 방향을 두고 논쟁적인 생각을 펼쳤다. 정통, 주류 문학예술사회에서 만담 / 재담의 불안정한 위상뿐 아니라, 맑스―레닌주의 미학으로 무장한 신진 음악인 세대와 겪었을 갈등, 불화를 암시하는 움직임이다.

넷째, 1960년대 내내 신불출의 매체 발표 작품은 찾을 수 없다. 개인 신불출의 기세뿐 아니라 대중 예능으로서 만담 / 재담의 위상 또한 크게 줄어든 모습을 엿볼 수 있다. 만담 / 재담의 위계에서는 1950년대와 거꾸로 재담이 오히려 앞서는 모습이었다. 1960년 이후 개인 신불출의 배제, 은닉의 분위기와 함께 만담 갈래가 지닌 주변성이 더욱 깊어진 결과가 빚어낸 변화다. 신불출의 죽음을 두고서는 북한에서 한결같이 입을 모은, 1960년대 후반의 와병과 그로 말미암은 1969년 죽음이 마땅해 보인다. 신불출에 대한 북한의 이해와 실증적 접근의 수준은 복권이 이루어진 1990년 대 뒤로도 나아지지 않았다. 다만 만담 / 재담은 1960년대부터 연극 무대의 풍자소 품 가운데 하나로 넘나들다가 1970년대를 거치면서 화술소품 안쪽으로 녹아드는 변화를 겪었다. 북한 대중 예능의 역사적 갈래로서 꾸준했던 셈이다.

신불출은 1946년 10월 무렵 3·8선을 넘어 11월부터 평양에서 만담 공연을 펼치며 환영을 받았다. 그 뒤로 이승을 뜰 때까지 이른바 미제 타도와 남한 비방을 특장으로 내세우며 북한 만담의 위세 변화를 거의 혼자 도맡았다. 예순두 살 짧은 한누리 삶 가 운데서 23년을 신불출은 북한에서 지냈다. 그 가운데서 만담가로, 문학인으로 이름을 공론장에서 확인할 수 있는 시기는 월북한 1946년부터 1962년까지 16년에 머문다. 1950년대의 명성과 위세가 저물고 1960년대부터 신불출은 용도폐기가 된 듯한 맵시 가 완연했다. 그런 뒤 1990년대에 복권되었다. 대중의 명성이 중심 동력이었던 이였 던 만큼 여느 월북 예술가와 다른 곡절을 겪었을 것이다. 다만 만담의 약세와 신불출 의 배제를 짐작 못할 바는 아니다. 왜냐하면 무어니 해도 만담의 웃음은 공격성과 적 대감을 바탕에 두기 때문이다. 그것이 휴전선 아래 남한이라는 적을 향할 때에는 경 계와 제약이 없었다. 그러나 비판이 북한 사회 안쪽으로 향할 경우에는 사정이 달라 진다. 의도된 공격과 허용된 웃음 안쪽에서 관리, 통제가 필수적이다. 신불출의 웃음 미학은 처음부터 북한 전체주의 체제와 행복한 결말에 이르기 어려웠을 것이다.

앞으로 재북 시기 신불출과 관련해 더하고 따질 과제는 널렸다. '풍자 가요'나 신 민요를 비롯한 새 작품 발굴부터 열려 있다. 북한 대중 예능의 긴 흐름 가운데서 만 담 / 재담과 신불출의 자리를 제대로 다잡는 과제가 무엇보다 바쁘다. 그 일은 북한 에서 누린 신불출의 대중적 인기나 재북 시기 내내 한결같았던 대남 공격의 주제를 새삼스럽게 재확인하는 데 목표를 둘 게 아니다. 근대 여느 문학인과 다른 자리에서 우리 말글의 가능성을 키워낸 곳에 신불출 만담 / 재담의 뜻이 새로울 수 있다. 이 글 은 그런 언저리는 커녕 재북 시기 행적에 관한 통시적 줄거리 잡기에도 힘이 부친 결 과물이다. 앞으로 기백에 찬 연구자가 나서서 신불출 개인을 넘어 우리 겨레의 웃음 미학을 향한 문학민족학까지 겨냥할 수 있으리라 믿는다.

〈재북 시기 신불출 작품 족보기〉

「독립 세탁소」(만담), 평양대중영화극장(보안간부 위안의 밤) 공연, 1946.11.21.

「령(嶺)마루의 밤」(시),『문학예술』제7호, 문화전선사, 1949.

「노구승만자탄가」(신유행노래가락),『태풍』제2권 제13호, 태풍출판사, 1949.

「황금환장병」,『태풍』제3권 제8호, 태풍출판사, 1950.

「황금환장병—인색(吝嗇) 편」,『태풍』제3권 제9호, 태풍출판사, 1950.

「모내기노래」(노랫말),『민주조선』, 민주조선사, 1951.5.31.

「당신들은 궁금해 하지 말라—아세아 및 태평양지구 평화옹호대회에 부침」(시),『평화의 노래』, 문화 전선사, 1952.

「새 조선의 노래」(노래), 미상.

「양키토벌가」(노래), 미상.

「천만의 말씀」(노래), 미상.

「잊지 않으리라」(노래), 미상.

「상감령」(시), 미상.

「쩔걱타령」(재담),『대중문예』3월호, 국립출판사, 1954.

「호소문에 놀란 대통령」(만담),『써클원 문예』2 · 3호, 국립출판사, 1955.

「만담과 재담의 옳은 발전을 위하여」(평론),『무대예술에 있어서의 계급투쟁』, 국립출판사, 1956.

『만담집』(「정전 바람에 미친 개들」·「멸망 행진곡」·「판타령」·「한글을 뜯어 먹는 리승만」·「등타령」·
　　　「철겨운 부채질」·「호소문에 놀란 '대통령'」·「거꾸로 가는 길」·「입담풀이」), 국립출판사, 1956.

「맹꽁이타령」(만담), '전국예술축전' 참가 작품, 1956.

「발성법과 창법 인식에서의 자가당착—론문「민족음악의 발전과 연주가의 역할」(문종상)을 읽고」(평
　　　론),『조선예술』1월호, 국립출판사, 1957.

「만담 재담 부문에 대하여」(부문별 심사평), 써클원문예 편집위원회 엮음,『8 · 15해방11주년기념 전국
　　　청년학생예술축전 입상작품선집』문화선전성, 1957.

「멸망 행진곡」(만담),『8 · 15해방 11주년 기념 전국청년학생예술축전 입상작품선집』, 문화선전성, 1957.

「무허가 약방」(만담),『만담 재담집』(신홍순 외), 국립출판사, 1957.

「판소리와 창극에 관한 나의 견해」(평론),『조선예술』12월호, 조선예술출판사, 1957.

「발언권을 준다면」(만문),『문학신문』, 문학신문사, 1958.1.12.

「방아'간 정부」(재담),『재담 촌극집』(신불출 외), 조선예술출판사, 1958.

「작품「배뱅이굿」에 대하여」(평론),『조선예술』4월호, 국립출판사, 1958.

「배뱅이굿」(재담),『조선예술』4월호, 국립출판사, 1958.

「창극 배뱅이」(좌담회),『조선음악』10월호, 조선음악출판사, 1958.

「말 아닌 말」(만담),『말과글』4월호, 과학원출판사, 1959.

「영원의 불'길」(노래 재담),『써클원 문예』, 군중문화사, 1959.

「지상낙원」(대화극), '조선로동당 제4차대회 경축 전국예술축전' 참가 작품. 1961.

참고문헌

1. 국내서

1) 1차 문헌

『개벽』·『고려시보(高麗時報)』·『군기(群旗)』·『농민생활』·『농민』·『단층』·『대구시보』·『대동신문』·『대조』·『대평양』·『동아일보』·『매일신보』·『맥』·『문예공론』·『민성』·『민주일보』·『백광』·『별건곤』·『별나라』·『부산신문』·『사해공론』·『삼천리』·『새동무』·『샛별』·『선명(鮮明)』·『소년게』·『소년세계』·『소년』·『소학생』·『송도고등창회보』·『송도민보(松都民報)』·『송우(松友)』·『순보 해방뉴-스』·『시건설』·『시원』·『신계단』·『신동아』·『신문예』·『신문학』·『신세대』·『신세기』·『신소년』·『신시단』·『신인간』·『신인문학』·『신청년』·『아동문학』·『아희생활』·『어린이 신문』·『어린이나라』·『어린이』·『여광(麗光)』·『여성조선』·『영남일보』·『영데이』·『예술』·『우라키』·『우리들』·『웅계(雄鷄)』·『이북통신』·『인문평론』·『자유신문』·『전선』·『조광』·『조선교육』·『조선농민』·『조선문단』·『조선일보』·『조선중앙일보』·『주간 소학생』·『중외일보』·『청춘』·『춘추』·『탐구』·『판문점』·『평남민보』·『풍림』·『학생』·『학풍』·『현대일보』·『협동』·『호종(好鐘)』·『황해민보』

고영진, 『유어(柳魚)』, 신문사, 1945.

______, 『사랑물레』, 평문사, 1948.

______, 『제3시집』, 평문사, 1948.

공진항, 『이상향을 찾아서』, 탁암공진항희수기념문집간행위원회, 1970.

김광균, 『와사등』, 정음사, 1946.

______, 『기항지』, 정음사, 1947.

김근수 엮음, 『한국잡지개관 및 호별목차집』, 한국학연구소, 1988.

김병호, 『황야의 규환』, 평화당인쇄소, 1949.

김성수 엮음, 『북한 『문학신문』 기사목록(1956~1993)』, 한림대 아시아문화연구소, 1994.

김소엽, 『갈매기』, 남창서원, 1942·1949.

______, 『갈매기』, 평문사, 1944.

김영희, 『고향을 떠나서』, 성문당서관, 1930.

김영희, 『송은소논문집(松隱小論文集)』, 한성도서주식회사, 1931.

김용호 엮음, 『1947년판 예술연감』, 예술신문사, 1947.

김이협, 『평북방언사전』, 한국정신문화연구원, 1981.

김학동·이민호 엮음, 『김광균 전집』, 국학자료원, 2002.

동국대 국어국문학과, 『동국대 국어국문학과 50년』, 해와달, 1996.

류덕제, 『한국 현대 아동문학 비평 자료집』(1) 소명출판, 2016.

마종기, 『아버지 마해송』, 정우사, 2005.

마해송, 『사회와 인생』, 세문사, 1953.

______, 『마해송 동화집』, 민중서관, 1962.

______, 『마해송아동문학독본』, 을유문화사, 1962.

______, 『떡배 단배』, 학원사, 1964.

문세영 엮음, 『수정증보 조선어사전』, 조선어사전간행회, 1949.

민관식, 『격랑을 헤친 지혜, 용기―소강 민관식박사 팔순기념문집』, 영출판사, 1997.

민충환 엮음, 『한흑구 문학선집』, 아시아, 2009.

「춘파 박재청 문학전집」, 박광현·여태천 엮음, 서정시학, 2010.

박순오, 『추억의 송도』, 경북인쇄소, 1954.

박승훈, 『외별시집』, 평문사, 1949.

______, 『하루살이』, 서울신문사, 1957.

박태일 엮음, 『소년소설육인집』, 도서출판 경진, 2013.

박홍근 외 엮음, 『마해송 할아버지』, 교학사, 1965.

방선주 엮음, 『북한논저목록』, 한림대 아세아문화연구소, 2003.

숭실어문학회 엮음, 『김조규시집』, 숭실대출판부, 1996.

신형기 엮음, 『최명익 단편선 비 오는 길』, 문학과지성사, 2004.

신형기·오성호·이선미, 『북한문학 1900~2000』, 문학과지성사, 2007.

오영식 엮음, 『해방기 간행도서 총목록―1945~1950』, 소명출판, 2009.

______, 「『아이생활』 목차 정리」, 『근대서지』, 제20호, 근대서지학회, 2019.

우만형 엮음, 『개성』, 예술춘추사, 1970.

육탄십용사현충회, 『육탄 10용사』, 법정, 1986.

이승윤 엮음, 『엄흥섭 선집』, 현대문학, 2010.

이영철, 『틀리기 쉬운 말』, 조선아동문화협회, 1947.

______, 『쌍둥밤』, 글벗집, 1960.

______, 『행복을 찾아서』, 글벗집, 1978.

이인영 엮음, 『안룡만 시 선집』, ㈜현대문학, 2013.

임병식 엮음, 『송도』, 송도구락부, 1958.

림학수, 『석류』, 한성도서주식회사, 1937.

______, 『팔도풍물시집』, 인문사, 1938.

______, 『후조』, 한성도서주식회사, 1939.

______, 『전선시집』, 인문사, 1939.

임 화 엮음, 『현대조선시인선집』, 학예사, 1939.

장수철, 『서정부락』, 신조문화사, 1960.

장정심, 『금선(琴線)』, 한성도서주식회사, 1934.

장정심,『주의 승리』, 한성도서주식회사, 1933.

______,『금선』, 사단법인 경천애인사, 1957.

정혜원 엮음,『고한승 선집』, 현대문학, 2010.

진정석 엮음,『최명익 소설 선집』, 현대문학, 2009.

최경섭,『종·종·종』, 한일출판사, 1968.

______,『풍경』, 한성도서주식회사, 1938.

최영호 엮음,『백야 이상춘의 서해풍파』, 한국국학진흥원, 2006.

최유찬 외 엮음,『한국 근대잡지 소재 문학 텍스트 연구』II, 서정시학, 2012.

충용전우선양회 엮음,『십용사의 신화―개성 송악산 전투 육탄 격전기』, 현문출판사, 1975.

한죽송,『방아 찧는 처녀』, 한성도서주식회사, 1939.

황순원,『학』, 중앙문화사, 1956.

______,『황순원전집』, 창우사, 1964.

______,『황순원문학전집』, 삼중당, 1973.

______,『황순원전집』, 문학과지성사, 1980~1989.

황승봉,『새 선물』, 의신학원, 1936.

황윤섭,『규포시초』, 동서문화사, 1954.

『광복30년 중요자료집』, 중앙일보사, 1975.

『대동강』21집, 평양고보 동문회, 2000.

『민족정기의 심판』, 혁신출판사, 1949.

『소장 민관식과 그의 컬렉션』, 수원박물관. 2010.

『숭실의 문학』, 숭실대출판부, 1992.

『십용사전』, 육군본부정훈감실, 1949.

『최신북한인명사전』, 북한연구소, 1996.

『한국시잡지집성』(권4), 태학사, 1981.

『한국신소설전집』(7권), 을유문화사, 1968.

『행복하여라 마음이 가난한 사람』, 성바오로출판사, 1989.

「신불출 넌센스 대머리 백만풍(百萬風)」,『근대서지』제28호, 근대서지학회, 2023.

「이원우」, https://100.daum.net/encyclopedia/view/b18a0154n0.

2) 2차 문헌

권영민,『한국 계급문학 운동사』, 문예출판사, 1998.

김경숙,『북한현대시사』, 태학사, 2004.

김기호 엮음,『개성구경(開城舊京)』, 대한공론사, 1972.

김동윤,『4·3의 진실과 문학』, 각, 2003.

김석영,『판문점 20년』, 진명문화사, 1974.

김성덕,『함북대관』, 정문사, 1967.

김영배,『평안방언연구』, 동국대출판부, 1984.

김영재,『대구경북언론사』, 커뮤니케이션북스, 2003.

김유중,『김광균』, 건국대출판부, 2000.

김장호 외,『양주동 연구』, 민음사, 1991.

김정인,『천도교 근대 민족운동 연구』, 한울, 2009.

김종순,『비록 북한 40년사 10－북한의 문화예술』, 금강서원, 1990.

김종영,『파시즘 언어』, 한국문화사, 2003.

김태진,『김광균 시와 김조규 시의 비교 연구』, 도서출판 보고사, 1996.

김학동·이민호,『김광균 연구』, 국학자료원, 2002.

김형목,『교육운동』, 독립기념관 한국독립운동사연구소, 2009.

노길명,『한국민족종교운동사』, 사단법인 한국민족종교협의회, 2003.

류양선,『한국농민문학연구』, 세광학술자료사, 1994.

리정근,『판문점』, 조선로동당출판사, 1986.

민족정경문화연구소 엮음,『친일파군상』, 삼성문화사, 1948.

박태일,『한국 근대시의 공간과 장소』, 소명출판, 1999.

______,『한국 지역문학 연구』, 소명출판, 2019.

반재식,『만담백년사』, 만담보존회, 1997

______,『만담백년사－신불출에서 장소팔·고춘자까지』, 백중당, 2000.

______,『재담백년사』, 백중당, 2000

______,『한국 웃음사』, 백중당, 2004.

석용원,『아동문학개설』, 예문관, 1974.

성 봉 엮음,『한국현대문인요람』, 유인본, 1954.

신상준,『제주도4·3사건』(상·하), 한국복지행정연구소, 2000.

신용하 외,『한국 농업경제와 농민 현실』, 관악서당, 1979.

안 진,『미군정기 억압기구 연구』, 새길, 1996.

안문석,『북한 현대사 산책』1, 인문과사상사, 2016.

오 억,『생활진로』, 생활과학사, 1945.

원종찬,『북한의 아동문학』, 청동거울, 2012.

윤승한,『신생활의 상식보고』, 남창서관, 1944.

윤이흠,『일제의 한국 민족종교 말살책』, 도서출판 모시는사람들, 2007.

윤춘병,『한국기독교 신문·잡지 백년사』, 대한기독교출판사, 1984.

이금화,『평양 지역어의 음운론』, 도서출판 역락, 2007.

이길연,『한국 근·현대 기독교문학 연구』, 국학자료원, 2001.

이능선,『남양대관』, 행림서원, 1942.

이덕주,『한국 교회 처음 여성들』, 홍성사, 2007.

이돈화 엮음,『천도교창건록』(제1집), 천도교중앙종리원, 1934.

__________,『수운심법강의』, 천도교중앙종리원표교과편집실, 1926.

이동화,『전시하근로필독(戰時下勤勞必讀)』, 황인사, 1939,

이만열,『한국기독교문화운동사』, 대한기독교출판사, 1989.

이명재 엮음,『북한문학사전』, 국학자료원, 1995.

이민자,『개화기 문학과 기독교사상 연구』, 집문당, 1989.

이승희 외,『식민지 시대 대중예술인 사전』, 도서출판 소도, 2006.

이재철,『한국현대아동문학사』, 일지사, 1974.

이철주,『북의 예술인』, 계몽사, 1967.

임동우,『평양 그리고 평양 이후』, 효형출판, 2011.

장성식,『신의주대관』, 문화당, 1931.

장수익,『최명익』, 한길사, 2008.

전영선,『북한의 문학예술 운영체계와 문예 이론』, 역락, 2002.

정성관,『판문점의 비사』, 평문사, 1953.

정철현,『북한의 문화 정책』, 서울경제경영, 2008.

조남현,『제주4·3사건의 쟁점과 진실』, 돌담, 1993.

조동일,『동학 성립과 이야기』, 홍성사, 1981.

조성관,『실물로 만나는 우리들의 역사』, 웅진씽크하우스, 2005.

조승연,『한국 근현대 농민사회 연구』, 서경, 2004.

조신권,『한국문학과 기독교』, 연세대출판부, 1983.

천도교중앙총부 교사편찬위원회,『천도교백년략사』(상권), 미래문화사, 1981.

______________________________,『천도교약사』, 천도교중앙총부 출판부, 2006.

최덕교,『한국잡지백년』(2), 현암사, 2004.

최덕신,『내가 격근 판문점』, 삼구문화사, 1955.

최명표,『한국근대소년운동사』, 선인, 2011.

최완규,『북한연구 방법론』, 한울아카데미, 2004.

최유리,『일제 말기 식민지 지배정책연구』, 국학자료원, 1997.

표영삼 외,『천도교청년회팔십년사』, 천도교청년회중앙본부, 2000.

학교법인 송도학원 송도중고등학교총동창회,『송도학원100년사』, 2006.

한영제 엮음,『한국기독교정기간행물 100년』, 기독교문사, 1987.

홍영의·장지연,『고려의 황도 개경』, 창작과비평사, 2002.

황승봉, 『약지신의주(躍之新義州)』, 삼성상회, 1939.

『건군 50년사』, 국방군사연구소, 1998.

『대한민국건국십년지』, 건국기념사업회, 1956.

『민족정기의 심판』, 혁신출판사, 1949.

『북청군지』, 북청군지편찬위원회, 1970.

『송도학원백년사』, 송도중고등학교동창회 · 학교법인송도학원, 2006.

『숭실인물지』, 숭실중 · 고등학교, 1989.

『숭실학교 100년사』, 숭실대 출판부, 1997.

『이원군지(利原郡誌)』, 이원군지편찬위원회, 1973.

『이화팔십년사』, 이화팔십년사편찬위원회, 1968.

『정훈50년사(1940~1989)』, 육군본부 정훈감실, 1991.

『제주4 · 3사건진상조사보고서』, 제주4 · 3사건진상규명및희생자명예회복위원회, 2003.

『조선제종교(朝鮮諸宗敎)』, 조선흥문회, 1922.

『판문점 13년』, 대한공론사, 1966.

『한국전쟁사』, 대한민국국방부전사편찬위원회, 1968.

『함흥시지』, 함흥시지편찬위원회, 1999.

『호수돈백년사』, 호수돈여자중고등학교, 1999.

『황해도민월남오십년사』, 황해도중앙도민회, 1996.

로드 에이 마틴, 신헌정 옮김, 『유머심리학―통합적 접근』, 박학사, 2008,

벵씽 데꽁브, 박성창 옮김, 『동일자와 타자』, 도서출판 인간사랑, 1990.

사라 밀즈, 김부용 옮김, 『담론』, 인간사랑, 2001.

조르주 비뇨, 임기대 옮김, 『분류하기의 유혹』, 동문선, 2000.

케빈 린치, 김의원 · 황성수 옮김, 『도시의 상』, 녹원출판사, 1988.

강영미, 「『고려시보』와 시인 박아지」, 『상허학보』 23집, 상허학회, 2008.

강영미, 「박아지 시의 실증적 연구」, 『한국시학연구』 24집, 한국시학회, 2009.

강진호, 「1930년대 후반기 신세대 작가연구」, 『한국근대문학 작가연구』, 깊은샘, 1996.

고봉준, 「일제 후반기 국민시의 성격과 형식」, 『한국시학연구』 37집, 한국시학회, 2013,

고성만, 「제주 4 · 3담론의 형성과 정치적 작용」, 『4 · 3과 역사』 5집, 제주4 · 3연구소, 2005.

공임순, 「전시체제기 징병취지 '야담만담부대'의 활동상과 프로파간다화의 역학―'황군' 연성과 '황민'
　　　연성 사이, '말하는 교화미디어'로서의 야담 · 만담가들」, 『한국근대문학연구』 13권 2호, 한국
　　　근대문학회, 2012.

구사회, 「'평양' 공간의 문학적 형상화에 관한 고찰」, 『평화학연구』 4호, 세계평화통일학회, 2005.

권삼웅,『1920년대 평양지역 민족운동 연구』, 고려대 석사 논문, 1995.

김경희,「신불출의 문예활동과 그 의미」,『국문학연구』12집, 국문학회, 2004.

김동윤,「4·3문학 연구의 현황과 과제」,『제주 4·3 연구의 새로운 모색』, 제주대출판부, 2013.

김동혁,『북한의 철도체계 형성과정을 통해 본 '수송혁명200일전투'의 함의』, 인제대 석사 논문, 2013.

김동환,「초본과 문학교육―「소나기」를 중심으로」,『문학교육학』26호, 한국문학교육학회, 2008.

______,「황순원 초기 문학의 서지적 재조명―「소나기」를 중심으로」,『2013년 제10회 황순원문학제 황순원 문학 세미나 발표문집』, (사)황순원기념사업회, 2013.

김명석,「『단층』4호에 대하여」,『현대문학의 연구』, 16호, 한국문학연구학회, 2001.

김명우,「추민의 해방 후 영화 활동에 관하여」,『근대서지』제30호, 근대서지학회, 2024.

김상욱,「어린이문학의 이데올로기적 가능성―마해송론」,『어린이문학의 재발견』, 창비, 2007.

김성수,「북한문학 연구의 현황과 과제」,『논문집』3집, 한국예술종합학교, 2000.

______,「프로문학과 북한문학의 기원」,『민족문학사연구』21호, 민족문학사학회, 2002.

______,「북한 소설에 나타난 6·25전쟁 전후 서울과 평양의 도시 이미지」,『북한연구학회보』15권 2호, 북한연구학회, 2011.

______,「북한문학에 나타난 평양의 '전근대-근대-현대' 심상지리와 주체체제의 문화정치」,『반교어문연구』48집, 반교어문학회, 2018.

김수태,「1930년대 천주교 평양교구의 문서선교―『가톨릭연구』·『가톨릭조선』중심으로」,『한국민족운동사연구』47집, 한국민족운동사학회, 2006.

김승환,「해방공간의 북한문학―문화적 민주기지 건설론을 중심으로」,『한국학보』17권 2호, 일지사, 1991.

김양희,「근대문학과 '평양'」,『어문연구』75집, 어문연구학회, 2013.

김은정,「천리마 기수 형상론과 최명익의『임오년의 서울』」,『세계비교문학연구』33집, 한국세계문학비교학회, 2010.

김인섭,「재북 시인 민병균의 광복 전 시 연구」,『우리문학연구』30집, 우리문학연구회, 2010.

김인숙,「재담소리 음반고」,『한국음반학』27집, 한국고음반연구회, 2017.

______,「재담소리의 유형과 특징에 대한 음악적 고찰」,『동양음악』41집, 서울대 동양음악연구소, 2017.

김재석,「1930년대 유성기 음반의 촌극 연구,『한국극예술연구』제2집, 태학사, 1992.

김재용,「민주기지론과 북한문학의 시원」,『한국학보』25집, 일지사, 1999.

김정헌,「마해송 동화의 저항적 양상에 관한 고찰」,『청람어문교육』13호, 청람어문교육학회, 1995.

김정훈,「『단층』시 연구」,『국제어문』42집, 국제어문학회, 2008.

김준형·유춘동,「1910~1940년대 대중잡지 소재, 재담과 소화에 대한 연구」,『한국문학이론과비평』85, 한국문학이론과비평학회, 2019.

김태완·라미경, 「보훈정책의 시각에서 본 제주 해녀 항일운동의 과제」, 『한국보훈논총』 제18권 제4호, 한국보훈학회, 2019.

김태웅, 「근현대 고시조 앤솔로지 편찬방법 연구(1)-『고려시보』 소재 고시조 작품을 대상으로」, 『시조학논총』 55집, 한국시조학회, 2021.

김해연, 「최명익 수필집 『글에 대한 생각』 연구」, 『한민족어문학』 68집, 한민족어문학회, 2014.

김현주, 『김소엽 소설 연구』, 영남대 석사 논문, 2004.

김효주, 「최명익 역사소설 서산대사의 인물 형상화 양상과 그 의미」, 『현대문학이론연구』 78집, 현대문학이론학회, 2019.

______, 「최명익 『서산대사』의 『평양지』 수용과 평양 공간의 재구성」, 『우리말글』 84집, 우리말글학회, 2020.

______, 「최명익의 「맥령」에 나타난 제국주의 수탈과 토지개혁」, 『우리말글』 78집, 우리말글학회. 2018.

김효주, 「해방기 최명익 소설의 지속과 전환, 소통과 거리두기-「마천령」을 중심으로」, 『한국문학논총』 80집, 한국문학회, 2018.

남원진, 「북조선 정전집, '현대조선문학선집' 연구 서설-1980년대 중반 이후 『현대조선문학선집(1~53)』(1987~2011)을 중심으로」, 『통일정책연구』 26권 1호, 통일연구원, 2017.

노동은, 「북한의 전통 음악론」, 『한국 근대 음악사론』, 한국학술정보(주), 2010

문효진, 「제주해녀항일운동에 나타난 「해녀항쟁가」 배경 연구」, 『한국콘텐츠학회논문집』 22권 4호, 한국콘텐츠학회, 2022.

박근예, 『단층파 문학 연구』, 이화여대 석사 논문, 1999.

박금숙, 「고한승의 문학세계 연구-고려시보를 중심으로」, 『일본어권 번역·연구 세미나-아동문학자 고한승과 다다이스트 고한용』, 한국문학번역원, 2012.

______, 「두 작가를 동일인물로 혼동한 문학사적 오류-아동문학가 고한승과 다다이스트 고한용의 생애 고찰 중심으로」, 『한국아동문학연구』 23집, 한국아동문학학회, 2012.

______, 「동화작가 이영철의 생애 고찰」, 『동화와번역』 32집, 건국대 동화와번역연구소, 2016.

박덕은, 「김소엽의 작품 세계」, 『해금작가작품론』, 새문사, 1992

박배식, 「개화기 소설에서 본 기독교 신앙의 제 양상」, 『한국 근대 소설의 기독교 수용』(기진오·김옥순과 공저), 성서교재간행사, 1985.

박상천, 「북한문학 연구의 경과」, 『민족학연구』 4집, 한국민족학회, 2002.

박찬식, 「북한의 '제주4·3사건' 인식」, 『한국근현대사연구』 30집, 한국근대사학회, 2004.

______, 「4·3연구의 쟁점」, 『제주 4·3 연구의 새로운 모색』, 제주대출판부, 2013.

박태일, 「김광균 시의 중심 상실과 중천의 서정」, 『한국 근대시의 공간과 장소』, 소명출판, 1999.

______, 「경남 계급주의 시문학 연구」, 『경남·부산 지역문학 연구』 1, 청동거울, 2004.

박태일, 「나라잃은시기 아동잡지로 본 경남·부산지역 아동문학」, 『한국문학논총』 37집, 한국문학회, 2004.

______, 「목포 지역 정훈매체 『전우』 연구―한국전쟁기 정훈문학 연구1」, 『현대문학이론연구』 제38집, 현대문학이론학회, 2009.

______, 「국방부 정훈매체 『국방』의 문예면 연구―한국전쟁기 정훈문학 연구2」, 『어문론총』 55호, 한국문학언어학회, 2011.

______, 「전쟁기 광주지역 문예지 『신문학』 연구」, 『영주어문』 21집, 영주어문학회, 2011.

______, 「전쟁기 경북·대구 지역 간행 콩소설―한국전쟁기 정훈문학 연구3」, 『현대문학의 연구』 48, 한국문학연구학회, 2012.

______, 「근대 개성 지역문학의 전개―북한 지역문학사 연구1」, 『국제어문학』 25집, 국제언어문학회, 2012.

______, 「1930년대 한국 계급주의 소년소설과 『소년소설 육인집』」, 『현대문학이론연구』 제49집, 현대문학이론학회, 2012.

______, 「1940년대 전기 평양 지역문학―북한 지역문학사 연구3」, 『비평문학』 50, 한국비평문학회, 2013.

______, 「황순원 소설 「소나기」의 원본 시비와 결정본」, 『2013년 제10회 황순원문학제 황순원 문학 세미나 발표문집』, (사)황순원기념사업회, 2013.

______, 「개성 지역문학과 『고려시보』 그리고 김광균」, 『한국지역문학연구』 3집, 한국지역문학회, 2014.

______, 「임화의 전쟁기 시 이본 두 편」, 『근대서지』 제9호, 근대서지학회, 2014.

______, 「1930년대 평양 지역문학과 『농민생활』―북한 지역문학사 연구4」, 『영주어문』 제29집, 영주어문학회, 2015

______, 「북한문학 연구와 중국 번인본」, 『외국문학연구』 57집, 한국외국어대 외국문학연구소, 2015.

______, 「북한 당대시로 본 '무자제주참변'」, 『한국언어문학』 제96집, 한국언어문학회, 2016.

______, 「삼수 시기 백석의 새 평론과 언어 지향」, 『비평문학』 62집, 한국비평문학회, 2016.

______, 「박태원의 북한과 아들의 북한」, 『근대서지』 제13호, 근대서지학회, 2016.

______, 「재북 시기 리기영 문학의 실증적 바탕1」, 『비평문학』 65호, 한국비평문학회, 2017.

______, 「백석의 번역론 「번역 소설과 우리말」」, 『근대서지』 제15호, 근대서지학회, 2017.

______, 「광복기 북한 '투쟁기' 속의 리덕구」, 『영주어문』 제38집, 영주어문학회, 2018.

______, 「재북 시기 백석의 번역 문학 연구」, 『한국문학론총』 84집, 한국문학회, 2020.

______, 「리식이 백석이다」, 『근대서지』 제21호, 근대서지학회, 2020.

______, 「리원우 연구를 위한 실증적 바탕」, 『근대서지』 제22호, 근대서지학회, 2020.

______, 「안룡만 시 이해를 위한 바탕」, 『근대서지』 제24호, 근대서지학회, 2021.

______, 「재북 시기 최명익 문학의 실증적 이해」 『근대서지』 제25호, 근대서지학회, 2022.

박태일, 「김우철 문학의 실증적 접근」, 『근대서지』 제26호, 근대서지학회, 2022.

______, 「사회주의 북한과 최명익 문학의 실증」 『근대서지』 제25호, 근대서지학회, 2022.

______, 「안룡만 시 「동백꽃 우표」의 변이와 무자제주참변」, 『한국지역문학연구』 제22집, 한국지역문학회, 2023.

______, 「전후 북한의 평양 건설과 장소시」, 『근대서지』 제31호, 근대서지학회, 2024.

______, 「한메 이윤재와 가족의 비극」, 『문예연구』 가을호, 문예연구사, 2024.

박호균, 『안룡만 시 연구』, 인하대 석사 논문, 2000.

방민호, 「일제 말기 문학인들의 대일 협력 유형과 의미」, 『일제 말기 한국문학의 담론과 텍스트』, 예옥, 2011.

배개화, 「해방 후 8년간 최명익과 그의 문학, 1945.8~1953 — 중간파적 경향과 애국주의 선전을 중심으로」, 『상허학보』 64집, 상허학회, 2022.

배선애, 「담(談)류의 공연예술적 장르 미학과 변모」, 『반교어문연구』 42호, 반교어문학회, 2016.

______, 「동원된 미디어, 전시체제기 만담부대와 만담가들」, 『한국극예술연구』 48집, 한국극예술학회, 2015.

배인교, 「1950~60년대 북한 음악계의 탁성 제거 논쟁 검토」, 『한국음악사학보』 55집, 한국음악사학회, 2015.

백철, 「한국잡지성쇠기 — 한국의 신문화와 더불어」, 「신태양」 8월호, 신태양사, 1957.

백순재, 「한국잡지발달사」, 『한국잡지총람』, 한국잡지협회, 1973.

서동욱, 「표상적 사유와 비표상적 사유」, 『차이와 타자』, 문학과지성사, 2004.

성다솜, 『북한당국의 평양 관리 담론 연구 — 『로동신문』 기사 분석을 중심으로』, 이화여자대 석사 논문, 2017.

손태도, 「한국 전통연희에서의 재담의 양상과 그 의의」, 『고전문학과 교육』 32집, 한국고전문학교육학회, 2016.

손혜민·최창륵, 「『상감령』의 제작과정과 '사회주의 미학'의 감정이입 기제」, 『사이(SAI)』 35집, 국제한국문학문화학회, 2023.

송희복, 「안용만론」, 『외국문학』 겨울호, 열음사, 1990.

양정필, 「1930년대 개성지역 신진 엘리트 연구」, 『역사와현실』 63호, 한국역사연구회, 2007, 191~217쪽.

양정필, 「1930년대 개성지역 신진 엘트 연구 — 『고려시보』 동인의 사회문화운동을 중심으로」, 『역사와 현실』 63집, 한국역사연구회, 2007.

엄국천, 「북한의 신재효 연구 현황」, 『판소리 연구』 27집, 판소리학회, 2009.

엄숙희, 「「모란봉」에 나타난 근대 도시의 표상」, 『국어문학』 50호, 국어문학회, 2011.

엄현섭, 「신불출 대중문예론 연구」, 『비교한국학』 17권 3호, 국제비교한국학회, 2009.

오미일, 「1910~1920년대 평양지역 민족운동과 조선인 자본가층」, 『역사비평』 28집, 1995.

오선근, 「김남천의 「조정안」 연구」, 『순천향어문논집』 16집, 순천향어문학연구회, 2000.

오영식, 「『문화통신』 목차와 색인」, 『근대서지』 제13호, 근대서지학회, 2016.

오창은, 「한국전쟁의 현장 형상화한 북한 전선문학의 대표작―안룡만의 『나의 따발총』」, 『근대서지』 제7호, 근대서지학회, 2013.

오태영, 「평양 토포필리아와 고도의 재장소화―이효석의 『은은한 빛』을 중심으로」, 『상허학보』 28집, 상허학회, 2010.

옥규열, 「중공군의 상감령전투에 대한 재평가」, 『군사』 제46호, 국방부 군사편찬연구소, 2002.

우미영, 「억압된 자기와 고도 평양의 표상」, 『동아시아 문화연구』 50호, 한양대 동아시아문화연구소, 2011.

우수진, 「재담과 만담, '비―의미'와 '진실'의 형식―박춘재와 신불출을 중심으로」, 『한국연극학』 64집, 한국연극학회, 2017.

원종찬, 「동화작가 이영철의 삶과 문학」, 『아동문학과 비평정신』, 창작과비평사, 2001.

______, 「북한 아동문단 성립기의 '아동문화사 사건'」, 『동화와번역』 20집, 건국대 동화와번역연구소, 2010.

______, 「해방 전후의 민족현실과 마해송 동화―「토끼와 원숭이」를 중심으로」, 『한국아동문학의 쟁점』, 창비, 2010.

유병석, 「한국 신문학 작가의 이명고」, 『20세기 한국문학의 이해』, 한양대 출판원, 1996.

유정일, 「만담과 상성(相聲)의 웃음 구현방법 및 특성에 대한 비교 연구」, 『열상고전연구』 45호, 열상고전연구회, 2015.

윤대석, 「언어와 식민지」, 『식민지 국민문학론』, 도서출판 역락, 2006.

윤여탁, 「1930년대 후반의 서술시 연구―백석과 안용만을 중심으로」, 『선청어문』 19, 서울대 국어교육과, 1991.

윤영천, 「안용만 소론―'생애, 일제강점기 시의 개작'에 대한 예비적 검토」, 『서정적 진실과 시의 힘』, 창작과비평사, 2002.

이경수, 「해방 전후 안룡만 시의 노동시로서의 가능성과 특징적 표현 기법」, 『한국시학연구』 47집, 2016.

이길연, 「1930년대 기독교시의 현실 극복과 문학적 형상화―이용도와 장정심을 중심으로―」, 『평화학연구』 6호, 세계평화통일학회, 2005.

이덕주, 「신앙과 조국을 노래한 종교시인 장정심」, 『새가정』 7월호, 새가정사, 1988.

이명숙, 『일제강점기 여류시조 연구―김오남・오신혜・장정심을 중심으로』, 한국교원대 석사 논문, 1997.

이상숙, 「『문화전선』을 통해 본 북한시학 형성기 연구」, 『한국근대문학연구』 23집, 한국근대문학회, 2011.

______, 「안룡만 연구 시론―서사성과 낭만성을 중심으로」, 『한국시학연구』 제47집, 한국시학회, 2016.

이승수, 「한국문학의 공간 탐색 1 평양－김시습의 「취유부벽정기」와 이태준의 「패강냉」을 중심으로」, 『동아시아 문화연구』 33호, 1999.

이승이, 「김우철 시 평가 양상을 통해 본 북한 문학사 서술 변화－'평화적 민주건설 시기' '전후복구건설 및 사회주의 기초건설 시기'를 중심으로」, 『어문연구』 76집, 어문연구학회 2013.

이승희, 「배우 신불출, 웃음의 정치」, 『한국극예술연구』 33집, 한국극예술학회, 2011.

이익섭, 「한국어 표준어의 제문제」, 『한국어문의 제문제』(이기문 외), 일지사, 1986.

______, 「광복후 한글전용운동의 전개와 검토」, 『국어표기법의 전개와 검토』, 한국정신문화연구원, 1992.

이인영, 「서정과 이념의 간극－해방 후 안용만 시 연구」, 『현대문학의 연구』 7, 한국문학연구학회, 1996.

______, 「1950년대 북한 전쟁시의 개작 양상 연구－안룡만의 전쟁시 개작 과정을 중심으로」, 『한국학연구』 31집, 인하대 한국학연구소, 2013.

이재오, 「김광균 시의 주제체계에 관한 연구」, 구상·정한모 엮음, 『1930년대의 모더니즘』, 범양사출판부, 1987.

이재철, 「마해송론」, 『한국아동문학작가론』, 개문사, 1983.

이정숙, 「김사량과 평양의 문학적 거리」, 『국어국문학』 145집, 국어국문학회, 2007.

이종수, 「조선잡지발달사」, 『신동아』, 신동아사, 1934.

이진원, 「일제강점기 김종기 단소 음악 연구－신불출 작 「낙화암」 반주 음악을 중심으로」, 『한국음반학』 33집, 한국고음반연구회, 2023.

이철호, 「근대소설에 나타난 평양 표상과 그 의미－서북계 개신교 엘리트 문화의 시론적 고찰」, 『상허학보』 28집, 상허학회, 2010.

이향은, 『북한자료 관리와 학술적 활용에 관한 연구』, 북한대학원대 석사 논문, 2008.

「일제시대 문학인 필명 색인」, 임규찬·한기형 엮음, 『문예운동의 볼세비키화』, 태학사, 1989.

임선애, 「웃음의 원리와 쾌감의 정치학－일제강점기 "유모어소설"류 연구」, 『한국사상과문화』 67집, 한국사상문화학회, 2013.

임소월 외, 「'서울 문단'과 '평양 문단'의 거리 연구1－남북한 문학사에 나타난 30년대 소설 인식 고찰」, 『학술논총』 16집, 단국대 대학원, 1992.

임옥규, 「북한문학 연구사 고찰」, 『국제한인문학연구』 3호, 국제한인문학회, 2005.

______, 「최명익 역사소설과 북한의 국가건설 구상－『서산대사』, 『임오년의 서울』, 「섬월이」를 중심으로」, 『북한연구학보』 12권 제2호, 북한연구학회, 2008.

임태훈, 「웃는 만담 레코드와 해프닝의 미디어－신불출의 「익살마진 대머리」(1933)에 관하여」, 『인문학연구』 59집, 조선대 인문학연구원, 2020.

전봉관, 「황군위문작가단의 북중국 전선 시찰과 림학수의 『전선시집』」, 『어문론총』 42집, 한국문학언어학회, 2005.

전지니, 「해방 이후 최초의 종합예술지, 『문화통신』 소개」, 『근대서지』 제13호, 근대서지학회, 2016.

정종현, 「한국 근대소설과 '평양'이라는 로컬리티」, 『사이』 4집, 국제한국문학문화학회, 2008.

정주아, 「불안의 문학과 전향시대의 균형 감각―1930년대 평양의 학생운동과 『단층』파의 문학」, 『어문연구』 39권 4호, 한국어문교육연구회, 2011.

______, 「움직이는 중심들, 가능성과 선택으로서의 로컬리티―한반도 서북 지역의 민족주의 문화운동을 사례로」, 『민족문학사연구』 47집, 민족문학사학회 · 민족문학사연구소, 2011.

정현숙, 「자의식과 역사적 진실의 형상화―최명익의 「기계」, 『서산대사』를 중심으로」, 『어문학보』, 강원대 국어교육과, 1996.

정혜영, 「김동인 소설과 평양이라는 도시공간」, 『현대소설연구』 13집, 한국현대소설학회, 2000.

조연정, 「평양의 경향―김동인과 최명익의 소설을 중심으로」, 『한국문학연구』 38호, 동국대 한국문학연구소, 2010.

조은정, 「풍문으로 들었소, 『이북통신』을 경유한 북조선」, 『역사비평』 142호, 역사비평사, 2023.

진전박자, 「고한용과 일본 시인들―교우관계를 통해 본 한국의 다다」, 『한국시학연구』 29집, 한국시학회, 2011.

천정환, 「식민지 조선인의 웃음 『삼천리』소재 소화와 신불출 만담의 경우」, 『역사와문화』 18집, 문화사학회, 2009.

최명표, 「고한승의 문학적 행로」, 『한민족어문학』 60집, 한민족어문학회, 2012.

최영호, 「한국인의 해양 도전 정신과 문학적 관심―100년 전 한국 최초의 남극탐험 소설을 중심으로」, 『비교한국학』 14호, 국제비교한국학회, 2006.

최재훈, 「마해송론―어린이와 칼」, 『한국현대아동문학론』, 아동문예, 1991.

최현식, 「일제 말 시 잡지 『국민시가』의 위상과 가치―잡지의 체제와 성격, 그리고 출판 이데올로그들」, 『사이』 14집, 국제한국문학문화학회, 2013.

표언복, 「북한문학 연구의 현황과 과제」, 『백록어문』 16집, 제주대 국어교육연구회, 2005,

한기형, 「근대잡지 경성청년구락부―『신청년』 연구(1)―「『신청년』 해제」, 『서지학보』 26집, 한국서지학회, 2002.

한도현, 「1930년대 농촌 진흥 운동의 성격」, 『한국 근대농촌사회와 일본제국주의』, 문학과지성사, 1988.

한정 , 「광복기 경남부산 지역 아동문학」, 『지역문학의 이랑과 고랑』, 도서출판 경진, 2011.

허호준, 「제주 4 · 3 연구의 새로운 모색」, 제주대출판부, 2013.

현길언, 「역사와 문학―제주 4 · 3사태의 문학적 형상화 문제」, 『제주문화론』, 탐라수목원, 2001.

홍성암, 『단층파의 소설 연구』, 한양대 석사 논문, 1983.

홍성우, 「혁명과 풍자―1950년대 북한만화와 『활살』」, 『근대서지』 제23호, 근대서지학회, 2021.

홍영택, 「자기 초월―자기 긍정과 자기 부정의 접촉점」, 『신학 사상』 168호, 한국신학연구소, 2015.

홍혜미, 「역사소설의 의미 규명―최명익의 『서산대사』를 중심으로」, 『인문학논총』 3집, 국립7개대학공동논문집간행위원회, 2003.

2. 북한 문헌

1) 1차 문헌

『개성신문』·『건축과 건설』·『근로자』·『농민』·『농민신문』·『대중과학』·『대중문예』·『대중예술』·『로동신문』·『로동자신문』·『로동자』·『말과글』·『문학신문』·『문학예술』·『문화전선』·『민주조선』·『민주청년』·『새조선』·『소년단』·『소년신문』·『순간통신』·『시문학』·『써클원문예』·『아동문학』·『예술교육』·『우리조국』·『인민보건』·『인민체육』·『조국통일』·『조선녀성』·『조선문학』·『조선예술』·『조선음악』·『조선』·『조선신문』·『조쏘문화』·『조쏘친선』·『천리마』·『청년문학』·『청년생활』·『태풍』·『문학연구』·『투사신문』·『평북로동신문』

강승한, 『한나산』, 조선작가동맹출판사, 1957.

김옥성, 『김옥성 작곡집』, 조선음악출판사, 1958.

김우철, 『나의 조국』, 문화전선사, 1947.

______ · 리원우 · 김동철 엮음, 『국어』(인민학교 제5학년), 교육성, 1949.

______, 『김우철 시선집』, 작가동맹출판사, 1957.

______, 『사랑하는 조국에』, 아동도서출판사, 1961.

김일영, 『계월향』, 평양출판사, 1990.

리원우, 『격류』, 신의주 평북예술련맹, 1946.

______, 『푸른 샘물』, 국립인민출판사, 1949.

______, 『기다리던 날―신천애육원 소년단원들의 투쟁기』(투쟁기), 민주청년사, 1952.

______, 『도끼 장군』, 민주청년사, 1955.

______, 『기다리던 날』, 민주청년사, 1956.

리원우, 『우리 나라 고운 새들』, 아동도서출판사 1958.

______, 『웃음의 나라』, 아동도서출판사, 1962.

______, 『행복의 집』, 금성청년출판사, 1985.

______, 『청동 항아리』(최경수 그림), 조선미술출판사, 1985.

______, 『보물 고간』, 금성청년출판사, 1986.

민병균, 『조선의 노래』, 조선작가동맹출판사, 1955.

박용호, 『소년 근위대』, 민주청년사, 1952.

신불출, 『만담집』, 국립출판사, 1956.

신불출 · 신홍순, 『만담 재담집』, 국립출판사, 1957.

신불출 외, 『재담 촌극집』, 조선예술출판사, 1958.

안룡만, 『나의 따발총』, 문화전선사, 1951.

______, 『안룡만 시선집』, 조선작가동맹출판사, 1956.

안룡만, 『새날의 찬가』, 조선문학예술총동맹출판사, 1964.

양운한, 『황금벌에 서서』, 조선문학예술총동맹출판사, 1964.

원홍구, 『조선 조류 검색표』, 과학원출판사, 1961.

______, 『조선 조류지』(1), 과학원출판사, 1963.

______, 『조선 조류지』(2), 과학원출판사, 1964.

정서촌, 『꽃편지』, 문화전선사, 1953.

조선문학동맹 아동문학분과위원회 엮음, 『영웅 나라 아이들』, 문예총출판사, 1952.

조선어및조선문학연구소 엮음, 『조선어소사전』, 과학원, 1956.

최명익, 『장삼이사』, 을유문화사, 1947.

______, 『맥령』, 문화전선사, 1947.

______, 『기관사』, 문예총출판사, 1952.

______, 『서산대사』, 조선작가동맹출판사, 1956.

______, 『서산대사』, 조선작가동맹출판사, 1958(2판).

______, 『서산대사』, 조선작가동맹출판사, 1966(3판).

______, 『서산대사』, 조선작가동맹출판사, 1998(4판).

______, 『서산대사』, 문학예술출판사, 2016(5판).

______, 『의병장 전문부』, 국립출판사, 1956.

______, 『행주 산성의 싸움』, 국립출판사, 1957.

______, 『신라 무사의 이야기』, 아동도서출판사, 1959.

______, 『력사소설편』, 아동도서출판사, 1964.

______, 『글에 대한 생각』, 조선문학예술총동맹출판사, 1964.

최명익, 『임오년의 서울』, 조선작가동맹출판사, 1998.

『1920~1930 시인 선집』, 조선작가동맹출판사, 1955.

류희정 엮음, 『1930년대 시선』(3), 문학예술출판사, 2004.

__________, 『1930년대 아동문학작품집』(1), 문학예술출판사, 2005.

『1930년대아동문학작품집』(2), 문학예술출판사, 2005.

류희정 엮음, 『1940년대시선』(해방후편), 문학예술출판사, 2011.

김철민 엮음, 『1950년대시선』(1), 문학예술출판사, 2014.

__________, 『1950년대시선』(2), 문학예술출판사, 2017.

『1962 문학 작품 년감』, 조선문학예술총동맹출판사, 1963.

『8·15해방 11주년 기념 전국청년학생예술축전 입상작품선집』, 문화선전성, 1957.

『8월의 태양』, 조선작가동맹출판사, 1960

『거류(巨流)』, 8·15해방일주년기념중앙준비위원회, 1946.

『결전의 길로』, 문학예술종합출판사, 1998.

『관서시인집』, 인민문화사, 1946.

『그날을 위하여』, 조선작가동맹출판사, 1960.

『김원균작곡집』, 조선음악출판사, 1959.

『꽃마을』, 청년생활사, 1949.

『꽃수레』, 민주청년사, 1954.

『꽃초롱』, 조선작가동맹출판사, 1956.

『꿀벌과 여우』, 민주청년사, 1954.

『녀성들에게』 (녀성문고 제1집), 조선녀성사, 1952.

『농민소설집』 (제1권), 북조선농민동맹 중앙위원회, 군중문화부, 1949.

『능수버들』, 조선작가동맹출판사, 1957.

『당에 드리는 노래』, 아동도서출판사, 1960.

『당에 영광을』, 조선작가동맹출판사, 1961.

『당의 기'발 따라』, 아동도서출판사 1959.

『당의 기치 높이』, 조선작가동맹출판사, 1956.

『당이 부르는 길로』, 조선작가동맹출판사, 1960.

『동요 100곡집』, 조선작곡가동맹중앙위원회, 1955.

『땅의 주인들』 (상·하), 북조선농민동맹 중앙위원회 군중문화부, 1949.

리정구 옮김, 『문학독본(초급중학교 제2학년용)』, 교육도서출판사, 1955.

『미제는 물러가라』, 조선작가동맹출판사, 1957.

『별나라』, 민주청년사, 1956.

『부강한 조국 건설을 위한 애국적 로동자 농민들』, 북조선인민위원회 선전국, 1948.

『붉은 기'발 휘날린다』, 조선작가동맹출판사, 1959.

『붉은 마음』, 국립미술출판사, 1960.

『빛나는 아침에』, 조선작가동맹출판사, 1957.

『빛나는 아침』, 아동도서출판사, 1960.

『사랑의 해빛』, 금성청년출판사, 1975.

『사랑하는 우리 조국』, 금성청년출판사, 1985.

『새나라 소년들』, 조선작가동맹출판사, 1954.

『새마을』, 교육도서출판사, 1956.

『생활의 금모래』, 조선작가동맹출판사, 1957.

『서정시 선집』, 조선작가동맹출판사, 1955.

『소년노래집』, 조선작곡가동맹중앙위원회, 1955.

『수령님께 드리는 충성의 노래』, 문예출판사, 1968.

『수령은 부른다』, 문예총출판사, 1953.

『승리는 우리에게』, 문화전선사, 1951.

『승리의 꽃다발』, 조선작가동맹출판사, 1953.

『승리자들』, 조선작가동맹출판사, 1954.

『시내'물』, 조선작가동맹출판사, 1956.

『실화』(제1집), 조선작가동맹출판사, 1960.

『싸우는 조선청년』(10), 민주청년사, 1952.

『쓰딸린의 깃발』, 조선작가동맹출판사, 1953.

『아침은 빛나라』, 조선작가동맹출판사, 1958.

『어린 불새들』, 금성청년출판사, 1980.

『열두 번 뜨는 해』, 사로청출판사, 1974.

『영광스러운 우리 조국』, 아동도서출판사, 1958.

『영광을 쓰딸린에게』, 북조선문학예술총동맹, 1948.

『영광을 조선인민군에게』, 조선인민군 전선문화훈련국, 1950.

『영광의 길 우에』, 조선문학예술총동맹출판사, 1965.

『영광의 날』, 조선작가동맹출판사, 1954.

『영광의 노래』, 문예총출판사, 1953.

『영광의 한 길』, 조선작가동맹출판사, 1955

『영원한 악수』, 조쏘문화협회, 1946.

『영원한 친선』, 북조선문학예술총동맹 문화전선사, 1949.

『온 세상이 걷는 길』, 금성청년출판사, 1975.

『우리나라 꽃봉오리』, 문예총출판사, 1953.

『위대한 공훈』, 문화전선사, 1949.

『위대한 승리』, 문예총출판사, 1953.

『위대한 쓰딸린 대원수를 추모하여』, 조선로동당출판사, 1953.

『위대한 쓰딸린 대원수의 서거에 제하여』, 조선로동당출판사, 1953.

『인민가요』, 국립출판사, 1950.

『잊지 말자 행복할 수록』, 문예출판사, 1976.

『작가수업』, 조선작가동맹출판사, 1959.

『전시가요곡 200곡집』, 조선작곡가동맹중앙위원회, 1954.

『전우에게 영광을』, 조선작가동맹출판사, 1958.

『전우의 노래』, 조선작가동맹출판사, 1953.

『전투원에게 주는 시집』(2), 조선인민군총정치국, 1951.

『전하라 우리의 노래』, 조선작가동맹출판사, 1955.

『제2차 조선작가대회 문헌집』, 조선작가동맹출판사, 1956.

『조국의 깃발』, 북조선문학동맹 시분과전문위원회, 1948.

『조국이여 번영하라』, 문예출판사, 1968.

『조선명곡집』(1), 문예출판사, 1975.

『조선문학작품선집』(16, 사범대학용), 교육도서출판사, 1982.

『조선인민가요곡선집』, 조선작곡가동맹중앙위원회, 1954.

『조선인민주주의인민공화국 법령 및 최고인민회의 상임위원회 정령집(1948~1950)』(1), 조선민주주
　　　의인민공화국 최고인민회의 상임위원회, 1954

『조선중앙년감』(1953), 조선중앙통신사, 1953,

『조선중앙년감』(1954~1955년판), 조선중앙통신사, 1954.

『조선중앙년감』(1957년판), 조선중앙통신사, 1957.

『조선중앙년감』(1958년판), 조선중앙통신사, 1958.

『조선중앙년감』(국내편), 조선중앙통신사, 1959.

『조선중앙년감』(1960), 조선중앙통신사, 1960.

『조선중앙년감』(1962년판), 조선중앙통신사, 1962.

『조선중앙년감』(1963년판), 조선중앙통신사, 1963.

『조선중앙년감』(1964년), 조선중앙통신사, 1964.

『조선중앙년감』(1965년판), 조선중앙통신사, 1965.

『조선향토대백과』, 북한과학백과사전종합출판사, 2006.

『조쏘가곡100곡집』, 북조선음악동맹, 1949.

『창작집』, 국립인민출판사, 1948.

『철벽의 요새』, 문예출판사, 1968.

『청년문예써클자료』(2~5), 민주청년사, 1952~1953.

『청춘송가』, 조선문학예술총동맹출판사 1964.

『친선의 손길』, 조선작가동맹출판사, 1956.

『친한 동무』, 조선작가동맹출판사, 1954.

『판가리 싸움에』, 문예출판사, 1968.

『평화의 노래』, 문화전선사, 1952.

『평양』, 조선작가동맹출판사, 1957.

『평화의 초소에서』, 문화전선사, 1952.

『학생소년노래집』(1), 문예출판사, 1980.

『한 깃발 아래에서』, 문화전선사, 1950.

『항상 배우며 준비하자』, 민주청년사, 1953.

『해 솟는 벌』, 조선작가동맹출판사, 1956.

『해바라기』, 금성청년출판사, 1981.

『해방 후 동요동시편』, 학생소년출판사, 1966.

『해방 후 서정시선집』, 조선문학예술총동맹출판사, 1963.

『해방후서정시선집』, 문예출판사, 1979.

『행복의 동산』. 아동도서출판사, 1960.

『행복의 동산』, 금성청년출판사, 1981.

『현대 조선문학 평론집』(1920~1930), 문학조선작가동맹출판사, 1957.

『현대조선문학선집(9)−수필집』, 조선작가동맹출판사, 1960.

『현대조선문학선집(10)−아동문학집』, 조선작가동맹출판사, 1960.

『현대조선문학선집(11)−시집』, 조선작가동맹출판사, 1960.

『현대조선음악선집』(성악편 1−군중가요곡1), 조선문학예술총동맹출판사, 1966.

『형제나라 동무들』, 아동도서출판사, 1959.

마리아 바누스, 림학수 옮김, 국립출판사, 1957.

바이런, 림학수 옮김, 『바이론시선』, 문예출판사, 1991.

_____, 림학수 외 1명, 『챠일드 하롤드의 편력기』, 국립문학예술서적출판사, 1959.

쏘련과학아까데미야철학연구소, 『쏘베트 애국주의에 대하여』, 조쏘문화협회, 1952.

챨스 디켄스, 림학수 옮김, 『올리버 트위스트의 모험』, 국립문학예술서적출판사, 1958.

하워드 파스트, 림학수 옮김, 『자유의 길』, 국립출판사, 1955.

호머, 림학수 옮김, 『세계문학선집 1−일리아드』, 조선문학예술총동맹출판사, 1963.

림학수 외 옮김, 『근대영국시선』, 문예출판사, 1991.

2) 2차 문헌

고정옥, 『조선구전문학연구』, 과학원출판사, 1962.

과학원 언어문학연구소 문학연구실 엮음, 『조선문학통사』 (하), 과학원출판사, 1959.

김선려 외, 『조선문학사(해방후 편−조국해방전쟁시기)』 11, 사회과학출판사, 1994.

김일민, 『조선 청년들의 도덕적 품성』, 민주청년사, 1952.

김일성, 『우리의 정의의 공동투쟁은 승리한다−중국 인민지원군 조선전선 참전 2주년에 제하여』, 조선
　　　　로동당출판사, 1952.

김한길, 『현대조선력사』, 사회과학출판사, 1983.

류계숙 엮음, 『항일 무장 투쟁 사적지를 찾아서』, 조선로동당출판사, 1963.

리 맥, 『시를 어떻게 지을 것인가』, 문예출판사, 1979.

리갑기, 『조국강산』, 아동도서출판사, 1965.

리원우, 『아동 문학 창작의 길』, 국립출판사, 1956.

문화성 물질문화유물보존사업소 엮음, 『우리나라 주요 유적』, 군중문화출판사, 1963.

방완주,『조선개관』, 백과사전출판사, 1988.

오정환,『문예상식』, 금성청년출판사, 1987

오창원,『우리나라 지리와 풍속』, 금성청년출판사, 1991.

정룡진,『아동문학의 새로운 발전』, 문예출판사, 1991.

최창호,『민족수난기의 연극』2, 평양출판사, 2002.

최희림,『고구려 평양성』, 과학, 백과사전출판사, 1978.

평양제1사범대학 국어문학강좌 엮음,『창작의 벗』, 사로청출판사, 1974.

『강연자료집』, 문화선전성, 1949.

『공청 단체의 사상교양사업』, 민주청년사, 1954.

『국제주의적 친선 단결은 우리 승리의 담보이다』, 조선로동당출판사, 1953.

『국제학생련맹 집행위원회문헌집』, 청년생활사, 1951.

『낡은 사상 잔재란 무엇이며 그와 어떻게 투쟁할 것인가』, 민주청년사, 1952.

『무대 예술에 있어서의 계급투쟁』, 국립출판사, 1956.

『문학 예술분야에서의 계급투쟁』, 문화선전성, 1953.

『문학예술사전』, 사회과학출판사, 1972.

『문학예술사전』(상), 과학백과사전종합출판사, 1988.

『문학예술사전』(중), 과학백과사전종합출판사, 1991

『문학예술사전』, 과학백과사전종합출판사, 1993.

『빛나는 우리예술』, 조선예술사, 1960.

『사회주의 및 공산주의란 무엇인가』, 조선로동당출판사, 1954.

『선전원수책』(12권), 민족보위성문화훈련국, 1950.

『수령의 공산주의적 덕성』, 조선로동당출판사, 1991.

『예술과 체험』, 국립출판사, 1955.

『예술에 있어서의 진실성』, 국립출판사, 1955.

『조국과 애국주의』, 문화선전성, 1952.

『조국을 자유와 독립을 위하여 싸우는 조선 녀성』, 조선녀성사, 1954.

『조선 로동당의 문예 정책과 해방 후 문학』, 과학원출판사, 1961.

『조선음악사』2, 과학백과사전출판사, 1990,

『조선음악사(리조~근대편)』, 사회과학출판사, 2010.

『조선청년들의 도덕적 품성』, 민주청년사, 1952.

『창작의 벗』, 사로청출판사, 1974.

『평양지』, 평양향토사편집위원회, 1957.

『학생들의 일과 조직』, 교육도서출판사, 1956.

『해방 전의 조선 아동문학』, 교육도서출판사, 1956.

『해방 후 우리 문학』, 조선작가동맹출판사, 1958.

『해방후 4년간의 남반부 인민들의 구국투쟁』, 문화선전성, 1949.

『해방후 조선음악』, 조선작곡가동맹중앙위원회, 1956

게 엘 아브라모위츠, 김민혁 옮김, 『문학개론』, 교육도서출판사, 1955.

맑스 외, 『공산주의자의 품성』, 조선로동당출판사, 1965.

북조선민청중앙교양부 옮김, 『뻬오네르단 지도원의 수책』, 청년생활사, 1949.

아 뻬 뜨로피모브, 강필주 옮김, 『가정에서의 학생의 교양에 대하여』, 조선녀성사, 1954.

한승수 옮김, 아 쓰 알렉싼드로브 엮음, 『쏘베트 인간의 도덕적 풍모』, 조쏘문화협회중앙위원회, 1949.

엔 이 볼듸례브, 강필주 옮김, 『쏘베트 청년들의 도덕적 면모에 대하여』, 민주청년사, 1955.

림학수 외 옮김, 『근대영국시선』, 문예출판사, 1991.

3. 재중겨레 문헌

1) 1차 문헌

『대동』·『만선일보』·『문화』

리원우, 『도끼 장군』(번인본), 연변교육출판사, 1956.

연변언어연구소 엮음, 『조선말 의성의태어분류사전』, 연변인민출판사, 1981.

주성화 엮음, 『사진으로 보는 중국 조선족 이주사』, 민족출판사, 2009

청구 옮김, 『쓰딸린』, 연변교육출판사, 1951.

최명익, 『서산대사』(번인본), 연변인민출판사, 1957.

『김일성 장군』, 연변교육출판사, 1951.

『별나라』(번인본), 연변교육출판사, 1957.

『쓰딸린의 깃발』(번인본), 연변교육출판사, 1954.

『우리의 날』, 연변교육출판사, 1953.

『전우의 노래』(번인본), 연변교육출판사, 1954.

나 까 크룹스까아, 『소년대원에게 보내는 편지』, 연변인민출판사, 1960.

2) 2차 문헌

민주연맹연변지방공작위원회 엮음, 『아동교육』, 연변인민출판사, 1952.

안함광, 『조선문학사』(번인본), 연변교육출판사, 1956.

장어오, 『개인숭배를 반대하자』, 연변교육출판사, 1956.

전병선·최장범·리억철, 『우리 글이 걸어온 길』, 민족출판사, 1997.

증습삼,『청년단원의 입당 과정의 몇 개 문제』, 연변교육출판사, 1956.

청년단중앙조직부, 문생 옮김,『청년문답』, 연변교육출판사, 1952.

청년단화북공위선전부 · 중국청년사 엮음,『청년단기본지식교재』, 연변교육출판사, 1952.

최성준 옮김,『청년 운동의 공산주의적 방향에 대하여』, 민족출판사, 1958.

『공산주의를 학습하여 공산주의 인생관을 배우자』, 연변교육출판사, 1952.

『불량 경향을 반대하고 당조직의 순결을 위하여 투쟁하자』, 연변교육출판사, 1956.

『신체단련과 학습 공작을 잘하자』, 연변교육출판사, 1955.

『청년공작참고자료』, 연변지위회청위, 1950.

『청년단원에 대한 청년단의 요구』, 연변인민출판사, 1952.

『청년학습자료』, 동북조선인민보사, 1952.

『학교에서의 애국주의 교양에 관하여』, 연변교육출판사, 1955.

『합작사』, 연변인민출판사, 1951.

삐체르니꼬바, 오영선 옮김,『공산주의적 교양 수단으로서의 가정에서의 아동 로동』, 연변교육출판사,
　　　　1956.

데 이 체쓰노꼬브,『맑스 레닌주의와 애국주의』, 연변교육출판사, 1955.

4, 일서, 기타

1) 1차 문헌

『조선문학사 작품선집(2) −1950~1953』, 학우서방, 1982.

阿部薫,『半島の神鷲』, 民衆時論社, 1945.

鄭人澤,『半島の神鷲 武山大尉』, 每日新報社, 1944.

佐藤信重 編,『赤心賦』(平壤詩話會作品集 1集), 朝鮮文人報國會, 1944.

『1945年 朝鮮年鑑』, 京城日報社, 1944.

『大東亞戰日誌』, 六藝社, 1942.

『續 大東亞戰日誌』, 六藝社, 1943,

『朝鮮總督府 官報』1874號, 朝鮮總督府, 1933.4.11.

『平壤府勢一斑』, 平壤府, 1937.

『平壤』, 平壤商工會議所, 1934.

『平壤』, 平壤商工會議所, 1937.

河斗泳,『朝鮮徵兵讀本』, 세창서관, 1943.

2) 2차 문헌

高宮太平 編, 『臣道實踐』, 京城日報社, 1944.

廣瀨憲二, 『歷史の平壤』, 平安南道敎育會, 1925.

宮田節子, 『朝鮮民衆「皇民化」政策』, 未來社, 1997.

宮孝一(上田龍男 譯), 『朝鮮徵用問答』, 每日新報社, 1944.

今泉定助, 『國體講話』, 京城日報社, 1944.

楠田敏郎, 『神風特別攻擊隊の精神』, 大洋出版社, 1945.

德富猪一郎(崔昶益 譯), 『昭和國民讀本』, 國民精神總動員朝鮮聯盟, 1940.

飛田雄一, 『日帝下の朝鮮農民運動』, 未來社, 1991.

三谷克己, 『東洋的 生活圈』, 育生社弘道閣, 1942.

三田芳夫 編, 『朝鮮に於ける國民總力運動史』, 國民總力運動聯盟, 1945.

『國體本義の透徹』, 朝鮮總督府官房情報課, 1942.

실린 글 출전

제1부 신의주 문학

「천도교 동화집『새 선물』과 황승봉」,『근대서지』제29호, 근대서지학회, 2024, 131~178쪽.

「안룡만 시 이해를 위한 바탕」,『근대서지』제24호, 근대서지학회, 2021, 307~348쪽.

「안룡만 시「동백꽃 우표」의 변이와 무자제주참변」,『한국지역문학연구』제22집, 한국지역문학회, 2023, 60~178쪽.

「리원우 문학의 실증적 이해」(「리원우 연구를 위한 실증적 바탕」),『근대서지』제22호, 근대서지학회, 2020, 635~677쪽.

「리원우 동시의 두 모습」,『한국지역문학연구』제21집, 한국지역문학회, 2023, 4~48쪽.

「김우철 문학의 실증적 접근」,『근대서지』제26호, 근대서지학회, 2022, 223~282쪽.

제2부 평양 문학

「1930년대 평양 지역문학과『농민생활』―북한 지역문학사 연구4」,『영주어문』제29집, 영주어문학회, 2015, 271~307쪽.

「1940년대 전기 평양 지역문학―북한 지역문학사 연구3」,『비평문학』50, 한국비평문학회, 2013, 103~143쪽.

「전쟁기 동요동시집『영웅 나라 아이들』의 애국주의」,『동화와 번역』제31집, 건국대 동화와번역연구소, 2016, 131~173쪽.

「사회주의 북한과 최명익 문학의 실증」,『근대서지』제25호, 근대서지학회, 2022, 671~744쪽.

「전후 북한의 평양 건설과 장소시」,『근대서지』제31호, 근대서지학회, 2024, 273~358쪽.

「평양에서 양평까지―황순원「소나기」의 변개 과정」(「황순원「소나기」의 변개 과정, 1953~1981」),『근대서지』제8호, 근대서지학회, 2013, 623~650쪽.

제3부 개성 문학

「근대 개성 지역문학의 전개―북한 지역문학사 연구1」,『국제어문학』25집, 국제언어문학회, 2012, 79~118쪽.

『고려시보』와 김광균(「개성 문학과『고려시보』그리고 김광균」),『한국지역문학연구』제3집, 한국지역문학회, 2014, 103~134쪽.

「림학수의 개성 시절과『고려시보』」(「순천 시인 림학수의 개성 시절과『고려시보』」),『시와사람』봄호, 시와사람사, 2024, 45~106쪽.

「광복기 개성 지역문학의 좌표―북한 지역문학사 연구2」,『현대문학이론연구』51집, 현대문학이론학회, 2012, 203~240쪽.

「재북 시기 신불출 행적 간동거리기」,『근대서지』제31호, 근대서지학회, 2025, 189~343쪽.

찾아보기

사람

강기장인　412

강능수　528, 559

강소천　380, 402

강승한　103, 379, 380, 396

강영환　325

강운성　720, 750, 797, 825

강형구　521

강효순　249, 251, 334

계월향　635, 636

고경흠　550

고교신길　694

고마부　737

고영진　821, 835

고유섭　711, 734, 750

고정옥　931

고한승　686, 692, 701, 710, 711, 750,
　　814

고한용　692, 817

공성학　711, 788

공진항　711, 783, 788, 793, 814

구자균　711, 748, 805

구직회　322, 327

권환　698

금성문흥　421, 425, 426

김경진　736

김경희　952

김광균　701, 702, 709, 739, 805, 817,
　　835

김광현　72, 938, 953

김군옥　476

김귀련　71, 103, 249, 574, 591, 649,
　　884, 952

김기우　476

김도빈　251

김동선　673

김동성　710

김동전　633

김동철　232

김동환　652

김득황　61

김람인　321

김련호　241, 482, 500

김리즙　30

김만선　521

김만수　838

김매산　379

김명수　234, 952

김병두　615

김병철　806

김병하　701, 711, 735

김병호　823, 835

김병훈　528

김북원　72, 131, 331, 463, 488

김사량　103, 131

김삼불　234, 931

김상오　131, 608, 884

김상훈　534

김석형　580

김성문흥　412

김소엽　701, 703, 711, 733, 735, 805,
　　806, 826, 835

김수범　530

김순석　581, 605

김신복　72

김영근   530
김영기   694
김영보   710
김영석   521, 525
김영순   952
김영일   693
김영희   694, 701, 711, 817
김옥성   73, 525
김우종   806
김우철   62, 71, 216, 319, 331, 358, 460,
    465, 479, 643
김인숙   838
김자일   24
김재석   837
김재은   701, 702, 711, 735, 736, 817
김정태   584
김정혁   846
김조규   131, 249, 380, 392, 525
김종도   939
김주렬   308
김준형   838
김지일   25
김진원   736
김진항   581
김철   621
김철민   969
김춘희   252, 330, 348, 519, 520
김태형   828
김하명   234
김학동   711
김학문   926
김학연   248, 493
김학영   711
김학철   862

김학형   736
김현승   380, 398, 402
김형교   581
김형규   748
김화견   71, 333, 513, 559
김활란   750
김후선   582
김희종   249
김희증   714
끄릴로브   273
남궁만   131, 242, 334
남응손   249
덕산문백   412, 416, 423, 438, 442
동승태   468, 550, 862
래드포드   911
류도희   530
류문화   550
류복순   758
류연옥   248, 249, 334, 456, 506, 507
류종대   525, 527
류치환   67
리갑기   248, 528, 559
리건영   544
리건우   72, 525
리경철   969
리계심   559, 649
리극로   750
리근영   525, 952
리기영   72, 73, 103, 556, 705, 711, 734,
    852
리동규   322, 543
리동우   225, 257
리동준   222, 225, 257
리동춘   938

리룡민   336
리맥   71, 73, 335, 466, 601
리면상   358, 525, 937
리병철   332, 884, 952
리복화   71, 333
리북명   236
리상현   525, 528
리성홍   241
리송운   582
리순영   72, 246, 489
리신복   71
리용만   82
리용민   70, 86
리용악   246, 884, 952
리원우   62, 216, 223, 254, 257, 271,
    335, 452, 470, 472, 490, 521, 525
리을선   938
리정구   348
리정숙   334, 527, 530
리정식   957
리직   145
리진화   248, 249, 251
리찬   517, 852
리춘진   517, 520
리태준   517, 520, 521, 549
리학문   476
리허림   940
리호남   131, 241
리호운   600
리호일   639
리효운   333, 348
리히림   924
림영환   234
림학수   704, 711, 742

림화   131, 884
마명   706
마우룡   233, 602
마원영   411
마태영   711, 736, 737
마해송   687, 688, 710, 807, 813, 834
모윤숙   710
목일신   380
문영주   914
문일평   828
문종상   920, 924
문희준   251
민병균   71, 131, 334, 348, 395, 550, 592
민병휘   696, 701, 706, 711, 735, 805
민오영   733
박고경   327
박광덕   825
박광현   711
박근이   333
박남수   344
박다지   559
박동실   892
박령보   938
박목월   380
박문서   348
박산운   332, 534, 544, 596, 650, 952
박석정   70, 534, 574, 602
박성길   235, 273
박세영   99, 246, 331, 348, 520, 574,
    952
박승극   145, 239
박승훈   822, 835
박시형   579
박아지   594

박억   559
박영근   525
박웅걸   145, 234, 862
박응호   233, 251, 334
박일   327
박일봉   711
박재성   234
박재청   701, 711, 735, 817
박찬모   521
박찬식   851
박춘재   914
박충진   696
박태영   234
박태원   534
박팔양   73, 348, 525, 530, 609, 952
박한규   358
박홍근   691
박효준   528
반재식   838, 848
방연승   250
방인근   378
방희영   232
배개화   516, 546
배선애   838
배풍   249, 251
백도성   354
백문선   24
백사순   476
백석   221, 237, 245, 293
백세명   61
백은성   320
백인준   72, 73, 233, 867
백철   61
백철수   527

백하   249
벽향   379
뿌시낀   273
산본이리   412, 413
상민   248, 348, 574, 613
상민도   884
서만일   574
서정범   674
석광희   629
석윤기   530
석인해   528, 529
석주명   750
석천탁목   727
성경린   327
소희조   839, 856
손낙범   748
손태도   838
송봉렬   249
송숙영   807
송야수웅   412, 413
송영   327
송영훈   856, 963
송완순   327
송찬웅   559
송창일   232, 544, 584
송촌영섭   412
승응순   322, 327
신고송   234, 246, 520, 692
신도선   932, 937
신동철   72, 233
신불출   837, 872, 937, 964, 970
신상학   837, 970
신영길   233
신형기   514

신홍순 840, 855, 937, 938
신홍식 837, 970
심은경 545
안기옥 892
안룡만 63, 82, 86, 98, 220
안룡민 69, 82, 86, 222
안병찬 67, 98
안보응 69, 86
안석영 698
안석주 705
안성수 630
안승수 574
안중근 67, 98
안충모 545
안평원 322, 327
안함광 517, 862
안회남 71
양명문 70, 103, 344
양우정 696
양운한 348, 380, 393, 559, 635
양주동 384, 403, 711
엄국천 838, 905
엄도만 78
엄현섭 838, 952
엄흥섭 248, 521, 544, 704, 711, 735, 752, 952
오경호 322
오영재 79, 559
오은렬 938
오장환 103, 550
우관형 687
우만형 720
우봉일 938
우봉준 249

우수진 838
원도홍 248, 249, 251
원상준 233
원진관 71
월강 36
위딸리 비얀끼 237
유달영 815
유인성 412, 417, 431, 432
유정일 838
유정철 892
유철이 697
유춘동 838
유항림 513, 517, 521
유향림 381
윤광혁 532
윤기정 72
윤동향 71, 249
윤두헌 520, 937
윤복진 249, 251, 494, 501
윤상현 326
윤석범 559
윤석중 692
윤세중 236, 517, 524, 559
윤세평 581, 937, 952
윤시철 528
윤영천 80
이경수 75
이기세 710, 737
이돈화 42
이동규 327
이만규 686
이무영 705, 711
이민호 711
이상숙 75, 80

이상춘 682, 710, 828
이서해 706
이석훈 411
이선근 701, 711, 790, 805
이수령 828
이승만 911
이승희 838
이여성 550
이영철 701, 702, 711, 806, 811, 813
이인영 64, 80
이주홍 327, 713
이진화 379
이철주 951
이태준 711
이학봉 377
이효석 411
이훈구 711
임선애 838
임순득 72, 233
임영빈 692, 701, 703, 710, 711, 785,
    805, 826
임원호 473, 502
장대길 24
장만영 706
장수익 514
장수철 380, 401, 402
장정심 701, 704, 710, 817
장진광 861
전동우 71, 348, 574, 640
전무성 697
전재경 543, 581
전초민 574, 617
전춘호 379, 382, 403
정관철 73, 518, 862

정률 862
정문향 884
정 배뱅이 939
정서촌 71, 242, 250, 348, 474, 481,
    486, 525
정인과 376
정인택 534
정청산 251, 327
정현웅 541, 939
정형용 748
조동일 40
조령출 252, 940
조만식 750
조벽암 71, 348, 574, 610
조병온 293
조야창일 412, 413
조운 574, 581, 644, 932, 937
조정국 952
조정철 233
조중곤 72
좌등신중 412, 413
주영섭 380, 392, 411, 428, 434, 435,
    440, 444
지봉문 71, 333
진장섭 687, 688, 710
진정석 515, 551, 556
진호섭 736
차균황 24
채만식 704, 711, 737
채용찬 293
채필근 376, 379, 711
천문민 545
천세봉 236, 524, 543
천아봉 412, 413

천정환 838
천청송 71, 517, 521
최경섭 380, 401, 402
최경수 236
최동현 838
최로사 252
최륙군 856
최린이 32
최명익 103, 512, 530, 565, 581
최병덕 549
최병무 580
최병철 79
최복선 251
최석두 252
최석승 251, 486
최순경 939
최승일 698
최시형 53
최영수 705
최영화 637
최옥 42
최일룡 250
최제우 38, 40
최창섭 525
최창호 839
추민 846, 852
태선희 475
태성수 861
태영선 327
하춘식 530
한남수 475
한명천 252
한병각 517
한봉식 131, 544, 862

한상언 271
한석원 693, 814
한설야 73, 517, 525
한인택 380
한적선 378, 380, 386, 403, 411
한정호 25
한죽송 379, 380
한진태 604
한철염 327
한태천 381
한효 550, 931
한흑구 378, 380, 398, 402, 403
함대훈 711
허수만 706
허우연 619
허진계 623
현덕 521, 952
현동렴 327, 700, 701, 703, 711, 805, 806
홍구 322
홍명희 582
홍북원 327
홍성후 952
홍순철 131, 233
홍종린 25, 521, 525
화화 697
황건 250, 521, 559
황계홍 559
황률 543
황민 249
황봉식 543
황석우 29
황순원 411, 513, 651
황승봉 22, 24, 60

황승철   26

황윤섭   380, 397, 399, 402

황중현   737

작품·작품집·매체

『1962년 문학 작품 년감』   74, 959

「갈렛길」   399

『갈매기』   826

『갑오농민전쟁』   534

「강감찬 장군」   553

『개로』   376, 411

『개선』   543

『개성신문』   870

『거류』   231

「검결」   48

「겨울밤」   786

「겨울밤의 평양」   640

『격류』   77, 230, 231, 343

「격리병원기」   548

「경주」   780

「경주기행」   771

「계월향」   635

『고려시보』   700, 708, 711, 739, 749, 804

「고무의 노래」   428

「고산에 부치다」   425

「고 원약 선생을 조함」   689

「고 윤기정 묘비 제막식 – 의주에서」   334

「고향의 눈」   416

「고향의 소녀들」   417

「공둥풀」   518, 543

「공화국 '제비'」   465

「공훈배우 신불출에게 로력훈장 수여」   892

『관서시인집』   255, 344

「광야에 서서」   794

「구국투쟁가」   241

「구금 중의 조만식 씨 근황」   851

「국기 불경죄로 – 신불출 1년 체형」   846

『국민시가』   413

『국어』   232, 255

『군기』   695, 708

「군마와 용이」   500

「그대 평양에게」   303

『근로자』   347

『글에 대한 생각』   74

『금선』   817

『금수강산』   559

「기관사」   523

『기관사』   538

『기다리던 날』   234

『기다리던 날 – 신천애육원 소년단원들의 투쟁기』   233

「길」   421

『김광균 연구』   711

『김광균 전집』   711

「김군옥 영웅은 내 고향 아저씨」   474

『김우철 시선집』   351

「김 장군님께 드리자」   456

『까마귀』   828

「깍깍 숨어라」   358

「꼬마 병정」   494

「꼴불견」   939

「꽃굴레 씌워 주마」   502

『꽃마을』   346

「나예요 동무들! 내 목소리예요」   308

『나의 따발총』 77
『나의 조국』 231, 343
「낙동강의 명예」 49
「남녘 새들」 277
『남조선문제』 557
「남향집」 543
「납빈선 안가에서」 794
「낭자관」 771
「내가 만난 쓰딸린 할아버지」 452
「내 고향 평양」 557
「너를 떠나 멀리 가서」 605
「너를 떠나 멀리 가서 ─ 사랑하는 평양에 바
　　치노라」 581
「넝쿨마다 데룽데룽」 507
「녀성의 노래」 241, 243
「노구승만자탄가」 868
「노신」 819
『농민가요집』 77
「농민문예소고」 386
「농민문학의 개렴」 384
『농민생활』 375, 403
『농민소설집』 518
「농민아 ─ 어머니의 유언」 398
「농촌위원회의 밤」 335, 358
「눈보라 치는 나룻가의 밤」 393
「다섯 왕자의 거울 속」 53
『단층』 410
「달밤」 481
「당신들은 궁금해 하지 말라 ─ 아세아 및 태
　　평양 지구 평화옹호대회에 부침」 884
「당의 품에 안긴 아이들」 299
「대공의 시」 435
「대동강의 불빛」 639
「대머리 백만풍」 839

「대성산의 옛 성터에서」 629
『대평양』 410
『도끼 장군』 234, 247
「돌격령은 떨어졌다」 301
『동물 이야기』 237
『동방』 231
「동백꽃」 102, 135, 139, 160, 218
「동백꽃에 맺은 사연」 102, 191, 196,
　　202, 219
「동백꽃 우표」 98, 102, 108, 217, 220
「동백꽃 ─ 항쟁의 제주도여」 102, 103,
　　121, 217
「‘동백단’ 이야기」 102, 147, 161, 185,
　　218
『동요 100곡집』 349
『동지에의 헌사』 77, 231, 343
『동화와 이야기』 237
「딱딱이 소리」 816
「떡배 단배」 809, 834
「똘똘이와 삼녀」 956
「락동강반의 고향집」 102, 147, 162,
　　176, 218
「락동강 천 리」 199
『려망』 544
『력사소설편』 541
「련광정 할아버지」 633
「령마루의 밤」 866
『로동신문』 82
「론개의 이야기」 552
『리조망국사』 542
「만가」 401
「만담」 966
「만담가 신불출이를 이북에서도 구타?」
　　859

「만담과 재담의 옳은 발전을 위하여」
   885, 914

「만담의 재사 신불출」 856

「만담 재담 부문에 대하여」 936

「만담 중의 신불출 씨 피습」 844

『만담집』 905, 911, 967

『만선일보』 67, 341

「만성 광증의 신불출 – 영주서 경치고 또 지
   랄 드디어 유치장 신세」 845

『말과글』 941

「말 아닌 말」 942

「말하는 나무」 295

「매야 매야」 466

『맥』 321, 340

「맹꽁이타령」 888

「멸망 행진곡」 912

『명대가인』 413

「모내기노래」 879, 880

「모춘기」 828

「모택동광장」 581

「모택동 할아버지」 460

『무성하는 노래』 231, 232, 343

「무제」 396

『문예공론』 409

『문예공작』 413

『문예상식』 225

『문예지대』 413

『문학신문』 82

「문학에 대하야」 382

『문학예술사전』 224

「문학청년론」 819

「문화남북」 849

『문화통신』 841

『물방아』 232

『민성』 795, 849

『민족의 축전』 77

『민주조선』 82

『바른말』 68, 240, 321

「박다지의 지혜」 559

「박연폭포」 766

「박연폭포」 683, 707

「반가」 741

「반할 만한 글을 읽는 때의 기쁨 – 최명익 저
『글에 대한 생각』에 대하여」 528

「발성법과 창법 인식에서의 자가당착 – 론문
「민족음악의 발전과 연주가의 역할」(문종
   상)을 읽고」 920

「밤·폭풍이 몰려가는 남방을 우러러 – 삼
   남·관서 수풍재난 동포들에게」 395

「배뱅이」 940

「배뱅이굿」 939

『백광』 410

「백두산」 295

『백치』 409

『백파』 321

「벼낟가리」 335, 346, 358, 479

「벽화」 727

『별나라』 337, 338

『별탑』 67, 325

『보물고간』 225, 236

「보통벌」 392

「복수 이전」 426

「봄날 아침」 489

「봄바람에게」 764

「부엉이」 285

「부자의 지혜」 312

「북녘 새들」 276

「북성일번기」 782

「북조선에서 건설되는 조선영화」 852

「북한 무대 예술인의 운명」 951

『분단위원장』 249

『불타는 섬』 545

『붉은 마음』 545

「붉은 태양 아래서」 825

「비단 짜는 갈매기」 102, 204, 207, 211, 219

『비애왕실록』 557

「빨간 줄 봉투」 506

「빨찌산 아저씨」 470

『사랑물레』 821

『사랑하는 조국에』 325, 356

「사실주의적인 과학적 발성법 -「민족 음악의 발전과 연주가들 역할」(문종상)과 「발성법과 창법 인식에서의 자가당착」(신불출)을 읽고」 928

「사제의 노래 - 또 다시 순남 군에게」 822

『사조』 694

「산까치」 290

「산에서」 434

「삼가 인사드린다」 630

「삼춘송」 392

「상감령」 875

「상팔담고사」 762

『새 계절』 231

『새나라 소년들』 544

『새날』 77

『새날의 찬가』 78

「새로운 역사의 장」 438

「새로운 풍속」 423

『새 선물』 22, 29, 37, 59

「새 전설 속에서」 581

『샛별』 685, 691, 708

「생의 적막」 823

『서북민보』 68

『서북학회월보』 409

『서산대사』 529, 535, 540

「서선산보」 732

『서우』 409

『서해풍파』 682, 707

「석굴암」 778

『석류』 745, 760

「설원만리」 787

「섬처녀 마음」 102, 147, 160, 167, 218

「섯달」 237

『성군』 690

「성화」 705

「성희」 705

「소」 486

「소나기」 651

「소년 권동수」 538

「소년 권룡주」 539

『소년근위대』 233

『소년단』 346, 347

『소년문학』 327

『소년소설육인집』 322

『소년신문』 584

「소설 합평회 - 최명익 작『기관사』외 수편에 대하여」 523

「송악산」 823

「송화강」 794

『수운심법강의』 43

『수정꽃병』 234

「수평선」 704

「수풀 속 학교」 488

「순천만」 798

『승리의 15억』 79

「승용마차」 820

『시건설』 82, 239, 340

「시단의 두 산맥」 818

『시원』 82

「시월밤」 787

「시인 – 영어 선생」 758

「시처럼 된 시」 841

『신건설』 321

『신계단』 338

「신년송」 764

『신라 무사의 이야기』 540, 544

『신문학』 651

「신불출과 그의 창작」 856

「신불출과 그의 풍자예술」 855

「신불출 관계 – 영주 사건 언도」 843

「신불출만담대회(3·1운동기념공연)」 843

「신불출 선생, 가는 곳마다 대환영」 870

「신불출 씨 가해자 – 국전생 3명 등 엄중 취
　　조 중」 844

「신불출, 추민 양인 각각 벌금형 언도」 847

「신불출 피검」 845

『신소년』 337, 338

『신영토』 413

『신청년』 687

「신촌서 – 스켓취」 716

「심장에 떨어진 밀알」 313

「심장의 고향」 600

『십용사전』 830

「쌍등밤」 812

『써클원문예』 353

『아(芽)』 321

『아동문학』 446

『아동문학 창작의 길』 234

「아우의 일기를 읽고」 237

『아이동무』 377

『안룡만 시 선집』 63, 64, 78, 135

『압록강 기슭에서』 74

「압록강반의 노래」 195

「앵무새」 281

「야간비행」 432

『약지신의주』 30

「양키토벌가」 875, 881

『어린 동무』 515, 519

『어린이』 60, 807

「언니 뒤를 따르라 – 영웅 기관사 한남수 언
　　니」 473

『여광』 685, 690, 708

「여름 황혼의 산상」 395

「연금 중의 조만식 씨 근황」 849

「열쇄」 38, 44

「영광의 거리」 610

『영대』 409

『영웅 나라 아이들』 242, 447

「영웅 누나 날아가는 밤」 472

「영웅 한남수」 550

「영원의 불'길」 944

「영원한 잔」 674

「오고 싶던 삼지연」 296

「오래 살고 싶네」 619

「오륙도」 774

「오빠 생각」 798

「외인촌」 728

『우라키』 694

「우리 기차」 486

『우리 나라 고운 새들』 235, 273, 315,
　　316

『우리들』 86, 338

「우리들입니다」 493

『우리 목장』 293

「우리 제비 이겼다」 463

『웃음의 나라』 235, 249, 293, 314~316

「원앙새」 354

『유어』 821

「은반지」 336, 342

『음악과 시』 699

『웅향』 329

『의병장 전문부』 539

『이북통신』 858, 860

「인민공화국 선포의 노래」 335, 348, 358

『인민의 합창』 77, 231

『인민조선』 324, 351

「일하기도 좋고 살기도 좋다!」 621

「일하는 밤」 482

『임오년의 서울』 535

「임진조국전쟁 때의 평양 사람들」 581

「입담풀이」 912

「자연」 401

『자유와 해방』 806

「작품「배뱅이굿」에 대하여」 905

「잔잔한 수면」 394

「장편서사시『백두산』이 창작되던 때의 몇 가지 이야기」 252

「장하다 평양이여!」 581

「재능있는 만담가 신불출」 856

『재담 촌극집』 938

「저녁의 지구」 69

『적심부』 412, 415, 444

「전사와 평양」 604

『전선시집』 795

「전승의 밤, 수도의 높은 언덕에서」 637

『전시가요곡 200곡집』 243, 348, 880

「절컥타령」 877

「정찰병 형님」 468

「제1호」 543

『제2차 조선작가대회 문헌집』 351

『제3시집』 821

「제비를 보고」 82

「제비의 노래」 430

『조국통일』 82, 190, 214, 557

「조랑조랑 조랑말은」 501

『조선예술』 940

『조선음악사』 948

「조선푸로예술동맹 중앙간부 불신임에 관한 개성지부 성명서」 698

『조선희극사』 963

『조쏘가곡100곡집』 241

『주간 소학생』 812

「증오와 조소 ─ 만담연구소의 풍자극「자루 속에 든 각하」를 보고」 953

「지리산 유격구를 지나며」 131

「지리산 지구」 867

「지리학자 김정호」 552

「쩔꺽타령」 877, 885, 906, 908

「참새 쫓는 노래」 285

『창공』 344

『창작집』 103, 543

『창조』 409

『천도교창건사』 42, 43

「천재적 화가 리정」 554

「철컥타령」 877

『청동 항아리』 236

「청춘」 827

「초원」 321

「추일장한가 ─ 개성백삼장타령」 702

「추첩」 702, 719, 740, 796

「축 여광 창간」 689

「탁성 및 녀성 성부 체계를 위한 몇 가지 제
　의」　923

『탐구』　410

『태평양』　381

『태풍』　868

「토끼와 원숭이」　808, 834

「토성랑」　623

『투사신문』　517

「투쟁과 랑만의 노래 – 안룡만 시선집을 읽
　고」　73

「파리」　816

「판소리와 창극에 대한 나의 견해」　949

「판소리의 발생 발전」　948

「판타령」　912

『팔도풍물시집』　705, 760

『평북로동신문』　347

「평양」　601, 609, 613

『평양』　573, 587, 647

「평양과 문학」　581

「평양 너는 아름답구나」　591

「평양송」　594

「평양 송가 – 그의 창건 1530주년을 맞으
　며」　596

「평양에」　592

「평양의 밤」　643

「평양이여, 너를 건설하리라!」　608

『평양지』　573

「평양팔경」　581

「평양팔경을 찾아서」　581, 644, 646

「평양팔관」　646

『평화의 노래』　884

「평화의 집」　617

『푸른 샘물』　232

「푸른 하늘」　442

『풍림』　340

「풍물일기」　725

『필부의 노래』　794

「하얀 토끼야」　310

「하얼빈역에서」　794

「학」　283

「학도 출진」　440

『학생』　60

『학생 작품집』　77, 231

『한 깃발 아래서』　103

「한남수 기관사」　550

「해바라기의 감상」　726

「해와 함께 살 꽃」　490

「행복의 여섯 고지」　302

『행복의 집』　235, 253, 534

「행복한 후대들이 우러러보도록!」　615

『행주 산성의 싸움』　539

「향토 방문비행」　431

「허믜」　398

『현대영시선』　705

『현대조선음악선집』　252

『형설』　694

「호소문에 놀란 대통령」　910

「화병」　784, 796

「황고집의 미학, 황순원 가문」　673

「황금환장병」　868

「황금환장병 – 인색 편」　868

「황새」　289

「황야의 규환」　824

「황야의 규환」　823

『황학근작곡집』　353

「회관시게」　86

「후손들은 두고두고 이야기하리라」　602

『후조』　705, 760

사항

⟨김우철 작품 해적이⟩　361

⟨리원우 작품 해적이⟩　259

⟨안룡만 작품 죽보기⟩　88

⟨재북 시기 신불출 작품 죽보기⟩　973

⟨재북 시기 최명익 작품 죽보기⟩　567

2·7구국투쟁　136

6개 고지 점령　73

개벽사　21

개성　679, 709

개성고학생상조회　693

개성공립상업학교　703, 751

개성문화건설협의회　804, 805

개성상업학교　710

개성소년동맹　693

개성소년문예사　693

개성소년연맹　693

개성소년회　693

개성여학당　707

개성인민위원회　804, 805

개성좌　727

개성 지역문학　803

개성특급시　802

개성학회　681

개인적 영웅주의　461

게일회　26

경성고무공업주식회사　713

경자마산의거　308

경제개발 7개년 계　173

고려문화사　794

곤봉식 비판　942, 965

공훈배우　891, 964

과학적 발성법　922, 928

광성중학　380

구미산　43

구미산의 삼일명　43

국기훈장 제1급　154

국기훈장 제3급　73

국립만담연구소　956

국립민족예술극장　940

국립신불출만담연구소　893, 895, 898,
　　960

국립최승희무용연구소　893, 898

국민시　424, 443

국민정신총동원운동　33, 377, 444

국민총력운동　377, 444

국제주의 주체　510

군마　504

군만담　912

군무자예술써클경연대회　958

근우회 의주지회　226

글벗집　813

기독교계 농민문학론　389

김소월 묘비 제막식　331

김우철의 죽음　323

나무리벌　286

낙동강　199, 200

낙동강반　163

남해 바다　173

내원암　47

내포적 우리　460, 511

노래 재담　957

노력 영웅　477

노력 투쟁　159

녹파회　690

농민문학　387

농민문학관　386

농민지식보급운동　389

느슨한 풍유 구조   287
다인 만담   903
대동강   640
대동문   631
대동아공영권   33, 424
대성산성   630
대화극   957
대화만담   903, 912, 937
대회합조만웅변대회   28
대흥산성   783
독만담   912
독연극   963
동경학생예술좌피검   411
동물 우화 시집   292
동백꽃   179, 186
「동백꽃 우표」계   190
「동백꽃 우표」계 작품   101
동백단   180, 187
동화 구연   26
동화 구연가   37
동화시   273, 274, 311
두류산   866
락원기계공장   324, 347
련광정   580, 635
련속 재담   957
로력훈장   892, 964
막간극   963
막간 소품   957
만담   945, 967
만담과 재담   917, 937
만담수   968
만담연구소   888, 895, 897, 898, 954, 960
만담의 밤   939
만담의 불안정성   890

만담 / 재담   915, 936, 964
만담 / 재담의 상황 변화   958
만몽산업주식회사   783, 790, 800
만몽주식회사   705
만문   906, 938
매개 발화   148
머그림(image)   588
무궁화   186
무자제주참변   98, 152, 216
문예총 평안북도위원회   73
문예총후운동후원회   411
문화공작대   869
문화선전성   79, 951
문화선전성 문학예술부   224
문화전선사   77
민주 수도   306, 606
박연 전설   783
박연폭포   783
방공   418
방첩   418
배열의 정치   448
백파사   321
별탑사   325
병술대구사태   856
보신의숙   26
부산   772
부산항   774
북조선농민동맹중앙위원회 군중문화부   518
북조선문학예술총동맹 평안북도위원회   343
북조선문화사절단   852
북지 황군 위문대   377
북지황군위문 조선문단사절   770
비단섬   194
사교   34

사병문고　77

사실화 전략　122

사장소년회　25

사회주의 애국주의　509

산문시　785

삼성상회　30

상성　838

새보호주간　277

생산보국운동　418

서북문학동맹　77

서울 중심주의　4

서울 중심화 논리　679

서정서사시　273

서해 바다　212

성신녀학교　793

「소나기」 결정본　674

소나기마을　651

소년단　449

소비에트 애국주의　449

소화　378

송경학우회　681

송남서관　686

송도고등보통학교　751

송도학술연구회　806, 807

송시　589

송악산 전투　805

수령 송가　650

수령 송시　599

수령에 대한 충실성　449

수령주의 주체　461, 509

수령 형상문학　454, 461

수운 일대기　53

수직적 친선　450

수평적 우의　450

순천중학교　799

숭실전문학교　376, 380

숭실전문학교 부설 농학강습소　375

숭실중학　380

숭양상업강습소　751

숭양서원　681

시극　958

시적 주체의 주체화　449

신건설사박해폭거　69, 222, 226, 326

신불출만담연구소　895

신불출의 만년　952

신불출의 서울 출생설　873

신불출의 월북　858

신앙 보국주의　33

신의주　21, 76

신의주공립보통학교　69

신의주모방직공장　73

신의주 문학　62

신의주방직공장　108, 110

신의주방직종합공장　73

신의주사범대학　71

신의주제지공장　70, 109

신의주 지역문학　318

신의주펄프공장　73

신의주화학공장　73

신의주화학섬유공장　153, 193, 196

신풍특별공격대　432

안가농장　790

안동현조선인분회　328

안주소년근위대　347

애국주의 주체　509, 511

양평읍　673

양화연구소　69

언문풍월　378, 689

언어규범화사업 529
여광사 686
영웅 도시 306, 599, 606
영웅주의 주체 477, 510
오체르크 85
용천검 40, 48
우화시 272, 273, 291, 316
월남시인 397
위치 장소 162
유사종교 32
유희 동요 310
육군본부 정훈감실 830
육군지원병 442
육군특별지원병제 436
육탄 십용사 829
음악 스켓취 906
의신학원 29
의주건설사 77
의주군농민사 25
의주종리원 소년연합회 24
의주청년동맹 226
이분법적 범주화 495
이야기 84
이야기시 148
이원대립적인 정당화 486
인내천 56
인민경제 개발 7개년 계획 301
일본문학보국회 413
임신제주잠녀항쟁 112, 217
자기 표절 100
자생적 계급주의 699
작가동맹 평북도지부 154
장난스러운 공격 964
장소 머그림 627

장소시 632
재담 967
재담의 문제점 933
재현 가치 404
재현 가치 지향 391
재현·표현 이중가치 지향 391
전공기 833
전국 건축가 및 건설자 대회 577
전국농촌부문예술써클축전 960
전국예술경연대회 887
전국청년학생예술축전 918
전몰기 833
전선문고 77, 447, 538
전조선현상동화대회 26
전투 영웅 477
정훈 문고 538
정훈문학 832
정훈 시집 132
제1차 경제개발 5개년 계획 585
제1차 전국만담축전 968
제6차 세계청년학생축전 256
제주도 109, 170, 209
조국평화통일위원회 214
조선농민사 21, 59
조선문인보국회의 414
조선문인협회 411
조선문학예술총동맹 521
조선문학창작사 534
조선인민공화국 영웅 칭호 471
조선작가동맹 아동문학분과위원회 448
주체적 인간학 678
주체 평양 650
중앙보육동창회 26
지원병 436

지향 장소   110, 116, 162
지휘봉식 비판   942, 965
직포공   122, 180, 197
직포공 2세대   197
진달래   186
집체주의   477
집체주의 주체   510
징병제   436
참회경   56
창조적 자의식   221
처창즈   314
처창즈 유격 근거지   314
천도교 동화   37
천도교소년연합회   60
천도교소년회 제6차 전체대회   28
천도교 어린이문학   59
천도교 의주소년연합회   23
천도교 의주종리원   24
천도교청년교리강연부   21
천도교청년회   21
천성산   47
천인침   423
철퇴   48
청봉 숙영지   296
촌극   957, 963
최승희무용극장   893
최승희무용연구소   898
최제우 일대기   60
취성좌   837
카프 개성지부   695
탁성   922
탁성 제거   924
탈시(mask lyric)   158
태극기 모욕사건   853

텍스트 원본성   37
토성랑   624
통도사   47
판문점   802
판소리 독자론   931
판소리 맹아론   931
펠레톤   549
편지   454
평북도 작가회의   71
평북예술련맹   76, 224, 230
평북 조선문화협회   77
평안농장   788, 790
평안북도 천도교   61
평양   408
평양고무공장 노동쟁의   625
평양성   575
평양 속도   586, 626
평양 송시   599, 606
평양 시간   586, 626
평양시 꾸미기   304
평양시 복구 재건 총계획 실행   577
평양시 창건 1530주년   574
평양시 창건 1530주년 기념 시집   573
평양시 창건 1530주년 기념일   577
평양시화회   412, 444
평양 일방주의   571, 647
평양 장소시   644
평양종   580
평양 중심주의   4, 373
평양 중심화   647
평양 중심화 논리   177, 679
평양 지역문학   374, 407
평양 찬시   607, 612
평양철도국   548

평양학   571

평화옹호대회   884

표현 가치   404

표현 가치 지향   391

풍림사   713

풍물시   760

풍유   279

풍유 구조   282, 316

풍자 만담극   902

풍자소품   889, 955, 956

프로레타리아아동문학연구회   67

프롤레타리아 국제주의   496, 504

피아 이분법적 범주화   511

학도애국단   410

학병   442

한영서원   681, 707

합창시   79, 958

합창시집   79

항미원조전쟁   504

해운대   775

혁명적 수령관   373, 678

혁명적 영웅주의   462, 495

호수돈고등녀학교   749

호수돈녀자고등보통학교   742, 799

화술소품   889, 963, 968

황군위문조선문단사절단   743, 794

황금평   87, 194

황순원문학관   673

황순원문학축전   652

황진이지묘   828

후방 증산 노동   484

지역문학총서

01 박태일 엮음, 『김상훈 시 전집』, 세종출판사, 2003.
02 한정호 엮음, 『김상훈 문학 연구』, 세종출판사, 2003.
04 한정호 엮음, 『포백 김대봉 전집』, 세종출판사, 2005.
05 박태일, 『한국 지역문학의 논리』, 청동거울, 2004.
06 박태일, 『경남·부산 지역문학 연구』 1, 청동거울, 2004.
07 박태일 엮음, 『정진업 전집 : 시』 1, 세종출판사, 2006.
08 한정호 엮음, 『정진업 전집 : 창작·산문』 2, 세종출판사, 2006.
09 김봉희 엮음, 『신고송 문학전집』 1·2, 소명출판, 2008.
10 김봉희, 『계급문학, 그 중심에 서서』, 한국학술정보, 2009.
11 박태일 엮음, 『허민 전집』, 현대문학, 2009.
12 한정호 엮음, 『서덕출 전집』, 경진출판사, 2010.
13 한정호, 『지역문학의 이랑과 고랑』, 경진출판사, 2011.
14 김봉희 외, 『파성 설창수 문학의 이해』, 경진출판사, 2011.
15 박태일 엮음, 『무궁화-근포 조순규 시조 전집』, 경진출판사, 2013.
16 박태일 엮음, 『소년소설육인집』, 경진출판사, 2013.
17 이순욱, 『근대 부산 지역 문학사회와 매체』, 경진출판사, 2014.
18 하강진, 『진주성 촉석루의 숨은 내력』, 경진출판, 2014.
19 박태일, 『마산 근대문학의 탄생』, 경진출판, 2014.
20 박태일 엮음, 『동화시집』(백석 옮김), 경진출판, 2014.
21 이순욱 엮음, 『근대 부산 지역 동인지 문학』 1, 경진출판, 2014.
22 박태일, 『지역문학 비평의 이상과 현실』, 케포이북스, 2014.
23 박태일, 『유치환과 이원수의 부왜문학』, 소명출판, 2014.
24 한정호, 『지역문학의 씨줄과 날줄』, 경진출판, 2015.
25 박태일, 『경남·부산 지역문학 연구』 4, 경진출판사, 2016.
26 박태일, 『지역 인문학-경남·부산 따져읽기』, 작가와비평, 2017.
27 박태일, 『한국 지역문학 연구』, 소명출판, 2019.
28 김봉희 엮음, 『극작가 박재성의 아내, 요시코의 편지』, 경진출판, 2021.
29 한정호, 『지역문학의 들숨과 날숨』, 경진출판, 2021.
30 한정호 엮음, 『김원룡 문학전집』, 도서출판 바오, 2021.
31 한경희 엮음, 『신승박 시전집』, 경진출판, 2022.
35 구자순 외, 『양파집』, 시와시학, 2020.
36 『장소시학-쇠의 바다, 경남 고성과 김해』 창간호, 꼬꼬야, 2021.
38 이영자, 『달리는 꼴찌』, 시와시학 2022.
40 김영화, 『꼬뚜레 이사』, 시와시학, 2022.
42 『장소시학-의로운 향 의로울 향, 의령』 제2호, 꼬꼬야, 2022.
43 『장소시학-부산의 꽃부리, 동래』, 제3호, 꼬꼬야, 2023.
44 『장소시학-합천, 유구한 별밭 구슬밭』, 제4호, 꼬꼬야, 2024.
45 박태일, 『북한 지역문학의 근대-신의주·평양·개성』, 소명출판, 2025.